GEDICHT UND GESELLSCHAFT

BRENTANO-GESELLSCHAFT
FRANKFURT/M. MBH

FRANKFURTER BIBLIOTHEK

Gründungsherausgeberin Giordana Brentano

Erste Abteilung

Jahrbuch für das neue Gedicht

9.

Gedicht und Gesellschaft

Herausgegeben von

Klaus F. Schmidt-Mâcon†

und Julius Graf von Hirschsprung

Mit einem Vorwort von

Marion Capell

Bearbeitet von

Valérie Bignon und Katarzyna Imiolczyk

BRENTANO-GESELLSCHAFT FRANKFURT/M.MBH

2006

Gedicht und Gesellschaft

Jahrbuch für das neue Gedicht

Herausgegeben von

Klaus F. Schmidt-Mâcon†

und Julius Graf von Hirschsprung

Mit einem Vorwort von

Marion Capell

Bearbeitet von

Valérie Bignon und Katarzyna Imiolczyk

BRENTANO-GESELLSCHAFT FRANKFURT/M. MBH

2006

Die Deutsche Bibliothek – CIP-Einheitsaufnahme
Ein Titeldatensatz für diese Publikation
ist bei Der Deutschen Bibliothek erhältlich.

Hinweise zur alphabetischen Ordnung

*Die Gedichte sind nach Autorennamen geordnet.
Umlaute gelten dabei als nicht geschrieben.
Sie sind in der alphabetischen Folge
nicht berücksichtigt.*

*Wegen der strengen alphabetischen Abfolge der Gedichte
mußten Spalten und Seiten auch im Vers umbrochen werden.
Die Redaktion bittet um Verständnis.*

Empfehlung im Internet:
www.haus-der-literatur.de

*August von Goethe Literaturverlag
publiziert neue Autoren.
Manuskriptzusendungen sind erbeten.*

Großer Hirschgraben 15, D-60311 Frankfurt a.M.
Tel. 069-13377-177, Fax 069-13377-175
ISBN 3-933800-19-6
ISSN 1613-8368

Vorwort

Dichtung als Möglichkeit

Gedichte wurden früher zur Leier vorgetragen. Mit ihnen wurden persönliche Erlebnisse in Reimen und Versen zum Besten gegeben. Alltägliches wurde lyrisch verpackt und musikalisch dargeboten. Die Welt, die die Menschen umgab, war noch überschaubar, begrenzt.

Heute, im Zeitalter des WorldWideWebs sind wir weltweit miteinander vernetzt und verbunden, überschreiten tagtäglich Grenzen, leben grenzenlos. Unser Alltag besteht aus Hektik, Streß und Lärm. Die „große" Welt hat durch die Medien und moderne Kommunikationsvielfalt Einzug in unsere kleine Welt genommen. Wir haben an allem, was auf der Welt geschieht, unmittelbar teil, sind „live dabei". Die globale Unruhe kehrt jeden Tag in unser Wohnzimmer ein, ob wir wollen oder nicht.

Wie werden wir damit fertig? Auch wenn jeder zweite Deutsche, wie eine Studie zum Welttag der Poesie in diesem Jahr ergab, nichts mit Lyrik am Hut hat, lesen scheinbar „unmodern" geworden ist, kann mit Gedichten heute wie damals alltägliches Erleben aufgezeigt und verarbeitet werden. Der Hast und Schnelllebigkeit unserer Zeit entsprechend liegt der Reiz bei der Wahl der Ausdrucksform Gedicht in seiner Kürze: minimaler Wortaufwand führt zu maximaler Aussagekraft. Immer häufiger haben moderne Gedichte Tagebuchcharakter, es geht um einen elementaren Erlebnisgehalt entweder des Autors selbst oder eines die Allgemeinheit betreffenden Ereignisses.

Eine Anthologie wie die vorliegende mit neuen Gedichten bekannter und noch unbekannter Autorinnen und Autoren dokumentiert die Bandbreite unterschiedlich empfundener poetischer Gefühle zu ein und demselben Geschehen, von traditionell bis experimentell. Menschen verbinden Schicksale, Gedichte verbinden Menschen – auf der ganzen Welt.

Marion Capell

Im brennenden Dornbusch

Im brennenden Dornbusch
ein Duft von Jasmin
stärker als Weihrauch und Myrrhe
lächelt die Träne dem Täter
in ewiger Unschuld.

Albertina 1992 * 1942

Lebenserfahrung

Das Leben ist oft kunterbunt,
und manchmal geht es ganz schön rund.

Du musst dich sputen und beeilen,
um immer schön am Ball zu bleiben.

Um zu verdienen deinen Zaster,
denn sonst fällt man aus dem Raster.

Denn nur wer ihn hat, kann auch wer sein,
wenn auch öfters nur zum Schein.

Mit Träumereien und Seelenbaumeln,
kommt man leicht sodann ins Taumeln.

Was ich leider sehr bedauer',
die Menschheit wird dadurch auch nicht
schlauer.

Und wird's dann einmal doch zu viel,
dass überläuft dann das Ventil,

ist man plötzlich überrascht,
weil man das alles nicht mehr schafft.

Was uns wieder mal beweist,
dies alles hat auch seinen Preis.

Inge Abd El Tawab * 1943

Menschen

Wir geben uns kultiviert, lachen an den
richtigen Stellen,
vergessen nicht uns abzuputzen
– am Mund nach dem Essen, am Hintern
nach dem Entsorgen.
Wir bauen uns Häuser,
die größten davon wollen dem Himmel am
nächsten sein.
Wir setzen unsere Körper instand und
putzen sie wie die Weihnachtsbäume,
von denen nur die geraden, tadellosen,
perfekt benadelten
zu unseren hübsch ausstaffierten,
desinfizierten Häusern passen.
Alte, krumme, kranke – andersartige –
haben keinen Platz bei uns.
Sie sind so unschön!
Beleidigen unser Lebensgefühl, das den
Augen untertan ist.
Wir sind so schön! So schön wie wir
denken, dass andere uns haben
wollen.
Wir sind so wichtig wie wir niemals sein
werden.
Wir sind multikulturell
und sehen unser Kind ungern mit
uneingeborenen Kindern.
Wir sind der Widerspruch der deutschen
Uneinigkeit.
Wir schätzen uns des Materiellen wegen,
weil es nichts gibt, weswegen wir uns sonst
schätzen könnten.
Wir sind die Menschen, über die wir reden.
Sind wir Menschen?

Diana Abel

...Gestern...

Ich bin aufgewacht und da lagst Du neben
mir...Mein Herz hat zu mir
gesprochen...
Es ist gesprungen, vor Freude Dich zu
sehen...

Ich habe Dich aufgesogen, mit all meinen
Sinnen...
Deine Haut gespürt...Dich gerochen...Dir
den Schlaf aus den Augen geküsst...
Wir haben geschlafen...Miteinander...
Nebeneinander...
Und ich habe mir so gewünscht, dass es nie
aufhört...
Wie nennt man diese Sehnsucht...???
Wenn mein Herz mir immer wieder sagt,
dass ich Dich küssen muss...
Wenn meine Hand immer wieder nach Dir
greift,
um Dich zu streicheln, um Dich zu
spüren...
Du hast gesungen für mich...Mein Herz
hat zu mir gesprochen...
Es ist gesprungen, vor Freude Dich zu
hören...
Wie nennt man dieses endlose Gefühl...???
Wenn ich Dir in die Augen sehe und
versinken möchte...
in der Tiefe dieses einen „Augenblicks"...
Gestern...
Habe ich gelebt durch Dich...
Wäre ich gestorben für Dich...
Habe ich mich so verliebt in Dich!!!

Jana Abraham * 1970

Montepiano

(Berg der Stille)

Im Morgengrauen steigst du auf
noch kein Laut stört die Stille.
Ein paar Schritte noch, und du stehst auf
dem Plateau.
Ein Wimmern im Wind,
sind es die Klagen der Toten
oder sind es nur Laute des Tages?

Erfroren, verhungert, erschossen.
Wer zählt die Toten,
Sinnlos geopfert für politische
Perversitäten,
gestorben für Kaiser und Vaterland,
sagen die andern.
Stille hüllt dich ein,
nur der Schrei der Bergraben
durchschneidet die Stille.
Einen Blick noch auf das Massiv der drei
Zinnen,
und in Gedanken verloren der Abstieg ins
Tal.

Ramon Abraham * 1949

Abtreibung

Ich will leben.
Das Leben genießen in vollen Zügen,
aber ohne das neue Leben,
es behindert meine Zukunft.

Wie soll ich shoppen, Fun haben?
Ich brauche den Kick.
Das neue Leben lebt noch nicht,
werfen wir es weg
wie eine Einkaufstasche.

Im Rausch der Liebe gezeugt,
auf dem Altar des Konsums geopfert

Cornelia Abramzik * 1969

Ernüchterung

Gläserne Kaskaden, Luftschlösser aus
Lachen,
Zartgewobene Träume seidener Befreiung,
Räusche aus silberhellem Glockenklang.
Sternenwanderer sturmerprobt.
Alles wird gut! Sowieso,
improvisiert aus Sternenstaub.
Rosengärten sind doch überall.

Gläserne Visionen von einem Ende des
Schreckens
in diesem ersten, letzten Kuß.
Kristalline Tropfen laufen leise am Fenster
Tau und Tränen.
Goldgelbe Freude begrüßt uns am Morgen.
Leise trennt sich ein Flügelschlag von mir.

Ein Schleier um mein Herz, der harsch
zerreißt.

Eine Sehnsucht, die aufbegehrt und leise
weint.
Ein Körper, der mit der Zeit älter wird.
Ein Kind in uns, das wehrlos bleibt.
Wehrlosigkeit wir zur Strafe und der
gläserne Traum zerbricht,
wenn wir uns als Feinde gegenüberstehen,
hinter vertrauten Augen Kälte lauert.
„Zu glücklich", haben doch alle gewußt.

Katrin Achinger * 1962

Meine traurige Weide

Trauernder Weise präsentiert sich die
Weide,
sah manch schon bessere Zeit ins Lande
ziehen,
lässt entmutigt und kraftlos ihre Arme
sinken
und Gedanken an Größeres sogleich
entschwinden.

Labte sich einst an bewundernden Blicken
und war Kaiserin ihrer Gattung und Art,
heute jedoch, was niemand kann flicken,
ist alt und karg und wir's werden missen.

Steht majestätisch und gebieterisch im
Lande
und denkt nicht an Rückzug und Pein,
könnt sich's erlauben in ihrem Stande,
doch die Blöße wäre die eigene Schande
und sang und klanglos ihr Sein.

Erik Adamek * 1981

Ghostwriter

Gespenster sind nicht immer leise
jedes spukt auf seine Weise
Ringelnatz und Eugen Roth
sind in Wahrheit gar nicht tot

Eugen Roth und Ringelnatz
haben noch heute ihren Platz
dichtend fuhren sie meine Feder
kritisch geht es mir ans Leder

Sie geistern in meinem Kopf herum
nehmen mir schlechte Reime krumm
gespenstisch zitieren sie mir Befehle
damit ich die richtigen Worte wähle

Ich atme so flach im Jetzt und Hier
mein Körper ist leicht wie ein Blatt Papier
es wachsen Reime in seltsamer Weise
auf geheimen Pfaden einer mystischen
Reise

Eugen lächelt und nickt mir noch einmal
zu
er setzt Punkt und Komma – dann ist Ruh'
beim Blick in den Spiegel hab ich meine
Not
mein Haar ist geringelt, natz und sehr roth

Almut Adler * 1951

Gratwanderung

Zwischen
Euphorie
und
Resignation
Licht
und
Schatten
Erinnern
und
Vergessen
Zwischen
Liebe
und
Haß
Leben
und
Tod

Christine Adlhoch-Schöller

Sonnenkinder

wie erfreut ist es in mir,
versuche von Außen nicht zu erblassen,
vergebens, ich sehe es gelassen,
sollen die doch hassen,
hassen, die Sonnenkinder,
die sich an kleinen Dingen erfreuen und
keine Träne heulen,
wieso auch, das Leben ist schön, schön
bunt, der Mensch ist meist ein linker
Hund,
sollen die doch hassen,
hassen die Sonnenkinder,
die das blühende Leben genießen, ohne
Neid zu vergießen,
der Hass ist Unkraut und nimmt die
Blütenpracht des Lebens,
sollen die doch hassen,
hassen die Sonnenkinder.

Refenda Adrovic * 1974

Abschied der Stare

Weite Blicke, weites Feld,
lange Pfade, hohes Zelt,
Blaue Wölbung, großer Raum,
schwarze Äste, kahler Baum.

Leere Äcker, braune Wiesen,
gelbe Sonne, Schattenriesen.
Reife Beeren, Blumenstiele,
volle Gräben, Wellenspiele.

Flache Häuser, Ziegeldächer,
kleine Fenster, Wohngemächer.
Stille Menschen, stummes Lieben,
Schwärme Stare, Vögel ziehen.

Anneliese Ahrenholz

Flocken fallen

Aus grau verhangenem Himmel
fällt lautlos Schnee herab,
tanzende, weiße Kristalle
füllen die Luft so satt.

Ich sehe zu dem Gewimmel,
das aus dem Nichts entquillt,
sehe Konturen verschwimmen,
weiß, geglättet, verhüllt.

Die weiche, flauschige Decke
hebt die Gegensätze auf,
dämpft bindend alles Laute
und lähmt der Stunden Lauf.

Indem die Flocken fallen,
lautlos durch die Zeit,
verlier' ich mich in Träumen,
entrückt der Wirklichkeit.

Diedrich Ahrenholz

Sinnesläuterung – läuterndes Sinnen

O ihr undurchsichtigen Großhirnnebel,
ihr virtuellen Räume versunkener Gelüste,
ihr selbstgefälligen Ethikmonumente,
ihr ungesehenen Ideenpickel in mondheller
Nacht.
Schwer lasten Theoriengebäude auf der
väterlichen Avantgarde,
Furunkeln an den Eingeweiden
vergangener Künste.
Doch blutige Denkblasen meist nur
aufgeblasene Gedanken.

O wie verirrt hat sich die geschundene
Kreatur,
wo vorgeburtlich deine Verhaltensclaims
abgesteckt,
wo Psychotherapeuten Metaphern
medizinisch heilen,
anmutige kleine Geistesgeschwüre,

und horrend verwilderter Wahnsinn
Kapriolen schlägt,
wo quälend Humor aufbegehrt, ein
bleierner Rettungsring,
in der Dekadenz einer seelen-entfremdeten
Welt.

Enno Ahrens

Beim Erwachen

Meine Bücher – die habe ich geschrieben
morgens zwischen fünf und sieben.
Beim ersten Erwachen
'ne Idee und ein Lachen
oder ein Lächeln nur,
denn ich war auf der Spur,
was ich schreiben sollte,
wie der Himmel es wollte.
Aus dem Bett und – wie immer –
in mein Zimmer.
Auf dem Tisch weißes Papier
und dann schreib ich drei, vier
Sätze nur, das genügt,
ich bin vergnügt,
weil ich weiß: es ist gut,
es war nicht mein Mut,
es war Gottes Gabe,
wie alles, was ich habe.

Hanna Ahrens

Trauer

Scharfer Schmerz durchsticht die Seele,
Lähmt und tötet den Verstand
Wie ein Werk von Teufelshand.
Sag, warum ich mich so quäle!

Sehnsucht wird zu meiner Leiter,
Inspiriert mich, treibt mich weiter –
Wirft mich aber auch zurück,
Wenn enttäuscht ich bin vom Glück.

Manuela Ahrens * 1971

Liebe, liebe Last

es ist nicht immer so wie ich es gern hätte,
nicht so wie ich es mir wünsch,
nie war es so wie erträumt,
doch geliebt hab ich dich immer,

es war nicht immer leicht,
nicht auszuhalten war es oft,
nie war es ohne stress,
doch geliebt hab ich dich immer,

es ist selbst heute nicht leicht,
nicht immer zu ertragen,
nie werde ich vergessen,
doch lieben werd ich dich immer,

Ferrit Akcay * 1978

Erinnerung

Die Hoffnung
Können sie uns nehmen
Ja, die Hoffnung…
Den Mut
Können sie uns nehmen
Das Vertrauen
Vielleicht sogar die Freude
Aber niemals den Traum
Und die Schönheit
Wilder Blumen
In einem zerfallenen Garten…

Marie-Claire Albert * 1964

Ziel

Fragment, kurzer Augenblick,
nicht ewig, kaum von Dauer,
ist das, was du suchst,
und du liegst auf der Lauer.

Willst es greifen,
willst es halten,
musst es haben nur für dich,
soll es reifen?

sich entwickeln
oder flüchtig nur sein?
Siehst es leuchten,
dich verführen,
fällst immer wieder darauf rein.

Es ist flüchtig,
kaum zu halten,
meist ein kurzer Augenblick,
niemals ewig,
kaum von Dauer,
doch ein Ziel: ist das Glück.

Uta Albeshausen * 1964

Gebrochene Flügel

Spät ist es geworden,
Seitdem die Hand
Das letzte Mal über
Schweißdurchtränkte Laken fuhr.
Versonnen berührt sie nun
Zerbrochenes Glas.
Es würgt die letzten Strahlen hervor,
Die das Licht,
Der Lust entledigt, noch hergibt.
Der Duft, den das Leben gebiert,
Beginnt schon dem Echo
Der kahlen Wände zu weichen.
Endlich schneidet sich
Die blasse Stimme
Durch das Herz hindurch, das
Die Maske so arglistig stahl.
Spät ist es geworden,
Seitdem ein wohliger Seufzer
Die Decke glatt strich.
- Zu spät.

Janina Albrecht * 1981

Es ist wahr

Seit wir uns lieben ist alles ganz einfach,
alles ganz klar. Es ist wahr.
Liebe in ihrer schönsten und reinsten Form.
Es ist wahr. Du bist zu mir gekommen.
Auf die andere Seite des Spiegels.
Es ist wahr.
Seitdem ist alles ganz einfach, alles
ganz klar. Liebe, zu rein und zu schön, um
sie zu erfahren.
Du hast sie mir gegeben.
Es ist wahr.
Wir sind vereint auf der gleichen Seite
des Spiegels. Körper und Schatten. Eine
Seele.
Tag und Nacht. Es ist wahr. Wir gehören
zusammen.
Es ist wahr. Wir sind ein Team. Wir sind
Partner.
Unzertrennlich und stark. Nicht zu
schlagen.
Es ist wahr. Unsere bedingungslose Liebe
ist unendlich,
unsterblich für die Ewigkeit.
Es ist wahr.

Susanne Ulrike Maria Albrecht

An das Brautpaar

Dass die Liebe ewig bliebe,
was auch immer widerfahre,
wünschen wohl die meisten Paare.
Doch mit goldnen Eheringen
kann kein Mensch sich Glück erzwingen.

Soll die Ehe nicht sein Wehe,
wollt ihr glücklich sein auf Erden,
darf sie nie zum Zuchthaus werden.
Hinter Mauern, Ehegittern
könntet ihr zu leicht verbittern.

Mit Vertrauen
könnt ihr bauen
eignes Haus im grünen Garten
für die schönsten Gegenwarten.
Doch ihr beide bleibt nur tüchtig,
werdet ihr nicht eifersüchtig.

Ruhig schaffen,
niemals raffen.
Und ein Ziel sei, eins von vielen,

dass im Garten Kinder spielen.
Die Familie sei euch wichtig,
dann ist eure Ehe richtig.

Bernhard H. Alexander

Der lange Weg zum Ich

Wo ist denn dieses Wunderland, wo noch nie „Verboten" stand,
wo man noch Talente braucht, wo dein Können nie verstaubt?
Ich lerne schnell und frage mich: so ein langer Weg zum Ich?

Über viel zu schmale Brücken, die ich gar so oft beschritten,
geh ich Wege ohne Ziel, voller Sehnsucht und Gefühl,
such ich Ziele ohne Sinn, wo ich endlos einsam bin,
frag das Herz und den Verstand: glaubt ihr an das Wunderland?

Und so such ich dieses Land, wo man auch noch Mensch sein kann,
wo man noch nach Träumen fragt, wo die Liebe nie versagt.
Doch auch heute frag ich mich: immer noch auf dem Weg zum Ich?

Immer gehn und geben, war das schon mein Leben,
wenn für jedes kleine Ziel die Kraft kaum reicht,
sagt das Schicksal dann vielleicht: sei still,
ich hab dir doch schon viel zu viel gegeben!
Dann sag ich nein, das darf nicht sein und frage mich:
so ein langer Weg zum Ich?

Alfred Allgaier * 1951

Wenn ich ein Vöglein wär

Wenn ich ein Vöglein wär, flög ich dann auch hier her?
Würde ich gern hier sein und mich des Lebens freun?

Würde ich weiter ziehn – wäre das ein Gewinn?
Würde ich wo verweilen oder von Ort zu Ort nur eilen?

Würde ich hasten und schleppen viel Lasten?
Würde ich weilen und immer gern rasten?

Lebte ich draußen oder in einem Kasten?

Wäre ich fähig im Leben zu stehn
oder würd ich im Käfig nur jammern und flehn?

Oder würde ich pfeifen, mein Leben begreifen?
Für mich viel gewinnen oder nach dem Tode mich sinnen?

Doch – da ich ein Mensch nur bin –
macht spekulieren Sinn?

Gabriele Allgeier

Ich grub eine rote Rose
in dunkle Erde tief.

Dort schlug sie ihre Wurzeln,
wo auch mein Liebster schlief.

Sie wandt' sich in den Himmel,
sie wandt' sich um mein Herz.

Dort spürte ich ihre Dornen,
dort spürte ich meinen Schmerz.

Susanne Altenburg * 1967

Weltenende

Zu einer Zeit
in weiter Ferne
erklingt das
Totenlied der Sterne

Der Mond erlischt, es sinkt die Sonne
zur allerletzten Dämmerung
in silbernschwarzer Wonne
vergeht des Lebens langer Schwung

Vorbei die große goldne Pracht
des Lichtes und der Wärme
im All herrscht wieder Eises-Nacht
und Stille folgt dem Lärme

Ob Götter- oder Menschenträume
von Schönheit und von Ewigkeit
zermörsert von der Wut der Räume
hinweggeschwemmt vom Strom der Zeit

Jörg Altendorf

gehäutet

wach
gefallen

der morgen
drückt mir die tür ins gesicht

ich entgegne ihm
mit blutenden gedanken
und segle mich durch den tag

windgetrieben

salzige blicke
brennen
in den wunden
die mein körper sind
letzte nacht
haben meine träume
mich gehäutet.

Melanie Altenhoff * 1979

Impression

Eine Rose, einsam, am Wegrand.
Ein Stück blauer Himmel, zwischen
dunklen Regenwolken.
Ein Haus, einsam am Strand.
Eine Möwe fängt einen Fisch im Meer.
Ein Hund, einem Stock hinterherlaufend.
Die Nacht bricht herein.
In einem Fenster gehen die Lichter an.
Kinder, die lachend nach Hause rennen.
Katzen, rufend nach dem Liebsten.
Junge Mädchen, zum Tanz gekleidet.
Junge Burschen, mit Pomade im Haar,
rauchend am Brunnen sitzend.
Alte Frauen, schwatzend am Waschtrog.
Alte Männer, mit der Pfeife im Mund,
beim Kartenspiel.
Irgendwo krächzt ein Vogel in der
hereinbrechenden Nacht.
Und ich fühle mich einsam.
Alleingelassen mit meinen Gefühlen,
meinen Ideen, verzweifelt,
nicht wissend, was morgen ist.
Tiefe Nacht, in mir. Tod.

Anna Elise Altenrath * 1970

Sarkasmus

Der Sarkasmus steht vor dem Schmerz.
Wie ein schwerer Mantel
umhüllt er
die Schreie der Seele.

Will schützen, aber versteckt und erdrückt.
Zieht sie
mit dem Hohn
der Selbstverachtung
in die Tiefe.

Wieviel leichter wird es,
durch das Zerreißen dieses Mantels,
der Seele die Freiheit
des Fühlens zu schenken.

Marie-Sophie Amadori

Farben der Liebe

Rot wie die Rosen,
die die Träume begießen,
so weit wie die duftenden Flüsse
ins Land der Liebenden fließen.

Blau wie das Wasser,
das mit weißen Strand versinkt.
Fern tasten kleine Boote,
wie das Lied der Liebe über den Wellen
verklingt.

Weiß wie der Sand,
den das weite Meer umspült,
hindurch zwischen Tag und Nacht,
wo die endlose Zeit das Leben der Liebe
fühlt.

Daniela Amendy * 1976

Zeiterscheinung

Die Armut geht nicht mehr in Lumpen,
Und betteln ist heut nicht mehr zeitgemäß.
Und trotzdem hockt das Leid in grauen
Klumpen
in uns'rem Wirtschafts-Wunder-
Goldgefäß.

Das Brot verschimmelt in den
Abfallkörben.
Der Wohlstand trägt gefüllte Taschen aus
dem Supermarkt,
Und pflegt in Villen jämmerlich zu sterben,
An Raffgier, Neid und Angst und
Herzinfarkt.

Der alte Hunger sitzt auf Vorstadtbänken
Bescheiden, denn er wagt nicht laut zu
schrei'n,
Er würde sonst den prallen Wohlstand
kränken!
Wie peinlich, heutzutag' nicht satt zu sein.

Der Reichturn schließt die Augen vor den
Leiden.
Die Armut duckt sich, senkt beschämt den
Blick.
Und ungeseh'n und unbemerkt von beiden
Tanzt durch die Welt, wie eh und je, das
Glück.

Elisabeth Amort

Stürme des Lebens
Wogender Tanz
Liebe und Vertrauen
Stärke und Glanz

Frieden auf Erden
Lauschendes Wachen
Toleranz und Gefühle
Freude am Lachen

Hauch von Freiheit
Lachendes Gut
Trost und Vergebung
Träume und Mut

Sterne am Himmel
Weite Sicht
Wissen und Weisheit
Leben im Licht

Stürme des Lebens
Wogender Tanz
Liebe ist Leben
Liebe ist Glanz

Dorothee Amtenbrink * 1961

Vergehender Sommer

Unter den Füßen raschelndes Laub
und die Luft riecht nach Herbst und
Vergehen.
Die Blumen wurden des Nebels Raub,
die Farben im Regen vergehen.
In Regen und Nässe gebunden der Staub,
die Bäume rauschen im Wind.

Du hast die letzten Schwalben geseh'n
und weißt sie in sonniger Ferne.
Kinder lassen die Drachen weh'n –
wie tat ich das auch einmal gerne.

Abends steht über den Tannen der Mond
und die Käuzchen rufen von Weitem.
Über allem der Himmel thront.
Gott lenkt uns zu allen Zeiten.
Der Mensch nur kurz die Erde bewohnt
und muss doch so viel erleiden.
Begrenzt sind Liebe und Glück, doch auch
Leid,
bestimmt ist die Todesstunde.
Wer fähig ist, der nutzt seine Zeit
bis zur letzten Lebenssekunde.

Ottilie Amthauer

Schmerz
Tränen
Ein Spiel der Zeit
Gefühle, die nicht vergehen
blutet
und heilt.

Maria Anderl * 1988

und wenn ein Sonnenstrahl mein Antlitz streift …

Ich schaue hinauf zum Himmel
dunkle graue Wolken
tiefverhangen
wie zum Greifen nah,
legen sich schwer auf meine Seele
und doch weiß ich
dahinter
Hoffnung
verbirgt sich
groß und weit
ein strahlend blauer Himmel
eine glutrot brennende Sonne
manchmal kann man es erkennen
manchmal vermuten nur
und wenn dann
ein Sonnenstrahl mein Antlitz streift…
dann, ja dann
fallen alle Schatten hinter mich

Elke Anders * 1958

Der Hauch

Die Erinnerungen lassen sich von dem
Mondschatten blättern.

Die Augen träumen von dem letzten
Ausatmen der Sonne,

eine Dämmerungs-, Messerstreiche über
ihre Fläche.

Traubige Tränen und traubiges Lächeln,

von unreife Hände gepflückt,

sind alles, was das Herz hat zu bietet,

jenseits von Freude und Schmerz.

Und alles im Saum

einer über unsichtbare Körper gezogenen
Liebe.

Cristian Andrei * 1956

Vogelflimmern

Schariges Vogelflimmern
über dem Feld
ist Aufbruch zum neuen Haus
durch unbekannte Weiten.

Letztes Würmerschnappen
der Zaghaften;
ist die Reise doch so weit.

Gebreitete Flügel
zeigen im letzten Tanz,

was vollbracht werden kann.
Und nichts wird Euch halten.

Albert Andries * 1954

Alltäglich?

Erwacht von dem Getose und Gehämmer
auf der Straße –
gequält vom letzten Gedanken an
verschwommene Traumfragmente –
umgeben von stickiger Luft –
verrostete Stimmbänder, Kopfweh, einige
Gliedmaßen noch unbeweglich von
dem
zermürbenden Schlaf.
Kälte umgibt meinen nackten Körper,
nicht ganz unter den dünnen
Deckenfetzen
passend, der mich während der Nacht fast
zum Wahnsinn trieb.
Liegenbleiben in diesem unerträglich
gewordenen Zustand?
Oder versuchen, meinen erschlafften
behenden Körper dazu zu bringen,
den
unliebsam gewordenen Pflichten des Tages
nachzugehen. So wie gestern und den
Tag zuvor.
Schwebend in Tagträumen und wohl
ahnend, daß dieser Tag die Erfüllung
jener
Träume nicht bringen wird.
Lustlos – emotionslos – tragisch
verkommen im Gedanken an Alltag.
Aufgegeben oder abgeklärt? Resigniert
oder enttäuscht?
Den erwünschten Ausweg noch nicht
kennend,
Aber hoffnungsvoll wissend, dass es diesen
Weg gibt.
Also stehe ich auf und werde versuchen,
diesen Tag anders sein zu lassen, als
das Gestern und das Vorgestern ... Es liegt
bei mir.

Und jeder Tag ist eine neue Chance!

Nicole Angelstein * 1977

Hydra

Wer faßt ihn schon,
aber wer kennt ihn nicht, den Augenblick,
da der Lichtball auf einmal stillsteht,
aufhört, sich fraglos und maßlos ergießend,
die Welt zu verschenken,
und zögernd sein Strahlen zurückholt,
zum Abschied gewendet.
Wer faßt ihn schon, den gelinden
Schrecken,
aber wer kennt ihn nicht?

Und zöge nicht durch den Schlund
der Geschmack von der Trennung
und dem gedoppelten Dasein,
dann wäre das Sterben des Lichts sein Fest,
wie das Spiel von Sonne und Sternen am
nächtlichen Pol
oder wie Musik leicht schwebend die Lote
ins Tiefe senkt,
wäre der Gang zwischen Hydras Fels und
Meer
ein Mitwandeln in den Metamorphosen der
Dämmerung,
ein Mitleuchten auch in den Reflexen des
Strahls.

Doch im Versinken des Eilands ächzt es:
Licht, mehr Licht!

Heinz Angermeier * 1924

Zeit

noch sehen wir uns
spiegelt unser Augenschein im Glas
Liebe liegt im Gras
Herzwärme fällt ins Tiefgrün
Zeichen mehren sich dort und
Mundrot trifft auf Mundrot
warm auf warm

immer
wird es so bleiben!

Zeit stößt in die Fallen
unserer Uhr
Augenschein zieht in die Spiegel
Zeitwind kühlt Mundrot und
Kussglut stirbt sogleich
am grünen Grund
prägt Liebe Graustein und Braunerden
Zeichen mehren sich
irgendwoüberall
immer
wird es so bleiben!

Jutta Annabella * 1979

Werdegang

Dunkelheit durchzieht die Straßen
Horch! Regen, der fällt ohne Maßen
Laub liegt lose auf den Wegen
noch ist kein Mensch hier am Fegen

Einsam lauf' ich durch die Nacht.
Der Wecker hat mich wach gemacht
Es ist so nass und auch so kalt
und schwupp lieg' ich auf dem Asphalt

Leise fluchend steh' ich auf:
„Welch Mist." Es war ein Hundehauf".
Doch was nützen die Beschwerden
einst wollte ich Reporter werden

Oh, zu schlecht war meine Note
Heute bin ich Zeitungsbote
sechs mal die Woche, je zwei Stapel
Gestatten Sie, mein Name ist Apel

Sabine Apel * 1966

Via Vita per uno

Singleleben Einsamkeit
ohne Geselligkeit
gewollt, gefunden
ungebunden
egoistisch durch das Leben rennen
oder doch im Abseits brennen?
Flüchten in die süssen Träume
gaukeln vor die falschen Räume
hast du nicht das Haus gebaut
und deine Einsamkeit verstaut
bleibst du irgendwann allein
daheim
im Koffer der Toleranzen
ohne spitze Lanzen
Rücksicht, Vorsicht
Wagnis und Gewinn
da soll man hin
zu zweien oder dreien
schöner ist's in Ringelreihen!

Apollonia * 1956

Selbstkritik

Schon so oft, und immer wieder
Hämmernd im Gedankenlauf
Es quält und beißt und reißt mich nieder
Es quält und beißt und hört nicht auf

Ein kleiner Dorn gibt die Befehle
Sitzt tief und fest in meiner Seele
„Oh Fehler der Vergangenheit!
Welch Plagegeister ihr doch seid!"

Wie könnt' ich nur, ach hätt' ich doch
Was man jetzt von mir denken mag
Am Ende kommt es schlimmer noch
Oh hätt' ich das doch nie gesagt

Da werd ich rot, da wird mir heiß
Da steht auf meiner Stirn der Schweiß
Da springen Worte über Mauern
Die ganze Welt will mich bedauern

Dieser Dorn ist niemals still
Doch sind's nicht grade diese Sachen
Die peinlich sind, und ich nicht will
Die mich zum Menschen machen!

Meike Appelshäuser * 1976

Ein Liebesgedicht

Ich kann nicht von Liebe schreiben,
nicht so, daß es dich trifft.
Es würde die Liebe vertreiben,
zwänge ich sie zu bleiben
in irgendeiner Schrift.
Ich kann nicht von dir erzählen,
nicht so, wie ich dich seh'.
Die Worte, die mir fehlen,
sind nirgendwo zu stehlen,
aus keinem ABC.
Ich kann noch nicht mal schlafen -
du brauchst den ganzen Traum.
Hör auf, mich so zu strafen!
Sei so was, wie mein Hafen
oder ein sicherer Raum.

Elli Arens * 1966

Dein Schatten

Lege meinen Kopf auf deinen Schatten
sehe in nicht sehende Augen
höre in nicht hörende Ohren
drücke sanft meine Lippen auf ein Nichts

Sehne mich nach Augen, die mich sehen
höre Worte, die nicht kommen
spüre den Hauch von Zärtlichkeit
schlage mit meinen Armen ins Leere

Trage die Last des Einzigartigen
laufe durch Flur und Wald
folge dem hellen Klang der Vogelwelt
lausche ihrer unbestimmten Freude

Werde Eins mit den Weiten des Himmels
tauche meine Seele in Pfützen
stoße den Atem in die Luft meiner Träume
bette mein Haupt auf deinen Schatten

doch du bist stumm

Annette Arndt

An die Neugeborenen

Bist eben erst geboren.
Wozu bist du auserkoren?

Flexibel im Beruf sein,
Familiengründung in Zeiten,
Wo Öl und Kohle knapp werden.
Mehr als heute für die Umwelt sorgen,
Hier auf geplagter Mutter Erden.
Natürliche Energiequellen nutzen,
Das kostbare Wasser nicht
beschmutzen,
Auf sauberes Miteinander achten,
Manches angehen,
Worüber Vorfahren lachten.
Schon bald für ein langes Altern sorgen
Und aufbauen ein friedliches Morgen.

Warum schenken wir euch das alles
nicht?
Geht nicht zu scharf mit uns ins Gericht.
Versucht, uns ein wenig zu verstehen.
Wir, die wir auch vom Gestern ins
Morgen gehen,
Wo all dies immer klarer wird erkannt,
Nehmen euch fürsorglich leitend an die
Hand.

Monika Arndt * 1941

For a Nightwalker

Irgendwas steht zwischen uns,
ist es die Dunkelheit, die uns umgibt?
Ist es die Stille, die keiner bricht?
Du stehst vor mir,
doch ich erreich dich nicht,
ist die Entfernung schon zu groß?
Ist der letzte Akt vollendet, ohne unser
Wissen?
Ich recke meine Hand, doch deine erreich
ich nicht,
wo bist du?
Kann dich kaum noch spüren,
vorsichtig geh ich ein paar Schritte,

wo ist das Licht?
Bin verloren in der Dunkelheit,
weiß nicht mehr wohin,
setze mich hin und halte inne,
bereit zu warten bis ich dich erreiche,
egal wo du auch bist,
ich bin bei dir,
denn ich weiß, meine Gedanken erreichen
dich

Sarah Arndt * 1989

Das Vöglein

Ein Vöglein auf dem Aste saß
und dachte so:
„Was macht mir Spaß?"

Ein Flug zu zweit,
oh, das wär' fein.
Doch hab' ich keinen Freund,
ich laß es sein.

Einen Wurm zu fressen,
das wär' toll,
doch ich bin noch mit Krumen voll.

Ein Bad im See,
im klaren Naß.
Doch es ist kalt,
das macht keinen Spaß.

Das Vöglein wollt' sich nicht entscheiden.
Es saß nur da und wollte leiden.
Die Katze kam
und fraß es auf.
Die freute sich – so ist der Lauf.

Anja Arnold * 1982

Verrückt

Die Blicke in die Ferne schweifend
können nicht erreichen
können nicht begreifen

Die Blicke in die Ferne schweifend
können nicht erlangen
können nicht verstehen

Die Blicke in die Ferne schweifend
sind doch nur gefangen
sind doch nur flehend

Die Blicke in die Ferne schweifend
haben Angst
haben Mut

Die Blicke in die Ferne schweifend
können nichts bezwecken
haben nur die Hoffnung

sonst nichts!

Yvonne Arras * 1985

Steh auf, wenn du am Boden bist!

Wenn du einmal am Boden bist
oder kein Bein mehr an die Erde kriegst,
steh auf und bleib nicht liegen,
lass dich niemals unterkriegen!

Wenn du Sorgen, Nöte und Ängste hast
und deine Seele aufschreit unter dieser Last,
resigniere und bemitleide dich nicht,
sondern schau dem Alltag mutig ins
Gesicht!

Man bekommt im Leben nichts geschenkt,
und wenn man das weiß und auch bedenkt,
ist das Leben trotz aller Schatten
lebenswert,
obwohl manchmal auch ein scharfes
Schwert!

Um den Kampf zu gewinnen und nicht zu
verlieren,
solltest du deine Begabungen und Stärken
mobilisieren,
dabei neue Lösungswege suchen und diese
geh'n,

doch auch eig'ne Fehler und Schwächen
eingesteh'n.

Willst du nicht ziellos als Treibgut enden,
solltest du mutig dein Schicksal wenden!
D'rum steh auf, wenn du am Boden bist,
bleib nicht liegen und stets ein Optimist!

Gerhard Aschermann * 1939

Augenblicke des Lebens

Augenblicke kommen plötzlich, unverhofft
und sind im Leben nur Momente oft.
Sie tauchen wie Kometen am Himmel auf
und verglühen sichtbar schon kurz darauf.

Augenblicke spiegeln die Wechselfälle des
Lebens wider,
entweder sie richten dich auf oder reißen
dich nieder.
Gestern noch Ausgelassenheit und
Glückseligkeit
und heute nur noch Trauer oder Zank und
Streit.

Augenblicke können verletzen und
schmerzen
und blutige Wunden schlagen in unsere
Herzen.
Sie sind dann oft verbunden mit Angst und
Sorgen
und schlaflosen Nächten bis in den frühen
Morgen.

Es gibt jedoch auch Glücksmomente im
Leben,
die uns Hoffnung, Freude und Erfüllung
geben.
Beginn daher den neuen Tag mit frischem
Schwung,
dann bleibst du fit, auch liebenswert und
jung!

Genieß die heiteren Augenblicke voller
Glück,
denn sie vergehen schnell und kehren nicht
zurück.
Halt sie in deiner Erinnerung fest, die
schöne Zeit,
dann wird der Augenblick für dich zur
Ewigkeit!

Ingrid Aschermann * 1942

See aus Rosen

Salzige Tränen fallen zu Hunderten in
kleinen See
vor ihm weinend ein junges Mädchen kniet
und grüne Schönheit vor Qual nicht mehr
sieht
Hätte sie niemals wieder geliebt
und das Herz ihre Vernunft besiegt
Pein ist alles, was vom einstigen Glanz
noch blieb
Er war schön und nun ihrer Seele Dieb

Auf einmal wischt sie ihre Tränen fort
um ein letztes Mal zu erblicken diesen
strahlenden Ort
Ihr Mund lächelt, doch im Blick glänzt der
Tod
Erneut schließt sie die Augen
faltet die Hände im Gott Vertrauen
aber kann sie an ihn noch glauben?
Ihr Mund spricht einige Zeilen:
"Ich scheide nun von hier
auf immer sollst du hören meine Lieder
Die Rosen im See blühen wieder."
Ihr Leib stürzt hernieder

Asmodina * 1985

Keine Zukunft

Ich träume und sehe,
Ein glückseliges „Später",
Eine frohe Zukunft,
Brenne sie zu erreichen,
Nicht zu erschleichen,
Die Leiter aufrecht emporzusteigen,
Ohne meinen Kopf zu neigen.

Doch die Sprossen sind gebrochen,
Die Holzsplitter schneiden in mein Fleisch,
Die Leiter schwankt,
Und Unkraut rankt,
An jeder Sprosse,
Der Wille ist wohl stark,
Doch die Bedingungen hart.

Die Sprossen schließlich,
Nicht nur zerbrochen,
Auch mit Öl übergossen,
Kein Halt.
Keine Zukunft.

Björn Assmann * 1988

Traumzeit

Mondlicht, schimmernd
Fragt sich:
Wo sind sie, die Träume,
Die in Haaren wie Sommerregen
Überwintern?

Träume, die dem Wind gleich
Von Küste zu Küste eilen,
Träume, die niemals verweilen.

Mond, sag' mir,
träumte ich
Oder war es gestern?

Frage nicht, mein Kind.
Was zählt ist,
dass Du spürtest!

Cornelia Aßmann

Goldene dächer und auf dem baum ein
vogel sang
als drohend der himmel zum felsen
aufschwang
die welt sich vom all zu lösen begann
der wind sich stark und mit vollem drang
und auch wieder gern.

das sollte es sein
von der ferne
der nähe
da wurde die welt wohl bange und eng.
Peng !

Jennifer Liane Auer * 1978

Sommergrauen

willkürlich die Spur –
gleichmütig hingeworfen
der Mantel der Zerstörung
auf New Orleans

verdünnt der Gambo
mit Wasser und Unrat
in der riesigen Suppenschüssel –
vielleicht auf immer verdorben

abgebrochen
die Blüte des Jazz' –
verwelkte Begleitmusik
der Vernichtung und des Todes

eine Münze – spät geworfen
zur Hilfe und zum Wiederaufbau:
bis dahin nicht nur Umkehrung
der Verhältnisse, sondern

Anarchie.

Gertrud Auerswald

Mutter und Kind

Ein Lächeln blitzte auf,
Als streifte ein Gedanke,
Ein Bild vielleicht die Seele.
Das Lächeln, erste Sprache,
Erste Antwort, - Lächeln:
Es spricht, und lautlos
Ist die Freude
Über Deine Nähe.

Rolf Augustin

Morgen?

Wenn der Wind die Bäume
umarmt
wenn die Sonne die Erde
berührt
wenn der Mond die Meere
an sich zieht
wenn die Sterne am Himmel
funkeln

vermisse ich deine Nähe

Morgen
wird der Wind der Einsamkeit
Flügel leihen
wird ein Sonnenstrahl mein Gesicht
berühren
wird der Mond für mich ein Licht
anzünden –
und dann wird der Abendstern
blinken:
„Ja, morgen!"

Irmgard Aurich * 1925

Wasser-Frau

Im Zeichen des Wassermannes geborene
Seele
Irrt und sucht den Weg an einem
Fluchtpunkt umgeben von Wasser
Wellen der Hoffnungslosigkeit von
salzigem Wind getrieben
Die Farben des Regenbogens von Wasser
zu Wasser gespannt
Kummer der langsam sich auflöst in den
Farben des Bogens verschmilzt zur
roten
Kugel der Freundin Sonne und zum vollen
ockergelben Mond
Mit den Schreien der Möwen und dem
Geruch des blauen Elements
kehrt das Lachen langsam zurück
Mit jedem Bade im silbernen Nass
verkümmert die Klage
Türkisblaue tiefe Ruhe glättet den Gram
und ein Gefühl von Glück
Kriecht langsam aus dem tiefen Azur

Aurore * 1954

Zeit, Zeit, Zeit

Zeit – für die Kinder, die immer größer
werden.

Zeit – für unsere Freunde, die morgen
schon nicht mehr hier sein können.

Zeit – für uns selbst die wir immer älter
werden.

Zeit – um unsere Probleme zu bewältigen.

Zeit die wie eine Uhr tickt und wie
im Flug vergeht.

Ingrid Avanzini

Wie kann ich den Tag begreifen
mit der Uhr in der Hand?
Wie die Nacht
im Licht der Lampen?
Wie den Weg,
auf dem ich fahren muß?
Nehmt eure Uhren weg
und eure Lampen,
und lasst mich meines Weges gehen.

Friederike Avenarius

Einsamkeit

Mein Gesicht, gerahmt von dunklen Schatten - du schaust nicht hin.
Meine Augen, traurig und leer - du wagst es nicht, hineinzublicken.
Meine Seele, ein Meer aus Verzweiflung und Furcht - es interessiert dich nicht.
Meine Angst vor der Einsamkeit - du bemerkst sie nicht.
Was auch immer ich versuche - du siehst es nicht.

Marlen Axthelm * 1984

Meine Liebe für Dich

Danke…

Für dein Lächeln
Für deine Worte
Für die Geborgenheit, die du mir gibst
Für deine Liebe

Bitte…

Halt mich, lass mich niemals fallen
Sei immer ehrlich zu mir
Vertrau dich mir an
Verlass mich niemals

Denn…

Ich würde alles für Dich tun
Ich liebe Dich mehr als mein eigenes Leben
Ohne Dich bin ich verloren
Ich liebe Dich einfach über alles auf der Welt

Aylina * 1987

Entzauberung

Mond, du Stein, dahin geschleudertes Projektil!
Falsche Göttin, scheinheilig die mild Lauschende
vorgaukelnd dem Trunknen über die Jahrtausende,
grinstest nur hämisch nieder auf sein armes Hirn;
oder jenes erloschne Auge an deiner Totenstirn:
ziellos ins Leere starrt's, aus lieblos rundem Profil!

Omar Aziz * 1932

Morgenrot

Die Welt sie hielt den Atem an, nur Vögel sangen leise,
ein Morgenrot so leuchtend schön wie ich es vorher nie gesehn.
Blutrot ging still die Sonne auf, der Himmel zeigte leuchtend blau auf eine ganz besond're Weise

Und mittendrin ein Flugzeug, groß, mächtig, silbern, leise.
Flog es direkt ins Morgenrot
auf eine lange Reise - ganz feste dachte ich an dich, wie sehr ich dich doch liebe –
und setzte dich ins Flugzeug rein - mit all meinen Gefühlen, wünschte dich ins Morgenrot
Dann kam der Anruf

„Du warst tot"

Die Welt sie hält den Atem an

nichts scheint jetzt mehr zu geh'n
Doch eines weiß ich ganz genau

„Ich werd dich wiederseh'n"

Vera B. * 1956

Mein Stern

Ich kann meinen Augen kaum trauen
bin es nicht wert
Dich anzuschauen
kann meine Worte nicht verstehen
wenn Deine Augen mich ansehen

Du bist so nah
und doch so fern
bist in der schwärzesten Nacht
mein Stern

Zwischen Einsamkeit und Hoffnung
treibst Du
Feuer in mein Herz
gibst der Mitternacht einen Sinn
nimmst der Dunkelheit den Schmerz

Andreas Baar * 1971

Blitz der Liebe

Ein Blitz in der Nacht ist so hell und so klar,
Das Gefühl in mei'm Herzen so rein und so wahr.
So hell wie der Tag ist meine Liebe zu Dir,
So dunkel und traurig, daß ich nicht Dir gehör'!
Was würd' ich d'rum geben, daß Dein Eigen ich wär';
Was würd' ich alles tun - ich liebe Dich sooo sehr!
Mit Dir den Blitz und den Donner zu spür'n –
Es wäre sooo wunderschön...!!!

Constanze Bäbler * 1969

Kuno Rabe

Kuno Rabe,
Mit seiner Gabe,
Geschichten zum Lachen
Und Bilder zu machen,
Nach Pilzen zu spähn,
Und sie auch zu sehn,
Sah einen am Wege stehn.
Er ging noch ein Stück weg,
doch auf dem Rückweg,
war der Pilz nicht mehr zu sehn:
„Komisch, hier stand er doch?"
Aber nur den Stiel fand er noch!
Da sprang er voll Wut, o Wunder,
in die Luft und kam nicht mehr herunter!
Wer kann denn nun die Geschichten zum Lachen
Und all die Bilder machen,
Nach Pilzen spähn und sie auch sehn?
Wer kann das nur, wer???
Alle sagten „Niemand mehr!"

Heymo Bach

Venedig, du Holde

Venedig, Venedig, du holde Lagunenstadt,
du hast wie jedes Jahr die Touristen satt.
Wie ein tausendfüßiges Tatzelgewürm, lassen sie dich ihr Schieben in den Gassen spür'n.
Schieben, stinken, schreien – Hitzschlag, ach du liebe Not,
manch einer hat dann Angst, die Menge drückt ihn tot.
Wieder im Parkhaus verschwindet eine Zentnerlast,
man weiß nicht mehr, wo man war vor lauter Hast.
Da lob ich mir die sogenannte kalte Jahreszeit,

die Herzen der Venezianer werden wieder
weit.
Bekommt man die Rechnung der
Getränke, wird man immer stummer,
beim Abschöpfen der Devisen verspüren sie
keinen Kummer.
Stimmungsvoll ist's bei Wein und Sonne in
der warmen Mittagszeit,
der Stress im Beruf, die Heimfahrt, sie sind
noch weit.
Das Blau des Himmels, die Sonne im
Wasser erfreut das Aug,
dein Blick erwärmt mein Herz und die
Sonne die Haut.
Ich hebe das Glas und trinke dir zu, der
Rotwein ist gut, ich bin glücklich –
und du?
Der Wellen plätschern dringt leise an das
Ohr, Atlantis ruft, ah – das ist der
Nereiden Chor.
Ich sehe Paläste und Häuser – zu Stein
gewordene Sinfonie,
ich fahre bald heim, doch ich möchte
bleiben, ich vergesse dich nie.
Venedig, Venedig, es gefällt mir hier, ich
komme bald wieder hierher zu dir.

Andreas Bachhuber * 1946

Augenblicke

Ein Jahr geht schnell vorbei.
Oder auch nicht.
Die Zeit vergeht im Fluge.
Oder sie bleibt stehen.
Je nachdem
Wie du es siehst.
Hast du Zeit verloren?
Oder gewonnen?
Kommt auf deine Sicht an.
Wann lebst du?
Gestern ist vorbei.
Morgen noch nicht da.
Also nur heute.
Jetzt.
Diesen Augenblick.
Augenblick+Augenblick+Augenblick=
Leben
Mach was draus!
Jetzt!

Hildegund Bachkötter-Brömmle

Kinder unserer Welt

sind der Atem unserer Zukunft,
von Gott gewollt, geliebt
und ausersehen, sind sie das Leben
unseres Seins.

Kinder unserer Welt
brauchen ihre Eltern in gelebt er Liebe,
Geborgenheit und Stärke
menschlichen Verstehens.

Kinder unserer Welt
reichen uns die Hände zur Brücke
ihres Glaubens an die Ehrlichkeit
ihrer Liebe, im Vertrauen auf
die Menschen, im göttlichen Gespür,
der ihnen anvertrauten Welt.

Helga Bach-Schumacher

Krieg

Nicht auf Orden
Stolz sein,
Nein;
Das Leid
Der Mütter,
Der Väter, der Söhne
Das Geschrei
Sollst du hören
Allein.

Meide die Bomben
Die alles zerstören;
Körper und Seele
Zerfetzen
Und die Menschen
In Angst und Schrecken

Versetzen.
Lass die Sirenen
Schweigen
Die Sonne scheinen
Für jedermann.

Standja Bäck * 1945

Egoistisches Recht

So mancher denkt, nur er hat Recht,
nur sein Empfinden, das ist echt,
er hält sich gerne für gerecht,
denn er ist es, der tolle Hecht.

So denkt allein nur er,
es fühlt jedoch ein ganzes Heer.
Aus dieser Sicht, der Seelenfriede,
ist degradiert zur leeren Zierde.

Wie kann man da retten,
woran viele sich verwetten?

Man muß sie sehen machen,
und ist dann einer ehrlich,
er muß sich selbst verlachen,
die Suche der Einsicht bei der Masse,
die Müh' ist meist vergeblich.

Allein auch Du denkst nur an deine Rasse,
schlägst damit selbst ein Loch
in deine Seelenkasse.
Denkst, du bist dir selbst der beste Koch.

Friedrich Backhausen * 1960

Liebe

Wir gehen spazieren, Hand in Hand,
zwischen uns, ein untrennbares Band.
Ob unter der Sonne oder dem Mond, dies
ist etwas, das für beide sich lohnt.
Klarer Fall von Zweisamkeit, ausgedrückt
durch Einigkeit.
Doch plötzlich reißt es, unser Band, du
windest dich aus meiner Hand.
Die Freiheit ruft, mein Herz tuts auch, du
stehst dazwischen, was rät dir dein
Bauch?

Ich bin nicht fähig zu verstehn, kann hoffen
nur, doch niemals sehn.
Die Zeit verrinnt bald scheinbar fliegend,
doch leider miss' ich ihre Tugend...
Sie heilt nicht, sondern foltert den, der in
ihre Arme stolpert.

Niemals gebe ich dich auf, akzeptiere ich
der Dinge Lauf...
Die Welt wird sich noch lange drehn, auch
wenn wir sie zu zweit begehn.

Dies ist mein Traum, und wenn du gut
horchst beim nächsten Spaziergang,
dann wirst du es hören:

Der Wind singt es in den Bäumen, dies ist
SIE, die Frau aus seinen Träumen.
Kehrt es wohl noch mal zurück, jenes
unbeschwerte Glück...?

Bruno Balke * 1979

Sonett des Lebens

Wirf deinen Glanz deinen elenden Glanz
ins ölige Elend. Immer gewinne noch.
Doch rechts vom Blut jede Minute kocht
rasend dein Schein dich. Willst mit Gewinn
ganz

das Leben verderben. Wende dein Sein,
im Zerfall wag' den Sprung. Peitsch' nicht
die Zeit
in die Eile. Senk' deinen Januskopf weit
in verschüttete Liebe. Bleibe kein Stein

im richtenden Wind. Umarm' sein Gesicht,
die Orkane. Werde in Stürmen alt,
gehe in welkende Welten mit Licht.

Zerbricht die Richtung des Lebens -Gewalt
aus erkaltenden Fluten, zertrümm're nicht
das Meer, die Gesteine. Die Seele behalt'.

Frederike Balke * 1952

Selbstbetrug?

Den Menschen ruf ich
der den Klang des eignen Ichs
in seiner Brust nicht stumm
versiegen lässt
der sich nicht schämt zu sehen
wer er ist
und seine Handlung nicht
nach fremden Werten misst.

Den Menschen suche ich!

Für den das Du ein froher Auftrag ist
in dem er leben muss
als sei sein ganzes Wesen nur in ihm
für den der Mensch ein Wunder
Gottes Bildnis ist

Ich warte gern

Doch ist's nicht Selbstbetrug
da ich ja weiß
er ist unendlich fern?!

Reinhard Balke

Eisstandbeschreibung, Eingreifbericht

Nicht wie im cash & carry Bildschirmland,
das Flüssigkristall hier ist ferrograu
gestülpt wie Plasmaquallen übers
Schloteland,
wo sonnenrotgoldner Untergang und
schwarzer Eisenverhau.
Hie ist die Heißluftpistole der Zeche
zugequollen.
Zone occupée, nur manchmal eine
Schüttellähmung: Güterzugrollen.
Und blühende Landschaft dunkelt nach.
Die Fluren des Humanen liegen brach.
„Was das Land braucht ist Mut."
In den Augenruinen der Frei-Gesetzten am
Tresen
steht ausgeworfen: das wars gewesen.
Einer links neben mir sucht sein Ich im
Leben.
Hinter mir einer verlangt meine Zukunft,
ihm zu geben.
„...und kürzer treten." Der Wirt zapft
schon kürzer das Bier.
Die Technologie bringt niemanden hoch
hier.
Redet die TV-Show von Tüten, wen
wundern die schon.
Das Wunder von Bern rauscht darin statt
Lohn.
Die Gesellschaftsverträge verstummen. Das
Wort hat Persil.
Man kommt mir nicht mit: wir müssen
besser...genießen zuviel.

Vom Leben im Einstehen ist zu reden

Claus Dittwitz von Ballethen

Traum

Ich bin von einem Traum erwacht,
ein Traum von Glück und Liebe.
Er verschwand in einer Nacht,
und ich bin krank zurück geblieben.

Nun bleibt nur das Warten,
wie an nebeltrüben Tagen
das Warten auf den Sonnenschein,
irgendwann nicht mehr allein zu sein.

Ich bin alt und gram geworden,
vom Gift zerfressen mein Gemüt,
bin ich leid der eitlen Worte
und gönn' der Einsamkeit den Sieg.

Heinz-Peter Ballmann

Landgang

Mit Schwärmen aus verbrannten Wolken
stürmen Traumschreiber die unbedeckten
Straßen
Köpfe brennender Matrosen vor hungrigen
Wänden
Ich würde erkennen, wenn die trunkenen
Lichter
einhergehen mit Liebesmasken
die sich aus schwarzem Blut ergießen

Walter Balluch * 1968

Erster März

Für Uwe

Als Eintagsfliegen glitzern durch den März,
die Schneeflocken.
Es ist das Herz, das wärmend friert, sich
geniert, zu sagen:
„Ich mag dich, Winter“, als wär ich ein
Blinder,
fühl ich die Sonne, nur, hör die Glocken,
fast wie Weihnacht
das erste Vöglein lacht weil ich noch immer
Körner streu
in das Häuslein.
Das soll Frühling sein?
Noch liegt hoch der Schnee, verbiegt die
Zweige, doch
blasses Grün bohrt sich ein Loch, durch das
Eis
da ist Er doch, und strahlt mich an: „Schau,
was ich kann.“
Es hat durchbohrt den schwarzen Frost
gekämpft doch nie geschlagen, genau wie
ich,
wollte nie wagen den letzten Schritt,
kleines Blümchen nimm mich mit
bis ich die Sonne spür auf der Haut,
im Winter, als wär ich ein Blinder, warm
und so vertraut.

Ich kann Dich stehen sehen, auf kalter Erde
die endlich taut...

Jetzt lebe ich, hier bei Dir, ich liebe Dich

Ute Ballwanz

Der Winter naht

(Fassung II)

Der Winter naht,
die schönste Zeit zum Lesen.

Die Blätter fallen runter und verwesen.

Wenn feuerrot das Herbstkonfetti blinkt
und schaudernd dann im weißen Schnee
versinkt;
sich Pelzige und Menschen einigeln,
beginnt die Ruh.
Und was liest du? –
Die Seen und Teiche gleichen blinden
Spiegeln.
Derweil sitz ich schmökernd vorm Kamin
mit einem dicken Wälzer auf den Knien ...

Willst du mich nach Phantasien begleiten?

So folge auf den Seiten
dem Bücherpfad ...

Dimitri Banick * 1979

Notenschrift

In Deinem Bildnis spiegelt sich,
als ob die ganze Welt zerbricht,
ein Schatten auf dem Schleier
meiner Seele.

Im Reigen jedes morgen,
als wäre es ein gestern,
ich schau' Dir ins Gesicht,
ein Lachen seh' ich nicht.

In jedem gestern liegt ein Lied,
in jedem morgen ein Gesang
und frage mich warum nicht ich
Teil Deiner Melodie sein kann.

Andrea Bannert * 1982

Danken

Danken – das ist die große Kraft des
Lebens,
die immer Wachstum bringt, Blüte und
Frucht.
Dank zu empfinden ist niemals vergebens,
weil dies auch dich selbst zu beglücken
sucht.
Dank will an freudiges Geben gewöhnen,
erfüllt sich in Frieden und Harmonie;
Es kann Brücken schlagen, Welten
versöhnen,
das kleine Wort danke, thank-you, merci.

Anna-Gertrud Bantel * 1919

Der Tannenbaum

Es steht ein kleiner Tannenbaum,
allein auf weitem Feld.
Nur weil sein Stamm ist krumm,
steht er noch einsam hier herum.

Dabei wünscht er sich immer,
geschmückt zu stehn in einem Zimmer.
Doch sein Schmerz wird nicht gelindert,
schließlich ist er doch behindert.

Ach, können Menschen grausam sein,
mancher ist einsam und allein,
wie dieser Tannenbaum verlassen,
doch Liebe lehrt uns nicht zu hassen.

Es fehlt Verständnis, wie wir sehn,
mit Behinderungen um zu gehen,
genau wie bei diesem Tannenbaum,
bleibt Nächstenliebe nur ein Traum.

Dabei genügte oft ein Lachen,
es würde manchen glücklich machen,
vergessen wär' Kummer und Leid,
und das nicht nur zur Weihnachtszeit.

Alfred Baranowsky * 1938

Verwund(er)bar

Am Rand der Wolke klammert sich die
Seele fest,
drauf hoffend, daß die Sonne sich noch
blicken läßt,
um hilfreich einen warmen Strahl zu
senden,
den sie ergreifen könnt' mit ihren kleinen
Händen.
So hängt sie zappelnd - nah dem Zweifeln
wie dem Hoffen -
...ein Wunder fliegt vorbei, zeigt sich
betroffen
und ruft: „...Ich komm' nochmal zurück -
dann helf' ich dir..."
„Ach", schluchzt die Seele „dann bin ich
wohl nicht mehr hier".
Verzweifelt läßt sie ihren Tränen freien
Lauf -
die kullern auf die Wolke, da löst die sich
auf...
...die Seele schreit entsetzt: „Das ist das
Ende!",
da kommt das Wunder und ruft: „Form'
doch deine Hände
zu einem Fallschirm - laß dich nicht von
Angst besiegen!
Wenn du Vertrauen hast, dann kannst du
fliegen...!"

Nun, das Ende dieser Geschichte bleibt
offen -
so bleiben auch wir zwischen Zweifeln und
Hoffen...

Kathrin Bärbock * 1968

Keine Zeit

Keine Zeit,
auf mich selbst zu sehen
und mich selbst zu erkennen.

Keine Zeit,
auf mich selbst zu hören
und mich selbst zu verstehen.

Keine Zeit,
mich selbst zu spüren
und mich selbst zu finden.

Höchste Zeit,
den Blick zu verändern
und mir selbst Beachtung zu schenken.

Hannelore Bares * 1949

Auf meinem Sterbebett

Auf meinem Sterbebett möchte ich in
Deinen Armen liegen
Auf meinem Sterbebett möchte ich in den
Himmel fliegen
Dann wirst Du es sehen
Dann will ich gestehen
Auf meinem Sterbebett möchte ich es nur
einmal wissen
An meinem Sterbebett möchte ich Dich
nicht missen
Auf meinem Sterbebett will ich Dich was
fragen
Dann will ich auch nicht mehr klagen:
Wenn es das gibt
Hast Du mich jemals geliebt?
Dann will ich Dir sagen ich liebe Dich
Du wusstest es schon ganz sicherlich
Dann will ich Deine Hand haben an
meinem Herz
Denn er ist so schön dieser Liebesschmerz
Dann werde ich gehen
Ich kann Dich ja dann immer von oben
sehen.

Verena Baron * 1960

Die Gläserne Amphore

Jenseits von Gut ist das Böse
jenseits von Böse das Gute.
Schattenfrei ist jeder Gegenstand,
löscht du das Licht. Du lachtest,
schütteltest den Kopf und hieltest
mich für verwirrt. Nur das, mit
dem Schatten, das konntest du nach-
vollziehen, du fragtest mich:

„Was muss ich tun, um dich zu verstehen?"
„Tötest du im Krieg, bist du ein Held.
Ist der Krieg vorbei, bist du ein Mörder!"
„Ja, das ist Recht so, das eine ist das Gute
das andere das Böse! Was muss
ich machen, um dich zu verstehen?"

„Dem Gegenstand nimm das Licht, dem
Gegen-
satz das Wort: Dann bist du bei mir im
Wesen

in der Gläsernen Amphore Zeit!"

Marcus Barrell

Abrutsch

Er hatte immer einen Wunsch
Er wollte happy werden
Nun trinkt er jeden Abend Punsch
Und er bekommt Beschwerden

Vom Vermieter, der Tochter
Der Exfrau, vom Wirt
Und letztens sogar schon vom Urlaubsflirt

Er war immer voll Begier
Er wollte glücklich sein
Nun trinkt er jeden Abend Bier
Und man sagt er sei ein Schwein

Der Vermieter, die Tochter,
Die Exfrau, der Wirt
Und letztens sogar schon der Urlaubsflirt

Sein Leben wird immer schwerer

Melanie Barth * 1983

Ein Adventwunsch

Der Herbst zog ins Land
und der Winter steht vor der Tür,
die Sonne verschwand,
doch die Nacht ist länger dafür.
Schon bald wird es finster, nur kurz ist der
Tag
und die Nebel, sie fallen vom Berg bis ins
Tal.

Bedecken die Stadt, das Dorf und das Feld,
Eis, Kälte und Schnee sich zugesellt.
Doch durchdringt ein Licht die Finsternis,
aus den Häusern, der Fenster, Kerzenlicht.

Froh verkündet es uns die stille Zeit,
und sagt uns: "Mensch, halt dich bereit,
die Ankunft des Herr steht vor der Tür,
darum öffne auch deine Herzenstür."

Lass ihn herein, er will dir Freund und
Helfer sein, will führen dich durchs
nächste Jahr mit seiner Liebe, Freude und
Glück sogar.
Drum lass ihn kehren bei dir ein,
so wirst du wohl behütet sein.

Michael Barth * 1920

Schattenblick

Schatten ist das Licht der Ferne,
Licht die Nähe des Verfalls,
darum nähren sich die Sterne
von der Dunkelheit des Alls.

Helmut Barthel * 1951

Zeichen...

Knisternd sacht und drängend doch
und kaum erwartet lockend
ist Sehnsucht die im Herzen pocht
die nach der Einheit fordert...

Gedanken mal'n mit Phantasie
Bilder von Vertrautem
und driften ab wie Ecstasy
in Wunschwelt des Erbauten...

Geheimnisse, die schwimmen mit
im Strom der Emotionen
auf einmal sind die Seelen fit
mit paradoxen Normen...

Der Augenblick des ersten Mal
mit Riechen, Schmecken, Fühlen
ist wie der Gipfelblick ins Tal
lässt Lebenssinn durchwühlen...

Sei eingebrannt du Bild des Glücks
in Fasern meines Lebens
zeig mir dadurch dann Stück für Stück
den Weg, der nie vergebens...

Silvia J. B. Bartl * 1962

Frauen

Verachtet mir die Frauen nicht!
Sie sind's die Leben schenken.
Das sollst du Mann in deiner Art,
wohl immer gut bedenken!
Sie sind's, die hinter jedem starken Mann,
In Politik und Wirtschaft meist die
Weltgeschichte lenken.
Dies sollst du Mann, in deiner Planung
wohl so oft bedenken.
Sie sind's, die Konsum, Kinder und auch
die Kirche halten.
Dies sollst du Mann, in deiner Arroganz als
Beschützer
wohl verwalten.
Verachte dich nur selber nicht,

du Frau von Gottes Gnaden,
du wirst dir sonst nur selber,
sehr viel schaden!

Erika Thea Bartsch-Küppers

Nachricht von dir

Du nahmst einen Stift
sehr edelmütig
für mich in die Hand
zum ersten Mal
nach siebzehn Jahren

Ich wachte auf
was für ein Gefühl
mit deinem Brief vom tiefen Schlaf
dass du nun für mich
eine Wirklichkeit bist
nicht nur in Fantasie und Traum

Javad Barzany

Atemlos tiefe Stille

Zeitumwobene gesponnene Ebenfäden
führen uns flüsternd spiralenmythisch auf
ungeahnte Wege – unserem wahren Selbst
näher.

Richtungweisend ertasten wir
die lichtvolle Spur. Fühlen
das alltägliche, laut-hektische Szenario
deutlicher.
Farbnunancenwechsel umrahmen
fährtenweise den Achtsamkeitsgrad.

Ziehe atemlos tiefe Stille vor.
Eingebettet in dieses grandiose unendliche
Realitätstal,
entwickeln wir das wahrhafte Atem.
In und auf das menschliche Ich-Bin-Sein!

im grenzenlosen atmenden
Horizontenbewußtsein
erkennen wir demütige Wichtigkeitsteile
eines gesegnet glücklichen Lebens!
Facettenreich gespannte Zeitbogenfächer
ermöglichen wertvoll glückliche
Dimensionenmanifestationen.
Zum Wohle aller, zum Schaden von
keinem.

Beate Loraine Bauer

Danke

Danke – Mutter Natur für alle Wesen, die
du hervorgebracht hast.
Danke – Sonne für das Licht und die
Wärme, die du uns zum Leben
schenkst.
Danke – Mond für Dein sanftes,
traumhaftes leuchten in der Nacht.
Danke – Erde, daß du uns trägst und
Nahrung gibst.
Danke – Luft, daß du uns atmen läßt.
Danke – Wasser, daß wir trinken dürfen,
wenn es uns dürstet.
Danke – Feuer, daß du uns schützt vor
Kälte.
Danke – Baum und Strauch, Berg und
Fels, Meer und Quelle
für Eure Freundschaft.
Danke – all Ihr Tiere und Blumen,
die Ihr in Eurem einfachen Sein
unser Herz erfreut.
Danke – auch all den Menschen, die diese
Wunder noch erkennen.
Danke

Erwin Bauereiß

Wach ich oder träum ich?

Ich steh hier am Fenster, seh hinaus in diese
tiefe Nacht.
Was war noch alles gestern, ich weiß nicht,
träum ich oder bin ich wach.

Bisher ging ich durch mein Leben, entlang
auf einem steinigen Pfad.

Niemand hat mir Halt gegeben, am
Abgrund ließ man los meine Hand.

Mein Vertrauen ist so oft gestorben, in
Menschen, mit denen ich vorher hab
gelacht.
Wenn ich schmeichelnd wurde umworben,
die Angst hat über mich gewacht.

Schwer kann eine Seele Ruhe finden, wenn
überall lauert die Gefahr,
auch wenn schöne Worte Schmerzen
lindern, der nächste Absturz liegt
vielleicht sehr nah.

Doch das alles war schon gestern, in diesem
langen Tunnel der Nacht.
Ich seh lachend aus dem Fenster, und freu
mich, daß die Sonne wieder lacht.

Damals ging ich durch ein Leben, entlang
auf einem brüchigen Pfad,
niemand hat mir Halt gegeben, bis Du
kamst und nahmst meine Hand.

Lisa Maria Baum * 1966

Schwarz

Die Welt ist böse, die Welt ist schlecht
Die Welt ist ernst und ungerecht.

Die Welt hat nur eine Seit,
Die Welt kennt nur den Streit.

Die Welt besteht nur aus materiellem
Wert,
Doch ist dies, was des Menschen Herz
begehrt?

Wo sind die Dinge,die im Leben hell
erscheinen?
Heut ist der Wert der Liebe gar erst klein.

Doch soll dies das Leben sein?

Max Baum * 1991

Herbstgedanken (Allgemein)

Grau und stürmisch ist das Gemüt,
Nur noch selten etwas erblüht.

Nebel und Regenschauer
Erfüllen das Herz mit Trauer.

Nur selten ist ein Sonnenstrahl zu
erblicken,
Glaubst an dem vielen Grau zu ersticken.

Doch die bunten Bäume,
Wecken schöne Träume.

Laub raschelt unter den Füßen,
Uns den Herbst zu versüßen.

Böen malen Muster in die Wiesen,
Rinnsale fangen an zu fließen.

Allgemein lässt sich noch sagen,
Dass Tannen immer ihre Nadeln tragen.

Andreas Baumann * 1974

Alpes Maritimes

Hörst Du nicht das Bächlein rauschen,
drüben – dort am Waldesrand?
Die Pfade sind oft sehr beschwerlich,
mein Ziel ist mir noch unbekannt!

Fasziniert von dieser Landschaft
stell' ich mit Erstaunen fest,
dass die Natur – nur scheinbar öde –
hier Wunderschönes wachsen lässt.

Die Flora früher ignorierend,
fand ich doch nur die Berge schön.
Heute mach ich öfter Pause,
um mir auch Pflanzen anzusehen.

Man muss nicht auf dem Gipfel stehen
um Glücksgefühle zu erstreben.
Mit offenem Herz und offenen Augen

kannst andere Dinge du erleben.

Mein Ziel habe ich nun doch gefunden.
Als Wunsch – Bedeutung es erhält:
Zurückzukehren hier nach Frankreich,
zur maritimen Alpenwelt.

Mario Baumert

Horizonte

Und die Wünsche schienen stets am
Horizont zu stehen,
obwohl blass, dass man sie nicht wirklich
sah.
Doch es trieb mich fort, dorthin zu gehen,
wo der Himmel schien der Erde nah.

Glaubte, alle Wünsche zu berühren,
bis das Frührot aus dem Morgen kam,
und ich lief vorbei an vielen Türen,
und ich klopfte nie an einer an.

War zu Mittag nicht am Erdenrande,
und ich war es auch am Abend nicht,
doch ich trieb mich weiter durch die Lande,
lief im Sonnen- und beim Sternenlicht.

Lief Gesichten nach, die vor mir lockten,
lief durch Dörfer, Städte und die Welt.
Frühling kam und ging, und Winter
hockten
auf den Gräsern, und sie wurden welk.

Aber nie hab ich mein Ziel vergessen,
doch die meisten Wünsche sind verdorrt.
Hab die Erde suchend rund ummessen,
und steh, wo ich stand, am Ausgangsort.

Siegfried Baumgart

Abschied

Du hast schon vor Wochen
mit dem Sterben begonnen,
dein Blick ist gebrochen.
Sind sie gekommen,
haben dich mitgenommen?

War so froh dich zu seh'n!
Doch du musstest schon geh'n.
Hab Dich nicht mehr getroffen,
bleibt nur zu hoffen:
Auf ein Wiedersehen.

Gedanken, so schwer,
hängen hinter dir her,
doch Nachts im Traum,
sah ich dich in einem Himmelsraum.
War gut dich zu schau'n.

Du hast gelacht,
deine Späße gemacht,
hab mir so gedacht:
ich laß dich geh'n.
Auf Wiedersehn!

Andrea Bäuml * 1969

Gestern ist morgen und morgen ist gestern

Das Gestern zeigt sich
in meinen Gedanken
und will mich
lenken,
an heute zu denken,
und morgen zu spüren,
auch wenn es noch fern ist.

Mein Glück wird mir
immer dann bewusst,
wenn es mich einholt
und vorbeieilt.

Mein Gestern kommt später
und webt in die Zukunft,
nicht nur bunte Fäden,
sondern auch manchmal
vergessene Momente des Glücks,
die jedem Leid zuwider leben.

Andrea Bayer

Die Welle

Du liegst verborgen, treibst dahin,
für viele Stunden, Tage, Jahre.
Keiner nimmt dich wahr, du schwimmst
mit der Masse.
Treibst dahin.

Das Tosen und die Gischt gelten nicht Dir,
noch nicht.
Du wartest.
Dann formst du dich, ganz leise, ganz
allmählich.
Jetzt ist sie da, deine Sekunde, Deine
Unendlichkeit im glänzenden Licht.

Immer höher erhebst du dich, getragen von
der Gemeinsamkeit.
Du kräuselst dich, juchzt dem Himmel
entgegen.
Du schäumst und kringelst dich vor
Lachen.
Glückseligkeit.

Dann fegst du weit über den Strand, jagst
Möwen und verzückst Mädchen.
Was für ein Spiel.
Du ziehst dich langsam zurück in die
Masse, die Weite,
die prall gefüllte Leere deines Seins.
Was für ein Spaß.
Das Leben.

Carolin Beck * 1979

Traumtänzer stürzen nicht ab

Wenn sie mit allen beiden Beinen
Auf dem Boden der Wirklichkeit stehen,
Und zu träumen beginnen,
Weil ihnen direkt Erreichbares
Verwehrt wird,
Heben sie ab in die Träume der
Wirklichkeit,
Die sie beflügeln, den Boden,
Von dem sie kommen,
Nicht zu vergessen,
Weil ihre Träume ihnen genau
Das erleichtern.

Da gibt es keine Absturzgefahr,
Aber die große Gefahr für die Verwehrer,
Dass die Träume
Wirklichkeit werden!

Michael Beck

Kein jüngster Tag

Jünger werden die Tage sein
wenn die Feuer sich ausglühn
die Wellen sich waschen
und Erde die Erde bedeckt

Winde werden aufsteigen
mit den Federn der Vögel
Die Sonne belebt wieder
und tötet
Da ist kein Unrecht mehr
und keine Strafe
Kein Mensch
und keine Hoffnung
ist nötig

Aber unten am Meer klappern die Steine
Und der Wind in Deinen Haaren Marie
Und die Erde unter unseren Füßen

Julius Becke

Moppel und Mutzel

Moppel
Tief atmend
Aber wie Traktor
Das Mutzel –
Glück!

Frauchen
Will baden
Wanne voll Schaum
Mutzelchen maunzend –

Sprung!

Moppel
Der Kater
Hat Gardine erklettert
Himmelwärts schaukelnd
„Mau"!

Filme
Sind spannend
Sprung auf Bedienung
Fernseher an –
Wow!

Annegret Becker

Offenbarung

Öffne das Fenster deiner Seele,
zu jeder Zeit.
Sie wird nicht fliehen,
sondern sich offenbaren,
wenn du bist dazu bereit.-
Oh' Seele mein!
Du Quell der Freude,
du Sprudel des Lebens.
Im Glanze des Auges,
grüßt dich die Träne,
aus tiefstem Herzensgrund.
Ja, es ist wahr:
„Du meine Seele bist offenbar!"

Erwin Becker * 1928

Stillen

Mütter die an ihren Brüsten
Babys nährten sie
beküssten

trugen müde Lächelpunkte
in den Augen die
zerfielen

auf den Häuten auf den Haaren
in den Finger
spielen

Babys die an deren Brüsten
lagen sie verschlangen
blind gedanken
los verlangen

Kerstin Becker * 1969

Zyklus

Mit wehenden Fahnen,
Wind von Nordost,
verabschiedet sich der Sommer.

Die Seeluft des Nordens,
herb, frisch und frech,
verwirbelt den Staub der Straßen.

Auf bergigen Wolken
reiten in Grau
Vorboten herbstlicher Stürme.

Die Farben vergehen:
Rot, Rost, dann Braun.
Wir kriechen in warme Höhlen.

Die Stadt schließt den Himmel
hermetisch ab
mit gelben Schwefelschichten.

Anzeichen des Winters:
der Mensch trägt Schwarz
zu ersterbenden Gesichtern.

Oh, gnädiger Frühling,
im nächsten Jahr
erlöse uns von dem Dunkel.

Ute Becker

Mein Herz so weich
läßt formen sich
pocht unentwegt
für dich und mich -
schmiegt sanft sich an
und gibt heraus
die Liebe wie einen Blumenstrauß -
verstreut den Duft der Ewigkeit
betört den Mann und auch das Weib.
Die Freude sprüht
verteilt sich nun
im zarten Hier und Drüben.

Petra Beckering * 1969

Regenbogen

Glitzern – Farben
Schönheit – Träume
Sonne – Regen
Weinen – Lachen
Alles zusammen und gleichzeitig
Wechselspiel der Natur.

Und dann – vorbei!
Traurigkeit – Düsternis
Farblos – dunkle Wolken
Regen, Regen, Regen
Helligkeit tastet sich langsam durch!
Du, Mensch, betrachte ehrfürchtig
Das Wechselspiel der Natur.

Marlene Becker-Schlösser * 1945

Für euch

In mir gelebt habt ihr,
bis es Zeit war für euch
das Licht der Welt zu sehen.
Ich erinnere mich an eure
staunenden Augen, die jede Minute
etwas Neues sahen.
Eurer erstes Lächeln werde
ich in meinem Herzen behalten,
wo es mich immer wärmt.
Jeder von euch ist einzigartig
und doch ein Teil von mir
erkenn ich in jedem von euch.

Ich liebe euch

Friederike Beeking * 1958

Sommerabend

Der Tag geht zur Neige;
ich sitze da und simuliere.
Vielleicht fällt mir was „Großes" ein;
– doch nein.

So seSo seh ich nun den Schwalben zu;
sie ziehen letzte Kreise.
Und nimmermüde auch die Wolken
wandern am Firmament dahin.

So scheint gewollt,
dass alles sich bewege, rege;
kennt nur ein Ziel:
Auf dass es sich bewähre.

Die Sonne bricht ihr letztes Licht,
lässt nochmals alle Vielfalt scheinen.
Der Wind wird still und etwas kühler,
und ganz allmählich kommt die Nacht.

Und mir wird klar,
es muss nicht „Großes" sein.
Das Große liegt im Kleinen –
wie schon die Alten meinen.

Josef Behlert * 1927

Denkendes Verlangen

Das treibende Verlangen, das Unbändige!
Das philosophische Erproben in Nebeln
versunken!
Der Idealismus bleibt der sittliche Glaube
alles Idealen,
aller Ideen über Menschenkraft hinaus -
dem Ideal des Willens und Wirkens ganz
nah das Abseits weilt,

dessen Pfad die Kraft aus der Höhe sei!
Alles Pexieren ist die Konfluenz des
Profanen, die mehr Suche als Finden
lehrt!
Der Inhalt entleert sich um den Gehalt der
Induktion, dem Vorlauf zum Nichts,
dem Nachruf bloß ergeben, der an der
Endlichkeit verstummt.

Carsten Behm * 1979

Nur eine Frau

Ogultscherek
ist der Name
einer Frau
aus Turkmenistan.

Ogultscherek
ist der Name
von einer Frau
für eine Frau.

Ogultscherek
ist der Name
statt eines Namens
für eine Frau.

„Sollte-Sohn-Sein"
ist der Name
einer Frau
aus Turkmenistan.

Helma Behme-Gissel * 1947

Der Lehrsatz

In guten Zeiten
wächst das Gute gut ...

Zu lernen ist in jeder Zeit:
das Gute zu lehren. –

Das ist:
Mit der Güte des Wissens,
des Wortes,
des Weges,
der Weisheit
das Gute des Menschseins
im Schüler entdecken und mehren. –

Mit dieser vierfachen Güte
– freundlich gelehrt und gelenkt –
wächst das Gute am besten ...

Heinz Behnke * 1927

Eine kleine Möwe
(Kinderlied)

Eine kleine Möwe irrt über den Strand.
Sie sucht die großen Schwestern, die sind
weggerannt.

Eine kleine Möwe fühlt sich ganz allein.
Sie braucht so dringend Freunde, sie wäre
gern daheim.

Viele weiße Wellen spielen an dem Strand.
Sie finden Möwen hässlich und sind auch
weggerannt.

Eine dicke Qualle sieht die Möwe steh'n.
Sie würde gerne helfen, doch sie kann nicht
geh'n.

Krebse schauen lachend meiner Möwe zu.
Sie wollen gar nichts wissen und wünschen
ihre Ruh'.

Diese arme Möwe spürt plötzlich den
Wind.
Vielleicht kann er ihr helfen; sie fragt ihn
geschwind.

Der Wind erklärt gelassen: „Möwe, schau
mal zu!
Viele, viele Spuren, du findest sie im Nu."

Die kleine Möwe richtet Blicke auf den
Sand.
Sie sieht die schönen Spuren, drum nichts
wie nachgerannt!

Meiner kleinen Möwe fällt vom Herz ein Stein.
Sie erkennt bald ihre Schwestern und ist jetzt schnell daheim.

Marlene Behr

Die globalisierte Spaßgesellschaft

Die Chance für Pleiten wird noch größer,
das Ozonloch voluminöser –
Es steigert sich täglich der Treibhauseffekt
und Humanität samt Umwelt verdreckt.

Besessene Glaubensfanatiker schmeißen
mit steinigen Dogmen auf Nathan den Weisen.
Sozialer Misswuchs macht sich breit
durch staatsgeword'ne Dämlichkeit.

Der Reichtum verteilt sich auf Billionäre,
die Krisenmanager machen Karriere.
Jeder will alles und keiner begnügt sich –
wer positiv denken kann, nun, der belügt sich.

Das Heer der Spiegelfechter wächst,
die kulturelle Norm versext.
So bringt sich dies Menschgeschlecht mit der Zeit
aktiv um die eigene Menschlichkeit.

Die Menschheit liebt ihr Sündenbabel
schon seit der Zeit von Kain und Abel.
Auch wenn es verrucht ist; den Menschen erfreut's –
Oh, Christus, wie sinnlos hängst du doch am Kreuz.

Heinz Günter Behrendt

Die Sorge

Zu später Stunde still und leise
durchfliehen Zeichen meinen Sinn.
In Flammenschrift, auf Flammenweise
erglühen sie zum Nerve hin.

Sie flackern auf und brennen grell
die tiefen Narben ins Gemüt.
Zur Feuersbrunst wird allzu schnell,
was anfänglich nur hat geglüht.

Erlöschen müssen diese Zeichen,
bevor die Nacht zu Ende geht.
Der Hoffnung haben sie zu weichen,
die morgendlich durchs Zimmer weht.

Jörn Behrens * 1976

Das Labyrinth

Zuversicht, Gelassenheit – Wegbiegung - Ratlosigkeit.
Kein Vorwärtskommen, kein Zurück - verloren ist der Überblick.
Doch will man weitergehn, nicht ruhn - den Ausweg finden - viel zu tun.
Durch die Gänge schleichend, leise -und auf eine Art und Weise, die man zweifelnd nennen kann,
hält man kraftlos schließlich an.
Doch dann - ein Drängen, fast ein Stoßen und nur man selbst in diesem großen,
riesenhaften, wegverschlungnen Dschungel der Gefahren. Innehalten! Kräfte sparen!
Erneuter Stoß - jetzt unsanft, grob, wie ein gezielter, energischer Schub –ein Stück nach vorn –
Ansporn – und ein Wille – zerstören die unheilvolle Stille.
Und plötzlich, da erkennt man den rettenden Weg –
Orientierungssinn hat ihn geprägt.
Denn sowohl ein Wollen als auch ein „ich kann“ bilden den Zusammenhang…

Konstanze Beigel * 1987

Die Rose und der Dichter

Des Morgenslächeln ruht sanft im
Mondeslicht
Noch Morgentau erahnt die Botschaft des
Gerichts

Ein Überdrussverhalten und ein
launenhaftes Spiel beginnt

Ein Dichter noch unbekannt und jung an
Jahren

Verweilt aus Kummer und Verdruss
in einem Garten aus Rosenduft

Aus Ursprungsaat ein Licht entbrannt
im purpurrotem Kleid

Welch Wort der Freude erhebt den Geist
das sie nun bangt um den Verstand

Ein wahrlich Schmerz empfängt ihr Herz
da sie nicht lieben darf den Dichter

In stiller Stund und schwerer Seele

Des Adernflusses ist versiegt
Kein Rosenblut zeugt noch von Leben

Verbannung ist das ihre
aus Leben,Tod und Sein.

Denn nur die Ewigkeit trägt ihr Pein.

Laura-Maria Beigel

Tokyo – 6 Uhr

die Zeitung zerbröselt knuspernd
temporär die Betonstille
die sich über das Abteil gesenkt hat
weil der noch Dämmernde doch mehr für
Sport interessiert
nicht so wie die Dame neben ihm
eine firme Besserverdienende im
schmackhaften Kostüm
die E-mails abrufend müde Handy-
Glücksbringer klickern läßt

der Denker vor mir kratzt sich am Kinn

der Schuluniformierte ergreift einen Hut
voll Schlaf
gänsehäutige Beine baumeln

kein Wort auch von dem Anzug des Salary-
Mannes
der trüben Blickes aus dem Fenster sinnt
als gäbe es mehr in der Welt als schwarz
flickernde Tunnelwände

die Information des Zugführers prallt
elanlos zu Boden
zu viele Welten nehmen dem abgespannten
Lautsprecher Platz

alles ist so weit
die Stadt das Heim der nächste Bahnhof
nur die erdrückende Tauchstille sich durch
MP3-Wände fressend
und wenn ich die Ticketmaschine fütternd
an die Oberfläche trete

ist es hell in Tokyo

Leska Beikircher * 1981

Grillende Ameisen

Lebe jeden Tag, als wenn es der
letzte wäre
also heute wieder
getankt gezweifelt
schweigend gefrühstückt
die große böse
Datenbank voll geschrieben
Penne Arrabiata
voll weich gekocht
nicht korrekt
Schlüsse gezogen

Vera nicht angerufen

als gäbe es kein Morgen
aber wenn doch
Menschenskind
was
dann.

Heinrich Beindorf

Ungeklärt entblättert

Als ob die Erde ruft,
segelt durch die Luft
ein wehrloses Blatt,
das der Baum abgestoßen hat.

Hoch oben im Wipfel,
am Stiel, einem kleinen Zipfel,
hat es gehangen,
wie viele, unbefangen.

Jetzt denkt es bedrückt,
daß es den Baum geschmückt
und auch noch Farbe gezeigt ...
aber der Baum schweigt.

Erst im Frühjahr noch
schützte er das Blatt doch,
der starke Baum, stolz,
als zarte Knospe an seinem Holz.

Was hat den Baum bewogen,
daß er sein Kleid ausgezogen?
Folgt er einem Trend der Zeit?
Oder ist es Eitelkeit?

Marita Beismann * 1948

Verlorner

Es gibt sie.
Die das Feuer des Tigers nicht scheut,
in zwei Sekunden zwei Katzen erwürgt,
allein mit dem Blick heut
ihren Mann zum großäugigen Irren
verwirrt.

Du. Folge ihr nicht zum Wald ihres
Körpers,
der dich aufbäumt, verirrt.
Geh mit ihr nicht über die Brücken des
Lebens; rein
mit jedem lächelnden Schritt reißt sie diese
tiefer und tiefer ein.

Trink nicht von der süßen Milch. Sie wird
deinen Leib aufbrechen, Verlorner.

Anselmo Beljolis

Die Reifeprüfung

Trauer, ist des Mannes Kleid.
Sein gebrochenes Herz, sein größtes Leid.

Zu Erkennen ist's nicht schwer;
An seinem Blick, an seinen Gesten.

Ich lese aus den Augen, wie aus einem
Buche.
Es steht geschrieben; Dieser Mann ist auf
der
Suche.

Auf der Suche nach sich selbst, denn
verloren hat er
vieles.
Jenes hier, dieses dort, auf dem Weg zum
Horizont.

Was er braucht, sind neue Augen, neues
Denken;
Beides Dinge die ihn lenken.

Finden wird er's schließlich nicht, denn er
sucht
mit seinem Herzen, das besetzt ist, wie ein
Haus,
von unzähligen Menschen.

Jeder Einzelne ist in Ihm, verschafft sich
derart eine
Bleibe.

Der Grund, warum er sich nicht finden
wird;
Er hat keinen Platz im eigenen Heime.

Bella * 1980

Immergrün

Auf einem Grab, das mir vertraut,
ist Immergrünes angebaut.
Ich stech mir etwas davon aus
und trag's zu meinem Gartenhaus
und pflanz es unterm Fenster ein,
beim Farn und neben wildem Wein.
Nun grünt's auch hier am stillen Ort,
treibt lila Kelche da und dort,
verbreitet langsam sich nach außen,
wie auf dem Friedhofsgrab da draußen.

Der Herbst färbt rot den wilden Wein,
der Farn wird braun und rollt sich ein;
ich hol die Schere, schneid ihn ab
und denke an mein liebes Grab.

Der Weinstock wirft die Blätter hin,
verstreut sie übers Immergrün;
das bleibt, wie's ist, will nicht verderben,
bleibt immer grün und wird nicht sterben.
Ich seh es wie ein Zeichen an,
das mir zur Hoffnung werden kann.

Thekla Bellm

Spuren

Merkst du nicht,
Wie die Zeit vergeht,
Wie die Zeit
Allmählich deine Spuren verweht?

Nütze deine schwindenden Tage
Und grabe
Neue, tiefere Spuren in den Sand,
Bevor du fortgehst ins andere Land.

Sei nicht das Blatt,
das verwelkt und verweht,
Wenn der Tod
Vor deiner Türe steht.

Sei eine Fackel
Im Sturme der Zeit,
Denn bald, gar bald
Ist es so weit.

Drum denke daran,
Wie die Zeit schnell vergeht
Und vielleicht
All deine alten Spuren verweht.

Gerhard Bellosa * 1927

Erst dann wird es gut sein

Erst dann aber - weißt du -
wird es gut sein:

wenn du dem Schmerz einen Namen geben
kannst
ihn nennen kannst beim Namen
den Namen aufschreibst

und dann wenn du ihn brauchst
beim Namen rufst
damit er kommt

ihn bändigst ihm die Zügel anlegst
oder ihn in die Flanke trittst
wenn er ausschlägt

damit er durchgeht davongaloppiert

ohne dich

Alice Bender * 1952

Serbische Nacht

Blicke ich in diesen Sternenhimmel,
sehe ich ein wahres Lichtgetümmel.
Ein Anblick, den ich mir „zu Hause" nur
wünschen kann,
als käme ich nur hier an diese eine Pracht
heran.

So schaue ich gen diesen Himmel,
als sei der Frieden hier zu Haus.

Als könnte ich nur hier Frieden finden,
als müßte ich mich eher an dieses Land
binden.
Von so weit her kommen all diese Lichter
und zeigen mir hier ihre schönsten
Gesichter.

Es fällt mir jetzt schwer, die Augen zu
schließen.
Ich möchte diesen Moment bis in alle
Ewigkeit genießen.
Gedanken in dieser Serbischen Nacht,
als ob sie Gott bezähmt bewacht,
diese eine und einzige
Serbische Nacht.

Gilbert Bender * 1976

Die Leiden des jungen Wärter

Es war einmal ein junger Wärter
Der hieß Werther
Das Stroh im Affenkäfig kehrt er
Mit ihnen war eingesperrt er
Mit ihnen Bananen verzehrt er
Bisher lebte unbeschwert er ...

Dann ein Mädchen am Gitter stand
Winkte hinüber mit zarter Hand ...
Voll Freude unser Werther
Aus dem Stroh auffährt er

Ich mein nicht dich
Mein werter Wärter
Sondern den Affen
Der dir so glich ...

Das war des jungen Wärter Werther
Sein leidlich Schmerz
Bis heute wärt er ...
Sind Wörter Schwerter?

Jan Benedix * 1977

Mein Freund

Sei mein Freund denn
Deine Freundschaft gibt mir
Kraft und Freude.

Unsere Gedanken
verbinden
so weit die Entfernung
uns auch trennen mag.

Lasse los
indem du mir
die Freiheit zugestehst
die verbindet
und doch trennt.

Denn nur so können wir
den Freund
ins uns selbst
bewahren.

Dirk Benfer * 1964

Ins Unvergängliche!

Ins Unvergängliche möchte
ich alle meine guten
Worte schicken! Ins

Licht möchte ich sie heben!
In meine Hände möchte
ich sie nehmen und

einen unversiegbaren
Tiegel damit füllen, um
in dunklen, schweren

Tagen daraus neue Kraft und
Zuversicht zu schöpfen. – Ins
Unvergängliche

möchte ich alle meine
guten Worte schicken, auf
dass sie nie vergehen!

Maria Bengtsson Stier * 1924

Körpersprache

„Ich will es!" schreit das Herz
Sieh dich vor!" mahnt der Kopf
„Tu mir nicht weh!" bittet die Seele
„Du solltest dich schützen!" rät der Kopf
„Ist es das wirklich wert"? fürchten die
Augen
„Schaut nicht hin"! bestimmt der Kopf
„Sollen wir es fühlen"? fragen die Hände
„Achtet auf eure Finger"! warnt der Kopf
So verstummt das Herz...
Verwahrt sich die Seele...
Schließen sich die Augen...
Verkümmern die Hände...
Nur der Kopf träumt weiter Bilder ohne
Rahmen.

Ralf Benkard * 1962

An Deinem Grabe

Kalt steht die Sonne;
so steh' ich da,
schau' hinab,
kann mich Deiner Blumen
nicht erfreuen.

Meine Worte
verstummen in der Stille,
finden kein Gehör mehr.
Vieles bleibt
unausgesprochen.

Eine Träne rinnt
über meine Wange;
zum Abschied würde
ich sie Dir reichen,
als Erinnerung an mich.

Andreas Bensch * 1983

Der Mensch ...

nur der Natur Möglichkeiten eine,
also Vormachtstellung keine,
ein Blatt im Wind das Menschenkind...

Schwach und sterblich seine Hülle,
schwächer noch der gute Wille,
Rettung nur durch unsere Seelen,
auf die Religion und Buchwelt zählen...

Der Mensch wahrlich keine Reklame für
Gott.
Der 3. Weltkrieg gesponsert von Coca-
Cola
der heißeste Spot ...

Der 11. September, Amerikas Mini-
Dresden,
Hiroshima, der wahre Holocaust.
Der Mensch nur ein lächerlicher Faust? ...

Zeit existiert nicht im Reigen der Natur,
alles ist eitel, auch das Leben pur:

der ewige Tanz, das Spiel der Kräfte,
Krieg und Sieg, der Rausch der Säfte ...

Liebe als Ausweg aus dieser Klemme
für die 6 Milliarden
Menschenschwemme,
für Gottes Montagsproduktion,
die faselt von Bestimmung und Vision? ...

Waltraud Benseler

Zeit des Vergessens

Gestern bist du verreist,
bist einfach in den Zug gestiegen.
Mitnehmen wolltest du nicht viel -
ein paar Bilder nur,
von dir und deinen Lieben.

Der Weg zum Zug blieb lang,
und Abschied wollt ich nicht nehmen.
Doch du lächeltest nur
und kämmtest dein welkes Haar-
mehr konntest du nicht geben.

Still saßest du nun in deinem Abteil -
vor deinem Fenster blieb ich stehen.
Der Vorhang rückte sich stückweis zu;
du fühltest dich wohl,
und zwangst mich damit zum Gehen.

Anna Berg * 1969

Feuer

Du bist wie das lebensrettende Feuer,
das mich vor dem Erfrieren bewahrt.
Finsternis und Kälte beherrschen mich,
wenn Angst und Enttäuschung
dich wieder einmal
meiner Seele fernhalten.
Zu oft habe ich mich
an dir verbrannt,
zu oft habe ich versucht,
dir näher zu kommen
als gut für mich war.
Schmerzhafte Lektionen lehrten mich,
dass zuviel nicht so gut ist,
wie genug.

So bleibe ich
aus Angst vor den Narben
auf Abstand –
und wünsche mir nichts sehnlicher,
als in Flammen aufzugehen.

Christine Berg

Alle Ängste die mich quälen,
aller Mut, der mir jetzt fehlt,
wenn die Dunkelheit mich findet
und das Licht des Tags vergeht.
Hilf mir Wächter meiner Seele ,
denn ich seh den Weg nicht mehr
hinaus aus der tiefen Finsternis
oh, ich fürchte mich so sehr.
Ich such Hoffnung irgendwo,
tief in meinem Herzen, dort
an einem fremden Ort, such
ich mein Licht in tiefster Nacht,
bis der Schlaf in höchster Acht,
mir endlich meine Ruhe bringt.

Serina Berg * 1990

Credo

Ich weiß nicht, wo die Fahrt hingeht,
und nicht den Weg, der weiterführt,
nicht, welcher Wind mich wann verweht,
und wo sich meine Spur verliert.

Ich weiß nicht, was der Abend bringt,
wenn früh ich aus dem Schlaf erwacht,
und ob der Geist, der mich durchdringt,
mich trägt bis in die nächste Nacht.

Durch mich hindurch geht das Geschehn,
aus dem mein Leben sich ernährt.
Es kann auch ohne mich bestehn,
es kennt mich nicht noch meinen Wert.

Nur ich bin's, der mich vorwärts treibt
ins Ungewisse Schritt für Schritt.
Wer fragt danach, ob etwas bleibt
von dem, wofür ich litt und stritt?

Ich leb umgrenzt von meiner Zeit.
Ich denke dies und wage das.
Was soll ich in der Ewigkeit,
wenn ich's nicht hier und heute fass?

Hans Bergel * 1925

Sterne

Wimpernschläge Sternenlicht
Lippenbögen küssend
begehre heiss und kalt
des Geliebten Lebenslicht.
Aus den Augen Sterne stanzen
Zungenspitze heisserschauernd
auf den Lippenbögen tanzend.

Sterneglühen Kälteschauer
Schnurbarthaare zittern,
schwärzt der Augen
Glut, in den Laternenöfen.
Fort, hinweg, der Gedanken Liebe
steche ich mit Wimpernlanzen
Herzenskälte schaurig Wiege.

Sternenglimmer Wetterleuchten
Funkenschlag und Kälteschauer,
erlöschen Herzenskreisel
knochenweisse Seelen.

Edda van Bergen * 1941

Liebeskummer

Du lässt mich hier
mit meinem Schmerz ganz allein,
warum musste es so kommen,
warum muss es jetzt so sein?

Du sagtest zu mir,
du liebst mich nicht mehr.
Aber ich tu es noch,
ich liebe dich sehr.

Liebeskummer macht schrecklich allein,
ich spüre Wut,
möchte am liebsten schrei'n.
Sie tut gut, die Träne,
die ich ganz plötzlich wein'.

Ich lasse allen Tränen freien Lauf,
unterdessen baut sich in mir
eine Gewissheit auf:

Noch kann man meine Liebe zu dir
nicht ermessen,
doch irgendwann werd' ich die Kraft haben
dich zu vergessen!

Nora Berger * 1991

Kostbar

Ich trage deinen Namen in mir wie eine
zarte Perle unter einer dunklen, rauen
Austernschale.
Im Verborgenen webt er Schicht um
Schicht aus Silberglanz um sich,
leuchtet durch die schmale Öffnung der
Schale hinweg und gibt sich doch
nicht preis.
Ich trage dein Lächeln an der Innenseite
meiner Lippen.
Mein Mund lacht nicht, um es zu
verbergen.
Öffne ich ihn zum Sprechen, verkriecht es
sich nach innen, bis tief in meinen
Bauch, wo es warm und still ruht.
Die Wärme und Zartheit deiner Hände
legt sich zwischen die Schichten
meiner Seele
wie ein Gingko-Blatt zum Trocknen
zwischen die Seiten eines großen
Buchs.
Jede Seite, die ich aufschlage, verbirgt sie
und lässt sie doch als Abglanz
durchschimmern.

Ich trage den geduldigen, freundlichen, oft
gequälten Blick deiner Augen
um meinen Körper wie einen seltenen
Duft,
von oben bis unten ist er darin eingehüllt,
unsichtbar für andere, doch zart
ahnbar an jedem Stück meiner Haut,
an der ich nach ihm rieche.
Ich trage dein großes, starkes, sanftes Herz
in einer Höhle hinter meinem,
wie ein flackerndes Licht im Dunkeln,
Leuchtzeichen könnte es an den
Himmel malen.
Alles von dir umgibt mich, wo ich stehe
und gehe
doch fassen, riechen, schmecken, spüren
kann ich dich nicht, Tagesgeist und
Nachtfreund.

Heike van den Bergh * 1966

Nichts

Nun ist der See
schwarz und schwer
ruht die Nacht -
kein Baum kein Strauch
nicht der Mond
fängt meine Gedanken
als wäre da Nichts
das wir leichthin erklären
so schwarz
daß wir nichts
erkennen.

Bruno Berheide * 1952

Im Dezember

Rotgesicht, schlohweißes Haar,
schwer zu schätzen genaues Jahr.
Einst lud er mich zum tête à tête
in ein äußerst nobles Hotelcafé.

Schwarze Kunst über Buchdruck er schrieb,
seine Begeisterung mir in Erinnerung blieb.
Jahre ohne Muße mit Gehetze vergingen,
eine E-Mail sollte mich in Erinnerung
bringen.

Am heiligen Abend schlug die Antwort ein,
meine Weihnachtsgrüße hatten sollen nicht
sein.
Der Wortkünstler, der aussah wie ein
Nikolaus,
zwei Tage zuvor blies sein Lebenslicht aus.

Warum gedachte ich seiner als er lag im
Sterben?
Erreicht hat die Botschaft nicht ihn, nur
seine Erben.
Ist diese Geschichte mittlerweile auch Jahre
her,
immer im Dezember drückt mich
Erinnerung schwer.

Marta Bern

In Zeiten wie diesen

In Zeiten wie diesen, wo Macht und
Gewalt,
Hass und Zerstörung, in Menschengestalt

in Zeiten wie diesen, wo Elend und Not,
Krankheit, Verbannung umarmet der Tod

in Zeiten wie diesen, wo Kinder nicht
spüren
Verständnis und Liebe, sich in Drogen
verlieren

in Zeiten wie diesen, wo man nicht mehr
sieht,
wie der eine und andre sich fühlt ungeliebt

in Zeiten wie diesen, wo Tiere gequält,
Verleugnung auch dessen, was war und was
zählt

in Zeiten wie diesen wir ohnmächtig stehn
und keinen Weg aus der Ohnmacht ersehn

in Zeiten wie diesen wir aber verstehn,
dass Zeiten wie diese nicht ewig bestehn

da wir uns erinnern der Liebe Macht,
was sie kann vollbringen, damit die Welt
wieder lacht!

Marie Bernard * 1946

Jahreszeiten

Ich liebe deine Hände,
wenn sie mit knappen Bewegungen
deine klugen Gedanken unterstreichen,
wenn sie mit lebhaften Gesten
verrückte Worte begleiten,
wenn sie helfen und halten,
wenn sie zärtlich, stürmisch, fordernd
meinen Körper erkunden,
bis ich schauere.

Ich liebe deine Hände,
die sich verändern wie die Jahreszeiten.
In einer einzigen Nacht.

Anne Bernhard-Stölzner

Da, wo die Liebe wohnt

Im Lachen eines Kindes
An den zarten Nüstern eines Pferdes
Im Glucksen einer Quelle im Wald

Die Liebe wohnt
an verschiedenen Orten
ganz heimlich manchmal

Im vorsichtigen Schnuppern an einer Blüte
Wenn zwei Verliebte sich verstohlen
küssen –
im Flur einer Schule zum allerersten Mal

Die Liebe

Die sich niederläßt auf den ewigen
Schwingen der Musik
sitzt in jeder Note
jedem Tautropfen
Auf deiner Nase auch

Liebe ist

Kein Luxus für freie Stunden!
Es ist unser Atem-täglich Brot zum Leben
Die Kraft Gottes – uns alles gebend
In dieser Liebe finden wir uns wieder
Die Chance ergreifend, zu lieben wie Gott
... immer ein bißchen mehr.

Martina Bernhardt * 1959

Hoffnung

Hoffnung hält am Leben, sagt man,
Hoffnung darf man nie verlieren.
Doch wenn's keine gibt, was dann?
Einsam mit Wunschdenken krepieren?!
Nein!
Das lasse ich nicht zu.
Ich möchte die Gegenwart genießen
und nicht trinken von dem Gift,
Hoffnung genannt,
welches die Menschheit bannt,
und eine Zukunft zeigt, die nicht zutrifft.

Bernsteinfeder

Üblicherweise, so scheint's zu sein,
ist ein Geburtstagkind ein armes Schwein.

Bekommt es doch oft viele schöne Worte,
gratis zur Geburtstagstorte.

Der gemeine Gratulant im allgemeinen,
er wird's wohl so schlimm gar nicht
meinen,
zieht die Trauermine auf
„oh, denk'an deinen Lebenslauf.
„Bedenke und berechne eben,
was du erreicht hast in deinem Leben".
Ich will nicht rechnen will nicht denken,

will mich erfreuen am Leben und an
Geschenken.
Brauche keine Ewigschlauen,
die meinen in mich reinzuschauen.
Die, unzufrieden mit sich selbst und dem
Erreichten,
meinen, sie müssten mir ihr Leben
beichten.
Oh lasst mich meines Lebens freuen,
lasst mich singen, jubilieren,
nur an diesem einen Tag ihr Treuen,
morgen lasst uns wieder diskutieren.

Hans-Jürgen Beron * 1955

Tal der stummen Kinder

Im Tal der stummen Kinder
scheint die Sonne heller als bei uns.
Sonst findet keins der Kleinen
seinen Weg hinüber.
Doch was vermag ein Sonnenstrahl
schon auszurichten,
wenn das Heimweh mit gegangen ist.
Die Sehnsucht nach den Händen,
die sie einst geboren,
dann getötet haben.
Was hat die Welt aus solchen Müttern
nur gemacht?
Rot fällt der Schmerz Fluß abwärts
in den See der Tränen,
im Tal der stummen Kinder.
Hier aber halten sie sich fest
und warten auf den Tag
glücklicher Wiedergeburt.
Und jeden Abend bitten sie
für ihre Mütter um Vergebung.

Hannelore Berthold * 1944

Tag – Nacht – Tag

Blau der Himmel, so blau!
Die Sonne glüht heiß, in Ewigkeit,
die Grillen zirpen durch Raum und Zeit.

Was tot scheint, lebt;
was lebendig scheint: tot.
Die Hitze webt
kurzes Abendrot.

Der Himmel blaut tiefer, samtener,
dunkel;
die Lichter der Stadt: wie Sternengefunkel.
Die Unke pfüht ihr eintönig Lied
nimmermüd, nimmer;
nachts seufzt sie immer.

Die Sonne geht auf, da, schau!
Wie blau der Himmel, so blau!

Heide Bertram * 1964

Aufbau 1947

Fest liegt die Schaufel in der arbeitsharten
Hand
und schleudert Schutt und Steine übern
Wagenrand
die Presslufthammer knattern hinter mir
und in der Ferne faucht die Werklock wie
ein wildes Tier.

Nur fußbreit fressen wir uns in der
Trümmerberg hinein
doch wissen wir: Auch dieser Platz wird
einmal blank und rein.
Die Augen wandern, und sie sehen Träger
sich bewegen
auch auf dem Stück, wo noch gestern
Schutt gelegen.

Der Blick geht weiter, zu den Schienen, wo
die Füße stehn
und sieht dort eine Hand voll Gräser, die
im Winde weh'n.

Dies Büschel Gras genügt, dass meine Seele
singt:
Ich gehe in Gedanken hinterm Bauern, der
die Sense schwingt.

Hier fiel das Gras und dort wuchs unter
meinen Händen neues Leben:
Das war einst meine Arbeit, Feld und
Garten und dem Vieh das Futter
geben –
Nun steh ich zwischen Eisenträgern, Schutt
und Steinen,
und wenn ein Vogel singt, dann möcht ich
manchmal heimlich weinen.

Doch sieh, das Gras, der Schornstein und
der Eisenträger dort,
es wächst auch hier, wie auf dem Acker
und an jedem Ort.
Wir bauen auf! Die Arbeit um das Brot hat
vielerlei Gestalt
und über Felder trägt der Wind das Lied,
das hier erschallt.

Inge Bertram * 1922

Schatten der Nacht

Schatten der Nacht
weggesungen
und doch zurückgekrochen
an den Wänden hoch
wie Insekten
zwei die friedlich schlafen
einander zugewandt
Das Puder fällt
sanft und leicht
wie Staub in einer Bibliothek
und sammelt sich am Boden
verdeckt die dunklen Flecken
bricht der Welt die Kanten
Und bis die Schatten weichen müssen
bis das Licht die Ecken füllt
solange schlafen zwei
und halten sich

Christoph Bertschi

Göttlich begrenzt

Verbäumtes Licht, umwürztes
Blätterrauschen
Und räusperisches Buschgespiel
Vereinen sich in Harmonanz und tauschen
Ihr Seelerz aus; – mal laut und viel,

Mal still, bedächtig. Waldwild
aufgerumpelt
Durch astgeknacktes Unholz rennt;
Ein Mensch, der ungeschickt den Weg
verhumpelt,
Ist das, was man hier Fremdfried nennt.

Doch schnuppelt selbst bewähnte
Schöpfungskrone
Noch urgetümlich nach Natur;
Steht unter Einfluss der Ambrosimohne
In weitem Kosmos, Feld und Flur.

Er tauscht sich ein wie aus – gebiegt im
Treiben –
Und schwärmt hinaus im innren Keim;
Binäres Denkicht hindert, lässt ihn bleiben.
Im Hier und Jetzt ist er daheim.

Sascha Besier * 1972

Es hat nicht ganz gereicht...

(Sehr frei nach „A Giovanni, a quel propio da Pistoia" von Michelangelo Buonarroti)

Die Lebensmüh' hat mir 'nen Kropf
gemacht,
mein schöner Baß geriet zur Krächzerei,
und mit der Liebe ist es auch vorbei.
Mein Nabel nähert sich dem Kinn mit
Macht.

Der Bart ist strubbelig, der Sorgen Fracht
spür' ich im Kreuz, mein Busen gleicht
dabei
dem einer schönen Frau aus Rubens
Malerei.
Braune Flecken im Gesicht erblüh'n zur
Pracht.

Dieweil die Lende in den Wanst sich
drängt
hält mir den mein Arsch in fettem
Gleichgewicht.
Beim Gehen seh' ich meine Füsse nicht,
die ich mit Not nur in die Stiefel zwängt'.

Und wirr und seltsam sind auch die
Gedanken:
Wie schießt man grad – wenn die Kanone
krumm?
Viele viele Fragen, doch die Antwort
bleibet stumm.
Schön wollt' ich sein, und weise ohne
Schranken!

Rolf Bettaque

Rundschreiben

Zu dem bärtigen Verwalter
Kommt die neue Sekretärin.
Neunzehn – zwanzig, so ihr Alter,
Ihr Gehabe – einer Gräfin.
Blau das Haar, sehr lang ihr Nagel,
Mit zur Schau gestelltem Nabel,
Ruft sie diesem schnippisch zu:
„He, du, Opa, spreiz die Lauscher,
Denn ich brauch' in einer Stunde,
Briefumschläge, aber runde."
„Runde Hüllen? Nicht zur Wahl!
Aber wozu? Sagen's mal!"
„Keine Ahnung, nicht mein Job!
Bin ich da um nachzudenken?
Der Direktor schmeißt den Shop!
Diesen Brief den er diktierte,
- Etwas über neue Spenden -
Den sollt' ich ins Reine schreiben
Und an alle Filialen
Dann als Rundschreiben versenden..."

Johann Bettisch * 1932

Silberspur

Ich bin deine Schnecke,
doch ein jeder trägt
sein Haus allein.
Meine Silberspur
bleibt selbst im Regen
dir ersichtlich.
Folge mir leise.
Meine Fühler sind weich.
Doch kein Winter ist so hart,
dass ich mich nicht
bedeckeln könnte.
Zu zweit können wir
alleine bleiben unter Zweigen.
Lautlos ziehen wir dahin –
bis einst wir enden im Salat.

Eva Beylich * 1957

Ich vermisse dich sobald ich dich nicht seh,
du bist für mich wie ein vierblättriger Klee.

Ein Wunder, eine Hoffnung, mein Glück,
und damit mein bestes Stück.

Mit dir kann ich über alles reden,
unsere Freundschaft werde ich ewig
pflegen.

Ich kann auch mal mit dir kuscheln
und in deinen Haaren herum wuscheln.

Wir springen über Sträucher
und klettern hoch auf die Häuser.

Mal gucken wir auch nur fern
oder schauen zu den Stern'.

Egal was wir machen,
mit dir machen mir Spaß alle Sachen.

Dina Vivian Bharucha * 1991

resi vau

ich sag dir
resi vau
wenn dein blondes haar an
mir vorbeiweht
wien
badehandtuch
nehm ich ne nase sommer
aber spinn nicht rum -
vorm kamin sitzen und
stricken
seh ich dich nicht

harly bialy

Unsere Erde – unsere Zukunft?

Das Meer, das blaue, stinkt nach Öl und
Fischen,
die sind verfault und glänzen friedlich
matt.
Die Gurken und Tomaten, all die frischen,
die hab ich schon vorm Essen satt.

Wenn ich bedenke, was wir täglich fressen
an Giftzeug, das das Obst enthalten soll.
Die Luftverschmutzung lässt sich kaum
noch messen,
von all dem dreckigen Dreck sind unsere
Lungen voll.

Solange wir bereit sind zu verpesten
das Land, die Luft und das nasse Wasser
auch,
im Norden, Süden, Osten wie im Westen,
den Krebs schon tragen wir in unserem
Bauch.

In diese Welt bin ich hineingeboren
und wäre glücklich, wenn wär besser sie.
Ich geb sie trotzdem noch nicht ganz
verloren,
denn eine andere wird es geben nimmer,
nie.

Bias * 1985

Kälte über der Stadt

Ein tödlich kalter See voll Luft und Stille
erweckt die Einsamkeit zum Leben.
Gestalten – und gestaltlos ist der Flur,
verzogen hinter warme Essen.
Einsam, zweisam auch die Schritte
knirschend, krachend über Schnee und
Eis –
So schön war's lange nicht gewesen ...
Dem Schlot entsteigt der Holzrauch leis.
Und gar nicht fern
ein erster heller Stern
blinkt von der Höh'
und mit dem Schnee
verbindet sich die kalte Luft
zu einem ganz besonderen Daseinsduft.
Erhellt den Geist, die Seel' und dringt ins
Hirn.
Wie Edelsteine glänzt der Firn
in dieser schmalen Vorstadtgasse.
Wenn auch der kalte Körper bebt,
frierend in der hellen Straße,
ist's doch so schön: Die Seele lebt!"

Reinhard Bicher * 1957

Wintersruh

Der Frost kommt klirrend kalt,
zum Ufer dort am Fluss.
Er kniet sich hin am Wald
und gibt ihm einen Kuss.

Der Mond erstarrt im Spiegelbild,
so klar wie ein Kristall.
Denn einst lief dort das Wasser wild,
vom alten Wasserfall.

So eisig kling die Worte nun
die er dem Walde sagt,
denn Silber-weiß soll er jetzt ruhn,
bis das es wieder tagt.

Die Sonne soll den Tag erhell'n
nur wenig lichte Stunden.

Die Nacht will sich zum Tag gesell'n,
der Wald hat ruh gefunden.

Kersten Biedermann

Müd' ist mein Herz

Müd' ist mein Herz
vom vielen Hoffen
Glauben an die Liebe.
Vertrauen in Menschen gehegt.
Zersplittert an Lügen
Misstrauen
ist mein
Ich.
Weshalb schläfst du
nicht endlich ein
mein Herz,
wenn du so müd'
vom Leben bist?

Patrizia Bienia * 1980

Regenfass

Kleine, große, dicke, dünne,
Tropfen laufen durch die Rinne,

laufen in das große Nass
unten in dem Regenfass.

Ach, das Fass wird voll und voller,
doch es regnet immer doller,

viel verschluckt es, säuft und säuft,
bis es doch noch überläuft.

Nun gibt es kein Halten mehr.
Wasser läuft bald kreuz und quer,

über Wege, Rasenflächen,
bildet sich zu wilden Bächen,
stürzt in Fluten aus der Tonne –
ach, wo bleibt denn nur die Sonne?

Brigitta Biester

Nachtbesuch

Mücklein, dein Leben
und das meine ist vom selben Gott
und ist das eine;

Mücklein, auch das Reine,
das in meinem und
in deinem Wesen wirkt und wohnt –

Durch eines Vaters Liebe
wurden wir geadelt und belohnt
mit einem Reichtum, der kein Ende hat.

Mücklein, wir sind beide
eines Gottes Tat.

Theo Binder * 1924

Sammlergeist

Das Sammeln ist der Freiheit Ziel
du suchst und findest oft nicht viel

Doch halt, was sehn denn da die Sperber-
Augen
da liegt doch was, ich kann's nicht glauben!

Ein Griff zum Korb, was ist denn das?
mein Gott, das macht ja - richtig Spass!

Die Trouvaille wird als dann beguckt
mein Kopf, mein Finger, alles juckt!

Im Hintergrund die Geier kreisen
nur schnell bezahlen, dann verreisen

Mit Jubel-Hochgefühl im Bauch
was Schöneres gibt's nicht, denk ich auch

Mein Lohn, mein Glück für's Sammlertum
der Tag - gerettet ist er nun!

Das ist es, was den Sinn des Lebens
viel besser macht, s'ist nie vergebens

In Hektik voll belegter Zeit, du weißt -
gibt Freude dir der Sammlergeist

bini * 1952

Resignation

Mein steter Geist war immer rege,
Die Seele war stets aufgewühlt,
Doch wenn ich jetzt so überlege,
Wann hab ich sie zuletzt gefühlt?

Geist und Seele sind gefroren,
Vom Eis der Umwelt kalt erfasst,
Die Kälte dringt durch alle Poren
Und endlich bin ich angepasst.

Mein Künstlerherz schlägt nur noch wenig,
Kaum schafft es noch das alte Blut,
Erstarrt es erst, dann ist auf ewig
Nur noch diese kalte Wut.

Armin Birk * 1964

Gespräch mit meiner Seele

Heute ist kein Tag zum Sterben.
Die Vögel Singen,
und die Erde ist voll warmen Regen.

Von weit her hör ich Autolärm
Und Stimmen und Glocken und Leben.

Und Morgen?

Da könnte es sein,
dass der schönste Sonnenschein,
das süßeste Lächeln,
der zarteste Kuss,
das fröhlichste Lied
mich nur einsam macht.

Aber heute?

da bin ich voll Kraft,
da könnte sogar der Sonnenschein
ein klein wenig kälter sein,
die Erde hart und die Vögel stumm;

denn heute ist kein Tag zu Sterben
nur meine Seele weiß, warum.

Richard Birk * 1944

Es wurde schon alles riskiert
und alles verloren,
es gibt nichts mehr zu gewinnen
oder zu verlieren,
denn indem alles verloren wurde,
wurde auch alles gewonnen.

Intuition und Imagination,
Selbstbewusstsein und Zweifel,
Wahrheit und Trug – Visionen, Bilder und
Gedanken,
man sehnt sich nach der Einheit von Sonne
und Mond-
dem Weiblichen und dem Männlichen.

Aber nichts ist von Dauer,
alles ist flüchtig,
und dennoch kehrt alles an seinen
Ursprung zurück,
wie das Wasser in den Ozean.

Wir hatten angenommen, dass Flügel
notwendig sind,
und stellen plötzlich fest,
dass wir auf der Spitze sind,
nur die Illusion, der falsche Traum,
musste zerstört werden.

Manuela Birngruber * 1973

Friedhofsgeplauder

Zwiesprache halt ich
mit den marmornen Engeln,
die flügelschutzbreitend
über den stillen Gräbern wachen.

Die Ruhe Langverstorbener
schwingt sanft über Efeuranken,
und steinerne Bänke darunter
laden ein zum inneren Plausch.

Nichts furchtsames spür ich,
wenn Sonnenschatten über Grüfte huschen,
denn irgendwann lieg auch ich gebettet
in Stille und Endlosbeginn.

Elke Birninger * 1960

Auf der Insel

Hörst du, wie nächtens das Meer
Lechzend die Küste beleckt,
Stetig in Wiederkehr
Woge auf Woge sich deckt?
Rollend die Kiesel am Strand,
Tönt es mit dumpfem Gesang,
Spielt wie ein Kind mit dem Sand,
Schäumend am Ufer entlang.
Steh ich vom Bett auf und schau
Glitzernder Sterne Pracht,
Spiegelnd im funkelnden Blau –
Südlicher Sommernacht.

Margit Bischlager * 1952

Du gabst mir ...

In unserer weiten Welt
passieren viele große Dinge.
Man sucht immer einen Helden,
doch wird nie einen finden.

Denn jeder für sich selbst
vollbringt eigene kleine Taten,
die auf seinem langen Weg
alle auf ihn warten.

Scheinbar unbemerkt ziehen
sie dann an einem vorbei.
Unwichtig, denkt man, dass
eine Kleinigkeit sei.
Doch die anderen bemerken es sehr wohl
in ihrem eigenen kleinen Herzen.

Denn in deinem kleinen Leben
denkst du, du hast nicht viel erreicht.
doch was kann ein Mensch
einem mehr geben,
als die Liebe,
die man von ihm braucht?

Beatrice-Barbara Bischof * 1977

Sonett
(Der Zeitschleier)

Heilig, gewaltig die letzte Stunde ist!
Sein – nicht Sein, in lautlosem Ringen
kreist
ohne Anfang und Ende. Feuriger Zwist
trojanischen Kampfs, der bald die Kette
reißt.

Nun, die rhythmisch tanzende Zeit traurig
winkt.
Wie eine Traumchimäre des bodenlos'n
Nichts,
brünstig vom Becher der Einsamkeitssee
trink,
bis er an Herzensblut und Heimweh
zerbricht.

Sanft, groß, heilig trifft letzter Sekunde
Blitz!
Die Ewigkeit, Nymphe unerschaffenen
Lichts
des Seienden, den Täuschungsschleier
zerschlitzt.

Wundervolle Urschönheit, Gottes Antlitz,
mit Liebesglut zärtlich uns alle umarmt.
Oh, wortlose Freude, die niemals verarmt!

Pater Charalambos Bislanis

Das kleine Kind
sich seiner selbst
und der Welt um sich herum
noch nicht bewusst,
weiß dennoch instinktiv:
Du bist immer für mich da, Mama!

Der Jugendliche
auf der Suche nach sich selbst
ist unsicher, macht viele Fehler,
setzt sich mit Menschen auseinander,
die ihm wichtig sind und
stellt sich häufig die Frage:
Bist du immer für mich da, Mama?

Der Erwachsene
hat seinen Platz gefunden,
eine eigene Familie gegründet,
sein Leben auf den Erfahrungen
seiner Kindheit aufgebaut und
voller Dankbarkeit verspricht er:
Ich bin immer für dich da, Mama!

Sandra Bitzer * 1970

Du bist

Du bist
nicht schwarz,
du bist nicht weiß –
der Schatten
gibt das Wesen preis.

Du bist nicht jung,
du bist nicht alt,
das Wesen
ruht in der Gestalt.

Der Schatten
hüllt die Seele ein,
in ihm
verbirgt sich unser Sein.

Erika B. Blaas

Wetterwendung

Die Sonne
mit unfehlbarer Pünktlichkeit
erscheint am Horizont.
Die Morgenröte
hat Blut getrunken.
Der Tag wird schön.

Ein Augenblick
genügte
den Wahn zu fällen,
Die grauen Vögel
als tödliche Schrauben
bohren sich in Glas und Beton.

Kondensstreifen
schreiben
die Zeichen
in den Abendhimmel.
Der Mond hat einen Hof
sagt man
es wird kalt.

Gertrud Blachnik * 1928

Grosse Villa am Wannsee

Toreinfahrt
Säulendach Fensterfront
Kieselpfad
Rosenpark Wartebank
Ufersaum

Wellen

lecken
plätschern
schwappen
schlagen
jagen

peitschen
stöhnen
gurgeln
röcheln

Züge Gleise Schüsse

Gas

Klingelknopf
Gittertor

Auslass

Gerlinde Blahak

Goethe und Bettina

Ein geistig nie verblühtes Wunder
war dir Goethe, Bettina.
Ein Baum, der Schönstes offenbart;
du, seine nimmermüde Quelle, Bettina;
du, seine Welle, du,
die mit Lust ihm seine Kränze hob.

Dorothea Blanck

Rauchzeichen – oder „habemus papam"

(19.04.2005)

Heute
war der Heilige Geist auf Kurzurlaub.
Für diesen einen Tag nur –
jedoch mit weit reichenden Folgen…
Er konnte den italienischen Nieselregen
nicht mehr ertragen
und entfernte sich für ein paar Stunden aus
der ewigen Stadt.

Am Abend kehrte Er von seinem Ausflug
zurück –
das Taubengefieder getrocknet und
sonnendurchwärmt.
Sein Fehlen war nicht einmal bemerkt
worden.
Niemand hatte Ihn vermisst.
Die Würfel waren längst gefallen.

Schon morgen
werden sie wieder alles Ihm in die Schuhe
schieben:
Die eisernen Riegel – geschmiedet für die
Ewigkeit;
die starren Positionen – unverrückbar und
nicht zu hinterfragen.
In Seinem Namen – Erklärungen,
Rechtfertigungen,
Legitimationsbeweise.

Im trüben Himmel über Rom
gehen Träume und Hoffnungen in Rauch
auf.
Er ist weiß
und kalt.

Renate Blankenheim

Wie
Der Tag
Die Töne weckt
Und
Die Nacht
Sie
Wieder holt

Kane-Antonia Blaschke * 1971

Danke

Danke, daß du mich führst und leitest,
Danke, daß du meinen Weg bereitest.
Danke für die Liebe die du gibst,
Danke, daß du alle Menschen liebst.
Danke Jesus Christus für deine Hilfe in der
Not,
Danke, daß es sich für dich zu leben lohnt.

Marlis Blasius

Angst

Angst vor dem morgigen Tag
und dem, was noch kommen mag
Einzuschlafen und in Träumen zu versinken
nicht mehr aufzuwachen und im Dunkeln
zu ertrinken

Angst mit einem Schlag alles zu verlieren,
was man hat,
anstatt um Erhalt zu kämpfen, worum ich
bat
Angst einen Schritt weiter zu gehen
was wird passieren, erst gar nicht wollen
sehen

Angst zu weinen und zu lachen,
mich vor anderen lustig zu machen
Angst vor den Situationen, die sind
Angst vor dem, was und wer ich bin?

Ina Blechschmidt * 1977

Hinter der Tür

Kamelienduft
fängt den Klang
der Hölzer
der im Luftzug ausperlt

Herzmelodie
bringt das Licht
der Märchen
das die Zeit blendet

Zu mir zurück

Ulrike Blechschmidt * 1960

Abschied

Schall und Rauch gib mir zurück
Laß die Worte da
Zum Benennen fürs Erkennen beim
Sichtrennen
Denn die Lüge soll nicht sterben
Nur das letzte Liebespaar

Spiel mit Worten wie mit Dolchen
Bette Herzbube Strolch und Lumpenhund
zur Ruh
In Treue fest trink aus den Rest
Aus deinem Wasserschierlingsglas
Die Welt sieht dir beim Trinken zu

Geh weiter zum Machandelbaum
Doch rühr nicht seine Äste an
Komm mir nicht nach denn übers Jahr
Steh ich am Kai bin ich zu Schiff
Entdecke ich Amerika

Bärbel Blinker * 1962

Abend in Spanien

Die Sonne brannte grell und heiß
Aus Kataloniens Mittagshimmel.
Da naht die Nacht.
Und irgendwo am Bahngeleis
Senkt sich mit freundlichem Gebimmel
Die Schranke sacht.

Ein Wind vom Meer streicht durch das
Haar
Der Katze,die um Früchtetische
Sich schleicht ins Haus.
Zwei Männer stehn in einer Bar.
Sie essen Krebs und Tintenfische
Und ruhen aus.

Ein schwarzer Schleier hat die Welt
Des Dorfes leise aufgesogen
Ins Sternenrund.
Ein Eselkarren kommt vom Feld
Auf dunkler Straße heimgezogen.
Es bellt ein Hund.

Peter Bloch * 1935

Quilt meines Lebens

Den Quilt
meines Lebens
breite ich
vor dir aus
lege ihn dir
zu Füßen.
Momente der Freude
Momente der Trauer
sind hierin
unauslöschlich
miteinander
verwoben.
Bitte –
trete sanft auf
denn du trittst
auf meine
Träume!

Roswitha Bloch * 1957

In der Welt / Ein einsames Herz

Ich sehe in die Welt hinaus
Und gehe Schritt für Schritt
Den Blick gen Himmel
Fragende Augen in endlosem Schwarz

Kein Kraut ist gewachsen
Das jene Seuche zu stoppen vermag
Flehende Augen mit dunkelroten Ringen
Obgleich sie apathisch blicken

Frierend wartet ein einsames Herz
Auf den Frieden der alten Welt
Horcht hinaus zu den wildwachsenden
Blumen
Die wie Unkraut behandelt werden

Sascha de Blois

Grienen

Zuweilen Vernunft und Gefühl
Hand in Hand über taufrische Wiesen
schlendern
perlt das Lächeln froh aus dem Gesicht
fällt sacht wie der Tautropfen am
Grashalm, den das Gefühl berührte
und zieht strahlend seine Kreise

Jedoch:
Das Gefühl geht mit geschloss'nem Aug
schweigt und nippt am Sekt des Genießens
sicher dem Schutz der Vernunft
doch
es fällt, wo die Vernunft hat nur herzlose
Augen für sich
und zerbricht wie eine Seifenblase in deiner
Hand

Jedoch:
Ist die Vernunft abgelenkt
ist das Gefühl ungezwungen
kommt aus sich hinaus
und angelt nach den Sonnenstrahlen
und zaubert so auch ein Lächeln auf dein
Gesicht

Bianca Blome * 1984

Das Nebelschiff

Irgendwann war der Himmel auf einmal
grau
der Nebel fuhr wie ein Totenschiff drüber
wischte die Tätowierungen weg
bis er wie eine vermoderte Leiche
über der Erde lag

Da hackten die Krähen
mit ihren langen Schnäbeln
schwarze Höhlenaugen aus der Erde
mit ihrem drehenden Flügelschlag
versuchten sie den Winter zu überleben

Ich lag im Bett, angetan mit Spitzen
durch welche die Brustwarzen schimmerten
noch schön und doch schon halb verwest
die absterbenden Glieder verdeckend
trank ich eine Tasse Tee und wartete auf
den Tod

Eva Blum-Mazzolini

Meine Liebe

Meine Liebe lässt mich leiden,
Sehnsucht mich im Herzen sticht,
All das ließe sich vermeiden,
Wäre nur die Liebe nicht!

Meine Liebe lässt mich klagen,
Du weißt nicht, dass es sie gibt,
Doch ich wag es nicht zu sagen,
Dass ich bin in dich verliebt.

Meine Liebe wird mich quälen,
Mich berauben meiner Sinn',
Die Sekunden werd' ich zählen,
Bis ich wieder bei dir bin.

Alexander Bochröder * 1980

Es geht doch nichts über eine demokratische Ehe

Und das Tinchen sagt: Meck-meck,
Muß ich denn so früh schon weg?
Mein liebes Tinchen, schweige still,
Weil ich nicht mit dir streiten will.

Doch das Tinchen sagt: Meck-meck,
Ich rühre mich nicht von dem Fleck.
Mein liebes Tinchen, rühr dich frank,
Denn nur Bewegung hält dich schlank.

Doch das Tinchen sagt: Meck-meck,
Mein Ärger frißt die Pfunde weg.
Mein liebes Tinchen, ärgre nicht,
Der Ärger trübt dein schön' Gesicht.

Doch das Tinchen sagt: Meck-meck.
So nimm mir meinen Ärger weg!
Mein liebes Tinchen, sage mir,
Wie nehm ich deinen Ärger dir?

Und das Tinchen sprach: Meck-meck,
So fahr doch nicht so früh schon weg!
Mein liebes Tinchen, schlaf nur aus!
Dann fahr'n wir einfach später raus.

Ralf Bochröder * 1940

Du

Du bist mein Lichtblick, wenn ich traurig
bin.
Du bist derjenige, der mich zum Lachen
bringt.
Du bist mein Herz.
Ich halte mich an dir fest,
du bist meine heimliche Stütze.
Du bist in schweren Zeiten bei mir.
Du bist immer für mich da,
wenn ich deine Hilfe brauche.
Wenn ich dich sehe, muss ich lächeln
und meine Augen strahlen.
Wenn du mich anlächelst,
explodieren tausend Lichter in mir.
Wenn ich mit dir zusammen bin,
fühle ich mich federleicht.
Zusammen können wir unsere Träume
verwirklichen,
denn zusammen sind wir stark.
Mit dir kann ich weinen und lachen.
Du bist das, was ich will.
Ohne dich könnte ich nicht leben,
denn meine Liebe gehört dir.

Stefanie Bochtler * 1991

Ein AugenBlick

Ein Blick, ein Lächeln ohne Schmerz
und schon wird einem warm ums Herz.
Vergessen sind des Alltags Sorgen,
verdrängt der graue Dunst des Morgen.
Von Glück erfasst,
von Ruh' durchdrungen,
ganz ohne Hast,
als wären Glocken erklungen.
Voll Hingab' auf den Augenblick,
der uns aufs Schönste wohl entzückt.
Welch Wohltat ist's für uns zu sehen,
dass andere uns so verstehen.
Das Höchste aber, ist's zu schauen,
in strahlend glücklich Kinderaugen.

Vera Bock * 1974

Die Liebe!!!

Ich brauche dich nur anzuseh'n
Und konnte die Welt plötzlich nicht mehr
versteh'n

Ich schaute dir tief in die Augen
Und wollte es erst gar nicht glauben

Ich nahm dich ganz fest in meinen Arm
Und mein Herz wurde mir ganz warm

Ich habe dich ganz zart geküsst
Jetzt weiß ich, was die Liebe ist.

Ralf Bockelt

Rette die Liebe!

Sei die Welt meine nur allein
Hold wie Tau auf grünem Halm
Mir nach, ihr alle!
Des Trostes tausend Worte bar
Es wird doch Morgen, es wird doch Tag.

Doch wer, wenn alle schlafen
Nach zagen Wünschen weitereilen
Wer dann – bitte frag
Baut aus Schimpfwörtern Kathedralen?

Spann dich auf den Regenbogen
Werd des Zaubers kesse Fee!
Entblößt durch hellen Glanz
Hier ist mein Lied
Spiel auch Moll-Töne zum Tanz

Und im Strom, in stürzendem Meer
Mit stechendem Schlamm in deinem
Getriebe
Schwimm zum anderen Ufer
Und – zwischen den Zähnen – rette die
Liebe!

Attila Boda

Sommerwind

Blumenduftende Wiese
Sommerwind streichelt sanft
Wie eine liebevolle Hand
Ein müdes Gesicht
Gedanken verschwimmen in Träume
Erinnerungen
Bilder aus Kindertagen -
Die Wiese, blumenduftend
Eine liebevolle Hand streichelt
Sanft wie Sommerwind
Ein zartes Gesicht
Glückliche Zeit
Schöne behütete Stunden
Noch ohne zu wissen
Dass Ketten schon geschmiedet sind
Ketten aus Liebe
Das Liebste zu binden
Ketten, die zu lösen
Nie gelingt ohne Schmerz

Helmbrecht Boege * 1945

Frühling

Die Sonne steigt, tags wird es heller,
Büsch' und Bäume recken sich,
der letzte Schnee taut immer schneller–
Frühling wird's nun auch für dich.

Stare aus dem Süden grüßen,
endlich wird es wieder wärmer.
Erste Maulwurfshügel sprießen,
noch verpuppt, träumt schon der
Schwärmer.

Gartenblumen werden bunter,
die Narzissen strahlen schon,
alle Vögel zwitschern munter –
frei sind wir von Winters Fron.

Frühling wird's nun auch für dich.
Was Menschen plagte, schwindet,
weil die schwache Seele sich
mit neuem Glück verbindet.

H.-Jörg Boening * 1940

Melanie, die junge Frau

Die junge Frau hat kaum gelebt
Schon hat der Tod sie weg gefegt
Durch eine böse Hand des Feindes
Sie dachte es ist die Hand des Freundes

Er hinterlässt den großen Schmerz
In dieser Stadt, in jedem Herz
Für immer ist sie jetzt verloren
Für diese Frau die sie geboren

Welch ein Entsetzen, Schmerz und Wut
Man denkt es wird nie wieder gut
Ein Schock für Freunde und Verwandte
Und auch für den, der sie nicht kannte

Nach langem Bangen und auch Hoffen
Hat doch das Schlimmste zugetroffen
Man kann es kaum in Worte fassen
Was diese Tat hat hinterlassen.

Elena Boger * 1966

Der Mann

Das warme Herz eines Kindes
im Kopf eines Philosophen.
Einer, der gibt, ohne zu fragen.
Das Herz geöffnet für die
Weite des Himmels.
Und er liebt den, der ihn liebt,
und er lebt mutig.
Er führt sein eigenes Leben
als Held, nie als Betrachter,
und er geht mit auf die Zukunft
gerichteten Augen,
innerlich noch der Knabe,
der er war,
und er reicht dem die Hand,
der dasteht und weint.

Julia-Irene Bogner

Goldene Hände

Ich wünschte, ich hätte eine goldene
Stimme,
könnte singen, hell und klar,
vor hunderten von Menschen.
Oder nur für mich alleine. Und lächeln.
Ich wünschte, ich hätte goldene Füße,
mein Tanz würde meine Seele beweisen,
die Bretter, die die Welt bedeuten,
würden zu Streichhölzern.
Ich wünschte, ich würde nicht vergessen,
könnte nur einen Menschen inspirieren.
Und während ich schreibe,
fangen meine Fingerspitzen an zu glänzen.

Hannah Böhle * 1984

Rastlosigkeit

Rastlos von einer zur nächsten
Nicht auf einer Stelle tretend
Süchtig nach dem Reiz des Neuen
Aufregung und Traurigkeit mitschwingend
Genießend bis zum letzten Tropfen
Der Abschied Dein ständiger Begleiter
Auf der Suche nach dem Irgendwo
Wo es sich zu Verweilen lohnt
Auch dies nicht für immer

Andrea Böhm * 1979

alte Frau

an jedem Sonntag
legte sie Blumen aufs Grab.
Ob Regen, ob Schnee, ob kalt oder heiß
sie pflegte die Stätte mit Fleiß
Sie wirkte stets freundlich,
sie tat immer stark,
so blieben verborgen
der Kummer, die Sorgen!
Doch wenn man sie sich hat genau
angeschaut,
lief doch so manch Träne über die faltige
Haut!

Oft stand sie am Fenster
und schaute verträumt
auf die Kinder im Hof
als hätte sie was versäumt.
Je öfter sie blickte auf das Tagesgeschehen,
desto schwieriger war es, an ihr
vorüberzugehen!
Man schloss sie ins Herz, obwohl man sie
nicht kannte,
geschweige denn beim Namen nannte!

Jedoch heute geh ich an so manchem Tag
und lege ihr Blumen auf das Grab!

Frank Böhm

Die alte Windmühle

Ich träumte von ihr. Nun bin ich hellwach,
denk' an die Mühle im einsamen Land
mit kleinen Fenstern, den Tauben im Dach,
die Tür aus Holz mit dem stählernen Band.

Vier große Flügel im Kreise sich dreh'n
behutsam, langsam, behäbig und still
und mahlen das Korn. Sie bleiben oft steh'n
und kreisen nur, wenn der Wind es so will.

Ich kehre zurück. Die Gegend ist wild.
Die Mühle ging mir nicht mehr aus dem
Sinn,
doch bietet sie mir ein trauriges Bild,
sie vegetiert nun verfallen dahin.

Den fleißigen Müller gibt es nicht mehr,
auch hört man nimmer des Windes
Wogen.
Zwei Flügel fehlen. Die Mühle steht leer,
und selbst die Tauben sind ausgezogen.

Christel Böhme * 1935

Ein Lied für Deutschland

Deutschland, Deutschland, Heimaterde
Denkerstirne, Arbeitshand,
Last und Erbe, bleibe, werde
ständig neu erworbnes Land.
Was wir schaffen, was wir bringen,
gibt dir Dauer und Bestand,
und die Lieder, die wir singen,
machen deinen Ruf bekannt.

Ordne, Deutschland, dich bescheiden
in den Kreis der Völker ein.
Nie mehr herrschen, nie mehr leiden,
nie mehr feindlich und allein.
Suche mit nach guten Zielen.
Erdenfriede soll gedeih'n.
Und bemühe dich mit vielen,
Helfer in der Welt zu sein.

Wolfram Böhme * 1937

Zauber der Liebe

Ich liebe dich von ganzem Herzen
und warte darauf, dich bald zu sehen.
Es quälen mich fast unerträglich'
Schmerzen,
lass uns beide doch von hier gehen!

Ich liebe dich, wie ich noch nie geliebt,
begehre dich wie die Blume die Sonne.
Unfassbar, dass es so ein Gefühl gibt.
Einzig und allein du bist meine Wonne.

Ich liebe dich, wie es Worte nicht können
fassen,
für immer und ewig hat das Schicksal uns
zusammengeführt!
Wir werden die Wege des Standes
verlassen.
Fühlst du, wie mein Herz sich rührt?

Ich liebe dich, du Sonne mein.
Werden es die Eltern uns versagen,
oder kann Lady Milford uns entzwei'n?
Nein! Wir werden das liebende Leben
gemeinsam wagen!

Annika Bohn * 1986

Spaziergang

Wie kann man nur spazieren gehen
und sich vielleicht noch's Bein verdrehen.
Du hetzt vorbei an einem Blatt,
das dich kaum gesehen hat.
Grüßt weder Fuchs und auch nicht Hase,
ertränkst 'nen Wurm aus deiner Blase.
Scheuchst auf die Viecher bei Tag und
Nacht,
hast um die Ruhe sie gebracht.
Läufst 'ner Fliege in die Bahn,
die bleibt zeitlebens flügellahm.
Insekten, platt auf deinen Sohlen,
werden sich kaum noch mal erholen,
erst war's windstill, dann kamst du an,
entfachtest einen Hurrikan,
hörst nichts zwitschern, hältst nie den
Mund.
Hauptsache ist: A Spaziergang is g'sund.

Günter Bohn

Herbst

Nebel steigen aus den Wiesen
in den Morgen kühl und fahl.
Mühsam nur durchdringt den Nebel
morgendlicher Sonnenstrahl.

Wald und Flure grau verhangen,
der Sommer zaghaft räumt das Feld.
Nächte halten lang Gericht,
die Sonne leicht nur wärmt die Welt.

Laub sinkt leise von den Bäumen,
manche Kronen sind schon kahl,
bettet sich zur ew'gen Ruhe,
atmet noch ein letztes Mal.

Tanzt und taumelt sanft im Winde,
bis es auf die Erde fällt.
Nebel steigen aus den Wiesen,
Herbst nun seinen Einzug hält.

Klaus Boje

Welch Unruh´!

Finstern, inmitten einer lauen
Sommernacht,
erlebe ich geträumtes und erhofftes durch
die Schatten der Nacht
Verflüchtige dich, verflüchtige dich o
Nacht!
Auch der letzte Stern am Himmel
soll seines Weges nicht verwiesen werden

Und so sind es doch die finsteren Nächte,
die mich aufhalten, weder zu denken, noch
zu tun
So öffnet sich das Himmelszelt-
ist frei von Unruhe, Sorgen und Leben,

und die Sterne nehmen wieder ihren Platz
ein...
Welch Unruhe nun, welch Unruh´!

Und wieder ist Leben dort, wo wir
vielleicht bald sein werden-
dort, wo wir gerne singen, tanzen und
trinken würden eines Tages-
wo wir wahrscheinlich ein Wiedersehen
feiern...
die Sterne gewähren uns dann Eintritt in
ihr Himmelsreich

Welch Unruhe!!!

Marc Boltz

Wunder im Leben

Ich sehe jetzt mehr und mehr Wunder
im Leben,
die kleinen, die großen, das Schöne eben.
Ein passendes Wort im richtigen Moment
Strahlende Augen, von der Seele gelenkt,
Wünsche, die sich jetzt endlich erfüllen,
Menschen, die mir helfen, mein Selbst
zu enthüllen.

Ein Sonnenstrahl, der mich küsst im
Herzen,
ein Regenbogen, der mich vergessen lässt
die Schmerzen.
Ein kleiner Vogel, der mir trällert sein Lied,
ein Schmetterling, der in die Freiheit fliegt,
eine Blume, die ins Licht sich streckt,
ein Kind, das eben die Welt entdeckt.

Wenn ich mit offenen Augen geh,
seh ich überall Wunder und versteh,
das wichtigste ist die Aufmerksamkeit –
wohin ich sie lenke, also bin ich bereit,
mehr zu sehen, was mich erfreut
und mehr zu leben im Hier und Heut.

Silvia I. Bomhardt * 1954

Manchmal

(Gewidmet dem Fluss Nagold)

Manchmal fließt du
langsam und leise
manchmal strömst du
leidenschaftlich
schnell und laut
so daß ich
Angst habe,
du könntest überlaufen,
dich verströmen,
mir nur
die leeren Mulde lassen
und mit dir nehmen
mein Herz
meine Seele
mein Gefühl.

Soll ich
mit meinen bitteren Tränen
deine leere Mulde ausfüllen,
damit du weiterströmst
und lebst...?

Bomiro * 1948

In Abhängigkeit

Die Regenten dieser Welt legen es drauf
an,
auf alle Normalos und Unterschichten zu
legen einen Bann.
Dass die Massen ihnen nicht mehr können
werden gefährlich
mit Rebellion, freien Gedanken und
Wünschen gar herrlich.
Die Machthaber treiben's munter im
Spiele,
versteckt aus dem Verborgenen schießen
sie ab sehr viele:
die Frauen bevorzugt mit Schwangerschaft,
so sind sie aus dem Verkehr gebracht.
Alle anderen werden geschlagen mit
körperlichem Verlangen
nach Alkohol, Drogen, Essen und anderen
Süchten eingefangen.

Diese Zwänge knebeln die Menschen und
beschäftigen sie deftig,
so dass sie nicht mehr kommen zu kämpfen
für das Eigentliche heftig:

Die Freiheit steht doch über allem drüber
und der um sie kämpf!, ist wirklich klüger.

Britta Bonn * 1962

Für einsame Wintertage

Wie soll ich die Zeit an diesem Fjord
beschreiben,
Das Schweigen – die große Stille,
Den Wind in Juligräsern...

Wie finde ich Klänge für Düfte,
Die süß und würzig mich umwehten,
Und wie erzähle ich vom Wurzelknorren
- Trollgestalt im dunklen Farn - ...

Wie male ich Bilder von Nächten, wo
Himmel
orangerotgolden in tiefe Buchten fällt,
Steine und Felsen harte Konturen
zeichnen...

Wie aber – endlich – singe ich heiseren
Möwenschrei,
Und das Wellenlied vom glucksenden
Watt...

Bilder und Verse und Lieder trage ich heim
Für einsame Wintertage.

Elke Bontjer-Dobertin * 1943

Trauer und Hoffnung

Warum zwitschern die Vögel
draussen vor meinem Fenster
im Grün der Bäume, im Regen?

Warum wird es dunkel
wenn das Wachs verbrannt ist
und niemand erbarmt sich der Flamme?

Selbst die Steine erklirren
wenn das Wasser mit Kraft
sie zärtlich umwirbelt.

Im Winter fiel ein Stein
vom kahlen Ast.
Der Schnee gab keine Antwort.

Als aber die Wärme in den Garten kam
und sah den Stein dort liegen
hauchte sie ihn an.

Nun friert er.
Eingebettet in die feuchte Erde
wartet er...

Nicolas Bonvales

Herbstblütenzauber

Des Herbstes grüner Wald sich laube;
still und leise kam der Gesang ganz.
Von Blättern, die fallen; wie ein fröhlicher
Klang.
Von Vögeln, die frohlockend drillen; und
dem Menschen viel Freude bringen.
Die ihr Nest nun stauben und entlauben;
um ganz fröhlich der neuen Zeit
entgegenzulaufen.
So komm nun her; du schöne Zeit des
Blätterrauschens.
Um auch die Nester der Menschen zu
berauschen.
Des Menschen Blätter fallen ab; selbst
Zorn, Wut und Enttäuschung werden
platt.
Die schöne Zeit will uns bereichern; um
Altes loszulassen; damit Neues kann
gedeihen.
Der Herbst geht schnell; und bald ist es
nicht mehr weit. Und schon bald
kommt die Winterzeit.

Wo ihr könnt erfühlen; was im Frühjahr in
voller Pracht darf blühen.

Isabelle Bonvallat * 1971

Zwischenspiel

Zwischen Himmel und Kopfsteinpflaster
Eng nebeneinander am Fenster
Die Straße unter uns ein Feuerbach

Über uns ein blinzelndes Netz aus Sternen
So weit und fremd wie deine Welt
Wie du so hell und sprühend

Ich aus dem Fenster lehnend
Zwischen streichelnd schleichender Kälte
Und brennendem Asphalt

Du schweigend
Zwischen Tür und Angel
Zaghaft anklopfend

Wir zwischen Himmel und
Kopfsteinpflaster
Zwischen uns kein Platz für Zweifel
Zwischen den Zeilen nichts als Musik

Tatjana Boos

Wie oft

Weißt du wie oft
ich deinen Namen
stumm vor mir her gesagt habe
nachts, wenn ich nicht schlafen konnte,
mit Blick auf einen sternenklaren Himmel,
im Angesicht einer Blumenwiese,
oder staunend vor der ewigen Endlosigkeit
des Meeres?

Wenn der Wind mir das Haar aus dem
Gesicht strich
wünschte ich es wäre deine Hand
und dachte deinen Namen

Trocknete die Sonne meine Tränen
wünschte ich es wären deine Lippen
und dachte deinen Namen

Wenn Sehnsucht mich umtrieb
schrie ich stumm
deinen Namen

Denkst du auch manchmal
meinen?

Gisela Borchers * 1962

Im Käfig gefangen

Ein großer Käfig
steht um mich herum.
Ich bin in ihm gefangen
Komme nicht raus .

Muss immer glücklich sein in ihm.
Manchmal breche ich ihn auf
und Wasser rinnt aus meinen Augen.
Der innere Druck entweicht.

Ich gehe in den Käfig zurück
und setze die Maske auf.
Eine Maske mit einem Lächeln
und einem Mund der spricht.

Der Käfig verbirgt vor allen,
wer ich wirklich bin,
denn keiner sieht mich,
außerhalb des Käfigs.

Ich bin gefangen für immer
in diesem Käfig,
denn ich muss so sein,
wie ihr es wollt.

Ronja Borgolte * 1987

Die Philosophin
(ein Kauderwelsch)

Im Häusili gar bitterfein,
im Stübili am Öfli mein ...
Dies Plätzli hier, im Ländelein,
wos grüenli ist im Sommer,
im Wintri weiß vom Schnee.

Da wohn I. – Ja, so kams für mi –
ist mir mei Leben lieb.
Die Fenstrli lassens Licht mir ein,
des Dächili hält dicht.

Hier bin I und erfinde sie
mei Lebensphilosophie, I,
damit I d'Welt begreif. Daß I net sag:
Man kann ja nie nix machen bei dem
Ganzen!

Da ruf I „Doch! Des glaub I nie!"
I kann aus diesem Häusili
die Welt durch meine Fensterln sehn,
könnt obbedrein na aussi gehn
und was I will mir ani sehn,
damit I sie erkläre, die Welt mir immer
neu!
Für mi und di – wenns d'willst!

Heidrun Borgwardt

Ein Nachtgebet für Kinder

Lieber Gott
sieh
ich falte die Hände
hier
und danke dir
für diesen schönen Tag
an dem du mir so viel gegeben hast.
Die Schäfchen am Himmel
decken schon die Sonne zu
und lassen die Blumen schlafen,
der Mond und die Sterne
leuchten mit aller Kraft.
Sie lassen uns bis zum Sonnenaufgang
ruhig schlafen.
Amen

Friede Born

Heißer Sommer

Flieder und Goldregen sind verblüht.
Sattes Grün der Bäume
lässt uns den Sommer spüren.
Schwüle Tage und Nächte schüren
Trägheit und liebestrunkene Träume;
nichts sich zu regen vermag.
Doch nur ein Gewitter, ein kühler Tag
und Sinneslust in uns erglüht.

Ilse Born

Frei wählbar

Die Sterne sie scheinen so fern heut Nacht.
Das Glück ist fern.
So geh ich die Straße hinab, allein.
Nur mit mir die Hoffnung auf
Sonnenschein.

Stephanie Borne * 1986

Die Entstehung der Welt

Die Eine oder eine von vielen? Vorsehung
oder Zufall?
Glaube oder Wissenschaft? Herz oder
Verstand?
Schöpfung durch Gott? Entwicklung durch
Urknall?
Doch zeugt nicht die Natur von göttlicher
Hand?

Am Anfang war das Wort, und das Wort
war bei Gott – dem Allmächtigen.
Das Wort sprach: Alles ist ohne Gestalt
und Form. Es hob die Hand:
Lasst uns schaffen eine Welt, einen Ort,
einen prächtigen!

Lasst scheiden Licht von Finsternis, trennen
Wasser von Land!

Lasst scheinen tags die Sonne, nachts den
Mond mit der Sterne Heer.
Lasst sprießen, blühen, wachsen, gedeihen
der Natur grünes Kleid.
Lasst fliegen, laufen, kriechen, schwimmen
im Himmel, auf Land und im Meer.
Lasst uns einen Garten pflanzen in Eden,
dem Menschen geweiht.

Staub, Lehm, unser Lebensodem. Machen
wir ihn unserem Abbild gleich!
Ihm zur Seite stellen wir der Schöpfung
Krönung! Habt Obacht: Er erwacht!
Adam, hier ist Eva! Seid glücklich und
herrscht rechtschaffen in eurem Reich!
Nun lasst uns ruhen, denn das wundervolle
Werk, ja das Wunder ist vollbracht!

Jessica Bornemann * 1987

Tür und Tor – Unsere Haustür

Du bist der Einlass in unser Haus,
nach meinem Geschmack siehst du
ordentlich aus.

Wir haben unendlich viel Zeit verbracht
Und haben eine Skizze über dein Ausseh'n
gemacht.

Der Tischler konnte uns gut versteh'n
und hat dich mit echtem Eichenholz
verseh'n.

So passt du gut in unseren ländlichen
Raum,
unweit von dir steht ein lebender
Eichenbaum.

Seit Jahren schmückst du nun unser Haus,
schon viele Menschen schritten herein und
hinaus.

An dir kann man lesen ein „Herzlich
Willkommen",
wir hoffen, der Eintretende hat es
vernommen.

Wir haben Nachkommen, schon zwei
Generationen,
auch sie möchten gerne hinter dir wohnen.

Darum haben wir stets daran gedacht
und auch ihnen mit dir eine Freude
gemacht

Nun wenn wir dann schreiben das Jahr
2104
wirst du dann noch sein, dieses Hauses
Tür?

Renate Börner * 1940

Der Regentropfen

Aus der Wolke ausgewrungen ward
geborn' ein Tröpfelein.
Zum freien Fall wird es gezwungen und es
fühlt es sich endlos klein.

Nebenher sieht's die Verwandten, denen es
genauso geht.
Manche fallen nutzlos nieder, manche auf
ein Gartenbeet.

Tröpfchen denkt so leise bei sich: „Wo
werd' ich zur Erde gehn?"
Und versucht dauernd beim Fallen zeitig
nach dem Ziel zu sehn'.

Plötzlich kann es was erkennen und
bekommt 'nen riesen Schreck,
Unten steht ein blauer Lastwagen mit 'nem
großen Haufen Dreck.

Tröpfchen fängt wild an zu rudern – was
am Ende gar nichts bringt
Und der Wagen kommt rasch näher –
Tröpfchen merkt schon, wie es stinkt!

Doch da fährt der Wagen weiter und 'ne
Frau geht übern Damm.
Tröpfchen denkt jetzt wieder heiter: „Ob
ich die erwischen kann?"

Und da sieht's zu seiner Freude, dass die
Frau da Blumen hält-
Und es legt sich auf 'ne Rose und ist
glücklich mit der Welt.

Günter Boschan * 1949

Tag im Schatten

In des Himmels dunkler Umarmung
ersterben die Farben der Welt,
und die Tränen des grauen Novembers
sinken dir langsam ins Herz.

Das ist der Abschied, der Tod,
der sich in der Einsamkeit nähert.
Das leichte Gewand des Vergessens
streift unbemerkt deine Stirn

in einer verlorenen Stunde.

Renate Bösel

Phantasien

Dunkles Feuer, helle Glut
nackte Leiber, fremde Brut.
Wahnsinn rein und unbefleckt
Schande tief im Moor versteckt.

Sehnsucht, die nach Sehnsucht ruft
Verzweiflung, die Erlösung sucht.
Lüsternheit durchseufzt die Nacht
schwarze Jäger halten Wacht.

Phantasien der Dimensionen
Verstandesland der Erektionen.
Gedankenleere ausgetauscht
alle Sinne aufgebraucht.

Gesprochenes Wort wird inhaltslos
Tun und Handeln hemmungslos.
Dunkler Dunst als Meilenstein
Unendlichkeit im Reimesreim.

Iris Boß * 1963

Erkennen

Wenn ich an diesem Strande steh
und auf die wilden Wellen seh,
dann wird mir sehr bewusst,
der Wind hat's immer schon gewusst,
wie klein sind doch wir Menschen.

Wenn ich an diesem Strande steh
und auf die vom Wind
zerfetzten Wolken seh,
denke ich ans Kind,
das gespielt auf weißem Sand.
Versucht hat es zu zählen die Körner am
Strand.

Ewig will ich hier am Strande stehen
und lass meine Träume mit dem Winde
wehen!

Monika Bosse * 1956

C'est la vie

Einmal so, wie ich es will
einfach der Ehe mal entkommen
wartete lange, hoffte still
dann bist Du gekommen.

Ledig aller Alltagssorgen
ohne Hetze, ohne Hast
wartest gerne auf das Morgen
auf den Schatz, den du nun hast.

Dann kam die Zeit der Zärtlichkeit
wir nutzten jede Möglichkeit
uns einander hinzugeben
unsere Lust voll auszuleben.

Habe mich in Dich verliebt
Du gabst mir Fantasie und Kraft
wie schön, dass es Dich gibt,
entfachtest meine Leidenschaft.

Ein Gefühlsrausch wie im Traum
galaktisch wie vom andern Stern
vergessen dabei Zeit und Raum
genießen wir es gern.

Horst Bötel * 1937

Wolkentraum

Wolkenwesen scheinen zu tanzen über mir.
Ich weiß schon, wie ich mir meine blaue
Stunden verzier'.

Ich darf jetzt in einen Traumnebel
verweilen,
denn die Stunde lädt mich ein bei ihr zu
bleiben.

Ich bin nicht mehr in Pflichtstunden
eingesperrt.
Das Muß hatte mir oft die Möglichkeit
verwehrt.

Nun darf ich loslassen.
Muß nicht mehr marschieren in
Alltagesmassen.

Ich atme ein und aus
lasse alle Anspannungen aus mir heraus.

Ich zaubere für mich
und finde damit zu meinen eigenen
Sonnenlicht.

Sylvia Boysen

Steine

Steine sind wie Erinnerung:
ich hebe sie auf,
schichte Mauern aus ihnen,
Wälle gegen die Flut
des Vergessens.
Doch sie dienen vor allem
den Träumen als Streben
zum Ranken,
zum Hinüberwachsen
aus dem Gestern ins Heute.
So entsteht langsam
ein wandernder Garten,
in dem ich Pflanze
und Gärtner bin,
und Betrachter zugleich.

Harald Braem

Baum der Erinnerung

Unter der Blütenpracht alten Baumes
schau' ich mir Bilder an in der Sonne,
saphirblauer Himmel blitzt durchs Geäst,
Vergangenheits Schmerz lacht heut' vor
Wonne.

Zauber der Kindheit hält mich gefangen,
niemals vergaß ich die glückliche Zeit,
auch Jugendliebe süßes Geheimnis,
und was der Apfelbaum noch alles weiß.

Wo sind die Stunden des Glücks geblieben,
wie Schmetterlinge flatterten sie fort,
in jedem Jahr träum' ich sie mir zurück,
erwarte sie sehnend an diesem Ort.

Dann duften wieder Apfelbaums Blüten
inmitten von frisch getriebenem Laub,
Erinnerung möcht' ich mir bewahren,
mit meinem Körper zerfällt sie zu Staub.

Renate Brand * 1939

Aufbruch

Abendwind geht durch die Stille
nimmt meine Seele mit sich fort.
Auf weißen Flügeln will ich gleiten
geborgen sein am andern Ort.

Aufbruch in ein neues Leben,
fernes Ziel und doch so nah.
Aufbruch zu den neuen Welten,
die noch keiner vorher sah.

Genug der Leiden dieser Erde
genug der Zeit, die keine ist.
Drum nimm mich mit, du weiße Taube
lass Frieden sein wo Frieden ist.

Lucie Brandenstein * 1955

Das Subjektiv

Ein Subjektiv, seit Eden groß,
Sich wegbegab, den Wind im Schoß,
Um selbst sich fürder fortzutreiben;
Um nicht – die Menschen sind da so –
Ein Objektiv mit Kropf zu bleiben,
Allein, Gott hilf, es ward nicht froh!

Denn lief es, hoffnungsvoller Tor,
Ins Parlament zu Wat Angkor,
Geriet es hier (man sieht's ihm an!)
Ins Votum, welches destruktiv
Es wählte (folglich inversiv),
Worauf es diesen Plan ersann:

Sollt' eines Tags es unerklärt
Ein Menschenkinde, reif bejährt,
Ein Neutrum nennen, meinungslos,
Und es verschmähen, geht es los
(Ein in sich tief verstricktes Los)
Zu enden, Hirn- und Darmhaut bloß–

Alexander Brandl

gedanken

lautlos
treiben die
gedanken im fluss
drehn sich manchmal im
kreise
schnellen
über kiesel
hinweg und springen
an sandiges ufer doch
dort

verwischt
sie die
nächste welle und
du findest keine spuren
mehr

Friedrich Brandl

Spätherbst

Mit letzter Pracht des Herbstes
beschenkt uns die Natur.
Die Sonne scheint noch golden.
Kurz sind die Tage nur!

Nun ist das Laub der Bäume
in Rot und Gold entbrannt,
doch schon peitscht es herunter
des Windes rauhe Hand.

Wenn diese Hand wir spüren,
dann wird es uns gewiß,
daß jenes letzte Leuchten
nur kurz befristet ist.

Edeltraud Brandner * 1943

Die Zeit wird

lang sie füllt sich mit der Ungenauigkeit
verlassener Gefühle wo jeder Gegenstand

nun vor Bedeutung glühend aufgereiht für
die Erinnerung und Zeichen setzt und jede

Pflaumenblüte wieder dieses kleine
    Ineinander
Fallen und jeder Birkenzweig die eine
    Mondnacht

aus dem Dunkel reißt den Duft der Sterne
als
die Wiese leicht sich in den Himmel hob
vom

Klang der Grillen und vom Schwarm der
Junikäfer
sanft beflügelt nur noch dem Licht und
träumend

eine Freudenträne dem Universum
anvertraut denn
wachen Herzens schlaf ich unter wilden
Bäumen

Erika Brandner

Um dich wusst ich

Warst du nicht schon in mir,
bevor ich dich fand?
Dein Lächeln in meinen Zellen
mitgeboren, eingeboren,
deine Stimme, der stetige Wind
aus unbekannten Tagen
eingehaucht, herbeigesehnt?
Mit deinen Ohren hörte ich schon lang
und sah die Welt mit deinen Augen,
und staunte, als ich sie fand,
die Augen.
Mein Herz wuchs zu einem Sonnenball
geschmückt mit deinen Sternen,
und tief im Innern
auf diesem nur geahnten Grund
sah ich
Lächeln, Stimme, Augen, Ohren,
da wurde mein Herz dein Herz.

Marta Brandner

Für Maria-Louise, die schöne Apothekerin

(oder: Lausige Weihnachten)

Die Nacht war kalt, der Regen rann
auf weihnachtliche Scheiben.
Allein kam ich in Hamburg an,
alleine wollt' ich bleiben.

Doch – großer Schreck! Bescherungszeit!
Es wimmelt nur von Läusen!
Nicht einen Cent gibt's weit und breit,
und das bei diesen Preisen!

Was wär' ich heute ohne sie,
Marie-Louise, die Schwalbe!
Sie nahm kein Geld, gab Sympathie,
dazu noch Hoffmann's Salbe.

Dank sei dir, Apothekerin,
mit Augen wie zwei Lichter!
Bleib Hamburgs wahre Königin –
und denk mal an den Dichter.

Klaus Brandt * 1950

Feierabendstimmung

die Arbeit
ist getan
der Schein der Sonne
ist ruhig geworden

friedlich
liegt das Land
langsam welken die Blätter

die Mühen
des Sommers
sind vorüber

Herbst

Anne-Kathrin Braun * 1976

Inkarnation

Die Herbstestage glühen mir wie
Schillerwein entgegen,
ich schau im milch'gen Mittagshimmel
blau und weiße Reben.
In mir brennt heiß der Sonnenglast von
früh verschied'nen Sommern.
Der Herbst mir Folter schafft aus jener
Lust, vergib mir, Herr,
und schenke sie den Frommem!

Ich fahr aus dunklen Wetterwolken als
Erlösungsblitz,
ich bin das Lied, das einst der Sturm in
seiner Jugend sang.
Ich bin das Orgelspiel der Nacht, ich bin
der Wollust- und der Opferklang,
bin Kassiopeia, des Saturn Ring und
ungeborener Planeten Sitz.

Bin sternenbleiche Schönheit am Himmel
ungebor'ner Symphonien.
Ich liebte Männer, die vor tausend Jahren
von Dichterinnen heiß begehrt und
sterblich waren.
Einst, wenn die Winter nicht mehr Winter
sind, ergeb ich mich auf Knien
und find zurück zum Sakrament des
Wunderbaren an
vergess'nen und wieder neu entdeckten
Kinderjahren.

Ich flög zum Mond mit dir und wüsst' den
Weg zurück nicht ohne dich,
ich hör das Blutgemurmel der
Vergänglichkeit pulsier'n in deinen
Adern.
Ich führe mit dir übern Styx mit meinem
Mondenschiff,
komm, lass die kalten Geisternebel hier
zurück, die über Galaxien schwadern.

Carola Bräuner

Toleranz

Du liegst nicht in den Normen,
hast nicht die richtigen Formen,
wer will Richten über dich,
Menschen, die dich eh nicht kennen,
du gefällst dir wie du bist,
leider toleriert unsere Gesellschaft das
nicht,
Verlogenheit den Tag regiert,
Streben nur noch nach immer mehr,
gut Aussehen, Spaß haben und viel Geld,
Scheinwelten sich öffnen überall,
wer ohne Verlegenheit in den Spiegel
schaut,
der kann sich glücklich schätzen,
denn er schaut in eine Realität,
die weit entfernt der Scheinwelt liegt,
welche niemand wirklich sehen mag,
bitte, Oberflächlichkeit lass nach.

Gabriele Brausewetter * 1959

Es war einmal...

Es war einmal vor langer Zeit im Land der
Illusionen,
da träumte man von Hochzeitskleid und
tausend roten Rosen.

Doch viele Träume blieben's auch.
Es wuchs einzig nur der Bauch.

Man wünschte sich Familienglück,
Zufriedenheit und trautes Heim.
Was kam, das war der Alltagsstreß
allzu oft blieb man allein.

Abends war der Kopf dann leer.
Nach arbeiten 8 Stunden lang
und mehr, nach Putzen, Kümmern,
Kochen.
Man wünscht sich Veränderung so sehr
doch zu müde sind die Knochen.

Vom Fernseher direkt ins Hirn wird's live
übertragen.
Die Serien mit Werbeblock stellen keine
Fragen.

Für neue Dinge kaum noch Kraft –
so wird Familie abgeschafft.

Das Leben rieselt so dahin mit jedem neuen
Tage.
Wo ist noch der Lebenssinn?
Das ist hier die Frage!

Ulrike Breidenstein * 1967

Amputierte Seele

Wenn mein Optimismus verwahrlost
Spalten Feinde meine Seele
Und tätowieren meinen Geist
Dann pulsiert mein Pessimismus
Und implantierte Jasager
Saugen an meinem Verstand

Wenn Hass die Monotonie besetzt
Zerfetzt Arsen die Zeit
Und reißen amputierte Gedanken
Alleinsein ins flammende Herz
Dann ertrinken meine Gefühle
Und betäuben meine Welt

Dann reifen Angsthyänen in mir
Und reiten sabbernd durch die Nacht
Müssen zu Tätern werden
Um aus meinen Träumen
Feigheit und Neid
Zu vertreiben

Und das scharfe Wort wird zum Freund

Heidrun-Auro Brenjo

Mein Adler soll fliegen

Nun sind vier Jahre vorbei,
ich und mein Adler, nur wir zwei.
Mit Freude nahm ich ihn auf,
trotz Krankheit, das nahm ich in kauf.
Wir genossen die Zeit der Freiheit,
nie mehr gefangen nur noch traute
Zweisamkeit.
Doch dann war da noch die Gewissheit,
ich wusste er blieb bei mir gern,
die Schattenseite von mir in Dunkelheit,
diese lag nie fern.
Die Monate im Kerkerloch zu zweit,
endlos scheinende Finsternis übermantelte
unsere Seelen derzeit.
Man kann es Egoismus nennen,
denn ich wollte mich nicht von ihm
trennen.
Er sah nie wirklich glücklich aus
das erkannte ich nun,
und für mich gab es nur eines zu tun.
Mein Adler sollte in Freiheit das Leben
lieben,
und somit ließ ich ihn nach Hause fliegen.
Nun bin ich alleine ob Tag oder Nacht,
aber in meinen Träumen bin ich immer mit
meinem Adler erwacht.

Markus Brenner * 1970

Die läufige Zeit

Der alte Hut. Wieder im Kommen.
Der Riß im Hirn. Läuft sich warm.
Ausblicke blockiert.

Der alte Mann. Ohne sein Meer.
Die Ruhe im Bauch. Zieht sich zurück.
Übersicht schockiert.

Die läufige Zeit. Im Zickzackkurs.
Der Halt im Gefühl. Macht sich dünn.
Herzenswärme kommt auf.

Die lästige Lust. Im Frustbereich.
Der Fuß in der Tür. Zwängt sich durch.
Man nimmt ihn in Kauf.

Der vereinsamte Traum. Mit Geistesblitz.
Die Faust im Nacken. Schlägt aufs Gemüt.
Eines Fortschrittgelingens.

Der verstummte Mensch. Im Krisenloch.
Die Hand aufs Herz. Kommt zum Gebet.
Eines Selbstwertringens.

Hartmut Brie * 1943

Der Leuchtturm

Wo Wellen tosend
an Klippen schlagen
sich mit rauen Winden
im Spiel vereinen
steht einsam der Turm
und hält seine Wacht ...

Ein Koloss
für die Seefahrt
seit historischen Tagen
lässt er sein Feuer
durch Nebel scheinen
tief in die Dunkelheit
der Nacht ...

Wenn Möven kreischend
am Himmel jagen
sich mit dem jungen Morgen
in Unschuld vereinen
steht einsam der Turm
und hält seine Wacht ...

Brigitte Brinkmann

Verschlafen

Davon geträumt
mit dir alt zu werden

Davon geträumt
dich glücklich zu machen

Davon geträumt
dir ein Zuhause zu schaffen

Davon geträumt
dein Herz zu erfüllen

Nur davon
geträumt
und nichts
dafür getan

Sebastian Brisse * 1983

Unentschlossenheit

Zwischen Willen und Verstand
Hoffnung und Ahnung
Warte ich auf den Impuls
Die Antwort auf eine ungestellte Frage

Wahnwitz und Unvernunft
So etwas zu tun

Aber auch Qual und Vorwurf
Es nicht zu tun

Gewissenskonflikte
Ein nicht endender Strom von Gedanken
Das Gefühl zu fallen
Und niemand weiß wohin

Oder wie lange

Kirsten Bröcher * 1984

Dass du dich um meine Seele sorgst:
sie könnte vor mir sterben –
rührt mich zu Tränen.
So vertrau ich dir denn
meine Seele an – dir,
der mein Herz nicht gekannt hat.
Wenn mein Herz auch stirbt,
so wird meine Seele leben.

Gesine Brode

Bedeutungsvoll

Bedeutungsvoll bist du
für mich geworden,
als du deine Zeit
mir in den Schoß legtest,
Mauern und Hecken
mit mir überwandest
und hinter dem
Glück der Stunde
meine Tränen nahmst.
Du zogst mir neue Kleider an
und verbranntest die alten
mit einem Lachen
in deinen Augen.
Mein Herz
musste wieder schlagen lernen
mit deiner Geduld, deiner Hilfe,
deinem Frohsinn
und der Offenheit deiner Gefühle.
Bedeutungsvoll ist die Zeit
deines Seins.

Dietlind Brödel-Waschke * 1954

Des Lebens größtes Wunder

Staunend betrachtet der Mensch
die Wunder unserer Erde.
Das größte, schönste aller Wunder
ist und bleibt die Geburt.
Die Erschaffung neuen Lebens.
Die Nähe des allmächtigen Gottes
spürend.

Helga Broer * 1965

Sommer

Das Warten auf deinen Kuss ließ uns nicht
ruhen,
wir sehnten dein stilles Kommen herbei
und fuhren
mit kindlicher Neugier der Krönung
entgegen,
als wollten vom Himmel letzte Wolken wir
fegen.

Du ludst uns ein, mit dir den Thron zu
besteigen,
in deinen Fängen fielen wir in tiefes
Schweigen.
Gedanken berührten den warmen Boden
kaum,
ritten auf deinen Flügeln über den
Himmelszaun.

Bald sanken mit fiebrigen Lüften sie nieder,
der Sommer drückte die Hitze tiefer und
tiefer.
Junges Grün, das eben noch der Frühling
gebar,
war unter dem heißen Zelt der
Erschöpfung so nah.

Doch plötzlich eine Spannung in den
Lüften lag,
die kühlende Nacht war erlösend; vorbei
der Tag.
Die Blätter sich labten an der Dunkelheit
Saft,
der Sommer, ein Nehmen und Geben
ewiger Kraft.

Andrea-Maria Bröhan

Das Gedicht

himmelweit
von dir entfernt
ich habe
rabenschwarze flügel
und fühl
mich nicht mehr
herbstblüten
streut der sommer herab
und mein herz
tropft
und tropft...

Anna Bröking * 1954

Aufbruch

Engel
rosten
auf den Schrottplätzen
zwischen den Autogöttern
der Zeit

Teufel
hochgejubelt
auf den Altären
der Wirtschaft und Politik

Der Mensch
dazwischen
im Warten
auf seinen Tod

Bernhard Brommer * 1954

Predigt

Von der Empore – voll im Ton,
gewaltig braust die Orgel schon,
gibt der Predigt das Geleit,
Gott der Herr – er ist nicht weit.

Der Pfarrer von der Kanzel spricht
von Hoffnung – einem hellen Licht,
von kleiner, wie auch großer Sünde
und was den Mensch mit Gott verbinde.

Auch in der Eigenschaft als Christ –
der Mensch nicht immer schuldfrei ist,
wo durch falsches Selbstvertrauen
eig'ne Wege sich verbauen.

Der Pfarrer spricht mit Akribie
von Gott gewollt ist Böses nie,
zeigt auf – die finsteren Gewalten,
die auch im Menschen sich gestalten.

Das Wort der Hoffnung zu Beginn
hat hier noch einmal tiefen Sinn.
Und so spricht in Gottes Namen –
Pfarrer und Gemeinde – Amen.

Horst Robert Brück

Hingabe

Ich stehe in deinem Zimmer,
Das Fenster beschlagen vom Atem
vergangenen Lebens.
Du tauchst ein in die Finsternis, lautlos,
unerreichbar.
Denkst an die Dinge, die du geliebt:
Tag, Leben, Mond und Sterne.
Es drängt dich in Wolken und Dunkelheit,
Verlorene Worte, die dich nicht mehr
erreichen.
Niemals zuvor trafen mich Qualen der
Seele so sehr
Und Schmerz, der die Tränen verwischt.
Nicht ehe das Leben dich verlässt, verlasse
ich dich,

Nicht ehe die Strahlen der Sonne vergessen
zu leuchten für dich.
Nichts ist für immer erloschen,
Nichts vergeht ganz
Weder Hoffnung noch Liebe.

Annabelle Bruckner * 1942

Das Morgenrot

Soweit der Blick nach Ost sich bot,
soweit erstrahlte Morgenrot;
und Kühle hauchend, gleichsam lind,
umsäuselte der Morgenwind
des Tages erste lichte Stunde
auf unsrem schönen Erdenrunde.

Das Morgenrot zerfloss zum Blau,
vorbei das nächtlich-triste Grau,
denn weit vom dunklen Horizont
wurd' nach und nach das Land besonnt;
dann stieg sie auf, die Sonnenscheibe,
mit feuerrotem, heißem Leibe.

Doch kaum schien mir der Sonnenball
in größter Fülle aus dem All,
glitt zauberhaft der Purpurschein
in weißlich-grelles Licht hinein;
zwei Tränen schlossen meine Lider –
doch morgen, Sonne, wart' ich wieder.

Ulrich Martin Brucks * 1955

In deine Hände

In deine Hände lege ich mein Leben,
in deine Hände auch mein Herz,
in deinen Händen werde ich vergessen
sogar den allergrößten Schmerz.

In deinen Händen wird mirs wohl ergehn,
in deinen Händen werde ich die Sonne sehn
in deinen Händen finde ich mein größtes
Glück,
da kehr ich immer wieder gern zurück.

Nach deinen Händen werde ich mich
immer sehnen,
nach deinen Händen voll Verlangen sein,
durch deine Hände fließen meine Tränen,
die ich vor Glück und Freude wein.

Wenn deine Hand die meine hält,
ist es das Schönste auf der Welt.

Karin Bruder

Es könnte Abend werden

Tempus non erit amplius

Es könnte Abend werden.
Die Sonne, in Milch getaucht,
wirft lange Schatten;
über dem Wasser wiegt sich der Tag.

Schau auf dein Haus.
Zeit wird nicht mehr sein,
es von Grund auf
zu erneuern.

Kriemhild Brüggemann * 1946

Frei

Nicht die Stirn
bietest du
der Gewalt.

Du gehst auf sie zu.
Du öffnest dein Herz.

Sie löst sich auf.

Spürt sie die Kraft,
die dich führt?

Margret Brügger

Sisyphos

Tag für Tag die gleiche Last

Strafe der Götter

Erkennen eigener Schuld

macht nicht endende Mühsal hinnehmbar.

Für welche Vergehen

büßen Hausfrauen?

Lotte Brügmann-Eberhardt * 1921

Frieden

Ungezählte Tränen fließen, machen
Kinderaugen blind,
wenn irgendwo auf dieser Erde, in einem
Land ein Krieg beginnt.

Mütter beweinen liebe Menschen, Väter
müssen kämpfen gehen,
Kinder, Kranke, alte Leute, wer kann ihre
Not verstehen.

Werden Krieg und Waffen helfen, dass
eine neue Zeit beginnt?
Was wird aus dieser Erde werden, wenn der
Mensch sich nicht besinnt.

Diese Kunst der kleinen Schritte, so
mancher hat sie schon gelernt,
Geduld und Liebe können helfen, dass der
Mensch den Frieden lernt.

Friedensglocken selber läuten, damit ein
Streit vorüber geht,
Gott den Herren innig bitten, dass
nirgendwo ein Krieg entsteht.

Irgendwann im Leben – später, sieht auf
Vergangenes man zurück,
allen Menschen ist gemeinsam, Frieden
haben – welches Glück.

Marlies Brümmer

Zwei Welten

Einst lebt' ich in einer großen Stadt,
was bekanntlich nicht wenige Vorzüge hat.
Unter anderem standen mir dort zur
Verfügung
Theater, Konzerte und unsre Regierung.

Den Gesprächen dort lag zugrunde als
Schema
vorwiegend ein hochkulturelles Thema:
soziale Entwicklung, Moral, Politik,
Wissenschaft, Kunst und der Menschheit
Geschick.

Für persönliches Glück hatte man da kaum
Zeit,
war fast nie zum Verlust seiner Stellung
bereit.
Und in der Angst, hierbei doch noch was
zu versäumen,
begann man beim Fernsehen vom
Nichtstun zu träumen.

Jetzt wohn ich in einem kleineren Ort.
Hier in Mecklenburg ist es ganz anders als
dort.
Zwar ist es nicht allzu weit nach Berlin,
selten fahr ich jedoch noch dorthin.

Hier sitzt man gerne recht lange zu Tische
und spricht da nicht nur über Pilze und
Fische,
sondern auch über Autos und Boote und
Skat,
über Gärten, Getränke und FKK.

Keiner hat Angst, etwas dabei zu
versäumen,
doch manchmal beginnt man dann schon
zu träumen

von dem Glück, welches wohl auch darin
besteht,
dass kein Tag ohne Sinn und Nutzen
vergeht.

Hans-Dietrich Brunies * 1934

Herr Knickelmann, Herr Knickelmann hat
immer nur Sandalen an.
Mein Opa ist bei mir und trinkt immer
ganz viel Bier.
Stefan, der Coole, geht gerne zur Schule.
Mimi, die Gute, hat eine viel zu kleine
Schnute.
Otto, der Tolle, macht gerne 'ne Rolle.
Ines, die Große, zieht gerne viele Lose aus
der bunten Dose.
Fredi, der Kleine, hat ganz krumme Beine.
Werner, der Fette, isst mit Joel eine
Bulette um die Wette.
Kati hat eine nette Kette und versteckt sie
unter ihrer Decke.
Nun ist mein Gedicht aus und alle gehen
wieder nach Haus.

Tatjana Brüning * 1992

innehalten

einmal innehalten
zur ruhe kommen
einmal einen atemzug mehr
solange nachspüren
bis ich wirklich weiß was ich will
und ganz leise werden und still

alles langsam machen
so langsam es geht
mir die zeit nehmen
die mir zusteht
auf die stille lauschen
die in mir klingt
oder auf ein lied das in mir singt
denn ich habe doch nur dieses eine leben
was danach kommt
weiß ich doch nicht
und darum will ich dieses
mein leben
leben
und beeil mich damit nicht

Stefanie Brunner * 1977

Primatenbrut brütet
in ihrem Hirn
Siebengestirn

Hohlwangig, wohlbehütet
Lehrformeln schwarzvergütet.
Primatenbrut im Nadelzwirn.

Manfred Bruns * 1950

Jahreszeiten

Du ahnst den Duft des Windes
einer Frühlingsnacht
atmest den Hauch von Wärme
einer Sommernacht.

Fühlst Vergänglichkeiten, wenn kühler
Herbstwind durch die Wälder weht,
und spürst eisige Kälte einer Winternacht,
die durch die Seele zieht.

Bist du allein, gehst blind und taub
durch alle Jahreszeiten,
die die Natur dir stets erneut
vor Augen hält?

So laß doch Hoffnung dich begleiten,
denn jedes Jahr der Hoffnung zählt.
Setz dich den Bitternissen deiner Zeit zur
Wehr,
sonst gehst du eines Tages einsam
die Straße ohne Wiederkehr.

Rosalie Bruns

Duft der Nachgiebigkeit

Dem Anschein nach, und kurz nur, neigt der Halm sich
dem ungestümen Drängen Sturmes, fühlend,
daß Stärke letztlich Dauer heischt und daß doch
der weiche Frühlingsabdruck, unbestimmt, scheu,
der Knospe Kraft einhaucht, der Leib der Frau erst,
nachgiebig der Vollendung harrend, Sein dann
hervorbringt, Form dem Former, der nur prägt das,
was sich ihm bietet, nötig seinem Ziele

als Grund: so daß Ertragen, nicht die Tat ist
die wahre Stärke, nicht der Augenblick
da sich das Blatt dem Wind beugt, nein, daß Eins nur
desselben mit dem langen Kuß der Sonne,
hinlänglich-steter Grund, der Zeit Bestimmung
im Fügen sich erweist, daß Größe Tragen,
nicht Ungeduld und lauter Wechsel sein kann:

denn der Blick, der aufnimmt, hält, nicht der fordert.

Wolfgang Brunsch * 1948

Überflüssiges Gedicht

Dies Gedicht ist ziemlich müßig,
in jeder Hinsicht überflüssig.
Es ist nicht nur,
von irgendeinem Versmaß keine Spur,
in dieser miserablen Lyrik,
lässt auch der Sinn zu wünschen übrig.

Dies Gedicht ließ manchen schinden,
ihm was Gutes abzufinden
und ließ viele Köpfe rauchen,
denn man kam auf falsche Fährten.
Doch schließlich dann erkennt man rasch:
Dies Gedicht ist für den - Experten,
wirklich zu gar nichts zu gebrauchen!

Nils Fabian Brunschede * 1991

Abschiedsschmerz

Mich dünkt, mich quält nun das, was man so Sehnsucht nennt.
Halt's, ach, nicht länger aus; mich plagen grimme Schmerzen!
Im Gegensatz zu sonst, beliebt's mir nicht zu scherzen.
Dahin zieht Traum um Traum. – Was ist's, das nun uns trennt?

So schnell geht es vorbei – eh' man sich richtig kennt.
Es leuchtet lichterloh ganz tief in meinem Herzen,
Geliebte, nur für Dich ein Meer aus tausend Kerzen,
Daß ich fast fürchten muß: Mein Herz mir noch verbrennt.

Mir fehlt doch nicht der Mut, obwohl wir müssen scheiden,
Daß eines Tages mal ein Ende hat mein Leiden.
Ganz gleich, wo Du auch bist, bleibst allseits ewig mein!

Ich werde lieben Dich mein ganzes, ganzes Leben;
Drum wird es zwischen uns auch keinen Abschied geben. –
Mein Wort geb' ich Dir drauf: So wird es immer sein!

Thomas Bryant * 1979

(das Gedicht mit dem unsichtbaren Titel)

ich seh dich nicht,
ich versteh dich nicht,
ich befleh dich nicht,
ich schreib lieber ein Gedicht

es handelt von dir,
bist kein Gott über mir,
bist nicht die Rose an ihr,
du bist einfach hier

bin ich so blind, dich zu sehn,
bin nicht so stur, dich zu verstehn,
bin nicht so ängstlich, dich zu beflehn,
bin einfach hier, am Schreiben und Gehn

ich exerzier dich nicht,
ich exhibier dich nicht,
ich parier dir nicht,
ich verlier dich nicht

Simon Bublies * 1984

Stilles Treffen

Es gibt Zeiten, da ertrage ich die Menschen nicht;
dann hab' ich das Verlangen, zu fliehen aus dem Licht;
an einen Ort, an dem Dämmerlicht mich sanft umarmt;
wo sich meinen Gedanken die Stille nur erbarmt.

Kein Mensch stört den Moment mit seinen leeren Worten;
das geschieht schon allzu oft an anderen Orten.
Zuviele Menschen, die nur nehmen und nichts geben,
die nur sich selbst ganz wichtig sind, mich oft umgeben.
All' das lasse ich manchmal ganz einfach hinter mir;
Worte in Gedanken sind dann auf dem Weg zu dir.
Schliesse die Augen, horche in die Stille hinein –
kann hören deine Stimme und bin nicht mehr allein.

Für jedes uns'rer stillen Treffen bin ich dankbar;
weiß ich doch, du bist stets bei mir – das ist offenbar.
Beruhigt geh' ich zurück auf meinen Platz im Leben,
denn irgendwann wird es ein Wiedersehen geben.

Antje Buder

Am See

Morgenstille atmen
Wassertau schmecken
schweigend wandern
von Ufer zu Ufer
Ewigkeit sein

Maria Buhl * 1957

Flammenherz

Feuer wütet,
Das über dem Walde brütet,
Das heimsucht alle Gestalten,
Die fest an ihrem Leben halten.

Funken tanzen durch die Luft
Überspringen jede Kluft
Schwarze Wesen lachen,
über glühender Hitze wachen
bizzare Geschöpfe.

Große Bäume brennen wie Fackeln,
Ihre Arme wackeln,
Ihre Blätter ängstlich zittern,
Ihre Hölzer schreiend splittern.

Inmitten des stolzen Feuers
Ruht ein großes, schlagendes Herz aus
Flammen,
Der Grund mancher Bangen - Und dies ist
kein Scherz
Denn es trägt den Namen: Flammenherz!

Luise Buhmann * 1993

Ungetüm

Mit gewaltigen Flügeln
peitscht es die Wasser
Auswuchs der Hölle
treibt schwarze Giganten
speiend wild
zu urkraftentfesselndem Tanz
atemlos wutentbrannt angsterregend
in geifernder Gier
dumpfes Donnern schlagen breschen
weiß schäumende Mäuler fressen den Wall
näher kommt es näher

wo macht es Halt

finster Gewölk Phosphorlicht sprühend
Mauern fallen Dächer fliegen
schaurig wächst das Ungetüm
tosend fällt das Wellengetürm
fletschend richtet es sich auf
wälzt sich gefräßig fort und fort

da steht der Mensch in seinem Wahn
machtlos hilflos

Erika Buhr

Abgeschrieben

(03-09-24, ins Reine geschrieben 04-09-15)

Abgeschrieben,
Die alten Pferde.
Niemand besucht sie
noch
von den erwachsen
gewordenen
Menschenfreunden,
denen sie Wärme gaben
und Freundschaft.

Und sie reiben ihre Köpfe
aneinander
und stehen eng und gemeinsam
in der herbstlichen Sonne.

Und das ist genug.

Wolfgang Bullerdiek * 1939

Zyklus

Ich sitze hier
Schreibe
In einem lebendigen Zyklus
Vom Erschaffen und Erschaffen werden
Vom Ernähren und Ernährt werden

Der Regen
Der gegen mein Fenster pocht
Wird zu Hagel
Wird zu Schnee
Wird zur Erinnerung
An Sonnentage
Auf meiner Haut

Ich aber
Beende meine Zeilen
Und setze mich wieder
Denn meine Ader
Hört nie auf zu pochen

Natalie Bund * 1986

Wer bist du?

Ich ging im Abendsonnenschein
Am Meer mit mir allein.
Doch merkt' ich bald, es war nicht so,
es schritt noch jemand irgendwo
zu meiner rechten Seite
geruhsam in die Weite,
war lang und dunkel von Gestalt,
war nicht mehr jung, doch auch nicht alt.
Und wenn ich stand,
machte er halt.
Als ich den Arm ausstreckte,
er es sofort entdeckte,
tat so wie ich, schritt mit mir weiter
als mein getreuer Strandbegleiter.
„Wer bist du?" ich ihn schließlich fragte.
Lautlos er dasselbe sagte.
Ich konnte einfach es nicht fassen,
daß er nicht wollte mich verlassen.

Gertrud Bunsen * 1921

Drei Könige, heute

Wir sind zwar nicht die Heiligen Drei
Könige,
doch auch zu Ihrem Kind kommen wir
gern.
Wir haben Geschenke mitgebracht, das
wird Sie freuen,
und unser Auto hat vorne einen Stern.

Einen Grundstock für die Rente;
Wenn Ihr Kind alt ist, gibt's die vom Staat
nicht mehr.
Einen Fonds-Sparplan für das Studium;
wenn das beginnt, dann brauchen Sie den
sehr.

Einen 5-Euro-Gutschein für ein Sparbuch;
so lernt es früh mit Geld umzugehn.
Oder einen kleinen Bausparvertrag;
(wird gern genommen) hier ist er, bitte
schön!

Und ich komm für Sie als Frau und Mutter,
bringe Proben für Babys' zarte Haut.
Und diese Schönheitsmaske mit
Kakaobutter
macht alles streichelweich, was vorher
aufgeraut.

Wir sind zwar nicht die Heiligen Drei
Könige,
doch auch zu Ihrem Kind kommen wir
gern.
Wir haben Geschenke mitgebracht, das
wird Sie freuen,
und unser Auto, und unser Auto, und
unser Auto hat vorne einen Stern.

Reinhard Burchhardt * 1956

Karriere der Schere

Das beste Werkzeug war das Messer;
schnitt, in der Küche, auf dem Tisch,
den Lauch, den Kohl und Fleisch und
Fisch,
für Mutter, Vater,
Kind und Kater.

Die Nachbarin, die wusst es besser:
„Rindslunge soll die Katze nähren.
Die schneidet nicht man mit dem Messer;
zerkleinern tut man's mit den Scheren."

Gestürzt vom Thron ist nun das Messer.
Die Schere schneidet froh und frisch
den Lauch, den Kohl und auch den Fisch.

Dies Beispiel zeigt, zum grossen Segen,
dass oft die Zweifalt unsrer Scheren
der Messer Einfalt überlegen.

Christof W. Burckhardt * 1927

Athen – 2004

Athen – Olympische Spiele!

Tausende sind nun versammelt,
freudig das Fest zu begehen.

Alle sind voller Erwartung,
tragen mit Stolz ihre Fahnen,

Flamme, loh' auf!

Und die Kämpfer
tragen ihr Herz, ihre Hoffnung –
beinahe Opfergang auch ist's:

Wer wird gewinnen,
bist du es?

Würdevoll – weitdeutend – zeigen
griechische Frauen Gewänder,
frühe Kulturen aufnehmend.

Groß ist die Zeit, überdauert
hunderte, tausende Jahre,
Ruhm auch – wie Tränen und Trauer.

Hannelore Burdorf-Lautenbach

Das ist Leben

Ein Wassertropfen
und der Ozean
Sonne und Mond
dazwischen Sternenstaub ***
Wasserträger ...
Wüstenblume ...
Das Sandkorn
und der Fels in der Brandung
Schatten und Licht
Sehnsucht, die die Segel der Hoffnung
spannt
auf endlosen Meeren unterwegs ...
suchend nach einem Ankerplatz des
Herzens.

Ingrid Burg * 1952

Tanz des Windes

Hörst du...,
den Gesang
der Fichte,

wie der Wind
rauscht
durch ihr Kleid,

helle Stimmen
wispeln
von Freiheit und Glück,

der Ast
zärtlich
seine Hand nach dir streckt,

in erstaunter
Verzückung
das Menschsein berauscht.

Veronika R. Burg

Bis der neue Tag anbricht

Wird die Erde unsern Enkeln
Wasserquell und Vogelsang bewahren?
Wird der Weizen weiter blühn
und im Herd das Feuer glühn?

Werden Freundschaft, Treue noch bestehn?
Wird der Mensch noch Mensch sein
können
oder wird er tanzen mit der Lüge
um den Trugaltar der Macht?

Herr,
wenn wir zagen
mache uns gewiss,
dass Du wirst auf unsern Wegen
durch die Nacht
das Licht der Hoffnung brennen lassen
bis der neue Tag anbricht.

Rudolf Burger

Wenn das Lachen stirbt

Für die Verzweifelten

Rosen verwelken
Klaviermusik trauert
Meere weinen
Das Lachen stirbt
Der Clown verzweifelt
Bilder sprechen nicht mehr
Flüsse stehen still

Ohne dich

Sofie Burggraf * 1976

Verrat

Zutage schreiten Taten,
das im Geheimen lag.
Gedanke will erraten,
was scheinbar sich verbarg.

Vernunft sei der Berater,
zu halten diese Hand,
die in verseuchter Marter
zerreißen will das Band.

Verloren sind die Tage,
der süßen heilen Stund.
Verwegen kommt die Frage:
Wohin sei nun der Bund?

Der Untreu soll gerächet,
durch meine Mörderhand
geschändet und geschwächet
zum Tode dich ernannt.

Mit grausigem Erwachen,
nach unheilvoller Tat,
der Teufel hat das Lachen,
Zu spät, es war Verrat!

Diana Burgmann * 1969

Du selbst hast die Wahl

Das grobe Muster unseres Lebens, ist uns
bereits von Anbeginn der uns
gegebenen Zeit vorbestimmt. Nichts
geschieht ohne Grund.

Doch nach jedem Ereignis, positiv wie
negativ, liegt die Entscheidung
unseres weiteren Handelns bei uns selbst.
Der weitere Weg ist unsere Wahl.

Nach tiefem Fall ist es einfach, gebrochen
am Boden liegen zu bleiben.
Selbstmitleid und Bedauern werden dir ein
treuer Begleiter sein.

Doch großes vollbringt man, indem man
sich erhebt und mit all der
übrigen, verbliebenen Energie zuerst den
einen Fuß, dann den anderen
auf den festen Untergrund zurückstellt.

Du trittst zurück ins Leben. Und jetzt
werden deine Schritte fester,
energiegeladener, selbstsicherer. Dein Wille
ist da, deine Sinne geschärft.
Du glaubst an dich, mehr denn je, und bist
in der Lage, großes zu
vollbringen. Kein Mensch kann dich
aufhalten. Sie werden es immer
wieder
versuchen, doch in deinem Kopf hat eine
Revolution stattgefunden.
Du weißt jetzt, wer du bist. Du hast dich
und deine Begabung gefunden.
Du bist nicht geradlinig. Du bist
außergewöhnlich. Es wird dir
gelingen.

Jeder deiner Schritte wird seinen Abdruck
deutlich in den Herzen,
aber auch in den Köpfen derer hinterlassen,
die dich nicht als dieses
wundervolle Wesen beachtet haben, dass
doch ein Jeder von uns ist,

und als das auch ein Jeder geachtet werden
sollte.

Martina Bürklein * 1976

An eine ... du Schöne, meine Schöne ... inmitten des Meeres

... inmitten der Meereswogen
... inmitten des Schoßes Gottes.
... inmitten der Warften der tosenden
Nordsee.
... inmitten der Gezeiten von Ebbe und
Flut.
...inmitten der Kraftquelle des
Leuchtturms.
...inmitten der Austernfischer, Ringelgänse
und Küstenschwalben.
... inmitten eines „Selbsts" bist du meine
„Eine", namens Hallig Hooge.
... inmitten von vergangenen Gestalten von
Engeln, Hexen, Geistern, Gnomen
und Kobolden.
... inmitten des gleißenden Lichtes von
Gott und der Unendlichkeit des Hier
und Heute.
... inmitten dieses Herzengefühls zünde ich
für dich, meine stolze „Hooge", eine
Kerze an und denke an alles, was lebt
und liebt und oftmals so dunklen
Zeiten.
... inmitten der tiefen Dunkelheit nenne ich
„sie" Sterne des Lichtes – genauer
Christkinder!
„Ich verehre dich!"

Anke Burmester

Ein Traum

(Das Unbegreifbare)

Oft war ich auf dem sonnenarmen Fels
und hielt Ausschau nach Dir.
Tief und breit zog sich hinab der Fels
und schloss sich an, unten ans Meer,
das einem weitem verschleiertem Feld
glich.
Da sah ich hinüber ins Dunkel –
ich sah eine Insel, auf der Du warst.

Und es war kalt – es stürmte,
es zogen viele fremde Menschen an mir
vorbei,
die mich kannten vom Warten auf Dich.
Sie zogen vorbei, zur Insel auf der Du
warst -,
oder anderswohin.
Und doch war es erträglicher
zu warten auf dem Fels,
als zu Hause, das keines war.

Helga Buschmann * 1949

Kanaan

Blutland
brach eines Baum's durch verdorren

kostbarer Bernstein
durch alles
bis in ihr Mark
&
durch alles Geäst dieser Wunde

(Mund einer Prophezeiung)

Krone des Hauptes
getragen nach Golgatha

(Land der Propheten und der Flucht)

ein blinder Eremit
&
Bücher aus Papyrus

Ein Fischer läuft umher
und sagt
dass er tapfer war

Sandro Butenhoff * 1978

Die Masken

Ich stehe hier und seh mich um,
hohe Mauern um mich herum,
Mauern so hoch und kalt,
von mir erbaut zur Sicherheit
Doch nun will ich hinaus,
will mich nicht länger verstecken
Ich renne gegen die Wände,
schlage dagegen bis meine Hände
blutüberströmt und schmerzend,
sich weigern zu tun, was ich will
So sitze ich in der Tiefe, ganz unten,
und weine blutige Tränen
Während sie dort oben auf mich
herabsehen
All meine Masken, so vertraut und so
verhasst
Die Verführerin, das Biest, die Kämpferin,
das Kind
Sie starren auf mich herab und ich weiß,
sie werden mich nicht gehen lassen,
denn ich müsste sie sterben lassen um mich
zu befreien
Einzig die dunkle Prinzessin sitzt bei mir
Und sie weint meine Tränen...

Gabi Büttner * 1970

Liebe aus Träumen geboren –
Widmung an C. Grözinger

Nach der Liebe meines Lebens suchte ich
vergebens,
bis ein Augenblick mich vergessen ließ wer
ich war,
hoffnungslos verloren in der Tiefe ihrer
Augen,
berührten sich unsere Wesen im Glauben,
daß die unsere Liebe so sinnlich, so
bewegend für immer war.
Von der Sehnsucht im Herzen wachgeküßt,
vom Glanz ihrer wunderschönen Augen
geblendet,
hat ihre Liebe mein Leid beendet,
ihre Leidenschaft meine Einsamkeit
berührt.
Wir gehörten zusammen und doch verloren
wir den Halt,
plötzlich waren die Nächte kalt, die Räume
so leer ohne ihren Gesang,
vor mir ein Meer aus Tränen und
Mutlosigkeit.
Traurigkeit beherrscht mein Leben, ohne
ihren Liebessegen,
weit weg von mir, vor meiner Liebe,
lebt sie nun glücklich und nicht allein.
Innerlich zerbrochen, der Tag scheint
unendlich,
der Sinn des Lebens so traglos in seiner
Schärfe.
Eine Liebe aus Träumen geboren, ein
gelebter Traum,
auserkoren nur ganz kurz voller Glück zu
sein,
welch Schein mein Herz nun ewiglich als
Narbe trägt.

Michaela Cabai

Selbstwertgefühl

Selbstherrlich nicht.
Etwas
Lebt auf in mir angesichts
Beleidigung.
Selbst das Gefühl wehrt sich.
Tickt man in eurem Takt
- nur dann bloß tickt man richtig.

Wiegt man mit eurem Maß
- nur dann bloß liegt man richtig. Denn
Euer Herz begehrt, daß man das eure ehrt.
Regeln halt ich ein; reicht euch das nicht
aus?
Total ist euer Anspruch.

Gefühle wollt ihr sehn.
Echt mitschwingen soll ich auf eurer
Frequenz.
Und
Euer
Herz bestimmt, mit wieviel Hertz man
schwingt.

Lebt man, wie ihr es wollt
- nur dann bloß lebt man wirklich.

Andrea Cadet

der traum der penelope

eintreten
in den garten der achtsamkeit
wo die blumen der seele
nicht mehr
zertreten
und die männer
endlich
menschen werden
und ulisse
ein liebender

Eva Calliess * 1947

Die Freude des Seins

Sie sitzen
Feder an Feder
auf dem Draht
der Telefonleitung
und schütteln sich
und rütteln sich
und waschen sich
und haschen sich
und recken sich
und necken sich
und picken sich
und schnicken sich
und freuen sich –
Spatzen zu sein.

Dumeni Capeder * 1934

Totenglocke

Wenn die Totenglocke läutet
Ein Leben sich dem Ende neiget
Es scheiden Licht und Schatten
Es ruft dich heim der Himmelsgarten

Die Welt verblasst nun um dich her
Bald schon gibt es dich nicht mehr
Und jene, die zurück du lässt
Versammeln schweigend sich zum
Totenfest

Manch einer mag deiner gedenken
Wohin dich deine Schritte nun lenken
Und er betet leise in der Stille
Gnade sei sein letzter Wille

Das Totentuch verbirgt nun sacht
Und segnet dich zur letzten Nacht
Im Stundenglase ist zerronnen
Ein Leben das gerade erst begonnen.

Tanya Carpenter * 1975

Gott verleiht Dir Flügel

Oben am Himmel, in unendlichen Weiten,
sieht man den Adler kraftvoll durch
die Lüfte gleiten.
Über das Nest mit den Jungen er wachsam
schwebt,
darauf bedacht, zu schützen, was dort lebt.
Lauert Gefahr, fliegt er zum Nest auf dem
Hügel,
sitzt dort nieder, breitet aus seine Flügel,
schützt mit lautem Geschrei seine Brut,
zeigt den Jungen seine Stärke und Mut.
Später dann nimmt er die Jungen auf, fliegt
mit ihnen - hoch hinauf,
trägt sie behütend auf seinen Schwingen,
wird ihnen später das Fliegen beibringen.

So wie der Adler in unendlichen Weiten,
wird auch Gott dich auf deinem Wege
begleiten.
Er wird dich beschützen und dich tragen,
du musst ihn danach nicht erst fragen.

Wirst du Gott dein Vertrauen schenken,
wird er dir helfen, er wird dich
lenken.

Mit Gott in dir schaffst du jeden Berg,
jeden Hügel,
denn Gott gibt dir Kraft,
Gott „verleiht dir Flügel".

Astrid Carsten * 1964

Eine Kindheit

Für Vera Bohle

ich
gehe
mit meinen freunden
spielen
hüte dich vor den landminen
kind

genieße
die zwischenräume
oder

land – mi – nen
mand – li – nen

spiele da
wo Maria und Simón zerrissen wurden

und kein vogel singt

Jan Causa * 1939

Schafe

die dem Hirten folgen
den Kopf nach unten
auf's fette Gras

Hirten
waren schon viele
Cäsar und Napoleon
Schwarze und Rote
und
die Farbe dazwischen
Christus und seine Stellvertreter
Maschinen und Geld
Wissenschaft und Fortschritt
Drogen und Sekten
schöne Frauen
schöne Männer

Gelebt hat der Hirte
das Schaf immer gefressen

CeBI * 1951

Passage

Lautlos
öffnet und schließt sich
die gläserne Tür.
Ein Mensch nach dem anderen
geht hindurch,
naht, nimmt Kontur an,
steht, bevor er verblaßt,
für einen Augenblick im Licht,
auf der Schwelle.

Juliana Chakravorty * 1941

Freunde??

Ich dachte immer das ich Freunde hab,
aber jetzt muss ich erkennen das es nicht so
ist.
Als ich klein war, da war ich nie allein,
aber jetzt bin ich es.

Ich habe mich daran gewöhnt,
weil es kaum noch jemanden gibt der zu
mir hält.
Ich dachte das ich Freunde hab,
aber es waren all die Jahre nur Kumpels.

Wenn sie da ist sind sie auch hier,
aber sobald sie wieder weg ist sind sie auch
nicht mehr hier.
Sie denken falsch über mich,
denn sie kennen meine wahren Gefühle
nicht.

Ich werd ihnen auch nichts mehr sagen,
weil ich festgestellt hab das es nichts
bringt.
Wenn ich was sage, dann hören sie nicht
auf mich.
Man sah es ja damals.

Ich wünschte ich wäre nicht mehr hier,
sondern bei meiner Verwandtschaft in
Amerika.
Aber das wird immer nur ein
Wunschtraum bleiben, weil mir das
Geld fehlt oder gar Arbeit.

Katsumi Chan

Entgegen

Zwielichtig die Straßen
aufgesogen
alle Lichtspiele
des Tages.

In Hoffnungslosigkeit
versunken
erschien mir der Komet
der Liebe.

Die Düsternis
verschwand,
der Glanz der Sonne
brach sich durch.

Du standest vor mir.

Brian Channing * 1943

tanze unter linden

was ich suche gibt es schon
ist im jetzt zu finden
schau gut hin ein junges ding
tanzt dort unter linden

was es findet ist magie
doch willst du es finden
siehst du dort die alte frau
sitzt dort unter linden

suche um des suchens willen
und die zeit verrinnt
findend, lassend, in sich schauend
schau dort tanzt das kind

was du suchst das gibt es schon
brauchst es nicht zu finden
schau gut hin geliebte mein
tanze unter linden

Chey

Eifersucht eines unsterblich Verliebten

Deine Augen sind zwei blaue Teiche,
schwimmen möcht' ich drin und
untergeh'n,
und als winzige Wasserleiche
kann mich jeder andere Mann dort seh'n,
der zu tief dir in die Augen blickt,
und dann hoffentlich zu Tod erschrickt
über meine Leiche
in dem blauen Teiche.
Wetten? Der haut lieber ab...
Dann spring ich aus meinem Grab!
Was? Du machst die Augen zu?!
Oh, welch köstlich süße Ruh!

Marietta Chrobot

Käse,
Käse,
Käse!

Immer
nur Käse.
Immer
nur.
Nur immer
dieser Käse,

dieser blöde
Käse, dieser
dumme Käse,
immer nur nur nur!!!
Ich scheiße auf den Käse!

Philip Chrobot * 1993

Wirklichkeit

Aufgewacht.
Gelächelt.
Gelacht.
Mir einfach mal keine Sorgen gemacht.

Herumgedreht.
Es wieder erlebt.

Dir so nah,
Alles leicht und klar.

Deinen Atem gespürt,
deine Lippen berührt.

Doch plötzlich: eine Träne auf meiner
Wange,
Plötzlich wird mir angst und bange.

Warum? War doch grade noch so schön.

Doch da hatte ich nicht geseh'n,
Dass ich alleine lieg, in meinem dunklen
Raum,

Nicht geseh'n,
Es war alles nur ein Traum

Maren Ciapcik * 1989

65!

Ich darf mir jetzt leisten,
nichts mehr zu leisten!
Ich leiste nur noch,
was ich gerne mag.
Denn wirkliches Leisten
das kann ich nicht leisten,
doch bedauern wird' ich das
nicht einen Tag!
Mein Leben lang
musste ich immer nur leisten,
um mir mal was außer der Reihe zu leisten,
doch konnt' ich mir's damals
auch schon nicht leisten:
Ich leistete, bis auf der Nase ich lag.
Sehr vieles leisten,
das müssen die meisten,
doch spannt mich mit denen
nicht über den Leisten!
Ich leistete immer mehr als die Pflicht:
Nun muss ich das nicht!

Anke Cierjacks * 1940

Der Stein

Glatt und geschmeidig
erscheint dein Gesicht
Farben der Erde
Reflektoren von Licht.

Erst Kälte – dann Wärme
verspürt meine Hand
mit jeder Sekunde,
die sie dich umspannt.

Den Griff gelockert,
ich erkenne erstaunt,
feine Risse und Narben
zieren deine Haut.

Auch Ecken und Kanten
prägen deine Form
die Male des Lebens
fernab jeder Norm.

In deiner Einzigartigkeit
überdauertest du Jahrzehnte der Zeit
erzählst mir deine Geschichte des Lebens –
ich erkenne in dir,
dass nichts ist vergebens…

Sigrid Cigrand * 1957

Das Menschliche

Auch durch Glas
den Blickkontakt suchen

forschen
unter dem schattenden Hutrand
des Nächsten

fühlen
seinen Schritt

einfangen den Blick
wo möglich
zum Gruß

wölben
über den Abgrund der Einsamkeit
die Brücke

denn das Menschliche
ist das Zwischenmenschliche
das Gemeinsame.

Thomas Cilenšek * 1950

So fern und doch so nah

Ich träumte von Ihren Locken,
die Sie nicht hatte,
vergaß mich an Ihrem Mund,
den ich nicht kannte.
Die Wärme Ihrer Hand hatte mich noch
nicht berührt, denn Sie war mir ja
noch nie begegnet
und doch war ich sicher,
ich kannte Sie schon lange.
Ich träumte von Ihren Augen
in die ich nicht sah
und verfing mich an Ihrem Atem, er war
auf einmal so nah.
Ich träumte davon Sie zu lieben wie
niemals zuvor,
Sie zu begehren und mit Ihr eins zu sein.
Dann spürte ich Sie ganz nah bei mir.

Mario H. Ciomek * 1947

Der Baum und die Wiese

In meiner Kindheit gab es
in meinem Ort eine große Wiese
und einen großen Baum
Ich habe sie geliebt, wie habe ich sie geliebt
die Wiese und den Baum
Heute gibt es sie nicht mehr
Dort wo sie waren, steht jetzt ein
Supermarkt
Doch immer wenn ich komme
an den Ort
an dem sie waren.
den Duft der Blumen riechen ist es mir, als
würde ich
das Rauschen der Blätter hören

Sophie Clark * 1978

Arabische Träume

Da steht er, wie in Stein gemeißelt,
Dunkle, feurige Augen.
Ich seh, wie sie aufs Meer schauen.
Er das Bild mit ihnen festhält.

Letzte Sonnenstrahlen
Zaubern Lichtreflexe ins goldene Fell,
Der versinkende Tag wird noch schnell.
Spielerische Muster hinein malen.

Was verbirgt sich hinter dem glitzernden
Meer?
Vielleicht ein fernes Land
hinter dem Horizont, erbaut von Gottes
Hand?
Erweckt doch seine Neugier sehr.

So halte ich den Atem an, wenn er
herumwirbelt
das stolze arabische Pferde.
Eleganz in herrlicher Gebärde
Während mein Mund unbemerkt zärtliche
Worte murmelt.

Schnelligkeit treibt ihn fort,
Um doch einmal im Leben frei zu sein,
Noch seh ich einen letzten goldenen
Schein,
Schwebe davon, mein sehnsuchtsvoller
Lord.

Silke Clasen

Nachtgesicht

Nachtrot die Rose
Nahm ich und schlief mit ihr,
Brach ihre Liebe –

Trank aus der Nymphe
Quellnebelschleierweiß
Sprudelndem Schoß –

Mähte mit Mondsicheln
Frühe der Finsternis.
Bald mäht sie mich –

Hans Claßen * 1953

Von der Sonne verachtet,
von der Liebe verspien,
aufgelöst wie Schnee
vergeht eine Ära.
Als die Sonne noch blühte;
doch blüht sie heute noch!
Ihre Strahlen umarmen,
beschützen,

begraben!
So sehr doch geliebt
dringt der Gedanke des Regens hervor.
Kalte nasse Haut, in Tränen eins
werden: Sein!
Wie kann man die Strahlende
verstoßen?
Durch einen Tropfen nur.

Katarina Claudino * 1986

Wissensdurst

Undressierte Genialität des Naiven,
Gottgefällig und auserwählt,
schlaue Beschränkung auf praktische,
selbstsüchtige Ziele gerichtet.

Einzig meinen Wissensdurst
gründlich zu spezialisieren.
Jede Ahnung von Freiheit
und Universalität in ihm zu erfühlen.

Es liegt mir nicht am beschönigen,
aber ich möchte auch nicht leugnen,
verhehlen,
dass ich mir Mühe gegeben, gestrebt,
gelernt
und gekämpft habe.

Abschleifungen mehr aus Lebensklugheit,
freiwillig vollzogen, als unterliegend,
erlitten und erstritten, oh Strebsamkeit
wie heilsam kannst du sein.

Die Wissbegierde, Wissensdurst,
Wissensdrang,
beschäftigen uns das ganze Leben lang.
Leutseligkeit, ausgefüllt sein mit wichtigen
nie gekannten, interessanten,
Wissenslücken,
kann so unendlich tief beglücken.

Und jeder Griff nach Wissen bewies es,
dies waren Erkenntnisdürste des Paradieses.
Wissenschaft ist wie Hunger nach Essen,
vom Baum des Wissens, macht besessen
nach jedem Wissensbereich,
macht die Seele zufrieden, glücklich und
reich,
denn er ist unsterblich zugleich.

Helga Claussen

Wählen im Jetzt

Das Ich vergessen, das Selbst behalten. Ein
Ideal etwa?
Wissen bewahren, Erfahrung verteidigen,
Seele vereidigen. Und: Wählen. Im Jetzt.
Zwischen etwas? Zwischen der und dem,
dies und das?

Vergessen können, erinnern müssen, an all
jenes, was uns nicht schlafen lässt.
Unsägliches Verdrängen überwinden,
Lügen entlarven.
Entgehen dem Sog gefährlicher
Bequemlichkeit im Besitz-
Überschuss.
Wählen: im Jetzt. Zwischen dem, was nur
ich brauch' und dem, was der Mensch
braucht.

Wie konserviert Mensch Wahrheit?
Jene Werte, jene Ideale, so lang erarbeitet:
Bewahren vor dem Verlust
im Dickicht überbordender Scheinbilder
und Geschwätz-Salven
Wie befreit sich der Geist von der Schwere
der Materie?
Drückende, zerdrückende Last. Wählen:
Zwischen Außen/Flach. Und
Innen/Tief. Und ...

Ist Schicksal selbst gewählt, immer? Ein Ja
darauf kommt wohl von hochmütigen
Eliten.
Entgehen dem Sog der Masse. Gehen in die
Stille. Wieder die Stille, ja!
Kämpfen, ohne fanatisch zu werden. Wird
aber nicht der fanatisch, der nicht
gelassen wird?
Wehren gegen globale Vereinnahmung.
Gegen Gleichschaltung durch
Sektierer allerorten.
Hart sein im Verzicht-, und: Wählen:
Zwischen Unbewusst bleiben und
Bewusst werden.

Im Jetzt.

Detlef Clever * 1965

Der Engel

In weißer Wolle grad erwacht,
reckt sich und schaut durch sein Gemach,
erkennt die Pflicht, macht sich bereit,
da entwischt eine Feder aus dem Kleid.

Den letzten Schritt mit Einsicht geht,
erkennt er: Jetzt ist es doch zu spät.

Da stürzt von oben sehr geschwind,
er hat ihn sicher, ganz bestimmt.

Denn da endet der Weg,
wo der Himmel beginnt.

Maximilian Coblenz * 1986

Abschied

Du wirst niemals die Tränen sehn
die ich auch heut noch um dich wein.
Dass deine Liebe plötzlich starb
hast du mir nicht gesagt.

Du nahmst sie einfach und gingst fort,
da stand ich nun mit meiner Liebe
die noch gereicht für viele Jahre –
Mein Glück mit dir war groß.

Ein Jahr ist nun vergangen
trotz allem sehn ich mich nach dir.
Kann nicht verstehen was geschah
weil du es nicht erklären wolltest.

Dein Glück ist doch auch meins,
auch wenn sich Wege trennen.

Aus Liebe kann auch Freundschaft werden
– so bleibt jedoch die Wunde offen.

In Stunden der Trauer – weine ich
In Stunden der Verzweiflung – schreie ich
In Stunden der Wut – hasse ich dich
In Stunden der Sehnsucht – will mein
Herz, meine Seele, mein Körper dich
lieben.

Dorothee Colditz

Wenn du einmal so liebst wie ich

alles hab ich dir gegeben
und in mein herz ließ ich dich ein
ich dachte nur mit dir zu leben
könnte der himmel auf erden sein

du aber wusstest, unsere liebe würde mit
dem anfang enden
und ich war glücklich wie noch nie
alle seligkeiten hielt ich in meinen händen
derzeit die einsamkeit schon schrie

dem wind ihm überließ ich deine zeilen
denn niemals waren worte je so leer
wie gerne würd' ich zu dir eilen
jedoch an deiner gleichgültigkeit trag ich
zu schwer

mein schmerz soll ungeteilt dich finden
wenn du einmal so liebst wie ich
und was dir hilft zu überwinden
könnten gedanken sein an mich

Anna Comtesse-Schwarz

Konsum unser

Konsum unser
der Du bist der Himmel
geheiligt werde Dein Name
Dein Reichtum komme
Dein Wille geschehe in Disneyland
und überall auf Erden
unsere täglichen Events
gib uns heute
und vergib uns unsere Schulden
die auch wir erlassen wollen
unseren Gläubigern
und führe uns nicht nur in Versuchung
sondern erlöse uns von der
Bescheidenheit
denn Dein ist der Reichtum
die Kaufkraft und die Macht
in Deiner Waren Herrlichkeit
Amen

Walter Conrad * 1950

Eric

Wir haben lange auf dich gewartet,
Und nun bist du hier bei uns

Wir halten dich in unseren Armen
Und unsere Herzen strömen über vor
Glück

Wir erblicken dein erstes Lächeln
Und unsere Herzen strömen über vor
Glück

Wir beobachten dein erstes Krabbeln
Und unsere Herzen strömen über vor
Glück

Wir betrachten deine ersten Schritte
Und unsere Herzen strömen über vor
Glück

Wir hören deine ersten Worte
Und unsere Herzen strömen über vor
Glück

Wir schauen dich an, wenn du schläfst
Und unsere Herzen strömen über vor
Glück

Wir lieben dich so unendlich
Und geben dich nie wieder her

Anja Cordes * 1966

Computer

Im Internet gibt's feine Sachen,
man kann dort Kaufen, Spiele machen,
mit Word ganz einfach Texte schreiben
und manchmal stundenlang dort bleiben.

In Paint, da kann man herrlich malen,
schöne Bilder, Männchen, Zahlen,
dann gibt es noch das tolle Mailen,
man kann sich endlos viel erzählen.

Ich brauch nur auf „Start" zu drücken,
und die Programme anzuklicken,
schon surf ich durch die Datenwelt.
Klar, dass mir mein PC gefällt.

Es stimmt, dass Mami manchmal zetert
und über meinen Compi wettert,
doch über eins gibt's nichts zu streiten:
Er hat doch viele gute Seiten.

Anna Corsten * 1995

Zerknülltes

Mord und Brand
im ganzen Land
Oma erschlagen
Liebhaber vergraben
Kehle durchtrennt
Hochzeit verpennt
Leiche entführt
Hund massakriert
Mumie geweckt
Yeti entdeckt
Bikini versaut
Professor geklaut
Killer getroffen
Blut gesoffen
falsches Kind gewickelt
Ehefrau zerstückelt.
Steht geistlos und platt
tagtäglich im Käseblatt.

Willi Corsten * 1939

In Erwartung

Komm zu mir, samtenes Tatzentier,
Es funkeln hell die Augen dir,
Wo Schatten vor sich selber fliehn,
Möwen über Birken ziehn,
Ihr Abendschrei verhallt im Watt,
Schleichst du mir übers Kattegat.

Und zügelst deine dunkle Kraft,
Solang ein Glühen Farben schafft,
Schon tasten Tatzen schwarz am Strand,
Verwischen letztes Licht im Sand,
Nun ruhst auch du und träumst mit mir,
Mein schaurig schönes Schattentier.

Hanno Corte * 1959

Zauber

Die Liebe, das Wort Liebe, das Gefühl zu lieben ist und bleibt etwas Verzauberndes.

Es verzaubert stets all die Menschen, die das Glück besitzen, verzaubert werden zu dürfen.

Doch schlimm und unberechenbar ist der Schmerz, hält dieser Zauber nicht stand.

Wünscht man nie verzaubert worden zu sein.

Roberto Costantino * 1980

Kreation
(Gedanken zu einem Gemälde)

Aus schwerer Mohnkapsel prall
entsteigt sanft anmutig grazil
die Göttin der Inspiration.
Bezirzt filigran das Welten-All
schwebt goldhaarwallend davon.

Mit Staunen bekundet Frau Erde
ganz zärtlich flüsternd berührt
ihr Sehnen nach Vielfältigkeit.
Da ausgeblasst ihr Ideengut wäre
und viel zu selten toleranzbereit.

Nun wagt es die Muse verwegen
versprüht seltsam glühend geneigt
sogar Talent ins Erdenreich.
Lehrt göttliche Gaben zu leben,
lächelt kommend, gehend zugleich.

Hannelore Costewitz * 1955

Pas de deux mit dem Wort

Wenn ich mal auf der Bühne de mes émotions
Am Boden lieg' mit gebroch' nen Seelenflügeln,
Wenn selbst la musique magique de ma dévotion
Verstummt, nicht mehr fähig ist, mich zu beflügeln,
Springst Du hervor hinter der Dunkelheit Hügeln.

Les pirouettes de mon cœur en pleurs fängst Du auf
Und hebst mich empor, mit rhythmischer Ästhetik,
Über das rutschige Gefühlsparkett – hinauf
Zu ungeahnten Dimensionen voll Mystik,
Wo die Kunst führt und verwandelt mon pathétique.

Pas à pas, im Takt, choreographiert mein Herz
Das Ballett meiner Gedanken, die Form annehm' n
Und durch Dich Ausdruck finden, wegzaubern den Schmerz.
Par cette mélodie d'esprit lass' ich mich mitnehm'n
Dans la danse de mes sens, die neu Schönes wahrnehm'n.

Alleine Du connais mes secrets sentiments,
Die mich schwungvoll bewegen sur la scène de l'art.
Du läßt mich strahl'n comme une étoile au firmament,
Jedoch für mich bist Du der einzig wahre Star.
Drum verbeug' ich mich vor Dir, für ewig dankbar.

Béatrice Couzereau * 1955

Imagination

Wenn sanft der Wind
In allen Bäumen rauscht,
Singt er von dir,
Und meine Seele lauscht.
In stiller Mondnacht
Seh ich dein Gesicht,
Im Morgenrot und auch im Abendlicht.
Und bei der Sonne hellem Schein,
Weiß ich, du wirst immer bei mir sein.
Bist du auch tausend Meilen fort,
Ich bin dir nah an jedem noch so fernen Ort.
Des Baches Murmeln, das stürmische Meer,
Die Wolken am Himmel, der Regen,
Bringen dich her.
Der Duft der Rose erzählt mir von dir;
Wo ich auch bin,
Du bist bei mir.

Marlene Cremer * 1936

Vollmondnacht

Noch trunken vom Schlaf, vom Vollmond geweckt,
schleicht sie auf schuhlosen Füßen
zum rauschenden Strand.
Königsgleich thront er rund und milchig weich
am samtblauen Himmel.
Trotzig erhellt er das Dunkel
der bleiernen Nacht.

Fasziniert mit erwachendem Erkennen
gebiert sie die Gewissheit,
daß aus Macht Ohnmacht und
aus Ohnmacht Macht werden kann.
Daß nichts so ist, wie es scheint und
nichts so bleibt, wie es ist.
Ihre eigene Endlichkeit mit Trauer in sich
tragend
vereint sich mit der Unendlichkeit des
Seins.
Gefühle wollen neu gefühlt und
Worte neu erfunden werden.
Feenschleiern ähnlich spielt der Nebel mit
dem Mond,
wenn die Einzigartigkeit ihrer Seele
zerspringt.

Ellen Cronhardt Lück-Giessen * 1961

Blauer Raum

Das Zittern der Zeit
verblüht
unter
der Last
vergessener
Worte

Das Messer im Kopf
verklirrt
im Blau
des
verwundbaren
Raums.

Yvonne Prinzessin von Croÿ * 1971

Oktober

Herbstfeuer brennen auf den Feldern.
Der Abend will sich früher neigen.
Vor sonn'verglühten, farb'gen Wäldern
der Kinder letzte Drachen steigen.
Schon dringen aus den Niederungen
des Wassers, graue Nebelzungen.
Dies ist die Zeit, in all dem Eilen
auch rastend manchmal zu verweilen.
– Vorüber ziehn Erinnerungen
von Freud und Leid, die uns durchdrungen,
und wehmutsvoller, süßer Schmerz
bedrängt so manches sehnend Herz.

O Sehnsucht! Du in dich Gekehrte?
Welch zarte Schwermut uns verwirrt,
wenn durchs bunte Laub die Winde gehn
und Blatt um Blatt herniederweh'n.
Wohl dem, der dann nicht einsam irrt.
Dank dem, der andern ein Gefährte.

Artur Czapek

Credo

Ich glaube an die beherzte,
Unverwüstbare Liebe
Der Mütter zu ihren Kindern,
Die Brücken baut von
Vätern zu Söhnen.

Und an ihre Tochter, die Kunst,
Die Augen hat für das Schöne
Und Ohren öffnet
Gutes zu hören.

Ich glaube an die Gabe des Geistes
Der Wege findet und Mittel
Kultur zu erhalten,
Barbarei aufzudecken,
Und Wohlstand zu fördern.

Ich glaube an die Kreativität;
An die Muse des Dichters,
An die Schöpfung aus dem Wort,
Und an die unverwüstliche Liebe
Zum Detail.

Amen.

Pascal Cziborra * 1981

Rosen

(Weg der Freiheit?)

Auch ich hab' am Aroma der Zeit
gerochen,
mit mir selbst, dem Einen von Vielen,
gesprochen;
entdeckte theatralische Möglichkeiten,
durch mein trauriges, schönes Leben zu
schreiten.

Auch bin ich auf den Wegen der Freiheit
marschiert,
hab es, Blind unter den Suchenden, nicht
kapiert;
benannte dabei sämtliche Göttlichkeiten,
durch meinen Verstand in verklärte
Wahrheiten.

Wo sind denn wohl die Tage, wo der
Horizont?
Wo sind denn all' die Guten, Wahren und
Frommen?
Wenn es denn endlich, wirklich darauf
ankommt,
dem tristen Alltag die Farbe zu schenken.
Vergaßen sie an ihre Träume zu denken,
während sie so sinnlos das Steuer lenken?

Was war denn eine Frage, was war die
Zeit?
Was war denn Verstand, was war der Weg
der Freiheit?
Wenn man sich nur über Sinn oder Unsinn,
Wahrheit oder Lüge, Geschichte die
verging,
den Kopf zerbricht und schließlich nichts
Anderes bleibt,
als ein Philosoph, der nur sich selbst
befreit!

Thomas Mauritius Czogalla * 1977

stop : schild nicht vergessen

einbahnstraßen
habe ich noch nie gemocht
bin ich doch als
weiße wölfin
in einer gelandet
umdrehen
kann ich nicht mehr
soll ich mich wirklich
so verdrehen
so quälen und alle
verbots-schilder
ignorieren oder aber
korrekt im
korrupten strom
meinen stolz verlieren
meinen einzigen schild
mit dem ich zurück kann
zurückschlagen
zurückkehren kann - auf meine
einbahnige straße

Tinitus d. Ä. * 1985

Phönixfrau

Es gibt Tage
da hält eine traumhafte Leere
Einzug in die Fülle meines Lebens
frißt sich langsam heran
grast in der Üppigkeit,die mich umgibt
kommt näher,
erfaßt mich – mit Furcht,
erstickt mich – beinahe
bis ich alles daransetze,
sie zurücktreibe, forttreibe,
um dann
wieder einmal in die wunderbaren Weiten
zu waten
die sie hinterlassen hat,
wieder einmal
voranzuschreiten,auszuziehen
und zu sein,
in allem – üppiger als zuvor.

Gabriele Dahlhoff * 1955

metropolis

eine hafenhure raucht selbst
gedrehte wir existieren nur
für uns letzte nacht
wache bevor man brötchen auftaut zu
dampfendem tee tristesse aus den
angeln gehoben glitzernd
spiegelt sich die stadt im
wasser und auf der netzhaut zusammen
gekniffener blicke man ist
bemüht haltung zu bewahren in einst
eingenommenen positionen rissiger bord
stein wo nostalgie zerbröckelt
treibgut
treibgut
ein fläschchen rum und auf dem
nachttisch ein gedichtband von
rimbaud

Christoph Danne

Tsunami oder Das verlorene Paradies

Paradiesische Strände
In Khao Lak,
Sagten sie,
Paradiesischer Himmel
Über Palmen in Phuket,
So staunten sie,
Der Garten Eden,
Priesen sie
Und vergaßen
Über dem Paradies
– aus Armut eigens
für sie geschaffen –
Vergaßen,
Dass vor langer Zeit
Schon einmal
Das Paradies
Verloren gegangen war ...

Orla Danz * 1938

Calcutta

Die indische Nacht ist dunkel und schwer
von Gerüchen geschwängert.
Ein ermattetes Kind wimmert mit
winzigen
Lauten um Reis.
Die gebrochene Stimme der hilflosen
Mutter
klagt im eintönigen Rhythmus
der gütigen Gottheit ihr Leid.
Eine dumpfe Sirene von Schiffen am
Hoogly
brüllt über schwüle Gassen den Abschied.
Moskitos schwirren im hungrigen Sing-
Sang
rund um mein schützendes Netz.

Hände, braune knochige Hände von
Aussatz zerfressen,
blinde verdrehte Augen in Krankheit
erstarrt,
Bäuche von bettelnden Kindern, durch
Hunger gebläht,
farblose Fetzen mit Blut und Eiter
beschmiert,
wirbeln zerbrochen in kühlen,
geschlossenen Räumen.

Der Rhythmus des bittenden Liedes
bleibt immer der gleiche.
Das Kind wimmert leiser und leiser...

Waltraud Das

Der September

leuchtend die Farben
pralle Früchte duften
warm noch sind die Wasser
zarte Wolken lächeln
vor dem ersten Sturm
gefunden die Liebe für den Winter

Den Condor frag ich
sind deine Schwingen nicht noch
schwarzgebrannt
von den Wolken aschgrau und feuerrot
über Chiles Mitte

Menschenungeheuer
gefräßig Macht und Geld
töteten die September
blutrot, trauerschwarz und bitter

Condor flieg doch
über Santiago und bis New York
flieg hoch und stolz
gegen die Lügen
für den Menschenmut

Petra Daugart * 1955

Herbstkinder

Nach des Sommers langer lichter Weile,
vor des Winters stiller starrer Zeit,
wenn der Nächte schwere samt'ne Bläue
länger auf der wandelt Welt verbleibt,

liegt der Augenblick deines Erwachens,
sucht die Waage Ruh und Gleichgewicht
deiner Seele Feuer zu entfachen,
dass der Zeiten Fäden sie verflicht.

Zwischen Nacht und Tag verbinden,
zwischen Nord und Süd gesetzt.
Beider Pole Kräfte finden
Einheit in des Adlers Jetzt.

Zeit der Ernte,
Zeit der Geister,
die ich lernte,
findet Meister.

Herbstkind bist du.
Welch ein Glück, dich zu kennen!

Barbara Davidson

Die Welt steht stille da

Die Welt steht stille da,
In ihrem unendlich großen Universum,
Leuchtet sie still schweigend vor sich hin,
Als wär's die Ruhe selbst,
In der ständig tickenden Zeit,
Umgeben von so vielen Sternen und
Planeten,
Hat sie sich reingekuschelt,
In ihr dunkel schwarzes Bett,
So glücklich schaut sie drein,
Und doch gleichzeitig voller Trauer,
Beides liegt so nah beisammen,
Dass das was dazwischen ist,
Durch ein Korn zerbrechen kann,
O schaurig schöne Welt,
Wie lange wirst du uns noch tragen,
Bei all unseren Missetaten.

Manuela Dechsheimer

Zwei Dichter

Dem Dichter ward das Dichten schwer,
er wusste langsam keinen Rat,
er hatte keinen Einfall mehr,
es fehlte hier ein Mann der Tat.

Seitdem die Wasserleitung tropft
und nicht mehr dicht zu kriegen war,
war's ihm, als ob sein Geist nur klopft
in seinem Kopf wurd's nie mehr klar.

Sein Dichten half zwar gegen Frust,
doch Hähne konnt man nicht mit dichten,
es fehlte hierzu auch die Lust,
ein Klempner muss die Sache richten.

Der kommt geschwind und eins – zwei -
drei,
mit Lötzinn und ein wenig List,
geht der Ärger schnell vorbei,
weil Dichten seine Sache ist.

Zwei Dichter so verschiedner Art,
sind nur dem Namen nach sich gleich,
der eine schmiedet Worte zart,
der andre lötet hart und weich.

Horst Decker * 1947

Dichter

Es sind die Wortereichen nicht
Die Sprachgewandten, Vielberedten
Vom Oftgesagten ohrentaub
Kund dem Erlauschten Zeichen setzen

Es sind die Schweigsamen vielmehr
Die fast Verstummten, wahrgenommen
Nach Worten suchend, zungenlahm
Und dem Geschauten Sprachbild geben

Kristina Degen

Der Kampf des Lichtes

Die Schatten der Bäume dämmen das
Licht.
Das sich götzend vom Himmel herab
versucht und allmählich im Herzen
der Menschen verrucht.
Plötzlich im erbitterten Kampf des Lichtes,
die Dunkelheit nahend.
Barbaren des Schattens vertreiben das
Licht.
Außer Finsternis regiert hier nichts.
Vom Schwarz gesättigte Wolken, lassen
keinem mehr klar erkennen.
Der Himmel beginnt zu brennen, die
Apocalypse scheut vor nichts.

Claudia Degold

übrigens, sagte sie...

... gestern abend
gegen halb acht
habe ich
die liebe verloren.
irgendwo zwischen
spülbecken und waschmaschine
muss sie jetzt liegen.
ich hab's nicht gleich bemerkt.
erst beim einschlafen
als du schon schnarchtest
fiel es mir auf.
ich bin dann aufgestanden
und habe nachgeschaut
aber nur staub gefunden -
jetzt weiß ich nicht
ob ich dort staubsaugen soll.

Ulrich Degwitz

Ein Geschenk Gottes

„Es soll entstehen Leben, eine Welt",
spricht Gott mit großer Allmacht.
So schafft er Erde und Himmelszelt,
die Sonne am Tag, den Mond bei Nacht.

Mit Blumen, wie Honig süß ihr Duft,
will Gott die Landschaft bestücken.
Mit Vögeln, die kreisen in der Luft,
den weiten Himmelsraum schmücken.

Noch ist der Mensch der Idylle verborgen.
Der Mensch, soll er über ihr stehn?
Er soll sie achten, ja für sie sorgen,
dann wird ihre Pracht niemals vergehn.

Nun blickt Gott herab auf Mutter Erden.
Tier, Pflanze, Mensch sind friedlich vereint
Man hört ein Plätschern, das Wiehern von
Pferden,
mit Wunder hat man wohl dieses gemeint!

Ann-Kartin Dehn * 1986

Für das Poesiealbum

Wer braucht denn schon noch Poesie,
die ohne Not doch liest man nie.
Nur in den Schulen wo verzagte
und von den Lehrern oft geplagte

Gymnasiasten memorieren,
was Dichter einstmals zum Sekkieren
von spät'ren Generationen
verfassten als noch fern das Klonen,

nur dort noch finden wir die Texte,
mit denen früher man verhexte
die zögerlichen jungen Mädchen
wie Faust es machte mit dem Gretchen.

Doch bald braucht man nicht mehr die
Reime,
durch Klonen wachsen dann die Keime
und das Vergnüg'n wird redundant,
Autismus herrscht im ganzen Land.

Gerhard Deiss

Gedanken des Schöpfers

Mein liebes Kind, du bist so klein,
kannst nicht verstehn meine großen Taten.
Und doch möchtest du allwissend sein,
versuchst, mich durch Forschung zu
erraten.
Mein liebes Kind, ich zeig mich dir
durch meine wunderbar geschaffene Welt.
Komm, ja eile auf meinen Schoß zu mir,
ich erklär dir alles, auch das blaue
Himmelszelt.
Mein liebes Kind, in sieben Tagen bloß,
meine göttliche Macht ist einfach
grenzenlos.
Nun sitzt du erstaunt auf meinem Schoß,
denn meine Worte lassen dich nicht mehr
los.
Mein liebes Kind, dich liebe ich,
von allen Geschöpfen ähnelst du mir allein.
Du bist die krönende Krone für mich,
deshalb will ich in deiner Nähe sein.

Damaris Deitigsmann * 1986

Sinnenklang

Im satten Grün
die Sommerdüfte atmen,
die bunten Flocken Lichts
in breite Regenbögen gießen.

Das Nichts erfüllen
mit dem Selbst.

Liebe finden im Verzicht,
Gedanken über Berge führen,

mit den Sinnen die Natur umschließen, -
zerstäubt die hohlen Hüllen,

niemals gibt es nicht.

Thom Delißen * 1963

Der Mück

Ein kleiner Mück flog mit Karacho,
er hatte 20 auf dem Tacho,
gegen eines Ofens Kachel.
Da brummte sein Kopf
und er verbog sich den Stachel.

Dabei hatte er doch so gut gezielt
auf den Leib von diesem Weib,
das auf der Ofenbank und voller Lust
einen Kerl sich nahm zur Brust.

Da dachte er -
und nahm eine Kopfschmerzpille,
jetzt ist es soweit –
ich brauch eine Brille.

Jean Deloie * 1949

Homo Sapiens

das heulen der wölfe
passt vorzüglich
zum schachspiel deiner existenz

das höhlengleichnis
ist der schatten
für den es auch im alter
keine entwöhnungsphase gibt

und der beste beweis
für die unzulänglichkeit deiner nase
ist für mich immer noch
ödipus und seine mutter

wer das fliegen nicht den vögeln überlässt
erbt den titel stehaufmännchen

ich bewundere den kultivierten stil
deiner nahrungsaufnahme

deine erfindung der zeit
der uhr, der geduld
und des wartens
begeistern mich
jeden tag aufs neue

Delpho

himmelsblau

der himmel
ach der himmel,
blau der tag.
mein blut
am himmel
zerschnitten mein rot
verschwunden im blau
am himmel.
die winde haben es
getrunken.
ach getrunken.
tot
ist mein blau-
im rot versunken.
ich ertrinke im blau.

das kind in der krippe
hat mein rot
ich
das
blau.

Angelika Demel

Bahnfahrt

Will der Mensch nach A und B
auch das C erreichen,
muss er in Städten, notgedrungen,
auf die Gleis' entweichen.

Nicht um dem Schnitter Nas' zu zieh'n,
weil es ihn schon gelüstet,
sondern um pekuniär zu flieh'n,
weil Armut nun mal früstet.

Nicht zwingend ob des Portmonais,
von dieser Armut ruf ich nicht,
sondern ob des Einzelweh,
an derer sich die Neuzeit bricht.

Wo sonst erfährt Geselligkeit noch Räume,
können Leute lamentieren,
erblickt's Kinde noch den Baume,
könn' Alte schwadronieren.

Als im Gefährt, welches ‚s Gleis beschwert,
im minutiösen Takte, dem Zyklus
unterjackte,
uns täglich frische glimpft,
und täglich neu beschimpft.

Demelee * 1981

Ausgelassene Runde

Irgendwer
sagt etwas,
was einem
ewig weh tut.

Irgendwem
sagt man etwas,
was einem
ewig leid tut.

Ulrich Deppen

Die Alkoholikerleier

Im Strom der Zeit will ich ersaufen
im Fluss des Lebens untergeh'n,
ich will im Stillen dorthin laufen,
dorthin wo mich die Winde weh'n.

Kommt lasst uns trinken meine Brüder,
denn eure Traurigkeit trübt mich,
ich setzte mich bei euch hier nieder,
heut hab' ich Zeit, heut leb' auch ich.

Und ihr sollt heute mit mir leben,
ein ganzes Fass spendier ich euch,
lasst uns im siebten Himmel schweben,
oder uns sterben, mir ist's gleich.

Denn düstre, dunkle Zukunftsträume
lösen sich auf im Alkohol,
es lichten sich die finstren Räume,
darum sauf ich heut auf euer Wohl.

Den Morgen soll der Teufel holen,
heut schwimmen wir im Überfluss,
nur leben ist es was wir wollen,
all den Spinnern zum Verdruss.

Der Vagabund * 1954

Bettlerstern

(Aus meinem Roman 'Karlak der Bettler')

Fühlst du mit dem Alltagsleben
dich längst nicht mehr verbunden
Schlägt dein vergeblich Weltenstreben
dir ständig neue Seelenwunden

Nimmt des Lebensbaches Lauf
Dich in seinem Strom nicht auf
Und bekommst du nicht ein winzig Stück
Vom güldnen, funkelnden Lebensglück

Wirf nicht weg dein leeres Leben
Lass das Unauslöschliche weiterweben
Und hast die Erlösung du getroffen
So hat dich geführet der Funke Hoffen

Der Weise am Wegesrande * 1964

Neubeginn

Damals waren es Gedanken,
Wunschdenken und Fantasien,
die aus einer heilen Scheinwelt
laut nach ihrem Schöpfer schrieen.

Doch ich schob ihr heiß' Begehren
achtungslos ins Nichts zurück
und versagte meiner Seele
wahre Liebe, wahres Glück.

Dann versetztest du ihr, Liebster,
gnadenlos den Todesstoß –
was gewesen mußte sterben;
es tat weh, doch ich ließ los.

Zaghaft keimte aus der Asche
eine wunderschöne Blume.
Kräftig werdend, sich entfaltend,
wurde sie mir heut' zum Ruhme.

Gertrud Dertmeyer

Der lange Hein

Zum Tanze führt' der lange Hein
Ein Mädel einst, sehr hübsch, ganz klein.
Sein wallend Haar, wohl schwarz und
mächtig,
Fiel auf die Schultern voll und prächtig.
Umrahmte so sein Liebgesicht,
Was Hein erfreute königlich.

Im Ballsaal griff nun Hein geschwind
Die Hand von diesem schönen Kind.

Um mit ihm nach alten Weisen,
Zu drehen sich in manchen Kreisen.
Mal hin, mal her und rauf und runter,
Bewegten sich die Menschenkinder.

Er drehte schneller sich, oh je!
Da fiel er hin, man tat sich weh.
Doch hob gleich auf, ganz zart, sehr edel,
Der lange Hein sein kleines Mädel.
Und wie zur Rechten, so zur Linken,
Sah man die zwei nach Hause hinken.

Volker Dettmann

Adventszeit

Weiß ist die Welt.
Wie glitzern die Sterne.
Es war alles schon da,
und trotzdem scheint's neu.

Ruhig atmet die Nacht.
Schnee verhängt die Laterne.
Gedämpft hört man Schritte.
Ist's Knecht Ruprecht getreu?

Ich bin wieder klein
und wie früher verzaubert
von den Lichtern im Fenster
vor der Heiligen Nacht.

Ach – wär' ich wirklich erst fünf.
Wie würde ich lauschen,
bis das Glöcklein mir läutet.
Und ein Lied ertönt sacht.

Uta van Deun * 1943

Inszenierung des Lebens

Es ist schwer ein Mensch zu sein.
Niemand ist so wie er ist,
denn bist Du so wie du bist - hält man
Dich für nicht normal.
Also schlüpft ein jeder mit den Jahren in
die Rolle seiner Zeit,
macht was andere von ihm erwarten -
anstatt als Eigen Ego durchzustarten.
Alles was nicht der „Norm" entspricht
wird gern aus dem System gefischt.
Verhalt Dich ruhig ein Leben lang, das ist
der Ordnung wegen der schönste
Dank.
Würdest Du nach eigenen Gedanken
leben, würd' es doch kein Schema "F"
mehr geben.
Jeder würde machen was er wollte - dies
gäbe doch eine Revolte.
Drum schweige still, kleiner Erdenmann,
sonst wird Dir nochmal was getan.

Manuela Deutschland * 1971

Was wär ich wenn ich ein Plankton wär

mein Leben wär nur halb so schwer,
ich würde hirnlos durch das Wasser
schweben, und ohne Sorge mein
kurzes Leben leben.
Ich ließe mich - an Geist und Seele - völlig
leer, in einem unendlich großem
Meer,
treiben an einem mir unbekannten Ort,
und mir wär das alles gar nichts wert.
Ich würde nicht nach Werten trachten, und
meinen Körper selbst vernichten,
mich nicht hetzen, mich nicht fordern und
nicht mit meinem Schicksal hadern.
Als Geißeltierchen schweb ich weiter,
unbeschwert und wahrlich heiter,
denn ich wüßte nichts von Weltengreuel,
von Kriegen, Bomben, Weheklagen
und Geheul,
ich habe keine Furcht vorm nächsten Tag -
ich gehe niemals einen falschen Weg.
Denn die Wahl, sozusagen mein Geschick,
nimmt der Wal mir ab,
der mein Dasein beendet - mit einem
Meeresschluck!!!

Alexandra Dicenta * 1978

Es ist Herbst

Es ist Herbst –
wenn sich das große Altern sichtbar durch
die Zeit bewegt,
wenn wilder Wein, blutrot gefärbt kalte
Mauern wärmt.

Es ist Herbst –
wenn welkes Laub tänzelnd im Luftstrom
treibt,
wenn der Ginkgo tief verwurzelt,
seine goldnen Blätter wieder der Erde
weiht.

Es ist Herbst –
wenn des Nebels Undurchsichtigkeit
den erwachenden Morgen umfasst,
wenn das Licht sich mit den Mächten der
Dunkelheit misst.

Es ist Herbst –
wenn des Trompetenvogels Ruf zum
Aufbruch mahnt,
wenn der Mensch, gereift und seines
Treibens müd' geworden,
sich gelassen auf den Heimweg macht.

Hedi Didrigkeit

Ein schöner Tag

Ein neuer Tag ist heut' erwacht,
den hat uns Gott gegeben;
die Lerche lässt in voller Pracht
ihr Lied hoch in den Lüften schweben.

Ein Wanderer mit leichtem Schritt
zieht's hin in Feld und Auen.
Der Kuckuck teilt uns Menschen mit:
Ich brauch' kein Haus zu bauen.

Und wieder wird ein Tag so schön,
– himmelblau und erdengrün.
Vom Westen weht ein sanfter Föhn,
lässt Wölkchen fröhlich weiter ziehn.

Gott, du wirst es uns erhalten,
was wir doch alle lieben.
Lass deine große Güte walten;
behüte alles, was geblieben.

Anna Diegmann * 1918

neu

lass mir zeit,
gib dir geduld,
gib mir raum,
lass dir weite,
dann schauen wir,
was ist,
ist.

Elke Maria Diehl * 1968

Immer ist alles damals

Sternenbilder zeichnen
Narbenfelder in die Hügel,
die versengten.

Wir müssen es lassen,
das Unwiederholbare,
das schon Jenseitsgewordene,
das Abtrünnige, das uns
nicht mehr gehört.

Vielleicht können wir
den Maßstab hinüberretten,
die goldenen Krücken
über Stufen schleppen.

Es wäre dann – vielleicht –
nicht alles zerstört.

Susanna Diehr * 1932

Seelenausverkauf

Die Gefühle sind umsonst,
die Hälfte zahlt die Krankenkasse,
der Rest ist Bußgeld.
Der Bereitschaftsdienst wird ausgekostet.

Nehmen Sie sich mit, was Sie fassen
können,
nur kluge Ratschläge und Zuneigungen
kosten etwas Liebe.

Aber Sie kriegen Rabatt
wegen der Alkohol- und Säureflecken
auf den Blättern voll Erfahrung und
Selbstbetrug.

Wenn Sie eine Kundenkarte haben,
können Sie bei Nichtgefallen alles wieder
zurück bringen,
zusätzliche Schäden müssen selbst gezahlt
werden.
Wir danken für Ihren Einkauf!
Einen schönen Tag noch.

Sorgen Sie sich nicht um den körperlichen
Abfall,
er wird in Fabriken eingesetzt
und nach Ablauf des Verfallsdatums
verbrannt und zum Heizen von
Lavalampen benutzt.

Martin A. C. Dieker

Buchenwald

Buchenwald,
du leuchtendes Beispiel
für Frühling und Herbst.
Nach einer frostigen Winternacht
glitzern deine Kronen majestätisch
im flachen Sonnenlicht.
Unter der gleißenden Sommerglut
erfrischt eine angenehme Kühle
in deinen lichten hohen Hallen.
Buchenwald,
du reckst dich auf den Höhen,
du dehnst dich in den Niederungen,
du erfüllst Berg und Tal
zu allen Zeiten des Jahres
mit Leben. –
Warum sind mit deinem Namen
Tod und Tränen
ewig verbunden?

Wilfried Diener

Der Drache und der Rabe

Finsternis hüllt das Tal in Schweigen, kaum
ein Ort, an dem sich noch Leben regt
Und inmitten Wäldern,Wiesen, Flüssen,
ein Felsen alt und mächtig steht

Gekrönt von Wesen, derer Zwei,
verschiedenster Art und doch
irgendwie gleich
Sitzen sie und harren dort, Augen funkeln,
starren fort

Ernüchternd, Regentropfen fallen, erinnert
sie an was verrinnt
Wie Zeit und Gedanken Welten streifen,
dort wo Gesang das Leben anstimmt

Wunder verborgen tief in allem, jeder seine
Welt wohl kennt
Selbst wenn die Kälte kriecht durch
Federn, Schuppen, stets in ihnen
Feuer brennt

Leise, forschend, fast schon traurig lassen
sie die Sterne ziehen
In Gewissheit, wenig Stunden, am Abend
würden sie sich wiedersehen

Martin Wolfgang Dierolf * 1975

Ave Maria

Ave Maria, Du geheimnisvolle Rose
Wir lieben Dich
Ave Maria, Du Königin der Engel
Beschütze uns
Ave Maria, Du Morgenstern
Sei unsere Hoffnung
Ave Maria, Mutter Jesu Christi
Dein Sohn ist in Ewigkeit
unser Erbarmer
Ave Maria, Du ehrwürdige Jungfrau
gebenedeit den Christen

Bitte für uns!

Heidi Dietrich * 1960

Finde meine Gegenwart

Ich bin ohne Form und Eigenschaft,
bin ohne Abschied, ohne Gruß,
ich bin verborgen und doch offenbar,
ich bin das Sehnen im Exil.

Ich bin bei dir und rufe deinen Namen,
ich bin das große Licht, der Glanz,
ich bin die Röte deiner Wangen,
bin Heil und löse deine Leiden –
ich bin dir Gegenwart.

Ich bin die Stille, bin im Raunen,
und deute auf das Höhere hin;
ich bin dir Urform aller Liebe,
ich bin die Macht, die aussöhnt,
ich bin das Tor zum Paradies.

Nah bin ich dir, bin deine Zuflucht,
ich bin, bevor der Gedanke sich erhebt;
ich bin der Hauch,
der dich mit meinem Odem rückverbindet,
ich bin der Weg zum Quell, Errettung vom
Exil.

Reinhold Dietrich

Dandy's Handy

Eines Dandy's Handy fiel beim Baden in
die Spree.
Zur Erholung fuhren beide an die See
Um mit dem Jod der Balearen
Zu erweitern ihre Kapillaren.

Derweil lag die kleine Händula
In dem fernen Berlina
Nächtens einsam in dem Mondscheine.
Kein Anruf kam und wärmte ihre
Elektronen,
Ihr Akku wurde schwach und schwächer,
Sie hatte Angst um ihre Ionen
Während sie so lag alleine.

Sie war zwar eine arge Metze,
Funkt' mit jedem in dem Netze,
Doch mit Dandy's Handy
War Sie ein Liebespaar,
Trank mit ihm den Tee mit Candy
Aus dem heißen Samowar.
Auch am Akku lagen sie zusammen, der
nun ständig unbefüllt.
Staub hatt' sie bald eingelullt und als die
schöne Dändula
Endlich nach ihr sah gab es Verdruß:
Exitus!

Volker Dietz * 1942

Statistisch gesehen

Befragungen – tönerne Säulen
der Statistik:
Nur noch 20 % wollen gemeinsam
leben bis der Tod sie scheidet.
Die Ehe ein Auslaufmodell –
oder ein Weglaufmodell?!
Weglaufen vom Zwei-Sein
zum Nur-Ich Sein:
Selbstverwirklichung.
Liebe Gewohnheit geworden,
Zuneigung Abneigung.
Nicht ahnend oder bedenkend,

dass das Alleinsein
die Einsamkeit im Gepäck trägt.

Otto Dietze * 1927

Ich fliege auf dem Herbstblatt

Ich fliege ganz weit oben in den Wolken
und sehe ein Ufo.
Ein Alien winkt mir zu.

Ich fliege weiter und sehe von weitem ganz
hohe Berge.
Die sind so hoch wie die Wolken.
Auf einer Spitze ist ein Kreuz.

Ich fliege weiter und von weitem ein Land,
das noch keiner entdeckt hat.
Ich fliege noch höher, um das Land genauer
anzuschauen

Ich fliege weiter und fliege so hoch, dass ich
fast im Weltall bin.
Und da sehe ich von weitem einen
Planeten, der einen weißen Berg hat.

Ich fliege weiter und sehe von weitem eine
Stadt, die so groß ist wie Berlin.
Ich fliege ein bisschen tiefer und fliege
durch die Stadt.
Die Stadt ist voller Apfelbäume und in der
Stadt ist ein goldenes Schloss.

Ich fliege weiter und fliege ins Land der
Dinosaurier.
Im Land der Dinosaurier will ein Dino zu
mir.

Ich fliege höher und höher und sehe von
weitem den Mond.
Der Mond leuchtet ganz arg.

Ich fliege weiter...

Jonas Dietzel * 1996

Tiefe

Hättest du mich
in deinen Schlund gesogen
wäre die Schwärze
mir Heimat geworden

Hätte ich dich
mehr geliebt als mich
wäre ich in deinen
Abgrund gesprungen

Im Angesicht deiner Tiefe
wachsen mir Flügel
Lieben heißt fliegen können
über der Schlucht

Antje Diewerge * 1953

Wintersonne
Wer vermisst sie nicht die wärmende
Sonne im Winter
Doch in mir die Sonnenglut
Erwacht wenn meine Liebste
Mich liebevoll anlacht

August Difloe * 1956

Verträumt

Winter in Bad Saarow

eisig winterlich
sternenklitzer reif
sonnenblicke schieben sich
durch die büsche steif

angefrorener sand
rahmenhaft sich malt
ein verlassener strand
ganz in ruhe alt

scholle auf dem see
hauchzart spricht das eis
grießel grießel schnee
mach mich rau und weiß

groß und kleine leut
hopsen bunt herum
ach wie mensch sich freut
tee gibt's und auch rum

Clara Din

Eiger, Bock und Troll

Du bist der Weg,
die Wahrheit,
und das Leben!

Du bist Kolleg,
die Narrheit
und das Geben!

Du bist abweg,
die Freiheit
und daneben!

Du bist der Steg,
die Geilheit
und das Beben!

Du, wüster Weg
der Rüdheit
und der Reben!

Piep Dinograus * 1959

Nur zu Besuch

Da seid ihr ja schon wieder!
Kommt angeflogen, von allen Seiten
und setzt euch einfach
wohin ihr wollt, auf Dinge, die euch nicht
gehören.
Dringt überall hinein, bleibt haften hier
und da,
klebt fest, klebt
– nicht immer zum Glück.

Und doch sind wir Freunde seit langem.
Ja, nehmt Platz, und fühlt euch – Vorsicht,
nicht ausrutschen! –
wie zu Hause. Allerdings manche von euch
sind mir doch irgendwie…
Sie da in der Ecke, bitte nicht auf den
Teppich pinkeln!

Und du, warum setzt du dich denn nicht?
Schwebt lieber, schwebt
hin und her, zwischen Kleiderschrank und
Gefriertruhe, der flatterhafte Bursche.
Ob ich ihn wohl gerade deshalb so gern
habe?

Was denn, ihr wollt schon wieder gehen?
Nun, aufhalten will ich euch nicht. So
lebt wohl, lebt
wohl bis zum nächsten Mal.
Ihr Wörter…

Jan Dirks * 1975

Erinnerung

Schon wieder zieht Erinnerung
in Ruhe ihre Kreise
und ich in dem Verlangen dann
Vergangenheit durchreise.

Wie oft verbleibe ich
auf dieser stillen Reise
und will in die Vergänglichkeit
mit diesen Träumen kreisen.

Auf eine eigne Weise
könnt' ich das alles lassen sein
und eine ganze Weile
Persönliches gewöhnlich sein.

So ist nach einer Weile
Gewöhnliches Persönlichkeit
und auf diese Weise
läßt sich die Welt erträglich sein.

Andreas Dirksen

Gone

Ersehnt, gefreut, geboren.
Gekämpft, gehofft, verloren.
Nicht das sein und nicht das Haben stellt
den Wert des Menschen dar.
Nur das eine zählt im Leben, was der
Mensch den seinen war.

Wer so gelebt in seinem Leben,
Wer so viel Liebe hat gegeben;
wer so erfüllte seine Pflicht,
der stirbt selbst im Tode nicht.

Auf einmal warst du nicht mehr da und
keiner kann's verstehen.
In unseren Herzen bist du nah bei jedem
Schritt, den wir nun gehen.
Nun ruhe sanft und geh in Frieden.
Denk immer dran, dass wir dich lieben.

Lisa lucia Distelbacher

Liebe lebt

Verbunden ist mein Herz mit dir,
ob in der Ferne oder hier.
Die Liebe lebt aus unserer Sicht,
wenn sie mit unseren Herzen spricht.

Sie flüstert leise in uns rein,
bald wird es warm darinnen sein.
Erwärmend wirkt der Liebe „Geist",
der uns schon bald den Weg aufweist.

Ein Weg den wir gemeinsam gehen,
und den nur wir genau verstehen.
Ein Blick genügt um zu erkennen,
um echte Liebe zu benennen.

Ein Streicheln über Haut und Haar,
oh Zärtlichkeit wie wunderbar.
Du bist der Schlüssel für das Tor,
dahinter tritt die Lieb hervor.

Liebe lebt nicht gern allein,
will im Glück verbunden sein.
Will verbunden sein mit dir,
Liebe kommt dann auch zu mir.

Adalbert Dittrich

Für Leute, die ihre Augen offen halten, jedoch nichts einsehen wollen

Komm, wein dich aus, du kleines Mädchen
Mach deine Augen zu und beginn zu sehen
Wie Menschen auf dieser Erde wirklich
leben

Du siehst die Tränen
Du siehst das Bluten
Die ineinander zusammenfließen

Du siehst die Bomben
Du siehst die Kriege
Die den Tod auf Erde erwecken.

Väter, die nur hoffnungslos beten
Mütter, die ihre Kinder verlieren
Familien, die aus einander brechen

Augen auf, du willst es nicht sehen
Du schaust weg, und lässt alles liegen
Wie alle Leute, die es bereits machen

Haley Do * 1987

Kloster Leubus/Lubiaz

Barocke Pracht wächst aus der Wiese
riesenhaft am Oder-Ufer,
tiefe Runzeln, vornehme Fassade, Türme
im Blau wie gekrönte Häupter,

Dornen umzingelt märchenhaft, rankt sich
Natur mit Grillengesang,
Licht und Schatten spielt an Skulpturen,
ein greises Gesicht trotzt würdig der
Zeit.

Emsige Mönche in grauer Vorzeit zum
Ruhme Gottes und Habsburgs Stolz,
Kloster-Idylle, hügelige Landschaft,
Eichendorfs schlesischer Escorial.

Hohle Fenster, todbringende Risse,
Unkraut wächst aus zerbröckelndem
Dach.
Ein nobles Wrack der gotische Dom,
grausam misshandelt: Willkür der
Macht.

Krieg, dreißig Jahre, Preußens Schikanen,
NS-Munitionsfabrik
die sanfteste Form noch von
Denaturierung, sowjetisches Militär-
Lazarett.

Verwundetes Erbe wird endlich geheilt: der
Feinde von einst gemeinsames Werk,
Schmerz in der Seele, Loch in der Mauer,
Hoffnung wächst langsam, Stein für
Stein.

Schon lärmt der Menschen laute Lust, lockt
den Fremden mit Getöse,
Sonntagsvolk bunt durcheinander, in
Hallen und Gängen tönt
Kindergeschrei.

Ulrich von Dobschütz * 1940

Das Leben entdecken

Lass mich das Leben entdecken,
lass es mich begreifen.
Ich bin da!
Ich bin bereit!
Ich möchte es fühlen:
Fühlen!
Fühlen
bis in alle Fasern meines Körpers,
meines Verstandes,
meiner Seele.

Alles möchte ich auskosten:
Höhen und Tiefen!
Wahrheit und Lüge!
Freude und Schmerz!

Ich will kein Mitläufer sein;
keiner, der sein Fähnchen nach
dem Winde dreht.

Ach, wenn mir doch endlich einer die
Wahrheit schenkte -

die absolute und reine Wahrheit.

Alexandra Dohmen-Giemulla * 1952

hinter uns

der tag hinterm fenster
das fenster hinter dem tag.

vor mir die tür
ich hinter der tür.

hinter der treppe die straße
der straße hinterher zu der treppe.

die sehnsucht nach dir
die sehnsucht hinter dir her.

ich vor dir
du vor mir.

hinter uns
die tage, die fenster
und treppen,
die straßen und sehnsüchte.

über uns die sterne
wir über den sternen.

Natalia Domagala

Notizen aus Deutschland

Im Winter Obdachlose erfrieren,
während die Reichen zufrieden dinieren.
Politiker über faule Arbeitslose debattieren,
angeblich sind's des Wohlstands
Krankheitsviren.
Millionen sind verzweifelt auf Arbeitssuche,
doch ein Politiker macht das Stigma zum
Fluche.
Politiker versuchen zu rechtfertigen
ihre privaten Flüge, ihre gefüllten Krüge,
ihre Spenden und Sachbezüge
Ausländer werden verflucht,
solche mit Greencard jedoch verzweifelt
gesucht.
Ein Homosexueller wird als Größe verehrt,
dem Islam der Zutritt nicht verwehrt,
mit Hartz 4 der Bankrott im Lande in
einen Fortschritt verkehrt.
Die Regierung verzichtet bei ihrer
Vereidigung
auf jeglichen christlichen Wert.
Wen wundert's dass solch ein Gebaren
unser Land zerstört?

Stefan Donges

Wörterschlange

Schwarzgezackter
Schuppenleib
Karfunkelaugen
Blitzzunge

Lautlos
Auf dem Papier
Gleitend
Bis zum letzten Punkt

Auge und Stimme
erwecken sie zum Leben

Jutta Döpfer * 1928

Kohelet I

Flüchtig schwillt der Vergangenheit Regen
... seit dem Augenblick des milchigen
Atems
... mich nimmermehr vergessend.

Gezählte maulbeerfarbene Geburtstage
... hauchend in dumpfer Jugend Schmerz.

Trauriger Tage Fragmente ...
die ich ... in silbernen Schuhen tanzend ...
erstrahlend an samtblauen Himmeln ...
... pupillenlos ansteckte ...
tausendäugig sich nun spiegelnd ... im
zerwürfelten Kaleidoskop
meiner sardischen Kinderstäbchenschrift.

Freudenfeste der Müdigkeit seraphner
tausendschöner Pailletten ...
umranken seufzend mit dem Blut der
Girlanden Erinnerung ...
mein müdes vernarbtes Antlitz ewiglich ...
seitdem.

Es schließen sich all meine klingenden
Himmelstruhen
nuraghisch funkelnd ...
vor meiner Augen Nachtschattengewächs
... auf immer.

Ich bin das Halbmondlächeln dieses längst
vergessenen Abends ...
barfuß sichelnd kommt die Dämmerung ...
alle Kirchhöfe verwischend,
bis zur Unkenntlichkeit ...

Maria Antonia Dore

Liebesgedicht

Ach, wie schwer sind diese alten Formen,
Während du nur Licht und Windhauch
bist,
Welche einzufangen starre Normen
Wenig taugen, da man Silben misst.

Oh, wie abgedroschen alle Reime,
Während deine Stimme, kaum gehört,
Meine Welt erneuert, durch geheime
Schwingung alle Sinne mir betört.

Und der Kitsch der abgenutzten Bilder,
Während dich die Liebe selbst durchstrahlt,
Die sich nie erschöpfend, schöner, wilder
Menschen bildet, als ein Künstler malt.

Vier verbrauchte Verse pro Quartett.
Nein, ich schreibe für dich kein Sonett.

Egbert Dörfler

HandWerk

Hände

zum Zupacken
Anfassen
Ergreifen
Geben und Nehmen
von Dingen

voller Sinn

Doch auch zum Halten
Berühren
Verführen
von Menschen

voller Sinnlichkeit

Indes
zur Schöpfung
Verwirklichung
von Träumen
tiefsten Wünschen
Ideen

voller Sinn
und Sinnlichkeit

Sandra Döring * 1973

Erde und Mensch

Blauer Planet, unsagbar schön,
Stern unter Sternen im Sonnensystem,
Perle in der Unendlichkeit
schwebende Welt durch Raum und Zeit.

In Millionen Jahren Evolution
entstand unsere heutige Generation.
Wir haben die Erde nutzbar gemacht
und viele große Taten vollbracht.

Der Mensch bezwang alle sieben Meere
schießt Satelliten durch die Atmosphäre,
doch Frieden schaffen und bewahren
gelang der Menschheit nicht
in Millionen Jahren.

Inge Dörner

Sommerwelken

Ich bin die sommerwelke Blume
Einzigartig wild und schön
Niemand kann das Grat mir beugen
Niemand wird mich sterben sehn.

Ich bin die gänzlich unbekannte Schwester
meines fremden Selbst
Niemand nannt mich je sein eigen
Niemand bat mich je zu gehn.

Ungefragt bin ich gekommen
Fraglos zieh ich mich zurück
Im Herbst werd ich Gereimtes reden
Winterworte: werden, geschehn.

Schon morgen nimmt mein Platz ein
andrer
Schon morgen werd ich Erde sein
Aus meinem Schoß wird neues Leben
Wild und schön am Wege stehn.

Antje Doßmann * 1967

türe zu

türe zu
dahinter
du

Olivia Douglas

Ohne Ziel

Zerstreut laufe ich im Nebel,
grau und trüb umhüllt.
Geplagt von bösen Geistern hab ich laut
gebrüllt,
dass all mein Leiden keinen Sinn und
Zweck erfüllt.
Gequält und zerstochen von der Pestilenz
der Wesen,
bin ich's nicht mehr,
aber mal Mensch gewesen.

Draco * 1988

Mobilität

In Stand gesetzt
aus aus-
sichtsloser Lage
(„Sie sehen's ja!")
mich in meine Lage zu versetzen .
gehe ich gleich einen Schritt weiter
versetze mich stehenden Fußes
in den Ruhestand
verlege meinen Wohnsitz nach
– stellen Sie sich vor –
Neusehland

Das liegt mir zwar fern
doch lege ich Ihnen nahe
sich in meine Lage
sich in meinen Stand
sich gleichfalls nach Neu-
sehland zu versetzen

Dietrich Drastik * 1926

Stille, erstanden am Ende von Worten,
Sprachlos die Trümmer der Menschheit
beweint.
Geister des Zornes entstehen an Orten,
An denen die Angst uns das Menschsein
verneint:
Wie sie ummauert in Babylons Türmen,
Zweifelnd verschließen das sichere Haus,
Opfer sind derer, die Sünd'stadt zu
stürmen,
Holen vernichtend zum Gegenschlag aus.
Wie sie noch predigen Feuer und
Schwerter,
Töten, da Tod aus Verführung befreit.
Eifrig den uralten Worten sind Wärter,
Niemand die Welt je vom Hassen befreit.
Stille beweinet der Menschen Versagen,
Hoffend, die Liebe mag niemals verzagen.

Thomas Dresing

Die letzte E(Ä)hre

Ich rechne auch noch
an seinem Grab;
ein Vermögen – diese Trauerfeier.
Nur die Hälfte davon
hätte ihm neulich genügt –
für eine wichtige Medizin.
Nein, dafür hatte ich kein Geld.
Ich wusste, die letzte Ehre würde
auf mich zukommen –
und teuer genug werden.
Eine Blume nur, vielleicht auch
nur eine Ähre ... vor dem Abschied.
Mehr wollte er nie.
Aber was hätten dann die anderen
gesagt ... über mich?

Ralf A. Dressel * 1947

Inge

Gedanken - von Sehnsucht getragen -
Entfliehen meinem Herzen dem deinen
entgegen Fliehen
- einem blauen Luftballon gleich - über
Berge und Täler
Durch Stürme und tausend Sonnen
Nichts kann sie aufhalten
Nichts wird sie verlieren lassen
Denn sie spiegeln sich wider in
den Strömen der Zeit

Wolfgang Dressel

Dunkle Tannen
mondverhangen

Schritt um Schritt
kein Zurück

Die Sonne geht unter
Wildschweine werden munter

Stück um Stück
weit den Blick

Gute Nacht
gebt fein acht

auf eure Träume
sie sind mehr als nur Schäume

Tatjana Drgala * 1965

Wiedersehen

Schau ihm ins Gesicht - dem Schmerz –
der dich begrüßt, wie einen alten Freund.
Er lächelt dich an,
als wenn du dich freuen würdest ihn zu
sehen.
Er hat sich ein wenig verändert.
Seine harten Züge sind weicher geworden.
Zögernd fragst du ihn,
warum er zurückgekommen ist.
Und seine Antwort erschreckt dich.
Er sagt, dass du ihn brauchst.
Und du fragst dich selbst –
du hast ihn doch nicht vermisst – oder?
Denn warum sonst fühlst du diese
Vertrautheit?
Du lächelst zurück, als er dich umschließt
mit seinen starken Armen,
dich fast erdrückt mit seiner Kraft.
Denn du weißt,
er wird wieder gehen –
genauso plötzlich wie er gekommen ist-
dein Freund „Schmerz".

Marietta Dries * 1962

Ich atme schwer

Ich fühle mich so völlig unvollständig
ruhelos und starr vor Sehnsucht nach dem
was ich genau genommen gar nicht kenne
Es sticht in mir und pocht und peitscht
und wartet doch und immerfort macht es
mich lahm
Ich möchte mich verschwenden und weiß
nicht wie
Ich atme schwer und bittersüße Luft
und fühle viele tausend Steine in meine
Lunge fallen
mit jedem neuen Atemzug

Leonie Droste

Mittagsstille auf hoher Alp

Die Zeit steht still.
Hörst du, wie scharf, wie schrill
des Murmeltieres Pfiffe feige Schläfer
schrecken?

Still steht die Zeit.
Wer ist erwacht, bereit,
ein reines, helles Hören in sich zu
erwecken?

Die Stille spricht.
Urmächt'ge Mahnung bricht
aus kosmischem Bereich herein, zum
Menschen hin.

Nun, Stille, sprich!
Es offenbart durch dich
sich aller Welten und des Menschseins
wahrer Sinn.

Ruth Dubach * 1929

Von der Quelle zum Strom

An der Quelle – meiner Kindheit –
spielte ich vor vielen, vielen Jahren.
Die Welt war für mich wunderschön.
Die Menschen zerstörten anstatt zu
bewahren
das Land, die Täler und die Höh'n.

Am Bach mit dem trüben Wasser
saß ich oft und träumte von der Quelle.
Sie, hell sprudelnd, und er so trüb,
nichts von der Frühzeit blieb.

Ach, der Fluss – meine späte Jugend –
wo, mein Gott, blieb meine Tugend?
Damals am Rhein, weitab von der Lorelei,
an der Wolga, damals im Mai?

Der Strom, der sich zum Meer bewegt,
so viele Geheimnisse hegt,
die von der Quelle, des Baches und dem
Fluss.
Ich weiß, dass ich diesen Weg noch gehen
muss.

Erwin Dubiel * 1911

Erinnern

Jugend ist
Knüppelteig am Lagerfeuer
Rotwein aus Zahnputzbechern
quatschen bis in die Morgenstunden

Erwachsen ist
Abendessen bei Herrmanns
mit Schlips und Kragen
Sekt aus guten Gläsern
Oh – vielen herzlichen Dank für die
Einladung
gern Geschehen
gestatten Sie
ich bin so frei
gehen beizeiten, weil ja die anderen noch
etwas zu tun haben.

Alt sein ist
sich erinnern
an die Abende am Lagerfeuer
an den Rotwein aus den Zahnputzbechern
an die Gespräche bis in die Morgenstunden
und keiner ging weil er noch etwas zu tun
hatte.

Corny Dubina * 1961

Flieg, mein kleiner Engel, flieg weit.
Gottes reine Schwingen werden dich sanft
tragen.
Auf Sonnenstrahlen dahin...
Der Abschied so schwer!
Doch du in guten Händen.
Flieg, mein kleiner Engel, flieg weit.
Die Zeit wird uns fügen.
Die Zukunft ungewiss, doch du beschützt.
Auf Wolken geruht.
Flieg, mein kleiner Engel, flieg weit.
Du in meinem Herzen.
Ewige Liebe, unvergessen.
Ein Teil von mir mit Dir.
Flieg, mein kleiner Engel, flieg weit.
Auf Sonnenstrahlen dahin...
Auf Wolken geruht...
Mein kleiner Engel, deck Dich zu...

Melanie Dudenhöffer * 1979

Gefangen

Das Morgengrauen vertreibt die Schatten
der Nacht
Leben kehrt ein in den Winkeln der
Strassen
Du siehst in den Spiegel, siehst dein wahres
Ich
Wischst weg das Rot von deinen Lippen
Wie Traumstaub aus verschlafenen Augen
Ziehst aus die engen Stöckelschuhe
Spürst erst dann die wahre Enge
Streifst ab die zarten Seidenstrümpfe
Wie eine Schlange die sich häutet
Du siehst in den Spiegel, siehst eine
Marionette
Geleitet von Fäden in fremden Händen
Gefangen in einem Körper, der nicht der
Deine ist
Aus dem Traum zurück in die Wirklichkeit
Eine Wirklichkeit, die zum Albtraum wird
Es schreit in dir, in jeder Faser deines
Körpers
So laut, dass es dich fast zerreisst
Von der Gesellschaft dazu verdonnert,
Ein Seelenkrüppel zu sein
Wartest du auf das schützende Dunkel der
Nacht
In dem du deine Seele baumeln lassen
kannst

Marion Duetz

Küstrin

Heimat, eine Geisterblume,
Die am Speicher welkt und gilbt,
Die den Glanz der Ferne stumm begreifend
Einmal mit uns sterben wird.

Heimat ist ein Kahn, ein Dach
In den Wiesen, an den Weiden,
Roter Kirchturm, der bescheiden
Über unserem Schulweg stand.

Heimat, ein geheimes Glitzern
An den Zehen tief im Sand,
Fernes Rauschen in den Wipfeln,
Anemonen in der Hand.

Heimat auch die Nacht der Sterne,
Wenn wir lange uns nicht trennten,
Unter einer Gaslaterne
Ringsum schlief die kleine Stadt.

Heimat, die wir erst erkannten,
Als es hieß, es wäre fremdes Land,
Wo die Häuser all' verbrannten
Bis zum Keller, tief im Sand.

Rupprecht Düll * 1914

Vogelnacht in Saloniki

Vogelnacht
wird dich decken wie ein tuch
im pfauengarten am meer

Vergessene ornamente
brachtest du
gerieben von sand und wind

Deine haare flogen auf
kieselgrau leuchtete die nacht
vom meer überspült

Deine federn wuchsen
im pfauenfächer meiner hand
du suchtest sie

Der schatten eines vogels
streift den brunnenrand
ein pfau ruft nach dem muezzin

Siegrid Düll

Wege zur Klugheit

Was Konfuzius schon lehrte,
kann uns noch als Weisheit frommen:
„Klug zu handeln, drei bewährte
Wege sind's, zum Ziel zu kommen!“:

„Nachzudenken“ heisst der eine,
und Erkenntnis Vorrang geben;
klar getrennt das Sein vom Scheine,
edel sei's, danach zu streben!

„Nachzuahmen“ wär der leichte
Weg, zur Klugheit zu gelangen.
Dennoch wirkt das so Erreichte
irgendwie doch leicht befangen!

Bitter nennen wir den dritten;
denn er heisst: „Erfahrung“ dulden,
um die wir im Dasein stritten,
so Tribut der Klugheit schulden!

Was aus lang vergangnen Zeiten
hat als Einsicht überstanden,
ist auch heut nicht zu bestreiten,
dass auch wir zur Klugheit fanden!

Ernst B.R. Dünnbier

Ein Österreicher

1. Land der Berge, Land am Strome
Land der Äcker, Land der Dome,
Land der Hämmer, zukunftsreich!
Heimat bist du großer Söhne,
Volk, begnadet für das Schöne,
vielgerühmtes Österreich!

2. Heiß umfehdet, wild umstritten,
liegst dem Erdteil du inmitten,
einem starken Herzen gleich.
Hast seit frühen Ahnentagen
hoher Sendung Last getragen,
vielgeprüftes Österreich!

3. Mutig in die neuen Zeiten
frei und gläubig sieh uns schreiten,
arbeitsfroh und hoffnungsreich.
Land der Berge, weiß der Geier ?
mir geht der Text schon auf die Eier!

Hannes Dünser

Der Rosenbusch am Wegesrand

Am Wegesrand, ein Rosenbusch,
in langen Jahren himmelwärts
sich emporgereckt,
den Jahreszeiten trotzend.

In kalten Wintern schneebedeckt,
im frühen Jahr Knospen treibend,
als Zeichen der Kraft,
vom nahen Sommer kündend.

Zur Herbsteszeit in voller Pracht,
so mancher Jüngling sich dort eine
Blüte brach sodann,
seiner Herzliebsten schenkend.

Doch kehrte in so manchem Jahr
manch Jüngling tränenvoll zurück,
das Herz gebrochen,
dem Busch sein Leide klagend.

So wispert es zu guter Stund'
vielstimmig dort im Rosenbusch
vom Leid der Liebe,
den Herzen zum Gedenken.

Thomas Dunzweiler

Sie zittert sacht.
Innerlich.
Mehr noch:
ihre Augen.

Und der leere Seelenraum
gibt keinen Widerspruch.

Niemand zum Fragen da,
keiner schweigt
Wer sollte auch.

Vor ihr liegt ihr du,
gerichtet
von ihr selbst
zur Freiheit toter Seelen.

Frederik Durczok

Femme arabe

ob sie aus dem trüben Fenster
stundenlang starrt noch

das undurchdringliche Braun
müde und ausdruckslos bald

von engen Gassen erpresst
aus ihrem Gesicht das Lachen wenn

die Wärme den Geruch trägt
von Gewürzen und Hammelfett immer

die Luft in der Hitze flirrt
verloren in verschleiertem Blick aus

den Feigenblättern geflochten
das Schamgewand ewig

die umschließende Hülle verheimlicht
Sandkörnchen des Körpers flüchtig

eine Illusion die ein Bild schafft
verlockend und verlogen unbegreiflich

ein Zeichen der Gegenliebe
am Ende mit leeren Händen besiegt

Miroslav Dusanic * 1961

Unterwegs bestäubt

ich höre noch dein Lachen
klingend in den Ohren
im zauberhaften Ton

während ich reise
nach meinen Früchten suche
die in der Heimat wurzeln

du benetztest beim Lebewohl
mein Gesicht mit Küssen
Tränen die du aus reinem Herzen ließest

wie einst meine Mutter, die liebe, ich seh'
noch das weiße Taschentuch schwingen
ein jeder geht einmal fort

ich sitze im ratterndem Zuge
Gedanken schon im Schoße des vertrauten
Bodens des familiären Grundstücks

bettet mich in Geborgenheit
ein jeder kehrt einmal zurück
in den Garten wo die Kindheit keimt

Sara Dusanic * 1988

Musik

Regen tropft leise herab, wird immer
stärker,
nicht wahrgenommen - nur der Musik
gelauscht,
Wind fegt eisig durch's Gesicht,
kaum bemerkt - von den Tönen wie
berauscht.
Die Sonne verabschiedet sich,
wen interessiert's, diese Stimme möge
singen ewiglich.

Klang reiht sich an Klang,
mal erdkerntief, mal Engelsgesang.
Melodien sich zu Farben formen,
ignorieren alle bekannten Normen.

Die Seele, beflügelt vom Schall,
erschafft neue Bilder, wirft sie hinaus ins Herzensall.
Ein Feuerwerk der Töne kreiert eine neue innere Welt,
der bekannte Körper löst sich auf, nur das Gefühl noch zählt.

Der Verstand sich nun zur Ruhe legt,
Emotionen schunkeln glückstrunken und tief bewegt,
fliegen empor, den Sternen entgegen,
lösen sich auf in diamantene Funken, und
fallen herab erneut als Regen.

Lilje Dvergsson * 1971

Zeit

unhaltbar

zerrinnend

vom
Nichts

in

die
Unendlichkeit

bleibt

einzig

der
Augenblick

als

Tor

zur
Ewigkeit

Christoph Ebener

Frei?

Tropfen tropfen,
weil sie wollen,
weil sie sollen,
weil sie müssen.

Leben – Sterben, Leiden – Küssen.
Freiheit nur im freien All,
frei allein der freie Fall
und in Bethlehem der Stall.

Tropfen tropfen,
Tropfen sollen,
Tropfen wollen
tropfen.

Wolfram Eberbach

Gedanken

Gedanken sind Leid und Glück zugleich,
der positive Gedanke macht dich reich,
die Kraft der Gedanken mach dir zu eigen,
dann wird kein Tag sich dem Ende neigen,
ohne dass du Das vollbracht,
was dich erfolgreich und glücklich macht.

eberhard * 1951

Kryptisch

Der Drachen hatte seinen Kopf zur Erde geneigt
und öffnete sein riesenhaftes Maul
Mein weißer Schleier wehte wortlos im Wind
Bereitwillig, nur mit einem kleinen Zaudern
hob ich meine Füße und stieg über seine Zahnreihen ein
Er war gekommen, mich zu holen
und seinem Schicksal kann man nicht entfliehen

Bevor er sein Maul schließen konnte um
mich zu verschlingen
drehte ich meinen Kopf über die Schulter
und blickte zurück ins Licht
und wartete auf das Erscheinen eines
Engels

Engel waren derzeit alle ausgebucht

Deshalb nahm ich die vor seinem Maul
liegende Lanze
die ein Kämpfer auf dem Schlachtfeld
verloren hatte
und stellte sie zwischen der unteren und
oberen Zahnreihe auf

Dann wartete ich tausend Jahre

Kerstin Eberhard * 1965

Erinnerungen

Erinnerungen sind wie Nebel, dichte
Schwaden, die um des Baumes Wipfel
ragen.

In ihrer Leichtigkeit ziehen sie dahin,
verlieren in der Zeit an Sinn.

Diffus umgarnt der weiße Schweif, mit
dunklen als auch hellen Stellen, das
grazile Astgewirr -

Gleißend Licht umspielt den
Tropfenschleier und kleine Blitze
tänzeln in der Krone schnell.

In Bedacht ein Feuerwerk entfacht, das
unerschöpflich aus den Wurzeln
quillt.

Strahlend hell steigt es in ihm empor, auf
der Suche nach den Gedanken, die er
verlor -

Forsch ertasten die Energietentakel das
marode Zweigewerk, um den Funken
zu erhaschen, der den Gedanken
beherbergt.

Epilog:

Es ist als ob ein Drachen steigt, man nach
den Schnüren greift und doch nicht
erreicht.

Marcus Eberhard * 1983

Alter Friedhof

Unzählige Namen
vertraut und fremd ...
begraben – vergangen – vergessen.

Entschwundene Jahre
gemeißelt in Stein ...
verblichen – verwischt – verwittert.

Morsches Gemäuer
von Efeu umrankt ...
Verfall – Auferstehung – Verheißung.

Helga Ebert * 1925

Die Zeit

Die Zeit – eine Erfindung der Moderne.
Die Zeit – wer wartet heute schon gerne?
Die Zeit – im Sekundentakt rast sie vorbei,
ohne daß wir es merken.
Die Zeit – eine Form der modernen
Sklaverei,
eine von den menschlichen Werken.

Astrid Echterhoff-Mayer * 1967

Appell

Weiß – Gelb – Grün – Rot,
Schnee – Narzisse – Gras und Reben,
Schlafen – Erwachen – Leben und Tod–
sind wiederkehrende Fragmente im Leben.

Im Kreislauf sind Mensch, Tier und Natur
in Einklang verbunden, doch nur-
der Mensch allein bringt aus dem Lot,
verursacht unweigerlich Hunger und Not.

Zerstört sich selbst ohne Verstand,
nutzt Fortschritte nicht zum Wohle der
Welt,
vernichtet Lebensräume durch eigene
Hand,
Feinde des Menschen sind Machtgier und
Geld.

Appell an alle großen Nationen,
weg mit Panzer, Minen und Patronen.
Umdenken und Richtungswechsel sind
angesagt;
durch Feigheit wird's in die Zukunft
vertagt.

Kind und Kindeskinder müssen's büßen.
Wird es Wüsten ohne Wasser geben?
Die Reichen und Mächtigen lassen grüßen.
Wie nichtig und klein ist doch ein Leben!

Petra Maria Eck * 1963

Gedicht

Ein Gedicht ist Sprache des Gefühls;
Wortwahl des Verstandes;
Summe des Erlebten;
Traurigkeit, gewachsen aus seelischem
Empfinden;
dichterische Euphorie;
Ausdruck der Genialität.
Gedicht ist der Mensch
mit den Inhalten der Vergangenheit,
Gegenwart und Zukunft.

Monika Eddelbüttel * 1949

Atemstillstand

Ich atme ein
Ganz früh am Morgen
Mondlicht,
das noch am Himmel hängt,
Wind,
der noch schläft.

Ich schaue in die Nacht,
Kein Blatt, das sich regt,
Kein Laut, der erzittert,
Atemstillstand.

Ruhe – von jetzt bis in die Ewigkeit
Der Mond
schickt den Wind in die Welt.
Ich atme aus.

Lilli Eden

Die Leiden des Fischers

Als Fischers Fritz die letzten frischen
Fische fischte,
war er so sauer, dass er sie vom
Tische wischte.
Man lachte etwas schief: „Pardon,
was soll der Streich?"
Und Fischers Fritze rief: „O.K.,
ich sag es euch:
Ich habe frische Fische fischen
stets gehasst,
und doch, durchs viele Fischen, den
Protest verpasst.
Drum fisch ich heute noch die großen
Meere leer
und fühl' dabei nur eine große
Leere mehr.

Die Menschheit kennt mich nur als einen
dummen Spruch,
und keiner kennt mein wahres Ich,
das ist mein Fluch.
Ich finde frische Fische fischen
fürchterlich:
Ich hasse Fisch, ich hasse fischen, und
ich hasse mich."
Es war das letzte, was er rief,
in seiner Not,
dann sprang des Fischers Fritze
aus dem Boot.

Anselm Eder

Leben

Ein Leben ohne Liebe ist wie Leben
ohne Sinn,
und das Leben hat zur Folge, dass man ist
wie man sich gibt,
und das "Geben" einer Person ist
der äußerliche Schein,
und das ist wichtig für die Liebe und
das Leben allgemein.

Theresa Effner * 1990

Vier Brüder

Kraftvoll aufgereiht,
stehen sie, die Vier.
Schweigend verbunden,
Geschichten spielend,
kindliches Leben im Eifer.
Gewidmet den Eltern, auf Ehr und Gedeih.

Kinderseelen mit Spuren,
die immer noch wirken.
Manchmal tut's weh –
Stark hat's gemacht.

Heute, aufs Neue vereint,
kommend
aus der Umgebung des Aufgebauten,
aus der Mitte der Herzen,
für die sie sich schlagen –

ist spürbar der Ursprung
der brüderlichen Zelle,
und eine Welle von Kraft
und menschlicher Schönheit.

Silvia Egger * 1965

Ein Hauch von Tod

Ein Hauch von Tod
Noch nie war mir der Tod so nah.
Eine innige Umarmung der Nacht,
trägt mich sanft in die Dunkelheit.
Der Chor der Engel ist erwacht.
Ein Kuss von Nebelschleierwand,
legt sich auf meine Seele.
Die Sinne entschweben.
Sphären öffnen ihre Tore.
Mir ist kalt!
Langsam höre ich den Puls des Lebens
unaufhörlich, pochend.
Pochend und doch am Leben.
Nein, Tod bin ich nicht,
aber der Schlund des Abgrundes ist noch
immer geöffnet!

Petra Eggert * 1968

Schlußakkord

Musik, die zeitlos in sich klingt,
an Schönheit alles überragt,
in ihr das Unfaßbare schwingt,
der Menschen Worte sich versagt.

Musik, die zeitlos in sich klingt,
das Unerreichte in ihr harrt,
des Menschen Genius sie zwar entspringt,
das Göttliche sich aber in ihr offenbart.

Musik, die zeitlos in sich klingt,
sie fließet, strömet überirdisch fort,
ein Anfang ohne Ende ihr entspringt,
aus wenn auch schnell verhalltem,
gleich schon ew'gem Schlußakkord

Hannes Eggink

Rinderwahn 2001

Schwarz dringt der fette Rauch zum
Sonnenlichte.
Gab es das je in unsrer Weltgeschichte,
dass Mensch und Tier in Scharen, Herden,
Kompanien,
in Massen, tausendfach vernichtet,
vergast, verbrannt, hinauf zum Himmel
schrieen?
Dass selbst die Engel dort
vor Grauen bleich erstarren,
wenn wir verlegen unsre Freveltat
verscharren
und gleich im nächsten Atemzug
keck eine neue Schöpfung modulieren,
in dummen Eigensinn verharren,
Gott leugnen, selbstherrlich regieren.
Oh dass wir elend das Gesicht verbergen
und laut bekennen, dass wir üble Schergen.
Ach, dass die Welt sich schütteln könnte
um uns los zu werden!

Christel Ehl * 1940

Hier in Deutschland...

Wählen gehen ? Ich nicht !
Denn egal was, die Regierung behält ihr
Gesicht.

Ich brauche kein Parteibuch um zu denken,
keine Chefideologen, die mich lenken.

Früher waren wir stolz auf Dichter und
Denker,
heute gibt es leider mehr Richter und
Henker.

Menschen haben hier wieder Angst vor
Morgen,
immer mehr Arme und Arbeitslose,
es wird wieder auf der Strasse gestorben.

Reden, Reden, viel Getose.

Soldaten am Hindukusch und bald auch im
Sudan.
Im Endeffekt wird es wieder der kleine
Mann bezahlen.

Die Brauen dürfen wieder mitregieren,
Macht und Stärke demonstrieren.

Ich kann das Alles nicht verstehen,
sah bereits zu Viele untergehen.

Sie wollten alle nicht verstehen
Und deswegen ist es Zeit zu gehen.

Hier in Deutschland, kann es so keine
Zukunft geben
Und daher möchte ich gerne woanders
leben.

Oliver Ehlers * 1974

Da bist du wieder

Da bist du wieder, du rotes Blut
strömend aus zerstörter Ganzheit
Blut ist Wut! singen die Vögel vom
Himmel
und das Blut rinnt über tiefe kühle saftige
Erde.

Du bist unmäßig und skrupellos, Blut du
spritzt
auf rosige Haut und weiße Gewänder!
Mit dir färben sich die toten Dinge um
dich,
und nur du selbst, Blut, bist!

Blut du schillerst, metallisch ist dein Glanz,
Quecksilber gleich,

niemand darf dir nahe kommen, niemand
kann es!
Und du lächelst schweigst, denkst nicht
daran, dein Geheimnis zu verraten ...
Und wer sich vor dir fürchtet wird
erschreckt!

Blut Wut, du vergießt dich,
allein die Liebenden erreicht dein Wissen,
gibst dich auf und stirbst.
Dein eigner Tod fließt aus der Fülle doch
dich kann's nicht kümmern.
Erde, still und dunkel, nimmt dich auf –

Und es singen die Vögel vom Himmel.

Margaret Ehmer

Rätsel überall

Rätsel, Rätsel überall
auf dem Erdenrund,
sei es hoch im Sternenzelt
sei's auf Meeresgrund.

Wohl erforscht der Menschengeist
die Physik, Chemie
und moderne Technik weist
Fortschritt und Genie.

Traumhaft ist, was durch Kultur
alles schon entstand!
Auch im Reiche der Natur
ist uns viel bekannt.

Suchest du im Raum ein Ziel?
Strebst du himmelwärts?
Dieses Forschen nutzt nicht viel,
kennst du nicht dein Herz.

Blicke erst in dich hinein!
Prüf dich immerzu!
Und du wirst verwundert sein:
Rätsel birgst auch du!

Emilie Ehnes * 1920

Ich wünsche mir, dass ...

– zu Ende geht, das Welten-
Reich der Lüge,
des Truges und der Gaukelei

– der Geist der Liebe
entfaltet seine Flügel ...
und lacht der alten Tyrannei

– des Geistes mächt'gen Pionieren,
verleiht die Wahrheit Sieg auf Sieg

– Herrscher nimmer können triumphieren,
trotz aller List in ihrem ewigen Krieg

– der Wissenschaft geweihte Fahne,
weht drohend über der
Zerstörer Haupt

– wir nicht ersticken am
Globalisierungswahne,
durch zentrale Überwachung hier und dort
und
wo man/frau es niemals glaubt

Elvira Eich * 1955

Das pralle Leben und der Tod

Das Leben ist voll Leben/
wo willst du hin, mein Herz?
Du kannst dich nur ergeben/
in Liebe, Leid und Schmerz.

Und fühlen All-es/
Schritt für Schritt.
Ein großes pralles Alles.
Wie bei einem Ritt.

Es geht herauf und geht herunter/
du wirst gerüttelt und gewiegt.
Das macht die kleinen Geister munter,
damit die Liebe immer siegt.

Nur das Tabu bedrückt das Du/
schafft falsche Demut, Angst und Krampf
und macht aus Sein nur einen Kampf.

Drum auf mein Herz
frisch fortgeritten
geliebt, gestritten und gelitten.
Dein Weg ist lang und breit und weit.
Für Totenruhe hinterher, bleibt immer
noch genügend Zeit.

Gundula Eichler

Überleben

Als Kind wirst du schon hart gedrillt
deinen Willen stets zu stärken.
Die Schule dich verschärfend lenkt,
auch Sinne streng ins Wort zu legen,
damit kein andrer dich verdrängt.
Mit Worten spielend fechten lernen,
gezielt den Gnadenstoß zu setzen,
der dann dein Wohlbefinden prägt.
Schwache Typen auszulöschen,
weil diese einfach niemand liebt.
Hoch hinauf das Treppchen steigen,
das mit Glück beschlagen ist.
Alle Schwächen sind dir fremd,
weil sie dir ausgeredet wurden.
Stählern an der Front zu stehen,
kraftvoll prahlen mit Erfolgen,
die in der Art so unvergleichbar!
Auch Verantwortung im Leben,
wird dir vorgegaukelt nur.
Stille, dort im Hintergrund,
soll dich schützen vor der Tugend,
bloß nicht noch mal überlegen!
Peinlich wär's für Jedermann,
Leichen schauen auf den Wegen,
keine Zeit zu schaufeln dann.

Uve Eichlerr * 1957

Wartezimmerlektüre

Tina Effenberg und Claudia
Schiffer sind ganz frisch verliebt!
Hera Lind traut sich nun auch:
Das Superweib sich „Bild" hingibt.
Lola rennt durch Hollywood!
Uschi wühlt im Eheschutt

nach Herrn Kolles Rezepturen,
will wie Phönix aufersteh'n.
Verona fällt Bush vor die Flinte,
denn Dieter ward im Puff geseh'n.
Boris eilt zur Wäschekammer,
doch dort steht schon Moosis Hammer.

Als dann Di noch aufersteht,
sechzig Monde nach dem Scheiden,
und Jennys Implantate quietschen,
enden jäh der"Bunte" Leiden.
„Der Nächste bitte!" Gott sei Dank!
Sonst würd auch ich noch
sterbenskrank.

Christiane Eichloff

Verschmähte Liebe

Wie sie hingibt seinen Blicken
sich in ihrem schönsten Blau!
Wie sie reckt und streckt ihr Sehnen
ihm entgegen! Und – ganz Frau –
mit Begehren reizt sein Auge:
„Koste mal, ob ich was tauge!"

Lüstern wünscht das Kind der Sonne
seinem Kussmund zu erliegen.
Ach, ihr Götter! Welche Wonne!
Lasst sie euren Sohn besiegen!
Lasst die Lippen dieses Schönen
– sie verzehrend – sich verwöhnen!

Seht, er steigt auf aus dem Grase!
Wild ihr Brombeerherz erbebt.
Treues Blau erröte! Rase!
Hast für diesen Mund gelebt ...!

Doch der blasse, schlaffe Mann
stellt sich nach 'ner Bratwurst an.

Wolfgang Eichloff

Du willst aus der Spur und fliehst

Du willst aus der Spur und fliehst.
Trägst fremde Gedanken durch die eigenen
spazieren,
willst aus der Spur und fliehst.
Streichelst fremde Haut, um der eigenen
nahe zu sein,
willst aus der Spur und fliehst.
Lachst ein fremdes Lachen,
willst aus der Spur und fliehst.
Begehrst, was ferner dir nicht liegen
könnte,
willst aus der Spur und fliehst.
Wirfst dein Herz in fremde Gefühle,
willst aus der Spur und fliehst.
Gehst bekannte Wege, um dich fremd zu
fühlen,
willst aus der Spur und fliehst.
Baust Mauern, die höher nicht sein
könnten,
willst aus der Spur und fliehst.
Fremde Ziele gereichen dir nicht,
willst aus der Spur und fliehst.
Fremde Sehnsucht verstehst du nicht,
willst aus der Spur und fliehst.
Dein Herz sucht mich und du willst aus der
Spur und fliehst?

Eike Elisabeth Eichmeier * 1973

Odem der Freude

Sei umschlungen meine Biene
mit dem Kuss der Innigkeit
Zärtlichkeit uns immer diene
frei zu sein von Haß und Streit
Sternenzelt es uns beglücke
Gottgegebene Lieblichkeit
täglich ich dich an mich drücke
so oft wie möglich – Zeit für Zeit

Franz Eigner * 1955

Ich bin ein Baum in Kambodscha

Ich bin ein Baum in Kambodscha
Ich stehe hier seit vielen Jahren
Ich bin in diese Welt hinein gewachsen
Und sie in mich

Ich bin ein Baum in Kambodscha
An meinem Stamm zerschlugen
Männer Kinderköpfe
Um Munition zu sparen

Ich bin ein Baum in Kambodscha
An meiner Rinde klebt
Das Blut das Hirn die Haut
Von vielen kleinen Menschen

Ich bin ein Baum in Kambodscha
Meine Äste sind das Schreien
Meine Blätter sind das Weinen
Meine Wurzeln sind das Bluten und das
Bersten

Ich bin ein Baum in Kambodscha
Ich stehe hier seit vielen Jahren
Ich wachse immer noch
Vor Entsetzen

Kurt Eimers * 1955

Vergangenheit

Vergangenheit ist was mal war
Der Zukunfts älteste Drohgebar
Ornamente, Epitaphe und Relikte
Gott in unsere Zeit verschickte

Nun zum Deuten alter Zeichen
Ohne jene aufzumeißeln
Ohne unser Wissenschaft Geiseln
Mit dem Licht der schwersten Zeiten

Man siehe auf der Osterinsel
Das Dreigestirn der Einfaltspinsel
Wer konnte solche Tonnen heben
Die Berge übers Meer sie schweben

Fragen denn auch alle Christen
Nach Erleuchtungs-Obelisken
Gerne wird man überlassen
Dies und jenen Wissenschaften

Doch auch die sind zeitgebunden
Deren Tag hat auch nur Stunden
Gehn wir alle so die Runden
Oder sind sie Vagabunden

elan * 1982

Regenströme

Regenströme darüber blaugraue
Himmelsglocke
schlägt zu Stunde
der Wahrheit tieferer Sinn
hat nicht eigene Form
Wie das Wasser
passt er sich an die Form
des Raumes
in welchen es fliesst

Marina Eliu * 1949

So bist du

Du bist ein Mensch – unter Millionen,
hast einen Namen – ein Gesicht,
bist einzigartig hier auf Erden –
ein zweites Mal gibt es dich nicht.

Da mag es Ähnlichkeiten geben ...
Wie ließen sie sich je vermeiden?
Und dennoch – letztlich wirst du dich
von all den andern unterscheiden.

Denn du bist wie ein Mosaik –
Millionen Steinchen eng verbunden
haben in dir ein „Daseinsmuster"
der Einzigartigkeit gefunden.

Verbinden Aussehen und Charakter
in einem Netz – auf Lebenszeit,
verschmelzen dich und wie du bist,
zu einem Stück Persönlichkeit.

Sei, wer du bist – unter Millionen,
lass dich nicht von der Strömung treiben,
dann wird das, was dich wirklich ausmacht,
für immer einzigartig bleiben.

Renate von Elm * 1952

Flaschen

Zerbrochenes Glas
klirrt wieder in der Küche
Hoffnung zerbricht wieder
Wie so oft in den letzten Jahren.

Fehlendes Verständnis,
laute Schreie in der Nacht,
Verzweifelung und Angst,
weil man nicht helfen kann.

Hass und Liebe streiten sich
immer wieder miteinander,
Trost kann dir keiner geben,
der das nicht erlebt hat!

Angst wird großgeschrieben,
verkrochen im hintersten Winkel
um nicht gefunden zu werden,
um nicht ebenfalls
am klirrenden Glas zu zerbrechen.

Susanne Elschner * 1970

Lebenslied

Eure Herzen
Folgen leise
Euren Scherzen
Still und leise.

Seht die Liebe,
Legt sie nieder!
Frönt dem Triebe
Hin und wieder!

Eßt die Düfte
Dieser Freude.
Lebenslüfte,
Hier und heute!

Marc Emmerich * 1985

Examenshalbzeitfreude

In schweren Gedanken versunken
vergißt sie ihren Kopf,
lässt ihn liegen im Kofferraum einer
Vergangenheit voll überraschender
Leichtigkeit.
Aufgelöst in Bildern begeht sie die Nacht,
trunken;
mit glasigen Augen und unbeholfenen
Gliedern,
einem Körper, der so wenig der ihre,
einem Mund, der zu ernst um sich ein
Lächeln abzuringen.

Komm, tanz mit mir!
Vergiss was war,
lass die negative Erbsenzählerei
und öffne deinen Kopf,
spring einfach rein:

in die weiblichen Tagträume einer
Löwenpoetin

Jessica Enders

Wir - die Begegnung der Liebe

Unsere Blicke treffen sich,
wir legen die Masken ab....
Unsagbar viel Nähe,
wir halten sie aus.
Du schaust direkt in mein Herz,
Deine Blicke streicheln sanft meine Seele.
Unvergeßliche Augen....
einmalige Begegnungen.
Es gibt weder Raum noch Zeit,
Liebe durchflutet unser Bewußtsein.
Am liebsten
würde ich immer so stehen bleiben.
Am liebsten
für immer in Deinem Herzen verweilen!

Leonnie Engel

Was von mir bleiben wird

Die Moleküle meiner Asche
noch warm
dem Wind
mit auf den Weg

und vielleicht
ein paar Zeilen
die provozierten
die trösteten
die rätselhaft erschienen
die euch lachen machten

Gesichter auf Papier
liebevoll geschönt

ich war
ich lebte

unter
zwischen
mit
und gegen euch

Christiane Englitz * 1948

Der Richter

Irgendwie wird's einer schaffen
alles Schlechte zu vernichten
all die Lügner zu bestrafen
und die Bösen - hinzurichten.

Das ungerechte Leid und Trauer
werden hinter Ihm begraben
und dahinter kommt ´ne Mauer
hinter ihr darf man nie fragen.

Alles, alles wird dann schöner
und schon bald wenn's keiner merkt
wird der liebe nette Gönner
seinem Nachbarn klaun ein Pferd.

Unsereiner kennt die Pflichten
diese muss man doch beachten
Seid Euch sicher - er wird's richten!
Es waren wir ,die ihn bewachten.

Yanina Enners * 1983

Das sterbende Dorf

Eine Mücke summte verlegen.
Kein Mensch ist mehr zugegen.
Sie fühlte sich betrogen.
Das Blut ist ausgeflogen.

Nicht ein Rücken, nicht mal Beine,
Nicht mal eine Kinderhand.
Kleb ich hungrig und alleine
Auf Stein und Gips und Wand.

Es reicht ja schon ein Ohr –
Eine Spinne kroch hervor.
Eine riesengroße,
Für die letzte Arbeitslose.

Sie hat ihr Netz gesetzt,
Und die Mücke aufgenetzt.
Und so mit diesem Leiden
Liegt das Dorf total im Schweigen.

Thorsten Equitz

Umweltrache

Das Drama von außen anzusehen
Lehrt manch einem das Entsetzen
Doch mittendrin stehen, um zu verstehen
Welch lückenlose gespannte Kraft
Sich verbirgt in göttlicher Hand

Bruchstücke gehen ihres Weges
Ohne einer Schuld bewusst
und plötzlich vor dem Fuße stehen
Als Hürde eines Menschenlebens
Das für immer verstummen mag.

Es reicht nicht einfach wegzurennen,
Um dem Schicksal zu entrinnen
Sehen, verstehen und mitzunehmen
Das geschenkte Leben anzunehmen
denn das Erbe dieser Kraft
Im Menschen entsetzte Bilder schafft.

Hanife Erdem * 1970

Durch das Land

Wir reisen durch das Land
Immer weiter durch das Land
Keiner weiß wohin die Reise geht
Doch du – Du gehst

An neue Orte ziehen
Der alten Welt entfliehen
An einem See ausruh'n
Wollen nur noch Gutes tun

Du brauchst mehr Zeit für dich
Und mich – mich brauchst du nicht
Mich brauchst du wirklich...

Die Liebe ausgeträumt
Nun leb denn wohl mein guter Freund
Bis wir uns wieder sehen
In einem fernen Land

Wir reisen durch das Land
Immer weiter durch das Land

Oh ja, wir werden weiter gehen
Doch mich – mich lässt du stehen

Matthias Erhard

Mutter

Die Mutter war es die dich geboren
kein anderer Mensch kennt dich so gut,
hast du im Leben auch oft verloren
sie hielt deine Hand und gab dir Mut.

Sie hat gespart, auf vieles verzichtet
im Vordergrund standst du allein,
dem Tagebuch hat sie es berichtet
sie liebt dich laß sie nicht allein.

Der Muttertag er kommt ganz leise
und klopft bestimmt an deine Tür,
kauf Blumen mal auf deine Weise
schenk sie der Mutter und danke ihr.

Manfred Eschenbach * 1938

Vorsicht

Wenn ich wüsste, dass es ein
zweites, drittes Leben gäbe,
würde ich leichtsinnig sein,
Dinge nicht beachten,
vorbeigehen ...

Ich weiß es nicht,
hoffe auf viele Leben,
bin trotzdem vorsichtig:
Lebe dieses Leben,
wie vorgegeben.

Astrid Eschner

Sonnenseufzen

Nun fliehen des Spätsommers Düfte,
die Sonne scheint heiß schon nicht mehr
und ab und zu fliegt durch die Lüfte
ein Ahnen des Herbstes daher.

Im Nass kühler Tage verschlungen
klingt leise ihr seufzendes Ach.
Vom Grau dichter Wolken bezwungen
weint sie dem Sommerwind nach.

Doch zeigt bald, in rotbraunen Tönen,
der Herbst uns sein golden' Gesicht,
wird sie ihn umgarnend verwöhnen
mit wärmendem Spätsommerlicht.

Dann lockt sie mit fröhlichem Lachen
der Jahreszeit Stimmen hervor
und hell ihre Strahlen entfachen
ein Lied bunter Farben im Chor.

Anette Esposito * 1956

Tiefes Tal

Oh tiefes, schwarzes Tal! - Du hältst mich
wieder mal gefangen
Fernab von Freud, nur nah der Qual -
lehrst du mich streng das Bangen

Oh tiefes, schwarzes Tal! - Fast wär ich in
dir ertrunken
Auf deinem steinharten Areal - bin ich, als
wär's Moor, gesunken

Oh tiefes, schwarzes Tal! - Frisst alles, alles
auf mit deiner Dunkelheit
Helle Schatten, froher Schall - wird dein für
ew'ge Ewigkeit

Oh tiefes, schwarzes Tal! - Du legst mich
schmerzlich in Deine Ketten
Willst, dass ich noch tiefer fall - und
gewährst nicht, mich zu retten

Oh tiefes, schwarzes Tal! - Du trachtest so
nach meinem Leben
Und schon beinah war's mir egal - und fast
hätt ich's dir gegeben

Oh tiefes, schwarzes Tal! - Irgendwann
werde ich dich bezwingen

Steh dann im Licht, im Sonnenstrahl - und
werde fröhlich singen

Oh tiefes, schwarzes Tal! - Noch ist Hoffen
in mir drin
Auf ein Ende aller Müh und Qual - auf dass
auch ich mal glücklich bin.

Oh tiefes, schwarzes Tal! - Und schaff ich's
nie, von dir wegzukommen
So bin ich dein für alle Mal! - Dann hat die
Dunkelheit gewonnen

jeanne été * 1959

Die andere Seite

Die andere Seite, will wieder mal keiner
hören
Die andere Seite
spricht von Not und Leid und das das Maß
voll war
Die andere Seite, sagt die andere Seite sei
Schuld
Die andere Seite
sagt das Gewalt gegen Gewalt nur Gewalt
erzeugt
Die andere Seite, zieht historische
Vergleiche
Die andere Seite
sagt die andere Seite kann es jederzeit
beenden
Die andere Seite, fühlt sich als Opfer
Die andere Seite
will den Opfern helfen indem sie neue
Opfer schafft
Die andere Seite, hat die Medien auf ihrer
Seite
Die andere Seite
verbreitet Falschmeldungen
Die andere Seite
läßt Menschen für sich demonstrieren
Ich suche nach meiner Seite

Markus Euler * 1968

Leben

Die Sehnsucht nach Licht
verleiht dem Löwenzahn Stärke, dass er
Asphalt durchbricht.
Irgendwie ist da eine ungeheure Kraft,
die fast Unmögliches schafft.
Die meisten gehen achtlos an diesem
Wunder vorbei - sehen diese
Sehnsucht nicht...
Wie gut, dass der Löwenzahn daran nicht
zerbricht.
Ich nehme gern Anleihe an dieser Kraft,
weil sie zeigt, wie man das Leben schafft.

Eva-Maria * 1958

Wertvoll

Leben leben,
es ist so schön zu leben.
Mit meinem Schatz das Leben erleben,
das ist ein schönes Leben.
Mein Leben mit meinen Freunden leben,
kann es etwas Schöneres geben,
als das Leben mit dem Wertvollstem zu
leben.

Heike Evers * 1964

An ein Wesen

„Wer bist Du ?"
„Kommst Du allein ?"

„Sammelst Du den Mondstaub ein?"

Den Mondstaub brauchen wir Menschen
zum Träumen -
hinaus in die Freiheit,
raus aus den engen Räumen.

Frauke Ewert * 1952

Zeitströmung

Zeit war ein Wort, ich übernahm's und
blickte traurig aus dem Fenster,
Zeit war ein Ort, mich überkam's kalt
sah gaukelnde Gespenster.
Zeit war ein Fort, mich überrieselt's tief
und still,
schaute den ersten Schritt durchs Fenster.

Christine Faber

2005 – aufbrechen – jetzt!

auf –

Auge – Tür – Herz – Fenster – Seele

nicht zu –

Machen, schlagen, schließen, knallen,
frieren,
brechen
mit

Erwartungen. Anderer. Nichtstun.

Lieber offenen Auges
Mit der Tür
ins Herz fallen
&
aus voller Seele
der Lähmung
eine fenstern

& jetzt!

Regina Fahl * 1958

Scherben

Kalte Neonröhren
erleuchten den Raum.
Ich sitze auf dem Flur,
zwischen Bangen und Hoffen.

Ärzte in weißen Kitteln
kämpfen gegen den Tod.
Gegen deinen Tod.
Ich spüre dich neben mir
und weiß, ich habe dich verloren.

Eine Schwester gibt mir deinen Ring.
Ich stecke ihn an meinen Finger.
Ich sehe dich ein letztes Mal,
streiche dir durch's Haar.
Deine Haut ist fahl.

Kein klarer Gedanke in meinem Kopf.
Ich seh noch dein Lachen,
höre deine Stimme.
Nie wieder kann ich dir so nahe sein.

Ich stehe vor den Scherben
meiner zerbrochenen Welt

und falle

Simone Falk-Meding * 1971

Frühlicht

Geliebter Sonne Morgenstrahl
durchdring' den kalten Abendhauch,
der seufzend meine Schulter streift
so kühl, als wär's ein Grabeslaut.

Im Nachtflug dunkler Wolken
wirft er auf Lider schwarzen Tau,
vertreibt den letzten flücht'gen Glanz
geheimnisvollen Himmelsblaus.

Die Nacht vergeht, das Frühlicht schenkt
gleich Perlen hell auf dunklem Samt,
dem Morgen neuen Lebenssinn,
ein Meister dies dem Himmel malt.

Margit Farwig

Küsse deine Tränen nicht,
Nicht von meinen Wangen ab.
Niemals sollen meine Lippen
Deinen Atem wieder trinken.

Alle Rosen, die du schenkst,
Welken noch in meiner Hand.
Nicht, dass sie von dir gebeten,
Nein, sie fürchten meine Strafe,

Welche mich verraten nennt,
Von der Liebe und von dir,
Da nicht länger meine Tränen
Deine zarten Lippen küssen.

Doch dem bittersüßen Kelch,
Den die Liebe dir gereicht,
Deine Lippen nur erlagen,
Weil sie ihn bereits gekostet.

Geh nur, lass, solang du kannst,
Deine Rosen dir erblühn!
Denn im Ende werden fallen
Aller Rosenblüten Blätter.

Lucas Fassnacht

Lebendiges Sein

Wenn Samen du ins Erdreich bettest,
schaut dein Blick schon weit voraus.
Der Trieb, die Knospe, rankt durch
Lichtzuwendung,
ja selbst die Blüte in Vollendung ----
ein Bild entsteht in dir, legst du den Samen
aus.

Bewußt erlebst du Tagbeginn,
der Schattenspiele in sich birgt.
Neugier beflügelt deinen Sinn,
wenn weicher Ton sich unter Händen
formt ----
mit allen Gedanken zum Symbol der Liebe
wird.
Spitze und runde Steine, die sich mit Sand
umgeben,
lassen deine Phantasie letztlich beleben.
Raub den Steinen ihre Schwere,
verzier sie sanft und federleicht.
Im Gespräch mit dir erklingen
von Zauberhand geläutet in uns Töne,
durch bejahende Lebendigkeit!

Brigitte Fecke * 1949

Sinneszauber

Sanfter Wind durch Lüfte streift,
lispelt, regt das Laub der Bäume,
heimelt Lieder zart und fein,
wie im Reich der Träume.

Rote Rosen duftig lächeln,
hauchen Liebeszauber kund,
erquicken Augen, wecken Sinne,
gleich manchem schönen Frauenmund.

Ein Tropfen nur im Meer der Wunder,
mit dem die Schöpfung uns bedacht,
oh weites Herz, vom Labsal trinke,
wenn Dankeslust in dir erwacht.

Aus Demut reiche Ranken sprießen,
fangen ein das Licht der Sonne,
zum Lobgesang die Seele neigt,
mit Freudenflammen höchster Wonne.

Halte inne, Zeitgeschichte,
trübe nicht den lichten Blick,
denn alle Güter dieser Erde,
verfehlen oft das wahre Glück.

Paul Feger * 1935

Unterwegs zu mir …

Das Leben ist Wanderung,
einem großen Ziel entgegen …
Das Leben ist Schule,
in Begegnungen,
an Aufgaben,
in Herausforderungen …

Das Leben ist Wachsen,
so wie ein Baum dem Licht entgegen…

Das Leben garantiert Ankommen,
bei dir selbst,
im Licht,
zu Hause …

Romy Christel Fehrmann

Kleine Schlagabtausch-Kunde

Es schlagen die Ratsherrn
von Bauzen sich kräftig auf
Schultern und Plauzen.
„Na, Jungs, gut
drauf?“ Im Tagesverlauf
polieren sie sich die Schnauzen.

Wenn nun die Ratsherrn
von Rügen sich ebenso
gnadenlos schlügen wie
sie lügen und betrügen,
würden massenweis Hautfetzen fliegen.

Vorwärts! Auch in Hamburg und
Essen gilt: Haut euch auf
Schnauzen und Fressen. Ob ihr nun
siegt oder unterliegt:
Euch werden die Raben fressen.

Wolfgang Fehse

Ich bin ein Verehrer von Frauenschönheit

Von der Unglaublichkeit langen
 Frauenhaares
(gibt es etwas vergleichbar Unglaubliches?)
von der Klarheit eines schmalen
 Frauengesichtes
geprägt von der Hoheit ihrer Stirn
von der Tatkraft ihrer klaren Stirn
von der Unerklärbarkeit eines plötzlichen
 Lächelns
von der Zartheit eines schlanken
 Frauenhalses, vor
dem Worte zu zittern beginnen.

Ich bin ein Verehrer von Frauenschönheit.

falsch:

Ich bin eine Verehrerin von
 Frauenschönheit.

Isolde Feiler * 1963

Der Duft der blauen Blume

Träge schlängelt sich unser Bach dahin.
Dein liebes Gesicht spiegelt sich darin.
Hier hat sich die Liebe um uns bemüht,
Wo am Ufer der schönste Garten blüht.

Alle Weiden strotzen bereits vor Saft,
Hoffentlich haben auch wir noch die Kraft.
Der Frühling wurde uns neu gegeben,
Und er bringt beiden Freude und Leben.

Der Duft der blauen Blume uns erfasst,
Sofort höher schlägt das Herz in der Brust.
Noch ist unsere Liebe nicht verblasst.
Liebling, auch du stehst noch in voller
 Blust.

Der Frühling bringt Blumen, Liebe, Lieder,
Und die Hoffnung grünet immer wieder.
Sie wird unsere Begleiterin sein,
Und so sind künftig auch wir nicht allein.

Ach wie schnell ist doch die Zeit
vergangen.
Aber wir bleiben aneinander hangen,
Um das Leben zu zweit zu genießen.
Die Liebesblume wird weiter sprießen.

Fred Feitknecht

Abschied

Sternenglanz in deinen Augen,
Himbeerduft aus deinem Haar,
Ich kann es bis jetzt nicht glauben,
Daß dies unser Abschied war.

Carsten Felbinger * 1987

Sensitiv

Wie einen Blitz traf es meine Augen
So immens tief, intensiv
Die Reflexion war extrem sensitiv
Wie Ihre Brauen

Erhaben Ihr Blick
Sanft das Lächeln
Irritierend wie manchmal das Glück
So kam Sie mir vor

Ihr zu begegnen
Die Idee zu segnen
Die Welt zu lieben
Aufgrund dessen mich zu verlieben

Dieser Tag nur
An dem mir der Blitz widerfuhr
Um mich zu wecken
Von dem jahrelangen Schrecken

Im Leben gibt es nicht viele Zeitmomente
Die einen Mann schwach machen
Sie sind glänzend wie weiße Kacheln
Lassen ihn erwachen

Kay zum Felde * 1963

Nachts
Deine Hand halten
Liebe fühlen
in jeder Zelle

Nachts
Deine Hand halten
zieht durch den
Körper
warm und
voller Sehnsucht
nach Deinem Körper

Nachts
Deine Hand halten
bis zum Morgengrauen
jedem Atemzug
lauschen
Wärme
eingehüllt
hell wach
am Morgen
Dich
berühren...

Brigitta Felinger

Mach die Augen auf Romanze

Da stehen wir, gebrannt wie kleine Kinder,
Die das Feuer scheuen, da sie den Schmerz
schon kennen.
Wie sind sie gebrandmarkt und rennen.
Doch etwas hält uns, wie der der Bauer
seine Rinder.

Was man nicht weiß macht dennoch heiß,
Was man nicht sieht kann nicht erhellen.
Man hört nur laut die Glocken schellen.
Der ganze Mut der Liebe ist ein großer
Preis.

Die ganze Wut, die Angst, der Schmerz,
Nur noch Narben sind zu sehen,
Wir drehen den Rücken und gehen,
Man hält die Romantik für einen Scherz.

Doch draußen auf dem weiten Feld steht
eine wundersame Pflanze,
Sie blüht unter der warmen
Sonnenzärtlichkeit.
Öffne Dein Herz und breite Deine Arme
weit,
Mach die Augen auf Romanze.

Sieh was Du am meisten fürchtest, ist der
Schönheit nähe
Denn was Du noch in Dir brennen fühlst
ist das Feuer deiner Liebe
Entsage der Angst und vergib dem
Schläger seine Hiebe
Das ist so viel mehr und wartet auf Dich
also gehe!

Felisha * 1979

Königin Rose
weiße, makellose Braut
schlank im Sommerwind

Mutter Erde nährt
Sonnenstrahlen küssen dich
Wind fächelt Kühle

Die Schleier der Nacht
hüllen Blüte und Knospen
in sanfte Träume

Zita Fell

Krieg oder Frieden

Wohin ist die Zeit gegangen,
wohin geht die Welt?
Wohin wird sie noch gelangen,
wenn der Frieden fehlt?

Woran leidet sie erheblich,
woran kränkelt sie?
Woran basteln wir vergeblich,
wenn ein Krieg doch schrie?

Wozu zählt nur das Vergnügen,
wozu nur der Spaß?
Wozu soll das Geld nur siegen,
wenn es fehlt am Maß?

Wobei liegt der Sinn des Lebens,
wobei fehlt oft Mut?
Wobei bleibt der Wunsch vergebens,
wenn das Tun doch ruht?

Worauf sollen wir vertrauen,
worauf hofft die Welt?
Worauf können wir noch bauen,
wenn uns Frieden fehlt?

Christa Feller * 1924

Johannis-Nacht

Der Tag sich sanft zur Ruhe neigt,
vom Flusse weißer Nebel steigt.
Vom Ährenfelde Brotes Duft
herb durchzieht die Sommerluft.

Und vom Gebüsch mit hellem Schall
ertönt der Ruf der Nachtigall.

Doch während rings mit grau Gefieder
die Dämmerung sich senket nieder,
leuchten fern am Wiesenrain
tausend Lämpchens Phosphor Schein,
die in lauer Hochzeitsnacht
Glühwürmchen haben angefacht.

Staunend bleibt der Wandrer stehn,
diesem Flimmern zuzusehn.
Sein Blick schweift über Feld und Flur:
Ehrfurcht dem Wirken der Natur!

Jutta Fellmann * 1930

Türen

Eine Tür ist unsichtbar
Sichtbare Wege sind auch
ohne dies Durchschreiten, hinterlassen
Türen: geöffnet – geschlossen– verschlossen
alt – morsch – abgerissen
neu.
Heilige Pforte
über steinige Pfade
führst du sie zu begehn',
Stufen
Hinter jeder Tür',
wartend ein Geheimnis
gefaltet im Verborgenen
ßlautürkisgebärbte Ahnung von Wegen
auf denen schon Farbige schreiten
Die schwarzweiß gefärbte Welt
wird wieder bunt
schreit' ich durch diese Tür?
Öffnet eure Tore
als Pforte in eine bessre Welt!

Christine Fellner

Nachklang eines Engels

langsam legst du deine weiten Schwingen
wärmend um mein frierendes Herz
durch diese Berührung ist in allen Dingen
tiefer Sinn und manchmal auch ein
Schmerz

jetzt wirst du still beim Flügelfalten
leuchtest heller als jedes Sternenlicht
die Tränen kann ich nicht mehr halten
als du mich schauen lässt aus deiner Sicht

plötzlich bist du fort – ich weiß nicht
wohin
den Duft von Weihrauch habe ich noch
erkannt
du lässt mich hier zurück mit dem Gewinn
bei mir zu sein – mit einer Feder in der
Hand.

Sabine Fels * 1961

Es geht nicht ums Geld
in dieser Welt

Es geht um Menschlichkeit
in dieser Zeit

Es geht ums Liebesbrot
in jeder Not

Es geht um Lebenssinn
in jedem drin

Es geht ums ganze Herz
in jedem Schmerz

Es geht um die Achtung
in jeder Betrachtung

Es geht ums Miteinander
in jedem Durcheinander

Es geht ums Vergeben
in jedem Leben

Es geht um die Freude
in jedem Heute

Es geht ums All-dies-zu Lernen
um jedes Dasein zu besternen

Mathias R. Fenn

Nächstens

Bruchteile des Lebens
Geistern durch uferlose Nächte.
Schön war der Traum
auf dem Regenbogen,
bis der Film riss
in schwarzweißer Nacht.

Annemarie Fetten-Winklhofer

Zur Hochzeit ruft die Liebe

Das Leben engt und weitet mit der
Sichtweise
gegenüber Fremdem, Neuem – denn nur
wer im Wort
öffnet sich der Welt, folgt der Stimme zu
steter Reise,
leis hört das Auge mit, bis du bei dir bist
angekommen.
Im Moll nach Harmonie und das Heim zu
traulichem Ort
gibt Sicherheit der Gefühle, dort, in der Art
dich zu finden,
wie frau geliebt sein möchte, im Inneren
angenommen.
Ihre Natur steht spontan im Prinzip ein für
wahre Werte,
möge auch der Blickkreis vom Licht des
Morgen künden,
bis still der Liebe Geheimnis erwacht vom
Fieber dieser Erde.

Gib ihm seinen Selbstwert, er holt dir das
Silber vom Mond,
der Mann sonnt im Reize sich biologischer
Verschiedenheiten;
es brechen Unterschiede auf, der Kunst um
das Wider zu streiten,
geht es doch um jene Partnerschaft, für die
es zu kämpfen lohnt.
Fest geblieben des Weges, will alle Seele
Ordnung, Ewigkeit.
So gewinne dich unter Hingabe an das
Wie, hin zur Einheit
blühen Momente der Reife, wie das Üben
zum Heil wird im Leid.
Als rauschet der Frühling hinweg, o
Zauber, als flittert die Welt
und wiegt das Ich in der Seele, von einer
neuen Sonne beseelt:
Zur Hochzeit ruft die Liebe – weil eben nur
sie, die Liebe zählt!

Albin Fettig * 1951

Die Kraft der Muttersprache

Zuweilen
gibt es Gespräche,
die öffnen unser Gemüt
und bieten
fernem Erinnern
Heimstatt und Bleibe.

Geht es um Kinderjahre,
beginnt längst Vergessenes
kräftig zu wuchern
und füllt den Raum
mit Duft und Wärme
und goldenem Licht.

Dann sind wir zu Hause
und haben wie einst
Vater und Mutter
und also auch –
Schutz
vor den Gefahren des Lebens.

Vera Feyerherd

Irgendwann

Irgendwann
kommt immer ein Narr
und macht kaputt
was du aufgebaut hast.

Irgendwann
kommt immer ein Wichtigtuer
und zerstört
deine schönsten Träume.

Irgendwann
kommt immer ein Anderer
und lacht dich aus
weil du das alles so ernst nimmst.

Esther Fichtinger * 1973

Melancholie

Inne halten,
den Atem spüren,
denken,
empfinden,
empfinden, dass man nichts empfindet und
drüber traurig sein.

Lächeln,
schön sein.
Inne halten,
den Atem spüren.

Und dann kopfüber in einen Gedanken
springen!
Und lächeln
und schön sein

und aufstehn und gehen.

Sarah Fichtner * 1979

Welch Ausdruck spiegelt sich in deinem
Gesicht,
welche Erlebnisse trägst du in dir?
Ist es die Dunkelheit oder das Licht,
öffnest oder verschließt du dich mir?

Wer kann wirklich Eins sich nennen
und stets im Reinen mit sich sein?
Lerntest du dich selbst bereits kennen
oder blendete dich nur der Schein?

Wichtig ist, dich anzunehmen,
erscheint es auch manchmal nicht so leicht.
Vor Fehltritten sollst du dich nicht
schämen,
dann spürst du, wie die Angst in dir
weicht.

Mit offenen Augen die Welt ansehn
und auch dein Herz, es soll sich weiten.
Erfahrung - sie wird stets mit dir gehn.
Gute Gedanken sollen dich dabei begleiten.

So zieh dahin und wachse im Leben
und kehre immer wieder zu dir zurück.
Versuche, möglichst viel Liebe zu geben,
denn sie ist die Antwort zu deinem Glück

Fidelio * 1978

Gewürdigte Schöpfung

Lustwandeln durch jung Wiesengras,
Galant die Vöglein singen
Und in der Fülle der Natur
Die Luft in Wallung bringen.

Gern halt ich an dem Flusse inne,
Wenn leis die Wogen rauschen.
Es belebt die müden Sinne,
Dort könnt ich ewig lauschen.

Wenn dann und wann die Sonnenstrahlen
Hoch stehen überm Wolkenkleid,
Besiegt die Eiche meine Qualen,
Da sie ein schattig Platz geweiht.

Doch sobald die Sonne untergeht
und scheu die Wolken fliehen,
Ein kalter Wind zum Abschied weht,
Muss ich nach Hause ziehen.

Christine Fiedler * 1983

Wald

Deine schlichte Ehrlichkeit
prägte mich von Kindesbeinen.
Erinnerungen versetzten mich in Heiterkeit
und doch möchte ich auch gern weinen.

Moosgeruch war was ich roch
und kalter Morgennebel
mir langsam durch die Kleider kroch
bis die Sonne setzte ihr Morgensegel

Tautropfen waren was ich sah
glitzern in der Morgenwelt.
Der Morgenwind strich durch mein Haar
und ich blickte über das diamantene Feld.

Sonnenstrahlen waren was ich spürte
Vogelstimmen hört ich weit.
Der Wald mich sacht entführte
in eine Welt voller Zufriedenheit.

Kathrin Fierenkothen genannt Kaiser

ich denke

ich denke,
also bin ich.
ich bin,
also was bin ich?
bin ich was du denkst?

du denkst,
also bist du.
du bist,
also was bist du?
bist du was wir denken?

wir denken,
also sind wir.
wir sind,
also was sind wir?
sind wir was wir denken?
wir sind.

Chrissy Fieres * 1988

Oh, göttliche Ruhe in heiligen Hallen,
oh, sanfte Musik, die meine Seele
berührt.
Ich höre Engel singen und Nachtigallen,
ich habe Ruhe im Herzen, es mich
nicht friert.

Von hohen Wänden höre ich
Engelsingen,
alles ist friedlich und freundlich hier.
Die Engel wollen mir Botschaften
bringen,
verkünden das Zeichen: Es gibt kein
ich, nur wir.

Langsam geh ich durch die Gänge,
Fragen über Fragen durchfluten
meinen Geist.
Glückseligkeit die Mauern
schwängern,
Liebe, die da Herrgott, unser Vater
heißt.

Martina Figge * 1962

Erfüllung

Dem Wind
den Hut schenken.
Frei atmet das Haar.

Der Krankheit
den Körper gönnen.
Erlöst vom Funktionieren.

Die Sinne
aufdrehen lassen.
Fruchtbarkeit empfangen.

Den Geist
Zum Wollen bitten.
Menschwerdung.

Die Freude
schamlos rausschreien.
Das Feuer gelegt.

Marianne Figl * 1946

Geister der Stille

Weit im Dunkeln der Nacht,
Da wird das letzte Licht ausgemacht.
Dunkle Gestalten, sich regen,
Sich von neuem beleben.
Licht, nachdem werden sie lecken,

Die Kinder aus ihren Träumen wecken.
Die Nacht, ihre Zeit,
Da ist das Leid nicht weit.

Geräusche der Nacht,
Wird jedes Lachen zunichte gemacht.
Bewegungen weit vom Licht, nicht mehr
zu sehen,
Angst vor einen Wicht, sich nicht trauen
wegzugehen.
Geister der Stille, ich hör sie rufen,
Wie sie leise eine neue Zeit erschufen.
Die Zeit des Leids, wie es begann,
Hat auch ein Ende, irgendwann.

. Filia qui Lamia * 1986

Die maskierte Stadt

(Dresden)

Sie trägt eine weiße Maske vorm Gesicht,
geformt aus Wasser und Beton, ganz glatt
- ohne Rillen,
als wäre nichts geschehen.

Verbergen kann sie aber nicht,
jene vom Feuer verdunkelten Gestalten,
die sich einst in barocker Schönheit
drehten,
und nun sinnlos lächeln,
als wäre nichts geschehen.

Und jener gewaltig großer Todesengel,
dem man die Ernte zu tausenden
schreiend und glühend in den Schoß
geworfen,
er geht durch diese maskierte Stadt,
als wäre nichts geschehen.

Seine Flügel sind verbrannt
und schwankend nun sein Schreiten.
Aus schwarzen Augenhöhlen steigt keine
Träne auf –
als wäre nichts geschehen.

Was leise rauschend sich unverändert
an dieser Stadt vorbeibewegt, es ist der
Fluß,
in den sich einst brennend Menschen retten
wollten.

Er fließt und fließt –
als wäre nichts geschehen.

Gertrud Fink

Frühling

Wenn sich der warme
Mantel des Frühlings
um mich legt, das
Kribbeln im Bauch
mich belebt.

Die Ödnis sich mal
schlafen legt.

Ich setz mich
mal auf einen Stein
und atme diesen Duft
tief
ein.

Das Grübeln laß ich
jetzt mal sein.

Frühling, jedes Jahr
du mich verführst und
ganz tief meine Seele
berührst.

Norina Fisch

Der Wunsch-Wunsch

Trübe Finsternis treibt
die sich langsam selbst entwertende
Hoffnung
immer weiter
dem ausweglosen Nichts entgegen.

Wie sehne ich Steinhaufen,
die ich mühelos erklimme,
Grenzen, an denen ich einfach so
vorüber schwimme -
nur an manchen Tagen
nur dann und wann:
Freiheit.

Frei sein von mir selbst
und frei sein von dem Wunsch –
ganz einfach frei.
Das muss doch gehen.

Vielleicht morgen
oder gestern –
heute nicht.

Christian Fischer

Der alte Baum vor meinem Fenster

Viele Jahre meines Lebens
hat er mich begleitet,
jeden Morgen, jeden Abend
Freude mir bereitet.

Seine Rinde, stark gerissen,
ist ganz bedeckt mit weichen Kissen,
und an den toten Ästen allen,
die schwammig und schon halb verfallen,
kämmt der Wind die dünnen Zweige
willig pendelnd in der Neige.

Solange er noch Blätter hat
an einem einzgen Aste,
bleibt er an seinem Platze stehn.
Wir werden nur gemeinsam gehn.

Hannah Fischer * 1939

Und manchmal

Und manchmal

habe ich alle Zeit der Welt,

brauche kaum Geld,

kann trotzdem vor Glück schweben,

kann alles lieben,

kann Blume und Baum sein,

Wolke und Wind,

und bin wieder Kind.

Und manchmal

kann ich alles verstehen,

mich staunend verneigen,

kann lieben und weinen,

kann zärtlich berühren,

kann einfach das Leben spüren.

Dann weiß ich,

das Leben ist Liebe,

verstehst du es nicht -

das zu begreifen

ist vielleicht

unser ganzes Glück.

Harry Fischer

Herr Winter

Nun zieht er ein mit strengem Sinn,
der Winter, frostig, grimmig, hart,
und Schnee und Kälte folgen ihm,
dem alten Mann mit grauem Bart.

Vermummt stapft klirrend er durch Eis,
bringt kurzen Tag und lange Nacht.
Und Wald und Wiesen färbt er weiß
mit seiner großen Wintermacht.

Des Schneegestöbers Flockentanz
bringt er und Schneeballschlachten wild,
wie auch des Himmels Sternenglanz.
Schneemänner setzt er in das Bild.

Den allerschönsten Wintertraum
erfüllt er uns im Weihnachtsbaum.

Ingrid Fischer

Was Liebe ist

Anhalten - besehn

riechen - erkennen
lauschen - verstehn
schmecken - genießen
fühlen - vergehn

von Sinnen sein

Julia Fischer

Freiheit

Freudentränen voller Leid
nicht sichtbar, scheinbar weit
eine Seele, ein Gebet
flüstert leise ein Komet.

Sieh hinauf und sieh hinab
der Dunkelheit und Nebel, fernab
lass dein Lächeln strahlen
lass es Sonnenblumen malen.

Was kann es geben, das dich hält
dem freien Geist, dir gehört die Welt
berühre, umarme dein Herz
fühle und lebe ohne Schmerz.

Juri Fischer * 1975

Auf der Suche

Morgens erwacht und schon auf der Suche
den Spuren gefolgt im nassgrauen Sand,
deinen Spuren und gewachsen dabei in mir
selbst.
Vor Jahren; ich weiß im kaltblauen Meer,
hast du
zerbrochen und leer dein Herz begraben.

Nicht zweifeln. Nein! Zweifle nicht, setze
bedacht
Schritt für Schritt, Kraft ist in der
Langsamkeit,
sieh zum steilen Klippenweg, auf und ab,
hoch und tief, schlängelt er endlos, fernlos
das Ziel im Anbeginn aller Dinge.

Wache, träume, schlafe, denke, glaube
die Welt ist in dir und du bist das Leben,
nichts geht verloren, wer sucht findet,
findet sich selbst in allem und jedem, und
dein Herz,
es schlägt noch heiß, tief im eiskalten Meer

Luzia Fischer * 1962

Die Klangschale

Geöffnet
Wie ein Kelch
Birgt "sie" dennoch
Ihr Geheimnis –
Sanft angeschlagen
Gibt sie es frei...

Ein himmlischer Ton
Schwingt in den Raum
Erreicht zärtlich

Deine Seele
Bricht auf – behutsam –
Was verkrustet
Läßt wieder fließen
In einem erquickenden Gleichmass

Erlebte Weite

Befreiung
- ohne Worte -

Glück ?? !!

Nur ein "himmlischer Ton"...!!

Regina Franziska Fischer * 1951

Ist es Liebe?

„Ist es Liebe?" ist die Frage, die sich viele
Menschen stellen.
Wir machen uns auf, die Antwort zu
finden.
Aber wir sollten sie nicht suchen sondern
fühlen.
Denn sie liegt in unserem Herzen und das
allein ist der einzig richtige Weg.

Hast du nicht dieses Gefühl, tief in deiner
Seele, dass dich alles um dich
herum vergessen lässt?
Schlägt dein Herz nicht wie verrückt, um
dir zu zeigen „Es ist da!"?

Du kannst es nicht herbeilocken oder
danach suchen, bis du es gefunden
hast.
Denn wenn die Liebe dich findet, dann
spürst du es.
Du hast dieses Gefühl in Seele, Körper und
Geist.
Und dann kannst du dir sicher sein.
„Ja, es ist Liebe!"

Sandy Fischer * 1981

Sturmnacht

Es hat der Sturm gebraust
Die ganze Winternacht,
Kein Sternlein glänzt am Himmel
Ich hab allein gewacht.

Vor meinem Fenster zittert
Ein Baum im fahlen Licht,
Er möcht so gerne schlafen,
Der Sturm erlaubt's ihm nicht.

Als fleht' er um Erbarmen
Streckt er die Äste aus
Da greift der Sturm sie mächtig
Und schlägt sie an das Haus.

Ich seh mit müden Augen
Dem Kampf da draußen zu.
Ach Gott auch ich möchte' schlafen
Und finde keine Ruh'.

Otto v. Fisenne

Finstere Zeiten

Die Türme stehn in Glut
Freiheit ist nur in dem Reich der Träume
Wer hub es an? Wer brachte den Fluch?
Sirene heult, Geschützmaul bellt
In allen Lüften hallt es wie Geschrei
Alle Straßen münden in schwarze
Verwesung
Meine Mutter weint für alle
Lasst uns das Leben leise wieder lernen

Siegfried Flach * 1947

Wiegenlied

Schlaf ein! Schlaf ein! Schlaf ein, mein
Kind! –
Zwerge gibt's, die Riesen sind!
Riesen gibt's, die zwergenklein!
Schlaf ein, mein Kind! So schlaf doch ein!

Schlaf tief! Schlaf tief! Schlaf tief, mein
Kind! –
Und Arme gibt's, die Reiche sind!
Und Reiche gibt's, die bettelarm –
und Feuer – ohne Brandalarm!

Schlaf fein! Schlaf fein! Schlaf fein, mein
Kind! –
Sieh, wie der Himmelsmond zerrinnt!
Sieh, wie die Stern' ins Dunkel fallen,
dort hinter Schwefelwolkenballen!

Schlaf ein! Schlaf ein! Schlaf ein, mein
Kind! –
Träum, daß ein Tag uns Frieden bringt!
Träum süß von einer andren Zeit –
vom Menschsein mit mehr Menschlichkeit
...!

Herbert Flattner

Risiko und Rücksichtnahme

Montagmorgen, mein Wecker er steht,
zur Arbeit komme ich dadurch zu spät.
Der Bus kam dafür viel zu früh,
ich hatte so meine liebe Müh.

Die Ampel zeigte mir natürlich Rot,
das wäre fast mein früher Tod,
da ich einfach rüber rannte,
was der Autofahrer noch rasch erkannte.

Ich schaute hastig auf die Uhr,
da, ein Fahrradfahrer auf falscher Spur,
der nächste Bus fuhr auch gerade los
und ich verspürte einen harten Stoß,

Was hat die Aktion mir nun gebracht?
das fremde Fahrrad hat 'ne dicke Acht,
Ich liege am Boden, im Dreck und
mittendrin,
hatte dieses Risiko überhaupt einen Sinn?

Habt ihr euch das auch schon mal gefragt?
Rücksichtnahme aller ist angesagt.
Nicht nur auf das eigene Leben,
auch auf andere ist eigentlich das
Bestreben.

Monika Flemming * 1961

Vogeldung oder was hinten herauskommt

Solang im Mai die Rasenmäher glühn
bis tief hinein in den September, kein
Wiesenschaumkraut, Hahnenfuß mag
blühn
alles so laß und ich nichts änder.
Solang, ja solang, ist Deutschland nicht am
Ende.
Deutschland, made in Germany, vormals
das Volk
der fleißgen Hände. Wo sind die
Kaninchenställe, die
Tomaten am Spalier, dein roter
Erdbeermund?
Marienhof und Lindenstraße, geblieben ist
die Gier danach,
der Ersatz fürs Leben, Stund um Stund.
Ein Wunder, dass ein Vogel das Singen
lernt,
wie eh und je. Trotz Rasenmäher denkt er
nicht:
„Mach ich jetzt fusch und mogel?"
Jedoch gibt es noch Hoffnung.
Des Abends bei der Tagesschau
singt Amselmann für seine Amselfrau,
danach beglücken sie ganz unbemerkt
für Alt und Jung, den kurzgemähten,
handpolierten Rasen mit ihrem
unvermeidlich
fruchtbar machend, goldwerten
Amseldung.

Ingrid Flis

Gedanken über eine einsame Irische Rose

Nun ist sie die letzte Rose dieses Sommers.
Allein! In Einsamkeit blieb sie zurück
in ihrer kleinen grünen Wohnung,
verlassen von ihren lieben Gefährtinnen,
ihren Schwestern, die dahin gingen,
denn ihre Zeit ist vorbei.

Keine Blume ihrer Art grüßt von nah und
fern.
Keine Rose knospet mehr zur Freude
der Einsamen, strahlt zurück!
Lässt ihr Herz freudig erzittern.
Sie würde sich erkennen, ihre Wangen
erröten
und die Seufzer verstummen.

Sie fragt sich, wird es wieder so sein,
wenn ich in meiner bescheidenen Schönheit
wiederkehre aus langem Schlaf in dunkler
Nacht.
Werde ich wieder Freude empfangen
und Freude schenken können, allen,
allen, die mich grüßen, nah und fern!

Anna Luise Flotow * 1915

Mit nackten uferlosen Füßen

bin ich hier gelandet,
habe mich, gezeitenbefreit,
dem Rhythmus fremddörflicher Stunden
eingefügt, Akzente getauscht
und wiesengrüne Schrittbeschränkung
klaglos hingenommen.

Nur manchmal, im Abendzweifel,
schemenhaft verschleiert aus Ferne-Nebeln,
rücken mir Stimmen zur Rechten: Ein
Echoklang,
dessen Tonart mich in alte Partituren
sinken läßt.

Meine Augen üben sich dann im Folgen
einer Melodie,
deren Halbtonschritte
ihre Zauberkraft und intensive Fülle
meinem Ohr nicht mehr vermitteln
können.

Auftauchend aus der Nächte-Ahnung
verschließe ich Auge und Ohr,
gebe meine Sinne frei,
im Zwischen-Hier-und-Dort
aus Spurenschatten ein eigenes Echo zu
formen.

Anja Flügge * 1976

Schneekristallnacht

Überirdischer Tanz aus Schneekristallen
funkelnd wirbelnd majestätisch
zugleich
Als eine Krönung der Frostnachtfeier
Formiert sich unmerklicher Winterschleier
Metamorphose des Eisflockenwirbels
schweigend strahlend an Zauber so
reich

Von der ewigen Weite des Himmels
unerreichbar wie die Unendlichkeit
Aufgrund ihrer stummen Klarheit gefesselt
der Einlass auf die Erde erlaubt
Scheint die feierlich schweigende Welt der
Zeit und jeden Geräusches beraubt
Nun sieh doch zum Himmel, das Wunder
des Winter ist da, es schneit!

Doch wie wenn die Schönheit gleich dem
Zwang zum Vergehen wäre
Gestattet nur ein schweigender Seufzer
zum Abschied
Ewig kristall'ner glasklarer Tanz mit dem
doch einzigen Ziel der Leere

Kontraktion bis zur Auflösung, Stück um
Stück
Einzig mentales Halten ist möglich
Lassen Gefühle der Sehnsucht zurück.

Beate Foierl

Raum und Zeit

Ein Raum
übervolle Leere
kreischende Stille
Die Zeit
rieselt gen Unendlichkeit

Ein Raum
fließendes Leben
treibende Kraft
Die Zeit
rast gen Vergangenheit

Ein Raum
duftende Freude
friedlicher Traum
Und die Zeit
fällt dir entgegen

Manuela Fonger * 1983

Gute Nacht

Schlaf ein, meine Liebe,
der Tag ist vorbei und geht im Abend fort.
Schlaf ein, meine Liebe,
die Nacht ruft und küsst die Träume wach.
Schlaf ein, meine Liebe,
der Mond steht still über uns und bewacht
die leuchtenden Sterne.
Schlaf ein, meine Liebe, und träume von
mir.

Gerhard Forster * 1969

Häschen Heide auf der Sommerwiese mit dem Marienkäfer

Unser liebes Häschen Heide
liegt auf der saftigen Sommerweide.
Liegt träumend in dem grünen Gras,
inmitten von Butterblumen im Übermaß.

Ein Marienkäfer an geflogen kam,
läßt sich nieder auf Häschen Heides Arm.
Zieht sofort seine Flügel ein,
um sie zu verbergen fein.
Krabbelt auf dem Arm umher,
läuft herum kreuz und quer.

Auf seinen Deckflügeln ganz in Rot,
hat er sieben Punkte im Angebot.
Darum „Siebenpunkt" er auch heißt,
wie du sicherlich schon weißt.

Häschen Heide voller Neugier,
betrachtet dieses winzige Tier.
Er krabbelt auf ein grünes Blatt;
Schildläuse machen ihn satt.

Der Siebenpunkt fliegt schnell zurück.
Hat er gebracht der Heide Glück?

Rüdiger Forster

Schweigen

Engel voll Ruß und Leid,
Engel ohne Heiterkeit
Fallen nieder zu dieser Stund'.

Ihre Lippen sind verriegelt,
Ihre Seelen versiegelt.
So schweben sie neben mir
Und keine Rettung kommt.

Anne Förster * 1981

Im Zwiegespräch mit dem Meer

Über dem Wasser
schwebt die Kraft des Unfassbaren,
seit unbekannten Zeiten der Schöpfung
liebkost der Wellenschlag
die Engelflügel der Muschel.

Das Weinen aller Zeiten
zieht Spuren im Sand,
in den Steinen treten
Schmerzfossilien hervor.

Die ausgedehnte Zeit des Meeres
spürt mein Finger
beim Streicheln der rau-glatten
Oberfläche der Muschel.

Auf den Flügeln des Schmetterlings
sitzt die filigrane Zeit,
als Staub
halte ich sie fest.

Segne meinen Atemzug,
leuchte hell über meine begrenzte Zeit,
möge das Wasser mich emporheben!

Irene Frandsen-Roeger * 1956

Die Quelle

Die Quelle
In allen Zeiten,
Durst tut erleichtern.

Ist das Urding des Meeres,
in Höhen und Tiefen zu finden.

Mancher bei ihr machte Rast,
vergaß beim Trinken Unruh und Hast.

Gehört zum Dichters Wörterbuch,
erfrischten sich bei ihr mit dem Tuch.

Von weitem hört man das Rauschen,
fangt die Seele an zu lauschen.

Viele Gedanken werden wach,
fließt die Quelle in den Bach.

Wanderer zu neuen Kräften kamen,
kostbares Naß tut erlaben.

Wie die Quelle in Bach und Fluß tut
ließen,
Geist und Seele soll sich in Gotteslieb
ergießen.

Hans-Jürgen Frank

Lichtvolles Erwachen

das Licht erhebt sich aus der Nacht
und hat mir neue Kraft gebracht

ich bleibe noch im Bette liegen
die Kraft ist in mir aufgestiegen

ersetzt der Träume Weben
erfüllt mich jetzt mit neuem Leben

und bringt das Wissen
wir neu gestärkt jetzt wirken müssen

Walter Frank * 1927

Fata Morgana

Du hast für mich die schönsten Augen,
außerdem den zärtlichsten Mund,
dein Körper perfekt - kaum zu glauben,
alles geschmeidig, fest und rund.

Und dann die Sprache deiner Hände,
sie sprechen mehr als tausend Bände,
und dann dein Lachen und dein Weinen,
mich fast zerdrücken im Arm, in deinem.

Ich liebe dich von unten bis oben,
ich sehne mich von vorn bis hinten,
ich kann dich immer und ewig nur loben,
und süße Worte für dich erfinden.

Verwirrung, Erstaunen und ganz entzückt,
nackt vor mir, vornüber gebückt,
du bist für mich, ich fass es kaum,
der allerschönste, liebste Traum.

Gerd Franke * 1963

Allein

Geschäftsessen am Montag, viele Leute um
mich herum,
ich beteilige mich, esse, trinke, schwatze
doch innerlich bin ich allein,

Meeting am Mittwoch, viele Leute um
mich herum,
ich beteilige mich, argumentiere, streite,
diskutiere
doch innerlich bin ich allein,

Allein im Hotel, niemand um mich herum,
ich sitze rum, denke nach,
bin innerlich allein

Allein auf der Autobahn, Blechkarossen um
mich rum,
ich sitze im Stau, 200 Kilometer noch
und immer noch allein

Ich öffne die Tür, du strahlst mich an,
endlich zu Hause,
nicht mehr allein

Michael Frankenberg * 1972

Abblendlicht

Hast du den Schembart nicht gesehen,
Der mich im dunklen Schatten narrt,
Die Maske mit dem schwarzen Bart,
Den mit dem Schnäuzer, mit der Mähne?

Er zeigt mir seine gelben Zähne
Und huscht mit hundert Sachen mit –
Ein teuflischer, ein böser Ritt ...
Und immer steht er! Trotz der Eile.
Er grinst sein höllisches „Verweile!"
Und winkt mit schwarzem Handschuh.
„Halt!"
Sein Hauch ist atemlos, ist kalt.
Es löst mein Fuß sich vom Pedale –

Wo ist der Spuk mit einem Male?
Denn langsam geht nun meine Fahrt.
Mich hat der Straßentod genarrt,
Und in der Kurve blieb er stehen.

(Um diesen Schembart ist's geschehen.)

Alfred Franzkeit

Ode Basel

Basel, o Basel, Du Feste so schön,
In Dir möcht ewig dem Leben ich frön.

Dein Atem, er wehet so linde mich an;
Tief aus dem Süden zieht er seine Bahn.

Rhein Woge, sie kühlt das Gemüte mir ab;
Hoch von den Bergen holt er mir mein
Lab.

Dein Brücken, sie einen kühn wölbend so
weit
Das Alte, das Neue zu hoch Einigkeit.

Dein Häuschen, so stolz heben artig sich
hoch
An Deinen rein Ufern, nur Münster zum
Joch.

Dein Gässlein, Dein Brünnlein so fein
inniglich
Einschmieg'n in Herzgrund mein lieblich
sie sich.

Dein Menschen, sie weben so frei über Dir,
So selig, so zeitlos, so froh, ja so heher.

Basel, o Basel, Du Horte so schön,
Mein Liebe zu Dir wird nie mehr vergehn.

J. J. Freeka

Die Frau am Spiegel

Sie sieht in den Spiegel, sieht sich genau.
„Bin ich noch schön, eine begehrte Frau?"-
Sie lächelt verschämt, doch warm,
etwas befangen, heut fehlt ihr der Charme.
Die Zähne, sie leuchten, die Augen sind klar,
doch manch helles Fädchen ist schon im Haar.

Da sind kleine Fältchen, die die Augen rahmen,
und die so allmählich, geheimnisvoll kamen.
Sie zeigen das reiche Lachen einer Frohnatur,
nicht nur des Alters anschleichende Spur.
Auch Linien von Kummer malen ganz zart,
dass das Leben oft zuschlägt, brutal und hart.

Der schon schmalere Mund, was droht er an?-
Dass er nicht mehr so zärtlich küssen kann?-
Die Zornesfalte zeigt, was man trotzig wollte,
vielleicht aber hätte lassen, nicht proben sollte.
„Egal, mach was Gutes aus deinem Leben,
so wird's dir ein passendes Antlitz geben!"

Brigitte Fretwurst

Mann mit Haus

Er trägt ein Haus
auf dem Rücken
Er schwitzt
Er kommt von weit her
Wo stellt er sein Haus hin?

Nicht in meinen Garten
sage ich
Ich brauche Platz
für die Nachtkerzen

Wie wenn in seinem Haus
Licht ist
für meine Nacht?

Sylvia Frey Werlen * 1945

Erquickung

Still nach innen lauschend
tiefe Schluchten sehn,
drin die Flüsse rauschend
hin zum Meere gehn.

Sich ins Dunkel neigen
wo Musik erklingt,
zum Strom hinuntersteigen,
dessen Wasser singt.

Auf dem Grunde baden,
schöpfen jenen Klang.
Mit Gesang beladen
nach dem dunklen Gang

in die Sonne treten –
und in Dankbarkeit
mit Jauchzen, Singen, Beten
begießen unsere Zeit.

Paulina Frick-Müller * 1934

Dem Wahren, Schönen, Guten

„Dem Wahren, Schönen, Guten"
Welch Worte der Erhabenheit
Kommt Zeit, kommt Rat, kommt Muße
Doch bleibt nicht in Unendlichkeit

Nur das Wahre, Schöne, Gute
Blühet für die Ewigkeit

Lust, Hast und auch Ruhe
Gemeinsam sind darin vereint

Durch das Wahre, Schöne, Gute
Wird zuteile reinste Freude dem
Der wahrhaft danach strebet
Die Welt in klarem Licht zu sehn

Des Wahren, Schönen, Guten
Bedarf der Mensch für alle Zeit
Doch das Wahre, Schöne, Gute
Wäre ohne ihn Vergangenheit

Ellinor Fried-Brosz * 1984

Teddy und Dame

ein Teddybär am Straßenrand,
arg zersaust, halb aufgeweicht,
unbeachtet liegt er da,
Autos fahren dran vorbei.

Doch nicht ganz
eins hält beim Bär,
zwei alte Beine zeigen sich,
dann Körper, Hände, Kopf und Hut,
die alte Dame bückt sich mühsam,
nimmt den Teddy
hält ihn fest,
du bist so alt genau wie ich,
die Worte gelten Bär und ihr,
den Teddy fest im alten Arm
verschwindet sie langsam im Auto.

Ursula Friede

Tage, an denen
ein Wort sich mit Leben füllt
schlapp hängende Hülse
mit Sinn erigiert
Worte
gerade noch trockene Buchstabenhaufen
zusammengefügt
saftig
wie lebendes Fleisch und Blut
Gestalt gewinnen
Kapillare sich öffnen
in denen
Bedeutung hochsteigt

Nandi Friedel * 1946

Zweifel

Der Mond scheint hell,
über Wiesen und Wald,
was machst du denn nur,
und warum ist dir kalt.

Sind es die Gefühle,
die dich oft belügen,
oder ist es der Zweifel,
dann lass dich nicht trügen.

Die Gedanken sie hemmen,
so manch gutes Werk,
sie veranlassen zum Träumen,
erklimmen den Berg.

Es ist zwar sehr mühsam,
das Ziel gibt dir Recht,
dann denke an morgen,
die Gefühle sind echt.

Jetzt wird es schon wärmer,
und Ruhe tritt ein,
sorglos in den Morgen,
kommst du jetzt hinein.

Sven Friedl * 1967

Abstellgleis

Kein grünes Signal
für die Weiterfahrt –
abgestellt
auf dem Abstellgleis.

Nach Minutenvorgabe
gewaschen, gewindelt,
gefüttert
im Rollstuhl festgeschnallt –

abgestellt
auf dem Abstellgleis.

Etwas abseits vom
Rangier- und Fahrbetrieb –
fast vergessen,

abgestellt

dann
das Signal:
ein leises, langsames Fahren
hin
zur
Endstation.

Edda Friedrich * 1960

Alle gleich

schmück dich mit ketten
um die hüfte.
um den hals.
züchtung von züchtigung.
brandmale riechen
nach heißem leben.
ringe bohren
durch totes fleisch,
sich selbst erkennend
nur durch schmuck.
kettenglieder bilden gliederketten.
alle gleich.

Paul Friedrich * 1982

Geist

Geist, ruheloser.
Säst Wirrnis,
Erntest Unfrieden,
Stehe.

Geist, Verführer.
Gibst Aufregung,
Nimmst Ruhe,
Schweige.

Geist, Blender.
Bejahst Schwere,
Verneinst Schönheit,
Singe.

Elke Fries-Fürstenberg * 1954

Nacht des abnehmenden Mondes
fahllichtig

Schatten von Verlorenen
an gläsernen Fassaden
Spiegel schwarzgrüner Wasser
träge strömend
Bett toter Fische
die nordwärts treiben
zu den Wracks in stillen Häfen
mit den zerschlissenen Wimpeln
den geschlossenen Kneipen und ihren
verklungenen Melodien
den schlaffen Brüsten verbrauchter Frauen
geankert in den rotgeränderten Augen
ihrer Kinder
die ihre Väter verfluchen werden
am Abend eines kurzen Lebens
das alles versprach und nichts hielt

außer den Tod in kalter Herbstnacht

Horst Fritsch

Ewiger Baum.
In dir wohnt mein Traum.
In den Himmel so hell
Ragst du, grüner Gesell –
Sterbe nicht, Baum,
Sonst stirbt auch mein Traum!

Ingeborg Fritsche * 1926

Stille Gedanken

Glück ist, was lächeln
macht, was Angst, Sorge,
Ungewissheit vertreibt
und inneren Frieden schenkt.

Es ist ein magisches Licht
im Herzen eines Menschen,
dessen Leben von Liebe
erfüllt ist!

Nancy Fröde

Goldener Herbst

Auch in mir ist es Herbst
Schöne Jahreszeit
Schöne Lebenszeit
Sonnige Tage, sternenklare Nächte
Vorbei die Hitze des Sommers
Heftige Stürme dann und wann
Rot-goldene Veränderungen draußen
Und in mir drin
Alles wird ruhiger
Auch in mir
Draußen ist Herbst
In mir ist Herbst, goldener Herbst

Marion Fröhlich * 1959

In den Augen des Kindes

Mich schauert wenn ein Kind
mir tief in Augen schaut
Und ich erkenne darin mein
eignes Wesen stillen Laut.
Dass ich es bin der mich so anschaut
und nicht versteht wer vor ihm steht.
Mein wahrer Spiegel sind
die Augen diesen Kindes,
In dessen Augen sehe ich was ich bin.
Nicht der von Flur und Bad,
die künstlichen, die sind die Lügner
in denen wir uns ständig glotzen
Und unsere Sicht auf uns
und unser alltags Handeln
Ist auch wie unser „Glaube"
– betten zu der Götzen.

Eugen Fromm * 1977

Schreiben und frei sein

Wer schreiben will
Muss frei sein

Wer frei sein will
muss schreiben

Wer frei sein muss
Will schreiben

Wer schreiben muss
Muss frei sein

Wer schreiben will
Muss schreiben

Wer frei sein will
Ist frei

Wer frei ist
Muss nicht schreiben

Wer frei sein will
Will schreiben

Ich schreibe
Bin ich frei?

Maria Fröse * 1953

Ideologie

jetzt
wartend auf dasselbe
du und ich
ob wir wollen, interessiert nicht
angst – hoffnung, hunger – sattsein
ausreden ... mutmaßungen ...
    Selbstrechtfertigung ...
nicht faßbar
nur soviel:
wir haben uns vergessen
nicht mehr miteinander
nur noch nebeneinander
abgerissen sind alle brücken

ab und zu wagend
den sprung
laufen wir gefahr
unbeabsichtigt zu tun
den Sprung in den abgrund
irgendwann

Katja Früchtl * 1961

Berührung

am Bahnsteig stehe ich
– nichts geschieht
wende meinen Blick ins Licht
bewege meine Augen
der Horizont atmet blau
meine Seele ist wund
ein dunkler Berg wächst hinter mir
eine Hand löst sich ab
greift hinein in die Weite
der Berg hat Haare wie schwarzes Feuer
und blitzende Augen
Er läßt keine Ebenen mehr zu
kein Meer. Nur Himmel
Ich löse mein Haar
häng' es in den Wind
und grüße ihn.
und still steht der Berg
still vor Kraft
mit funkensprühenden Augen.

Martina Früchtl

Im Walde

Die Vögel fröhlich singen,
die Regentropfen klingen.
Rehspuren sind im feuchten Dreck,
ein Hase hoppelt grade weg.
Und aus einem Beerenbusch
Springt eine Maus – husch, husch, husch.
Die Sonne scheint durch Baumwipfel,
und von weitem sieht man einen Gipfel.
Viele Blätter liegen da,
und nicht nur einmal im Jahr.
Eichhörnchen hüpfen von Baum zu Baum,
Käfer krabbeln über den Waldessaum.
Dort hinten ein Ameisenhaufen,
zwei Hirsche gerade hier vorne raufen.
Jeder gern mal hierher fuhr –
in die liebende Natur.

Fuchs * 1992

Einzig die Nacht

Einzig die Nacht wieder mit
ihren goldenen Brücken.
Jahreszeiten wechseln Farben.
Schönster Saum am Weidenbaum,
aufrecht leuchtet er in die weite Nacht.
Stunde der Dichter, die die Stille
bewohnen.
Luna leuchtet herab.
Am schönen Fels der Ausblick.
Traumwandlerische Tage überhäuft
mit dem sanften Licht des Tages.
Ich geh am Strande des Lebens,
überhäuft mit dem Glanz deines Denkens.
Ufer dort, wo die schönsten Verse ihr
Leuchten verbreiten.
Gedanken schweben und Wolken streifen
ahnungsvoll die Küste.
Ist das alles,schönster Stern.
Einsamer Stern.

Jürgen Fuchs

Begegnung

Keinen Moment habe ich nach dir gesucht
Keinen Augenblick auf dich gewartet
Keinen Moment habe ich erwartet dich zu
treffen
und niemals zog ich in Erwägung
was du in mir bewegen würdest
Doch ein Blick nur
eine kurze Geste
Und ich begann nach dir zu suchen
auf dich zu warten
mich danach zu sehnen dich zu treffen
Deine Worte so nah dein Lächeln

unzerbrechlich
Nun bist du da
und ich suche und warte und sehne mich
mehr als ich je konnte

Katja Fuchs * 1983

Süden

Nachts,
Wenn das Schnarrelied der Zikaden war,
und die Marktschreier schweigen.
Der Boden nicht mehr dampft.

Pinienhände das Mondauge greifen,
das nach der stillen Erde lugt.

Die Sternendecke
ihre Unendlichkeit über
die Welt breitet,

träume ich mit dir.

Stephan Fuchs * 1959

Akkordarbeit

Stampfendes Getöse,
sich unaufhörlich das produkt ergießt,
fast perfekt und immer wieder,
gleich und gleicher noch, es fließt.

Hier steht der Mensch allein,
um ihn ein Berg aus Stahl,
Gespräche sind versunken,
Lärm erfüllt den Saal.

Wer nicht leben will,
kann hier vergessen,
nicht rauschhaft in Musik,
im Gehämmer eingeschlossen,
erfährt Entfremdung ihren Sieg.

Was bleibt sind kleine Pausen,
fröhlich heben sich die Lider,
vor farbloser Usine
und nach Minuten wieder,
verschmilzt der Mensch mit der Maschine.

Tobias Fuchs * 1981

In meinem Garten

Ich steh in meinem Garten,
schau mir die Blumen an.
Das andere kann warten,
jetzt ist der Garten dran.

Ich sprech mit Gottfried-Otto,
dem kleinen Gartenzwerg,
vom Wetter und vom Lotto
und Udo Lindenberg.

Wir sprechen über Joschka
und über Günter Grass,
von dem der Gottfried-Otto
im Zwergen-Spiegel las.

Und ob der Kaiser Wilhelm
auch schon in Rente geht. –
Ich sag, dass er noch immer
auf seinem Sockel steht.

Ich solle sie schön grüßen,
den Schumi und den Grass
und auch den Kaiser Wilhelm,
sag ihm: Ich wünsch ihm was!

Gerhart Fuhr * 1930

Rom 1991

Zeit für Illusionen.. Zukunft, Abschied,
Trennung, Liebe, Männer, Eltern,
    Begegnung
Verlorenheit, Enttäuschung, Einsamkeit,
Verzweiflung, Hoffnung, Sehnsucht.
Neubeginn mit Begegnungen ohne
    Vorurteil,

mit Versponnenheit, Mut zur Zweisamkeit,
geteiltem Gefühl,
mit Liebe zu Eisenhans, Spargeltarzan,

dem Zauberer, Clown, Jongleur,
der meiner Welt unsere Zukunft gibt,
ein Zelt aufstellt für die Seiltänzerin
und dort ein sicheres Netz spannt,
jeden Absturz zu einem Fall ins
weiche, warme Nest macht,
Geborgenheit gibt und findet
beim Begleiten des Seiltanzes
in der Berührung mit der Tänzerin.

Friederike Fuhrhop * 1963

Die Strophe der Herrlichkeit

Die herrlichste Strophe,
gefangen in meinem Lebenslied ist nun frei.

Nie verstummende Noten,
die beim Erklingen
mein Antlitz in Wasser tauchen.

Die Symphonie meines Lebens.
Ohne die Strophe der Herrlichkeit
ein Nichts.

Wie auch ich ein Nichts sein werde
ohne Dich.

Christian Funk * 1977

nachthimmel

ich staune
in den himmel

über den horizont hinaus
denke ich mich in die nacht

sternenklares über mir
spiegelst dich in meinen augen

endloses dunkel
augenscheinlich
bist du
pechschwarzer
nachthimmel

über mir
und
in mir

Walter Fürhacker * 1968

´S Weihnachtet

Die Tannen nadeln durch den Wald,
doch das lässt den Nik'las kalt.
Mit dem Ruprecht geht er zechen,
bis den Glühwein sie erbrechen.

Wo des Punsches Schwaden wallen,
hört man auch noch and're lallen.
Lichtlein funkeln, Sterne taumeln,
Englein blau am Bäumchen baumeln.

Auch der Kiffer hat jetzt Hast,
dass er den Dealer nicht verpasst.
Tüten, Päckchen und Pakete -
is egal, hau weg die Knete!

Von überall tönt süß Gesinge,
dass das Gelage wohl gelinge.
Der milde Glanz der Kerze schimmert,
viel Gedöns im Lichte glimmert.

Spritzbesteck und Weihnachtslieder
immer mehr und immer wieder.
Alles is ja so vertraut,
bei leisem Rülpser wird's verdaut.

Martin Füser * 1963

meine erde

den erdball meine erde will ich umfassen
streicheln liebkosen
ozeane savanne berge wüsten die seen der
heimat bewundern bestaunen

ich lausche der stille wenn in sibirischen
weiten der wind schläft
und mir dröhnen im ohr die schreie der
delfine in den netzen der tunfischjäger

ich spüre die glattgrauen kiesel an
brennenden sohlen im kühlfrischen
wasser
und mich beklemmen millionen leiber in
der stickig schwülen enge von kairo

ich schmecke an den lippen limonen
kirschen trauben
und mich ekelt vor faulen kadavern die
hungernde kinder auf müllhalden
verschlingen

ich lasse mich betören vom duft des
hibiskus von frangipani bougainvillea
und mir rauben die kloaken von lagos rio
und kalkutta den atem

ich blicke über die pampa mit verwegenen
gauchos und ihren rindern
und mich erschaudern die machwerke
menschlichen hochmuts am grab des
wtc

ozeane savannen berge wüsten die seen der
heimat will ich beweinen betrauern
den erdball meine erde umfassen streicheln
liebkosen

Karl W. Füssl

Unser guter Stern

Lebensgedicht

„Jeder kennt sie, von nah und fern,
denn sie ist unser guter Stern.
Wir alle finden, sie ist nett,
unsere wunderbare Elisabeth."

„Allzeit ist sie für uns da,
unseren Gedanken immer nah,
Täglich bereitet sie uns Freude,
immer wieder, so auch heute."

„Die Herzen aller hat sie erobert,
auch nie etwas zurückgefordert.
Dein Mann, Kinder, Enkelkinder und
Freunde,
lieben dich, Elisabeth, so wie alle Leute."

Erwin Gabler * 1958

Der Alte vom Hafen

In seinen dunkelbraunen Augen
ruht schlichte Menschlichkeit,
geborn aus tiefem Glauben,
gereift in eines Menschen Zeit.

Er sitzt im Schatten mächt'ger Mauern,
die trotzen der Vergänglichkeit,
sie werden uns wohl überdauern,
scheinbar für alle Ewigkeit.

Der sanfte Blick des alten Mannes
ist wie ein stilles Nachtgebet,
für den erlebten Tag dankt es
und mahnt, dass alles mal vergeht.

Sein graues Haupt, gestützt vom Arm,
senkt dennoch sich hinab,
und sein Gesicht, nicht ohne Harm,
sieht weit von hier ein stilles Grab.

In seinen müd geword'nen Augen
tritt eine sonderbare Leere,
Nahes woll'n sie nicht mehr glauben
und wandern und gleiten ins Imaginäre.

Kurt Gaede

Ein Engel ohne Flügel

Eines Abends, ich war ganz allein,
stellte ich mir vor wie es wäre, ein Engel zu
sein.

Hätte ich Flügel und ein weißes Gewand?
Oder eine Harfe mit goldenen Fäden
bespannt?

Es müsste doch schön sein, durch die Nacht
zu schweben,
um als Engel den Menschen Mut zu geben.

Ganz im Verborgenen, mit himmlischer
Magie,
würde ich Bedürftigen helfen und wäre ein
Genie.

Doch dann durchbrach ein Gedanke meine
Träumerei:
Wie ein Engel wohl aussieht ist doch
einerlei!

Man braucht keine Flügel, um Mut zu
geben,
und himmlische Magie gibt es nicht im
wahren Leben.

Ein bisschen Menschlichkeit, Frohsinn und
im Herzen Sonnenschein,
das müsste doch reichen, um auch ohne
Flügel ein Engel zu sein.

Melanie Galinski * 1974

Abend am „Alten Strom"

Abendruhe senkt sich wieder
über diese kleine Stadt,
und das Meer singt seine Lieder,
das sie ganz umfangen hat.

Kutter dümpeln Bord an Bord;
sanft bewegt von Wind und Meer.
Wie verträumt ist dieser Ort
und es riecht nach Tang und Teer.

Menschen stehen Hand in Hand,
wenn zu Walzermelodien,
wie aus einem Märchenland,
Traumschiffriesen seewärts ziehen.

Gleiten in die blaue Nacht,
und der Leuchtturm, dicht am Meer,
weist den Weg der bunten Pracht;
schickt sein Feuer hinterher.

Sternenhimmel wie ein Dom.
Aus den Kneipen Seemannslieder;
Schweben übern „Alten Strom".
Fest vertäut liegt die „Kehrwieder"

Karl-Ernst Gall

Blattlaub

Goldener Oktober strahlt,
und die Sonne malt
tausend weiche Bilder,
Luft wird immer milder.

Herbst verschwendet bunte Farben
auf den Feldern letzte Garben.
Bleibe uns noch lang erhalten,
Herbst! Bald wird die Natur erkalten.

Schenke uns noch gute Stunden,
lass' den süßen Wein uns munden.
Schenke uns noch einmal ein,
denn schon bald wird's Winter sein.

Isabelle Gallien

Weißt Du eigentlich,...?

Weißt Du eigentlich,
Dass Deine schönen Blicke
Mir Fleisch, Knochen und Sehnen spalten?
Und mein Blut wird schwarz und kalt
Denn ich kann ihnen nicht standhalten
Sie treffen mich zu hart
Auch Deine Worte sind stille Gewalten
Die meine wunde Seele in Brand setzen
Als sei sie totes Holz
Und alle Höllen auf sie hetzen

Sieh noch einmal her und sprich,
Lass mich gern verletzen

Ronald Gantner * 1980

Zeit

Leben
außerhalb der Zeit.
Geburt.
Leben
in der Erdenzeit.
Tod.
Leben
außerhalb der Zeit.
Wiedergeburt.

Beate Ganz * 1955

Hier war ich schon einmal

Kein Ort

Kein Déjà-vu

Und doch

Der rote Faden

Lust

Die flüsternde Wunde

Mund

Der blutige Geruch

Gerissener Wörter

Herzhaft

Nacht

Marianne Garbe

Der Begleiter

Umgarnt von seiner Schmeichelei,
Sind meine Sinne nicht mehr frei
Von schönem Wort, Bild und Begriff.
Verführt zum ideellen Tanz
Bin ich benommen von ihm ganz
Und folge seinem zarten Pfiff,
Der mich grad liebevoll umschwirrt,
Nun plötzlich elendig verirrt.
Was soll auf einmal diese Qual?
So niederträchtig und gemein
Lässt er die Zeit vorüber sein.
Doch hab ich eine andre Wahl?
Denn ohne ihn, da bin ich nicht.
Zum Labyrinthe sich verflicht
Der Gang mit ihm durch meine Welt.
Führt er mich zu neuen Wegen,
Passend oder ungelegen,
Die Freiheit sich zu uns gesellt.
Ob Irren, Entdecken, Schwanken –
Wär ich – ohne den Gedanken?

Franziska Garve * 1978

Sehnsuchtsroulett

Vibrierend zwischen Erfüllungsnotstand
und Lustgewinn
Verklebt der amorphe Wunschtraum
Ekstatische Obsessionen navigieren
Das Bewegungsspiel zwischen Wunsch und
Erfüllung
Fiktion und Wirklichkeit
Aktueller Zustandsbericht: chronische
Sehn-Sucht
Auf zu den Spieltischen –
Sehnsuchtsroulett

Unsere köstlichen Illusionen vernebeln
Degenerieren rasch die
Zurechnungsfähigkeit
Marionettengleich das Baumeln im Auf
und Ab der Erregung
Ob Potenz, Erfolg, Macht, Freiheit oder
Liebe
Gigantische Begriffe und doch:
Austauschbare Variablen im
verhängnisvollen Spiel
Auf zu den Spieltischen –
Sehnsuchtsroulett

Bewunderung, Begierde, Liebe, Trauer
sowie Wut
Wir inhalieren all die Emotionen
In der Gier nach dem Unmöglichen kreisen
wir
Erfüllung wäre eine Qual
Tödliche Vollendung das notwendige
Finale
Auf zu den Spieltischen - Sehnsuchtsroulett

Siegfried Gasparaitis

Die Zeitleiste

Verweht vom Wind
hinfortgetragen
Weit weit weg
Weg von zu Haus'!
Wohin
In der Zukunft
Von wo gekommen!
Unwissend über
Sich!
Vergangenes
Zukünftiges
Was?

Marco Gass * 1986

Im stillen Feld

Schnee fällt in den Schnee.
Flocke legt sich auf Flocke.
Du kannst es hören.

Ge' van Gasteren

Sternengewimmel

Am Horizont
Sternengewimmel
ein rosiges Licht erst
am nachtschwarzen Himmel

Der Horizont verschoben
ein helleres Leuchten
ab und zu ein Blitzen
vom Leuchtturm in weitere Ferne

Ich betrachte sie gern
diese liebestollen Sterne

Rosarotes Licht
das Gewimmel zerbricht
gleich einer Geburt
sucht sich der Mond seine Furt

Zwischen all den Sternen
in großen Fernen
will er mit seinem Licht

Die Herzen der Menschen
Erwärmen

Birgit Gatzmaga

im kunstgeschäft

18.08.03

ob von vorteil oder nicht
es ist verlockend zuzuhörn
auch wenn's nicht hält was es verspricht
später mal wird's niemand störn
das was nicht selber ausgelebt
das hat man anderen geschenkt
es säht, belebt, bewegt
oftmals sogar ein leben lenkts
ich nenn es einfach rauch und dunst
doch die menschheit nennt es kunst

Vinzenz Gebhardt * 1983

Michels Weib

Im Dorf vermissten lange nun
Die Leute dies und jenes Huhn.
So konnte das nicht weitergehen,
Drum mussten welche Wache stehen.

Des Mondes Schein war kaum verblichen,
Da kam der Dieb auch angeschlichen.
Die Burschen packten diese Laus,
Und sperrten ihn ins Spritzenhaus.

Der Schulze rief am nächsten Tage
Zur Klärung der Gesetzeslage.
Die Mehrzahl meinte ziemlich krass:
Ersäuft ihn doch im Jauchefass.

Ein Landmann ist nicht sehr gescheit,
Weiß wenig von Gerechtigkeit.
Doch kann er mit dem Urteil leben:
Der Schurke soll am Pranger kleben.

Nachts schlich zum Pfahl des Michels
Weib.
Der arme Junge tat ihr leid.
Gab ihm zu trinken und auch Brot,
Sie sprach ihm Trost zu in der Not.

Jügen Gedicke * 1954

Presswehen

Und ich atme mich durch's Leben
Schablonen suchen Sinn zu greifen
fasse im Versteh'n daneben
und beginne abzuschweifen
In des Hirnes engen Wirren
bröckelt wissender Verstand
der Weisheit Wurzel wächst im Irren
in Schritten zwischen treibend Sand.

Susanne Geduhn * 1961

Kinderspiel

In hundert Jahren wirst du dich erkennen
Wirst du deinen Namen nennen
Wenn Hyperraum und Quantengrößen
Ihr Geheimnis dir entblößen
Stehst du plötzlich nackt und klein
Nur noch als Gedanke
Doch gedenk' ich deiner, sind wir schon zu
zweit
Null und gewichtig, Eins gesellt sich auch
dazu
So waren es nun Drei
Rot, grün und blau
Drehten sich wie Kreisel
Immer nur im Kreis
Hüpften durch die Zeit
Umwickelten den Raum
Spielten Jahr um Jahr
Und Tag für Traum

Bewusstsein lenkt den Fluss der Zeit, den
ich durchschreite
Doch durch das Leben gehen wir zu zweit,
was immer uns auch leite
Unfassbar groß und doch so klein ist mein
Begreifen
Wär ich ein Diamant, man könnt mich
ewig schleifen.

Thomas Gehlhaar

Mit Elisabeth auf Deck

Allein mit dir auf Deck
auf dem Fluss
an der Grenze.
Zöllner im Dunkeln.
Ländertauseh
und der Rausch
von Freiheit.
Wasser
rings um uns her,
bleiern und schwer.
Nacht hängt
in den Fluss hinein.
Doch morgen im Sonnenschein
wird er glitzern
und freundlich sein?

Ursula Geiger * 1919

Figaro

Sehet mein Haupthaar und staunet ob
prächtigen Wuchses,
der wuchtigem Schädel zum Vorteil
gereicht.

Öffnet die Nüstern zu ahnen den Sinne
betörenden Ruch,
der dem kunstvoll Frisierten entströmt.

Näher heran um zu spüren der Haare so
üppige
Fülle und sehnige Spannkraft.

Schützet die Augen mit dunkelen Brillen
vor gleißender
Farbkraft des blendenden Gelbblonds.

Hebet die Arme zu preisen die Anmut des
Scheitels,
den „grade" zu nennen ihm grad noch
gerecht wird,
weil „makellos" treffender wäre.

Knieet nun nieder und huldigt dem
Meister,
der selbst einer Pläte noch Strähnchen und
Löckchen
entlocken zu können imstand ist, dem
Dieter.

Rudolf Geiser * 1956

Die Zeit

Die Zeit arbeitet gegen mich,
sie schreibt mir Falten ins Gesicht,
malt mir weiße Strähnen in das Haar,
zwickt mich hier und zwickt mich da.

Zeit,- kannst du nicht ein Weilchen stehen
bleiben,
deine ständigen Begleiter,
den Kummer, die Sorgen und die
Krankheit vertreiben?

Doch diesen Wunsch erfüllt sie mir nicht,
schreibt mir weiter Falten ins Gesicht.
Doch was kümmer ich mich drum,
sich zu ärgern wäre dumm.

Doch wer behauptet alt werden ist schön,
den kann ich wirklich nicht verstehn,
Den möcht' ich in die Wüste schicken,
der sollt' mal in den Spiegel kicken.

Elfriede Geitel * 1928

Mein Paradies-Garten

Ich kann das Frühjahr kaum erwarten,
Auf mich wartet mein kleiner Garten.
Er bringt mir Glück und gibt mir Kraft
mit einer bunten Blumenpracht.
Wenn die ersten Knospen sprießen,
kann ich träumen und genießen.
Wenn Bienen um die Blüten kreisen,
beim Gesang von Finken und Meisen,
erwärmt im hellen Sonnenschein.
Da sollte man schon dankbar sein.
Mein Garten bietet auf jedem Falle
Unterkunft und Nahrung für alle.
Und als gern gesehener Gartengast,
springen die Eichhörnchen von Ast zu Ast.
Ob nun auf Eichen oder Buchen,
immer bestrebt etwas zu suchen.
Mein Garten ist für mich ein Segen,
und er verschönert mir mein Leben.
Und er schenkt mir zu meinem Glück
vom Paradies ein Stück zurück.

Herbert Gellesch * 1934

Kein Film

- Vorspann -

Dass ich dich lieben kann,
wie sehr es mich mit Freude füllt,
die Verwirrung stiftet.
Verzweiflung schürt.

- Vorstellung -

Spiele Bilder ab,
vor meinen Augen.
Bilder neu, das Thema gleich.
Doch das Leben.

Doch das Leben-
das Leben ist kein Film.
Obwohl manchmal schwarzweiß;
und meistens gar in Farbe.

- Abspann –

Jeder selbst als Regisseur,
aber doch ohne Einfluss.
Und der Sonnenuntergang bleibt aus.
Es ist bewölkt.

Sarah Gemicioglu * 1983

Das Böse naht wieder mit Getöse

7.7.2005

Englands Hauptstadt London wird
heimgesucht
durch Bombenexplosionen, wie verflucht!
Drei U-Bahnzüge und ein Bus sind
betroffen.
Wer die Täter waren, bleibt zunächst noch
offen.

Ein Bekennerschreiben aber lässt erahnen:
Vor El Kaida ist nur zu warnen, zu
mahnen!
Arg- und Hinterlist prägen ihr teuflisches
Wesen,
wie zu keiner Zeit jemals gewesen.

Nichts ist ihnen heilig, die sich
„Gotteskrieger" nennen,
die Mord, Verderben als abscheuliche
Taten kennen.
Unschuldige Opfer, Zerstörung sind ihr
Ziel.
Es ist feiges, hinterhältiges Töten im
großen Stil.

Den Namen Mensch zu sein, haben die
Verbrecher verwirkt,
weil sich unter solchen „Bestien" nur Böses
verbirgt.
Das El Kaida-Netz brütet und wütet.
Gemeinsam ihr Morden verhütet!

Alfons Genzler * 1942

Weihnachten

Nacht
war hereingebrochen,
eure Gesichter
noch hell,
suchte ich
in ihnen
den Weg
zum Licht,
bis ich merkte,
der Schein
ist der Abglanz
des goldenen Kalbes,
das ihr anbetet.

Barbara Gerber * 1958

Der arme Poet

Ihr seht den armen Poeten
unter'm Schirm im Bette hocken.
Hauptsach', das Papier bleibt trocken.

Ihr seht den armen Poeten.
Mit der Feder in der Luft
schnuppert er der Muße Duft.

Ihr seht den armen Poeten,
glücklich, dass er etwas hat:
Feder, Verse und ein Blatt.

Ihr seht den armen Poeten
aus dem Pinsel Spitzwegs an,
denkt: „Von was der leben kann..."

Beate Gerber * 1961

Menschenwürde

Arbeitslos, hoffnungslos, hilflos.
Ein Spruch aus dem Jahre 1949 wabert
durchs Hirn:
Die Würde des Menschen ist unantastbar.
Vielleicht verjähren selbst Grundgesetze.

Arbeitslos, mittellos, kraftlos.
Gelähmt sitzt man bei einem Amt, jetzt
Agentur,
Aber darum nicht plötzlich mit Jobs.
Die papierne Nummer in der Hand zittert.

Arbeitslos, freudlos, heimatlos.
Hin- und hergeschoben in sogenannten
Umschulungen.
Der Bäcker wird Maler, der Maler Bäcker.
Zeitweilig frisiert das die Zahlen.

Arbeitslos, sinnlos, erbarmungslos.
Aus heiterem Himmel plötzlich Zeit für
alles.
Unfähig, damit vernünftig umzugehen.
Stunde um Stunde, Tag um Tag
verstreichen ungenutzt.

Arbeitslos, wertlos, irgendwann eines jeden
Los.
Armutszeugnis einer Gesellschaft,
Deren Existenzberechtigung abgelaufen ist.
Brach liegende Werte, die sich ins Nichts
verflüchtigen.

Andrea Gerecke * 1957

Schleuderkurs

Sehnendes Hoffen.
Hoffendes Sehnen.
Nichts ist offen.
Seliges Lehnen.
Gegenentscheidung.
Nähevermeidung.
Auszeitnehmend.
Abseitslehnend.
Alles vergessen.
Sehnsuchtsbesessen.
Liebesverlangend.
Zukunftsunbangend.
Und wieder Distanz.
Gemäßigt, nicht ganz.
Mit flachem Gefühl.
Von geht so bis kühl.
Wie heißt die Chance?
Keine Balance.
Ja oder einsam.
Nein oder gemeinsam.
Jetzt, vielleicht später.
Auch durch Opfer der Täter.
Durch Mut und durch Kraft.
Die Liebe. Geschafft.

Loni Gerhardt

Ich fange an zu schreiben
und denke dabei immer
wann wird's endlich schlimmer

Ich fange an zu treiben
und fühle dabei innen
kein Irren und kein Sinnen

Ich fange an zu schweben
und treibe keinen Spuk
ich irre mich von innen
und seh es ist doch Trug

Ich bin dabei zu halten
und erhalte doch nur Falten

Ich bin dabei zu fallen
und zieh mich aus den Lügen

Ich bin dabei zu lallen
und gerate aus den Fugen.

Ich bin eine gefällte Falte.

Nina Gerheim * 1975

Ein ruhiger Abend

Ein ruhiger Abend.
Ich bin allein.

Die Amsel singt
Nur zaghaft noch.

Die Lieder verstummen.
Nacht bricht herein.

Bald wird Stille
Um mich sein.

O kämst du doch.

Michael Gerke * 1935

Wo
Atem wohnt unter
Zweigen
spielen Kraniche
dorthin, wo
totgelegene
Träume erfrieren
ziehen Hirten zum
Licht

Ulrike Gerken

Ich denke an Dich

Ich denk an dich:
mal wird mir warm,
mal kalt, dann heiß,
mich überströmt ein banger Schweiß,
weiß nicht, was das noch werden soll,
Gedanken kommen, werden toll.

Mein kleines Herz in mir schlägt wild,
vor meinen Augen steht Dein Bild.

Gefühl, du tobst erbarmungslos
und der Gedanke lässt nicht los:
Ich denk an Dich!

Deborah Gerlach * 1985

Lernen

Wir wollen lernen

- fürs Leben…

Ich frage mich: „Wie?"

Wenn der Lehrer mich nicht mag,
mir nie 'was Gutes sagt.

Mich als Klassendepp hinstellt,
mich runterputzt vor aller Welt.

Wenn der Lehrer mich nicht mag,
ist Lernen vertan'e Müh' und Plag,
er hofft, ich verzag'.
- bis in den Sarg?

Warum, so frag' ich mich,
bevorzugt er die anderen, mag nur sie
und nicht mich?

Was stimmt hier nicht an der Chemie?

Ich will Lehrer haben, die mich mögen,
nur bei diesen kann ich lernen,
kann zeigen, was ich wirklich kann,

- mit Lachen, Spaß und Freude:

ein ganzes Leben lang!

Freya Gerlach * 1984

Aus – Bildung

Ausbildung.
Aus – Bildung?
Bildung – aus?

Keine Stellen,
Keine Quellen,
Keine Arbeit,
Kein Geld.

Zukunft – ade?

Bildung nur noch für Geld?

Geld für Bildung?

Kein Geld,
Keine Bildung,
Keine Zukunft.

Aus der Gesellschaft raus.

Nur wer Geld hat,
bekommt Bildung: Einsicht in die Welt,

- haben wir das wirklich so gewählt?

Jutta Gerlach * 1953

Nun ist sie tot

Nun ist sie tot:
die Euphorie.

Die Hoffnung,
sie starb auch.

Der Glaube an die Menschlichkeit
liegt längst begraben
unterm Rosenstrauch.

Die Dummheit quälte alle lang.
Kleingeist gab den Rest.

Die Wahrheit trauerte jahrelang,
magerte ab bis auf's Skelett,
denn keiner wollte sie.

So wählten sie den Suizid
und freuten sich -,
sind jetzt vereint
mit ihrer Euphorie.

Knut Gerlach * 1951

Die Esskultur

Die Esskultur hat so ein Schwein,
wie sollte es auch anders sein,

gelernt nun mal von der Mama,
denn der Papa war gar nicht da,

der ging vielmehr auf seinen Wegen,
er brachte Ma nur Kindersegen.

Wir suhlen, wühlen, grunzen laut.
Kopf runter wird gar manch' Kadaver
so richtig gierig schmatzend zerkaut,

die Umwelt dabei ist nicht erbaut.

Das ist fein,
wie soll's auch sein.
Man ist ja Schwein.

Der Mensch nun, der hat ein Gebiss,
das unserm doch sehr ähnlich ist.

Ein Unterschied zu uns soll sein,
verspeist schmatzend alles er – mit Wein

und sagt fetttriefend überm Porzellan
genüsslich grunzend irgendwann:

Oh, es ist fein: Ich habe Schwein.

Wanja-Borris Gerlach * 1982

Kinderaugen

Ich stehe hier an deinem Kinderbette
und will bewachen deinen Schlaf,
als wenn du's ahntest, was ich gerne hätte,
machst du die Äuglein auf ganz brav.

Wenn ich das Lachen deiner Augen sehe,
die strahlend suchen meinen Blick,
ich dann der Engel Schutz für dich erflehe,
daß sie behüten dein Geschick.

Und sollten sie sich je mit Tränen füllen,
was hoffentlich nur selten ist,
dann werd' ich dich mit meiner Lieb'
umhüllen,
damit du es ganz schnell vergisst.

So blicke ich in deine Kinderaugen,
die leuchten wie zwei Diamant,
darinnen spiegelt sich ein Kinderglauben,
wie er nur Kindern zuerkannt.

Gleichgültig was dir bringen mag das
Leben,
bewahr' dir deinen kindlich Glauben,
egal was man dir nehmen wird und geben,
behalt das Strahlen deiner Augen.

Jürgen R. von Gernler * 1955

Tage

Wenige Tage mit Dir,
Sind wie ein Jahr.
Ein Paar Tage mit Dir,
Der Ewigkeit nah.

Und doch Tage mit Dir,
Vergehen so schnell.
Die Tage mit Dir,
Im Gedenken stets hell.

Tage mit Dir,
Sind stillender Trank.
Für jeden davon
Sage ich Dank.

Christian Gersmeier * 1985

Worte ...

Worte
züngelnd entzündet sich an ihnen Haß
prallen wie Speerspitzen aufeinander
steigern sich zur Eskalation der Gewalt

Worte
verbindlich oder so unverbindlich leer
doch manchmal auch Brücke
die zu betreten sich lohnt

Worte
ich spiele mit ihnen
frage mich
wozu werden sie in meinem Munde
zu Liebe
zu Haß
zur Brücke?

Hermann Gertges * 1988

wärmesuchend schmiegen sich
körper einsam aneinander
verzweifelte gejagt von schatten
teilchen im raum
ziehen sich an
in lust vereint
und bleiben doch zwei
süße töne im kerzenschein
schwingen große worte
tolle taten versprechend

liebend allein

Inga van Gessel * 1984

Schutzengel-Sonett

Auch dir will ich einen Engel schenken
Er soll dich beschützen und hält Wacht
Wird dich umarmen in dunkler Nacht
Schweigend sich in deine Träume senken.

In seinem Lichte wirst du erstrahlen
Sein Schweigen wird dich nicht stören
Dein Herz sehnsüchtig seine Worte hören
Gewoben aus lieblich klingenden Spiralen.

Nimm ihn mit auf deine Seelenreise
Von ihm geschieht kein Wertvergleichen
Er liebt dich auf natürliche Weise.

Von Gott geschickt versprach er mir
Ein Lächeln in deine Seele zu zaubern
Den allerliebsten Schutzengel schenk ich
dir.

Christine Geweke * 1953

Zu meinem Geburtstag

Das Tropfen des Eiszapfens,
das Zwitschern der Amseln,
der Lebenssaft der Bäume
wecken die Enziane
zur Begrüßung
des Frühlings.

Ich sehe mich im Spiegel
betrachte die grauen Haare,
die mich
auf meinem Lebensweg
begleiten,

und reiße
das nächste
Blatt
vom
Kalender ab.

Johann Giahi

zurückgerufen

jetzt hilft
mir kein beten
ich kann von deinen lippen

ich kann
von deiner stirn
den tod nicht küssen

du bist
in dieser nacht
zurückgerufen worden

in den schatten
der pinien
in die bucht die uns schützte

dorthin
wo die herzmuschel
über die besonnte düne hüpfte

eine handbreit
vor deiner scham
und meinem erigierten glied

Carlo Gianola

Die Trauer

für Heike

Schmerz umkrampft das Herz vor Trauer.
Leere im Kopf erlaubt keinen klaren
Gedanken.
Angst vor dem Morgen ist allgegenwärtig.
Alleine zu erwachen, ohne den Menschen,
den man über alles liebt.
Abschied für immer ist nicht zu begreifen.
Gefühle der Einsamkeit betäuben einen
förmlich
und der Weg in die Normalität ist schwer
zu finden.
Erst nach Tagen, oder sogar Wochen, wird
einem bewusst,
dass jeder Mensch irgendwann den Weg in
die Unendlichkeit antritt
und immer jemanden hinterlässt,

der das Gefühl von Schmerz und Trauer
durchlebt.

Enrico Gierke * 1962

Für Fabian

Schließ nun die Augen – ich werde wachen
Und Acht haben auf deinen ruhigen Schlaf.
Fühlst du die Nacht, ihr warmes Lachen?
Sie freut sich, dass sie dich bergen darf.

Sogar die Vögel werden leise,
Sie fliegen mit dir durch den Traum,
Begleiten Dich auf deiner Reise;
Ihr werdet Wunderdinge schaun.

Und schickt die Sonne ihren Schein
Freundlich, noch zaghaft über die Stadt,
Dann wirst du voller Bilder sein,
Die dir die Nacht zum Geschenk gemacht
hat.

Andrea Giesbert * 1973

streit

vögel empfangen die taumelnden Wörter
im bleiernen äther
werden zurückgezogen vom eisigen sog des
alles zerreißenden
axthieben gleich trifft die antwort marktief
bis die kraft sich im nebel zersetzt

Sigrid Gilbert

Wahlen

Wir glauben einiges, ohne zu fragen
Wer würde es auch schon lautstark wagen
Wir sind nicht frei - werden es nie sein
Gefangen im Nichts - so ganz allein

Wir glauben, es gibt die große Toleranz
Neue Reformen - sie stehen im Glanz
Sind alles starke neue Worte
Gehören trotzdem zur alten Sorte

Sie speisen uns nur ab
Versprechen Schutz vorm Sturz hinab
Ein Bündel leerer Heiligversprechen
Die selbst die höchsten Männer brechen

Wir existieren wie schon immer,
Doch leben wäre sicher schlimmer
Wir kommen da nicht raus
Der blinde Glaube ist unser Haus

Klischees werden uns zum Verhängnis
sperren uns ein in ein Gefängnis
Wir tragen sie mit zu Grabe
Unsere unerfüllten Träume als Ehrengabe.

Gilly * 1983

Schwarze Stille

(11.8.1999 in Europa)
(4.12.2002 in Südafrika und Australien)

Der Mond rennt als ob es brennt
hinter der Sonne her.
Lichtgeschwindigkeit benutzt er,
denn die Liebste will er erreichen.
Darum muss der Tag der Nacht weichen.
Tiere begeben sich zur Ruh.
Blumen schließen die Kelche zu.
Es erwacht gar der Uhu.
Der Mond geht auf die Sonne zu,
schiebt sich vor ihr Gesicht ganz sacht.
Nun ist die Nacht voll erwacht.
Jetzt küsst der Mond die Sonne mit
Bedacht.
Stört sie nicht die Feier dieser beiden,
denn das können sie nicht leiden.
Als Gruß wendet die Sonne im
Strahlenkranz,
ihr schwarzes Antlitz still zur Erde ganz.
Die Menschen sind erpicht,
auf einen Blick ins schwarze
Sonnenangesicht

Deshalb sie in den Himmel schauen
und sich an der Sonnenfinsternis erbauen.

Renate Gintaut

Am Abend

Schuhe gebunden, zum Gehen bereit.
Auf, nur auf. Es ist höchste Zeit!

Graffiti an der Mauer beim Nachbarhaus,
Ich will gehen. Raus, nur raus!

"Ich lieb' dich, Conny!" Grell steht's
geschrieben.
Wie sehr können Menschen einander
lieben?

Moosbehangen die Nachbarmauer,
Des Liebenden Liebe nur von kurzer Dauer.

Neonlicht des Abends grell auf meiner
Haut,
Einst geliebte Conny durchs Fenster schaut.

Ich gehe zurück zu unserem Haus,
Ziehe die Schuhe wieder aus.

Verena Gipfl * 1981

Morpheus

Dunkelbraun gedrechselt
erhebt das Holz den Schläfer,
der sich an seinem Duft berauscht,
der die Schlafenden betört.

Den Kopf gebettet auf die Daunen
weißer Riesenvögel, Glieder,
die sich auf das Haar von
schwarzen Rossen strecken,
ereignet sich das Bild im Innern,
das ihn beunruhigt,
der sich auf Eisenstangen
dreht und wendet
unter dünnen Decken,
im Wachen träumt und nicht im Schlaf
in Morpheus Armen, die sich nach ihm
strecken.

Ein leises Flimmern auf
den Dielen und dort im Staub
ein Kreis von Schwingen.

Susanne Gippert

Das Ich von morgen

Und auch wenn
Eis auf der Welt,
Schnee im Gemüt,
Seelen auf Reisen
durch Welten;
der Kaltzeit Genuss verblüht,
Hoffnung nach innen verkriecht,
umsonst bemüht,
Vergeblichkeit durchs Chaos stiebt
und Suche verfriert:
Ein (heimlicher) Keim noch
aus nichts
neues Leben gebiert –
will ich voll Glück,
weil ich weiß,
irgendwann wird es, das Du,
mich erkennen
im Ich von morgen.

Norbert Gisder * 1956

Vater unser

Manche erleben sie schon, die Hölle –
Hunger, Krankheit, Mord und Folter,
Verlassen auf dem freien Markt,
Wo einige sich wohl fühlen, so viel haben,
Sie wollen nicht wissen, wie die meisten
leiden.
Welches Reich ist gekommen? Welcher
Wille ist geschehen?
„Um Gottes willen, sind wir dran schuld,
daß diese Leute täglich sterben?
Das Brot ist alle, sie haben Schulden;

Wir wollen nur ruhig leben können!
Bitte, führe uns nicht in Verschuldung–
Wir haben laut unseren Regeln gehandelt,
Haben uns wohl an der Börse erlöst!"
Braucht man Humor, oder genug Tränen,
Damit man ruhig schlafen kann?
Lachen macht frei, weinen aber kostet,
Und wer nicht mehr weinen kann,
Der hat wohl aufgegeben, Mensch zu sein.

Paul Gismondi

Droben in den Eisklippen,
jenseits der Flur,
kniest du
an Gletschertischen
und rufst
die seit langem Geladenen.

Dort ist noch Raum
für umbrische Laute,
dort ist noch Zeit
für jonische Hymnen.
Wirst du sie singen
mit entblößter Zunge?

Tastend ergreifst du
den Schneevogel
und küßt sein Gefieder.

Siegfried Gissel

im Nebel

Die Welt liegt im Nebel
und graue Schwaden verhüllen alles Sein

alles ist im Wandel
was bestehen muss verschwindet
was Halt gibt versinkt
und treibt davon im Meer der Zeit
das uns umspült
mit sich reißt
dessen Wellen nur an unserem Streben
brechen

und wer nicht mehr strebt wird
verschlungen

man sucht nach dem was man ist

doch graue Schwaden verhüllen alles Sein
und die Welt liegt im Nebel

Robert Glabutschnig * 1985

Grübelei

Was weiß ich noch, was nicht Gedanken,
Grübelei, mich bracht' ins Wanken?

Des festen Meinens ist's mir nicht,
es drehet sich im Kreise
bis zitternd sie zusammenbricht
die leid'ge Denkersweise.

Ach, selig sind die Menschen doch,
die nicht sich Kopf zerbrechen!
Die's Leben nehmen ohne Frag',
des Hohen gar nichts wissen!

Doch glücklich dünkt mir einer nur:
ein Denker und ein Mann.
Er pflog des Feldes Wechselspur
und brach des Ackers Rand.

Anna-Fenja Glade * 1984

Beständig

stetiges wandern im ewigen Kreis
das wetter macht laut
hier drinnen ist's leis

stetiges wandern im ewigen Kreis
die wege verbaut
die hände im eis

Glasblume * 1980

Loslassen

Du hast gesagt „lass mich los“
Ich rief „halt mich fest“
Meine Hand hatte dich schon
An deinem roten Ärmel
Du wolltest wegtaumeln
Griffst nach dem Stuhl
Doch der trat beiseite
Und deine Hand fiel noch weiter nach
hinten
blieb an der Kleiderschranktür hängen
wir waren jetzt eine hübsche Perlenkette
Ich, du und der Schrank, dazwischen die
Hände
Du hingst am Schrank, konntest nicht weg
Ich hatte dich
Da ging die Schranktür auf
Und als wir fielen, ließ ich dich los

Alexandra Gläser * 1981

Herbst

Herr – gib uns Winter.
Decke uns mit Eiskristallen zu.
Gib Schlitten her für unsre Kinder
und Ahn und Oma lass in Ruh.

Herr – es schneit
noch lange nicht.
Fliegen singen auf und ab,
der Schwalben Flügelschlag durchbricht
das Laub, das lang noch nicht
senkt nieder sich auf's ruhige Grab.

Des Herbstes Fäden binden Blatt an Blatt.
Die Sonne schräg steht im September.
Das Laub ist immer noch nicht ab,
die Tage tummeln lose im Kalender.
Die Ernte bringt den Bauern nun auf Trab.

Herr – gib uns Winter.
Der Bauer braucht so langsam seine Ruh.
Vergiss die Schlitten nicht für Kinder
und schließ den Sommer endlich zu.

Günter Gleim

Déjà-vu

Angst
erinnert wund

Sehnsucht
malt der Bilder Träume

Narben
geben Hoffnung Tiefe

Wünsche
schlagen Purzelbaum

Glauben
schimmert festem Boden
im Nebel
über Sintflut der Alltäglichkeit

Hände sehnen sich
dem Schweigen eine Stimme sein

und zwischen alledem
tanzt die Liebe

freut sich ihres Daseins
sucht den Falter neuer Nächte

um ihrer leichten Seele
angemessene Gestalt zu geben

Georg Glos * 1962

Freundschaft

Am Himmel leuchtet ein Stern,
von uns ist er so fern.
Genau wie ich von dir,
drum schreib' ich dieses hier:
Vergiss mich nicht,
auch wenn ich nur bin ein fernes Licht.

Manuela Glücker * 1991

Blume

Eine Blume schön und zart
War vertrocknet, spröde, hart
Ihren Kopf ließ sie hängen
Verwelken Ihr Blatt
Doch auf Gottes Drängen
Schwor sie an Eides statt:

Zu achten Ihr Leben
Um Schönheit zu geben
Den Menschen, die sie brauchen
Um sich nicht zu verlaufen

Stephanie Gmachl * 1977

Cherub

Ich habe Angst
dir würden Flügel aufgehen
und du würdest auf einmal
in den Himmel wehen
und würdest schweben
streben
ein Cherub zu werden
dabei bist du bereits
mein Engel auf Erden

Katharina Göbel * 1988

Hoek van Holland am Abend

Glitzerndes Auf und Ab
folgt dem Lauf der Sonne

Wellen wiegen sich im Rhythmus
eines langsamen Walzers

Cappuccinoschaum tanzt
auf gekräuseltem Blau

Dunst entzieht
dem Himmel und Wasser
die Farbigkeit

mit Seufzern beenden
Möwen ihre Flugbewegungen

ein Windhauch streicht
die letzen Tagestakte

Monika Gockel * 1955

Fallen lassen

Sich fallen lassen
in einen lichten Tag,
fallen lassen
in ein Rosenbeet,
in ein Meer
voller Träume,
fallen lassen
in die Arme der Welt
immer wieder
fallen lassen,
aber nicht liegenbleiben!

Gisela Gödecke

Geborener und Sterblicher – weiß es:
Du bist von Gott zum Leben auserwählt
Und Lebensfrist, die dir zu leben gelassen
wurde,
So musst du hier, auf dieser Erde,
die reichlich mit dem Blut und mit dem
Schweiß gegossen ist,

unter dem Glauben und der Verzweiflung,
und der Hoffnung,
vom Hass Gekreuzigter und von der Liebe
Wiederbelebter,
leben,
Um mit der Gabe, die vorübergehend
vom Schöpfer dir freigebig nur geliehen ist,
Großzügig und freiwillig Gott und
Nächsten
Dein ganzes Leben inbrünstig zu dienen;
Um dein Los aus dem Lebenskelch
Vollständig, bis zur Neige zu entleeren,
keinen Tropfen zu verlieren ...,
auszugießen! ...

Mikhail Godov

Träume

Im Land der Illusionen,
wo Träume wohnen,
möchte ich sein.
Die schwere Last fallen lassen,
schweben durch blühende Gassen,
tiefe Risse an Häuserwänden
nicht beachten,
abtauchen in Glückseligkeit,
mich von dem Gezerre an mir befrei'n,
mit meiner Seele im Einklang sein.
Die grauen Schleierwolken
blässt der Wind mir fort,
schenkt mir den Sonnenschein,
hüllt mich wärmend ein,
ich fühle mich frei! –
fliege mit meinen Illusionen
himmelweit,
doch schnell holt der Alltag
mich wieder ein.

Helga Goeritz * 1937

Und mehr

Deinen Leib will ich und mehr
In mir lodert heiße Gier
nach Berührung mich verzehr
Deinen Leib spür ich und mehr
und das Atmen wird mir schwer
wenn ich mich in dir verlier
Deinen Leib lieb ich und mehr
stets glimmt in mir heiße Gier

Soraya Gold * 1969

Haselnüsse

Wieder einmal
bin ich in meiner Heimatstadt.
Wie durch Zufall
gehe ich meinen alten Schulweg entlang.
Noch immer stehen die Haselnussbäume
an beiden Seiten der Straße.
Was war das früher immer für ein Spaß,
die Nüsse aufzulesen!
Ich glaube,
kein Schulkind kam damals
ohne Nüsse in den Taschen nach Hause!
Und manchmal wurden sie sogar
bis Weihnachten aufgehoben!

Heute liegen sie unbeachtet auf der Straße.
Sammeln die Kinder denn heute keine
Nüsse mehr?

Da kommt ein alter Mann aus einem der
Häuser.
In einem kleinen Eimerchen sammelt er die
Nüsse ein.
Als er sieht, dass ich mich ebenfalls bücke,
lächelt er mir zu.
Ob er ähnliche Gedanken hatte wie ich?

Annerose Goldbach * 1951

Er

Er streichelt leise
Mein Gesicht.
„Kommst du?", fragt er.
Ich weiß es nicht.

Bin ich bereit,
für ein andres Leben?
Bin ich bereit,
Dies alles zu geben?

Der Preis ist hoch,
er fordert viel.
Ist es grausam
Oder guter Deal?

Ich vermisse die Wärme
In seinem Herz,
statt dessen erfüllt mich
Sein Anblick mit Schmerz.

Mir bleibt nicht viel Zeit,
In meiner Not,
Ich muss mich entscheiden,
Zwischen Leben und ihm- dem Tod.

Emma Golden * 1989

Eine Handbreit Zärtlichkeit

Nur eine Handbreit

Das ist viel
Bleibt im Herzen,

Wenn deine Hand mir
Meine Wange streift

In Ängsten
Meine Hände hält,

Beim Weinen
Mein Gesicht umfasst

Wenn Frohsein
Aus den Augen strahlt
Gibt's kein Vergessen
Einer Zärtlichkeit

Wer solcher Art
Sein Menschensein wagt,
Dem bleibts ein
unvergessener Augenblick.

Josef Good

Sternenaugen

Kosmische Botschaft?
Stumme Unendlichkeit?

Das Herz wallfahrt
Verzagt
Der Verstand fahndet
Versagt
Die Hoffnung tastet
Ermattet

Sternenaugen
Sinnender Sehnsucht
Seliger Balsam

Walter H. Goretzki

(VII. aus dem Zyklus: Gespräche mit Gott)

Meine Feinde liebst Du, Herr, wie mich,
bist ein Vater allen zugewandt;
und in aller Feindschaft bleibt um Dich,
bleibt um Deinetwillen, Herr, ein Band.

Will ich näher finden hin zu Dir,
muß ich ihn auch lieben, der mich haßt,
Böses wohnt in ihm und wohnt in mir,
denn der Fürst des Dunkels kennt nicht
Rast.

Lass den Feind mich als Dein Eigen sehn,
meine Liebe mag mißleitet sein,
muß ich meinem Bruder widerstehn.

Satan ist der Feind und ihm allein
gilt der Kampf; doch er, den er betört,
Herr, ob Freund, ob Feind, noch Dir
gehört.

Alfred Görgl

Satisfaktion

Zum Kämpfer warst du nicht geboren;
das Siegen ward dir nie vergönnt.
Der Heilsweg schien für dich verloren
und kümmerlich die Kerze brennt.

Doch gilt's den Funken zu entflammen,
den Weg zu finden aus dem Tal.
Die Macht des Bösen zu verbannen
und mutig stellen sich der Wahl.

Aus eigner Kraft nun soll's gelingen,
nie mehr der Krug sein, der zerbricht.
Den Bann des Schicksals zu bezwingen,
in Würde wahren das Gesicht.

Es fiel dir schwer, den Ring zu sprengen,
doch nun bist du zum Kampf bereit.
Frisch aus der Quelle sprudelt Drängen,
die Fesseln los – befreit, befreit!

Hinweg die Zeit, die du geduldet,
herbei vom Guten die Portion.
Das Leben hat dir viel geschuldet,
vom Dasein nun – Satisfaktion.

Peter Goß

Die Bäckerin

dann betrat ich den raum
stellte mein glas auf deinen kopf
ich hörte dein körper sei perfekt, ein traum
aber keiner hatte es dem glas gesagt

dein ruf paarte sich mit scham
zusammen waren sie unnahbar
und du nahmst alle deine texte
und tauchtest sie in wein

„die regeln sind zum brechen da"
sagst du all deinen verehrern
und einige die wissen was liebe ist
stecken ihren kopf in den backofen

man nennt dich jetzt nur noch die bäckerin
doch weißt du damit nichts anzufangen
küsst ein bild von gott
und versuchst zu mir zu gelangen

Akomaé Gottberg * 1983

Der Morgen
würde zur Nacht
bliebe nicht der Blick
in deine Augen
der die Finsternis
vertreibt
und Geborgenheit
in deinen Armen
zu finden

Dietrich Göttel Blaattgrün

Verzeihen,
ohne nachtragend zu sein,
alles vergessen,
neu beginnen,
ohne jeden Hintergedanken.
Das verlangt Mut,
Stärke,
Dummheit.
Der Kopf sagt nein,
das Herz ja.
Hin- und hergerissen -
zerrissen.
Verloren und allein.

Maria Gottschall * 1989

Eine Feder hat mein Herz berührt

Lieder singen
lauter
lauter!

Zum Tanz der Mücken
fröhlich geigen
dem Leben wieder
Zähne zeigen

eine Feder hat mein Herz berührt

Kopfstand machen
drüber lachen
dass die Welt sich
– trotzdem –
weiter dreht

ich weiß nicht
wie ihr das seht

eine Feder hat mein Herz berührt

Anja Gottschling * 1974

Augen

im Augenblick sind wir beide
Augenzeugen der Zeit
im Augenschein der Nacht
ist keiner weit und breit

dein Augenzwinkern lässt mein
Augenmerk auf dich
im Augenmeer der Sterne
vereinen innerlich

ein Augenfehler ist das nicht
Augensprache nennt man das
wenn Augenfarben sich ganz nah
sagen, gib mir alles was du hast

du bist eine Augenweide
ich schau dir ins Gesicht
ich danke dir, denn ohne dich
schätze ich nicht mein Augenlicht

René Michél Götze * 1974

Aufblühen

Die Zeit half ihr einzuseh'n,
Was es heißt, mitten im Leben zu steh'n.

Vergleicht sie mit der Blume,
welche einst entsprang aus der Lagune.

Wuchs und wuchs sie immer weiter,
Zeit und alles machte sie gescheiter.

Viele Blumen wuchsen mit,
hassten doch, liebten im Wechselschritt.

Sah nur zu den anderen auf
und bewunderte deren Verlauf.

Und bemerkte in ihrer Dummheit nicht,
dass sie trägt ein eigenes Gesicht.

Dass sie eine Blume war,
welch kann so blühen wunderbar.

Dass sie selbst könnte bewegen,
wenn alle daneben stehen und nicht mehr
richtig leben.

Die Vergangenheit hat sie stark gemacht,
worüber sie heute bitter lacht.

Grün der Stängel und leuchtend die
Farben,
will sie neue Schritte wagen.

Katharina Graap

Der Weg Fragezeichen

Krauser Unkrautrand, wenn überhaupt,
dazwischen Steine

U-Bahn-Maulwurf im Stadt-Theater
ratlose Gesichter buchstabieren Null-
Nachrichten
niemand will ein Niemand sein
Fragen versickern in Bildschirmgeflacker
viel Schrei verhallt
Orientierung kein Los

Welt-Theater, längst der Form entglitten
ein zaghaftes Warum bahnt sich den Weg
vorbei an den streunenden Kötern
versammelter Beliebigkeit
und wenn denn ein Mond scheint, der
anzubellen wäre
gehört er schon einer Vergangenheit
Frauenkörper, modelliert mit oder ohne
Lust

Das Wort, geduckt im Schwarz des
Neumonds
der Gewissheit entkleidet, nackt

Zwei Schritte vorwärts über feste Erde
Grashalme bestaunt, geehrt
da ist das Meer, schleicht sich in alle Zeiten
unbeirrt, die Länge eines Atemzugs
mein Leben lang

Niki Graça

gezeiten

hörst du so nah
den kosenden klang
luna, luna
wasser benetzt sand

die erde den mond stark verführend
nimmt ihn mit auf ihrer bahn
verzaubert in ihrem bann
streicht er nass ihre wangen fühlend

luna, luna
begehrt seit zeiten so fern
luna, luna
geliebt um unseren stern.

Christian Graef * 1969

Zeiten im Wandel

Wie soll ich den Herbst dieses Lebens
erleben
Frühling und Sommer wurden mir nicht
gegeben
So vieles wurde mir vorenthalten
So vieles hätte ich gerne erhalten
Was bleibt, ist Erkenntnis und ich blicke
zurück
Meine drei Kinder, euch wünsche ich
Glück
Lebt, liebt und genießt jeden Tag eurer
Zeit
Trüben Wolken den Himmel, ist mein
Herz voller Liebe für euch bereit
Wütend gegen mein Schicksal, ich hab es
gehasst
Jedoch diese Stimme ist mit der Zeit ganz
erblasst
Meine Kinder, dieses Wunder, das habt ihr
vollbracht
Was noch fehlt, es wird kommen, denn die
Liebe ist die stärkste Macht.

Christine Graetschel

Der Baum sang mit allem was um ihn
herum war:

in mir schwingt ein Lied
und der Schutzgeist kommt
regungslos, mächtig stehe ich
als Bewacher allen Geschehens
über mir schwebt der Falke
gehalten bin ich
im Kreis der Lebensspirale
und Teil von allem Schönen

Fara Gräf * 1956

Ein Engel

Die Nacht hat mir einst offenbart,
was niemand jemals wusste.
Ich hatt' es tief im Herz gewahrt,
so wie bis heut' ich's musste.

Doch als der Morgen früh mich rief,
die Nachricht sanft entschwand.
Und das Gefühl weit in mir tief,
entzog sich meiner Hand.

Ich weiß, die Nacht hat mir gesagt,
was niemand jemals wusste.
Und mit dem Wachen ich gewahrt, dass
ich's vergessen musste.

Johanna Gräfje * 1985

Durchblick

Was ist Geld, Ruhm und Macht?
Hast Du einmal nachgedacht?
Es verfliegt wie ein Aroma –
plötzlich ist es nicht mehr da!

Alles schnell, und insgeheim:
Jeder will nur Erster sein!
Doch das Hetzen, Jagen, Drängen,
bringt Dich nicht aus Deinen Zwängen,
verwickelt Dich nur tiefer immerzu,
bis Du hast gar keine Ruh'!

Im Grunde, wenn Du denken würdest
Und verwirklicht sehen könntest:
„Keine Macht in der Materie hier,
gibt den Frieden der Seele Dir!"

Du musst kämpfen und bestehen
Deine Prüfung, so kannst Du sehen,
was der Ruhm und Geld dir bringt

bist Du schon ein Greis als Kind...!

Gerit Grahn * 1946

Winter

Weiße Flocken fallen da nieder
Einsamer Bär schaut hoch,
immer wieder.
Was kommt da vom Himmel runter
Schwanendaunen brummt er munter.

Hebt seine Tatze ganz weit hoch
versucht er sie zu fangen och
Fühlt sich naß und matschig an
staunt ganz verblüfft der Bärenmann.
Da hat er eine tolle Idee
formt er eine Bärenfrau aus Schnee.

Nun ist er nicht mehr so alleine.
Eine Eisbärin ist nun seine.
Zusammen tapsen beide weiter
Winterzeit macht Bären heiter.

Dirk Grambow

Elfenbeinhimmel

Ich möcht' davonfahren
Ins Niemandsland
Der elfenbeinfarbenen Wolken
Dort wo niemand weint
Dort wo niemand wohnt
Wo Glück und Pech
Ihren Streit beilegen
Und meinen Gefühlen
Niemand etwas anhaben kann
Dort wo ich einsam
Meinen Frust besiegen
Der sich im Herzen angestaut
Dort wo ich einsam
Die verpassten Momente
Revue passieren
Frei von allen Lügen
Dem Leben nachjagen kann
Und dann und wann
Auch wieder lachen

Leinad Greb-Llehcs * 1981

Abendsonne

Aprikosenfarben
fällt die Sonne
zwischen schwarze Lavaberge
Graue Wolken
versuchen vergeblich
rote Freudenfeuer
zu verhüllen
leise weicht das Leuchten
und in den Palmen
rauscht das Meer

Sandy Green * 1969

Weihnachtsrätsel ...

Man stelle sich 'ne Tonne vor,
die schmettert wie ein Schwarzmeerchor,
und watschelt auf zwei fetten Füßen –
will's Weihnachtsfest versüßen ...
Nennt eigen ein recht dickes Fell
und kläfft dazu wie Hundsgebell;
mischt ständig sich in alles ein,
säuft literweise Wermutwein.
Klamottengröße XXL,
'ne Zunge scharf wie ein Skalpell;
die spart sich jeden Firlefanz –
und frißt allein die halbe Gans ...
Ihr habt wohl sicher schon erraten,
wer herfällt über Weihnachtsbraten;
wen stampfen würd' man gern zu Butter–
nur Annas Schwiegermutter!
Des Rätsels Lösung rauscht heran,
spielt wieder mal den Weihnachtsmann,
und allen schlägt das auf den Magen –
doch kann man sie ja nicht erschlagen...

Laura Gregorius

Gedankenspiel

Gemeinsame Erinnerungen werden zu
Tönen,
die Töne werden mehr und mehr,
wachsen zu Takten,
zu einem Satz,
einer ganzen Sinfonie.
UNSERER SINFONIE

Nicht für Klavier, Klarinette
oder Trompete,
nicht für Chöre,
aber zur Erinnerung an die vergangene
gemeinsame Zeit
Dafür schreibe ich unsere Sinfonie.

Gemeinsame Zeit wird zur Musik,
gemeinsames Lachen zum Lied,
zum Lied das verbindet
auch über Distanzen.

Birger-Daniel Grein * 1985

trink, o auge, was die wimper hält

(über die gefährdete schönheit syriens)

zur tränke fahren, zur augentränke.
wachsen zu monumenten die steine, zeugen
geschichte.
ritzenleben, hüllgestalten,
damaszenerblinken, fährt
deine hand warm über
glatte säulenschäfte warm unter flirrender
sonne.
die toten städte, die roten hügel. das tal der
gräber.
gekommen und gegangen die omayyaden,
licht
und schatten der vergangenheit auf
dunklen bartgesichtem.
die stadt
der königin zenobia. raubvogelschatten der
zukunft
fliegen darüber hin.
einmal noch vorher
zur tränke fahren, die äugen tränken,
durstig nach größe und schönheit.

Christl Greller * 1940

schach-matt

am ende
matt
schach matt
geschlagen
ergeben
dem leben
erlegen
erstarrt
in
wehen
letzten
vergehens

Ingrid Greten * 1943

Spurensuche

Der Sturm
trieb mir die Worte
zurück in den Mund
als ich gegen ihn anschrie
am Strand des Novembermeeres
streunend
auf der Suche nach
Resten von einst
die längst zugedeckt
nicht mehr auffindbar

Das Meer
brandete mir um die Ohren
rüttelte
an sicher verborgen
geglaubten Türen
wütete
in meiner sorgsam
zurechtgezimmerten Welt

Gegen diese Art Wetter
bin ich nicht fest

Rita H. Greve

...in vino veritas

leichtfüßiges Verlangen
voll ungestümer Lust
mit Phantasie und lebensfroher Seele
ganz losgelöst
du schöner Geist
Verführer...Sänger sinnlich heit'rer Verse
wunderlich und schwergemut
gleich – für Könige – für Götter
in strahlenvollem Glanz...
...so wiege ich den Freund im Glase

Johannes L.M. Greyn * 1938

Mitte fünfzig

Noch gehen wir
an der Hand
der Zeit
durch eigene Räume
ausstaffiert
mit Erinnerungsstücken

Auch Gesichter
sind noch da
ihre Augen
wie Bilder an der Wand
spiegeln wider
was wir vergessen

Gewohnte Plätze
werden fremder
die Zeit tritt zurück
rauscht im Ohr
lockert
den Griff

Anne Grillenberger * 1948

Lebensgeheimnis

Weg in die Fülle, Linie von Kraft,
fragender Wille, der tastend sich rafft,
zaghaften Schritts ausschreitend rankt
erkennenden Geistes Blattgewand.

Weg von mir zu mir immer tiefer,
Weite unsichtbaren Raums umreißend,
Wölbung erglänzend in morgendem
Hauch,
lohender Neigung entsteigend.

O Wurzel tief, genährt aus klaren Gründen
treibt aus dem Schacht der Kämpfe
tonvoller Strahl
und rieseln tauumwohnt Kristalle
aus ungesungenem Lied.

Claudia Grimm

Nähe

Augenblick

Schönheit

Nähe

Für kurze Zeit verbundene Seelen

Nähe

Schönheit

Augenblick

Nadja Grimm * 1966

New York

Es hastet das Leben durch Skyscrapers
Schluchten,
es bunten die Steine, es grünt der Beton.
Es ameisen Menschen bis hin zu den
Buchten.
Touristen sind high. Und die Wege sind
long!

Heinz Grimmer * 1934

Menschen in der Stadt

Bewegt euch wie Puppen,
atmet Alles ein im guten
Glauben daran, Beton sei gesund
wie der Baum im Stadtpark.

Möge Hedonismus glücken,
soll Leben der Erde entrücken
muss der Punkt springen wie Gazellen
und trotzdem auf dem Boden bleiben.

Aber unnatürlich ist der Grund
auf dem der Mensch die Stadt parkt,
es mangelt nicht an Vorschnellen
die ihren Profit damit treiben.

Udo Gröbner * 1981

Eine Melodie

Ich lausche einer Melodie,
gespielt auf tausend Saiten.
Viel' kleine Händchen spielen sie
und große sie begleiten.

Es haben Leben, Fleisch und Blut
die Weisen und die Lieder,
ein Ton ist rauh, der and're gut.
Sie schwingen auf und nieder.

Ein einzig harfensüßer Laut
nur schwingt im Herzen wider;
sein Echo bleib' mir lieb und traut.
Fahrt wohl, ihr andren Lieder!

Arthur Groh

Wenn ich eine Schnuppe seh

Wenn ich eine Schnuppe seh,
wird ich mir was wünschen,
was das bedeuten soll,
wird ich nicht verstehen!

Und wenn ich dann den Himmel seh,
voll mit Sternen übersät,
dann sag ich es nur einem Stern,
und dieser Stern heißt Grohmann.

Darauf sitzt der Opa,
und fängt das Wünschlein auf,
dann wird er ihn mir erfüllen,
ohne Streit und Graus.

Dieses Gedicht ist meinem Opa gewidmet.

Anne-Maike Grohmann

Danke

Danke für den Weg, den wir gingen für ein Jahr
in einem Jahr, in dem nichts war, wie es vorher war

Nun ist es vorüber unser Jahr, der Irrtum ist erkannt
Weiss bleibt Weiss, Schwarz bleibt Schwarz
es ist wie es ist, wir haben uns verrannt

Zwei Nomaden suchten den Sinn des Lebens
das Jahr, das war nicht vergebens

Es trennen sich die Wege
es bleibt die Erinnerung an ein Jahr
an ein Jahr, das das unsere war.

Günter Gronau * 1960

Referenz an Dresden anläßlich der 800-Jahrfeier 2006

36 Markgrafen, Kurfürsten und Könige
kamen im Fürstenzug geritten,
die Leistungen der Wettiner sind unumstritten.
Seuchen, Kriege, Zerstörung und Brände,
dagegen Zwinger, Semperoper und
Böttgers goldene Hände.
Kunst und Kultur prägte die Stadt,
das ist das Erbe, was Dresden heut' hat.
Zwei totalitäre Regime wollten zerstören,
was den Dresdnern dereinst sollt gehören,
Dresden ist schön, wie nie vorher,
das gilt es zu erhalten, bei unserer Ehr!

CM Groß * 1949

Die Macht der Nacht

In einer klaren Nacht
und über dir die Sterne,
richtest den Blick du in die Ferne
auf zu den Sternen weit
und empfindest die
Magie:

– Unendlichkeit –

Der suchende Blick uferlos,
staunende Kinderaugen,
die zum Begreifen nicht taugen
und der Mensch klein und bedeutungslos.

Und sehnsuchtsvoll die Seele flieht
für einen kurzen Augenblick

schwebt sie frei im Weltenraum
losgelöst für ihren Traum.

Doch: verloren für Raum und Zeit,
gefangen in der Unendlichkeit

kehrt der Blick zurück

führt hin zum Begreifen:

Hier, wo ich stehe, ist mein Glück!

Nora Großmann * 1959

Über den Wolken

Gegenwartsgedankenschwärme ziehen
Kondensstreifen am Zukunftshimmel
leichten Schrittes balanciere ich auf der Geraden
Hoffnungsträger halten mich
verbleibende Erinnerungen werfen
Schattenwolken auf den Rückblick
klare Sicht liegt vor mir
über den Wolken wartet Freiheit

Edith Groth

Kleine Tode

Ich liebe sie, diese kleinen süssen Tode,
geniesse sie
Sterbe sie immer wieder gerne

Lass mich treiben, fang dich dabei auf.

Lass dich fallen,
stirb sie
Liebe mich
und ich sterbe für dich
Dein Ausdruck im Gesicht,
wenn du wieder einen stirbst,
macht mich rasend,
will dir immer mehr davon schenken

ein kleiner Tod,
ist der Beginn eines neues Lebens

Leb es mit mir
und stirb diese süssen Tode
in meinen Armen

Sylvia Grothues * 1969

Die Hoffnung

Ich träumt, ich sei glücklich, doch das war nur Traum!
Denn da gab's den Alltag als häßlichen Faun.
Es kam zu dem Kriege mit allen Schandflecken,
ihm folgte das Ende, aber eines mit Schrecken!
Deutschland zerrissen in Ost und in West,
Alliierte feierten krönend ihr Fest.
Schutt wie auch Asche, so weit wie man sah,
das Elend war groß, Not allseitig da.
Die armen Ossis, ich sag es nicht gern,
beherrschten Exoten vom roten Stern.
Dem Regen kam ergo die Traufe frappant,
denn nichts lief normal unter der roten Hand!
Welch Segen, welch Glück, es ist zu bewundern,
die Einheit läßt plötzlich Millionen ermuntern.
Millionen haben als Unterpfand,
das eigene Schicksal nunmehr in der Hand.
Vorbei Ost und West der alten Manier,
Gemeinsamkeit sei unser aller Panier!!

Heiner Gruhl * 1986

Windbrise

Frischer Wind weht
Eine sanfte Brise
Berührt meine Knöchel
Unter der Decke von Schnee
Trauere ich dem Sommer nach
Der gehend blieb
Und der glühend vergehenden Sonne
Deren schwaches Licht
Meinen Schlafplatz nicht erreicht
Bin ich gezwungen
Zu vergessen

Sabine Grunnert

Amors Schneckenpfeil

Von Zeit zu Zeit, nach inn'rem Triebe,
ergreift selbst Schnecken mal die Liebe,
da lassen sie sich nicht lang bitten!

Als Zwitter, als Hermaphroditen,
sind sie mal Frau, mal sind sie Mann,
doch nacheinander, irgendwann;
sind sie verliebt, sind's lauter Männer
und Homo-Kurzzeit-Eh'n der Renner!

Sie schmusen, Zärtlichkeit genießend,
'nen Liebespfeil aus Kalk verschießend,
dann stundenlang in einem Eckchen
und tauschen ihre Spermiensäckchen,
die jeweils eingelagert werden ...

... dann kriechen weiter sie auf Erden,
doch bald verwandeln sich die Freier
in Weibchen – und die legen Eier.

Des Amors Pfeile kennt wohl jeder,
ihr Vorbild hier – acht Millimeter,
den Brehm schon Liebespfeil genannt,
ist jedoch weithin unbekannt!

Sigemar Gruno * 1939

Enzian

Geschlossen jede Blüte heute,
Tautropfen perlen von den Knospen,
als würden sie vor Kummer weinen,
daß ihr brüderlicher Himmel
heute grau in grau statt blau.

Das Blau, das ist nur ausgeliehen,
scheint es doch Himmel,
Meer zugleich
und manchmal Fenster einer Seele.
Wagt er nur, sein Blau zu zeigen,
wenn es sich widerspiegelt?

Birgit Grunow * 1941

Ich mag

Ich mag Blätter im Wind, die golden
sind – Vögel im Baum und jeden Traum.
Ich mag Tee, aber heiß! – und
Erdbeereis, Sekt pur im Glas und
Gras. Und dich mag ich auch.

Ich mag, wenn du lachst, deine
Späße machst, mich zärtlich
küßt, lieb zu mir bist. Ich mag
Sieger, die sich freuen, Verlierer,
die nicht schreien, gute Lieder und
Sonnenschein. Und dich mag ich auch.

Ich mag Hasen und auch Hunde –
große, kleine, runde – alte
Bummelzüge und Krüge. Ich mag
kleine saubere Flüsse, starke
Regengüsse, Bücher, wenn sie neu
und Heu. Und dich mag ich auch.

Gisela Grussmeayer

Im Meer
für Amalia

Wenn die Sonne sich entfaltet
Wiegen wir im dichten Grün
Brust an Brust uns mit den Wellen
Die sich sanft zum Ufer dreh'n

Über uns der blaue Himmel
Mit den feingekämmten Wolken
Der sich bis zum Schweigen dehnt

Warmer Westwind trägt geräuschlos
Weiße Möwen einsam suchend
Nach den silbrig schlanken Fischen

Jürgen Johannes Grzimek

Umdenken

Mutter Natur schenkt uns das Leben,
so herrlich, wunderbar, genial.
Groß und Klein ist es gegeben.
Ist das nicht ideal?

Doch die Natur wird trauern.
Wenn wir so weitermachen,
wird es nicht lange dauern,
bis die Erde wird zusammenkrachen.

Am Straßenrand ist alles voll
von Dosen, Plastik, Flaschen.
Wer findet das noch toll?
Was sind denn das für Maschen!

Den Müll zu reduzieren
ist unsere größte Pflicht.
Müll muss man sortieren,
das bringt uns allen Licht.

Sarah Guggemos * 1986

Zerreißendes Herz

Nein, die schwarze Melancholie befällt
nicht ohne Gegen und Für
Die Pest dagegen frönte der Willkür mit
einer zielstrebigen Kür

Geplant das ganze Prozedere Unheil, bei
manchem kurz oder lang
Eine Eigenart der dunklen Macht, nur gut
Gesinntes in ihrem Fang

So ist der Segen ein armer, welcher in der
Gutmütigkeit verharrt
Denn dieser verläßt uns, in die Schandtaten
Unedler stets vernarrt

Dann kann werden zu Wahrheit der Tanz
auf dem Seile ohne jeglichen Halt
Wenn erst geköpft die eigene Flasche der
Sicherheit, haltloses Ich, alles kalt

Anderer Sturz tief aus Liebe fataler Art,
weil zarte Wesen nie abwägen,
selbstlos dienen
Solches vermögen Wirren der Sehnsucht,
selbst Funken einer Würde erlegen
schienen

Zu groß wäre die Qual, tritt ein der Verlust
dieser Wärme, keiner will erfahren
Lieber laß innen walten das Ungeheuer,
bevor mancher kann Tragik erahnen

Doch wie soll man ertragen
immerwährende Feinde der Vernunft
Wenn Rastlosigkeit genährt durch des
Wilden Herz hat ihre Kluft

Allein schon die Angst, die eigentlich sollt
bewahren, vermag zu tragen
Mit Fleisch behaftet, rasend pulsiert, ob
Illusionen es waren, die fragen

Kann nur gelten, die Widersprüche
tummelnd im Mark grob auszureißen
Wäre da nicht der Aal der Glättung,
unsere Seele nur gefügig schweißen

Der einzige Trost, sie kennt kein sich
kümmerndes Aug für Rang und
Stand
Einen Jeden befallend, ob innewohnend ein
Fürst, oder besitzend nur Tand

Songül Gügör

Hilflos

Verschleiert ist mein Blick.
Nebel, aus wirren Gedanken und
Unentschlossenheit bestehend,
mich innerlich lässt erblinden.
Undurchdringlicher mit zunehmendem
Schritt.
So komm' nun endlich helfende Hand!
Führe mich sicher und bestimmt durch
dunkle Pfade meiner Seele.
Ein Sumpf voller Ängste und Kleinmut,

Zieh' heraus dich an deinen Haaren –
Verzweiflung dich lähmt.
Erwache, erwache, lass nicht länger Furcht
und ihre Geschwister dich fesseln.

Glaube an die Kraft, sie existiert, sie weist!
Eine Sekunde, ein Gedanke, ein Umsturz.
Eine führende Hand, ein weisender Finger
Wer aber? Wer lenkt und was geschieht?

Glaubst Du an das Schicksal?
Glaubst Du, dass Du alles in deiner Hand
hältst?
So wie Du auch die Liebe, die Leidenschaft
– die alles verzehrende Sehnsucht,
lenkst?

Guido * 1981

Reiche mir deine Hand

Reiche mir deine Hand und wir gehen bis
ans Ende dieser Welt.
Reiche mir deine Hand und ich gebe dir
mein Herz,
zerbrich es jedoch nicht.
Nimm du meine Hand und gebe mir dein
Herz;
Das soll uns verbinden.
Reiche mir deine Hand,
so dass alle sehen,
dass mir zusammen gehören und wir nicht
alleine sind.
Lass uns gemeinsam noch die andere Hand
jemandem reichen und ihnen Freude
schenken.
Reiche mir deine Hand und lass uns Nähe
und Wärme spüren.
Nimm meine Hand und fühle,
dass ich bei dir bin.
Reiche mir deine Hand und lass uns
gemeinsam durchs Leben gehen
und unsere Freude mit anderen Teilen.
Haben wir uns die Hände gereicht,
so sind wir nicht allein.

Derya Gün * 1982

Sonntagmorgen

Viele Tage und auch Nächte
hab ich mich herumgequält
mit der Frage, welche Farbe
meiner Seele Ruhe schenkt.

Nicht mehr jung und noch nicht alt,
spürte ich vollkommne Unsicherheit.
Mal zog's mich zur Jugend: kunterbunt,
grell;
Dann wieder zum Anstand: farblos, pastell.

Bei Schwarz überkam mich große Trauer;
Unschuldig-weiß wird grau auf Dauer;
Gelb ist die Falschheit, erzählt der
Volksmund;
Und Blau steht für Treue, wirkt das noch
gesund?

Viele Tage und auch Nächte
hab ich mich umsonst gequält
mit der Frage, welche Farbe
meiner Seele Ruhe schenkt.

Denn plötzlich dann, am Sonntagmorgen:
keinerlei Zweifel – verflogen die Sorgen!
Mein Spiegelbild zeigt Rot und Grün;
Farben, die für Liebe und Hoffnung stehn.

Gudrun Gundlach * 1957

Warum?

Warum stehst du mir noch immer so nah?
Ich könnte dich fressen, mit Haut und mit
Haar.
Warum bist du nicht noch immer bei mir?
Ich war damals, bin heut noch, verrückt
nach dir.
Warum können wir nicht mehr zusammen
sein?
Keiner von uns wäre dann so allein.
Warum musstest du von mir gehn?
Ich kann es bis heute noch nicht verstehn.

Warum kannst du mich nicht nochmal
berührn?
Ich würd' dich so gern noch ein einz'ges
Mal spürn.
Warum kann ich dich nicht wieder sehn?
Ohne dich ist es leer, die Welt bleibt stehn.
Warum müssen andere darüber scherzen?
Ein einziger Hauch, er erlischt alle
Kerzen.
Um mich ist es dunkel, in mir ist es kalt,
hoffentlich kommt das Ende recht bald.
Warum bereitest du mir diese Schmerzen?
Ich warte darauf, dass es geht, das Schlagen
im Herzen!
Ich warte darauf, ich warte stumm,
meine einzige Frage lautet: Warum?

Lara Gundlach * 1988

Verweht

ZweiundzwanzigUHRzwanzig
Im Radio Musik zum Träumen
Im Gelderner Gefängnisgarten schneit es
warum ich hier bin
habe ich vergessen

Vergessen auf meiner Zelle
Verzehre ich mich
die Schwebebahn gleitet
an dunklen Straßenmündungen vorbei
wie manch fallende Schneeflocke
über dem Pestalozziplatz
schwebe ich auf einsamer Laterne und
vergehe

meine Frau weiß nichts vom Schneetreiben
nichts weiß sie vom Schnee und von mir
sie streichelt die Katze und sieht Fernsehen
die Kinder schlafen mit ihren Kuscheltieren

Von der Elsa-Lasker-Schüler-Straße
holt ein Taxi einen Fahrgast ab
die Straße bleibt verlassen zurück
beirrend, verwirrend bin ich verloren

Metin Günes * 1959

Nächtig durch schlafende Welt

Traumkreise
zog der Verbanner greller Sonnenzeiten,
in der fein fertig tiefen Weise,
lebensspendender
Schatten.

Am breiten,
sich Sternenfunkensprünge
mit dunkel mystischen Firmamenten
in heimlichen
Ansinnen begatten.

Nachtwünsche befreit,
von müden Kettentagen gefesselt
im Spindelsinn auf die Erde fallen,
an trauriger Schönheit
leerer Gassen durch Stille gesprochen,
verhallen.

Christoph Günther * 1980

Mein Wert

Denke: Du bist wertlos.
Denk es, aber leb es nicht!
Denn die anderen sind wertlos:
Sie sind die Verrückten.

Schließ dich nicht vor der Welt!
Schärfe deine Sinne auf das Unbekannte
Strebe nach Verstehen,
auch wenn alles um dich untergeht.

Und dann füg dein Schicksal
ohne Geld, Erfolg und Glück.
Ohne Ichsucht schöpfe deine Kräfte
wesenslos ins Leben.

Hans-Peter Günther

Himmel und Erde

Venus funkelt.
Sternenpracht.
Wenn der Himmel sich verdunkelt,
beginnt des Astronomen Wacht.

Linsen äugen.
Entdeckerfleiß.
Dem Späher hoch zum Sphärenbogen
nicht leicht gibt sich der Himmel preis.

Ringe sausen.
Saturndrehen.
Titan lässt vielleicht da draußen
uns vergang'nes Leben sehen.

Menschen streben,
Flüchterdrang,
suchen in der Höh' nach Leben,
da es unten schlecht gelang?

Sterne lehren:
- Hoffnungsschimmer? -
Lebensglück hier unten mehren
möcht' der Mensch noch immer.

Rudolf Güntner * 1940

Bedingungslos geliebt
gewidmet meinem Baby

„Du bist bedingungslos geliebt."

Das sagst du zu mir,
ohne ein Wort.
Das zeigst du mir hier,
an diesem Ort.

Mit deinen Augen und deinem Mund,
diesem Leuchten, diesem hellen Glanz,
gibst du mir lieb diese Botschaft kund.
Ich verstehe und vertraue dir ganz:

„Ich bin bedingungslos geliebt."

Gabriele Guratzch * 1972

Träume

Träume
sind wie
weit vergessene Gedanken
die doch nie verlassen sind

Nimm die Maske langsam ab
und sieh mir ins Gesicht
meine Augen spiegeln wieder
jeden noch so kleinen Traum
den Du schon vor langer Zeit
aus Verstand und aus Gewissen
weggewischt und ausgemerzt

blitzen um die weißen Lieder
sternenklare Lichter Dir
Du bist blind
bist taub
bist stumm

Matthias Maximilian Gut * 1981

Das Wiedersehen

Darum war die Zeit so schön
mit dem Austausch
der Gemeinsamkeiten,
weil die Tiefen und die Höh'n
wir gefunden
in Vergangenheiten.

Darum fiel es mir so leicht
Red' und Gegenrede
zu genießen,
weil ein Übergang erreicht
wo nur traute
Harmonien fließen.

Darum weiß ich es sehr wohl
das zusammen
wir noch oft uns laben,
weil zu Dur und auch zu Moll
wir ein innig
Einverständnis haben.

Martina Gutzeit

Bitte

Schleife
den rohen Stein in Form;
hüte
der Muschel fremdes Korn;
zielwärts
setz Ruder und Segel hier,
im Sturm
sei Lotse, Richtung mir.
Lass Flammen
sich an dir entzünden,
die dunklen
Wachen Hoffnung künden.
Präge
mit deinem Brand mir ein
dein Siegeszeichen,
Hirte mein.

Theresia Guzek * 1939

Ich hab mich selbst verloren

... und ein Satz hallt immer wieder durch
meinen Kopf:

Ich habe mich selbst verloren!

Ich bin ein See
umgeben von Bergen und Wäldern,
meine Oberfläche wird oft von dem Wind
leicht gekräuselt
manchmal auch von Stürmen zu wilden
Wellen hochgepeitscht.
Aber nichts von all dem dringt in die Tiefe
vor.
In die dunkle, schwarze Tiefe
in der die Stille und Ruhe wohnt,
in der die Geborgenheit zu finden ist.
Immer wieder kommt jemand, um von mir
zu trinken,
sich von meinem Wasser zu laben und
gesättigt wieder zu gehen.
Einen großen, tiefen See stört dies nicht.
Doch immer öfter brechen die Felsen,
die Felsen die mein Ufer zusammen hielten
und die Wassermassen, die in dem Becken
ruhten
verwandeln sich in einen reißenden Strom
der erbarmungslos alles mit sich nimmt
und verschlingt.
Zurück bleibt die Leere
und der schlammige Boden,
der die Erinnerung birgt.

Ich habe mich selbst verloren!

Martina Haas * 1982

Wellengang

Auf dem Meere kreisend treiben
kleine Fische frivol und schnell.
Wenn sie sich an Wellen beißen,
leuchtet bunt das nasse Quell.

Springend jagen sie durchs Wasser,
winden sich mitunter viel
Schau' nur, sieh', ihr Geplätscher
klingt im Ozean gleich einem Spiel.

Gleiten sie dem Land entgegen,
verblasst ihr Spiel und dessen Klang.
Wollen sie auch weiter schweben,
die Erde ist ihr Untergang.

Steve Haase * 1983

Melodie

Höre wie das Meer jetzt klingt.
Lausche wie das Wasser singt.
Siehst du wie das Licht sich bricht?
Fühlst du wie ein Sonnenstrahl erlischt?

Höre wie der Wald jetzt klingt.
Lausche wie ein Vogel singt.
Siehst du die Farbe, die sich bricht?
Fühlst du wie der Klang erlischt?

Höre wie der Wind jetzt klingt.
Lausche wie er bald versinkt.
Suche die Melodie des Lebens.
Denn suchen wirst du nicht vergebens.

Denke an dein Leben nun.
Es ist Zeit dich auszuruhn.
Nehme Abschied vorerst vom Glück.
Denn es kommt sehr bald zu dir zurück.

Diana Hache * 1982

Die Verlogene Freundschaft

Ach freund, wie vergeht der tag ohne dich.
Immer fröhlich und lustig waren du und ich.

Waren immer für einander da, hab dir zugehört wie kein anderer.

Hab dir alles anvertraut, und du hast es einfach missbraucht.

Viel schlechtes hören tue ich über mich, das warst nur du, es wundert mich nicht.

Hast jetzt neue freunde gefunden, und mich einfach aus deiner freundschaft entbunden.

Doch eins wirst du dich immer fragen, jemand wie ich wird nichts schlechtes über dich sagen.

Nun plagt dich dein schlechtes gewissen, doch bei mir wirst du es immer vermissen.

Denn rein war immer mit dir mein gewissen.

Anouar Hachim * 1981

Monderfahrungen

So vieles wünschte ich
Schon auf den Mond
und fragte nicht,
ob noch Platz sei.

Und manchmal wollte ich
hinter dem Mond sein,
wo man nichts sieht
und nichts hört.

Und ich glaubte dem Spangenmond,
daß er den Himmel hielte.
Jetzt belle ich den Vollmond an
und wecke schlafende Hunde.

Elisabeth Hackel * 1924

Gemeinsam durch die Nacht

Wer eilt des Nachts durch den finsteren, dunklen Wald,
bei Schnee und Kälte, wenn es ist auch noch so kalt?
Du hast recht, mein liebes, gutes Kind,
doch hör nur, wie der Wind wieder ein Lied von ihm singt!

Das Lied handelt von einem guten, alten, weisen Mann,
wie man ihn nicht oft hier auf Erden finden kann,
von einem Mann, der viel Leid sah in seinem Leben,
der immer bereit war, anderen Menschen Hilfe zu geben.

Warum nur, willst du mich fragen, ist er dazu bereit,
in einer Welt der Kälte und herzloser Unmenschlichkeit?
Vielleicht, weil er war wie du ein zerbrechlich Menschenkind,
ein Kind, das erfahren hatte, was Elend und Not wirklich sind.

Siehst du in der Ferne die Stadt mit ihren
vielen kleinen Gassen,
hörst du der Menschen Angst, die sie in
stille Worte fassen?
Ja, mein liebes, gutes Kind, auch davon
singt uns täglich der Wind,
es liegt an uns Menschen, ob wir bereit zu
hören und zu sehen sind.

Arno Häcker

du bist schon fort
du bist schon aufgelöst
im nebel und
vom schnee verweht
du bist schon fort
und ich bin schon
dem wind vermählt
bin schon die winterbraut
und meine morgengabe ist
die einsamkeit

Liesbeth Haddad-Kirchl

Schweinetötung

Nach dem Schuss das
scharfe Messer
schnittig in den
Hals gestochen.
Auf Schädel und Boden
floss tiefrote Lava
aus borstiger Spalte.
Es zuckten die Muskeln
beim Abschied vom Leben.
Zur Masse geronnen
ist langsam das Rote
im Tode versiegte
das Leiden am Höhepunkt.

Joseph Hader * 1962

Stille Liebe

Die Sterne funkeln niemals mehr
Als deine Haut im Liebesmeer
Sich perlend auf mir wiegt
Und meine Seele leise liebt.

Der Sand stürmt still und rauschend
So wie dein Lieben in der Nacht,
Und mein Gefühl, dem Atem lauschend
Hat diese Nacht allein verbracht.

Empfindungen sind nicht zu wählen,
für den, der tot im Fluss der Liebe
schwimmt.
Und tiefe, sanfte Stiche nicht zu zählen
Für den, dem eine Nacht das Leben nimmt.

Doch eines vermag ich in Worte zu
kleiden.
Das Gefühl jener Sorte, das jenseits der
Triebe,
kraftvoll mich betört - und verrinnt: die
Liebe.

Christina Haderthauer * 1985

Endlose Reise

Endlose Reise gegen die Zeit
Geträumte Schäume eine Ewigkeit
Vergebliches Warten, grausames Leid
Gegen den Strom allezeit

Geschweifte Nebel über dem Land
Ein dürres Blatt in deiner Hand
Gebrochene Worte überall
Trage dein Kreuz bis zum Fall

Steinige Wege hinab ins Tal
Getrocknete Tränen schimmern fahl
Kochendes Blut bis an den Rand
Geschürte Hoffnung - alles Tand

Schwarze Rosen in deinem Haar
Verwegene Wünsche werden nie wahr
Geknickter Stab, gebrochener Eid
Unverständnis weit und breit

Vergebliche Reise gegen die Zeit
Verzweifelte Träume eine Ewigkeit
Falsche Werte bergen Gefahr
Tanz deinen Tod - wunderbar

Daria Hagemeister * 1956

Wind

Wind, Wind, du schmeichelnder Freund,
umwehst meine ganze Gestalt.
Wind, Wind, du kraftvoller Freund, ich
spüre deine Gewalt.

Du spielst mit den Kleidern, mal mit
meinem Haar und rüttelst den Baum
vor dem Haus.
Mal streichelst du sanft über Wiese und
Feld, mal wird ein Sturm daraus.

Wind, Wind, du häufiger Gast, hinterlässt
hier und da deine Zeichen.
Mit Regen im Schlepptau verwüstest du
auch. Die Erde beginnt zu
durchweichen.

An manchen Orten fürchtet man dich,
woanders plant man dich ein.
Ich freu mich auf den Nordseestrand, was
könnte schöner sein,
als dich zu erleben, dir entgegen zu geh'n
und mit deiner Kraft im Rücken
das Wasser zu seh'n, dass du aufgepeitscht.
Es kann mich nur beglücken.

Bringst Gerüche von meinen Nachbarn mit
und manchmal ihre Geschichten.
Du flüsterst mir ein Lied ins Ohr. Davon
werd ich berichten.

Zuweilen wär ich gern ein Blatt, so leicht
dass du mich fasst.
Ich flög mit dir tagein, tagaus und machte
mit dir Rast.

Umspiele und umwehe mich und dränge
dich an mich.
Ich spür dich dann mit Haut und Haar und
dafür mag ich dich.

Maria Hagenschneider * 1955

Container

Erntehelfer
Bauhelfer
Bürokraft
Studentisch

Abgeschirmtes Einhocken
Wie im Bau
Miete zocken vom Lohn
Mundtote helfen pro Tag, pro Woche, pro
Saison

Dass was auf den Tisch kommt
Dass der Tisch ins Haus kommt
Dass das Haus zum Menschen kommt
Dafür stecken sie euch in Container

Ruhige Lage
Hinter Büschen
Am Ende der Haltestelle
Bundesstraßennah

Das Essen vom Imbiss
Abends kommt ein Mädchen vorbei

Bis Du sie siehst, sind sie längst weg.

Nina Hager

Herbst

Vom Blatt gesprochen
wird viel in diesen Wochen –
denn es ist Herbst im Land.

Schon viele starben
in herrlichen Farben
und buntem Totengewand.

Das Jahr sich zu Ende neigt,
hält Blüten zum Abschied bereit,
verwelkt in der Hand.

Doch wenn das Blatt sich wendet,
Sonne wieder Leben spendet,
den Frühling ich fand –
blühende Blätter,
welkende Blätter
bis hin zum Lebensrand.

Hans Hagl

Mein Biest

klopft mit der Faust an die Tür,
es erbittet Einlass
in meine Welt.

Und in diesen stillen Minuten
spricht es auf mich ein
es sagt die Freiheit
wäre da draußen allein
und ich solle gehen,
alles hinter mir lassen,
meine Koffer packen
und das Land hier verlassen.
Mich nie mehr umdrehen
und nicht mehr weinen
die Freiheit meiner Seele
und das Ende der Sehnsucht
wird nur
da draußen zu finden sein.

Und ich geh.

Björn Hahn * 1984

Stehenden Worten vorausgegangen

(Beim Aufschreiben eines Gedichts)

Für ursprünglich Umsichtige, die wir
ungetäuscht bleiben, sind keine
überstürzten Reisen fällig.
Dennoch, zum Auschecken ist es zu spät.
Sang- und klanglos von zu kurz geratenen
Glockenschlägen geläutert,
einen Vorfall übergehen, in freier
Himmelsgeschwindigkeit,
den wir sonst vergessen hätten.
Unendlichkeit hebt die Sicherheit
geselliger Equipagen nicht auf.
Das Tagesgeschäft ist gelaufen.
Alles durch Wärme Belebte zu Bett.
(Als kenne es den Ausgang seiner Sache
bereits, in die Fänge der Umstände
übersetzt.)
Einschneidender Rhythmus und dessen
eingeblendetes Bild geben eins ins
andere.
Als nicht schwindende Handschrift
unterwegs, den stehenden Worten
voraus,
fünf geballte Finger einer einzigen Hand.

Gino Hahnemann

Morgens neben Dir erwachen
Und den Schlaf Dir aus den Sinnen lieben

Mittags mit Dir sitzen
Im Freien
Eine Flasche Wein teilen mit Dir
Sanft und fliessend fühlen
Sonnenschein auf uns

In der Dämmerung dann
Schweigend mit Dir sein
Mir vorstellen
Da am Horizont mit Dir zu fliegen

Dann zurück in unser Zimmer
Das uns birgt vor der Welt
Eine Kerze entzünden
Und uns müde lieben

Von Deinem Atem getragen
Einschlafen neben Dir

Matthias Haller

Und warum lachte er immer
Bevor er sprach,
Er, Merlin,
Wenn nicht darum,
Weil er wusste,
Dass Lachen und Reden Feuer sind?
Und dass,
Wenn er erst gesprochen hätte,
Nichts mehr
So sein würde
Wie es vorher einmal war?

Francesca Haller-Perolini

schwarzes meer im spätsommer

wie wasser dampfend am glutofen zischt
so sprühen und schäumen gischt um gischt
tosend und rauschend in wildem rollen
kopfüber bauschend mit wütendem grollen

und welle mit welle gleichen sich nicht
es wechseln die wasser des meeres gesicht –
saugen den sand in die see hinaus
wühlen in urtiefen, spein wieder aus

sie streuen farbig den Strand entlang
steine und muscheln, algen und tang – der puls der Strömung gibt das muster vor
verführt das aug, weckt haut und ohr

du stehst an der küste und staunst – ein zwerg
das meer verrichtet des höhesten werk und ist doch nur Spiegel der Schöpferkraft
allso treib du dein tagwerk mit leidenschaft

Johannes Halmen

Kinder & Kastanien

Die Füße raschelnd durchs Laub schleichend, ihre Augen suchend am Boden.
Mit beiden Händen bunte Blätter beiseite schieben, voll Neugier, was sich darunter verbirgt.
Den Fund stolz und sanft durch ihre Finger gleiten lassen,
streichelnd die glatte Oberfläche betrachtend.
Phantasie, beflügelt durch Struktur und Geschichten erzählen.
Pläneschmiedende Begeisterung, was aus ihr alles werden kann.

Heike Hälsig * 1971

Bewundernswert

Es singt mir
die Amsel
den neuen Morgen
vor die Tür,
die Schwingen noch feucht
vom nächtlichen
Regen.

Heike Haltenhoff * 1964

Liebe Schwester Liebe

Gehst du Du letzte weite Heimat
Du Erinnerung an Kindsein Hoffnungsvoll Bieder Missbraucht
Geh nicht

Lass doch Die Krankheit Das Leid Verdammt
Du Vernünftige Du Liebe Kluge Realistisch Beherrscht
Lass es

Bleib noch Bei allen Bei uns Bei mir
Was soll ich denn nur Wie leben Wie dich
missen Ohne Dich sein
Bleib hier

Du kämpfst Du Starke Du musst Du
kannst
Du schaffst es gewiss Das Ringen Das
Wettlaufen mit Dem Tod
Kämpfe

Siege Das beherrschst du Das Ist es
Das tust du Das hast du dir jetzt Mit
deinem Leben Verdient
Du siegst

Morgen Schmecke Höre Sich Fühle
Der Morgen ist dir Du spürst ihn Du
atmest ihn So Leb doch
Lebst Du

Roswitha Halversche * 1948

Heimat

Du rufst mich,
in mir rufst du mich.

Ich will kommen, will rennen
und kann nicht –
ich muß noch warten.

Ich will schreien, will weinen
und kann nicht –
ich muß vernünftig sein.

Warten, voller Sehnsucht warten.

Du rufst mich, du rufst.

Warte Heimat,
warte noch auf mich.

Lamis Hamarneh * 1969

Die anonyme Leidenschaft

Sie ist einmalig, sie ist umwerfend,
Sie ist fantastisch, sie ist perfekt,
Sie ist eigenartig, weil einzigartig.
In ihrer Näh' die Sinne beben,

Der Puls, er rast, die Seele fliegt,
Der Geist, er wird zum Phänomen.

Sie schmeichelt dir geheimnisvoll,
Als sei's ein ferner, ferner Wind,
Der dann im Sturm erschreckend ist.

In der Höll' dem Himmel nah,
Oder so auch umgekehrt,
Wenn der Frosch zum König wird.

Sie hält dich fest, du lässt nicht los,
Ihr findet eure Ruhe nicht,
Weil die Passion zu mächtig ist.

Ob Illusion, ob Obsession,
Das ist hier völlig gleich,
Was bleibt, ist immerfort
Der Hauch der Träumerei.

Günther Hammer

Der Tag nach dem Krieg

Der Samen am Baum der Erkenntnis –
vertrocknet
Auf jedem Weg Steine der Weisheit –
zersprengt
Am Strand verlaufen sich Wellen –
blutgetränkt
Willenlos streicht Wind – grau

Jenseits von Gut – Menschenleiber,
Tierseelen
leblose Schreie der Unfassbarkeit –
Pflanzenstümpfe
Wände aus denen tote Fenster starren
warten auf den Zerfall
Endlich

Zeit spielt keine Rolle mehr!!
Landschaftslos verschwendet sich das
Farbenspiel des Sonnenaufgangs
Erde zu Erde – Erde zu Asche...
und niemand, der den Duft des Meeres
noch preisen kann
Es ist
Der Tag danach

Uschi Hammes

Herbstsonne

Nicht mehr heiß und glühend ist Dein
Licht,
sondern warm und wohltuend scheinst Du
mir in's Gesicht.

Ich nutze jeden Strahl von Dir
und weiß, lang' bist Du nicht mehr hier.

Du versüßt uns die Schwelle zum Winter
mit Dir komm' ich kaum dahinter.

Was wären Drachen steigen, Wandern
ohne Dich
so ist es wunderbar für mich.

Bunte Blätter Du zum Leuchten bringst
Mensch und Tier damit beschwingst.

Beate Hampel

Spuren

Flüchtige Schrift,
Wegemarken
der Jahre.

Fast überwachsen
in der Flur
des Lebens.

Trittnarben
des Woher
und Wohin.

Walter Hampele * 1928

Schmelzende Hoffnung

Der Gletscher
zunehmender Zerfall
ist nichts als das zu Eis gefrorene
Sinnbild für die schmelzende Hoffnung,
der drohende Klimakollaps lasse uns nicht
länger kalt.

Stefan Häne

Vogel Strauß

Viele Gattungen
unserer Tierwelt
sind schon
ausgestorben.

Doch ein großer,
gewaltiger Vogel
hat millionenfach
Nachahmer gefunden.

Bald aber wird er
die typische Kopfhaltung
ändern müssen.

In Beton und Asphalt
kann man
seinen Kopf
nicht stecken.

Ilse Hangert * 1925

Am Meer sitzen, schreiben, Gedanken
fließen lassen, eintauchen in Bilder,
den Gefühlen und Phantasien einen Namen
geben und daraus eine Geschichte
entstehen lassen,
Höhen und Tiefen durchwandern, und der
inneren Stimme mehr und mehr
Raum geben.
Den Stromschnellen folgen,
rhythmische Klänge mit der Trommel zum
Höhepunkt spielen,
Kieselsteine ins Wasser werfen,
den neuen Ideen folgen und der Uhr die
Zeit wegnehmen.
Eine Sandburg bauen, Luftschlösser
bewohnen, Rosen züchten.
Beim Weben den Gesang der Wale mit
einweben,
den Flusslauf beobachten und still werden.
Das alte Handtuch wegwerfen, die Hände
in den Schoß legen,
ein Märchen erfinden und dabei die Katze
beobachten.
Sich hüten wie den eigenen Augapfel,
Perlen beim Gründeln finden,
bunte Glitzersteine auffädeln, sie in der
Sonne wie kostbare Steine leuchten
lassen.
Die Daumenschrauben ablegen,
und die innere Härte durch Zärtlichkeit
und Sanftheit zum Schmelzen
bringen,
Verlorenes wiederfinden, ein Wort finden
das sich auf Liebe und Freude reimt.
Laue Nächte romantisch erleben, dem
Mond eine Gutenachtgeschichte
erzählen.
Eine Sonnenanbeterin werden, tanzen
immer wieder tanzen,
und das Wasser des Lebens nach Hause
holen.

Erika Hannig

Tagträume

Hab dich gesehen,
du winktest mir.
Hab dich gehört,
du riefst nach mir.
Hab dich gespürt
mit allen Sinnen.
Hab dich gefühlt,
tief in mir drinnen.
War alles nur Traum? –
dann wünsch ich mir.
Lass mich gemeinsam träumen mit dir
von Zweiheit, Vielfalt und Liebe.

Margarete Hansch

Lauf des Lebens

Fragt das Heute das Gestern: "wie war dein
Tag?"
Die Antwort: "schön…, sonnig und heiter
er war!"
Darauf das Heute: "was gestern war, ist
nicht mehr,
die Welt heute ist dunkel und leer!
Ein Mensch fehlt, um den sich alles
gedreht,
Liebe ist im Alltag verweht,
Krankheit und Not brachten Tod,
ein Zug endet auf Gleisen im Nirgendwo!
Kinder kommen, Alte geh'n,
die Erde dreht sich, die Welt bleibt
besteh'n!"
Was der Morgen bringt?
Keiner weiß es, wie er auch mit dem
Schicksal ringt.
Das Karussell des Lebens
immer neue Lieder es singt.

Margot Hansen

Spinnennetze

Unerwartet
streift am Balkon
ein klebriger Faden mir die Stirne.

Jetzt kommen sie wieder,
gegen den Herbst hin,
die grauslichen Spinnen!

Sie hangen im Leeren,
haarige Krabbler
in glitzernden Netzen.

Ich bin zu gross,
um hilflos mit den
winzigen Mücken drin zu hangen,

doch leider bin ich klein genug,
um jener Riesenspinne, der Angst,
ins hinterhältige Netz zu laufen.

Arthur Häny * 1924

Himmlischer Maskenball

Wenn der Petrus Urlaub macht,
freun sich die Engelein,
sie feiern einen Maskenball,
laden junge Teufel ein.

Wenn der Petrus Urlaub macht,
geht es im Himmel rund,
da wird geschunkelt und gelacht
bis in die Morgenstund.

Wenn der Petrus Urlaub macht,
geschieht so mancherlei,
da wird der Himmel dicht gemacht,
nur der Mond schaut mal vorbei.

Und was der alte Mond dort sieht,
das ist so sonderbar,
es seine Stirn in Falten zieht,
lässt sträuben seine Haar.

Ich hab' den Alten ausgefragt,
doch er blieb seltsam still,
hat schnell 'ne Finsternis gemacht,
weil er nicht reden will.

Paul Hara

Buddha von Kamakura

Vor dem Großen Wünschelosen steigen
Wünsche auf,
Steigen auf in steter Zahl wie Rauch von
schlecht Verbranntem,
Breite Schwaden Wohlergehens, dünne
Fäden Ehrgeiz',
Qualmende Spiralen Wollens, winden sich
empor,
Kreisen, angefacht von aufgeregten bunten
Wimpeln,
Um den Ruhesitz aus regungslosen
Wasserrosen,
Den die Erde bebend ausgebreitet, sehnen
sich noch
Durch die Dächer, die schon lang das Meer
hinweggenommen,
Steigen, steigen rußend, steigen blakend,
steigen auf,
Wünsche, Wünsche, Wünsche, steigen,
steigen, steigen auf,
Steigen auf, um unter freiem Himmel zu
verpuffen.
Übrig bleibt allein der grüne Kupfer der
Erfüllung.

Finn Harder

Worte

Was du gesagt –
trifft auf ungeahnte Schmerzenswelten.
Nächte waren ein Leben mit dir.
Jede Seeligkeit –
ein stolzes Geben von mir.
Ich kann dir nicht sagen:
was mich immer wieder
nur an dir so verlor.

Immerhin –
ich habe um jedes deiner Worte gerungen.
Meinte sie zu verknüpfen
mit meinen Wassern,
so endlos tief.
Irrtum war dreimeilenweit.
Jetzt weiß ich,
meine Zeit geht ohne Zeiger
und mein Sehnen erahnt heute noch keiner.

Es ist schon gut,
von uns zu lassen –
auch wenn dein Gehen – mich,
als Tränenschwere hinterlässt.

Sabine Harder * 1962

Jede Nacht

Jede Nacht liege ich wach und kann nicht
schlafen, da mich Gedanken an dich
plagen.
Jede Nacht wünsche ich mir dich zu fühlen.
Jede Nacht sehne ich mich danach dich zu
berühren.

Jede Nacht sehe ich in meinen Träumen
dein Gesicht.
Jede Nacht weine ich Tränen um dich.
Jede Nacht fühle ich mich ganz allein.
Jede Nacht will ich bei dir sein.

Jede Nacht frage ich mich warum.
Jede Nacht antwortet die Stille um mich
herum.
Jede Nacht, eingehüllt von Dunkelheit,
zerbricht mein Herz erneut.
Jede Nacht quält mich die Erinnerung an
unsere Trennung.

Ich liebe dich so sehr, doch du hast mein
Herz gebrochen.
Es wird nie wieder vor Liebe aufgeregt
pochen.

M. Harich * 1989

Die Noten wiederholen die Landschaft

(für Oliver)

Der Körper atmet auf Feld.
Goldgrün sind die Quellen zueinander
und sie erschaffen neues Leben.

Wir sind am Ende des Windes
angekommen.
Dort betreten unsere Völker
die Frucht eines schwindenden
Jahrhunderts.

Kevin Haring-Sedler

Wortgewand

schmück dich mit Worten
sprich sie rasch und deutlich aus
was in dir und was außen ist der Worte
Haus
weshalb verbergen warum Schönheit
horten

denn alles was in diesem Hause lebt
in Farben in Entzücken und in Pein
mit jedem Atemzug entsteht ist alles dein –
hüll dich in das Gewand das dich bewegt

Claus Harnischmacher * 1939

Auf Wachposten

Meine Gedanken verlieren sich
in der unheimlichen Weite
einer trostlosen Landschaft
über der sich schweigend
das Dunkel des Himmelsdom
rings um das Firmament hüllt

Meine Träume entschweben
in das kalte Licht der Sterne
die in ihrer unsichtbaren Hand
mein Schicksal halten

Schüsse und Schreie in der Ferne
unbarmherzige Wirklichkeit
im fremden Land
wo mein Leben
die Freiheit anderer schützt.

Carl Ferdinand Harrach * 1923

Das Jahr verzeih' n

So, wie Wasser durch eine Rinne mit zu
vielen Löchern
zerrinnt das endende Jahr
in diesen Momenten der letzten Tage.
Mit Händen, klein & groß
läßt es sich nicht auffangen bloß.
Es fließt einfach dahin.
Halt inne, für ein paar Stunden
in all den wunderbaren Minuten von
schönen Augenblicken.
Das ist ein kostbares Geschenk an dich
selbst.
Wie die Ruhe, Muße & Besinnung,
die wir sonst in all der Hektik
so leichtfertig beiseite schieben.
Nichts weiter tun
als Menschen treffen, liebe Freunde und
Verwandte
ohne Zeit & Raum, ohne Plan & Geleit
an diesem einzigartigen Tag – der
stimmungsvollen Weihnachtszeit...
Einfach nur plaudern, lauschen, tratschen,
klönen,
lachen, verrückte Sachen machen
und sich in Frieden & Eintracht, in Liebe &
Harmonie versöhnen.
Sich einfach nur das vergangene Jahr
verzeih' n.

Michaela Härtel

Träume

Es ist aus vieler Nächte Traum:
Menschen ringsum wär'n wie ein Baum.
Noch spür ich ihre Nähe nicht
und doch umringen sie mich dicht,
ganz schlicht und zart
nach Menschenart.
Und während ich mich wehren will
wird alles rings um mich ganz still.
Die Ruhe kommt durch Laub und Äste,
in meinem Haar sind Vögel Gäste.
Ich halt es aus. Ich lass es zu.
So komme ich im Traum zur Ruh.

Der nächste Tag bringt kalten Wind.
Und wieder wein ich - wie ein Kind.

Jutta Hartmann * 1957

Mut

Fährst Du mit vereister Scheibe?
Im Regen ohne Scheibenwischer?
Nein??
Und – lebst Du auch so??

Wenn Du Dich dem Reißverschlusssystem
des Lebens nicht stellen willst,
aus Angst, es könne haken,
wenn Du Knöpfen misstraust,
aus Angst, sie könnten abreißen,
suche in den Schubladen Deines Lebens
nach dem Gürtel,
der alles zusammenhält.

Und nenne ihn Liebe!

Marika Hasenbring * 1953

Großes will gelebt werden – sei mutig

Was ist groß?
Was ist größer?
Das Größte ist wohl die Natur.
Sie kann ich nicht leben,
sie kann ich verehren,
sie kann ich lieben,
sie kann ich in mich aufnehmen.
Bin auch ich Natur? Kann ich mich leben?
Großes sind Ziele.
Ziele kann ich nicht leben,
Ziele muss ich erarbeiten.
Ziele sind nicht immer zu erreichen.
Wie soll ich sie leben?
Großes will gelebt werden.
Es ist schwer, die Steine im Weg sind zu
groß,
zu mächtig, reicht meine Kraft?
Ich muss mutiger werden.
Schaffe ich es? Ich glaube es noch nicht.
Dennoch, ein Versuch ist es sicherlich
wert!!!

Elisabeth Hastetter

Kennst du das Land?

(frei nach Erich Kästner)

Kennst du das Land, wo Aufsichtsräte
walten,
das Land jedoch nicht aufrecht halten?
Kennst du das Land, in dem die Armut,
nach dem Gesetz verordnet wird?

Kennst du das Land, wo Vater Staat,
dir in die leeren Taschen schaut?
Kennst du das Land, wo immer größer
werden,
die Schulden und die Konten vieler
Schergen?

Kennst du das Land, wo Volksvertreter,
nur eine Sorte Volk, sich selbst, vertreten?
Kennst du das Land, wo Manager sich
quälen,
sich heimlich aus dem Land zu stehlen?

Kennst du das Land, wo Bildung und
Kultur,
zurückzutreten haben, denn Business geht
vor?
Kennst du das Land, wo Banken stehen,
statt Theater,
die Bildung und die Kunst, die kannte nur
dein Vater?

Du kennst es nicht, du wirst es kennen
lernen.
Mensch trägst du nicht die richt'ge Brille?
Besorg sie dir, sonst wird's in diesem Land
sehr stille.

Helmut Friedrich Hauck

Advent im Krankenhaus

Du liegst im Krankenhaus im
Dreibettzimmer und schaust betrübt
zum Fenster raus.
Grau der Himmel, kahle Bäume, nass und
kalt das Wetter, so sieht es fast in
deiner Seele aus.

Kein Leben auf der Wiese unten, wo sonst
im Sommer Blumen blüh'n.
Wo sonst die Vögel zwitschern in der
Sonne, jetzt ab und zu nur Krähen
kurz vorüber ziehn.

Ein Spatz sitzt draußen vor dem Fenster, er
schaut dich traurig, bittend an.
Grad so, als spürt er dein Verlangen nach
der Genesung – kommt sie, – wann?

Unten läuft ein Kind, so leicht und
unbeschwert, wie einst du selber es
getan.
Übern Weg und Rasen, der weiß bedeckt
vom Reif der Nacht, so langsam fängt
zu tauen an.

Lichter siehst du über Gipfeln, der Birken,
Tannen hinten am Gelände.
Du denkst an deine Lieben all und faltest
bittend deine Hände.

Du möchtest heim, jedoch du weist es
selber ganz genau, du kannst nicht
gehn.
Erst wenn man sicher ist, dir kann nichts
böses mehr geschehn.

Langsam neigt der Tag sich seinem Ende
zu, die Nacht kommt leis, wies jeder
kennt.
Du zündest eine Kerze an, die dir dich
Liebende brachten zum Advent.

Das Licht bringt Wärme in dein Herz und
Hoffnung macht sich in ihm breit.
Es wird schon wieder sagst du dir, es ist
noch lange Zeit.

Eberhard Haufe * 1935

Ein Engel im weißen Gewand
Nachts an Meinem Bette stand
Mit einer Stimme hell und klar
Mir sagte ich bin immer für Dich da

Im Zimmer war ein helles Licht
Die Tränen liefen über Mein Gesicht
Die Gestalt die Mir so bekannt
Der Umriss Der Schatten an Der Wand

Er sagte Ich werde Dich ewig lieben
Doch gib Mir endlich Meinen Frieden
Du musst mich endlich loslassen
Ich kann nicht ewig auf Dich aufpassen

Es tut so weh Dich so zu sehen
warum läßt Du Dich nur so gehen
All Die Trauer All Die Schmerzen
Ich bin für immer in Deinem Herzen

Steh endlich auf und nimm es hin
Ich nur in Deinem Herz noch bin
Und all Die Jahre die vergehen
Ich werde immer nach Dir sehen

Manfred Haupt

Spaziergang

wer weiß wo du bist
kannst du uns
hören

das Totsein
ist ein Ruhen
unter Blumen könnte man
glauben

am Hinterausgang
wachsen Erdbeeren

hier liegen auch die
toten Rosen

Regina Hauschild

Auf ein Dach

Abendversonnenes Dach im späten Licht.
Endlich reift Frohsein am vormals
verregneten Tag. Glühst finstrer Nacht
entgegen. Wärme speichern die Ziegel
und fühlen sich rot und froh. Ziegel,
dein Glühen wechselt so leicht
von lichtloh zu schattigem Kalt –
wär so simpel die Liebe
käm ich nach Haus.

Sabrina Dr. Hausdörfer

Grandioso primatis

Tief im Dschungel, und zwar in Afrika,
eine Äffin hockt auf einem Baum namens
Mammalia.
Eutheria, ihre Schwester vom
Nachbarrudel, brüllt ihr entgegen mit
rosa Schleife, wie ein Pudel:
„Springen, hangeln, baumeln, schwingen -
was ist das schon!
Auf zwei Beinen geh'n, liebe Schwester!
Das nennt man Evolution.
Von den Menschen haben wir viel
abgeseh'n -
wie auch das Konzert der Affen, das wird
bald gescheh'n."
Mammalia denkt hin und her, Zweifel nagt
im Kopfe drin.
Die Neugier siegt. Kratzt sich nochmal
und schwingt sich hin.
Ist das ein Tumult, Gekreisch, Rabatz! Der
Affen Verhalten ein einz'ges Gehatz.
Im Saale sie toben und johlen, ihr Haar
steif gelackt.
Ein furchtbar Durcheinander, bei dem so
mancher abgefuckt.
Auf der Bühne schmeißen sie Arme und
Beine chaotisch -
schreien beim Fletschen der Zähne, als wär'
es melodisch.
Und der schlapp über der Bühne hängt,
nichts mehr erzählt, wird zum
grandioso primatis gewählt.
Mammalia springt schnell nach Haus,
damit ihr's wißt,
ist heilfroh, dass sie kein Mensch, nur eine
Äffin ist.

Annelies Häusler-Kavalir * 1953

Was ist denn schon Glück?

(Diamantene Hochzeit)

Was Glück wohl bedeutet? – Würdest du
mich das fragen –
meine Antwort darauf, ich will sie dir sagen
–
es ist nur ein Wort, doch in vielen
Gestalten –
ein Schicksalsgeschenk, oft schwer zu
erhalten –
ist nicht wie ein Traum, der am Morgen
beendet –
und, hat es sich dir einmal zugewendet –
dann glaube daran und halte es fest –
so lange, wie sich's nur halten lässt.

Doch, schau dich mal um. Hier in diesem
Raum –
da hat sich erfüllt so ein Menschheitstraum
–
da haben in Händen zwei Menschen
gehalten –
ein Quäntchen vom Glück, zum Leben
gestalten.
sie halten's schon fest, bis zum heutigen
Tag,
der für sie wohl nun der schönste sein mag.

Zwei Augenpaare im Glanz erstrahlten –
als wollten sie damit ihr Glück bezahlen –
doch Glück ist nicht käuflich, nicht
erhältlich im Tausch –
ist sehr schnell vergänglich, verfliegt wie im
Rausch –
und weil Glück nicht haltbar für ewige Zeit
–
gibt's ein größeres Glück, die
„Zufriedenheit".

Kurt Hausmann

Jugendbildnis

Weil wieder so viel Zeit vergangen, auch
dass Erinnerung nicht erlahmt
hab nachgegangen dem Verlangen und's
Bilderalbum ausgekramt.

In einem Ledereingebinde und in
Klarsichtfolie gesteckt
ich mein Jugendfoto finde, das selbst in mir
noch Neid erweckt.

Wahrhaftig Neid, dass muss ich sagen –
wenn ich mich jetzt im Spiegel seh'
bin nah' daran ich zu verzagen – ihr dürft
mir glauben, das tut weh'.

Was ich da auf dem Bild erblicke, das ist
ein Kerl aus Fleisch und Blut
im Lockenhaar nicht eine Lücke – wie ich
da ausseh', das tut gut.

Es würde manche Frau erblassen – zeigt ich
ihr jetzt mein Jugendbild
doch, ich will's lieber bleiben lassen – sonst
mach ich sie vielleicht noch wild.

Drum, will ich lieber's Album schließen –
kehr in die Gegenwart zurück
mein Aussehen jetzt, darf nicht verdrießen
– es ist vom Leben, nur ein Stück.

Kurt Hausmann sen. * 1922

In dieser Nacht

In der Nacht
da Sterne glühen,
der Mond hell leuchtet
in düsterer Finsternis.

Wo sich zwei Menschen treffen,
in eisiger Kälte,
eng umschlungen
und die Liebe neu erwacht.

Stürmisch heiße Wogen
schwappen auf und wieder ab,
und keiner wagt zu sprechen
in dieser endlos langen Nacht.

Nadine Hausstein * 1985

Farben des Lebens

Weiß und gelb sind die Farben des
Frühlings,
wie Reste vom Schnee und Sonne pur.
Drängen zum Licht auch andere Farben,
sind sie doch kleine Farbtupfer nur.

Farbfroh prangen die Blüten des Sommers,
bunte Palette, malkastengleich.
Kein Künstler kann sie jemals so malen,
verschwenderisch leuchtend, nuancenreich.

Rot, Gelb und Braun wählt der Herbst als
Farben,
letztes Verglühen der Sommerzeit.
Lila verschwommene Nebel wallen,
Vorboten früher Winterlichkeit.

Grau-schwarz beginnt der Winter sein
Treiben,
manchmal gehüllt in silbernes Weiß,
das eine Decke malerisch breitet
als weichen Schnee über glitzerndes Eis.

Wie diese Farben ist unser Leben:
strahlende Jugend, Alter in Grau,
zwischendurch Hoch-Zeit in allen Farben.
Wann alles schwarz wird, weiß niemand
genau.

Hildrun Hauthal-Stenger * 1931

Für Jeremias

Ohne Worte zu machen,
sprichst du mit mir –
Mit Engelszunge.

Ohne mir zu erklären,
lässt du mich begreifen –
Mit Engelsgeduld.

Ohne mich anzufassen,
berührst du mich –
Mit Engelsgesang.

Ohne Bedingungen zu stellen,
vertraust du mir –
Mit Engelsliebe.

Jürgen Hayer * 1957

Mein ganzes Leben
ungenutzt,
Mein Kindgemüt
zurechtgestutzt
durch Einsam-
und durch Bitterkeit,
und Neid
auf fremde Zweisamkeit.
Ein trauriges Resümee.

Thomas Hecht * 1969

Erst ist es der Kuss,
Nur schon das Berühren.
Der elektrische Fluss
Wird das Feuer dann schüren,
Zur Flamme auflodern,
Verstand überrannt,
Den Körper erobern:
In Wollust verbrannt.

Christoph Heckermann * 1951

Jeanne d'Arc

Der Himmel scheint unendlich grau

Es ziehen die irdischen zur
Freiheitsschlacht,
Empor – in heiliger Empörung,
Empor – aus trauriger Betörung
Doch Längst schwand es dahin
der heiligen Wundermacht,

ein gefallener Engel, ich bin erwacht
Es ist kalt, es ist fremd, penetrant,
es ist englische Macht! Englische Haft!
Es war längst entschieden, beschlossen,
und ein Feuer wurde entfacht!

Das letzte Wort ist gefallen,
meine Liebe war stärker,
sie wird bis in den Himmel schallen
selbst im englischen Kerker,
zwischen Feuer und Rauch,
ist es heiß, dicht und stickig,
doch mein Glauben ist dies auch,
und nur in diesem versink ich...

...Und der Himmel strahlt so blau...

Jenny-Jinya Hefczyc * 1989

Erst einmal

Sicher ist da erst einmal die Lust,
die Lust an Deinem Körper.
- Du fragst, wieviel geb ich Dir. -

Wäre da nicht dieses Gefühl,
dieses Gefühl, du machst Dich auf,
Dich auf für mich,
dieses Gefühl, was mich trägt
auf breiten Schwingen,

dann wäre es die Lust
auf Deinen Körper –
nicht auch auf Deine Seele.

Werner Heickmann * 1949

Mein Stern

Ich sah im Westen versinken
die Nacht in die
die Nebel stiegen
mein Stern sich flammte
dann matt verglühte
in der gekrümmten Raumzeit
sich bergend bis
schließlich mein Blick verhängte und
die Sonne stieg ins Rot des neuen Morgens
im Osten die Nacht erstarb.

Ich kenne ihn den hohen Stern weiß
dass im Lichtschutz des Tages
verdeckt er wandert
im fernen Hinterhof der Erde.
Nicht schreckt mich sein Fernsein
ich liege und schlafe
denn in mir spurt seine Feuerellipse
ein auf Zeit nur entschwundener Stern.

Josef Heidinger * 1950

Am Himmel steht ein ferner Stern,
er strahlt so hell, ich hab ihn gern,
in der Fremde denk ich nur an dich,
und ich glaube fest, du liebst auch mich.
Einsam bin ich hier und so allein,
ich hab nur den Stern und seinen Schein,
ich starr ihn an und seh in dein Gesicht,
du bist so schön und gibst mir so viel Licht.
Deine Nähe ist so unendlich weit,
hoffentlich sind wir wieder bald vereint.
Ich halt es nicht mehr lange aus,
ich bin es leid, ich muß hier raus.
Ich möchte endlich dich in meine Arme
nehmen,
das Einzige was ich brauch, kannst nur du
mir geben.

Hermann S. Heidschnuck * 1949

Kostbare Träne

Leise rinnt die kalte Träne,
über Wange, Kragen bis zur Erd.
Wird zertreten von den Füßen,
als wär sie überhaupt nichts wert.

Kostbar könnt man sie fast nennen,
aufzuwiegen mit purem Gold.
Nur Rätsel ihren Ursprung kennen
und meistens kommt sie ungewollt.

Genieß sie, wenn sie dich verlässt,
nimmt mit sich manches Leiden.
Manchmal ist's vom Glück der Rest,
manchmal stummes Scheiden.

Verlassen wird sie dich für immer,
schau ihr mit einem Lächeln nach.
Macht Platz für neuen
Hoffnungsschimmer,
für Glück und Freude jeden Tag.

heifie * 1948

Traumreiter

Im nächtlichen Getaumel
fließen Mondschein und Gesang
in die Träume derer, die da wandeln,
auf der Reise durch die Nacht.
Traumfragmente unbedacht
erobern nun die lange Nacht.

In Bewusstseinstiefen steigt hinab -
der Seele Abgrund tiefer Schleier,
dieser monderhellten Nacht.
Nun beginnt das nächtliche Getaumel
zwischen Wolfsgeheul und Feentanz,
entlang der unbewussten Linie -
Seelenfeuer sind entfacht.

Doch morgens in der Dämmerung
neigt sich die Nacht dem Tage,
erscheint es wie Erleichterung -
der Traum hat nun ein Ende.

Ute Heilkenbrinker * 1967

Chinesischer Tee

Zum Tee erhoben wir die Tassen,
die aus der Dynastie der Ming.
Des Drachenmusters dunklen Ring
– gebändigt unter deinem Blick –
bestauntest du furchtlos gelassen,
weil keine Macht mehr an ihm hing.

Da ahnte ich, dass mein Geschick,
geführt auf vorbestimmter Bahn,
ganz deinem Schicksal zugetan,
durch Völker schon und viele Rassen,
durch Stern- und Erdenkreise ging.
Durchsichtig ward das Porzellan.

Peter Heimann

Letzte Geburt

Meine Töchter, ihr wart alles,
was ich schon erlebte.
Ich liebte euch
mit all meiner Not.

Meine Söhne, ihr wart alles,
was ich nicht sein konnte.
Ich liebte euch
mit all meiner Sehnsucht.

Ich bin euer Anfang,
eure Kindheit und Rebellion,
aber hoffentlich nicht
euer Untergang.

Nehmt an euer Leben!
Unsere Zeit ist gewesen!
Trennt eure Seelen von mir!
Denn ihr seid längst ihr.

Ich kann euch nicht folgen,
nur immer noch lieben,
mit Freude und Glauben
und Trost, wenn ihr wollt.

Eveline Heimsoeth

Meine Große Liebe

Ich bin der glücklichste Mensch auf der
Welt,
denn ich habe jemanden, der zu mir hält.
Jemanden, der für mich da ist zu allen
Zeiten,
auch dann, wenn andere mit mir streiten.
Jemanden, der sich schon glücklich schätzt,
wenn ich bei ihm bin und er neben mir
sitzt.
Jemanden, der sich nicht bei seinen
Freunden beklagt,
wenn der Spiegel über mein Ausseh'n mal
nichts Schönes sagt.
Jemanden, der mich tröstet, wenn mich
Traurigkeit plagt,
weil er dies mit seiner zartfühlenden Art
nicht mag.
Jemanden, der mich liebt und nicht Geld
und Gut,
und der stets weiß, was gut mir tut.
Jemanden, der Haare hat wie Seide
und der mich streichelt auf seine Weise.
Jemanden, der meine Seele bringt zum
Klingen
und mich verwöhnt in vielen Dingen,
der eigenwillig nach mir greift,
wenn er auf seinen Pfoten schleicht.
Der, den ich liebe und der stets zu mir hält,
das ist der schönste Kater auf der Welt.

Christa Hein

Je dunkler es wird

umso mehr
bin ich auf der Suche
nach einer Spur aus der Nacht
und sage mir höre nicht
auf zu suchen
denn
hinter den Wäldern
voll schwarzen Vergessens
winkt es wie
Licht

Heinz-Albert Heindrichs * 1930

Bitter-süß

Bitterer Wermut,
es hilft nichts,
du musst den Kelch leeren
bis auf den Grund.
Vielleicht findet sich dort
noch ein Rest Sommersüße.
Der Frühlingshauch aber
ist verweht – für immer.
Hat Platz gemacht
dem Erdgeruch des Herbstes.
Obwohl schwerer und herber,
birgt er doch in sich
eines langen Sommers
Süße.
Nimm sie bereitwillig auf,
du kannst auch im Winter
noch davon zehren.

Edith Heine * 1922

Ich dachte du wärst ein Freund

Ich dachte du wärst ein Freund,
mein Freund,
der Freund den ich liebe,
der Freund der mich liebt.

Aber ich lag wohl falsch,
Du scheinst der Freund zu sein den ich
liebe,
der mich aber nicht liebt.

Du redest nicht mehr viel mit mir,
Ich aber mit dir,
hörst du mir überhaupt noch zu??
Ich scheine dir nicht mehr viel zu bedeuten,
Du mir aber.

Ich weiß nicht was mit dir los ist,
vielleicht ist auch gar nichts,
alles nur Einbildung,
vielleicht liebst du mich doch,
kannst es nur nicht zeigen?!

Ich will nur daß du weißt:
Für mich bist du der Freund den ich liebe,
der Freund der mir was bedeutet,
und der Freund, dem ich auch gerne zeigen
würde, daß ich ihn liebe.

Nina Viktoria Heine

Märzwinter – in Koserow auf Usedom

Menschenleer der Strand, verlassen.
Still gebreitet ruht die See.
Dunkle Wolkenfetzen lassen
Regen fallen, wo ich geh.

Auf den eisbelegten Wegen
oberhalb im Buchenwald
sammelt sich der Winterregen,
pladdert nieder, eisig kalt.

Alte Bäume stehn und schweigen,
starr und aufrecht, grau und kahl,
Perlenschnüre an den Zweigen,
Wassertropfen ohne Zahl.

Durchs Gesträuch die Nebel wallen,
diesig wabernd, trüb und dicht ...
Winter harrt im Wohlgefallen,
bis er sich das Rückgrat bricht.

Doch mir ist kein bisschen bange,
weichen muss die Finsternis,
dauert gar nicht mehr so lange;
Frühlings Ankunft ist gewiss!

Karin Heinrich * 1941

Anubis

Schakalköpfiger –

Heulst bei Vollmond
heulst bei Neumond
Hüter der großen Mondin
und des Zwielichtes

Schakalköpfiger –

Große Kraft am Tor zur Unterwelt
Wegweiser zum Eckstein
Heilung durch
Tod und Wiedergeburt

Petra Heinrich

Die Flut

An einem Morgen so sonnig und klar
an dem später nichts mehr wie es vorher
war.
Die Kraft des Meeres so gewaltig und stark
so dass die ganze Welt erschrak.
In einem Land so wunderschön
war nur noch Schmerz und Leid zu seh'n.
Unzählige Menschen mussten ihr Leben
lassen
und ertranken in den Wassermassen.
Tausende Kinder haben keine Eltern mehr,
für viele Touristen eine Reise ohne
Wiederkehr.
Eine riesige Hilfe wurde den Menschen zu
teil,
aber werden die Seelen wieder heil?
Wir beten und hoffen, dass ein bisschen
Glück
und Lebensfreude kommt zurück.
Eine böse Laune der Natur?
Warum ist das gescheh'n, warum denn
nur?
Dies lehrt uns die Natur mit Respekt zu
seh'n
in der Hoffnung, möge so etwas nie wieder
gescheh'n.

Stephanie Heinrich

Das Jahr der Hühner

Mein kleines Mädchen,
drei goldne Sommer alt,
kommt leis zu mir
mit glühendem Gesicht.

Was hast du? frage ich,
sie spricht:
Ich habe mir was ausgedacht.
Ja, was denn?
Ein Gedicht!

Sag es mir auf!
Nein, nie, und dass du's weißt,
es ist geheim, ich sag's dir nicht!
Dann sag mir wenigstens den Titel.
Was?
Nun, wie es heißt.

Sie baut sich vor mich hin,
die kleine Brust von Stolz geschwellt
und hochgereckt das Kinn.
So heißt es:

Hühner schleichen um die Welt!

Peter Heinrichs * 1939

Wandlungen

Das große Rad bewirkt durch Leid,
gewandelt nun mein Wort.
Der Stolz des Überwinders
so zeugt mein überlebter Atem,
Dir einen siche'ren Hort.
Den Ozean der Vergangenheit gefüllt mit
Tränen,
voraus den Horizont nur unter
ahnungslosen Wähnen.

Schicksalsträchtig meine Liebste,
ein Sieg ohne Triumpf.
Erzähl's den Deinen
wie du neu empfindest,
nach dem großen, schlimmen Sumpf.

Mein Schritt wirkt fremd auf dieser Erde,
weil ich nur bin und trotzdem werde.
Selbst wenn das Weib und Sonstiges
betören,
Vernunft und reif, dem soll die Welt
gehören.

Gottes Licht soll blenden,
so ja auch mein Eigen.
Niemals auf dem Weg zu wenden,
so verläuft der Welt Reigen.

Detlef Heise * 1964

Was bleibt uns?

Wir haben unseren Job quittiert –
unsere Existenzgrundlage ist gefährdet.

Wir haben unser Haus an die Bank
abgegeben,
unser Zuhause gehört uns nicht mehr.

Wir haben unser Hab und Gut
verpfändet –
unser Eigentum liegt jetzt bei Fremden.

Wir haben das Vertrauen in einige
Menschen verloren
unsere sozialen Bande sind zerrissen.

Was bleibt uns?

Es sind all die wichtigen Dinge,
mit denen wir neu beginnen können.

Wir haben uns beide und unsere Liebe.
Wir haben unsere Freunde.
Wir haben unsere Gesundheit.
Wir haben Mut, Stärke und
Selbstvertrauen.
Wir haben unser Wissen und unser
Können.
Wir haben unsere Hoffnung und unsere
Zuversicht.
Wir haben Vertrauen in Gott.

Und das ist mehr als alles ...

Martina Heisser * 1959

Liebesglück

Wolken könnt' ich umarmen,
Wasserwellen ergreifen,
Spür' ich Deinen warmen
Atem mich streifen.

Berge könnt' ich versetzen,
ganze Heere besiegen,
wenn Deine Lippen benetzend
auf den meinigen liegen.

Singen vor Freude könnt' ich,
springen vor Glück,
kost deine Hand mich –
und ich kose zurück.

Norbert Heldermann

Im Tode frei

Pegasus – hernieder gerissen
Durch schwere Kette an die Erde gefesselt
Die Flügel gestutzt, gebrochen der Wille.

Einst der Himmel dein Freund
Der Wind dein Begleiter stets
Welker Boden nun deine Grabstätte
scheint.

Der Pfeil des Jägers tödlich bohrt
Treues Blut Schnee deines Lebens
durchwühlt
Sterbend zurückgelassen.

So tränkt dein Saft die Erdenhülle
Ergießt sich in totem Staub, auf rauen Fels
Lässt Sinne dir schwinden.

Pegasus – Sohn der Lüfte
Zu Boden gezwungen und in Stahl gepresst
Einzig die Gedanken frei sich zu erheben.

Tana Hell

Gestorbene Liebe

(Erinnerungen)

Dein warmes, samtweiches Hautbraun
machte mich einst verliebt und ließ mich
glauben.
An die Liebe, doch an deinem kaltharten
Innern
zerbrach meine Seele schmerzleidend,
wimmernd.

Tausend kleine Stiche ließen mein Herz
langsam verbluten.
Aus offenen Wunden strömte mir die
Lebenskraft,
an der du dich schamlos, rauschhaft
betrunken hast.
Ich aber ertrank allein, in den Fluten
meiner Schmerzen.

Ganz leise, du hast es nicht mal gehört.
Hast mich immer nur laut wegen gestern
verhört.
Dein ungerührter Blick schnitt Risse in
mein Traumschloss.
Warum sahst du nicht wie meine letzte
Träne floss?

Aus meinem Auge, mit ihr der Hoffnung
letzter Rest.
Dein kühles Schweigen das mich mehr hat
verletzt
als es das grausamste Wort der Welt je
vermag.
Darum starb meine Liebe zu dir, Tag für
Tag.

Niki Konrad Hellenbrand * 1976

Befehle einer Wohlerzogenen

An sich selbst glauben,
selbst wenn man sich in den Schlaf flüchtet.
Sich Stärke und Mut zusprechen,
selbst wenn man schon Magenschmerzen
hat.
Bei Ungereimtheiten weghören,
bei Komplimenten aufnahmefähig sein.
Nicht zu viel verlangen,
beim Essen nicht hasten,
und Verschlucken als Signal erkennen
den Mund zu halten!

Gabriele Heller * 1959

Beim Zahnarzt

Im Menschenleben irgendwann
fängt der Zahn zu schmerzen an.
Beim Hasenbratensonntagsschmaus,
friedlich trinkt man – isst zu Haus,
doch dann beim Kauen ohne Hast
ein Nervenschlag den Mensch durchrast,
des Waidmann's Schrotkornkugelblei
ist der Grund vom Schmerzensschrei.
Hilfe ist jetzt das Gebot

er ruft den Zahnarzt in der Not.
Rund geschwollen ist die Wange
vorm weißen Kittel wird ihm bange.
Zapperlott, was seh ich hier,
den Wehklag' zahn, links unten vier.
Das Hebewerkzeug setzt er an
und wackelt hin und her den Zahn.
Die Zange hält das Schmerzobjekt,
der Eitertropf zu Boden kleckt.
Erleichtert stellt der Mensch jetzt fest:
„Schlimm ist's wirklich nicht gewest."

Peter Hellich * 1939

Sehnsucht

In den grauen Februartagen
wenn kein Sonnenstrahl
durch dunkle Wolken dringt,
kommt die Sehnsucht mit den Fragen:
Frühling, wo hast Du Dich versteckt?
Wenn der Eismann kommt vom Süden,
in den alten Eissalon zurück,
kauft man eilig dann ein Eis,
was noch gar nicht richtig schmeckt.
Zarte Schleier dünner Flocken
ziehen am Fenster noch vorbei
wo mit Schlüsselblumen locken
der Blumenladen um die Ecke,
unsere kleine Gärtnerei.
Schneeglöckchen, Seidelbast und
Winterjasmin
blühen still im Garten wartend vor sich
hin.
Ach es bleibt die Hoffnung auf den neuen
März.
Halt sie fest, mein kleines Winterherz.

Christa Hellmeier

Erotik

Wenn zwei sich begehren -
einander verzehren,
dann spürt man sie,
die knisternde Energie.
Es ist ganz natürlich,
wenn man sich verliebt,
dass dabei auch diese Energie entsteht.
Einander berühren,
sich völlig verlieren -
geben und nehmen - im Einvernehmen,
gibt Spaß und Energie -
und das vergisst man nie.
Diese prickelnde Kraft,
die natürliche Macht,
lässt uns nicht los,
ja was machen wir bloß?
Wir genießen Sie - jeden Tag neu, und
bleiben damit der „Erotik" treu.

Marion Hellwig * 1969

Unsichtbar

Wenn die Seele schreit,
hört und sieht es keiner weit und breit.
Sie leidet still und weint,
nach außen alles in Ordnung scheint.

Vieles kann sie unbemerkt ertragen,
ohne sich je darüber zu beklagen.
Bis der Mensch, dem sie gegeben,
ein Ende macht dem Leben.

Petra Hempel * 1960

Sehnsucht

Was raubt dir den Schlaf?

Worüber grübelst du?

Ich weiß, deine Gedanken sind bei ihm,
der dich verließ nach nur einer Nacht.

Du wusstest, es sollte nur diese eine sein!
Du wusstest, worauf du dich einließest in
dieser Nacht.

Nun aber lässt die Sehnsucht nach ihm
dich nicht schlafen.

Bitte ihn doch einfach zu kommen,
um deine Sehnsucht zu stillen
und dich in seinen Armen schlafen zu
lassen,
aber nicht nur für eine Nacht.

Renate Hemsen * 1940

Guter Rat

Er sagte zu mir:
Mach doch endlich was!
Laß dir eine neue Frisur machen,
damit du dich selbst nicht wiedererkennst!
Überleg dir ein neues Konzept!
Leg dir meinetwegen
einen neuen Liebhaber zu,
pfleg deine Hobbys,
geh ins Kino,
bloß mach doch endlich was!

Ingrid Henjes * 1954

Letzte Stunden

Seine Hand doziert
im Schatten des Galgens.

Wir wechseln uns in die Wache,
atmen gegen sein Stöhnen.

Der Letzte schreckt auf
aus kurzem Schlummer,
geweckt von der Stille.

Dagmar Hennenhofer * 1971

Der Herbstwind

Der Herbstwind weht,
er treibt die Blätter vor sich her.
Der Sommer geht –
es fällt ihm sichtlich schwer.
Der Sommersonne Dankeschön,
sie meinte es sehr gut,
wenn jetzt auch Herbstes Stürme weh'n.
Vom Kopf fliegt mancher Hut.
Der Herbst – er träumt zum Winter hin
und dann ist's wieder hell
Besinnung hat auch seinen Sinn.
Die Zeit eilt ja so schnell.
Ich liebe den Herbst als späten Gast
zum Lebensende hin.
Er ist fast leise, ohne Hast
zeigt mir des Lebens Sinn.

Regina Hennicke * 1937

Fallobst

Zankäpfel fallen
zwieträchtigen Wuchs's
zur Unzeit
später
viel Aufhebens
um Sachen derer
die sie gezüchtet
und derer
die Unreifes aufgelesen
tief unten
im Dunkeln
horten
Dort wächst kein Gras
über den Fall
sie reifen
unweigerlich

Gabriele Hennig * 1932

Angst vor Nähe

Hallo fremder Mensch .!!!
Wie geht es dr???
Wie fühlst d dch???
Was machst d gerade???
Darauf antwortet mir der fremde Mensch ..
„Verpiss dich, du Arschloch ...
Willste mich etwa anmachen???"“

Was ist los mit uns???
Haben wir verlernt zu sprechen ...
miteinander zu reden ...

obwohl wir uns nicht kennen???
Warum die Angst ...???
Wovor die Angst ...???
Was könnte ich dir schon tun ...???
Ich ..., ein kleines Menschlein ...
Ich will doch nur wissen ...
Wie geht es dir ...???

Karin Henningsen * 1964

Eine Träne

Eine Träne
Rührt die Welt
Wenn sie zerfällt

Eine Träne
Trägt die Trauer
Nur von kurzer Dauer

Eine Träne
Bringt das Lachen
Andere zum Erwachen

Eine Träne
Ist und bleibt
Süß und salzig für kurze Zeit

Eine Träne
Kommt ganz selten
Nur für sich allein

Eine Träne
Spricht sehr oft
Über Dich allein

Heinz Hense * 1953

Ausblicke

Wenn ich aus dem Fenster lehne,
seh ich ein verbranntes Pärchen.
Und ich frage mich, wie's geht,
wenn ein Zug aus lauter Märchen
sich an mir vorüberdreht?

Giraffenengel schrauben leise
tiefe Gräben hoch ins Tal
und ich begeb mich auf die Reise,
blickesschweifend ohne Wahl.

Was soll es auch, wenn zwei sich reiten
und die Axt den Mond halbiert;
es ist normal zu allen Zeiten,
das der Mensch viel transpiriert.

Im Abendrot entflieht mein Denken,
erschlagen von der Bilder Pracht.
Nur wer schweigt, ist nicht zu lenken!
So tauch ich gleitend in die Nacht.

Karsten Hentrich * 1970

Ein-Stein-Trilogie

Ein Stein auf dem Weg –
Die einen umgehen ihn,
andere stolpern.

Ein Stein auf dem Weg –
Auf seines Daseins Anstoß
Sonnen- und Mondschein.

Ein Stein auf dem Weg –
Viele wunde Füsse doch:
Er liegt noch immer.

Elfriede Herb

Gesang wandernder Pilgrime

Der Du Heimat bist und Licht:
Stern der Seele, hohes Leben,
Neige hell Dein Angesicht,
Wo sich Herz und Hände heben.

Sieh in jede Dunkelheit:
Alle Sehnsucht, alles Hoffen,
Alle Sorge, alles Leid
Sei Dir, leuchtend Antlitz, offen.

Laß uns schaun das Morgenrot
Deiner Güte, Deiner Klarheit.
Führe uns aus Leid und Not
In das Land der ewigen Wahrheit.

Georg Friedrich Herbolzheimer

Kinderfrage

Mit deinen himmelblauen Augen
schaust du mich fragend an.
ich streich über dein blondes Haar
ob ich es dir sagen kann?
Du bist noch so klein,
kannst mich nicht verstehn
mein Sohn, wann endlich
werden wir uns wiedersehen?

Dein kleiner Kindermund
formt die Frage nach dem Warum?
Was soll ich sagen?
vielleicht aus Liebe, ja vielleicht darum!
Ich kann es dir nicht erklären
ich verstehe es selber nicht,
denn mein Leben, mein Sohn
ist auch nicht nur voller Licht.

Sabine Herbst * 1962

Gläserne Gedanken

Brüchig Beine brechen nieder vor des
Weisen Wasserspieles Lauf
Alte, schlüsselspitze Bilder tauchen in
Scharfen Scherben mürbe auf

Taube Ohren horchen wieder – auf stille
Lippen blutverschmiert, glänzen
Fast wie tausend Perlen; winzig
Zwergesonnentau ver-
Setzt sie sanft auf Feenstaub
– unerreichbar –
Hochgetürmten Erlen

Scheue Lider blicken weiter, hinter zwei
Kohleaugen – noch ein Paar mehr
Dunkel hervorstechend aus trüben
Gewässern
Ausgetrocknet und fest verschlossen
Arg verriegelt mit raabschwarzem Teer

Bleiche Hände reichen nieder zu
Diesem Fluss, noch, wie milchig-
Gläserne Gedanken –
Spüren des Antlitz' ungestüm'
Beklommenheit
Just bevor der Nebel sich entzweit
Und diese ganze Welt umher fängt, wie
durch Eisig-
Kohlenbeben losgeseilt, in
Tiefen Wellen an zu schwanken

Vera Herbst

Vergänglichkeit

Ein Gemälde an der Wand,
darauf ein bleiches Kindergesicht,
ausdruckslos.
Der große Zeiger nähert sich der Zwölf,
langsam aber unaufhörlich,
bald wird der singende Vogel erscheinen.
Perlendes Gelächter,
eine Kette,die reißt,
Kugeln rollen durch den Staub
vergangener Jahre.
Eine alte Frau,mit schneeweißem Haar,
die faltigen Lider schließen sich zitternd
und öffnen sich nicht mehr.
Spuren im Sand,
die die Zeit verwischen wird,
nur Erinnerungen bleiben.
Glitzernder Tau,
stummer Regen,
vergossene Tränen tanzen im Wind.
Die Sonne geht auf.

Daniela Herglotz * 1987

Der Hobbyschütze

Das Schießen trieb er stets mit Fleiß
Und er geht oft in den Verein,
Gewann dort auch so manchen Preis
Stellt' ihn in seinen Glasschrank rein.

Doch jedes Jahr zur Weihnachtszeit
(Und darauf freute er sich immer)
Hält er sein Luftgewehr bereit,
Geputzt, poliert, im „Schützenzimmer".

Ein bisschen Ärger gibt das schon,
Wenn man es hört, man glaubt es kaum,
Gehört's doch nicht zum guten Ton,
Schießt Kugeln man vom
    Weihnachtsbaum.

Lothar Herkommer

Sommer-Melodie

Früh am Morgen, wenn der Tag beginnt,
weckt schmeichelnd mich ein warmer
    Sommerwind.
Steh auf! Steh auf! Heut wird es schön.
Fahr jetzt zum See, um baden zu gehen.
Ein Glücksgefühl ist mir geschenkt – so
    halt es fest, sonst geht's dahin.
Begleitet wird's mit heiteren Melodien.
Der Sonne Glanz und Licht so hell,
    vertreibt die Schatten allzu schnell.
Bergauf, bergab, die Wiesen blühen – es ist
    so herrlich anzusehen.
Bäume und Hecken laden mich ein, ein
    Stündchen bei ihnen Gast zu sein:
Auf der Wiese zu liegen, den Duft der
    Blumen zu lieben.
Mit dem Gesang der Lerche im Traum sich
    zu wiegen.
Der Weg geht weiter, der Blick wird freier.
Nun sehe ich den See, mein Herz wird
    heiter.
Sein Wasser ist wie Silber mit Streifen –
    türkis und smaragd.
Weiße Segel ziehen dahin.
Im Süden umsäumt von mächtigen Bergen.
Am Ufer umringt von Städten und
    Dörfern.
Freundliche Menschen flanieren fröhlich am
    Strand.
Verliebte halten sich Hand in Hand.
Sanfte Musik ist hier Erholung und
    Vergnügen zugleich.

Anni Hermann * 1935

Sie wollen in die Ferne

Die Wolken ziehen in die Welt
gleich Rossen, hoch am Himmelszelt.
Auf blauer Flur verstreut sie sind,
sie ziehen ständig mit dem Wind.
Grauschimmeln gleicht die ganze Schar.
Die Sonne spielt in ihrem Haar.
Sie wollen in die Ferne.

Willi Hermanns * 1937

Du sagst, deine Seele ist grau.
Siehst du die Farbenpracht der Blätter, wie
    sie golden leuchten,
das verschiedene Grün der Bäume,
den blauen Himmel mit den wunderschön
    weißen Wolken?

Das Schöne ist da, jeden Tag – auch für
    dich.
Du sagst, deine Seele ist stumm.
Hörst du Vögel zwitschernd erzählen,
das Summen der Bienen und Hummeln,
das leise Plätschern eines Baches?
Das Schöne ist da, jeden Tag – auch für
    dich.

Du sagst, deine Seele ist leer.
Fühlst du die warme Herbstsonne auf
    deiner Haut,

die kleine Hand eines Kindes in deiner,
die liebevolle Umarmung eines Freundes?
Das Schöne ist da, jeden Tag – auch für dich.

Astrid Hermsdorf * 1957

Hoffnung!

Auf den Winter folgt ein Frühling,
auf das Leid folgt meist die Freud!
Wenn ich einmal in Trübsal hing,
so habe ich es nie bereut,
meine Tränen frei zu zeigen,
ein Ventil das sanft verspricht,
gibt mir die Kraft zu neuen Zweigen,
ein Ziel, den Sinn auf lange Sicht!

Meinen Mut möcht' ich beweisen,
obwohl die Angst mich häufig drückt!
Die Zweifel lassen mich oft kreisen,
die Hoffnung aber still beglückt.
Dank dieser Hilfe geht es vorwärts
und fühlen wir manch bösen Hieb,
die Hoffnung stärkt ein jedes Herz,
wenn einer sagt: "Ich hab' Dich lieb!"

Helge Hernmark * 1942

Straßengeschichte

Langgezogen ist die Straße,
gerade frisch mit Asphalt bezogen
überm alten Pflaster,
welches einst gelegt,
über einen kiesig Weg,
unter dem ein Trampelpfad.
Und gräbst du noch was tiefer,
wird's noch hyroglypher,
schon fast steinzeitschwer.
Die Richtung dieser Straße aber
ging schon immer vom Gebirge
zu dem endlos weiten Meer.

Bernd Herrde

Abendgedanke

Der Tag ist zu Ende, die Nacht kommt herbei,
ich wäre auch glücklich, ich wäre auch frei.
Und doch bin ich traurig, denn du bist nicht hier.
So wandern die Sinne, Gedanken zu dir.

Wie wäre ich glücklich, wie war es so schön,
könnt ich dir zur Stunde, in die Augen doch sehn".
Der Glanz deiner Augen, das Leuchten, die Pracht,
die haben bei mir doch schon Wunder vollbracht.
Doch bald bin ich wieder bei dir zu Haus.
Ich halt es vor Sehnsucht allein nicht aus.

Bernd Herrmann

Das Spiegelbild

Ich gucke mich im Spiegel an
und denke: „Schön, da ist was dran!"
Doch wenn ich mich noch länger seh,
brummt mir der Kopf, es tut so weh.
Die in dem Spiegel guckt ganz dumm.
Ist doch egal, ich dreh mich um
und lächle dann so vor mich hin.
Bin froh,
die Dumme war ja nur im Spiegel drin.

Christina Herrmann * 1961

Ungeduld

Ungeduld prägt uns're Zeit.

Denn wir sind nicht mehr bereit,
hinzuhören, hinzusehen.

Und wir bleiben nicht mehr stehen,
sehen Blumen beim Wachsen zu.

Halten nicht inne, geben Ruh,
wenn Wind durch die Bäume rauscht.

Niemand steht mehr still und lauscht
der Melodie die uns're Erde singt,

und welche tief in unser Herz eindringt,
wenn wir sie lassen.

Doch wir verpassen
den Moment, der uns befreit,
durch uns're Schnelllebigkeit

Eva-Maria Herrmann * 1965

Frühlingsmelodie

Eine Melodie geht durchs Land
Schmetterlinge singen im Wind
Eine Hummel setzt sich auf meine Hand
Fühl' das Glück ich wie ein Kind

Der Duft der Blüten stimmt mich froh
Die Ameisen bauen Tag für Tag den Berg
Höhr' die Vögel wie ein gr0ßer Chor
Das Sonnenlicht erwärmt das Meer

Das Grau verlöscht durch Pinselstrich
Mit Grün und Gelb und Azur
Die Farben des Frühlings schmeck' ich hell
und frisch
Oh wie spür' ich das Leben pur

Ein Kind spielend in der Pfütze
Die der Regen hat geboren
Und dampfend kühlt die Asphaltstraße ihre
Haut
Leise dudeln aus dem Radio Lieder...

Und die Stimme erzählt uns da
Immer wieder sterben täglich
Tausend Kinder wegen Hunger
Weit weg von uns in Afrika

Peter Herrmann * 1947

Gestorbene Liebe

Gestern strahlte mich die Sonne an
und füllte mein Herz mit Wärme.
Ich hab geliebt
und diese Liebe wurde erwidert.

Heute wurde die Sonne von einer Wolke
verdeckt,
einer dunklen Wolke,
die große Wassertropfen auf die Erde fallen
lässt
und alles in Traurigkeit hüllt.

Diese Traurigkeit ergreift auch mich.
Sie quält mich
und bereitet mir Schmerzen,
die kaum noch zu ertragen sind.

Meine Liebe ist gestorben.
Sie hat mich verlassen,
mich alleingelassen, ohne zu sagen warum.
Ich werde ewig nach dem Grund suchen.

Beate Hertel * 1989

Zwischenzeit

Wir kommen mit nichts
Aus dem Nichts.
Wir gehen mit nichts
In das Nichts.

Die Zeit dazwischen?
Ein Spiel törichter Eitelkeit?
Ein Weg, dies zu erkennen?

Johann-Wolfgang Hertel * 1948

Zeitenlichter

Auf nebelschleiernen Wassern
durch schwarze Lichter gleitend
den Ufern entgegen
der Zeiten Herr
malt der Himmel Nachtgeschichten

lautlos
ziehen die Wogen der Welt vorüber
Gedankenversunken wird Moment
zu Ewigkeit

Ronny Herten

Hiesig – fremd

Hiesiger – doch Fremder.
Wer ist hiesig, wer ist fremd?
Fest verwurzelt hiesig,
im Netzwerk trotzdem fremd.
Wahrer Fremder hiesig,
bleibt ohne Wurzeln fremd.
Den fremden Hiesigen
erkennt allein der Fremde.
Fremder, hiesig Fremder,
beide in der Heimat fremd.

Renate Herzer * 1935

Sommerfaden

Emsig zieht sie ihre Kreise
ganz auf vorgegeb'ner Bahn,
spult und knüpft auf diese Weise
Spitzendeckchen filigran,
spannt sie fest von Baum zu Strauch,
gleißend noch vom Morgentau.
Nach stets wieder kehr'ndem Brauch
schmücken sie Spätsommerblau.
Doch dies Zartgewirk von Weben,
das uns wie ein Hauch erscheint,
kostet manch' Insekt das Leben,
dem der Künstler spinnefeind.
Selbst dem Netzwerk drohen Schäden
und im Herbste das Vergeh'n.
Windgeriss'ne Sommerfäden
lautlos durch die Lüfte weh'n.
Sie verlassen Zaun und Bäume,
und mit Blitzen silberigen Lichts
fliegen unsre Sommerträume
in ein unbekanntes Nichts.

Helga Herzog

Herbstzeit

Schräg zeigt sich die Sonne über dem Haus,
ein paar Abgesandte von ihr quälen sich
durch den milchigen Hochnebelschleier,
aber sie erreichen ihr Ziel nicht.
Sommermüde färbt sich das Laub der Bäume
das sich ohne Hoffnung trennt,
und an den Wurzeln des Ursprungs sich vereint.
Ausgelaugt betrachtet es von unten die Nacktheit.
Noch blühen Astern und Dahlien um die Wette und
Bienen teilen sich mit den Schmetterlingen die
mühsame Arbeit des Erntens.
Doch in Kürze wird der Flugplan eingestellt!
Leer ist die von Schwalben beschlagnahmte Antenne
und ist nun wieder ganz Eigentum des Hausherrn,
der seinem Rasen den vorletzten Fassonschnitt verpasst.
Bald wird der Frost seinem Garten ein Einheitsbraun diktieren!
Eichhörnchen sammeln für schlechte Zeiten und
Igel suchen ein geeignetes Winterquartier.
Aber ich hoffe, dass sie alle nach dem Winterschlaf
das erste Schneeglöckchen nicht verpassen!

Renate Herzog * 1944

Traum-Werk

Wie Kinderblicke, die sich uns mit Fragen anvertrauen,
berührst du in geschenkten Träumen mir den Sinn.
An Deiner Hand will ich als Antwort in die Zukunft schauen,

und dein Vollendungs-Wirken spüren in
mir drin.

Selbst noch im Schlaf, hilfst du mir
Brücken bauen,
und alle führen mein Erwachen zu dir hin;
in das Begreifen und bewusste
Überschauen,
wo ich mich selber wiederfind, und weiß –
ich bin.

Thomas W. Herzog * 1949

Augenblick

Sprich nicht von Liebe,
wenn wir uns küssen im Mai,
November ist fern.

Sylvia Hess

Symbiose

Die Geschichte und ihr Gang
machen sich an Wenigen fest.
Und es ist wenig,
was die Übrigen teilhaben läßt.
Jedoch sind die Wenigen Mächtigen
ohne all' die Namenlosen Staub!
Nur das Verschieben von Massen
krönt das eigene Haupt!

Christian Søren Hesse

Meinung

Sie sagten, er wäre schlecht.
Sie sagten, er wäre dumm.
Sie sagten, er wäre faul.
Sie sagten, er tauge nichts.

Bis er es ihnen glaubte.

Vera Heße * 1957

Der Weg

WAHRHEIT, –
wie groß und allmächtig,
Zeuge in jedem Gespräch.
Freund unsrer tiefsten Gedanken
wachest und wartest.

Gibst jedem Tun, jeder Frage
ein Bild für einen Weg.
So nah bist du
da jeder dich sucht.

Dein Schenken sucht Freiheit
es will kein ruhn.

Im Wagen, im Hoffen
lebt Sehnsucht
dein Ziel bleibt doch offen.

Eva von Hessert * 1955

Lichtspiel

Sonnentropfen weiss und rein
trag sie in dein herz hinein

wollte freud und liebe bringen
- ach
gläsern deine Träume springen

Prismaspiel ist alt und klug
stahl dem liebsten Kraft und Mut

Stefanie Hetzel * 1983

Sterne

Ich will dir nicht holen vom Himmel die
Sterne,
denn dort oben sehe ich sie so gerne.
Dort oben sollten sie auch stehn
und auf die Erde runtersehn.

Doch in Gedanken flieg ich hinein
ins Himmelszelt – zur Zeit noch allein.
Ich nehme dich aber sehr gerne mit
zu einem gemeinsamen Himmelsritt.

Dann stehen wir plötzlich über den
Dingen,
gemeinsam wird uns alles gelingen.
Das Leben zeigt uns seine guten Seiten
und die Sterne werden uns ständig
begleiten.

Detlef Heublein * 1962

Der Sternenfänger

Der Zahn der Zeit
er nagt an mir,
oft plagten mich die Sorgen.
Das Ziel war weit,
nun ist es nah.
Zur Zukunft sag ich morgen.
Ich hab gelacht,
ich hab geweint.
Ich hab so viel erfahren,
ich hab so viel verkehrt gemacht.
Nun bin ich reich an Jahren.
Die ersten Haare werden grau,
die Tränensäcke länger.
Und wenn ich in den Spiegel schau
seh ich den Sternenfänger.

Michael Heuer * 1956

Mein Fuß ist in Italien

Neulich, als ich grade sonnenbaden ging,
bemerkte ich ein wirklich dolles Ding:
Mein Fuß (genau der rechte, denn ich habe
zwei)
war weg! Und ich spürte keinen Schmerz
dabei!

Ei der Daus! Potz Blitz! Ich fragte meinen
linken,
wie geht denn das? Wieso muss ich nicht
hinken?
Er schaut mich traurig an und sagt zu mir
gewandt:
Der ist nach Italien, teils freiwillig und teils
gesandt.

Da du selten Pause machst und in die
Ferien fährst,
dich hart rannimmst und dann oftmals
schlecht ernährst,
hat er einfach eine Sause nötig und zudem
reist es ohne Körper sich für einen Fuß
bequem.

So leicht und heiter ist er also von mir
weggegangen,
und der linke hat das Restgewicht dann
aufgefangen,
denn schließlich sind ja beide Zwilling und
auch Brüder,
und der rechte hat gesagt: Sei still, ich
komme wieder!

Und Tatsache: Nach nur zwei langen
Reisewochen
kam er ganz rotgebrannt zu mir
zurückgekrochen.
„Nie wieder", sprach er leise und auch ganz
beschämt,
reis1 ich ohne Hand, die mich mit
Sonnenmilch eincremt!

Roland Heuermann * 1961

Vierzig

Vierzig bist du nun geworden, wie die Zeit
verrann.
War es denn nicht gestern erst, als es mit
uns begann?

Wieviel Jahre, wieviel Stunden sind in
dieser Zeit?
Eingeschlossen und geschaffen für die
Ewigkeit.

Schönes liegt in diesen Jahren und auch leider Schwere,
Gedanken irren durch die Zeit, durch Fülle und durch Leere.

Chronos, dieser Gnadenlose schreitet fest voran,
zieht auch über Endstationen weiter seine Bahn.

Nimmt und gibt, zerstört und baut und mildert unsre Schmerzen,
dämpft das Pochen, das so laut erschütterte die Herzen.

Welch ein Alter, welche Jahre? Leben, Reife, Sehen
und die Klugheit, die man braucht, vieles zu verstehen.

Vierzig bist du nun geworden, wie die Zeit verrann!
War es denn nicht gestern erst, als es mit uns begann?

Wolfgang Hey

Gesang der Kalypso

Ich Göttin von fernem Recht
von Blau aus Himmel und aus Meer
ich Kalypso
Königin der Strände
tanze taumelnd auf den Horizonten
wenn die Schiffe lautlos nahen
und die Morgennebel
sich dem Tag ergeben
ich Göttin aus weißem Kies
aus der Sehnsucht dünnen Krügen
aus dem Atem einer Stille
weit und weiter
hinter eurer Welt

Nele Heydegger * 1964

Verhängnis

Versinkt in Todesnacht
ein Mensch
als Gegner noch
fast Feind fast Dorn
nur selten gut
dem Nächsten und sich selbst

stürzt reuelos
urplötzlich schroff
noch fern von Sieg
ganz ohne gütige
endgültige
befreiende Versöhnung

Wie könnte Neugeburt
geschehen ...
Beizeiten
im Leben mit den Euren
befriedet behütet
euer Sein

Ilse von Heydwolff

Ein Buch – Ein Freund

Wenn Alles gegen dich ist
Du denkst keinen Freund neben dir zu haben.
Und nicht flüchten kannst in eine andere Welt.
Es an Fantasie dir mangelt.
Hinterher alles anders zu sehen.
Du besser dann mit Worten umgehen kannst.
Ein Buch, das deine Gedankengänge neu gestaltet.
Zum Schluss bleibt mir nur noch die Erinnerung:
Ein Buch – Ein Freund.

Volker Heyer * 1957

Hartzanfall

Die Geschäfte gehen nicht, wo steckt das
Geld?
Endlose Staatsschulden, der Kanzler ein
Maulheld.
Ebbe im Portmonee bei allen Kunden,
Wie soll die Wirtschaft so gesunden?

Das Nehmen ist seliger als Geben,
Das Kapital herrscht, das Gewinnstreben.
Mit schlechtem Gewissen frage ich mich,
Was bringt uns der Hartzanfall eigentlich?

Links liegengelassen und mit Recht klagen
Und sehnen sich nach regen Arbeitstagen
Die arm und bloßgestellten Arbeitslosen.
Sie leben jetzt von Sozialalmosen.

Istvan Hidy * 1947

Das drängende Vermindern

Dasein
nichts erwarten
außer
das Suchen
in sich nach sich
um auf die Liebe zu stoßen.

Jeden Tag beten
für die Toten
die dein Leben tangierten
ein wenig mitnahmen
von dir.

Die Traurigkeit
abschütteln
mit wissendem Lächeln
und bangem Herzen.

Dasein
und behüten.
Das Sein
an deiner Seite.

Das Drängende vermindern.

Ingeborg Hiel

Verlangen

Die Gedanken sind so endlos müde,
wie Irrlichter schwirren sie umher.
Kreuzwege wandeln zwischen Falsch und
Güte.
Gefühle ziehen sich wie heißer Teer.

Träume sind schon asphaltiert,
Momente werden zu Ruinen.
Die tapfere Seele ist überstrapaziert,
kann man sich so noch einen Kuss
verdienen?

Der Mund flüstert: ausgeheulte Lügen.
Hände streicheln Gänsehaut herbei.
Herr Delirium tut den Geist umpflügen.
Frau Migräne, Sie machen heute wohl nicht
frei(!)

Das Verlangen kam abhanden,
wird aber sehr vermisst.
Die Fahndung läuft nach Artverwandten,
doch schau, ein scheues Winken ist fast
schon gehisst.

Dann kam das Lächeln zu Besuch,
war schäfchentreu – und weich wie
Krimmertuch.
Schon blättert sich's im Körperbuch –
So ist das Verlangen: ein ewig langer
schöner Fluch!

Torsten Hildebrand * 1972

Ich sprach mit dem Afrikanischen Geist ...

Ich sprach mit dem Geist des roten
Elefanten, dessen Zähne
ihn das Leben kosteten.

Ich sprach mit dem Geist des Rhinos, das
für Geld sein Horn verlor.

Ich sprach mit dem Geist des Leoparden,
dem die Dekadenz das Leben raubte.

Ich sprach mit dem Geist des großen
Baobab, dessen
Wurzeln nie Wasser mehr saugen.

Ich sah den Buschmann, dessen Zukunft
schon vergangen ist.

Ich sah den, der für ein paar Gramm
Traum seine Seele verlor.

Ich sah das dürstende Kind und fand die
Quelle, die doch längst versiegt.

Ich wärmte mich am heißen Stein, dessen
Seele so kalt.

Ich sah die Führer, die ihre Völker
verrieten, und sah Gier und
Habsucht sich in Diamanten spiegeln.

Ich sah den Vater fern in der Mine; den
Flug der Staub flügt –
und die Mutter im trockenen Feld den
Hunger ernten.

Ich sah den Fels im Meer, der die Freiheit
gefangen hielt –
und trank doch den Wein mit den falschen
Herren.

Doch jetzt sehe ich dort eine zarte Pflanze
der Hoffnung.
Helft mit sie zu behüten.

Christian Hill

Was ist Glück?

Das wahre Glück in diesem Leben
ist, dass wir hier als Mensch gewesen.
Wir hatten Zeit uns zu entwickeln
und konnten auch etwas vermitteln.
Erlangten Einsicht und Erfahrung,
doch auch so manche Offenbarung.

Haben Schmerz und Leid verwunden
bis wir zu uns selbst gefunden.
Gelassen seh'n wir nun das Leben,
denn unser Herz wird sich erheben;
entschweben in entfernte Welten,
wo Glück und Freude ewig gelten.

Marita Hillebrand * 1936

Ein Bild

Deine Augen:
grünes Funkenfeuer,
in dem ich ertrinke.

Deine Küsse
brennen auf meiner Haut.

Tausend Sterne
in meinem Kopf,
unsere schönen Momente
wie Sandkörner am Meer.

Deine Hände,
die mich wie Flügel
über Wolken tragen.

Deine Worte,
die alles zerreißen.

Farbensplitter,
Chaos, das laut ist,
bis sich alles in der Stille
verliert.

Barbara Hiller * 1986

Dichterleiden

Ich hab' mir einen Thron gebaut
und hab' ihn dann bestiegen,
dann habe ich hinab geschaut
und sah die Welt dort liegen.

Der Hochmut kam nicht vor dem Fall,
nein, er kam danach,
er kam, zu lindern meine Qual
und meines Falles Schmach.

So lasst mich, Menschen, denn bescheiden
hier in meiner Höhe thronen,
ich hab' bezahlt mit meinen Leiden,
nun lasst ruhig über euch mich wohnen!

Klaus Hilmes * 1970

Neumondnacht

Jetzt werden die trunkenen still
die lichter in den kneipen verlöschen
vor dem dunkel schrecken die stimmen
zurück
in den briefkästen die botschaften
schweigen
schritte auf dem pflaster
zittern nach in den Wimpern der schläfer
mit gekräuselten lippen
murmeln sie Zaubersprüche
die in ihrem abwesenden lächeln
ertrinken

Walter Hilsbecher

Weil irgendwelche Nackte Bäume
ausreißen.
Da sind die Bahngleise.
Über die Straße, über die Hecke, mit
blauen Augen.
So ein hübsches Mädchen wie dich trifft
man nicht so oft auf der Straße. Da
meint der eine so:
Guck die doch mal an, was will die denn
von dir?
Ich bin ja leider verheiratet. Nein, das hätte
ich nicht gedacht. 16? Oh mein Gott!
Alle haben gedacht, es geht in verschiedene
Richtungen. Den Arm so voll. Findet
ihr das besser so mit den Haaren?
Sieht das nicht so langweilig aus?
Mußt du von der anderen
Seite machen.Bah, das ist bah!
Viel zu laut.

Barbara Hilski

Ich suche

Wenn ich dich suche,
dann fliege ich übers Meer.

Wenn mich eine Möwe begleitet, im
lichten Sonnenschein,
dann weiß ich, ich suche nicht allein.

Wenn ich dich gefunden habe, dann küsse
ich dich.

Sieben Sonnen und sieben Monde werden
ein Ganzes,
Dunkelheit wird einzig Ruhe sein.

Und hab ich dich gefunden, dann schlaf ich
einfach ein.

Michael Hintze * 1958

Aufstieg

Sich noch einmal nach Unten wagen,
dort, wohin der Mensch
die Sehnsucht trägt.
Zwei Stäbe sind der Leiter Pflicht.
Die Sprossen zahlt,
wer nach Oben will.

Trag's hinauf,
meine Seele wird's begrüßen,
wenn es sich - nicht noch tiefer gräbt.
Ein Lächeln soll es bleiben.

Erst ein Lächeln, ist den Blick
in den Spiegel wert.

Michael Hirle * 1978

Unmenschlich

„Diese Menschen sind wie Vieh!"
Ein großer Führer einst lauthals schrie

Das Volk, wie frivol,
machte ihn in blinder Hoffnung zum Idol

Über Tage, über Wochen,
am Ende gar zu viel Epochen
stürzten er und seine Schergen
tausende in ihr Verderben

Gegenwärtig ist's fast verdrängt
sind wir Menschen nicht beschränkt?

Boris-Hagen Hirsch * 1984

Nur für dich

Mauern überwunden,
Grenzen ignoriert,
fremdes Land betreten,
Zauber erlebt und gespürt.

Nach den Sternen gegriffen,
Bodenhaftung verlor'n!
Dem Rausch der Liebe ergeben
fühlt ich mich neu gebor'n.

Und alle Türen schloss ich auf,
und überall warst du,
ließ dich ganz zu mir herein
und alles ließ ich zu.

Bin erwacht aus meinen Träumen,
denn du bist nicht mehr da.
Kalter Hauch in allen Räumen,
wo gestern Sonne war.

Novembergrau und Nieselregen
draußen vor der Tür.
Kein Silberstreif am Horizont!
So ist es auch in mir!

Sabine Hirsch * 1941

Manchmal Angst

Angst hängt ein Schloss vor den Torbogen
des Lichts.
Angst macht erträglich die Schmach.
Manchmal.
Angst vor dem Ja oder Angst vor dem
Nein.
Angst vor dem Nebel des Morgens.
Angst vor dem Irren.
Angst vor dem Ich
Angst

Manchmal scheint es sehr spät für den
Torbogen des Lichts.
Manchmal ist man dabei nicht einmal
wund an der Seele.
Manchmal ist man dabei nicht einmal
heiter.
Manchmal ist man dabei nicht einmal.
Manchmal ist man dabei.
Manchmal ist man.
Manchmal.

Kerstin Hirsch-Marquardt * 1964

Flatternde Seelen

Ich bin - wie viele - jetzt sehr global
schnell mal hier und schnell mal da
Ich wechsle Jobs
ich wechsle Städte
ich wechsle Freunde
und die Fete
Ich finde mein Glück jetzt im Netz
Doch
schaue ich genauer hin
ist nur der Hauch meiner Seele darin
Sie atmet nicht, sie breitet nicht
die Flügel schwungvoll aus
Sie flattert ruhelos umher
und lässt sich nirgendwo mehr nieder
Denn
sie wird ja doch verscheucht
mit ihrem herrlichen Gefieder

Silke Hobrecker * 1972

Ein letzter Funke

Nimmst Blässe an, erstickte Glut,
dort in der alten Heimat Schmiede.
Wurdest verdrängt, du schweres Blut,
dir gedieh Weizen – selten Friede.

Ein Funke will bleiben, möcht glühn
im Hof, vielleicht zwischen Pflasterstein;
am Grab, wo Chrysanthemen blühn
und hinter Mauern wild rankt der Wein.

Halt inne, Funke, im Reigen;
der Brunnen spiegelt ein fremd Gesicht!
Und sonntags die Glocken schweigen,
da niemand unsre Gebete spricht.

Fremder, wirst vorüberschreiten
nicht deuten könnend des Funken Schein;
die Grabschrift aus frühen Zeiten –
auch die Schmiede wird versponnen sein.

Robert Höckl

Nachwort

Vers 1
Hier stürzt ein Kind, -
das führt zu kurzem Stocken.
An schmutzigen Locken
reißt nun der Wind

Vers 2
Dort stirbt ein Greis
am Krieg von falschen Helden.
Auf qualmenden Feldern
sammelt er Mais

Nachwort
Ihr Engel sah sie gehen,
mit Flüchtlingsschritten.
Die Menschen litten,
ohne zu verstehen

fred hoelbling * 1931

Schattenfische

„Nicht sieht einer den andern…"
Mit keinem Blick!
Aber noch die Tage
in berserkerhafter Motorik…
Wird er erwachen, wenn es ihn ruft?

Schattenfische! Findet er sich und
Seinesgleichen
in den Spiegelhöhlen zu Tanz und
Steineerweichen.
Nur bisweilen – hinter der Hand –
schnappt man nach Luft.

Herbert Hoerbach

Der Bergahorn im Herbst

Ich liebe dich, Ahorn auf einsamer Höhe,
in flammendes Gelb jetzt getaucht.
Schatten gibst du dem müden Wandrer
und auch dem dürstenden Vieh.

Denn im Schutz deiner Krone, der breiten,
fühlt man Geborgenheit.
Langsam zum Boden die Blätter fallen,
taumelnd im Sonnenlicht.

Wer half das Blatt wohl so zu gestalten
wie eine menschliche Hand?
Sieh auf die Finger, die leicht sich
krümmen,
wenn es die Erde erreicht.

Deine Äste, die grauen und glatten,
steil in den Himmel gestellt,
fragen, verzweigt und zur Krone sich
rundend,
wohl nach dem Sinn unsres Seins.

In dir ruhend, du hast ihn gefunden,
Ahorn voll männlicher Kraft;
fühlst dich dem weisen Gesetz verbunden,
das in dir wirket und schafft.

Andrea Hoffmann

Der Regenbogen

Du wunderschöner Regenbogen,
wo kommst du denn nur hergezogen.
Dein Anblick hat schon so manchen
erfreut,
an allen Tagen, nicht nur heut.
Du spannst einen weiten Bogen,
vom Himmelszelt herab, bis auf den
Boden.
Da schick ich doch gleich meine geheimen
Wünsche auf die reise,
und ein Dankeschön auf die gleiche Weise.
deine Farben sind so kräftig,
sie reizen mich zum Malen, aber mächtig.
Du vermischt die Grundfarben fein sauber,
ich glaube, ich stehe unter einem
Feenzauber.
der Himmel brennt herab auf diese Welt,
man sieht deutlich rot, blau und gelb.
Da möchte man glücklich über diese
Brücke geh'n,
ja so ein Regenbogen ist doch
wunderschön,
Du wirst so blas,
oh, nein, las dass.
Du darfst nicht vergehen, das wäre blöd,
denn ohne Farben, ist die Welt so leer und
öd.

Gisela-Marie Hoffmann * 1941

Zeilen von Zeit!

Was ist eigentlich Zeit?
Hat man etwa dort Streit?
Es hört sich an,
als wenn die Zeit sehr schnell vergeht!
Ob es jemand gibt,
der Sie sieht?
Wer wacht über die Zeit?
Etwa der Mann der Einsamkeit?
Niemand weiß es genau,
keiner hat sie gesehen,
lassen wir es einfach geschehen.
Stellt die Zeit euch vor,
vom Weg zum Tor!
Entecke sie vorher, im Garten der Weisen,
durch Stille und Sein.
Hoffentlich bleibt sie,
und vergeht nie.
Denn wer weiß?
eine Reise durch die Zeit.

Jasmine Hoffmann * 1992

Grenzenlos

Dunkles Blau webt tiefe Weiten
Lichtfunkenspiel erstrahlt im Glanz
Traumtänzelnd will ich den Raum
durchschreiten
Väterchen Mond eröffnet den Tanz

Als Kind geboren aus Sternenstaub
Es gibt keinen grenzenden Wall
Die Zeit verliert ihr kränzendes Laub
Und irgendwo ist überall

Susanne Hoffmann * 1965

La Provence brille

Wärmeschauer bewässern ausgedörrtes
Seelenland, bringen schlafend Innenkeim
zum Wachsen...tief drinnen.
Korbgeflecht des Herzens öffnet sich
der Sonne, atmet Myrrhe, Rosmarin,
Lavendel.
Thymiangeist haucht ein ins Innere und
übersetzt der Grille Abendlied.
Ruhn uns aus in deinen ausgebleichten
Armen.
"Schau Papa, die bunten Blumen, die sind
schön!"
"Das sind keine Blumen, mein Kind!"
"Es sind die Sterne, die sich hier von
ihrer langen Wanderschaft ausruhen."
"Papa, schläft Gott auch hier?"
"Oui, mon bébé, dies Land ist Gottes
Bettdecke."

Volker Hoffmann * 1992

Heimat-Los

Ich geh' der Heimat aus der Bahn,
wo sie sich laut und fordernd gibt.
Ich mag sie nicht als Spießerwahn,
der nur das Wort und sonst nichts liebt.

Heimat verträgt auch keine Phrasen:
Pathetisch sie zu reklamieren,
treibt sie aus den rechten Maßen
und dient, die Menschen zu verführen.

Wo Leistung, Geld und and're Mächte
nur die geringste Rolle spielen -
dort fänd' ich Heimat, wirklich echte,
könnte sie leben, lieben, fühlen.

Mein Wunsch wird unerfüllbar bleiben:
Zum Heimischwerden fehlt die Zeit.
Mehr gilt's, den Fortschritt anzutreiben;
statt Heimat macht Konsum sich breit.

Friedlich und zufrieden leben,
ist meiner Heimat tiefer Sinn.
Wie vieles muß ich dafür geben,
bis ich wieder heimisch bin ?

Walter Hoffmann * 1949

Septembersonne

Hell strahlend
treibt der späte Sommer
mir Röte ins Gesicht.

Die frühen wie die späten Geister
lassen sich wie mich
in leisen Tönen torkeln.

Es triefen wahre Glücksfontänen
aus trägen, satten Taumeltrögen

und überall ist Abschied,
leises Klagen,
Aufbruch und Verschwiegenheit.

Hanse Werner Hofmann

So hoch die
Berge.
So tief die
Meere.
Wie die Sinfonie des
Lebens.
Einmal irgendwo da
Oben,
einmal irgendwie da
unten.

Roland Hofmann * 1956

In den Dünen

Neben dir in den Dünen
die Wärme des Sandes durchdringt uns,
die Grashalme wogen sacht.

Stille ringsumher,
nur das Rauschen des Meeres ist
allgegenwärtig.
Göttliches Lichtspiel der Sonne,
die mit aller Kraft durch Wolken drängt.

Weiter Horizont, grosse Gefühle
Stille in mir und in dir.
Worte von uns in den Sand geschrieben,
kindliches Spiel, kindliches Vergnügen.

Ein tiefer Schmerz in mir von dem du
nichts ahnst
und dennoch es zählt nur der Augenblick
des jetzt empfundenen Glücks.

Silvia Hofmann * 1967

Geheimnisvoll

Du hast dich mir so tief geschenkt;
es schien mir wie ein Himmelszeichen.
Und deine Augen glichen Teichen,
in die man seine Schätze senkt.

Ich war berührt und angefasst;
wie sonst nur Geister und Schimären
kamst du aus allem Ungefähren
und warst in meiner Nacht zu Gast.

Geheimnisvoll hast du geschwiegen,
doch meine Wange konnte sich
ans Heben deiner Brüste schmiegen.

Durchs offne Erkerfenster strich
der Wind, mit dem die Träume fliegen;
er nahm dich fort und weckte mich.

Holger Högner * 1963

Weihnachten – Zum neuen Jahr

Längst steht die Welt im weißen Kleide
verschneit sind Wiesen, Feld und Wald
und durch die wundersame Heide
da fegt der Wind gar bitterkalt.

Noch sind die Tage kurz und lag die
Nächte
doch jeder wartet schon darauf
die Sonne sieget über Eisesmächte
und neu beginne ihren Lauf.

Voll Hoffnung wir entgegen schauen
der Zeit im neuen Litchterglanze
wir auf der Zukunft Leben bauen
wenn auch der Schnee im Wirbel tanze.

So ist die Zeit der Wintersonnenwende
ihr Lichterglanz hält uns in Bann
und wieder geht ein Jahr zu Ende
und hebt ein neues Glückhaft an.

Lieselote Hohensee

Weihnacht

Nun scheint gar von dem Himmel sacht
ein leuchtend Stern zur stillen Nacht,
schmückt nah und fern bald wundermild
zur heiligen Nacht des Winters Bild,
das hier auf dieser weiten Erde
uns allen bald gar Frieden werde,
in Tagen, die uns nach verdunkelt
ein neues Licht die Welt durchfunkelt,
wenn's draußen stürmt und ständig
schneit,
dann kommt auf wundersamen Wegen
ein güldner Stern uns gar entgegen,
verkündet uns ein neues Licht,
das aus dem Himmel gleißend bricht,
das aus dem Firmamente fällt
und unser Dasein recht erhellt,
das uns mit dieser Welt versöhnt und unser
Leben gar verschönt,
ein leuchtend Stern zur stillen Nacht

hat unser Herz wohl ganz erfacht
und will uns führen, will uns lenken,
beschenken, heuer gar beschenken.

Teja Hohensee

Und manchmal,
wenn das harte Geschick verhält,
als müsse es Atem holen,
und alles stille ist,
fahren die Hände durch die Mähne
des Pferdes
und kosen die samtenen Lippen,
um etwa Liebes zu tun
(Kursk/Ukraine, 5/43).

Hannsjosef Hohn * 1923

Der Frühlingmacher

Er kam zu dir, und du nahmst ihn gerne.
Er gab dir das, was and're dir verwehrten,
denn ihm war ja die Glut der Sonne
Freund.
Du zähltest Stunden, bis er dich
in seines Wesens Bannkreis zog.
Der Sommer wich, und langsam
begann der Trennung unaufhaltsam'
Werk:
Gedankenbahnen folgten fremden Pfaden,
und schluchzend schleicht am Herbst er
still vorbei.
Des Winters Einzug konnt' er nicht
verhindern,
und scheidend streckt er aus
sein dürres, magres Ärmchen dir.
Vergangen, vergessen -
was bleibt ist ein verwelktes Lachen,
das seinen Grund im längst verklung'nen
Echo sucht ...

Walter Höhn * 1942

Warum

Warum kann man nicht einfach gehn,
wohin einen die Winde wehn,
zu dir - mein Freund - will ich so gern,
du bist nicht hier - bist so fern.

Ich träume oft, was wäre wenn
ein kleines Stück nur uns noch trennt.
Ich denk an dich - habe Sehnsucht nach dir,
Verlangen wächst und gedeiht in mir.

Komm her mein unerreichbarer Held,
lebe doch, wie es dir - uns gefällt!
Die Richtung zu mir ist dir bekannt,
bist schon einmal losgerannt.

Ja, beschwerlich - mühsam ist der Weg
zu mir - zu dir, wohin man geht.
Finde ihn - ich suche auch,
die Schmetterlinge in meinem Bauch.

Rita Höhne * 1963

mein grönland

auf grönland solls ganze städte geben
ohne straßen im jahr kommt zweimal
ein containerschiff keine ahnung
was die leute so machen schüsseln
gibts steine satt und alkohol und eis
und das meer wirklich ganz tief blau!

gletscher und jets pflügen da durch
am abend wenn ich das licht ausmach
weiß schimmernd und grau und rosa
und auf dem fußboden vorm fenster
lieg damit die bäume nicht durchs bild
ziehn bis die nacht kommt.

Carl Reiner Holdt

Intermezzo

... schließlich bin ich wieder ganz Gefühl
gemacht aus Abermillionen winziger
Tropfen
sprühe ich fontänengleich in jeden Himmel
kraftvoll, frei und ohne Maß
und wenn sich eins ins andre fügt
schwebt grade dann eine Wolke über mir
in die ich hineinschlüpfen kann
dann bin ich leicht und gut und rein
und immer auch so schwer, so schlecht
doch keine Sonne bricht den Stab
dann bin ich daheim
daheim in meiner Wolke
warum, verflucht
warum muss es morgen wieder regnen...

Jürgen Holl

Gute Nacht Deutsch(land)?

Einkaufen? Ach was! – Shoppen!
Die Unternehmensspitze? Du meine Güte!
– Das Topmanagement!
Vorauszahlkarte? Buh! – Prepaid-Karte!
Kundendienstzentrum? Oh nein! – Service-Center!

Höhepunkt, Veranstaltung? Ja nicht! –
Highlight, Event!
Direktübertragung? Um Himmels willen!
– Liveübertragung!
Torhüter? Herrje! – Keeper!
"Sonnenstudio am Eck"? Niemals! –
"Corner-Sun & Fun"!

Sie haben keine E-Post-Adresse – sondern
eine "E-Mail-Adresse"...
Sie schreiben keine E-Briefe – sie
"mailen"...
Händi schreiben sie nicht Händi – sondern
"Handy"...
Sie laden nicht aus dem Internet herunter –
sie "downloaden"...

Deutschland im Schiller- und Einsteinjahr
2005:
Statt Dichter und Denker –
Sprachpanscher und Kostensenker!
Statt Deutsch – Denglisch oder Damisch
(Deutschamerikanisch)!

Immer aggressiver werden die
Muttersprachen verhunzt.
Wollen wir widerstandslos zulassen, dass
die transnationalen Konzerne
ihre Einheitsbrei-Weltsprache
"Globalesisch" durchsetzen?
Bleiben wir sprachtreu und werden wir
sprachschöpferisch:
durch lebendiges Deutsch, nicht durch
haarsträubendes Denglisch!

Eugen E. Hollenbach

So wie immer

Alles ist so wie immer.
Dein Fahrrad steht in der Garage. Deine
Turnschuhe in der Diele und deine
Jacke.
Aber du wirst nie wieder Fahrrad fahren.
Nie wieder werde ich dich in Turnschuhen
sehen.
Du kommst nicht mehr zurück.
Kommst nicht mehr wieder aus dem
Krankenhaus.
Ich kann dir nicht mehr sagen wie viel du
mir bedeutet hast.
Kann nur hoffen, daß du es wußtest.
„VATER „

Dagmar Holter

2001

Allein im Weltall.
Neue Rekorde werden aufgestellt.
Auch in Deutschland
zerfallen die Atome.

Nur HAL überlebt.
Störfaktor Mensch wird ausgeschaltet.
Auch international
bohren sich deutsche Lanzenspitzen
in Menschenherzen.

Seit 2001
befolgen Dämonen die Dienstanweisung.
Besonders in Bayern
wird der Kern der Menschlichkeit
dem Gott des Geldes geopfert.

An der Isar strahlen Goldene Kälber.
Die Atomwirtschaft bittet zum Tanz.
Die Unmenschen zerstören sich selber.
Ein Atomkraftwerk ist wie ein Panz...

Monika Holtmann * 1962

Wellen

Sie kommen und gehen
beständig, kontinuierlich, unaufhörlich!
Sie bringen Unrat, Sand, Getier mit sich
und schwemmen es gleichzeitig wieder fort
ins weite tiefe Meer, in die Vergessenheit.
So ist's auch mit unserem Leben –
Vieles kommt und geht:
„Modewellen", „Meinungswellen",
„Schönheitswellen".
Probleme, Fragen, Gedanken ...
werden angespült
und wieder weggetragen,
gelöst oder ungelöst.
Kommen und gehen lassen,
loslassen,
sich fallen lassen
in barmherzige Vaterhände.
Er, der Schöpfer Himmels und der Erde
und des brausenden Meeres
wird auch dich festhalten
im Auf und Ab des Lebens.

Marianne Höly * 1957

Behutsam

Wie du handelst und empfindest,
denkst du dabei nur an dich,
ob die andern dadurch leiden
und oft zweifeln dann an sich.

Geh' behutsam mit dem Leben
und Gefühl der andern um,
mach' sie glücklich und zufrieden,
mach sie lieber nicht ganz stumm.

Sigrid Holz-Horst

Hilferuf

Die Sonne färbt ganz rot den Himmel,
Die Wellen sehn aus wie galoppierende
Schimmel.
Sie preschen heran auf schnellen Hufen,
Am Strand da bilden sich sandige Stufen.
Der Himmel, der ist wolkenlos
Was machen all die Pflanzen bloß?
Ihre Wurzeln tief in die Erde sich winden,
Um etwas Wasser zum Überleben zu
finden.
Die Natur, sie geht schon seltsame Wege,
Doch braucht sie vom Menschen etwas
mehr Pflege.
Wir nutzen sie aus, nehmen und brauchen,
Doch manchmal, da fängt sie auch an zu
fauchen,
Dann rüttelt und schüttelt es auf Erden,
Der Wunsch, dass die Menschen bald
aufwachen werden.
Seht her, scheint sie zu schreien,
Ich kann auch anderswo schneien,
Ich kann auch toben und Feuer spucken,
Kann ganze Straßen und Häuser
verschlucken.
Dann wird den Menschen vielleicht erst
bewusst,
Dass manches für sie von großem Verlust.

Sie fangen an, darüber nachzudenken,
Der Natur etwas mehr Beachtung zu
schenken.

Ursula Honegger * 1952

Jahreszeiten

Dunkle Wolken wollen die Sonne fressen
Nagen schon gierig an ihren Rändern.
Die Wärme des Sommers ist noch nicht
vergessen
Der Herbst kommt – wir können's nicht
ändern.
Doch noch gibt die Sonne sich nicht
geschlagen
Und bohrt in die Wolken ein großes Loch
Doch wird sie schwächer mit den Tagen
Und wird am Ende verlieren – doch!
Der Sommer geht, der Winter naht.
So geht das schon seit ewigen Zeiten.
Doch bald wird aufgehn neue Saat
Und wird den Frühling vorbereiten!

Peter Hönig

Wir

Wir sind die Macht,
die die Welt kontrolliert,

welcher Mensch ein Mensch ist
und welcher ein Tier,

bestimmen wir!

Wir sind die Macht,
die die Welt manipuliert,

was ein Mensch isst
und was ein Tier,
bestimmen wir!

Wir sind die Macht,
die die Welt regiert,
wer in einem schönen Haus wohnt
oder in einer Hütte wie ein Tier,
bestimmen wir!

Wir sind die Macht,
die demokratische Wahlen
kontrolliert, manipuliert
und dann

abkassiert!

Violetta E. Höntsch * 1945

Ein Lächeln

Ein Lächeln, das berührt Dein Herz!
Es nimmt Dir auch so manchen Schmerz,
und es tut Deiner Seele gut.
Es gibt Dir Mut.

Wenn ich die Menschen lächeln seh',
dann ist die Welt für mich okay.
Es gibt nichts Schön'res auf der Welt,
auch nicht für Geld!

Denn wenn ein Lächeln Dich berührt,
ein kleines bisschen Glück Du spürst,
dann sind der Seele dunkle Phasen
wie weggeblasen.

Auch and're Menschen fühlen so,
ein kleines Lächeln macht sie froh.
Befreie sie aus ihrer Qual
und läch'le mal!

Birgit Hoppe

Die Falten in deinem Gesicht

Die Falten in deinem Gesicht sind Runen,
die das Leben mit spitzem Griffel
eingraviert hat.

Die Falten in deinem Gesicht sind die
Zeichen
Deiner gelebten, reichen Jahre.

Die Falten in deinem Gesicht sind Zeugen
für Freude und Trauer, Glück und Leid,
Lust und Schmerz, Muße und Arbeit.

Die Falten in deinem Gesicht sind es,
die aus einer wesenlosen, menschlichen
Maske
Dein lebendiges, geliebtes Gesicht
gestalteten.

Die Falten in deinem Gesicht sind schön!

Heiner Horak * 1930

Winter in den Auen

Das ist die Zeit der Wintersonnenwende,
es träumt der Wald im Hermelingewand.
Dunstige Schleier ziehn wie Nebelwände,
im Raureif glitzern Busch und
Baumbestand.

Stumm ragen verkernte Silberweiden,
voll Ehrfurcht aus den tief verschneiten
Auen,
sie tragen diese weiße Last mit Schweigen,
reicht ihre Kraft noch bis zum
Morgengrauen?

Lautlos erstarrt der See frostblau im Eise,
kein Vogelruf, kaum eine Fährtenspur,
im fahlen Röhricht knistert es ganz leise,
eisern im Griff des Winters, die Natur.

Und dennoch! Aufwärts geht's, dem Licht
entgegen,
trotz Schnee und Eis und karger
Winterzeit,
denn junges Frühlingsglück lauert
verlegen,
hinter verträumter Winterseligkeit.

Valentin Hörig * 1949

An meinen Mann Hans

(gest. 1988)

Wir liebten uns
und hassten uns
wir verstanden uns
und waren uns fremd
wir waren ehrlich
aber trotzdem verlogen
hatten Angst voreinander
waren immer mutig
verloren uns
und fanden uns wieder
verzweifelten oft
aber waren stets voller Hoffnung
weinten nie
und lachten viel
quälten uns
umarmten uns
reichten uns die Hände
lebten unser Leben
die Gefühle sagten uns
immer die Wahrheit

Inge Horion * 1923

Das Leben

Wie schön
war die Nacht
tief und traumlos
wurde wach
und war voller Ideen
wie schön war die Nacht

In mir ist eine tiefe Ruhe
und ein tiefes Glück
ich weiß nicht
woher es kommt
es könnte Liebe sein
oder ich bin verrückt

Denn das Leben ist
immer wieder schwer
und daher so schön
so intensiv, zärtlich, so explosiv

Wir küssen uns
und lieben uns
bis zum Ende aller Tage

Monica Horion * 1946

So jung sind sie ...

... Tierbilder an den Felsenwänden,
danach bald Runen, Bücher, Filme,
Internet.
Organverpflanzung liegt in unsern
Händen,
das Staunen nur im Raritätenkabinett.

Dem Flug des Ikarus folgt schnell der
Mann im Mond,
ein Teleskop zeigt uns das All – unendlich!
Herr Einstein wird für Relativität belohnt,
aus dem Aspekt macht er uns was
verständlich.

Wenn man aus unserm Zeitbegriff so sagen
will,
sind das im Weltgeschehen nur Sekunden.
Mit dieser Überlegung wird es in mir still,
ich habe das Besondere empfunden:

In solcher Art zerstören und gestalten,
kann nur das Wesen Mensch zu Lasten der
Natur„
Will selber aas Entfalten noch verwalten,
schwankt zur Kultur mit Kant und Epikur

und wird dem Weltgesetz sich wissend
beugen,
weil jeder seinen jeden braucht, wo er auch
sei,
as kann sich niemand aus sich selber
zeugen,
und die. Gebundenheit macht alle: geistig
frei.

Hans Horn

fröhliches Nichts

Ehrend schaut der helle Strom
auf des Menschen Blicks gewandt,
gespannt dünkt ihm das Gewissen,
daß helle Freude die graue Seele flicht,
wie ihm erfahrend widerfahren.

Schau, mein Kind, ins silberne Gefährt,
vorm Monde strebt es himmelan.
Blasse Luft launend bläst
zum verschwindend Sterne trabende
Gestalten,
die eiligst Harmonie verkünden.

Erhabene Früchte trägt die stille Nacht,
formlos, ungestalten bricht der Himmel
los.
Wer mag die sanfte Freud verkünden,
die tragend Unwissen birgt
und schändliche Untat strickt?

Bewußtlos sehnst du dich am Wasser
stehend
nach dem Sinn, nach der Treu des
Elements.
Warum? Warum? Fragst du deine Leere
und wartest auf die trübe Lösung,
die deinem Antlitz nie begegnet.

Martin Hörner * 1971

Paradiesvogel

Perlen schimmern
in deinem schwingenden Zopf,
Königin der Nacht,
die schillernde Kreise
auf spiegelnder Fläche zieht.
Gazellengleich berührst du Menschen
mit Samthaut wie dunkler Flügelstreif.
Mit perlendem Lachen verzauberst du
den Tänzer, der vor dir kniet
und schwebst rundenlang mit ihm
in einem Kolibritraum.
Dann entflatterst du

seinen verlangenden Händen
in die bunte Nacht des Karnevals.
Umsonst bitten seine Augen:
Flieg nicht davon, Paradiesvogel!
Er kann dich nicht halten,
nur seinen vergeblichen Traum
deiner lockenden Schönheit.

Inge Hornisch * 1955

Ich

Ich
falle in tausend Brunnen
erstehe neu im Morgenrot
segle im goldenen Boot
über den zugefrorenen See

koche mir in der Sonne
eine Suppe aus Schnee
knüpfe den Vollmond
an meinen Arm
und hänge die Liebe auf
am Abendstern

puste Pflastersteine in die Luft
wie Federn fliegen sie davon
wer
möchte mitkommen

Ulrike E. Hornung * 1948

Kurze Begegnung

Deine Hand in meiner Hand
War meine Hand in deiner Hand.
Als uns dann trennten Weg und Ziel,
hast du dich nicht mehr umgeschaut.
Doch blieb dein Duft auf meiner Haut
Drei Tage lang – das war doch viel.

Ute Höschele * 1948

Dialog

Ich bin ein Mond und
nicht viel mehr als Du
und tanze meinen Tanz,
ob Sichel, oder rund.
Bin nur ein Teil
vom grossen Spiel
wo viel
verborgen bleibt und
Manches, tut sich kund
beim Kommen und
beim Gehen.
Tanze Du Deinen Tanz.
Einst wird sich Dir zeigen
wie die Dinge sind
und, Du wirst verstehen,
dass Deine und meine Form wie
lose Blätter sind,
Teilchen im Spiel und
tanzend im Wind,
im endlosen, ewigen Reigen.

Doris Host * 1941

Ach, ließen sich meine Gedanken nur in
Worte fassen,
damit ihr versteht, wie es mir ergeht.
Wenn ich entfliehen kann in diese
Anderswelt.

So fliege ich, getragen von einem kräftigen
Sturm hinaus aufs tosende Meer
bis hin zum weiten Strand.
Den Blick gerichtet auf mein ach so
geliebtes ferne Land.

Denn dort am Ende meiner Reise bin ich
daheim,
fern von dieser mir so fremden Zeit.
Für einen Augenblick verweile ich dann in
Träumereien,
höre Musik, erlebe Abenteuer, Seligkeit –

begegne lieben Menschen, die ich
besonders mag;

und bin endlich angekommen in meinem
Leben, das vor diesem lag.

Ach ich kann nur kurz verweilen, einen
Augenblick nur eben,
denn schon muss mein Geist sich eilen,
kehrt zurück in dieses Leben.

So bin ich hin und hergerissen,
oft und öfter noch liegt mein Körper auf
den Kissen,
doch die Seele ist weit, weit fort.
Ich weiß bestimmt, dies ist nicht meine
Zeit und nicht der rechte Ort.

Peggy Hoti

Engelwacht

Ich weiß
Engel.
Sie entstauben
mit Goldwedeln
Wege
durch die Nächte
am Tage.
Lüften Vorhänge
zu den Wahrheiten
der Todsünden auf.
Mein Wissen
liegt verschlossen
in ihren Sternenkästen.

Norma van den Hout * 1944

klarträumer

übernimm doch die regie
in deinem nächtlichen hirnkino
nutze das schlaflabor
zwischen den hirnströmen
vielleicht wachst du
als käfer auf

Evelyn Hribersek

Gebet

Am Gestade der Welt,
wo Worte sich formten:
Berge erhebt euch
und Meere vergeht,
wird Himmel vermutet,
das brechende Auge
zu tränken mit Antwort –

denn sie,
die schon wohnen
inmitten der Sonnen,
sprachen den Anfang
und –
enden im Schweigen?

Beatrice Huber

Nur ein Wunsch

Ich wollt'
ich könnt' sie schreiben
die da tief drinnen
gewachsen
geträumt
die Gedanken
die wiederkehren
und nicht loslassen
ich wollt'
ich könnt' sie schreiben
bevor sie verblassen
verstummen
ohne jemals geschrieben.

Martina Huber * 1960

Zuversicht

du hältst mich fest
dass ich nicht schweige
mich in die nebel
hinab den fliehenden
achtlos entgegen

sterne im meer
so golden
verblutend
vermögen die qualen
nicht fesselnd zu lindern

halte mich fest
bis schmerz desertiert
das inferno verbrennt
dann werde ich dir
das vergesse ich nie
im winter
ein mailachen
pflücken

Noëmi Huber

Westen

Wo die Massen haltlos sprengen
jede Form, die man versucht;
wo die Füllen überquellen,
da ist Westen, geht's uns gut.

Wo die Ansichten sich gleichen
und die Aussichten verbleichen;
wo die Körper werden dicklich
und die Kleidung gar unschicklich,
da ist Westen, geht's uns gut.

Edmund Huditz * 1956

Mondnacht

kalt ist es, klar
es scheint der Mond so wunderbar.
Vergessend wer wir sind
nehmen wir Teil am Tanz des Mondes
in der Nacht.
Wir werden ein Teil des Mondes
und geben uns hin.
Öffne die Augen und schau ihn dir an
in dieser Nacht.
Ich bleibe bei dir.
Für immer.

Silvia Hüfner * 1987

Für den Seniorentanz

Für den Seniorentanz
Wenn wir Senioren tanzen gehn,
dann kann man Röcke wippen sehn.
Wir tanzen begeistert das ganze Jahr
und finden's einfach wunderbar!

Wir lernen Schritte, die kurzen, die
schnellen.
Das hilft auch unseren grauen Zellen.
Wir bleiben durch Tanzen gesund und
aktiv,
darauf gebe ich allen Siegel und Brief.

Der Rhythmus des Tanzes geht uns ins
Blut,
wir fühlen jedes Mal uns soooo gut!
Wir können nicht mehr aufs Tanzen
verzichten,
wir wollen es immer pünktlich einrichten,
zu kommen zu unserem Seniorentanz,
denn dieses Tanzen erfüllt uns ganz.

Für so viel Freude und Wohlbehagen
wollen wir herzlich Danke sagen.
Da kommt unser Zauberwort mir in den
Sinn.
Es lautet: „Ihr könnt es – ihr macht es
fein."
Das soll stets unser Motto sein.

Lieselotte Hugelschaffner

Sag mir

Sag, wie fühlt es sich an,
wenn Regentropfen deine Stirn berühren
und in einer zarten Bahn entlang deines
Gesichtes fliessen?
Und sag, wie fühlt es sich an,
wenn der Wind deinen Hals streichelt, eine
Berührung, so sanft wie ein Flüstern?
Sag doch, wie fühlt es sich an,
wenn Gras deine Füsse kitzelt, satter
Teppich voller Leben, feucht und
weich?
Bitte sag, wie fühlt es sich an,
wenn die Sonne deinen Rücken wärmt,
deinen Körper mit Energie
durchflutet und belebt?
Ach sag mir, wie fühlt es sich an,
wenn jemand den du liebst, dich zärtlich in
den Armen hält und küsst?
Sag, wieso fühle ich es nicht,
wieso lebe ich nicht, wie du?

Michèle Hügin * 1980

Warum Rentner keine Zeit haben ...

Je älter man wird, desto schneller rennt die
Zeit
Eben noch Kind, dann von 80 nicht mehr
weit.
Die Welt der Arbeit liegt so lang schon
zurück,
Auch die der Liebe und das ganz große
Glück.

Der Schritt ist nun nicht mehr federnd
schnell,
Jedoch der Kopf noch klar und hell,
Auch die Zähne sind die eigenen,
Mann kann sie noch immer wütend zeigen,
Wenn auch Gelenk und Knochen dezent
knacken
Und oftmals steif der ganze Nacken.
Mühsam kraxelt man die Treppe rauf,
früher tat man das in schnellem Lauf.
Einst sprang man aus dem Bett voll Kraft,
heute ist man froh, wenn man es überhaupt
noch schafft!

Jeder Handgriff, jedes Tun braucht heute
viel mehr Zeit,
Man spürt, das Alter ist nun nicht mehr
weit.
Selbst das Lächeln braucht mehr Zeit,
weil nicht mehr jeder Blödsinn freut.
Man kann es selt'ner auf alten Gesichtern
sehn,
Doch da ist's wertvoll und leuchtend schön!

Jutta Hühn

Für Dennis

Sieh' das Lachen in diesem Gesicht
das noch nichts gesehen,
außer das helle, freundliche Licht.

Schau das kleine Grübchen, wenn er lacht,
Ist ein Rüpel, der seiner Mama trotzdem
sehr viel Freude macht.

Mein Kind, du lieber Schatz.
Ich möchte bei dir sein, damit du dich nicht
fürchtest.
Und mache eines Tages für jemand anderen
Platz.

Ich seh' dich größer werden,
staune, was du alles kannst und hoffe, es
geht dir immer gut.
Und du hast einen guten Platz auf Erden.

Bin so stolz auf dich.
Habe dich geboren und bin froh.
Hoffe, du verzeihst mir meine Fehler und
bis irgendwann
einmal genauso stolz auf mich.

Gabriele Hülsmann * 1966

Die Chance

Die Woche eilt,
das Leben fliegt,
wir sitzen stumm und warten,
bis sich noch schnell
'ne Chance ergibt.

Die Tage werden länger.
Die Ungeduld
schlägt härter zu –
der Alltag wird zur Last.

Doch jeder Schritt
führt uns zum Ziel,
wir müssen es nur wollen –
und dürfen uns nicht trollen, denn:

Die Woche eilt,
das Leben fliegt
und nimmt uns beide mit.

Angelika Hummel * 1958

human sadism

Wortstümpfe holpern, blockieren
Satzbaustellen,
und spastische Ohren verhören sich im
Grund,
stolpern über verminte
Sprechhemmschwellen,
nachgerichtet in verformatiertem Mund.

Systemversicherte IQ-Schablonen, ständig
auf der Hut,
die Denke patrouilliert und wankt auf
krummen Beinen,
salutieren stolz archiviertem
Grabkammerngut,
stressgeplagt, an maroden Spielregelleinen.

Wir warten eselsgleich im Streichelzoo der
Etikette,
am Büffet der Eitelkeiten gerinnt die
Höflichkeit,
es strahlt die launisch schillernde Facette
um die Wette,
unverhohlen, mit stahlveredeltem
NirostaNeid.

Zwischen Sinnattrappen schluckst du ein
paar Bissen,
unter floskelverklebtem
Gefäßverengungsblick,
von halbseiden – zerfasertem
Fastfoodwissen;
zum Dessert winkt freudig der
selbstgedrehte Strick.

Im Wohlstandsarsenal der
Reih'nhausattitüde
klemmt die Wahrnehmung im
Gesellschaftsschraubstock,
und wangenrougeprüde und
lippenstiftmüde
Liftingphrasen verharren starr im
Stillstandsschock.

Sandra Hummel * 1967

An mein Kind

Leise wuchs die Sehnsucht
Dein Leben zu begleiten
Dein Lachen zu erwidern
Auch mit dir zu streiten
Vaterstolz zu spüren
Zu wissen,
Daß du unsere Einheit in dir weiterträgst

Doch lässt du deine Mutter niemals Mutter
sein
Wo werden wir dich finden?
Wo hältst du dich versteckt?
Wer gab dir deine Augen, deine Nase, dein
Gewicht?
Wem spielst du Musik?

Nie hast du gelebt
Keine Spur läßt du zurück
Es gab nur die Hoffnung
Doch die hat sich davongemacht

Wie soll ich dich begraben?
Wo welches Grab dir schmücken?

Soeren Hundhausen * 1969

Fluchtsucht

Ich lief weg
und kam an

und floh weiter
und dachte

und fand
andere Häuser
und andere Menschen

und lief wieder weg
und fand meinen Kopf
immer an der selben Stelle

Wolf Hunger

bla bla
labar labar
rababar rababar
papalapap palapalap

Tino Hupe

Frühling

Die Menschen kommen wieder aus dem
Haus,
viel Sonne ist jetzt auch zu sehen,
da kommt gleich die gute Laune raus,
der Winter wird bestimmt nun gehen.

Die Kleidung ist nicht mehr so dick,
alle Blumen stecken ihre Köpfe vor,
das findet wohl ein Jeder schick,
Frühling steht ja vor dem Tor.

Eis wird jetzt gegessen gern,
auch ein Bier nicht zu verachten,
es grünt in Nah und Fern,
Frühling überall zu pachten.

Die Frauen tragen Mini,
der Herr greift auch zum Shirt,
das Leben und nen Martini,
fertig ist der Frühlingsflirt.

Gefühle kommen groß daher,
Spaziergänge werden zur Lust,
von dieser Sonne will Man mehr,
Frühling vertreibt den Winterfrust.

Norbert Husse * 1962

Die Liebe

Es ist das größte Glück auf Erden
von einem Menschen geliebt zu werden.
Wer dieses Glück nicht erleben kann,
der ist sein Leben lang arm dran.

Eine Mutter, die dich innig liebt,
dir ihre Liebe ohne Erwartungen gibt.
Sie behütet dich wie einen Schatz
und in ihrem Herzen hast du den ersten
Platz.

Ein Vater kann dasselbe empfinden,
doch wird er damit weniger verbinden.
Er zeigt Gefühle vielleicht nicht so
reichlich,
aber auch seine Liebe ist unvergleichlich.

Einem Kind kannst du deine Liebe geben
und es damit prägen für sein Leben.
Wenn dir das immer gut gelingt,
dein Kind dir sehr viel Freude bringt.

Kerstin Huth-Batschkowski * 1970

Zwei Seelen am Himmel

Geliebte Seele, du findest mich in Zeiten
Die deiner nicht würdig sich trostlos
gestalten
Denn was soll mir Sinn oder Freude
bereiten
Ohne dich ist alles beim Alten

Hier lebt mein Körper an grausigen Orten
Die ohne dich so kalt und leer
Ich brüte Gedanken und ringe nach
Worten
Die auszusprechen mir fällt so schwer

Ach! Könnte ich doch meinem Leibe
entfliehen
Ich flöge im Wind meiner Leidenschaft
Mit dir wie Wölkchen zur Sonne ziehen
Zwei Seelen am Himmel auf Wanderschaft

Doch bin ich gebunden an Raum und Zeit
Nur meine Gedanken weilen bei dir
Ich hoffe sie finden auch dich bereit
Ein paar zu verschwenden an mir

Claudio Fausto Iacopetta * 1976

der lenkdrachen

wie ein hund, der in die leine beißt,
scheinst du mir mit deinem tanzen,
wie du rückwärts stemmend ruckelnd reißt
und das kind mit seinen ganzen
schwächen als vertrauten gegner weißt

wütender lustiger himmelstanz
stürzend und steigend im bogen

wie das kind sich in die leinen hängt,
fest mit durchgedrückten beinen
schräg gestemmt den bunten drachen
lenkt,
will mir wie ein bildnis scheinen,
das sich heiter dem gedächtnis schenkt

manchmal seh ich ahnend, wie der wind
heimlich döst, dann ist es lauern -
doch das kind sich dieser list besinnt,
denn der tanz muss ewig dauern,
schnell ein ruck, das spiel von neu beginnt

springender jubelnder kindertanz
ziehend und zerrend gezogen

Iarik

zehn zehn null zwei/ literaturabend

anhäufung skuriler wortsäulen
gebäude gebrochener syntax
konstruiert auf
clowniger spielwiese
heimischer wortkunst

preisgekrönte urgesteinhäupter
reproduzieren nebelhaft
gedankenfragmente

zwischen pappe
konvolute
staatlich geförderter lettern

krampfhafte produktion
angeblich ästhetischer
gehirnausscheidung
gestammel gebrochener zeilen
erbrochene schizophrene verdauung

beispiele literarischer spasmen

lichtblicke nur
in fremden kulturen

Regina Ibrahim

Baumlehrer

Der Baum steht fest,
die Wurzeln tief in die Erde gegraben.
Der Baum steht stolz,

die Äste und Blätter der Sonne
entgegengestreckt.
Der Baum steht vertrauensvoll,
Nahrung von Sonne und Erde empfangend.

Der Baum steht – mich lehrend,
seine Ruhe, seine Kraft und sein Vertrauen.

Nicole Iburg

„Fassenacht mit Geist"

Bush-Besuch in Mainz

Egal wo ihr in diesen Tagen hin verreist –
hier in Mainz findet ihr Fassenacht mit
Geist.
Das weiß auch der W. Bush längst vom
CIA –
das ist eine Weisheit, ein alter Schnee.
Drum kommt der Erfinder der Achse des
Bösen auch nach Mainz,
damit wir'n erlösen von seinem schlimmen
Leidensbrand, denn –
mir schütte nit irakisch Öl ins Feuer,
mir lösche nur mit Gosenheimer Sand.
Danach kommt die Merkel un erledigt den
Rest –
sozusagen als Nachbrennertest.
Die is prädestiniert für so einen Job,
weil allein schon die Frisur is wie en
richtiger Mob.
Helau!

Norbert Idstein

Weihnacht am See

Still liegt der See und festlich das Tal,
in Stroh gebettet ein Christkind im Stall!
Es tänzeln und wirbeln Schneeflocken im
Wind,
die Kinder warten auf's Christuskind!
Weihnacht, Weihnacht, du festliche Zeit,
bescherst allen Menschen Besinnlichkeit!

Es öffnet die Herzen der göttliche Schein,
dann kehren Friede und Frömmigkeit ein!
Die Engel triumphen und Hirten
singen,
drei Könige gar ihre Opfer darbringen!
Weihnacht, Weihnacht, du liebliche Zeit,
bringst allen Menschen Zufriedenheit!

Still liegt der See und friedlich das Tal,
gar weich gebettet das Christkind im Stall!
Mit zarten Knistern und leisem Falle,
bedecken nun alles die Schneekristalle!
Weihnacht, Weihnacht, du fröhliche Zeit,
schenkst allen Menschen Geborgenheit!

Da klingen die Chöre der himmlischen
Schar,
für Jungfrau Maria, die Christus gebar!
Erwartungsvoll strahlen die
Kinderaugen,
die noch an Weihnacht und's Christkind
glauben!
Weihnacht, Weihnacht besinnliche Zeit,
gibst allen Frieden, Glückseligkeit!

W. Ike * 1950

silent explosion

nachtstimmen

nah und fern

septembergras

seidenmatte haut

Phlipp Imhof

Sinfonie der Tränen

Soviel Schwarzes in dem Weißen,
Soviel Dunkel in dem Licht,
Soviel Tränen bilden Flüsse,
Wo mein Herz in Stücke bricht.

Jeder Riss sei eine Strophe,
jeder Fluss ´ne Melodie.
Es spielt mein Herz ein Klagelied,
spielt dann der Schmerz die Harmonie?

Der Strom, er reißt mich mit ihm fort,
wohin der Schatten frisst das Licht.
Hat man mir nicht einst gesagt
Schwarz ohn' Weiß gäb' es nicht?

Nun schlägt mein Herz im Takt,
der dem Rauschen ähnlich klingt.
Und ich fang an das zu vergessen,
was mir wahre Liebe bringt.

Warum sing ich auch ein Klagelied,
wenn der Fluss gar zu laut rauscht
und niemand außer mir
- jemals -
den Klängen dieses Liedes lauscht?

Regina Interwies * 1986

Wisch Tränen aus dem Gesicht

Wisch dir die Tränen aus dem Gesicht,
hier darf man nicht weinen, das ist hier
Pflicht.
Jeder versucht mich an meinen Taten zu
hindern.
Keiner versucht meine Schmerzen zu
lindern.
Es scheint fast so, jeder lässt mich allein.
Es scheint fast so, keine hört mich schrein.
Warum lauf ich nicht, einfach drauf los.
Warum lauf ich nicht, aber wohin den
bloß?
Ganz weit weg sehe ich Liebe und
Vertrauen,
dort kann ich auf Freunde und auch Feinde
bauen
Dort fühle ich mich geliebt und geborgen
Dort gibt es keine Angst, Hass oder
Sorgen.
Ich weiß nicht warum, aber ich bleibe
stehen.
Ich kann Liebe nur von Weiten sehen.
Ich werde immer darunter leiden
und werde die Wut nicht von euch meiden.
Warum das so ist, ich weiß es nicht,
drum wische ich mir Tränen aus dem
Gesicht.

Stefanie Inzenhofer * 1987

Die Masken

Wie viele Masken tragen die Menschen,
um sich zu verstecken?
Wie viele Masken tragen die Medien,
um die Leute zu manipulieren?
Wie viele Masken tragen die Frauen,
um die Männer zu irritieren?
Wie viele Masken tragen die Männer,
um die Frauen zu beirren?
Wie viele Masken tragen die Verkäufer,
um das Geld aus den Taschen zu
entlocken?
Wie viele Masken tragen die Politiker,
um den Menschen weis zu machen,
dass sie sich um das Volk kümmern?
Wie viele Masken hat die Wirklichkeit,
um uns zu täuschen?

Iris

Taucher

Jeden Tag tauchen wir ein
in das Leben
kämpfen uns durch das Wasser
hinab auf den Grund

beim Auftauchen
halten wir manchmal
ein glitzerndes Wunder in der Hand
von versunkenen Schiffen
einen seltenen Fisch
oder ein buntes Korallenstück

es lohnt sich
täglich zu tauchen
auch haben wir gar keine Wahl
denn wir sind Taucher
seit uns're Geburt

Knut Ismer

Planetarium

Ihre Namen kleben wie Pigmente
an den Monden des Saturn und seinen
Brüdern.

Und der eine, Enceladus, soll
den Ring speisen, der sich als
Erkennungsmal so gut macht.

Von den anderen Granden nicht zu
sprechen. Etwa von Europa noch;
im Jupiterschatten.
Entgegen allen Vermutungen, erhält sich
unter seiner
Eisschicht ein großer Ozean flüssig. Trotz
mangelnder Sonnenwärme.

Eines Tages werden wir sie alle bereisen.
Mit Gepäck
für eine Nacht. Morgens hin, zwischen
mancher Planetenenge hindurch,
abends, wenn die Sonne nicht mehr weiß
wen sie in ihren
Glanz hüllen soll, weil zu viele Schlange
stehen,
kehren wir zurück.

Auf einem Himmelsschiff, einer
Engelsgaleere mit Sonnensegel –
wie bei der Fahrt zur Loreley, früher.
Und dann singen wir Fahrtenlieder und
schunkeln so lange auf
den Holzbänken hin und her,
bis der Kapitän auf dem schwankenden
Boot für Ruhe sorgen muss.

Josef Ispas * 1955

Nächtliches Bankett

Die Gäste
in weißen
enggeschnürten Seidenkleidern
alle vergiftet
geduldig ihren Tod erwartend

Der Gastgeber
ein alter
hässlicher Fassadenklettrer
mit grazilen Tänzerbeinen

Die Einladung
ein in die Luft gespanntes
unsichtbares Netz

Oliver Issel * 1965

In Deinen Armen

Hab geweint und gelacht,
geschlafen und gewacht,
in Deinen Armen.
Hab die Angst verloren
und die Liebe wurde geboren,
in Deinen Armen.
Hast mir Kraft gegeben
und Mut zum Leben,
in Deinen Armen.
Kann vor Verzweiflung schrein
und unendlich glücklich sein,
in Deinen Armen.
Möchte jede Sekunde genießen
und irgendwann mein Leben beschließen,
in Deinen Armen!

Wolfman Jack * 1965

Wir sind Vögel

Wir sind Vögel,
die sich in den höchsten Himmeln trafen,
auf hellem Sternenkollier,
Bahnen ziehend, Weiden,
aneinander zugeneigt und ohne Trauer,

ewig sich belichtend in teilweiser Nacht
und Hand in Hand und sich umarmenden
Worten
am Regen vorbei zum entfernten Zenit.

Fische, die das Meer umspülen
und auf tiefstem Grund sich leicht
erkennen,
die sich scheiden von andern Bäumen des
Waldes,
im Moos und in Tavernen, in der Luft
wie Löwen bei der Jagd in der Savanne
in den Tagen der Sommer der Glut
und in immergrüner Wüste
sind wir Vögel.

Stephan Jacob * 1971

Januarmorgen im Norden

Lichtwechselspiel
treibt Wolken vor sich her

umspannt den Horizont
von West nach Ost

zieht fahles Licht hinan
zu Schaaren Wasserreiter

nun stoben sie umher
wild aufgezäumte Nachthüllen

durchzogen von weißroten Schößen
kristalline Lüfte sich formieren

pfeifende Spielmannsröcke
im Schneeflockenglanz

streifen erstes Ackerland
schwingend die Pappeln umher

umtanzen aufkreisend die Flur
spielende närrische Formen

treideln im aufziehenden Morgen
umherziehende Farbsplitter

spielen kokett mit den Schlieren
einatmend neue Bläue

Gerda Jaekel

Worte an Björn

„... weil ich dich liebe,
weil ich dich vergöttere,
weil ich ohne dich nicht leben kann,
weil ich ständig an dich denken muß,
weil du der bist, nach dem ich gesucht
habe,
weil du mir das gibst, wonach ich mich
schon immer sehnte,
weil ich dich brauche,
weil ich dich nie vergessen kann,
weil du meine Kreativität weckst,
weil sich meine Gedanken überschlagen,
oder einfach nur weil du mich gefangen
hast.

Sag mir das ich verrückt bin,
aber wirf es mir nicht vor, dass ich dich
liebe."

Christine Jäger * 1985

Die Hände

Die Hände
Hände liebkosen, streicheln
Ein Hauch warmer Wind
Unter südlicher Sonne
Perlen des Schweißes auf der Haut
Schwirrende Luft und naives Gelächter
Küsse so zart und feucht
Beginn der Leidenschaft
Hände liebkosen, streicheln
Der Vollmond kalt und grell
Unsentimentales Licht
Nur stiller Wächter auf
Hände pulsierenden Blutes
Leben ohne Gedanken an ein Morgen
Suchende Hände, weiche Haut
Leicht und unbekümmert

Weltuntergang
Nur wegen der Hände

Bianca Jahn * 1974

Das Leben

Das Leben ist ein weites,
ein wundervolles Land,
das, wenn wir es betreten,
so neu und unbekannt.

Wir schreiten durch die Weiten,
spür'n Sonne, Regen, Wind
und freuen uns der Wiesen,
die voller Blumen sind.

Wir winden bunte Kränze,
wenn unser Herz erwacht –
wenn sich die Wege kreuzen –
der Liebe zugedacht. –

Die Wege auf den Wiesen ...
Das Glück ... das Leid ... die Welt!
Wir wandern, wandern, wandern,
solang es Gott gefällt.

Ewald Jahn * 1920

Armut gibt es nicht

Sie reisen in ferne Länder,
beneiden fremde Händler
um ihren Lebenstraum.

Sehn nur die blankgeputzten Straßen,
nicht die dunklen Seitengassen,
nicht die Wellblechhütten
als Lebensraum.

Fotos halten fest,
was daheim wer sehen sollte –
fegen fort den Rest,
was man selbst nicht sehen wollte.

Roswita Jakopčević

gemeinsam fliegen

notwendig sind sie nicht
deine maßregelungen
ich bin erwachsen

degradiere mich nicht
zum unmündigen kind

ich kenne deine ansichten
aber du verlangst dinge von mir
die du von dir nicht forderst

hör auf meine flügel zu stutzen
dann können wir wieder
gemeinsam fliegen

Rita Maria Janaczek * 1967

Die Kunst

Mit Gefühlen zu leben,
den Schmerz verdrängen,
den Verlust verkraften,
die Angst besiegen,
die Sehnsucht bändigen,
das Verlangen zügeln,
den Reiz auskosten,
die Trauer akzeptieren,
den Mut anerkennen,
die Begierde lenken,
das Vertrauen genießen,
die Liebe leben.

Jana Janic

Dort wo
etwas zu
Ende geht
ergibt sich
etwas Neues,
wartet eine
neue Chance
die ergriffen
werden will

Susan Jankowski * 1969

Nachtblau

Nachtblau noch ein Mal...,
senke dich auf meine Haut, die so wund
vom Sein.
Noch ein Mal...
durchströme mein einsames, ruheloses
Herz,
hinter dessen Mauern mein Licht gefangen
liegt,
mit deinem unschuldig, mildem Schein.
Noch ein Mal...,
möchte es lauschen deiner Sphärenklänge,
deren Hymnen klingen
am tauben Ohr der lauten Zeit.
Noch ein Mal...,
möchte es schauen, wie du den silbrig,
rotblauen Regenmond,
deinen treuen Geliebten, empfängst.
Noch ein Mal...,
jenen und diesen Augenblick weben, in den
Traum der Unendlichkeit,
hinein in das goldene Gefunkel der
ungezählten, aufgehenden Sterne.
Noch ein Mal lieben, denn..., ohne Liebe
kein Licht,
ohne Licht kein Leben
Noch ein Mal...
R.I.P. Gerd, in Liebe Britta.

Britta Carmen Jannet * 1954

Abschied ohne Ende

Benutzter Aschenbecher:
Zigarettenstummel -
ein leiser Hauch von kaltem Rauch -

Beziehungsstummel:
bleiche Wangen von verblassenden
Küssen verlassender Lippen

Berührungsreste:
Gänsehaut auf blauen Armen,
Kopf-lose Hände

- Tränen in kalter Asche -

Christine Jansen * 1949

Schnee

Schnee
verwandelte die Landschaft
über Nacht
und deckte ihre Wunden zu

der Tag beginnt
mit ungewohnter Helligkeit

Peter Janßen

Narbenkind

Ich bin stolz auf meine Narben
Sie sind Bilder aus vergangenen Tagen
Sie zeigen, wie stark ich bin und einmal
war
Denn sie reflektieren, was ich erlebte,
fühlte und sah
Und mit jeder Narbe wird es schwerer mich
zu verletzten
Mich noch tiefer in das Feuer der
brennenden Hölle auszusetzen

Ich bin ein Narbenkind
Ein Kind der Schmerzen und Drogen
Ich bin ein Narbenkind

Das Leben hat mich verraten und belogen
Ich bin ein Narbenkind
Ein Narbenkind
Verlorenes Kind

Ich bin im Schmerz geboren
Und hab mich später darin verloren
Erst führten andere mir sie zu,
später ich mir selbst
Denn du fühlst nichts mehr, wenn du
in diese Leere fällst
Und ich musste oft leiden, um zu spüren,
ob ich noch lebe
Es war schon immer der Weg in die Hölle,
den ich im Leben gehe

Timo Januschewski * 1985

Buckelwale

Ihr sanftmütigen Riesen
mit dem freundlichen Gesicht.

Mit euch zu ziehen
durch die Ozeane der Welt.

Tief in eure wissenden
Augen zu sehen.

Ein wenig zu ahnen
vom Ursprung des Lebens.

Mich in den Falten
eurer Haut verstecken.

Träumend mit euch
durch das Wasser gleiten.

Eure stille Größe
begleitet mich,

um nicht zu stranden
auf meinem Weg.

Sabine Janzer

Auf Reisen

Kinderherz
erleuchtet
den Weg
greifbar
Stern um Stern
singend
mit den Vögeln
fliegen
Tauben
in den Schoß
schmeckt
das Leben
nach Meer und mehr ...

Regina Jarisch * 1956

Abschied 2002

Abschied ist ein schweres Wort,
du gingst aus meinem Leben fort.
Nun sitze ich hier, kann dich nicht mehr
fragen,
warum du mir liegst so schwer im Magen.

Ich liebte dich, seit ich dich kannte.
Dein Wert sich in mein Herz rein brannte.
Nichts mehr ist mir von dieser Zeit
geblieben.
Ich vergesse dich nie, werde dich immer
lieben.

Auch dein Nachfolger kann dich nicht
ersetzen.
Er wird dich nie aus meinen Gedanken
hetzen.
Viel zu schön waren doch die Jahre,
doch dann nahm man dich fort, ohne
Frage.

Egal wo ich geh und steh,
ich dich immer noch vor mir seh.
Zu schön war doch unsere gemeinsame
Zeit.
Dich zu besitzen, hat mich nie gereut.

Nun bist du für immer und ewig von mir
fort.
Kann dich nicht finden, an keinem Ort.
Ach, mein Markstück, ich liebte dich so
sehr.
Meine geliebte D-Mark, wann kommst du
wieder her?

Monika Jary

Kleine Liebe

Ich fang mir einen Stern,
Ich glaub, er hat mich gern,
Stubs ihn und bau Flügel dran.

Ich fang mir einen Stern
Hinterm Rücken meines Herrn,
Tu lieb und denk nicht dran.

Ich fang mir einen Stern,
Soll mir das Fliegen lehrn,
Träum nachts vom Firmament.

Ich kenne einen Stern,
Ich glaub ich hab ihn gern,
Einst verlor'n muss ich ihn suchen gehn.

jasm * 1986

letzter stau lässt ab,
das wasser wird knapp,
letztes öl wird uns gebracht,
mensch kämpft mit schleichendem
verdacht,
alle, alle mit waffen bestückt,
so sind es alle und spielen verrückt,
die einst geliebte erfrischende luft,
verbirgt uns einen merkwürdigen duft,
des menschens wille ruft und ruft,
aus jedem klein' ecklein,
wäre das alles doch nur schein,
und wir würden nicht sein,...

Manuel Jauth * 1985

Der schmale Pfad

Ein Berg, ein Abgrund,
Wo willst du hin, Wanderer?
Dort hinüber in das Land der Hoffnung,
In die Welt der Wahrheit.

Ein schmaler Pfad:
Rechts der Abgrund, links die Wand.
Ein Blitz, ein Donner,
Du kannst es nicht schaffen, kehr um!

Ein Stein von oben,
Die Brücke bricht.
Wo willst du hin?
Du bist verloren.

Ein Sonnenstrahl durchdringt die Nacht.
Wo bist du, Wanderer?
Dort, wo die Hoffnung nicht erloschen ist,
Und die Welt erstrahlt im wahren Licht.

Wassilissa Jendrzejzyk * 1986

Als wir uns umarmten

Ich hatte vergessen wie das Meer
das Tor in mir öffnet zum Fühlen,
daß ich da bin in der Welt;

hatte vergessen wie der Wind
mir den Atem raubt und mich zwingt,
um Luft zu kämpfen;

wie nasser Sand an den Füßen
die Lust weckt
zu Laufen.

Meerestang und Algengestrüpp –
Und die warme Sonne liebkost das Gesicht.

Sie haben auf mich gewartet
wie alte Freunde
und als wir uns umarmten
flogen wir ein kleines Stück zusammen

bis der purpurrote Horizont zum Abschied
den Tag beendete.

Cornelia Jensen * 1963

Lebe wohl

Sie sagte ihm Leb wohl, doch er verstand es
nicht, sie nahm seine Hand doch er
spürte es nicht,
sie schaute ihm tief in die Augen, doch er
sah es nicht. Was sollte sie tun, was
konnte sie noch ändern?
Sie wusste es nicht. Doch sie wusste, es ist
Zeit zu gehn und nun die Welt aus
einer anderen Perspektive zu sehn.
Dann ging sie fort und ward nicht mehr
gesehn. Und er fragt sich, kommt sie
zurück?

Sie stand vor ihm und Tränen perlten an
ihren Wangen herab, doch er war
hilflos.
Sie umarmte ihn und sagte, er wird sie nie
mehr wiedersehn, doch er glaubte es
nicht.
Nun ist sie fort, weit weg an einem fernen
Ort, und wird nie mehr wiederkehrn.
Und er fragt sich, warum?

Doch blickt er zurück, da wird ihm klar,
die Antwort lag doch so nah,
doch nun ist es zu spät nichts kann er mehr
tun, ihre Seele wird für immer ruhn.
Ein letzter stummer Schrei, ein letzter Ruf
nach Hilfe, das war ihr Lebe wohl,
doch er verstand es nicht.

Nun schaut sie hinab, weit weg von diesem
fernen Ort, und sie wird ihn berührn,
doch er nichts spürn, denn sie ist fort, weit
weg an einem fernen Ort fern ab von
Zeit und Raum
weit weg in einem fernen Traum und wird
nie mehr wiederkehrn.

Melanie Jepsen * 1985

Perspektive

Liebe und Hass, wie nah liegt das
die Zukunft ändert sich täglich ganz krass
Man hat in diese Zukunft das Vertrauen
verloren
durch die Ereignisse werden neue
Anschauungen geboren
Stabilität und Sicherheit und auch die Rasse
mit allem verschwindet man in der Masse
Die Großen raufen um Ruhm und Macht
an allen Ecken der Welt es dadurch kracht
Der dritte Weltkrieg wird kreiert
derweilen dieser Krieg bereits auf der
ganzen Welt passiert
Anschläge, Ermordungen und Bomben
weil die Großen der Welt den Hals nicht
genug voll bekommen
Banken, Flugzeuge, Gebäude, alles zerbirst
derweilen sich paar wenige fühlen als
Weltenfürst
Und, anstatt die Menschen zu führen und
leiten
versuchen sie Sozialfürsorge tunlichst zu
vermeiden
Die Bevölkerung darbt und leidet sehr
eine besonnene Zukunftsführung muss
wieder her
Nachdem in der Vergangenheit die Männer
dies konnten nicht schaffen
solls eine Frau versuchen, damit man kann
in Zukunft wieder lieben und nicht
mehr hassen

Skulgerdat Jera * 1954

Nur für dich

Ich weine eine Träne,
eine Träne nur für dich,
Sie ist voll großem Kummer,
sie lässt dich nicht im Stich.

Ich schenke dir ein Lächeln,
ein Lächeln nur für dich.

Es zeigt dir schöne Zeiten,
es lässt dich nicht im Stich.

Ich schenk' dir ganz viel Liebe,
ganz viel Liebe nur für dich.
Vergiss die blöde Träne,
und lach' ein Stück für mich.

Jes * 1987

Angekommen

Gekämpft und überwunden!
Ich habe
den Wind des Widerstandes ausgehalten,
die Berge der Prüfung bestiegen,
und meine Leidenssteine
aus dem Weg geräumt.
Nun fließt Heilung;
alles geht leicht.
Ich wandere in mein Land
das mich in Besitz nimmt.
Ich werde mir selbst bewusst.
Bei mir bin ich
angekommen.

Brigitte Jetter * 1961

In unserem Haus soll etwas schönes stehn.
Sowas kann man nicht in jedem Hause
sehn.
Es ist schöner wie ein Krimi,
und schöner wie Mord mit Mimi.
Schöne Pflanzen bunt und schön,
sind in ihm zu sehn.
Um Pflanzen zu sehn,
brauchen wir nicht in den Garten zu gehen.
Sie sollen Sommer wie Winter in unserem
Aquarium stehn.
Natürlich sind auch viele Arten Fische in
ihm zu sehn,
in vielen Farben bunt und schön.
Die Natur haben wir vor Jahren in unser
Haus genommen
und so manches Fischlein ist sogar dort auf
die Welt gekommen.
Die Natur ist mir durch unser Aquarium
immer nah.
Ist doch irgendwie wunderbar.

Dirk Job

Liebe heißt...

Liebe heißt, Verständnis haben, Opfer
bringen und Verzicht,
Freude geben, Liebe auch entgegen
nehmen,
treu sein, Eifersucht kaum zeigen,
manchmal auch aus Liebe schweigen.

Liebe heißt, sein Herz verschenken,
den Partner nicht mit Absicht kränken,
manch Fehler großzügig übersehen,
auch mal seinetwegen mit ihm gehen.

Liebe heißt, sich selbst aufgeben,
in Harmonie zusammenleben,
zärtlich zueinander und zusammen sein,
doch auch Zeit haben für sich allein.

Liebe heißt, sich achten und akzeptieren,
sich nicht in der Wut verlieren,
über Schwächen des Partners nicht lachen,
viele Dinge gemeinsam machen.

Nicht nur in den guten Zeiten,
auch in der Not zusammenhalten.
Liebe heißt, sich gut verstehen
Und durchs Leben gemeinsam gehen.

Lore Jochens-Kähler * 1948

Gebrochener Spiegel

Wenn dein Leben zerbricht
in Stücke wie ein
zerschlagener Spiegel
Risse Trümmer und Splitter.
Jedes der Stücke
erinnert und zeigt
längst oder kurz erst

Erlebtes hinterlässt
eine Lücke zu einem
sich weitenden schwarzen
vorbei und vergessen.
Schwimm ich in
Tränen der Fremde der
Schmerzen der Trauer
die mir die scharfen
schneidenden zärtlichen
Spiegelstücke erinnern
vergangenes Leben.
Treibt mich der
Strom zurück in den
Garten des Paradieses?

Klemens Jockwig * 1936

Blütenfülle

Heute hab ich Dich entdeckt
in Deiner Fülle:
ein grünes Blatt
frei aufrecht stehend
und im Schwung
fein entfaltet wie ein Fächer
und daraus
entspringt
rosa und weiß
das Blütenwunder
der Johannisbeere,
als wollte sie
so gewandet
zum Ball sich schmücken.

Felicitas Johannsen

Lebensmut

Der Herbst ist da, der Winter nah.
Das Laub, es fällt, das Eis, es hält.
Deckt Laub die müde Erde zu, so hat sie
endlich Ruh.
Dann kommt des Winters kalte Pracht,
und sie, die ruht, sie sammelt Kraft.
Doch, wenn sich wieder Leben regt,
die Sonn' am Horizont bewegt,
dann ist nicht nur der Frühling da,
wir nehmen auch die Freude wahr.
Vergessen ist die trübe Zeit,
von nun an gilt nur noch das Heut.
Der Mensch braucht Sonne, um zu leben,
nur so kann er dem Glück zustreben.
Er muß den Lebenssinn begreifen
und nicht nur nach den Sternen greifen.
Es geht nicht nur um Geld und Gut,
es geht um mehr, um Lebensmut.
Und diesen gilt es zu erhalten
und alle Jahre zu verwalten.

Ingeborg Johlke

total verrückt

Heute lebe ich;
um mich her:
Atomwerke
Genmanipulation
verseuchte Erde
Politmafia
abhanden gekommene Kultur
Übervölkerung ohne Ende
und über allem ein Lügennetz…

Heute lebe ich
und freue mich
über das Gänseblümchen
im Scherbentopf.
Ich muß total verrückt sein!

Gisela John

Augen-Du II

Trage
die Samen
zu dir,
pflanze
ein Wortbeet
tief
hinter
dem Herzwall.
Dort

blüht
eine Rose
und
aus den Fingern
saug dir
den Wahrheitssaft!
Gieße
dein Beet
tropfenweise.

Trage
die Samen!

Petra John * 1948

Wut

(Berliner U-Bahn, 1978)

Gefühle, ach – was seid ihr schon
Ihr bringt uns Ärger nur und Hohn
Wer es in unsrer Zeit sollt wagen –
Noch laut „Ich hab dich lieb" zu sagen
Dem sollte man – ganz im Vertrauen -
Mal kräftig auf die Schnauze hau'n!

Ursula John * 1949

Sprich' nicht
mit mir über die Liebe,

frag' mich
nicht diese Fragen –

ich lerne doch erst.

Lars Jongeblod

Wunschkleid

Als sich der Schein des Mondes zeigte,
sich der Tag zu Ende neigte.

Wenn die Sterne golden scheinen,
oft ganz leise die Engel weinen.

Sobald das Dunkel sich entfaltet,
sich die Umgebung neu gestaltet.

Nachdem die Engel zu dir geflogen,
sie dir ihr Wunschkleid angezogen.

Durch dieses Kleid du dich bewegst,
als ob du alles nun bestehst.

Es wurde gefertigt aus schwarzem Samt,
durch ganz bezaubernd Meisterhand.

Es umschließt deinen wundervollen
Körper,
wofür ich finde kaum noch Wörter.

Du ziehst die Blicke auf deinen Leib,
darum ich dies hier niederschreib.

Nur so empfindest du Wohlbefinden,
ganz dunkle Gedanken so einfach
verschwinden.

Du bedankst dich dafür sehr,
und gibst dieses Kleid dann nie mehr her.

Melanie Jooß * 1981

Morgen

im weiß bist Du unsichtbar,
unsagbar leise und schlicht,
so sanft:
spüre Deine hand...kalter atemzug...
ein hauch von leichtigkeit
ein hauch von tod.
engelfuge hoffnung.
gib mehr von diesem,
hast Du alles.
im weiß bist Du still,
so schön und kühl:
im meer,
wiege Ich mich...eis zerborstet...
schwere see.

Anne Duk Hee Jordan * 1978

Herbsttraum

Glänzendes Gold
im Herbst verwebt
ein Erntekleid
schwer mit Laub behangen
hell und leicht
wie nie gewesen

Still im Nebel
schlaf ich nun
umhüllt von Silberfäden
tönen leise sie
wie Tropfen
an mein Ohr

Monica Jordi * 1974

neulich nachts so hell

Gelblich glitzert nur halbrund,
spiegelt sich auf kaltem Eis,
lockt heran zu dunkler Stund
die weiße, dreiste Geiß,
angezogen auch das Kalb
vom Mond in seiner Fülle halb.

Sie rutschen, straucheln, schliddern,
fast ein Ziegenbein zerbricht.
Sie meckern nach den Widdern,
zu glatt die Eisesschicht.
Igelschar hilft hier spontan,
kommt mit gerupften Stacheln an.

Neugier füllt den Mann im Mond,
als er laut vom Himmel lacht,
für die Sonne es sich lohnt,
erstrahlt in voller Pracht.
Finster wird der Mondesball.
So kommt es zum Duell im All.
Jeder will der erste sein
mit seinem hellen Himmelsschein.

Wer all dieses gar nicht glaubt,
ist seiner Fantasie beraubt.

Henriette Jorjan * 1951

San Michele

Unaufhaltsam rinnt der Sand
durch die Finger jeder Hand.
Traumverloren schwankt der Kahn
übers Meer in dem Kanal,
streifend der Paläste Pracht,
Zeichen herrschaftlicher Macht,
komplettiert vom Campanile.
Masken lauern an der Wand,
zurren fest ein schwarzes Band.
Auf die festgelegte Bahn
lockt ein schauriges Fanal
von der Insel San Michele.

Erhard Jöst * 1947

Weg durch die Dunkelheit

der Schatten der Nacht liegt über mir
Hüllt mich ein in Dunkelheit
Er hält mich mit Fesseln fern von dir
Bis der Mondschein mich befreit

So such ich tastend einen Weg
Durchs Gestein der zu dir führt
zitternd sich wölbt ein schmaler Steg
Über Angst, die Luft abschnürt

Klettre das Seil der Hoffnung empor
Aus Sehnsucht schöpf ich meine Kraft
Doch verschlossen bleibt das Tor
Untergang aus Leidenschaft

Naïma Jundt * 1988

Mit mir

Auf der Suche nach mir
Fand ich dich
Als mein Herz weinte
Warst du nah
Zu hell schien die Sonne
Da lief ich weg

Wie lange halte ich es
Mit mir aus

C. Jung * 1951

Einen Augenblick
den Atem halten
und hören
wie das Meer atmet

einen Augenblick
die Augen schließen
und sehen
wie weit das Herz fliegt

einen Augenblick
stumm sein
und fragen
wer ich bin

und du

Franz Jung * 1930

Dein Auge gibt dem Körper Licht

Du siehst nicht schwarz, nicht weiß, nicht
gelb.
Dein Blick ist ungetrübt, dein Herz
leuchtet hell.
Zu dick, zu dünn gibt's für dich nicht.
Denn nur dein Auge gibt dem Körper
Licht.

Du siehst nicht arm, du siehst nicht reich.
Für dich sind alle Menschen gleich.
Du kämpfst auch nicht für Religionen.
Nicht für Ruhm oder Millionen.

Du gibst nicht vor
tolerant
zu sein
um gnädig Meinungen zu akzeptieren.

Dein Denken
ist noch klar
und rein
lässt sich von Schablonen nichts diktieren.

Was kann ich alles von dir lernen.
Von dir, du kleines, unschuldiges Kind.
Wo bei mir Vorurteile herrschen
liebst du unvoreingenommen vor dich hin.

Gabriele Jung * 1965

Wundperlen

In der Muschel
eingebettet in Fleisch
eine zartrosa Perle

entstanden
durch eine Verletzung
des inneren Kerns

ganz langsam gewachsen

auch bei Menschen
können innere Wunden
zu kostbaren Perlen reifen

für uns selbst
oder für andere

wenn wir uns
wie
die Muschel öffnen
und
das Reifungsergebnis weitergeben

Jutta Jung * 1948

Der junge Frosch

Junger Frosch, in seinem Teiche
spielt mit einer blinden Schleiche.

Namen sind nur Schall und Rauch.
Das weiß kleiner Frosch jetzt auch.

jünta * 1921

Liebe auf Umwegen

Eines Tages verirrte sich die Liebe
So kam es, dass sie die Wut kennen lernte
Durch Gewalt, Blut und Schmerz
Die Liebe fast zum Hasse wurde
Die Trauer jedoch trat heran
Und befreite die Liebe
Nur um sie dann beinahe sterben zu sehen
Die schleichende Angst, fast zerreißend
Umklammerte das Herz der Liebe
Sich windend, wich Angst der Resignation
Die dann zeigte, wie Rosen verwelken
In den Armen der Vernunft liegend
Ward die Liebe niemals wieder gesehen

Daniel Jurack * 1983

Ein Frühlingsgedicht

Spitzbub, schaust verschmitzt
auf mir Dein Blick so tief und zart
gar nicht mehr gewitzt
so gar nicht Deine Art

Mein Prinz mir holt vom Himmel die
Sterne
Sonne und Mond dazu
das Universum hätt' ich gerne
find ich in seinen Armen keine Ruh'

Dunkler Dämon meiner Träume
mögen Deiner lichten Seelen fliehen
meiner Augen tiefe Räume
zwingen Dich vor mir zu knien

Wem soll denn nun mein Herz gehören
jeden will ich küssen
jedem Treue schwören
doch keinen mag ich missen...

Sandra Juras * 1975

Agapenklang

Ach Dea, welchem See bist du entstiegen?
Genährt vom Wind, getränkt vom
Sommerregen,
und selbst der Herbst gab Rot um dich zu
pflegen,
derweil in Demut Röslein neidvoll
schwiegen.

Das reine Licht schmückt sich mit deinem
Lachen.
Vom Scheitel an schlägt Sternenmeer die
Wellen,
und Rosenblätter um den Mund dir
quellen,
links Sonn', rechts Mond dein Augenlicht
entfachen.

An deine Pracht, ich Elender, und Zierde
verlor ich mich und schlechteste Begierde
erschuf mein Lied, Gesang und leere
Worte.

Was hat die leichte Melodie getrieben,
zu glauben, du würd'st einen Barden
lieben,
wenn dir zur Ehr' sein letztes Lied
verdorrte.

Annette Juretzki * 1984

Am See entlang unter den Bäumen,
Deren Laub schon auf dem Boden lag
Und glänzte, kühl, im Licht der Lampen.
Dohlen flogen zum anderen Ufer
Herüber in den dämmernden Schatten.

Auf der regennassen Straße hatten
Die Autos den Asphalt erleuchtet
Als ich mich auf den Rückweg machte.
Die Stadt war hell von ihren Lichtern.
Wo Menschen auf dem Fußweg standen
Oder gingen, wirkte das wie Beiwerk.

Studien zu einem großen Bild,
Skizziert auf den Novembernachmittag
Und dann aus irgendeinem Grund
vergessen
Oder zumindest nicht vollendet.

Johannes Jürging * 1984

Die Natur

Sie ist eine stumme Sprache,
dennoch spricht sie sehr deutlich
und preist ihren Schöpfer,
einfach durch ihr Dasein
und ihre vielen Farben,
ihre zarten und starken Bewegungen,
im Säuseln und Brausen des Windes.

Mathilde Jurtschitsch

Gedanken

So manches Mal
Kreisen Gedanken im Hirn
Setzen sich fest
Hinter meiner Stirn
Möcht' sie verdrängen
Wegschleudern, vergessen
Bin doch immer wieder
Von ihnen besessen
Den Guten, den Bösen
All die mich beherrschen
Lass mich ab und zu
Von ihnen einpferchen
Befrei mich doch
Immer wieder aufs Neue
Dem ein oder anderen
Halt ich die Treue
Bis das Vergessen einsetzt
Irgendwann
Ich meine Gedanken
Nicht mehr denken kann

Jörg Just

Herbstschweben

Es fällt das Laub in bunt getränkten
Farben,
ein Streben ist's, zum Boden hin –
doch wo entstanden einst aus vollem Korb
die Gaben
im hellen Maienblühn, sind Nebel
ungeahnter Weiten,
die übers Feld und jetzt schon kalten Boden
zieh'n –
Verschluckter Sommer, verwelktes Grün –
Dich Herbst, möchte' ich für einen Tag
gefangen nehmen,
mich färben ganz wie du,
so stürmisch sein, auch manchmal
schweben,
wie's Laub, dem Boden zu.

Ich schau dich an, du Zeit aus vielen
kleinen Tränen
und fühl mich nah bei dir,
denn ohne dich gäb's keinen Frost und
auch kein Sehnen,
im nächsten Jahr kein Öffnen einer neuen
Tür.

Noch während ich mit dir verweile und
Blatt auf Blatt zu Boden geht,
gedeiht in dir ganz ohne Eile die Saat,
aus der einmal ein Frühling blüht.

Burkhard Jysch

Anfang – Ende

Tief aus dem Boden Nebel steigen.
Ein Morgen voller Schweigen.
Des Tages erstes Licht beginnt den Reigen.
Vergangen die letzte Nacht, die
Dunkelheit durchbrochen.
Frischer Duft der Erde entrinnt und ein
Tag mit neuem Leben beginnt.
Fast jungfräuliche Unberührtheit den Tag
erwachen lässt, mit diffusem Licht
und zartblasser Morgenröte.

Bereit, den Lärm und die Unrast des Tages
in sich aufzunehmen,
bis sich der Abend wieder senkt hernieder
mit seiner dunklen Stille und unserer
Gedanken Fülle.

A. K.

Zugfahrt

Du fragst weshalb ich nicht zu Dir
Sondern aus dem Fenster blicke
Du meinst warum ich nicht Dich
Sondern das Weite liebe, den Wind

Ich schau aus dem Fenster
Weil ich Dich mit Weite liebe
Du fragst was ich meine...
Sieh aus dem Fenster mein Kind!

Ingo K. * 1964

Ein ganz besonderer Stoff

Trennungen werden aufgehoben,
alle Dinge neu verwoben.
Fest doch transparent soll sein dieses
Gewebe,
damit ich stets in Licht und Liebe lebe.

Alles will ich sanft vereinen,
Freude, Lachen, aber auch das Weinen.
Auch Wut, Trauer, Angst, sie müssen sein
drum web ich sie wie Harmonie und
Frieden mit hinein.

Mut, um Neues zu beginnen,
Geduld und Kraft, damit es mag gelingen.
Den Glauben, der den festen Rahmen
schafft,
denn ich glaube an die Schöpferkraft.

Mit viel Geduld web ich die Liebe nun
hinein,
denn sie soll meine Richtschnur sein.

Einen ganz besonderen Stoff will ich mir
weben,
denn durch diesen Stoff fühle ich mein
Leben.

Telse Maria Kähler

Traumzeit

Abstrakte Träume
verlangen nach Realität,
wollen Gestalt annehmen.
Leidenschaftlich küsst
Fantasie den Alltag,
mit dem Anreiz zur Veränderung.
Sehnsucht greift nach
eng umschlungenen Gedanken,
weint Tränen des Verlustes.
Romantik verschleiert bunte Emotionen,
gibt Glück und Spannung
gleiche Chancen.
Genuss wird zeitlos,
schwebt klangvoll aufwärts,
wandelt sich zu Inspiration.
Erinnerung weckt ein Lächeln,
bleibt beständig,
in tröstender Harmonie.

Miriam Kaina * 1981

Gedicht an die Nacht

Nun sinkt die Last des Tages wieder
in deine kühlen Arme,Nacht.
Du fängst sie auf und legst sie sacht
zu all den andern Lasten nieder.

Ein kleines Licht im Glase schimmert,
als ob ein Stern verglüht im Wein,
doch verglüht er nicht allein,
mit ihm der Tag,der noch erinnert.

Und du verführst zur Träumerei,
machst,dass ich endlose Fäden spinn,
und wie ich so im träumen bin
geht leis die Mitternacht vorbei.

Stille herrscht in weiter Runde,
da auch der letzte Laut verklungen,
doch spür ich noch deine Liebkosungen
auf meiner Stirn,auf meinem Munde.

Dirk Kaiser * 1969

Herbst

Der Tag ist noch jung, das Licht ist fahl,
die Vögel sind fortgezogen.
Nebelschleier zieh`n durch das Tal,
es ist ein schwerelos Wogen.
Doch mit dem ersten Sonnenlicht,
zerstieben die Nebel wie schäumende
Gicht.

Im Farbenrausch schwelgt die Natur,
kein Künstler kann so variieren.
Wehmut hängt über Feld und Flur,
bald wird sie ihre Schönheit verlieren.
Zaghaft versuchen milde Sonnenstrahlen,
verhuschte Muster auf den Boden zu
malen.

Der Wald gleicht einer Kathedrale,
durch bunte Fenster fällt das Licht.
Der Boden ist die Opferschale,
wo Tod und Leben sich vermischt.
Müde die Blätter zu Boden schweben
Wo die Altweiber spinnen und weben.
Das Leben vergeht du kannst es nicht
halten
Kannst nur in Demut die Hände falten.

Eva Kalb * 1933

Land, Meer und Menschen im Norden

Ich höre der Möwen schrille Schreie am
Strand.
Das Rauschen der Wellen, die versickern
im Sand.

Ich höre das Blöken der Schafe auf den
Deichen.
Das Muhen der Kühe auf den saftigen
Weiden.

Da tuckert das Boot vom Fang zurück in
den Hafen.
Beladen mit Fischen, wenn viele noch
schlafen.

Moin! Moin! rufen Fischer freundlich dir
entgegen
und bringen aus dem Meer den reichen
Segen.

Das Leben erwacht. Die Kinder laufen zum
Badestrand.
Sie toben im Wasser und bauen Burgen in
den Sand.

Die Sonne strahlt und es glitzert das Meer.
Wo kommen die Millionen Diamanten
her?

Plötzlich zucken aus dunklen Wolken
Blitze.
Sturm und Regen fegen fort die Hitze.

Der Sturm wird stärker und wird zum
Orkan.
Die Sturmflut kommt. Es ist wie ein Fanal.

Das ist der Norden. Geformt vom
Gefahren
sind die Menschen, die aber nie verzagen.

Hans-Günter Kalthoff * 1925

Bedenkung

Zwischen Tag und Nacht,
zwischen Nacht und Tag,
liegen die Gedanken brach.
Wenn die Welt sich
im Übergang verliert,
sind die Gedanken verwirrt,
vom schwirrenden Licht,
das Schein und Sein bricht.
Zwischen Tag und Nacht,
zwischen Nacht und Tag,
liegen die Gedanken brach.

Floriane Kalz * 1974

Eroberung

Eine Sekunde,
und du fülltest mein Herz.
Jetzt.
Wo du so Stein sein wolltest!
Ich gab nicht auf
und stürmte die Bastille.
Es war kein Sieg indes.

Steffi Kammermeier * 1959

Zärtlichkeit

deine Zärtlichkeit
umfängt mich
wie ein wärmender Mantel

umhüllt

beflügelt die Sinne

zart
bunt
leicht

schmetterlingsgleich

trägt mich höher und höher
und höher...

bis ich verbrenne

unter deiner Zärtlichkeit

Marion Kamp * 1966

Wandelzeit

Ge
brochene Wörter
Irrlichter weisen den Weg
Zum Berg des Versprechens.

Los – gelöste Sprache
Elektronische Impulse führen Menschen
Zum Himmel der Einsamkeit.

Simultane Aktivität
Höllenengel steuern das Bott
Zum Riff der Leere.

Abgebaute Beschäftigung
Wirtschaftsbosse baden Millionen
In Ländern der Ausbeutung.

Eingefrorene Solidarität
Klabautermänner schüren Feuer
In den Tiefen der Polarmeere.

Cornelia Kanitz

Sommerjungs

Sommerjungs zupfen kniehoch stehend
im warmen Wasser Ihre Badehosen
zurecht.

Der Duft der Eitelkeit umspült ihre
Waden.

Beobachtet von bewundertem Veuve
Cliquot
trinkendem Publikum.

Der Sommerwind verweht die
Ruhelosigkeit

der Zeit.
Der Sommer scheint endlos.

Es ist nichts wie es aussieht,
– nichts wie es scheint.

Alle spielen mit,
– vergessen Ihre zerfallenen Träume.

Eric-Marc Kanitzer * 1968

Ohne Symbole

27.11.1997

Eine dreifarbige Katze
stolziert quer durch den Pfad.
Gespenstisch schwebt der Nebel –
um sie herum, der dunkelste Wald.

Geisterhände greifen nach ihr –
sie ist ihr Verlangen.
Es knirscht der Schnee,
sie dreht sich um.

Der Ast des Baumes,
er ist gebrochen.
Sie blinzelt mit ihren Augen.
Sie leuchtet – sie leuchtet.

Dagmar Katharina Kapela * 1984

Worttod

Wenn Worte verschwimmen
wie Sand auf der Hand,
in keinem Munde mehr erklingen,
dann reißt ein tiefes, starkes Band.

Einst hat es Menschen eng verbunden,
die sich durch Worte nah gefühlt,
doch ist es erst einmal entschwunden,
spür ich wie Worttod mich umspült.

In Schall und Rauch das Wort verpufft,
auf dem Weg von mir zu dir,
versiegt in kalter, schwerer Luft,
keinen Glauben an ein „Wir".

Ich rede, doch du glaubst mir nicht,
die Bedeutung ist verglüht,
wenn der Zweifel Wahrheit bricht
und Unsicherheit versprüht.

Nach und nach kehrt Stille ein,
bringt die Klänge zum Erfrieren,
schweigsam bin ich nun allein,
habe nichts mehr zu verlieren.

Jennifer Kaplan * 1983

Sterbebegleitung

Sterbende können loslassen – was sie
lieben, was sie hassen.
Sterbende leben wie im Traum – Glück
und Unglück erfüllen den Raum.

Das Leben zu begreifen – kann in ihnen
reifen.

Das Vergangene kommt mit Gewalt – läßt
sie nicht kalt.
War ich zufrieden – wo ist das Leben
geblieben?
War das Glück – denke ich gerne zurück?

Haben vernommen – das Abschiednehmen
wird kommen.
Das zu verstehen – bevor sie nun gehen
wie sollen sie das sehen?

Fragen bleiben offen. – Läßt sie zweifeln,
doch hoffen
auf das kommende Leben – läßt sich
danachstreben?
Endlich alles hinter sich lassen? – Können
es kaum erfassen.

Schließen erleichtert die Augen zu – und
finden ewige Ruh'.

Sterbende können vertrauen – staunend ins
Jenseits schauen.
Man wird sie selig begrüßen--glücklich in
die Arme schließen.
Nicht kümmert sie der Erden Pein –
werden für immer geborgen sein.

Sterbende begleiten
heißt ein Stück mit zum Himmel schreiten.

Helga Kappesser * 1945

Disco

Im breiig dicken Discomief
verrenkten sie die Glieder.
Der Lärm zog ihre Ohren schief.
Man hört sie nicht,auch wenn man rief.
Sie tanzten immer wieder.
Im Lärmrausch zuckten ihre Beine,
die Augen blickten starr wie Steine,
doch ihr Gehirn schlief tief.

Paul Kappler * 1924

Dass ich dich liebe

Dein Haar weht im Wind
Deine Augen sind geschlossen
Du liegst auf der Wiese
Und da überkommt mich das Gefühl
Das Gefühl das gleichzeitig das schönste
der Welt sein soll
Und doch bricht es mein Herz

Wir sitzen in der Bahn
Dein Kopf liegt an meiner Schulter
Wir lachen über unsere Witze
Und da merke ich es zum ersten Mal
Dass ich dich liebe
Mein Leben ist durcheinander
Es wird immer komplizierter
Nur durch die Liebe
Du lächelst mich an
Meinst ich sei ein toller Kumpel
Aber ich will nicht dein Kumpel sein
Ich will dich lieben von Kopf bis Fuß

Sophie Kappmeyer * 1989

keine zeit

Keine Zeit –
ein Gespenst
unseres Alltags –
keine Zeit
zum Entspannen am Meer –
keine Zeit
für Urlaub ohne Stress –
keine Zeit
zum Träumen am Strand
keine Zeit
für dich selbst –
keine Zeit
für romantische Stunden –
keine Zeit
für zärtliche Liebe –
keine Zeit
für deine eigene Freiheit –
doch die Uhr tickt
unerbittlich weiter.

Renate Kaps-Plodek * 1953

Jubelruf

Sie tritt aus dem Bad
in das Halbdunkel des Raumes,
ihr nackter Körper
bringt Helligkeit mit, und
ihre lebhaften Brüste hüpfen –
wie es geschrieben steht
im uralten Lied:
wie zwei Zicklein und
wie zwei junge Gazellen –
und er erwartungsvoll
sich aufrichtend auf seinem Lager,
sagt,

und das Tuch
fällt von seinem Körper
wie eine zweite Haut,
sagt:
Du bist wunderschön.

Notker Karcher * 1938

Innen 8

Wenn in einer dunklen Nacht
die Macht Dir lacht
- gib Acht.
Denn sacht hast Du viel Zeit mit ihr
verbracht.
Hast Du gedacht, es wäre schon
vollbracht?
So täuschst Du Dich, denn sie hält Wacht.
Du kannst ihr nicht entrinnen.
Kannst auch nicht gewinnen.
Ganz tief in Dir drinnen,
bist Du bereits schon voll von Sinnen.
Befrei Dich von den finsteren Spinnen,
sie fressen sich bis weit nach innen.
Hab mit einem Kuss Dich zart bedacht.
Schließlich bist Du dann erwacht.
Doch im Traum hat sie Dich umgebracht.
Ich ahnte es.
Die böse Macht
hat am End' nur selbst gelacht.

Susannah Karell

September-Melancholie

Eingebettet lag der Garten einst in seiner
Blüte Pracht,
mit Blumen übersät, der Wind verströmte
ihren herben Duft,
heut' ranken wilde Hecken an den Mauern
sacht
und sehnsuchtsvolles Ahnen füllt noch
immer diese Luft.

Nah den Domen will die rote Rose
schimmern,
mit Wehmut sehe ich die Knospe fein,
sie rührt das Herz, will mich erinnern,
vor langer Zeit war ich dein Mägdelein.

Sorgen liegen jetzt im dichten Gras,
zuvor war'n es noch Blüten,
die zauberhaft in ihrem Schlaf
sich formten nach den Mythen.

Gerne möchte ich in deine Arme fliehen,
dort in der Laube ruhigem Hort,
doch kein Glück wird je geliehen,
so weit bist du, Liebster, von mir fort.

Nur einmal noch dein Wort im Garten
hören,
ein Streicheln, dem ich leih' mein Ohr,
ein Kosen, um die Sinne zu betören,
den Klang in einer Sommernacht und
Glück, wie nie zuvor.

Karin Karg

La Mer

oder An eine Lady auf dem Reisejournal

Die Möwen fliegen, mein schönes Kind,
die Wellen spielen, wie Wellen so sind.
Du stehst am Wasser mit knackigem Po,
ich freu' mich dann so.

Die Möwen schrein im Sommerwind.
Ja, Möwen schrein, wie Möwen so sind.
Die Sonne brennt im heißen Sand.
Der Wind treibt tote Fische an Land.

Du stehst am Ufer mit knackigem Po ...
Die Fische? Ach ja. Die Fische? Ach so?

Rainer Karg

Der Sommer feiert Abschied bald

Der Sommer feiert Abschied, bald,
der Wind rauscht durch den Blätterwald
und streicht nun übers Stoppelfeld,
es färbt sich bunt der Wald, das Feld.

Ein Duft von Erde weht heran,
die Nebel ziehen ihr Bahn.
Und viele Vögel sind bereit
zu fliehn vor dieser Jahreszeit.

Wir bleiben hier, genießen pur
das Spiel der Farben in der Natur.
Willkommen Herbst! – wir sind bereit
du herrlich bunte Jahreszeit

Erika Karl * 1936

Für Luna

Es müssen nicht Männer mit Flügeln sein,
die Engel.
Sie gehen leise, kein Schreien,
manchmal sind sie alt, hässlich und klein,
die Engel.

Sie haben kein Schwert, kein weißes
Gewand,
die Engel.
Vielleicht ist einer, der gibt dir die Hand,
oder wohnt neben dir Wand an Wand, der
Engel.
Hungernden hat er das Brot gebracht, der
Engel.
Dem Kranken hat er das Bett gemacht, er
hört,
wenn du rufst in der Nacht, der Engel.
Er steht dir im Weg und sagt: „Nein!", der
Engel.

Manchmal zart und verletzlich,
doch groß wie ein Pfahl und hart wie ein
Stein ...

Es müssen nicht Männer mit Flügeln sein,
die Engel.

Sven Karsten * 1971

So ein Tag

An so einem Tag,
bin ich so allein.
Ich will ja nicht klagen,
doch mein Herz wird ein Stein.

Ich merke es in mir,
wie leblos und kalt.
wie war es doch heiß,
damals,
du weißt ... dort im Wald.

Drum will ich versuchen ein Ende zu seh'n.
Wie?
Ganz einfach:
"Ich werde gehn"!
Mein Herz ich noch brauche,
mal warm und mal kalt.

Hier kann es nichts werden,
hier fehlt mir ... der Wald.

KaSan. * 1952

Sommer in Masuren

Glühende Hitze,
zuckende Blitze,
peitschender Regen,
bringt Gottes Segen!
Grollender Donner,
verzehrender Sommer,
entfesselte Gewalten,
zügellose Gestalten,
herrschen über den Fluren,
oh, herrliches Masuren!

Liebkosende Lüfte,
betörende Düfte,
plätschernde Seen,

auf denen Segel weh'n.
Wärmende Sonnen,
Zeit aller Wonnen,
beschwingte Gestalten,
die schalten und walten,
über den Fluren,
oh, herrliches Masuren!

Friedrich Kasischke

Ohne deine Liebe

Ich brauche dich, wie die Blumen das Licht.
Ich brauche dich, wie die Augen die Sicht.
Ich brauche dich, wie der Kampf die Siege.
Ich brauche dich, wie mein Herz die Liebe.
Ohne Licht gehen die Blumen ein.
Ohne dich kann ich nicht mehr dein sein.
Ohne dich bin ich blind,
Mit dem Verstand wie von einem Kind.
Ohne Kampf kann ich dich nicht erobern.
Ohne dich können meine Flammen nicht
hoch lodern.
Ohne Siege gewinne ich keine Kriege,
In denen ich dein Herz dir stehle
Und vor Wonne und Liebe zu dir erbebe.

Rabab Kassab Bachi * 1983

Dein Gesicht

Für kleine Kinder bist du schon Uralt.
Alte würden dich bestimmt beneiden.
Mitten im Leben stehst du und trägst die
Schönheit in dir.
Deine Liebe, deine Ängste und Siege, all
das was Leben ist.
Jede Falte, jedes graue Haar, erzählt
Geschichten von dir.
Die Arbeit deiner Hände, die
Standfestigkeit deiner Beine.
Deine Geschichten bist du.
All das, kann ich in deinem Gesicht sehen.
Jeder neue Tag, ist dein Anfang,
für neue Geschichten von dir.

Susanne Katthagen

Zeit zu handeln

Bäume nicht mehr lange grün,
Blumen nur noch manchmal schön.
Wiesen und Felder wenig geworden,
dafür gibt es keinen Orden!

Sonne ungefiltert und zu heiß,
wie lang' noch zahlen wir den Preis?
Für alles was wir der Erde zumuten
ernten wir die schlimmsten Fluten!

Wir wollen Luxus und alles sofort,
dabei vernichten wir jeden Ort!
Es wird Zeit, zurück zu drehen
und die Schönheit der Erde zu sehen.

Verzichten wir auf Spray und Schaum
Verpesten wir nicht unseren Raum!
Nur wir können etwas bewegen,
also fangen wir an uns zu regen!

Noch können wir die Erde retten,
mit all' den wundervollen Städten!
Lasst uns beginnen, jeder bei sich,
ich fange an, heute für mich!

Katzenauge * 1991

Wie gut das tut!

Robert ist aus Deutschland,
Kadir aus der Türkei.
Für ihr starkes Freundschaftsband
ist das ganz einerlei.
Sie wissen, was sie bindet,
sie wissen, was sie trennt.
Und wenn sich einer findet,
der so was noch nicht kennt.

Dem sagen sie mit frohem Mut.
Wie gut das tut!

Sybylle von Katzler * 1951

Die Flut

Eben noch saßen sie im warmen Sand,
spielten friedlich am weißen Strand.
Eine meterhohe Welle kam auf sie zu,
in den Fluten fanden sie ihre ewige Ruh.

Überall Wasser und nun alles zerstört,
in dem Getose keiner die Schreie hört.
Familien werden voneinander getrennt,
später man nicht mal ihre Namen kennt.

Ein Beben brachte diese riesige Flut,
die Menschen verloren nicht den Mut.
Hilfe für alle kam aus der ganzen Welt,
Nahrung, Kleidung, gespendetes Geld.

Viele Jahre werden noch vergehen,
so manches Gebäude neu entstehen.
Naturgewalten wird es immer geben,
Vorwarnung rettet aber viele Leben.

Martina Katzur * 1957

In jenem Jahr

In jenem Jahr
als die Schwester das Land verließ,
verlor sie den Mut und die Unschuld.
Sie brachte das erste Kind zur Welt – ein
Mädchen.

Es folgten Jahre
des Suchens und Entdeckens.
Leidenschaften trieben Unruhe in den
Verstand,
das Ergebnis, ein Kind – ein Mädchen.

Die Suche erhielt einen Namen:
Familie;
alle Verbindungen zerbrachen,
aus Geben und Nehmen, ein Kind – ein
Junge.

Andere Ziele ließen neue Inhalte zu:
Sehnsucht hieß Familie und eine andere
Liebe,
beide zu vereinen zerbrach am
Vergangenen,
neues Leben wuchs – ein Mädchen.

Der neue, alte Wert – Familie, wird er
bestehen,
werden die Aufgaben verbinden,
die Bande stark sein?
Das Erlebte kann die Richtung zeigen.

Karen Kaufmann

Finsternis

Die Ordnung der Dinge:
Nachts im fremden Haus

Schließlich will man
Nirgendwo daheim sein.

Da ist's nicht
Einmal dunkel.

Astun Kaupaan * 1969

Fassen

Was ich nicht in Worte fassen kann,
fasse ich lieber mit meinen Händen: dich!
Erfasse ich lieber mit meinem Herzen: dich!
Umfasse ich lieber mit meinen Armen:
dich.
Und doch bist du unfaßbar.
Was ich für dich empfinde, ist nicht zu
fassen.
Ich bin fassungslos –
und doch ganz von dir erfaßt.
Oder darf ich dich nicht mehr anfassen?
Wirst du mich nie mehr anfassen?
Sind wir beide unfaßbar,

weil das Glück unfaßlich ist?
Wir wollten einander an den Händen
und unsere Gedanken in Worte fassen.
Was haben wir für Auffassungen?
Fassen wir alles zusammen
und bleiben wir umfaßt immer beisammen!

Mariann Kawohl * 1945

Siebzehn Jahr – Blondes Haar

Ein dunkles Land.
Die Orte hier heißen:
Totshorn oder Wintermoor.
Der vor Jahren gefundenen
Moorleiche eines
jungen Mädchens waren
die Augen verbunden.
Schade. Gewiß waren sie
so hellblau wie ihre,
die mitunter
recht schläfrig blicken.
Aber im Profil
steigt aus dem
nicht enden wollenden Hals
der Kopf Nofretetes
mit störrischer Rasta-Frisur!
Ob Nofretete
wohl auch so lächelte?

Gerhard Kegel * 1954

Granada

Und selbst Granadas stolzes Reich
die Rose unter Berg und Schnee
welkte zuletzt und wurde bleich
mit ihr die Burg und die Moschee.

Du trauerst um den Überrest
mit Turm und Tor, mit Hof und Saal
wo einst das Leben war ein Fest
mit Bogen, Säule und Portal

Arkade, Fliese, Zedernholz
mit Brunnenschale, die noch rinnt.
Siehst es, nicht ohne Neid und Stolz
doch bist du für die Leere blind

den Schmerz, der den Verlust beweint
der nicht zu ändern, den Ruin
in den der Hass geführt und Feind
dem niemand niemals kann entfliehen.

Doch bist du schön, du rotes Schloss
noch als Ruine, die längst tot!
Dass dich geschändet der Koloss
des Kriegs – beklag ich aus der Not.

Ernst-Edmund Keil * 1938

Wie wird das Ende sein, das mir
beschieden ist,
Ein bedeutungsloses Knistern in
ungeschriebenen Blättern,
Ein vages Weh, ein verzweifelt Meckern,
Ein Abschied ohne Reue, der voll des
Schmerzes ist?

Worin liegt mein Scheitern,
In der Hoffnung Kind, das mir vertraut,
Im Vergessen, das darauf gebaut,
Im beweintem Aufstieg der
Himmelsleitern?

Wer erweckt erneut die Muse,
Ist es Gott in seiner Gnade,
Wissend, daß ein jeglich Wort ist reine
Gottesgabe,
Oder ist's der Wind mit seinem Gesäuse?

Wird so das Ende sein, das mir beschieden
ist,
Wird so mein Abgang sein,
Werd ich schlußendlich auf immer
vergessen,
Auf ewig allein,
Wird so das Ende sein, das uns beschieden
ist?

Doris Keller

Sunset

Ich liege in einer Hängematte am Ufer.
Es ist 18 Uhr.
Drüben – in sicherer Entfernung – am
Bootsanleger
Erbricht ein Ausflugsdampfer gerade einen
Schwall bunter Menschen.
Hier ist es ruhig.
Eine Grille lärmt hinter mir.
Die Sonne sucht meinen Blick durch die
Schnüre der Hängematte.
Ich schaukle hin und her und zwinkere ihr
zu.
Sie verabschiedet sich.
Taucht ein in ihren marmorierten
Horizont.
Schlaf gut.
Wir sehen uns wieder.
Morgen.

Petra Keller * 1957

Schokolade?

Sieh es dir an –
das weinende, blutende Kind,
Waise, über die leblosen Eltern gebeugt.

Sieh es dir an –
das Recht auf Leben,
doch ohne Schutz vor Gewalt und Tod.

Sieh es dir an –
das winzige Bündel Mensch,
verhungert ohne eine Chance.

Warum –
sitzt du hier,
in einem warmen Haus,
in einer heilen Welt
und isst Schokolade?

Und warum –
sitze ich neben dir?

Tatjana Keller * 1978

Zeit

Man glaubt es kaum!
Die Zeit vergeht!
Der Mensch jedoch,
er lebt und steht
im Hier und Jetzt.
Das immerzu,
ein Leben lang.
Warum wohl sorgt er sich
und bangt?
Es ist sein Denken,
das ihn will lenken
zu gehen mit der Zeit.
Doch nur das „Jetzt"
ist seine Ewigkeit.

Marlies Kellermann * 1941

Eingeschlossen

Ein strahlend schöner Tag, mir wird
schwarz vor Augen
Ein Schwindelgefühl des Fallens und nicht
ankommen
Schmerz in meinem Körper, Stimmen in
den Gedanken
Meine Hilfeschreie in der eigenen Stille
ertrinken

Bewegungslos und umgeben von schwarzer
Dunkelheit
Spüre ich die harte Berührung der Sanftheit
Leise Worte des Trostes in der Weite der
Ewigkeit
Das Schlagen von Erde mich erweckt aus
meiner Einsamkeit

Schreiend an die Decke meiner Finsternis
pochend
Die Schwärze zerkratzend und um Hilfe
flehend
Der Deckel meiner Dunkelheit sich öffnet
Sehe ich die Gesichter entsetzt und
schreiend

Erneut durchfährt ein Schmerz meine Brust
Finsternis
Tod

Alexander van Kelm * 1975

Mein Weihnachten

Ich
Angepasst – zu einer Schablone geformt.
Zuvorkommend, hilfsbereit, bescheiden – aufopfernd.
Bin ich das wirklich?
Ängstlich bewege ich mich wie eine Marionette.
Dann – diese innere Stimme: „Nein!"
Zunächst leise, dann fordernder: Meine Stimme!
Rückenleiden – Tinnitus – Zahnschmerzen –Atemnot!
Ich erkenne den Zusammenhang nicht.

Weihnachten

Ich höre die frohe Botschaft.
Ich vernehme: „Jesus ist der neue Mensch."
Ich lese: „Und wäre Jesus 1000 mal geboren, aber nicht in dir,
Du wärest dennoch verloren."

Ich – ein neuer Mensch?!
Ich erkenne meine Angst, die ständige Suche nach Geborgenheit.
Sehe mich, süchtig nach Anerkennung.
Ich durchschaue, wie die Menschen an meinen Fäden ziehen.

Ich eine Marionette?

Nein, nicht mehr!

Anne Kemper * 1949

Meeresromanze Bretagne

Alles durchdringender Algenduft
liegt in feucht wärmender Luft.
Wie in des Malers Bilde
gemalter Weise
streckt sich mächtig und erhaben
die Meeresweite.
Laue Septemberwinde
sanft über meine Wange streichen.

Der Sonne strahlende Kraft
in Licht und zur Gestalt
die grüne Küste gebracht,
mich zauberhaft entzückt,
der Farbenspiel imposantes Meisterstück.
Sehnsuchtsvoll
Blicke in die Ferne schweifen.

Himmelblau, wiesengrün, sandelholzgrau
der kantigen Küste Formen
in harmonischen Farben walten,
Land und Meer
in romantischer Eintracht gestalten.

Rüdiger Kendziora * 1958

Abschied

Deine Mutter hat ihre Hand auf deiner Stirn.
Doch – die ist kalt und weiß,
kein Atem fließt und hebt den kleinen Körper.
Blut und Schmutz bedecken dein rundes Gesicht,
dennoch verdecken sie dein Lächeln nicht!
So schlafen Kinder ein, so weich entspannt.
Doch deiner Mutter Hand
weckt nichts mehr auf.

Du wolltest nur mit ihr zur Schule gehn
an deinem ersten Tag!
Besonders schön hast du heut morgen ausgeseh'n,
so glücklich und so stolz.

Dann kamen sie – die Bestien
und rissen dich erst von der Mutter,
dann aus deinem kleinen Leben.
Sie fasst es nicht – und mit ihrer freien
Hand
fühlt sie nach ihrem Atem, der noch pulst,
obwohl ihr Herz zerspringt
in diesem zugewandten Schweigen.

Anne-Elise Kentner

pas plus lourde qu'une plume

ein fallensteller hält mich auf
mit schwankenden augenfingern

reicht mir das wärmende kleid seiner blicke
dass ich zwischen die knisternden falten
schlüpfe

träumend in ihren grünlichen schatten
gebe ich blinkzeichen durch die dünne
seide

dreh mich im spiegel seines hungers
und schlage geschwind drei kreuze

im weglaufen rufe ich lachend
ich begehre dich nicht

Christiane Keppler * 1950

morgendämmerung

früher juli dämmert
überm chamissoplatz

in birken und linden
der gesang vieler vögel

noch ist der Spielplatz
verwaist obwohl
große ferien sind

auch die blicke
aufmerksamer mütter
fehlen ringsum auf bänken

kleiner wasserbrunnen sprudelt
noch kein wasser

aber buschhohe rosenzweige
die aufblühn von
anfang mai bis
ende september

wecken mich für
frühe morgenverse

Gerhard Kerfin * 1935

Frohes Maienlied

Es war ein wunderbarer Gang
Unter sachte sich wiegenden Bäumen
Und am eilenden Bach entlang,
Den blumenbunte Wiesen säumen.

Es war ein frohes Maienlied,
Das aus allen Wipfeln klang,
Das über allen Wiesen lag
Und hochauf zu den Gipfeln schwang.

War es allein dies heitre Spiel,
Das uns so glücklich hat gemacht?
So frage ich. Dein Mund schweigt still.
Mein Herze jubelt. Dein Auge lacht.

Ernst Heinz Kern

Liebe Mathematisch

Ich liebe mich
+ Du liebst Dich

= Wir lieben uns

Sascha Kern * 1978

Der liebste Mensch der Welt

Ich kenne den liebsten Menschen der
Welt…

Ja, ich weiß ihr glaubt mir nicht,
glaubt nicht, dass es so jemanden gibt,
jemanden, der einem die Hand reicht,
dir hilft, ohne zu fragen,
dich festhält, ohne zu erwarten,
dein Herz zum Lachen bringt,
ohne zu fordern.

Aber ich sage euch, es gibt diesen
Menschen,
für jeden von uns, ihr müsst es nur zulassen
und ihn erkennen.
ich weiß, es ist nicht einfach
und wir wollen gerade diesen Menschen
nicht sehen,
aber es lohnt sich, schaut euch nur um.

Meist ist es jemand, den du am wenigsten
beachtest
und wenn du ihn erst einmal erkannt hast,
dann wirst du merken, wie wertvoll dieser
Mensch ist.
Also sieh dich um und lern ihn kennen,
den liebsten Menschen der Welt…

Heidi Kerndlmaier

Im Kichern vergaß ich den Ernst der Lage.
Dabei waren wir frei.
Frei von Durst, frei von Liebe, frei von
allem.

Ob ich noch wüsste,
wie die Großstadt riecht.

Nein, sie riecht nicht.
Auch du hast im Geschwader der Zeit
deinen Duft verloren.
Ich bin nur zu sicher, dass du einen hattest,
damals, als ich noch nicht kichern konnte.

Aus dieser duftlosen Distanz trittst du an
mich heran.
Hast den Ernst vergessen.
Genau wie ich.

War es der Durst, der uns einte?
Ich kann die Essenz nicht mehr riechen,
aber ich bin sicher, sie war schön.

Anne Kersten * 1983

Geträumt

Manchmal schwerelos
fast wie wahr
und wieder neu aufgewacht
Wirklichkeit

Fabio Kersten

90 Jahre Kind

Als ich vier Jahre alt war, war ich ein Kind,
so, wie Kinder nun mal dann sind.
Man entdeckt viele kleine Teile einer
großen Welt
und es ist die Mutter, die alles
zusammenhält.
Als ich erwachsen war, war ich immer noch
ein Kind,
denn meine Mutter war immer noch
Mutter,
weil Mütter eben so sind.
Bald bin ich neunzig - und ein Kind bin ich
geblieben.
Von meiner Mutter „in memoriam“,
spüre ich immer noch die Liebe.

Theo Kerstjens * 1943

Was ist das für ein Schweigen

Was ist das für ein Schweigen,
wenn kein Lied mehr in dir klingt?
Du hörst das Gras nicht mehr,
auch nicht der Blüten Geläut.

Wo ist der Gesang einer Weide geblieben,
die alten Eichen stehen stumm vor dir da
und
selbst der Duft einer Rose sagt dir nichts
mehr.

Maschinen lassen den Rhythmus deines
Herzens im Takt gefrier'n.
Lautsprecher befehlen dich auf ihren Weg
und
Designer-Töne fressen sich durch dein Ohr.
Ein leeres Schweigen brüllt in dir,
es lässt dich selbst des Todes Stimme nicht
mehr vernehmen.
Gefangener bist du in einer Zelle voll
Stumpfsinn,
bis du dein Lied wieder findest.

Petra Keup * 1959

Lebensabend

Denk niemals vergebens, im Alter des
Lebens,
der Zeit, die verronnen, die dich
angenommen,
dir gegeben als Gast.

Einst hat es begonnen, mit Leid, auch mit
Wonnen,
dein Gang durch das Leben, oft war es
vergebens,
das Ziel zu erreichen.

Von Erfahrung bekommen, hast du
angenommen,
das Leben gestalten, man sieht auch die
Falten,
die Spuren der Zeit.

Gestreift hast du leise, auf mancherlei
Weise,
aber auch laut, so hast du gebaut,
Gefühle des Lebens.

Es tut dir nun leid, am Ende der Zeit,
Versäumtes nachholen, es bleibt dir
gestohlen,
du änderst es nicht.

Nimm an das Geschick, vielleicht hast du
Glück,
du wirst es sehen, den Weg zu gehen,
der dir war bestimmt.

KHK * 1941

Das Leben

Leben, was ist das? Die Frage steht im
Raum.
Leben das bin ich, Leben ist aber auch ein
Traum.
Leben kann grausam sein, genauso wie
hart,
Leben kann schön sein, freundlich und zart.
Doch wie es auch ist, du mußt es verstehn,
Leben ist trotz Kummer und Leid immer
wieder schön.
Leben muß man leben, egal was geschieht,
Leben kann trüb sein, wie man es
grade sieht.
Leben ist Freude wenn Du sie jemandem
machst,
Leben ist Finsternis wenn Du nicht mehr
lachst.
Leben ist Glück,es sei Dir gegönnt,
Leben ist Schicksal oder ein schönes
Geschenk. Leben ist Armut,Sorge und
Leid,
Leben ist unsere schnelllebige Zeit.
Leben ist für manchen nicht lebenswert,
Leben ist Liebe wenn zwei sich begehrn.
Leben ist Alles von morgens bis abends
und tief in der Nacht,
Leben ist das Dasein mit dem wir bedacht.
Und zweifelst Du einmal an Deinem
Leben,
so denk daran nicht alle Wege sind eben.

Doch Steine auf unserem Weg gehören
auch zum Leben, räum sie beiseite
und die Wege sind eben.

KHR * 1948

Jahre mit dir

Jahre: Vergangene Zeit, Beständiges
herausgefiltert
aus dem Strom der tausend Augenblicke.
Festgehalten auf dem Konto der
Erinnerungen:
Chiffren des Seins – Worte. Bilder.
Kompositionen.

Hast viele Chiffren mir entschlüsselt.
Hast viele Wörter mir erklärt.
Hast mir erhellt den Lebenssinn nach
dunklen Jahren.
Bist meine geliebte Wegbegleiterin.

Wohl dem, der so begleitet und beschützt.
Wohl dem, der humane Nähe spürt.
Wohl dem, dem Glück dadurch begegnet:
Dank dir dafür!

Jahre: Metrik des Lebens, Rhythmus des
Seins –
Angenähert durch dich der Vollendung,
haben mir Sinn und Erfüllung gegeben!
Lassen mich überbordend lebenstauglich
sein!

Friedhelm Kicherer * 1947

Familie

Familie ist das Leben an sich,
Das Leben das täglich zu dir spricht,
Das Leben das immerzu das Gleiche sagt,
egal ob du es hören magst.
Jeden Tag aufs Neue erzählt es dir,
das Leben geht weiter, glaub es mir,
und wunderbar kann das Leben sein,
Lass es einfach in dein Herz hinein.

Um dies zu hören, zu fühlen und zu
verstehn,
Musst du nur mit deiner Familie gehen,
Sie zeigt dir den Weg,
führt dich entlang
So lange sie es kann,
und wenn du mal erwachsen bist,
Verstehst du was Familie ist!

Nicole Kiefer * 1979

Naturgesetz

die zeit
die wir für uns selber erschufen
die zeit
welche uns eine zukunft verhieß
diese zeit -
sie gebar unseren schatten

und die kraft
die sich jener schatten ersehnte
die kraft
mit der er eine jugend sprengte
diese kraft -
sie schenkte vogelträume

der raum jedoch
den wir unseren träumen weihten
der raum
in kahlem hoffnungsgrün gestrichen
dieser raum -
er lehrte uns das Warten

Stefan Kiesewetter

Wunsch aus steingrauem Kindergesicht

Ich wünscht', ich wär' ein Pflasterstein,
über den die Herrschaft ritte,
über den die Kinder liefen.
Ich läge fest im Straßensand und fühlte
keine Tritte.

Ich wünscht', ich wär ein Steinchen
in der Krume auf dem Feld.
Der Bauer pflügte mich unter.
Ich wüsste nichts von der Welt.

Ich wünscht', ich wär' ein Grabstein,
dann hätt' ich immer Ruh'.
man bliebe schweigend stehen
und deckte mit Blumen mich zu.

Janika Kiesling * 1978

Herbstblatt

Das kleine Blatt
es träumt ganz leise
ich gehe bald auf eine Reise
ich ziehe dann
das Schönste meiner Kleider an
es ist ganz bunt in rot und braun
und alle and'ren werden schau'n
ich lass den Zweig
ganz einfach los
falle runter in das Moos
da werd ich weich gebettet sein
und was ist dann?
Schlaf ich dann ein?
So träumt das Blatt
und fällt herab
es weiß noch nicht
es wird sein Grab
da liegt es nun
in braun und rot
- tot !

Helga King

Der Schein

Die Nacht, dunkel und kalt
der Morgen, jungfräulich und zart
der Tag, hell und warm
- doch der Schein trügt.

Die Seele sieht eine andere Welt
das Herz fühlt sich betrogen
die Sonne scheint,
doch tief im Inneren ist es dunkel und kalt.

Jeder Tag ein Kampf,
ein Kampf ums Überleben
einzig die Nacht ist friedlich und warm
das Herze und die Seele fühlen sich
geborgen
wie ein Kind in Mutters Arm.

Marion Kipfmüller * 1983

Traumwürze

Das Leben ist kein Traum,
aus dem man wieder erwacht.
Außenrealität überschreitet
den Ereignishorizont des Bewusstseins.
Und das schwarze Loch der Seele
Verschlingt alles Erlebte,
bis das Ich implodiert.
Ich zykle und erträume
Parallelwelten gegen das Verschwinden,
wenn der Lustgewinn nicht ausreicht,
um über den Verfall der Materie
hinwegzutrösten.
Ist das Leben ein erotischer Traum
des anorganischen Kosmos,
um die Leere mit Sinn zu erfüllen?
Für die kurze Zeit dazwischen.
Gegen das kalte Nichts
in verzweifelter Schönheit
Gefühle zeugen!
Liebe ist ein schöner Traum.

Günther Kirchberger

W.I.R.

Sie begann ihr Leben schon lang vor ihrem
ersten Atemzug,
Sie meist Sonnenschein in ihrem Herzen
trug.

Sie konnte ab und an die Welt mit
Kinderaugen sehen,
Sie wuchs über sich hinaus und ließ so
manch' Wunder geschehen.
Sie lachte oft aus vollster Brust,
Sie versprühte Funken voller Lebenslust.
Sie trank des Lebens Nektar in vollen
Zügen,
Sie weigerte sich einem schlechten Schicksal
zu fügen.
Sie liebte intensiv wie des Feuers
Leidenschaft,
Sie hasste stärker als der Bomben Kraft.
Sie kämpfte sich durch viele Kriege,
Sie errang jedoch niemals Siege.
Sie ahnte, die Ewigkeit nicht ewig an sich
zu binden,
Sie versuchte dennoch Zeit für sich zu
schinden.
Sie der Natur Gefahren ins Auge sah,
Sie aber übersah, der wahre Feind so nah.
Sie war sich selbst ihr größter Feind auf
Erden,
Sie spielte des Lebens Spiel ohne weiser zu
werden.
Sie – die Menschheit – hat die Welt nicht
überlebt,
Aber sie hat ihr Leben gelebt!

Susanne Kirchner * 1979

Lebensstufen der Zeit

Das Leben ist ein Rummelplatz, mit wenig
Freud und sehr viel Pein,
und sitzt du oft ganz allein, holt dich die
Lösung ein:
Zum Weinen und zum Lachen
hat uns der Herrgott g'schaffen,
in seinem Buch steht unser Schicksal drin,
jedes Wort hat seinen Sinn.
Das Leben ist ein Kreislaufplatz, im ewigen
Auf und Ab, fällt mir die Lösung ein:
Zum Weinen und zum Lachen
hat uns der Herrgott g'schaffen,
in seinem Buch steht unser Schicksal drin,
jedes Wort hat seinen Sinn,
jede Wende,
Start und Ziel!

Vera Kiss

Bei einem Haarschneider

In einem Bauerndorf, unweit
der Stadt, lass ich meine Haare
schneiden. Angenehm und kühl
ist es hier im kleinen Raum des
Haarschneiders.

Obwohl sonst niemand mehr
auf den Friseur wartet,
hetzt er wie wild bei der Arbeit.

Am Schluss macht er mir ein
wohltuendes Friktion und massiert
mir kräftig die Schultern.
Jetzt sei ich wieder fit,
meint der Coiffeur.

Werner Kissling

sekt im imperfekt

ich trank ein glas sekt
mit einem schuss imperfekt
der sekt war
zwar
hell klar
und wunderbar
doch das imperfekt
hat grauenhaft geschmeckt
das kommt mir tor
kein zweites mal mehr vor
und trinke jetzt nur
noch den sekt mit futur

Karl L. Kistner

Drüben dann

Eines Tages: Durchgang um Durchgang
bewältigt, ein Gong schlug. Nimmerzu
Tränen
in windpockenloser schillernder Luft zum
Vorlauf der Sphären: Präliminaria, etwas
wie
Walzerschablonen, Tango tanzende Torsi.

Du wirst Erstaunen heucheln wollen
weil du unangemessene Verzückung bist
weil du in allen Sprachen umgewandert
„Vergebung" buchstabierst
an diesem Tag.

Du wirst mit der Amöbe kuscheln wollen
wirst dem Bacterium ins Ohr einsagen
„verzeih das Antidot so oft, so viel .."
Du wirst die DNA der Viren dir
als Zwirnchen auf den Finger rollen

denn diesen Tag, dort drüben dann,
wirst du nur mehr dein Lächeln sein:
ein Puderglanz der Ewigkeit
al fresco vor die Wolken hingemalt
im Regenbogen zwischen Blau und Gelb

Eva Maria Kittelmann * 1932

Herbst

Vögel ziehen weit nach Süden,
wo warme, linde Lüfte weh'n.
Sie fliegen aus dem Kalt des Nordens,
wenn Sommertage jetzt vergeh'n.

Wälder hört man leise rauschen,
die Blätter sacht zu Boden geh'n,
sie tanzen still auf Moos und Erde,
der Herbstwind wird sie bald verweh'n.

Trauben saugen sich die Sonne,
die tief am Horizont schon steht,
sie trinken ihre Wärme gierig,
bevor die Frucht zur Ernte geht.

Rosen blühen noch im Garten,
sie steh'n in Glanz und Schimmer,
ihr Duft zieht matt im Jetzt dahin,
erreicht den Winter nimmer.

Felder stehen kahl und farblos,
man sieht die Kraft zu Ende geh'n,
warum muss alles jetzt verderben,
ich kann dies Sterben nicht versteh'n.

Kathi Kitzbichler * 1949

An meine Zeit

Du bist meine Zeit, du bist mir gegeben,
hauptsächlich wohl, um in dir jetzt zu
leben,
und weil das so ist, möchte ich dich
verstehen,
möchte deutlich und klar deine Absichten
sehen,
möchte offen, was du mir zu sagen hast,
hören,
möchte Zweifel und Illusionen zerstören,
möcht die Komplexität deines Wesens
begreifen,
um durch neue Erkenntnis, an dir, Zeit, zu
reifen.

Doch du machst es mir schwer durch dein
wirres Ambiente,
deine Sprache blockiert mich durch hohle
Fragmente,
deine Kunst, die dein Spiegel, zeigt dich
mir wund zersprungen,
in der Kehle erstickt, was ich dir gern
gesungen:
dass ich dich, weil du mein, wie du bist
akzeptiere.
Schmerzlich spür ich, wie ich die Hoffnung
verliere,
dich zu fassen. Was bleibt, ist erlerntes
Vertrauen,
dass dich spätere Generationen
durchschauen.

Monika Klages * 1943

Immerhin –

Benno W. F. Klapp

Da gab es einen, den es störte,
Daß auf der Welt nichts ihm gehörte.
Die äußerste Vergeblichkeit
Bestimmte seine Lebenszeit,
So daß er jeden Tag im Jahr
Mühselig und beladen war.
Denn als der rote Faden zog
Sich Not durch seine Tage, bog
Ihn allerdings nicht nieder, weil:
Nicht-Schaudern war sein bestes Teil.

In einem kleinen Trödelladen
Verkaufte er den roten Faden.

Hannelore Klapp

Ach, du schöner Schein

Ich wandle im Tageslicht,
habe die Augen zu,
sehe dich,
spüre mich nicht!

Laufe auf kaputten Straßen,
rieche dein Blut,
fühle die Menschenleichen,
spüre Wut!

Atme meine Angst,
Deine Lebenslust,
schmecke deinen Saft,
meinen Schicksalsfrust!

Mache die Augen auf,
ich sehe dich,
Liebe lauf davon,
ich möchte dich jetzt nicht!

Irgendwann vielleicht,
mal sehn – in ferner Zeit,
komme ich bei dir an,
oder werde für immer gehen!

Uwe Klee * 1966

Akeela

Akeela, meine Tochter,
nun musst du gehn,
dein Schicksal von nun ab
in den Sternen wird stehn.

Akeela, meine Tochter,
nun musst du reisen,
deinen Weg von nun ab
dein Herz möge dir weisen.

Akeela, meine Tochter,
nun musst du ziehn,
dein Mut von nun ab
mag entscheiden, ob kämpfen oder fliehn.

Akeela, meine Tochter,
nun musst du fort,
deines Abschieds von nun ab
wird gedacht an diesem Ort.

Akeela, meine Tochter,
nun wünsch ich dir Glück,
ich weiß von nun ab,
du kehrst nicht zurück...

Katja Kleeberger * 1987

Der Tod

Bist du erst einmal auf der Welt
Ist stets der Tod an deine Seit gestellt
Er ist ein Begleiter ohne Ende
Es gibt hier niemals eine Wende

Er kann in Vieles sich verwandeln
Unberechenbar ist sein Handeln
Oft erscheint er als eine Gestalt
Die den Menschen entreisst mit purer
Gewalt

Doch wie überrascht sind wir von ihm
Wenn er uns erscheint als klarer, reiner
Gewinn

Ja, wenn man es bedenkt
Hat er das Schicksal gut gelenkt

Unersättlich ist sein Drang
Mal entreisst er das Kind - mal die Frau
vom Mann
All dies zu verstehen ist uns nicht erlaubt
Wir sind stets nur seine Braut

Bestimmt der Gott den Sinn des Lebens?
Oder lacht der Tod und sagt: „All das ist
vergebens!“
Was soll all diese Fragerei
Das Leben ist das Leben - und einmal ist es
vorbei!

Hans-Peter Kleih * 1945

Die heiteren und die traurigen Gedichte

Ein Gedicht ist meist gereimt,
seelenfarben, leicht verschleimt,
es trägt das Gemüt zur Schau
eines Mannes einer Frau,

die entweder völlig down
sind und keinem mehr vertrau'n,
die die Welt in schwarzen Tönen
sehn und daher reichlich stöhnen,

oder die im Gegenteil
sich wie Tänzer auf dem Seil
über diese Welt erheben
und im siebenten Himmel schweben.

Und der Leser hält's mit beiden,
er will froh sein und will leiden,
daher hat als Konsequenz
beides Recht auf Existenz.

Alfons Klein * 1935

Die Bäume blühen
in des Hochzeitskleides weißer Pracht,
der Vögel Stimmen hallen eit
in der besternten dunklen Nacht.

Die Blütenblätter auf dem Asphalte,
erscheinen wie dicke Schneeflocken
alsbalde.
Vielstimmig zwitschern die Vögel, die
gefiederten,
sie künden von den Liebeserklärungen, den
unerwiderten.

Die Blüten harren der Bienen,
die da kommen sollen,
die Früchte zu Wege zu bringen
und den Honig heimzuholen.

Die Vögel flattern, meist in Schwärmen,
durch die Lüfte,
und Blumen über Blumen verströmen
verschwenderisch ihre Düfte.

Karin Klein * 1957

Menschheitsgeschichte

... und aus dem Chaos erwuchsen die
Ordnungen
des Himmels, der Wasser und Erde

die Wasser wichen zurück und
gaben frei Teile der Erde

und auf diesen entstand der Mensch

der sich sogleich daran machte
in allen im zugänglichen Sphären
das Chaos wieder herzustellen

denn das Chaos hatte sich den Menschen
erwählt
um nicht aufgelöst zu werden in einer
Ordnung
und hatte im Menschen Raum genommen

hier hat es seinen Ort bis auf den heutigen
Tag,
und den, da wieder alles im Chaos mündet.

Paul Alfred Kleinert

Vier Jahreszeiten der Liebe

Am Anfang war der Winter
mit Frost und Schnee und Eis
am zugefror'nen See
mit Blumen ganz in weiß.

Doch dann kam der Frühling hinein ins
Land;
er knüpfte so zärtlich ein erstes Band:
Die Zaubernuss blühte, Hamamelis
genannt,
Verliebte spazierten bald Hand in Hand.

In der Hitze des Sommers erglühte sodann
auch die Erde und zog mit in ihren Bann
alles was lebte und das Leben begann
zu pulsieren mit Macht, bis alles zerrann.

Der Herbst war gekommen
und brachte die Wende.
Was so schön hat begonnen,
war jäh nun zu Ende.

Doch zurück bleibt die Hoffnung auf
bessere Zeit,
wo im Frühling, im Sommer, im Herbst
und im Winter
das Leben geliebt und das Lieben gelebt
wird,
wo Freundschaft Bestand hat und Liebe
gedeiht.

Johann Kleinheim * 1965

Teichrosen

Meine Rosen im kleinen Terassenteich,
meine Teichrosen im Wassergarten:
Kosmos auf grün-braunem
Riesenblätterteppich.

Rote Sterne unterm Himmel über dunklem
Wasser,
in das sie – kaum geboren – absinken und
vergehen,
als wären sie nie gewesen.

Aber sie waren wirklich da.
Für Augenblicke lebten sie in vollendeter
Schönheit,
der Wärme und dem Licht der Sonne;
ganz sie selbst und darin glücklich.

Was vom Leben bleibt, ist Erinnerung;
photographisch genau, unsterblich also.
Die Form und das Wesen der Blüten auf
der Zufallsordnung ihrer Blätter
und die Tannennadeln darauf:
zerstreut, sonnenbadend, geniessend.

Wäre ich eine von ihnen,
neben der unerreichbaren Schönheit der
Rosen,
eine kleine, krumme Tannennadel nur:
Ich hätte viel zu erzählen
und sonnte mich in ihrem Glanz – bis
zuletzt.

Konrad-Jürgen Kleinicke * 1936

Vorwurf und Frage

Du hast mein Haar nur leicht berührt,

Es liegt wie Gras, gemäht und noch
benetzt.

Von Deinem kühnen Denken klug geführt,

Zu mir gehaucht, ein Ziel für uns gesetzt.

Ich brauch nichts Anderes, Dein Erwachen,

Die morgenlichten Augen, anzusehen,

Sind mir genug, wie stetig Lachen.

Warum die neuen Wege, zu schalen Zielen
gehen?

Arnim U. Kleinten

Jetzt, wenn die Sterne festmontiert
Dich in der Enge noch beschränken
Und dir das aussichtslose Denken
Kreis und Quadrat getrennt gebiert

Singst du das alte Lied und stehst verloren,
weiß blendet dich die Welt mit ihren
Schatten,
weich fängt sie dich in ihren warmen
Matten:
Der Tod ist Angst. Dafür bist du geboren.

Der dir vertrauten fremden müdes Rasen
Stößt dich von sich wie unbenannten Rest
Und hält in zarter Lieb dich stumm
umschlungen.

Du bist ein Ei: Gott hat dich ausgeblasen.
Du bist ein Vogel: Du erstickst im Nest.
Du fliegst nie, und dein Lied ist blaß
verklungen.

Eva-Maria Kleitsch * 1982

Leben voller Liebe

Warum?
Wir werden keine Zukunft haben.
Ich muß gehen.
Du wirst bleiben.
Unsere Herzen werden brechen,
wie das Eis im Frühling taut,
wenn es getroffen
von den warmen Strahlen der Sonne.
Es wird nie mehr wie früher sein.
Wir werden nie mehr zusammen lachen,
Du wirst mich nie mehr berühren.
Nie mehr zärtlich in Deine Arme nehmen.
Ich kann es nicht verstehen.
Warum läßt Du mich allein ?
Es wird kein morgen geben,
nur tief in unseren Herzen
werden Erinnerungen bleiben.
Sehnsucht,
die nie vergeht,
denn ich werde Dich immer lieben!

Anja Klemm * 1978

Im roten Morgenschimmer
der Dämon, wie er lacht! erscheint.
Kalt rief die Sehnsucht ihm zu:
weit war das Land,
verkommen der Geist, der
in Träumen leichte Farben sieht.
Trunken der Sonne Glut:
ich sterbe!
Streben durch die Welt,
mein Angesicht in dir
soll Gottes grüne Welt,
das Licht der Augen,
der trübe Abend
in kummervollen Nächten,
o süßen Schmerz,
mit Leichtigkeit den Mond ersiegen,
der Welt den wahren Donner zeigen:
tragen, wollen, begehren.
Ich! kann tragen die Welt
in diesem Augenblick!

Julia Klemz * 1985

Nahender Abschied

Er ist müde geworden, und in den
Beinen knickt er manchmal ein.
Grau ist sein Kopf, die Pfoten schwer,
Und öfter bleibt er schon mal stehen.
Dürre Blätter jagen vor dem Wind,
Die Krähen steigen hoch und schreien,

Und weit entfernt kann ich ein Licht
am Ende sehen.

Sein Atem geht schon schwer und wie
von fern hör ich sein heiseres Bellen.
Die Tür des Lebens schließt sich nun,
der Weg war weit.
Ach, könnte ich den Fuß in diese schwere
Türe stellen.
Ich streichle ihn ganz sanft,
wir hatten eine wunderbare Zeit.

Komm, lass uns gehen, noch sehe ich
seiner milden Augen Glut.
Kühl weht der Wind,
wir schauen zu den Sternen.
Und wenn zum letzten Mal sein
sanfter Blick in meinen Augen ruht,
weiß ich schon jetzt,
werde ich das Weinen wieder lernen.

Dietmar Klenner

Am Morgen

Am Morgen steht die Stille
zwischen den Häusern

Die Turmuhr erzählt
Geschichten von der Zeit

Die Realität im 4. Stock
ist ein unendlicher Raum

Schattenlinien und Sonnenflecken
bis zum Waldrand

Dort mache ich mich auf den Weg
ziehe Kreise in den Tag

Wolfgang Klesius * 1958

Wenn Schimmer verblassen

Wenn Schimmer verblassen
und der Glanz geht,
wird alles Schöne mitgenommnen.
Wenn das Licht weicht dem Dunkeln
und die Luft zu Atmen knapp wird
scheint alles was getan ward unendlich
schwer.
Wenn du dich für etwas begeisterst
und ich alles negativ sehe,
weiß ich,
dass es kein gutes Ende nehmen kann.
Wenn die Liebe verschwindet
und nur der Schmerz bleibt
herrscht Leere -
Überall und Nirgendwo.

Sarah-Ann Klett * 1989

Stelinga

Kein Kreuz.
Keine Erinnerung.
Schmerz, wird Zorn.
Zorn, wird Schmerz.
Der ungehörte Schrei.
Verstummt.
Die Stille,
so unerträglich laut.
Denk nicht darüber nach,
was war.
Ist vergangen.
Dreh dich nicht um,
schau nicht zurück.
So unendlich viel
zu entdecken,
zu sehen.
Im Hier und Jetzt.
Doch,
so schwer zu sehen,
mit den Augen einer Toten.

Lena Klette

Erste Worte

Empfangt mich.
Mehr nicht.
Die gesammelten Hirngespinste –
Formulieren sich –
Später.

Seht mich.
Versprecht nicht.

Nehmt mich –
Nicht anders
an.

Nele Kleyer-Zey * 1965

Hommage

Für das Kind war es Afrika.
Löwen, Elefanten, Kilimandscharo.
Der Traum von Frei geboren, der sich
erfüllen sollte.

Für das Kind war es Amerika.
Prärie, Indianer, Rocky Mountains.
Der Traum von Cochise, der sich nicht
mehr leben ließ.

Für das Kind war es Australien.
Outback, Kängurus, Ayers Rock.
Der Traum vom sich Verwirklichen, der
wahr werden würde.

Für das Kind war es jeder Ort der Welt.

Für den Erwachsenen ist es ein Park.
Wege, Bänke, Bäume.
Der Erwachsene sucht dort seine Träume.

Doch die Hügel Afrikas sind nur kleine
Böschungen.
Die Zeltlager der Indianer kann er nicht
finden.
Der endlose Himmel Australiens wird von
Häusern begrenzt.
Mit Tränen in den Augen blickt er sich um.
Es ist alles so klein geworden.
Vielleicht ist aber er nur gewachsen.
Langsam geht er und lässt das Kind
zurück.

Beate Klimaschka * 1965

Der Kuss

Geboren mit zwei Nabelschnüren
Verbund mit Himmel und mit Hölle
entliehener Buchstabe
verdoppeltes „LL“
Herzensblutkörperchen
ach, roter Wein
zu schwerer Zunge
wird mein Dasein,
zu tiefer Vergangenheit:
stets tief rot
waren Deine Lippen,
schneeflockenumtanzt
dem Eissturm trotzend
gesprungen wie
zweiteilige Bilder
tiefrot gesprungen
ins Leben
wo Minus und Minus
Kuss sein wird.

Gabrielle Klimek

Gewitter

Die Luft ist schwül, die ersten Blitze
zucken
pechschwarz der Himmel und kein Mensch
zu sehn
Wind macht sich auf, die kleinen Tropfen
klatschen
auf den Asphalt, der gierig sie verschlingt.
Wind wird zu Sturm, er treibt in allen
Bäumen
sein böses Spiel und findet Spaß daran,
er wirbelt hoch zu Hauf die bunten Blätter,
treibt in die Pfützen rasch den losen Sand.

Der Regen prasselt, tränkt die heißen
Dächer,
verwandelt Straßen ähnlich einem Fluß.
Von allen Seiten zucken sie, die Blitze,
als ob sie wollten daß der Himmel reißt,
der Donner grollt, als wär's ein
Höllenhund,
der seinen Rachen öffnet zu verschlingen.
Dann wird es still, vorüber das Inferno,
der Wind, er säuselt, hat sein Werk
vollendet,
die Schwüle weicht, nur noch sanfter
Regen,
dankbar erwarten wir die kühle Nacht.

Marianne Klimpel * 1930

Bunte Blätterpracht im Herbst

Bunte Blätter fallen vom Baum,
ausgeträumt ein Sommertraum.
So viel haben sie gesehen,
auch den Mond am Himmel stehn.
Schmetterlinge tanzten im Reigen
und saßen auf den grünen Zweigen.

Wie schön war das Sonnenlicht,
was sich in den Zweigen bricht.
Manch sanfter warmer Regen
brachte großen Segen.
Die Blätter fallen sacht, leise
und gehen bald auf Winterreise.

Bunt sind nun alle Blätter gemalt,
sie haben damit ihr Leben bezahlt.
Kommt der Winter daher geschlichen,
sind die Farben des Herbstes gewichen.
Der Frost gibt ihnen den Todesstoß,
dann fallen sie auf den Erdenschoß.
Mit den Blättern spielt der Wind,
die Gegenwart zerrinnt.

Katarina-A. Kling

Ich bin

Die Glieder gekrümmt von nächtlichen
Schmerzen
Beschwerliches Atmen, Beklemmung im
Herzen.
Die Kindheit kommt mir in den Sinn.
Ich bin traurig.
Aber ich bin.

Vögel tschilpen, es schwindet die Nacht.
Das Sinnen hat um den Schlaf mich
gebracht.
Somnus, wo bist du hin?
Ich bin bedrückt.
Aber ich bin.

Ein strahlender Tag bringt wieder mir
Licht.
Die Qual dieser Nacht, sie kümmert mich
nicht.
Umarmt sei nun ein Neubeginn!
Mir ist wieder wohl.
Und ich bin.

Maria Klingler * 1932

Einsamkeit

Samtschwarz kommt die Nacht.
Schatten lauern, ufern aus.
Gedanken flattern durch Zeit und Raum,
zerfließen im Nichts,
versickern in der Unendlichkeit
des Kosmos.

Komm Traurigkeit,
hülle mich in deinen Mantel,
gewebt aus Sehnsucht
und Verlangen.
Das bittere Wasser der Einsamkeit
durchpulst meine Adern,
vergiftet mein Blut,
lässt mich frösteln.

Kühler Nachtwind
jagt Schauer über meine Haut.
Und in der erbarmungslosen Stille
höre ich das Rauschen meines Blutes,
spüre das Klopfen meines Herzens –
es schlägt für dich ...

Klaus F.W. Klinsmann * 1935

Coca-Cola-Mann

Jeden Morgen
steht an der Bushaltestelle der Coca-Cola-
Mann.
„Hey man, wanna have a drink", grinst er
mich an.
Der Musiker in der braunen Lederjacke
neben mir
schnippt mit den Fingern den Blues mit:
„Hey man, wanna have a drink."

Werner Klöpper * 1952

Ein neues Tor

für meine Kinder

Ich bin die Mutter und das Tor
DU ... gingst aus mir hervor.
Bist aber selbst hindurchgegangen,
und – so wie ich –
in dieser Welt gefangen!

Du willst mich hassen,
doch mußt mich lieben,
du sollst mich lassen, doch lang ...
bist du mir nah geblieben:
zum Jenseits bin ich dein Band!

Nun wanderst du durch dieses Leben,
suchst dein Glück in diesem Land,
durchschreitest oft eine Tür oder ein Tor,
kommst immer etwas geändert hervor.
Nie – kannst du mich ganz vergessen,
bis zum letzten Atemzug.

Hast du deine Zeit durchmessen
und von dieser Welt genug,
verläßt du dieses Tal des Lebens –
steigst den steinigen Weg empor
und durchdringst EIN NEUES TOR!

Josefine Klosa * 1946

Adieu Abschied

Gespräche wie Liebeserklärungen,
Worte, die das Sein untermauern.

Das Individuum hat sich empor
geschwungen und aufgehört,
um die Vergangenheit zu trauern.

Das Ich hat erkannt, dass es Du sein kann,
es schließt sich der Kreis der
Erkenntnis.

Aufgehoben ist der beklemmende Bann,
das Leben - ein Liebesgeständnis.

Beatrix Klose * 1976

Liebe, was hast Du mir angetan?
Verraten hast Du mich
und meinen Verstand getrübt!
Du hast Dich an meiner Seele verraten!
Mein Herz ist nun verloren
und ganz frei von meinen Panzern aus
Stahl!

Liebe, Du verwehrst meinem Herzen
Schutz vor Gefühlen!
Du bringst mein Leben in Aufruhr,
verwickelst und verdrehst es!

Doch, ist es Verrat,
wenn Sie mein Leben
dadurch lebenswert macht?
Ich weiß es nicht, denn ich liebe nun!

Katharina Eva Kluba

Überwindung

Du sitzt da und schaust sie an,
spürst die Tränen – nächtelang.
Du siehst ihren Körper, ihr Gesicht
und Momentaufnahmen im Mondeslicht.

Sex am Strand und Sonnenschein,
warme Luft und ganz viel Wein,
...tut schrecklich weh, mach es nicht.
Denk' nie zurück an Szenen im Licht.

Es macht dich kaputt, pumpt dich leer,
dunkle Nacht, du rennst umher,
du weinst du schreist, nennst ohne Grund,
kannst nur noch küssen, ihren toten Mund.

Doch vergessen kann man sie lange nicht
die schöne Zeit in warmen Licht.
Das ist Angst, die man spürt
die dich hin zur Trauer führt.

Wohl muß Geduld die Lösung sein,
sich wieder wohlzufühlen, im
Sonnenschein.

Tim Kluck * 1983

Fester Vorsatz

In ihren Augen kann ich's lesen,
es trifft ein Blick mich heiß und scheu;
ich aber gehe kühl vorbei
und stolz, als wäre nichts gewesen. -

Dabei im Herzen glüht verborgen
und angsterfüllt die Antwort ihr;
doch ein Gefängnis ohne Tür
versagt Entrinnen, heut' und morgen.

Gefesselt schmachten, wie in Kammern,
Gefühle, die nach Freiheit jammern,
stöhnt Ohnmacht, krümmt sich die
Gewalt. –

Der Kampf darf keine Spuren zeigen,
obgleich ich leide, werd' ich schweigen:
denn sie ist jung, und ich bin alt.

Edmut Kluge * 1933

Gottes Wille

Er rast so still und schnell durch's All
kommt zu uns auf jeden Fall
Er ist so kalt und voller Wut
schlägt er ins Meer dann gibt's ne Flut
Schlägt er auf, auf festem Grund
dann ist die Erde nicht mehr rund
Mit so viel Kraft und Urgewalt
wird's nie mehr hell und ziemlich kalt
Man kann ihn suchen mit Antennen
doch wenn er kommt hilft auch kein
rennen
Dem Schicksal kann man nicht
entkommen
es trifft die Heiden und die Frommen
Ob jung ob alt ob arm ob reich
vor ihm sind alle Menschen gleich
Er ist geschickt von Gottes Hand
am Ende ist die Welt verbrannt

H.N. Kluge von Heepen * 1957

Ein Morgen ohne dich

Ein Morgen ohne dich
Ich wache auf und du bist nicht da
schaue umher und mein Blick wird starr
rieche deinen Duft noch in meinen Kissen
diesen deinen Duft möchte ich nicht
missen.

Ich hoffe nicht, daß du weg bist für immer
liebe nämlich in deinem Gesicht den
Schimmer
möchte alles loslassen und mit dir
versinken
möchte in deinen bezaubernden Augen
ertrinken.

Ich würde für dich alles tun, daß weißt du genau
weißt aber auch, daß ich mich nicht trau,
fühle die Sehnsucht, sie beginnt mich zu fassen
kann die Gedanken an dich nicht mehr lassen.

Ich befürchte daß ich dir zu Füßen liege
ist der Grund, daß ich dich nicht kriege
befürchte, behandle ich dich wie Dreck
läufst du mir sofort wieder weg.

Ich drehe die Nase in den starken Wind
spüre wie die Brise den Nebel nimmt
fühle mich ohne dich einsam wie ein Kind
hoffe, daß wir bald wieder zusammen sind.

Wolfram Klußmann

Winter

Bäume des Laubes durch Frost beraubt,
Der blies seinen tödlichen Atem
Des Nachts über Wiesen, Felder und Wald,
Über Städte, Dörfer und Straßen.

Dem Wasser, sonst fröhlich am Plätschern,
Ihm legte er Fesseln an.
Nahm ihm die Freiheit zu fließen
Und raubte ihm seinen Klang.

Leis schwebt ein Flöckchen zu Boden,
Vereinigt Kristalle zum Bund.
Ein weiteres folgt seinem Wege,
Zu decken den frostigen Grund.

Deckt zu alles Schwarze und Graue,
Verhüllt alle Starrheit mit Pracht,
Blendet mit weißer Klarheit,
Versöhnt uns mit seiner Macht.

Kein Herz bleibt nun ungerühret.
Verzaubert schon sind sie all.
Schaun staunend der Welt neuer Robe,
Gewebet aus Eiskristall.

Heike Knapp

Glücksmomente

Wenn Tränen mehr als genug geweint
und Hoffnung plötzlich neu erwacht,
der Himmel wieder zu lachen scheint
und das Ende in Sicht nach einer dunklen Nacht,
- sind's Glücksmomente?

Wenn nur Vergebung Frieden bringen kann
und man gelernt die eigene Lektion,
das Blatt sich wendet dann
und wenn sich zeigt der Mühe Lohn,
- sind's Glücksmomente?

Und wenn bewusst gefühlt wird dieser Augenblick,
gelernt, das Universum zu verstehen,
begreift man, dass bis zum großen Glück
soll die Momente sehen,
- die Glücksmomente!

Annemarie Knappmeier * 1958

Ein Versuch

Aufschreiben soll ich
Hast du gesagt
Uns zwei in einem Gedicht

Deshalb suche ich
Deine Augen
Und Deinen Blick
Deinen Mund
Und Deine Hände

Deine Wärme
Und meine Antworten

...
Uns zwei in einem Gedicht festzuhalten
Ist so schwierig
Wie den Wind einzufangen
Der unseren Tag bewegt

Almut Knecht * 1960

Am Puls der Zeit

Wenn Gegenwart ihr Wort verteilt
Dann hat die Zeit in mir verweilt
Der Zeitdruck ist im Nu verflogen
Und ich bin meiner Zeit gewogen -
Ein jedes Wort bewegt die Tat
Und gibt mir selbst den guten Rat
Der Bindung an den guten Ton -
Das wiederum erhöht den Lohn
Der Ruhe im gedachten Kreis -
So finde ich den Selbstbeweis
Des Lebens aus gewolltem Grund
Und dieses mache ich jetzt kund –
Was in der Stille treu sich plant
Ist immer schon vorausgeahnt...
Aus Raum und Zeit wird Antwortspiel
Und was ich denke trifft ins Ziel
Und was letztendlich mich betrifft
Mein Geist hat schon die Welt umschifft
In Windeseile wird mir klar
Belichtet schrumpft auch dieses Jahr!

Helga Knecht * 1936

Am Sterbebett

Rückkehr zum Ursprung,
den wir nicht kennen.
Schmerzvoll fragend,
wohin führt der Weg.
Einmal geboren,
ewiges Leben?
Hoffnung darauf
bestimmt unser Sein.
Wer gibt dir Antwort?
Wer gibt dir Licht?
Wer nimmt die Hand,
wenn das Auge bricht?
Du bist gewesen,
wirst immer sein.
Vertrauen darauf
lässt leben allein.

Ingrid Knipschild * 1943

Der Weg

Einsam geh ich durch die Straßen,
gehe einsam meinen Weg.
Alle Straßen sind verlassen,
alle regennassen Straßen
sind verlassen
und sind leer.

Wie im Nebel suchen Schritte
nach dem rechten Weg.
Alle Schritte führ'n zur Mitte,
alle unsicheren Schritte,
alle Schritte,
ungefähr.

Endlich seh ich ferne Lichter
nach dem langen Weg
und der Nebel wird nun dichter,
sie schimmern durch, die Lichter,
die Lichter,
immer mehr.

Ulrich Knobloch

Eine wahre Bestie

Ohne Schutz der Dunkelheit
zieht es in den Kampf bereit.
Ohne Skrupel, ohne Gnad',
kommt es ab von seinem Pfad.

Blutrünstig und voller Macht
ist zu schwer zu ziehn die Fracht.

Es liegen umher Leichen,
nun auch von Ihresgleichen.

Wenn das letzte Blut vergossen
und der letzte Mensch erschossen,
dann erst wird es Frieden geben
und vielleicht ein bessres Leben.

Silke Knochenmuß * 1986

paradiesisches intermezzo

und er reichte ihn ihr
und sie biss hinein
zuerst herzhaft
dann begierig
schließlich hemmungslos
ohne abzusetzen
dass es saftig hervorquoll
an ihr herabfloss
auf alles tropfte
was nackt war
bis sie
zum letzten mal zubiss
davon gab sie ihm
erregt und wild küssend
aber er wandte sich ab
taumelte
stürzte
bitter war der Apfelkern

Hanns D. Knoop

Mein Kind

Da liegst du vor mir,
rund, rosig und wohlgestaltet.
noch die Unendlichkeit im Blick

Mein Kind!

Du gehst ins Leben, in dein Leben
Es wird Kampf sein, Zweifel und Freude
du wirst Liebe finden, aber vielleicht auch
Haß
Geh stolz und aufrecht deinen Weg, allem
zum Trotz.

Du wirst oft einsam sein. sehr allein,

aber es wird dich stärker machen und
zufrieden.
Mögest du immer die Kraft haben
„Ja" zu deinem Leben und zu deinen Taten
zu sagen.
Das ist das Glück,
daß ich mir für dich wünsche.

Mein Kind.

Ursula Knopel

Trennung

Gewohnheiten gehen
der Schmerz verschwindet
Gewissheiten treten ein
Klarheit
Einsamkeit

Der Fernseher rauscht
essen ist grad nicht im Programm
schlafen zu anstrengend
leben undenkbar
denken vernichtend

Sehnsüchte klopfen an
ich öffne die Tür
öffne den Schmerz
Ihr Lächeln weht
hinter der Mauer der Vergangenheit

Das Leben klopft an
ich schließe die Tür
schließe mein Herz
Gewohnheiten kommen
der Schmerz bleibt

Tobias Knops * 1982

Vor Wintereinbruch

Ich kann mir nicht denken
daß sie in den Gräbern ausharren
bis der Winter sich anzeigt
und mit weißer frostiger Decke
alle Rastplätze überzieht
und vergessen macht.

Ich kann mir denken
eines Nachts heben sie sich auf
an aussichtsloser Stätte
und machen sich
– Zugvögeln gleich –
zielbewußt auf den langen Weg
in das Sonnenland.

Sei unbesorgt.
Ich denke sie kehren zurück
in deine sich wandelnde
warme Erinnerung.

Kurt Knorr * 1928

Spätes Glühen

Erst stockend...

Nach längst vergangnen Zeiten,
da Blühen mich erhellte,
bedroht mich graue Kälte –
wo kann ein Licht mich leiten?

Hör ich – trotz schlechter Karten –
am Ende neue Klänge?
Hilft Hoffnung aus der Enge?
Begegnung – soll ich warten?

Dann eilend...

Im Nebel Reif – ein Häher hoch im Baum,
und Blätter fallen auf die Asche,
darin – geheim noch – stille Glut,
gehütete Erwartung von Erfüllung.

Das frühe Grün wich reicher Farbigkeit,
reif sind die Früchte, jetzt ist ihre Zeit.
Das DU, das man am Jahresende findet,
ist reizend wie der Saft aus roten Trauben.

Walter Knoth

gleich

Der Hitler hat uns ausgeschickt,
zu kämpfen mit dem Feind.
Wo ist der Feind? Wer ist der Feind?
Es ist ein Mensch, es so mir scheint.
Als dieser Mensch mich dann erblickt,
was war ich ihm? Kein Mensch, der Feind!

Armin Köb * 1913

Mahlzeit

In einer Schule musst ich lernen,
wie man Leichenteile kocht.
Bist ein liebes Tier gewesen,
hätt dich lebendig auch gemocht.

Soll uns deine Leiche munden
brat ich dich streng nach Rezept,
das ich in einem Buch gefunden,
weil du so am besten schmeckst.

Oh, welch ein Duft wässert meinen Mund
beim Kochen.
Lebendig hast du nie so gut gerochen.

Jetzt auf deinem letzten Gang,
fängt jeder an dich lieb zu haben
hungrig erscheinen die Bestatter
um deine Leiche zu vergraben.

Monika Köbl * 1959

Die Plejaden

Als an einem Winterabend mein Vater,
von Freunden kommend, mit mir
heimwärts
ging,
blieb er stehen und wies zum Himmel:
„Sieh dort das Sternbild Stier, mein Kind,
links davon die sieben Sterne der Plejaden.
Für mich das schönste aller Sternenbilder,
weil Gott dort seine Wohnung haben soll."
Geborgen eine Hand in Vaters
Manteltasche,
betrachtete ich den Fleck am Firmament.
Zu Hause nahm ich gleich des Vaters
Fernglas
und fand sie wieder, jene Stelle.

Dann, mein Entzücken wurde grenzenlos,
zeigte mir das Glas die ganze Pracht.
Sieben Sterne, die sich zur Sieben fügen.
Die Verzauberung, sie ist geblieben.
Wann immer die Plejaden sichtbar sind,
betrachte ich sie vor dem Schlafengehn
und denke mir, daß Vater, der schon lange
tot,
dort oben ist, ganz nah bei Gott.

Christa Maria Koch * 1923

Alles hat seine Zeit

Zeiten der inneren Einkehr,
der Dankbarkeit
und des Einverstandenseins,
der Ruhe und des Friedens,
der Liebe und Zärtlichkeit,
des Gebens und Nehmens -
wechseln sich ab mit Zeiten
der Unruhe und Ratlosigkeit,
der Trauer und des Leids.

Alles hat seinen Rhythmus,
alles hat seine Zeit.
Auch Zeiten des Annehmens,
der Veränderung und der Reifwerdung
haben ihre Zeit.

Elke Koch

Schale um Schale

Gott, ich ahne meine Seele ist alt, ist weit,
wohl schon Hunderte Leben hab ich gelebt
in den vielen Epochen der endlosen Zeit,
und am Netz des Unsichtbaren mitgewebt.

Weiterweben werde ich noch einige Male,
geheimnisvolle Muster im vorbestimmten
Spiel.
So wächst mein Leben Schale um Schale,
nur weiß ich noch nicht um das
letztendliche Ziel.

Reinhard Koch * 1962

Lichtwege

Ich gebe mein ganzes Licht
seit jeher auf die Sonnenbank.
Früher brachte ich es selbst
in schimmernden Schüsseln.

Heute leiten es leuchtende Schnüre
durch ihr gewaltiges Lichtnetz
hinein in tiefe Speicherseen
unter weiten Wiesen.

Dort kann man das Blumenblühen
mit bloßem Auge sehen am Tag,
und nachts das Blumenglühen
unter blassen Sternen.

Doch beides wird schwächer:
Es heißt, Licht gehe verloren
in den hellen Netzmaschen
der betroffenen Sonnenbank.

Man munkelt von Männern
mit schwarzen Behältern
und von dunklen Kanälen
unter weiten Wiesen.

Wolfgang Koch * 1960

Zeit

zeit
erinnerungen
gestern und vergangenheit und heute
Ich und jetzt
hier und nun
und dann
zukunft...
?
werden und vergehen
leben und sterben
war, gewesen, ist vergangen
wird sein
strudel
gefühle
lieben/hassen
wäre würde hätte
werden wird sein
und dann
leere
licht?

Tanja Koczwara * 1971

Der Zeit voraus

Wenn die Zeit auch steht,
Sieh, wie schnell sie vergeht.
Augenblick und Ewigkeit,
Relativ ist uns're Zeit.

Jeder trägt die Eigenzeit,
Null und Unendlichkeit zugleich.
Hast du sie, die nie vergeht,
Unfassbar Ding ins Dasein strebt.

Schön sieht sie aus auf Zifferblättern,
Vergnüglich Sekunden weiterklettern.
Sommerzeit und Winterzeit,
Umstellung und Gleichmäßigkeit.

Das Zeitalter der Liebe
Vor und nach Christus bliebe.
Im Wandel der Zeiten
Ins nächste Jahrtausend wir schreiten.

Durch die Lichtgeschwindigkeit begrenzt,
Neu Theorie uns trefflich glänzt.
Nein, es gibt gar keine Zeit.
Nur parallel Änderung ist Gottes Geleit.

Holm Kohlmann * 1966

Mein Leben

Mein Leben gleicht dem Segelboot,
das auf dem Wasser gleitet.
Und das mir Freude oder Not
im Wellengang bereitet.

Wenn alle Winde stille stehn,
lass ich mich glücklich treiben.
Damit, wenn starke Stürme weh'n,
mir frische Kräfte bleiben.

Der Weg scheint weit, noch weiß ich nicht,
wohin wird er mich tragen?
Doch rückt das Ziel vor mein Gesicht,
so möchte ich gern sagen:

Schön war die Zeit, die mir geschenkt,
ich hab sehr viel gesehen.
Kann den, der alle Wege lenkt,
erfassen und verstehen.

Gabriele Kohlmeier * 1970

Labyrinth des Lebens

Auf der Suche nach dem Sinn des Lebens,
grübelnd über das Woher und Wohin,
über das Warum und Wozu,
zweifelnd an der Möglichkeit
und verzweifelnd an der Unmöglichkeit,

den wahren Weg zu finden,
verirre ich mich immer tiefer
im Labyrinth meiner Gedankengänge,
gefangen in der Ausweglosigkeit des Seins.

Andrea Kohn

Vampire

Wir fallen über euch her und saugen euer
Blut,
doch ignoriert ihr uns und seid nicht auf
der Hut.
Wir töten eure Kinder, oder schließen sie
uns an,
euch alle werden wir kriegen, bis auf den
letzten Mann.

Ihr sagt, es gibt uns nicht und wollt nicht
auf uns hören,
bloß sind wir schon dabei, eure Welt zu
zerstören.
So langsam wie der Schatten, besiegen wir
das Licht
und doch denkt ihr, Vampire gebe es nicht.

Macht uns doch ne Freude, last euch von
uns quälen,
zwischen Folter und Selbstmord, dürft ihr
Würmer wählen.
Dann graben sich unsere Zähne, in euer
süßes Fleisch,
in der dunklen Gasse, hört niemand euer
Gekreisch.

Das Blut benetzt die Lippen, die Gier, die
ist gestillt
und euer toter Körper, zuckt nur noch wie
wild.
In vierundzwanzig Stunden, ist es dann
soweit,
das Opfer auferstanden, der Untote bereit.

Katharina Köll * 1990

Liebe

Ich fühle dich in der Stille des Morgens –
wenn früh ihr Lied die Amsel singt –
deine Stimme mir noch leis' im Herzen
klingt –
wenn Blumen noch vom zarten Tau
benetzt –
kein Mensch durch leere Straßen hetzt –
wenn kühler Wind durch Blätter huscht –
Gras noch umhüllt ist von des weichen
Nebels Duft –
dann fühl' ich dich ganz nah bei mir –
wenn goldenes Sonnenlicht dich warm
berührt –
nur ein Gedanke, der dich führt –
„Ich fühle dich" –

Manfred P. Kollek

Der Zauber ist gebrochen

Der Tag ist angebrochen.

Wir rangen und machten's uns schwer
die ganze, lange Nacht.
Dann dämmert es uns sacht:
Es gibt unsre Liebe nicht mehr.

Den scheuen Vogel Treue
den hatten wir zerdrückt.
Der wilden Liebe Flamme,
die war darob erstickt.

Der Zauber ist gebrochen.

Renato Koller

Lebenstraum

Es war sein Traum,
am grossen Baum
ein Blatt zu sein.

Der Herbst zieht ein.
Es fällt ein Blatt
enttäuscht und matt.

Stephan König * 1945

Karinata

Oh, dieses Haar:
Feurig scheinend bis zum Hell,
steigend, windend – wunderbar,
allen Glanzes Quell!
Und dein Antlitz strahlt es wider,
Deiner Seele reines Gut ...
Zärtlich beuge ich mich nieder,
über deines Mundes Glut!

Wolfram König * 1923

Gefunden
(nach J. W. v. Goethe)

Ich ging am Fairway
So für mich hin,
Den Ball zu suchen,
Das war mein Sinn.

Im Rough, da sah ich
Es leuchten weiß,
Ein and'rer Ball war's,
Ja so ein Schrott.

Ich wollt' schon gehen,
Da sagt es leis:
Du kannst mich spielen,
My friend, be wise.

Na klar, so dacht' ich,
Das ist es doch.
Ich schlug ihn aufs Grün
Bis kurz vors Loch.
Ich lochte ihn ein,
Und eins war klar:
Für meinen Score, da
Notierte ich „Par".

Juri Königstein * 1952

Die griechische Schönheit

Das Meer fraß alles auf
Anker Segler Sonnenschirme meine Ehe…
es spreizte seine verschwitzten Arme und
es war eine griechische Schönheit verführt

braune Haare schaukelten auf dem Wasser
auf
Gemütern auf Eheringen…
der Überschuss an Sonnenlicht legte eine
Staubschicht auf ihre Haut ich
fasste sie an sie hieß Μου Αρέσεις glaubte
ich

sie fragte ob sie in meinen Fingern
schwimmen durfte aber
zuerst nahm ich ihre braunen Augen vom
Boden…
komm! sagte ich lass uns gehen! und
das Meer kam uns hinterher.

Alexander Kops * 1984

Auf einem fernen Mond
hört man davon,
was auf dieser Sonne
noch nicht ist ausgegoren.

Hört man von leisen Klagen,
gibt es den Unterton –
oder sind es weise Sagen,
im Schoße der Ahnen getragen?

Es gibt ein Gelübde
seit Tausenden von Jahren.

Sie streichen die Saite,
treffen kaum noch den Ton.

Regine Körber-Steuernthal * 1956

Neujahrstag in Kalifornien

Berge von Tang liegen an der See,
Die Wellen schlagen sie zu Schaum, wie
Schnee.
Ich höre Seehunde bellen
Und ewig rauschen die Wellen

Pelikane am Himmel fliegen,
Robben in der Sonne liegen.
Die Muscheln in meiner Tasche schellen,
und ewig rauschen die Wellen.

Wale in den Süden ziehen,
Möwen vor den Kindern fliehen.
Goldsand durch die Zehen quellen
Und ewig rauschen die Wellen.

Seeotter nach Beute tauchen,
Ihre Jungen sehr viel Futter brauchen.
Regenpfeiler flötend gellen
Und ewig rauschen die Wellen.

Heidrun Kordholste-Nikander * 1960

Die Stille

Die Stille –
Sie lässt mir Zeit, den Augenblick,
in dem sich unsere Blicke treffen, zu
genießen.

Die Stille –
Sie gibt uns Sicherheit und Geborgenheit.
Sie verleitet uns zu unaufhaltsamer und
ewigwaltender Liebe.

Die Stille –
sie ist hier und da,
in deinen Augen so unergründlich und klar.
Sie macht aus der Einsamkeit die
Zweisamkeit.
Sie lässt nachdenken über das,
was kommt und was ist.

Die Stille –
sie zeigt uns den Weg zur Liebe.
Jedoch gehen müssen wir ihn selbst.

Die Stille –
Die Stille –
Sie ist das Feuer, das in uns brennt.
Sie ist die Liebe, so wie man sie kennt.

Bastian Körtgen * 1986

Liebesbande

Ich habe Dich gefunden.
Du reichst mir Deine Hand
Durch den Nebel der Gefühle.
Du bist da!
Für mich.
Flatterhafte Leidenschaft
Für eine facettenreiche Zweisamkeit.
Ohne Worte.
Der Nebel lichtet sich –
Jedes Mal.
Ich brauche Dich – verzeih…
Gerne würde ich öfter mit Dir fliegen,
doch meine Flügel sind zu zart.
Großzügig kreist Deine Liebe
um mein Universum.
Sanfte Augen ruhen auf meiner Seele.
Danke,
für die Vertreibung der Dämonen.
Du hast mich gefunden.
Unsichtbar – ein rotes Band.

Silke Koscianski

Was mein Herz dir sagen will

Bei Tag und bei Nacht denk ich an dich.
Du ein Engel erschienen auf Erden.
Deine Augen, dein Mund, sie verzauberten
mich.
Alles würd ich tun um der Held deiner
Träume zu werden.

Du bist so zierlich, zart, zerbrechlich, einer
Elfe gleich.
Für immer und ewig strahlt deine
Schönheit.
Und wäre dein Herz mein, dann wäre ich
reich.
Ich liebe dich, Louise, bis in alle Ewigkeit.

Im Reich der Liebe haben auch wir unsern
Platz.
Rang und Stellung haben hier keine Macht.
Ich werd dich behüten wie einen Schatz.
Louise, du hast in mir ein Feuer entfacht.

Im Rausch der Gefühle befind ich mich
nun.
Dein Lächeln, es hält mich gefangen in
deinem Bann.
Ich bin hilflos. Was soll ich dagegen tun?
Nichts! Ich liebe dich, weil ich nicht anders
kann.

Eva Kossak * 1986

Das grosse Schweigen

Ich blick auf die Erde voll Steine und Leben
Und während der Tag in den Abend sich
neigt,
Da frag ich die Erde: Was soll all das
Streben?
Doch die Erde bleibt stumm, sie schweigt.

Ich sehe die Sterne, die funkelnden Welten,
Unendlicher Räume und Zeiten Gehalt.
Doch wem soll ihr stetiges Leuchten wohl
gelten?
Das Sternenlicht schweigt und ist kalt.

Ich fühle mein Herz voller Freuden und
Bangen.
Es schlägt und es sehnt sich nach Frieden
und Glück.
Mein Herz, sag was kann ich vom Leben
verlangen?
- Keine Antwort erhalt ich zurück ...

Ich denk an ein Mädchen, fühl's neben mir
stehen
Und ich frag es von Liebe und Sehnsucht
erfüllt:
Bist du nicht der Sinn, kannst das Ziel du
nicht sehen?
Doch ihr Schweigen die Antwort verhüllt.

Da lenk ich die Blicke zu Gott, voller
Sorgen,
Ich sehe ihn nicht, doch ich rufe: O Herr,
Mein Vater, wie ist jeder Sinn so verborgen!
- Wie Schöpfung, so schweiget auch er ...

Walter Kotrba

Wolkennasen

Wolkennasen grau in grau

stupsen Schornsteine

um bald darauf

kleine Schneebälle zu niesen

der Wind prustet

und pfeift ein Lied

vom kommenden Frühling

und die Krokusse

richten ihre farbenfrohen Köpfe

noch einmal zu einem

kurzen Schlaf.

Ingrid Kottig-Busche * 1953

Gedachter Irrtum

Ich habe gedacht
Ich sei etwas Besonderes

Ich habe gedacht
Ich hätte eine besondere Aufgabe

Ich bin nur ein Mensch
Unter vielen anderen Menschen

Ich bin nichts Besonderes
Ich habe keine besonderen Aufgaben

Ich bin nur ein Mensch
Unter vielen anderen Menschen

Gemeinsam oder einsam
Ein Mensch

Rositta Kraemer * 1954

Orgastisch

Der Mohn des Vergessens wird leuchten in
zauberhaften Stunden,
jeder Gedanke in einem Meer des Rauschs
versinken,
Allgewalt töricht hoffnungsvoller
Gegenwart.

Bernadette Kral * 1948

Freude

Wenn ich mich freue,
dann tanzt die Sonne.

Sie tanzt
auf den Dächern,
sie tanzt in den Zweigen der Bäume,
sie tanzt in den Blumenkelchen,
sie tanzt über den Wiesen und Feldern,
sie tanzt sogar in der Finsternis,
in der Betrübnis und Angst,
in der Sorge und in der Mühsal meines
Lebens.

Sie tanzt,
dass sich ihre Sonnenstrahlen überschlagen,
und sich wieder finden in ihrem
auseinander perlendem Strahlenkranz.
Sie tanzt sich in mein Herz,
dass es schneller pocht,
dass es sich leidenschaftlich erwärmt
und vor Glück fast zerspringt.

Wenn ich mich freue,
dann ist es Freude!

Anneliese Kranzberger * 1961

Abgenabelt

Abgenabelt von der Liebe für mehr als ein
Viertel Jahundert.
Sechsundzwanzig Jahre Zerstreuung und
Ablenkung.
Eiskalte Herzen
verursachten seelische Schmerzen.
Verschmälerte Freiheit,
getrieben von Bosheit
verwegener Gehirne.
Zarte Manie bleicher Kinderhand,
sich zart entgegenstreckend dunklen
Augen,
erstickt unter einem falschen Liebesband.
Falsches Liebesband, falsches Liebesband!
In Verzweiflung fällt in diesem Wort die
Liebe weg und es bleibt das schwarze
-Band-.
Gebunden um das Genick,
befreite es – in Gedanken nur und wie ein
Strick
ein zartes, junges Herz.
Getötet fällt es in das schwarze Loch, das
sich verständnisvolle Welt nennt,

aber doch niemand dessen Wesen wirklich kennt.
Entweder fängt es dieses mal die wahre Liebe auf
– oder es schlägt – in einem letzten Schrei auf hartem Boden,
für immer auf.

Roland Krasnodebski

Die Liebe ist eine Himmelsmacht

Die Liebe ist eine Himmelsmacht,
in jeder sternenklaren Nacht
wird sie von den Engeln bewacht
und wahrlich Liebende werden von ihnen mit roten Rosen bedacht.
Rote Rosen, die für immer blühen.
Ein Herz und eine Seele, die für immer glühen.

Christine Kratzer * 1966

Die Krankheit

Der Zug fuhr los,
mit ihm die Vergangenheit,
mein großes Los,
meine leeren Gedanken,
meine ganzen Sorgen,
meine Wörter,
all meine dicken Ordner,
die ausgedachtesten Sprüche,
kaputt ist unsere gemeinsame Brücke.
Was mir nur noch übrig blieb,
war diese Krankheit:
„Die Krankheit der verzweiten Liebe!!"

Debby Krause * 1989

Gnade

Erfüllest meiner Seele Körper
Erweiterst Luft, erweiterst Raum
Lässt in mich wachsen Deine Äste
Gleich einem Liebe tragenden Baum.

Verhüllst das Tageslicht in Gnade
Wenn es nach blut'gem Untergang
Still schweigend geht in Deine Hände
Mit sternbenetztem Nachtumhang.

Dein Alles wird mich immer tragen
Auch dort, wo Leid und Kummer sind
Für Dich erfind' ich keinen Namen
Bist Sonne, Regen, Mond und Wind.

Bist in der Einheit Schmerz und Heilung
Damit ich wie Du sehen kann
In Liebe lieg' ich Dir zu Füßen
Vertrau' mich Deiner Güte an.

Margit Krause * 1980

So pflanzte ich den Busch am rechten Ort,
behutsam, in des Gartens sonnigem Bereich,
Ausreichend Raum, sich auszubreiten und zugleich
am Haus, in Fensternähe, um von dort

die roten Früchte jederzeit zu sehn.
Mich zu erfreuen an den Schätzen der Natur,
die mir, im Sonnenschimmer glänzend wie Purpur,
höchsten Genuss versprachen, doch indem,

sie reiften lockten sie die Vögel an,
die eifrig ernteten und zankten in der Frühe,
bevor ich morgens in den Garten kam.

Ich habe mich entschlossen, zuzusehen,
mich zu erfreuen an dem frühen Tanz der Mühe,
ich konnte schließlich auch zu Markte gehn.

Werner Krause

In der Nacht

Meine Gedanken
wanken und schwanken
hin und her,
ich kann nicht mehr!

Sie sind nicht still
wenn ich es will,
meine Gedanken
in der Nacht.

Wiebke Krause * 1939

Heimatlos

Ich sitze hier und grübele nach,
denk ich dran, mir wird ganz schwach,
mein Kopf ist leer, ein Hohlraum mehr,
die Gedanken stürzen in mich ein,
sinken auf und nieder in mir,
Weiß nicht ein noch aus,
fasse keinen klaren Gedanken,
möchte fliehen, weiß nicht wohin,
rastlos, ruhelos, heimatlos.
Schwer im Herzen,
möchte raus aus dem Käfig, aus dem Leben
hier,
hält mich gefangen mehr in mir,
hoff, ich zerbreche nicht an dem,
verstehen kann es keiner, ich habe zu
gehen,
gehen von diesem Ort, der mir keine
Heimat mehr bot.

Beatrice Krawatzek * 1970

Meine Seele kannst nicht sehen

Meine Seele kannst nicht sehen,
schwarz verborgen und verloren,
jedoch nicht ohne Hoffnung lebt sie,
sie kämpft und lebt,
sie zehrt und liebt,
liebt die Kunst und die Malerei,
bekommt Kraft aus Färberei,
aus Buchstaben, aus dem Schönen der
Welt,
ich kämpfe nicht gegen mein Schicksal,
ich gehe den Weg,
der bestimmt mir zu sein,
voll Leid, Qual, Tränen,
nur es wird geben eine andere Zeit,
daran glaub ich dafür kämpfe ich,
dafür lebe ich.
Wärme Spüre in mir,
Kraft ist der Quell der nie Versiegt,
der Glauben an das Gute,
ist das was zählt.

Ina Krawatzek * 1970

Spätherbst

Nun ist der Reif gefallen
am kühlen Wiesengrund,
und weiße Nebel wallen
in Waldes stiller Rund.

Und in dem Netz der Spinne
der Tau erstarrt zu Eis,
es zittern mir die Sinne:
Bald fällt der Schnee so weiß!

Das Laub entfliegt dem Baume,
der Herbstwind trägt es fort,
nichts, das es hält im Zaume,
es decket jeden Ort.

Und lang sind nun die Nächte,
wie kalt und feindlich auch,
wie geisterhafte Mächte
steigt himmelwärts der Rauch.

Wie kahl sind schon die Bäume,
die fröstelnd uns umstehn,
der Mensch wiegt sich in Träume –
der Sommer war so schön!

Kai Kraze * 1977

Für Randolf

Viel Wärme liegt in Deinen
wunderschönen, blauen Augen.
Du spaltest Dich in zwei Hälften auf.
Dein Sexualtrieb läßt Dich ein ruheloses
Leben führen.
Doch Dein Herz sehnt sich nach echter
Liebe.

Deine Seele ist zart wie Seide.
Du hast mir vertraut, wie sich nur Liebende
vertrauen.
Bei mir fandest Du eine innere Ruhe.
Das hat Dich tief erfüllt.

Und Du sahst: Die Liebe spricht eine
Sprache,
die nur der versteht, der die Liebe auch
fühlen kann.
Du konntest sie fühlen, genau wie ich.

Bewahre eines im Herzen:
Ein Erlebnis ist vergänglich, auch,
wenn es noch so schön ist.
Doch die Erinnerung bleibt.
Sie, nur sie allein, kann die Vergangenheit
noch einmal in die Gegenwart zurückholen.

Ute Kreibich * 1970

Sommernacht

Es legt der Tag zur Ruhe, sonnensatt
am Horizont, sich in sein Wolkenbett,
Der kühle Abend streicht die Kissen glatt,
die golden leuchten, rot und violett.

Nun wirft, wie eine Zauberin, die Nacht
den Sternenmantel über uns're Welt,
der wie aus dunkelblauen Samt gemacht,
von ihren Schultern sanft herniederfällt.

Sie hält ein großes Buch in ihren Händen,
in dem die seltsamsten Geschichten stehen.
Der Nachtwind kommt, die Seiten
umzuwenden
und sie als Träume zu uns herzuwehen.

Durch off'ne Fenster streicht er leise, und
alle die da schlafen – träumen. Sie geh'n
auf eine Abenteuerreise und
brechen auf zu unbekannten Räumen.

Christel Krepke

Was ist Liebe?

Das Gefühl der Verbundenheit,
Das Wissen um die Verletzlichkeit,
Der Mut zu sprechen
Und zu schweigen.
Niemals das Versprechen zu brechen
Und den Willen zu neigen.
Die Verbindung aufrecht zu erhalten.
Das Niederreißen von Mauern,
Hinter denen die Geister kauern,
Erbaut, um fernzuhalten,
Um nicht verletzt zu werden,
Aber auch nie geschätzt zu werden.
Doch zuletzt ist die Liebe da,
Um gegenseitigen Halt zu geben,
Der nötig für den Menschen war,
Um einzig und allein die Kraft zu geben,
Das Leben,
Das ihm ward gegeben,
Ewig weiterzuleben,
Um die Liebe weiterzugeben.

Markus Kreppel * 1983

Liebe

Gestrandet an zarter Brust,
der Drang hinfort zu eilen,
weicht nun zögernd der Lust,
bei ihr auf ewig zu verweilen.

Bedarf es harter Wort',
den Wunsch hiernach zu klär'n,
festzuhalten diesen Ort,
der sonst doch schien so fern.

Nenn' es einfach Liebe,
des Herren höchste Gunst,
des Lebens holde Triebe,
was mag es sein auch sonst.

Doch Worte sind zu schwach,
zu sagen, was ich mein',
ihre Bedeutung zeigt sich einfach,
sie werden nie vollkommen sein.

Ulf Kreth

Trotzdem

Ungefragt ins Leben geworfen
beginnt der Aufwand,
dieses zu erhalten.
Ein stetig Kampf,
Angst, Mangel, Not und Geschrei
bis in alle Ewigkeit
für flüchtige Momente des Ertrages.
Ein Geschäft,
für das man zahlt
ein Leben lang,
einander bekämpfend
bis zum Tode,
für das Leben,
um es dann doch
mit Notwendigkeit zu verlieren.
Je größer das Bemühen
desto absurder das Sein – und dennoch
verschließe dich nicht
dem Trotzdem
deines Mitgefühls.

Stefan Kriegisch * 1953

Farbenfroh

Manchmal leuchtest du wie das Rot
einer untergehenden Sonne am
Abendhimmel.
Ein anderes Mal muss man genau hinsehen,
um dich überhaupt wahrzunehmen,
wie ein wässriges Himmelblau,
im Wechselspiel von Sonne und Wolken.
Manchmal ist deine äußere Erscheinung
sogar wechselhaft,
wie ein Chamäleon,
das seine Umgebung zu täuschen versucht.
Dann wiederum scheinst du von allen
Farben etwas auszustrahlen,
wie ein Puzzle, das zusammengesetzt
werden will,
damit es Sinn macht.
Oft aber hältst du die schönsten Farben
gleichzeitig bereit
und lässt die bunte Vielfalt an
Farbenpracht erkennen,
die jeden verzaubern kann.

Marlen Krings * 1957

Auf der Suche nach Leben

Grauer Himmel, platzender Regen,
Gähnende Leere, Pfützen auf den Wegen,
Ausgestorbene Dörfer, einsames Herz,
Regentropfen am Fenster, stiller Schmerz.

Dunkle Häuser, nirgendwo ein Licht,
Eisige Kälte, Nebel versperrt die Sicht,
Düstere Landschaft, Knistern im Feld,
Unheimliche Figuren, trüb triste Welt.

Zerrissenes Leben, stürmische Winde,
Geplatzte Träume, vom Sturm gepeitschte
Linde.
Auf der Suche nach Leben, nie gefunden,
All die einsamen Tage, nie überwunden.

Diana Krippl * 1990

Meine Geister

All meine lieben Geister um mich herum,
ach könntet ihr mir doch helfen,
ich glaube manchmal zu fühlen, wie die
Welt
über mir zusammen fällt
und frage mich,
warum das Leben mich,
ja gerade MICH so auf die Probe stellt?
All meine lieben Toten,
als wäre euer Verlust nicht schon genug!
Ich könnte so oft euren Rat gebrauchen,
aber ich stehe alleine da.
Bitte helft mir auch, wenn's leider ohne
euch sein muss,
ein kleines Stück vom Glück zu finden
damit ihr's aus der Nähe und der Ferne
auf unsichtbare Weise mit mir teilen
könnt.
Ihr fehlt mir so ...

Ragna Krippner * 1971

Hoffnung

Ich gehe durch Wälder, über Brücken und
Auen,
fühl mich hilflos, kann ihm nicht mehr
vertrauen.
Ich stelle die Fragen jeden Tag und jede
Nacht,
wie soll ich es ertragen, wer hat das
Unglück gebracht?

Wir gingen gemeinsam über Berge, Felder
und durch Täler,
in jedem Jahr und der Steg wurde
schmäler.
Wir hörten die Brandung und spürten den
Sturm auf der Haut,
ohne Gefühle hatten wir uns alle Chancen
verbaut.

Ich bin verbittert, einsam und verletzt,
Sehnsüchte, Ziele und die Hoffnung zu
hoch angesetzt.
Ich sehe die Schuld, liegt sie bei ihm oder
bei mir,
in den Augen die Tränen verschleiern die
Worte auf dem Papier.

Wir können kämpfen für uns und alle Zeit,
schau auf in sein Gesicht und sehe, er ist
bereit.
Wir werden gehen durch Wälder, über
Brücken und Auen,
mit dem liebsten Menschen, warum alles
Glück verbauen?

Kerstin Kröber * 1962

Sonnenuntergang im Herbst

Warmes Blut – Rot der Sonne versteckt
sich
hinter der blauen Kälte von Wolken.
Schützendes Antlitz des Himmels verdeckt
grau-düst're Schleier von Schatten
schaukeln.
Mein lebenswichtiges Licht verstoßen
Tränen der Einsamkeit werden vergossen.
Du schenkende Wärme bist nun verflossen.
Nacht, die Galle, das Dunkle will
herrschen.
Jetzt, da das letzte Licht ist erloschen,
die Glut des Zyklus ist verglommen,
Sonnen der Nacht will ich erforschen,
ihr seid die Heimat – zu euch will ich
kommen!

Benjamin Kröger

Nirgends

Meine unabgeforderte Liebe
Schweift suchend umher
Wie der Wüstenwind
Der die Dornen umwirbt
Und keinen Halt findet

Nirgends

Rosemarie Krohn

Flockentanz

Dicke Schneeflocken
wirbeln hernieder.
Sie tanzen
in wildem Rhythmus
auf die frostige Erde.
Das klare Auge blickt
durch einen Vorhang
aus dünner weißer Seide.-

Hans Kroliczak * 1936

Es ist noch Sommer
noch folge ich
der feuerroten Spur
der Krebse
seitwärts –
der Wärme entlang

Waltraud Kromann * 1949

Für L.

Leb wohl, Engel des Himmels!
Du – du erfüllst alle Sinne, alle
Empfindungen!
Ich weiß nicht ob es Tag, noch ob es Nacht
ist –
Die ganze Welt verliert sich um mich her.
Es ist, als ob sich meine Seele in ihrem
ganzen Wesen umkehrte,
Mein Herz den geplagten Sinnen durch
heftige Schläge
Ausdruck zu verleihen sucht und ihre
Verwirrung nur vermehrt.
Mein Herz berührende Gefühle umarmen
und küssen meine Seele.
Ach! Ein einziger Augenblick! Wenn ich
mich so sehr in Träume verliere ...
Höre ich nichts, sehe nichts, fühle ich
nichts als dich! Wenn –
Ein himmlischer Atem meine Haut wie ein
Hauch,
Wie eine Ahnung glühender Genüsse
berührt.
Warum kann ich nicht mit tausend Küssen
antworten,
Da ich mich in die Fülle des Unendlichen
zu verlieren sehne?
Ströme von Tränen brechen aus meinem
Herzen.
Erstarrt, bin ich am Rande des Abgrunds,
Sehe nur ein auf ewig verschlingendes
Monster!
Ach! Mit geöffneten Armen atme ich
hinab!
Ich fliege dir entgegen und fasse dich und
bleibe mit dir
Im Angesicht des Unendlichen in einer
ewigen Umarmung!

Cora Krömer * 1987

Die Nomaden des dritten Jahrtausends

Wie einst unsre Ahnen vor langer Zeit
suchen wir als Nomaden das Lebensglück,
ziehn Beute suchend durchs Land wieder
heut'.
Unsre Jagd nach dem Job erlaubt kein
Zurück.

Wir folgen der Fährte, die Arbeit
verspricht,
entwurzelt, dem Sturm überlassen,
denn Heimat und Wärme zählen heut'
nicht!
man zwingt uns, sie zu verlassen!

Wie einen Fisch in tosender Flut
reißt der Sog uns hinaus in die Weiten,
gibt preis uns der wilden Wogen Wut.
Wir sind Treibgut für ewige Zeiten.

Wo bleiben Familie und Sicherheit?
Wer wärmt unsre frierenden Seelen?
Verlier'n wir uns in der Hektik der Zeit,
wo Schmerz und Gefühl nicht mehr zählen?

Der Seelen Klage verliert sich im All,
ungehört von den irdischen Wesen.
Zurück bleibt ein Wunsch: Der Mensch
mög' einmal
von der tödlichen Unrast genesen.

Heidi Krüger * 1954

Isolation

Ich stehe hier, allein auf weiter flur:
verletzt, entblößt, entstellt.
kein hauch, kein ton dringt mehr zu Mir.
ein Ich gegen die Welt.

soll Ich stehen? soll Ich schweigen?
soll Ich aufhören zu sein?
soll ich zu den Andren sagen:
„komm, beendet meine pein!"

verletzt, entblößt, entstellt:
ein Ich gegen die Welt.

wenn Sie auch kämpfen, wenn Sie auch
ringen:
Ich bin und bleibe hier.
sollen Sie drohen mit roher Gewalt:
aus Mir wird niemals ein Wir.

Sophie Krüger * 1986

Drachensteigen

Heut weht der Wind über
das Stoppelfeld,
sofort wird sich mit dem Drachen
in Windrichtung gestellt.
Mein Drachen steigt hoch,
der Sonne entgegen.
Lustig sieht man ihn sich im
Winde bewegen.
Wie gern wäre ich der Drachen
dort oben,
von sanftem Wind in die Höhe
gehoben.
Frei wie ein Vogel, doch gib
acht,
ich hab etwas Wichtiges
nicht bedacht.
Ich hänge ja am Seil
und mit viel Geschick,
zieht man mich ganz schnell
zur Erde zurück.

Thea Küch * 1942

Epilog

Wie Faust wollt' ich die Welt erkunden,
in der es soviel Rätsel gibt;
zum Glück hab' ich herausgefunden,
dass Gott mich wie ein Vater liebt.

Die Gunst war Quelle meines Lebens,
die Orientierung mir souffliert;
ein Irrweg selbst ist nicht vergebens,
weil neue Einsicht er gebiert.

Wenn ernst ich meine Bahn betrachte,
spür' Demut ich und Dankbarkeit;
ob ich mehr weinte oder lachte –
Gefühle sind der Schatz der Zeit.

Mit diesem Reichtum werd' ich sterben,
geführt von meines Lotsen Hand,
und eine Seligkeit erwerben,
die niemals ich auf Erden fand.

Erlöst, befreit von Daseinszwängen,
die mir zum Reifen auferlegt,
ehrpreise ich in Hochgesängen
die Majestät, die's All bewegt.

Rolf Küchler * 1934

Du weißt das alles sicherlich

Es macht mich stärker, wenn du dich
abwendest
Meine Seele lacht, weil sie weiß, was du
versäumst
Dein Pech, deine Entscheidung, wie du's
beendest
Ist egal, solange du mein Herz nicht
verträumst

Den angestammten Platz hat es inne, seit
ich denken kann,
Täglich knüpft sich neuer Mist, im
Schafsgewand, dort an
Eine Zentrale, zum Schalten, zum Regeln
und zum Verwalten
Fügt das Licht in Konturen, Schatten und
Gestalten

So ein verdammt, verfluchter Ort der
Fantasie
Wo Worte schlagen Kerben, in Eis und
Lethargie
Wo Feuer brennen und ersticken den
keimend Spross
Der zu rasant in Richtung Himmel schoss

Lachen und weinen ist für dich im großen
Ganzen
Tanzen mit Flöhen und Versteckspiel mit
Wanzen
Ein kleiner Lauf, im Riesenkreis
Und dann doch wieder derselbe Scheiß

Was bist du und was scheint dein Wert zu
sein?
Du kannst dich von den eigenen Ketten
nicht befrei'n
So lach' ich dich aus, es ist drauf geschissen
Schluss mit Mitleid, Moral, Anstand und
Gewissen

Thomas Kufner * 1986

Die Gedanken sind frei

Wenn verstaubte Gehirne
im Gleichschritt marschieren
dann weht keine Luft mehr
frei über das Land
wenn der Lärm ihrer Schritte
den Boden erschüttert
dann prallt jedes Aber
gleich gegen die Wand
wo sie gehn, wächst kein Gras
mehr unter ihren Sohlen
und das Donnern ihrer Schritte
hat den Gleichtakt befohlen
doch gleichwohl wie die Vögel
sich in die Lüfte erheben
um dorthin zu fliegen
wo noch Blumenwiesen steh'n
steht es jedem Gedanken frei
sich aus der Masse zu begeben
und seiner Eingebung folgend
den eignen Weg zu gehn

Kerstin Kugel * 1975

Jemand forscht schon geraume Zeit
herum in der Vergangenheit;
erinnert sich, wenn auch nicht klar,
wie es in seiner Jugend war
und kommt zum Schluß: so schön wie er,
so hat es heute keiner mehr.
Sein Leben war an Freuden voll,
nicht immer friedlich, ohne Groll.
Auch wenn es manches noch nicht gab:
das alles ging ihm gar nicht ab.
Er hat schon damals viel erreicht
und wenn er es mit heut' vergleicht? –
Lehnt sich zurück in seine Kissen
und möchte diese Zeit nicht missen.
Was nützen Autos und TV?

Sie machen beide viel Radau.
Computerspiele, Gameboy, Chips
erfordern zwar Geduld und Grips,
sind sicherlich auch nicht verkehrt –
nur: wahre Freundschaft ist mehr wert.

Peter Kugler * 1928

Hommage an Perry Rhodan

Er war Phaeton, der Lichtbringer.

Aus den tiefsten Tiefen des leeren Raums
über die entlegendsten Sternensysteme
berührte er den Urgrund des schöpferischen
Tuns
und
hinterließ einen unendlichen Wirbel.

Er war Raumfahrer, der Weltenflieger.

Durch die höchsten Höhen des leuchtenden
Alls
aus den weitesten Sonnenwelten
holte er den Anfang des wachsenden
Geistes
und
erzeugte einen ungewöhnlichen Schub.

Er wurde Teiresias, der Seher.

Er beseelte das Sein des explodierenden
Lichts
in den dichtesten Sternhaufen
löste er die Schwerkraft des kollidierenden
Scheins
und
schrieb den Anfang der Welt.

Hermann Kuhl * 1956

Altweibersommer

Was webt und schwebt so lautlossacht
durch warmer Nächte Dunkel?
Was schmückt sein Filigrangespinst
mit Morgentaugefunkel?
Was hängt in Busch und Koppelzaun
und auch in meinem Haar?
Altweibersommerfädenpracht
reiht leise Jahr an Jahr.

Barbara Kühl

Das Schlüsselbund

Du öffnest mir Räume –
Wo führst du mich hin?
Welche Zimmer darf ich betreten,
Welche Türen hinter mir schließen?

Denn es gibt kein Zurück.
Wohin ent-führst du mich?
Wohin…?

Christine Kuhlmann

Mein Traumgarten

Abgeschieden
sollte er sein,
versperrt allezeit,
niemandem zugänglich,
der Garten für mein Ich
– mein romantisches Ich-Paradies.

Faßte Pläne,
schuf Modelle,
verwarf,
erdachte neu
in immerwährender,
uferloser Phantasie.

Ließ Bäume wachsen
zu unüberwindlichen Mauern,
Heckenwälle wuchern
als sicheren Schutz
und hielt doch ringsum
viele Tore offen.

Günter Kühn * 1933

Kreatur Mensch

Du spürst die Triebkraft,
als müsste eine Entscheidung fallen,
und suchst den Kern,
Unwürdiges soll gänzlich verhallen.
Nachsinnend Gedanken auf das
Wesentliche lenken,
die Substanz guter Arbeit ist nicht zu
verschenken.

Wenn inneres Feuer erglüht und
Flammen dich von außen umdrängen,
wage den Neuanfang, nicht warten ist
hilfreich
und löst aus Missständen und Zwängen.
kein Zaudern, Einsicht und Erkenntnis
helfen weiter,
gib dir den Ruck für das Neue, und
spring, spring doch, es schwebt,
der Schutzengel, auch ein Zweiter.

Leben ist Herausforderung an Machbares,
nicht Verdruss nach Rückschlägen.
stelle Altes und Neues stets wieder auf den
Prüfstand,
leichter – schneller Erfolg kann schädlich
sein.
Glück ist flüchtig, oder
in unerreichbare Ferne gerückt, und
kann an Unzulänglichkeit scheitern.
Erfüllung und Fortune sind dem nahe,
der sich selber formt.

Hermann Kühne

Er – Neu(t)e Wege

Spuren im Sand unseres Lebens -
verwischt der Wind
mit jedem Atemzug
- und nichts erinnert mehr
an die Schritte von gestern;
unberührt liegt die Zeit
vor unseren Füßen.

Josephine Kühner * 1956

Augen-Blick

Optisch teuer bebrillt
ein Mensch den Durchblick erhält
oft ist umrahmt das gute Stück
mit Horn, Metall und Faden.

Egal ob kurz- oder weitsichtig
gleich welche Dioptrien
für Junge und für Alte
zum Lesen, Schreiben, Sonnen.

Keine Brille kann erfassen
der Seele tiefen Sinn
auch eine rosarote nicht
was zählt verweilt im Augen-Blick.

Gisela Kühnhöfer

Rolltreppe

Gedanken
Kurz
Unbeaufsichtigt
Hinein geraten

Erst der Mantel
Dann die Hose
Jetzt das Bein

Metall
Quetscht Fleisch
Schlägt Knochen
Malmt Gedanken

Hinab
In den Untergrund

Sabine Kuhn-Zaidenstadt

Da, wo der Narr tobt ohne Kappe,
steht man verwundert vor seiner Attrappe;
manchmal ist es nur graus'ger Schein –
eigentlich möchte manch Narr ganz anders
sein.

Doch ist Mensch erst mal über vierzig,
dann findet Narr das Leben würzig
nur in Ironie und Eulenspiegelei –
Beifall erheischend bis in die letzte
Narretei.

Endlich wird der Narr sein über siebzig
und findet nicht mehr alles immer witzig;
steht Narr dann vor seines Lebens Scherben
so bleibt auch ihm am Ende doch nur eins:
sterben.

Doch bimmelt auch im Tode noch das
Narrenglöckchen,
und flirtet Narr im letzten Zuge noch mit
jedem Röckchen,
übertönt gar sein Gelächter noch des
Pfarrers Salberei,
und lässt er noch im Tode jede Spur von
Heuchelei,

dann tropfen Hohn und Satire,
Sarkasmus und Witz
weihend in die Kirchhofserde, durch
der Särge kleinste Ritz';
und plötzlich steht in der Luft der
Toten tolles Gelächter –
ach, dränge es doch ein auch in die
Leiber lebender Geschlechter!

Michael Kujawsky * 1954

Abendgruß

Euer Vater, dem Ihr zu gleichen glaubt,
dem Allwesenden
Kein Name soll das Namenlose begrenzen
Kein Reich und kein Wille beherrschen
Die immerwährende Wandlung -
Unsere nicht, die wir Raum und Zeit
erleben,
Noch jener, denen alles nur jetzt ist und
hier.
Unser sei ein Teil am Ganzen
Ohne Bitten und eigenes Tun.
Nicht Schuld noch Verdienst sind uns
gegeben
Aber die Kraft und die Herrlichkeit!
So sei der Mensch ohne jede Berechnung:
„Edel und hilfreich und gut"
Aus Gewohnheit oder Gesetz -
Alles ist gleich.

Eberhard Kulenkampff * 1927

Besuch in Berlin

Vor der Wende, nach der Wende,
Wende ohne Ende?

Berlin zweitausendundvier
Was bedeutet das mir?

Kunstausstellung „Moma",
mit Picasso, Renoir, Gaugin und Van Gogh
und was noch?

Reichstagskuppel, Fernsehturm,
Kunstmuseum, Schlangestehn,
ohne dies gibt's nichts zu sehn.

Fotos mit dem Leierkastenmann
unterm Brandenburgertor.
Seine Musik holt längst vergangene Zeiten
hervor.

Englische Botschaft – abgesperrtes Revier –
Angst vor Terror?

Arm in Arm spazieren wir vier,
unter den Linden,
in der Hoffnung, auch in Zukunft
Hass und Terror zu überwinden.

Hildegard Kulik * 1956

Frühling

Des Windes leises Raunen,
buntes Blütenblattbestaunen.
Das erste Sonnenstrahlenfangen,
und auch das Regenwetterbangen.

Des Himmels lichtes, zartes Blau,
der erste Vogelnesterbau,
leises Vogellied im jung begrünten Baum,
auf dem Beet ein bunter Blütentraum.

Neues Leben aus dem Boden bricht,
Alles und Jedes will ans Sonnenlicht.
Ein Herz in Lieb dir zugewandt,
zartes Sehnen über dem Land.

Ein süßer, wunderbarer Duft
durchweht die erste warme Luft.
Ein herrlich bunter Blumenstrauß,
all das macht den Frühling aus.

Johanna Kullmann

Dort wo Schlangen

kaltes Blut erwärmen

möcht ich liegen bei Dir

bis Nacht sich senkt

Gehst Geliebter Du

bleibt steinern Trost

Edith Kummer * 1960

Eden

Es gibt den Mythos einer Zeit,
als alles noch ganz anders war,
denn alles war von sich befreit
und darum licht und wunderbar.

Die Liebe stand stets im Zenit,
die Bäume blühten unentwegt
und jedes Wesen sang sein Lied
und war von Harmonie bewegt.

Es gibt den Mythos dieser Zeit,
doch Eden scheint Vergangenheit.
Gestrüpp hat es nun zugedeckt
und viele Bäume sind verdorrt,
denn der Zenit liegt fast versteckt,
und Liebe ist nur mehr ein Wort.

Hier wird der Mensch hineingeboren,
sieht diese Welt dort draußen
und glaubt, er ist in ihr verloren,
doch dies erscheint nur so von außen.

Denn tief im Innern eines jeden,
blüht nach wie vor der Garten Eden ...

Friedrich Kunerth * 1965

Deutschland

Erst gestern kamen deine Väter
von den Schlachtfeldern heim
schickst du heute deren Söhne
hinaus, dann kannst du Deutschland
mein Deutschland nicht sein.

Max Künl

Über den Sternen

Über den Sternen sind wir geboren.
Zu den Sternen spähen wir hin.
Unter den Sternen leben wir.
Oh Herr im Himmel komme zu uns.
Und fühle Dich geborgen.
Komm zu uns sei unser Gast lebenslang.
Das auch Du Dich geborgen fühlen kannst.
Rufe uns im Sommer, Herbst und Winter.
dass im Frühjahr verschiedene
Vogelgesangsstimmen in weisen
Sinfonien im Einklang mit der Natur es
wieder Frühjahr werden kann.
Dass niemand dürste und Hunger leiden
muss.
Oh Herr stehe uns bitte bei,
dass die Vogelgesangsstimmen immer
bleiben.
Dass auch Du mit uns eins sein kannst.

Im finsteren Walde, hat die
Vogelgesangsstimme keine
Bekleitung.
O Herr, steh' und bei,
da auch Du für uns eins sein wolltest.

Renate Kuntz

Was hast du für eine Meinung dazu?

Meinung
- das größte Vorurteil unserer Zeit.

Diktatur ist Vergangenheit.

Die Knebel alter Tage sind gelöst.
Nun herrschen Diskussionen
im Krieg des Individualismus'.
Wer keine Meinung hat,
wird herabgesetzt und sozial erhängt.
So erobert jeder eine Meinung
beim anderen
oder auf der Vorurteilsfront
(doch selten durch eigenes Nachdenken).
Und wem nun im heißen Gefecht
die Munition ausgeht,
verblutet innerlich.

Diktatur ist Vergangenheit?

R. Aaron Kunze

Sagen,
was noch keiner sagte.
Singen,
was noch keiner sang.
Doch weder Worte noch Töne
gehorchen.
Ohnmächtig Fülle!
Berstendes.
Stumm
vor Unsäglichem.
Lautloser
Spährenklang.
Schweigen.
Dröhnendes allumgreifendes
Geheimnis -.

Irene Kupfer

Störungsversuch

Abstand, seit heute;
und auch sonst ist inzwischen vieles
einfacher geworden.

Neben dem Protest,
langfristiger Erfolg,
als natürliche Gewinnzone,
darauf ausgerichtet, Räume auszugrenzen,
und alles aufgeben, was tatsächlich als
Krankheit empfunden wird.

An der Grenze zwischen Unschuld und
Imageverlust,
bleibt die Notwendigkeit,
von der Regel Gebrauch zu machen.

Nachfolgend, der Isolierung und des
Wahnsinns,
bleibt als letztes Bild,
Missachtung.

Stephanie Küpper * 1968

Der Wind

Leise der Wind singt ein Lied,
zärtlich er die Ähren wiegt.
Streichelt die Natur im Sonnenlicht,
sanft er mit den Blumen spricht.

Kommt der Wind im Sauseschritt,
nimmt dürre Sträucher und Blätter mit.
Wie ein fauchendes Ungeheuer,
sucht stürmisch er das Abenteuer.

Wird der Wind zum Orkan,
peitscht das Wasser wild voran,
in dem Meer wachsen Wellenberge,
der Wind zeigt seine ganze Stärke.

Helmut Nikolaus Kuppinger

Wer bin ich

Bin ich sanft oder bin ich wild
Wenn ich wild bin ,
sollte ich sanft sein.
Wenn ich sanft bin ,
sollte ich wild sein.
Zwei Seelen sind in meiner Brust.
Manchmal ist mir zum Weinen
und ich lächle.
Manchmal lächle ich,
aber meine Seele und mein Herz
weint bittere Tränen.
Ein zerrissener Regenwurm
rührt mich zu Tränen
das andere Ich will ihn zertreten.
Es ist gut, dass man zwei Seiten hat.
Das Sanfte und das Böse.
Das Sanfte zügelt das Böse.
Mit einem Menschen zu leben
der nur eine Seite hat
ist mühsam und langweilig.

Johanna Kurschus

Liebeskummer

Nachts bin ich aufgewacht,
Ich habe geträumt, wie immer,
Diesmal, wie jede Nacht,
Wiedermal von dir, wie immer.

Plötzlich bin ich erwacht,
Und ich weiß: Nichts hält für immer!
Und habe nachgedacht;
Was bedeutet denn schon „für immer"?

Schließlich bin ich hellwach,
Und so ganz allein im Zimmer,
Weiß dann von dieser Nacht,
Liebeskummer, nichts ist schlimmer.

Christine Kurth

Das kalte Sie

In nachtblauer Kälte
und fallenden Nadeln
wird ein Ort
zum Nirgendwo

Eishände entreißen
vertraute Kleider
die verschleierte Wand
singt das Lied des Nichts

Eine geraunte Einladung
aus dem einzigen Haus
Der nachtweiße Tanz
im Zimmer der Herrscherin -

Das Geheimnis des Nirgendwo
feiert seine entblößten Opfer

Christian Kurze

Das Gewitter

Wolken bedecken das Himmelszelt,
Regen immer schwerer fällt,
Ein Blitz geht auf die Erde nieder,
Donner grollen immer wieder.

Menschen in die Häuser rennen,
Sind ganz traurig von dem Grau,
Geh'n lieber in die Betten pennen, niemand
sieht die schöne Frau.

Auf der Straße läuft im Regen,
Sie die Windung' und die Schrägen,
Hoch hinauf zum großen Haus,
Wo sie wohnt wie eine Maus.

Nur mit einem Kleid bedeckt,
Hat noch gar nichts sie erschreckt,
Doch als Blitze gehen nieder,
Immer wieder, immer wieder,
Fürchtet sich die schöne Frau,
Sieh nur sieh, zum Himmel schau!

Schon kommt die Sonne wieder raus,
Das Gewitter ... es ist aus.

Sebastian Kurzeja * 1989

Staub

Gleich einer riesigen Walze überrollte er in
der Metropole die Straßen;
Verschlang Träume, den Glauben, Freiheit,
die Gegenwart;
Verschlang Illusionen, die Hoffnung,
Seelen und Menschen;
Verschlang Freunde, Vertrautes, Liebe und
die Zukunft.
Verschlang zu Rettende und Retter.

Wo kam er her, der Staub?

Aus der Illusion des Unerreichbaren,
Aus dem Babel der Macht und des
Unbesiegbaren,
Aus dem Schmelztiegel der unbegrenzten
Möglichkeiten.

Staub frisst!

Er frisst die Gehirne Verwirrter.
Er frisst den Glauben an eine friedliche
Welt.
Er frisst ein überlegtes
Entscheidungsvermögen der Politiker.
Er frisst alle Tage, die noch kommen
werden;
Kalenderblatt um Kalenderblatt.
Und man will nicht wahr haben,
dass sich die Welt verändert,
Blatt um Blatt.

Heinz Küsgens * 1932

Die Zeit ist das, was ewig bleibt

Für Regine

Wir waren Kinder und so jung
doch das ist lange, lange her
haben Karten gespielt und mit 'nem
Drehbumbum
Kinderleben sind leicht, gar nicht schwer.

Aus der Großstadt kamst du, aus Berlin
wir wohnten weit draußen auf dem Land
kamst mit deiner Oma zu uns hin
unser Lachen überall ein Echo fand.

Deine Zöpfe seh ich noch deutlich
in dein langes Haar gebunden
ach war das lustig und so niedlich
wir haben des Kindsein's Freude gefunden.

Und dann, die Jahre flogen schnell dahin
wir haben uns Briefe geschrieben
einer kam zu mir und einer ging nach
Berlin
du bist in deiner Stadt geblieben.

Und auch heut wohnst du noch dort
du fühlst dich wohl und bist daheim
ich ging weit weg, denn ich ging fort
Erinn'rung läßt uns beisammen sein.

Erhard Kusig * 1962

Die Kreuzspinne

Über dem Eingang meines Hauses

hat eine Spinne ihr Netz gesponnen,
hat da ihr Spinnengewebe begonnen.
Hausfrauen haben diese nicht gern,
wird ihr Sauberkeitssinn gewiß störn.

Klar, ich wollt es auch gleich entfernen,

Interessiert sah ich das kunstvolle Netz
und die Spinne mir erst an,
da sah ich überraschet dann,

Sie hatte gut gezeichnet auf dem Rücken
ein Kreuz.

Es war eine Kreuzspinne über meines
Hauses Tür,
was eine besonders auffallende Spinne ist,
mit dem Zeichen von Jesus Christ.
Ich bin nicht bigottisch, trotzdem dacht ich
mir,
sie soll hier leben
und weiter ihr Netz weben.
Und Segen und Glück bringen und
erhalten allen in diesem Haus.

Wilhelm Kusterer

Blümchenballade

Ich sah ein Blümchen am Straßenrand
das sich durch eine Asphaltritze wand
Gelb blühte es
reckte sein Haupt
verstaubt
der Sonne entgegen
Es sehnte sich nach Regen
des Staubes wegen

Ich dachte bei mir: Mein lieber Christ
wie ein Blümchen uns Menschen
doch ähnlich ist
und reckte mein Haupt
der Sonne entgegen
Der Wärme
und des Reimes wegen

Kurt Küther * 1929

Gezeiten

du trägst
die Schatten des Mondes
bereits in dir,
mich beflügelnd
mit den Quellen
des Lebens,
nicht nur einmal
bringst du heran
die Fluten der Lust,
und Sättigung
hinwegnehmend,
die Ströme
der Verwesung
und des Gestanks
von Stillstand.

Johannes Elias Sebastian Kutnjak-
Widmaier

Janes Cyril Kutnjak * 1966

Karl May

Wohl dir mein deutsches Vaterland
Dass er dir ward' geboren,
denn ohne seine Mordsgeschichten
Hätt's du gar viel verloren.

Und nicht nur du, auch wir deine Kinder,
Die fleißigen und treuen,
Hätten ohne Old Shatterhand und
Winnetou
Verluste zu bereuen.

Denn unsere besten Jugendstunden
Verdanken wir Karl May
Und selbst in allerschwerster Zeit
War er stets dabei.

Er, unser Vorbild, gab Mut und nahm
Angst,
War zum Geben immer bereit
Und vor allem das Eine lehrte er uns –
Toleranz und Gerechtigkeit.

Wir liebten und wir lieben ihn
Den brillanten Fabulierer
Und wer dem nicht zustimmt
Gilt eh als ein Verlierer.

Wolfgang Kutta * 1939

Ach…

Augen tränen, Nase tropft,
Glieder schmerzen, Darm verstopft.

Nebel wallen, Frühling weit,
alle Jahre Grippezeit.

Kranke stöhnen, Ärzte auch.
Stürme rütteln leer den Strauch.

Vögel sind schon lange fort,
suchten sich 'nen schön'ren Ort.

Mädchen haben viel mehr an,
Männer fluchen dann und wann.

Kinder spielen jetzt zu Haus,
Ach November – bist ein Graus!

M. Wolfram Kutzscher * 1949

Zwischen Traum und Wirklichkeit

Wenn Engel lachen, stimmt mich das heiter,
doch nun bin ich hier und weiß nicht mehr weiter.
Ich hör' ein Klavier, ganz weit in der Ferne,
und seh' ich nach oben, dort leuchten die Sterne.
Der Schlaf bringt Vergessen, ich frag mich wofür?
Was bin ich besessen.
Da plötzlich der Engel, er gibt mir ein Zeichen,
nun stell ich neu die Lebensweichen.
Den Blick entschlossen nach vorn gerichtet,
Gedanken ans Vergangene vernichtet,
und neu beginnen, ich kann nur gewinnen.
Dann wieder die Zweifel, wo bist du nur Mut?
Doch eine Stimme in mir sagt: Es wird alles gut.
Nun seh' ich auch den Engel wieder,
und ich knie' mich vor ihm nieder.
Ich spüre die Kraft und sehe das Licht,
nun fürchtet mich auch die Ungewissheit der Zukunft nicht.

Petra Kynast

Dann bin ich es!

Wenn es draußen regnet
und der Regen,
anstatt deine Sorgen weg zu spülen,
dich eher an Sorgen ertrinken lässt...

Wenn es jemanden gibt,
der deinen Kopf über Wasser hält...

Dann bin ich es!

Wenn es draußen kalt ist,
und die Kälte droht,
dein Herz in Eis einzufrieren...

Wenn es jemanden gibt,
der dir sein letztes Hemd gibt,
damit dein Herz auch
noch am nächsten Morgen
wie die Sonne lacht...

Dann bin ich es!

Wenn jemand nicht mehr bei dir steht,
weil du ihn hast im Regen
stehen lassen und sein Herz
nicht vor der Kälte bewahrt hast...

Dann bin ich es!

Melanie Labinski * 1983

Die Fragen des Zimmermanns aus Nazaret

Bin ich ein Mond, oder doch ein Planet?
Bin ich gar Sonne, oder nur ein Komet?
Bin ich der Vater, oder bin ich der Sohn?
Bin ich ein König auf goldenem Thron?

Schau ich die Wahrheit, erschüttert und starr?
Bin ich ein Messias, oder doch nur ein Narr?
Bin ich der Wein, oder bin ich das Brot?
Mach ich berauscht, auferstanden vom Tod?
Hab ich so vieles im Leben versäumt?
Oder hab ich am Ende gar nur geträumt?

Hans Lajta * 1930

Causa finita

Hampelmänner
an den Schnüren
unsichtbarer Götter
Tropfen einer Träne
aus den Augen
einer Göttin
Totgeschwiegen
und viel Schnee
auf deinen Haaren
endlos
wie das Nichts

Wann endlich
gehst du hin
und stirbst dich
in die Sonne

Maria Lajta

Ohne Worte

Ich finde nicht das Zauberwort
probiere ein Abrakadabra
heraus kommen nur alte Hüte

Ich finde nicht das treffende Wort
versuche, zu parlieren; aber
guter Stil braucht Blüte

Ich finde auch kein schönes Wort
möchte Elegantes denken
und schaff nur, Silben zu verleimen

Ich finde überhaupt kein Wort
will bloß ein kleines Lied verschenken
und kann doch nur gestammelt reimen

Kein Wort hält, was es verspricht
die Nächte laufen sprachlos fort
Ich kann nur lieben. Singen nicht.
Schenk dir doch den Schluss-Akkord

Norbert Lamers

Im Element

Dies ist die Kostbarkeit; die Seele,
dies ist der Grundbaustein des Lebens;
das Wort, die Hoffnung im Element.

Dies ist das Siegel; der Geist,
dies ist der Schlüssel zum Feuer,
dessen Funke heilig in uns brennt.

Dies ist das Privileg; der freie Wille,
dies ist die Zierde; sein Segen
auf Pilgerschaft nah gelobtem Land.

Und dies ist ihr Schöpfer; die Liebe
dies ist die Quelle der Gnade
Himmlisch – allmächtig – bekannt.

Andre Lamijon

Versunken

Die Welt versinkt im Chaos
Und ich stehe mittendrin
Trage ich etwas zu der Verwirrung bei?
Oder bringe ich Ordnung in das Durcheinander?

Alles wird hektisch und bunt um mich
Ich erkenne keine Details, nur Schemen
Werde ich selbst langsamer und bedächtiger?
Oder renne ich mit?

Hilf mir, Gott, ich zweifle
An mir, an ihnen, an dir
Die Welt versinkt im Chaos
Und ich versinke mit ihr

Anna Lamparter * 1987

leise

wenn es leise ist, höre ich dinge,
die gar nicht hörbar sind –

ich höre die wolken ziehen
ich höre schmetterlinge fliegen
ich höre schneeflocken landen
ich höre gefühle summen ...

ob es leise ist, liegt nur an mir.

Bernd Landgraf

Mein Leben!

Mein Leben ist sinnlos, gar unvorstellbar
schlecht!
Doch gebe ich nie die Hoffnung auf,
Daß eines Tages, ein Licht zu mir kommt,
und es gut mit mir meint!
Daß dieses Licht, so wunderschön, gar ein
Engel ist!
Er seine zarte Hand zu mir streckt, und
mich mit einer Wolke zudeckt!
Der Engel sagt mir, daß jedes Leben einen
Sinn hat!
Und ich nicht verzweifeln soll, wenn es mir
mal nicht so gut geht!
Lieber Engel, du hast ja recht!
Aber mein Leben ist so schlecht!
Bitte nimm mich mit, ins himmlische
Reich,
zum himmlischen Vater hinauf!
Nun gut, ich nehme dich mit!
Ich packte den Engel fest an der Hand,
Und fliege mit ihm ins himmlische Land!
Dort blieb ich und wurde froh!
Jetzt bin ich ein Engel und lebe auch so!

Jennifer Lang * 1991

Der Schrei

Der alte Mann zerhackt sich
Den Schädel Der junge Mann
Erhängt sich Das Mädchen das
Nicht schwimmen kann watet
Ins Meer Die junge Frau
Springt vom Hochhaus

Die alte Dame legt sich auf die
Bahngleise Der Herr
Erschießt sich

Der Schuß wird zum Schrei
Und kann nicht mehr
Vergehn und weitet sich

Bis er ausfüllt
Das ganze Universum

Und weitet sich

Peter Lang * 1963

Nachtgebet

Hände faltend.
Ein Nacht-Falter.
Sucht das Licht.
Im Licht der Kerze.
Und erlischt.

Nachtgebet.

Bruno Maximilian Lang Halbeisen

wellen spielen
leiseste
musik
lassen tausend
sonnen
tanzen
und du
suchst noch immer
glück

Axel Lange * 1955

Wieso?

Wieso streitet man sich?
Wieso verträgt man sich?

Wieso geht man miteinander?
Wieso trennt man sich?

Wieso verliebt man sich?
Wieso entliebt man sich?

Wieso ist man glücklich?
Wieso ist man traurig?

Wieso fällt einem manchmal das Leben
leicht?
Wieso ist das Leben manchmal so
kompliziert?

Ganz einfach, weil es sonst langweilig wäre!

Franziska Hendrickje Lange * 1990

Und dann...?

Werden wir uns dann erinnern
an diese Zeit
als eine schöne – voller Schwere,
oder wird am Ende alles sein wie es war
...und werden wir dann wissen warum?

Wie wird es sein?
werden wir werden
wie wir es uns heute denken
oder sind wir anders
als wir es jemals waren
wurden wir zu dem
weil heute ist was ist?

Was denken wir dann?
wird die Erfahrung uns lehren
was die Zeit verändert,
haben wir dann gelebt was zu leben war?

Schließt sich der Kreis und
stehen wir wieder am Anfang.

verlieb ich mich noch mal in Dich
- das wäre schön!

Sabine Lange * 1962

gezwungen

gezwungen
vom Willen des Lebens
Durchzuhalten
Aufzutauchen
Luftzuholen

gezwungen
die Augen zu öffnen
und hinzusehen

gezwungen
ganz egal
was kommen mag

die Füße voreinander
zu setzen
und einfach
weiter zu laufen

Colette Langer * 1984

kleiner öko-gedankenzug

heh, du kleiner schmetterling
wer gab dir diesen flügelring
und wollt wissen wie du heißt
und was du ißt und was du...

heh, du alter buchsbaum dort
du wächst und wächst in einem fort
doch wer sägt mit viel list und tücke
in deinen wilden trieb 'ne lücke

heh, du großer glatter see
ach bist du nicht, oweh
eigentlich ein kleiner fluß
nur angestaut, bis zum verdruß

heh, du kerl mit manneskraft
ach, du dienst der wissenschaft
was sah ich, mir das wissen verleiht
dein körper ein bild, deine seele bespeiht

macht nur uns're welt sehr reinlich
und ich dichte weiter peinlich
doch wollt ihr verse mit tiefengespinn
gebt mir wiesen mit grillen darin

Thomas Langer * 1966

Was ist Zeit

Zu einer Zeit als die Welt kopflos schien,
Menschen nach Hoffnung schrien,
warst du in Stille gebor'n.

Zu einer Zeit als dein Glück starr versank,
saßt du auf einer Bank,
wo dich Sonne beschien.

Zu einer Zeit als dein Leben zerschmolz,
Traurigkeit stahl den Stolz,
liefst du singend ins Licht.

Was ist Zeit, sag was bleibt von Dir,
Fels zerspringt, Kind geschwind bleib hier.
Jenseits von Zeit und Raum,
erspürst du in Urvertrauen,
ewigkeitsfindend erwacht,
eine unglaubliche Macht,

dein ureigenes Sein.

Udo Langer * 1963

ich halte dich an der hand
mit der hand an der hand
mit meiner hand
an deiner hand
und von deiner hand zu meiner
und von meiner hand zu deiner
zieht ein strom voll zärtlichkeit
ein fluss voll liebe
ein schwall von hingabe
und ein druck des versprechens
wir sprechen mit unseren händen
und wir haben uns viel zu sagen

Uta Maria Langer

Mutter 1945

Wieder heulen die Sirenen, Menschen eilen
durch die Nacht.
Bomben fallen, Feuerregen, Kriegsinferno,
Tod und Krach.
„Mutter, ich will nicht sterben!" „Lauf,
Kind lauf, schau dich nicht um!"
Endlich da, der Bunker, Rettung. – Mutter,
Kind, Erinnerung.

„Mutter, hab so großen Hunger!"
Trümmer, Schutt, die Nachkriegszeit.
„Ach mein Kind, wo soll ich kaufen? Gab
kein Brot heut, weit und breit,
auch kein Mehl, noch Milch, gar Butter,
doch ich koch dir einen Brei."
War aus Maisgrieß, gelb und bitter,
Löwenzahn war auch dabei.

Groß die Zahl der tapfren Frauen. Es war
eine schlimme Zeit.
Mutter sein, heißt liebend sorgen, selbstlos
zum Verzicht bereit.
Lasst am Muttertag uns ehren, nicht
vergessen diese Frau'n,
die für uns durch viele Opfer, halfen neu
die Zukunft bau'n.

Rosemarie Lange-Schlienkamp * 1930

Die Lüge

Wer lügt, der weiß es allgemein:
Die Lüge muss so deftig sein,
dass sie auch wirkt und langsam träufelt,
bis niemand — dass sie wahr ist – zweifelt!

Dem Menschlein, das Skandale liebt,
fehlt – wenn es nicht die Lüge gibt –
der so Stigmatisierte eben,
um sich als „Gutmensch" zu erheben!

Sehr wirksam lässt es sich gediegen
gut mit der halben Wahrheit lügen.
Der Meister höchster Lügenkunst,
der lässt den wahren Teil im Dunst!

So üben Schmiede der Intrige
sich überzeugend in der Lüge! –
Wer richtig stellt, was ist, was war,
wirkt unsympathisch dann sogar!

Nur müssen Lügner – Weiber – Knaben
ein sehr gutes Gedächtnis haben,
damit in ihren Lügennetzen
verstrickt, sie sich nicht selbst festsetzen!

Jochen Langkabel * 1928

Leben im Jetzt

Wann immer Du lachst,
wann immer Du weinst,
es ist genau recht
in diesem Augenblick.
Gestern ist längst vorbei,
und morgen ist noch lange nicht.
Aber dieser Moment,
dieser Augenblick gibt Dich frei.
Vielleicht ist das Leben,
vielleicht ist das Glück.

Und dazu Verbundensein
mit den Menschen,
den Tieren und den Pflanzen,
mit allen Wesen auf dieser Erde.
Vielleicht ist das Liebe.

Evelin Langrock * 1955

Kleine Blume

Kleine Blume
schneeweiß
steht sie da
neben der
Straßenbahn
wird
zertreten,
zermalmt
tot

Christian Lanig * 1990

Die Distel

Ich hatte Sonnenstrahlen in mein Haar
gewebt,
blaugrüne und rote Blüten genäht
für das Gespinst, das meinen Traum
umspielt,
auf dem Weg zu dir.

Frühtau benetzt den nackten Fuß,
der das erste Laub schwebend streift,
Boten gelebter Vergänglichkeit,
auf dem Weg zu dir.

Ich höre Farben, zart und licht,
taumeln, fließen, umfassen mich,
umarmen meinen Traum in wildem Tanz.

Erregen mich mit dem Atem der Gier,
bis das Herz zerbricht, auf dem Weg zu
dir.

Das Grün des Blattes welkt vor sich hin.
Der Sonnenstrahl nicht länger lacht.
Sein goldenes Kleid verhangen glimmt.
Er weint in blutroter Ferne.

Und als die Distel den müden Fuß
durchsticht,
auf dem Weg zu dir, weiß ich,
ich finde dich nicht, weil du gegangen bist.

Renate Lanius

Älterwerden

Ergraute Haare
erste Falten im Gesicht
bedeuten Leben

Gute Gesundheit
sowie vergessen können
erleichtern Leben

Lebenserfahrung
gesammelt über Jahre
vermittelt Ruhe

Erfüllte Pflichten
neben Eigenständigkeit
machen zufrieden

Humor bewahren
Alltagsfreuden genießen
verlängern Leben

Margret Lappe * 1945

Von mir zu dir

Hier, einige Zeilen, ich schenk sie dir.
Nur von mir, nur an dich.

Die Zeit, sie steht da, und so dachte ich
mir,
sie nütze mir, um hier, einen Gedanken
aufs Papier zu bringen

von mir zu dir.

Doch was löst es aus, im kargen Felde,
namens Blatt?!?
Etwa ein schöner, langer Wörterwald?!?
Ja, geschmückt mit realen Geschehnissen.

Von mir zu dir, und nur für dich.

Ist es gar Liebe, die sich breit macht hier?!?
Oder nur eine Freundschaft mit schönen
Worten,
von mir zu Dir und bald verblasst, dem
Unsichtbaren gleich?!?

Ich hoffe nicht.
Doch kann ich nicht sagen, ich Liebe dich
nicht!!!
Denn, mein Herz und ich, wir wissen es
nicht.
O bitte sage mir, wie du dich fühlst,
bei diesem Gedanken an ein uns?!?

Denn von mir, zu dir, der Gedanke dir nur
sagen will,
Du fehlst mir – so unendlich, unendlich
viel!!!

Pino Lassandro

Elisabeth,

ich schreibe meine
Buchstaben in enge
Rechenkästchen.
Du schreibst mit
dem Finger im
Wasser.
„Für die Fische",
sagst du.

Markus Lau * 1973

Viel zu früh

Für meine Schwester Manuela

Du gingst von mir ohne ein Wort
bist nun für mich immer fort.
Es tut so weh
Dich nicht mehr zu sehen, mit Dir über
taufrischen Wiesen zu gehen.
Wie gern würde ich jetzt mit Dir reden,
Dir von meinem Kummer erzählen.
Ich möchte mit Dir weinen und mit Dir
lachen,
einfach mal wieder Unsinn machen.
Erleben wolltest Du noch so viel,
wolltest noch nicht fort,
es war viel zu früh!
Elf Jahre ist es nun schon her
und schon lange fragt niemand mehr
wie es mir geht, ob ich Dich vermisse,
die Jahre mir Dir will ich nie mehr missen.
Immer bleibst Du ein Teil von mir,
mein Herz gehört alleine Dir.
Und auch wenn Du tot bist,
werde ich Dich nie vergessen

Dagmar Laufenberg

Mein Herz

Da lag es nun
das Herz
gebrochen, zerbrochen

zerschellt an der Wand von Lieblosigkeit
ausblutend durch Ablehnung
geschrumpft bei Wortlosigkeit
erdrückt von Selbstzweifeln
geplatzt vor falschem Stolz
benetzt von Tränen des Kummers
angehaucht vom Atem der Hoffnung
angestrahlt von der Sonne
der Erinnerung an glücklichere Zeiten
zu schnell pochend im Todeskampf

Da stand sie nun
die Liebe
erneut
und sagte einfach:
"Komm, ich heb dich auf!"

Angelika Lauhoff * 1965

Es ist eigentümlich dunkel
das Meer
schäumende Wellen
erzählen
Geschichten über
dich
du siehst dich fallen
die Klippen hinab
in sie eintauchen
überall ist nur Vergangenheit
das Bewusstsein nimmt nichts wahr
nur das weiße Rauschen
du stürzt
in die stacheligen Pflanzen
welche sich an die Felsen krallen
Blut an den Händen
du erhebst dich, gehst weiter
tief atmend
auf den schmalen Pfaden
der bretonischen Küste

Monika Laupus * 1967

Erinnerung

Gedankenversunken am Strand stehen, das
Rauschen
des Ozeans vernehmen und grenzenlose
Freiheit fühlen...

Standest schon an den Ufern aller Meere,
träumtest zu Hause
vom Knirschen des Sandes und sehntest
dich,
schmerzhaft fast, zurück.
Ungestüme Wogen, spiegelglatte See,
brechende Wellen,
Sie spielten mit dir, kosteten ihre Kraft an
dir aus.
Sahst das Meer abends leuchten und
brennen,

angezündet vom Sonnenuntergang.

Doch wo ist die Schönheit der See nach
dem Inferno

Du wähnst dich im Vorhof der Hölle beim
Anblick
zerborstener Hütten und menschlicher
Leiber,
Nicht auffindbar die Harmonie der Farben,
die Magie der Geräusche und Düfte.
Zerstört das Paradies, das du einst fandest.

Deinen Erinnerungen wird nie wieder
dieser Zauber innewohnen

Und doch wird der Schmerz sich verlieren,
Das Begreifen der unabwendbaren Kraft
der Natur siegen,
Und zögernd wird dein Fuß sich wieder
dem Wasser nähern.
Sich hingeben dem unendlichen Spiel der
Wogen ...

lausy45 * 1945

Berühren kopflos,
rühren sich an.
Verlangen still, was sie gebieten,
sind ungleich Teil im einen Raum
und atmen tief
von Brüsten, Bauch und warmer Haut.
Begreifen flüchtig Einsamkeiten
und nehmen sich
ein Herz.

Irma Lavender * 1968

lasst uns ein großes feuer entfachen

Kommt, lasst uns ein großes Feuer
entfachen!
Eines, das alles verbrennt.
Dann können wir uns selbst bei
sternenklarer Nacht betrachten,
lange nachdem wir gestorben sind.
Wir sehen am Himmel Vergangenheit
und leeren alle Flaschen.
Das Blut noch auf den Lippen –
kommt, geh'n wir schlafen!

Lucia Lechner

Windspiel

Jedes Tier gebraucht
seine eigene Sprache.
Bei Gräsern, Pflanzen und Bäumen
überträgt das Flüstern
der Wind.

Hans-Werner Leckebusch * 1945

Menschenleben

Menschenleben nicht viel Wert
die Wassermassen schießen
Ach wenn die Kraft des Wassers nur
sich Einhalt gebieten ließe

Viel Elend bringt des Wassers Flut
reist Brücken fort und Dämme
Ergießt sich braune Wasserflut
durch Haustür, Bad und Gänge

Reist alles mit, ob Baum ob Strauch
auf Nimmerwiedersehen
Erschrocken steht der Mensch davor
was kraftvoll ist geschehen

Gerhard Ledwina * 1949

Der Maulbeerbaum

Die Bläue des Himmels ist voller Dunst
und Glast.
Schwüle lastet auf dem bunten Hafen,
wo die Fischer in den Kojen schlafen,
die Boote schaukeln Mast an Mast.

Weiter draußen auf dem weiten Meer
werfen große Wogen ihren Schaum,
und der alte, weiße Maulbeerbaum

hat ihre Feuchtigkeit in sich hineingesogen.

Von unten aus dem Hafen dringt
verhalt'ner Lärm zu ihm empor,
und unhörbar für unser Ohr
vernimmt er, wie die Seidenraupe spinnt.

Die Sonne brennt auf Felsen, nackt und
leer.

Hanns Leeb * 1928

Macht

MACHT
macht
ach
weh

LACH

Hildegard Lehmann * 1944

Der Grabvogel

Ich steh hier an mein' eigen Grab,
der Grabstein spricht den Namen nicht.
Leeres Grab, verlangt den Sarg –
Leere singt, Leere spricht.
Ist das Grab für mich? -
Das frage ich.
Weh, o Weh!
Ein Vöglein klein
besetzt den Grabstein
und mit dem Schnabel fein
haut es einen Namen rein.
Das Vöglein hat's mir klar gemacht:
Das Grab ist für uns all gedacht.

Jan Lehmann * 1981

Nach der großen Flut

(Tsunami im indischen Ozean Weihnachten 2004)

Keine Sintflut
keine rettende Arche
Glaube, Hoffnung, Liebe
hinweggespült
wohin
mit Kindern, Frauen, Männern, Greisen
'der Wolken, Luft und Winden
gibt Wege, Lauf und Bahn'
zerschlägt die Gottesbilder
am Kreuz
unschuldig
die Schöpfung seufzt
was ist der Mensch
und wie lebt
der überlebt?

Jutta Lehmann

Das Lügenmeer

Wenn die Wahrheit zur Lüge wird und das
Meer der Lügen sich weitet,
man benutzt dich als Lügenhirt und
Ohnmacht dich begleitet,
wenn die Macht dich erfrieren läßt und die
Lüge über das Chaos wacht,
wenn in dir die Ungeduld wächst, nach
Reichtum und seeliger Pracht.
Wenn du morgens den frühen Tag grüßt,
der einsam und fruchtlos ist,
wenn du die Nachrichten der Politiker
küsst, weil sie so sind wie du bist,
wenn du für all deine Lügen
Entschuldigung sucht,
und die Verantwortung deines Geschehens
beim Nachbarn in deiner Nähe verbuchst,
wenn du dich freust, dass dein Freund
leidet,
weil du eine Lüge verbreitest,
wenn einer alles verliert an Ruhm und
Ehren,
dann spätestens solltest du dich bekehren,
denn der Zirkus des Lebens lauert an allen
Ecken,
er ist einfach da, du musst ihn nicht
wecken,
um dich zu berauschen am Lügenwahn,
tritt ein in ihre korrupte Mitte
und werde in ihrem Bunde der Dritte,

heulst du mit den Wölfen im Heer, bist du
schon im Lügenmeer.

Marina Lehmann * 1957

Allgemeine Verkehrszeichen

Gleich wilden Wassern
Strömen Tränen in die Seele
Wirbelnd überfluten sie mein Gehirn

Schwimmend versuche ich
Mich selbst im Denken
Meiner Gefühle

Zu überholen und
Beachte nicht die
Allgemeinen Verkehrszeichen

Sofie Lehmann * 1954

Wasser

Warum gibt's Leben auf der Erde?
Warum ist alles grün und bunt?
Warum konnt' Mensch und Tier hier
werden?
Es gibt dafür nur einen Grund:

Das Wasser ist's, das Leben spendet,
das uns erhält, gibt Lebenskraft,
das uns der Himmel gütig sendet
als einzigart'gen Lebenssaft!

Ohne Wasser wär' kein Leben,
wüchse weder Baum noch Strauch,
würd' es keine Menschen geben,
der Blumen Vielfalt fehlte auch.

Die ganze Welt wär' öde, leer
wo grün war, würde Wüste sein,
nur Sand und Stein, wo heute Meer,
kein Tier, und wär' es noch so klein.

Wir Menschen sollten wohl bedenken:
Durch Wasser erst lebt der Planet.
Man muß ihm viel Beachtung schenken,
wird es zu Gift, ist es zu spät!

Brigitta Lehmisch * 1928

Einfach schön

Oftmals überfällt uns
eine innere Zufriedenheit
über das was ist

Manchmal überfällt uns
eine innere Traurigkeit
über das was ist

So leben wir
unser Leben
von Überfall zu Überfall

Das Leben
ist gar nicht so einfach
aber es ist

einfach schön

Reinhard Lehmitz * 1948

Mein Elbflorenz

Wie Heuschreckenschwärme so kamen sie
her,
getragen von stählernen Schwingen
und legten die Stadt in ein Flammenmeer,
daraus gab es kaum ein entrinnen.

Es regnete Phosphor vom Himmel herab
und die Uhren sie blieben stehen,
so wurde Dresden zum Massengrab,
nur noch Trümmer waren zu sehen.

Die Flammen hüllten die Menschen ein
und es kam einer Hölle gleich,
selbst die Gotteshäuser sie stürzten ein
und die Steine wurden weich.

Wie lodernde Fackeln in jener Nacht,
so irrten die Kinder umher,
sie alle wurden umgebracht
denn Rettung gab es nicht mehr.

Die Bomben zerstörten die Elbestadt,
sie zerstörten den Glanz der Museen,
geblieben war nur noch ein Massengrab,
so etwas darf nie mehr geschehen.

Hans-Joachim Lehmkuhl

Umgang mit Geld

Hast Geld und Gut du in der Welt,
so bist du vor die Wahl gestellt,
zu helfen Menschen, die entbehren –
oder stets nur gierig zu vermehren.
Geld ist ja weder bös noch gut,
an dem liegt's, der es brauchen tut.
An Jesu Meinung sollst dich halten:
Nicht unrecht, nur gerecht verwalten.
Nicht ständig geizig an dich raffen,
sich damit lieber Freunde schaffen.
Mit Geld kannst vieles du gestalten,
wertvolle Freiheit dir erhalten.
Doch im Verein mit finstern Mächten
macht die Geldsucht bald zu Knechten.
Gerechter Verwalter sollte nicht ruh'n
mit seinem Besitz oft Gutes zu tun.
Vom Geld kannst du nicht ewig naschen:
Das letzte Hemd hat keine Taschen!

Erika Lehr * 1933

Sinn meiner Gedichte ist,
wünsch mir, dass dies niemand vergisst,
den Menschen Freude zu bringen.
Das mag zwar einfach klingen,
doch der Mensch – hektisch und nervös er
ist
oft die Freude des Lebens vergisst.
Mich freut es – und das ist wahr,
wenn ich die Freude meiner Mitmenschen
sah.
Denn da wo Freude ist,
kann kein Hass entstehen,
wenn dies niemand vergisst
können wir uns in die Augen sehen.
Es ist ein kleines Stück vom Frieden,
den wir alle brauchen in dieser Zeit
bevor wir uns gegenseitig „bekriegen",
wer sagt da – dies führt zu weit?

Walter Vitus Lehr

Kriege

Männersoldaten
Soldatenmänner?

Seht die Entschlossenheit in den
Gesichtern.
Die Überzeugung, das dass was sie tun so
richtig ist ...

Und wichtig ist.
Wäre es nicht so ernst und gefährlich,
Frau würde sich krümmen vor Lachen.

Zusammengezogene Brauen, markige
Worte –
Sie beschreiben das Grauen.

Hände, die militärisch grüßen, sind auch
nicht zum Lachen.
Denn was diese Hände sonst noch
machen??

Befehle, gehorchen, gehorchen, Befehle –
Hat Krieg eine Seele?

Hätten doch Mütter mit Kindern zu aller
Zeit
Die Erde regiert –
Wir wären befreit!!!

Wilma Lehwald-Abrahams * 1953

Abschied

Altweibersommer ist doch noch
gekommen –
der Nebel weicht dem herbstlich sanften
Licht;
rotgolden die Hänge, voll warmer
Schönheit – unbenommen,
und sieh: Frau Spinne tut als Weberin die
Pflicht.

Noch einmal läßt uns Mutter Natur
ihre ganze Pracht und Fülle schmerzlich
spüren,
wird uns mit prallen Früchten, saftig süß,
erfreuen und versuchen, zu verführen.

Das Jahr nimmt Abschied, ist nicht mehr
lang,
schon legt sich Rauhreif über Äcker und
Wiesen;
vom Kirchturm die Glocken, wehmütig im
Klang:
ob alles aufs Neue wird grünen und
sprießen?

So mancher zieht zurück bald in sein
Winternest,
hat für den langen Schlaf schon vorgesorgt,
bereit
zu ruhen, bis er ihn wieder erwachen läßt,
der Frühling, in seiner jungen Herrlichkeit!

Elfriede Leimbach

Euer Weg

Ein jeder von Euch muß seinen Weg
gestalten.
Ich wünsche euch Menschen, die zu euch
halten.
Die mit euch lachen und auch weinen,
es wird Wegstrecken geben mit größeren
Steinen.
Habt keine Angst, findet den Mut zur
Lücke.
Über euch ist jemand, der baut eine
rettende Brücke.
Schaut nach vorn und geht mit Frohsinn in
den Tag.
Erkennt und setzt ein eure Stärken, ein
jeder wie er es mag.

Ich wünsche euch Menschen, die mit euch
hoffen und beten.
Der Glaube zählt heute und nicht die
vielen Moneten.
Wohlbehalten sitzt ihr in diesem
Gotteshaus.
Im Anschluß an die Kirche findet man sich
ein zum „Konfirmandenschmaus".

Denkt bitte an die unzähligen Menschen,
die heute Hunger leiden.
Sie leben mitten unter uns, ihr sollt sie
nicht meiden.
Heute steht ihr im Rampenlicht der
Gemeinde.
Ich wünsche euch immer mehr Freunde
und nur wenige Feinde.

Hartmut Leiner

Erkenne

Erkenne
Nie Gekanntes
Erkenne
Was die Himmel
In den Raum warfen
Erkenne
Was unbekannt ist
Seit die Zeit
Sich selber gebar
Schreiend in Wehen
Bis die Sterne
Das Echo verschlangen
Und uns ausspien
Als lästige Brut
Blind und taub
Für den Gesang der Nebel

Und die wartende Hand
Dessen
Der in allem ist
Als Traum
Sehnsucht
Und
Schweigende Träne

Rudolf Leininger

Herbst will sein ...

Rot und golden, gelb und braun,
warm, fast zärtlich anzuschaun
sind jetzt die Farben. Herbst will sein.
Ein stilles Walten stellt sich ein.

Nichts ist mehr laut. Ein leises Weh'n,
als würden Elfen barfuß gehn,
huscht hinter Büschen und im Gras.
Die Erde atmet Ebenmaß.

Die Glut des Sommers ist gebannt.
Schon wandern Nebel übers Land.
Die Scholle ruht, es schweigt der Pflug.
Am Himmel streicht ein Vogelzug.

Heidrun Leischner * 1943

Abschied

Sind viele schöne, hehre Stunden
Mit dir, versenkt in Hirn und Herz.
Dein Abschied reisst mir tiefe Wunden
Und kaum verwindbar ist der Schmerz

Warst du mir manchmal nur Begleiter
So war ich glücklich und geborgen
Wenn du mir willig Wegbereiter
Als Schild im Kampf mit Alterssorgen.

Oft hast du mich wohl auch gemieden
Doch ich verzieh mit Leichtigkeit.
Denn wenn du kamst zu mir hienieden
War doppelt groß die süße Freud'.

Nun gingst du fort, und kehrst nie wieder
Wie Ignoranten es geplant,
Hauptsache ist, es blüht der Flieder
Und man hat dich abgesahnt!!

Da hat dich jedermann gedrückt und
abgeküsst!
Von allen wurdest du umschmeichelt
Und beim Schmieren stets begrüßt
Warst immer unsres Atems Zwilling –
Mein einziger, geliebter Schilling!

Renate Maria Leitner * 1948

Karge Nacht,
nichts hält die Hand,
nur Trauer.

Ohne Scheu berühren
wir unsere Körper
in der Schwermut
ziehender Schatten.

In dieser Stunde
ist meine Sehnsucht
wie der Sichelmond,
der ermattet im
trüben Himmel fischt.

Horst Leiwig

Du Ich

Der kleine Augenblick
Weltstille
bevor die Sonne aufgeht
flinke Mädchen rotes Garn
verwoben im Frühnebel
feuchter Gräser.

Vom Sonnenrand
der Inselseen
rief deine Stimme
die Frische der Zitrone
tauchte deine Hand

in die Wasser
der Entfernung.

Der kleine Augenblick
Weltstille
wenn du ich bin
das Boot
die Wasser kräuselt.

Margret Leiwig

Abschied

Abschiede,
Trennungen umfassen meine Jahre.
Entlassung, Lebewohl
– wieviel Synonyme noch?
Was ändern sie,
immer der gleiche Inhalt.
Eine wiederkehrende Bedeutung
— Abschied, abscheiden
– Weggehen.
Einmal end-gültig.

Monika Lejeune

Träume und Ideen

Die Zeit, sie rast geschwind,
eben war ich noch ein Kind
mit vielen Träumen und Ideen!

Meine Kraft, mein Mut war nicht zu fassen,
ich konnte es nicht lassen,
das Gute in jedem Tag zu sehen!

Dann kamen dunkle Wolken,
die mich Trauer lehren sollten,
ich wollte es nicht verstehen!

Doch in jedem Schrecken
lässt sich Positives auch entdecken,
ich war bereit, neue Wege zu gehen!

Dabei lernte ich in vielen Jahren
manch seltsam' menschliches Gebaren,
doch ich vergaß nicht, was wir einst waren:
Kinder mit Träumen und Ideen!

Heike Lemke * 1963

Hast du mich nun wohl verstanden.
Ich sage es noch einmal.
Die Tür ist aufgetan für dich
und auch für dich
ja, und auch für dich!

Riskiere einen Blick
Schau nach vorn und nicht zurück
Die Tür ist aufgetan für dich,
und auch für dich
ja, und auch für dich!

Komm näher komm her zu mir,
Komm – der, du mühselig und beladen
bist.
Die Tür ist aufgetan für dich, und auch für
dich
und auch für dich!

Jesu Worte

Regina Lemke * 1939

Zum neuen Jahr

Hast du sie nicht gesehen,
die vielen Sternschnuppen
in der vergangenen Nacht?
Sie funkelten auf
in der Winterschwärze,
sie zischelten fallend
dir geheimnisvoll zu:
Du darfst dir
wie ein Kind wieder
ganz viel wünschen
für das nahende und
noch nackte Neue Jahr,
und du darfst
dem Kind in dir wieder
ganz viele Wünsche erfüllen,
du darfst

das Jahr bekleiden
mit deiner Lebenslust.

Sigrid Lemke-Westermeier * 1947

Schein des Lebens

Du! Du glaubst zu sein.
Dabei bist Du nicht allein.
Alle wollt Ihr sein.
Doch es ist alles ein Schein.

Leben wird zu Ende gehen.
Trauer schnell vergehen.
Tod kennt kein Erbarmen.
Schmerzlich werdet ihr es erfahren.

Einsam wart ihr immer.
Angst machte es viel schlimmer.
Liebe vollbrachte keine Wunder
Hass war der Begründer.

Du! Du glaubst zu sein.
Dabei bist Du nicht allein.
Alle wollt Ihr sein.
Doch es ist alles ein Schein.

Damir Lender * 1983

Ganz Dich

Bewusst dich nicht verändern wollen
dich nicht zerstückeln und
einteilen in gut und böse und
in liebens- und verbesserungswürdig

Eigenschaften nicht gegeneinander
abwägen
und gewichten und aufrechnen
zu einem Gesamtwert
mit Haltungsnoten

Sondern auch deine Ecken und Kanten
küssen
und deine Unsicherheiten streicheln
und auch deine Schwächen erkennen
und deine Stärken zurückweisen

Nicht nur einen Teil von dir lieben
nicht nur unten oder oben
oder links oder rechts
sondern dich ganz dich

Therese Lennert * 1980

Felder aus Gold

Warmer Sommerabend, sanftes Licht
Die Sonne neigt sich langsam, der Tag
verlischt
Goldene Felder wogen zum Horizont
Ich folg' der roten Sonne, die darauf thront
Ich lieg in goldenen Ähren, denk weit
zurück
An meine Kinderjahre, zwangloses Glück
Wir waren ausgelassen, sind oft getollt
Durch wogend gold'ne Ähren, Felder aus
Gold
Die erste Jugendliebe, der erste Kuss
Das bleibt so unvergessen, es war so groß
Dass dieser Sommer endet, wir hatten's nie
gewollt
Wir gingen Hand in Hand, durch Felder
wie aus Gold
Dann ging ich fort von hier, suchte weit
weg mein Glück
An diese gold'nen Felder dachte ich oft
zurück
Die Jahre sind vergangen, ich bin nun
wieder hier
Seh' unsre Kinder tollen, genau wie damals
wir
Sie woll'n dieselben Ding, die wir einst
auch gewollt
Geh' n oft dieselben Pfade, durch Felder
wie aus Gold
Durch all' die gold'nen Ähren, aus purem
Gold

Matthias Lentzsch * 1969

Ode an den ICE

Du bist so herrlich dekadent,
sparst mir Zeit (obwohl ich viel hab als
Student).
Du inspirierst mich zu Reimen,
Deine schnittige Form bringt mich zum
Weinen –
vor Glück, vor Zufriedenheit!
Wenn Du im Bahnhof einrollst geht mir
das Herz auf.
Du bist mein Privileg,
ein Anlaß, sich weltlich zu fühlen
für anderthalb Stunden.
Bevorzugt von Selbstmördern, die sich
danach sehnen,
das Himmelreich zu erkunden
denn du bist so gnadenlos schnell.
So blitzsauber. So neu. So voll wichtiger
Klientel.
So voller Preis-Leistung zum Sparpreis 50.
Ich vergöttere Dich ---
meine schlanke, sexy Schnitte auf Schienen!

Carolin Lenz * 1982

Gefangen

Der Himmel wird schwarz,
der Himmel wird blau,
die Blätter sind rot,
die Blätter sind grau.
der Wind rührt an den Zweigen.
Die Menschen sind ernst,
die Menschen sind froh,
die Menschen sind einsam
und lieben sich so.
Sie lächeln. Und sie schweigen.

Friederike Lenz * 1989

Sommersonnenspiel

Sommersonnenspiel
an Mauerwänden,
Schmetterlinge als
Schattenwerfer.

Wirrer Flug.
Blumen, gelbige
oder rot
geben Landehilfe.

Wiesengräserpollen
im Windspiel

bei Flaute
freier Fall
erdgebunden
übers Jahr.

Libellen am Teich
spielen
im
Sommersonnenschein.

Ursula I. Leonhardt

im herzen fühlen

kraftvoll aus zartem
grün lässt die
sonne dieses tages
blätter sich entfalten.
erste pflanzen stehen
in blüte, leben quillt
aus baum und strauch.
eine blume wächst aus
einer zartheit, eingebettet
in die wahrheit
des augenblicks. und
lichter werden sonne.
die wärme ihrer herzen
öffnet sich zum licht,
im gegenseitigen gefühl
von zusammensein,

mit innerer liebe,
aufgehoben.

Klaus-Peter Leopoldt * 1947

Du

Dein Lächeln
ist wie eine Blume, die sich der Sonne
zuwendet.
Dein Augenschlag
so zart wie ein flattern, wunderschöner
Schmetterling.
Deine Stimme
so weich wie im Wald fallender
Sommerregen.
Deine Augen
so weit wie die Sonne bei ihrem Untergang.
Du
bist wie die Unendlichkeit eines rosigen,
taubensetzten Frühlingsmorgen.

Lisa Leroux

Das Spiel des Lebens

Das Spielbrett ist die Welt
Figuren sind wer euch gefällt
Nehmt sie, benutzt sie,
rächen können sie sich nie
Alles wird ihnen genommen
Reichtum, ihr habt gewonnen

Hände die bitten
Leichen verschütten
Gesicht ohne Lachen
Stolz gebrochen

Vergessen ist die Menschlichkeit
Tod und Habgier sind befreit
Der „Untermensch" dient als Figur
Sein Leben, ein Spiel ist es nur
Der Wert des Menschen ist die Macht
Hört nur wie das Unrecht lacht
Aus Mangel an Interessen,
habt ihr sie vergessen
Verspielt wurde ihr Leben
So was darf es auf der Welt nicht geben

Linda Leskau * 1985

bahnhof erde, treffpunkt für menschen
mit träumen, hoffnungen
und enttäuschungen im gepäck
auf der ewigen suche nach
liebe, glück, geborgenheit und
anerkennung ...

ich haste von bahnsteig zu bahnsteig,
schleppe die angst in schweren koffern
endlose treppen herauf und herunter,
begegne mir selbst millionenfach
und verpasse jeden zug in ein besseres
morgen ..

todmüde vom ewigen schleppen und laufen
setze ich mich erschöpft in den Wartesaal
und will keinen Schritt mehr tun ...
... als der himmel seine pforten öffnet
und mir einen kleinen stern zum Geschenk
macht

ich nehme ihn behutsam mit nach hause
und endlich begreift mein herz,
was mein köpf nie verstanden hat:
„alles, was ich draußen gesucht habe,
ist bereits vom ersten lebenshauch an in
mir ...

Lena Lessner

Mein kleiner weisser Hund und ich
wir schmusen uns durch Tage.

Mal rennt er wie ein Wirbelwind
durchs ganze Haus geschwind,
danach liegt er da und schaut mich
mit seinen schönen Augen an.

Fressen tut der liebe kleine weisse
Kerl fürs Leben gern.

Da kennt er keine Scheu.
Keine 30 Sekunden dauert seine Gier
und schon wölbt sich sein kleiner Magen.

Beim Spaziergang rennt er stolz voran.
Ohne Angst kommt er bei den Artgenossen
an.
Im See geniesst er noch ein Bad,
was er sehr mag.

Völlig nass hüpft er widerstrebend in die
Dusche.
Mit Tempo hundert wieder raus.
Seine Spuren führen durchs ganze Haus.

Am Abend liegt er da, der weisse Bengel
und sieht aus wie ein Engel.

Karin Leutenegger * 1962

Lebenswald

Unter blauen Tannen,
mit zerschlagnen Pfannen,
liegt die Sympathie begraben,
von der Liebe stumm erschlagen.

Unter grünen Linden,
am Aste ist zu finden,
die Freiheit, ein Strick um den Hals,
aufgehängt kurz nach der Balz.

Doch von den kahlen Eichen,
sollt der Wandrer weichen,
drunter blüht die kranke Frucht,
die da heißt Sehnsucht.

Gregor Leutheußer

Dich liebe ich

Dich liebe ich
weil ich mich liebe
es getan hab und noch mache,
weil ich Dich in mir spüre,
wenn ich traurig bin oder lache.

Dich liebe ich
weil ich mich mag
so wie ich einfach bin,
weil ich Dich in mir fühle,
zeitlos in meinem Herzen drin.

Dich liebe ich
weil ich mich kenn
mein ganzes inneres Wesen,
weil ich Deine Augen vor mir sehe,
als wären räumliche Trennungen nie
gewesen.

Dich liebe ich
weil ich es schreibe
allumfassend mein Herz es sagt,
weil ich auch nichts weiteres ableite,
sanft, wild und zart für jeden weiteren Tag.

Sigrid Lewburg * 1971

Gedankengänge

Gedanken sind wie Schnee auf deiner Seele,
der stirbt und zu Wasser wird.

Erfahrungen verdunsten und bekommen
Flügel,
die Grenze ist die Atmosphäre.

Die befreiten Sinne verbünden sich wieder,
Wolken ziehen auf, prasseln nieder.

Das Gehirn sammelt ihn auf den Regen
und dort, wo einst die alte Masse tobte,
ist die Neue, die Gelobte.

Sie zieht durch die Strukturen, sammelt
sich,
in den Tiefen der Seele, gammelt nicht.

Nach Jahren der Finsternis, die Flüssigkeit
kommt,
an einen Fluss der Hoffnung, wird gesonnt
und zieht weiter.

Nun das Meer, das Wissen wütet,
in den Wogen der Wellen, das
Menschenkind brütet.

Jetzt kommt es an dem Pole der Weisheit,
wird zu Eis, bleibt dort liegen und will
fliegen.

Gregor Ley * 1967

Schmetterling!

Schmetterling, kleiner, du feiner,
schwebst wie ein Lied durch die Luft.
Tummelst dich in meinen Garten,
freust dich am Blumenduft.

Nektar aus ihren Gefäßen,
das ist dein Lieblingsgericht.
Flügel, so zart und zerbrechlich,
fast wie ein Liebesgedicht!

Du bist ein Frühlingsbote,
wenn du im März erwachst,
weiß ich, vorbei ist der Winter,
wie eine dunkle Nacht.

Schmetterling, kleiner, du feiner,
du bist willkommen mir.
All meine Sommerträume,
trägst du im Frühling mit dir ...

Adolf Licha

Heute

Grau und Trübe ist der heutige Tag
an dem ich gar nicht aufstehen mag.
Ich stehe am Fenster, was seh' ich da
ein Sonnenstrahl spielt mit meinem Haar.
Auf dem Apfelbaum vor meinem Haus
nimmt eine Vogelschar reiß aus,
denn unvermutet, auf leisten Tatzen,
kommen meine beiden Katzen.
Und wie ich weiter so um mich schau
vergeht am Himmel das Grau in Grau.
Blau strahlt der Himmel, die Sonne lacht
nun bin ich gerne aufgewacht.

Ute Lichtenberg * 1974

Mut (was ist das?)

Meinen Übermut möchte ich zur Sonne
schreien,
- ihr helles Glanzlicht könnte ihn
verschlucken -
in schönfärbende Münder möcht ich
spucken,
Angst, noch gallengrün, auf ihre Wangen
speien.

Den Hochmut würde ich an diese
Mondessichel hängen,
- da würde er schaukeln und sich selbst
bedauern –
und schönredende Bilder möchte ich
einmauern,
Mut (silberfarbig) wollen sie mir
aufdrängen.

Die Schwermut möchte ich auf eine
Sternenspitze kleben,
- da würde sie nächtens dumpf in die
Gesichter lachen –
und schönscheinende Menschen würde sie
bewachen,
Verlust, noch herzenstief, in ihr Gewissen
weben.

Wilhelm Lichtenegger * 1968

Taubheit

Wer unter Gottes Schweigen nie gelitten,
weiß nicht um der Gebete heiße Glut
und um der Beter immer neuen Mut,
mit dem sie Gott um eine Antwort bitten.

Um einen Fingerzeig, der ihren Schritten
Gewissheit gäbe, dieser Weg ist gut.
Wer selbstzufrieden in sich selber ruht,

kennt nicht die Unrast, die mit Gott
gestritten.

Mit Gott,der schweigt, selbst wenn die
Leugner lachen,
der schweigt, wenn seine Beter stehn und
wachen
und immer wieder, an die Türe pochen.
Gott schweigt,als könne er das Wort nicht
sagen,
nach dem die Ausweglosen ihn befragen.
Gott schweigt und hat sein „Ja" doch
längst gesprochen,

Hans Lieberknecht

Aus dem Bauch heraus

Warum so viel Linkshirnigkeit? Laßt mehr
Gefühl, Emotionen sprechen.
Sag, was dich bewegt, kommuniziere
darüber. Alles um uns spricht.
Du musst nur hinhören. Der Wind im
Haar, das Blatt im Fall, das Huschen
eines Kleintieres. Sie sind es, die da sind.
Nimm sie wahr, wie sie dich
wahrnehmen.
Objektive Realität kann auch subjektiv
sein.
Zu wenig Gemeinschaft, Wohlbefinden,
Glücksgefühl? Ich verstehe, tu es
auch.
Bewältige die Aufgaben und Ergebnisse des
Verstandes. Wichtig!
Aber es wird irgendwann nichtig bei
einseitiger Bewältigung.
Schau um dich und dir wird immer
bewusster – nicht nur die
Hauptstraße.
Es gibt mehr Wege. Gehe sie und bitte aus
dem Bauch heraus.
Erst beides erzeugt ein Netz des Verkehrs,
des Laufes unseres Daseins.

Martina Liebermann

Verregneter Juli

Julikalte Herbstgefühle,
Kirschen Sommerhochgenuss,
Jahreszeiten aus der Ordnung,
Wo ist Anfang, wo ist Schluss?

Blitz und Donner, Regengüsse,
Wettergott schickt was er will,
Ist im Juli schon November?
Ist im Juli noch April?

Melancholische Gedanken,
Sonnenwarme Zuversicht,
Reifes Obst und gelbe Felder,
Sommerhitze diesmal nicht.

Unzufrieden schauen viele,
Auf die unvollkommne Welt,
Nimm es hin, was nicht zu ändern,
Glücklich macht nur, was gefällt.

Ellen Liebich

Erinnerungen

Weit bin ich zurückgegangen,
Tag für Tag und Nacht für Nacht.
Wo meine Kindheit angefangen,
Pommern klingt es in mir sacht.

Meine Gedanken, meine Träume,
sind erfüllt von Heimatklang.
Könnt´ ich doch noch einmal gehen,
durch die Stadt an Mutters Hand.

Tausend Vögel hör´ ich singen,
in den Wäldern auf der Flur.
Tausend Glocken hör´ ich klingen,
wie in meiner Heimat nur.

Meeresrauschen, Meeresbrausen,
ach du alter lieber Klang,
wirst mich weiter auch begleiten,
durch mein ganzes Leben lang.

Weit bin ich zurückgegangen,
Tag für Tag und Nacht für Nacht.
Immer hältst du mich gefangen,
Pommern klingt es in mir sacht.

Gudrun Liening

Denkst du, nur du…

Denkst du, nur dir allein
ging der Spiegel zu Bruch?

Denkst du, nur du hattest Pech,
als du ausgeglitten auf unbekanntem
Gelände,
das du voll Neugier betreten?

Denkst du, nur du
hättest dich geschnitten,
als du die Scherben deines Unglücks
aufgesammelt?

Denkst du, nur du hättest gelitten,
als du erwachtest
und schmerzlich den Verlust spürtest?

Denkst du, nur du allein
weintest heimlich Tränen,
da dein Bild und die Träume zerbrachen?

Bodo Liermann

Jenes

Sonnendurchwohnte Gezeitlosigkeit
zweifelnder Weise
zu flussmüder Zeit,
goldüberwöhnte, honigbetriefte,
lächelnzerquälte, arglose Lähmung
jedweder Windung
jedweder Faser
ohne die Aussicht,
jenes jemals zu suchen,
jenes jemals zu finden,
jenes jemals zu bleiben.

Leilah Lilienruh

Ich wand're ja so gerne

Ich wand're ja so gerne
die Straße dieser Welt!
Es leuchten mir die Sterne
auf Wiese, Berg und Feld.

Ich wand're ja so gerne
den hohen Lichtespfad!
Ich sehe in der Ferne
hell leuchten Zions Stadt!

Ich wand're mit den Kindern,
die frei von jeder Sünd'!
Gott schenkt uns Überwindern,
dass wieder wir sind Kind!

Es spiegelt sich in Seen
der Schwäne weißes Kleid.
Wie silbrig lichte Feen
zieh'n Wölkchen, ach, so weit!

Limanel

Bethlehem

Bald kommt die stille Nacht:
Aus weiter Himmelsferne
einer der Lichtersterne
aus Dunkelheit erwacht!
Zeigt dir auf deinen Wegen
wie sicher er dich führt,
dein Herz so still berührt
und schenkt dir seinen Segen.
Wie eine Wolke aus dem Licht
im Flug von Welt zu Welt
ein Hoffnungsstrahl im Sternenzelt
verlässt er deine Wege nicht!
Geh' nun hinaus in diese Nacht
und suche deinen Stern,
der wie ein Feuerlicht von fern
dir offenbarend seine Macht.

Ruf sie ihm zu, die vielen Fragen,
die heilige Nacht ist nun bald da!
Das Wunder ist für dich so nah:
Der Stern wird Antwort sagen.

Gert Linck

Wiederkehr

Kann nicht glauben stehst Du vor mir,
hab Angst Dich zu berühr'n,
möchte Dein Gesicht sanft streicheln,
Deine Lippen zu meinen führen,
die Zeit war so lang,
die Angst in mir,
könnt Dich verlier'n,
doch was niemals vergeht,
ist die Liebe zu Dir.

Anja Lindemann * 1963

Kerzenlicht

Es hat der Kerze heller Schein
Silberfäden in die Nacht gewebt,
die nun aus tiefem dunklem Sein
erwachend ihre Schleier hebt,

Behutsam bahnt das sanfte Licht
sich feine Wege in die Dunkelheit.
Die Schatten vorher schwarz und dicht,
sie fliehen und die Nacht wird weit.

Zauber liegt auf allen Dingen.
Ein ferner tiefer Glockenschlag
bringt die Stille sacht zum Schwingen,
als ahne sie bereits den Tag.

Margarete Lindemann

Hoffnung

Geburt – ein Meilenstein des Seins.
Ein Kind – mit Gott im Geiste eins.
Dann Leben.
Mensch, auf allen Stufen,
Wie oft wirst du von Gott gerufen,
Wie oft empfängst du helles Licht,
Wie oft erkennst du?
Wie oft nicht?
Du schreitest, weil es Gott gefällt,
Ein Leben lang
Durch diese Welt.
Und endlich Tod – ein Meilenstein –
Geburts-Tag für ein neues Sein!

Linda Linder

Das Blatt

Es dreht im Wind sich leis' ein Blatt,
schaut rundherum und keck hinab.
Nimmt Regen auf und Sonnenschein,
sieht aus es tat es glücklich sein.

Sein Leben kurz, ein Sommer nur,
doch sieh von Hecktick keine Spur.
Im grünen Kleid kokettiert es fein,
als könnt es ewig da so sein.

Ohne Kummer frei von Sorgen,
schaut es in den nächsten Morgen.
Ich denk daran und seufze schwer,
wenn doch so leicht mein Leben wär!

Werner Linders

Wo wärst dann Du?

Wenn ich nicht geboren wär
wo wärst dann du mein Kind?
Vielleicht wärst du ein Fisch im Meer
und ich wäre der Wind.

Vielleicht wärst du ein Vögelchen
das singt und fliegt so frei
und ich wäre ein Tüpfelchen
auf dem Vogelei.

Vielleicht wärst du ein scharfer Dorn
an einem Rosenstrauch

und ich wäre das Matterhorn
mit einem Horn im Bauch.

Walburga Lindl * 1936

du und ich

Licht
ich
Dunkel
du

Hans Lindner * 1937

Loblied an meine Enkel

Das hätte ich mir nie gedacht,
dass Altsein so viel Freude macht:
So schön war's mit den Kindern schon,
doch Enkeltochter, Enkelsohn
erlebt man zweifach intensiv.
Warum sind hier Gefühle tief,
warum nur geht man jeden Schritt
von Enkelkindern doppelt mit?
Was ist vor allem daran schuld,
dass man jetzt hat viel mehr Geduld?
Zum einen tut der Stolz sehr gut:
Die Enkel sind mein Fleisch und Blut!
Zum zweiten muss ich laut bekennen;
zu oft kann ich mich selbst erkennen
im Denken, Handeln, Spielen, Lachen,
in vielem was die Enkel machen.
Gestehen muss ich noch zum Schluss:
Sehr praktisch ist, gibt es Verdruss,
dass man die Enkel ja sodann
bei ihren Eltern abliefern kann.

Volker Lindner

Alte Liebe

Sie streicht

mit ihrem Silberlächeln

über sein Haar,

das nun graue,

glättet die welke Haut

mit zarter Hand,

zeichnet ins junge Herz

die alte Liebe.

Ruth W. Lingenfelser * 1952

Ich weiß nichts über sie
doch sie gibt den Blumen Farben
Nimmt die Wärme meiner Hand
läßt den Duft erahnen
Ein blauroter Stein
auf meinem Wege
Manchmal ein Lächeln
die Stimme voll Wärme
klingt nach in den Hallen des Sommers
Ich weiß nichts über sie
doch sie gibt den Blumen Farben

C. Lingus

Sehnsucht

Kein Sinn, kein Zweck.
Mal her, mal hin.
Mal dar, mal weg.
Kein war, kein bin.

Da war ein Sinn.
Da war ein Zweck.
Erst war er hin,
Nun ist er weg.

Und das was war,
Das bin ich nun.
Doch niemand da,
Was soll ich tun?

Drum hin und her,
Tag ein, Tag aus.

Mal nichts, mal mehr,
Mal rein, mal raus.

Dominik Link * 1983

Mein Reh

Mein kleines Reh, geduldig hast du
ertragen des Lebens Weise.
Deine Augen sprechen von Freud und
Kummer, leise.
Viel haben Sie gesehen und blicken weise.
Nun, heimlich still und leise,
macht sich Deine Seele auf die Reise.

Keines Wortes bedarf es, zu verstehen
deine Geschicht'.
Sprichst du doch von Sehnsucht, dem
unbändigen Verlangen nach Verstehen,
zu brechen das schroffe Eis der Einsamkeit.

Nicht Tor noch Riegel verstellen deinen
Blick.
Fragt er nur, warum ihn mit Verstehen zu
erhellen, keiner bewies Geschick.
Langsam öffnest du die Augen.
Nicht Worte sind es, die mich berühren
und mein Herz zu Tränen rühren.

Irene Link * 1975

Lange

Lange hast du deine Mädchenträume in
den halbgeöffneten Händen gehalten
hast sie bei dir getragen und sie gehütet
wie deine Erinnerungen
sie waren geborgen in dir.

Oft hast du sie mit den Drachen im
Spätherbst steigen lassen
hast sie hoch in die Luft geworfen, ohne
Angst sie zu verlieren
denn du konntest sie auffangen
du hast deine Seele aufgespannt wie ein
Tuch und sie hineinfallen lassen
wie Sterntaler in deine Schürze.

Jetzt stehst du da und siehst sie wegwehen
im Wind
du kannst sie nicht aufhalten
denn sie zerreißen wie Schmetterlingsflügel
zwischen deinen Fingern zerfallen sie
zu Staub
die Stelle in dir, wo sie nachts wach lagen,
während du schliefst
schmerzt noch vom Abschied
sie bleibt leer.

Lange spürst du noch den Windstoß im
Gesicht
der sie dir fortgetragen hat.
Oft suchst du noch die Sterntalerschürze im
Schrank.

Juliane Link * 1986

Deinen Traum träumen ohne Schattenspringen –

wenn ich gehe in deinen Traum,
ohne mich zu verletzen

wenn ich es schaffe ihn dir unbeschadet
zurückzugeben, und trotzdem
ein Teil von mir zurückbleibt

wenn du glaubst, es wäre mein Traum
und bist bereit ihn weiterzuträumen,
dann sind wir zu Hause

Silvia Link

Herr Künstler

Herr Künstler wollt' was reparieren
und eilte flugs zum Werkzeugschrank,
bewaffnet' sich mit vielen Dingen,
erwartet der Familie Dank.

Denn eine Schraube zu erneuern
oder `ne Birne für das Licht,

das wird er nach wie vor beteuern,
gehört zu seinen Pflichten nicht.

Und trotzdem macht er sich geschwinde
ans Werk - und dann im Abendrot,
da findet ihn das jüngste Kinde,
erschöpft, verdrossen und halbtot.

Der Schlüssel passte nicht zur Schraube
und außerdem, bei diesem Licht,
da sieht er fast so viel wie'n Blinder,
und Handwerker, das ist er nicht!

Das Kind wird nun zum Werkzeug greifen
und ganz gewiss im Handumdreh'n
hat es vollbracht, was er gern wollte,
und er, er kann im Lichte steh'n.

Ulrike Linke * 1964

Im Totendobel ob Vilshofen a. d. Donau

Fährmann, setz mich über in eine stille
Welt!
Fährmann, setz mich über, der Morgen
graut.
Vom Wald her grüßt es freundlich,
verspricht mir lange Ruh.
Ich schreite in Gedanken dem Totendobel
zu.
In ungeweihte Erde, ihr Toten, dort
versenkt,
Blieb keine liebe Seele, die euer treu
gedenkt?
Die Pest hielt reichlich Ernte. Euch, Tote,
trug man fort.
Verwunschen und vergessen ruht ihr am
Felsenort.
Ermüdet sink ich nieder. Im Dobel halt ich
Rast.
Ein Traum zog sacht vorüber. Bei Toten
war ich Gast.
Fährmann, hol mich über in die lebend'ge
Welt!
Fährmann, hol mich über, der Himmel
blaut.

Uta Linne-Hille * 1943

Melancholie im Herbst

Schleichend und leise verliert alles seine
Farbe;
die Tage werden kahl und grau;
plötzlich ist der Himmel nicht mehr blau
und
es scheint, als wäre es ein Abschied und
keine Gabe.

Ein Abschied von der Sonne im Herzen,
trotz seines Willens kann man ihm nicht
entfliehen,
obwohl man nur will, dass Blumen blühen,
doch nun flackern auf den Gräbern nur
mehr Kerzen.

Ein Regentropfen fällt auf die Fensterbank,
die Stimmung ist gedrückt,
denn man kann nicht mehr zurück;
die Freude ist verflogen und kein Kind
spielt mehr im Sand.

Die Tiere ziehen sich in ihre Bauten zurück,
die Seelen der Menschen scheinen verlassen,
nun trinkt man nur mehr Tee aus Tassen
und das Wetter spielt auch wie verrückt.

Für viele ist es eine Art Neubeginn;
doch mich zwingt es nur zu noch mehr
Melancholie,
empfind dabei keine Euphorie
und finde im Herbst nur wenig Sinn.

Verena Lipouschek * 1988

Kraftvolle Pein,
hinfort geschwemmt.
Leer und Rein,
dennoch Leid gewinnt.

Erschöpft und Krank,
sink' ich hernieder.
Mach' meinen letzten Wank,
und sterb' wieder.

Oliver Lippert * 1978

deutschland – ein gruselmärchen

wohl gesonnen
braungebrannt
der schwarze markt blüht
und brach liegt das land

wohl genährt
mit linkischer hand
so trinken wir kummer
und brach liegt das land

sicherheit befriedet
das genie wird verkannt
so bleibt das volk zahm
und brach liegt das land

morgens quält man sich raus
game over / spiel aus
am horizont steigt die sonne
und fällt knisternd zu land

Maya Lippmann * 1981

Liebe und Hoffnung

Es darf nicht sein, daß Menschen sich
venichten,
daß sie Waffen gegen sich und andere
richten.
Das mit dem Frieden ist eine große Bürde.
Wo aber bleibt sie, die Menschenwürde?

Es darf nicht sein, daß Liebe und
Verständnis erkalten,
daß es Menschen gibt, die Herzen
verwalten.
Daß Ellenbogen und Krieg wichtiger sind
als im Arm einer Mutter das Kind.

Soll dieses nichts sein gegen die Art,
die Liebe und Freundschaft auf Kriegsbasis
spart?
Das sollte uns allen zu denken geben,
wir haben nur diese eine Erde, nur ein
Leben.

Roswitha Lisken * 1944

Der Ausweg

Wahrscheinliche bin ich mit der Meinung
allein –
Es ist ein Unglück, auf der Welt zu sein!
So viele glauben, zu leben ist Glück –
Ich glaube das keinen Augenblick!

Glück wär' es, man wäre nie geboren –
Auf der Welt ist doch jeder, der denkt,
verloren!
Gibt es den Himmel und Seligkeit,
möchte' ich dorthin – fort vom Erdenleid!

Anneliese List

Zeiten der Stille

Wie die Natur
in den Zeiten der Stille
einen anderen Zustand annimmt
sich vorbereitend
auf neuen Kreislauf,

so sollen wir Menschen
uns täglich befragen
was wir tun können für das Leben,
und die Tage füllen
mit Farben und Kraft

oder Stille und Frieden.
Denn im Wechsel ist Gestalt.

Silvia Livey * 1956

Leben

Der Mensch hat einen Traum;
als Kind vermisst du diesen kaum;
denn da ist er klar umrissen;
nur als Kind hast du dies Wissen.

Dann lernst du was man von dir will;
und dein Traum wird in dir still.
Anstatt dessen lernst du klagen;
was dir fehlt aus Kindertagen.

Du meinst dieser Traum kommt nie zurück
und dir fehlt's an Lebensglück.

Noch in dir drin
doch meist ganz leise;
ruft dich dein Traum auf seine Weise.

Hast du das Glück und kannst ihn hören;
dann lass ihn nicht noch mal zerstören.

Kathrin Lochner * 1967

Unser Leben

Ein Kommen und Gehen, sich Sammeln
und Verwehen –
Ein Blütenschnee im Mai

Ein Beginnen und Enden, Vorantreiben
und Wenden –
Ein Wellenschlag im Meer

Ein Lieben und Hassen, Halten und
Loslassen –
Ein Schmetterling im Wind

Ein Reden und Schweigen, sich Verbergen
und Zeigen –
Ein Kiesel auf dem Grund

Ein Suchen und Finden, sich Entzweien
und Binden –
Ein Streifzug durch die Zeit

Ein Lachen und Weinen, Verglühen und
Scheinen –
Ein Licht am Horizont

Ein Siegen und Verlieren, sich Wärmen
und Frieren –
Die Suche nach dem
Glück.

Monika Lockowandt

Rund um die heilige Nacht

Die Hast ablegen
und die Fülle genießen
Die Briefe und Grüße
zu Herzen nehmen
Die Geschenke liebkosen
Den Glanz und die Freundlichkeit
der Bilder und Zeichen verkosten
wie Wein

Fin Buch auf dem Schoß
in die Flamme einer Kerze schauen
bis der ganze Raum
hell wird

hell von der Fülle
in der alles geborgen ist
auch unser Müh'n und Bemühen
rund um die Heilige Nacht

Renate Loebner * 1925

Im Untergrund

Nix als Quatsch
Im weißen Matsch
Verträgt die Hose
Untergrundgetose

Im lichten Nebel
Unterm Arschknebel
Verdrückt die Tipse
Untergrundlakritze

Mit aller Kraft
Schon weit geklafft
Stämmt der Baum
Untergrundfeuchtraum

Durch blutige Pflaster
Klebt eitriger Knaster
Schwitzt Herr Vor
Untergrundchlor

Heiliger Christ
Sachte verpisst
Gestrandete Male
Untergrundkathedrale

Felix Loepthien * 1977

Freunde

Freunde in gewissen Stunden,
Freunde an bestimmten Tagen;

Freunde tun der Seele gut,
geben uns immer wieder Mut.

Freunde, die steh'n treu zu dir,
nicht nur mal für ein Glas Bier.

Freunde, das sind liebe Menschen,
die dir einiges von sich auch schenken.

Freunde sind ganz für dich da,
sind sie fern oder auch nah.

Freunde, die dir Gutes tun,
sollten stets in deinem Herzen ruh'n.

Menschen ohne Freunde sind arm dran.
Freunde brauchst du dann und wann.

Freunde steh'n zu dir im Leben,
geben dir Kraft auf deinen Wegen.

Glücklich ist, wer freundlich ist
und den Nächsten nicht vergisst;
anders leben, das ist nichts.

Manuela Löffler * 1973

Schattenwald

Das Leben im Schatten
Auf dem Waldboden ganz klein.
Die Farbigen und die Matten

Erblühen ganz unten
Von Zeit zu Zeit
Nur kurz die bunten

Eifrig, ganz eifrig
Sind sie doch
Sie recken ihre Blätter empor
Und suchen nach jedem Sonnenloch

Ach sie sind so fleißig
Bringen Früchte und Samen hervor
Lassen sie fallen
Und ein neuer Winzling steigt empor

Birgit Lohrmann * 1968

grundlos

die guten gründe sind zu grunde gegangen
das gute gewissen weiß von nichts

der wissensdurst ist ertrunken –
das wasser steht halskrausig.

aber morgen werde ich einkaufen:
einen goldigen schmuck für den hals,
einen bestseller fürs bücherregal!

ich habe meine gründe –

grundverschieden
von meinen bedürfnissen.

Sigrid Löllmann * 1939

Lebe ich?

Ich werde „gelebt"
von Anforderungen und Stress
durch falsche Ziele
von der Hetze des Alltags
von Belastungen im Beruf
und einem Mammutprogramm.

Ich will:
Pausen machen lernen
bewußter leben wollen
Wünsche wahrmachen,
diskutieren und mitreden.

Ich möchte:
zufrieden werden
nachdenken über mich selbst,
neue Werte entdecken
Dinge umstellen.

Ich muß:
Veränderungen schaffen
einen neuen Anfang wagen
und sofort damit beginnen.

Christel Looks-Theile

Tränen

Tausend Tränen schon geweint
vielleicht auch schon Millionen

Doch jede Träne tat so gut
musste einfach raus

Machte Platz dann für die Tränen
die beim Lachen dann entstehen

Karina Lopardo * 1973

Ich entscheide ob ich lache oder leide

Ist der Alltag trist und schal – meine Seele
in einem tiefen Tal
Ich entscheide ob ich lache oder leide

Ist mein Körper voller Schmerzen –
dumpfe Trauer in meinem Herzen
Ich entscheide ob ich lache oder leide

Geht manches ständig schief – nicht ok wie
alles lief
Ich entscheide ob ich lache oder leide

Fühl ich mich einsam und so leer – ist ohne
Liebe mein Dasein schwer
Ich entscheide ob ich lache oder leide

Die Entscheidung fällt nicht schwer – Ein
Lachen gibt mir so viel mehr

Sorgen – Nöte – Ängste – sie verblassen
denn Ich entscheide ob ich lache oder leide

Angelika Lorek * 1962

Jung, kann man nicht immer sein,
stellt darauf euer Leben ein.

Der Jugend Sturm und Drang,
hält nicht ein Leben lang.

Der Frühling ist so schnell dahin,
gebt dem Leben, Zweck und Sinn.

Stecket euch ein festes Ziel,
im großen Lebensspiel.

Wollt ihr werden anerkannt,
seid strebsam, menschlich, tolerant.

Habt ihr nach hartem Lebensspiel,
erreicht euer gestecktes Ziel.

Legt ab, die Hektik und die Hast,
befreit euch von dieser Last.

Die Geruhsamkeit pflegt,
die Gemütlichkeit hegt.

Erntet was ihr habt gesät,
denkt daran, bevor es zu spät.

Genießet in Zufriedenheit,
die Früchte eurer Lebenszeit.

Arthur Lorenz * 1919

Webmuster

Der Herbst ist vorbei - Trauer wie Samt
nun schneiden die eisigen Winde,
so wie dein Lächeln mir eingebrannt
ist mir das Innere erfror'n.

Verzweiflung erstickt mich - wie wollenes
Tuch
Träume können nicht atmen,
stickige Räume völlig überheizt
und niemand öffnet ein Fenster.

Einsamkeit kratzt - wie ein grober Mantel
Gedanken sind wundgescheuert,
unendlich laut schmerzt die Stille solang
kein Zeichen von Dir mich erlöst.

Doch dann Hoffnung - wie Seide
umschmeichelt die Sinne
kühlt Wunden mit deiner Stimme,
Geister flieh'n in die Schatten zurück
manche Blume blüht auch im Winter.

Martina Lorenz * 1980

Ein Hotel in den Bergen

La Falda – Hotel Eden,
Diese Namen kennst du nicht.
Und doch sind sie Teil deutscher
Geschichte.
La Falda
Ein Dorf in den Bergen, in Argentinien,
Am anderen Ende der Welt.
Hotel Eden
Ein wunderschönes Hotel – 1898 eröffnet.
Von einem deutschen Architekten gebaut,
Von deutschen Besitzern verwaltet,
Vom deutschen Adel besucht.
Eine glanzvolle Zeit bis zum Kriegsbeginn.
Doch heute – eine äußerst traurige Ruine,
Die die frühere Pracht nur mutmaßen läßt.
Kann das Hotel Eden noch gerettet
werden?
Vielleicht wieder durch eine deutsche Seele?

Maria Silvia Lorenzo * 1967

Stille Nacht

Stille Nacht und stiller Mond,
sie haben Macht,
wenn man einsam ist,
denn Erinnerung schleicht heran.

Lauter Tag und heiße Sonne,
sie haben Macht,
lassen Erinnerung und Traum vergessen.

Kühler Abend und stille Dämmerung,
sie haben Macht,
wenn man einsam ist,
denn Angst vor stiller Nacht ist groß.

Gabriele Lortz * 1962

Die Session des Glaubens & der Gaben

In einer Zeit, in der wir erwachsen werden,
bedeutet auch, dass das Leben
die Veränderungen innehält, und mit
jedem Schritt,
den man in all den Jahren tut,
verändert sich auch derjenige und seine
Umwelt,
welcher bereit ist, zu gehen ...
Und auf diesem Weg ist es die Liebe,
welche die Erlösung
von Schuld und Sühne inne hält ...
Und gerecht ist der, der nach der Wahrheit
sucht, und der Gerechtigkeit
auch denen gibt, die sie möglicherweise
nicht verdienen ...
Denn so sind wir auf der Suche nach einem
Platz im Leben,

Auf dieser Welt.
Sind auf der Suche nach Erlösung, nach Liebe, Erfolg, nach Zuneigung,
im tiefsten Winter, und dem wärmsten Sommer.
So dass wir einen Ort finden, an dem uns Zuflucht gewährt wird,
an dem wir Vergebung finden,
und vielleicht auch ein Zuhause, ein Zuhause, ein Ort der Ewigkeit.
Denn dieses brauchen wir, und nach diesem suchen wir,
nach einem Zuhause, einem Ort, wo uns die Menschen mit einem Lächeln empfangen.

Emanuel J. Losch * 1987

Die Imla senn mei Herzensfreund

Die Imla fliegn hin und her,
die Imla fliegn kreuz und quer.
Die Imla fliegn ins Tal hinei,
könnt i sulch fleißigs Bienla sei!

Die Imla summa ja su schee,
dou gejt me gleich dös Herz in d'Höh.
Die Imla senn mei Herzensfreud,
senn lieber als su mancha Leut.

Die Imla in der Summerszeit,
die summa auf der grüna Weid.
Die Imla sicht der Wandersmoah,
der sich nicht satt dran sejah koah.

Die Imla sammeln süßen Loahn,
die Menschen sich dran laben toan.
Bedenkt ihr aa, welch Müh un Plag,
manch Imla dabei haben mag?

Mei Imla will i pflegen,
mit Saft und Most sa hegen,
in trüba, graua Winterszeit,
bis widder summa – mir zur Freud!

Klaus Loscher

Meinem Kind

Ein kleines Stück vom Glück
entsteht durch die Blume
die wir zusammen entdecken
und vom Sonnenschein
den wir gemeinsam spürn

Ich erfahre es durch deine Blicke
und durch ein Wort von dir

Zu wissen, du bist da
gibt mir Sicherheit und Stärke
Zu wissen, du hast Vertrauen
in mich bedeutet auch
ein kleines Stück vom Glück

Zu wissen, der Weg wird mal enden
und wir auseinandergehen
dann bedeutet ein kleines Stück Glück,
dich wiederzusehn

Sylke Lotz * 1967

Habseeligkeiten

(2004 als liebstes Wort ausgezeichnet)

Was ist es das dir hier
auf deinem Erdenweg zu eigen?

Die Hand voll Sonne
und das Grün,
das kaum geleuchtet.

Wenn du in Einsamkeit
die Sorgen nennst,
bist du dem Grün
dem Baum
der Erde gleich.

Der Freund,
das Kind,
sie werden dich
nur eine Zeit begleiten.

Es bleibt dir nur ein Tau,
der auf dich niederfällt,

ein Tuch aus Licht
mit den Habseeligkeiten.

Regine Lotz-Albach

Verriß

Deine Sehnsucht non-existent
sie ist dem Fahrrad mit wehenden Seiten
davon geflogen.

Verse füttern mich durch die
Schokoladennacht, nähren das
Wälzen und Streben.

Nach Deinem Respekt vor meiner
trockenen Zunge. Bücher lieben mich
durch den Tag.

Deine Worte klirren, während der
Weihnacht rauher Atem Knospen
erhärtet und Rosenblätter welken
lässt.

Lilian Lovelock * 1972

Gelebtes Leben

Freude unserer Kindertage,
kehre einmal noch zurück,
Übermut der Jugendjahre,
nur für einen Augenblick.

Liebe unseres Lebens,
wundervoll und schön,
gar nichts war vergebens,
was einst ist geschehn.

Kinder unsere Freude,
unser ganzes Glück,
eine Augenweide,
alle, Stück für Stück.

Und das Leben trieb,
schnell an uns vorbei,
schneller als uns lieb,
zu schnell für uns zwei.

Weiß sind nun die Haare,
langsam unser Gang,
doch der Jugendjahre,
denken wir noch lang.

Ingrid Löwenberg * 1939

Ich pflanze ein Lächeln

Doch an welchen Ort.
Wo pflanzt es sich fort.
Der strahlende Sonnenschein.
Läd zum Lächeln ein.
Ein freundlicher Blick.
Lächeln kommt zurück.
Die herrlichen Blumen dort.
Bewunderndes Lächeln
pflanzt sich fort.
Das spielende Kind.
Versunken und traumverloren.
Lächeln wird geboren.
Ein Lächeln aus der Seele. –
O, daß es sein Ziel nie verfehle.
Ich pflanze ein Lächeln.
es gedeiht.
Zu jeder Zeit.

Lore Lübbermann

Macht

Die Macht Deiner Gefühle
kannst Du nicht besiegen.
Sie dringen bis tief
in Dein Herz Deine Seele.

Die Macht der Gedanken
läßt Dich nicht los –
es ist, wie auf einem treibenden Floß.

Wildwasser strömt
Du willst es nicht glauben
Die Wahrheit lacht Dir ins Gesicht.

Du kannst keinen betrügen –
erst recht nicht Dich.

Die Macht der Gefühle
kannst Du nicht besiegen.

Hanny Luck

Im Moment

Von dem Moment an,
daß du warst,
warst erwartendes du
in deinem Schein.

Von dem Moment an,
daß du bist,
warst geschlossenes du
in deinem Sein.

Von dem Moment an,
daß du mich regiertest
warst entfremdet du
in deinem Wesen

Von dem Moment an,
da du mich ließest,
warst fern mein du
in unserem Genesen!

Henriette Lück * 1972

Vergeblich?

Wecken, Versorgen, Vergessen.
Tag für Tag.
Woche für Woche.

Sitzen in Stille.
Tag für Tag.
Woche für Woche.

Sonnige Tage – Wintertag,
das gleiche Bild.
Tag für Tag.
Woche für Woche.

Ein Gang über den Flur,
ein Gruß an die Insassen.
Tag für Tag.
Woche für Woche.

Ein Besuch,
ein Gespräch,
eine andere Welt.

Ein Mal die Woche,
fünfzig im Jahr –
nicht mehr lang.

Yvonne Lücke * 1974

Morgenzauber

Morgenluft hebt trübe Gedanken,
die sich bedrohlich und schwer
zur Nacht um die müde Seele ranken,
hoch hinaus in das Wolkenmeer.

Dort in der Ferne, vom Morgenlicht
in einen Zauber von Farben getaucht,
bekommen Sorgen ein andres Gewicht
und der Gedanken Schwere verraucht.

Wie alles Stund um Stund erwacht,
will auch mein Geist sich regen,
will horchen, wozu der Tag gedacht,
will schaffen und Dinge bewegen.

Erfrischt, wie das Gras durch Morgentau,
räkeln sich wohlig die Sinne.
In meinem Innersten fühl ich genau
die Chance im täglichen Neubeginne.

Bruni Lüdeking * 1953

Einmal im Kreis, bitte!

Zerfetzt komm ich am Bahnhof an,
hab' Rindsreste zwischen den Zähnen und
Miesmuscheln hinter den Ohren.
Natürlich laufen Schweinsohren nicht
einfach im Zimmer herum, faseln von
Weißbier und Sauerkraut
und angeln sich nebenbei den
Weltrekord im Fische fangen.
Man stellt sich auch nicht gegenüber der
Telefonzelle zum Sterben auf.
So was machen nur Mutanten, die ihren
Abflug von der Erde verpasst haben.
Als der Zug hält,
steigen kommunistische Zigeuner aus dem
Führerhäuschen.
Da staun ich nicht schlecht,
spring rückwärts auf mein Fahrrad und
rutsche den Berg hinauf,
und unten angekommen, seh ich,
was die ganze Zeit buenos tardes
gerufen hatte:
ein Ochsenfrosch aus Plastikknetmasse,
der da am anderen Anfang des Flusses steht
und mir eifrig zuwinkt.
Die Eier platzen ständig an der Oberseite
auf, die Wurst hat immer zwei Enden
und die
Menschen tragen nur einen Kopf.
Und überhaupt ist hier alles anders als es
die Reisegesellschaft mir beschrieben
hatte.
Da schau ich auf die Uhr über der
Telefonzelle mir gegenüber und stell
entsetzt fest, dass ich
gerade meinen Flug verpasst hab..

Bettina Ludwig * 1981

Was wirklich Winter ist

Ihr beschwert euch über Schnee und Eis,
Doch habt ihr schon mal in sein Herz
gesehen?
Die Tasse Tee ist euch viel zu heiß,
Doch wollt ihr auf ihn zugehen?

Ihr meckert über zu hohe Kosten.
Ihr seht ihn an, und sein vereistes Herz,
Doch ihr lasst dabei die Worte rosten.
So helft ihr ihm nicht in seinem Schmerz.

Ihr verabscheut mit ihm umzugehen,
Auch wenn ihr wisst, dass ihr ihm helfen
müsst,
Sonst ist's um sein Herz und ihn geschehen.
Das ist, was wirklich Winter ist.

Johanna Ludwig * 1987

Ich dachte

Ich dachte ich wäre noch ein Kind
als er mich holen kam
Ich dachte ich wäre Mutter
als er mir mein Kind wegnahm
Ich dachte im besten Alter zu sein
als dann diese Krankheit kam
Ich dachte ich bekäme ein Grab
Ich war siebzehn als ich starb

Judith Ludwig * 1982

Weihnachten 2005

2000 Jahre ist es her,
so genau weis man das nicht mehr.

Einst leuchtete ein Stern, wunderbar,
heute leuchtet es immer, das ganze Jahr.

Wenn sie das wüssten, Melchior, Caspar
und Balthasar,
heute kommen andere in großer Schar.

Sie kommen von überall her, aus der
ganzen Welt,
um zu staunen über das Wunder, das Geld.

Doch wenn sie hier sind und haben es
endlich geschafft,
beginnt die Hoffnung zu schwinden,
warum haben wir diesen weiten Weg nur
gemacht?

Zu Hause, weit weg von diesem
Lichtermeer
da liegt die Wahrheit, die Besinnlichkeit,
wer will kann es ergründen, in der
Einfachheit.

Kommt dann der Tag, auf den alle warten,
wird es still in der Nacht und ganz leise
Weihnacht.

Serge-Michael Ludwig * 1945

III. Misanthropia universalis

Immer stehen im Zenit schon
die Boten, aufgeklärt nah.
Von weiter her sieht keiner
als von dem bloßen Augenblick.

Sie sicheln in anderem Namen
die dürren Fassaden notdürftiger
Entdeckungen.
Versehrt heißt es, sind sie
und halten sich in den Windschatten,

Versichern sich blutig
und schweigen zu Tode
ungelingenden Hass.

Veronika Ludwig * 1979

Ein Schachspiel

Ein Schachspiel
das Leben
mach den nächsten Zug
vergiss nicht vorrauszusehen

Ein Schachspiel
das Leben
der nächste Zug
vielleicht ein Fehler
vielleicht ein Schachmatt

Ein Schachspiel
das Leben
vorausgesehen und Glück gehabt
gewonnen!

Sarah Lühmann * 1991

Das Rad des Lebens

Das Rad des Lebens kennt keinen
Stillstand.
Das Rad des Lebens hält keine Rast.
Das Rad des Lebens dreht immer weiter.
Kennt weder Ende noch Halt noch Hast.

Jedes Ende ist ein Anfang
fast so wie ein Ring.
Schweb ich doch nach der Verpuppung
fort als Schmetterling.
War als Raupe auch schon hilfreich
auf dem Lebensrad.
Ob ein jeder hier auf Erden
'ne Bestimmung hat?
Wenn es 'ne Bestimmung gibt
dann wohl: ICH LIEBE DICH!
Gänzlich ohne Wenn und Aber
öffnen Seelen sich.
Dieses Wort der Liebe dann
milliardenfach gefühlt
verändert unsre Welt total
die fast schon unterkühlt.

Rainer Luhn

Von alten Briefen

Einen Berg von Bildern
wälzen alte Briefe
über den vergilbten Rand
steigen urvertraute Grüße
in mein fremdes Land
Ja

es regen selbst die Toten ihre Füße
in der kalten Gegenwart
fühlt die Spur in dem Papier
noch immer ihre warme Hand

Als das Heer der längst Gewesnen
Lachen rührt mit alten Gesten
und von Sinn und Zukunft spricht
streift ihr frischer Atem
zeitlos mein Gesicht

Eva Lührs-Steinert * 1945

www.kind.de

Und hier bin ich jung
Bin kind
Darf ich jung sein
Bin kind
Wenn ich um alles beraubt bin
Bin kind
Wenn die welt so wenig weltlich
Wenn die realität so wenig real
Wenn der traum verträumt ist
www.kind.de
Bin kind
Wenn mich die zeit beerbt hat
Um mein später
Muss ich kind sein.

Ina Luitjens * 1979

Gefährte meiner Seele

Gefährte meiner Seele wo bist du
ich finde keine Ruh
die Tage ziehen dahin
rastlos suche ich den Sinn

Das erste Mondlicht schleicht
in mein Zimmer so bleich
ein Vogel ganz leicht
fliegt durch die Luft
läßt sich nieder auf meiner Brust

Weine nicht deine Tränen sind alt
der feuchte Wind so kalt
der Mond stellt mir keine Fragen
junger Morgen was wirst du mir sagen

Gefährte meiner Seele wo bist du
ich finde keine Ruh
die Tage ziehen dahin
rastlos suche ich den Sinn

Anke Lüpsen

Liebe

Liebe ist sanft und zart,
grob und hart,
lieb und nett,
fies und keck,
Liebe ist leicht und Liebe ist schwer,
Liebe ist voll und Liebe ist leer.

Liebe ist süß und deftig,
bitter und heftig,
kuschlig und warm,
kratzig und arm,
Liebe ist Trauer, Liebe ist Wut,
Liebe ist schrecklich, Liebe ist gut.

Liebe kann man nicht erkennen,
und sie nicht beim Namen nennen,
solange man nicht sicher ist,
dass es wirklich Liebe ist.

Karin Luzak * 1991

Jedes Mal …

Panik in meinen Augen,
Angst in meiner Brust,
fange an zu zittern.
Jedes Mal, wenn es wieder passiert.

Kann mich nicht mehr halten,
will schreien, kann nicht,
Schmerzen überall.
Jedes Mal, wenn es wieder passiert.

Alles dreht sich,
meine Augen voller Tränen,
der Raum verschwimmt.
Jedes Mal, wenn es wieder passiert.

Endlose Schmerzen,
in jedem Teil des Körpers,
lässt mir den Atem stocken.
Jedes Mal, wenn es wieder passiert.

Jedes Mal, wenn es wieder passiert,
greife ich zum Messer,
um rote Tränen zu weinen.

Luzie * 1990

Mutter sein

Aus eins und eins wird zwei.
Zwei wird zu drei.
Aus du und ich wird wir,
doch dann: wir plus eins.
Oder auch: Ihr und ich.
Eifersucht.
Ausgelaugt sein.
Nicht mehr wollen.
Hoffnung?
Aus ihr und ich
wird wir,
ein langer Weg liegt
hinter uns.
Vor uns.

Lycopodia * 1966

Gesicht und Ahnung

an der Geheimschrift von Frost und Stein
sehen wir es
und der Himmel blau blau blau
mit weißen Flecken – unsterblich
und schwarze Gewölbe von Nacht darum
die sich nähern
unaufhaltsam…

Karl Maria Machel

Das andere Wort für Freunde

Halteschlaufen & Seelenverwandte
Beruhigungsmittel & Gedankenleser
Rettungsringe & Gleichgesinnte
Beleuchter & Infrarotlampen
Lagerfeuer & Regenschirme
Fallschirme & Impulsgeber
Batterieauflader & Versteher
Zuhörer & Tröststationen
Muntermacher & Hellseher
Gefühlsgeschwister & Freudenspender
Ruhekissen & Notbremsen
Wohltuende & Leuchtsterne
Heizstrahler & Brücken
Sicherheitsgurte & Brainstormer
Ideenzünder & Scheinwerfer
Verstehende & Menschenflüsterer
Angstvertilger & Lebensmittel

Ralph Mader * 1961

Die Auster

Ein Kunstwerk der Sinne und Triebe,
auf Partnersuche im Urmeer.
Sie pflegte eine kostbare Beziehung zu ihrer
inneren Perle,
träumte von poetischen Lüsten und
unerhörter Liebe.

Ihr Haus, verschlossen wie ein Fels
in der Brandung.
Sie schien bleich vor Angst, durch den
Sturz.
Der Pilgerstab stürmte die Festung,
die Phasen der Qual waren kurz.

Lieber wollte sie sterben,
öffnete das weiche Fleische zum Kuss.
Er weinte ihr noch eine Träne nach,
schlürfte und warf die Trauer in den Fluss.

Ludwina Madlener

Rose

Eine Rose schenke ich dir.
Danke für eine wundervolle Zeit!
Verrückt – einzigartig – chaotisch.
Nie werde ich sie vergessen.
Momente des Glücks –
zusammen mit dir.

Eine Rose auf deiner Haut.
Ein Symbol das uns begleitet –
durch eine ungewisse Zeit.
Musikklänge hüllen unsere Herzen ein.
Deine Melodien –
so einzigartig wie eine Rose,
verzaubern mich!

Eine exotische Rose als Tatoo.
Eigenwillig – es passt zu dir.
Ich wünsche dir,
dass deine melodiösen Kunstwerke
wie zart duftende Rosen erblühen
und sich eines Tages dein Traum erfüllt!
Eine Rose schenke ich dir.

Magdalena Madlinger

Liebe im Gaukelflug

Der Wasserspiegel leicht gekräuselt, die
Wasseramsel singt ihr Lied.
Tauchend fängt sie ihre Beute. Ich wiege
mich ganz leis' im Schilf.

Der Wasserjungfer Flügel glitzern in der
Sonne.
Für Sekunden steht sie in der Luft ganz
still.

Ihr Gaukelflug ist reinste Lebenswonne.
Ein Zweites schwirrt ihr nach und will...

Oh, wie grazil sie beieinander sind.
Auf einem warmen Stein,
auf einem wiegend Blatt im Wind – schön
muss die Liebe sein!

Bis zur Hüft ins Wasser will ich fliehen, die
Haare aufgelöst im Abendglanz.
Ich wünsche mir ein Schuppenkleid. Ich
würd' flussaufwärts zieh'n.

Ein Faun, ein Schwan, ein Zerberus
begegneten mir auf dem Weg.
Ich lächelte sie an und zög' ihr Haupt ganz
sacht an meine Brust.

Schlüg' dreimal mit der Flosse, das Wasser
wallt.
Und legte sich die Woge, wär' ich längst
enteilt.

Am Ufer säng' ich einsam manches Lied.
Von einer Maid, die Liebe gibt, doch nicht
empfangen kann.

Wann findet sich ein Gleiches, wo schläft
der Wassermann?

Beatrice Magdon * 1972

Schicksal

Du willst
mir nicht wehtun
hast du zu mir gesagt

du hast
mir nicht weh getan

Es war das Schicksal

Es hat mir
unbeschreibliche Gefühle
mit dir gegeben

und es hat
gewusst dass sie
nicht bleiben dürfen

das hat wehgetan
du würdest
mir nie wehtun

Chris Mahler * 1961

Gerechtigkeit

Grausam,
aber trotzdem
bemerkenswert
und
ermutigend,
wenigstens die
Hurrikane
sind
auf dieser Welt
gerecht.
Wenn sie
ihren Sinn
nicht verfehlen,
fördern sie
die Demut
vor der Natur.

Hans Mährle Nähermemmingen

weit entfernt
von eden
zeigt nackte angst
verlorenheit
verkehrt in hass
irrt recht und sinn
kain-tes mal
führt ich-sucht
als sehn-sucht
blind
wohin?

Bärbel Maiberger

Das Gewitter

Es herrscht ein großes Durcheinander
Auf unserem sonst so stillem Feld.
Die Vögel stoßen aufeinander.
Weiß nicht wohin der müde Wanderer.
Es stöhnt und weint die ganze Welt.

Die Pferde zittern ganz und schnaufen.
Verbiegt sich selbst der Ahorn-Held.
Was kriechen kann nur, das muss laufen.
Wer keinen Durst hat, der muss saufen.
All das, was stand, das stürzt und fällt.

Die schwarze Wolke sinkt zum Boden.
Die schwere Luft zerdrückt die Brust.
Der Zeus, ganz wütend, spannt den Bogen.
Es tanzen Feuerpfeilenhorden.
Die Seele schwebt, besetzt von Frust.

Ich bete lautlos um Vergeben.
Vor lauter Furcht versagt mein Mut.
Doch Gnade kann es kaum noch geben.
Ich muss dem Schicksal mich ergeben.
In meinen Adern stockt das Blut.

Waldemar Maihöfer * 1952

Das Leben

Das Leben ist ein Fluß ohne Wiederkehr
und endet im Ozean.

Das Leben ist wie Wasser, das in einem
Bett fließt,
sich manchmal verzweigt, um
auszubrechen aus dem alten Trott.

Das Leben ist wie Wasser, das mal
bescheiden dahinfließt
oder stürmisch wird wie ein reißender Fluß.

Das Leben ist wie Wasser, das über Steine,
die der Fluß des Lebens zum
Versiegen
bringen wollen, hinwegfließt.

Das Leben fließt durch einen See, wo es zur
Ruhe kommen kann,
neue Kraft schöpfen.

Das Leben schreibt seine eigene Geschichte.

Das Leben beginnt mit der Verschmelzung
von Ei und Samen.

Das Leben drückt sich in den ersten Jahren
in unbeholfenen
und unsicheren Bewegungen und Schritten
aus.

Das Leben bekommt Spannung und
Intensität
Mit zunehmenden Alter.

Das Leben kann manchmal einsam sein;
Kommen andere doch hinzu, wird der
Alltag freundlicher und bereichernder

Das Leben wird manchmal in seinem Lauf
durch Steine gehemmt.

Das Leben ist wie ein Fluß, der zeitweise
ruhig dahin fließt,
Aber zwischendurch auch schneller dahin
rauscht.

Silke Maisack * 1965

... für Gott ist nichts unmöglich...
(Lk1,37)

Gott – ein Kind, unmöglich möglich?
Sagt man nicht: Er wurde Mensch, geboren
von einer Frau?
Sagt man nicht: Maria sei seine Mutter,
eine Jungfrau, die einem Engel ihr JA-
Wort gab?

Unmöglich, sagt man!

Für Gott nicht, sagt der Engel –
Maria vertraut.

Eine Jungfrau traut sich Gott zuzulassen,
ihn ankommen zu lassen,
und siehe: Gottes Nähe schafft Leben!

Denn für Gott ist nichts unmöglich.

Siglinde Majunke * 1943

Meltem

Sie hat Wangen aus Gummi
den Kopf voller Stroh
sie springt wie ein Flummi
ist klein wie ein Floh

sie zieht immer Grimassen
die Ohren sind zu
sie tut so viel verpassen
begibt sich ständig zur Ruh

Ihr Mund spricht Unheil
und Freude zugleich
die Haare ein Seil
die Haut ist ganz weich

Ich weiss noch wir lachten
wir waren so frei
was wir alles machten
schon lange vorbei

Mia Mak * 1982

Schneeflocke

in deinem Haar,
das ein bisschen eigensinnig
dein hübsches Gesicht umrahmt,
dir entgegengeweht
schmiegt sich an dich
schmilzt

Verena Malessa * 1972

Einfach denkbar

Lass dich nicht erdrücken
von denen
die voll Entzücken
was Bess'res sich wähnen

Spiel keine Rolle
und sei
nicht der Tolle
bleib frei

Stell dich im Leben
der Frage
was Gott gegeben
an jedem Tage

Gib weiter die Gabe
der Liebe
und habe
lautere Triebe

Klaus Maletz * 1946

Maimaches minor

Dunkelheit umgibt die Zelle.
Eingepfercht ein großes Tier, es ist so eng darin.
Regung. Ein Schrei schickt stumme Wellen aus,
in denen blutige Träume schwimmen,
ihre Gesichter verzerrt vom Schmerz des Tieres.

Doch siehe, da erscheint sie, streichelt die Träume,
entzerrt ihre Leiber, zwingt die Gewalt zurück in das Loch.
Ein Stoß. Ein zum Schreien offener Schlund.
Seine Schlangen zischeln lautlos. Wehe, wer nicht klagen darf.
Blutig tropft es durch die Stäbe, doch sie sieht's und ruft nach der Nichte.
Wallend rauscht die Kopfentsprungene heran, raschelt mit der Fratze und tötet das Blut.
Beide gehen.

Hätt' nur ein Säuseln sich davongestohlen,
so wär's ein Sturmwind in der Luft geworden,
der an dem höchsten Gipfel reißt.
Und donnernd drückt' der Blitz ihn nieder.
Und gäb' er endlich auf, er müsst's im Dunkeln
keilzerfressen büßen.
In enger schattenstummer Zelle,
wo sich kein Laut dem Willen regt.

Florian Mall

Schwanenflug

Vom ersten Morgenlicht zum Leuchten gebracht,
als weißer Traum hoch über dem See,
umhüllt von leiser Sphärenmusik seiner Bewegung,
die sich im harmonischen Flügelschlag manifestiert,
fliegt er, der stille Schwan,
erhaben in seiner Einsamkeit,
dem Licht entgegen in den offenen Raum.

Die geschwungene Linie seines Halses,
in ihrer Reinheit
weiß durch das blasse Blau des Himmels gezogen,
vollendet sich im schmalen Schwanenkopf,
der sich einem fernen Ziel entgegenstreckt.

Zaghaft beginnt die Amsel ihr Lied…
Als wüsste sie von der Kleinheit ihrer Welt im Geäst,
klingt ein melancholischer Unterton an.

Unerreichbarer Schwanenflug,
der vom Blau der Unendlichkeit gekrönt,
sich in der Ferne den Blicken entzieht.

Ein letzter weißer Punkt am Horizont
löst sich auf.

Antonia Maluch * 1948

Begegnung

Ich seh' dich an und du mich auch,
der Boden scheint zu schwinden,
es kribbelt fürchterlich im Bauch,
könnt' ich die Angst verwinden!

Wir gehen aufeinander zu,
mein Herz kann nur noch rasen,
lächelnd gelingt es dir im Nu,
den Geist mir wegzublasen!

Du bleibst nun stehn' und sprichst mit mir,
was soll ich denn nur sagen,
ich werde sterben, jetzt und hier,
das kann ich nicht ertragen!

Doch irgendwann und irgendwie,
hauch ich bloß dumme Worte,
noch stehe ich mit weichem Knie,
bin von der zähen Sorte!

Jetzt gehst' du weiter ohne mich,
es bleiben viele Fragen,
ich denke leidvoll nur an dich,
könnt' ich's dir endlich sagen!

Hildegard Malzbender * 1954

Saba (3)

In der kalten weißen Wüste
Deine Schönheit ist Legende
Doch wolln Männer die umarmen
Köpft man sie vor deinem Kral
Es gibt nirgendwo Erbarmen
Keiner kommt da jemals rein
Deine Reiter sind nur Mörder
Und dein Schoß ist Stein

Adolf Mammel

worauf es ankommt

die flut steigt und steigt
eine spaziergängerin
schlank zierlich grazil
ahnungslos nah der gefahr

in wenigen augenblicken
wird sie versinken
im warmen wasser des bades
früh morgens am freitag

die kleine spinne
ein großer wurf
leichter als ein halbes lot
wenn ich sie nicht rette

Wolfgang Manekeller * 1930

Sommer am See

Der See erstarrt, gibt sich der Mittagshitze
hin.
Teichrosen streichen mir die Beine nur.
Libelle, Königin der Luft, schwirrt ohne
Hofstaat, ohne Sinn,
der Fische Gleichmut scheint Verachtung
pur.

Das Leben reduziert sich jetzt, auf ein paar
flüchtige Sequenzen.
Die Uhr, so scheint's, verweilet im
Sekundenschlag,
ich werde eins mit der Natur, beginn sogar
sie zu ergänzen.
Die Stille meine ich, die Stille ist es, die ich
mag.

Wie strömt die Vielfalt der Gedanken bald,
nicht aufgehalten durch der Hektik Lärm,
all in mein Herz mit Urgewalt
Ich nehm sie auf, und Friede ist und alles
Arge fern.

Die Zeit vergeht, und mit ihr auch der
Sonne Glut.

Der Feuerball, er neigt zum Horizont sich hin.
Ein kühler Wind belebt den See und macht mir Mut,
wie gut, dass ich hierher gekommen bin.

Peter Mangold * 1946

Zu oft

Klar sehe ich es in meinem Kopf, langsam öffnet er wieder den Knopf.
Dunkel ist der Raum, wünscht, es wäre doch nur ein elender Traum.
Angst und Ekel breiten sich in mir aus, will nur noch aus dem Zimmer raus.
Voll Panik ist mein scheuer Blick. Da macht es bei mir oben endlich „Klick".
Bin in meinem Körper gefangen, muss wie immer bis zum Ende bangen.
Seine Finger gleiten über meine Haut, kann nicht ertragen, wie er schaut.
Da hör ich schon den Riss und bekomm mächtig Schiss.
Dann ist es wieder so weit. Er macht meine Beine breit,
will nur noch laut schreien, meine Seele von all dem hier befreien.
Er dringt in mich ein, ertrage nicht mehr diese Pein.
Meine Tränen fließen, möchte nur noch mit mir abschließen.
Ist er endlich weg, fühle ich mich wie Dreck.
Greife nach dem Messer, werde mich nie wieder fühlen besser.
Setze dem endlich ein Ende, spüre immer noch seine grabschenden Hände.

Anna-Angelika Maniura * 1989

Traurigkeit

Ein Gefühl der Leere.
Ausgebrannt sein.
Eine Lücke bleibt zurück,
sie schließt sich nur schwer.
Traurigkeit tut weh.
Aus Schmerz wird Hoffnung.
Hoffnung, aus der Traurigkeit zu lernen,
sie als etwas Gutes zu sehen.
Traurigkeit wird mich oft einholen, begleiten.
Ein Leben lang.
Sie aushalten ist schwer,
herauslassen, teilen, nicht verstecken. Ein wichtiger Schritt
auf meinem Weg.
Traurigkeit annehmen und mit ihr leben.
Ich werde es jeden Tag neu versuchen.
Sie ist ein wichtiger Teil von mir.

Berit Mann * 1968

Ich flog durch Wolken, durch Feuer und Licht,
ich suchte im Dunkel, doch sah den Weg nicht.
Ich zog eine Spur aus schwarzem Blut, es zerfloss mein Leben und mit ihm mein Mut,
Weiter ging ich und achte kein Schmerz, fühlte zerbrechen mein eiskaltes Herz.
Und dennoch darf ich nicht verweilen, denn bald hat es mich eingeholt,
schon sehe ich das Ziel der Reise, noch weit entfernt in Rot und Gold.
Ich spür den Tod in meinem Nacken, das Verderben, das mich jagt,
doch werd ich alles Böse richten, das sich in meine Nähe wagt.
Nun scheint die Zeit mich selbst zu hassen, saugt alle Kraft aus meinem Leib,
und was noch eben nah erschienen, ist doch so unerreichbar weit.
Finsternis reißt mich hernieder, Stimmen quälen meinen Geist, voller Angst spür ich von

innen, wie etwas meine Brust zerreißt.
Unerträglich wird die Pein, an Bauch und Beinen platzt
die Haut, aus mir fließt mein Lebenswein,
warum nur hab ich ihm vertraut.
Doch nein, ich werde hier nicht sterben,
werd lebend durch die Hölle gehen, nichts wird
meinen Willen brechen, am Ende werd ich aufrecht stehen.
Und als ich diese Worte denke, da kommt die Wahrheit über mich, dass ich die Schritte
selber lenke und ich selber bin das Licht.
Also steh ich, also geh ich, erfüllt mit Flamme, Zorn und Macht, nichts und niemand kann
mir schaden, nun bin ich es, der hier wacht.

Florian Mannhöfer * 1980

Der Diamant

Ganz leicht, durchscheinbar für Licht,
wunderschön rein, zerstören kann man ihn nicht,
ist er mein, liegt er in ihrer Hand, erfreut sich ihres Lachens,
der uralte Diamant.

Das Licht wird gebrochen,
verscheucht wird der Grein,
mein Herz ward zerbrochen,
doch jetzt ist sie mein.

Ihre Stimme, hell wie Glockenklingen,
Ihre Augen, funkelnd wie der Morgenstern,
Ihr Anblick verleitet zum Freudensingen,
Ihr Lachen hört man immer gern.

Ihr Körper, der dem eines Engels gleicht, strahlt wie die Sonne, ganz hell und seicht.
Berührn will man ihn aus Ehrfurcht nicht, denn man hat Angst, dass so was zierlich Schönes zerbricht.

Man mag es kaum glauben, doch für normale Augen bleibt verborgen, was das Schöne wegstrahlt.
Ihre Seele so rein, doch genauso hart,
wie der schöne Stein in ihrer Hand, der uralte Diamant.

Jonas Marckert * 1987

Ein Stock
bar jeder Attitüde
neben Schuhen
paarläufig in grosser Zahl
die Vergangenheit beschwörend
oder eine andere
wirklichkeit
Stütze dem grünen Fuss
wärmt
während die Apokalypse nach
dem Weg fragt

Christa Margreiter * 1952

Dazwischen

Zwischen den Zeiten will ich manchmal leben
Zwischen Ebbe und Flut mich dem Meer hingeben
Zwischen den Sternen einen Platz für mich finden
Zwischen den Welten im Endlos versinken.

Zwischen Tag und Nacht in die Dämmerung eintauchen
Zwischen Stille und Lärm den Atem hinhauchen
Zwischen langsam und schnell einfach stehen bleiben
Zwischen Sand und Gestein meine Gedanken zerreiben

Manchmal gehe ich diesen Schritt
um zu erleben, es kommt niemand mit

Ich suche den Punkt zwischen kommen
und gehen
um dazwischen meine Gedanken zu
verstehen.

Mari * 1961

Reise durch die Zeit

Die Zeit so rasch verrinnt
und keiner mag ihr trauen,
auch Jahreszahlen sind
für uns in Stein gehauen.

Doch Jahre, Jahreszeiten,
für jeden so bestimmt,
dass trotzdem keinem Zweiten
die gleiche Zeit verrinnt.

Gewiss ist, jeder Morgen
manch' neue Bilder bringt,
die meisten deiner Sorgen
nur Rauch des Alltags sind.

Marianne * 1966

Ende und Neubeginn

Du hast mich lieb und musst doch von mir
gehen.
In mir klingt nach von dir manch liebes
Wort,
doch treibt ein inn'rer Ruf dich von mir
fort.
Weil ich doch liebe, kann ich dich
verstehen.

Was uns verband in Freud- und
Leidesstunden,
es prägte unsrer Liebe ein Gesicht,
das weiter wirkt. Doch reifet durch
Verzicht
uns draus die Frucht, die einst werd' gut
erfunden.

So steh ich nun vor dir und trag in mir
die gleiche Liebe wie am ersten Tag,
die frei von Bitterkeit auch jetzt mir sei.
Die Liebe wollte immer helfen dir
und soll's noch heut. Nun wird im Schmerz
sie stark:
Die Liebe läßt den andern Menschen frei.

Herbst 1949

Annelis Marien * 1925

Heimweh

Das heute Abend
Ist wie die Dämmerung von Zuhause mal...
Die Luft des Sommers, schwer von
Erinnerungen.
Meine Augen geschlossen.

Ein Schiff in der Ferne, müde von See.
Tränen und Meer - gemischt.
Zu viel Wasser, bitte versteht mich, bitte!
Jedes Ufer versinkt...

Ion Marina * 1978

Weil ich dich gerne mag

Ich schenke dir Blumen –
Blumen an jedem Tag.
Weil Rosen wie Nelken
leider rasch verwelken,
schenk' ich dir frische Rosen,
frische Rosen –jeden Tag.

Weil ich dich gerne mag,
gerne mag an jedem Tag,
sag ich dir ein liebes Wort,
weiterwirkend – immerfort,
sag ich dir Dank – jeden Tag –
weil ich dich gerne mag.

Konrad Maritschnik

Vor dem Spiegel

Es wird eine Weile brauchen, um die
sechzig zu überdecken,
ich setz den teuren Lippenstift an, weil die
Lippen nicht mehr so blühend,
und frage mich dabei, wie oft sie mein
Mann wohl geküsst hat.
Ich muss lächeln, denn ich kann es nicht
zählen,
wo ist die Frau, die ich eins war geblieben?
Erinnerungen kommen auf,
die schlanke Taille, bei dem Erstgeborenen,
der straffe Bauch,bei dem Zweiten, der
bald darauf folgte,
die glatte Stirn, in jahrelanger Arbeit,
und die hübsche Tochter, am Sterbebett
der Mutter,
doch mit den Erinnerungen kommt auch
Stolz, gemischt mit Freude,
und ich fühle mich plötzlich jung,
jung genug,um noch so vieles
auszuprobieren,
ich wische die Schminke aus meinem
Gesicht,
ich brauche sie nicht

Cornelia Märker * 1958

Atom

Es gibt eine Energie, man fühlt sie kaum
im All, in unserem Weltenraum.
Einen Punkt aus Licht, man kennt ihn
schon
auf Erden nennt man ihn Atom

Im Mensch, in Blume, Pflanze und Tier
ist dies Atom – man weiß es hier.
Zum Heilen und Helfen, vom Schöpfer
erdacht
hat es viel Gutes uns gebracht

Dann kam das Böse, man dachte daran,
dass man damit auch töten kann.
Krieg und Bomben wurden gemacht
und damit Tod und Elend gebracht

Der Schöpfer gab uns das Atom
als Energie aus seinem Ton
auf dass es Heil und Fortschritt bringe
und sich der Schöpferplan erfülle

Atom ist Licht, ist Kraft, ist Macht
vom Schöpfer für uns als Geschenk gedacht
damit es auf Erden den Sinn erfülle
und Gottes Geheimnis uns enthülle

Cécile Marmet-Champion * 1941

An den Schmetterling

Im klarem Himmel Flügelschlagen
Sanft vom Wind hinfortgeweht
Freiheit, die unendlich scheint
Ein bunter Schimmer, der vergeht
Symbol für einen Sommer
Gleichnis der Vergänglichkeit
Mauerfuchs
Zitronenfalter
Königlich im Winde segeln
Und von Sonnenflut ergriffen
Flüsternd ihre Kunde tragen
Selbst der schöne Sommer wird
Sich einst in kühlen Herbst verwandeln
Falterfreier Horizont
Der letzte Flügelschlag erstirbt
Doch im nächsten Sommer schon
Beginnt das Spiel erneut

Cynthia Maron * 1985

Armes Reiches

kannst NOCH nicht reden
doch bist offener als jedes Buch für mich
selbst als mein eigen Freund – ´s ist so
seltsam - menschenreiches Land
Reden - meist mit dir, dir,

mein Kind - schreist, lachst, zeigst Freude
und auch Hoffnung, kein
fassadengleiches Vorgewölbe,
keine Wand vor deinen Augen
Armes Kind, das lieb ich so an dir,
doch traurig stimmt, daß allein ich
es werde sein, der zeigt dir, wie Gestik,
Mimik du benutzen kannst,
GAR sollst,
um ander'n Leuten zu gefallen,
ANSTAND werd ICH zeigen dir,
nicht lachen, wo Lachen wider die
Gesellschaft steht,
wirst es lernen Armes Kind - wirst mit
vollem Gabenkorb geboren – und
gehst mit Lügen in dein Grab

Mario Marquardt * 1978

Schutz vor mir selbst

Der Regen, der gegen meine Scheibe
prasselt,
die dunklen Wolken, die am Himmel
hängen,
der Wind, der die Bäume zum Biegen
bringt,
diese Gewalten herrschen auch in mir.

Die Dunkelheit, die Nacht, ersuche ich.
Das Licht, den Tag, meide ich.
Der Hass, der Schmerz, ist immer mein.
Die Gefühle, die Liebe, wehre ich ab.

Nur im Schatten, im Nichts, fühle ich mich
wohl.
Allein der Schmerz, die Furcht, lebt in mir.
Die Liebe verbannt, die Gefühle verdrängt.
Einzigst dies ist der Schutz vor mir selbst!

Sabrina Marstatt * 1987

Schwingenverloren am Himmel zu zweit,
liebestrunken taumelnd in gestohlener
Zeit,
wohin des Weges, unter welchem Stern?
Ängste sind nahe, Vertrauen noch fern.
Schwindelnd der Höhe geblendet vom
Licht,
Fürchtend den Sturz, der das Herz
zerbricht.
Die Weite sehend, die aus einem
erwächst,
und doch mich selbst kleiner werden
läßt.
Wir schweben dahin, gedankenlos, heil,
wollen sein des anderen Teil.
Kräfteverzerrt blicken wir uns an,
erkennend, dass es so nie bleiben kann.
Schwingenverloren stürzen wir zu zweit,
in alte, vetraute Einsamkeit.

Stefanie Marten * 1974

Weihnachtsstimmung

Der Schnee funkelt im Mondenlicht -
der Mond zeigt fast sein voll Gesicht -
und auch die Sterne, hell und klar,
sind heut' am Himmel gar nicht rar.

Die Uhr, sie schlägt nun Mitternacht,
und wer jetzt schläft sofort erwacht.
Zu sehen auch den „hellsten" Stern,
welcher leuchtet in der Fern -
über dem Stall von Bethlehem,
wo alle sich das Kind anseh'n

Martha * 1966

Des Winters Zeichen

Die Nacht
lässt sich nieder,
die Jalousien,
herabgelassen.
Ungewöhnliche Skulpturen
stehen auf den Dächern –

so zeigt sich der Rauch
aus den Rauchfängen.

Beim Mondlicht
gehen die Menschen,
nach ihnen beeilen sich
die Schatten.
Einen Klang
gibt die Nacht von sich –
es stürzt das gefrorene Blatt am Ast.
Der Winter gibt ein Zeichen.

Rosa Marusenko

Julian

Geworden aus Liebe, gemacht für diese
Welt
Was weißt du schon von ihr
eingehüllt in einem Ballon, umgeben von
Dunkelheit?

Noch nicht da bist du, wohl das Gerede-
Tausend weise Eulen bestimmen über dich.

Immer dabei; eine Einheit mit mir;
so kann ich dich nicht vergessen
Denn vergesslich bin ich-

Wenige Zentimeter zehren an meiner
Kraft-
Wie ein hungriges Tier machst du dich
über mich her
Und ich bin das Aas; ein Aas, das Lebt.

Und ich lebe für dich; du lebst durch mich

Ein Kreisel, der sich drehen will; ein
Uhrenwerk, das gehen will-
Und ich der Motor; das Klopfen kannst du
hören- ich spüre deines auch.

Für immer verbunden; werde mich
erkennen in dir, werde dir das Leben
geben-
Es erfüllt mich mit Angst und Freude
zugleich!

Doch die Freiheit geben muss ich dir; dich
schmerzhaft aus dem Gefängnis
entlassen-
Als unschuldiges Lamm hast du gesessen;
konntest dich nicht wehren.

Du allein wirst ihn bestimmen; den
Moment, der alles verändern wird
Den Beginn einer unendlichen Liebe.

Ines Masny * 1979

Deutschland

Es liegt noch Schnee
in Deutschland
und eiskalt ist die Nacht

und du
du weißt nicht recht
ob du denn bleiben willst

in diesem Land
in dem dich friert
ob seiner Menschen auch

die züchtig nur
ihr Krausband legen
um ihren Hut und um ihr Haar

die rührend im Gehorsam sind
und die auch kräftig schlagen
wenn man es befiehlt

und immer offen sagen
was sie gedacht

und du
du fragst dich: denken sie?

und: bleibst du nun doch?

Alma Matha

Lebenszeit

Hektik, Hetze keine Zeit,
was Du heute kannst besorgen...
ach man ist es langsam leid,
niemals,...
verschieb es nie!
Niemals auf Morgen.

Wird es so sein?
Bringt es Dir Sorgen?
....
Die Sekunden rasen
auch Deinem Ende
rasend schnell entgegen...
Doch...
Doch der Kluge lässt sich tragen
von der Zeit als ein Geschenk,
macht sich Gedanken,
...denkend...
...dankend...
Dem Leben lebend,
den Andern gebend
...seine Zeit...
...seine lange Lebenszeit.

Matthäus * 1968

Sapphische Ode

Für Prof. Johanna Wiedenbach (Musikhochschule Hamburg) in dankbarer Erinnerung an gemeinsames Konzertieren

Anmutschwebend flechten den lichten
Reigen
Melodien, Seelengeäder, rühren
Fingerkuppen, Tastengeschwister, sacht an
silberne Klänge.

Steil auf reckt sich rhythmusgetriebner
Wille
muskelstark. Akkordische Säulen glühn in
Hand-Balance, chromatische Skalen
säumen
selige Inseln.

So durchzieht Musik in erfüllter goldner
Bahn den klangvibrierenden Körper,
schwingt im
Lebenstakt vergänglichen Leibs der ewge
Kosmos der Töne.

Doch das schwerelose Gefäß verliert sein
Leichtes, wo bös wuchernde Qual zu
innerm
Horchen zwingt, wo tödlicher Ernst das
heitre
Kunstspiel verschattet.

In des Krankseins wildeste Klippen aber
senkt Musik aus rettendem Vorrat
Heilung.
Dienend läutert, wissender noch, des
Körpers
Spiel sich ins Reine.

Klaus Matthias

Wundersame Nacht
in Mondenschein
glitzert sacht,
schaut in Weiß zu dir herein ...

Funkelnde Kristalle
türmen sich
zu hohem Walle
und erfreuen dich ...

Grüßen dich und winken
in der klaren Nacht,
tausend Sterne blinken
auf die Glitzerpracht ...

Wundersames Raunen
im Advent
stilles Staunen,
eine Kerze brennt ...

Margot Matthias

Der Bücherwurm

Durch ein dickes Buch von Storm,
fraß sich rücksichtslos ein Wurm
und hinterließ auch noch,
nach seinem Mahl ein Loch.

Noch während er sein Werk verdaut,
er nach dem nächsten Buche schaut.
Da entdeckt er voll Entzücken
zwanzig Bände Brockhausrücken...

Trotz Ledereinband (leicht zerschlissen),
macht er sich an den Leckerbissen.
Geht zu Werke voll Genuss
und macht nach zwanzig Bänden Schluss.

Nun fühlt der Wurm sich satt und warm,
doch es zwickt und drückt sein Darm,
und er lindert seine Nöte
zwischen ein paar Seiten Goethe.

Stefan Matthias

Denn mit der Zeit

Helle Nebelschwaden
Dicht vor meinen Augen
Dumpfe Laute
Leise Stimmen
Dicht an meinem Ohr
Leichte Berührungen
Beständiges Tasten
Dicht auf meiner Haut
Immer weiter entfernt es sich
Das Leben
Der Alltag
Der Kummer und Zorn
Immer dunkler werden sie
Die Nebel
Leiser die Stimmen
Und dann ist es dunkel
Ist es still
Doch auch das geht vorbei
Zieht bald vorüber
Denn mit der Zeit geht auch der Schmerz

Anne Matz * 1989

Achterbahn

runter und rauf
der Kopf und der Bauch
Sie werden nicht einig
Das ist fast schon peinlich.

Der Kopf sagt: „vernünftig!"
Der Bauch denkt an künftig.
Der Kopf schaut zurück,
der Bauch trübt den Blick.

Der Kopf sagt: „du wolltest
es selber doch auch!"
Und doch sagt: „du solltest
es nicht tun" der Bauch.

doch: jetzt noch zurückzieh'n
das hieße beenden,
was lange Zeit gut ging.
Kann ich es noch ändern?

Monika Mauch * 1971

Gedanken eines Verlorenen

Die Nacht sickert durchs Fenster,
grauenvoll dunkel und schwarz.
Ihre Klauen greifen nach mir,
zerstören Gedanken, zermartern mein
Hirn.

Sie hat mich verlassen, ließ mich allein...
Ich war verletzt, floh vor mir selbst,
ich hetzte ziellos durch die Straßen,
bis ich mich wieder vor der Tür fand.

Die Nacht sickerte durchs Fenster;
ich grub den Kopf ins Kissen,

roch ihr Parfum und spürte ihre Nähe.
Ein Schnitt, dann Schmerz, dann
Dunkelheit.

Wie durch ein Tunnel trieb ich fort,
doch bevor die Lebensschranke fiel,
da rissen sie mich zurück.
Ich durfte dort nicht bleiben.

Nun sitz' ich da, ich höre Ticken
und starre auf die blöde Uhr.
Die Nacht sickert durchs Fenster,
und ich spüre, wie meine Stunden
verrinnen...

Gerhard Maurer * 1945

Wellen

Ziellos in die Zukunft schauen
Zu wünschen dort den Sinn zu erkennen
Das ist meine Qual

Den Zug verpassen
Jeden Tag wieder
Im Kreise drehen
Jeden Tag wieder
Das ist meine Qual

Neu, Neu,
Alles ist Neu
Neu in alle Ewigkeit
Der Grund für meine Qual

Und letztendlich Ruhe geben
sich nicht mehr weiterdrehen
Zur Lösung meiner Qual

Helena May * 1984

Anker

Immer
in Sicherheit, Geborgenheit?
Die Meere fließen.
Je älter, je weiser?
Heute und hier.
Jetzt und immer.
Ich dachte.
Ich kannte.
Ich kenne nichts.
Ein Mensch nur?
Die ganze Welt?
Wo bist du?
Die Zeilen.
Die Adern.
Das Zittern.
Die Antwort.
Das Zögern.
Der Anker.
Alles nichts.
Oder alles!

Jenny May * 1971

Wahnsinn

In die ahnungslose Ordnung splittert
Grauenvolles, das kein Mitleid kennt.
Ungezählte Angst steht auf und zittert
vor dem unbekannten Element,

welches in verschiedener Verkleidung
in die aufgestoß'nen Seelen bricht
und sie füllt mit zuckender Erleidung
einer Hölle, die den Tod verspricht.

Chaos wächst aus vielen Einzelgliedern
zu dem Leib, der Atmendes verschlingt
und sich müht, den Wahnsinn zu erwidern,
bis es ihm verschwenderisch gelingt.

Rupert Mayer * 1927

Gleichgewicht

Mein Haus, ich weiß nicht ob Sie's kennen,
ist kaum als solches zu benennen,
denn nur die schmalen vord'ren Teile
sind relativ gesund und heile.

Dahinter ist, trotz Stützaktionen,
dies Haus mitnichten zu bewohnen
und wer das sieht, spricht düst'ren Tones:
Komm, laß uns gehen, hic sunt leones!

Ich baue schon seit vierzehn Jahren
an diesem Haus, ums zu bewahren,
doch leider ist am Dach, im Keller
die Einsturzarbeit immer schneller.

Inzwischen bau ich mehr beflissen
(ich bin in Rente, wie Sie wissen),
Jetzt halten endlich, ohne Frage,
Bau und Einsturz sich die Waage.

Ulrich Mayr * 1929

Wechselwirkung

Blattwerk,
trotzig-grün,
verbirgt jetzt den Beton;
vor kurzem noch
fiel frei
der klare Blick auf
kahles, kaltes
Mauerwerk.

Timothy McNeal

Geburt eines Tages

Erde hebt ihr Lid
inmitten Daunendecken
spiegelt sich in einer Tauperle
badet in Milch

bereitwillig weicht der Vorhang;
aus ungezählten schmalen Schnäbeln
hüpft leichtfüßig die Ouvertüre

erster Pinselstrich
auf einem unberührten Blatt
weiße Schale wird von innen angepickt
das Küken erfindet die Welt
bevor es ihr gegenübersteht

zartgrüne Spitzen trauen sich ins Licht
Honig tropft vom glatten Löffel

ein kleines Ja führt dich in unentdecktes
Land

Lucia Mederer * 1987

eigentlich intelligent

Kein Tier zerstört
seinen natürlichen
Lebensraum

soweit zu den Tieren...

Erika Mehnert * 1955

Äther und Absinth

Madonna nimmt Morphium / und
Äther und Absinth / trinkt das himmlische
Kind!

Frieden, wo bist du geblieben?
Wer hat euch, Kinder Israels, getrieben?!

Petroleum und Radium –
Für eine Handvoll Dollars bleibt ihr
stumm.

Die Grenzpatrouille schleicht ums Haus,
Da kommt schon keine Maus mehr raus.
Und auch nicht die Madonna – Denn
die liegt schon im Koma. –

Bernd Mehrtens * 1966

Gefühle

Gefühle, die wie Feuer brennen,
die voll Bewegung, voller Kraft?
Ich kann Euch zwei auf Anhieb nennen:
Die Sehnsucht und die Leidenschaft!

Gefühle, die die Seele streicheln?
Zufriedenheit und Harmonie!
Die wie ein Kompliment uns schmeicheln?
Sind Selbstvertrau'n und Phantasie!

Auch Freundschaft, die ein Leben dauert
und noch etwas, das nie zerbricht
und dieses Leben untermauert:
Die Hoffnung und die Zuversicht!

So lasst Euch diese niemals rauben
und letztlich sag ich Euch noch eins:
Was wär die Menschheit ohne Glauben,
als Dreh- und Angelpunkt des Seins.

Wenn uns dies alles ewig bliebe,
ein Quentchen davon schon genügt.
Doch über allem steht die Liebe,
weil Liebe selbst den Tod besiegt!

Burgunde Meidinger * 1956

Auf einem Feld ganz nah am Waldessaum,
da stehe ich, der kleine Tannenbaum.
Bin leider für die Menschen nicht sehr
schön anzusehn,
weil meine Zweige nicht ganz gerade stehn.
Und jetzt ist sie wieder da, die
Weihnachtszeit,
aus der Stadt kommen heraus ganz viele
Leut'.
Sie suchen einen schönen Weihnachtsbaum
zum Schmücken,
um damit ihre Familie zu entzücken.
Große und kleine Menschen laufen um
mich herum,
doch keiner sieht mich an, ich bin einfach
zu krumm.
Dann ist wieder mal ein langer Tag
vergangen,
und dicke Tränen laufen über meine
Wangen.
Plötzlich naht ein Wagen, fährt ganz dicht
an mich heran.
Zwei helle Scheinwerfer strahlen mich an.
Aus dem Auto springt ein Vater mit
seinem Kind,
und sie kommen zu mir hin, ganz
geschwind.
Schau mal, ruft der Mann laut aus,
dieses Bäumchen sieht so furchtbar traurig
aus.
Ihm woll'n wir eine Freude machen,
nehmen es mit in unser Heim,
dann werden wir und auch das Bäumchen
glücklich sein.

Helga Meier

Keine Angst

Du lächelst.
Siehst du nicht die Blätter tanzen?
Nach einem Sommer schon
fallen sie.
Die Fröste kommen.
Bald streichelt der Schneewind
die frierenden Zweige.

Du lachst.
„Hab keine Angst.
Die Bäume
kennen ihre Geschichte.",
sagst du.
Lachst,
Freiheit in den Augen,
keine Tränen.

Pia Meier * 1980

erinnerung an celan

über dem asphalt
liegt die dunstglocke der stadt
und du filmst die obskuren gestalten
am straßenrand
gehst unschuldig vorbei
am hades von celan
wo sich eiffelturm und
gedichte in der seine spiegeln
wo das auge ausläuft in bunten schlieren
hier ruft celan
vergeblich mit seinen gedichten

und die schwarze metaphernmilch
schwappt über das ufer
wo die erinnerung an den tod
nur darauf wartet
aus deiner kamera zu kommen
als suicid im wasser

Dieter P. Meier-Lenz

Mittendurch

Du bist durch mein Leben gegangen
in lieblicher Gestalt
hast mich in deinen Armen gefangen
das war Gewalt

Du bist durch meine Seele gezogen
mit Sirenengesang
hast mit mir allen Jubel erwogen
zum Katastrophenklang

Du bist durch mein Herz getreten
ohne Angst vor dem Blut
hast zum Tanze gebeten
und der war gut

Du hast dich durch mein Leben gebohrt
zu meiner Not
zur Liebe zu dir zerstört
darf ich bitten – zum Tanz in den Tod

Maria Meinel

Spirale des Lebens
du drehst dich im Wind

leicht wie die Woge des Meeres
oder geschwind wie ein Kind

wie einer Blüte,
Knospe gleich

wächst das Leben
zerbrechlich und weich

wie eine Feder im Lufthauch
schwebt die Seele ganz sacht

das Leben vergeht schnell
hab gut darauf Acht

Ilona Meisenzahl * 1962

An das Leben

deine schritte scheinen zu groß,
unbeholfen stolpere ich
hinter dir her;

fühle mich selbst zu grunde
höre mich atmen
ein und aus
schwer, wie ein pulsierendes seufzen
erinnere mich selbst daran
zu sein

ohne zu wissen wer oder wie oder wo -

du lächelst müde,
über meine ratlosigkeit
und gehst nahtlos weiter.

Chrissy Meißner * 1982

Septembermakel

Du bist mein Feind und die Zahl deiner,
egal, es bleibt keine Wahl!
Wie kann solches Denken entstehen, ein
krankes Hirn, ein Wahn?
Betrachter erschaudern, winden sich in
Qualen, Hilfsdenken lahmt!
Verarmte Seelen auf allen Seiten, selbst bei
den Befreiten, alle Zeiten.
Du bist mein Feind und die Zahl deiner,
egal, wirklich keine Wahl?
Wie kann solches Denken entstehen, ein
nicht Sehen, nicht verstehend?
Wer ersinnt, besinnt sich seiner Liebe, hält
inne und reicht die Hand?

Gebote aller Glaubenswelt, du sollst nicht
töten, erröten und Scham.
Du bist mein Feind und die Zahl deiner,
egal, es bleibt keine Wahl!
In Unart erhobene Macht des Denken,
dann lieber ohne Denken!
In Unart erhobene Macht des Denken,
dann lieber kein Leben schenk!
In Unart erhobene Macht des Denken, ein
Gott bedenken, geschenkt?
Du bist mein Feind und die Zahl deiner,
egal, wirklich keine Wahl?
Glaubensbuch, der Glaubenslehren, wen
sollen wir ehren, wehren?
Glaubensbücher, der Glaubenslehren, ein
Vermehren, im Lehren jetzt?
Ist nichts mehr wahr, Neuauflagen ohne
Fragen im Besehen?
Du bist mein Feind und die Zahl deiner,
egal, eine Prüfung, vertan?
Bist du mein Feind und die Zahl deiner,
egal, ein Prüfen, wie Plagen?
Es bleibt das Leid, wie zu jeder Zeit und
Tat, Menschlichsein-Verrat!
Wir der Feind, unsere Zahl egal, einfach
nur fatal, etwas radikal?

M. Meister

Bänder

Die Lebendigkeit in Deinen Augen
bewegt mir alle Sinne...

lässt mich berühren,
um berührt zu werden;
begehren,
um begehrt zu sein.

- Erfüllung,
die sich selbst erfüllt,
im Tausch von Seligkeiten...

als ob sich Bänder um uns schlingen,
die Dritte niemals lösen!

Wenn doch
- so sei es! -
werden wir dadurch verbluten.

Doch wenn die Zärtlichkeit sich von uns
wendet,
nimmt sie die Zukunft mit sich fort

Wolf-Alexander Melhorn * 1941

Was blieb?

So, wie der Teufel
manch Netz aus Intrigen spann,
so spann jemand, Freundin,
ein Netz um dich.

Von außen erkannt' ich das Netz
aus feinsten Fäden gesponnen,
mit fremden Fäden verdichtet,
damit sich das Machwerk nicht lichtet.

Drum zog und zerrte ich
und rief verzweifelt:
„Komm heraus! Du bist eingesponnen!
Erkennst du das nicht?“

Dann bat ich, und bettelte ich.
Du aber bliebst unter diesem Netz,
beschützt vor mir.
„Freundin, warum glaubtest du mir nicht?“

Da ist ein Stück von mir gestorben,
ein Stück der Seele.
Und wenn wir uns treffen und sprechen,
sehe ich nur deine Hülle.

Ruth Meltke * 1928

abschied

mit dir
konnte ich weiten durchwandern
bin ich zu den sternen geflogen
in endlose tiefen gestürzt
ich trug silberne flügel

war unverwundbar
und mein ich warst du

die flügel sind verbrannt
die goldenen schuhe verloren
deine nähe war erträumtes nichts
eine menge fragen
geschwiegene antwort

abends erwartet mich grinsende einsamkeit
und der multimediale charme meines
computers
... und die leeren flaschen
sollten endlich zum container

Elke Melzer * 1951

Das Lebensschiff

Du lagst in der Wiege und warst noch
klein,
konntest nicht selber Steuermann sein,
mancher hat an deinem Lebensrad gedreht,
gelenkt, bis es von selbst dann geht.

Oft tobten Stürme, dem Schiff drohte
Gefahr,
nicht jedes Unheil wurde dir dann gleich
klar,
du dachtest, es geht schon, hast's versucht
allein,
ein Schiff muss schon richtig gesteuert sein.

Noch kennst du die Richtung des Schiffes
nicht,
weißt nicht, wie schnell oft ein Leben
zerbricht,
unruhig ist des Schiffes Wellengang,
der das Schiff treibt, ein Leben lang.

Krieg, Hungersnot, kann das Leben dir
bescher'n,
nicht jede Frucht hat ihren guten Kern,
so steuerst du weiter, mal wenig, mal viel,
hoffst, dein Schiff bringt dich sicher ans
Ziel.

Drum bleib stark den Stürmen, die dein
Schiff umkreisen,
vertrau dem Herrn, der den Weg dir wird
weisen,
segle weiter, wenn der Mast auch mal
bricht,
halt dein Rad fest, verzage dabei nicht!

Ingrid Melzer * 1940

Krieg und Frieden

Die Felder sind verwüstet und zerstört
und der Himmel weint
wem hat dieses Land gehört
wer weiß, wann die Sonne wieder scheint?

Es fallen Söhne, Brüder, Väter
und der Himmel weint
Überleben tut meist der Verräter
wer weiß, wann die Sonne wieder scheint?

Doch nicht im Krieg geht alles kaputt
und der Himmel weint
auch im Frieden fällt sehr viel zu Schutt
wer weiß, wann die Sonne wieder scheint?

Wenn Frieden ist,
der Himmel nicht mehr weint
wenn man den Hass, den Neid vergisst, die
Sonne wieder scheint!

Menati * 1951

Gesang an den Mond

Fernweh? Sehnsucht.
Es lockt.
Geheimnis der Stille.
Die Nacht duftet nach Winter.
Du scheinst weiter, weißer Diamant.
Nichts war, nichts wird sein,
alles ist!
Niemand weiß, wo du ziehst,
wie fern, wie nah.
Scheine weiter, weißer Diamant! –

Das Geheimnis schaut dich jeden
Monat einmal an.
Wer Herz hat, der sehe.

Klaus Johannes Mendritzki

Lebensweisheit

In der Kindheit frohen Tagen
Hält man sich von Sorgen frei,
Wenn die Welt auch voller Ränke,
Dem Kinderherz ist's einerlei.

Doch des Schicksals Mächte schwingen
Sich hinein in jedes Herz,
Später wird's auch Dich bezwingen,
Fühlen lassen Dich den Schmerz.

Dann, mein Freund, sei Lebenskünstler,
Streife ab der Sorgen Last;
Kämpfe um ein besseres Leben,
Bis Du es bezwungen hast.

Sehe nur die guten Seiten,
Zufriedenheit ist höchstes Glück;
Laß' stets ein Lachen Dich begleiten
Und immer heiter sei Dein Blick.

Dann kann dieses Erdenleben
Niemals werden Dir zur Pein,
Wirst in jeder Lebenslage
Immer wunschlos glücklich sein!

Klaus Menn * 1937

Besuch im Zoo

Vater,
zeig mir die Büffel.
Vater,
zeig mir die Delfine.
Vater,
zeig mir die Tiger.
Vater,
zeig mir den Kondor.
Stefan,
komm, wir gehen in den Zoo.
Stefan,
ich zeig dir all die Tiere.
Stefan,
dort siehst du,
die Tiere,
die es nur noch dort gibt.

Bianka Menne

schweigestunde

wenn die kontur die dinge verwischt
an einem nebelabend
die stille zerrissen wird vom krähenschrei
das spiegelbild der weide fröstelt
und am wegrand die distel rostet
verliert der sommer seine stimme

in der schweigestunde der friedhöfe
findet alles zurück zum anfang

jeder tag ist geburt
jeder tag ist tod

erinnere dich so vielen lebens
erinnere dich lange

Else Menne * 1926

Aphro II

So zerrinnt die Zeit
wie in der Sand-Uhr
durch die Hände
Unaufhaltsam
Die Lebenszeit
Bis wir wieder sind
wie Sand
Wie Sand am Meer
Am Strand der Aphro
umspült
von ihrem milden Wellengang
dem weichen Blau
der Mondesnacht

mit Ebbe und Flut
Flutend

Klaus Heinrich Menne

Nur dieses Mal noch

Schade, ich habe Dich leider nie ganz für
mich allein,
und ich muß es verstehen, Du kannst nicht
für immer bei mir sein.
Aber laß uns noch diese Nacht verbringen,
und morgens aufstehen, wenn die Vögel
singen.
Und wenn Du gehst, schau nicht zurück,
denn ich möchte ihn festhalten, diesen
Augenblick.
Nun laß ich Dich in Ruhe gehen,
lauf auch nicht hinterher, bleib diesmal
stehen.

Gaby Menßen * 1973

Der Muse Kuß über dem Westwall

(August 1983)

Ich hört um zwei
ein schrilles Lied
in Silberzweigen schlagen
tieftrautes Liebchen
war dabei
als wir im Sommer lagen

Nie hatt' so Töne
ich gehört
die Königin der Geigen
hatt' mir die Schöne
so betört
umsäumt von Waldes Schweigen

Sie fragte nur
was möcht das sein
ein Vöglein in der Nacht
darob der Mond in gleißer Flur
die Sternen-Schar bewacht

Es muß das Glück
der Muse sein
Romantiker berichten
die Nachtigall
schlage im Hain
zu schwelgen in Gedichten

Siegfried Menzer

Die linke UnRecht-SchreibReForm

Wer rechtschreibt, schreibt schon mal
verkehrt,
Nicht nur Anal-Phabeten;
Und wer sich deshalb gleich beschwert,
Inspiriert Poeten.

Von links nach rechts, so wird
geschrieben –
Wer weiß, wie lange noch –
So wird der Text vorangetrieben,
Und will er nicht, treibt man ihn doch.

Wer rechtschreibt mit der linken Hand
Und abweicht von der Norm,
Endet trotzdem rechts am Rand
Und bewahrt die Form.

Zwar nehmen Linke überhand,
Doch die rechte Schreibung bleibt –
Wenngleich die Schreib-ReForm im Land
So manchen Richtung Wahn-Sinn treibt.

Die UnRecht-SchreibReForm, sie ist,
Wie LeitArtikler titeln,
Entbehrlich und ein großer Mist;
Dem Volk nicht zu vermitteln.

Günter B. Merkel

Kinderwunsch

Wenn du wüsstest, Hergott!

Es hat sich so vieles verändert.

Der saure Regen müsste gesüßt werden
Zu viele Blumen entwickeln Dornen
Königsschmetterlinge finden nur noch
Stiefmütterchen
Du müsstest mal wieder die Erde aufsuchen

Menschliche Käfighaltung müsste weltweit
in Freigehege
verwandelt werden
Zu viele Menschen entwickeln Krakenarme
Heuschrecken ziehen in Adelspaläste ein
Du müsstest mal wieder nachsehen

Wir bräuchten in jeder Tasche einen
Lügendetektor
Zu viele Singvögel verlieren ihre Stimme
Schäbige Schaben schaben die dünne
Wissensdecke weg
Du müsstest für klare Verhältnisse sorgen

Der Beruf des barmherzigen Samariters
müsste
staatlich gefördert werden
Zu viele Kreuzottern verlieren ihr Kreuz
Ameisen zerbeißen Basalt

Wenn Du wüsstest, Herrgott!

Mathias Merlat

Sommernacht

Sterne klar am Himmel leuchten
und es will mir manchmal deuchten,
als ob ihr mir erzählen wollt',
wann des Menschen Stunde kommt.

Hier steh' ich nun, fast ganz alleine
und schau 'gen Himmel zu euch auf.
Mein Herz labt sich an eurem Scheine,
ach, könnt's doch nur zu euch hinauf.

Da ein Flackern oder Blinken
und schon ist es auch wieder fort.
Es sieht fast aus, als tät' ihr winken,
daroben, von der Himmelspfort'.

Ob nun Gutes oder Schlechtes,
was die Stund' auch bringen mag.
Es wird stets sein nur Gerechtes,
wie's der Herr befehlen tat.

Emmi Merten

Nach dem Hunger

Nach dem Hunger
Davon
Mit der Hälfte
Keinmeingeruch
In deiner Hand
Zeit
Zwischen Türen
ohne Worte
ohne Namen
Mut im Moment
Dann gehn
Beton unter Barfuss
Als Fremde
Unterwegs

Katrin Merten * 1982

Eine Handvoll Sand

Lasst die Hände ruhig geöffnet!
Fließt hindurch des Lebens Macht
rieselt jäh vergänglich nieder
Gestern Tag noch, heute Nacht.

Macht die Hände wieder auf!
Niemand kann die Zeit behalten.
Wie ein Ende ohne Anfang
bleibt nichts, als den Rest verwalten?

Lasst die Hände nicht geschlossen!
Feines Korn scheint unaufhaltsam.
Kann man Lineares spalten?
Glaubt nicht, sondern denkt gemeinsam!

Presst die Hände nicht zusammen!
Nie zu retten ist das Ganze,
gegeben euch von Gottes Gnade.
Verblieben euch als einz'ge Chance.

Schaut euch eure Hände an!
Keine Kraft des Geistes darin.
Schöpfung missbraucht sie als Werkzeug.
Sand ist nicht des Seiens Sinn!

René Merten

Der Jahreszeitenkreis

Die Natur erwacht aus dem Winterschlaf
ein zartes Grün verdrängt das Eis
Auf Bäumen und Wiesen erblüht nun die Kraft
das Leben gibt sein Wunder preis

Der Sonne Kraft, die Strahlen heiß
das Leben blüht,der ewig Kreis
Die Nächte kühl,so fern vom Gleiß
der Sommer geht,entfernt sich leis'

Magisch verzaubert der Herbst die Natur
die Wälder sind gülden,ein Augenschmaus pur
Im Farbspiel des Indian Summer zeigt er seinen Glanz
doch nur kurze Zeit,dann verschwindet er ganz

Das Laub deckt nun die Erde zu
die Welt begibt sich jetzt zur Ruh'
Durch Schnee und Eis,die Decke weiß
Verdrängt ein zartes Grün das Eis
Das ist der Jahreszeitenkreis

Jürgen Meseck * 1959

Zum Schutz des Friedens

Inhalt muß sein von dem Geicht,
daß man nicht selbst das Haus zerbricht;
daß man schützt s'Haus des andern,
ist sehr wichtig unter anderem!

Denn dem, der sich um Heimat müht,
Gesetz und Recht einzuhalten,
muß sein als Vorbild stets bemüht,
sinngemäß das zu verwalten!

Ob einer griß – oder ob klein,
zu schützen ist der Menschen Sein;
wer Freiheit eines jeden schätzt,
das Recht des Nächsten nicht verletzt!

Wer den Frieden lebt hausgemacht,
der halt' ein im Ehr' ihm und Acht –
ganz insgesamt, daß dieses Haus,
gezielt sich richtet danach aus!

Selbst wenn's bedarf der Friedensmacht,
wir Ehr' anbietend haben Acht,
daß endzuletzt der Plan uns glückt,
daß nie wieder 'ne Bombe tickt!

Richard Messner * 1938

Sommergewitter

Winde sind energiegeladen.
Schwüle macht das Atmen schwer.
Zögernd brechen Sonnenstrahlen
durch drohend schwarzes Wolkenmeer.
Ein Tropfen fällt. Nur dieser Eine.
Als Bote einer Invasion.
Es blitzt. Die Lüfte stehen in Flammen.
Der Donnergott besteigt den schweren Thron.
Er öffnet alle Wolkenschleusen.
Nicht Regen, pures Element.
Und aus den Fluten steigt
der Himmel, der noch immer brennt.

Olaf Meusel * 1963

Ikone

Die Schöne fegt die Bretter
die die Welt bedeuten rein
mit ihrem wahren Spiel
Sie gräbt uns Bilder ein
die bersten von Gesicht und Bein
ganz ohne Retter
das ist viel

Wir sind ertappt verführt
und wohlerkannt
wir schaun in uns hinein gebannt
Den Bildern passen keine Rahmen
uns selber die sich nicht entkamen
und denen doch der Witz gebührt

Und weiter kehrt die schöne Klare
steckt uns in Brand sogar die Bahre
löst sie in Licht und Asche auf
Die harten Haare kommen erst die grauen
die sichtbar gewordenen Jahre
versilbern den Spiegel und hauen
der Büste gesuchtes Profil im Verlauf

Beate Meuth * 1962

Rechtschreibreform

Der Panter ohne h
ist nicht mehr der,
der er mal war.
Der Tip dagegen
darf sich ein p zulegen.

Das komplizierte Wörtchen Portemonnaie,
schreibt sich jetzt hinten
wie der Schnee –
das freut uns natürlich sehr,
und trotzdem bleibt es leer.

Und selbst der Kuß,
für Liebende ein Muss,
schreibt sich nun mit Doppel-s,
so wie das Wörtchen Stress.

Für die Schiffahrt, hört gut zu,
gibt's noch ein drittes f dazu;
ein dreifaches p für's Pappplakat,
da haben wir den Reform-Salat.

Burkhard Meyer

Winterzauber

in den Händen einen Hauch
voller Wärme
trage ich im Herzen
den restlichen Zauber
unserer Liebe zu viel ist passiert
der Glaube an uns
ist nur noch eine Qual
unseres Herzens
im Winterzauber
fasse ich die Qual
und hoffe auf eine Wiedergeburt unserer
Liebe

sag ja

Dagmar Meyer

Wintertag

Es ist so still geworden,
über Hügeln und Feldern
liegt Schnee,
weißbeladen und frostig
ragen Bäume in blaue Höh'.
Wie es glitzert,
wie es funkelt,
welch ein klarer Wintertag –
wie ein zauberhaftes Märchen
er mir so erscheinen mag.
Bin gerührt und atme tief,
die reine, klare Winterpracht
und fühl in diesem Augenblick
der Schöpfung übergroße Macht.

Doris Meyer-Beulen * 1939

Ich stand im Park, wollt noch mal schauen

Ich stand im Park, wollt noch mal schauen,
da fühlt' ich Freud', ich fühlte Weh!
Es blühten viele wilde Rosen,
die wuchsen frei bis hin zum stillen See.

Ich wollte mit der Sehnsucht gehn,
mein Blick ertrank im dunklen See.
Und schwang sich wieder auf ins Weite.
Am grünen Ufer auf der andern Seite
ragt jenes wunderschöne Schloss – o Sankt
Schwerin!

In den Hallen prangt die Kunst.
So bunte Fenster, so gold'ne Bücher
und die Bilder längst gegang'ner Herrn
und Damen.
So viel Kerzen, Purpur-Trone.
Und viele, viele aus dem Westen kamen.

Als ich die breite Treppe abwärts schwebt,
da grüßten ernst und streng und heiter
zum Abschied mich
mit hoheitsvollen Augen jene fremden
Ahnen.
Mir war, als hätt ich schon in einem Schloss
gelebt.
Es war ein heißer, heißer Tag,
Und viele, viele aus dem Osten kamen.

Vera Meyer-Gruber

Vorsicht Pfütze

Ziviler Ungehorsam aus Kindermund

Immer hab ich einen großen Bogen
brav um jede Pfütz gezogen.
Heute aber packt mich Neugier.
Heute plitsche platsch hinein!

Denn soeben trank der Spatz die Brühe,
badete im Schmadder gar.
Ich seh noch die Vogeltrapsen,
wo mit seiner Frau er war.

Mitten drin im trüben Tümpel
kehr ich meine Taschen raus:
Federn, Blüten und Geschnipsel
schmücken gleich den See mir aus.

Alles dreht der Wind im Kreise
wie im Karussell herum.
Ich kick gegen, spritz dazwischen.
Dies da, das da, dum-dum-dum!

Jedes Spiel geht mal zu Ende.
Dreckspatz darf so nicht nach Haus?
Doch von dem lernt' ich heut morgen:
Pfütze wäscht ja Dreck auch aus.

Frieda Meyer-Jedamski

Erinnerung

an leuchtende Tage,
heiter, unbeschwert, sinnlich
und leicht,
mit ungetrübten Hoffnungen,
Träumen ungeahnter Möglichkeiten,
Springen über Mauern hinweg
mit sicherer Landung,
Leben lieben – Leben leben,
Liegen im Gras und Wolkenschlösser
bauen,
Kraft des Sommers verspürend.

Doch –
verweht sind die Zeiten,
Kühle ist hereingebrochen,
gebrochen auch Träume und Kraft.
Der Winter steht vor der Tür.

Magdalene Meyer-Langer * 1938

Sinfonie der See

Liebenswerte gelbe alte Kacheln mit
Zeitrunzeln,
Ganz und bruchstückhaft, zermahlen zu
heißem Sonnenstaub:
Sinnbild von Werden und Vergehen.

Rohre, Bagger, Mauersteine, Riesenkräne
gelb gen Himmel ragend,
gelbe Flaggen knattern im Azur mit
schwarzen Löwen drauf,
kühler Wind fächelt dir die Stirn,
und lockt dein Haar:
Die Brise der Zivilisation weht dir ins
Gesicht,
sie kennt dich nicht, doch fragt sie dich:
Erkennst du mich?
Kühl plätschert grüngolden das gurgelnde
Wasser im Hafenbecken,
Weiße Fähren gehen von dort gelassen ins
Nirgendwo,
schweben auf funkelndem, schimmerndem,
silberigen Saum
wie Feen im Mantel aus Vorzeitgrau ...
Möwen mit Silberbrust spazieren,
stolzieren, paradieren
frech und gottesfürchtig auf der Mole,
Taue ringeln sich an Deck,
vermählen sich mit Teer- und Fisch- und
Tang- und Salz-
und Rost- und Brack- und Dieselduft
Zu einer Sinfonie der See ...

Joachim Meyer-Pelzer * 1951

Ausblick

Im Fensterkreuz
die Hausspinne
im Netz

Über den Höhen
ziehen Wolken
dahin

Leer
kehren Schiffe
zurück

Leuchttürme
kreuzen
den Blick

Im Baukran
dämmert
die Zeit

Der Tag
nimmt ab

Ernst A. Meyner * 1937

Die Falle

Der Widerstand wächst.
Ich schaue mich hilfesuchend um
Und sehe in Gesichter voll Hass.

Panik.

Der Kreis wird enger,
Umschließend, einnehmend,
Verdrängend, was inmitten steht.

Verzweiflung.

Schon spür' ich den Atem:
Schnell, fanatisch, unbedacht.
Verurteilende Strenge -

Ohne Gnade.

Claudio Micale * 1977

Sommernacht

Pflück das Verschwenderische
von den Zweigen,
auch Vogelgezwitscher nimm
etwas hinzu;
aber
hüte den unhörbaren Laut
deiner Ohrmuschel.

Ein loser Pinselstrich
hebt dich ins Flügelleichte
meines Sommers.

Sieh mich an
im tanzenden Blütenblau,
im Fieberfunkeln
der Sommernacht.

Gerhard P. Michael * 1935

Vom Mond- und Kerzenschein

Ich stelle meine Kerze in das Fenster
hinein. In der Nacht zerbricht ihr
Schein das Dunkelsein.

Meinem Liebsten soll es leuchten zu mir
her. Ich warte vor des Kerzenschein
auf
meinem Liebsten, der da kommen soll.
Doch kommt er nicht, das Kerzenlicht
schon lange erlischt.
Durch den Wald leuchtet hell und kalt des
Mondes Schein.
Mein Liebster folgte ihm, er sah nicht mehr
den hell und warmen Kerzenschein.
Die nächste Nacht bricht herein. Wieder
strahlt meine Kerze hell und warm, in
die dunkle Nacht hinein.
Aber mein Liebster, er kommt nicht her zu
mir, er folgte dem Mondschein, sah
meine Kerze
nicht mehr.
Wieder scheint der Mond hell und kalt
Und ich staunte!
Kann es sein?
Ist es wahr?
Der Mond hat eine Gestalt in seinem
Schein. Die Gestalt meines Liebsten.
Und jetzt sieht er mich, erblickt den
warmen Kerzenschein.
Er kann nicht kommen. Er ist gefangen im
Mondeslicht.
Das kalt und hell mir entgegen schnellt.
Mich nicht verschont.
Mein Liebster muß nun bleiben,
als der Mann im Mond.

Susanne Michaels * 1973

Menschenkind und Rose

"Kleine Rose, du hast ja geweint!"
"Sei unbesorgt, Menschenkind, es sind nur
Regentropfen."
"Kleine Rose, du hast ja geweint!"
"Sei unbesorgt, Menschenkind, das grelle
Sonnenlicht lockte
den Tropfen."
"Kleine Rose, du hast ja geweint!"
"Sei unbesorgt, Menschenkind, es sind nur
Tautropfen."
"Kleine Rose, deine Tränen sind ja weiß!"
"Sei unbesorgt, Menschenkind, der
Nachtfrost ließ den Tau
erstarren."
"Kleine Rose, deine Blüte neigt sich zur
Erde!"
"Sei unbesorgt, Menschenkind, mein
Auftrag ist erfüllt.
Ich sage dir nun – Lebewohl -." - - -

Helgard Michalek * 1937

In einem Herzen

Es wird größer und größer,
das Leben zieht weiter.

Ich sitze in Gedanken versunken
alles vermischt sich in einer Träne.

Nicht mehr Gefühle als jetzt
hatte ich jemals, so kommt es mir vor.

Das Leben zieht weiter
und die Schmerzen nehmen nicht ab

nehmen nicht zu
bleiben gleich in einem unendlichen
Raum

in dem jeder Mensch in einem unendlich
großen Herzen

einen unendlich großen Platz hat.

Unendlichkeit lässt sich nicht auslöschen.

Anna Michalski * 1985

Ihr Geliebter

Oh mein Geliebter,
was, wenn ich dir sage,
dass ich immer noch an dich denke,
ich mich nach dir sehne wie noch nie,
wenn ich es vermisse dich zu spüren,
wie dein Körper und deine Lippen mich
berühren,
das Prickeln unter deiner Berührung nicht
vergesse,
immer wieder nur mit dir,
dass ich, wenn ich dich sehe die Kontrolle
verlier,
wenn es mich glücklich macht deine
Wünsche zu erfüllen,
meine Gedanken und Träume vor dir zu
enthüllen,
wie nur,
sollte ich es dir sagen und es riskieren,
doch wie verdammt wirst du reagieren??

Loreen Michalski * 1990

Nachtdämonen

Gellender Schrei hallt schrill durch die
Nacht,
bist du es mein Herz, das da noch wacht?
Schauder so schwer, bleiern die Angst,
wer hat euch gerufen, wer euch gebracht?

So schwarz ihr Mantel, so schwarz auch ihr
Blick
Greifende Klauen, nein, zurück!
Lechzender Atem, grollender Gram
Sie lecken nach Blut, ganz ohne Scham.

Und du flüsterst, Gemüt, wehmütig und
bang,
Hoffnung und Güte, vergaßt ihr mich
lang?
Zart eure Knospen, leuchtend und hold,
lasst mich, ach, nicht ersticken
bin doch euer kränkelnd Kind!

Herz, höre nur, bist doch noch wach?
Hauchende Stimme, warm tröstender
Klang,
ja, vertraue ihr nur, vernimmst du sie?
Melodie der Liebe, so leis'' so still.

Iris Michalsky-Ruchaud * 1963

Prägung (Auszug)

Gebrannte Kinder am Ufer stehen,
sich winden ob vor oder zurück zu gehen.

Aus Augen, groß wie Scheunentore,
fließen Tränen wie aus Tälern.

Verzweiflung ist des Kindes Name,
das am Ufer steht und bricht.
Es bricht die Seele, es bricht der Geist,
was dann heißt, dass der Körper zerreißt.

Wunden so groß und tief wie Fässer,
aufgeschlitzt mit dem größten Messer,
laufen aus nach allen Seiten,
lassen sich von dem Schmerz begleiten.

Gebrannte Kinder am Ufer stehen,
sich winden ob vor oder zurück zu gehen.

Stefanie Mikat * 1982

Reflektion

Du hast Recht, ich bin ein Niemand.

Die mit dem zerschlissenen Kleid,
dem Flicken am Saum, den Narben überall.

Die Säuferin mit dem Glas,
welches stetig halbvoll wankt.

In jeder Zeit bin ich zu finden,
jedes Jahrzehnt, in diesem Jahrhundert,
aber nirgendwo bin ich nahe genug dran,
Dir zu entfliehen.

Ja, Du hast Recht, Recht mit Deiner
Wehmut, diese Bestätigung gebe ich Dir.
Aber was, was bleibt von Dir,
wenn ich tatsächlich ein Niemand bin?

Diese Größe hast Du nicht.
Denn ich war immer Du.

Katrin Mikeska * 1976

Die Menschheit in der Endzeit

Siehst du nicht dort, wie sie alle rennen,
sie scheinen alle nur ein Ziel zu kennen:
Raffen, was die kurze Lebenszeit gewährt,
auch wenn man sich dabei recht arg betört.

Geld und Güter hat man heut zum Gott
gemacht,
der Mensch doch einst als Mittelpunkt
gedacht.
Man wähnt sich frei und ist doch ein
Knecht,
Trug und Torheit wird zum höchsten
Recht!

Die Schöpfung ist heut aus dem
Gleichgewicht,
vom Klima wie im Treibhaus man daher
spricht.
Doch ob Treibhaus oder Tollhaus ist egal,
die Folgen uns'res Treibens sind fatal!

Wind und Wellen gehen oftmals Hand in
Hand,
zerstören manchmal gar ein ganzes Land.
Auch vor Tod und Terror ist man nicht
gefeit,
wann nur wird der Mensch von alledem
befreit?

Jehovas Zeugen warnen lang schon vor
dem End',
doch diese man nur Irre und Verrückte
nennt.
Aber auch im Buch der Bücher steht's
geschrieben,
wo nur ist die Furcht vor Gottes „Tag“
geblieben?

Wolfgang Miko * 1958

Langsam zum Tode verurteilt

Mit blinden Schritten
bewege ich mich
auf der Achse der Erde
ohne Orientierung.
Sorgfältig zähle ich
Meine Schritte.
Weil ich weiß,
dass beim Schritt
einemillionsechzig
der Abgrund kommt.

Renate Milovan

Heute

Heute, lasse ich meine rote Fahne
Im Herzen auf Halbmast
Oder noch besser, ich tausche sie
Für eine schwarze um,
Die bis an mein Lebensende
Traurig wehen wird ...
Heute, bestatte ich
Meine glücklose Liebe
Zärtlich in Hoffnung verpackt,
Die oben, zwischen den Sternen
Auf Dich warten wird
Und fest überzeugt, dass Du sie
Auf irgendeiner Galaxie
Im grandiosen All
Bestimmt treffen wirst ...
Heute, spüre ich, Du wirst meine Liebe
In einer anderen Zeit
Und raumlosen Tiefe

Auf einem anderen Planeten
Bedingungslos erwidern ...

Minka * 1953

Frühlingsabend im Moor

Der Abendwind geht durch die Heide,
das Wollgras nickt ihm zu –
Er streicht durch die grünenden Birken,
legt sich im Moor zur Ruh –

Torfhaufen stehen an Gräben
wie Hütten, krumm und alt.
Kiebitzruf tönt aus den Wiesen,
verliert sich dann im Wald.

Ich hebe den Blick in den Himmel –
mein Herz erbebt vor Glück –
da seh' ich die Kraniche ziehen,
sie sind aus dem Süden zurück.

Das Land ist so weit, so voll Frieden –
Das Abendrot leuchtet und glüht,
und in den verschilften Gräben
beginnen die Frösche ihr Lied.

Ich stehe und sehe und lausche
und liebe das alles so sehr!
Ich denke – Liebe macht fröhlich?
Warum drückt sie dann so schwer...

Hannelore Mishal * 1924

Das ewige Spiel

Es scheint der fahle Mond
ins dunkle Tuch der Nacht gehängt.
Indem er still dort oben thront,
sein silbrig mattes Licht verschenkt.

Hält weit hinter sich seinen Widerpart
gezogen.
Durch sein Schwinden ist der Morgen
erwacht.
So hat er uns nicht um den Tag betrogen,
vielmehr zum Spiel der Sterne gemacht.

Rot kündet vom Nahen der Sonne.
So vertraut, daß ehe wir dran denken,
einen Tag voll Licht und warmer Wonne,
nur sie vermag im Übermaß zu schenken.

Werner Mittelberger * 1970

Kranke Welt

Es gibt soviel Haß in der Welt;
Wo ist nur die Liebe geblieben?
Ich glaube, man hat sie vertrieben
und tauschte dafür das Geld.

Es rinnt soviel Blut durch die Welt;
Wir starren darauf mit Entsetzen ...
Doch will eine Träne uns netzen
Wird das Programm umgestellt.

Wir irren umher in der Welt;
Doch wer oder was kann uns einen?
Es können die Toten nicht weinen,
Die man um ihr Lachen geprellt.

Wo sind denn die Weisen der Welt,
Die Schwerter zu Pflugscharen schmieden,
die Völker durch Einsicht befrieden
Eh jenes Datum verfällt?

Heidel Mittelsteiner * 1912

Weihnacht!

Weihnacht, oh welche Kraft in deines
Wortes Raum,
Welch wunderbares Klingen!
Du wiegst uns ein in seligen Traum
Und trägst uns fort auf deinen Schwingen!

Weihnacht, du öffnest fröhlich uns die
Herzen
Und hebst uns hoch zur Liehe Licht

Das von den milden Glanz der Kerzen
Andächtig glaubend in die Seele bricht!

Weihnacht, mit feuchter Augen warmen
Glanz
Steh'n still wir um die Krippe
Und spür'n des Friedens hehren Kranz
Sinken froh in unsere Mitte.

Weihnacht, mit zarten Händen immer
wieder
Ins Kinderland uns führst zurück –
Und singst mit deinen heil'gen Liedern
Uns ein in stummes Menschenglück!

Alois Mitterhuber * 1932

Am Abend

Ich sitz auf meiner Gartenbank,
die Hand vom Tagwerk ruht
und sag dem Herrgott meinen Dank,
denn der Tag war gut.

Doch es ist nicht immer so.
Manchmal die Sorgen überwiegen.
Dann ist mein Herze nicht mehr froh,
ich muß den Kummer nun besiegen.

Die Abendstille sinkt in mein Herz,
die Glut des Tages weicht dem
Abendwind.
Ich schaue ruhig himmelwärts,
dort wo die Sterne sind.

Wenn die Abendruh' kehrt ein,
liegt alles hinter mir.
Ich weiß, ich bin ja nicht allein,
denn Gott – er ist auch hier.

Er getreulich mich bewacht
mit seiner starken Hand,
daß ich schlafe ruhig in der Nacht,
wenn sie ziehet ein ins Land.

Ingrid Möck * 1949

Das Meer

Das Meer zu erleben ist schön und
erholsam.
Es kommt mit blaugrünen, tosenden
Wellen auf mich zu.
Es zeigt mir Ebbe und Flut, das Auf und
Ab des Lebens.
Es nimmt mich in den Arm und schaukelt
und wiegt mich,
wie eine Mutter ihr Kind.
Das Meer zu erleben ist wie neu geboren
werden.
Es gibt mir Kraft und Zuversicht und aus
mir entspringt
eine reine Freude.

Marianne Mohr * 1951

Im Rausch der Zeit

Lieb mich! Nimm mich!
Halte mich ganz fest!
Die Zeit ist zu kostbar, um auch nur eine
Sekunde davon zu verschwenden.
Der schöne Traum so schnell verträumt,
verloren in der Ewigkeit.
Die Sinne schon zu Eis erstarrt,
das Feuer fast verglüht.
Spürst du des letzten Atem Hauch, die
Lippen zart berührend?
Ein feiner Schleier trübt das Licht,
verhüllt den Blick ins Leere.
Nostalgisch denken wir zurück - an
gestern.
Was war heute?
Das Morgen scheint uns noch so fern und
ist doch grad vergangen.
Ein Stern erlischt im Abendwind und hat es
mitgenommen.

Katharina Mohs * 1983

Reise

Das Rucken
des Zuges
bewegt
vom Vertrauten
ins Fremde
und
das Leben
gerät zwischen
die Zeiten.

Die Sitze
bequem
reizvoll
der Blick auf
vorbeiziehende
fremde Welten
und
die Ankunft wird
unerwünscht.

Heidemarie Mönkemeyer * 1952

Anklage

Das Licht des Lebens sucht
mancher Mensch vergebens.

doch mit Bedacht ist es vollbracht.

Menschen die nicht lernen wollen,
die anderen schaden, groß und klein,
werden oft alleine sein.

Jeder hat das Recht auf Leben,
und darf einem anderen es nicht nehmen.

Darum sei gewiss, es gibt für jeden das
was es verspricht.

Tu einem Menschen oder Tier nur weh,
du wirst merken diesen Schmerz
es wird dir reißen aus das Herz.

Sei gewiß, auch Du, der Menschen tötet,
wird es merken, bei anderen,
die Dich verachten und nicht akzeptieren in
ihren Revieren

morchen * 1952

Viriditas

Tagtraumauge.
Im trockenen Alltag zwischen Norm,
Pflicht und Desillusion
sah ich dich im Tagtraumauge.
Ich sah dich stehen mit offener Hand,
weissem Make-Up gegen eine Wand
gelehnt
mit wallenden, bunten Kleidern –
scheinbar viele Meter Stoff.
Und ich dachte, ich säh ein leichtes
Mädchen und blinzelte dich fort vom
Bürotisch.
Aber als ich mich flügellahm
vornüberbeugte, flackerst du mit 5
Megabytes über den Bildschirm.
Ein dünnes Farb-Seidentuch trat aus und
deckte mir das Keyboard.
Dabei liesst du Sprechblasen platzen: "Ich
heisse Viriditas, die Lebenskraft."
Und ich wusste jetzt: meine Sehnsucht
war nicht
tot zu sein,
sondern zu leben wie deine entfalteten
Schwingen und
zu tanzen wie sie.
Tagtraumauge.
Die Nacht ist vorüber.
Flieg mir in die Augen und zünde das Licht
an.

Nik Morgen * 1969

abschied

ich grabe meinen abschied um
wende jede einzelne scholle
ich grabe meinen abschied um
gieße bittere erde mit schwarzen tränen

ich grabe meinen abschied um
setz mir den spaten ans eigene herz
ich grabe meinen abschied um
neu gebär ich mich nur aus schmerz

ich grabe meinen abschied um
niemand stör mir mein neues leben
ich grabe meinen abschied um
werd mir zum schutz
ein netz aus liedern weben

Ute-Barbara Morguet * 1949

Engel weinen leise

Engel weinen leise,
still und unbemerkt,
sehen all den Kummer, spüren all den
Schmerz.

Engel sind wundervoll und im hellsten
Licht.
Sie kennen keine Zeiten und auch keine
Pflicht.

Engel lieben leise, alle, die so traurig sind,
und sie sind neben Dir, wenn Dein Tag
beginnt.

Wenn ein Engel Dich berührt, dann ist es
heller um Dich herum.
Und alle Fragen und Zweifel bleiben in Dir
stumm.

Ich habe meinen Engel gesehen,
es ist wunderschön, dieses Gefühl.

Engel weinen leise,
leiden mit mir still.
Und ich habe keine Angst vor dem, was
noch vor mir liegt,
denn mein Engel ist neben mir,
und jeden meiner Wege mit mir geht.

Danke dir, du mein Engel,
ich glaube fest an Dich.
Und Du glaubst an mich.

Elke Morschhäuser-Martin

Das Gewissen

Immer weiter von mir entfernt geht er
Richtung Licht.
Ich bleibe zurück, denn folgen kann ich
ihm nicht.
Seine letzten Worte trägt mir der Wind
noch zu:
„Liebste, alles was ich je wollte, warst du!"
Lautlos weine ich Stund' um Stund'.
Es gibt keine Heilung von den
Seelenqualen, denn meine Trauer hat
keinen Grund.
Schlechte Gefühle erobern nun meine
Sinne.
Ich hasse, bebe, tobe und ... gewinne?
Nein, so wird's niemals sein.
All der Schmerz nimmt mir die Luft.
Ich falle und falle, lande in einer Gruft.
Schreie. Ersticke. Bettle um Gnade. Ums
bloße Überleben.
Doch der Eine wird mir nie vergeben.
Zu groß war seine Pein, meine Worte zu
hart, ohne Gefühl.
Hier, wo ich jetzt bin ist es dunkel, trist,
stickig und kühl.
Nicht Gott hat mich bei sich
aufgenommen.
Nein, mein Schicksal war es nach dem
Leben ins Nichts zu kommen.
Alles ist weg, jeglicher Traum und selbst
Erinnerungen an schöne Zeiten sind
mir entronnen.
Ich muss an diesem finsteren Ort verweilen
und habe nur verloren, nie gewonnen.

Monika Möser

Sein oder Nicht-sein (?)

denke ich zu kompliziert
gebe ich mich falsch
bin ich ein ungeborenes Kind
laufe ich zu ver(w)irrt
Spiegel! bist du hässlich
ist meine Arbeit nichts wert
habe ich das Ziel verloren
Tunnel! wo ist das Licht
ist das was ich tue, wahnsinnig
Polonius sagte über Hamlet:
„Ist es Wahnsinn, so hat es doch Methode!"

Robin Möser * 1988

Frühling

Wenn der Blütenzweig der Forsythie
dem Himmel sich entgegen streckt.

Wenn die Knospe der Tulpe
sich dem warmen Regen öffnet.

Wenn der Wind die zarten Blütenblätter
der Osterglocke streichelt.

Wenn die Sonne die Wasserperlen
von den Gräsern saugt.

Wenn das morgendliche Vogelgezwitscher
uns schmunzelnd erwachen läßt.

Wenn die Lerche mit lieblichem Gesang
in den blauen Himmel steigt,
dann öffnet sich des Menschen Herz dem
F r ü h l i n g.

Rosemarie Mosmann * 1928

An Luise

Sie las Märchen den Kindern,
Da schreckte sie ein Soldat.
Seitdem saß sie in Hubertusburg
Siebenundsechzig Jahre.
Dann brachte man sie
Auf den Sonnenstein ins Gas:
Am Tag waren es ja nur
Siebenundzwanzig.
Erst nachdem hörte ich von Dir
Und gebe Dir Liebe.

Andis Müller * 1921

Zeitenwanderung

Es gibt Tage, an denen man alles in Frage
stellt,
Tage voller Angst, was wohl noch
geschieht,
gedankenschwere Wehmut verdunkelt
dann die Welt,
das Herz trägt Trauer, die Seele tief
betrübt.

Man fürchtet das Dunkel, bangt um das
helle Sonnenlicht,
sehnt sich nach einem begehbaren Weg,
Tränen rinnen, man sucht verzweifelt nach
Zuversicht,
die Schlinge scheint längst um den Hals
gelegt.

Freud und Leid liegen im Leben dicht
beieinander,
sind meist ein recht eigensinniges Paar,
wie zwei händchenhaltende Zeitenwanderer
begleiten sie uns durch jedes Lebensjahr.

Gibt es ungetrübte Freude?
Gibt es hoffnungsloses Leid?
Man lebt im Hier und Heute,
hofft auf ein Stückchen Ewigkeit.

Spuren im Sand verweht der Wind.
Manch Wunde verheilt die Zeit.
Wenn die Liebe unser Fühl'n bestimmt,
sind wir für das Morgen bereit.

Bettina Müller * 1960

Reflexionen sich auf dem Wasser spiegeln,
Schaumkronen Wellen versiegeln,
tiefrot getaucht in Schweigen.
Bald wird das letzte Licht vergehen,
aus ihm die Nacht wird auferstehen.

Bettina Editha Müller

Schlucht voller Tränen,
Meer voller Sehnsucht
Träume die sich sehnen,
es führt kein Weg zurück.

Tu es, tu es, rufen sie, worauf wartest du
lauf und greif die Sonne,
bring uns Frieden, bring uns Glück,
bring uns unsere Seele zurück.

Durch das Firmament,
hinauf zum Himmelszelt,
laufe ich und hole euch
das große Glück zurück.

Greif es, fass es, gibs nicht mehr zurück
Es glüht in meiner Hand,
Es drängt mich: Lass mich frei!

Ich kehr zurück durchs Firmament.
Lass es los und seh es brennt.
Die Welt lodert lichterloh,
die Welt ist wieder froh.

Eva Müller * 1986

Suche

Du läufst und läufst
auf grünem Eis.
Der Horizont
bleibt immer fern.
Auf seid'nen Flügeln
über hellem Sand
zerrinnen deine Bilder.
Das blaue Eis erreicht
dein Herz zu spät.

Frank Müller * 1937

Gedanken im Herbst

Der Herbst hält Einzug hier im Land
mit Stürmen und im bunt' Gewand!
Erst färbt er die Blätter farbig schön,
dann lässt er sie auf Reise gehen!

Der Igel und die kleine Maus,
sie bleiben lieber jetzt zu Haus!

Die Nächte werden kalt und länger,
ganz selten hört man noch einen Sänger,
der fröhlich seine Stimm erhebt,
wenn er durch kalte Lüfte schwebt.

Der Frost macht erstmals Gräser weiß
und auf den Pfützen gibt es Eis.

Noch freut man sich der schönen Stunden,
an denen wir im Sonnenschein
genießen können Wald und Hain,
bevor der Winter kommt mit Macht
und ersten Schnee bringt über Nacht!

Gerd Müller

Weihezeit

Lichterglanz auf Schnee,
stille Einsamkeit.
Friede ohne Weh –
Gottes Ewigkeit !

Glanzdurchströmte Nacht,
Heiland aller Sterne.
Weihe, Liebe, Macht,
Könige der Ferne.

Atemlos schwarzer Wald,
lausche dem Himmelschor.
Wintertann ist kalt.
Nebel steigt empor.

Eiskristalle in der Nacht,
Freude läßt sie erglühen.

Christus ist in uns erwacht
dank göttlichem Bemühen.

Finsterkalter Winterwald,
von nun an wirst du strahlen.
Erlösung wird uns schon sehr bald,
denn Gottes Mühlen mahlen.

Helga Johanna Müller

werdegang

im rauschen grünender blätter
ahnt alter baum
ächzend im wind

mitten des waldes
ein drohen
harzrinsel stockt

ein duften
von frisch geschlagenem holz –
im mühltal
schöpft es papiere

glatt, grob
zart und zerissen
weiß wie schnee
regenbogengleich

Ingrid Müller

Nimm zwei

Ein Christ, vom Alter noch ein Kind,
geht abends heimlich und geschwind
in Mamas Speisekammer rein.
Dort locken Printen, zart und fein.
Er nimmt sich zwei aus Schokolode.
Da plötzlich kommt Mama gerade:
„Was tust du in der Speisekammer?
Gott straft die Diebe", lügt die Mama.
„Er sieht dich jetzt. Was er wohl sagt?"
Darauf das Kind: „Ich hab gefragt,
ob ER auch einverstanden sei.
Er sprach: „Wir sind allein, nimm zwei!"

Jörg Müller * 1943

Morgentoilette

Ich hab heute Morgen in den Spiegel
geschaut.
(Der Nebel des Tiefschlafs war noch nicht
weggetaut.)
Was genau ich dort sah, kann ich dir nicht
sagen.
(Vielleicht Müdigkeit, Leere. Ein Fass voller
Fragen?)
Ein schlaftrunkenes, sorgengefaltetes
Gesicht.
(Schatten allenthalben, im frühen
Morgenlicht –
die kleine Falte links oben, die gab's doch
gestern noch nicht!)
Verschleierte Wimpern – und dann dieser
Blick!
(Als säße der Leibhaftige mir hinten im
Genick.)

Doch da – was war das – ich hab's genau
geseh'n!
(Ein verschmitztes Lächeln kam in den
Mundwinkeln zum Stehn –
unersättlich, lauthals. Nicht jung, nicht
morgenschön.)
Täuschend echt – oder doch nur eine
Halluzination?
(Bleibendes Rätsel. Wen kümmert das
schon.)
Ein jahrzehntelang gehegtes „?" auf
meinem Gesicht.
(Nein, diese Frau da im Spiegel, die kenne
ich nicht!)

Ich hab heute Morgen in den Spiegel
geschaut –
ein Narr, der da glaubt, dieser Blick sei
vertraut!

Petra Edith Müller

Alter

Dem Diesseits bereits leicht entrückt,
zieht der welkend Greise,
an Alter leidend und gebückt,
seine letzten Lebenskreise.

Glücklich, welcher dabei milde gestimmt
loslässt und sich ergibt in nahes Ende,
mit weisem Lächeln der Heimat Rufe vernimmt,
Schicksal und Gnad legt in größere Hände.

Wer mit sich und Welt im Reinen und tief dankbar,
vertrauensvoll ganz und zu jeder Zeit,
einverstanden mit der Fülle an Lebensjahr,
zu Abschied und Wandlung nun bereit.

Ralph Müller * 1962

Die etwas andere Erinnerung an das vergangene Schuljahr 2004/2005

Ein Gedicht zum Alltag in der Schule

Vor fast eine Jahr fing es an,
die Schule zog uns in ihren Bann.
Am 30.08.2004 begrüßte uns der Schulleiter,
und alle waren danach gut gelaunt und heiter.
In Kahl am Main auf einem Kennenlern-Trip mit einigen Stationen,
dennoch vorsorgt man sich mit große Essensportionen.
Nun fing es aber richtig an,
weil es mit den neu gekauften Mathebuch begann.
Die ersten Wochen waren sehr schwierig,
dennoch waren wir wissbegierig.
Das Einzige, was sich mehrte,
war, dass unsere Lehrerinnen uns viel lehrte.
In den letzten Schultagen, wer hätte das gedacht,
lernten wir Grillen und zwar, wie man's richtig macht.
Bei beiden Prüfungen hieß es: „Jetzt oder nie!"
Manche verstanden es nicht und fragten: „Wie!"
Zum Schluss sagte ich mir, dies Schuljahr würde schnell vergehen,
und es mit guten Noten bestehen.
Die Moral von dem Gedicht,
es ist wahr, die Geschicht'.

Thomas Müller * 1982

Wenn nach langen Nächten dann der Morgen graut,
hinter Horizonten eine Ferne blaut, wenn Gedankenschwingen schweben durch das All
und mein Herz betört durch eines Lockrufs Hall,
dann verklärt ein lächelnd Schicksal meine Bahn
und ein tiefes Sehnen zeigt den Weg mir an:
Wandre in die Ferne,wenn mein Herz auch bleibt.
Götter nur und Teufel wissen, was uns treibt.

Wolfram Müller * 1921

Lebenszauber

Wenn wir anfangen zu hassen,
Kann kein Leben mehr uns umfassen.

Die Lebensstufen aufwärts gehen,
Und dabei weiter nach vorne seh'n.

Liebe ist der Weltenmeister,
Stärker als der Waffengeister.

Schmerz hat dich berührt,
Doch die Liebe ward dir zugeführt.

Den Lebenskreis vollenden,
Nimm Liebe aus anderen Händen.

Die Seele geht zum Lichte hin,
verdunkelt dein Erdensinn.

Aus dem Leben lernen,
Hoffnung in den Sternen.

Liebe heißt Unendlichkeit,
Lass sie in dein Herz,
Verbann den bittren Schmerz.

Yvonne Müller-Mac * 1975

Ich geh weg von hier.
Ich geh in die Länder der Kunst,
weg aus den Wüsten von Dreck
und Konservengemülle.

Wieder durchwate ich grauschlammigen
Dunst;
werfe hinter mich alles leere Gedenk
um Nutzen, Ramsch, Poker, prestigelichen
Zweck. –
Und ich trete ein in die klare, klingende
Stille.

Hier ergreif ich ein Licht, Ich erschaffe mir
ein großes, weißes, einhörniges Tier.

Um uns quellen und wirbeln in zentrischen
Ringen
Wellen aus gleißender Glut, und es
springen
Funken in reicher und reicherer Fülle,
den Göttern der Schönheit ein
Erdengeschenk,
überall, zeitenweit, hier…

Inge Müller-Matthies

Der alte Mann

In den grauen Abendstunden fliegt die
Krähe ihre Runden.
Regen fällt aufs Lande nieder, Kindlein
müde, schließ die Augenlider.
Warm und wohlig im Bettlein du liegst,
mit weißen Flügeln im Traume fliegst.
Auf den Straßen, rauh und kalt, liegt der
Bettler, arm und alt.
Seine Hände erfroren im Wind, sehnt sich
herbei die Zeit als Kind.
Keinen Ort zum Bleiben hat er gefunden,
„Du bist unerwünscht!", die letzten Worte
schneiden sich ins Fleisch zu Wunden.
Er hebt den Kopf zu Himmel empor, die
Augen schlaff und leer:
„Nimm mein Leben, ich kann nicht mehr!"
Das Kindlein schreckt aus dem Schlafe
hoch, erwacht aus einem
Alptraum, keine Angst, der Mann ist tot.
Es geht um Leben und Sterben, man endet
beim Tod,
geschnitzt in seinem Stab zu Kerben.
Kleines Wesen, ein jeder muß seinem
Schicksal ins Auge sehen,
ein Engel wird dich begleiten, wenn du
mußt gehen.
Irgendwann ist alles zu Ende, kehrst dann
glücklich zurück
in Gottes Hände.

Daniel Multer * 1987

Wir Alten

Unser Leben zerfällt
stürzt in den Abgrund,
versickert im ewigen Schlamm.

Was ist geblieben
von unserem Leiden, unserem Lieben
und weitem Wissen, von unserem Glück?

Von unserem maßlosen Schmerz?
Von unserer lodernden Jugend
und unserem Traum von der Welt?
Nichts ist geblieben –
nichts kommt zurück!

Rita Multer

Südliche Landschaft

Verkrümmter Baum an der Felswand,
in unbarmherziger Härte
verklammert im grauen Gestein;
herber Wermut – Bitternis bis zur Neige;
flammender Mohn – rote Leidenschaft,
flüchtig vergehend in Traum und
Vergessen.

Sie alle bilden und formen das menschliche
Leben.

Dürstender Baum an der Felswand –
wärst ohne sie du geworden,
das, was du bist?

Steine, Wermut und Mohn – doch es fehlt
eine Blume.
Zwischen Geröll und Gestrüpp,
zwischen Disteln und Dornen,
wächst ein bescheidenes Kraut,
unzerstörbar:
die Knospe der Hoffnung,
die Blüte blau wie der Himmel,
der alles Sein überwölbt.

Eva Münz

Liebe zu Asien

Liebe zu Asien.
Immer wieder hab ich in den Wald
gerufen: „Liebe, Liebe, Liebe ...",
– ohne Antwort.
Nur zweimal kam etwas zurück:
"Arschloch, Arschloch,"

dann habe ich herzlich gelacht,
in Liebe und einsamer Freude.

Josef Münz

Hin- und hergerissen

Ich liebe die Menschen,
zu viele Menschen sind mir ein Gräuel.

Ich liebe die Einsamkeit,
zu viel Einsamkeit macht mich krank.

Ich liebe die Leichtigkeit des
Oberflächlichen,
zu viel Oberflächlichkeit nimmt mir meine
Energie.

Ich liebe die Tiefe,
zu viel Tiefe kostet mich den Kontakt zur
Erde.

Ich liebe das Reden,
zu viel Reden verursacht Leere in mir.

Ich liebe das Schweigen,
zu viel Schweigen ruft Unruhe in mir
hervor.

Ich liebe den Rummel,
zu viel Rummel entfernt mich von meiner
Mitte.

Ich liebe die Ruhe,
zu viel Ruhe nimmt mir meine Vitalität.

Ich liebe Gott,
Gott kann man nicht zu viel lieben.

Manfred Mur * 1976

Herbst

Brauende Nebel –
Regenmeer;
verstummt die Vögel,
kein Laut umher.

Ueber die Dächer
Regen rinnt;

Fallen die Blätter
Spielen im wind.

Irene von Muralt

Loslassen

Wie sollt ich mich jetzt noch verlieben,
ist doch mein Innerstes zerstört.
So bleibt das Schiff am Grunde liegen,
der stumme Schrei stets ungehört.

Wie gerne wäre ich mit Dir
doch dort zusammen angekommen.
Jetzt ist's gescheh'n, ich bin noch hier
und Du hast Dich mir weggenommen.

Der Himmel hat sich grau verdunkelt
mit Trauer, Wahn und Einsamkeit.
Ich hoff' Du blickst auf mich herab
Befreit von allem Seelenleid.

Und jedes Mal wenn's Frühling wird
will ich mich neu verlieben,
doch viel zu oft denk' ich an Dich
und lass' die Welt zur Linken liegen.

Sascha Murbacher * 1979

Ein schöner Tod

Ein Schatten legt sich mir aufs Herz.
Dunkelheit überflutet es.
Ich spüre tiefe Trauer,
sie tropft mir von den Fingern.

Über meinem Schädel
der bebt vor Schmerz
stirbt ein Engel,
so unschuldig ihr Blick.

Zarte Flügel zerspringen laut
in tausend süße, klare Teile.
Mitleid eine Weile
ist in mir, und mit ihr.

Eine Feder silbernen Glanzes
schwebt herab zu meinen Fingern.
Lässt meine Seele lieben ihren Tanz,
der so schön und unsterblich ist.

Doch die Berührung mit meiner Haut
ist ihr Tod und mein Verderben.
Ich fahre zusammen
auf kalten Erden.

Leandra Muschik * 1988

Rendez-vous

Ein Rendez-vous ists, nicht ein Date,
dem man so stolz entgegengeht,
dem man so entgegenblickt,
so voller Fragen, obs auch glückt...
Es ist was Tiefes hinten drin –
betörend ists für Herz und Sinn
und voller kleiner, ernster Sorgen:
wie präsentiere ich mich morgen?
Es fragt die Frau sich und der Mann:
Was ziehe ich nur morgen an?
Ein Schmunzeln macht sich dabei breit
ob der verflossnen Lebenszeit –
ob Rendez-vous, ob Date, es bleibt
das Rätsel, das uns dazu treibt.

Lotte Musyl * 1924

Elf Punkt neun

Wir strebten nach Idealen
und versuchten zu verstehn.
Wir sahen auch im banalen
immer ein Stück Hoffnung zu erspäh'n.
Die Kraft, die uns durchströmte
wurd' getragen durch des Friedenstum.
Verstärkt von der Freiheit
schworen wir alles groß zu tun.

Dann quoll aus dunklen Träumen
falsche Götter an uns hoch.
Verloren wir dadurch unsre Ziele?
Was war plötzlich mit uns los?

Quälen uns auch die schwarzen Seelen
und treten heftigst unser Herz.
Es verstärkt nur unser Bestreben
egal wie tief auch dieser Schmerz.

Spürst du nicht die Große Kraft?
Auch 11 Punkt 9 hat uns nicht geschafft!

Rolf Muszeika * 1961

Flickwerk

Zitternd nehmen meine Hände
das gebrochene Herz
behutsam
damit es nicht ganz zerfällt
fädeln einen blutroten Faden
in die Nadel
und stechen in die zuckenden Kanten
um zu flicken
was zerrissen
um zu heilen
was verletzt
um weiter zu leben
mit der pochenden Pein

Barbara Nagel * 1966

Morgenland

Traumbeladen
auf wiegender See
schaukelt mein Kahn
über vom Wind gemusterte Wellen –
bis am flachen Strand
die Träume den Tag erreichen.
Leise knirschend
stößt er ans Ufer:
Morgenland,
bepflanzt mit den Bäumen
des jungen Tages,
Knospen, mir zugeneigt –
erwartungsvoll setze ich
den Fuß an Land.

Klaus Nagorni

Der Stern

Ein Licht am Himmel
so fern und doch so nah
und jeder hat die Sterne gern.
Einmal zeigen sie sich dunkel,
glänzend und nah
und doch sind sie so fern.
Sterne erstrahlen und geben uns Mut
und sie tun so gut.
Sie erglänzen, vergehen
und doch stehn sie am Himmel.
Der Stern gibt soviel Mut,
und tut so gut.
Beim Träumen stehn sie da
und sind so wunderbar.
Und immer sind sie da,
so glänzend schön und doch so fern.

Napirei * 1972

Herrenhausen

Enten ziehen still durchs Wasser,
das Renaissance umsäumen darf.
Fassadengelb wird langsam blasser,
ein Labyrinth rollt sich zum Schlaf.

Linien aus Buchsbaum biegen sich,
trennen Sand von Rasenecken.
Blaukissenpolster schmiegen sich
rings an den Rand der Wasserbecken.

Fontänen legen zarte Schleier
auf Marmorkörper, die seit langem warten
hingebungsvoll auf eine große Feier:
„Son et lumière“ im Großen Garten.

Friederike Naroska * 1945

Der Faun im wilden Garten

In meinen Träumen gibt's ein Haus
Gebettet in den wild'sten Garten
Könnt' es noch hundert Jahr' so warten
Denn es sieht ganz verwunschen aus

Mir träumt von seinen alten Mauern
Ist's doch, als würde ich es kennen
Den Butler schon beim Namen nennen
Da wach' ich auf in kalten Schauern

Lebendig ist es nur im Traum
Zuweilen läßt es mich erstarren
Wenn Schatten huschen, Türen knarren
Und wenn es spukt von Raum zu Raum

Ein Faun lebt auch im wilden Grün
Er paßt so gut zu dem Gemäuer
Und ist's mir auch nicht ganz geheuer
Such' ich der Blätter Baldachin.

Lulu Naumann

Ein Gruß aus Bad Wörishofen

Pfarrer Kneipp im ganzen Land
für die Gesundheit wohlbekannt,
Behandlungen nach der Natur
ist das Herz der Kneipp'schen Kur.
Man trinkt viel Wasser, atmet tief
die Kurluft ohne Auto-Mief.
Im schönen Kurhaus inmitten der Stadt
bekommt man allseits den richtigen Rat.

Schon in frühster Morgenstunde
beginnt für dich die erste Runde.
Den Wasserschlauch erfasst dein Blick
und schon floss es eiskalt übers Genick.
Nach Wadenwickel und massieren
geht's in den schönen Park spazieren.

Ein jeder schöpft hier neue Kräfte,
man bummelt gerne durch Geschäfte.
Zwischendurch – so hält man's aus
bei Kurmusik von Johann Strauß.
Für Harmonie, für Geist und Leib
dafür sorgt hier: „Pfarrer Kneipp".

Alois Necker * 1920

Sinn-Fragen

Ich möchte gern,
dass Ihr mich etwas menschlicher liebt
und dass sich das
noch in diesem Leben ergibt.

Ihr sollt mich nicht
mit guten Worten benebeln,
Ihr sollt mich nicht
mit Eurer Zuwendung knebeln.

Ihr sollt mich nicht
für Eure Feinde erschlagen,
nur weil Ihr nicht wagt,
gegen die was zu sagen.

Ich möcht gern, dass Ihr anfangt,
Euch selbst wahrzunehmen,
und dass Ihr aufhört,
Euch für Eure Echtheit zu schämen.

Es ist Euer Sinn
und die heiligste Pflicht,
dass Ihr endlich Ihr seid.
Warum seid Ihr es nicht?

Franz Josef Neffe * 1949

In der Dimension die keiner nennt
denke ich
mit der Hand in der Unterwäsche
die molluske Masse
der Geschichte aus Fleisch und Wasser

Vertieft und erhoben
die Gedanken verflüssigt
zur Injektion

Das offene Fleisch hält
die Landschaft bereit
für ein mögliches Entstehen

Folgend graben Finger
im bereiten Boden
in das vergessene Gebot

In einander greifen
jetzt
eine Million neunhundertsiebenund-
sechzigtausendvierhundert und
eine Frau
nach dem Faden der Verbindung

Nélice * 1968

Trauer

Ich weiß gar nicht, was ich sagen soll.
Stumm und ratlos steh ich da.
Dumm und tatenlos, so als wüßte ich nicht
was geschah.
Trau mich nicht Dich an zu sprechen.
Nicht das gewisse Thema an zu brechen.
Hoffe selbst im Schweigen trete ich nicht
zu nah.
Statt Dich an der Hand zu nehmen, ringe
ich nach Worten.
Schämend fällt nichts zum Trost mir ein.
Denkend, schweigend, lautlos schreiend,
Stehst Du vor mir lautlos weinend.
Ich kann die Stille nicht ertragen.
Möchte an allen Orten, nur nicht an diesem
sein.
Denke an Deine Sehnsucht und unsere
Vergänglichkeit.
Suche nach Worten die trösten… .
Ich weiß, zu jung zum Sterben und zum
Sterben nicht bereit.
Doch dem Tod geweiht, es tut mir
unendlich leid.
Hilflosigkeit macht sich breit.
Zwingt mich zur Umkehr.
Bleibt nur, lieber ein Ende,
Als leben und doch kein Leben mehr.

Wiebke Nelius

Gestorben letzte Hoffnungsschimmer
Doch Träume bleiben oft für immer ...

Der Wind! Das Laub, von Geisterhänden,
erzählt, formiert zu Hieroglyphen
vom Brunnen, den so gern wir fänden
vom Traum, den ach so gern wir schüfen

Ich seh sie ziehn und wünsche mir
sie trügen das, was blieb, zu Dir ...

Wenn Hoffnungen sprießen nimmt an bald
Gestalt
im Traum dann und wann, und ich merkte
es bald
der Brunnen, für den wir wohl scheinen zu
leben
den schien es da nur für Momente zu geben

Dieser Stern dort am Himmel
Kannst Du ihn noch sehn?
Dieses Schimmern im Morgen
wenn der Tau dort sich legt
auf den Feldern der Träume
Bist Du ihm noch nah?

netzgeist * 1949

Sommerabend

Leise schweben deine Lider
Hin zur lauen Sommernacht
Und berühren zärtlich wieder
Die Gefühle weich und sacht
Wiegend spüren die Rabatten
Deinen engelgleichen Schwung
Flüstern tiefer Sonne Schatten
Durch die Abenddämmerung

Rüdiger Freiherr von Neubeck * 1947

Klage eines Poeten

Bist du ein Dachkammer-Poete,
wie Spitzweg ihn in Öl verehrte,
und will'ste in zwei Pappen reine,
dann brauch'ste erst mal Euro-Scheine,
für den, der dich verlegen tut,
auch dann, wenn die Gedichte gut.

Beim Großverlag kommst du nicht dran,
der nimmt nur Arrivierte an.
Ist der Verlag nur mittelgroß,
ist ohne Moos da gar nichts los,
die wollen erst mal Knete,
von einem armen Poete.

Wer kann das schon berappen –
wer hat so viele Euro-Lappen?
Die Grundstücksspekulanten -
und Blutwurstfabrikanten!
Die können kräftig klotzen,
es ist einfach zum Kotzen!

Egon Neuhaus

Liebesprisma

zartblaurosa Blick in Blick
wird rosenrot wenn Haut auf Haut
orangeumschlungenrot wenn Arm
um Bein um Arm und in und ganz
und donnerndpurpurrot
mit flammenspitzenhellblitzblauem
Weißnichtmehr

und dann dies sonnensatte breite Gelb
und später dann so frisches Grün
und innig lange noch
so gelb so satt
und nun
und hier
allein
ganz
violett

Mechthild Neuhaus-Overbeck * 1957

Entwurzelt

Heimat,
unbeschwerte Kindheit,
Geborgenheit, behütetes Erwachen.
Erste Liebe, erstes Glück.
Paradies

Worte,
schöne Sätze.
Möchte gerne glauben
was sie mir versprechen.
Versuchung

Kämpfen
ständige Angst
und doch dabei.
Falsches Spiel, falsches Ziel.
Vertreibung

Helga Neukirchen

Hände

Junge Hände
alte Hände
Hände zu Fäusten geballt.

Gebende Hände
nehmende Hände
Hände in fremden Taschen.

Schlagende Hände
streichelnde Hände
Hände betend erhoben.

Deine Hand in meiner.

Annette Neulist * 1967

Himmel und Erde berühren sich,
Weit draußen am Horizont!
Ihn zu erreichen, bemüht ich mich,
So gut ich's eben konnt'!
Ich lief und lief und kam nicht nach
Doch grad durch dieses Scheitern,
Konnt' ich immer nach und nach
Meinen Horizont erweitern!

Heiko Neumaier * 1972

Vergänglichkeit

Vergänglichkeit überall,
fallende Blätter von den Bäumen,
verblühende Blumen,
die untergehende Sonne,
Wolken, die vorüberziehen,
Falten, die sich in meine Haut graben,
Schmerz, Trauer, Wut, Glück.

Vergänglichkeit,
die Farben des Sommers,
die Düfte des Herbstes,
die klirrende Kälte des Winters,
das Erwachen der Natur im Frühling.

Alles kommt und geht,
ein unendlicher Kreislauf,
endlich bin nur ich.

Christine Neumüller

Freiheit

Eingehüllt in tausend Sonnenstrahlen
lieg ich träumend im kühlen Grün,
über mir am azurblauen Himmel
seh ich deine weißen Flügel
lautlos gleitend
ihre Kreise ziehen.
Ich möchte rufen:
„Hol mich zu dir!
Nimm mich mit in die Freiheit,
lass uns fliegen
bis zum fernen Horizont ...!"
Doch meine Lippen bleiben stumm,
ich sinke in das Gras zurück
und wisch die Tränen ab.
Denn ich vergaß für einen Augenblick,
dass ich zu lange schon
auf der Erde wohn
und Wurzeln hab!

Diethild Nibler

Vorbei

Wo ist die Liebe, die einst heftig glühte,
die sich ums Glück des anderen bemühte.
Wo ist die Achtung, die dem Anderen wir
zollten,
wo ist die Freude, die wir weitergeben
wollten.

Wo ist die Innigkeit, mit der die Lippen
küssten.
Wo ist das zarte Streicheln auf den kleinen
Brüsten.
Wo ist der Stolz geblieben, den wir auf
einander hatten,
der Drang nach Zärtlichkeit in grüner
Bäume Schatten.

Wie klopfte einst das Herz beim
Wiedersehen.
Ich frage mich, was ist mit uns geschehen,
dass wir am andern nur noch Fehler sehen.

Könnt es nicht sein, dass auch in alten
Tagen
sich Mann und Frau auf lieben Händen
tragen.
Kann man im Alter nicht mehr für
einander schwärmen,
kann nicht des andern Anblick unser Herz
erwärmen.

Ist denn schon ganz erloschen jegliches
Gefühl,
ist denn der alte Mensch schon gänzlich
kühl.
Von meiner Seite muss ich das verneinen,
mag es dem anderen mitunter auch so
scheinen.

Ingrid Niebhagen * 1938

Ich möchte einmal

Ich möchte einmal
mit dir allein
in der Sonne sein
Lachen und Wellen hören
als wäre es Musik
aus dir

Ich möchte einmal
mit dir allein
im Himmel sein
und dich lieben
auf dieser Wolke
da drüben

Ich möchte einmal
mit dir allein
in den Wellen sein
um noch in Gedanken
dich zu spüren

Ich möchte einmal
mit dir allein
im Dunklen sein
damit du mir leuchtest
unseren Weg

Ich möchte einmal
mit dir allein
nur allein sein
damit wir gehen
von unserer Liebe
zu unserer Liebe

Jürgen Niebling

Plan A

In deinen Himmelstiefen
waren Algen eingefasst,
wie Diamantensplitter, funkelnd, auf den
Ring deines Traumes eingraviert,
als sei es ein Siegel, worin, wenn
aufgehoben, geschrieben steht,
wie enttäuscht Du vom Leben.
Dieses Brennen und Leuchten...,
in der Finsternis deiner Einsamkeit war's,
dass deine Augen „Illusionen!" riefen.

Mein Plan: wie ein Lindwurm
in deine aufgewühlte Erde kriechen.

Gerald Nied

Himmelskörperwahn

Was geht ab in fünf Milliarden Jahrn?
Die Erde rotiert immer schneller.
Und die Sonne wird heller und heller.
Der Mond schert aus seiner Bahn.
Selbst der Halleysche Komet
hat sich tüchtig verfahren.
Auch der rote Planet gibt jetzt ordentlich
Gas.
Die Saturnringe verlieren jedes vernünftige
Maß.
Jupiter wird an ihnen vorbeischrammen,
um volle Möhre Uranus zu rammen.
Der kleine Merkur stürzt in die Sonne,
um dort zu verglühen
und Funken bis zum Neptun zu
versprühen.
Auf der Venus ist es nun mehr als
kochendheiß.
Sogar auf Pluto schmilzt das Eis.
Alle Himmelskörper stürzen sich dann
in ein riesiges schwarzes Loch –
Doch wen interessiert das dann noch?

Burkhard Niehues * 1975

Herbst

Nebelschwaden formen das Land
Und mein Blick ist wie gebannt.
Wenn ich aus dem Fenster schau'
Rührt des Herbstes sanftes Grau.

Wie der Tag erwacht so zart.
Nebel sich mit Sonne paart.

Und an einem kleinen See
Ich Rehe, Fuchse, Vögel seh'.

Der Tag erwacht so jungfräulich
Und scheint nur Gutes zu verkünden.
Wie schnell schon wird des Menschen Stich
Die Ruhe lautstark an sich binden.

Weiche nicht, Du zarter Glanz,
Lass die Wellen in mich dringen.
Will dich spüren in mir ganz
Und im Glück ein Lied dir singen.

Harriet Nielsen * 1965

In der Wohnung meiner Seele

Grüße aus einer weiteren Ferne
Sprechen mir Mut zu.
In der Wohnung meiner Seele
Liegen mehr als zwei dutzend Scherben.
Nackt wie Rauch entfalte ich mich,
bekenne mich
Zu meiner tiefsten Sehnsucht.

Mensch, schau weit und breit,
Sag mir was du siehst!
Das sind Wälder deiner Träume,
Und die Blätter, die das Lebenswetter
schreiben.
Tief in mir öffne ich mich, atme aus
Die Knochen meines Lebens.

Alles was ihr Geister mir versprochen habt.
Was du Geist mir versprochen hast.

Nwebo Roswitha Niermann * 1970

Abschied

Menschen treten in Dein Zimmer
Weilen kurz und wenden sich.
Doch ein wenig bleibt für immer –
So ein Wort, ein Klang, ein Schimmer;
Zarte Farbe, die verblich.

Führt Dein Gang Dich neue Wege
Wünsche ich Dir sichre Stege.

Ich habe Dir zwischen die Zeilen
geschrieben
Vom lachen und Weinen – vom Lieben,
Der Not, dem Brot,
Von Leben und Tod.

Maria Niesen * 1948

Manchmal bin ich
eine kleine Brücke,
die Verbindung sucht
nach beiden Seiten
und in sanftem Bogen
sich verankert
zwischen Heut' und Morgen,
die voll Erwartung
Kommende empfängt,
Scheidenden nachblickt,
die bebt im Rhythmus
ungezählter Schritte
und einsam träumt
in kalten Mondnächten.

Roswitha Niethammer

Vier Jahreszeiten, vier Takte

Blätter fallen Tag und Nacht
leise
wie Deine Stimme
die mich ruft
und in die Tiefe reißt
in die Tiefe der Liebe
in das Universum der Gefühle

Blätter wirbeln durch die Luft
verspielt
wie deine Hände auf der Violine
Allegretto spielt die Melodie
des Herzens

Herbst lauert da draußen
und der blaue Nebel mit seinem Schatten

überall hängen die filigranen Spinnennetze
prächtige Bäume im herbstlichen Kleid
tragen Früchte
jede Jahreszeit die danach kommt
heißt DU
willkommen begrüße ich meine
Jahreszeiten
denn du bist mein Leben in vier Takten

Katarina Nikšič * 1956

zeitweiler

die krähen fahren über eine ausmatratzte
leyer
der himmel färbt sich bunt wie
schneemaschinen

dabei entfernt er sich wie
satt gewordene geier
die weiße knochen streuen und dann
fliegen

das laub lacht gelb bevor der frost es löst
und klamme finger klemmen sich in türen

ein brief klirrt in der hand die einen riegel
zustößt
zwei zeilen zeugen wider das erfrieren

Johanna Nikulski * 1968

Die Zeit

Die Zeit fliegt vorbei
wie Blätter im Wind,
ich möchte sie festhalten wie ein Kind,
wo war ich vor einiger Zeit,
wo werde ich sein,
ich fühle mich alt
und doch so klein,
so vieles ist mir genommen,
und was wird kommen,
was werde ich tun,
wer werde ich sein,
das Alte erlöscht,
das Neue noch nicht mein.
Die Zeit fliegt vorbei
wie Blätter im Wind,
ich lasse sie fliegen,
denn alles ist bestimmt,
die Zeit von gestern
kann morgen wieder sein,
alles bewegt sich rhythmisch,
unendlich und fein.

Birgit Nitsche * 1954

Hoch-Zeit

Strahlend kommt sie einhergeschritten
Am frühen Morgen, der sonst so kalt.
Der Sommer hat mit dem Frühling
gestritten
Errang den Sieg für seine Königin bald.

Den Tau tret ich im frischen Gras mit
Wonne.
Leicht fließt das Blut, erlaubt kein dumpfes
Grübeln.
Frohe Gedanken steigen wie
Federwölkchen zur Sonne.
Schenkt die Natur auch Überfluss, so wird
Verschwendung sie verübeln,

Empfangt die Hohe Zeit mit offenen
Sinnen,
Mag wohl der Sonne Glut im Zenit Euch
plagen
Nur allzu schnell wird ihr Glanz verrinnen
Verblassen ihr Licht im rauhen Schoss von
Herbst- und Wintertagen.

Paula Nitschke

Zeit

Was ist Zeit, so fragst Du Dich
Zeit – ist kostbar, auch für Dich.
Doch sie verweht – Du siehst es kaum,
kannst Deiner Wahrnehmung nicht traun.

Hast soviel vor – willst soviel tun,
gönnst Dir fast keine Zeit zum Ruhn.
Dann stehst Du da – die Zeit ist weg,
weißt nicht wohin und welchem Zweck.

Rennst hinterher, ganz ohne Sinn,
kannst sie nicht halten – niemals mehr.
Du schaust zurück, schaust auf Dein Leben.
Wo blieb die Zeit – zum Lieben und
Reden.

Spät wird Dir klar – das war es nicht
Kannst nichts mehr tun – zu spät für Dich.
Verpasst, versäumt – Gefühl und Traum.
Es bleibt nichts mehr – Nur dunkler Raum.

Petra Nitschke

Wundersame Ausfahrt im Frühsommer 2005

In der Eifel an .den Maaren;
vor der Mosel rebenfelder
schiffe die nach norden fahren
Dauner Maar im steingelände
vulkanzeit war hier zu ende
wipfeldichte wälder

hell begrünt die schmalen Schluchten
gerste wächst und himbeern fruchten.!
schwalben treffen zielgenau
ihren windgeschützten bau
und im Spessart fliegen falken

Lohr am Main in fachwerktreue
weiße fläche rote balken
mag die wirtin stets aufs neue.
obst- und weinbau uns erörtern
mit den heimatlichen wörtern

Ziegenberg und Wisperbach
träumen uns im schlafe nach
morgenlicht und Vogelsang
wecken unsern reisedank

Margarete Nolte * 1914

Meine kleine Taube

„Du bist jetzt
eine große Taube,
Du kannst fliegen!
Gleich wirst du
aufsteigen.

Hab Mut!
Flieg dem Licht entgegen,
dann sind die Schatten
hinter dir. –

Paß auch auf
meine Freude auf,
daß sie ankommt!

Ich bleibe hier
und warte –
bis Du wiederkommst."

Nun ist sie fortgeflogen,
meine kleine Taube. –

Martha Nöltner

Gefühls-Akrobatik

Akrobaten sind meine Gedanken,
die sich wie Efeublätter ranken
hinauf zum Wolkenrand
und fegt Schnee übers Land,
erstarrt zum warmen Ofen wanken.

Ebbe und Flut muss ich stets fühlen,
die mir leere Muscheln anspülen
und ein totes Seepferd.
Wie hoch liegt mein Marktwert?
Kein Meer kann mir die Stirne kühlen.

Einem Sprungseil gleicht meine Seele,
sie sträubt sich gegen die Befehle
aus deinem harten Mund,
hüpft sich die Füße wund,
und findet keine Parallele.

Gestern sah ich einen Akrobaten
stumm zwischen Flut und Ebbe waten,
der sprang mit einem Seil,
bot seine Künste feil -
und mir fehlten die Eintrittskarten …

Beate Novak

An Dich

Deine Gegenwart ist Balsam für meine
Seele.
Du bist Gesellschafterin für meine Stunden
voller Einsamkeit.
Du aktivierst mein Einfühlungsvermögen
und lehrst mich gleichzeitig
Gelassenheit.
Du bist meine beste Freundin, wirst aber
niemals meine Untergebene sein.
Du bist eine gelehrige Meisterin darin,
Zärtlichkeit zu genießen und auch zu
verschenken.
Dein unergründliches Wesen und dein
geschmeidiger Körper
üben auf mich eine enorme
Anziehungskraft aus.
Du verkörperst für mich Anmut, Freude,
Eleganz und Grazie.
Dein geheimnisvolles Wesen und deine
ästhetische schöne Erscheinung
faszinieren mich.
Du bist sanft, anlehnungsbedürftig, ruhig,
verschmust und ausgeglichen –
niemals launisch oder nachtragend.
Du bist mir seelenverwandt und machst
mich glücklich –
dafür – meine Katze – liebe ich Dich!

Angela Nowak * 1966

Die Pforten der Zeit

Eine Nacht -
leicht wie ein sachter Sommerwind.
Honigsüße Küsse -
ohne Sinn, ohne Verstand.
Getragen auf Wolken –
hingegeben der Phantasie,
die weich das Herz umspült.

Die Zeit schloss für diese Nacht
ihre Pforten
und schenkte uns einen hingebungsvollen
Moment!

Svenja Nowotzin * 1982

Musik

Musik, Musik,
du Lebensglück!
Wie sehr kannst du die Sinne uns betören,
wenn wir dich live oder am Radio hören!
Noch viel tiefer ziehst du den in deinen
Bann,
der dich mit Instrument oder Stimme
gestalten kann.
Spiele ich die Bratsche oder Geige,
ist es, als ob ich vor dir mich verneige.
Mit dem großen Orchester vereint zu sein,
ist wie Sommer mit Sonnenschein.
Vom riesigen Klangkörper bist du ein Teil,
das ist ein wahres Seelenheil.
Damit das Ganze gut gedeih'
trägst du mit deiner Stimme bei,
und gelingt es, die Zuhörer zu entzücken,
laufen dir Schauer über den Rücken.
Das Schönste aber von Gefühlen,
ist Trio und Quartett zu spielen,
denn hier bereitet die Musik
das allerhöchste Erdenglück!

Hans-Eberhard Nuhn * 1934

Wo lag Belo Horizonte?

Schließ die Augen ...
und nimm hinter dem Vorhang ab die
Parade deiner Illusionen...
sie werden auf Krücken daherkommen
und geschlagenen Kriegern gleich
zu schwach zum Salut,

wehre ihnen nicht deine Sympathie,
du warst es, der sie blauäugigen Blickes
ersann,
rittlings auf durchgehenden Pferden,
du gehst ihnen nicht mehr auf den Leim,
schick ihnen allenfalls ein müdes Lächeln
hinterher
und sage erst recht nicht, es sei dir etwas
entgangen.

Du – deine Pläne – und die Täuschung als
lachender Dritter
... wo lag noch Belo Horizonte?

Ruprecht Nühse * 1942

Wildgänse

Wildgänse rauschen.
Was gibt es zu lauschen?
Kanonengebrüll,
Granatengeknall,
zerfetzter Tüll
und allüberall
Gewimmer, Geschrei,
der Tod mitten dabei.

Die Helden haben
unter dem Rasen
sie begraben
mit schönen Phrasen
vom gerechten Krieg.

Hoffnung und Sieg
müssen nun ruhn.
Auferstehung
soll es jetzt tun.
Wiederbelebung
in der Ewigkeit.

O grausame Zeit!

Horst Nüske * 1925

Hingeworfene Bilder
Schatten
wie Augenblicke
fesseln einander
drängen die Erinnerung herauf
bedrücken
erfreuen
ein flüchtiger Schleier
des Vergangenen
hinter allem
steht die Wehmut
der Menschheit

Inge Nüsslein * 1988

Lebensweg

Altenmanns Tränen habe ich nicht
gesehen.

Ich nahm meine Freiheit
ungehindert von den
mager gewordenen Schultern.

Weinend ging ich und kerngesund
über die Ufer, die Grenzen
ins eigene Leben.

Die Schicksale meiner Kinder
werden mich siegeln.

Ihre Angst nimmt mir den Atem
ihr Versagen wird mich bezwingen
ihr Glück schlürfe ich unbedacht.

Almut Oberhollenzer * 1945

Wintermondnacht

Ruhe und Frieden
hat die Nacht gebracht.
Es lauschet das Land
dem Liede der Stille
und des Mondes,
der sein Horn schwingt
durch unergründliche Himmelswölbung,

säend sein Licht,
es breitend über kristallene Weite.

Elmar Oberkofler * 1931

mit Klasse
ohne Masse
mit Charme
ohne Erbarm
mit Humor
ohne Zuvor
mit Mut
ohne Blut
mit Herz
ohne Schmerz
mit Lust
ohne Frust
mit Phantasie
ohne Monotonie
mit Wahrheit
ohne Dummheit
mit Würde
ohne Bürde
mit Liebe
ohne Diebe ... du kannst mich haben.
Nur so.
Jetzt.

Dorothea Obermair * 1964

Im Idyll der Natur so still
in schönen Gärten
bei klarer Sternennacht
werden plaudernd Kriegspläne gemacht.
So Gott will?

Mit Blick auf die Morgenröte
wird kühl und still
nicht an der Menschheit Nöte
an Vergeltungsschläge wird gedacht.
So Gott will?

Nahe an Mohnblumenfeldern
und Korn, der rauschend im Wind
der Sonne entgegen lacht,
wird die Vernichtung vollbracht.
So Gott will?

Bei Mondenschein die Grillen zirpen
und wiederum die Stille wacht,
wenn Ströme von Champagner fließen
wird huldvoll lächelnd an den Sieg gedacht.
So Gott will?

Susann Obier

Zukunft

Wie wird es sein?
Ich weiß es nicht.
Wie soll ichs wissen,
Wenn die Zeit nicht spricht.

Warum ist es so?
Ich weiß es nicht.
Werde ich sein froh?
Wenn die Gegenwart weicht.

Ist alles bestimmt?
Ich weiß es nicht.
Stimmt es, dass jeder mal gewinnt?
Wenn die Zukunft spricht?

Wieso weiß man nicht so viel?
Ich weiß es nicht.
Ist das Leben nur ein Spiel?
Wenn die Zukunft immer näher rückt?

Sandra Oblegor * 1989

Zeiträume – Sehnsucht nach Freiheit im Staat

Wo du mißachtest Freiheits Raum
mit Aktenschlag erstickt der Mensch
wen kümmert's, wenn Gedränge herrscht
am Tisch – im Haus – so klein und arm
an Geist und Seel' zerbricht es nun,
was Gründerväter schrieben –
im Zeugnisraum von nob'lem G'müt
läßt leuchten heller Schein –
den Weg zum Horizont.

Oceana

Bildner in fallender Zeit

Wie durch ein Wolkenwehen
blick ich, heiß, fiebrig wirre,
den Jähgesichten nach.

Gestoßen, blindhin taumelnd
im Sturz des Staats, im großen Schrei
durch unsren hohlen Grund

müh ich mich, sie zu richten
zum Anblick der Begegnung
aus meiner besten Kraft.

Verheißen sie im Fordern
den meinen Sinn an ihren
im Tod sie wolln hervor

durch meine Hand und dauern:
Blickwesens Sterbgeburten.
Enthalten sie mich leis

an Grenzen ihres Bildsteins
in Meißelspur und Schimmer,
so bin ich eingeruht.

Curd Ochwadt

Vater unser

Vater unser, der du die Menschen liebst,
lehre uns immer zu sehen,
Unrecht von Anfang an,
damit wir einschreiten,
gleichwohl wo wir auch sind,
für mehr Menschlichkeit
hier auf der Erde!
Deine Kraft lass uns täglich zuwachsen;
und verzeih uns unsre Angst,
wie auch wir alle Ängstlichen verstehen;
lasse uns deinen Weg erkennen,
unbeirrbar gegen alles Übel.

Amen.

Ida Katherina Oechsner

Der Waldsee II

Der See liegt still
Der Wind, er ruht
Es kocht die Sehnsucht
In meinem Blut

In den Rachen, zum Hirn
Einen Revolver zu richten
Um für immer aus diesem
Leben zu flüchten.

Xaver Oehmen * 1982

Mütter im Nebel

Alles Leben kommt aus den Müttern.
Nebel bewacht die Nacht.
Drinnen die Wärme der Frauen.
Stimmen der Erinnerung.
Die Nacht erzählt Geschichten.
Kinder waren wir gestern
und wir werden als Kinder sterben.
Morgen.
Voller Sehnsucht.
Nach den Müttern.

Inge Oehmichen * 1947

Spaziergang

Der leichte Hauch des Abendwindes
flüstert
mit den Flügelschlägen
eines gelben Schmetterlings
um die Wette.

Tuscheln sie mir
meine Zukunft ins Ohr
oder meine Vergangenheit?

Main aufwärts gehen –
laufe ich dem Fluß entgegen
oder kommt er auf mich zu?

Wie begegnen uns einfach.
Wie schön das ist.

Wird es einmal jemanden geben
der ihn an mich erinnert
und was ich an seinen Ufern dachte?

Vielleicht der gelbe Hauch
oder der leichte Schmetterling

Oder Du?

Erich Oestreich * 1935

Lebensbaum
Lebenstraum

Träume, bunt vom Licht erfüllt
umranken deine Zweige.
Leben der Träume, Träume des Lebens
im Wurzelwerk verankert
tragen Blüten in die Wirklichkeit.

Wage zu träumen;
Sehnsucht füllt sich mit Leben.

Träume, ein Teil von dir
und doch Geschenk einer anderen Welt.
Der Plan des Schöpfers bricht sich Bahn.

Das Leben – ein Traum?
Gewiß nicht, aber dennoch des
Lebensbaumes
zarte, unscheinbare Blüten blühen.

Sylvia Ohland

Hans und Marie

Gestern hat sie ihr Haar gekämmt
und sich gestochen am gleichen Dorn.
Ihr Kind versprochen
und den Namen erfahren
durch einen gewitzten Trick.
Dennoch blieb sie auf ewig allein.
Für den hohen Turm war ihr Zopf zu kurz
und unten züngelten Schlangen.
Mit dem Hans und dem Glück
das wurde ja nichts.
Nur eine Melodie ist ihr geblieben.

Ein Orgelmann
suggeriert seiner Walze:
Sie hatten einander so lieb.

Frauke Ohloff * 1940

Jahreszeiten

Schafft Schweigen –
die Glut des Sommers ist verglüht.
Schwer sind die Tage,
Nebel,
Traurigkeit,
Sterben.
Tage fließen,
münden in des
Winters Starre.

Todesnah
das kalte Warten.
Auf zartes Grün,
frühe Sommermorgen,
helle Nächte.

Schafft Schweigen,
der Winter schwächelt bald.

Elsbeth Olbertz * 1939

Verzweifelter Mut

Der Gang übers Feld,
der Weg zu den Straßen
schien mir verstellt
in ungeheuren Maßen.
Und so fiel vom Himmel das Blau, der
Wald wurde finster, die See wurde
rau.

Zurecht fand ich mich immer,
überall und zu jeder Zeit.
Nun wird es schlimmer!
Doch bin ich bereit
ein solches Leben zu leben?
War das zu erstreben?

So sehr ich versuchte
und Gott verfluchte,
so sehr ich mich mühte
und innen verblühte,
so sehr wurde mir klar:
Das Blau war nicht mehr da.

Trotz der Leere im Herz, dem Schmerz im
Gemüt
wäre ein Aufgeben verfrüht...

Jochen Oppermann * 1980

Zum neuen Jahr

Dein Auge berühre ein
Schmetterlingsflügel,
eine Flöte klinge in deinem Ohr,
ein Lüftchen schwelle dein Alltagssegel,
es dufte nach Frühling rings um dich her.

Es möge der Atem der Sehnsucht dich
leiten
zum Mond und den Sternen im
Himmelsmeer,
im Traum möge er jene Wege bereiten,
die führen zu den Gestirnen in dir.

Erde und Regen sollen dich nähren,
sehr sei die Sonne dir zugetan,
sie reife dein Korn zu goldenen Ähren,
Abendstille fülle dich an.

Christiane Orth * 1952

Auf der Suche

Ich suche nach...
...Gefühlen
die sachte mich berührn
die wild um mich fliegen
die einen Tanz vollführn
und mir auf der Seele liegen

Ich suche nach...
...Träumerein
die Hoffnung in mir wecken
im Kreise sich wild drehn
sich nach den Sternen recken
und an die Grenzen gehn

Ich suche nach...
...Freunden
die neben mir gehn
sich gegen die Ordnung bäumen
die meine Gefühle verstehn
und mit mir zusammen träumen

Isabell Orth * 1987

(Nicht mehr) Verwandte

Gäbe es Notare nicht und Anwältinnen,
dann regierten nun jene Betrüger(innen),
diese einst verwandten Lügner(innen) ...

Sie leugnen, daß zur Familie er gehöre –
(was dank Urkunden er kann beschwören),
seitdem er nach dem Ende der Schulzeiten
davonzog, um sich durchzustreiten
durch Ausbildung, Prüfungen und Beruf.

Ach, er hätte in jenem Schulzeit-Land
sehr gern verweilen mögen, erlebend
anderer Familien Harmonie und Verstand.

Doch als er Vati zur „Stiefmutter-Ehe"
entschlossen fand,
ging lustlos er mit ihm, nach
Kompromissen trachtend,
doch beider Wesen hatte er nicht erkannt:

die neue „Mutti“ nicht (ihn hassend
glühend!),
den Ex-Soldaten-Vati, an einem Strang mit
ihr ziehend ...
In manch väterliches Fehlverhalten hatte
sie ihn geführt,
bis er Ullis tiefes Mißtrauen endlich spürt,
der inzwischen etwas depressiv, eher eng als
weit
im Gemüt; dem greisen Vati blieb kaum
Lebenszeit ...

Ulrich Orzschig * 1938

Der wichtige Teil

Aus dem warmen Haus
Fallen Rosenblätter,
Rote, bunte,
Auf den weißen, kalten Schnee.
Sie tragen die Farben
Der Mutter Lächeln.

– Sie macht alles schmelzen,
Alles leben.
Erde ist sie Mutter allen Grüns,
Sprache ist sie Mutter aller Gedanken,
Liebe ist sie Mutter aller Kinder.
So braucht selbst
Der Vater allen Seins
Die Mutter, das Einzelne zu erschaffen.
Nur aus Hälften wird Ganzes,
Und nur eine Hälfte wärmt uns nah:
Unsre Tränen tröstend!

Peter Osterried * 1976

Zuflucht

Hoffnung gibt es für mich nicht mehr,
jeder Tag ist ein einziger Kampf.
Weil sie mich beherrscht und mich
einnimmt.
Sie hat sich eingebrannt in mein Sein,
sowohl mein Bewusstsein als auch
Unterbewusstsein.
Dort hat sie das Feuer schon entfacht.
Doch noch habe ich die Kontrolle über
mein Bewusstsein,
und die Kraft sie dort zu verdrängen.
Doch sie wird immer da sein,
eingesengt in mein Unterbewusstsein mit
der Gewissheit,
dass ich sie nie mehr loswerden kann.
Dafür ist sie schon zu weit vorgedrungen.
Sie wird mich begleiten, bis in mein Grab,
auf der Suche mich zu demütigen und zu
kränken.
Ich habe nur einen Ort, an dem ich alleine
sein kann;
wohin sie mir nicht folgen und mich quälen
kann.
Nur ich bin dort willkommen.
Dort bin ich vor der Gewissheit nicht dazu
zugehören sicher,
geschützt von einem hohen Wall.

Tabea Osthues * 1989

Pharao

dein Meer
hat viele Farben

deine Sonne
ist heiß

dein Himmel
ewig blau
schneidet heute
Wolkengesichter

und dein Wind
spinnt mir Gedichte
malt mir Geschichten
über dich

in den Sand

Doris Oswald * 1936

Die Stille

Kein Rauschen im Wald
Überall ist tiefe Stille
Ringsumher spürt man den Atem der
Natur.

Gedanken durchbrechen diesen Kreislauf
Wollen oder können einfach nicht
verstehen
Das Wunder des Lebens –
Die Stille.

Nur aus ihr kann sich alles entwickeln
Klarheit wird gefunden werden
Auch ein Sinn des Lebens wird erkannt
Der zu weiteren Erfolgen beiträgt.

Jedoch nütze jede Minute deines Seins
dafür
Einfach Gefühle zuzulassen und sie zu
intensivieren
Denn Leben ist immer etwas Einmaliges
Betrachte es als höchstes Gut und sei
immer dankbar.

Irmtraud G. Otto

Die Nacht, und Auch
am tage, die haben
diese Stillen –

Gedanken,
auch gegen meinen
Willen, und klagen
mich nicht
an.

Auch, wenn das
Weiße, um uns liegt,
auf Dächern, Bäumen,
Gärten,
der Schnee, wird bald
verschwunden sein,
ehe, wir es merken.

Wolfgang Overath * 1984

Yahoos

Ein ziemlich betagtes Geschöpf, eingehüllt
in einer durchsichtigen künstlichen
Haut,
schleicht über die Straße, triumphierend an
mir vorbei
wie eine schwarze Katze an einem
dreizehnten des Monats.

Trägt in der Hand die Heilige Schrift und
singt eine Sure vor sich hin.
Vermeide jeden Blickkontakt, nehme seine
Anwesenheit jedoch widerwillig wahr.
Ein Yahoo von der schlimmsten Sorte.

An der nächsten Kreuzung begegnen mir
zwei zweibeinige Kreaturen,
jung und anscheinend männlich.
Die eine schwarz bemalt, die andere mit
einem Stück Wal zwischen ihren
weißen Zähnen.
Sie bilden eine Leiter, unter der ich
hindurchgehe.
Mit obszönen Gesten und ihrer kargen
Wortwahl ersehnen sie tatsächlich
meine Beachtung. Ein armseliger Versuch
der Yahoos, mir zu imponieren.

Lieber würde ich im zerbrochenen Glas
schwimmen
und mein Odium auf die Yahoos der Welt
verkünden.
Soll die Flut sich um die morbiden Seelen
kümmern,
und der Wind sie zum Inquisitor führen.

Funda Özbay * 1978

Der Tag danach – 12. September

Kaum vierundzwanzig Stunden her,
die Köpfe, die Herzen wie Blei so schwer,
was geschah, ist nicht zu begreifen,
jeder Blick will nur zum Himmel
schweifen,

wie große Vögel brachten sie den Tod
und Tränen für immer – bis zum
Morgenrot,
die „Twin Towers" sind zerstört,
nichts ist mehr da, wo es hingehört,
alles wurde in Schutt und Asche gelegt,
der Hass ist darüber hinweg gefegt!

Warum tun Menschen das, wo ist der Sinn?
Unschuldige ermorden führt doch
nirgendwo hin…
Wo kommt der blanke Wahn nur her?
Selbst die Planung schien nicht schwer!
Das eigene Sein absichtlich aufzugeben
und damit tausend Menschenleben,
welcher Glaube hat die Macht?
Wer hat darüber nachgedacht?

Es ist geschehen und die Menschheit liegt
wach,
doch verstehen wird man nie und nicht
einen Tag danach!

Ricarda Paech * 1975

Land des Wohlstands…

Keiner muß hier darben,
für alles wird gesorgt,
Nächstenliebe ging verloren,
kaum hört man ein nettes Wort.

Keiner hat mehr Zeit,
nur Geld allein noch zählt,
niemand ahnt des And'ren Leid,
Nachbarschaftshilfe fehlt.

Keiner will wirklich Kinder,
möchten nur noch Spaß,
Herzen sind kalt wie Winter,
Fürsorge, was ist das?

Keiner denkt an's alt sein,
ewig jung – das ist das Ziel,
Religion, danke nein,
Rücksichtslosigkeit hat Stil.

Keiner muß hier darben,
für alles wird gesorgt,
Seelen tragen tiefe Narben,
doch keiner ist besorgt.

Gitta Pagenstedt

Fitness und Stolz

Weg vom Fett
hat viel Zweck:
Ein Anzustreben
von Überleben –
anstatt verrosten
zu Endloskosten!

Prosit der Gesundheit,
ja, für Fitness bereit:
Training jetzt machen,
und Ausdauer gewinnen,
sogar den Stolz erklimmen,
Marathon auch zu schaffen!

Rolf von Pander * 1948

ping.pong.

in den fluren der
arbeitsämter
sitzend die glücklosen
wertlos in augen
ellbogenbewehrter
vor den kassen
der sozialämter stehend
die blicke gewohnt
die ihnen zugeworfen werden

von der anderen seite
der tische und schalterscheiben
sie fangen sie nicht auf,
diese blicke
gebeugten hauptes und
die sicht gen boden
wirft es sich nicht gut

Anna Panek * 1973

Die Gärten

Ihr geht durch die Gärten
der Fruchtbarkeit
und seht nicht die Früchte,
die wie pures Gold an den Bäumen reifen.

Eure Augen sind feucht
doch ihr weint keine Tränen.
Euer Mund ächzt und seufzt
ihr unterdrückt euer Sehnen.

Es werden euch nicht munden
die köstlichsten Gaben,
denn das Himmelreich
ist euch ferner denn je.

Euer Weg ist mit Mühsal beladen,
der Hochmut hat euch blind gemacht.
Die Sonne leuchtet in allen Farben
um euch herum nur Finsternis.

Zur Reue ist es längst zu spät,
auch wenn ihr fleht um Gnade.
Die steilen Klippen sind nur einen
Steinwurf
von euch entfernt.

Helga Panitzky

Verlangen nach Frieden

Wieder kindlich werden
und erwartungsfroh?
...Und gerührt und beseelt sein,
durch's Kind im Stroh?
Nein,
berührt und gesegnet sein
und selbst dann
die Zeichen setzen,
in eine Welt,
die durch Sinnlosigkeit –
ach so schnell entstellt!
Ja
selbst Störendes
durch Friedenszeichen,
er-setzen,
und gegen all' die sein,
die den Martinsmantel
statt teilen, - verletzen,
und getarnt sind,
als Botschafter der Gewalt!

Reinhard Pantel * 1939

Eilzug in die Zukunft

Dicht gedrängt zwischen Gesetz und Moral
stehen wir alle da
und schauen uns schon gar nicht mehr an.
Jeder mit seinen Gedanken
schon bei der Haltestelle,
um in das nächste Gedränge umzusteigen
um niemals
an das wahre Ziel zu gelangen.

Mariella Paratore * 1963

Die Poase ist ein Ort.
Mancheiner kennt nicht mal das Wort.

C. C. Parise * 1953

Der Neuling im Chor

Ich weiß nicht, was soll es bedeuten,
Das Cis, das Fis und das Gis.
Wenn wir das manchmal singen,
Da hab' ich immer Schiss.
Der Chor, der singt so schöne,
Ich aber singe Mist.
Der Dirigent droht mit dem Stabe,
Wie es so üblich ist.

Ich seh' nur die Damen von hinten,
Wenn wir stehen aufgestellt.
Doch werde ich eine finden,
die mir so richtig gefällt.
Es ist ja die eine Kleine,
Die finde ich äußerst nett.

Und sagt sie mal: ich bin die Deine.
Dann singen wir im Duett.

Johannes Paschwitz * 1927

Der Wind hetzt die Meergedanken
türmt sie auf
wirft sie umher
Lässt sie am Felsen zerschellen.

Der Wind scheucht die Meergedanken
rüttelt sie auf
jagt sie umher
Gönnt ihnen keine Ruhe.

Der Wind hascht die Meergedanken
wirbelt sie auf
treibt sie umher
Lässt sie fliegen

Ulrike Päßler * 1986

Statt eines Gute-Nacht-Kusses
Rauche ich eine Deiner Zigaretten
Neben mir Dein schnarchender Rücken
Statt Deiner Arme
Werden Deine Schulterblätter
Mich in den Schlaf wiegen
Vielleicht brauchen wir bald zwei Decken
Meine Augen brennen vom Rauch
Ich brauch noch ein bisschen
Dann schlaf ich auch

Marina Pätzold * 1978

Gott

Gott schuf die Erde, die Menschen, die
Tiere,...
und Alles war gut.
Glück und Frieden,
Akzeptanz, kein Wort von Satire.

Jahrhunderte später, der Respekt vor Gott
bleibt,
die Liebe unter Menschen geht.
Kriege, Ermordungen
in Haß, Neid und Gier vereint.

Gewettet mit dem Teufel und verloren?
Ist Gott tot
wie Nietzsche sagte
oder niemals je geboren?

Silke Paul * 1964

ironischer suizid

ironie?
erschlagend wenn der
ironiker
mal nicht
ironisch
ist, versteht der
ironiker
trotzdem nur
ironie

Ulrike Paulick * 1969

Ortsgebunden

Unsere Stadt
als rechteckige
Ansichtskarte

und der Regen der

die Farben
über die Hauskanten
rinnen lässt

Fritz Pechmann * 1956

Kann das wirklich Liebe sein?

Ein scharfes Messer gleitet durch meine
Haut.
Süsses Blut fliesst auf die Erde.
Schmerz der sich im Innern staut...
Nur damit ich glücklich werde?

Tränen rollen über mein Gesicht.
Eine Welt - die Meine... bricht zusammen.
Leiden tu ich - Sterben nicht.
Schreie, die mein Innerstes rammen.

Ich renne durch dunkelschwarze Leere,
habe Angst und bin allein.
Kläglich wein' ich Tränenmeere.
Kann das wirklich Liebe sein???

Darinka Peer * 1986

Das Bild

Der Abend ist des Tages Preis,
man weiß erst jetzt, was Ruhm heißt.
Wie sich Natur und Kunst die Hände
reichen,
es ist ein Meisterstück, sonder Gleichen.

Du lerntest vor dem Spiegel deine Rolle,
zur rechten Hand den Pinsel, zur linken
den Kelch.
Die Stunde drängt, nicht Zeit ist zu
verlieren,
man muss den Rahmen mit Flitterputz
verzieren.

Du schwebtest durch die Kerzenhellen
Räume,
und schaust die strahlenden Bilder deiner
Träume.
Die Wände waren voll von deinem Ruhme,
ein Kelch mit Farbe, malte deine Blume.

Du zeigst die Perle der Natur, auf deine
Weise,
als brächest du den Tag zum Weinen.
Dein Bild ist wie ein Monument, in einen
gold'nen
Rahmen, das mit vielen Blicken deines
Könnens glänzt.

Dieter E. Peglow

Lebensgefühl

Fragst Du Dich manchmal, warum es so
ist?
Dass vielen es gut geht und einigen nicht?
Mich überkommt ein Gefühl der
Traurigkeit.
Denn keiner hält inne und nimmt sich Zeit.

Doch ihr verpasst somit das halbe Leben,
weil ihr nur hetzt und nicht mal seht,
wie ihr Schicksal andere Menschen nehmen.
Nichts ist selbstverständlich auf diesem
Planet.

Oft war ich der Verzweiflung nahe.
Es ist nicht leicht, immer den Mut zu
bewahren.
Nie habe ich Leid über andere gebracht,
oder im Stillen über sie gelacht.

Ich wollte doch nur meine Kraft Dir geben
und Dir ein sorgenfreies Leben bescheren.
Doch es kam anders, ich wollte es nicht.
Du bliebst bei mir und gabst mir das Licht.

Was nützt das Gejammer, es ändert doch
nichts.
Ich sehe das Leben aus meiner Sicht.
Und trotzdem werde ich nicht versäumen,
auch weiterhin vom Gehen zu träumen.

Birgit Peinert * 1967

Am Meer

Hier gibt's viel Haar:
Strandhafer, Heide, Gras und Ried,
Besteckt mit wilden Rosen.
Die blühen nicht, und trotzdem schmücken
sie.

Der Wind, der sie bewegt,
Der zaust auch dir durch's Haar
Und flüstert leis: Bist wunderbar,
Ein Kind von mir.

Den Kuss peitscht er dir ins Gesicht,
Wie einen Klaps – ganz brüderlich.
Dann schubst er dich auf deinen Weg
zurück:
Geh weiter hier, benimm dich wie ein Kind
von mir.

Sause, heul' und pfeife, laut mal, ganz leise.
Wiege, verbiege, rüttle und schüttle, tanz,
tobe
Und beruhig dich dann.
Ganz so, wie ich das kann.

Und wenn du wieder einmal müde bist,
Komm wieder her, ans Meer.

Beate Hanna Peiseler * 1963

Der (ein)gebildete Kranke

Ach hätte ich dies Buch doch nie
und nimmer bei der Nacht gelesen,
ich wäre jetzt nicht krank und schwach,
und muß erst von dem Schock genesen.

Denn was dort steht in vielen Lettern,
das hat mit Dichtkunst nichts im Sinn,
das läßt nur meinen Blutdruck klettern
und rafft den deutschen Geist dahin.

Laßt Goethe und den Schiller
in ihren Gräbern ruhn,
mit deutscher Schrift und Sprache
hat dies oft nichts zu tun.

Wenn das der Deutschen Lyrik ist,
dann höret zu und gebet acht,
denn so viel Müll und so viel Mist
hat mich um meinen Schlaf gebracht.

Die Seiten eines Buches schmücken
ist eines Dichters großes Ziel,
vergleichbar sein mit solchen Krücken
ist selbst für mich – ein bißchen viel!

Horst Peplies

Lösung

Wenn du fortgehst,
stürzen Wände ein,
wenn du fortgehst,
werd' ich eine andr'e sein,
wenn du fortgehst,
geht ein Stück von mir.
Mein Kind, nun geh,
ich wünsch es dir.

Wenn du fort bist,
wirst du andr'e Sterne schau'n,
wenn du fort bist,
wirst du neue Brücken bau'n,
wenn du fort bist,
wirst du unterwegs
verlieren dich und finden.
Mein Kind,
nun geh',
ich darf dich nicht mehr binden.

Veronika Pernice

Afrika

Afrika,
Du Wiege der Menschheit.
Was ist aus dir geworden?
Einst warst du ein blühendes Land
Mit fröhlichen Menschen.
Heute regiert in dir die Dürre;
Deine Völker sind ohne Hoffnung.
Fremde Mächte haben dich ausgelaugt;
Dich unterjocht mit ihrer Gewalt.
Die Folgen sehen wir heute, und noch
mehr morgen.
Aber deine Machthaber sind die wahren
Sklaven,
Sklaven des Mammon!
Seuchen und Krankheit forcieren sie.
Es geht um Habgier und Besitz.
Die, die dich geplündert haben, lassen dich
allein.
Deine Kinder und deren Kinder
Zahlen dafür mit Aids, Hunger und Durst.

Wo und wann soll das enden?
Afrika,
Du Wiege der Menschheit.

Herbert Peter

Zu Weihnachten – Gedanken an Freunde

Das letzte Blatt, es fällt von seinem Baum.
Sieh nur, ein kleines Lichtlein brennt.
Die Erde schläft, und wiegt sich still im Traum.
Da ist Gewissheit, weil sie das erwachen kennt.

Ein Samenkorn versteckt sich unterm Eis,
und bangt geduldig nach dem ersten Sonnenstrahl.
Die Blumen schlafen, weil ein jeder weiß,
nichts geht verloren im gesammten All.

Verlorene Seelen wärmen sich
im Schein der Weihnachtskerzen.
So mancher, der schon längst verblich,
sucht Zugang zu den Erdenherzen.

Ob Menschen, Tiere oder Pflanzen.
Gemeinsam hüllt das Licht sie ein
Auch wir sind nur ein Teil des Ganzen
Nichts existiert für sich allein.

Wo Menschen Licht ins Dunkel tragen,
dort flüchtet jede Erdenqual.
Beantwortet sind alle Lebensfragen,
und jeder Funke wird zum Strahl.

Margot Peterhänsel * 1950

Perpetuum Mobile

Mein Herz ein Bienenstock im Sturm
Gedanken greifen an
versuche mich zu wehren
steche mich.

Mein Kopf ein Kreisel ohne Mitte
drehe mich
unabänderlich
um den herbeigesehnten Mittelpunkt

Mein Mund ein Werkzeug
das gebrochen ist
unnützes SOS
das der Empfänger niemals hören darf

Die Frage nach dem Code
auf die es keine Antwort gibt

Perpetuum Mobile

Claudia Peters * 1969

Von Australien nach Deutschland

Wenn der Mond
Die Sonne zur Abendruhe küsst
Löst der Morgen
Die Dunkelheit zur Ruh
Und Tag wird Nacht
Wie Nacht wird Tag
Wenn die tiefe Kälte
Die Wärme erstarrt
Bringt der Sonnenstrahl
Das Eis zum schmelzen
Und Sommer wird Winter
Wie Winter wird Sommer
Dann komme ich zurück
Umgekehrt verwirrt es mich
Der Sommer neiget sich
Der Winter verabschiedet sich
Dann bin ich daheim
Ich sehne mich

Edna Peters

Liebe

Dieses kleine Wörtchen LIEBE
steht für viel Gefühl zu zweit.
Steht für Sehnsucht und für Schmerzen,
steht für Kummer, Tränen, Leid.

Töricht, wer geglaubt die Liebe,
sei nur Freude oder Glück.
Himmelhochjauchzend, tief beglückend,
gebend, treu und weltentrückt.

Wer hat nicht in seinem Leben,
schon aus Liebe mal geweint?
Wer hat keinen Schmerz empfunden,
wenn der Liebste war so weit?

Himmelhoch sind die Gefühle,
wenn der Liebste nahe ist.
Jauchzen, singen und frohlocken,
wenn man seine Liebe spürt.

Höllenschmerzen tut man leiden,
wenn die Treue er vergisst.
Sehnt man sich nach ihm und weinet,
wenn er eine andere küsst.

Rose-Marie Peters * 1963

Der Grüne Kreuzgang

und sie flochten
von fedrigen Farnen
ihre goldenen Nester:
Sternennester
mitten in schwärzlichen Dornentau
in keiner grünenden Zeit
geschmückt mit schönen Pfauenspiegeln
ausgeflogener Mode
mit durchsichtigen Schwingen
als ahnende Verboten
gezeichnet in sinnende Flammen

und sie warfen in lärmende Wirrnis
gerade ihre Netze in den See

Konstanze Petersmann * 1942

Der Amboss des Lebens

Quäle dich nicht damit, Reichtümer
anzuhäufen.
Nur durch gute Taten erwirbst du Schätze.
Überlege genau, welchen Weg du
gekommen bist,
und welchen du demnächst einschlagen
willst.
Jugendkraft und Reichtum entreißt dir die
Zeit
im Lauf der Jahre.
Vieles ist Schein, den du verbannen solltest,
damit du dich finden kannst.
So wie die Regentropfen auf den Blättern
verdunsten,
verweht auch dein Leben im Winde.
Die Freundschaft mit Guten rettet dich aus
dem Strudel
der Lebensfluten.
Weiß wird dein Haupt, es zittert die Sehne,
und aus dem Kiefer fallen die Zähne.
Kaum können die Hände noch sicher
fassen,
aber die Hoffnung darfst du nicht fahren
lassen. –

Hasso Gottfried Petri * 1927

Sommerende

In das Gespinst
des Sommers
webt der Herbst
schon sein kühles Muster
haucht in die grellen Farben
den Ton seiner Zeit

Unter der Last der Früchte
neigen Sonnenblumen
ihre gebräunten Gesichter
zur Erde
müde des Sommers
langer Tage

Sonnenstrahlen

nehmen vom Tag
schneller Abschied
letzte Sommerträume taumeln
auf verstaubten Wegen
bis der Wind sie hinwegfegt

Ruth Petri * 1946

Zartes Kind

Du liegst
in deinem Bett
dieser Welt
entrückt

Vertraust auf
Liebe und
Geborgenheit

Zart und
verletzlich

Möchte deinen
Schlaf beschützen
dich behüten

zartes Kind

Renate Petry

Aus Liebe stets ein edler Friede fließt

Aus Liebe stets ein edler Friede fließt
Ihr ferne Seelen
sie tröstend an sich zieht
auf daß ihr verbindend Wirken
alles Sein erfüllt
sich alle Menschen
an ihr friedvoll laben
an der Liebe sinnreich
beseelend Gaben

Der Liebe unendliche Kräfte
im Menschen wirke
auf daß er sie
nie je verlöre,
hingegen in ihrem
wahren Sinne wandle
stets friedvoll vergleichend
aus ihr handle.

Anton Petschacher

Selbsterkenntnis

Die Schatten werden langsam groß,
behutsam breitet sich die Dämmrung aus -
und Wehmut schleicht sich sanft ins Herz.
Ich fühle, dass ich völlig machtlos bin.
Ein Teil der mächtigen Natur,
ein Einzelteil, das keine Geltung hat,
bin ich, wenn alles schweigt und stumm. _
....
das dunkle Schweigen langer Nacht
belauscht.
Ich bin allein, ein kleiner Mensch,
der zu begreifen sucht, doch nicht begreift,
der die Gewalten bannen will,
doch selbst im Banne der Gewalten steht.
Die Schatten sind nicht mehr zu sehn.
Der Mond verbirgt sich hinterm
Wolkenmeer.
Allmählich nimmt die Müdigkeit
die Last der quälenden Gedanken weg.

Siegfreid Petz * 1929

mein new york

meine augen fallen mit dir
zerstörerisch war die wut des hasses
die den atem dir nahm
die uns beiden hoffnung schrie
hinaus in die weite
die nun nicht mehr ist
was vorher uns beide verbunden
war nun eine fläche des nichts
ground zero
diese stunde null
beginnen wir zu zählen
die kraft der menschen
die mit uns kämpfen

für dich, freiheit
für dich, geist und leben
für dich, liebe
und für dich, kultur
du bist basis für
eine neue zeit
meine augen lächeln zu dir
nun, null york
mein new york

Jana-Cordelia Petzold * 1974

Doppeldeutig

„Ich mach' in Hosen",
sagte der Fabrikant.
Das Publikum fand's amüsant!

Peuselmann * 1962

Entscheidung

Zeit ist ein Feldstein:
Du kannst ihn behauen
bearbeiten, formen
und dann damit bauen.
Ob Brücke, ob Turm
liegt in deinen Händen
doch wisse: Du kannst ihn
nur einmal verwenden.

Benjamin Tobias Peylo * 1975

Der letzte Baum

Umrungen mal von seines Gleichen
steht ein Baum von großer Kraft,
wollte nie dem Wetter weichen,
war es noch so wechselhaft.

Die Krone stolz empor gerichtet,
ragt er in den Himmel auf,
Ast und Blattwerk sind verdichtet,
dick sind Stamm und Wurzellauf.

Es leuchten rot im Abendscheine
seine Blüten in der Sonne,
wie abertausend Edelsteine,
´s ist dem Auge eine Wonne.

Ist Träger aller Nahrungsquellen
ein wahr gewordner, schöner Traum.
Lass niemand diesen Traume fällen!
Denn Leben sprießt aus diesem Baum.

Umrungen mal von seinesgleichen
stand ein Baum von gutem Wesen,
musste nun den Menschen weichen,
wär er noch so gut gewesen.

Enrico Pfau * 1987

Die Angeklagten

Düster war es auf dem Lande
Totenstill die dunkle Nacht
Keine Schritte am Wegesrande
Nur der Wind Geräusche macht

Menschenseelen schlafen friedlich
Schließen ihre Augen zu
Ach, wie ist es hier so lieblich
In des Dorfes nächtlich' Ruh'

Doch das Dorf trägt seinen Schatten
Dieser deckt ein jedes Gesicht
Sie es alle verschwiegen hatten
Über Sünden spricht man nicht

Unschuld sucht man hier vergebens
Schwere Last ein jeder trägt
Schuldig sind sie eines Lebens
Diese Schuld sie ewig prägt

Doch bei Tagesanbruch dann
Fällt auf das Dorfe Licht
Ein jeder sich dann stellen muss
Vor's oberste Gericht

Jenny Pfeiffer * 1988

Der Pinsel

Strich für Strich
Jedes Haar
Überdeckt die Farben
Der Gedanken

Von Westen her
wird er geführt
Strich für Strich
Nimmt er uns

Die die wissen
Was unter seiner Farbe ist
Die hoffen
dass es wieder zu Tage tritt

Lukas Pfeiffer * 1988

Stille

Waldesruh und
Waldesfrieden –
in die Landschaft hingestellt.

Sanfte Wolkenschleier ziehen –
dunkler Wald sich mächtig hält.

Abendstille –
Abendfrieden

alles dich umfangen hält
von allem Trubel abgeschieden

genießest Stille du
und bist beglückt
in einer neuen Welt.

Helga Pfirmann

Der Sinn

Der Sinn ist mit den Augen oft nicht zu
erkennen
Er steht zwischen den Zeilen verborgen
Das Herz tut vor Liebe brennen
Und man denkt nicht an Morgen
Manchmal ist es offensichtlich zu einfach
Und es verbergen sich Geheimnisse darin
Denkt man über diese Zeilen hier nach,
so ergibt sich ein neuer Sinn
Vieles im Leben ist nur eine Maskerade
Voller Illusionen tun manche durch ihr
Leben gehen
Irgendwann sieht man die wahre Fassade
Und tut in einen menschlichen Abgrund
sehen

Manfred Pfister * 1972

Phoenix

Man nennt sie Seele,
- wie gern ich sie quäle.
Qualen in sie hinein brenne,
Panik darin erkenne.
Wenn ich mich an ihr labe,
ihren Niedergang genossen habe.
Doch wenn die Hoffnung sie wieder belebt,
sie von neuem aufersteht,
so kann ich nur weichen,
ohne mein Ziel zu erreichen.
Diese Kreatur verachten,
zugleich jedoch nach ihr schmachten.
So dass ich ihren süßen Geschmack
ersehne,
wie das Blut in einer Vene.
Doch muss ich sie wieder frei geben,
wenn sie erstrahlt in neuem Leben.
Ich hasse dieses Geschöpf,
- da es mich erschöpft.
Mich den Herrn der Finsternis,
dessen Macht einfach erlischt.

Daniel Philipp * 1983

Hast du „Bon jour Tristesse“ gesagt? Nein, Traurigkeit ist nicht gefragt!
Und schleicht sie manchesmal zu dir, jage sie fort, weis ihr die Tür!

Dann geh hinaus in die Natur, hör auf den Ruf von Wald und Flur.
Da draußen bist du nicht allein, es ladet dich der Frühling ein.
Hält nicht die holde Maienzeit den Blumenstrauß für dich bereit?

Der Duft der Blüten dort vom Baum entführt dich. – Wie in einem Traum
schwebst du in eine andre Welt, die nur vom Sonnenschein erhellt,
in der es keine Sorgen gibt, wo Freude herrscht – wo man dich liebt!
Leise Musik ertönt im Chor, die Melodie trägt dich empor.

Du glaubst es nicht? Sei nicht verzagt, das kleinste Blümchen es dir sagt,
daß es mit seiner Blütenpracht für dich allein so schön gemacht
der Herrgott, der auch dich beschützt, damit du nicht im Dunkeln sitzt.
Genieß darum des Frühlings Wonne, erwärme dich am Strahl der Sonne.

Die Zeit vergeht, ein Augenblick ist schnell vorbei, kommt nicht zurück. –
Ein Kuckuck ruft vom nahen Baum und weckt dich aus dem süßen Traum.
Viel hast im Leben du geträumt, manches vielleicht dadurch versäumt.

Was so ein Traum dir geben kann? Du siehst das Leben anders an!
Zum Traurigsein gibt's keinen Grund. Du bist wohlauf, vital, gesund
und wie des Märchens holde Fee sagst lächelnd du: „Tristesse adieu!“

Anna Maria Picker * 1929

Widerstand

Der Hass so vieler Jahre verdichtet sich
Eingestürzt sind die Mauern
Die wir für unzerstörbar hielten
Unter den Trümmern verharren wir jetzt
Widerstenstig
Gegen der Liebe sanften Schutz

Karin Pickhardt Benassa

Als es hell wurde in unseren Gedanken, war es nicht Licht
Als wir fühlten – war es kein Schmerz.
Als wir hörten – war es ein Laut
Als wir sahen war es – wunderschön.
– Es heißt nicht umsonst – für einen Augenblick.
Als wir schmeckten – fühlten wir ein Gaume zu sein.
Nichts kann schöner sein!
Und nichts ist so weit weg wie das Gefühl zum Fühlen
der Empfindlichkeit, und doch so nah im Eigenen-ICH.
Niemand weiß wann? Man schmeckt, es riecht!
Wer fühlt es?
Den Anfang?!
Das Ende?!
Die Erlösung!
Ist es nicht schön – geboren zu sein!?

Marco Piehl * 1965

Das Buch

Es ist mein ständiger Begleiter,
ein Büchlein klein, ganz unscheinbar,
und wurde mir zum Wegbereiter,
still und stetig und wunderbar.
Hab es selbst gar nicht empfunden,
wie sich mein Leben darum rankt,
mich kann kein Giftpfeil mehr verwunden,
vor dem ich früher so gebangt.
Es ist mein Freund auf allen Wegen,

gibt mir Trost in Not und Pein,
gibt mir Mut und Kraft im Leben,
lässt mich niemals ganz allein.
Ein Buch kann so viel Inhalt haben,
dass man es immer wieder lesen muss,
hat mich über manche Brücke getragen,
bleibt mein Begleiter bis zum Schluss.
„Vom Weg und Ziel", so war sein Titel,
hat mir Lebensweisheit gut vermittelt.

Gisela Pieper * 1922

Der Mond ist zu gross für's Herz, Heute,
und Morgen, ich weiss nicht - ?

Unterm Honigbaum ist auch Krieg und
unter den Füssen taubseeliger Tänzer
und geborgter Gesten immer noch Erde

Es heisst, „Heimat ist, was uns an's
Herz gewachsen"
Was alles könnte uns ans Herz wachsen
und Heimat sein – so man es liesse

Das Nest des Vogels ist das der Welt
und ein Moment der Liebe, auch Ewigkeit.
Fallhöhen schwingen im Netz der Teilchen,
perlenverknüpft und spiegelgleich
Wir in allem,
tausendfach sich gegenüber

Der Mond ist zu gross für's Herz, Heute,
und Morgen...?

Cosy Piéro

Diät Patient

Reifen quietschen, Bett muss her.
So ein dicker Mensch hat's schwer,
wenn er auch noch krank geworden,
man ihm Infusion verordnen
wird, damit er sein Gewicht
runter kriegt - oder auch nicht?!
Und am Ende steht die Waage
unbestechlich alle Tage.
Reduktionskost muss er essen.
Hat schon beinah ganz vergessen
wie ein Schnitzelchen sich schreibt.
Nichts von Fröhlichkeit mehr bleibt.
Alles, was ihm lieb und wert
sei, so sagt man, nun verkehrt.
Lange hält er das nicht aus,
geht mit Köfferchen nach Haus,
pfeift auf Kalorie Getu',
und nimmt kräftig wieder zu.

Pierrot * 1945

Eine Freundin wie dich!

Mein Traum
ist wie ein Sturm,
er kommt und geht.
Du bist die Einzige, die mich versteht.

Mein Beruf
ist so wie mein Ruf.
Wichtig und lebensnotwendig.
Nur du findest es richtig.

Mein Gedicht
widme ich nur dir,
denn in dir spiegle ich mein Gesicht.
Du gibst mir Hoffnung und Mut,
denn meistens habe ich das nicht.

Eine andere Freundin als dich,
die gibt es nicht.
Danke, dass es dich gibt!

Miriam Pilato * 1983

Gedankenlos

Eines Tages werde ich mit deinen
Gedanken davonfliegen.
Werde dir nichts sagen.
Ich will nicht, dass du mir folgst.
Bin zu sehr beschäftigt.
Mit deinen Gedanken.
Weiß nicht, was jetzt ist.

Das Leben ist wunderbar, seitdem ich dich kenne.
Es schien nicht immer so klar, dass ich dich liebe.
Eher mochte ich dich einfach.
Ein Leben ohne Liebe ist schrecklich.
Mit zu viel von deiner Liebe auch.
Bin mir nicht immer so sicher gewesen.
Rede nicht.
Stottere nur.
Bringe keinen Satz mehr heraus.
Ich werde einen Song schreiben und jedes Mal, wenn du ihn hörst,
weißt du, was ich fühle:
Nämlich Chaos.

Julia Piller * 1988

Erinnerungen 2

Ich lese wieder Briefe, die man mir einst hat geschrieben.
Von Freunden die ich hatte. Wer weis wo sie geblieben?
Erinn' re mich an Feiern, an Lachen und an Glück.
Ich seh' noch die Gesichter, die Zeit kommt nie zurück.

Durch dick und dünn sind wir gegangen, die Freundschaft war das größte Glück.
Haben viele Dinge angefangen, nur wenig davon blieb zurück.
Die Alben so von Bildern schwer, noch heute schau ich gern sie an.
Unendlich lang ist das nun her, doch man erinnert sich gern d' ran.

Fritz Pinkert

Manchmal

taucht sie wieder auf
in meinen Träumen
die goldene Stadt
voller Musik und Lachen
An ihren Toren
hält niemand Wache
auf den Türmen
keiner Ausschau
nach Feinden
Menschen und Tiere
begrüßen einander
vergessen sind
Streit und Gewalt

Gabriele Piotrowski * 1935

Der Blick zurück.
Zurück auf etwas,
das der Gegenwart
nicht standhalten konnte
und die Zukunft
nicht besuchen wird.

Vergessen ist,
dass du der Mensch
meiner Erinnerung bist.

Wir werden einander
nicht mehr erkennen
und es wird so sein,
als hätte ich nie
jemanden vermisst.

Adriane Pipa * 1984

Satellit

Mein biometrisches System schlägt Kopf -
infrarote Strategien ohne Bilder
zeigen Codes und Module endloser Messungen!

Das Motherboard stürzt ab
in die Tiefen des Alls und
keine Navigationshilfe in Sicht!

Der Angriff dauert an:
Zustand der Schwerelosigkeit
löst Alarm aus!

Gestückelte Informationen im Hirn:

H ere E nter L ast P rocess!!!!

Ich bin ein Satellit
und kreise um mich selbst
verlasse nie die Bahn:
SECURE und SAFE ??????

Giovanna Pisacane * 1957

Apokalypse

Für die apokalyptischen Reiter ist kein
Grab geschaufelt.
Der Jüngste Tag ein virtuelles Bild.

Einst versuchte eine Schlange zwei Seelen.
Erzürnt der Gott.
Hin blättern sich die Halbwertzeiten
übertretener Normen.
Die wunde Welt krankt am Verlust des
Begreifens.
Sodom und Gomorra ein Fanal.

Der Bemessungswert wechselt die Tonart.
Christus quält sich am Kreuz.
Ein Vorhang zerreißt im Tempel.
Geweckter Unendlichkeitsrausch.

Beichtgeheimnisse überdauern in
Kathedralen.
Auf den Altarstufen duften die
Madonnenlilien weiß und
selbstzufrieden.
Das Gegenständliche tritt in Wettbewerb
mit nicht markierten Grenzen.
Befleckte Vergebung.
Ein Netz beurkundeter Schrecken überzieht
die Erde.

Für die apokalyptischen Reiter wird kein
Grab geschaufelt.
Der Jüngste Tag ein virtuelles Bild.

Dagmar Pittack * 1939

Elfenbeinzellen

Klassische Fallen, verlorene Ideen
Zum destruktiven Verstehen
Allegorien
Nachträgliche Kakophonie im Kopf tropft
herunter
Runter, runter
In den Brustbereich
War doch gleich ein genügsamer Schmerz

Gesenkt, verrückt in andere Realitäten
Attraction!
Attraktion für den Augenmenschen
Höhnt dem Lohn
Für das verständnisvolle Vergehen

In meinen Sphären gibt es kein Zurück
In heimische Gefilde, in heimliche Gebilde
Irgendwo zwischen Damals und Heute
Bin ich stecken geblieben

Im Niemandsland zwischen den Grenzen
Borders lead to Borderline
Überschlägt mein Graph beide Seiten

Mathilda Pjari * 1983

Einsicht

Viel schwerer ist es
statt über Klingen
über den eigenen Schatten
zu springen
Gerne sehen wir
nach dem Licht
unseren Schatten
lieber nicht

Oftmals sind wir
ganz allein
unser eigner Stolperstein

Helga Plank

Die freudig Überraschung
(01.01.2005)

Es klopft ans Kämmerlein,
wartend, rief sie: „Herein!",
wird wohl nicht der allzu strenge Vater
sein.
„Ach, Du bist's! Komm schnell,
lösch den flackernden Kerzenschein!"

Es raschelt's bunte Kleid.
„Endlich ist's für uns so weit."
Geöffnet war ihr roter Mund,
am nächsten Morgen erwachte er
strahlend froh gelaunt und kerngesund.

Hörten plötzlich auf der
knarrenden Bodentreppe Schritte.
„Oh, schnell, schnell! Versteck Dich Bitte!"
Ich bin's doch!", sprach Gritte.
„Gehör doch mit dem Frühstück in Eure
Mitte!"

Pamax Plaster

Kalt ist der Abendhauch

Den du geliebt, dem du vertrautest,
er ist nicht mehr bei dir,
du weinst, dich friert,
denn kalt ist der Abendhauch.

Du hast ein Haus, ein schönes Haus,
es hat schöne Zimmer,
doch ohne Wärme fröstelt es dich,
denn kalt ist der Abendhauch.

Noch hast du Arbeit, kommst zurecht,
doch am Wochenende und am Feiertag,
da hat die Einsamkeit einen Namen,
denn kalt ist der Abendhauch.

Du hast Träume, schöne Träume,
jeder hat ein Recht darauf,
doch die meisten sind Schäume,
denn kalt ist der Abendhauch.

Wo ist die Sonne, wo die Wärme,
es leben Menschen neben und mit dir,
gewinne einen solchen deines Vertrauens,
nichts mehr anhaben kann dir nun der
kalte Abendhauch!

Wilhelm Plater * 1930

Für immer

Schon lange
Kein Blick mehr
Kein Lächeln
Kein Hiersein
Schon lange
Mich vergessen
Verbrannt
Die Asche verstreut
Schon lange
Fortgegangen
Und nicht mehr
Wiedergekommen
Schon lange
Dich für mich
Ausgelöscht
Doch in Wahrheit
Mich für Mich
Ausgelöscht
Schon lange
Und für Immer

Franz Plendner * 1959

Der Bach

Du schlängelst dich
durch bunte, grüne Wiesen
springst hell
von Stein zu Stein

Ich hab an
deinem Ufer oft gelegen
den Steinen und
den Fischen zugeschaut

Mit Reifen haben wir
an Deinem Wehr geschwommen
die Schlacht mit Steinen
hoch gebaut

Wir sahen
Wasserpflanzen leuchten
die Maulwurfshügel
lagen da wie Berge
die Frösche machten
die Musik

Ich find dich wieder
lieber Freund des Lebens
ganz gleich
auf welcher Erde
Du auch fließt

plotonius * 1944

Nach dem Stierkampf

Stummer großer Bruder,
wir haben dich getötet.
Wir haben dich johlend
blutig gequält.

Angst ist in deinen sanften Augen
und elende Traurigkeit.

Sieh uns an, großer Bruder,
sieh: ohne Erbarmen sind wir
und voller Gier.
Eitelkeit stach den Dolch dir
mitten ins Herz.

Ingrid Pobjoy-Littwins * 1939

Haiku
vorwiegend heiter

Worte auf Papier,
dem Flüchtigen abgetrotzt,
bereite Schuhe.

Gestrandeter Fisch,
nichts hatte ihn getrieben,
und so trieb er an.

Welch weise Geburt,
hab der Welt den Steiß gezeigt,
sie zeigt mir ihren.

Hässlicher Nackter,
er kann nicht aus seiner Haut,
Sommer ist am See.

Dieser Kochlöffel,
so ein primitives Ding,
brauchen könnt man ihn.

Bianca Pöckelmann

Ein Rückblick

Bilder der Vergangenheit –
alle bunt und noch recht klar –
begleiten mich auf Lebenszeit
und zeigen, wie es einmal war.

Ich seh mich auf der Schaukel sitzen,
beim Nachbarn goldne Apfel klau'n,
beim Pauken in der Schule schwitzen,
mit Freunden eine Bude bau'n.

Den ersten guten Anzug tragen,
und paffend an der Ecke stehn,
bald einen Tanz im Dorfkrug wagen,
dem Glück ein Schritt entgegengehn.

Den ersten Kuß zur Maiennacht –
der Himmel tat sich vor mir auf –
und nach der Zeit auf Friedenswacht
nahm frohes Schaffen seinen Lauf.

Das Leben einst mit Lust begonnen,
zu jedem Einsatz gern bereit,
sind meine Jahre schnell verronnen,
ich weiß, es war ne schöne Zeit.

Bruno Pohl * 1934

Besserer Christ?

Glücklich geboren, katholisch getauft.
Zur Schule gegangen,
freiwillig und gern den Gottesdienst
besucht.
Messdiener gewesen. Abi gemacht.
Studium begonnen. Pädagogik Diplom.
Guter Abschluss. Frau kennen gelernt:
Evangelisch. Kein Problem. Arbeitssuche.
Jugendarbeit evangelische Kirche.
Katholik?
Kleines Problem. Heirat Pfarrerin: Kein
Problem.
Neue Arbeitssuche: Jugendarbeit
evangelische
Kirche. Katholik? Großes Problem.
Ökumene?
Tja! Arbeit katholische Kirche? Kein
Bedarf, kein
Geld für Jugendarbeit. Christ ist nicht
Christ?
Evangelischer Christ besser oder schlechter?
Katholischer Christ besser oder schlechter?
Ökumene! Ökumene? Alternative:
konvertieren
und Arbeit, oder katholischer Christ ohne
Arbeit.

Heidi Pohl * 1941

Wenn Musik ganz nah das Herz berührt.
Das Gefühl sich in Erinnerung verliert.

Träumt man die Zeit…
Die ja schon Vergangenheit.

Doch Melodien sind leicht zu tragen,
berühren noch nach Jahr und Tagen.

Schmeichelnd Saitenklänge schwingen.
Ihrer kann man nicht entrinnen.

Wie Sonnentau – die Rose streift
Musik! Dem Balsam für die Seele gleicht.

Rita Pohl

Wenn Leinwandtränen salzig schmecken

Ein Monstrum wird geschlachtet.
Ich sitze still in dieser irrealen Welt.
Ein Pärchen, das sich anschmachtet.
Und dafür zahl ich wirklich Geld?
Ein Mensch, der andern nach dem Leben
trachtet.
Der Schauermärchen Tage sind noch lange
nicht gezählt.
Ein Kind sucht seinen Vater,
Ein Mann betrauert seines Bruders Tod,
Ein Schicksal geht verloren und
Waldbrandfeuer vermischt sich mit dem
Morgenrot.
Und dann auf einmal brennen meine
Wangen,
Schmeck ich das Salz, denn das ergreifende
Gefühl
Der Schmerz, das Leid, die Freude ergriff
Besitz von mir
Und bleibt – zumindest für den
Augenblick – bestehen.
Wenn Leinwandtränen salzig schmecken
Ist jede Träne ein Gewinn,
Denn heute sieht man Menschen Tränen
mehr verstecken,
Als dass sie zu ihren Gefühlen stehen.

Franziska Pohlmann * 1985

Der Tropfen und das Meer

Sagt ein Tropfen zu dem Meer:
„Sie sind das viel größ're Wasser,
ja, geb's zu, ich bitte sehr.
Doch es wäre zu bedenken:
Sie bestehen nur aus meinesgleichen,
egal,wie tief Sie sind,
wie turmhoch ihre Riesenwellen reichen.

AIso, bitte, rauschet, Wasserwogen
nicht wie selbstverständlich kolossal und
wild daher!"

Das Meer fühlt sich beleidigt,
hat diesen Tropfen zornig weggeschwappt,
so daß er ganz und gar
unter all den Trillionen andern Tropfen
nicht weiter zu erkennen war.

Wir begreifen daraus klar:
Der Kleine reize einen Großen besser nicht.
Auch wenn seine Rede
– wie hier – durch Richtigkeit besticht.

Josef Pointner

Vergänglich

Wie brennende Fackeln
so stehen die Bäume
gleich lodernden Boten
im herbstlichen Kleid.

Doch fegen erst Stürme
am bleigrauen Himmel
verlöschen die warmen,
leuchtenden Farben.

In Trauer verharren
die stummen Giganten
mit schmucklosen, kahlen,
geplünderten Ästen.

Nur goldene Blätter
auf modernder Erde
sind flüsternde Zeugen
vergänglicher Pracht.

Maria Pointner * 1943

Gedanken kreisen wieder
In meinem müden Kopf.
Ich dichte meine Lieder
Und flechte sie zum Zopf.
Die Zeit vergeht im Fluge,
Ich schaff's nicht hinterher.
Sie macht mich nicht mehr kluge,
Ich brauche sie nicht mehr.
Ich sitze und und ich sehe
Was rundherum geschieht.
Ich sehne mich nach Nähe
Und sing' ein kleines Lied.
Ein Lied, das keiner hören
Oder verstehen mag.
Ich lasse mich nicht stören,
Denn heute ist mein Tag.

Olga Polikevic * 1983

Zarter Gruß

Assisi, 6. 6. 1982

Kaum im Städtchen
des Heiligen Franz,
setzt sich auf meine Hand
ein schöner Schmetterling
in buntem Gewand. –
Ein kleines Wunder,
ein zartes Band
mit dem Poverello,
er grüßt mich, berührt mich
mit Flügelhauch. –
Bruder Franziskus,
ich grüße Dich auch!

Gertrude Pollerus * 1931

Seele im Wind

Meine Seele streichelt der
Sommerabendwind.
Die Sehnsucht nimmt mich in den Arm
und trägt mich fort
Kriege Gewalt, Hass und Tränen –nein!! –
Der Frieden ist mein Zufluchtsort.

Ich will in meinem letzten Leben,
dies Paradies mir selber geben.
Alleine wär es dort nicht schön,
drum werd ich auf die Suche gehen.

Den Menschen, der sein „Ich" nur sieht,
hat der sich wirklich selber lieb?
Erst mit dem „Wir" freut sich das „Ich"
Wo Herzen füreinander schlagen,
wo man nicht fragt – sich Hilfe gibt,
dort möchte ich bleiben, in all meinen
Tagen.

Hab mich befreit aus vielen Zwängen,
hätt nie gedacht, dass mir's gelingt,
doch musst ich mich erst selber kennen,
und lach zurück, weil's Glück mir winkt.

Annemarie Pollmann

Prognose

Ins Leben gesetzt
in einer Zeit,
die weitab ist
von Unendlichkeit.

Zum Leben verurteilt,
in einer Welt,
die noch nicht weiß,
ob sie hält oder fällt.

Zum Leben beordert,
um noch den Rest
von Leben zu leben,
eh* die Welt uns verläßt.

Mit Leben begnadet,
das doch noch lohnt,
weil uns das Schicksal
vielleicht doch verschont.

Anne Polster

Leben -
Flirt mit eigenem
Unbewußten

horizontal
über dem Asphalt
des Bewußten

parallel

v
e a
r b
t w
i ä
k r
a t
l s

auf dem Treibsand
des Jenseits
des Ichs

Natalia Pomeranzeva * 1974

Ungewißheit

Es war Winter und – Wochenende.
„Wurde ich denn schon wieder versetzt?
Ich hatte mich so sehr beeilt,
war viel zu früh da. Und jetzt???"
Ich stand wartend im Dunkeln.
Er mußte doch kommen!
Ich glaubte,
ich hätte Geräusche vernommen ...
Ich stand und stand,
doch er kam nicht!
Ich fror an den Füßen
Und auch im Gesicht.
Schon wollt' ich nach Hause,
um mich zu erwärmen:
„Für heute, da reicht's mir,
mit Warten ist Schluß!"
Doch da hört' ich ihn schnaufen,
hupen und lärmen,
und – er kam aus dem Dunkel,
... der verspätete Bus.

Elisabeth Ponath

Namenlose Glücksmomente

Die Glücksmomente
haben keinen Namen
Nicht alles
kann man definieren
Ganz unverhofft
sie zu dir kamen,
man muß nicht
das „Warum" berühren

Sie einfach nehmen
als ein Gut,
das flüchtig
und zerbrechlich ist
Es richtet auf,
macht wieder Mut,
wenn du betrübt
und einsam bist.

Ingrid Popp

Ferien in den Bergen

Ferien in den Bergen heißt,
steile Berge,
die dem Himmel entgegengehen;
die lachende Sonne,
die ihre Strahlen auf springenden
Wasserfällen tanzen lässt;
Wiesen, die mit ihren blühenden Blumen
zum Ausruhen einladen und
manchmal
ein weinender Himmel,
der mit seinen Regentropfen,
den Bergen ein neues Aussehen schenkt
und dann spürt man,
dass die Alm den Atem anhält
und die Natur für einen Moment stillsteht.

Sonja Pöpsel * 1988

Einsam sein

Wohin gehöre ich –
das frag ich mich.
Ich sitze hier,
höre den Regen.
Was ist bloß los?
Mir ist nach weinen.
Doch warum?
Ich möchte reden –
über heute, dich und mich,
über alles, einfach so.
Doch wer bist DU?
– der, der nicht da ist,
mit dem ich jetzt nicht reden kann.
Es ist so seltsam dies Gefühl.
Eigentlich geht es mir gut.
Doch möcht' ich weinen.
Wie soll ich's bloß beschreiben?
Möchte mich geborgen fühlen.
Einsam sein –
Ich glaub, das trifft's genau.

Karolin Porcher * 1980

Das Leben zieht an mir vorbei,
doch in meinen Gedanken werde ich nicht
frei.
Fragen beschäftigen mich von Tag zu Tag
ich weiß nicht was meine Zukunft sagt!

Sie wird mich schon lenken, ganz gewiss,
doch was ist, wenn dies nicht so ist?

Werde ich kein zu Hause haben
oder philosophisch nach dem Leben fragen?
Werde ich verschwommen sehen
oder einfach von hier fortgehn?
Wird mir alles gleichgültig sein
oder werd ich flehend um Hilfe schrein?

Ich weiß es nicht, man wird schon sehn,
vielleicht wird der Wind meine Ängste
verwehn,
vielleicht kommt ein Unglück, das alles
vergisst
was war und natürlich auch was ist!

Beatrice Portillo Alamillo

Zu Heddas fünfzigstem Geburtstag

Es ist die Frucht vornehmen Dranges
der edlen Frauen Lob zu singen.
So soll im Herbst des Minnesanges
ein Lied zu Heddas Lob erklingen.

Nicht Leibesfülle lässt sie strahlen,
dem Blick kann sie sich leicht entziehn.
Von Rubens lässt sie sich nicht malen.
Wer nicht gut sieht, schaut zweimal hin.

Im Kampf der Bälle und der Schläger
jedoch ist sie des Platzes Zier.
Ob Schüler, ob Trophäenjäger,
ein jeder dreht sich um nach ihr.

Und nicht nur das tut sie für uns:
Sie importiert aus fernen Ländern
aus Holz geschnitzt Spielzeug und Kunst
samt buntem Packpapier und Bändern.

Erfreu uns, Hedda, weiterhin
mit Anmut und mit schönen Dingen,
und lass uns, wenn die Jahre fliehn,
noch oft zu deinem Lobe singen!

Georg Potyka * 1938

Also ehrlich,
ich sag's euch,
ich mag
des Tages Müh'
und Plag'.
Denn schon hat
mich die Nacht
zärtlich in die
Federn gebracht.

Johannes Potzel * 1989

Vorbeugung

Die Liebe ist ein großer Segen,
desdowegen:
Wir müssen sie hegen,
wir müssen sie pflegen.
Lade sie ein
auf dein Daunenkissen,
dann wirst du sie später
nicht vermissen.

Karin Potzel * 1957

Der Weltverbesserer

„Ich habe mir das Ziel gestellt:
Verbessern will ich unsre Welt!"
Dies sprach ein Mensch. Ob er es kann?
Er fragte selbst: „Wie fang ich's an?"

„Ich muss", bedacht er, „klar erkennen,
das Schlechte von dem Guten trennen,
Danach muss ich den Kern des Bösen
aus seiner harten Schale lösen,
mit Antiserum ihn behandeln,
um ihn ins Gegenteil zu wandeln.

Bis hierher seine Theorie.
Im Praktikum versagte sie.
Er stieß auf große Schwierigkeiten,
beim Suchen schon und Unterscheiden.
Der böse Kern hielt sich versteckt,
das Serum war noch unentdeckt.

Es reihte Lücke sich an Lücke.
Sein Ideal zerbrach in Stücke.
Jetzt hütet er sein kleines Haus,
und dieses bessert er auch aus.

Anneliese Pranner

Ohne Angst

Herzklopfen,
der Kloß im Hals,
die Augen,
der Stein über den wir gemeinsam stolpern,
das Lachen,
diese Vertrautheit,
das kurze Zögern,
die Tränen,

der Kuß,
das Vergeben und Vergessen,
jeden Tag.

Anja Pregitzer * 1962

Als wir uns kannten

Sie spürte die Wärme seines Bettes,
glaubte an das Ende der Nacht.
Es gab das Sommermorgen
nach jeder schlafraubenden Nacht.

Schreiend blieb das Unausgesprochene im
Raum zurück.
Er sah sie nicht im Arm des Neuen,
konnte nicht in ihre Augen sehen,
die abgründige Irrfahrt ins Unergründliche
ihrer Selbst.
Messerpfeile durchbohrten ihre Füße
auf dem neuen Weg.
Blut rinnt.
Ein Lebenszeichen.
Schwacher Trost.
Hoffnung war das Grab,
aus dem sie verborgen verweilend
ausgegraben wurde.
Alle Tode durchlebt.
Letztlich verschlingt der Schmerz sich
selbst
und sie.

Frauke Preiss * 1982

Versuch es zu verstehen!

Ich versprach dir einst,
Wir werden uns wieder sehn.
Wenn es rote Rosen schneit
Und der Trennungsschmerz dabei ist zu
vergehn.

Und du an meinem Grabe sitzt
Und hoffst es geht vorbei.
Wirst du verstehn,
"Ich musste gehn."

Das Leben ist zu schön,
Dass du wegen mir in Tränen versinkst.
Weil ich mich quäle
Und du nach Hoffnung und Liebe ringst.

Du weißt, dass es keine roten Rosen
schneit,
Es aber das beste war.
Wir uns nicht wieder sehn
Und doch bleibt unsere Hoffnung und
Liebe bestehn!

Anna Preul * 1988

Nerz-Schmerz

Ihren Namen will ich hier nicht nennen,
denn denunzierte Hexen brennen.
Sie dacht ihr fehle zum Glücklichsein,
oder zum Bewahren, dessen Schein.
Ein Mantel aus Pelz,
weiß-grau wie ein Fels.

Der Nerz gehört nun zur modernen Welt.
Fragte ihn jemand, ob ihm das gefällt?
Auf ca. 0,3m² „lebte“ er vor einem Jahr
mit ihm eine ganze Schar.
Im Käfig schlug er psychotisch Kapriolen
bis ihn einer kam holen.

Der Nerz haust unter KZ-Bedingungen.
Der Weltmarkt hat Fell-
Überschwemmungen.
Wo ist es, das Auge des Gesetzes?
Es kommt wohl erst als letztes.
Politiker streiten kindisch um Macht,
dass keiner moralische Gesetze überwacht

Der Frau ist egal das Leid, der Schmerz
nicht sie erlitt es, sondern der Nerz.

Jessica Prinz * 1988

wären

wären deine Augen Kirschen,
es wäre Gift in ihnen
zwei Tränen aus Blut
glatt und makellos, gefährlich
wie das scheinbar schöne Meer
todbringend manchmal,
und auch nicht

wären deine Augen Kirschen,
ich äße sie,
hinterließe blicklose dunkle Höhlen,
dann hätte ich dich
und mit dir das Gift,
verdammte Lockung und Verderbnis,
und doch nicht

Astrid Probst * 1969

Der Läusch

Es geht mir auf den
GÄUSCH,
dass Menschen weder Fisch noch
FlÄUSCH,
Mitläufer sind die
MÄUSCH,
ich ernenne sie zum
LÄUSCH!

Walter Proisl * 1959

Metaphysik der Liebe

(nach Gedichten von Michelangelo)

Will die alte Weltensehnsucht
wieder einmal neu sich stillen
und sich den ewig jungen Traum
vom Weltenglück erfüllen,
dann müssen sich immer wieder
Ewigkeiten neu finden und verbinden,
bis schließlich eine die andere bringt zum
Klingen.

Erst wenn diese alten Lebensmelodien
mit ihrer inneren Bestimmung
wie wundersame Erkennungsmelodien
aus tiefen Welten zu uns dringen
und eine neue Ewigkeit beginnt dann
mitzuschwingen,
lässt sich diese Sehnsucht endlich wieder
stillen.

So kann die Welt noch bis in alle
Ewigkeiten
sich immerfort nur aus sich selbst erzeugen,
und weil sie sich ihr ganzes Leben
schon von Ewigem muss nähren,
wird sie durch das Wunder ihrer Liebe
auch immer wieder neue Ewigkeit gebären.

Gerhard Projan

Vom Glück eines Straßenkindes

Bei den alten verfallenen Wellblechhütten
konnte Colin graubraune Ratten erblicken.
Seinem Schlaf-Karton hatte der Regen den
Rest gegeben;
zerfleddert und zerrissen war er – wie sein
Leben!

Er fühlte sich einsam, hungrig und elende,
seit Tatiana nicht mehr war, gab's keine
tröstenden Hände.
Die Infektion hatte seine Freundin
dahingerafft,
eine blutende Wunde hatte dies geschafft.

Klebstoff schnüffeln betäubte Hunger und
Gedanken.
Gedanken – die ständig ums Essen ranken.
Die Mülldeponie konnte Collin bereits
riechen;
üble Dämpfe begannen in die Nase zu
kriechen.

Zwischen Abfall stocherte er nach
Essensresten,
den kaputten Karton hatte er fast
vergessen.

Da preschte über die Straße ein
Lieferwagen;
Colin sah braune Pappestücke hervorragen.

Ein Schlagloch ließ einen Karton zu Boden
knallen –
vor Freude ließ Colin sich darauf fallen!
Todmüde blieb er liegen am Straßenrand –
Ungeziefer hangelte sich hoch – an seiner
Hand!

Brigitte Proske

6.10.2005

Selbst die Jüngsten von uns
sind älter geworden,
es läßt sich nicht länger verbergen
und hinter ihnen
drängt es zum Licht.

Nicht alle Zähne
im lachenden Mund
sind echt.

Nicht alle Träume
haben Wurzeln geschlagen.

Du also auch
sagt der Spiegel
bist geworden.
Nimm meinen Segen.

Der Boden ist gedüngt
mit versunkener Großartigkeit.

Manchmal, in einer kalten Nacht,
steigt Nebel auf zu wandernden Wolken.

Kleine weise Greise
verschwinden leise
am Horizont.

Barbara Pruchnik * 1955

der alte Mann zieht aus

Bin nicht mehr jung, nun bin ich alt,
bin nicht mehr frisch, zerfalle bald.
Wer wird noch sein, wenn ich nicht bin,
macht dieses Rätsel wirklich Sinn?
Alles wird zur weißen Wand,
plündern werden sie meinen Schrank.
Bin nicht schlauer, dafür krank,
bald verbreite ich den Pestgestank!
All die Momente, mir so lieb und teuer,
das wird alles gehen, vielleicht noch heuer.
Wie kurz war doch dieser grausame
Spaß, wie oft hab ich's verflucht, doch
die letzte Reise
hat jeder schon im Voraus gebucht.
War nie arm, nie gut betucht, trotzdem
hat's Glück mich ab und zu besucht.
Jetzt leg ich mich hin und ruhe aus,
morgen muss ich vielleicht schon aus
diesem Körper heraus.

Bernd Prudovic * 1984

Am Abend

In der Ferne hör ich ein hämmern
und Motoren dröhnen,
der Abend fängt an zu dämmern,
da ist sie, die Sehnsucht nach Stille,
ich will meine Seele verwöhnen.
Am Horizont die Sonne sich purpurn zeigt,
Wolkenfelder in einem Meer aus Licht und
Farben,
der Tag sich nun dem Ende neigt.
Da ist sie nun die ersehnte Stille,
gerahmt von der Dunkelheit,
es ist mein fester Wille,
den nächsten Tag zu sehen,
mich zu stellen der neuen Zeit,
aufrecht durchs Leben zu gehen,
die Hoffnung ist so nah
und die Zukunft so unendlich weit.

Harry Prüfert * 1956

herbst traum

an der drachenschnur entlang
jubeln
meine gedanken
in den herbstblauen himmel.

hoch, höher
hinter die wolken
zu den sternen.

rieseln
durch die nacht,
glitzern
in deinen traum.

was mir bleibt,
ist ein sonnenbrand
auf der nasenspitze
und ein lächeln.

pst * 1968

Rumänische Riviera

Zigarettenstummel,
Gesprächsfetzen,
Möwengelächter:
alles versandet,
wirbelt durcheinander,
paart sich wahllos im
Brandungsrausch.

Muscheln lassen sich
ausnehmen und ans Ufer speien.

Abends schwappt das Meer
schmatzend nach seinem feuchten
Tellerrand,
leckt über
Kuhlen und Risse

Und
rülpst so lange den Tag aus,
bis auch der schwächsten Welle
das Genick gebrochen wird.

Carmen Elisabeth Puchianu * 1956

Dankeschön!

Wenn die Welt aus den Fugen scheint zu
sein,
wenn die Gedanken hopsen vor Freude und
springen,
dann ist weder Raum noch Zeit
für großartiges Worteschwingen
oder Reden -
Dann ist Zeit für einzig und alleine: purer
Segen!
Dann erwächst ein tiefer Frieden
mittendrin,
und man hat verstanden: Ja, alles hatte
Sinn!
Tief verwurzelt in mir ist nun dies Gefühl,
dies Gefühl, dank IHRES Seins,
Dank Ihrer Drei -
daß es weiterleben wird in mein'm Werk,
"A Journey to your Soul Teil II"
Ende

Ursula Puetthoff * 1968

Im Jahr 3000

Flach ist das Leben auf Gummiwiesen im
Passbildformat.
Tief ist der Vulkan unterm
Kirchengebetskniefall.
Rund ist die Allzweckpille im
Hochhausextrakt.
Spitz ist das Kunststoffgitter überm
Kinderbett.
Eng ist es beim Sauerstoffholen aus
Raumlauslöchern.
Bunt ist unser letztes Reklameplakat für
atomare
Langstreckenbonbons.
Farblos ist die Erde im Humusbereich.

Weit ist das Jagdrevier in unseren
Tiefkühlgefühlen.
Nah ist das Träumen dem bitteren Ende.
Kalt ist den Zirkuselefanten im
Raumanzug.
Heiß ist ein Besuch im Sonnenmuseum.
Dort ist schon die nächste Galaxie zu
erobern, denn
hier auf dem Mars ist nun auch nichts mehr
übrig.

Anke Puhlmann * 1968

Zeitlos

Kurze Augenblicke, die vertiefen,
schärfen Sinne, die versuchen,
der Wahrheit zu entfliehen.

Einfache Momente, die entgleiten,
trüben Floskeln, die erreichen,
den Horizont zu erweitern.

Kleine Phasen, die ergründen,
stärken Zeiten, die entschwinden,
die an der Phantasie gebunden.

Susann Puhlmann * 1987

wir

Wir kennen uns lang
Wir waren uns fremd
wir sehen uns wieder
wir sind uns Freund

Was war dazwischen?

Welche Vergangenheit
Welcher Menschen
die nicht versuchten darüber zu stehen!

Judith Pumberger * 1977

Des Freundes Hand

Sprechen über das was mich bewegt,
wie es um die Gefühle meines Herzens
steht,
Hinaus schreien was einem nicht passt,
sagen was man auf dieser Welt hasst,
sagen stopp – es reicht mit der Gewalt,
dies alles in Musik erschallt!
Sie sagt was wir fühlen und denken, ist wie
eines Freundes
Hand, ist tief mir ins Herz gebrannt, ohne
Musik,
wie wäre dieses Land?

Natascha Pupino * 1983

Weihnachtsengel

Zum Feste in der heiligen Nacht
Trag ich die schönste Weihnachtstracht

Samtener Schnee in zarten Flocken
Glitzernd in meiner Haare Locken

Aus Eiskristallen mein Mantel soll sein
Gewebt durch den Wind im Mondenschein

Stechpalmen wollen den Saum noch
schmücken
Den Zauber ein wenig mehr verzücken

Der Schal aus Tannenzweigen weich
Schmückt mein Äußeres wohl und reich

Eine Kette aus Christsternen welch eine
Pracht
Rot, küsst meine Wangen die frostige
Nacht

So bin ich für die selige Weihnachtszeit
Als Weihnachtsengel nun bereit

Eva R. Pütz * 1966

Madrid 11/3

Hasta luego!
Noch ein Kuss.
Und nicht gewusst
dass luego
nie wieder heisst

Cristina Quadri-Leemann * 1947

Impressionen über Toccata und Fuge d-Moll von Johann Sebastian Bach

Monumental erheben sich der Orgel Töne
in königlicher Eleganz.
Gewaltig und kraftvoll Klänge quellen
bis zur Resonanz in harmonischer
Vollendung.
Tiefe Furchen ziehst du in meine Seele,
die gepflügt.
Schmerz, Hoffnung, Zuversicht –
du führst mich in unaufhaltsamer
Geradlinigkeit
an Abgründen vorbei, nach oben strebend
in Höhen schwebend,
Musik erfüllet Raum und Zeit
dem Schöpfer zur Ehre!
Im Schlussakkord meine ich
einen Hauch göttlicher Freiheit zu spüren.

Annemarie Karola Quellmalz

Der Weg

Nichts sehen,
An der Gabelung stehen,
Nicht weiter kommen,
Den falschen Weg hab fast genommen.

Liebe mich leiten,
Den richtigen Weg mir zeigen,
Liebe spüren,
Auf den richtigen Weg mich führen.

Die schlimmsten Tage auf Erden,
Ich niemals verzagen werden,
Die Dunkelheit nicht mehr so dicht,
Liebe bringt mich ins ewige Licht.

Susanne Querengässer

Bis an das Ende meiner Welt

Ich gehe meine Straße
bis zum Horizont und darüber hinaus,
bis zu den Wolken, die sich türmen,
und gegen den Wind.
Ich stolpere über Steine,
stapfe durch Sand,
kämpfe mich durch Hecken,
steige über Zäune.
Nichts hält mich auf!

Ich gehe meine Straße
bis zum Horizont und darüber hinaus,
sehe den Himmel,
höre das Geschrei der Schwalben,
das Krächzen der Raben,
fühle den Boden unter meinen Füßen,
rieche den frisch gebrochenen Acker,
das bunte Herbstlaub, den ersten Frost.
Ich schmecke den Tod.

Sabine Quint

Nabel der Welt

In einem Schrebergärtelein
setz ich behutsam Stein um Stein
auch Blumenpolster noch dazwischen
und einen Teich zum Fische Fischen
aus Modderpampe einen Dom
da sitz ich nun, genieß mein Rom

C. R. * 1953

Du bist meine Liebe

Ich liebe Dich weil ich nicht anders kann
Deine Umarmungen berühren mein Herz
wie ein Zauberbann
Ich fühle unsere Seelen werden Eins

Trauer und Zerrissenheit verwandeln sich
in Glücksgefühle

Deine Liebe macht mich Neu
Lässt mich erwachen aus meinem Schmerz
Heilt meine Wunden gibt mir neue Kraft
Lass mich nicht los

Bist Du nicht bei mir sind meine Gedanken
bei Dir
Bin ich nicht bei Dir sind Deine Gedanken
bei mir
Ich fühle tief in meinem Herzen
Unsere Gedanken berühren sich und
werden Eins

Ich schaue zum Himmel
Nur von dort kann unsere Liebe kommen
Das macht mich dankbar
Lässt mich verharren in einem kurzen
Gebet

Ich bete für Dich und mich
Dass unsere Liebe niemals vergeht
Dass unsere Liebe gesegnet sei
Dass Du an mich glaubst wie ich an Dich

Kornelia Dorothea R. * 1954

Licht der Sonne – Sonne voll Licht

Wie ein zarter Streifen auf einem Blatt
Papier
Zeigen sich erste Strahlen am Morgen
Um im Laufe des Tages
Wälder, Wiesen, Berge und Täler
In hellem Glanz erstrahlen zu lassen,
Von ihrer besten Seite zu zeigen
Und bis ins Innere zu erwärmen.

Dann verschwindet sie aus unserem
Sichtkreis
Um ihrem Bruder dem Mond
Seinen Raum im Kreis des Tages zu geben
Wälder, Wiesen, Berge und Täler
werden zu Zauberfeen, Wichten und Elfen
In der Vermutung haben unsere Träume
Platz
Bis zum erneuten Erwachen am Tag.

Das Licht der Sonne gibt uns Kraft für den
Tag.
Die Träume im Mondschein Ideen für den
Tag voll Licht.

Anna Raab * 1964

spätherbst

im feld im feld
im freien feld
die scholle atmet fäulnis
die stürme tragen schnee
verborgen ruhn die knospen

wo kam ich her
wo wollt ich hin
bin ich den wurzeln entwachsen
ein altes lied kommt angeflogen
der wind verweht die blätter

es geht es geht
es geht voran
es sprechen neue münder
ich wanke zwischen kopf und herz
und weiß mein arm ist stark

der weg der weg
wo führt er hin
bin ich jetzt angekommen
die wälder meiner kindheit
die rauschen in mir fort

Jan Raab * 1970

Maßlos

Wir kennen keine Grenzen mehr,
nicht nur geografisch, nein auch für uns
selbst.
Wir lassen uns manipulieren,
von Medien und Modezaren

unser Leben diktieren.
Zeit für Ruhe und Besinnung
wollen wir nicht wirklich haben,
denn das können wir nicht ertragen.
Informiert werden wir über alles und
nichts.
Immer „Stand by“, online oder anders
vernetzt.
Selten wirklich präsent und im Jetzt.
Wir wirken nicht nur, wir sind gehetzt.
Ruhe und Innehalten bedeutet körperliche
Pein.
Darum lassen wir uns nicht darauf ein.
Eine Vision wäre, wieder ein gesundes Maß
zu finden.
Liebevoll und achtsam mit allem
umzugehen
und der roten, dauernd leuchtenden
Bereitschaftslampe
zu sagen: Es gibt kein Wiedersehen.

Margit Raab

Trauerfeier

Witwe, Tochter und Angehörige
bitten abzusehen von,
bitten um Spenden.

Asche in einer Urne.
Eintretende verharren.
Letzte Grüße.

Und wird auferstehen ein geistlicher
Leib, droht der Redner.
Ein Totengräber zieht die Mütze,
langsam, mit gespielter Würde,
trägt er Vati vorweg:
Ins Freie!

Peter Raabe * 1946

berührt

nach langer liebeloser zeit,
zu merken,
dass man antastbar ist,
ist schon ganz gut.
berührt zu werden,
ist anders.
berührt zu werden,
ist wundervoll.

Tomas Raabe * 1973

Ein schlechtes Spiel

„Ene mene mu und raus bist du!“
Ein Kinderspiel zum Zeitvertreib
wo immer einer übrig bleibt.
Glück hat der, der gehen kann,
der Letzte ist ganz übel dran.

Bist du älter, dann trifft dich,
der Abzählfinder fürchterlich.
Was in der Kindheit großes Glück,
ist nun ein schlimmes Missgeschick.
Es wird abgezählt und dezimiert,
und im Ausland produziert.
Zum Billiglohnland geht es hin,
du zählst nicht mehr, nur der Gewinn.

Die Folgen sind für dich fatal,
dem Unternehmer ist's egal.
Einen Fingerzeiger gibt es nicht,
der ihn anzählt und dann spricht:
„Ene mene mu, wer bleibt bist du!“

Edith Rabe * 1938

Rose

Am Regen krankte
einer Rose
Mut.

Die Nacht schon
wollte sie
verdrießen.

Das Klopfen an den Blättern
war nicht

gut
und in der Kälte
hatte sie zu
niesen(!).

Auch das steht
zu
Gebote:

Versteckend alles
Rote –
sich einfach
zu
verschließen.

Michael Rabsilber

Lied auf Ares

Blödes Denkmal aus Stein und Schmutz,
wie sie dich alle begaffen!
Du bietest nur dir selber Schutz
und machst sie alle zum Affen...

Blödes Denkmal aus Stein und Schmutz,
sie opfern dir ihre Hunde,
damit von dir bröckelt nicht der Verputz
und sich auftut die dämliche Wunde.

Blödes Denkmal aus Schmutz und Stein,
kein Unwetter kann dich zerschmettern,
sie stecken für dich alle Blitze ein
und danken dafür noch den Göttern.

Blödes Denkmal von Helle und Macht –
wie sie dich auch glorifizieren,
nimm dich in acht! Es kommt die Nacht,
in der sie dich guillotinieren!

Thomas Rackwitz * 1981

keine Aporie

Endlich war ich kollabiert. Doch ihre Pillen
bringen nichts!
Ich bin bereits resistent!
Zu viele Drogen in mir. Meine Venen sind
zu. Es schlägt nichts mehr an,
kein Medikament!

Mein Brautkleid soll eine weiße
Zwangsjacke sein,
bespritzt mit jungfräulichen Blut.
Ich verlor meine Unschuld. An was Machte
ich mich mitschuldig?
Das ist mein Glaube, bin ich, ist mein
Attribut!

Meine Attitüde tanzt alleine für mich
Ballet der finsteren Nacht.
Gefangen von Zwängen und
Panikattacken.
Gefangen in einem zu engen Schacht!

Ist das der Tunnel, an dessen Ende man das
Dunkel erkennt!?
Die Grube, die man wem anderen grub,
und doch ist sie nun dein eigenes
Grab!?
Wie unsichtbar klein dürfen die Dinge im
Leben sein, an denen man sich
erfreuen darf!?

Es ist das siebenjährige Pilgern durch eine
Wüste aus glühender Kohle.
Das barfuss, bloß dass die Zeit hier niemals
vergeht!
Oh Nein! Ich bin nicht gestört, bloß weil es
euch stört!
Denn ich, ich sehe den Weg!

Nico Raddatz * 1982

Seltsame Wege

was für seltsame
Wege müssen wir hier
gehen, aber die schönsten
sind immer die der
Liebe, auch wenn sie kaum
weniger unerklärlich sind
als die andern: auch den

Tieren kommt alles selbstver-
ständlich vor, und die
müssen es wissen

Wilhelm Rager * 1941

Sonett von Nietzsches Grabrede angesichts Gottes Tod

So werde ich diesen Sermon wohl halten,
die letzten Gedanken um Gott verwalten.
Wo ich doch viele Blinde sehend machte,
dieses Christentum so brennend verachte.

Der Glaube macht euch selig, weil er
betrügt,
er die Moral sokratisch zersetzt und lügt.
So scheide ich in geistiger Umnachtung,
für Kreuz und Schwäche, ohne jede
Achtung.

Oh, Mensch, welch Tragödie, wie arm du
bist.
Mein Weltbild mit seinen verhassten
Schriften
soll die Heuchler auf Ewigkeit vergiften.

Mensch, du krankes blondes Tier,
kriechender Christ.
Wir alle töteten Gott im Morgenrot.
So stehe ich, Nietzsche, am Grab: Gott ist
tot!

Bernhard W. Rahe * 1954

Vergangene Liebe

Deine Liebe für mich ist damals plötzlich
aufgetaucht
Doch nun ist sie für immer aufgebraucht
Deine Liebe für mich ist längst vergangen
Doch meine für dich bleibt für immer in
meinem Herz gefangen.

Wenn ich durch die Straßen geh
Und in die Schaufenster seh
Spiegelt es nicht mich
Es spiegelt nur dich.

Ständig seh ich dich
Doch siehst du mich?
Immer drehst du dich um
Und gehst davon, ganz stumm

Bleib doch bitte einmal stehn
Ich möcht dir in die Augen sehn.
Und dann will ich dich fragen, mein Herz
ganz schwer:
Warum liebst du mich nicht mehr?

Antonia Raida * 1992

Danke

Danke, dass du mich auffängst,
wenn ich drohe zu fallen.

Danke, dass du mir Steine aus dem Weg
räumst,
damit ich mir meine Füße nicht anstoße.

Danke, dass du mir die Tränen trocknest,
die mir oft aus heiterem Himmel
über die Wangen laufen.

Danke, dass du mit Mut machst zu
kämpfen,
wo mich oft der Mut verlässt.

Danke, dass wir füreinander da sind,
dass auch du dich von mir auffangen lässt
und ich immer noch dein Herzblatt sein
kann!

Inge Raithelhuber * 1970

Fenster

Nachts fallen sie auf,
freundlich beleuchtet,
kalt beleuchtet, flimmern.

Hier lebt jemand,
hier arbeitet jemand,
hier läuft der Fernseher.

Drum herum alles Schwarz der Nacht,
wesentliches der Häuser –
die Fenster, die beleuchtet.

Blicke von drinnen nach draußen,
von draußen nach drinnen,
manchmal Wechselspiele der Blicke.

Tags über fallen Blicke
auf Blumen und Vorhänge –
vorübereilende Augenblicke.

Fenster – Augen der Häuser,
Einblicke ins Wesen der
Bewohner der Gemäuer.

Läden wie Wimpern,
manchmal ganz geschlossen,
manchmal halb geöffnet.

Licht – von drinnen nach draußen,
von draußen nach drinnen,
manchmal Wechselspiele des Lichts.

Tag und Nacht spielen
mit den Scheiben
Reflexionen sind ihr Treiben.

Michael Raithelhuber * 1961

Ein Tag In Passau!

Frühmorgens klingelts bei mir an der Tür,
ich schau' raus, es ist von UPS ein Mann.
Er bringt Schweinsbraten und dicke Göckel
zu mir,
ich drink' noch einen Obstler und lass' den
Stapler an.

Die Schnitzel fahr ich ins Kühlhaus ein,
ess' gleich eins im Führerhaus,
dann schick' ich die Berta zum Kochen
rein,
und spiel' mit dem Werner ein
Tischtennismatch aus.

Zum Essen gibt's Schweinsbraten mit
Knödel und Kraut,
dicker Kruste, Schmalzbrot und Speck,
ich schwitz, dass es mir den Dampf richtig
raus haut,
und nach der Mahlzeit leg' ich mich dann
ins Bett!

Karl Ranseier

Wandlung

Ein Traum
in meiner Hand geborgen
ist jene Apfelblüte
fast verwelkt
die jubelnd eben noch
vom Frühlingswind getragen
tanzte
durch diese Welt.
Verhaucht
im Duft
den Atem Ihres Lebens
und schenkt
ein letztes Lächeln
jenem Baum -
von dem sie fiel.
Der Traum
kehrt wieder
und in meiner Hand geborgen
liegt er
als Apfel rund und süß ...

Carmen Raos * 1951

Bavaria

Im Gebete an den geliebten Gott
empfing des Nachts die Jungfrau Ihre
Weihe,
Denn bebte doch das Kirchlein sacht
im nahen Städtchen
Als Gottes Feind in Trümmern ging

und von den Träumen
die sich nicht erfüllten

Peter Rathke * 1966

Begegnung

Wenn der Wind weht
Und die Uhr steht,
Augen sich begegnen,
Nicht Tränen sie verregnen,
Befrei'n sich Schulterblätter,
Flügel im Sonnenwetter.
Und das Rückgrat entlang
Fließt Musik, fließt Gesang.
Die Pupillen, umspült
Von weißem Meer, das aufgewühlt,
Spiegeln die Unendlichkeit,
Die sich soeben hier befreit.

Cordula Rattinger * 1976

Ich lebe

Ich träume, warte.
Ich freue mich, lache.
Ich sehne mich, weine.
Ich schäme mich, hasse!
Ich bin stark, verfluche.
Ich bin schwach, unglücklich.
Ich bekomme, ich gebe.
Ich liebe, ich lebe!

Alestina Rau

Um Mitternacht

Es ist nach zwölf.
Ich bin alleine.
Dort hinten fährt ein Zug.
Das Haustor gähnt –
Ich bin nicht deine KLEINE.
Es riecht nach Frühling,
und ich habe so genug!

Die Schienen führen über eine Brücke.
War da nicht eben ein Gesicht?
Ich sehe einen Fremden –
hier ist eine Lücke –
Ich habe was vergessen
doch was weiß ich nicht.

Der Vogel singt jetzt unter meinem
Fenster;
ein später Gast schlägt meine Haustür zu.
Es fängt zu regnen an.
Die Menschen sind Gespenster.
Ich friere.
Irgendwo nennt dich ein fremdes Mädchen
„DU".

Renate Rauchfuss * 1929

Risiko

Er sagte : „Schöne Frau...

Sie saß am Tresen mal endlich als Gast
und trank ein Gläschen Wein
und empfand seine Blicke ganz und gar
nicht als Last

...Darf ich in Ihrer Nähe sein

Sie sagte : „Starker Mann...

Er kam von hinten ganz leis
und hielt ein Kölsch in seiner Hand
ihr wurde mal kalt und mal heiß

...Ich geb Dir gern ein Stück vom
Tresenrand

Maya Raue * 1974

heute nacht

heute wie jede nacht flügel –
treiben bis an den phantasierand
bildkelche tragen wir schwer
gedanken / fetzen zum spießruten –
laufen durchs hirn aber köstlich

wie sich unwahr / scheinliches
in satteltaschen ritter mein speer
will tiere erlegen deren namen
keiner kennt dann ein haus aus
den schätzen der jagd

Rose-Yvonne Rausch

Frieden auf Erden

Frieden auf Erden
würde es werden
bei den Menschen auf Erden,
die guten Willens sind,
so sangen die Engel beim Jesuskind.

Doch, vom Frieden auf Erden
sind so weit wir fern
wie unser Planet Erde von der Sonne Stern.
Wir sagen, wir hätten den Frieden zwar
alle gern,
sind jedoch umgeben von Waffen wie auf
einem feindlichen Stern.

Frieden auf Erden
kann es nur werden,
wenn alle Menschen satt werden,
wenn Gerechtigkeit herrscht auf Erden,
wenn aus Hass kann Liebe werden.

Frieden auf Erden
fängt im eigenen Herzen an.
Frieden auf Erden, Frieden im Leben,
vielleicht kann nur Gott uns diesen Frieden
geben!?

Ernesta Rawe

Ich lasse mich fallen

in das Licht Deiner Augen,
in den Klang Deiner Stimme,
in die Wärme Deiner Berührung,
in die Tiefe Deiner Liebe.
Ich lasse mich fallen und
ich fühle mich geborgen.

Rebecca * 1948

Doch nicht geliebt

Gesehen –
doch nicht erkannt
Gehört –
doch nicht verstanden
Gesagt –
doch nicht gemeint
Gelacht –
doch nicht gefreut
Geweint –
doch nicht getrauert
Entschuldigt –
doch nicht verziehen
Gelöst –
doch nicht befreit
Verbunden –
doch nicht vereint
Gemocht –
doch nicht geliebt

Anna-Maria Rebouillon-Schilling * 1949

Dayan

Ebenholz Elfenbein
Bänder bunt und Perlen
Holz und Stein
Feder Muschel Glas und Gold
Farben Farben

Ihr Gang Musik
das ganz alte Afrika
in ihren Augen
die Lauterkeit der Genesis

Dayan

dich zu beneiden
um dieses Stückchen Paradies

das deine Aura krönt
ist eins

das andere
die Furcht
dass dieses Stückchen Paradies
Hehlern verfällt

Friedrich Recknagel * 1941

75

Lang Gewohntes
nicht mehr sehen,
es mit leichtem Schritt
umgehen.
Feste Gedanken
bringen ins Wanken.
Und mit neuen Schlüsseln
alte Kinderräume öffnen.
Die sind höher jetzt
und schicken aus der Ferne
neue Sterne.

Brigitte Redecke * 1928

Ferngespräch

Still steht die Zeit.
Versuche zu vergessen, was mit mir ringt
 und nicht gelingt,
Sprachlosigkeit.

Menschen haben Angst vor Zeit und
 mangelnder Gerechtigkeit;
Was wird die Zukunft uns noch bringen?

Gedanken der Hoffnung, Tränen und Leid
 dringen in die Ewigkeit,
Schmerz zerreißt die Stille.

Oh heil'ger Geist erhör die Bitte! Bring'
 Frieden auf die Welt hernieder.
Doch was soll der Geist jetzt tun?
Die Wahrheit liegt – in des Menschen
 Mitte.

Ingrid Redeker * 1955

Liebe

Sie wohnt tief in
meinem Herzen drin,
sie tut weh vor Glück,
keinen Tag geb ich davon zurück.

Ich sehe euch an,
bin stolz auf euch,
ihr meine Kinder,
seid ihr doch aus edlem Holz.

Ich habe gegeben, was immer
ich konnt,
nie gewertet, nichts verlangt,
habe jeden Tag um euch gebangt.

Glücklich sollt ihr sein,
das Leben euch gut gelingen,
es soll Zufriedenheit und
innere Wärme bringen.

Dies war mein Bestreben,
vor allen anderen Dingen,
das ist Liebe, das ist Glück,
die Liebe, die ich gab, bekomme ich
 tausendfach zurück.

Bärbel Reeh * 1947

Der Meisterlügner

Auffallend an diesem Menschen ist das
 Phallushafte,
Penisartige der ganzen Figur.

Der Mann streckt den ihn Umgebenden
Eine gespaltene Zunge entgegen.

Rechts und links vom Körper befinden sich
Zwei riesige Hände zum Grapschen.

Wenden sich die Betrachter der Rückseite des Mannes zu,
sehen sie ... nichts.

Dort, wo eigentlich das Rückgrat sein sollte,
ist ... nichts.

Durch das Nichts hindurch können die Betrachter
Einen Blick in das Innere werfen. Es ist hohl.

Nichts anderes als seine Begierde, seine Sucht
Nach Macht, Lügen, Sex hält diesen Meisterlügner aufrecht.

Seine Gelüste, seine unheilvollen Neigungen mauern ihn ein,
bringen ihn letztendlich dazu, sich selbst zu strangulieren.

Die ihn umgebende Mauer enthält einen winzigen Durchschlupf.

Sein letztes Opfer wird ihm entkommen.

Ellen Regenbogen-Horak * 1939

Du machst? Schritte
Du suchst, Du findest,
immer älter.
Abends überspringst Du nicht Deinen – Schatten.
Du fliegt nicht weg wie ein + Vogel.
Dein Leben schnitt Dir Deine Flügel ab.

Marian Reguli

Manchmal

Manchmal werden Träume doch noch wahr.
Da holt Dir einer vom Himmel den Regenbogen
und fliegt mit Dir hinauf bis zu den Sternen.

Und wenn Du dann zurück bist auf der festen Erde,
dann hat der Regenbogen seinen Glanz verloren
und die Sterne scheinen weiter weg als jemals.

Und Dir bleibt ein Stück Erinnerung
und ein neuer Traum.

Brigitte Rehm

Logische Erkenntnis

Es gibt Momente, die prägen unsere Existenz.
Immer ist es etwas Besonderes, was wir dann tun.
Nur jeder selbst kann dabei den wahren Wert erkennen.

Leidenschaftlich verfolgst du dein Ziel.
Es geht voran, auch wenn manchmal Umwege nötig sind.
Brachtest neue Ideen in unsere Mitte, allein durch deine Anwesenheit.
Erlangten wir doch so deine Aufmerksamkeit und Hilfe.
Nichts geht jedoch schnell, für alles braucht es Geduld.
Sind wir auch traurig, als Belohnung wünschen wir dir Erfolg.
Abschied bedeutet nicht das Ende von Freundschaft.
Betrete jetzt ohne Sorge einen neuen Weg und vergiß uns nicht.

Sind doch alle dir dankbar, weil wir dich
kennenlernen durften.
Charme und Zuversicht hast du jeden
geschenkt.
Hebe dir diese schönen Eigenschaften auch
für die Zukunft auf.
Nur denke daran, außer Arbeit sind auch
Spaß und Liebe wichtig.
Ignoriere nicht, was deine Seele dir rät,
damit du dir nicht schadest.
Treffe selbst die Entscheidung aber laß dich
auch führen.
Tief in mir weiß ich, daß du uns einmal
besuchen wirst.

Kay Reibsch

Die Fremden

Espen, die zu Allerseelen grün sind.
Das Wort Warthe, wie es Vokale fängt.
Der Anrufer, enttäuscht noch täuschend.
Drei Rosen, kopfüber aufgehangen.
Gärtnerin, versilbert auf den Versen
Und du, am Saum begangene Seele.

Manfred Reichard * 1948

Wanderung

Kühl ist die Nacht, scharf knirscht Sand im
Hall der Schritte.
Müde steht der Mond über dem Weg. –
Die Welt wird weit.

Das Ewige steht auf in stillen Stunden
unter Sternen.

Ehrfurcht erfüllt mich und Schauer. Eins
sein möchte meine
Sehnsucht mit dem All. – Blatt möchte sie
sein am Baum und
Halm am Wege.

Ganz tief hineinhorchen möchte sie in den
Atem des Seins.
Das ist – wie Andacht in der Kirche. –
Meine Lippen beten,
stammeln – erhabener Schöpfer –das ist
mein Glaube.
Stille ist um mich – Ewigkeit.
Es tagt –
Nebel kriecht über die Wiesen mit rundem
Rücken. Alles
ist grau und verloren.

Bäume recken sich trutzig den Schwaden
entgegen, strecken
die Kronen weit aus, liegen über der
weißgrauen Schicht
wie frische Gräber.

Dunstig wird es und heller. Sonne dringt
durch das Grau,
wie mit tausend blitzenden Speeren. Es
dampft und wird licht.

Farben kommen, schmücken den jungen
Tag, schimmern an
tauigen Gräsern. – Wieviel Freude da ist –
und Frohsinn.
Alles jubelt, sehnt sich und dehnt sich dem
Lichte entgegen –
und lacht.

Joachim Reichelt

sei nah
mit mir

ein Pendel schlägt

ich löse
mein Haar

die Zeiger zerspringen

Renate Reichelt * 1949

... sind nett zu mir

Ich piss heut rosa.
Das hat nichts mit Magie zu tun,
Es liegt an der roten Beete.

Ich kuck mir ne schöne Verpackung an.
Mit nem kleinen Wal.
Und mal jeden Tag ein Aquarellrehlein.
Außer den Spinnen,
bin ich in der Wohnung.

Ines Reichert * 1984

Versunken

Stille der Tiefe, Ohr deiner Nächte,
Mund, dem entfällt, was dir fehlt!
Wein in den Schluchten, Heimat der
Nackten,
Kein Entrinnen aus dem, was gewählt!

Schlaflos versunken, wachet weit unten
flammender Wahn im Schnee,
wartet auf Tiefe dunkelnder Schwermut,
funkelnde Krone im See.

Dort, wo zuunterst die Antwort die Zeit
streicht,
frag nicht, wo Tod ist und Grab,
denn die Träne, sie spiegelt das Dunkle,
schimmert immer Verlor'nes hinab.

Manchmal bricht auf, was vergangen,
was weht in der Stimme, die klagt;
doch im Netz deiner bebenden Lider
singt das Dunkel das Licht, das verzagt.

Jürg Reichle * 1943

Beschädigt

Wo gehst du hin
an diesem eisig trüben Tag?
Lässt alles zurück
was dir so wichtig schien,
nur wegen dem
Geschwätz der anderen.
Egal wo du auch bist
ich werde bei dir sein.
Nachts wenn du schläfst
in deinen Träumen mich befinden.
Am Tag in deinen Erinnerungen
leben.
Dein Herz wird schmerzen,
so wie mein Herz schmerzt.
Und von der Sehnsucht umschlungen,
wirst du dich immer wieder fragen,
ob alles so wahr ist,
wie es war.

Kathrin Reimann * 1976

Sommer – Reise Eis - Zeit

Zu ende
geht die
Eis – Zeit
Eiszapfen
schmelzen
tropfen.
Zeit – Reise
in den
Sommer.
Sommer – Zeit
Sommer – Reise.
Am Eisstand
das Waffeleis
festhalten
lecker – Eis
schmilzt
tropft fällt
klatsch breit
auf den Platz!
O je, Eis – Zeit.

Rosemarie Reimann

Mein stolpernd Herz

Du stolperst, Herz, bist aus dem Takt.
Wer treibt dich, jagt dich, macht dir
Druck?
Wer achtet deinen Rhythmus nicht?
Die Hetze ist es, die mich packt,
nicht Raum gibt meiner Seele und stetig
mahnt:
Reg dich, beweg dich, wer rastet, der
rostet!
Wem nützen diese Flausen?
Wer setzt sie mir in meinen Kopf?
Hört endlich auf, lasst mich in Ruh!
Wie die Natur den Winter braucht,
brauch ich den Schlaf.
Das ständige Geschäftigsein:
Tod der Natur und meiner auch.
Ich brauch die stillen Stunden,
damit mein Herz entspannen kann
und mein Geist Ruhe findet.
Dann spricht die Seele sanft zu mir,
und ich schöpf neue Kraft.
Hab Dank, mein stolpernd Herz,
du kannst gesunden.

Erika Rein * 1950

Braut

da macht sie sich Gedanken - die
Frischvermählte
sitzt in gleissender Sonne über dem
blanken Wasser
denkt laut: ob Enten hier ungefickt
sterben könnten - weibliche
natürlich

nur

ein Glück ist sie jetzt unter der Haube
muss sich nicht mit diesen
Schnitzgesichtern
abgeben

in deren Augen sie
schön ist und
königlich
weist sie sie in die Schranken
schliesst geblendet die Augen der

Gedanke an die armen Enten

schnell ist er weg

Kristin Reinbach * 1972

Wechselspiel

Ich hör des Waldes wüstes Rauschen
und weiß, dass alles sterben und vergehn
wird nur ein tauschen nach sich ziehen.

Jede sprießende Pflanze
mit Leben gefüllt,
trägt im Kelch das Geheimnis gehüllt.
Natur lässt diese bunte Flora sterben,
doch schlummert sie nur
unter kalter Erde.

Bis Frühlingssonne küsst das Land,
ein Gruß aus jenem Sehnsuchtsland.
Ich denk, ich kanns erreimen...
Der Wechsel der Natur,
ist höheres Erscheinen!

Erika Reinecke * 1953

Der schwan
Er gleitet schwerelos
Über den See.
Mit sanfter Strenge
Und anmutiger Eleganz
Durchtrennt er das Wasser.
Das silbrige Licht des Mondes
Erleuchtet ihn.
Geradlinig ebnet sich
Der Schwan
Den Weg ans Ufer.
Das Gleichgewicht
Der Natur beachtend
Und aufgestellte

Menschliche Regeln ignorierend,
lebt er.

Daniela Reinhard * 1985

Schwarze Vögel

Nah den Tränen
Nah dem Himmel,
Weit und schwarze Krähen ziehen
Wolken dicht
Wär ich nicht „wenn"–lich
Würd mit jenen Herden fliehen
Aus den Straßen
Aus den Gassen
Aus dem Lachen und dem Weinen
Über Menschen und Grimassen
Zeit und Losigkeit vereinen
Deine Hand in meine legen
Ohne Zögern
Ohne Ketten
Und weswegen dies verstehen
Alles Süße war Vergehen.

Felicitas Reinhardt * 1985

Du

Wenn blaue Augen
brennen,
von den vielen vielen Tränen,
tut es Leid.

Es tut Leid,
dass ich mein ich bist.
Es tut Leid,
dass du dein du bin.

Judith Reintke * 1982

Die Spende

Traurig saß er am Straßenrand,
bewegungslos mit off'ner Hand,
sein Gesicht zum Boden gesenkt,
vom Unglück des Lebens beschenkt.
Da fragte er mit leidender Stimme;
ob 'ne Spende wär' in meinem Sinne?
Ich ertrug nicht den jämmerlichen Blick,
so gab's ein mildes Lächeln nur zurück.

Schnell hatte ich mich davongestohlen,
mein Gewissen wagte es mich einzuhol'n:
„Geht's dir nicht gut? Bist du nicht reich?
So kehre um, jetzt gleich!"

Da gab ich ihm eine Spende
und bekam das schönste der Geschenke:
Ein Lächeln von einem Mann,
der sonst nicht lachen kann.

Dennis Reis

tief versunken in dir
schlummert die Wahrheit fern aller Zeit
sie hofft auf die Gelegenheit
sich dir zu offenbaren

durchbreche den Kreislauf der
Unwissenheit
der dich zwingt zu leben in der
Vergangenheit
und der dich treibt gegen alle Vernunft
immer zu planen in die Zukunft

so verfolgt dich im Leben
der Vergangenheit Schatten
und die Geister der Zukunft
lassen dich ermatten

suche das Tor zur Gegenwart
begegne der Schönheit im Jetzt
erkenne der Vielfalt wahre Art
die Wahrheit webt ein sicheres Netz

Sonja Reischl * 1947

Die Perfektion fehlt
Um perfekt sein zu können
Die Welt schreit mir ins Gesicht
Sei wer du bist
Die Musik spielt anders
Klingt zu wertvoll
Um sie einfach nur zu hören
Bedeutungslos wird
Was uns doch so viel wert war
Schatten
Zeichnen das Gesicht
Im Spiegel sehe ich
Wer ich nicht bin
Farben
Lichter
Klänge
Verschmelzen
Zu Schmerz
Von dem wir hier alle
Leben

Stephanie Reisner * 1987

Freunde

Es stellt sich mir die Frage:
- die Antwort lautet Nein,
denn ohne sie wär ich allein
- „Sind Freunde eine Plage?"

Doch alles was mein Bauch mir rät,
ich erst prüf durch den Verstand.
Es bringt mich an den Wahnsinnsrand
zu spüren den Verlust der Identität.

Ich kann nicht sein, so wie ich will.
Ich kann nicht sein, so wie ich bin.
Die Nächstenliebe wär dahin
und um mich herum wäre es still.

So werd ich es dabei belassen,
meine Gedanken nicht wieder zu geben,
mein Leben selbst nicht leben,
mich dafür aber mehr zu hassen.

Mich nun jedoch die Frage quält,
„Wär ich befreit von dieser Pein,
wenn ich wär für mich allein?"
Hab ich die Antwort zuvor falsch gewählt?

Remenier * 1976

Meine liebe Frau

Fixstern in ferner traumhaft schöner
Galaxie geboren,
Sein zauberhafter Glanz dem blauen
Planeten erkoren,
Licht, sonniges Wesen gleitet durch das
Universum,
Dient als Botschafterin der Herzlichkeit in
der Welt kurzum.

Sie strahlt tiefe Innigkeit aus, ganz klar und
warm,
Und trifft Menschenherzen mit
gewinnenden Charme,
Ihr Glanz gleicht einem schön geschliffenen
Edelstein,
Auf keinen Fall einem Wackerstein,
wie überall querfeldein.

Herzensgutes Wesen bewegt sich auf seiner
Bahn,
Mit fröhlich-besinnlicher Harmonie von
seinen Erden-Ahn',
Noch andere Kleinodien befinden sich in
seinem Lebens-Nachen,
Mögen die guten Geister des Kosmos über
dieses Wesen wachen.

Gerd Rengel * 1934

Für immer

Du lächeltest wenn ich lachte,
du zeigtest mir was Freude brachte.

Du hast immer an mich gedacht,
mich nie vergessen, immer gelacht.

Ein schönes Leben...immer fröhlich immer
heiter...

Warum ging es nicht so weiter...?!

Für immer gingst du fort,
an einen unbestimmten Ort.

Doch vergessen tu ich dich nicht!
Dieser Schmerz...verbindet uns, dich und mich!

Lachen tu ich trotzdem, dass es jeder seh...
Doch tief in mir tut es noch so weh...

Du bist schuld, dass ich so verzage,
dass alleine sein nicht mehr ertrage.

Doch einsehen muss ich's doch,
in mir ist ein schwarzes Loch.

Aber ich kann nichts tun...denn... Die Räder der Zeit,
sie drehen sich weiter...du bleibst stehn und...ich gehe weiter

Jane Renn * 1991

Die Zeit wird bald es zeigen

Krieg aus fernen Ländern
Gewalt aus dem Kanal
Blut auf allen Sendern
Schwer ist da die Wahl.

Hautnah das erleben
Was auf der Welt geschieht
Ob Menschen danach streben
Was man im Fernsehen sieht?

Die Zeit wird bald es zeigen
Die Weichen sind gestellt
Wozu wir Menschen neigen
Als Herrscher dieser Welt.

Ricky Renner * 1960

Und wenn und dann

Und wenn und dann ...
Jahrhunderte umströmen mich
Vieles Zaudern vieles Hadern
manches Hoffen fängt so an
Und wenn und dann

Wir wähnen uns so ankersicher
Festgemacht in Zeit und Raum
Und machen Tag für Tag uns lächerlicher
In unsrem menschenkleinen Kampf
gegen den Lauf der Zeit

Und wenn und dann ...
Die Angst höhlt mich von innen aus
Alle Träume alles Sehnen
manche Schwermut fängt so an
Und wenn und dann ...

Und wenn die Motte dann im Licht
verbrennt - und stürzt ins Bodenlose
Kommt's vor, dass man sich selbst erkennt
Und schnell die Lider schließt
und wieder öffnet
Und wenn und dann ...

Susanne Renner * 1962

Da steht doch, wie es geht

Interessant ist
was man heute
alles lernen kann
zum Beispiel
in Köln

ein Buchladen
"Sterben" ist dort
eine eigene Rubrik
ein bisschen so
als wäre es
das letzte
Hobby

Robert Rentzsch * 1980

Frühjahr 2005

Ich träumte
auf einer hölzernen Bank
in der warmen Frühjahrssonne
von Glück und Frieden –
während in Japan
ein gewaltiges Beben
die Erde erschütterte.
Richterskala sieben –
so viele Menschenopfer ...

Neben mir blüht gelb
ein Löwenzahn
ungestört
von den Bombenanschlägen
in Bagdad
und weiß nicht,
ob er wohl
zertreten wird ...

Monika Reschke * 1943

Bewegende Tropfen

Wie Wellen im Wasser
So bewegen wir uns im Leben
Miteinander und zueinander
Auseinander und gegeneinander
Jede Bewegung ineinander verbunden
Daher sei jeder Tropfen bedacht
Denn auch das Kleinste breitet sich aus
Nach den eigenen Gesetzen formend
Dich verzerren, Dir Spiegel sein oder Dich
bewegen

Manchmal strahlt unser Tropfen
Erhellt durch einen Lichtstrahl
Andere beginnen mitzustrahlen
Es scheint, als bewege sich das Wasser wie
im Goldrausch
Welche Herrlichkeit uns spiegelt! Welche
Glückseeligkeit uns empfängt!

Sei gewiss und darauf bedacht
Jeder ist ein Teil, geborgen im Ganzen
Sei es ob er strahlt oder sich neigt
Er ist Dein Nächster
Im göttlichen Gebilde und Glanze!

Ines Claudia Rettenberger * 1976

Endlich frei!

Lächelnd schaut die alte Frau aus dem
Fenster

Mit ihren weisen Augen blickt sie hinaus in
den Regen

Die dicken Tropfen zerschellen auf dem
Asphalt wie einst ihre Träume

Traurig denkt sie an längst vergangene
Tage zu zweit - mit ihrer Familie

Nun liegt sie hier auf ihrem Bett und ist
einsam - einsam wie nie - des Lebens
müde

Sie wartet auf das ewige Licht der Erlösung

Ein Flackern im Dunkel des Raumes
erscheint - nähert sich

Das ferne Licht wird heller, klarer
Ein gleißendes Lichtermeer umhüllt ihre
Sinne - zieht sie mit sich

Ihr Körper wird leicht - sie beginnt zu
schweben

Lächelnd gleitet sie auf silbernen
Schwingen hinfort - in ein anderes,
glücklicheres Leben

Befreit von den Qualen der Einsamkeit

Endlich frei!

Sabrina Rettig * 1981

Ein neuer Tag erwacht

Der Morgennebel löst sich –
ein neuer Tag erwacht –
– sanft wird der Tau –
dem Rosenblatt entzogen –
in die leichte Morgenbrise –
– steigt er auf –
das Leben beginnt neu –
die Natur erwacht aus ihrem Traum –
– Hoffnung wird neu geboren –
--- die Sonne ---
sie geht langsam auf – und –
– taucht den Himmel in zartes Rot –
eine Ahnung sagt mir –
dieser Tag wird gelingen –

Heike Reuter * 1957

Trennung

Es regnet völlig trocken
Die Sonne brennt eiskalt
Der Wind bleibt ratlos hocken
Und ich find keinen Halt

Seit Wochen irre ich umher
Vielleicht auch schon seit Jahren
Ich tu mich mit der Richtung schwer
Schon seit wir Kinder waren

Die Sonne geht unter, trifft den Mond
wenn sie will
Wir sollten die beiden nicht stören
Mein Herz blutet leise und ich schreie still
Und hoffe sie werden mich hören.

Nadine Reuter * 1975

Neuzeit

Die Ankündigung der totalen
Gleichgültigkeit
ist getaktet
in Millisekunden

alles abseits
der Zielgeraden
wird zur Sinnbrache

gekrümmte Gedanken
deklamieren:

"nur Rampenlicht
zählt"

im Schatten
noch
schwarz-weiß Stunden
die aus der Neuzeit fielen

Norbert Rheindorf * 1969

Aufgetaucht

Dein Horoskop steht auf veränderlich.
Deine gute Laune hast du im Schilf wieder
gefunden,
weil du Geduld bewiesen hast.
Bei den letzten Messungen gingen sowieso
alle Maßstäbe über Bord.
Natürliches Lachen; verheilter Abszess.
Ein Haubentaucher sieht auf den Grund.
Ausgeworfene Netze,
die Dich nicht fangen werden.
Dein Blick vom Mast reicht weit
und geht über den hellen Tag hinaus;
auch wenn in der Ferne ein Nebelhorn leise
warnt.
Auf der Kirchturmspitze vollführt der
Teufel
kunstvoll seine Pirouetten.
Doch du siehst nicht mal hin.

Du bist Vogel, Anker und Baum.
So lange du bist.

Corinna Riccius * 1971

Setzt euch an einen Tisch,
um euch mit eurem Ich – Du zu verbinden,
denn es ist Zeit, nach aller Zerstörung
dieser Welt,
Euch wieder dem Urbild anzuschließen.

Setzt euch zusammen an einen Tisch,
um euch gemeinsam mit der Natur zu
verbinden,
damit ihr die Welle, die durch das
Universum geht, aufhaltet.
Hört auf die Natur, damit ihr mit ihr Eins
werdet, denn die Erde wandelt sich.

Setzt euch an einen Tisch,
um Europa mit den zwölf goldenen Sternen
zu verbinden,
um die alten heiligen Stätten wieder dem
Leben zurückzugeben,
um die durch Kriege und Mauer
zerschnittene Herzmitte wieder zu
heilen.

Setzt euch gemeinsam an einen Tisch,
um die goldenen Sterne zu einem goldenen
Band und zur goldenen Erdenkugel
zu vereinigen.
Lasst eure alten Muster los, dann verändert
sich das Feld – die Welt.
Denkt nicht, spürt – seid Herz, seid Liebe.
Wirkt alle mit am Ganzen.
Setzt euch alle gemeinsam an einen runden
Tisch.

Annette Richnow-Edingloh * 1949

Nichts Endgültiges

Kein Ende in Sicht
Abschiedsgedanken
Fallen in jeden neuen Morgen
Vorbei unsere Zeit
Mir ist nach Herbst
Draußen hat der Sommer erst begonnen

Kein Ende in Sicht
Abschiedsgedanken
Fallen mit dem Sommerregen
Auf das satte Grün, das wir gesät

Irgendwann
Werden auch diese Bäume ihre Blätter
verlier'n

Und vielleicht
Ja, viellecht ist dann der Schmerz nicht
mehr so tief

Noch ist kein Ende in Sicht
Abschiedsgedanken
Halten mich fest

Gefesselte Füße
Warten auf neue Wege.

Dorit Richter * 1960

Leichtigkeit

Kennst du die Wasserläufer
sie haben das Wasser besiegt
es bilden sich kleine Ringe
wenn Welle um Welle versiegt
so leicht dass der Wind sie trägt
doch ist es nicht ihr Gewicht
sie schaukeln sanft mit den Tropfen
sie fürchten die Tiefe nicht
ich habe sie lange betrachtet
nach Flügeln und Flossen geschaut
hab Wellen geformt und geebnet
und Inseln zur Rettung gebaut
sie liefen über das Wasser
an sinkenden Flügeln vorbei
das Wasser musste sie tragen
als ob der Sieg selbst ihr Ziel sei
wenn etwas unfassbar dunkel
und unendlich tief vor mir liegt
dann stell ich mir vor wie sie laufen
und Welle um Welle versiegt.

Franziska Richter * 1979

Der Jahreskreis

Im Frühling mit linden Lüften
und ebenso schönen Düften
werden Bäume und Sträucher grün,
es fängt alles an zu blühn,
Im Sommer geht man baden,
Bräunen kann nichts schaden
am Strand mit hellem Sand
und beim Picknick am Wiesenrand.
Im Herbst wird es kühl.
gelbes Laub gibt es viel,
grünen und lilanen Wein,
er soll lieblich und trocken sein.
Im Winter gibt es Schnee,
die Kälte tut oft weh.
Weihnachten kommt geschwind,
dazu gehört das Christuskind.

Ingeborg Richter * 1936

Der Pass

Es ist der falsche Pass.
Er ist ordentlich gearbeitet, wir haben ihn
Aufs Genaueste untersucht aber
Er ist nicht der richtige, angemessene
Uns zustehende Pass.
Trotzdem gehen wir.
Was sonst können wir tun
Als nun ganz fest zu glauben dass
Es der richtige sei?

Regine Richter

Über Rosen

Rose, stolze Blume mit betörenden Duft,
Symbol der Liebe und Sinnenfreunde.
Duftende Blüten leuchtend in
wundersamen Glanz,
Vorgriff auf Seligkeit und ewige Schönheit!
Doch nicht bis ins Letzte das Bild der
Vollkommenheit
verkörpernd,
denn Dornen schmälern das Ideal, das auf
Erden
nie in ganzer Vollendung erscheint.
Gleichnis für Unzulänglichkeit irdischen
Seins.
Doch tröstliche Zuversicht:
Letzte Vollendung ist erdgebunden nicht
möglich,
nur Leben mit unausweichlichen Dornen!
Rose, tröstliches Gleichnis im menschlichen
Dasein!

Ursula Richter

Denkverbot

Der Herold rief
wer weiter denkt
wird in Zukunft aufgehängt
hier des Königs Brief und Siegel
Gedanken hinter „Schloß und Riegel“
So ritt er fort mit seinem Knappen
den Brief in jede Stadt zu pappen
Vorher alle guter Dinge
sieht man den Kopf schon in der Schlinge

Nachtrag kam mit zweitem Boten:
Gesetz gilt nicht mehr für Idioten
Darauf hat Klugheit sich vermehrt
ab sofort für doof erklärt.

Werner Richter

Dort unten

Sieh mir zu
Wie ich falle
Den Grund berühre
Der die Antwort auf alles ist

Sieh mir zu
Wie ich untergehe
Im tiefen Meer
Der Gefühle und der dunklen Nacht

Die Antwort weiß nur ich allein
Wenn ich sie finde
Und beschütze
Mein einziger und einsamer Schatz
Bleibt der Welt verborgen
Wie es richtig ist

Die Zukunft ist gewiss ungewiss nur
Wenn ich sie empfinde
Und betrachte
Mein einziges Fenster ohne Rückblick
Bleibe der Welt erhalten
Weil es wichtig ist

Knut Riebeseel * 1973

Maimorgen

Orange am Horizont der Sonnenball,
noch eingepackt im Grün der Zweige,
so steigt er langsam auf ins Blau.

Der Mai zeigt uns den Weg des Lebens,
abgestuft das Grün der Farben,
mit Blütenreichtum ausgeputzt –duftend –

Taunebel auf frischen Blättern perlen noch
zum Tropfen,
unzählige Insekten trinken lautlos den
Lebenssaft.
Sie erheben sich danach, und vermitteln
mir Musik.

Ein Windhauch belebt den stillen Morgen,
zeigt mir den Weg der Sonnenbahn,
sie ist schon gleißend hell.

Der Vogelgesang ebbt langsam ab,
der Tag wurde voller Freude begrüßt.
Ich danke Gott für diese glückliche Stunde.

Karl-Heinz Riedel

Tage ohne Zärtlichkeit

Lass mich segeln auf der Zeit
Die Enge verlassen
Worte mitnehmen
Zum Spiel mit den Grenzen
Zwischen den Gefühlen
Die uns berauschen
Und erschrecken
Wenn sie uns nicht mehr gefallen
Schwimmen sie im Kielwasser unserer
Seelen
Festgehakt an unsere Erinnerungen

Waltraud Riehm * 1960

Kleiner Abendsegler

Wenn sich die Abendsonne neigt
und das Dunkel langsam steigt,
wenn Motten fliegen in das Licht,
und der Abend nun anbricht,

dann ist die Zeit der Fledermaus,
dann fliegt sie in die Dämm'rung raus.
Sie liegt nicht lange auf der Lauer;
ein Loch hoch oben in der Mauer

ist ihr Startpunkt und ihr Ziel.
Schwül der Abend, Beute viel,
stürzt sie sich der Schwalbe gleich
hungrig in ihr Dunkelreich.

Flattert, stürzt und segelt schnelle,
bleibt nicht lange auf der Stelle.
Du Abendsegler, putzig klein,
sollst lange meine Freude sein.

Sonja Riesmeier

Sehnsucht

Auf den Flügeln einer Taube
Möcht' ich schicken
Meine Gedanken
In die Vergangenheit zurück,

Um den Becher
Mir zu bringen,
Aus dem man trinkt
Das Glück.

Ich trank einst aus jenem Becher,
Jedoch nur einen Schluck;
Ich meinte, dass dies reichte,
Und stellt' ihn dann gleich zurück.

Heut sehn' ich mich nach jenem Becher,
Und fühlt' ihn so gern an meinem Mund;
Meine Gedanken, sie wollen gehen
Immer nur zu ihm zurück.

Doch werd' die Taube ich wohl niemals
schicken
In die Vergangenheit zurück,
Aus Furcht, sie könnte bringen
Die Gedanken von dort nicht mehr zurück.

Bernd Ringwald * 1952

Herbstbeginn

Unmerklich erschien der Herbst,
hat soeben den Vorhang berührt.
Schon tragen die Bäume
den Reif der vergangenen Nacht.
Ihre Blätter beginnen zu gilben.
Manche sinken ins Nichts,
andere sammeln sich auf dem Fluss,
bilden ein Gewebe aus purpurnem Samt.
Es klappern die verschlossenen Läden
der Hütte im Wald.
Jetzt kommt die Zeit,
in der Einsamkeit schmerzt.

Silvija Rink

gedichte sind lieder

die wörter sind noten
und verse die sätze
gedichte sind lieder
musik ist die sprache

so setze die wörter
bedachtsam, wie noten,
sie werden zu worten
die sinnvoll erklingen

gedichte sind lieder
musik ist die sprache.

Ernst Rudolf Rinke * 1928

Lebenslänglich

Den Haken im Mund
rudern wir Schlag auf Schlag.
Lebenslänglich Hoffnung klein gemacht,
frisst du den Schlamm der Nivellierung.
Schmerz, mir treuer Begleiter,
Drehorgelspieler der Angst,
Stehgeiger des Erinnerns!
Erlahmt dir der Arm,
treibt ab uns der Strom
frei in den Fall.

Lois Rinner

Silvester

Die letzte Stunde
in diesem alten Jahr
geh' ich meine Runde
mit Dir noch Hand in Hand.

Vorbei am Nachbarhaus
am Fluß entlang
spreche ich Gedanken aus
denn mit Dir ist mir nicht bang.

Wenn ich im Zweifel bin
hilfst Du mir gern

wägst ab den einen oder anderen Sinn
von nah, manchmal von fern.

So freu ich mich
auf's neue Jahr, auf Morgen
Tage voller Glück, vielleicht auch Sorgen
wir beide, Du und ich.

Anne Ritt * 1954

Fatum

Der Wind
aus der Schwärze
strömt in
wälzenden Zungen
bis zum Saum
des Wortes
sich selbst verzehrend
und zieht hinweg
das Licht und
saugt es nieder
in den Schlund.
Im Auge des
Schwarzen Loches
verquert sich
die Schöpfung.
Das Wort
steht da
und schweigt.

Nika Robrock

Sternenkind

Mein kleines Mädchen „Andersstern"!
Als du kamst, da war'n wir fern
davon, dich herzlich zu empfangen.
Ein Traum, der war verlor'n gegangen.

Gern hätten wir dich nicht genommen.
Der Wunsch, die Uhr zurückzudreh'n
und alles wäre ungescheh'n,
war stärker noch als Trauer.

Prinzessin mit dem Eilschritt!
So fern von grauem Durchschnitt.
Schnell hast du uns ganz eingenommen
und hast dein Leuchten uns gezeigt.

Dein mandelsternig' Augenglanz,
die warme Süße deiner Hände,
das Lachen deiner Zuckerschnute
erschüttert Wände.

Mein kleines Mädchen „Andersstern"!
Gern
haben wir dich nicht.
Es ist viel mehr!

Franziska Röchter * 1959

Zweifacher Wortbruch

Es stritten sich der Kiefer und die Kiefer
Sie stritten darum, wer von ihnen schiefer
Doch, wie's so oft in solchem Falle ist
Es blieb des Streitens Resultat vermißt
D'rum wollt' man später sich noch mal
vergleichen
Und ein Ergebnis eben dann erreichen
Und beide schworen sich zur selben Zeit
Auf keinen Fall werd' ich verlier'n den
Streit
So machten beide dann riskante Sachen
Um so so schief wie möglich sich zu
machen
Und dabei gab so lange man nicht nach
Bis schließlich Kiefer erst, dann Kiefer
brach
Doch brachen diese Schiefen gar vergebens
Denn es gewann die Ironie des Lebens

Wolfgang Rödig

Deutsche Hoffnung

Es gibt noch eine tiefere Not,
die unser Volk betroffen,
noch schlimmer als Vertreibung und Tod
und die Niederlage der Waffen.

Man hat uns unsere Seele geraubt
und unser Denken gespalten,
daß jeder an etwas anderes glaubt,
als vordem glaubten die Alten.

Ein jeder hat jetzt einen anderen Gott
und jeder will jeden belehren,
anstatt des Unheils, das uns bedroht,
sich gemeinsam zu erwehren.

Ach, höre doch! Ach, höre doch!
Du großes Volk der Mitte:
In deinem Herzen schlägt ja noch
ein Gefühl für Recht und Sitte.

Und tiefer als die tiefste Not
brennt noch das heilige Feuer.
Vertraut doch nur dem alten Gott,
dann ist die Zukunft euer!

Manfred Roeder * 1929

Mein vorletztes Gedicht

Ach, ich wollt' als Teil der Schöpfung
diese Schöpfung menschlich leben.
Ach, ich wollt' in dunklen Rätseln
unbeirrt zum Zielpunkt streben.

Ach, ich bin der Menschen müde,
bald auch meiner ganz und gar,
weil der Plan im Allgefüge
allzu großer Anspruch war ...

Ach, es ist. Ist wie es ist.
Und es bleibt, was absolut!
In der menschlichen Begrenzung
scheinen wir ein fraglich Gut:
sterblich an Natur gebunden,
Baustein der Verwandlungsform,
tastend wähnend und sich fühlen
in beklemmender Mission.

Unausweichlich eingeschworen
in Lektionen ohne Ende
bin ich Stoff der vielen Schichten,
wo ich gern zum Urgrund fände.

Ursula Roeder-Wolf * 1929

Ja, die Liebe, die macht's!

Höchstes Glück vereinet,
find man in der Liebe nur.

Wie sie sich für uns verschwendet,
ist man wert das Du und Ich.
Wenn sie sich dann abgewendet,
augenblicks verliert man sich.

Mit dem Du bekommt das Leben,
bekommt die Welt erst ihren Sinn,
zeigt uns erlebbar und fürs Leben – wie ich,
voller Sinne – sinnvoll bin.

Auch wenn die Lieb sich hat gewandelt,
man bleibt durch sie der Welt verbandelt,
bis man erfüllt – lebenssatt – in Ruh,
schließlich macht die Augen zu.

Klaus Roggendorf

Tiefe Nacht

Wenn alle Lichter erlöschen,
kriechen die Menschen aus ihren
schwarzen Löchern
steigen auf die Dächer ihrer Häuser,
still im Dunkeln,
ungesehen hinter den Kaminen
lieben sie sich dann.
Von der ganzen Welt
ungesehen und vergessen,

bis zum Morgengrauen,
bis der erste Strahl sie aufschreckt.

Manuela Rogger * 1976

Der Pfahl

Immer im Blick vor dem Haus
ragt ein hellblaues Holz
eins achtzig zum Himmel, nicht stolz,
einst Teil eines nützliches Baus
oder anderswie tüchtig.

Längst ist das ganze nicht mehr,
der Abbruch endete hart
vorm Pfahle, Wiesenbocksbart,
Klee und Nelke drängt sich sehr
um die müßige Stütze.

Als Witz oder aus seltener Acht
darf er immer fort stehn,
wenn sie die Wiese dort mähn,
vor ihm werden sie sacht,
und die Büschel beim Fuße

kommen davon. So lang nicht erkannt,
heut Abend lächelt er mir:
er stehe noch besser als hier
im Dschuang Dsis viertem Band
vom südlichen Blütenland.

Martin Rohacek * 1954

Wiederfinden

möchte ich
meine Kindheit
für nur wenige Minuten,
baden
im Blütenmeer
oder
in den Himmel steigen
wie eine Lerche,

von Hektik
keine Spur!

Friedrich Rohde

Fliege Frieden

Fliege Taube
Fliege schnell
Taube des Friedens
Kühle die versengten Flügel
der Hoffnung

Fliege Geist
Fliege weit
Geist des Friedens
Schmelze das verkrustete Eis
der Zwietracht

Fliege Lied
Fliege froh
Lied des Friedens
Heile die verwundeten Herzen
der Kinder

Fliege Liebe
Fliege hoch
Liebe des Friedens
Umspanne mit deinem Feuer
die Gemeinschaft der Völker

Dorothea Röhm * 1945

Ja – aber wie?

„Entfalte deine Gaben,
sie dürfen auf keinen Fall verkümmern,
lass andere doch auch was davon haben!“
– so hört ihr sie und höre ich sie wiederholt
mahnen.

Ja! –
ich wage den Wunsch und Versuch, etwas
zu schaffen,
durch Bilder, Klänge, Worte am meisten

anderen Hilfe anzubieten oder – gleichsam
als Sonntagstat –
gar Hilfe selbst zu leisten.

Aber wie? –
wenn der Alltag, noch eh es gemalt, jedes
Bild mir verfinstert
begräbt stundenlang
dumpf jeden Instrumentenklang,
in wechselndem Sekundentakt
laut lärmend mit des Notwendigen
Routine,
mein Lied überschreit und meine Worte
zerhackt,
gehorchend dem Rhythmus von
Produktion und Maschine.

Wie dann schaffen? Welche Kraft findet
mein Dennoch,
welcher Mut mir bleibt im Kampf wider
solche Waffen?

Edgar Röhm * 1943

Anam Cara

Seelenfreund
bist du mir.
Liest zwischen meinen Zeilen
und weißt so, wie es mir geht.
Hörst am Klang meiner Stimme,
was ich gerade fühle.
Siehst in meinen Augen
auch die ungeweinte Träne.
Erkennst meine Seele
trotz der Ferne von Kilometern.
Spürst meine Freude und den Schmerz.
Und indem wir alles teilen,
ohne viele erklärende Worte,
verdoppeln wir das Gute
und halbieren das Schwere.

Danke, mein Seelenfreund Alexander!

Gabriele Röhner * 1957

Träume

Wenn Dunkelheit mit aller Macht
Die Sonne zwingt sich zu verbergen,
Doch gleichsam Sterne voller Pracht
Ihr Licht ersetzen hier auf Erden
Und strahlend hell am Himmelszelt
Die Türen öffnen und die Pforten
Hinab zu Morpheus' Geisterwelt
Zu mystisch schemenhaften Orten,

Dann verschwimmen Raum und Zeit,
Lösen sich von ihren Grenzen
Und phantastisch Traumsequenzen
Zeugen von Unsterblichkeit.

Denn alte Freunde, längst entschwunden,
Nur Schatten noch in Wirklichkeit,
Vergessen alle bösen Wunden,
Vergeben jeden Zwist und Streit.
Sie führen dich in fremde Welten
Geschaffen nur durch Phantasie,
Wo nicht Gesetze länger gelten,
Jedoch die Kraft der Poesie.

Rolfsson * 1983

Die vier und eine Lebezeit

Ich bin im Spätsommer fürwahr –
zweifelsohne über'm Berg.
Vor kurzem noch, da wurd' ich vierzig Jahr
doch was bist du mit achtzig wert?

Mit etwas Glück – hast Du den Herbst des
Lebens vor der Brust,
das Rentendasein winkt als gülden Band,
doch mit der Krankheit kommt der Frust,
ade, ersehnter Altersruhestand.

Im tiefsten Winter Deines Lebens eine
Last,
für all die Menschen, die Dich einst geliebt.
Wenn Siechtum Dich an Deiner Kehle
fasst,

von allen Jahren nur noch die Erinnerung
blieb.

Wie unbeschwert war doch die
Lebensfrühjahrzeit,
ohne sich sorgende Gedanken, an jenes was
da kommen könnt.
Wen interessiert da schon, was hält das
Leben noch bereit,
was ist am Ende uns da noch vergönnt?

Am Ende steht der Tod im Leben,
das ist ganz klar, ganz sicher und so rein,
doch bis der Geist sich in den Himmel darf
erheben,
ist manches Sterben eine große Pein.

Wolfgang Rommel * 1961

Die Dämmerung

Die Abenddämmerung überzieht das Tal.
Mit den Wipfeln der Bäume spielt der
Wind.

Eine Drossel, lässt ihren Liebesruf
erschallen.

Dann macht Sie eine Pause,
sie wartet auf eine Erwiderung!

Über dem Tal, die Gipfeln am Horizont
erhaschen das letzte Rot der Abendsonne.
Sie gleichen wie eine Kulisse für
den zu Ende gehenden Tag.

Sitzend auf der Spitze des Baumes,
ruft erneut mit lauter Stimme
die Drossel nach Liebe.

Und der Mensch denkt – Liebe
ja die brauche ich jetzt auch!

Gerhard Roos

Algarve

Algarve, wo eine tintenblaue See
An rote Klippen donnert,
Und an weißen Stränden
Schäumend brandet.

Algarve, wo am Rand der Wellen
Strandläufer umeinander quirlen,
Wo Vögel in den Bäumen zwitschern,
Und Störche gravitätisch segeln.

Algarve, wo unterm Schirm der Pinien
Roter und weißer Oleander blüht,
Und wo in lichten Wäldern
Korkeichen mit nackten Beinen stehen.

Algarve, wo Portugiesinnen
In schwarzen Kleidern
Auf offenem Grill Sardinen braten,
Deren Duft das Dorf durchweht.

Algarve, wo in weißen Kirchen
Blaue Kachelwände kühlen,
Wo von den Dächern
Kamine in Minarettform winken.

Günther Roos * 1924

Wer spricht denn schon von Liebe

Wir leben gemeinsam in dieser Welt
und können uns oft nicht seh'n,
weil jeder damit beschäftigt ist,
seinen eigenen Weg zu geh'n.

Wir hören uns reden und hör'n doch nicht
zu,
was hat uns der Andere zu sagen?
Sind mit den Gedanken längst anderswo,
selbst wenn wir einander fragen.

Beschäftigt mit Dingen, die wichtig
scheinen,
doch oftmals trügt uns der Schein.

Auf vieles, was uns berühren sollte,
lassen wir uns lieber nicht ein.

So rinnt die Zeit unseres Lebens
unaufhaltsam an uns vorbei.
Wir sind gefangen in Äußerlichkeiten
und im Herzen nur selten frei.

Von der Liebe, die doch so wichtig ist,
für jeden von uns im Leben,
spricht man nur selten, das zahlt sich nicht
aus,
da muß man ja etwas geben.

Renate Roos

Augenblicke im Mai

Eintauchen
in das grüne Gewoge
hingekauert an
lehmigen Grund
Erde sein
Käfer Halm

aus schattigem
Labyrinth
schwankender Schäfte
einstimmen
wenn bei großem Wind
die Ähren singen

Walburga Röpke-Schulte * 1942

Kultur ohne Maske

Ohne Gehirn der Wind
Socken-Geist
Sensuell der Friede
Ganze Aromatherapie
Gefühl und Blicke
Kannst du Anmut lieben?
Genealogie der Sehnsucht
Attraktives Lied
Sommer des Winters
Alte Traurigkeit
Gedicht getanzte Dichterin
Hohe Müdigkeit
Keine Leidenschaft
Es gibt leere Aktion
Ohne Kreation.
Kraft des Sinnes
Gute Verderben wie Bäume
Ich will die Liebe
(wie Sonne und Mond).

Eva Barberá del Rosal * 1967

Ein Stoßgebet

Gott ich schreibe dir in Eile
eine kleine Wehmutzeile.
Ich hoffe es ist nicht zu spät
für ein kleines Stoßgebet,
denn in meinem Alltagsleben,
muss es die Minute geben,
die besinnlich ich verbringe,
mich innerlich zur Andacht zwinge.

Gibt es Gott dich oder nicht?
Zeig mir irgendwo ein Licht,
einen Weg nur, einen Pfad,
einen hoffnungsvollen Grad,
der dann zur Erkenntnis führt,
dass man dich im Menschen spürt.

Ein Funken nur als kleines Zeichen,
würde mir derweil schon reichen.
Doch ich sehe nichts von dir,
darum fehlt der Glaube mir.

Bernd Rosarius * 1945

Unendlichkeit

Das Herz pocht leise, der Wind weht
dahin.
Aus einem tiefen Schlaf erwacht ein
sehnsuchtsvoller Blick
in der stillen lauen Nacht –
Gleitet lautlos über die Wogen des Meeres,
hinauf in die weite Ferne,

über die silberne Sichel des Mondes
und verliert sich
zwischen den Sternen
in der
Unendlichkeit.

Gernot Rose * 1967

Sternenfunkeln

Weite Fernen ahnen das Glück,
ich schau in den Himmel,
kommst du zurück.

Ein neuer Tag beginnt,
ich hoffe das die Zeit verrinnt,
nachts die Sterne bei mir sind.

Sterne am Abendhimmel stehen,
ich suche nach dir,
kann dich nicht sehen.

So einsam raunt eine Stimme mir zu,
das Sternenfunkeln lässt mir auch keine
Ruh,
suche nicht in der Ewigkeit.

Leise sage ich dir,
du bist mein Stern hab sich so gern,
hab dich so lieb mein Sternendieb.

Hiltrud Rose * 1950

Das Leben ist ein ständiger Kampf

Das Leben ist ein ständiger Kampf, doch
trägst du die Fäden selbst in der
Hand.
Mal ziehst du den Falschen und dann stehst
du da.
Weißt nicht wo hinten oder vorn ist, dabei
ist es doch klar.
Die Kraft sie steckt in dir zu jeder Zeit.
Du musst sie nur nutzen dann ist sie bereit.
Dir all das zu geben was du dir wünscht.
Drum horche in dich und höre gut zu,
denn den richtigen Faden ziehen, das
kannst nur du!

Manuela Ursula Ross

Die goldene Sonne

Wenn ich des morgens früh aufsteh und die
goldenen
Strahlen seh, lacht mein Herz, das ist doch
klar,
denn das ist doch wunderbar.

Mit Freude schreite ich in den Tag, was er
mir wohl
bringen mag. Ich hab Elan und großen
Mut, denn Sonnenstrahlen tun
so gut.

Die Arbeit geht mir von der Hand, bin gut
gelaunt, der
Chef galant, auch er kriegt durch die
goldene Sonne ein
frohes Herz, welch eine Wonne. Auch alle
andern haben
mehr Mut, denn goldene Strahlen tun so
gut.

Der glühende Ball am Himmelszelt erhellt
nun mal die
ganze Welt, er sorgt für Leben und für
Kraft, was uns
alle glücklich macht.Doch muß der Mensch
auch dafür sorgen,
daß er noch lang, für alle Zeit, die
Sonnenstrahlen hält bereit.

Waltraut Rossbach * 1956

Lob einer Therme

Von muntren Meereswell'n umworben,
von hohen Bäumen dicht umgeben,
liegt ein reiner Schatz verborgen,
und ein jeder kann ihn heben.

Aus der Erde tiefster Glut
springt ein heißer Quell empor,
reich beladen mit dem Gut
und der Weisheit der Natur.

Und aus steingeformtem Schlund
ergießt sich rauschend diese Gabe
in des Beckens weites Rund,
schwillt und steigt und lädt zum Bade.

Und so labt sich alt und jung
in dem heilenden Gewässer,
mancher wird gar ganz gesund,
und den andren geht es besser.

Ein Lob darum dem edlen Bade,
und Ruhm der Erde, die es uns gibt,
und wer je sich darin labte,
der singt auf ewig dieses Lied.

Konrad Rößger * 1936

Sich verlieben

sich verlieben

ist immer Abenteuer

ist wie das Betreten einer Eisschicht
deren Dicke man nicht abzuschätzen weiß

ist wie das Fliegen zu den höchsten Wolken
unwissend ob der Treibstoff fürs Zurück
reicht
und eine weiche Landung überhaupt
möglich ist

ist wie das Wandern durch eine Wüste
mit allen nur erdenklichen Fata Morganen

ist wie das Berühren von unsichtbaren
Gegenständen
unterschiedlichster Oberflächenstruktur
manchmal angenehm bis berauschend
manchmal Gänsehaut erzeugend

sich verlieben

ist immer Abenteuer

Stefanie Roßmanith

Zeitschnee

Den Mond spürte ich
und lila Licht
zwischen Tannengrün
sang ein Buchfink
einen Schneetag lang
von Wind und Sand

Maria Roßner * 1961

gelebter traum

träume (er)leben
ohne realitätsverlust
auf rosa wattewolken schweben

auf messers schneide
einen tango tanzen
ertrinkend im saft der reben

kein verzicht auf lust
alles geben ohne verdruss
niemals am boden kleben

gelebter traum

Ginette Rossow * 1961

rosengedicht

manchmal
möcht' ich dich lieben
tagein, tagaus
weit über alle grenzen hinaus
möchte mit dir auf eine insel fliehen
dich ganz in meinen bann ziehen
für immer mit dir gehen
dich jeden morgen beim kaffee sehen
möchte deine wärme spüren

dich immer und immer wieder berühren
manchmal
möcht' ich die welt für dich anhalten
mit dir lachen und weinen
dich verhexen
dich lieben
und manchmal
möcht' ich ganz einfach nur sterben mit dir
manchmal
wenn du mir rosen schenkst

Pandora Rost

aus.getrocknet

die Wüste
zwischen uns hat
keine Brunnen
nur stundenlosen Sand und
Steine

darin halbvergraben
ein Schädel
auf dem Tautropfen schimmern
im Mondlicht

Alauda Roth * 1964

Stille in unseren Köpfen

Obwohl wir uns berühren
spüren
wir uns nicht

Unser Schweigen
zerredet
unsere Seelen
unser Reden
verwundet
unsere Körper

Laut lärmt
Stille
in unseren Köpfen

Wir verschweigen
unterdrücktes Reden

R. Daniel Roth * 1947

Banane

Ein Affe hatte einen Traum;
er kletterte auf einen Baum;
eine Banane wollt' er haben,
um sich dann an ihr zu laben;
Als er war schon sehr weit oben,
da fing er plötzlich an zu toben;
Der Baum war kein Bananenbaum –
Aus der Traum!

Harald Rothenburger * 1945

Eine welke Rose

Wie eine welke Rose
verblaßt die Zeit
in der ich unglücklich war.

Ich weiß nicht mehr,
wer ich war
in jener Zeit
noch weiß ich
wer ich heute bin.
Ich fühle nur,
daß es wahr war –
wenn scheinbar auch ohne Sinn,

Marina Rother * 1957

Plötzlich ist es kalt geworden
Tänzelnd mit dem nackten Fuße auf dem
Stein
Zieh die Decke drüber! Lass dich wärmen!
Schreit er herüber, blickst du weg?
Schritt für Schritt gehst du weiter
Es schreitet herauf zu deinem Herzen
Merkst du es?
Mach das Feuer an! Tau dich auf!
Schreit er herüber, hörst du weg?

Und einen Sprung wagst du, leicht, auch
wenn es klirrend kalt ist, spürst du es?
Wo willst du hinfliegen, pass doch auf
wohin du dich führst!
Schreit er herüber, hast du die Augen
geschlossen?
Dein Sturz ist tief, dein Atemzug dein
letzter.
Es ist kalt geworden.

Marieluise Röttger * 1985

„Danke"-Gebet

Danke, himmlischer Vater, daß du mich
liebst
und daß du mich stets umgibst.

Danke für jede gute Gabe,
die ich von dir empfangen habe.

Danke für deine Treue jeden neuen
Morgen;
du wirst auch heute gnädig für mich
sorgen.

Danke für deinen Sohn, Jesus Christ,
der mein Erlöser geworden ist.

Er ist der Weg zu dir, du Vater mein.
Danke, ich darf bei dir geborgen sein.

Danke für dein heiliges Wort,
du bist Arche, Zufluchtsort.

Danke, daß deinen Geist du gibst
und du in allen Lebenslagen bei mir bist.

Du trägst auch, wenn die Sonne sinkt
und wenn für mich der Lebensabend
beginnt.

Du hast eine Heimat für mich bereitet
im Himmel bei dir.
Du guter Vater, ich danke dir dafür.

Sigrid Rottmann * 1938

Auf Watte

Ruhig, ganz ruhig,
sitz ich hier
versuche, meine Gefühle einzufangen
meine Zweifel, meine Unsicherheit, mein
Bangen ...

Ruhig, ganz ruhig,
sitz ich hier
ein stetes Summen in meinem Kopf
es lässt mich nicht los, ein Wasserhahn, der
tropft

Laut die Straßen
Hupen, Rufen, Rasen
Hektik, Rennen, überall
Tod, Terror, nur Verfall

Die Augen schließen
Die Ohren zu
Kein Blut vergießen
Wer hört noch zu

Ich geh auf Watte
Gehöre nicht in diese Welt ...
Gleiche einer Ratte,
die nach Hoffnung Ausschau hält

Fleur Rousseau * 1977

Traum

Mein süßer Traum;
Du tust so wohl,
Ich möcht Dich immer träumen.
Du bist so warm, wie Frühjahrswärme.
Wie bunte Blumen.
Wie Schmetterlinge, so farbenfroh.
So prächtig wie Seidengewänder,
so zart wie Samt und Seide.
Oh, Du hast so viele Seiten;
man kann es nicht beschreiben.
Doch fühlen; kann man es; mit allen
Sinnen.

Roxanne * 1957

Das Samstagnachmittag-Paradies

Wohl angefüllt mit Trauben, Käse, Wein,
Salat vom Feld und Bärlauchpaesto-
Pasta
tret' ich ins Samstagmittag-Paradies hinein
–die Woche ist genug getan und
damit basta!

Begrüßt werd' ich von hängenden
Begonien, von Knöterich und rosa
Pelargonien,
von Lieschen, die auch jetzt noch fleißig,
obwohl's schon Samstag, zwei Uhr
dreißig!

Petunien in Lila Weiß und Rot umgeben
sich mit langen, zarten Schleiern,
die Süßkartoffel wuchert bis in ihren Tod –
sie läßt dir nichts von sich zu deinen
Spiegeleiern!

Der dunkelrote Falterflügelklee grüßt leis'
mit klitzekleinen Glöckchen,
gemacht aus zartem, rosaweißen Schnee;
und von der Rebe fallen violette
Flöckchen!

Die unbekannte Schöne bei dem
Mädchenauge
erklärt mit neuer Blüte, daß die Alte nichts
mehr tauge,

und am Basilikum frisst sich 'ne Raupe satt,
ich wüßt' sonst nicht, warum der soviel
Löcher hat!

Der Rosmarin ist demnächst hin, der
Eibisch kriegt viel frisches Grün,
die Bougainvillea wuchert dornig, aufgrund
der raren Sonne zornig!

Nun gleit ich träge in den Sessel – das
Auge ruht auf einer bunten Nessel –
der Efeu wuchert aus dem Schatten an
mich ran, die grüne Lilie zeigt mir,
was sie alles kann!

Ein Zimmerahorn freut sich an der frischen
Luft –
wie der Jasmin, noch ohne Blüte, aber stark
im Duft!

Ein Falter schwirrt vorbei an der bemalten
Wand
zum blauen Blümchen, leuchtend durch die
Pflege meiner Hand.

Barbara Rubach * 1950

Herbst

Goldgekrönt sind Baum und Wipfel.
Schon entlaubt gar mancher Ast.
Wind umflutet sanft die Gipfel.
Sommer schwingt sich leis' zur Rast.

Grau und weiß und tief der Himmel,
Schwere hängt sich übers Land.
Prangend deckt das Laub die Erde.
Goldgetönt – von wessen Hand?

Herbst nutzt seine gold'ne Stunde –
Jetzt noch mal – die Kraft des Scheins.
Winter dreht die erste Runde.
Stille naht; die Macht des Seins.

Rotes Laub und gülden Farbe
Sind des Herbstes Frohsignal.
Wehmut zeichnet Sommernarbe –
Gib, oh gib ein nächstes Mal.

Peter Rubin

Ligurische Rhapsodie

Minerva schürzt ihr lichtes Kleid
und durch die Finger rinnt die Zeit.
Wie Liebe nah, so Liebe fern,
die Blüte ahnt den bittren Kern.
Und aus der Tiefe dröhnt das Meer
unendlich von der Klippe her.

Heribert Rück

Bergen-Belsen, 12. Mai 2005

Eine Idylle hier: Rasenland, Heidekraut,
Birken, Wacholder;
zwitschernde Vögel; die Sonne, die
Wolken; dahinten der Laubwald.

Eine Idylle hier.

Hügel, so niedrig, fast niedlich, drauf
Heide, am Fuße mit Werkstein
sorgsam gefasst. – Doch du spürst jäh den
Schatten des Steinobelisken.

Eine Idylle hier?

Und du gehst und du siehst und du stehst
und du liest:
Hier ruhen 500 – 800 – 1000 – 2500 Tote
April 1945

Und du schämst dich der Unschuld der
Sonne, der Vögel, der Landschaft.
Und du hörst jetzt die Schüsse, die Übung,
gleich hinter dem Laubwald.
Du versinkst in Gedanken, dein Auge klebt
starr auf dem Sandweg. –

Geh ins Haus der Stille. Schweige.

Friedhelm Rudolph * 1964

vorbei

wie lang schon liegt zurück

des frühlings belebender hauch?
erste veilchen im zarten grün
vogelgezwitscher in lauer luft
sorglos heiter - wie mein gemüt

wie lang schon ist vorüber
des sommers verschwenderische fülle?
taumelnde schmetterlinge im seidenen
himmelsblau
nicht achtend die dunklen wolken am
horizont
träge und gleichgültig - wie mein herz

erloschen ist die heiße glut des sommers
vorüber ist der sturm der alles mitnahm
geblieben weiter nichts als leere
so daß im kalten winterhauch mein
herz zu eis erstarrt
im nebel trauert der wald - wie meine
seele

Ute Rudolph * 1951

Die Ganzheit

Die Ganzheit im Großem und Kleinem
Die Göttliche Ordnung im ganzem Einem
Die Ordnung der Engel.
Die Ordnung der Sonne.
Die Ordnung der Sterne.
Des Universums.
Der Schönheit.
Der Liebe die ohne Gut und Böse.
Die Schuldenfrei und die Erlösung.
Der Liebe die ohne Gericht.
Sie verlangt von uns nichts.
Doch für das Geben und Nehmen.
Die für die Versöhnung.
Die ohne Ebbe für das Hoch.
Sie hasst den Krieg und auch die Not.
Der Liebe die wir heute verlieren oft!
Was ist mit der Welt heute bloß!

Wo wir glauben zu glauben.
In der vom Wunder wir staunen.
Doch mit „unserer" Ordnung.
Wollen leben in „unserer" Welt.
Drum ist Sie schlecht oder noch gut.
Verwirkt die Wahrheit heut und Mut.
Und im Land das im Krieg
Die Naturkatastrophe siegt.
Nach dem 11 September
Die Angst mit uns spielt.

Wann sind wir eins und frei und ohne
Schuld?
Ihr Strahlen der Ganzheit kommt endlich
durch!

Rosa Ruf

Lausbuben-Weihnacht

Till und Tim, die frechen Brüder,
feiern alle Jahre wieder
Weihnachten auf ihre Art, da bleibt
keinem was erspart!
Die Erwachsenen haben Eile und die
Kinder Langeweile,
Mutti müssen sie begleiten – da wird sie
der Teufel reiten!

In Regalen rumgeklettert, bis der
Kaufmann lauthals wettert,
die Verpackung aufgerissen, alle Kekse
angebissen!
Im Getümmel Fangen spielen, wild durch
Kleiderständer wühlen,
und dem Kaufhaus-Weihnachtsmann
tackern sie den Mantel an!

Auch im Parkhaus Fantasie: Mit Kartoffeln
stopfen sie
Autoauspuffrohre zu, und Motoren stehn
im Nu!
Zoogeschäft und Taschengeld – was wird
damit angestellt?
Eine Kröte dick und fett wandert in der
Schwester Bett!

Beim Besuch in Omas Haus setzen sie dort
Mäuse aus –
Nager in der Speisekammer, das bedeutet
Flucht und Jammer!
Till und Tim die Chance nutzen, alle Kekse
zu verputzen,
Opas Katze pinselt man gelb-schwarz wie
'nen Tiger an!

„Hilf, Knecht Ruprecht, kannst du hören?
Hole dir die frechen Gören!
Lass sie durch den Schneesturm jagen und
dir die Pakete tragen!"
Glaubt ihr, das ist Donnergrollen? Nein,
sie müssen Fässer rollen!
Täglich auf Knecht Ruprechts Wunsch
bringen sie ihm Weihnachtspunsch!

Elsegret Ruge

Spiele entlang der Limmat

Mein Kind, ich sehe deine seidenweichen
Haare wehen.
Schnell laufend kommst du mir entgegen.
Rufst von Ferne schon mir zu.
„Mami, bleib doch stehen,
gleich darfst du einen wunderschönen
Sommervogel sehen"!

Geborgen in deiner hohlen Hand,
so kommst du mit dem Falter angerannt.

Nur wenig öffnest du die Hand,
bewundern darf ich sein prächtiges
Flügelgewand.

Dann willst du ihm wieder die Freiheit
geben.
„Schmetterling: du darfst in den Himmel
schweben"!

Grete Ruile

Seestück

Wild wogt
das Meer im
Gehirn, überspült den
gleißenden Strand,
löscht die werbenden
Leiber,
knickt fächelnde
Palmen, schwappt
Bilder von Sonne
und Sand,
flutet Blicke,
Worte,
den südlichen Sud.
Blau, schiefernes
Blau,
Tyrannenblau.

Michael Rumpf * 1948

Fantasie

Violana, klingt es mit süßem Ton, im silbernen
Glanz beim Mondenlicht, wenn es zart und irrisierend
durch die Wolken bricht.
Man überspringt den Rhythmus der eilenden Zeit.
Wie aus millionen Samenkörnern erwachtem Leben,
spürt man die pulsierende Unendlichkeit.

Strahlend vor atemberaubendem Staunen geht man
dem Licht entgegen. Es breitet sich weit aus das
Netz des Mondenlichtes über „Gut und Böse".
Es ist wie eine Vision. Es tönt wie ein Gebet,
daß der Himmel uns erlöse.

Sie läßt erzittern, erklingen, die ewig berauschenden
Triebe. Die klingende, goldene Blume,
„Violana, die große Liebe!"

Ursula Rupertinger

Heißer Herbst

Leuchtfeuer fingern
über Fensterkreuze,
krallen schreiend
in wunden Beton.

Gesteinsbrocken
prasseln nieder,
spreizen Flügel
aus seelenlosen Leibern.

Wer hört
die Geschundenen?
Den Mächtigen
gehört die Welt.

Herbst
stinkt zum Himmel,
trennt das Gestern
schon vom Heute.

Siegfried P. Rupprecht

Nachtfenster

Wind, Wind! Treibe Wolkenschafe
über Himmelsweiden
vorbei an meinem Fenster.
Baum, Baum! Strecke deine Arme,
reiche deine Hände
dem Wandrer dort am Himmel.
Mond, Mond! Samtblau sank der Vorhang.
Segle sanft und silbern.
Erzähl' mir Nachtgeschichten.
Stern, Stern! Hoch am Himmelsbogen
spinne Rettungsfäden.
Der Baum fing ein den Mond.
Nacht, Nacht! Weich' der Morgenröte!

Schon klingt hell ein Zwitschern.
Der Mond verschwimmt im Tag.

Sieglinde Rupsch

Ein letztes Gedicht

So ist es dann.
Gibt es das, ein letztes Gedicht?
Etwas in mir ist lang' schon gegangen.
Tränen laufen über mein Gesicht,
wie Perlen aufgefangen
von diesen Zeilen.

Kann ich das?
Etwas aufgeben, einen Teil von mir?
Oder war es schon verloren, gestohlen vom
Leben?
Nichts bleibt in meinem Herzen hier,
Mut und Hoffnung längst vergeben,
bleiben zurück, irgendwo.

Mir ist kalt.
Hingerichtet und begraben.
Ich weiß, Wunden vernarben
irgendwann.
Doch jetzt? Nun sitze ich hier,
ein Stein liegt im Herzen mir.
Bei schwachem Licht
schreibe ich mein letztes Gedicht.

Natalie Rusch * 1988

Du bist:
stark wie ein Fels, wie ein Bär
– ein Freund!
ehrlich wie ein Kind, wie ein Engel
– ein Freund!
lustig wie ein Clown ... wie ein Spaß
– ein Freund!
klug wie ein Könner, wie ein Meister
– ein Freund!
liebevoll wie ein Vater, wie ein Beschützer
-ein Freund!
pünktlich wie ein Glockenschlag
– ein Freund!
tierlieb wie ein Hundenarr
– ein Freund!
freundlich wie
ein Freund!
Du bist ein Freund!
Du bist mein Freund!!!

Corista K. Ruth * 1951

Der Tod

Die Uhr des Lebens
Blieb plötzlich stehen
Die Hülle meines Herzens
Liegt zerknüllt im Staub
Irgendwo
In meinem tauben Innern
Glühen aschfahl die Reste
Meines Ich
Und immer wieder lodert
Der Schmerz auf
Die letzte Rose welkt
Und das Lied der Nachtigall
Bricht den Stau der Tränen
Ich werde mich stellen
Dem Peiniger
Der mein Glück raubte
Muss zuerst nur
Die Hülle meines Herzens
Wieder finden – irgendwo – irgendwann

Adieu – lebe wohl
Meine Liebe

Michaela Rychlá * 1957

Die Stille suchen
Ins Innere wandern
Mit dem Fluss des Blutes
Deine Haut
Mit dem Schlag des Herzens
Deine Hände
Mit meinem Sehnen
Dein Bild

Deine Sonne
Erhellt meine Täler
Strahlend versenkst du
Dein Licht
In meine Finsternis

Die Stille suchen
In der letzten Röte des Tages
Ein Augenblick - fast ein Schmerz
Der karge Worte gebiert:

Ich liebe dich

Esther Rzehulka * 1962

liebeslied

stehst vor mir
ich hoffe
meine augen reden
gehst von mir
flammen
lodernd
bleibst mir
deine schönheit
unvergänglich
lebt dein herz
in meinem

P. S. * 1954

Erinnerung

Deine Hände streichen sanft die meinen
Schmetterlinge Flügel
zitternd atmend
heben senken
Puls
Deine Lippen trunken
von meiner Nektar
süsse Tiefe
Nebel Hauch
sich weich an Täler wiegt
Deine Blicke hüllen
meinen Körper in den deinen
Glut
ein Tropfen Tau
in einer morgenroten Blüte schmilzt
Dein Herz schlägt sich durch zu meinem
das ihm gleicht
tosend perlend
Salz
Ozean sich ebbend flutend mit der Erde
eint

Alexandra Sabitzer * 1967

Liebe lebenslang

Ich schaue dich an
dann und wann
schaue genau hin
in dein Gesicht

Und sehe in den Tiefen deiner Augen
den Abglanz deiner Liebe
von vergangenen Morgen

Ich höre Worte klar
hier und da
höre genau hin
was du sagst

Und vernehme zwischen deinen Zeilen
das Echo meiner Liebe
aus früheren Zeiten

Andrea Sach * 1960

mein Lied

du schickst mir Zeichen
die ich nicht verstehe. finde
nicht wieder in den Dingen mich
in denen zu begreifen du mich wähnst

wenn ich in kühnen Bögen
den schwarzen Segelfliegern gleich
um Türme jage zu den Wolken
soll dein flatternd Taubencorso locken?
dein weißes Brot in kleinen Brocken?

hoch am Himmel dreh meine
Sichelschwünge
ich den schwarzen wilden Fliegern gleich
dein helles Brot ist fad und weich

wenn's keine Mücken gibt dann
fall ich tot vom Himmel
aber reich

Ingritt Sachse * 1946

wandlung

kommt meine tränen
ich bringe euch zu bett
ich lege mich schlafen mit euch
zu bett

kommt meine tränen
wir wollen gemeinsam ruhen
lasst uns sterben üben
zu bett

morgen erwachen wir
als tau in der morgenröte

zu bett
meine tränen
sterben üben
für heute

morgen wachen wir auf
als lächeln im morgenlicht

morgen

licht

Ariane Sailer * 1970

Wunschtraum

Auf einer Wolke reiten
in die Weiten
des Alls.
Begleitet vom Widerhall
des Wieherns meiner Pferde,
weidend auf der Erde.
Doch ich reite mit dem Wind
geschwind
ins Azur,
erlebe den Himmel pur.

Christa Sakel

Träumerei im Mondenschein

Als das Mondlicht sanft und zärtlich schön
auf deinen Venushügel schien,
wo blonde Härchen wie ein zarter Flaum
an meiner Sehnsucht liebsten Stelle steh'n,
sah ich im Traum
wie schön du bist.
Du zeigtest kühn
den Weg mir
hin zu deinen weichen Lenden
und weiter noch zum schönsten Busen der
Natur,
den ich so gern geküsst,
verwöhnt mit meinen Händen
bei heißen Spielen – sacht,
die alle zwar am Venushügel enden;
dabei doch nur
der Anfang sind zu einer wundervollen
Nacht
mit dir.

Jürgen A. Samel * 1934

Verlust

Verlust ist, wenn Du 12 bist
und Dein Vater
bei einem Verkehrsunfall stirbt.
Verlust ist, wenn das so weh tut,
dass Du danach
nie wieder Schmerz ertragen willst.
Verlust ist, wenn Du deshalb
aufhörst, zu leben und das Leben
nur noch erträgst.

Verlust ist,
wenn Du dadurch
vergisst,
was Verlust ist.

Cornelia Samer * 1971

Hass

Du hasst, ich hasse
Ist Hass nur ein Wort?
Oder führt er uns
Irgendwohin fort?

Wohin führt uns unser Hass?
Wohin führt uns unser Groll?
Sind alle Menschen davon voll?

Gibt es Menschen, die einfach
Nur lieben?
Die keinen Hass verspüren?

Gibt es Menschen, die reinen Gewissens
sind?
Die keinen Hass kennen, keinen Groll?
Wenn ja, sind diese Menschen wundervoll?

San * 1988

Der Frosch und die Fliege

Am Ufer eines Teiches saß
ein Frosch im nassen Gras.
Er schaute übers Wasser hin
denn Hunger lag ihm sehr im Sinn.
Mit einen Mal mit summ und brumm
kommt eine Fliege, die ist dumm!
Sie setzt sich nieder vor den Frosch
und spricht ihn flüsternd leise zu,
na nu, na nu, wer bist denn du?
Da macht der Frosch das Maul weit auf,
die Zunge vor die Fliege drauf,
zurück die Zunge keck,
schwupp war die Fliege weg.
Für'n Frosch war das ein großes Glück
die Fliege war ein fettes Stück.
So schluckte er ganz munter
die Fliege zack hinunter.
Da war die Frage gleich geklärt,
statt Antwort hat er sie verzehrt.

Siegfried Sandner * 1936

Der dunkle Engel

Deine melancholischen Augen,
voll traurigem Leben
wie kann man sie mit Glanz füllen?
Möchte Dich verträumt sehen.
So wie ich entrückt bin,
begegne ich Dir und forme Worte,
auf dass mein Sehnen in Deinen
Augensternen
ein Leuchten bewirkt:

Du dunkler Engel
schwarze Haare
sanfte Augen
tiefes Gesicht
ruhiges Wesen
angenehme Nähe
fühle mich wohl,
wenn ich Dich sehe!

Verena Sandow * 1981

Neulich

Neulich, er hatte flugs das Haus verlassen,
alsbald ein Wühlen in den Taschen.
Hemd und Weste, Sakko, Mantel, Hut
und sogar Stirn.
Der ganze feine Zwirn vermochte nicht
herbeizuschaffen,
was ihm so fehlte, unserm Knappen.

Der Bursche dann ins Fenster spähte. Und
siehe da,
im Stübchen brannte noch ein Licht, das
eben er doch hat verlassen!
Das Jungchen weinte bitterlich.

Was war das doch, am Rahmen, da, das auf
ihn herunter sah
durch eine Brille, scharf und klar, als ob's
die eigne war?
Sollten Augen denn, die müden, ihn mit
Lügen so betrügen?

Eine Ahnung kroch hinein, in unser tapf'res
Schneiderlein.
Sollte es gar möglich ..., dacht' das
Bübchen, still und klein, ... sollt' das
meine Brille sein?
Die ihn trug, den Schatten, dort im
Rahmen, als ob's nie anders war?
Die Frage noch, die eine, bemannt sich
seiner ganz und gar.

Benommen taumelt Hänschen, geht zu
Fall, geht verloren hier im All
der unbemannten Dinglichkeiten, die wir ja
zu gern verwalten.
Und doch bemänteln sie sich unsrer Zier,
spielen Atmen, Leben, Streben.
Und sind doch endlos in dem Tun, das wir
nur von fern erhaschen –
mit den Händen in den Taschen.

Jana Sanio * 1977

Deshalb

barfuß durch scherben und glühende kohle
ganz unverletzt

dann fielen sterne vom himmel
und haut auf haut
bittersüßsalzig
und wildfremdvertraut
und ach dein nährender mund

und später im mitternachtgras
und der mond war sehr rund
ganz so wie es häufig in kitschigen filmen
vorkommt

doch alles war wirklich

und da kam es
dass ich anfing zu glauben
was liebe leichtfertig verspricht

Pia Sarda

Achtung, es wird geblitzt!

Die Polizei mit großen Mühen
sucht jene Rowdys zu erziehen,
die rücksichtslos – man ist doch wer –
Gefahren erzeugen im Straßenverkehr.
Man passt doch nur in diese Zeit
mit Power und Geschwindigkeit!

Die Polizei-Aktion verliert,
weil sie der Rundfunk sabotiert.
Man meldet pünktlich jedes Blitzen.
Was kann das Ganze da noch nützen?
Sie pfeifen auf die Unfalltoten,
die Werbung fordert Einschaltquoten!

Die Toten und Krüppel zahl'n dafür die
Zechen.
Die Freiheit ist gut, aber nicht für
Verbrechen!
Warum der Staat dabei nichts tut?
Meint man wohl gar: Es ist schon gut,
denn jeder Tote im Straßenverkehr,
der braucht ganz bestimmt keinen
Arbeitsplatz mehr???

An die Polizisten wird auch nicht gedacht,
die werden ganz einfach „zum Affen
gemacht".

Heinz Säring * 1935

Himmelfahrt

Alles was flügel hat
durfte die gondel besteigen,
arbeiterbienen, buttergelbe schmetterlinge,

mücken mit bösen blutroten blicken
Die vögel sangen ein abschiedslied

Ich sah sie entschweben,
vorbei an großväterbuchen,
ihren immer noch unbeschriebenen
blättern, wolken schluckten sie auf
Ich lag im tiefschlaf

als das große fallen begann
Es füllte sich
mein unbeleuchtetes hirn
mit dem gestauche
aufgespannter flügel wie

gebete eines lebens,
säuberlich abgeschickt
und nie angekommen

Rotraud Sarker * 1942

Herzschlag

Herz, gefüllt und voller Freude,
es schlägt, ja lebt und liebt,
strahlt wie die Sonne mittags hoch.

Lange Schatten wirft es nicht,
Regentropfen laufen fort und weg,
hat sie nie gesehen, niemals.

Doch dunkle Wolken kommen schon,
des Dämons Stimme spricht,
Blut wird schwarz und dunkler.
Die Macht von Ihr erlischt.

Schwarze Tränen werden starr,
Lügens Küsse beißen schon, als Gift.
Schlagende Freude verschallt, liebes Leben
bist nicht mehr in mir.

Christian Sattler * 1984

Österreichische Erzählerin

Kennen Sie die Gräfin Dubski,
Aphorismen-Dichterin?
Ihre hohen Geistesblitze
haben tiefen Lebens-Sinn.

Kinderwiege der Komtesse
stand im Schlosse Zdislawitz
im Sudetenland, in Mähren,
auf des Vaters Herrensitz.

Unter ihrem Ehe-Namen,
junggewohnt und hochbetagt,
hat sie stets in ihren Werken
viel Esprit und Mut gewagt.

„Jede kluge Frau hat Feinde,
und zwar x-millionenfach,
nämlich: Alle dummen Männer!“
M. von Ebner-Eschenbach.

Gert O. E. Sattler

Orakel

Weniger werden einst
die lachenden Erben,
denn eines Tages wird
der Mensch nicht mehr sterben!
Ich sehe voraus und
das kann ich euch sagen,
auch andre Planeten
müssen uns dann tragen!
Sei es bald oder erst
in Tausenden Jahren
So wie wir einst Stein
Und Erde waren,
geflogen kamen aus
unendlichen Fernen,
so kehren wir wieder
zurück zu den Sternen!

Satzinger-Regnitztas

Im Einen

Innen und Außen
Mauern scheinen zu trennen
Stimmen und Augen
lassen beides in beidem erkennen

Raum und Zeit
Grenzen scheinen zu messen
Traum und Sein
lassen keinen keines vergessen

Leben und Tod
Wege scheinen zu scheiden
Segel und Boot
lassen uns reisen im Einen

Manuel Sauer * 1979

Melodie

Tanzen tut der Mensch
Tanzen auf jenen Wegen des Lebens
Schwanken tut der Tanz
Schwanken in jenen Sphären des Seins
Treiben tut das Sein
Treiben unter Macht und Schein
Scheinendes Sein

Ach du mächtige Pein

Die Symphonie als Melodie
Als Melodie der Utopie
Utopie von Sein und Schein
Rausch des Lebens,
Rausch der Sinne
Binnen aller Dinge
Fern von Herz und Schmerz

Frostig und starr durchströmt die Kälte
Gedanken und Glieder
– Dies die Anomalie der Melodie –
Tänzen tut der Mensch!

Nadine Sauer * 1986

Licht

In jedem Mensch da glimmt ein Licht,
beim einen stark, beim anderen nicht.
c£s ist die Lebenslust in dir,
die Energie, das „göttliche Hier".

Der Glaube nähret diese Kraft,
die vieles überwinden schafft.
Schau in dich selbst einmal hinein,
schließ deine Augen und sei dein.

Die Liebe gehöret auch dazu,
sie bringt dir Kraft und innere Ruh'.
In jedem Menschen schlummert was Gutes,
deshalb sei immer fröhlichen Mutes.

Mit dieser Kraft und deinem Willen,
flammt auf das Licht und glüht im Stillen.
Rannst damit jeden Berg besteigen,
und allen Neidern es mal zeigen.

Erlösch es nie, das Licht in dir,
sonst bist du nicht mehr lang bei mir.
Speise es mit frohen Gedanken,
wisch sie weg die inneren Schranken.

Christine Schäfer

Die Dichterlesung

Mit Notizbuch und Füller
fängst du Worte ein
selbst
Belangloses geht dir
nicht verloren

Du bist ein Sammler
ein noch unverbogener
Beobachter,
der unverklärt
mit seiner Liebe zur Heimat
Gedichte schreibt

Du bist ein scharfer Denker
schüchterner Intellektueller mit Brille

ein Mann,
der in handwerklichen Dingen
zwei linke Hände hat

aber mit seinen Worten
die Seele berührt

Elvira Schäfer

Frühlingserwachen

Zartes Grün bis in die Wipfel
schmückt den Wald im Monat Mai,
auch die Berge bis zum Gipfel,
sagen uns, dass Frühling sei.

Überall sprießt neues Leben,
Vögel bauen schon im Baum;
erstes Grün belebt die Reben,
ringsumher ein Frühlingstraum.

Wiesen voller Blumen stehen,
durch das Gras murmelt der Bach,
kein Wölkchen droben ist zu sehen,
Schwalben sitzen auf dem Dach.

Sonnenschein erwärmt die Luft
und im Busch die Vögel singen,
im Garten süßer Fliederduft
ein Tag, der kann nur Freude bringen.

Getrud Schäfer * 1937

Im Lande deines Zuletztseins

(Meiner Freundin Michaela Heigl-Ihler gewidmet, die am 26.12.04 im Tsunami ums Leben kam.)

Dass endlich deine Körperspur
erkannt ward im Lande Kaoh Laks,
legt Ruhe gebend - sich
um der Hiergebliebenen Herzschlag,
besänftigt ein wenig unsere aufgewühlten
Seelen,
die im Wort „Vermisst"
in Ungewissheit sich quälten.

Nun formt sich ein inniges Ziel
im einsamen Wort, das weiter fort ringt
mit deinem „Uns-So-Fehlen".

Im tastenden Wort ganz eingebettet
legt sich spät in der Nacht
mein hütender Gedankenschlaf,
eröffnet seine kleine Wacht
um deine große Erdennacht,
indem er sachte und ganz leise
träumt: die äußerste Schwingsaite
stiller Ahnung:
Du fühlst und weißt uns doch!

Heike Schäfer

Tage…

Es gibt Tage
da möchte ich eine Schneeflocke sein,
so unsagbar rein,

es gibt Tage
da möchte ich ein Fels sein,
so ewig und unbesiegbar,

es gibt Tage
da möchte ich ein Stern am Himmel sein,
so wundervoll leuchtend,

es gibt Tage
da möchte ich ein Vogel sein,
so frei und grenzenlos,

doch immer wieder bin ich froh
ich zu sein – ein Mensch mit Ängsten und
Gefühlen.

Heike Schäfer * 1967

Schneewittchen oder die Endzeit

ich
schneewitt rothaut
sehe meinen
ebenholzschwarzen lebensbaumschatten
aus dem weißen schnee wachsen
seine fruchte zersplittern
das licht der welt

ich
schneewitt schwarzhaut
eingeschlossen in
magma und lava
sieben raben
umhuschen meinen glassarg

ich
Stiefmutter weißhaut
tanze im spalt der irre
meinen muss-tanz
in den vulkanpantoffeln der Schwerkraft
und
die erde verbrennt

Regin Schafer Mehmann

Die Schlange

Sie liegt verborgen tief im Gras,
bewegt sich kaum, ganz lautlos,
die Augen schmale Schlitze voller Hass.
Sie schleicht leise durch die Welt,
aalglatt, ein Pfeil, den keiner hält.
Und wen sie sich hat auserkoren,
wen als Gegner sie erwählt,
der scheint am Ende stets verloren,
weil sie ihn leise, sacht, erlegt.

Serge Schäfers * 1975

Fremdgänger

Ein Spatzenweibchen, flauschig schön,
ihm ist die Trauer anzusehn,
sitzt auf 'nem Ast, etwas gebückt,
ist unglücklich und seufzt bedrückt.

Da fliegt die Nachbarin heran,
setzt sich dazu und spricht sie an:
„Hallo Kollegin, was ist los,
du hockst hier wie ein Trauerkloß?"
Die Angesproch'ne hebt das Köpfchen.
Aus einem Auge tränt ein Tröpfchen.
Sie weint und schluchzt ganz leise:
„Mein Mann, der hat 'ne Meise!"

Ullrich Schäfers * 1952

Das wirre Wirrwarr

Es ist stets ein abstruses Herumflattern von
Buchstaben,
die sich zu sinnlosen oder zu sinnvollen
Worten,
welche sich schließlich zu einem sinnlosen
oder zu einem sinnvollen Kontext
rekrutieren...

Das wirre Wirrwarr war, was wirklich wirr
war –
war, was wirklich wirr war, das wirre
Wirrwarr!?

Christian R. F. Schaller * 1977

aus der Schwüle
meines
langen Sommers
singt mir
meine
heißgesponnene Haut
ihre Sehnsucht
nach Lebendigkeit
treibt mich
zurück
hinter
die rettenden Wände
zu mir

Heidrun Schaller * 1943

Lebenslänge

Die Kleriker sagen,
daß die Anzahl von Tagen,
die wir Menschen erleben
uns durch Gott ist gegeben.

Die Ärzte verkünden,
daß genüßliche Sünden
unser Leben verkürzen -
wenn wir's damit würzen.

Die Philosophen zitieren
daß wir unser Dasein verlieren
wenn nicht dauernd "ich bin"
unsres Lebens Inhalt und Sinn.

Die Statistiker meinen -
und vergessen auch keinen,
daß wir erhalten nur blieben
in Tabellen geschrieben.

Doch die Politik
verkündet, daß KRIEG
Glück und Frieden erhält
und das Überleben der Welt.

Johannes Schally * 1951

Sommernächte ...

Die Mücke summt, die Mücke sirrt.
Kommt nachts im Dunkel angeschwirrt,
Sitzt ungesehen im Gesicht
und sticht.

Du stellst dich schlafend-, nur zum Schein.
Sie bohrt sich tief in dich hinein.
Jetzt holst du aus zum letzten Schlag,
doch ach!

Da, wo du hinhaust, sass sie eben,
und du schlugst genau daneben.
Du bist schon ganz erregt und schwitzt;
sie: Sitzt

Und saugt sich voll an and'rer Stelle.
Doch ehe du die neue Quelle
Entdeckst, ist unser Mückenschreck
schon weg.

Du schlägst mit deines Armes Schwung
Blindlings in die Dämmerung
Und bist, indes dein Mücklein satt,
ganz matt.

Die Nacht war ohne Schlaf und Ruh',
Nur Mücken, Mücken immerzu!
Zermürbt blickst du in's Tageslicht.
Sie nicht!

Erika Schalota

Emigrant

Deutschland, Deutschland, schönes Land.
Ich bin ein alter Emigrant.
Ich komme aus dem Nahen Osten.
Wer könnte mich nun hier trösten?

Ich ließ mich hier intergrieren,
Um nicht total zu degradieren.
Ich kaufte einen Schäferhund,
Ich bin auch im Gewerkschaftsbund.

Hier gibt es viel Demokratie
Eben so viel Bürokratie.
Mir schmeckt gut das deutsche Bier,
Ich steh, wie meisten, auf Hartz Vier.

Ich habe hier schon längst erkannt:
Man steckt den Kopf nie in den Sand.
Ja, Deutschland ist ein schönes Land,
Hoch leben Goethe, Schiller, Kant!!!

Alexios Schandermani * 1953

Ein kleiner Mann

Es war einmal ein kleiner Mann,
Er wollte groß und glücklich sein.
Er lebte in einem dunklen Wald,
wo man gefühllos und grausam war.

Da blühten gar keine Blumen mehr,
Da war es trüb, wie im Toten Meer.
Die Menschen lachten ihn oft aus,
Niemand ließ ihn in sein Haus.

Einst kam in den dunklen Wald
Die schöne Fee vom Märchenland.
Sie sah ihn weinend und zerquält
In einer moralisch toten Welt.

Sie sagte liebevoll dem Männchen:
„Ich bringe Dich ins Land der Märchen,
weine nicht mein süßer Freund,
Wir gehen bald von hier fort."

Sie stiegen in ein goldnes Boot
Und fuhren von der Wildnis fort.
Ins Land, wo ewig die Sonne scheint,
wo niemand leidet, niemand weint.

Kamil Schandermani * 1948

Sonntag am Alpsee

Wie der Wind die Wellen treibt,
wie es plätschert und gluckst ...
Dort drüben bunte Boote mit geblähten
Segeln,
gleiten leicht dahin ...
Sonnenglitzern im gekräuselten Blau,
als wenn letzte Nacht der Sternenhimmel
ins Wasser gefallen wäre
und jetzt langsam versinkt ...

Und ich sitze am Ufer auf moosigem
Felsen,
den lauen Sommerwind im Gesicht,
lass das Wasser um meine Füße plätschern
...
Oben über den dunkel bewaldeten Hügeln
ballen sich Wolken alsbald zu mächtigen
Formen.
Und ich schließe die Augen,
um die Sonnenstrahlen besser zu spüren,
die dort von dem Stück blauen Himmel
noch einmal zu mir dringen ...

Petra Schandl * 1949

Seelige Erwartung

Du schöner, süßer Augenblick,
ganz plötzlich bist Du da!

Währst zwar nur kurz,
und bist dennoch so wahr!

Die Wiederkehr braucht lange Zeit!
Gibst mir fürs Warten Kraft!

Du schöner, süßer Augenblick,
du Seeligkeit, du Glück!

J. A. Schaper * 1947

... für alle Zeiten...

Wenn unsere Herzen sich berühren, das
Verlangen der Liebe
wir in unserer Seele spüren, uns zu
umarmen, zu küssen, zu halten,
den anderen nach wenigen Minuten schon
vermissen, dann sage
ich immer wieder ja, nicht nur jetzt,
sondern
für alle Zeiten

Wenn ein Blick mir mehr sagt als tausend
Worte, Dein Flüstern
wie eine zarte Liebkosung ist, mein Gefühl
mir sagt, ja, das will
ich behalten, dann nicht nur jetzt, sondern
für alle Zeiten

Alle Wege die wir neu beschreiten, Hand
in Hand, jeder Schritt
nach vorn, möge Gottes Segen und Liebe
uns stets begleiten mit
Wärme und Treue, nicht nur jetzt, nicht
nur ein Leben, sondern
für alle Zeiten

Wenn auch Du das fühlst was ich empfinde
und kein Weg zu
weit ist für uns zwei, dann möge dieses
Gefühl, diese Liebe uns
stets verbinden, für immer so bleiben, nicht
nur jetzt, sondern
für alle Zeiten

Jeannine Scharff * 1973

Herbstliebe

Sanft sie flüstert: „Fang
das Laub, - aufrecht
schreitend, - lächelnd –
fingen zwei, drei wir!

Düstere Tore, - doch,
- neues Licht;

Heinz, hieß der kleine
Wicht.
Nun bin ich alt und
habe die Gicht.

Bert Scharnreitner

Der Winter

Der Winter ist ein harter Mann
bringt Eis und Schnee
soviel er kann
so freu ich mich, wenn's
warm hier ist
und ich nicht auf dem
Eise sitzt
so Winter
kalter eis'ger Mann
führ uns doch an den
Lenz heran.

Helga Schatz

Von Flügeln getragen

fühle ich mich weich gebettet
und geborgen in mir selber.
Die Nacht ist durchstanden,
begleitet wohlwollender Klänge,
die mich wissen lassen,
es wird kommen eine neue Aufgabe,
die mich zutiefst befriedigen wird.

Ich bin angekommen,
in mir selber ruhend,
neu bestückt in zielgerichteter Balance,
einem Ausgewogensein innerer und äußerer
Kräfte.
Glauben stützt sich ab in einem Nichtstun,
das mich schöpfen lässt.

Gemeinsamkeit wird Wirklichkeit,
Austausch eine Selbstverständlichkeit,
gegenseitige Achtsamkeit ein Muss,
mündet in wahre Verständigung und
Begegnung.

Marianne Schätzle * 1953

Morgengebet

Ein neuer Tag
ist wie ein neues Leben,
ich danke dir, o Gott,
daß du ihn mir gegeben.
Die alten Lasten
hast du mir genommen
über Nacht!
Schon längst verblich'ne Freuden
leuchten in mir wieder auf!
Ich bitte dich mit ganzer Kraft:
Führ du mich wiederum
durch dieses neuen Tageslauf,
führ mich hinan in lichte Höhen,

hinauf zu dir in hehre Kreise,
verwandle meinen schweren Flügelschlag
und schließ mich sanftvoll ein
in deine unvergänglich liebevolle Weise.

Dieter E. Schatzmayr

Für den Tag

Stellt dich der Morgen auf die Füße,
sieh, dass dich nicht die Nacht behält.
Sag Dank dem Himmel und begrüße
den Tag, der in dein Fenster fällt.

Mit einem guten Klang versehe
dein Wort, damit es Kraft bekommt.
Erwirb dir eines Menschen Nähe
und lasse los, was dir nicht frommt.

Denn reich ist jener, der verzichten
und sich am Kleinen freuen kann,
versuche stets dich aufzurichten
und schließe dich der Sonne an.

Und was dir mangelt an Bestreben,
das gleiche mit dem Herzen aus;
kannst du mit dir im Frieden leben,
ist auch das Glück in dir zu Haus!

Karl Schauber * 1926

wintermorgen

die nacht verlischt
im öden niemandsland
im unerlösten zwischenreich
des morgengrauens
erwachen
aufstehn

vor dem fenster wächst der tag
langsam geht in den nachbarhäusern
eins ums andere das morgenlicht an
leben wächst
draußen
drinnen

sinn keimt auf
hoffnung

und dann schließlich
nach den ritualen des morgens
der aufbruch
zu dem ganz
ganz anderen

Shalom

Hildegard Schaufelberger

In diesem kalten land

In diesem kalten, reichen land
will ich arm sein wie die vögel,
will der armen anderer länder gedenken
und die liebe auf die straßen tragen
voll satter unzufriedenheit.

In diesem kalten, ordentlichen land
will ich die ordnung unterwandern,
will unbefugt und wider alle regel
obdachlose lieben und den alten mann,
der einem hund zu trinken gab aus seinem
hut.

In diesem kalten, schönen land
will ich mich freuen über den frühling,
der auch hier einzug hält
und seinen goldgewirkten teppich
über die fluren legt.

In diesem schmerzhaft schönen land
will ich den heutigen tag heiligen,
als wär's mein letzter.

Susanne Schaup

Sommertag

Es sitzt zur linken Flank im Heer,

mitten in einem Blumenmeer,

ein einsamer Infanterist,

der hofft, dass ihn 'ne Kugel frisst.

Er lehnt sich in das Grün hinein

und hört die andern um ihn schrein.

Sie bluten wortlos; wenn sie fallen.

Die einen wimmern, die nächsten lallen.

Allein die Sonne lacht als wär'

das Leben ohne Wiederkehr.

So richtet er den Blick gen Himmel

und freut sich, dass kein weißer Schimmel

ihm die Sicht wegnehmen mag,

an diesem schönen Sommertag.

Robert Scheck * 1984

Middaagsstunn'n

Över Middag liggt Swiegen,
de Gaarn liggt in'n Slaap.
Kien Blatt mag sik rögen,
ünner'n Eek leegt twee Schaap,

Een Bottervögel sweevt sacht
up een Bloom so licht.
He suggt un nippt mit Macht
un röögt sik darbi nich.

De Sünn, de wiest ähr Kraft,
een Vögel pickt an'n Boom.
In de Frücht' riept de Saft.
Middaagstiet, at in'n Droom.

Ünner'n Häven, at in'n Telt,
liggt at in Lauben boot,
moi geruhig use Welt.
So hillig still un goot.

Marianne Scheelken

Blue aliens are everywhere

Unsere Begegnung findet statt.

Auf dem ungesicherten Terrain zwischen Traum und Wachzustand.

Code universell entzifferbar

Gedankenwolken taumeln sachte.

Wortfetzen tanzen leise weiche Wogen gewichtslos im Rhythmus der Gezeiten.

Surfen nahe auf Zeitmeerwellen fiktiver Anderswelten.

Später.

Souper im Club der Futuristen.

Einladung und Erscheinung im pinkfarbenen Anzug aus Zuckersamt und Honigfolie.

Geläutertes Hirngespinst.

Blaues Leuchten aus differenzierter Gedankenwelt im Kopf der geladenen Gäste.

Neugieriges Forschen im Globus der gestrandeten Besucher und

Treffen in den Leerstellen der
zweckrationalen mondänen
Weltensichten und Räumen der Fantasie.

Austausch in rätselhaften Stimmungen

Im Schwebezustand zwischen den
Realitäten

Gisela-Ethaner Scheible * 1957

Trockene Tränen

Kreativität im Konzentrationslager
Musik erklingt leise – flackernder
Kerzenschein –
Ein Frauenorchester in Auschwitz
Im Gedächtnis Bombengrollen,
Panzer an dunklen Fenstern vorbei.
Angst und Grauen, ihr tägliches Brot.
Der letzte Zug, eine Zukunft?
Angstvolle Augen ins Nichts gerichtet.
Eine Fahrt ohne Wiederkehr.

In mondleerer Nacht gelingt einer
Komponistin
Die Flucht aus der Hölle,
Ohne Hoffnung den Sonnenaufgang
Morgen wiederzusehen.
Aber sie ist frei, frei im Herzen,
Ohne Stacheldraht,
Jedoch die Zukunft, so leer wie die
Vergangenheit,
Kein Ort zum Sicherfühlen.
Und trockene Tränen
Rinnen über hohle Wangen.

Lilliane Scheidecker

Die Jubiläumsfahne

Mit Kohlenstaub gepudert, in sich gerollt,
liegt sie schon fünfzig Jahre im Keller,
ganz abseits im Regal.
Beim alten Jubiläum ward sie so stolz
emporgezogen,
vom Vater einst gehisst mit eigner Hand.
Des alten Stickers
fleiß'ge Nadeln
erschufen ihr das waldesgrüne
Wappenherz,
hinzugefügt geschickt der schwarz-gelb
schmalen Taille.
So reich geschmückt ließ man sie in die
Lüfte schweben,
am schlanken, weißen Fahnenmast.

Nun bin ich längst in Vaters Jübiläumsalter
und
mach es so,
wie er es schon getan.
Noch einmal kannst du frei in
luft'ger Höhe flattern,
darfst mit dem Winde lustig tanzen
und dich in seine Richtung dreh'n.
Auch wenn die Sonne und der Regen
gar oftmals selbst die rauhe Nacht,
dein farbig' Kleid arg ausgeblichen,
so grüßt du trotzdem freudig jeden,
der zu dir schaut und mit dir lacht.
Als du nach einer überlangen Woche
herabgelassen niederwallst,
grämt nicht die allerkleinste Falte
die alte, gute Fahnenhaut.

O bleibe so, erhalte dir dein buntes
Kleid
und fliege nochmals hoch, wenn das
Jahrhundert ruft.
Dann winke uns, die wir nun längst
vergessen,
in fernen Himmelssphären ruhn.

Und solltet ihr des Sommerwindes leisen
Hauch
verspüren,
so wisst, dass wir ganz nahe sind.

Hans-Jürgen Scheiter

Blue aliens are everywhere

Unsere Begegnung findet statt.

Auf dem ungesicherten Terrain zwischen
Traum und Wachzustand.
Code universell entzifferbar

Wortfetzen tanzen leise weiche Wogen
gewichtslos im Rhythmus der
Gezeiten.

Surfen nahe auf Zeitmeerwellen fiktiver
Anderswelten.

Später.
Souper im Club der Futuristen.
Einladung und Erscheinung im
pinkfarbenen Anzug aus Zuckersamt
und Honigfolie.

Geläutertes Hirngespinst.

Blaues Leuchten aus differenzierter
Gedankenwelt im Kopf der geladenen
Gäste.
Neugieriges Forschen im Globus der
gestrandeten Besucher und Treffen in
den Leerstellen der zweckrationalen
mondänen Weltensichten und
Räumen der Fantasie.
Austausch in rätselhaften Stimmungen
Im Schwebezustand zwischen den
Realitäten.

Gisela-Ethaner Schelble

In mir sitzt ein Riese
Sehnsucht ist sein Name.
Der Geruch einer Sommerwiese
hat mein Herz entfacht.

Ich lebe an Stränden
umweht von Meereswellen
und Wind.
Ich stürz aus meinen Herzenswänden
Wie ein ausgelassenes Kind.

Ich flieg dem Wind in
seine offenen Arme
spüre die Wellen auf meiner Haut.
Ich halte an
und ahne:
Gottes Atem hat mich angehaucht...

Justus Schem * 1949

Ein Luftschloß!

Wir bauen ein Luftschloß aus Wolken
da ziehen wir beide ein,
wir bezahlen mit unseren Träumen
so können wir immer dort sein.

Schau doch der schöne Regenbogen,
da segeln wir durch bis zum Himmel
hinauf,
wir schauen nicht rechts und links nur nach
oben,
nehmen sogar den Regen in Kauf.

Ich möchte mit dir da oben sein.
Du hältst mich ganz fest, wir segeln
hochdroben.
Irgendwann holt uns die Gegenwart ein,
aber Sorgen werden beiseite geschoben.

Fliegst du mit mir zu den Sternen?
Oh komm doch, ich bitt dich so sehr.
Vielleicht geht es nur noch Heute
und Morgen vielleicht nie mehr!

Christel Schenk

Liebespaar

Wir liegen zusammen im Grase,
der Wind streicht über uns hin.
Ich küsse dir zärtlich die Nase
und kraule dich sacht unterm Kinn.

Aus seegrünen Augen schaust du
mich groß und so schelmisch an,

geschmiegt an den Hals mir, miaust du,
wie nur ein Kätzchen das kann.

Ursula Schenk

Dein Weg

Ein Weg, so weit,
bis er zum Ziel dich führt.
Dein Herz,
zählt Heil und Wunden.

Deine Seele, zerbrechlich,
bis sie von Liebe berührt.
Als dauerte es nicht Jahre,
nur Stunden.

Hindernisse, so abgründig,
bis der letzte Zweifel dir droht.
Dein Lebenslicht,
scheint zu verglühen.

Du wandelst, auf Irrwegen,
bis dir sich ein Zeichen darbot.
Der wahre Pfad,
beginnt zu erblühen.

Oliver Schenkelberg * 1975

Herbstliebe

Nachts, wenn der Nebel aufersteiget und
bunte Blätter am Boden liegen,
der Tag zur Nacht sich früher neiget, die
Quellen von Wärme langsam
versiegen
ist mir mein Herz träge und schwer.
Ich werd' dem Schmerze nicht erliegen, ich
wart' auf deine Wiederkehr.

Als du einst im Herbst gegangen, die
Kutsche mit dir im Nebel
verschwand,
war ich im Dunst des Herbstes gefangen,
der mich noch mit dir verband.
Heut' denk' ich noch oft zurück,
wenn ich am Ort der Sehnsucht weile,
ich denk' an manch' Herbstes Glück,
und auch an dessen Keile.
Einst im Herbst war es geschehen,
als Baum und Blume verlor an Pracht.
Im Dunst des Nebels sah ich sie gehen,
erloschen das Feuer, das einst entfacht.

Peter Scherling * 1964

Nr. 8

Die Tage werden kürzer,
die Nächte sind lang.
Es zieht diese Stille Mich in ihren Bann.

Der Schnee rieselt hernieder,
er deckt alles zu.
Ich wünsche Mir Liebe und Wärme dazu.

Es sind diese Dinge,
die manch Keiner mehr kennt.
Es sind diese Leute,
die das Leben haben verpennt.

Und doch wär es einfach,
ganz ehrlich zu sein.
Anstatt seinen Missmut ins Leben zu
streun.

Warum sind Wir auf Erden?
Wo gehen Wir hin?
Wie machen Wir's richtig?
Wer weist Uns drauf hin?
Was ist das Leben und wie wird was sein?

Die Antwort, die gibt Uns
so manch kleines Kind.
Und weiß es das auch nicht,
dann frag mal den Wind.

Thomas Scheuerer

Du bist die Rose meines Lebens, welche nie
verblüht und ewig in mir lebt.
Ich laufe die Wege, wo wir waren und
begegne den Leuten, die wir sahen.

Schicksal * 1984

Klagelied eines Kleingärtners

So gräbt man mit dem blanken Spaten,
im Ganzen oder auch in Raten,
das Erdreich auf in große Brocken,
deren Bewohner Vögel locken.
Diese merken sich die Stelle,
wegen der Saat – für alle Fälle.
Der Boden ist nun kleingeharkt,
den Samen gibt's im Blumenmarkt.
Und so wird in langen Reihen,
ausgesät zum gut Gedeihen.
Literweise kühles Naß,
auf das noch anderes wächst als Gras.
Doch Vögel in den Zweigen lauschen,
bis letzte Tropfen abwärts rauschen.
Behende gleiten sie hinunter,
das Treiben wird so langsam bunter,
piepsen, schimpfen mit den Raben,
um des Beetes reiche Gaben.
Am Ende gib's nur Fleisch und Fisch,
ohne Gemüse – das ',ham wir 'nich!

Heinz Scheunemann * 1953

Einsame Tage

Der Wind weht die Blätter, so wie du mein
Herz verweht hast,
verweht in der einsamen, dunklen Ecke
meines Herzens.
Der Wind weht deinen Namen, flüstert ihn
leise in mein Ohr.
Vergebens suche ich eine Antwort, fliege
im Traum zu dir, um dich noch
einmal zu halten,
du wirst ewig in mir walten, ich lass dich
nie mehr los.
Warum musste es sein, ist es nur ein Schein
oder bin ich schon aufgewacht,
hast du das wirklich mit der Zukunft
gemacht.
Dein Lachen verwischt in der Ferne, aber
ich habe dich doch gerne,
oh ich sehe jede Nacht zu den Sternen.

November

An Wintertagen
lehnt sich die Sonne
schräg ins Zimmer.

Zwiesprache hält sie
mit dem am Tisch.

Sie lässt ihn wissen,
er sei nicht allein.

Viel Zeit hat sie nicht.
Aber die Bilder besieht sie
und die Rücken der Bücher.
Alle zu lesen,
wenn sie nun schwindet.

Im Gehen schon
verspricht sie den Frühling.

Hans Schiefele

Das Leben – die Blüte

Bei Regen, Sonne, Wind und Schnee
wächst die Blütenknospe heran.

Regen und Sonne fördern ihr Wachstum
und Wind und Schnee
stärken ihre Widerstandsfähigkeit.

Doch nur die Sonne allein lässt sie voll
erblühen –
Die Bestäubung ihren Samen reifen.

Da aber wo die Sonne die Blüte nicht
erreicht, wird sie verkümmern.

Der Herbstwind teilt die reifen Blüten in
Blätter und Samen.
Das Schöne, die Blätter wehen dahin, wo
sie herkamen,
vom Samen aber kann man neues Leben
erwarten.

Helmut Schiemansky * 1940

Oh, wie Wonne, Kinderleben,
dann kommt schaffen, schaffen, vorwärts
streben.
Doch gib acht,
nach jedem schönen Tag kommt auch die
Nacht.
Dein Weg ist dir bestimmt,
sei bescheiden, wag nicht zu viel,
sonst hat das Böse leichtes Spiel.
Nicht Macht und Reichtum,
nur Gesundheit ist das höchste Gut.
Ist dieses Glück dir wohlbeschieden,
dann danke Gott und sei zufrieden.

Helmud Schiffke

Schicksal

Totenbleiche Lider.
Geschlossen,
um dem Unheil
nicht ins Auge zu blicken.

Bewegungslos verharrend
und völlig erstarrt
höre ich auf
zu atmen.

Doch der Versuch
meinem Schicksal
zu entkommen,
schlägt fehl.

Maritta Schiffner

Im späten Herbst

Herbststürme fegen
über das Land.
Nun kommt die Zeit
der langen Schatten.
Die Herbstnacht
erinnert an den Krieg,
an Not und Leid und Tod.
Plötzlich ist alles
gegenwärtig. Die Zeit
heilt nichts von dem,
was das Leben einem
zufügt.
Traurige Tränen, dumpfes
Müdesein, ein leichter,
flirrender Schlaf,
doch der Morgen
kommt wieder.

Edith Schiller

Staunen

Kiefern recken sich im Dünental,
der Weg dazwischen ist nur schmal,
als sei der Mensch nicht eingeplant,
sei nur Gast im stillen Land,
das weit zum Horizont sich dehnt,
die Augen schmerzen, nichts gewöhnt.
Die Lerche steigt empor
zarte Töne für das Ohr,
Möwenschreie hier und dort
mischen sich mit sanftem Schweigen
schaffen einen Wunderort,
wo Gräser sich dem Himmel beugen.
Das Meer bleibt davon unberührt,
es kommt und geht,
von andrer Macht geführt.
Wie klein ist da der Mensch am Strand,
um sich in Demut zu verneigen
vor dem naturgewollten Reigen
denn nichts geschieht durch seine Hand.

Elisabeth Schillert * 1950

Dann

Ich philosophiere über das Grün des
Waldes.
Dichte über Wolken am blauen
Sommerhimmel.
Schreibe über die Musik der Erde.

Was wird aus mir mal werden?
Bin ich in Zukunft der Sonnenschein
zwischen den Gräsern?
Oder gibt es doch ein Morgen?

Julia Schilling * 1986

Atem der Sprache

Kann es sein, dass der Sprache der Atem
ausgeht
und dass sie in Formeln verdorrt?
Noch aber wird sie vom Leben umweht,
bildkräftig leuchtet das Dichterwort.

Doch leider, man sagt nicht, man
„signalisiert".
Ein Schuldgefühl wird „instru-menta-
lisiert".
Man sagt nicht „Falsch" oder „Das läuft
schief",
man findet es „kontraproduktiv".
Dazu die nervöse Schnellsprecherei...

Wie löst sich der Krampf? Wie werde ich
frei?
Zwei Zeilen rührten mich zauberhaft an,
als eine Dichterin leise begann:
„Ich mach ein Gedicht aus Stille
und aus Septemberlicht" –

Belebender Anhauch, der Atem verleiht,
dankbares Aufschaun, der Blick wird
befreit.
Wo bleibt all das Einengende, Hastige,
Schrille,
wenn solch eine Stimme spricht:
„Ich mach ein Gedicht aus Stille
und aus Septemberlicht."

Gerd Schimansky * 1912

Sommerzeit

Früh morgens wenn die Sonne aufgeht,
Und der Wind die Blüten in die Lüfte
trägt.

Vorbei ist die dunkle Nacht.
Schau am Himmel wie die Sonne lacht.

Ein schöner Sommertag,
bringt ein bisschen Zeit.

Die Kinder sind voll Heiterkeit.
Die Lerchen singen ein frohes Lied,
Das ein kleines Wunder geschieht.

Für eine kleine Freude sind wir bereit,
Der Sommer vertreibt unsere Traurigkeit.

Kinderaugen leuchten voller Glück,
sie hoffen der Winter kommt nie zurück.

Der Duft der Blumen und der Bäume
Das sind wunderschöne Träume.

Bienen fliegen sanft durch die Luft,
Sie werden angelockt von den
Blumenduft

Fine Schimmelpfenng

Frühling

Tausend Träume in der Nacht.
Die Sterne Funkeln in voller Pracht.
Die Pferde laufen im Sonnenuntergang.
Immer weiter denn Strand entlang.

Ein leichter Wind weht übers Land.
Die Bäume blühen am Waldesrand.

Die Blumen duften auf der Wiese.
Der Wind versprüht eine frische Priese.

Die Sonne strahlt hell übers Feld.
Über die Wiese übers Dach,
In die Fenster in das Land.
Sie scheint auch am Waldesrand.

Am Abend die Vögel zwitschern laut.
Die Eule auf den Baume schaut.
Die Nacht kommt ganz Stille.
Alles schlüpft schnell in seine Rille.

Langsam wird es hell.
Der Himmel wird ganz rot.
Die Vögel singen ihr Morgenlied.
Das ist der Frühling wie man ihn kennt,
Der von Jahr zu Jahr zu uns rennt.

Mischaela Schimmelpfenng

Heldengesänge

Wenn man überhaupt mal was gewänne!
Der Knick steht ins Gesicht geschrieben.
Doch heute brechen alle Dämme,
auf der Bühne Siegerklänge,
die dunklen Wolken sind vertrieben.

Ein Mann muss große Schlachten schlagen,
es wächst ein Traum des Kampfes wert,
hör hin, was dir die Töne sagen,
die Anderen leben halt verkehrt.

Traust du wirklich deinen Ohren?
Der Zweifel scheint dir angeboren.
Richtung Theke fortgetrieben,
plädierst du erst mal für verschieben.

Bestellst was Hartes, gibst dich heiter,
erste Stufe, lange Leiter,
singst die großen Lieder weiter,
wieder nur mit deinem Mund.

Thomas Schindler * 1978

Weihnacht 2003

Der Duft nach Mandelkern und Zimt,
ist nur für Weihnachten bestimmt.
Mit Tannengrün und Lichterglanz,
mit Apfel, Nuss und Weihnachtsgans.

Der Duft zieht durch das ganze Haus,
die Fenster sind geschmückt,
die Kinder sehen fröhlich aus,
die Eltern sind beglückt!

Wie leergefegt sind alle Straßen,
es dunkelt schon, sanft fällt der Schnee,
den ich mit fast geschlossenen Augen
wie Diamanten glitzern seh'.

Und abends kommt der Weihnachtsmann,
das Christkind an der Hand,
und beschenkt mit Freuden dann
Kinder im ganzen Land!

Ingrid Schinschek

Das Warten

Das heimliche Warten
Bei Tag und bei Nacht.
Die Jahre entschwanden.
Du alterst mit Macht.

Du warst unter vielen
Ein graues Gesicht.
Man sieht, die im Licht sind,
Und dich sah man nicht.

Du hattest vom Leben
Ein inneres Bild.
Dein Sehnen, es wurde
Zu selten gestillt.

Vereinen sich jeweils
Wohl Bild und Geschehn?
Du wartest und weißt nicht
Auf was und auf wen.

Wie Sand zwischen Fingern
Verrinnt dir die Zeit.
Du frierst in dem Frost
Der Vergeblichkeit.

Rudolf Schlabach

Was ist Liebe ?

Ist sie ein Gefühl
oder ist sie nur ein Wort?
Bleibt sie immer da
oder geht sie wieder fort?

Kann ich Liebe kaufen
oder geht das nicht?
Was wird wohl geschehen
wenn sie mal zerbricht?

Gibt es Liebe wirklich
ist sie nur ein Traum?
Macht sie immer glücklich
oder tut sie's kaum?

Wer kann mir nun sagen
was ich glauben soll.
Ist die Liebe schrecklich
oder wundervoll?

Tammy Schlemmer * 1986

Tagesabriß

Um Mitternacht
Herzklopfen begangen.
Anklopfend
Herz
Hat in den Adern des Andern zu schlagen
angefangen. –

Erwachen; den Vögeln lauschen.
Aber, aber, schnell
Raus, hinaus:
Kritikitik Blicke tauschen.
Den Tag dahin
Schnell geknöpfte Blusen,
Zurechtgezupfte Röcke,
Gelüpft die Hüte,
Getäte,
Getute, Getüte.

Am Abend
Selbst die Alten –
Verlegen beim Schneuzen –
Gucken,
Ob – noch hinterm Gebüsch –
Der grüne Mond
Wieder gehl wird an den Fensterkreuzen.

Wolfgang Schleser

Schreckensbilder

Allgewalten, nicht gezähmt und nicht
durchschaut, sprengen
Wände, die zu Nichts zerstoben,
und der Hütten Strandgut deckt den
Boden;
ringsum leblos, was geatmet, einst gebaut.

Schreckensbilder immer nur das Fatum
zeigen;
Gedanken – wie Scherben, sie suchen darin
trotz endloser Ohnmacht den tieferen Sinn:
„Warum?" – Keiner klärt das mystische
Schweigen.

Menschen bringen ihre Trauer vor Altäre,
schaudern vor der Stille, hoffen immerfort
noch auf Deutung, ein erklärend greifbar
Wort.
Schuldlos der fragende Ruf, geht er ins
Leere?

Walther Schliepe * 1931

edelsberg (collage)

durch
rahmen
ränder
fleckige welten
folge mir
nach innen
und wünsche dir
einen berg
ich reiß
ich dir

Peter Schlosser * 1941

Grauganspärchen

In einer wilden Gletschergegend weit
nördlich von Berlin
Da sah ich sieben Grauganspärchen durch
harschen Schneewind ziehn
Da löste ich die Nabelschnur vom
Mutterkuchen ab
Im Saal verlischt ein Blütentraum, die
Putzfrau lächelt knapp

Durch manche Zeit bin ich marschiert, in
Leides Angesicht
In jede eingebunden zwar, doch
ausgezeichnet nicht
Ob Frohsinn oder Volkspartei, ich weiß
schon was ich weiß
Nur eingefleischte Biedermänner nennen
ihren Preis

Sah in der wilden Winterstrenge ein kleines
warmes Licht
Wie Wolkendunst am Horizont, das
Hoffnungen einflicht
Versprödet ballt die Faust sich mir, ein
Lächeln mattet ab
Seid, Judasschlipse, auf der Hut, ich spei
auf euer Grab

So nagt des Gletschers kalter Bach zum
Leide der Geduld
Die Grauganspärchen wissen nichts von
Sühne und von Schuld
Den Schuldigen verfüge ich, nach ihrem
Bild gescheh's
Und wehret euerm milden Ohr die vielen
Ach und Wehs

Verhangen weiß und freudig kalt im Geiste
einer Zeit
Der Gletschermond der Abrechnung im
Norden droht, sehr weit
Von jeder Billigung der Schuld entfernt,
doch leider auch
Die Judasschlipse halten sich vor Lachen
ihren Bauch

Frank Schlüter

Für Friedrich – Ein Traum

Wenn du durch den Weinberg wanderst,
mit dem Tobi auf und ab.
Wär' ich gern eine Traube am Stock,
der deine Hand Berührung gab.

Auch wär' ich so gern eine Beere,
vom köstlichen Trollinger Wein
und fließe süß durch deinen Mund
ganz tief in dich hinein.

Ich wär' so gern die Tastatur
vom PC, die du berührst,
und spür' deine Finger voller Lust,
wenn du mich damit verführst.

Und außerdem wär' ich so gern
die Gitarre in deinem Arm.
Dann hälst du mich fest und spielst mit mir
und vor Wonne wird mir ganz warm.

Ich wär' so gern noch so viel mehr
nur um bei dir zu sein.
Doch das ist alles nur ein Traum
und ich bin hier allein.

Erika Schmalz-Shabir

Mondlied

Oh, eisig fahle Mondscheinnacht
Durchströmst mit Sehnsucht meine Glieder
Erinnerungen kommen wieder
Ein Feuer hast in mir entfacht

Bewundernd wie das Kinde einst
Schau ich gebannt, was du bescheinst
Die dunkle Nacht verdrängst durch Glanz
Oh wunderbarer Lichtertanz

Den Zauber du hast nie verloren
Als Freund dich hab ich auserkoren
Verläßlich hütest jede Nacht
Bis daß ein neuer Tag erwacht

Lieder, die dich einst besungen
Wär'n heut auch Trost in meinem Leid
Der Melodie Geborgenheit
Wünscht, lieblich Klang wär' nie
verklungen

M. H. Schmatz * 1970

Wenn ich die Zeit
wenn das Jetzt ein Anderes wär
eines das schon war
dieses Jetzt das Wirklichkeit verzauberte
wo alles offen schien
doch heute jede Tür verschlossen ist
und ich der Finsternis gegenüber stehe

Wenn die Zeit nicht mehr ihren gewohnten
Verlauf geht
sondern zurückspringt
zu diesem Zeitpunkt
als ich dich nicht kannte
und du deinen Namen in mein Herz
gebettet hast
der heut gegen Jenes schlägt
und ich nun voller Schmerzen zu Boden
gehe

Wenn Liebe Berge versetzen kann
somit auch Zeit
so würde dies nie geschehen
denn das Damals würde zu einem Anderen
werden
in dem mein Herz keinen Platz für deinen
Namen hat
da meiner schon der Bewohner dessen ist

Christian Schmelzenbach * 1982

ein bogen ein anfang

schattenwurf ein halbkreis
unterm lichtlot schräg gekrümmte
skala aus stein und alten
schatten ab dem tor

tragen die bögen grobes maß
ein rahmen oben im gleichgewicht
der steine die sich aufgehoben
und ihre schönheit wieder

schritte in den offenen raum.

Daniel Schmelzer * 1982

verführt

Du hast mich angefasst.

Hast meine Lippen verschlossen
mit deinem Mund,
als sie stöhnten.

Du hast dem Mond im Zimmer tanzen
gelernt,

hast mich gefesselt mit deinem Blick
und mit deinen Strümpfen an einen Stuhl.

Du hast mich verführt, hast mich
verschlungen

und ich zitt're noch immer
vor Erstaunen,
vor dir.

Hannelore Schmid * 1978

Das Vermächtnis eines Lebens

Klein und kalt in dieser Welt,
hat alles bezahlt, nicht nur mit Geld.
Hat die schlechten Epochen überstanden,
war auch im Weltkrieg gefangen.
Baute sich ein neues Leben auf,
machte mancher Tragödie den Garaus.
Aus Arbeit bestand sein Leben,
damit er alles konnte seinen Lieben geben.
So stehen wir fassungslos vor Deinem
Grab,
es gibt noch so viel, was ich zu sagen
vermag.
Hab manche Weisheit von Dir nicht
erkannt,
sogar einige Deiner Tips verbannt.
Jetz, wo Du fehlst wird's sonnenklar,
ein elementares Leben ist wunderbar.
Das sind nun die Lebensregeln,
die Du mir hast mitgegeben:
Jeder hat auf seinem Wege Aufgaben,
die wir zu bewältigen haben.
Schritt für Schritt nach vorne schauen
und ein bißchen Gottvertrauen.

Aniko Schmidt * 1926

Der Hahn bei Hofe

Am Morgen, früh, mit erster Sonne kräht
er
und damit jeder Tag am Hof beginnt.
Er dreht woanders sich ganz nach dem
Wind,
doch hier man richtet sich nach ihm - als
Wecker.

Zum Mittag schmeckt er zarter als sein
Weibe
als Suppe oder Braten vor dem Mus.
Bei Tische, zum Genuss, er schweigen
muss,
denn hier man rückte ihm zu Leibe.

Bei Nacht in Kaiphas' Hof er bleibet still
bis Simon seinen Herrn verleugnet hat
dreimal - dann hebt er seine Stimme schrill:

Bei Tagesanfang er Geschichte schreibt
zweimal bekundet er, er hat es satt
und Petrus Tränen in die Augen treibt.

Anna Schmidt * 1986

Voller Freude „Wein"

Ewiger Kreislauf spült
die Kraft der Berge
in mein Glas.
Zerspringt der Berg, gibt
frei das Gute des Steins.
Die Wärme aus dem All
find ich wieder in der Zeit,
da alles vollendet.
Die Spitzen der hohen Berge
halten fest den Lebensquell,
der nun fließen kann.
Und doch bringen die
strebenden und gebenden Hände
das herrliche süße Naß
in alle Welt, daß
jeder sich daran labe.
Welch Freude ab und zu davon zu nippen
und nicht allein.

Evelyn Schmidt

Wind im Getriebe

Wie der Wind bist du
Kühlst die fiebrige Stirn
Heißgelaufen vom rastlosen Mehr, Mehr
und Weiter, Weiter

Weiter auf der Jagd nach Sinn
Einem Sinn, längst erlegt und ausgeweidet
Doch weiter!

Weiter, der Zukunft hinterher
Getaktetes Leben, zerhackt in immer
kleinere Stücke
Nutze die Nano-Sekunde

W-e-i-t-e-r, m-e-h-r

Mehr Freude – zähnefletschender
Frohsinns-Fanatismus
Mehr Spontaneität – im
Volkshochschulkurs erlernt
Mehr Freiheit - eingeschweißtes und
portioniertes Lebensgefühl

Mehr Bestätigung, mehr Komplimente und
Treueschwüre
Wortreich und bedeutungsarm
Manche nennen es Liebe

Mehr Mehr, mehr Weniger, mehr Nichts

Mehr Wind!
Doch flüchtig bist du, Wind
Und wieder laufen die Gedanken heiß

Fabian Schmidt * 1975

und um mich nacht

und um mich
nacht
ich stand allein
am ufer
meines
ich

ein schwan
zog
schwankend
seine bahn
vorbei

ich
sprang
sprang tief hinein
in
dich

Fried Schmidt

Dunkel türmen sich die grauen Wolken
in dieser nasskalten Herbsteszeit.
Es stürmt!
Der Winter ist nun nicht mehr weit.
Traurig blick' ich aus dem Fenster,
zurück auf die schöne Sommerszeit.
Ich denke:
wo nur mein treuer Freund jetzt bleibt ?
Ich weiß, er kommt doch niemals wieder -
neulich erst verließ er uns!
Ich habe Angst!
Der Sturm - er braust -
so manches Mal ums Haus er saust.
So einsam und allein
so fühle ich mich hier.
Alle werden bei mir sein -
doch mein Freund - er ist nicht hier !
Ich bin traurig!

Heidi Schmidt * 1967

Mein Schneckenhaus

Es klopft so leis
an meinem Haus,
an meinem Schneckenhaus.
In diesem steckt mein Kopf,
der bestimmt nicht hohl.
Doch frage ich mich:
Wer stört mein einsames Sein,
das mir brachte genug Pein.
Bald strecke ich zitternd mein Auge aus
meinem Haus,
aus meinem Schneckenhaus.
Doch sehe ich niemand.
So frage ich mich,
wer klopfte an meinem Schneckenhaus?
War es mein Herz,
das wollte hinaus?

Hellmut Schmidt * 1957

Eine Nachricht aus der Ferne

Licht war Dämmerung des Dunkels,
Dunkel war Grenze des Lichtes!
Er hat die kosmische Leere gesehen!
Die unerbittlich strenge, nüchterne, mit
letzter Radikalität das Motivgeflecht
zerfassende Leere,
deren Pathos wenig wärmt, deren
Kühnheit schwindlig macht, deren
rasende Dynamik,
die jede Forderung durch die Eisregionen
objektiver Geistigkeit jagt, anzeigt,
dass hier Liebe, Leidenschaft für
Geschaffenes ganz umgesetzt ist
in Idee, Leidenschaft des Schöpfers.

Erdenken der Leere ist Erhellung des
Lebens.
Leben aber ist nicht Schauen.
Es bleibt in der Distanz und in der Frage.

So stark ist seine Sehnsucht als kosmische
Tendenz;
vergebliche Schutzmaßnahmen der Seele,
leicht überwindbare Hindernisse zum
Chaos!
Der Leerste sehnt sich nach dem Vollsten,
sehnt sich, jede Entschließung nur aus dem
innersten Lebenskern zu vollziehen,
sehnt sich, seinen Weg in die Freiheit zu
finden.
Gelangt der Mensch dorthin, so wird er
unabhängig,
ohne Gewaltsamkeit, ohne Trotz.
In seiner Unabhängigkeit bleibt die
Freiheit nicht leer.

Maria Schmidt * 1967

Jesus Christus

Christus war ein netter Mann,
dem man niemals bös' sein kann.
Er predigte und lehrte viel,
dies war gewiss niemals ein Spiel.
Jesus, der gute Mann aus Nazareth,
war sehr tüchtig und auch nett.
Er arbeitete als Zimmermann,
was er sicherlich gut kann.
Seine Jünger wussten; er war
Gottes Sohn,
der herab auf die Erde gestiegen
ist von seinem Thron.
„Den König der Juden" – so nannten
sie ihn,
dadurch hat man ihn fies
angeschrien.
Wer kennt ihn nicht,
den jungen Mann,
der für uns auf die Erde kam?
Gott in der Gestalt seines
Sohnes nun,
sollen wir ihm zum Dank
nie wieder auch nur eine
Sünde tun.

Melanie Schmidt * 1990

Empfindungen Befinden Erfinden

kreativ sein, neue Wege gehen, niemals
still sein,
für alles und jedes bereit sein
am Puls der Zeit - niemals Zeit
ruhig sein, einsam sein oder doch
mittendrin sein
gut sein schlecht sein, hip sein, in sein
nein, nein, nein,

Nochmal: nachdenken, einschränken, weit
denken
endlich Augen schließen
daneben sein, entspannt sein - lass die
Sonne rein
nach Hause fliegen bei Mama an den Busen
schmiegen
Kind sein, lieb sein- treu und zufrieden
naiv und in Frieden
doch nein, nein, nein

Eins, zwei, drei zählen
niemals das Leben verfehlen

wo bin ich? was bin ich? bin ich?
oder spinnen, gewinnen, verlieren,
investieren, verführen, berühren
alles oder die Frage der Fragen fragen
nicht verzagen
das Behagen in dir in mir in jedem

Empfindungen, Befinden, Erfinden

Michaela Schmidt * 1983

Schiller – Jahr 2005

Dieses Jahr gibt's eine Freudenschar.
Es ist das Schiller-Jahr.
Friedrich Schiller war ein Dichter,
der starb vor 200 Jahr.
Zudem er auch ein Genie war,
mit seinem roten Haar.
Er schrieb „Die Räuber" und auch
„Wallenstein",
ein Genuss für jedermann –
mit dieser Meinung steh ich nicht allein.
Sein bester Freund war Goethe,
mit dem er stundenlang diskutierte –
ach du meine Güte.
Er litt an vielen Krankheiten,
ließ sich jedoch durch seine Dichtkunst
leiten.
Am 9. Mai 1805 starb einer der besten
Schriftsteller der Welt in Weimar.
An seine Werke heranzukommen,
das schafft so leicht keiner.

Nadine Schmidt * 1987

Sternenfänger

Ein Stern ist ein Leben.
Er strahlt Dich an,
gibt Kraft
und baut Dich auf.
Er sieht Deine Schwächen,
sieht Deine Gefühle
und Du fühlst Dich geborgen.
Die Welt dreht sich, steht nicht still.
Du bist mittendrin im ganzen Geschehen,
ein Sternenfänger, der den Moment
festhält,
Idealen hinterherrennt
und sich glücklich fühlt.
Die Träume werden wahr
und es lag an Dir,
weil du sie verwirklicht hast,
Dir es zutrautest,
einen Weg fandest, der Dir weiter half,
Dein inneres Ich zu finden.

Sandra Schmidt * 1986

Der Fall

Fallen muss ich
Ich werde gefallen
Doch nur im Falle eines Falles
Auf alle Fälle gefallen
Das Gefälle fällt
Mir gefällt es nicht
Doch tue ich einen Gefallen
Falle ich auch
Ich fiel, falle, werde fallen
Doch nur im Falle eines Falles
Ansonsten gilt
Ich stürze.

Tony Schmidt * 1986

Komm, laß uns zusammen träumen,
dann wird aus den Träumen Wirklichkeit.
Gib mir bitte deine Hand;
laß uns doch einmal die Welt
durch einen Tautropfen neu erblicken.
Oder willst du über den Regenbogen
mit mir spazieren gehen?
Oder klammere dich doch einmal
an eine Schneeflocke
und laß dich durch die Luft wirbeln?

Willst du das Rauschen
des Windes verstehen?
Das Zwiegespräch mit einem Grashüpfer
kann auch sehr interessant sein.

Hebe die Schwerkraft auf
und umklammere einen Sonnenstrahl.
Es ist alles ganz einfach,
du brauchst nur zu wollen.

Nun komm schon, du brauchst mir nur
deine Hand zu geben.

Katharina Schmidt-Timpe * 1959

Der Stotterer

Hinab.
Ich glitt, ich stürzte
hinab –
heillos, unaufgefangen.

Von Wort zu Wort,
von Lücke zu Lücke,
unter dem Angstbefehl;
ich war des Sprechens nicht mächtig.

Ich war,
war aber,
war aber doch,
aber doch auch,
ich war aber doch auch ein Sprechender,
inmitten all der Zerklüftetheit –
haltlos, unaufgefangen.

Martin Schmiedel * 1960

Flucht

Welt auf der Flucht,
vor der Stürme,
der Fluten,
der Dürre Wucht

Welt auf der Flucht,
vor des Durstes,
des Hungers,
der Kriege Wucht

Welt auf der Flucht,
vor des Hasses,
der Gier,
der Ohnmacht Wucht

Welt auf der Flucht,
auf der Suche,
nach der Würde,
der Liebe Wucht

Rolf Schmieding

dicht
dichter
am dich testen

Egbert Schmoll * 1943

International (2005)

ich traf sie
sah sie
liebte sie

wir lachten
redeten
ich küsste sie
sie küsste mich
auf den mund

ich schlief
träumte
ich liebe sie
sah sie
traf sie

erwache

aus einem traum
oder vom leben

Daniel Schmutzler * 1982

Auf Abwegen

Wie lebenswert kann ein zerstörtes Leben noch sein?
Was er einst mühsam, in Schweiß und Entbehren errichtet,
wurde durch seine eigene Dummheit, Ignoranz und Widerwillen vernichtet?
Schlagartig ist das Leben in ein Meer von Ruinen zerfallen,
in diesem verfänglichen trostlosen Ende,
haben allmählich die herzzerreißenden Qualen,
die dominierende Oberhand gewonnen,
so schwindet jeder vernünftige Sinn, lautlos schleichend dahin.
Im diesem zerstörerischen Wandel entsteht der Eindruck,
das sogar die aussagekräftigsten Wörter,
völlig bedeutungslos erscheinen, und
schlagartig findet der geplagte Körper keine Ruh',
wieder und wieder werden die körperlich und psychischen Kräfte,
vom eigenen resignierenden Mechanismus zerschlagen, und
der reißende Strudel kreist unermüdlich seinen vernichtenden Tanz.
Ganz plötzlich ist aus der Ferne ein brausen zu hören,
unmerklich wird das Summen das Windes lauter, bis er wortlos sagt:
„Ist in deinem Leben ein Ausrutscher passiert und hast du den Fehler endlich kapiert,
dann steh auf, geh vorsichtig Schritt für Schritt und bleib ja nicht liegen,
wer nicht kämpft, wird nicht siegen!"

Ronny Schnabel * 1974

Gott, der einst die Welt erschuf,
Ließ seinen Sohn auf Erden sterben
Um ihn vor der Menschheit zu retten.
Doch seine Wunden heilten nicht.
Sein Blut tropft hinunter auf die Welt,
Welch ein Wunder, wie es euch gefällt.

Und der Regen nimmt Gottestränen mit sich,
Und löscht das Feuer in unseren Herzen.
Doch die Schmerzen brennen weiter unter der Haut.

Und die Menschheit teilt sich entzwei
In Gut und Böse.
Jedes Gefühl geklaut,
Glaub' mir.

Dana Schneider * 1990

Späte Reue

Mein Herz geht auf die Reise, dem Liebsten hinterher.
Ach könnt ich doch beweisen, dass ich ihn lieb' so sehr!
Vergangen sind die Tage, da sich mein Herz gefreut –
jetzt sind sie voller Plage: ein Meer voll Einsamkeit.
Er ist von mir gezogen, hat sich nicht umgeschaut,
doch daß ich ihn betrogen, das hab ich längst bereut,
O Liebster, Liebster mein, ach kehre doch zurück,
denn deine Lieb' allein, die war mein ganzes Glück!

Manfred Schneider * 1930

Ein ländliches Rosenlied für ein Löwenmäulchen

(den Ton von Clemens Brentano im Ohr)

Rosen will ich dir nicht geben,
welken doch so schnell dahin;
will dir geben ganz mein Leben
Freud und Schmerzen mit darin:

Bin auch glühend wie die Rosen,
flamme ganz in Lieb' zu dir,
und um lohend dich zu kosen,
bin ich nur, gehör' nicht mir;

Hab' auch Dornen, die spitz wüten,
doch sie dringen nur in mich,
zeigen dir mein Blut, die ,Blüten',
die erblühen nur durch dich;

Hab' auch Blätter und ein Grünen,
schrieb schon viele Blätter voll:
helles Hoffen, dunkles Sühnen,
das ich dir nicht sagen soll:

Denn du fürchtest ja mein Lieben,
selten führt dein Weg zu mir -
doch was Dorn und Blüte schrieben
sagt nur: ich gehöre dir.

Wolfgang Christian Schneider

Noch einmal!

Und noch einmal,
noch einmal von vorn,
noch einmal,
noch einmal neu beginnen,
und noch einmal,
schon wieder,
noch einmal,
nicht schon wieder!

Noch einmal schöne Momente!
Noch einmal Leiden!
Noch einmal harte Arbeit!

Und noch einmal,
noch einmal,
die Erinnerung!

Laila Schneidewind * 1984

Der blaue Blues
aus dem Licht
der taumelnden Nacht
gestampft
ergreift er
die flammenden Qualen,
zerfasernd.
zerfressend.

Für eine Weile
anders atmen
bevor
das rohe Gelächter
aufs Neue
erwacht.

Birgit Schnell * 1940

Die Schöpfung

Zu einer Zeit, die wir nicht kennen,
Großes geschah durch Gottes Wort!
Er schuf die Welt, wie wir sie kennen,
sie wurde unser Bestimmungsort.

Alles war einsam, leer und still.
Die Dunkelheit herrschte, da sprach Gott:
„Ich will.
Erschaffen will ich Tag und Nacht."
Das ward am ersten Tag vollbracht.

Gott formte Flüsse, Seen und das Land
mit Bäumen und Büschen, wunderbar
grün.
Das alles geschah durch seine Hand,
die Erde sollte in ihrer Schönheit erblühn!

Nach Himmelsgestirnen und Tieren in
großer Zahl,
Gott schuf in all seiner Macht
den Menschen als letztes Geschöpf seiner
Wahl,
nun ward die Schöpfung vollbracht!

Sonja Schnell * 1986

Thüringen

Grün, grün
Blumen blühen
grünes Herz
helles Grün
Dichter, Dichter,
dichter Wald
Fichten, Buchen
Buchenwald
Schweigen im Wald
dunkles Grün
grüne Grenze
wieder grün
Hoffnung, grün
grün, grün
Träume blühen

Peter Schnellhardt * 1949

Das Papier

Ich liebe dich.
Schreibt er
auf Papier.
Ich liebe dich sehr.
Noch mehr.
Mehr.

Ich liebe dich.
Schrieb er auf Papier.
Ich liebte dich sehr.
Liebte dich.
Liebte.

Ich liebte sie.
Denkt er.
Lange ist's her.
Ich liebte sie sehr.
Liebte sie.
Lange her.
Lange.
Sehr.

Dietrich Schnerring * 1935

Feuersglut

Wenn in dir die Glut verlischt,
Und dein Herz nur Leid erwischt,
So sei nicht traurig, glaub an dich,
Denn dein Schicksal ändert sich.

Wenn du vor Ängstlichkeit erschauerst,
Und einzig auf die Liebe lauerst,
Wenn du vor Kälte drohst zu sterben,
Deine Welt zerfetzt in tausend Scherben,

Wenn die Augen nur noch weinen,
Und nichts mehr wahrzunehmen scheinen,
Wenn dein Herz wie Lava blutet,
Und nichts dir noch nach Freude mutet,

So lass mich in dein Leben treten,
Ich hüll dich ein mit lieblichen Gebeten,
Die Trauer werd ich von dir reißen,
Freude soll fortan dein Leben heißen,

Denn in vielen feurig-heißen Stunden,
Wird die Glut in dir entzunden,
Denn ich werde bei dir sein,
Entzünde dich zu Sonnenschein.

Bianca Schnugg * 1981

Ferien

Was jeder Mensch nun einmal braucht,
wenn ihn das Alltagsleben schlaucht,
das will ich gern erklären,
ihr Leute: Das sind Ferien.

Man fährt hinaus und geht ins Grüne,
und hofft sehr, daß die Sonne schiene,
doch hat die Hoffnung nix genützt,
es hat gedonnert und geblitzt.

Dann ist es auch noch kalt geworden,
man glaubt, man sei im höchsten Norden,
man möcht' sich gern im Süden wähnen,
doch klappert man mit allen Zähnen.

Wer nicht will in der Kälte winseln,
der fliegt auf die Canar'schen Inseln,
wo Menschenmassen in hellen Scharen
aus vielen Ländern hergefahren.

Gerhard Schöbitz

narziss

gefangen
im spiegelkabinett deines herzens
lächelst du dir zu
leuchtend dein bild
im regenbogen deiner iris
hinter den spiegeln
wir anderen
mit unseren stimmen
die unablässig
leise
an dein ohr dringen
unsere wärme
umgibt dich
unsichtbare quellen
stillen deinen immerwährenden durst
was tat man dir
dass du unsere einsamkeit nicht spürst
dass die schönheit deiner träume
alle farbe von uns nimmt

Barbara Schofer * 1956

Die Steine schreien noch

Gras überdüngt
Wald gerodet
Ozonschicht durchlöchert
Gott tot

Woraus Lyrik schöpfen?

Rosen
Herzliche Grüße
Schmerz
Heimat
Mutter
Vaterland
Begriffe abgegriffen

Worauf sich also einen Reim machen?

Stein
Beton
Eisen
Stahl

Lassen sich noch für Gedichte
missbrauchen

Wie lange noch
Und auch sie
Schreien nicht
Mehr

Elisabeth Schöffl-Pöll * 1944

Tageswandel im Herbst

Zauberwelt mit Nebelschwaden,
Sonnenschein, noch dunstbeladen,
spinnen zart den Morgen ein.
Doch der Tag wird steigend freier,
nimmt die morgendlichen Schleier,
um der Falter Lust zu sein.

Gaukeln, Schaukeln, frohes Treiben,
Blütennaschen, Fühlerreiben,
Schmetterling im Liebesrausch.
Werben um die schönsten Blüten,
um sie kurz nur zu behüten,
flatternd leichter Blumentausch.

Bald schon taucht der Tag die Strahlen,
um den Abend auszumalen,
goldgewirkt ins Violett.
Purpur, Bläue, Sammetfarben,
eingestreut der Sterne Garben,
Tagesschlaf im Blumenbett.

Gunhild Schöler

Lebensjahre

Oft gelauscht dem Blütenzweige
voller Kraft der Jugend froh
und im Herbst des Lebens Neige
lauscht das Herz noch ebenso

Was der Wind in jungen Tagen
blühend in den Himmel schrieb
wird zu Laub in späteren Jahren
wenn auch die Erinnerung blieb

Weit liegt manche Frühlingsstunde
die von Stürmen längst verweht
hör im Laub des Blütenzweiges
wie ein neuer Klang sich hebt

Wolfgang Scholmanns * 1958

Sehnsucht

Größter Schmerz in allen Dingen
Ist der Sehnsucht dunkle Macht,
Sie verzehrt den Mensch von innen,
Raubt ihm seine letzte Kraft.

Hast auch mir den Mut genommen,
Die ich in die Ferne sah,
Wo ich neben fernen Weiten
Fremde, neue Welten sah.

Doch ich kann sie nicht erreichen,
Die in meinem Innern sind,
Da, was tief in mir verborgen,
Wie der Sand, der Hand entrinnt.

Und so werd' ich ewig warten,
Ohne Hoffnung, ohne Kraft,
Denn, was gerade erst gewonnen,
Sehnsucht schon verloren macht.

Marleen Scholz

Berührung

Die Tiefe einer Welle
die sich ruhig von mir
zu dir in deine Hände schmiegt
spüre ich fast täglich wie ein sanftes
Streicheln
auf allen Ebenen

Constanze Schön

kopf und bauch: flattern

wie alt du auch wirst
zeichnet das meer spiegelbilder
deiner sehnsucht

denen fehlt nur
die unbeschwertheit des kindes
dabei verzetteln sie dich

wie damals in
stimmungsschwankungen
die leicht wellenhöhe schaffen

hemmungslos dem bann verfallen
oder sich abwenden und
alltagsruhe bewahren

bleibt immerhin deine
entscheidung im volatilen
rhythmus deines willens

Matthias Schönberg * 1960

Raps

Als dieser Frühling,
der besten einer,
Wald und Feld
hellgrün bemalt hatte,
kam Meister Raps
und rollte seine leuchtend
gelben Teppiche aus.

Otto Schönberger

Agende

Torheit
tänzelt sorglos umher,

Klugheit
grübelt gedankenschwer,

Angst
steigt aus dem tiefen Meer,

Not
schreit das Haus leer.

Als das Morgen begann
vages Hoffen zerrann,
stob mit dem Winde dahin:

Angst und Not
bringen dem Tod
makabren Gewinn.

Ingeborg Schönberg-Lothholz

Verletzt

Egal, ob du aus Himmeln kamst.
Zur Hölle fahr.
Ich zeige grinsend widerlich
trophäengleich, verletzend dich,
dein schnittig Schamhaar.

Egal, ob mich dein Blick zerriss.
Ich, Aftergaul, zeig meinen Hintern
öffentlich
und preise dabei inniglich
die rote Spur von deinem Biss.

Helmut Schöne

Der Kerker

Ikarus
Heller Stern
Aus Wachs gespinnte Träume
So schutzlos vor gleissender Macht
Über-Macht
Der Ruf des Vaters
Angsterfüllt
Tobend
Doch was bist du ihm Reue schuldig?
Schwebe hinfort
In Wahnwitz und Himmelsbrunst
Einsam fällt dein Tod
Zurück in glättende Wogen
Abgrund der Erhabenheit

Felix Schönherr

Ostertreffen

Der Morgen ist noch klar und kalt
an diesem schönen Tag,
dichter Nebel steigt aus dem Wald,
leichter Frost auf den Wiesen lag.
So schreite ich weiter Stund und Stund
begleitet von der Vögel Gesang,
ein liebliches Lied erklingt aus meinem
Mund,
voran mit Elan denn der Tag ist noch lang.
Das Murmeln des Baches an meinem Weg
erfreut mein Herz und Gemüt,
eine kleine Rast nur am hölzernen Steg,
doch schon bald es mich weiter nach Hause
zieht.
Ein jeder kommt von fern und nah
zum Kreis der Familie daheim,
auch ich bin nach ewiger Zeit wieder da,
zum Fest sollen alle glücklich sein.

Frank Schöning * 1960

Die Karawane aus Blech

Nicht unweit des Rauschens des Lech
braust die Karawane aus Blech,
Menschen herinnen,
Entfernung gewinnen,
mit Wagen zu fahren,
Zeit soll schneller verrinnen.

Nicht achtend wollend, welche Gefahren,
wenn eiligst rollend dahin,
Landschaften fliegen vorbei,
Wo bleibt da Besinn?

Wege vormals für Gefährte mit Pferden –
versperrt jetzt mit Ungetümen, hochlastig
mit Motorengebell.

Am Ende, weit hinten,
eine Weltmarke verspricht Aufmarsch von
Technik,
immer noch besser, vollkommen sicher,
stechend im Dunkeln die Strahler des
Lichts.

Doch hunderttausendfach Verletzte haben
Gewicht
zu bezeugen wie Fortschritt einher mit
Gericht.
Wo bleibt sie die Rettung naturnaher
Freiheit,
solang der Himmel noch hell.

Jürgen Schönwald * 1933

Mittendrinnen

Leise lächeln die Lieder,
die der Wind in den Regen pustet.
Gebieterisch heult eine Polizeisirene
und der Straßenköter legt die Ohren an.

Tja, die Großstadt hat ihre Tücken.
Sie tickt vor sich hin
und schliddert gegen Verbotsschilder.
Ein Haudegen war sie schon immer.

Das Gänseblümchen zuckt
unter dem Einfluß des Dämmerlaufes.
Der Korridor legt seine Dielen in Falten
und noch immer stolpern Menschen über
ihn hinweg.

Also: aufgepasst!
Das Meer aller Tage hat Einreiseverbot
und die Nacht weiß das zu schätzen.
Sie frisst sich satt am morgigen Tag,
aber der ist ohne Bedeutung.

Sylvia Schopf

Weltstadt Berlin

Wenn die Lichter erglüh'n
in der Weltstadt Berlin,
das Kleid der Nacht
senkt sich sacht
auf Berlin.

Tausend Träume, sie zieh'n
durch die Weltstadt Berlin.
In jedem Baum
hängt ein Traum,
in Berlin.

Ein Akkordeon spielt
in einem Haus die ganze Nacht.
Eine Mutter weint,
bis ihr Kind davon erwacht.

Freud und Leid sind nicht weit
und das Glück läßt sich Zeit,
es lockt dich hin,
in die Weltstadt Berlin.

Simon Schott * 1987

Haiku

Dezemberabend –
zwischen den Seiten im Buch
die tote Mücke

Marita Schrader

Die Liebe

Die Welt ist von Liebe besessen,
doch kann man sie je vergessen?
Was kann man nur machen,
um wieder im Leben zu lachen?
Die Antwort ist ganz leicht,

kein Gedanke reicht,
bis dahin wo er war,
denn das war zu wunderbar.
Also lass es, daran zu denken,
mit den Gefühlen zu schwenken.
Denk daran was wird und was die Zeit mit
sich birgt.

Melanie Schrader * 1986

Küche und Keller

Was Küche und Keller zu bieten haben
ist oft mehr als Speis und Trank:
Alte und neue Tassen,
stöbern in dem Schrank.
Hier findet sich manch' Sammlerstück
aus alten Tagen voller Glück –
Erinnerungen aus fernen Tagen,
zu schade, um sie zum Flohmarkt zu
tragen.
Vieles ging bereits verloren,
anderes ist für später auserkoren:
Kinderschlitten, Karnevalskostüm,
vielleicht ein Möbelungetüm;
Kuchenteller, Kaffeekanne,
von dem Opa eine Zange.
Daran hängen alte Geschichten,
ganz unmöglich, darauf zu verzichten!
Und so füllen sich die Regale,
betrachtet und auserwählt von Mal zu
Male.
Vorräte machen zur Notzeit satt:
Wohl dem, der Küche und Keller hat.

Gabriele Schramke * 1954

Gedanken

Mit freundlichen Augen
lacht dir die Vergangenheit,
wenn du verzeihst,
was sie dir angetan.
Schau in die Zukunft,
sie liegt vor dir
und nimmt dich lachend in die Arme,
wenn du nicht im Vergangenen lebst.

Hans-Joachim Schramm * 1930

Ganz tief

Ich tauche ein
in deinen Blick,
fühl Seele, die
nach Liebe schreit,
berühre dich
mit meinem Herzen
in unsagbarer
Zärtlichkeit.

Christine Schrattenecker * 1958

Gedanken

Gedanken gibt man sich oft hin,
ganz ohne – aber auch mit Sinn.
Wobei dann der – darauf man acht',
zum Schluss nicht doch nur Unsinn macht.

Erich Schreier

Der Apfel
Der Apfel ist grün,
schön – so grün.
Der Apfel ist rund,
schön rund.
Der Apfel, der Apfel.

Iris Schriewer

Menschsein 2005

Human heißt: menschlich.
Was will der Mensch?

Leben in Frieden?
Siegen in Kriegen?

Urwälder spalten?
Umwelt erhalten?

Arroganz, Ignoranz?
Akzeptanz, Toleranz?

Immer nur nehmen,
oder auch geben?

WAS WILL DER MENSCH?

Human heißt menschlich –
und Leben ist endlich.

Christa Schröder * 1936

Sie ist mir mehr

Ich schreibe dir ein Lied.
Eines, das bleibt.
In der Erinnerung,
auch später,
will ich es nicht verneinen,
dir
eine Melodie geschrieben zu haben.

Jörg Schröder * 1960

Modern Times

Lebendig begraben
Unter Missgunst und Neid
Verkauft und verraten
Mit immer höherer Geschwindigkeit

Wenn man nicht mitzieht
Ist man schnell raus
Fliegt durch die Maschen
Mit hämischen Applaus

Das Leben geht weiter
Man findet schon was
Immer die Fassade wahren
Und tun als hätt man Spaß

Und bleibt einer liegen
Und ist nicht Schuld daran
Sein Pech
Denn was geht uns fremdes Elend an

Jörn Schröder * 1976

Flugzeuge da oben

Wiedermal ist eine Zeit gekommen,
wo bedenklich ich nach oben schaue
wenn unter Wolken Flugzeuge
zu sehen sind.

Ich rücke näher
zu dir und
lege meinen Arm um dich.

So, wie früher meine Mutter es schon tat
in solchem Augenblick,
als ich Kind war
und aufwuchs in einer
zerbombten Stadt.

Karl-Heinz Schröder * 1945

Gehört Gesagt

Vieles hat sich verändert
meint der Schlangenbeschwörer
auch die Pelzmützen
wärmen nicht mehr so
wie früher
wenn Regen fällt
denkt keiner an Regen
was jetzt noch nicht designed ist
geht unter
ein Anderer meint sogar
wir sollen die Designerstatements
nicht mehr annehmen
darauf verzichten
und nachdenken
uns retten

Maria Schröder

Klagelied wider Helvetien

Helvetien trat im Krieges-Chor
Im triefend' Blutgewand hervor
Den Rucksack voller Juden-Gold
Was soll's, es war ja Gott gewollt.

Machte weit die Alp-Tresore
Granit bewehrt ihre Tore
Golden klang es von den Bergen
Grell der Schrei aus Juden-Särgen.

Seit über sie die Wahrheit kam
Als Nazi-Helfer mit dem Wahn
Verfolgt sie Blut aus Krieg und Not
Gar bis hinab ins Bankdepot.

Sie rief den grossen Tell herab
Dass er ihr nehm' die Sünden ab
Sodann die Seele wasche rein
Zum gülden Glanz als Heil'genschein.

Der Juden irdisch Gold und Geld
Lebt weiter in der Bankenwelt
Helvetien nun Bilanzen hisst
Vom blutig' Gold sie trunken ist.

Rolf Gerd Schröder

Lebenssinn

Manche Menschen denken,
der Sinn des Lebens ist es,
Reichtümer anzuhäufen.
Für eine Weile
scheint ihnen der Luxus und
der schöne Lebensschein
Recht zu geben.

Spätestens wenn sie die Kälte,
in der diese Menschen und
ihre Reichtümer leben
zum Zittern bringt,
werden sie erkennen,
dass kein Designerpulli dieser Welt
schaffen kann,
was die wärmende Umarmung
eines Menschen zu geben vermag.

Susanne Schröder * 1982

Wurzeln

Überall zu Hause – oder nirgends?
Überall eine Fremde – oder nirgends?
Leben in zwei Welten – gleichzeitig geht
nicht!
Leben in zwei Welten – da leidet doch
eine?
Nur eine? – Nein beide leiden!

Ursula Schröder * 1950

mein Weg

Ich streife meinen Weg entlang,
ohne Pflicht und ohne Zwang;
stetig nur geradeaus,
gönne mir weder Ruh noch Paus;
um jeden Preis will mein Ziel ich erreichen,
werde keiner Herausforderung entweichen;
meinen Traum will ich erleben,
meiner Verzweiflung keine Chance geben;
meine Gefühle sind unbeschreiblich,
die Sehnsucht zu dir fast tödlich;
meine Seele von Trauer zerrissen,
deine zarten Lippen will ich endlich wieder
küssen;
von nichts aufhalten lass ich mich,
jeden Gegner zerschlagen werd ich;
der mich will trennen von dir,
das schwör ich jetzt und hier;
keine Rücksicht nehmen in dieser Hinsicht,
denn am Ende des Tunnels ist immer Licht;
dieser Satz meine Hoffnung steigert,
und meiner Angst den Platz verweigert.

Steven Schrot * 1986

Schönheit

Lebenslinien
korrigiert.
Durch ein
Schönheitsideal
inspiriert.
Ewige Jugend
garantiert.

Gesichter,
ohne Leben.
Als hätten sie
nie gelacht
und keinen
Kummer
durchgemacht.

Doris Schubkegel

Die Zeit der Liebe

Im Märchenwald hat es begonnen
Am Neckarstrand der Wein
Der Herkules hat sich besonnen
In Übesheim am Rhein
Das Ende kam in Hof Am Stein
Die Alten haben recht behalten
Die Liebe war umsonst
Was soll man da vom Leben halten
Der Spiegel ist zerkratzt
Der Aachensee,der ist verloren
Das Kellerjoch passee
Die Seelen,die sind zugefroren
Oh, Märchenwald ade ...

Maria Schuckert

Seh-Not

Kam mir vor,
wie auf einem sinkenden Schiff.
Dabei fest geglaubt,
ich hätt' alles im Griff.

Aber die Wogen des Lebens
mit ihrer Macht,
haben erneut
mich zum Schwanken gebracht.

Bin von den Stürmen
ziemlich benommen.
Trotz Vorsicht
doch vom Kurs abgekommen.

Wie durch eine Nebelwand,
ich keine Orientierung fand.
Wäre tatsächlich fast gestrandet,
zum Glück noch einmal heil gelandet.

Sieglinde Schuda * 1950

Gehasst, verdammt, verurteilt

Ein Blitz durchfährt meinen Körper
seine Tat hat mich beschämt
hat meine Ehre beschmutzt
und meine Sinne gelähmt

Seine Handlung war pervers
seine Gedanken perfide
haben mein Leben zerstört
waren kalt und morbide

Sehe den Moment vor Augen
deutlich und glasklar
kann das Ausmaß nicht vergessen
wie es damals war

Der gute Onkel von nebenan
und sein böses Spiel
zerstörte mein Urvertrauen
erreichte schnell sein Ziel

Mein Leben ist zerstört
bin für nichts mehr empfänglich
für ihn gab's Bewährung
nur für mich – lebenslänglich

Vera Schuh * 1984

Grand Canyon

Die Erde war in guter Form,
noch jungfräulich und rund,
sie lächelte die Sterne an
und fühlte sich gesund.

Doch irgendwann in dunkler Nacht
sah plötzlich sie im Traum,
wie Menschen kämpfen um die Macht
im unendlichen Raum.

Ihr Staunen war darüber groß,
sie sah sie an und rief:
„Laßt, Leute, diesen Blödsinn bloß!
Die Sache läuft doch schief!"

So schrie die Erde. Sie war platt.
Und schließlich kam's dazu,
daß sich ein Spalt geöffnet hat
und ging danach nicht zu.

Jetzt kreist sie in dem All herum
mit einem großen Riß
und ähnelt einem Unikum
mit steinernem Gebiß.

Walter Schüle * 1933

Fronleichnam

Gottesblume, Schöne,
blühe und verwöhne
mir der Sinne Flor.

Schenkst mir das Entzücken,
wirst mich schnell entrücken,
lob Dich mehr als je zuvor.

Herz und Seele glühen,
wollen Liebe sprühen,
sind Dir zugewandt.

Sonne, Licht und Regen,
bringen uns den Segen,
Gott reicht uns die Hand.

Ist der Bund geschlossen,
Geist ist ausgegossen,
Liebe neu erwacht.

Hat mein Lob genommen,
ist zu mir gekommen,
fühl mich reich bedacht.

Elke Schuler * 1959

Fussball-EM 2004

Da ist er wieder
Der Missbrauch der Sprache
Und alle plappern nach
Wir sind eine Turniermanschaft
Doch das Spiel ist aus
Alles vorbei
Der Wille war größer als die Fähigkeiten
Deutsche Krise mit deutschen Antworten
Die Funktionäre plaudern leichfüßig
mediengerecht
Karge Informationen
Otto muss her
Gestern noch ein Auslaufmodell
Ein Missbrauch der Sprache
Wo sind Ideen und Vorbilder
Es gibt sie!
Entflohen der Sympathieträger Rudi
Kein Missbrauch der Sprache

Wolfang Schüler * 1937

Liebender Gedanke

Liebender Gedanke
bewege meinen Tag
und forme Du die Worte,
die ich ihr heute sag'!

Hauch mir von ihrer Nähe,
die Luft erfüllt vom Du,
als ob ich fast sie sähe,
bei allem was ich tu!

G.-A. Schulte Quaterkamp * 1959

Wetteränderung

Sonne brennt vom Himmel runter.
Nur die Grillen sind ganz munter.
Hitze tötet saftiges Grün
und auch Blumen woll'n kaum blühn.

Dann plötzlich und mit Macht
hat es fürchterlich gekracht.
Blitze zischen hell
und blenden ziemlich grell.

Laut Wolken aneinander klopfen.
Es fallen runter große Tropfen,
platschen auf die heißen Pflaster
und formen Regenrinnenraster.

Die dichte platschige Regenmasse
finden alle doch nun klasse.
Alle die von Sonne träumten,
sich gegen schlechtes Wetter bäumten,
haben ihre Meinung geändert.
Wie sich alles doch verändert.

Christina Schulz * 1959

- 42551-Velbert-Stadt -
- 42549-von-Bering-Straße-

Velbert – März – 2005:
„Es schneit!"
Frostig-faszinierende Landschaft –
in weißem Kleid –

Lachende Menschen –
ein gutes Wort –
voll Freude –
in Stadt –
Cafés – Gastronomie –
vor Ort –

Mittelpunkt –
touristisch-kulturellen
Geschehens –
Einander: „Sehen – Hören –
Verstehen" –

„Kleinstadt – im Herzen Deutschlands" –
Kernstück pulsierenden Lebens –

„Formatierende Perle in Weiß" –

Hans-Jürgen Schulz

Weihnachtsduft

Schnee vom Himmel fällt hernieder,
Flocken wirbeln durch die Luft
und das ganze Land ist wieder
eingehüllt in Weihnachtsduft.

Höher schlagen Kinderherzen,
nicht mehr lang, dann ist's so weit,
und im Lichterschein der Kerzen
singt man Lieder dieser Zeit.

Freude, Glück, Zufriedenheit
kehren ein in jedes Haus,
wundersam im weißen Kleide
sieht die Winterlandschaft aus.

Jens-Robert Schulz * 1969

Perseiden –Ströme –Sternschnuppen – Laurentiustränen = „Stefanie"

Du
bist es,
die ich mag – „Stefanie",
deren Charme
fast willenlos erlag,
im Herzen „Düsseldorf's" –
dich wartend fand –

Hand in Hand
im Taumel
des Mögens ...
Flair einer bezaubernden Stadt –
eilender Menschen-Blicke –
sahen

unsre Augen –
szintillierend –
nur uns ...!

Nikolas von Schulz

Hoffnung

Solange Hoffnung noch mein Herz
erwärmt
und das Lied der Liebe von der Zukunft
schwärmt,
Solange Menschen sich Vertrauen schenken
und weiter als ans Morgen denken,
Solange lohnt sich doch das Weitermachen,
erklingt von Zeit zu Zeit auch mal ein
Lachen,
Solange Träume noch ein Ziel aufzeigen,
wird die Waage sich nicht neigen.

Peter Schulz

Manchmal

Von wirbelnden Blättern getragen,
knapp über der Erde entlang geschleudert,
Strudel,
gedreht, beschleunigt,
hinabgesogen,
dunkles Loch - Unendlichkeit
Kühle um mich,
in mir.
angefressen,
zerfleddert,
liegengelassen - leblos kalt.

Wenn es nicht zu spät wäre,
würde sie jetzt die Augen öffnen,
atmen und der Liebe den Freund der
Weisheit schenken.

So aber sitzen Trauer, Gram und
Hässlichkeit als Runde
und pokern um das letzte Stück
Barmherzigkeit.

Blätter säuseln über den Boden, um am
Tode das Rad der Welt Natürlichkeit
zu symbolisieren.

Manchmal sind Blätter sterbende Seelen.

Solveig C. Schulz * 1981

Frieden

Es ist genug mit dem Getümmel
Es ist genug mit dem lauten Geschrei
Ich träume von einem leisen friedlichen
Himmel
Denn dort ist Frieden
Ich bin frei...

Erika Schulze

Zwei Seiten

Jeder Mensch hat zwei Seiten,
wenn du nur die eine kennst,
weißt du nie welcher Mensch vor dir steht,
wenn du nur die eine kennst,
dann wird dich dieser Mensch einst
enttäuschen,
weil du seine zweite Seite siehst

Loreen Schulze * 1992

Ein Jahr wird geboren

Ein Jahr wird geboren
Liebe geschworen
Hoffnung geweckt
Leben entdeckt.

Ein Jahr wird kommen
Zweifel genommen
Zauber enthüllt
Verlangen erfüllt.

Ein Jahr wird sein
Gefühle so rein

Leidenschaft brennt
Zeit die rennt.

Sybille Magdalene Schulze * 1952

Sonne sagt zu Regen
Ich habe mich in dich verliebt
Regen sagt zu Sonne
Das geht doch nicht
Sonne sagt zu Regen
Ich habe mich in dich verliebt
Und sie begann zu scheinen
Regen sagt zu Sonne
Das geht doch nicht
Und er begann zu weinen
Und als sich trafen Strahl und Tropf
Da schimmert es in allen Farben
Und Sie wussten wer sie waren

Reinhold Schulze Altcappenberg

Im Regen

Der Himmel weint sich aus – seit Tagen.
Keiner bietet ihm die Stirn,
doch ich bau meine kleine Welt
unterm Regenschirm.

Gewähre nur der klaren Luft,
Jasmin- und Lindenblütenduft,
Einlass unter meinen Schirm,
mag den Stolz betagter Bäume,
lass die Seele baumeln – träume.

Gänseblümchen, satt vom Trinken,
säumen meinen Weg zur Linken.
Ringsum Stille, nur das Klopfen
sanfter Wolken – Tränen – Tropfen

und ich
unterm Schirm zu Haus.

Himmel, weine dich nur aus.

Helga Schumann

Ode an Mich

Ich bin eine Frau
und ganz besonders schlau,
ich komm' halb aus Niederbayern
und liebe es zu feiern,
die andre Hälfte kommt aus Franken
und dafür tu' ich mich bedanken.

Ich bin so unheimlich toll,
mein Gehirn ist bis oben hin voll,
vollgestopft mit so viel Wissen,
meine Intelligenz möcht ich nicht missen

Fehler hab ich keinen
und viele das Gleiche meinen,
in so einer langen Zeit
das glatt ein Wunder scheint
Manche halten mich für eines,
in ihren Augen bin ich was Feines,
denn ich bin klug
und das ganz ohne Lug und Betrug!

Damit beweise ich,
dass es niemand besseren gibt wie MICH!

Andrea Schuster * 1987

Kreuzerhöhung

Täglich wird das Kreuz erhöht,
überall auf unserer Welt.
Das Kreuz der unschuldig Leidenden,
fest in die Erde getrieben,
festgemacht mit den Keilen der
Hoffnungslosigkeit.
Sie hängen an ihnen,
sie zappeln, sie weinen,
sie schreien vor Wut.
Lebendige Leichen, wir alle,
und atmen den Gestank des Todes.

Ach, käme doch die Göttliche Hand
und löste unsere Nägel!
Doch: wohin würden wir fallen?

Auf die blutige schwarze Erde und in das
Grab.

Laßt uns aushalten, Brüder,
und die frische Brise der Gnade atmen,
hocherhöht an unseren Kreuzen.

Dorothea Maria Schütz * 1961

Sehnsucht quasi

Stehen
nachts am geöffneten Fenster

lauschen
den Glockentönen dahin
ziehender Brachvögel hoch
zwischen schimmernden Sternen nordwärts
vorüber
oder dem Straßenverkehr weit jenseits der
Stadt
wie leisem Rauschen des Nachtwinds

nachspür'n
dem matten Glänzen der Büsche in
schwankenden Schatten

einatmen
Düfte verborgener unbekannter
Blumen im heimlichen Dunkel

wünschen
gehen zu können ganz einfach
aufzubrechen
und nachzureisen fernem vermeintlichem
Nachhall des Posthorns im stillen Land

lange

Wolfgang Schütz * 1935

Die Zeit der Kartoffelfeuer

Draußen wird es feucht und kalt,
herbstlich bunt färbt sich der Wald.
Das Korn ist in der Scheuer
und die Kartoffelfeuer
leuchten durch das Nebelgrau –
Schafe blöken im Verhau.
Vorbei ist's mit den Rosen,
jetzt blühn die Herbstzeitlosen.

Die Krähen ziehn, wer weiß wohin?
Man meint, sie fliegen ohne Sinn
hin zu den Waldessäumen
und sitzen auf den Bäumen.
Ihr Federkleid glänzt schwarz wie Lack,
wie eines Professoren Frack
und krächzen laut, wie Krähen sind,
mit rauen Kehlen in den Wind.

Ingeborg Schütze * 1942

Herbst

Rastlos eilen Sie vorbei
Ohne sich umzudrehen
Kein Blick weicht ab von ihrem Ziel
Sanft gleitet ein Blatt zu Boden
Unbeachtet
Ein Leben vergeht, still und leise
Von niemandem vermisst
Vom Mantel der Vergessenheit bedeckt
Nicht eine Seele weint
Um das verglühte Leben
Das einsam seinen Lauf vollendet

Martina Schwab * 1978

ode an die nacht

still nahst du vom fernen horizont
verschluckst die schatten mit deinem
schweigen
nichts deiner berührung entkommen kann
jetzt muss sich die welt vor dir verneigen

geliebte nacht, wie schärfst du mir den
sechsten sinn
wie machst du trunken mit deinem feurig
süßen weine

bist mystisch dunkle verführerin
geheimnis lodert in deinem nebelscheine

mit dir zieht auch kälte übers brache land
und nackte angst kriecht unter meine haut
vor blindheit bin ich starr gebannt
jedes geräusch dröhnt unheilvoll und laut

doch bleib, geliebte nacht, für immer da
dein pulsschlag ist mir lebenselexier
trägst mich auf deinem fiebernden altar
bis ich mich in traumlostiefem schlaf verlier

Melanie Schwager * 1978

Die Hoffnung lebt

Der Wind bläst ihr Haar zurück.
Sie hofft, dass Stück für Stück
der Frieden wiederkehrt
und dem Land Freude beschert.
In der Ferne Schlachtschiffe toben.
Wie in riesengroßen Wogen
ziehen Armeen durch das Land.
Der Krieg trägt ein blutiges Gewand.
Und doch stirbt die Hoffnung nicht,
Sie spiegelt sich in ihrem Gesicht.

Leonie Schwalb * 1989

Melancholie

Spätsommersonnenstrahlen
malen
Lange Schatten.
Ja, wir hatten
Eine herrliche Zeit
Und sind nicht bereit,
Sie zu lassen
Für die blassen
Nebeltage.
Unsere Klage
Hilft uns nicht.
Trüb wird das Licht,
Und da ist sie,
Die Melancholie.

Lotte Schwaller-Aeschlimann

Ikone

Was hinter den Dingen steht
weitet sich
und der Engel
der Torhüter der Schwelle ist
wehrt der Dunkelheit
und lässt dich ein
in die goldene Tiefe

Jürgen Schwalm

schön

polstergarnitur
möbelpolitur
fleckentferner
teppichschaum

hier ein väschen
dort ein döschen
frischluftspray
man riecht es kaum

tja und ferner
machte
unser werner
abitur

dass er jetzt
in großer Stadt
politik macht
staune nur

Hermann Schwamm * 1958

Wahre Liebe!

Amors Feil traf mich ins Herz, doch es war
ein
wunderbarer Schmerz, ein Gefühl das
seinesgleichen
nicht kennt, das man wahre Liebe nennt.

Dein Haar so weich wie Seide ist eine
wahre
Augenweide und wenn du lächelst voller
Wonne,
strahlst du um die Wette mit der Sonne.

Amors Feil hat mich inspiriert, und schon
habe
Ich diese Zeilen für dich komponiert, den
eines
das steht fest für mich kurz gesagt ich liebe
dich.

Andreas Schwanenengel * 1967

Schwarzes Gold

Um die Welt gereist,
So viele Gesichter gesehen
fröhliche Gesichter und traurige Gesichter,
voller Verzweiflung
Kinder ohne Lebenswillen...
Hände, die nicht freiwillig geben,
Staatsmänner, für die keine Leben zählen.
Menschen, die nach Frieden flehen.
Herzen laut nach Heilung schreien.

Länder, die sich nicht vergleichen lassen
manche heiß und manche kalt.
Geschichten, welche ururalt.
Verkaufte Seelen! Verkaufte Seelen!
„Für schwarzes Gold"

Viele voller Freude erlebt
und viele unter Tränen,
traumatische und schmerzliche
Erfahrungen,
es lässt sich nicht erzählen...

Wie gefangen in Ketten, erlebte ich
Momente,
die mein Herz in Flammen setzten.

Lynette Olivia Schwantes * 1944

Und um uns das lautlose Sterben

... Und um uns das lautlose Sterben.
Die Welt längst ein einziges Grab
der Dinge von morgen. Verderben
zieht drohend und sank schon herab.

... Zwar leuchten versunkenen Augen
noch Blume und blauende Ferne;
– doch nachts schwimmt der Mond wie in
Laugen
und weniger werden die Sterne.

... Und spröder die Lippen; sie reißen
so auf, wie das Herz sich verschließt:
– Die Worte verkommen auf Halden

von Unrat stets greller bemalten
Dahinlebens. – Manche verreisen,
dorthin, wo man auch kaum mehr ist.

Peter Schwanz

Fall

Ein Blick hinab, das Herz gefriert,
doch brennen soll mein Körper nicht,
der Boden ist vom Tod verschmiert,
mein Körper fällt, mein Geist zerbricht.

Hinab, hinab, die Glieder beben,
so viele Träume bleiben oben,
der Atem pumpt verzweifelt Leben,
und näher rückt der kalte Boden.

Ich denke an mein kleines Kind,
wie gut, dass ich alleine bin,
der kalte Wind, er macht mich blind,
und keine Hoffnung und kein Sinn.

Hinab, hinab, ich kann nun sehen,
die Menschen die dort unten bangen,
die furchtsam beieinander stehen,
mein Geist ist in der Angst gefangen.

Ein letzter Schrei, so nah das Ende,
und meine Wut ist ein Versprechen
vorbei an mir rasen die Wände,
dann spüre ich die Beine brechen.

Alexander Schwarz * 1981

Nur wer einen Berg erklimmt
kann auch hinabsteigen
Nur wer aufrecht steht
kann sich verneigen
Nur wer sündigt
kann bereuen
Nur wer Leid erfährt
kann sich auch freuen
Nur wer fortgeht
kann zurück nach Hause kehren
Nur wer Gewalt kennt
kann sich auch wehren
Nur wer mal still steht
kann sich wirklich bewegen
Nur wer ruhig ist
kann sich richtig aufregen
Nur wer keine hat
der macht sich Sorgen
Nur wer heraussticht
stand lange verborgen

Eliza Schwarz * 1982

Herbst

Kahle Bäume strecken ihre Finger zum
Himmel.
Blutrote Blätter decken die schlafende Erde
zu.
Die Herbsthexen kochen ihre Nebelsuppe.
Ein einsamer Vogel singt sein letztes
Trauerlied.
Alles wartet auf einen neuen Anfang…

Milada Schwarz-Adamek * 1946

Lebenszeit

Wenn zwischen
Ankommen und Weitergehen
die Zeit sich müde
an die Wand lehnt
wirkt ihr Gesicht gealtert

Wenn meine Schritte
der Zeit erlauben
aus der Hast herauszuschlendern
verlangsamt sie
ihr Vergehen

Wenn ich
die Zeit freilasse
schenkt sie mir dafür
mein Leben zurück

Christiane Schwarze * 1960

Frühlingsanfang

Hat das Warten nun ein Ende?
Ist die Kälte endlich fort?
Kommt nun die ersehnte Wende?
Ist der Frühling schon vor Ort?

Bringt er uns den lang ersehnten
Heißbegehrten Sonnenschein?
Der erweckt zu neuem Leben
Hierzulande – groß und klein.

Werden wir mit Blumen schmücken
Alles was uns lieb und teuer?
Und fortjagen mit Entzücken
Des langen Winters Ungeheuer?

Unweigerlich er kommen muss!
Schau ich auf das Kalenderblatt
Komme ich zu dem Entschluss
Dass er es sicherlich auch gelesen hat.

Rita Schwarzkopf-Thom

Wintergang

Die Flocken fallen dicht und sacht
und decken lautlos Feld und Wiesen zu.
Kein Sternenschein durchdringt die dunkle
Nacht,
nichts unterbricht die kalte Winterruh.

Ich gehe träumend über Land.
In weit entrückten Zonen tickt die Zeit.
Vor mir die Welt, ein weisses Lichterband,
und tief in mir die triste Einsamkeit.

Dann bleib' ich stehn und schau zurück.
Dick überschneit ruht jetzt die karge Flur.
Mir scheint, mein Leben und mein ganzes
Glück
liegen in meiner hinterlass'nen Spur.

Marcel P. Schweighauser * 1942

Mond überm Dorf am See

Durch reifeschweres Land webt Silberglanz,
verströmt verzaubert' Licht in blauer
Nacht.
Um kühle Wasser spielet Nebeltanz
mit bleichen Strahlen schleierhaft und
sacht.

Und tausend Monde auf glasierten Ziegeln
erhellen altersgraue Mauern,
und wie in tausendfach gebroch'nen
Spiegeln
strahlt Mond in Wogen, die ans Ufer
schauern.

Bleich fallen Strahlen über strohbedeckte
Katen
und blitzen auf des Kirchturmgockels
golden Kleid
und zaubervoll umfassend Frucht und
Saaten
macht voller Mond das Land so weit.

Es geben seine Strahlen Ruh' und Frieden
und milden Schmerz und leises Weh
und leuchten Glück für die, die einsam
lieben,
im kleinen Dorf am See.

Hans Schweizer

Erinnerung

Erinnerung stößt Tore auf
Die Schlüssel hatt' ich längst verloren
Gefühlte Bilder drängen heraus
Denn das Herz vergisst nichts

Brigitte Schwenger

Unglückliche Liebe

Die Nacht zerbricht, der Morgen wird
geboren
und meine Tränen der Nacht sind zu
Eiszapfen gefroren...

Der Himmel ist düster und grau das
täglich Einerlei,
aber ich denke an Dich, hab' Dich so lieb
und dann
bin ich frei...

Du stehst am Ufer, es ist unendlich weit,
und ich schwimme allein im großen Meer
der Einsamkeit...

Erst schwebe ich, dann sinke ich,
tiefe Stille, absolutes Schweigen ist um
mich herum,
meine Seele will schrei'n, doch ihr Mund
bleibt stumm...

Ich stürze endlos hinab, es gibt keinen Halt
und am Anfang der Ewigkeit war ich schon
tausend Jahre alt...

Bernd Udo Schwenzfeier * 1941

Die Welle im Meer braucht ihren seichten
Gang.

Den Stern sieht man erst im Dunkeln am
Firmament blinken.

Es kann jemand nur dem Gehenden
winken.

Erst in der Ruhe hört man den
Vogelgesang.

Sabine Schwetasch

Das 5. Element

Worte zu leer, um gesprochen zu werden
Blicke zu müde, um lebendig zu sein
Die Menschen, tote Seelen, wandelnde
Zombies
Gepeinigt laufe ich durch die Straßen
Der Sinn, die Schönheit, irgendwo gingen
sie verloren
Die Gedanken die mich quälen
Die Taubheit meiner Gefühle
Der Schmerz den ich empfinde
Nebel der mich blind macht
Die Lösung so nah, so einfach
Deine Liebe, wie Fenster die erleuchten
Warst du doch alles, was mich am Leben
hielt

Carina Schwickart * 1986

Für Chagall

Schilderte
Chagall
scharfsichtig
den Farbenfall
schnurstracks
scharmützelnd
Stichfarben
stückhaft grell
mythisch
und mystisch
motiviert
wie Kirchtürme
und Kabeljau
Pfauen und
Pferde
zum Beispiel
am Himmel
hängend behutsam
und bebend
Banausen
Artis lehrend.

Günter Schwittai

Was Liebe ist

Liebe wird nicht stärker
Sie ist es schon
Aber uns macht sie schwach

Liebe wird nicht weniger
Sie ist alles
Aber wir vergessen sie zu oft

Liebe wird nicht sterben
Sie ist das Leben
Aber der Tod reißt uns von ihr fort

Liebe wird nicht träge
Sie ist der rasende Puls
Aber wir nehmen sie schnell zur
Gewohnheit

Liebe wird nicht traurig
Sie ist das Glück
Aber wir enttäuschen sie mit unseren
Bedingungen

Mein Mut ist zu schwach
Vier Jahre lang hab ich nicht an dich
gedacht
Ich lebe ohne dich, irgendwo hinter deinem
Horizont
Aber der Gedanke an dich lässt mein Herz
immer noch rasen

Und mit den alten Erinnerungen an dich
bin ich auch heute noch glücklich.

Claudia Scislak * 1983

Fünf Sekunden

Es quietscht.
Die Tür öffnet sich.
Er stöhnt.
Unruhiger Schlaf.

Die Decke bewegt sich,
rhythmisch, langsam, doch stoßhaft.
Er stöhnt.
Es quietscht.

Falsches Misstrauen,
es geht ihm gut.
Unruhiger Schlaf,
doch es geht ihm gut.

Ein Arm um seine Schultern,
nicht sein Arm.
Sie erlöschen,
ihre Augen erlöschen.

Es ist still!
Keine Ziele mehr,
nur eine Frage:
Warum?

Isabel Seeber * 1976

Ohnmacht

Die zerschlagenen Kinder
dieser Straße der gequälten
im zerfetzten Licht
verschleppt und entstellt.
als es geschah
kein Flügelrauschen.
dein kalter Rücken Engel.

in kreischender Stille
heut an jener Stelle
krümmt einer sich
blind und gefesselt und halbtot.

wer er sei?
da brach der ins Knie
und keuchte und schrie
er sei Gott
der Ohnmächtige

Barbara Seeberg * 1941

Zu dir

Leise zieht es mich zu dir hin, sag, ist da
Herzblut drin. Deinen Blick daran
erkennen. Kann ich
es Liebe nennen?
Sie mich an mit deinen Augen – kann ich
dir trauen? Ich möchte dich lieben,
mein Herz in
deinem wiegen. Meinen Blick an deinem
laben, uns verschlingen, darin baden.
Kann ich dir trauen?
Lass mich fliegen.
Fliegen in dein Land, das ich vorher nie
gekannt.
Lass es mich spüren dieses Land, mit all
seinen Düften
mit dir. Eine Liebe – vorher nie gekannt.

Waltraud Seeger

Fahrt im Mondschein

Der Hans, der wollt in jungen Jahren
des öfteren zu Land ausfahren;
wobei eines zu bedenken wäre:
dabei hindert oft die müde Mähre.

Von Haus aus nicht besonders reich,
denkt Hans, der Sturm, der bricht den
Deich;
doch mag er eines nicht vergessen,
man kann den eigenen Weg nicht messen.

Es scheint ein voller Mond ins Tal,
der Wagen fährt in sanften Strahl
von Hans gelenkt zu Rosalinden,
wo Liebesglück die Zwei verbinden.

O sacht erlebtes süßes Ahnen
verweist den Drang in zarte Bahnen;
vermag in Hans das Bild erwecken,
Rosalinds Du selber zuzudecken.

Mondschein wars, was Hans begleitete,
ein Verslein wars, was ihn erheiterte:
Hurtig, hurtig, leicht und fein
will der Hans ins Glück hinein.

Andreas Seele * 1951

Sommertag

Seht, wie das Gras im Winde sich wiegt,
wie die Ähre sich schwer vom Halme biegt,
wie der Tau die duftenden Blüten füllt,
wie die Saat aus Äckern und Wiesen quillt!

Hört, wie im Busch die Nachtigall schlägt,
wie die Lerche ihr Lied in die Lüfte trägt,
wie die Blätter flüstern im Abendwind,
wie still alles wird, wenn die Nacht beginnt

Ruth Seelmann

Als sie ich so

als ich seit ich sie zum so
reden hörte erstenmal
ich war saß ich neben ihr
Regen war es über uns

vor gedacht ich hatte schon
ausgemalt ein leises Bild
mir hier drin ihr Ton war an –
ganz gebunden an den Blick

sie so und sie gegenüber
sprach erzählte frei von weg
leicht zu schnell weil schüchtern
oder aufgeregt vielleicht auch nur

ich erst auch ich nie bevor
reden habe hören sie
saßen wir ich strahlend sie
und mein Lächeln wärmte mich

Christian Seibel * 1979

Der Brauch

Jens Jensen war Fischer
seine Sohn war es auch
und sein Enkel war Fischer
so wollt es der Brauch

Jens Jensen ertrank
in der tobenden See
sein Sohn der ging unter
zwischen Dover Calais
und sein Enkel?
der ertrank schließlich auch
denn was blieb ihm übrig
so wollt es der Brauch

Dieter Seidel

Küß mich wie ein Eskimo

Küß mich wie ein Eskimo
Komm in meinen Arm

Laß die Flocken und die kühlen
Winde wieder Winter spielen

Hier in unserm Liebesiglu
Ist es tropenwarm

Margot Seidel

Julia

so jung noch, unter dreißig Jahren
tot – begraben
sinnlos zu fragen:
Warum

so blauen Augen, dunklen Haaren
tot – begraben
sinnlos zu klagen:
Warum

so lebensfroh an allen Tagen
tot – begraben
sinnlos zu raten:
Warum

so unfassbar der Krankheit Schaden
tot – begraben
sinnvoll zu sagen:
Schalom

Gloria Seifert-Klein * 1943

Gedanken

Unausgesprochene Worte
Machen sich breit
In meiner Endlichkeit
Lähmen und erdrücken mich
Gedanken
Eruptionen des Geistes
Zerfleischendes Tier
Hetzer und Zweifler
Bremser und Erlöser
Treibende Kraft
Zukunft in mir
Lassen mich schweben
Bewegen
Mein Leben

Helmut Seilmaier * 1949

Schubdenken

Schub laden denken

Pfffff...

Wie
Langweilig
Öde
Armselig
Es
gähnt mich so an
Ihr pseudophilosophisches Gequatsche
Zu hören
Phrasen
Hunderttausend Mal
Leierleierleier...

Sie sind mein Feind!
Herr Maier,
Hinfort!
Haun Se ab!

Und werfen Sie den Schlüssel zu Ihrer
Kommode weg.

Gabi Seils * 1981

Überschrittene Grenzen

Die Natur merkt sich jede kleinste Wunde,
welche die Menschen ihr haben angetan.
Sie rächt sich zu unerwarteter Stunde
und zeigt uns die Kehrseite vom
Wohlstandswahn.

Es interessiert nur der Gewinn der
Konzerne,
der giftige Abfall und Unrat werden gern
übersehn.
Die Folgen hofft man in weiter Ferne,
und doch sind sie näher, als wir uns
eingestehn.

Unverhofft schlagen sie sich in Unwettern
nieder,
in Sturm, Überflutung, Hitze, Trockenheit.
Katastrophen werden vergessen wieder und
wieder
und holen uns doch ein in kürzester Zeit.

Wollen wir die Erde auf immer und ewig so
verwalten?
Können wir den Aufschrei der Natur nicht
verstehn?
Wir müssen die Schätze der Umwelt
erhalten,

sonst wird das Leben auf Erden nicht weiter
bestehn!

Ramona Seitz * 1986

Gelähmt

Alles was bisher geschrieben wurde, gesagt
wurde,
gedacht wurde,
fliegt als brennendes Papier vom Himmel.

Alle Hände, die es schrieben,
alle Münder, die sie sprachen,
alle Gedanken, die sie dachten,

stürzen als tote Körper hinterher
und landen vor meinem Fenster.

Hass zerstört alles.
Sie hassen und zerstören,
töten,
rauben
der Welt ihren Atem.

Gelähmt sitze ich hier.
Weit weg vom Chaos im Fernsehen?

Tobias Seitz * 1976

Dieser Rhythmus

Diese Bände,
diese Schwüre auf ewigliche Treue und
Glückseligkeit,
sie winden sich mir um die Brust und um
mein welkes Herz.

Und die Zeit drängt mich schon zu
nächsterem Termine,
unfrei und gebunden steh und wandle ich
in dieser Welt umher. -

Dieser Rhythmus,
unweigerlich verflochten haben wir uns,
sein Takt schlägt in mir seinen
eigenen Reim,
er lebt in mir - dieser Rhythmus,
dieser imaginäre Druck, er ist mein Laster
von drangvollstem Range!

Sehnsucht ergreift mein Herz, Träume
wallen in mir auf; -
Ich suche den Horizont, etwas Festes und
Markantes im Leben!

Sabine Thekla Sellig * 1990

risikofaktor mensch:
wie das wohl wäre
allein zu sein
eine maus
namenlos
die der habicht fängt
ohne daß er
besonderen spaß daran hätte

Annika Sembritzki * 1981

Flügelschlag

Zeit erhabener Blick in hoffendes Blau.
Reisebeschreibung mit durchsichtigen
Gedanken.
Raumbedeutung mit Augenblick.
Gelesene Seiten weiser Bücher.

Leichtigkeit auf sicherer Erde.
Wehende Blätter in Ästen.
Reifezeit durch Wolkenflug.
Nährender Regen aus hohen Lüften.

Die gewebten Schleier zerreißen.
Das Gedicht von Luft schwebt in den
Seelen.
In der Farbe erscheint das Sichtbare.
Die Haut erfährt Berührung und Treue.

Das Schweigen ist leises Wehen.
Ein Orkan ist wie lautes Flüstern.
Beschreibend erzählen die Sterne einen
Weg.
Nichts ist weiser als klare Luft.

Geöffnet kreisen die weiten Schwingen.
Der Wind blättert im Leben.
Die Sonne erhellt das Wort der Stimmen.
Der Flug lebt im Gehen auf Erde.

Josef Setz * 1962

Warten

Ruhe kehrt ein in meinen Geist,
Friede umhüllt den Ort des Seins.
Das sanfte Licht der Kerzen
erinnert an die wundervolle Zeit.
Dein Gesicht vom Schein erhellt,
so zart umsponnen, lässt mich
die Wonnen der Zärtlichkeiten spüren.
Das Herz ist warm - die Erinnerungen
sind Freude und Schmerz zugleich.
Mein Fühlen macht mich offen,
lässt mich die Liebe erkennen.
Und doch prüft Ungeduld meine Reife
nach der langen, tränenreichen Zeit.
Ich will es erwarten von dir zu hören:
„Komm, ich hab' dich lieb!
Ich will, dass du bei mir bist,
will dich fühlen, spüren, riechen,
schmecken, eins mit dir sein."

Ich werde auf die Hand warten,
auf die vertraute, zärtliche Geste.

Linga Sharira

Jobsuche

Ich sehe nur das Nein,
der Test ist leicht,
ich falle durch,
die anderen kommen in den Himmel,
ich steh nur da,
oder sitz vorm Fernseher,
die Zeit vergeht,
es wird besser,
kein Geld, kein Geld,
das alte Lied,
so schlimm wie immer,
nichts Neues zu sehen,
keine Kraft, es zu erkennen,
woanders sterben Kinder,
und ich krieg den Arsch nicht hoch,
welch Versager,
doch umgebracht hab ich niemanden,
und morgen guck ich in die Zeitung

shenkowski * 1981

Taufe

Weil übers Schwimmen wir uns freu'n,
Konnts Taufen auch nichts Schlimmes sein!

Ein wenig gab zu denken schon
Die Auswahl welcher Religion:

Ob die von Mohammed, von Buddha
In Frage kam, ob die von Juda?

Bei meinem Namen: Christopher,
War dann die Auswahl doch nicht schwer:

Seit heute bin ich also Christ,
Wie's auch Papa und Mama ist!

Der alte Riese Christopher,
Der trug das Christkind durch das Meer,

Als sie zur tiefsten Stelle kamen,
Der Christopher bekam den Namen!

Das Christkind wurde dort ganz schwer
Und taucht das Haupt ihm in das Meer!

So tat der HERR den Alten taufen!
Doch der konnt' denken schon und laufen!

So stark und hilfreich wünsch' ich sehr
Einmal zu sein wie Christopher!

Horst Sickinger * 1917

Wenn wir uns
unserer Vorfahren schämen
schweigen wir über sie
und doch schleichen sie sich
durch die Verleumdung
tauchen auf
durch ein Körbchen
auf dem Frühstückstisch
durch ein Gedicht
oder Initialen
verfolgen still
und kaum bemerkt
ihre Enkelkinder
uns.

Sidi * 1981

Erlkönigs Nachfolger

Wer reitet da zu später Stund?
Es ist die Anna und auch der Hund.
Sie haben ein Gespenst gesehen,
das Pferd, es blieb erschrocken stehen.

Da sprach zum Schimmel das Gespenst,
pass auf, wenn du weiter so rennst,
beiße ich in deinen dicken Po
und beiße dich auch sonst noch wo.

Entsetzt stürmten die Dreie fort,
von diesem gruseligen Ort.
Das ist das Ende der Geschicht',
mehr zu erzählen gibt es nicht.

Kira Sieberichs * 1996

Mai

Der Mai ist da – lang ersehnt!
Lauer Wind von Süden weht.
Natur erstrahlt in vollem Grün,
tausend Fliederbüsche blüh'n.
Nachwuchs hat sich eingestellt,
in der bunten Vogelwelt.
Hochzeitsglocken oft erklingen,
Kinder lachen, hüpfen, springen.
Jedermann ist gut gelaunt,
so aktiv, dass man nur staunt.
Pärchen schlendern Arm in Arm,
voll Zärtlichkeit, Lust und Charme.
Der Frühling weckt die Leidenschaft
und schenkt uns neue Lebenskraft.

Ursula Sieberichs * 1958

witwen-los

wenn die grünen witwen winken
und dabei ein gläschen trinken
bleibe stark und bleibe frei
wink zurück und geh vorbei.

Helga Siebert * 1950

kein zurück

warum erinnern
an das schwert des schmerzes
lieber lügen
die wunden zudecken
die geister
im traum verjagen
die zukunft schmücken
den alltag
in gegenwart schmieden

Elke Siegel * 1961

Murgang

Die Steine roll'n

und Felsen donnern talwärts nieder.

Der Bergbach schwillt

und wird zum Brei, zum braunen wieder.

Die Scheune bebt.

Die Wiese setzt sich in Bewegung.

Sie rutscht am Stück

und gleitet übertönt vom Regen...

und wird nun selbst

von talwärts drängendem Gerölle

noch angespornt

gar selbst zur Bergschlammflutenhölle.

Die Scheune voll

gerät nun ihrerseits ins Rutschen.

Das Dach bricht ein.

Das Fundament schon längst zum
Lutschen.

Der Murgang zeigt,

wo einst sein „Bachbett" wär' gewesen.

Der Regen schweigt.

Natur ist da, um von ihr zu erlösen.

Peter Siegenthaler

Blatt im Wind

Ein Herbstblatt satt von Ahornrot
erfüllt von Sommers Wärme
macht einen Ausflug vor dem Tod
und schaukelt in die Ferne

Der Herbstwind weht es hoch hinauf
die Leichtigkeit macht trunken.
es denkt die Wolken dort zuhauf
haben mir zugewunken

Und höher steigt es welch ein Glück
den Himmel zu genießen
es will nimmermehr zurück
das Ende hier beschließen

Doch die Natur hat ihr Gesetz
sie lässt sich nicht betrügen
zur Erde muss das Blatt zuletzt
nur Herzen können fliegen

Christa Siegl

Tote leiden nicht

Tote leiden nicht
Nimm deine Waffe und zieh in den Krieg
Für Ehre und Ruhm erkämpfe den Sieg
Das Leid wird ertränkt in Bächen aus Blut
Das Feuer gelöscht mit Eimern voll Glut
Rette dein Haus indem du's zerstörst
Töte, damit du keine Anklagen hörst
Die Schlacht ist gewonnen, dein Leben
zerronnen
Wie viele Seelen hast du mit dir
genommen?
Du hast getötet um Leben zu retten
Deinen Kopf wirst du ewig auf Gräbern
betten
Erschaffen hast du eine neue Welt
Doch da ist nicht mal ein Hund der in ihr
bellt
Allein bist du in deinem neuen Land
Niemand ist da, der den Tod nicht fand
Drum nimm deine Waffe und zieh in den
Krieg
Für Lügen und Hass erkämpfe den Sieg

Lea Anna Barbara Siemion * 1985

Rosen zum Geburtstag

30 dunkelrote Rosen
auf dem Grab,
ein Strauß der Liebe
von dem Geliebten.

30 Rosen, die sagen:
Ich liebe dich noch immer.
30 dunkelrote Rosen sagen auch:
Wir hatten eine schöne Zeit,
unendlich schön, zu zweit.

Annedore Siewert * 1939

Lust- und Liebesliedchen

Du bist mei Mädche – mei
Glicksfeuerrädche,
mei goldich Krott – mei Zauwermott.

Will ich dich dengele – duhste oft
quengele,
dann bisde mihd – awwer wanns zieht
wersde schnell fidder – un willst aach
widder.

Dann duhn merr uns schmuse – ich
grabsch dein Buse,
du schnappst mein Stecke – un duhst draa
lecke.

Des gibt e mords Fest – im Beddenest,
un was e Gschnecksel! – bal duhn merr im
Weksel,
die bobbeshautweiche – Liewesschaukel
besteiche.

Awwer bal werd er weich – im
Himmelreich,
am End is die Maus – schnell aussem Haus.

Des mecht uns nix aus – merr duhn uns
begucke,
midnanner aach glucke – meist awwer ganz
leis,
lasse merr a klaa Meis – ins Ohr uns
flistern: piep.
ich habb dich lieb!

Kurt Sigel * 1931

Das Gefecht

In aller Stille wird es beginnen,
Die Vernunft wird sie nicht besinnen.

Ein Warnschuss dröhnt eine halbe Meile
entfernt herbei,
Ach wäre der Krieg doch endlich vorbei.

Courage und Mut versetzen sie in einen
Rausch,
Die Ehre zwingt sie in den Tod, welch
grausamer Tausch!

Die Backbordbatterie beginnt zu feuern,
Nun vergebe Gott, denn genutzt hat kein
Beteuern.

Schmerz und Pein werden sie finden,
Manche wird es an einsame Gräber binden.

Der Donnerhall ihrer Kanonen überrollt
das Deck,
Sie schlagen ein, hinterlassen ein Leck.

Der Pulverdampf beißt in die Lungen,
Doch ein Sieg ist noch längst nicht
errungen.

Aber welch Glück würde es bedeuten,
Würden sie den Feind als Prise erbeuten!

Jedoch um welchen Preis würden sie
siegen?
Werden sie sich in Ruhm und Ehre wiegen?

Oder finden sie ein blutiges Ende in der
Schlacht?

Ins kalte Meer gehüllt und vergessen in
ewiger Nacht?

Stella M. Th. Sigl * 1981

Suizid Verboten

Das unbedingte Wollen,
den dreifachen sozialen
Leidenskörper auszutragen.

Frei nach R. Steiner,
bitte zuhause nicht nachschauen!

Darum habe ich A. Hitler,
bevor der Vorhang fiel,
die Pistole in die Hände gedrückt.

Jürg Signer * 1948

Umweltkatastrophen

Tsunamis, Hurrikans,Taifune, Zyklone -
gut, dass ich dort nicht wohne.

Doch schlimm ist es für die Betroffenen
immer,
manche sehen ihre Angehörigen nimmer.

Besser ist es bestimmt, man tut sein Geld
für soziale Zwecke verwenden, als für
Kriege und Waffen zu verschwenden!

Jedes Land hat seine Not und Sorgen,
deshalb sparen wir lieber für die
Katastrophen von morgen.

Karin Sikora

Unter Sternen

In der Nacht fliegt mir die Welt davon.
Selten lässt sie sich einfangen.

Sich amüsieren und handeln und lieben.
Unter Sternen sehen wir klarer etwas
verloren gehen.

Markus Simon * 1983

Ich bin

Durch Trennung erweckten
Mangel wohl leidend.
genieße ich der Tage Vielfalt.
Erfasse mit wachen Sinnen,
was mir die Wirklichkeit bringt.
Tauche unter im Jetzt.

Und plötzlich treffe ich
auf die Quintessenz
entlassener Gedanken.
Erfahre fast physisch die Präsenz
Deiner grüßenden Geist-Energie;
erahne die absolute Idee
reiner Verbundenheit.

Form und Gestalt fallen ab.
Zeit hebt sich auf.
Da ist kein Vergangenes
noch Zukünftiges.
Bin ich gewesen – werde ich sein?
Es gilt: Ich bin
das Wissen um ein Du –
Unendlichkeit.

Margrit Simon-Brickwedde

Ich bin, der ich bin

Aus Sonnen geboren
Vagabundierend als kosmischer Staub
Akkretiert im primordialen Nebel
Aufgeblüht auf einem Planeten
Nur für einen Wimpernschlag
Bald zerfalle ich wieder zu Staub
Und in Milliarden von Jahren
Wirst du mich verschlingen in deinem
Todeskampf und sterbend schleuderst du
Mich hinaus ins All

Und wieder vagabundiere ich
Als kosmischer Staub
Akkretiere, blühe auf
Wieder zu schaffen Wissen und Geist
Menschen nach meinem Bilde

Bruno Simons * 1947

Zwischen zwei Wegen

Ich schreite durch die Strassen,
Sind es meine oder ihre?

Gefangen in den Sackgassen,
die anfangen mich zu hassen.

Man weiss, wie man ‚manchmal friert,
wenn der Hase seine Hacken schlägt.

Fahre ich zurück nach Haus',
Ist mir alles nah zu fremd.

Verliere mich in meinen Ländern,
Mit dem Wunsch zu Hause zu sein.

Kann ich etwas ändern?
Oder ist alles nur Schein?
Dennoch friere ich,
Wenn der Hase seine Hacken schlägt.

Dea Sinik * 1985

Seit Ewigkeiten suchen wir
nach einem Sinn fürs Leben
und alles, wie wir glauben stur,
großer Erfüllung wegen.

Der Lehrer meint, das Leben sei
gegeben um zu lernen.
Erfinder träumt, es wäre da
zu greifen nach den Sternen...

Der Philosoph bringt uns dazu,
den Sinn nicht mehr zu suchen.
Denn wüßt'n ihn alle, würden wir
das Leben nur verfluchen.

Denn alles das, was wir durchlebt,
das für den „Sinn" nichts nützte,
wär sinnlos dann, wie traurig,
und alles würd einstürzen.

Wir könnten unser Leben dann
nicht vielfältig verbringen.
Erfüllung könnten wir dann doch
erst recht nicht wirklich finden!

Irina Sinitskaia * 1983

Allgäu – eine Liebe

Die grüne Bergkette
die Seele mit Balsam erquickt
der süße Duft des Holunder
den Wanderer beglückt
liebliche Natur
grüß Gott hallt es durch Wald und Flur
der Herde Glockenklang in Dur
lässt ahnen das Paradies.

Das Herz den Weltschmerz vergisst.

Lebwohl geliebtes Allgäu
du hältst mich gefangen
deine Schönheit
atmet in mir
ich komme wieder
wenn die Sehnsucht
mich treibt zu dir.

Margarete Sippeln * 1938

Reflexion

Man muss schon in jungen Jahren
seine schlechten Eigenschaften ausmerzen.
Klein bleiben sie selten, wie sie waren
und bohren sich ein, tief in die Herzen.
Mit Altersstarrsinn ufern sie aus
und machen den Angehörigen das Leben
schwer.
Da stöhnen sie heimlich: "Welch ein
Graus!"

und wünschen sich vom Herzen sehr,
dass sie im Alter umgänglich bleiben
und fröhlich ihre Zeit vertreiben.

Layla Marline Sires-Kashgari * 1946

Berufung

Auf den Plätzen der Welt
sah ich, was für jedermann sichtbar,
und hoffte doch
mehr zu sehen als andere.

Reden hörte ich überall,
Worte, die nichts besagten,
und wartete doch
auf das Wort, einzig für mich.

Erst als ich allein stand
inmitten der großen Stille,
erkannte ich,
was für mich bestimmt war.

Barbara Siwik * 1939

Heiße Küsse

unterm
gelben Honigmond
die nach
kalten
Rauch schmecken

Eine Hand
unterm
kurzen Rock
die sucht
warme
weiche Lust

und an der Wand
der defekte
Kondomeautomat

Ellen Skarbata

Er ist da.
Ein wundervoller Duft.
Frisch und herb.
Erfüllt die kalte Luft.
Nebel umhüllt die Wipfel der Bäume,
wie in einer geheimnisvollen Welt.
Einer Welt voll unerfüllter Träume.
Träume die geboren sind in der Nacht,
nicht geschaffen für den grauen Tag.
Sie zerschellen an der Realität,
wie Schiffe, die zu spät das Riff gesehen.
Melancholie steigt empor.
Erhebt sich aus der Tiefe eines Sees,
eines Sees voller Hoffnungen.
Bald sind auch diese Hoffnungen
begraben unter vielem Schnee.
Einem Schnee, der voll Schönheit glänzt.
Ein leiser Friede hält Einzug,
lässt die Melancholie dahin schmelzen.

Dorothea Maria Slenczek * 1972

Verwandlung

Wollt' mich geben in deine Hände
- es waren Fäuste-
Wollt' mich geben in deine Augen
- sie waren blind-
Wollt' mich geben in dein Herz
-es war aus Eis-

Habe deine Fäuste
in meine Hände genommen,
Habe mit meinen Augen
dir tief in die Augen gesehen,
Habe mein Herz
an deins gelegt und

langsam, ganz langsam

öffneten sich deine Fäuste
- und konnten greifen,
öffneten sich deine Augen
- und konnten sehen,

erwärmte sich dein Herz
und du begannst zu leben.

Anna Slevogt * 1961

Neben mir

Weil mir die Welt
Manchmal so gar nicht gefällt,
schließ ich mich aus;

hör nicht mehr zu,
geb mir selbst eine Ruh,
und mach mir nichts draus;

steh neben mir dann
und betrachte mich lang,
so schön auf Distanz;

es ist wie unter Feen,
so von oben geseh'n,
und die bitten zum Tanz.

Birgit Smolnig * 1962

Mein Leben ist so schön,
Im Gegensatz zu dem, was ich seh,
wenn ich durch die Straßen geh.

Ich seh Armut und Reichtum
in direkter Konkurrenz,
und zwar Nichts und Alles aufgeteilt,
so unfair, dass du flennst,
wenn du siehst,
dass auf der einen Straßenseite einer liegt,
dessen Kraft dem Hunger, Durst
und der Kälte unterliegt,
und das,
währenddessen auf der anderen einer geht
dessen Pelzmantel, Mütze,
Strumpf und Geld dafür steht,
dass er leben kann.

Ja, man sagt, er kann es sich leisten,
sich materielle Dinge kaufen.
Das können die meisten.

Doch muss man wirklich fürs Leben
bezahlen?
Gibt's jemand, der kassiert?

Sylvia Smuda * 1950

vonDannen

s' ward vonDannen
hiernach verriet's nur bangen
wofür die edle gut
sich eifert: welche glut?

s' hat nicht gewesen
verraten gesogen verwesen
hat nie einmal gelogen
nicht nie nicht glut betrogen

s' wollt nicht grad erwärmen
hat's leid nicht leid
hat's zeit doch zeit
s' ward vonDannen

gewesen.

Clemens van Sneek

Ein weißer Engel

Ein weißer Engel mit goldnem Haar,
Auf dem Haupt thront der Heiligenschein,
Nie war er der Welt so nah,
Mit blauen Augen, seine Haut wirkt rein.

Mit sanftem Schlagen weißer Schwingen,
Schwebend kommt er langsam näher,
Unten hört er Kinder singen,
Ihre Liebe zu hören ist nicht schwer.

Der letzte Gesang, er ist verklungen,
Heiligabend, er sitzt im Raum,
Sie haben ja so schön gesungen,
Nun stürmen sie zum Weihnachtsbaum.

Mildes Licht, erschaffen von Kerzen...
Trotzdem kann ihn keiner sehen...

Er gibt ihren Herzen
die Weihnachtsliebe zu verstehen.

Sein Auftrag erfüllt, er schwingt die Flügel
- zurück ins weiße Himmelsreich,
spürend die Freiheit, ganz ohne Zügel.

Daniel Sobotta * 1985

Herbst

Herbst! Abschied und Kunde:
Übergangszeit
im ewigen Wechsel
voll Wehmütigkeit.

Es gibt keinen Ausweg,
du hältst nicht, was war.
Die Änderung bietet
sich zwingend dir dar.

Auf Jugend folgt Reife,
die Zeit schreitet fort,
die Weisheit des Alters
erst stimmt den Akkord.

Verklärung des Weisen,
das ist der Trost.
Noch ist dein Ende
nicht ausgelost.

Herbst! Abschied und Kunde:
Abendrot.
Der Tag geht zur Neige,
doch das Feuer noch loht.

Gerhart Söhn

Schattengesicht

Ein Hauch von Nähe legt sich
wie ein Schatten zu mir.
Es ist Deine Vertrautheit,
erhellend, die,
die mich trägt.
Ich greife danach,
der Schatten vergeht,
leer bleibt die Stelle,
Du kehrst zurück.
Ich umgreif Dich,
fühlend in mir,
will nie mehr
weg,
als könnte ich,
hier
die Tür ist offen,
ich geh
die Welt da
draußen
sie wartet nie.

Gerhard Sokolowski * 1955

Tränen

Am Lid in deinen Augen sich die Tränen
spiegeln
all mein Leid im Muttermal versiegeln
Höchster Trauergesang vor innrer Muschel
Melodien, verklingt in zartesten Getuschel
Am Lid in deinen Augen sich die Tränen
spiegeln.

Tropfen glutig Wachs, die dein Herz
verriegeln
Sanduhr, emotionell, Ohnmacht
Liebesgefühle
nächtliches
Flehen
in der Abendkühle
Am Lid in deinen Augen sich die Tränen
spiegeln.

Backstein Seelen auf nackten Ziegeln,
ewiglich gebunden im heiligen Geist,
der Teufel sich an unserem Kummer speist,
Am Lid in deinen Augen sich die Tränen
spiegeln.

Mark Solf * 1981

Taormina / Antikes Theater

Vergeblich leuchtet noch immer
das Rot der wunden Mauern.
Längst verhallten die Wörter
unter den angstvollen Herzen.
Das Blau des Meeres steigt auf
zum letzten Stein vor dem Himmel.
Alles Lachen kam zu spät,
tot fiel der Vogel hinunter
in die Sprachlosigkeit des Raums.
Nach dem Schwarz der Nächte
rieseln funkelnde Diamanten
bis die Schatten wieder sprechen
aus dem Mund der roten Mauern.

Hans Sonntag * 1944

Ohne Titel

Wenn ich nur ein Laut bin,
machst du aus mir ein Lied.

Wenn ich nur eine Farbe bin,
machst du aus mir ein Bild.

Wenn ich nur ein Wort bin,
machst du aus mir ein Gedicht.

Wenn ich nur ein Traum bin,
schenkst du mir Leben
wenn Du mich träumst.

Michael Sonntag

nachtschattengewächs

hart liegt sie in deiner hand
rau ihre haut und schmutzig

gewachsen im schatten der nacht ist sie
mit der farbe der erde bekleidet

aus der schale schälst du das licht
dunkle augen stichst du ihr aus
saftig fühlt sie sich an
doch abweisend wie zuvor

feuer und wasser rufst du herbei
um sie weich und gefügig zu machen
dass schließlich am teller sie lustvoll liegt

die gierige gabel erwartend
welche zur zunge sie führt
wo zart sie und zärtlich zerfällt

Günter Sopper

Folge mir

Es spricht der Tod, der irre lacht:

„In paar Minuten ist's vollbracht,
schlägt es zwölfmal zur Mitternacht!
Hab dich schon lange im Visier,
bin immer da und folge dir.

Vom Leben werd ich dich entzweien,
von deinem Körper dich befreien.
Dein Herz hört ganz schnell auf zu
schlagen,
ein letztes Mal leert sich dein Magen.

Danach wird gänzlich Ruhe sein,
denn deine Seele ist dann mein.
Durch schwarze Nächte wirst du ziehen,
wie ich vor dem Lichte fliehen."

Fügt noch hinzu und freut sich diebisch:

„Diesen Job, genau den lieb ich.
Ich, der die Fahrt ins Jenseits bucht,
bin der Tod, werd oft verflucht,
von jedem, der nicht nach mir sucht."

Dann beendet er das Interview
und macht sich schön für sein Rendezvous.

Eric Spannaus * 1979

Stille

Auf Papier geschriebene Worte
Unfähig, sie bis zum Ende zu lesen
Meine Stimme zittert und stockt
Verwischte Tränen im Gesicht
Meine Seele verkrampft in sich

So viel Leidenschaft,
Aufgerauhte Gefühle
Worte gefangen in meinem Hals
Zurückgelassen, physisch erschüttert
Geistige Irritation
Ich schreibe weiter...

Schreibe immer die gleichen Worte
Und lese im Stillen: Ich liebe dich

Michele Spatola * 1966

Nachtflug

Warst einfach da.
Ohne Warnung –
ein Atemzug der Hoffnung,
Momente des Friedens.
Was niemand versteht,
ich bin wieder da –
war verrückt oder
bin es jetzt.

Thomas Specht

Die fernöstliche Galeere

Der Lao-tse geht an Bord
Wir rudern im Akkord
und kommen nicht voran
Ach, wie arm sind wir doch dran

Frank Speckhard * 1965

Pegasus oder Die große Reise des kleinen Helden

Es ist Zeit
muß auf die Reise
will die Welt jetzt selber sehn
Hab gelauscht gelernt gelesen
doch so kann ich nichts verstehn

Klein bin ich hier
stumm
gefesselt
rieche Moder
schmecke Staub
Will erleben
Neues finden
Das ein Glück ist wie ich glaub

Ich muß fortgehn
ich muß suchen
brauche nichts
ich habe Kraft
Und was lieb war
muß ich lassen
muß allein auf Wanderschaft

Beate Speck-Kafkoulas * 1953

Freiheit

Kommen und gehen ohne zu fragen
Wonach der Sinn steht, frei zu sagen
Freunde empfangen, Verwandte besuchen
Entscheidungen ohne Strafe verfluchen

Durch Wiesen und Wälder stundenlang
streifen
Die Vögel beobachten, wenn sie pfeifen
Einfach alles liegen lassen
Wenn einem plötzlich ist zum Spaßen

Keine Zäune, keine Mauern
Keine Feinde, die auflauern

Eine Welt ganz ohne Ketten
Keine Gewalt, um Macht zu retten

Hans-Peter Spelz * 1951

Nur für einen Moment

Und plötzlich ist alles anders.
Von jetzt auf gleich.
Nur für einen kurzen Moment
Bleibt die Zeit stehen.

Und du bist Teil einer Geschichte.
Dein Lachen, dein Singen, deine Gedichte,
Fort mit dem Wind.
Zurück bleiben die Erinnerung
und meine Schmerzen - ich vermisse dich.

Deine Freude, deine Liebe, deine Güte,
Fort mit dem Tag.
Zurück bleibt die Erinnerung
in meinem Herzen - nie vergesse ich dich.

Maximilian Sperfeld * 1971

ohne wasser
in der wüste
lachen
weil weinen
trocken
nicht geht

Claudia Sperlich

Treue Gefährten

Im Grunde sind wir nie einsam, niemals allein,
fiel mir beim Anblick dieses Sonnenunterganges ein.
Zwei Gefährten befinden sich immer auf unseren Wegen,
kümmern sich auf Ewig um unser Wohlergehen.
Am Tag gibt die Sonne uns die Kraft,
dass wir immer mal wieder sagen können: Geschafft!
Des Nachts ist es der Mond der unser Herz erfreut,
fühlen wir uns doch auch von ihm gut betreut.

Sie sind immer für uns da! Manchmal sehen wir sie nur nicht,
vielleicht trüben gerade ein paar Wolken ihr Licht.
Aber tief in uns drin, können wir sie spüren,
wie eben nur ein guter Freund kann unser Herz berühren.

Auch diese zwei treuen Gefährten,
‚sehen' uns und unsere Gedanken nicht,
aber sie geben uns die Kraft zur Erfüllung,
jedes Mal wenn wieder ein Tag oder eine Nacht anbricht.

Spirit * 1965

augenblicke der liebe

die liebe, in einem augenblick,
voller hingabe und leidenschaft.

die liebe, in einem augenblick,
voller missverständnisse und zweifel

ist jeder augenblick die liebe?

ist es die leidenschaft unseres leibes,
die liebestrunken ineinander verschmelzen

ist es die hingabe unserer selbst,
die verlangen nicht in worte fassen kann

ist es zweifel im innersten meiner seele,
der schmerz in mein herz brennt

ist es das misstrauen unserer taten,
die unnötiges leid in das leben tragen

augenblicke

jeder augenblick ist liebe

und jeder augenblick macht die liebe mit
dir so liebenswert

Frank Spleiß * 1973

Frühlingsahnen

Kaum ist der Christbaum abgeräumt
ein jeder schon vom Frühling träumt,
von Wiesen, bunt mit Blumen
geschmückt,
von lauer Sommernacht, liebesverzückt.

Dick liegt der Schnee noch auf den
Dächern,
träumt mancher schon von Blütenfächern,
von lichtgelben Blumen, Sonne und Wind,
schwärmt auch so manches fröhliche Kind.

Liebesgeflüster in lauer Nacht,
Sternenfunkeln, der Mond hält Wacht,
trotz klirrender Kälte die Vögel schon
singen, die bald uns dann den
Frühling bringen.

Man spürt wieder Sonnenwärme auf der
Haut, wenn Schnee und Eis von den
Wiesen taut,
das Wasser der Eiszapfen versickert in
Erde,
Knospen schwellen und man spürt dass es
bald Frühling werde.

Jeder Tag, der vergangen, kehrt niemals
zurück,
wir träumen, hoffen auf Liebe und Glück,
sehnen uns nach Verständnis, Wärme,
Zärtlichkeit,
möchten Nähe leben wieder zu zweit.

Nun Herz, gedulde Dich, verlier nicht den
Mut,
am Ende wird doch alles noch gut.

Jeder Tag, den Du am Morgen begrüßt,
beweist, dass du noch immer dich mühst.

Marilu Spohr * 1935

Der letzte Zug

Ein Zeitgenosse, der viel rauchte,
viel Zigaretten dafür brauchte,
er wollte es nicht lassen,
Geld und Gesundheit bis zum Ende
für dieses Laster zu verschwenden
und mußte schließlich passen.

Ihn stört: Beim Glimm der Stengel
beschwört die Stimm der Engel,
die er verneinte.
Er raucht noch weiter und ging um
als Rauch im Krematorium,
wo keiner weinte.

W. A. Sprenger * 1942

Sonett, 24. Mai

Ich sitze schon seit Stunden hier/
und fühl mich so allein./
Wie gerne würd ich statt mit mir/
mit dir alleine sein.../

Dann wüßte ich auch, was ich will,/
nur jetzt fällt mir nichts ein./
Ich denke an dich, bin ganz still/
und wie gesagt, allein.../

Doch statt dir kommt nur Einsamkeit/
die Treppe schnaufend rauf/
und sagt zu mir, sie hätte Zeit.../

Sie setzt sich auf mein Bettchen drauf/
und dann sind wir zu zweit/
und dabei passt sie auf mich auf.../

Bernhard Spring * 1983

Umsonst.

Wer Positionen nicht verteidigt,
immer Kompromisse sucht,
der stillhält wenn man ihn beleidigt
und leise im geheimen flucht,
bedacht, dass er den Streit vermeidet
und niemals sich zum Kampfe stellt,
statt sich zu wehren lieber leidet,
der gilt nichts auf dieser Welt.
Jeder der zum Unrecht schweigt,
nicht widerspricht, nicht protestiert,
und nie Zivilcourage zeigt,
als Feigling sein Gesicht verliert.
Wer alle Lügen akzeptiert,
niemals nach der Wahrheit strebt
und dafür sich nicht geniert,
der Mensch, der hat umsonst gelebt.

Peter R. Springborn

Möchtest du mit mir spazieren gehen?
Die Erde umhüllt von Sternen sehen?
Dann lass deine Hand die meine ergreifen
Lass uns auf Zehenspitzen zum Monde
schleichen

Wir folgen seinem Schein bis zum
Himmelstor
Von dort aus steigen wir weiter auf den
Sternen empor
Sie weisen uns den Weg als ein glitzerndes
Band
Sie bilden für uns eine Treppe aus
goldenem Sand

So nähern wir uns langsam - Schritt für
Schritt
Der Erde kleinem, lächelndem Kind
Seine flüsternde Stimme lädt uns beide ein
Auf seinem Weg durch die Nacht dabei zu
sein

Und so wandeln wir leise, damit es keiner
hört
Leise, damit es keinen Schlafenden stört
Leise durch die Nacht mit dem silbernen
Mond
Der ewig strahlend über der Erde thront

Monika Yvonne Spryhs * 1984

Unbekanntes Venusland

Ständig suchend
hoffend, erwartend
wieder mal Aufbruch
alles über Bord
nichts bleibt wie es ist

Neue Konturen
ziehen ihre Kreise
verschenktes Lächeln
aus seinem Mund
aufgesogen bis ins Herz

Unvertraute Atemzüge
erhitzen die Haut
fordernd und schützend
durchstreifen die Sinne
das unbekannte Venusland

Irmtrud Staats * 1948

Der hoh' und ob're Rhein

Für die großen Herren, welch' die Natur
beherrschen wollten
hast du früh als Grenz' von Land und Volk
gegolten

Doch hast dich gar immer schon durch
freies Land gewunden
nie getrennt, im Fluß alle Mannen
verbunden

Christian Manfred Stadelmaier * 1978

Des Engels Schatten

Sanfte Stunde wiegend -
des milden Lichtes
Mantel fallend
zart auf sein Gesichte -
alles Grauen liegend.

Rein astrales Leben -
beseeltes Sein -
pures Sehnen
kehret ein -
herrlich all sein Streben

Seine Güte brach
aus der Sterne Sinn –
und der heilig
Atem hing
in Gottes Schlafgemach.

Thomas Stadlbauer * 1978

Piano der Nacht

Geisterhaftes Tastenklimpern
Waches Zucken mit den Wimpern
Klänge bersten in das Licht
Zartes Glas erstarrt - zerbricht.

Eifrig lauernd Kerzenschein
Blutrot wie vergoss'ner Wein
Das Schattenspiel die Zeit vergisst
Sich trostlos mit der Leere misst.

Mondenglanz weckt die Musik
Zitternd wie ein kalter Krieg
Noten wirbeln in die Nacht;
Sehnsucht ist erneut erwacht.

Michael Stadler * 1986

Musik – Balsam für die Seele

Alles auf Empfang
Melodien – Klänge – Rhythmen
umhüllen mich wie Samt
legen Schleier über alles Störende

kein „ich muß"
nur Hingabe
sich auflösendes Ich

Harmonie – läßt Bilder aufsteigen
bewegt Seele, Geist, Körper

Höchst beglückt
heiter
gelassen
unverletzbar

der Tag kann kommen!

Ulrike von Staehr * 1943

Nur noch

Ich greife nicht mehr nach den Sternen,
schaue sie mir lieber von der Ferne an
Vom 21. auf den dritten Gang
Pflücke die Ananas nicht selbst auf einer
meiner Reisen,
kaufe sie im Discounter,
aus Honduras, Costa Rica
Sitze vor einem Teller Sushi,
doch habe nur ein Stäbchen
Der Liebesbrief aus dem Tintenfässchen,
nur noch eine kurze Notiz per E-Mail
Ich malte uns in den buntesten Farben aus,
zurück bleibt eine graue,
skizzenhafte Zeichnung auf
Recyclingpapier

Anna Lena Stahl * 1980

Das Verkehrsprojekt

Links ab,
rechts ab,
und wir stellten uns dann zum Bus.

Dann tauschten sie die Busse.
Jene, die rechts abfahren sollten,
fuhren links ab und zurück.
Jene, die links abfahren sollten,
fuhren rechts ab und zurück.

Das Zeitgefälle.
Wir blieben auf der Strecke.

Elisabeth Susanne Stahl * 1963

Ein heiterer Grund

Bin lang der Ohnmacht süßer Kraft
entronnen,
hielt gegen Leidenschaft ein schützend
Schild
und hab im Geist schon diese Schlacht
gewonnen,
so rein der Speer, den ich entgegen hielt.
Bis Du in dies, mein Leben, bist
gekommen.

Was hab ich gegen's Herz ins Feld gezerrt:
Liebschwärmerei, verlorne Geistesstunden
und manches ungut, unverdaulich Wort;
noch hätt' ich böse Worte viel gefunden.
Doch als Du kamst, warn alle plötzlich
fort.

Der Gang der Welt hat mich doch stets
bestätigt,
denn Liebesglut und kühler Alltagsregen
vertragen sich auch wohlgemeint nicht
richtig
und werden Rauch, den wir im Leben
atmen.
Mit Dir, wie Schall und Rauch, ward alles
nichtig.

Ein ganzes Dasein endete zur Stunde;
ich könnt das Glück bestimmen ganz
gewiss.
Aus allen Sinnen strömt die frohe Kunde,
und wie sie wohlig wirkt – es ist wohl dies:
Es gibt dem Lebensglanz ein heitren
Grund.

Sascha Stahl * 1969

Für Dich

Wenn Wogen über Meere tanzen,
und silbergrau der Mond erwacht.
Werd' liebend ich Dein Herz bepflanzen.
Genieß' in Dir die sanfte Macht.

Träumend summ ich stumme Lieder,
Tränentäler voller Schmerz.
Wann seh' ich Dich endlich wieder?
Neugeboren wird mein Herz.

Augen die nach Tränen suchen.
Fremde Stimmen in der Nacht.
Ich werd' immer nach Dir suchen,
wie der Stern den Mond bei Nacht.

Glück lässt Bäche überfluten,
das Dein Herz zu mir gebracht.
Verhallen möge nie Dein Rufen,
bis die Ewigkeit erwacht.

Adolf Stahnke * 1961

Morgenhund

Grauer Morgen, noch müde, auf dem Weg
zur Arbeit.
Schritte in die tägliche Monotonie, triste
Gleichförmigkeit.

Ein schwarzer Hund hetzt rennend auf
mich zu,
die Zunge hängt ihm weit aus dem Fang.

Ohne Halsband. Panik im Blick. Ist auf der
Flucht.
Ich gehe ihm entgegen. Lasse Geruch
aufnehmen. Streichle Zärtlichkeit.

Erschöpfung zeigt sich brutal: Hund lehnt
sich zitternd an mich.
Saubere Zähne, gepflegtes Fell: Hinweise
auf ein umsorgtes Zuhause!

Woher kommst du, Hund auf der Flucht?
Erfolglose Anfrage bei Tierheim und
Polizei.

Hilferuf an Tierarzt in der Nähe. Bingo!
Schwarzer Hund ist dort Patient. Wird
schon vermisst!

Beim Spaziergang entflohen. Gefahrvolle
Wege, über verkehrsreiche Straßen.
Jetzt bei mir, verschreckt und mit
angstvollem Blick.

Polizei und Tierarzt fahren vor. Sie schauen
freundlich.
Halsband wird behutsam umgebunden.
Die Leine sichernd eingeklinkt.

Normalität ist wieder hergestellt. Ich
nehme Abschied: Sei vorsichtig,
Hund!
Er geht mit dem Tierarzt. Die Polizisten
fahren erleichtert weg.

Ich erreiche mein Büro, später als sonst.
Glücklich und tief zufrieden.
Die Morgensonne hat durch den Nebel
gefunden, scheint strahlend durch
mein Fenster.

Bernd Karl Stammler

Fra Angelico

Wenn es die Engel
auf seinen Bildern
wirklich gäbe:

Sie würden mich
reißen
von den
Speerspitzen der
Verzweiflung.

Sie würden mich
überschütten
mit dem goldenen Licht
ihrer Herkunft.

Sie würden mich
hüllen
in den Trost
ihrer hellblauen
Kleider.

Herbert Stangl

Alles dröhnt und höhnt!

Kind, Katze und selbst Schnecken
ringsum erschrecken
vor Menschenlärm und Autogedärm
und fragen sich, was ist geschehen,
daß alles dröhnt
und auch noch höhnt?
Sind es die schrecklichen Wehen vom
Jüngsten Gericht?
Katze, Schnecken und der kleine Wicht
zucken zusammen, wenn die Fetzen fliegen
in Ehe, Firma oder auf Mietshausstiegen
und denken, sie können's einfach nicht
lassen,
das Schimpfen und Hassen!
Kennen sie nicht den Spruch, den Samuel
sagt
(aber kein Politiker zu zitieren wagt):
„Freches Reden gehe nicht aus eurem
Munde!"

Der kleine Wicht, mit Katze und Schnecke
im Bunde,
weiß aus der Sonntagsschul', daß Haß und
Schmähen heimlicher Totschlag ist!
Eltern, daß auch Ihr dies wißt:
Früher betete man ein Kindlein an!
Heute lerne man von den Kleinen, wenigst'
ab und an!

Günter Stanienda

warten

die vernetzung
der verletzung
der menschenzeiten

doch

das lebensbuch hat
auch andere seiten

ich verharre
im w a r t e n

Tatjana Stankovic

Heimweh

Ein Elefant in Indien
der wollte gern verschwindien

in ein Land voller Akazien,
doch das ging nicht ohne Strapazien

Er baute ein Floss aus Pinien,
die sehr stabil erschienien

Aber kaum vorbei an Tschechien
begann das Floss zu brechien

doch ein Walfisch aus Karibien
erbarmte sich, das Floss zu schiebien

Und viel beachtet von den Medien
erreichten sie die Küste von Schwedien

Wo der Elefant auf Ferien
badete in den Schärien

Hier gab's zwar keine Akazien –
doch das war auch nicht zu erwartien

Drum schwamm der Elefant zurück nach
Indien –
um lieber zu Haus welche zu findien.

Helmut Stapel * 1965

für kurze zeit

schneebedeckt
für kurze zeit
vor meinem fenster
die straße.
ein ausschnitt der welt ist es,
den ich sehe
und ahne,
wie im kleinen
ist es auch im großen
und daß sinn manchmal
wahnsinn ist.
mitten am tag
stelle ich mir
auferstehungsfragen,
weil jeder tag ein
untergang, aber
auch ein wenig
ostern ist.

Michael Starke * 1949

Hingabe

Das Leben eines Menschen
Ließe sich mit einem Tropfen Öl
vergleichen

Es birgt in sich große Kraft
Um ein helles Feuer zu entfachen

Manchmal fällt solch ein Tropfen
In das Wasser

Und so betrachtet
Droht er in der Weite des feuchten
Elementes
In Bedeutungslosigkeit zu versinken

Trifft er aber die Entscheidung
Sein altes Leben hinter sich zu lassen
Um sich der Herausforderung hinzugeben
Begibt sich sein Dasein in einen Wandel
Breitet sich über der unbekannten
Oberfläche aus

Dadurch tritt er aus der
Bedeutungslosigkeit
Und setzt durch seine Entscheidung ein
weithin sichtbares Zeichen

Marc Starzynski * 1975

Irr-Licht im Moor

Was geistert denn da über nachtschwarzem
Moor? –
Ein Licht?– Nur ein Lichtpunkt! Verharrt
lange still
Doch jetzt zuckt es hoch und wie irrend
empor ...
Und ein Käuzchen ruft schaurig und
schrill! –

Und die Nacht ist so schwarz und das Moor
ist so tief!
Gar kein Mond-Licht erhellt, keine Sterne!
Und wär' nicht das Irrlicht, wenn das
Käuzchen nicht rief,
gäb's nur Finsternis, Schweigen und Ferne!
–

Und der Wanderer, matt und so müde wie
nie
Folgt dem Lichtpunkt und denkt an die
Lieben ...
Doch da, horch! – Als ob einer um Hilfe
jäh schrie!

Und der Wanderer??? – Wo ist er
geblieben??? –

Oswald Stastny

Der Mann!!!

Vater, ich bitt' dich, beschütze den Mann,
den ich so lieb hab', nicht haben kann.

Heut' hat er Geburtstag, und es ist
passiert,
ich habe ihm diesmal nicht gratuliert.

Jede Minute möchte' ich ihn sehn; am 2.1.
ist es geschehen –
das, was rar ist in dieser Welt, sich nur
ganz selten uns zugesellt:

Der Mann der Sehnsucht kam herein! Für
mich trug er 'nen Heil'genschein.
Der Raum besetzt (er war hier neu), der
Platz neb'n mir war nur noch frei.

Du hast's gemacht, Gott, hast sicher
gelacht;
was hast du dir eigentlich dabei gedacht???

Uns für 10 Jahre so zu verbinden, zu fesseln
in besonderer Weise!
Erotik pur, behutsam leise war sie stets da;
wir waren uns unendlich nah!

Doch dabei blieb's – nur in Gedanken –
ganz eins zu sein vermieden wir.
Wir hatten beide das Gespür, sonst würden
wir etwas verlieren!

So lass ich's stehn, wir waren zufrieden.

Er war 33, sah bildschön aus, um so viel
Jahre war ich ihm voraus.
Ein Traum von Mann, von Angesicht; die
Differenz, sie störte nicht.

Du, „Gott“, hast große Gnade gezeigt,
mich jung erhalten an Seele und Leib.

Sigrid Stawowy

Klage nicht – lauf!

Du klagst, man habe dir weh getan,
und magst keinen Menschen mehr sehn.
Du weinst,
weil du meinst,
dass das Glück dich verließ,
und kannst diese Welt nicht verstehn.
Was ist denn geschehn?
Die Welt ist noch immer so schön,
wie du sie in Jahren
vielfarbig erfahren.
Weine dich aus und dann lauf!
Halt nicht mit Klagen dich auf!
Tu was! Sieh dich nach anderen um,
schau ihnen frei ins Gesicht –
scheue dich nicht!
Kam es dir je in den Sinn:
Ein Menschenantlitz ist schön,
wenn's zu dir spricht.
Frag, was du tun kannst!
Klage nicht!

Irmtraut Stecker * 1922

Sterne

Den Blick hinaus
zum Fenster
höhle ich aus
die Nacht,

schemenhaft treten die
Kerne hervor
aus Fruchtfleisch von Dunkel
aufblitzend als Sterne.

Den Stab
breche ich über mich
über Anmaßung, wie Überschätzung,
bin nur winzig hier,
ein Kleintier nur,
hoffnungslos in weiter Ferne
ein Ding neben Dingen
blitzend darüber noch
immer: Die Sterne

Sascha Steglich * 1969

Allein gelassen

Regen über Häuptern nächtlichen Seins
Schuhe verdrängen Wasser vom Weg
Endlose Tropfen vom Himmel
Als würde die Welt sein Leid beweinen.

Von Feuchtigkeit bezwungene Kleider
Tränen werden unsichtbar
Verzweifelte Ströme im Rinnstein
Wie seine Liebe hinweggerissen.

Gnadenlose Kälte durchdringt Körper und
Herz
Unfähig Sinnlosigkeit zu begreifen
Niederschläge vom Himmel
In die Seele eines schuldlosen Wanderers.

Christian Stegmaier * 1983

Die Frau

Ich bin
durch Tausende von Jahren
d ie Frau
die in den Kriegen starb
die Frau
die ihre toten Kinder barg
und tief in fremder Erde grub
ich bin die Dulderin
die jedes Schicksal trägt
und heimlich nur in Winkeln weint
ich bin die Frau
die früh das Wasser holt
auf weiten Wegen
ich bin die Frau

die durch den Tag zum Abend geht
und einen langen Schatten wirft

Katja Stehli-Chritaller

Der Kampf

Wallend wirft die Woge
Ihre Wut an alle Ufer.
Des Meeres Untiermaul schäumt weit
Den Wust ins Land hinein.
Wild und schmutzig schwappt die Welle
Wie besessen ans Gestade,
Um Anrecht zu erheben
Auf das kleine Inselein.
Grollend rollt der Donner schwer
Gleicht bösem Schlachtgetöse.
Bedrohlich senkt der dunkle Himmel Seine
Wolkenwand.
Alles fühlt den nahen Kampf
und alles scheint im Wind zu fliehen.
Der Tod wirft seine Netze aus,
Fängt ein was nicht entkam.
Feurig faucht des Himmels Schlund
Schickt zuckend seinen Zorn;
Spuckt unaufhörlich seinen Fluch
Hernieder auf das Land.
Blitz! Geschwind entläd er sich
Der Urgewalten Kräftestau;
Schlägt ein, zerbricht, gibt Flammen preis,
Was lange standhaft war.
Gierig zerren nun die Mächte,
Trachten, lechzen unbeherrscht;
Woll'n besitzen, wollen sitzen
Auf des kleinen Eilands Thron.
Stetig fordernd, niemals weichend
Messen sich die Kräfte reibend
Unaufhaltsam angetrieben durch
Des großen Pulses Paukenschlag.

Christoph Stei * 1984

Lächeln im Regen

Leere Blicke
einst so nah
verenden im Nichts

Tiefe Gefühle
Vertraute Gespräche
für immer verloren
im Hier und Jetzt

Sich lösende Bindung
Gestoßen
Gehalten
Greifen im Nichts

Zuckende Lippen
Ziehen und Zerren
Grinsende Maske

Der letzte Funke
noch glühender Hoffnung
im Regen ertränkt

Susanne Steiert * 1977

Trauer

Leere spüren, Weite fühlen gleich dem
Ozean.
Wellen schlagen, tragen dich nun von mir
fort,
wünschte festzuhalten, du mir nicht
fortgetragen
an einen für dich sanften, seligen Ort,
Dein Schiff nun ruhig am Himmelstor
angeschlagen.
Unendlich viele Sonnenstrahlen weisen dir
den Weg
mögen deine Engel alle dir nun sehr, sehr
nahe sein,
denke stets an dich, nicht anders kann,
solang ich leb,
du bist nicht fort von mir, du bist einfach
schon daheim.

Roger Steiger * 1958

Mord

Um 14:00 Uhr kam der Nebel, alles war
weiß
Ich konnt ihn kaum erkennen, meine Hand
wurde heiß.
Ich hörte die Stimme ohne Gesicht,
Ich fühlte die Drohung, doch sah ich sie
nicht.
Ein Schaudern, ich fror,
Ein gellender Schrei, der sich im Nebel
verlor.
Das Messer warf er ins hohe Gras.
Sie fanden es später, es war noch nass.

Ich höre mich atmen, bin ich das noch?
Ich falle und falle in ein schwarzes Loch.

Um 14:00 Uhr kam der Nebel, alles ward
weiß,
Blut tropft auf die Hand, oder ist es
Schweiß?
Ich spüre die Klinge wie Sehnsucht ganz
tief,
Der Mann rannte fort
Und das Blut mit ihm lief.

Mein Schrei ist endlos, keiner reagiert,
So ist es also, wenn man sein Leben verliert.
Ich friere, doch merk ich es kaum,
Die Uhr schlägt zwei, ich falle aus dem
Traum.

Heidemarie Stein

Im Winter schleichen Schatten einher.
Die Schatten der grauen Hunde. Woll-
knäuel bin ich und Eskimo – und schweig',
die Hände am Kaffeetopf – schweige
manch eine Stunde. Schnee ... Und ich
rühre mich nicht vom Fleck. Augen
wie frostige Steine. Behaglich dampft
der Kaffeetopf. Eisblumen schmaucht
die kleine Lok. Der Winter frißt
glühende Kohlen. Und vor mir die
Landschaft weiß – weiß – weiß. Darin
ein winkender Stern. Liebe. Ich gebe
mich staunend hin der alten Sehnsucht
zu fliegen. Da schmilzt der Schnee
in meiner Hand. Eisfinger. Fröstelnd
springt das Wollknäuel auf. Der Eskimo
schüttet den kalten Kaffee in den
späten Vormittag. Und – schon
fallen mich die grauen Hunde an

Macha Stein * 1938

Nebel

Noch liegt der Nebel
über Wald und Wiesen,
doch Vogelrufe künden
schon den Morgen an
und bald schon bahnt sich Sonnenlicht
den Weg ins Tal.

Dann plötzlich taucht,
erwacht aus einem tiefen Traum,
das erste Blau des Himmels
zögernd noch,
aus einem filigranen Schleier.

Der Nebel löst sich
zaghaft, leicht,
verliert sich langsam in den Bäumen,
zerfließt am roten Horizont
und lädt uns ein
in einen neuen Tag.

André Steinbach * 1943

siehst du ihn?

doch unverstanden bleiben sie,
die worte, die wir sprechen.
- die gedanken, mein begehr'n -
wenn sich die sterne und ihr herr,
an Deiner schulter brechen.

um niemals alles zu verlier'n,
an meiner seite bleiben.

- und meine einsamkeit verziehr'n –
soll'n uns're schwarzen körper sich
im mondenscheine reiben.

aus dunkelheit das licht vortritt,
mein schatten, der geblieben.
- als bote meiner seele –
in Deines dunklen spiegels hand,
legt zeilen die geschrieben.

aus tränen rot, dem samte fein,
den könige beschritten.
- nicht minder soll'n sie sein –
die mahnen Dich auf ewigkeit,
den schmerz den ich erlitten.

Christian Steinberger * 1979

Der Sinn der Liebe

Was ist der Sinn?
Will er mir sagen,
was ich mag, was ich liebe, was ich bin?
Mögen mag man vieles, lieben mag man kaum,
auch die größte Liebe, Sie ist endlich,
die Angst Sie zu verlieren füllt schnell jeden Raum.
Was ist der Sinn?
Mit ihr zusammen alles erleben,
gemeinsam zu wachsen, sich Halt zu geben.
Du bist zu zweit,
doch fühlst dich mit Ihr, in Einem vereint.
Tiefstes Glück ist die Liebe der Vollkommenheit,
Schmerz und Kälte das Gefühl der Einsamkeit.
Was ist der Sinn- der Liebe-, wo führt der Weg hin.
Vielleicht andere Menschen so zu berühren,
Sie in ein warmes und liebevolles Licht zu entführen.
Die Liebe macht Sinn, füllt unser Leben reich aus,
auch weit über den Tod hinaus.

Anja Steinert * 1969

Gesucht und gefunden

Ein zartes Lüftchen, Winde schweben,
raue Stürme auf den Wegen,
ein Bächlein, plätschernd durch den Farn,
ein Fluss, ein starker Wasserarm

So können zart Gedanken schweben,
wenn sie der Liebsten auf der Spur,
stürmische Tage, gibt es auch im Leben,
denn Liebende sind zweierlei Natur

Gern möchte man sein, wie Fluss und Ufer,
ein friedvoll' Leben Seit an Seit,
die rauen Wasser, sprengen alle Dämme,
der Deich heißt: Kompromissbereit!

Man sagt schon in antiken Zeiten,
Zeus hat den Menschen zweigeteilt,
seither suchen sich die zwei Seiten,
bis sie vereint in Lieb' geheilt!

Helmut Steinert

Schamesröte

Ist alles nur vergebens ?
Bin nur ein Blatt im Wind
eines alten Baumes Kind
und ziere ihn Zeit meines Lebens.

Brachtst Du mich je in Nöte?
Wie schwer wiegt heut die Nacht
verfliege in Schamesröte
im Anblick Deiner Macht.

Maximilian Steinhoff * 1986

Freundschaft oder Liebe

Beim ersten sich Erkennen.
Beim ersten nur Betrachten.
Beim ersten Signal der Freundschaft.
Beim nicht verstehen der Frage,
warum das hier und jetzt so ist.
Beim Miteinander der Seele,
die Ähnlichkeit nie vergisst.

Beim ersten sich Erkennen.
Beim ersten nur Betrachten.
Beim ersten Signal der Liebe.
Beim nicht verstehen der Frage,
warum das hier und jetzt so ist.
Beim Miteinander der Seele,
die Gleichklang nie vergisst.

Wolfang Karl Steinkamp * 1956

Mein Kind

Kam ein schwarzer Vogel
geflogen
der verschluckte alle Sterne
am Himmel
Mein Kind hat geweint

Kam ein bunter Vogel
geflogen
der malte mit goldener Feder
neue Sterne
an den leeren Himmel
Mein Kind hat gelacht

Mein Kind weiß nichts
Mein Kind weiß alles

Anne Steinwart * 1945

Tante Jutta und ihre zwanzig Katzen

Tante Jutta hatte zwanzig Katzen.
Diese hatten achtzig Tatzen.
Sie waren schwarz, weiß oder gescheckt
Haben immer Milch geschleckt.

Tante Jutta liebte sie.
Für Onkel Otto war's nur Vieh.
Er konnte jedes Mal nur kotzen,
Wenn er sah, wie sie schmarotzten.

Ungerecht war diese Jutta.
Die Katzen bekamen feinsten Fisch,
Der Otto altes Futter,
das stand dann Tage auf dem Tisch.

Otto rasend vor Eifersucht
Schlug die Katzen in die Flucht,
Denn er nahm sich ein Gewehr,
Doch Jutta liebte sie so sehr.
Sie gab dem Otto noch 'nen Kuss
Und setzte sich den goldenen Schuss.

Heide Steinwehr * 1990

Für einen besonderen Menschen mit Geb.Dat. 29. Feb.

Zwischen den Stunden
im Blitzschlag der Sekunden
wahrnehmbar
nur alle vier Jahr'

trifft's auf den besond'ren Tag
der nur mag
erscheinen
für die besonderen Einen

abgelöst vom Jahresgang
zeigt sich nicht drei Jahre lang

dann im vierten tritt er auf
als besond'rer Tageslauf

Scheint als wär's ein rar Geschenk
doch bedenk:

Du hast zwischen Stunden
im Blitzschlag der Sekunden
auf die Welt gefunden...

Irene Stellwag

Abend in Assuan

In der verlöschenden Glut der
Sonnenrots
gleiten schwarz
mit schwertspitzen Segeln
schmale Felukken
dem Abend zu.

Spät am Ufer
steht der Fellache
und in seiner müden, stillen Gebärde
wird er eins mit den stummen
Farben der Nacht.

Mit dem Klang
der Rabarba
mengt sich die Stimme des Nils
und die ermattete Luft
weht aus der Wüste
verlorene Träume dir zu.

Ellen-Marie Stengel-Peter

Weibliche Distanz oder Siegfried anno heute

In den Hintergrund getreten
Fast schon vergessen
Ist sie
Die Liebe „Diesmal für immer".

Wieder zurück
In den Zustand
„Nichts ficht mich an".

Dem so vertrauten
Ach, so sicheren Schutz.

Stark macht er
Und unverwundbar.

Nein –
Nicht von Siegfried
Ist die Rede hier.

Die Rüstung ist die „Ratio".
Die Größe ist der „Geist".

Und Siegfried anno ...
Ist heute eine
Sie.

Regina-Maria Stenzel * 1958

Kälte

Alles um dich grau!
Du sagst,
da ist noch Leben,
in deinen Händen,
deinen Füßen.

Ich suche den Glanz,
in deinen Augen.
Was hat ihn dir genommen?
Du bist verletzbar geworden,
auf deinem Weg.

Verloren ist dein Blick
Alles Leben – wohin?
Ich stehe ganz still mit dir.
Der Mantel der Verlorenheit
will auch mich umhüllen.

Nur Kälte!
Unsere Arme umschlingen einander.
Steif und leblos – und doch...
Ist da nicht ein zartes Klopfen?
Ein Lebenszeichen?

Monika Stephan

Momentaufnahme, 1979

Ich falle und stolper' durch Gassen,
am Himmel hell erleuchtete Flecken.
Drin wohnen die mir fremden Gecken,
die nichts sind als die grauen Massen.

Doch Sehnsucht spür' ich, wenn ich
vorbeigeh',
nach dem, was sich hinter den Gardinen
versteckt.
Und fühle ein bohrendes, heimliches Weh,
nach dem, wonach die Zunge ich mir hab
geleckt.

Denn ich stehe draußen in Kälte und Frost,
weiß nicht, wohin mich mein Weg noch
führt.
Sehe rings um mich Dunkel, Abfall, und
Rost,
und mir dämmert, woher mein Schmerz
rührt.

Aber manchmal, da fühl' ich insgeheim,
daß all die Gestalten sind mir ein Trost,
die nachts unter Meinem Fenster wandeln,
wenn Freunde bei mir sind und guter
Kost.

Da will mein Herz dann jauchzen und
lachen,
von Einsamkeit und Wehmut befreit.
Die Freudenmusik um mich höre ich
erklingen,
verschwunden sind Trauer und Leid.

Andrea Stercken

Wir

Auch wenn du noch ganz weit weg bist von
mir
spüre ich noch ganz genau deine Liebe in
mir
Du nimmst mich in deinen Arm und hältst
mich feste
küsst mich auf die Stirn und in deinen
Augen funkelt es

Auch wenn ich traurig bin und du an
anderen Orten
spüre ich noch ganz genau deine Wärme in
deinen Worten

Denn ich schau dich an, mir ist nicht bang
und sehe Sterne
da ich weiß, du tröstet mich auch in der
Ferne

Auch wenn ich es dir nicht sage
spürst du es, dass ich dich liebe!

Julia Sterzenbach * 1990

Geliebte Louise!

Unsere Liebe lassen wir uns nicht stehlen,
unsere Liebe ist keine Sünde.
Du würdest mir unendlich fehlen,
wenn ich nicht an deiner Seite stünde.

Für dich würde ich mein Leben lassen.
Eine Minute, eine Stunde, einen Tag ohne
dich
würde ich aus tiefstem Herzen hassen.
Ich liebe dich für immer, ewiglich.

Du bist das Blut in meinem Herzen,
du bist die Linderung meiner Schmerzen.
Dich liebe ich mehr als mein Leben,
dir möchte ich meine unsterbliche Liebe
geben.

Jeden einzelnen Stern werde ich dir vom
Himmel pflücken,
ich werde niemals von deiner Seite rücken.
Für mich zählst du einzig und allein,
ich hoffe, du wirst für immer bleiben mein.

Tanja Stichler * 1987

An meine Mutter

Du lehrtest mich
das Schweigen,
nicht das Sprechen

das Stillhalten,
nicht die Bewegung

die Kapitulation,
nicht den Kampf

Doch ich möchte
nicht länger artig sein.

Ich will ausprobieren,
was du mir verschwiegen hast.

In Wahrheit bin ich stärker
als ich es je für möglich hielt.

Ich tue dies für mich –
aber auch für dich.

Birgit Stieler * 1960

Gottes Segen für dich

Ich wünsche dir Gottes Segen
am Morgen, wenn du aufstehst, in dem er
dir hilft, den Alltag zu meistern,
dich auch weiterhin für die kleinen Dinge
des Lebens
zu begeistern.

Ich wünsche dir Gottes Segen
auch am Abend, wenn er trübe Wolken
des Tages aufheitern lässt,
bevor sie dich wie ein Gewitter
in deinen Träumen plagen.

Ich wünsche dir Gottes Segen,
der dich erkennen lässt,
wenn jemand dich in deinem Tun verletzt,
gegen dich schürt,
dein Inneres damit zutiefst berührt.

Ich wünsche dir Gottes Segen,
der dich beschützt auf all deinen Wegen,
der dir Kraft und Mut gibt bei allem was
du tust.
Höre auf dein Herz. Tu was du tun musst.

Annette Stier * 1949

Glück

Es strebt der Mensch nach Glück und
Freud,
nach innerer Zufriedenheit.
Siehst Du bei allem streben,
nicht mehr die Freud im Leben,
so setz Dich an des Weges Rand
und schalte aus mal den Verstand.
Wenn dann Dein Herz leis zu Dir spricht,
hör sehr gut zu, unterbrech es nicht.

Die Blume, die den Kopf raus streckt,
die Biene, die sie zärtlich neckt,
der Vogel, der im Baume singt,
das Dir das Herz vor Freude springt,
der Mensch, der fröhlich mit Dir lacht
und Deinen Tag viel schöner macht.

Die Boten Gottes, zu Deinem Glück,
wünsch ich Dir Tag für Tag zurück.

Ursula Stiller

(24) Lichterfest

Gezähmte Wesen reihen sich ein
in nicht endende Lichterketten.
Ich aber suche das heimelige Dunkel
im Gewirr meiner Unruhe.
Ein kleiner Funke der Natur
genügt mir die Ortung vorzunehmen.
In der Kraft der Stille wächst die
Hoffnung,
dass wir ankommen werden.
Leicht ist das nicht,
weil überall Ströme fließen,
die das Licht ersticken wollen.

Lichterseelen unter Menschen
können sich erkennen,
lernen sich finden, wenn sie wollen,
um dem zwielichtigen Dunkel zu trotzen
bis jede Uhr – irgendwann –
zum Stillstand kommt. –
Lass die Vergangenheit schlafen!
Küsse den Neumond und
umarme seine kühle Berechnung.

Norbert Stimm

Mein Pilgerweg

Allein
gehe ich fort.
Allein
komme ich an.
Allein –
heißt nicht einsam.
Aber doch
allein!

Angelika Stockinger-Sürth

Herbst

Es neigt der Sommer sich zu frühem Ende,
die wilden Feuer löschen nach und nach.
Es ahnt das Herz dass sich das Schicksal
wende,
und heimlich werden Angst und Zweifel
wach.

Erstürm ich lang verlassene Bastionen?
Verfall ich wieder jugendlichem Wahn?
Zieh ich mit zügellosen Legionen?
Ruf ich wie früher stumme Götter an?

Umsonst beschwor ich höhere Gewalten.
Jetzt bin ich ohne Mut, verwirrt und matt.
Verzweifelt such ich Fliehendes zu halten:
Mein Herz! O zarter Rose müdes Blatt!

Franz Stockmann

septembermorgen

engel des todes
auf stählernen schwingen
am tiefblauen himmel
über der stadt

wachsender schatten
kerosin in den därmen
stürzest du nieder
berstend in hass
platzend wie trauben
voll hitze und blut

lautlosen sinken
in wolken von staub

weite pupillen
spiegel des schreckens
offene münder
in stummem schrei

engel des todes
über der stadt

Roland Stockmar * 1939

Instinkt

Eine Frau übergebeugt über ihr lachendes
Kind.
Währendes im Krieg einem Mann das Bein
zertrümmert.
Ein kleiner Schrei des Kindes und die
Mutter eilt herbei.
Währendes im Krieg fällt der Mann zu
Boden im Staub liegt sein Gesicht.
Das Kind voller Schrecken in den Augen,
die Mutter vermag es nicht zu trösten.
Währendes im Krieg der Mann mit dem
Gesicht im Staub liegt und ruft:
"Verzeih mir mein Kind!"

Katharina Stöhr

Gestrandet

Mein Kahn ist leck
Die Ruder weg
Mein Wasservorrat aufgebraucht
Ich treibe hilflos auf des Lebens Wogen.

Mein Hilfeschrei im Sturm verhallt
Seemöven kreischen um mein Boot
Ich fühl, ich bin in großer Not
Die nächste Welle spült mich fort
Und Nacht bricht über mich herein
Ich fürchte mich, ich bin allein.

Ich weiß, das ist die letzte Reise
Ich spreche leise ein Gebet
Und bitt IHN in der Dunkelheit
Um einen Strahl von seinem Licht
Denn wenn der neue Tag anbricht
Dann wird mein Boot gestrandet sein.

Ursula Stöhr * 1947

Das Leben

Das Leben ist ein großes Spiel, und
wer es recht zu schaffen weiß,
gelangt ans große Ziel.
Dem einen fällt's ganz leicht,
dem andern sehr, sehr schwer,
doch jeder versucht's mit aller
Müh und Kraft,
obwohl es mancher niemals schafft.

Der eine ist ein guter Arzt,
der andere ein großer Schlagerstar.
Jeder spielt seine Rolle so gut er kann,
auf der großen Bühne, die sich
Leben nennt.

Elke Stolte

zu bedenken

stühle zu leer
raum zu groß
zunge zu schwer
licht zu hell
zu langsam der arm
das glas zu brechen
zu dumm
zu finden
den boden den kopf
zu bersten

zu wach
zu bett
zuhören
leben zu hören
ohren zustopfen
zu spät
hände zu falten
decke zufalten
nacht zu lang
fenster zu tief.

Gesine Stone * 1950

Totenzug

Siehst du den düstern Zug dort gehen;
Endlose Menschenschlangen.
Wild die dunklen Kleider wehen,
Sind lang vor uns gegangen.

Sie glaubten nicht der BIBEL Wort,
Verschwendeten die Zeit.
Sind nun an diesem bösen Ort,
Zum Himmel ist's sehr weit.

Jammervoll die Mienen sind,
Versteinert die Gesichter.
Begleitet von ei'm scharfen Wind,
Bestraft vom höchsten Richter.

So wallt der stille Zug dahin,
Noch viele hundert Jahre.
Und willst du nicht mit ihnen ziehn –
Bedenk es vor der Bahre.

Manfred Stopfer

Jahre

So gehen die Jahre hin ins Land,
einst fanden wir unsere Spuren im Sand.
Schon wieder ist ein Jahr vorbei,
so ruckzuck und eins, zwei, drei.
Die Spuren im Sand sind längst verwischt,
doch die Erinnerung noch nicht.
Ich weiß nicht woran es liegt,
dass die Erinnerung bisweilen obsiegt,
dann sind die Gedanken ganz nah bei Dir
es ist als wärst Du wirklich hier.
Doch das ist nur ein schöner Traum,
der lebt in meinem Herzenraum.
Ob wir uns morgen wieder sehen,
gemeinsam unseren Weg dann gehen,
das wissen die Sterne ganz allein
einzig sie leuchten in dein Herz hinein.
So gehen die Jahre hin ins Land,
einst fanden wir unsere Spuren im Sand.

Petra Storck-Paulfeit * 1957

Ende

Warum kann die Welt nicht einmal still stehen,
sich einfach aufhören zu drehen.

Warum ist die Welt so ungerecht,
niemand hat doch zur Demütigung das Recht.

Gefangen in der eigenen Angst,
kennst du das, wenn du ständig um dein Ansehen bei anderen bangst?

Die Blitzlichtwelt wird zur Projektion des eigenen Lebens,
bei dem Anblick im Spiegel ist doch eh alles vergebens.

Weg, fort, ich will dieses Leben nicht mehr haben,
fühle mich von allen benutzt und verraten.

Ich möchte hier und jetzt zu Grunde gehen,
in einer Welt ohne Sorgen und Nöte auf ewig bestehen.

Matthias Stork * 1986

Das Dasein

Zu deinem Dasein wirst du nicht gefragt.
Mit der Geburt wird es dir aufgezwungen.
Und wenn nach Jahren du, schon leicht betagt,
dich fragst, was ist mir eigentlich gelungen.
Dann stellt bei kritischer Betrachtung
sich sehr schnell die Erkenntnis ein.
Das Meiste verdient nicht mal Beachtung.
Es müsste Vieles doch viel anders sein.
Nun, wo dich dein Gewissen quält
stellst du ganz neu die Weichen.
Allein! Der gute Wille zählt.
Zur guten Tat wird es nicht reichen.

Harry Straach

Gewitter

Wilde Mustangs
stürmen den Himmel,
verdunkeln die Sonne,
Tag wird zur Nacht.

Titanische Herde,
donnernde Hufe,
blitzende Augen,
triefende Mäuler.

Sommergewitter.

Renate Strang * 1953

Addicted

...still...

Alles alles alles
hallt hallt hallt
nach nach nach.

Das Wochenende. Ende. Ende. Ende?

Hab mich fast laut gefragt,
wie es wohl
wäre wäre wäre
sich
neu neu neu
zu verlieben. Lieben. Lieben?

War in einer fremden Wohnung.

In ihr,
ihr,
ihr!

Mir vorgestellt wie es wohl wäre;

Und bin doch dabei geblieben:

Bei dir, dir, dir.

Linda Strasas * 1980

Lichtblicke

Gern schaue ich der Sterne Raum
und denke: „Welch ein wacher Traum!"
Doch sehen kann das All sich nicht -
es braucht mein staunend Geisteslicht.

Hans-Jürgen Sträter * 1953

Positive Wandlung

Seit 5 Jahren in Behandlung und
bis jetzt war es in meinen Leben eine
positive Wandlung.
Wenn ich daran denk, das ich nicht mehr
wollte Leben,
habe ich ganz viel Kraft fürs Gegenteil
gegeben.
20 Jahre immer nach Sinn gesucht und
stets mein ganzes Leben verflucht.
Erst wenn man den Tod nahe steht,
merkt man was einem vergeht.
Soweit möchte ich nie wieder gehen,
einfach nur mit beiden Beinen im Leben
stehen.

Peggy Strauch * 1979

An den sonnenreichen Morgen,
Der die Erde berührt,
öffnen sich die Poren
in denen der Tau aufblüht!

Durch das spritzige Nass
Springen Sonnenhasen,
Die das glühende Hass
In Einzelteile zerrasen:

Liebe, Glück und Fantasie,
verbunden mit dem Pfaden der Vernunft,
erblicken das Licht der Poesie,
voll vertrauensvoll-sehnsüchtigcr Geduld.

Durch die Farben, Düfte und Klänge
Gelangen sie in den Blender.

Formend erfreuen sie seine Seele,
hinterlassend einen gebildeten Denker.

Barbara Strautmann * 1982

Gedankensplitter

Bedeckt ist die Wiese mit dem Tau der
Nacht.
Auf den erstarrten Grashalmen – Splitter.
Gedankensplitter!
Unschuldig weiß – unsortiert.

Wie die Blätter vom Baum, so fallen meine
Gedanken,
taumeln in die Tiefe – nach nirgendwo.
Stürzen hinab, einem Wasserfall gleich,
tropfen in ein dunkles Nichts.

Keine mir vertraute Geste, kein Wort dass
mich erreicht.
Wie zerberstendes Glas, dringen Laute in
mich ein,
ein Orkan wütet in mir – wütet in den
fremden Gesichtern!
Alles macht mir Angst.

Schreie hallen durch den Raum – meine
Schreie.
Tränen rollen Perlen gleich in diese Leere,
fließen ab in kaltem Strome – dem Meer
entgegen!
Niemand wirft die Netze aus um sie
einzufangen.

Unaufhaltsam gleite ich hinab – an der
Spirale des Todes.
Eine leblose Hülle! Nicht wissend!
Unschuldig!
Gefangen im eisernen Panzer der Starre.
Gehalten von dem unsichtbaren Band der
Liebe – Noch!

Heinz Strehl * 1946

Koserower Sommer

Blick aus dem weit geöffneten Fenster
am Morgen: bedeckt noch der Himmel.
Meeresrauschen bis an den Frühstückstisch
und die Möwen hocken
lustlos auf den Buhnenköpfen.
Nachmittags dann Sonne blank,
dass der Sand brennt
unter den Füßen.
Abkühlen im erfrischenden Wasser,
belanglose Sätze mit dem Nachbar
im Strandkorb nebenan.
Später dann am glitzernden Achterwasser
in der Abendsonne vor Lüttenort.
Jetzt mit dem Boot
des Malers* hinausfahren.
Doch es liegt träumend an Land,
wie er es verlassen hat
nach der letzten Reise.

* Otto Niemayer-Holstein

Günter Streifinger

Wasserfluten

Wasserfluten
Not und Tod.
Hier auf Erden
unverstanden.
Droben sammelt
sich die Schar,
aller,deren Leib verloren,
die im Geiste neugeboren.
Doch hierarchisches Erbarmen
stärkt die aufgeblühten Seelen,
führend durch Planetensphären
hin zu spät'rem Neugebären.

Jakob Streit

Frieden

NACHTS – und oben unterm Dach am
schrägen Fenster auf einem Balken
sitzt die Katze.

Regungslos und starr mit großen Augen
sieht sie zu,
Wie sich Schicht um Schicht Kristalle
stapeln – aufeinander, ineinander,
verhakt,
Reih für Reih.

Und staunend sieht sie zu, wie das Fenster
– das Tor zur Welt – sich schließt.
Sacht und ganz leis – ganz langsam –
schiebt sich die weiße Pracht über das
Fenster,
Verschließt den Blick zu den Sternen.

Bringt Ruhe – gedämpft wie Watte – und
Stille breitet sich aus – gedämpft
klingen,
die Geräusche hoch zum Dach – die Zeit
bleibt stehn? – Scheint viel langsamer
zu gehen.
Ofen bollert warm – Behaglichkeit,
Geborgenheit, Wärme.
Träge bewegt sich die Katze – kringelt
ihren Schwanz um ihren Leib, streckt
sich wohlig aus
Und schnurrt – Ihre Freunde tapsen nun
draußen durch den Schnee.
Hinterlassen lustige Botschaften in den
kalten Flocken – spielen mit den
tanzenden Kristallen.
Vergeblich ist heut Nacht die Lauer – kein
Mäuseschwanz wird sich auf die
Wiese wagen.

Und die Welt versinkt in weißen Flocken –
strahlt hell in die dunkle Nacht –
legen sich Schicht um Schicht wärmend,
schützend, fast liebkosend
um jedes Blatt, jeden Grashalm, jeden
Stamm,
Frieren alles ein – die Zeit – eine Zeit der
Ruhe – des FRIEDENS.

Natascha Strenge * 1966

Freundschaft!!!

Ich fühle mich sichtlich geschmeichelt!
Doch hinterfragt jene wörtliche
Bezeichnung.
Freundschaft nun sagt.
Welch Benennungen, für dies Wort.
Die Schnelligkeit ist die Ironie für dies
Wort.
Für jene, die von Mund zu Ohr es tragen,
verstehen was sie sagen.
Gesprochen ist dies Wort, inhaltslos.
Nicht zu verstehen, was jener zu verstehen
mag, in diesem Wort.
Für jene erklärlich. Für jene erschwerlich.
Beklagt, jenen, für dies Wort.
Jene klagen nicht, sie ertragen. Dies
versteht man nicht.
Jener schweigt über dieses Wort.
Welch Inhalt besitzt jener, für dies Wort.
Einseitigkeit ist schmerzlich. Für jene nicht
entbehrlich.
Kehrt ein in des Wortes Glück. Sprecht
aus, was ihr dafür besitzt.
Zum besten sei es, für jenen der spricht.
Jener vermag es zu achten, zu schätzen…
Ist jener der Beklagte, jener danach klagt,
Jener reif der sprach.
Reift jener der sprach.

Diana Striegl

Roulette

Ein kleiner Klaps, nur ein winziger Stoß,
die Richtung weisend,
so ziehe ich los.

Laufe am Morgen, laufe nach Westen,
der Weisung folgend,
den Weg muss ich testen.

Doch sieh! Er bringt Elend, bringt mir kein
Glück,
Richtung gewiesen,
es gibt kein Zurück.

Ihr treibt mich voran, schnell lauf ich
weiter,
doch dann passiert's,
ich scheiter'.

Die Sieben ist's, ihr wolltet die Vier,
trotz allen Reden,
die Sieben gehört jetzt mir.

Kathleen Strobach * 1984

Seeles finstere Nacht

„Die Perle ist eine Kränklichkeit der Auster und seine Art letzmöglich Konsequenz tieferen Schmerzens." (Flaubert)

Wenn Mensch in seinem tiefstem Wesen
leidet,
seiner Seeles finstere Nacht,
Leben sich verweigert,
Entmutigung entfacht.

Wenn Wunden ohne Bluten schmerzen,
wenn Seel um Leid und Trauer müht,
beim Glühen alter Kerzen,
und wenn der letzte Mohn verblüht.

In finsterer Nacht scheint jeder Stern zur
besten Stunde
wenn Leid um Leben greift,
kennt Not geheimnisvolle Funde,
in finsterer Nacht der Seele – diese einsam
ruht und reift.

Wie die Auster es 'versteht'
in ihr die Perle zu gewinnen,
die von aller Welt begehrt,
sucht Weisheit seinen Schatz im Innern.
Aus erschöpftem Drang
ein köstlich Kleinod sich gebärt,
das sich mit seelenwundem Hang
aus tieferem Schmerz ernährt.

Peter M. Struba

Enthüllte Ankunft

In remember of Mr. Fukuyama.
But who was Mr. Fukuyama?

Die Reservate für Beliebigkeiten à la
carte –
Sie wachsen über Horizonte.
Es brandet uns brandig entgegen.

Unsere Antennen, umweht von
den parfümierten Winden der Zeit,
empfangen als äonischen Widerhall die
Schreie der Pythia.
Ihr vorauseilendes Raunen erstickt in
pestigen Lüften.

Im Morgengrauen, unweit des brennenden
Dornbusches,
landet ihr helicopter im Tal des blühenden
Mohns.
Der Schwertträger, kundig vieler Waffen,
säuberte vorher collateral die Gegend.
Der Verräter von einst hat noch an Bord
Bilder der unbekleideten Maria verteilt.
Er, der das Wort ist, wird sie tadeln.
Sein Spiegelbild im Fluss erinnert ihn:
Sie wissen es nicht – er ist auch Isa.
In der Glut der aufsteigenden Sonne,
erwartungsvoll,
tänzeln die Rosse der apokalyptischen
Reiter.

Marko Struck

Liebe Oma Elly, liebe Mutter & Schwiegermutter!

Was bleibt uns heute noch zu sagen,
die Worte,...die vorne auf der Karte
steh'n,
doch unsere Gedanken tragen!

Wohl niemand auf der ganzen Welt
vermag der Mutter eine Ehre geben,
Ehre und Liebe einer Mutter selbst,
tun tief im Herzen – schon immer leben!

So zögert – Mutter Elly – auch dein Herz,
möchte es doch vor Freud zerspringen,
wenn wir, die deine Kinder sind,
bei dir – aus und ein bald gingen!

Holger Studener

In der Stille der Wüste

Die Töne im Sandmeer verstummen,
es schluckt sie der schweigende Geist.
Verebbt sind des Windes Gesänge,
sie sind in der Weite verklungen.
Die Seele von Stille sich speist:
Es bilden sich lautlose Klänge –
nach innen sind diese gedrungen,
wo Ruhe die Wege dir weist
heraus aus der dröhnenden Enge.

Alban Sturn

Flügel im Wind

Ich fliege in lautlose Ferne
verlasse den Alltag beherzt
ganz schwerelos gleiten
die Flügel ausbreiten
nichts fühlen und spüren was schmerzt

Ich träume von endlosen Weiten
von Großzügigkeit und Verstand
von Menschen, die lieben
das Böse besiegen
vom Leben aus göttlicher Hand.

Ich fliege hinaus übers Leben
erblicke die Welt aus dem Licht
wie klein sind die Bäume
die irdischen Träume
Lichtpunkte aus himmlischer Sicht.

Ich wünschte, ich könnte entgleiten
der Realität mich entziehn
als leichtes Gebinde
wie Flügel im Winde
so möcht' meine Seele entfliehn

Irene Sturzenegger

Gossenkind

In der Gosse ausgebreitet,
Den Rock gezerrt, bis übern Kopf:
Die Scham ist so weit ausgebreitet,
Man wähnt den Schwanz noch mittendrin!

Man sieht die Tränen angetrocknet,
Über blauen Flecken, frisch und wund ...
Sie muss da liegen – wie ich meine –
Noch nicht länger als eine Stund'.

Und hundert Beine gehn vorbei,
Und mancher Fuß tritt auf den Saum,
Doch keiner nimmt das Mädchen wahr,
Das man verletzt und blau gehau'n!

Torsten Stuß

Schatz

Erst in
älteren Tagen
entfaltet
Weisheit
ihre Schwingen
und schenkt
Klarheit
in vielen Dingen.
Dann hat

Erfahrung
ihren Platz
und ist
des Alters
großer Schatz.

Irmgard H.B. Suchier

Abschied vom Werbellin

Du bleibst
in meinem Sinne
fühlbar' Erinnerung –
mit deiner sanften Stimme
versunk'nem Unterton,

bebend
wie eine Glocke,
ahnbar
von Hand berührt,
muss ich dich doch verlassen,
so ganz
von dir erfüllt.

Irmgard Suckau * 1939

Pfingsten

Oben in der Birke sitzt
ein Spatz auf einem Zweig ganz weit
draußen und läßt sich verschmitzt
vom Winde schaukeln – sehr gescheit!

Er schwatzt und zwitschert seine Lieder
– stets die gleichen, ein alter Zopf.
Der Wind, der plustert sein Gefieder.
Der Spatz kratzt sich vergnügt am Kopf.

Der Zweig weht hin, der Zweig weht her.
Die Sonne scheint, die Luft ist lau.
Der Spatz, der freut sich immer mehr
und schwirrt zum Festtag ab ins Blau'!

Apus Supa

Der lange Weg

Am Anfang braucht man sehr viel Zeit,
Macht alles groß und viel zu breit.
Man meint, es müsste noch mehr sein,
Sieht manchen Rat einfach nicht ein.

Ist man erst älter, wird man sehn,
Es kann auch mit viel weniger gehn.
Selbst Worte wiegen sehr viel mehr,
Gibt man sie nicht leichtfertig her.

Am Ende von dem langen Weg
Zeigt sich, ob man auch was bewegt.
Und auf dem letzten schmalen Stück,
Gibt's dann vielleicht noch etwas Glück?

Hans Sürtenich

Oktobertag

Die Zeit steht still in diesem Jahr,
Die Tage werden kalt und trüb.
Noch ein paar Worte stehn im Raum,
Die deine große Wärme schrieb.

Sie wärmen nicht, sie sind erloschen,
Dein Lachen ist nicht mehr für mich.
Verzweifelt klagend, schleichend schwer
Trauer ich, mein Herz, um dich.

Im zähen Dunst gerinnt das Licht,
Es treibt mich nichts an diesem Tag.
Der Regen ist mein Spiegelbild,
Das keine Farben sehen mag.

Ich sehe auf den nahen Winter,
Wenn uns die Einsamkeit beschleicht.
Wie bitter ist der süße Cocktail,
Wenn Illusion der Wahrheit weicht.

Michaela Süßner * 1971

Waldstimmung

- die Nacht senkt sich leise
auf die wispernden Bäume

- die silberne Mondsichel
wirft auf den Boden Schattenbilder

- schwache Geräusche von den
Waldbewohnern,
Dachs und Fuchs schleichen auf leisen
Sohlen

die Eule mit hellen Späherblick
langsam erwacht auf dem Ast

- fast unheimliche Ruhe und Dunkelheit
bis der klare Tag erwacht

- der Wald gehört wieder den Tieren,
kein Wanderer wird die Stille stören. –

Marianne Suter * 1931

Felder, die jetzt grau und
schlafend öde steh'n,
Wiesen, über die die Nebel geh'n,
kurze Tage in versunk'ner Zeit,
schwer und trüb in ihrer Dunkelheit;
auch da ist Stille,
tiefer Frieden mir.
Was ich suche,
finde ich bei dir,
mein Gott, Vater in der Höh',
der alles gibt und
heilt der Seele Weh!
Und jeder Halm des Grases,
der bewegt
vom Wind, der in der Nacht geweht,
und jedes Flüstern
kahler Äste alter Bäume
versinkt mit mir
im weiten Meer der Träume.

Annette Symang * 1965

Urlaub

Schäfchenwolken in herrlichem Blau
Sonne macht den Tag ganz lau
Wellen küssen wild den Strand
Und ich laufe durch den Sand.
Sammle Muscheln für zu Haus.
Lieber Gott,so halt ich's aus.
Grüß ihn,der am Schreibtisch sitzt
Und in der Mittagshitze schwitzt.
Vielleicht war er jetzt gern am Strand
Mit 'ner Eiscreme in der Hand,
die Augen weit am Horizont,
dort hinten,wo die Freiheit wohnt.
Von Fehmarn schick ich 1000 Küsse
Und viele, viele Sonnengrüße.

Heidrun Szymanski * 1956

wo bin ich

Ich höre ein Lachen
Bin das ich - ist das mein Lachen
Ich höre jemanden reden
Bin das ich – ist das meine Stimme
Ich wundere mich über meine Gedanken
Bin das wirklich ich - die das denkt

Manchmal bin ich meinem Ich so weit weg

Dann gilt es vorsichtig in kleinen Schritten
ganz bewusst
meinem Ich - wieder näher zu kommen
Die Teile wieder zusammenzuführen
zu einem Ganzen
Viel Zeit ist nötig!

Aber dann
wenn mein Lachen wieder aus der Seele
kommt
meine Stimme wieder voll und vertraut
klingt
meine Gedanken wieder meine sind
weiß ich dass ich mich freuen und wieder
strahlen kann

da ich wieder
bei mir angekommen bin

Ilka Theresa Tagger * 1977

Ein kleiner Moment

Und manchmal geschieht ein Wunder
wenn man eine Hand berührt
und man dann spürt
wie die zärtlichen Finger

ganz leicht ineinander gehen
um sich dann zu halten
und dann den Moment gestalten
zu etwas Wunderschön'

Doch am Ende
nach all der liebevollen Wärme
muss man egal wie ungerne
kommt das Glückes Wende

Hände müssen loslassen
die Finger werden wieder kalt
so legt man die Eigenen zusammen und
betet, dass bald
meine Hände wieder die Deinen fassen

Takiko * 1985

Immer bei dir ...

Schläfst tief dämmernd,
in die andere Welt versunken.
Dein Körper von Krankheit gezeichnet.
Hilflos wie ein Kind,
obwohl du mein Vater bist.

Tröstend deine Hand ergriffen.
Ganz fest gehalten.
Dich zärtlich in meine Liebe gebettet.
Die schönste Art
Dir – Danke – zu flüstern.

In Gedanken
Dein ständiger Begleiter.
Bin bei dir
mein Engel,
welchen Weg du auch einschlagen wirst.
Soweit ich mit dir gehen kann...

Anika Tanck

Der Kopfknopf und das kleine Pferd aus Troja

Nachts, die neun Produkte
für Verruckte
fummeln gern am
Kopfknopf rum.
O ja.

Nummer Zehn,
die mich schluckte,
wie ein Pferd aus Troja,
und ich duckte meinen Knopfkopf
durch das Knopfloch
und sah zehn Produckte für Verruckte
stehn, an meinem Kopfknopf dreh'n,
wie es in den Fingern juckte,
suchten einen Sender,
bis es klang
o, love me tender.

O ja, mein kleines Pferd aus Troja.

Hans Tannheiser * 1967

Die Trauer des Todes
ist wie ein NICHTS

Die Tödlichkeit meiner Schmerzen
wie eine Ewigkeit
Die Ungewißheit meines Lebens
die bedrückend den Atem
meines Herzens raubt.

Ein kurzer Gedanke ist
wie eine ewige Qual
und foltert mich

ein Leben lang,
schlimmer
als der Tod an sich....

Dilek Taskin

Leben

Alles ist zu schwer zu tragen - nur Jammer
und Plagen!
Alles lief anders als gedacht.
Hätte ichs vorher gewusst hätte ich alles
anders gemacht.
Wer küsst die Tränen von meiner Seele
sanft, wie die Elfen und die Sylphen,
die Geister der Vergangenheit
und der Zukunft, damit ich mich nicht
noch weiter quäle.

Umarmt mich, ihr Geister der
Vergangenheit und der Zukunft
Damit ich weiterhin Leben kann.
Gebt mir Kraft und Stärke um zu
verstehen –
Wie kann man mitmachen - und nicht
dahinter stehen?
So wollte ich nie weitergehen
In einem Leben
Welches ist voll Härte und nicht von Elfen
und Sylphen umgeben!
Umarmt mich bei Vollmond
Ihr Elfen und Sylphen.
Gebt mir Stärke für dieses Leben!

Karin Tatarelis

Der frühe Morgen,
hält die Sonne noch verborgen.

Läßt die Vögel herrlich singen,
damit sie uns viel Freude bringen.

Und wenn dann der Tag anbricht,
wird er zeigen sein Gesicht.

Sind wir traurig oder froh,
gehen wir unseren Weg irgendwo.

Suchen nach ein wenig Glück,
geben Liebe gern zurück.

Wir begrüßen gern den Tag,
wenn auch er uns mag.

Franziska Täuber

stille

jetzt ist es still geworden der
mond ist still die zykaden haben er-
holungspause selbst der
Hund von nebenan ist still ge-

worden die stille pumpt sich auf
die bäume bleiben liegen
ein vogel hängt in der luft das
wasser im bach fließt nicht

weiter und wir sind regungs-
los nachher sagt man es hat
auch keine flut mehr
gegeben und die gerade

im laufen sind bleiben stehen weil
keine zeit mehr vergeht sie
hat es nicht nötig dem
raum nachzulaufen nicht mehr

nötig zu vergehen um etwas zu
erleben weil die stille so
groß wird dass sie einen nicht
gegen sich aufbringen kann

Otto Taufkirch * 1942

Möcht mit dir auf Wolken reiten

Möcht mit Dir auf Wolken reiten
staunend - schwebend - schwerelos,
lassen uns vom Sturmwind treiben
unendlich in der Liebe Schoß
augestreckt im Leben liegen
sacht zugedeckt mit dir und mir
lass uns auf einem Grashalm wiegen
erlebend intensiv das Wir
tanze mit dir durch die Gassen
wild, ausgelassen, liebestoll
lass uns mit Gefühlen prassen
gepaarte Sehnsucht - prall und voll
lass mich los dass ich nicht falle
bist mir nah - bist mir geschenkt
schreie laut, wenn ich dich kralle
zeig mir wie man Hoffnung fängt.

roy täx   * 1948

Leben nach Dir

Wenn Schmerzmittel
den kranken Geist umhüllen
weil mein Mund ohne Sprache ist
und meine Porzellanseele
taumelnd zwischen Lust und Wahnsinn
ihre Taubheit bekämpft
Dann klingen Aphorismen
als Wolkenfetzen unserer
    Liebestrunkenheit
durch die Lava in meinen Adern

Fragmente unserer gemeinsamen Träume
erheben von Zeit zu Zeit die Stimme
um eine bebende Liebeshymne
    anzustimmen
die wie Glas über Feuer zerspringt

Ich blieb nicht stehen
als ich die Tür geschlossen hatte
Und Du bist nicht aufgestanden um mich
    zum Bleiben zu bitten
Ich bin eine Reisende ohne Gepäck
in dem Leben nach Dir

Ines Tegetmeier   * 1975

Zahlenrätsel

Zehn Gebote brachte Mose vom Berge
    Sinai.
Neun Götter hatten die Ägypter.
Im Diesseits verwurzelt für immer die
    Zahl Acht.
Die Sieben dagegen zum Jenseits gerichtet.
Kreise genauso wie Kathedralen
    zerlegt die Sechs.
Die unteilbare Fünf ist die Zahl des
    strafenden Kriegsgottes.
Während die Vier die Erde in
    Himmelsrichtungen gliedert,
steht die Drei für die Dreieinigkeit:
    Gott Vater, Gott Sohn
    und Gott Heiliger Geist
wie seinerzeit für Osiris, Isis und den
    Falken Horus.
Die Zwei ist unvollkommen, das Fehlen
    des Heiligen Geistes bezeugend.
Und schließlich die Eins:
erhaben wie Gott Vater allein,
    der einzige Gott.

Die Welt berechnet und berechenbar:
Pyramiden, Paläste, Banken,
    Börsenkurse, Kriegsheere.
So viel Kleines im Großen,
    so viel Großes im Kleinen.
Fünf Männer, sich brüderlich
    eine Zigarette teilend
das vergewaltigte Opfer vergessend
    für immer.
Im Kopftuch trägt die Mutter alles,
    was blieb:
Heimaterde, nicht mehr als eine Handvoll.

Hanne Tesche

Gedicht der Intuition

Der Wolf läuft lauernd durch die Nacht,
auf geraden und auf krummen Wegen.
Im Dunst sich dunkle Schatten regen,
nun ist die Gier in ihm erwacht.
Die Wölfin liegt im kühlen Hag.
Die Bilder ihrer lichten Träume
spiegeln sich in Rinden alter Bäume.
Sie wittert, was dort kommen mag.
Der Tanz beginnt,
so wie ein Kinderreigen
ganz einfach seinen Anfang nimmt.
Ein Feuer, das schon lange glimmt,
will sich nun endlich zeigen,
noch eh' er sich besinnt.

Susanne Sonja Tesche

Butterfly

Was soll dies nur,
mein Butterfly,
willst du
mir etwas sagen?

Fühlst du dich wohl
ganz nah bei mir?
Und bist du froh
an allen deinen Tagen?

So bleib bei mir
hier in der Sonne.
Vielleicht spürst du
genau wie ich

die laue Luft,
den Blütenduft,
und grenzenlose
Lebenswonne.

Rolf Teumer * 1937

Unbekannte

Tochter, die ich nicht hatte,
diskret, sensibel und zart,
hoch läge für dich die Latte.
Das Leben machte dich hart.

Ein duftendes Meer von Rosen –
Ein Ozean von Wünschen blau –
Geschicke wie Wasser, die tosen –
vorbei, in Strömen von Grau.

Auch du – ein Glied dieser Kette,
die lange, lang sich geformt.
Figuren, schwankend von Stätte zu Stätte,
Individualismus – vergeblich – genormt.

Marie E. Thanbichler/Chapeau

Der Kaufmann

Der Kaufmann schläft, denn es ist Nacht,
als ein Schrei ihn aus der Ruhe gebracht.

Er schreckt empor und schaut sich um,
doch alles war still um ihn herum.

Mit Ignoranz legt er sich nieder,
streckt aus seine müden Glieder.

Als er gerade hat die Augen geschlossen,
wird draußen geschossen.

Er hört eine Frau weinen.
Er sieht sie – auf dem Arm ihren Kleinen.

Ihr Mann lag blutend vor ihr.
Der Kaufmann gafft, starrt, voller Neugier.

Er stopft sich Watte ins Ohr und legt sich
ins Bett.
Er deckt sich zu und schlief recht nett.

Am nächsten Tag schellt die Polizei –
fragt: „Haben Sie etwas gehört von diesem
Geschrei?“

Der Kaufmann schaut, seine Augen waren
groß.
„Ich – nein – ich schlief bloß.“

Ulrike Theel

Gib mir Luft

Schau mich an: Bin ich nicht
dein Lächeln, welches tagestrunken
wortkarg aus dir spricht –
steht im Glanze deiner Augen nicht
mein schemenhafter Umriss,
welcher bald wie Porzellan zerbricht.

Taumel ich nicht ohne Halt
wie ein starres Händereichen
und ein Blinder ohnegleichen
nur noch fühlend zu dir hin?

Gib mir Luft. Ich atme schwer,
während du dich weiter hebst
in mir. Ich bin so atemlos
und du bist mehr. Gib mir bloß
ein leichtes Atmen – wo du lebst.

Ivo Theele * 1980

Angeln

Der Wurm
eine tödliche Versuchung
für den Fisch
der glaubt
sich etwas gönnen zu können
in aller Freiheit

Elfie N. Theis

Grashalm

Kleiner Grashalm.
Unauffällig, unter Millionen kühn!
Allein ein Nichts.
Zusammen aber, ein prachtvoll Grün!

Eine Wiese voller Leben und Kraft,
der, die Natur, das Leben gebracht.
Kleiner Grashalm ...
Des Morgens erfrischt, vom Tau der Nacht.

Trocken, wenn Sturm sich durch die
Lücken rafft.
Und schmerzhaft an den Wurzeln schafft.
Doch der Sonne Glut und Kraft,
gibt dem Grashalm, lebendige Macht.

Geschunden, getreten und abgeschert,
eines Tages er da liegt, fast ohne Wert.
Der Grashalm könnt ein Menschlein sein,
wenn seine Zeit ihn will holen, eilig ein!

Wilhelm Theodor * 1954

Lust

Ich will
Deine Kniekehlen
Küssen köstliche Kuhlen
Gehalten im Gatter
Straffer Sehnen

In der nächsten Kurve
Bergab flöge ich atemlos
Durch die Luft
Dann wäre es still
In mir

Lieber will ich
Lieber wieder deine Knie-
Kehlen küssen Nest
Jauchzender Flügelwesen Hort
Für Schattenmund.

E. Therre-Staal

Nicht ohne Seife waschen

Ausziehen!
Einfach Duschen und trocknen
Putze Zähne
Mache dich mit einem Deo frisch
Ab und zu rasieren
Manchmal Nägel schneiden
Kämme nun noch dein Haar
Anziehen!
Schon bist du fertig für einen Neuen Tag!
Nosw Nosw Nosw!

Thomas Thesing * 1968

gedichte schreiben

gedichte schreiben
kann man heute nur noch,
wenn man an etwas glaubt.
an sich, an das leben, an die liebe, an die
Zukunft.
ich aber glaube an gar nichts.
kein ich, kein leben, keine liebe, keine
Zukunft.
schade.

Joachim Thiede * 1963

Rückblick

Wenn es Abend wird und der Mond sein
strahlendes Kleid voller Sehnsüchte
und Hoffnungen zeigt,
dann ist die Zeit der Stille und Liebe
spürbarer als jemals zuvor.
Die alten Türen im Herzen werden
geöffnet und in jedem steckt ein
unglaublicher oder gar fantastischer
Gedanke,
der nur darauf wartet entdeckt zu werden.
Einem wird klar, dass all diese Türen nie
wieder von der gleichen Hand
geöffnet werden, wie es einst war.
Was bleibt ist die Erinnerung und die
Dankbarkeit, dass man diese
Momente erleben konnte.

Jenny Thiel * 1985

Gib mir deine Hände

Mutter, gib mir deine Hände
die blassen, die welken
die, die mir auch heute noch so viel gelten.
Hände, die heute sind nun kraftlos und zart
Hände, die waren bei dir noch nie dieser
Art.

Deine waren geduldig, kräftig und stark
nicht bläulich geädert und wie ohne Mark.
Nicht so hilflos und ohne Geschick
sie waren mein Halt, sie waren mein Glück.

Sie konnten alles, was keiner sonst tat.
Sie waren rastlos und schafften oft Rat,
in so vielen Dingen, ob groß oder klein
und nun, oh Trauer, kann dies nicht mehr
sein.

Mutter, gib mir deine Hände,
ich mag sie auch jetzt, so wie sie sind
nun hat sich die Zeit gewandelt
nun bin ich Mutter
und du Kind.

Hannelore Thiele

Mein Garten im Norden

05.09.03 Himmelzart und blau
weiße Wolken ziehn hinweg
Spinnfäden wehen.

26.01.04 Stille Nebel dort,
diffuses Licht am Waldrand,
Regen auf meiner Haut.

19.05.04 Schaukelnde Blätter,
ein Rascheln im Holunder,
Vogel fliegt davon.

15.08.04 Ein Tag voller Lust,
helle Stille ruht in sich,
voll Mut und Leben.

21.05.05 Regen und viel Grün,
Sanftheit Tausender Blätter,
Helle im Osten.

09.07.05 Mitten im Sommer
rinnt das Wasser lau und mild,
Feuchte durchdringt mich.

Doris Thiel-Hönig

Zu(g)stimmung

Eilig fährt der Zug durch Täler
die zu schaun geraten sind.
Nebelwolken malen Bilder
deren Schönheit traurig stimmt.
Sonne, durch die Bäume strahlend,
erzeugt ein Nebelscheibenlicht.
Dies zu sehn und zu behalten
dafür schreib ich dies Gedicht.

Eilig fährt der Zug durch Täler,
ist ein Teil für den Moment
da das Licht auch ihn erfasste
und seine Bewegung hemmt.
Denn ein solch Moment der Schönheit
lässt die Welt ein bisschen stehn -
dann verfliegt des Morgens Zauber,
die Reise, sie muss weitergehn.

Claus Thies von der Bey * 1968

Die grünen Wiesen

Für einen Augenblick versenkt' ich meine
Sorgen
im Grün der Wiesen in der Sonne gold'nem
Schein.
In's Blau des Himmels warf ich Gestern,
Heut' und Morgen
und mir blieb nur noch jetzt und hier zu
sein.

Für einen Augenblick vergaß ich in der
Stille
all meiner unerfüllten Wünsche Leid.
Und es verging mir ganz und gar der
Wille;
ich schloß die Augen und fiel aus der Zeit.

Für einen Augenblick versenkt' ich meine
Sorgen... -
Für einen Augenblick! Was sag' ich da?
In's Blau des Himmels warf ich Gestern,
Heut' und Morgen
und nie zuvor war ich der Ewigkeit so nah!

Reinhard Thomelcik * 1961

Göttlicher Wille

Tief im Innern meiner Seele,
Schwer zu finden, unentdeckt,
Liegt die Lösung aller Dinge,
Von mir selbst gewärmt und schläft.

Er allein vermag mich lösen,
Aus des Alltags laut Getösen,
Mag mir helfen aufzustehen,
Um den wahren Weg zu gehen.

Wären da nicht etlich Pflichten,
Wär ich frei den Winden gleich,
Würde ihm mein Leben richten,
Würde atmen um zu sein.

So wie Monde Ihren Weg,
Kennt auch die Natur dies Rätsel,
Weiß zu grünen, weiß wann welken,
Lebt den Tod und stirbt im Leben.

Andreas Thudt * 1977

Die Sprache meines Herzens

wird überall gleich gesprochen
kommt mit wenigen Worten aus
sollte jeder Mensch verstehen
ist die, welche die Wahrheit spricht
hört man nah und aus der Ferne
kann hoch über Wolken fliegen
erzählt von Träumen und Wünschen
ist so bunt wie Schmetterlinge
läßt bunte Luftballons steigen
ist noch wärmer als die Sonne
klingt auf wunderbare Weise
hat nur Stärken, keine Schwächen
wird bei vielen Menschen vermißt
läßt sich sagen in einem Satz:
wird niemals gebrochen,
ist wie ein Blumenstrauß,
kann man sogar sehen,
nie kleine Seelen bricht,
zu jederzeit gerne,
kann Schmerzen besiegen,
steckt in jedem Menschen,
malt goldene Ringe,
bringt Waffen zum Schweigen,
kann tanzen vor Wonne,
nie laut, immer leise,
sollt' man nur noch sprechen,
muß bleiben, was sie ist,
der Liebe größter Schatz!

Manfred Thurm

Letzter Traum

Kalter Wind strömt durch die Wies,
(blau) schimmernde der Sternennacht,
über die man Feen tanzen sieht,
bezaubert von dem Heil umwacht.

Bedrückend leichter Duft steigt auf,
umhüllt mein Herz in dieser Nacht,
in der ich alle Sterne, die zu Hauf
am Himmel stehen, neu entfach.

Und auf jedem Graseshalm
träumet fast schon elfengleich
schon mehr als tausend Psalm'n
ein von Stern'n besetzter Reif.

So geht es, mehr als tausend Jahre lang,
seit sich der Wind mit meiner Erde dreht,
und er fällt in ihren Untergang,
wenn das letzte Lüftchen nicht mehr weht.

Tigger * 1984

Blumenmusik im Blütentau

ruft mich als Mensch
ruft mich als Frau,
zu lächeln und zu singen –
mit dem Leben
sanft zu ringen.

Möchte lächeln,
tanzen, lachen!
Wer macht mit mir
solche Sachen?

Wer spielt mit mir
im Spiel des Lebens?
Warte ich vergebens?

Sieh mich als Mensch,
sieh mich als Frau.
Was ich mir wünsche,
weißt du genau!

Angela Hilde Timm

Irgendwo im Nirgendwo

Sonnenstrahlen küssen den Schlaf
von meinen Lidern

Suche Dich Traumfetzen, irgendwo im
Nirgendwo
versuche die Erinnerung an dich
festzuhalten

Die Erinnerung löst sich auf,
wie der Morgennebel im Herbst

Was bleibt ist der Traum

Suncica Todorovic * 1971

Der Sonne gleich
Ein grauer Nebel sich erhebt empor
Und helles Licht
erstrahlt wie nie zuvor.
Der Sonne gleich
Mein Wesen sich verändert jäh
Erscheinst du nur
ganz still in meiner Näh'
Der Sonne gleich
Mein Denken sich verändert hin
Und nichts, auch gar nichts
Trübt den Sinn
Der Sonne gleich
Kann niemand diese Tiefe kennen
Und niemals werden wir uns trennen
Und sollt auch Sturm
In nächt'ger Weise uns umklammern ein
Der Sonne gleich
Mag helles Licht uns stets
Begleiter sein.

Sieglinde Tontsch * 1957

Kinder, Kinder

Kinder dieser Welt,
vergesst das Lachen nicht!
Sonnenschein erhellt
Gemüter und Gesicht.

Vergesst das Lachen nicht,
wenn dunkle Seiten siegen,
Gemüter und Gesicht
auch mal im Schatten liegen.

Wenn dunkle Seiten siegen,
Zukunftsgedanken aus eurer Sicht
auch mal im Schatten liegen,
schaut nur hin zum Licht!
Zukunftsgedanken aus eurer Sicht
Kinder dieser Welt,
schaut nur hin zum Licht!
Sonnenschein erhellt.

Ingrid Töppler

Das vornehme Mädchen

Eine Nacht in trügerischer Stille.
Eine Sekunde ohne Angst.
Kein Wort der Liebe, keine Bewegung der Nähe.
Kein Schritt, geleitet in die richtige Richtung.
Eine Rose der Zuneigung gibt es nicht.
Hörbar, ist das Lachen der Menschen.
Jene in der Ferne, jene die sind.
Gefunden und gebunden in der Seele.
Gefangener in einer Bedeutung.
Gefangen im Hauche eines Lebens.
Du bist ein Spiegelbild der Zeit, du bist wie ich.
Liebe ist es, welche heilt.
Sie will dein Herz erforschen, siehst du es nicht?
Er will dir etwas sagen, hörst du es nicht?
Worte gelesen und geheilt.
Worte gesprochen und eine Wunde hinterlassen.
Liebe wird zu hartem Gestein, zu einer Illusion.
Du, welcher sich einsam fühlt.
Du, welche voller Hass ist.
Wir, die sich doch gefunden haben.

Eileen Tornow * 1982

Hast du meinen Traum gesehen

Hast du meinen Traum gesehen,
eben sah ich ihn noch stehen,
mit all den Hoffnungen der Zeit,
stand er erwartungsvoll bereit!
Schloß sich wie ein Mantel um mich -
Traum, ich vermisse dich...!

Hast du meinen Traum gesehen,
eben sah ich ihn, er wollte gehen,
mit all den Hoffnungen der Zeit
verschwand er in die Ewigkeit!
Statt Geborgenheit nun umgab Kälte mich
Traum, ich vermisse dich...!

Hast du meinen Traum gesehen,
voller Tränen ließ ich ihn gehen,
mit all den Hoffnungen der Zeit,
bin ich nun zum Weiterziehen bereit!
Mut zur Erfüllung umgibt mich -
mein Traum verwirklicht sich!

Stefanie Totzauer * 1983

Gemeinsamkeit

Das Gänseblümchen lauschet
im Gras dem Kuckucksruf –
es strahlt schneeweiß
und säuselt:
„Kuckuck, du tust mir gut."

Es wiegen sich ihm im Winde
die Gräser lächelnd zu –
Ein Sommertag
Ein Freudentag
„Kuckuck, du tust mir gut."

Und wenn auch Höh' und Tiefe
unüberwindlich scheint –
die sehnsuchtsvolle Freude
die ist's, die uns vereint.
„Kuckuck, du tust mir gut."

Eva Marie Traeger

Für immer!

Deine sanften Küsse spüren,
deine warme Haut berühren;
mit dir durch die Wolken schweben,
mit dir gutes und schlechtes erleben;
dir einfach nur in die Augen sehen,
mit dir alle Wege gehen.
Verdammt, ich will dir einfach sagen „Ich
liebe dich",
ich bin total glücklich; so kenne ich mich
nicht!
Ich will bei dir sein, ich will dich spüren,
ich will dich immer wieder berühren!
Bei Tag, bei Nacht, immer bei dir sein,
Ich will dir versprechen, ich bin für immer
dein!
Bei dir fühle ich mich richtig geborgen,
wir sind einfach dafür bestimmt,
füreinander zu sorgen!
Man kann meine Gefühle zu dir nicht in
Worte fassen,
aber glaub mir, ich werde dich nie alleine
lassen.
Denn du bist das Wichtigste für mich,
Baby, ganz einfach, ICH LIEBE DICH!!!

Eleonora Traksel * 1988

Der Baum

Unter dem Baum
halte ich inne,
mache ich Rast,
lege ich Gepäck beiseite,
komme ich zur Ruhe.

Mit dem Baum
beginne ich ein Gespräch,
ich höre seinen Atem,
ich vernehme seinen Herzschlag,
ich träume im Morgenwind.

In der Baumblüte
erwache ich zu neuem Leben.
Alles strömt und pulsiert,
keimt und grünt.
Ich bin der Baum.

Benedikt Werner Traut * 1934

Das Bankett

Essen gehn – ach wie nett
anzusehn – das Bankett,
sowohl gut – als auch viel,
absolut – feiner Stil!

Fleisch entklemmt – dem Besteck,
fett aufs Hemd – tropft der Fleck.
Hin die Pracht. Mich entsetzt,
wie man lacht. Das verletzt!

Zu der Frau, die mitmacht,
äugig blau, unbedacht,
noch bei Tisch – fuhr mir's raus,
kühn sprach ich – „Schneid ihn aus."

Unverwandt – ihr Auftritt,
Scher' zur Hand – schneller Schnitt,
Ohne Witz – mit Klipp-klapp,
war Potz Blitz – der Fleck ab.

Besser Fleck – als ein Loch,
Fleck geht weg – Loch bleibt doch.
Auf mein Wort – Hemd war hin.
ich schleich fort, Sadistin ....
FIN

Kurt Trautmann * 1925

Kentern

letzte nebel
schleiern lautlos

dunkel schläft
der trunkene

morgen schon
kentern erste

worte

Thorsten Trelenberg * 1963

Schatten und Licht

Schreiende Schatten
wehen im Sand
bei strömendem Regen.

Weinende Schatten
stehen am Rand
von hölzernen Stegen.

Schweigende Schatten,
drehen, verwandt
durch göttlichen Segen,
flehend die Hand
dem Schöpfer entgegen.

Im Gleißen des Lichts
macht Er uns verständlich:
Das All ist unendlich –
ihr reist nicht ins nichts!

Weisende Schatten,
selten erkannt,
gehen durchs Land
auf höheren Wegen…

Sylvia Triebel

Ausgeschlafen?

Schau, der alte Mondschein-Werfer,
der am Sterngewölbe lacht!
Er scheint nun schon heller, schärfer
und heut Nacht in voller Pracht.
Ist der Frühling jetzt erwacht?

Ja, er krabbelt in den Zweigen,
hält den Schnuller noch im Mund.
Erste Gänseblümchen zeigen
zart errötet Köpfchen und
bei der Rasenschnur geht's rund!

Ja, er tappt mit nassen Füßen
und zieht seine frische Spur.
Storch und Kranich lassen grüßen,
rüsten sich zur „Nordland-Tour",

und die Schafe zur Rasur.

Ja, er pfeift aus Vogelnestern.
Dauerwellen trägt die Spree.
Winter? Der ist Schnee von gestern!
Und mich juckt´s im großem Zeh,
wenn ich Kröten wandern seh!

Yannik Triebel

Tagelied

Du lagst auf mir
wie auf der dunklen Stadt
die erste Morgenröte.

Dein Körper war warm,
dein Herz schlug schnell,
ich spürte deine Lippen.

Dann gingst du wieder,
verschwandest leise,
als der neue Tag begann.

Thomas Trier * 1957

Vergebliche Mühe

Ich dachte, das Leben sei grenzenlos,
zeitlos, dauerte ewig,
Jedenfalls länger, als mir lieb sein könnte
Doch tickt die Uhr lauter und lauter
Im kalten Universum der Lebenszeit
Jeder Tag ein Jahrmarkt der Eitelkeit,
Hahnenkämpfe und sinnlose Spielchen,
Die alle Lebenskraft erschöpfen.
Mit barocker Lust an der Vergänglichkeit
Beobachte ich die fortschreitende Erosion
Vergebliche Versuche, der Entfremdung
Einhalt zu gebieten
Und Anker zu werfen auf unsicherem
Gelände
Nicht wissend, was der Morgen bringt.
Mit einem letzten Flügelschlag
Verabschiedet sich der Albatros
Entschwindet in ferne Paradiese.
Ich werde ihm folgen
Mit einem Gefieder aus geflügelten
Worten.

Ute-Bettina Trietsch

Rennen

Früher ist später, später ist jetzt
Und ich renne und renne
Denn Stillstand ist tot
Doch die Zeit hält mich zum Narren
Egal wohin ich renne sie holt mich immer
wieder ein
Sie überholt mich
Um mich dann von hinten zu erschrecken
Was soll ich tun?
Ich habe nicht die Macht sie anzuhalten.
Muss ich anhalten?
Ist Stillstand Befreiung?
Wenn ich stehe, was macht dann die Zeit?
Bleibt sie stehen, gönnt mir eine Pause
Oder
Dreht sie sich immer schneller um mich
und schleudert mich dann hinaus?
Oder
Rast die Vergangenheit in die Zukunft und
ich werde dazwischen zerquetscht?
Wer weiß das schon...
Und ich, rennend, gehetzt
Habe Angst, es auszuprobieren!

Eva Tropschug

Ihr Engel

Ihr selbstlos-liebende,
strahlende Wesen.
Ihr seid so kostbar,
so wundervoll erlesen.
So strahlend,
feindurchwirkend ist euer Tun.
Wenn wir uns an euch wenden,
so helft ihr ohne Ruh'n.

Umhüllt, umschwingt ihr unsre
aufstrebende Erde –
dass Frieden Frieden,
Liebe Liebe werde.

So machtvoll rein und
alldurchdringend zart,
verbindet ihr uns
mit Gottes gütiger Art.

Ihr nährt die Aura und die Zellen mein,
Dankbarkeit soll da euer
und ganz Gottes sein.

Ob für uns sichtbar oder unsichtbar:
Euer Werk ist göttlich wunderbar.

Ina-Alexandra von Trotha

Idylle am See

Es träumt der See
weltfern der Zeit
Duft nach Kamille
Blumen und Klee

Am Ufer die Bank
Ruhe und Einsamkeit
Ringsumher
himmlische Stille

Wind in den Zweigen
des Baums daneben
Gurren der Tauben
Sonst tiefes Schweigen

Friedliches Leben
wenn nicht die Dosen
wären von Cola und Bier
von Schoko und Broten
das bunte Papier

Elisabeth Trube-Becker

Allein, von vorne

Nein, ich möchte gehen.
Hinter mir lassen, all die Qual,
all den Schmerz - von mir!
Weg, weg, weit weg,
dem Grauen entfliehend.

Doch sie reißen, zerren, quetschen,
drücken, lassen frei, fangen ein.
Sind gemein und listig -
gleichwohl streicheln sanft.

Ich blute.
Zu stark, zu schwer war es.
Risse, Risse, wie Stiche,
da, alles da. Vorhanden.
Warm und duftend fließt es aus der
zarten, geschundenen Hülle,
so eben voller Liebe berührt,
geküsst.

Doch vergessen,
vergessen soll dies sein.

Ich sehe dich.

Natascha Trum * 1986

Morgens

nebeneinander gepaart
schweigt erzwungene Nähe
zu heimlichen Blicken
Beziehungslosigkeit schreckt
im dumpfen Glanz zerkratzter Fenster
müde Hoffnungen auf
die in vergessenen Momenten vergraben
kein Licht mehr erblicken
nur ratternde Gleise übertönen
den respektlosen Dreck
einer abgestoßenen Gesellschaft
Augenblicke enthäuten Lebensgeschichten
endlich aussteigen
durchatmen
bevor die Lunge Ersticktes schreit

weiter
durchhalten
die Luft wird knapper

Barbara Truxa * 1959

Der Herbst des Lebens

In der schönen Zeit der Jugend
denkt niemand an den Herbst des Lebens
Dabei ist niemals es gar vergebens,
sich zu besinnen auf jene Tugend.

Diese gibt alten Menschenherzen
sicher eine innere, starke Kraft.
Halte die Hand, die ist erschlafft.

Lindere gar der Seelen Schmerzen.
In dem Herbst des Naturerlebens,
wird die Ernte fruchtvoll sein!

Denke stets nicht das Allein,
ist dieses deiner Seel' erstrebens?

Einmal kommet auch für dich
der Lebensabend, der sei fruchtbar.
Wie deine Herbstzeit fürwahr,
sei wundervoll und ewiglich!

Martin Tschirch

Zeitinsel

Ich komme durch deine Türe
als käme ich nirgendwoher,
als hätte die Zeit ihren Anfang
bei dir und wär ohne dich leer.

Dein Haus ist umzäunt vom Heute,
erfüllt mit Gegenwart –
das Zeitgespann Gestern und Morgen
steht unter dem Fenster und harrt.

Ich gehe von deiner Türe,
als ginge ich nirgendwohin,
als hätte die Zeit ihr Ende mit dir
– und durch dich einen Sinn.

Margret Tuchel-Genth

Liebe ist der Weg

Liebe ist der Weg,
Angst der schmale Steg
auf dem wir alle gehn.
Um zu verstehn,
dass uns Gefühle verbinden,
und alle Sorgen schwinden,
sobald wir uns
dem Leben offen zeigen,
und gemeinsam
unseren Weg beschreiten.

Benjamin Werner Tuinman * 1975

Berlin

Bist elend und im Überfluss
So dreckig und gestylt
Bist so grün und hundserbärmlich triste
Bist tonlos und mit schrecklichem Gebrüll.
Bist speckig, schwarz, verschmiert
So überheblich, so bescheiden.

Dort, wo nichts Unbekanntes mir den
Blick verstellt
Da kämpf ich mit den Tränen
Dort, wo dein Ostherz nach mir ruft
Bin ich wie Touristin Z. voll
unverstand'nem Sehnen.

Berlin,
Bin ich wirklich vor vierzig Jahren
Jeden Abend, vor der Geburt meiner
Tochter
Am U-Bahnhof Krumme Lanke
ausgestiegen
Und T. stand da

Und wir liefen nach Hause
Noch einen weiten Weg?
So war es wohl.

Sigrit Tuszynski-Walz * 1945

Dünnes Eis

Du. Mein Kind. Bewegst Dich auf zu
dünnem Eis.
Eine starke Festung hast Du nicht.

Ich sehe es. Und ich weiß, es belastet Dich
Dein zu schweres Gewicht.

Innen drin hast Du die Stürme
und die Trümmer
und wenn Du zuviel von Dir gibst
wird alles einmal schlimmer.

Die Nöte haben Dir die Kehle zugeschnürt.
die Ängste – mit den Händen gefühlt.

Und niemand hat gespürt…

Du brichst – mit Dir – und alles aus!

Stillstand!

Dein Ziel bleibt: Hier und Jetzt und Raus.

Du. Mein Kind. Bewegst Dich auf zu
dünnem Eis –
Auch Selbsterkenntnis hilft Dir nicht.

Ich sehe das. Und ich weiß, es belastet Dich
der Anblick in Dein eigenes Gesicht.

Ursula Ueding-Seidel * 1970

An einem jener Abende
an dem ich
wie immer
meine hoffnungslose Zukunft zu planen
gedachte
versuchte ich
mir deine Telefonnummer vorzustellen
und verschwendete einhundert Gedanken
an den Tag deines Eisprungs
oder
an die Farbe
deiner Augen

Rolf Uher * 1950

Glück

Ausgesöhnt mit allem Sein,
Weiß von Wolken überflogen
Und vom Himmelsblau durchzogen
Ruht die Welt im goldnen Schein.

Losgelöst von Raum und Zeit,
Nur vom Augenblick getragen
Ruht die Seele im Behagen
Grenzenloser Heiterkeit.

Werner Uhl * 1941

Kellerassels Gottesbild

Herr Kellerassel war empört!
Man hatte ihn im Schlaf gestört!
Nein und nein und nochmals nein
Das konnt' doch bloß ein „Un"-Mensch
sein!

Was fällt ihnen ein, diesen Menschenwesen
jagen die Asseln mit einem Besen.
Dabei kriecht dieses Panzertier
nur ab und zu von da nach hier.

Der Mensch indessen, dieser Wüter
spielt sich auf als Weltbehüter.
Führt grausame Kriege mit unzähl'gen
Leichen,
er tötet sogar Seinesgleichen.

„Doch die Ewigkeit, die wird den
Menschen besiegen!
Er wird es nicht schaffen die Welt
kleinzukriegen!"

denkt Herr Assel und schläft wieder ein,
„Gott muss eine Kellerassel sein!"

Peter Uhlig * 1953

Wie oft?

Wie alt muss ich werden, um Geschichten
zu erzählen?
Wie viele Tode muss ich sterben, um
einmal leben zu können, so wie ich es
will?
Wie oft werde ich noch am Meer stehen,
den Möwen zusehen, wie sie in die
Lüfte steigen
und mich mit meinen gestutzten Flügeln
zurücklassen, unfähig, ihnen zu
folgen?
Wie oft umspielen die Wellen meine Füße,
und nehmen ihn fort
den kleinen Tod meiner Erinnerungen mit
fort auf das weite Meer?
Wie oft wird mich eine kleine Falte, ein
graues Haar,
an meine Vergänglichkeit erinnern?
Wie oft werde ich noch „wie oft"
schreiben?

Antje Ulbricht * 1975

1999 Wege nach Weimar Schlossparkmauer von Kromsdorf bei Weimar

Sandgestein
mehr Hundertjährig alt
und nicht vergessen
wieder ausgegraben
aufgestellt
verrückt
verloren
er aus seiner Reihe

nachgerückter du
mehr hundertjährig alt
verhangener Mund
einst im blonden Haar vergraben
bei Dir
ein Kuß hat sich verfangen
Heißgestein auf
neunzehnhundertneunundneunzig Wegen
und erinnert an die Ewigkeit

Sira Ullrich

Wunsch

Fliegt, meine Träume,
fliegt in die Heiterkeiten,
und in den Reservaten
des Frohsinns schaut aus
nach Erhebungen,
die ihr verstreut
zu besetzen strebt,
damit der Wind
von dort
eure Saat hinwegführen kann
an die Säume der Wege,
die ich
nicht mehr
gehen kann.

Waltraut Ulrich * 1935

Die Ballade vom Zürichsee

Ein Ausrufezeichen – froh und munter
lief die Bahnhofstrasse runter,
der Zürichsee lud es zum Bade.

Am Limmat lauerte die Frage
und schoss mit donnerndem „warrrrumm"
das Ausrufezeichen krumm.

Ein Fragezeichen lief darauf
die Bahnhofstrasse wieder rauf
-- und reiset seither um die Welt
in einem Zug der nirgends hält.
Der Zürichsee ladet zum Bade.
Schade.

Pierre Undetrois * 1917

Abhängigkeit

Die Mauer steht,
Du wirst sie nicht
durchschreiten:
Es fehlt das Tor.

Ein Brechen oder Niederreißen
wär' sinnlos,
denn zum Schreiten
fehlte eines immer noch:
Das Tor!

18.6.1983

Günter Ungar

In bosnischen Dörfern

Unter Tüchern gebändigt
das schwarze Haar,
die Fesseln umspielt
von bunten Röcken
bringen Frauen
mühsam die Ernte ein.
Auf grünen Hügeln
hüten barfüßige Mädchen
wollige Schafe.

Die Zeit steht still
in bosnischen Dörfern.

Lämmer am Rost
locken den Fremden
zu duftendem Mahl –
bettelnde Kinder.

Auf den Türstaffeln
der Häuser
hockt verstohlen
die Armut.

Gertraud Unterweger

schneeschmelze

auf ästen weiss
schatten zeichnen die
spur eingetreten fest

an zweigen kristalllüster
spiegeln schönheit vor
überpudern das eis

lächeln zwischen nordwind
und unwohlsein sinken
flocken ins auge

aufgetaut das mehr
an möglichkeiten
neue wege am lidrand

Beate Ünver * 1960

Warum

Kannst du sehen, was ich sehe?
Kannst du fühlen, was ich fühle?

Ich sehe Leid und Zerstörung
Und ich fühle Schmerz und unendliche
Trauer.
Ich sehe Krieg und Tod
Und fühle Angst und Benommenheit.
Ich sehe Habgier und Gewalt
Und fühle Schwermut und Scham.
Ich sehe Hass und den Verlust von
Menschlichkeit
Und fühle Entsetzen und Einsamkeit.

Ich sehe, was schon einmal gesehen wurde
Und fühle, was schon einmal gefühlt
wurde.

Ich frage dich: warum?

Ist es, weil vergessen wurde, was man
gesehen hat?
Ist es, weil vergessen wurde, was man
gefühlt hat?

Ich frage dich: warum?

Angelika Urban

Herbst (Haiku)

Tanzend stirbt das Laub.
Seiner bunten Blätter frei
singt der Stamm sein Lied.

Dieter Urban * 1940

Theaterplatz

Logenschließer sind Lotsen.
Schauspieler halten sich an den Text.
Scheinwerfer heizen den Bunker.
Zuschauer sind das Parkett.

Die Souffleuse hört Stimmen.
Stimmen suchen das Land.
Die Feuerwehr hißt Schläuche.
Protagonist ist das Piktogramm.

Das Haus hat siebzehn Flucht-
schleusen und einen Ausgang.
Auf der Drehbühne das Wirbeln
von Don Quijotes Mühlen.

Wolfgang Utschick * 1946

Dämmerung, Nacht – Ein Neuer Morgen!

Ein Stern erscheint am Firmament,
verschüchtert, blass und so allein!

Ich Erdenmensch – ich sehe Dich,
und würde gerne bei Dir sein!

Die Welt ist grau – die Zukunft trüb,
was gibt mir hier noch Zuversicht?

Der, den ich liebte, ist so fern,
für immer verloren durch meinen Verzicht!

Du blinkst mir zu, Du glänzest hell,
Du willst mir etwas sagen?

In meinem Herzen hör ich's klar:
Du musst einen neuen Anfang wagen!

Gisela Uttenweiler

Sehnsucht

Ein farbiger Frühling
umschmeichelt mich schmerzlich.
Jene Lärche dort:
Ihr Grün ist mehr als nur Farbe.
Ihr grünes Gold
ist ein Lichtweg zum Himmel.
Ihr grünes Gold
trägt die Sehnsucht hinauf.
Und ich suche dich wieder.

Ich suche den Tag und die Nacht mit dir.
Der Tag war stündliche Auferstehung
und die Nacht eine andere Stille.
Die junge Sonne schien für ein Fest
der Augenblicke und Ewigkeiten.

Du grünes Gold,
trag mich hinauf
in den blauen
flüchtigen Äther.

Hannelu Vahl * 1937

Was ist des Wortes ewige Natur
Das alles sich daraus gebärend fügt
Was Wohl wie Übel bringt
Grad wie es unsre Ohren vorher hören
So wie es unser Mund ausspricht
ganz gleich,
ob wir es wissen oder nicht
hat doch die Macht
die ganze Welt zu schaffen oder zu
zerstören
Wohl dem, des Geistes Dunkelheit
Ihn seiner Schuld nicht mahnt
Daß er nicht einmal ahnt

Mit welcher Kraft gedankenlos er spielt
Als übe er sich nur in Kinderreimen

Annete van Vahlendiek * 1957

Abschied

Bevor der große Schatten sich auf meine
Seele legt,
will ich noch einmal hoch zur Sonne mich
erheben,
will ich noch einmal über schweren Wolken
schweben,
bevor der Boden unter meinen Füssen sich
bewegt.

Bevor die klirre Kälte mir das Herz
zerstört,
sollst du mich einmal noch ans Feuer
führen,
will ich noch einmal deine Liebe spüren,
bevor mein Ohr die zarten Töne nicht mehr
hört.

Bevor ich in der Nebelwelt ans Ziel geirrt,
will ich nur einmal einem Menschen noch
begegnen,
will ich ein Kind nur einmal noch mit Liebe
segnen,
bevor die graue Masse mir den Geist
verwirrt.

Bevor ich in der Endlosnacht vergehe,
lass, Frühling, mir noch einmal deine
Blumen sprießen,
lass, Tag, mich einmal noch dein Licht
genießen,
bevor die Ewigfinsternis mich tötet, wehe!

Dagmar Vakalopoulos * 1952

Verlassenheit

Verlassenheit,
Leere und Traurigkeit.
Gefühle, die mich zerfressen.
Ewiges Starren und eisige Kälte.
Tränen quellen aus meinen erröteten
Augen.
Irgendwann ein Brennen,
sie können nicht mehr fließen,
die Tränen der Angst und Verzweiflung
flossen zu oft.
Sie können nimmer mehr empor steigen.
Immer wiederkehrende Gedanken,
Gedanken, die mein Herz bluten lassen.
die Seele verschwindet,
hinterblieben nur noch diese Hülle.
Hülle ohne Leben.

vampiresadness * 1979

Sarmatische Quelle

(Für Johannes Bobrowski)

Einfach gehen
das Ungeschriebene mitnehmen
uns zurücklassen sprachlos
in Wolfsnächten

– gib Meer meinen
Händen damit sie trinken
Wolfsmeer –

Doch im Märzlaub das fluthelle
Licht der sarmatischen Quelle
ein Nest von Schlehen
und das Dilemma entronnener
Füße im Schatten

– der mit der silbernen Schürze
war's –

rosa Schneewasser aus toten Jahreszeiten
und ein dunkler Schlehenbusch
wächst unter's Dach

Vilja Varese

Erinnerung an das Paradies

Singe das Lied einer flüsternden Bergquelle
Spüre die Kraft der rauschenden
Wasserfälle
Male die grünen Farben der ewigen
Hoffnung
Öffne deine Augen, der Traum ist vorbei
Die göttliche Ordnung macht die Seele frei

András Varga * 1944

Nach dem Sturm

Nun liegst du am Boden
ohne Worte – atmend –
tragen wir das Grün vergangener
Nächte in uns
wissend, unwissend,
wie es mit dir
ohne dich weitergeht.

Nun hör' ich die Amsel mit ihrem
schönen Gesang
und den Sommerregen, der sich wie Trauer
mit mir befreundet,
wissend, unwissend, wie es mit dir
ohne dich weitergeht.

Manuela Varga * 1975

Farbenwald

Achtlos klätscht der Pinsel über leeres
Papier,
schwermütige Farbe saugt sich an Ecken
und Enden fest.
Haltsuchend tastet sie nach dem Blatt,
und zerläuft dabei in sich.

Klätschend wirft der Pinsel mit neuer
Farbe,
bunte Wälder zerlaufen auf dem Blatt
Papier.
Jede Farbe ein Individuum,
facettenreich und voller Leben.
Niemand schaut noch hin,
niemand erfreut sich an dem Gelb, Orange
und Grün.
Die Farbe kämpft um ihre Makellosigkeit,
aber sie wird eins mit der Masse.

Verschwimmt in faden Farbtönen,
weg – der Glanz der Vergangenheit.
Bunte Farbentränen zerlaufen zu allen
Seiten,
doch der Farbenwald ist zu dicht, um
daraus zu fliehen!

Achtlos wird ein neues Blatt Papier
genommen,
auf den Farbenwald gepresst.
Wieder hat niemand hingesehen,
der Farbentod ist bereits geschehen!

Natalie Vazquez * 1982

Szene im Bad

Die Englein sind glücklich und kichern
vergnügt,
sie halten die Bäuche vor Lachen.
Da sind zwei Verliebte, die feiern ihr Glück
mit lauter verrückten Sachen.

Sie sitzen im Schaumbad bei Kerzenschein,
sind albern und kuscheln verspielt,
und nebendran, auf der Bädematte,
da steht der Sekt - gut gekühlt.

Schwülwarme Feuchte erfüllt den Raum
und herrlicher Schaumbadduft,
und unter Gelächter entweicht lautstark
so manche Magenluft.

Die Wanne ist eng und die Schwierigkeit
groß,
gemütlich beisammen zu sein.
Das Wasser wird kalt und die Spannung
steigt -
sie schlupfen ins Bett hinein.

Die Englein, sie flüstern ein bisschen
verschämt
und lunzen neugierig um's Eck,
betrachten verzückt dieses Liebesspiel
und fliegen dann irgendwann weg.

Christel Veciana * 1960

Du

du sitzt neben mir,
du gehst mit mir,
du fühlst mit mir,
doch manchmal vergesse ich dich,
aber immer öfter erinnere ich mich,
dass du da bist.
Danke, Herr.

Adelheid Venter

verlassenes haus

staubrosen blüte
spinnleicht schwebend
jahrzehnterest
aus der dielenbeschwernis
dem wind anvertraut
schwerkraft
im spiel der
staub rosenblüte

Traude Veran * 1934

Irgendwo, irgendwer

Irgendwo auf dieser Welt benötigt ein
Mensch
tröstende Worte, um seine Schmerzen im
Herzen zu lindern.

Irgendwo auf dieser Welt sucht ein Mensch
eine starke Hand, damit er seine schwere
Zeit nicht alleine bewältigen muss.

Irgendwo auf dieser Welt wartet ein
Mensch
auf eine Umarmung, die ihm die
Einsamkeit
nimmt.

Irgendwo auf dieser Welt verlangt ein
Mensch
nach einem Ohr, das ihm zuhört.

Irgendwo auf dieser Welt gibt es
Menschen,
die Menschen helfen.

Ermilio Verrengia * 1978

Deine Küsse

Deine Küsse auf mir
wie Schnee der fällt;

auf ein vom Winterwind zerzaustes,
vom Frost zernarbtes Feld;

und die Welt bedeckt
mit einem Tuch aus sanfter Stille.

Michael Vester

Leben

Leben spür ich, wenn mein Puls klopft,
wenn mein Atem fließt,
Leben spür ich, wenn mein Kopf brummt,
wenn das Haar mir sprießt,
alles Leben rauscht in mir wie ein Fluss,
der endlos sich in meinen Adern windet,
wie ein Klebstoff, der mein Herz an meine
Seele bindet,
denk ich heute grade aus,
kann es morgen rückwärts sein,
such ich mich im Spiegel jetzt,
find morgen ich im Netz der andern mich,
die mich biegen und verankern wollen,
doch ich lass nicht zu,
dass man mich hält,
wofür auch immer und an welcher Stelle
man mich halten will,

ich halt nicht still,
denn ich lebe.

Via-Ros * 1957

Der Blinde und der Hund

Ich bin blind und langsam
Der Weg ist lang und ungewiss, die Kälte
alles, was man spürt
Durch den Schnee streben wir nach vorne,
gemeinsam
Dein Instinkt ist was mich führt

Du bist mein Freund und mein einziges
Licht
Wenn es keinen gibt, der die Stille bricht
Wenn es keine Hoffnung und kein
Vertrauen gibt
Wenn die Dunkelheit die Gefühle stillt

Du spitzt die Ohren und steckst die Nase
in den Wind
Die Nacht ist still, weit ist das Meer und
weit sind die Sterne
Wachsam, lauschst du den Gefahren, wo
immer sie sind
In unserer Nähe oder in der Ferne

Deine Treue und Verspieltheit geben mir
Kraft, geben mir Mut
Ich fühle Sonne im Gesicht und strecke
meine Hand
Wir setzen die Reise wieder fort, der
Morgen ist noch voller Glut
Mit uns spielt das Leben manchmal wie der
Wind mit dem Sand

Vi-King * 1962

Innenraum

Betritt den Raum deiner Stille,
enttarne deinen Sinn,
lass' ab vom Traum der Hülle,
gib dich dir selber hin.

Erweck' in dir das Tiefentauchen,
hinab ins eig'ne Reich,
gib auf, das Seichte zu gebrauchen,
verlass' den Strudelteich.

Verweile nur und fühle
des sanften Ruhens Last,
befreit von erdenschwerer Schwüle,
bist du dir selber Gast.

Die Wahrheit musst du nicht erst finden,
längst ist sie mit geboren,
was nur willst du hier ergründen?
Stehst doch vor off'nen Toren.

Rachel Violeth * 1959

Fallendes Laub

(Besuch im jüdischen Museum in Berlin)

Metallener Schrei
Rostfarbig
Herausgebrüllt

Unendlicher Schrei
In morschen Gesichtern
Festgebrannt

Klagender Schrei
Opferbereit
Dem Lauf der Geschichte
Gefolgt

Annette Vlachogiannis * 1963

Meine beste Freundin, Dir mach ich ein
Geburtstagsgeschenk.
Du warst mir das Liebste gewesen, so
hab ich noch keine gekennt, ich hatte oft
Kummer
und Sorgen, Du trugst Sie zusammen mit
mir,
das werde ich nie vergessen, glaube mir.

Rosemarie Vogel

Mein Prinz

Ich habe nie
eine Musstulle bekommen.
Mir fehlt etwas im Leben,
auf Barrikaden
und im Reiche
der Erkenntnis.
Ein Prinz nur
Musstullen verzehrend
sich verbeugen wollen
ohne abzutreten
ohne Finger
zeigend
auf den
der ißt.

Hans-Werner Vogelwiesche * 1953

Der Muserkuss

Manch ein Genie, das dämmert ewig,
bis ihn die Muse küsst mal gnädig;
was ihn dann geistig inspiriert
und er den Hauch der Größe spürt.
Der Musenkuss belebt wie Sekt,
doch ist politisch nicht korrekt.
Es fehlt das maskulin Pendant.
Ein Muserkuss ist unbekannt.

Des Musers Kuss erweckte nie
in einer Dame das Genie.
Pech für die weibliche Natur:
Der Muser ist ein Müsli nur.
Schlaff ist sein Küsschen, ohne Kraft
er in der Frau nichts Neues schafft.
Und was die Künstlerin gebiert
es wohl im Ganzen konveniert,
bloß das große Publikum
ist fürs Höhere wohl zu dumm.
Kein Witz, kein Scherz, nicht mal 'ne Zote!
Ein Preis gibt's doch – dank Frauenquote!

Herbert Vogler

Erinnerungen

Träume von dir noch in Farbe,
so intensiv und lebendig,
so nah und vertraut,
ist mit unsere Vergangenheit.

Träume von dir in Farbe,
so fest so lebendig,
ist die Sehnsucht zu dir.

Danke für die Erinnerungen.
Danke für die Farben.

Peter von Vogt Spangenberg

Hoffnung

Ich seh aus dem Fenster,
sehe, sehe und sehe nichts ...
Dort ist nur Leere!

Doch da, da ist ein kleines Licht;
ganz weit, weit in der Ferne.

Ist es ein Zeichen? Ist es für mich?

Beate Voigt * 1971

Es ist Abend

Es ist Abend,
und Kühle weht,
den Tag begrabend,
der sich gebläht.

Der sich voll Kraft
dem Leben gab
und jungenhaft
im Spiel erlag.

Eduard Vollmar * 1935

Friedenstauben

Weisse Tauben
sollen den Frieden uns bringen?
Gurren ja bloss, können nicht
mal singen.

Weisse Tauben - rassistisch gemein!
Warum können's nicht farbige sein?

Weisse Tauben gegen Hass
und Kriege?
Um Frieden zu haben, braucht es
bloss Liebe!

Eva Vonarburg * 1957

Verliebt

Sein Blick traf mich –
als würden Sonnenstrahlen siegen
fließt Licht in meine Dunkelheit,
Mir ist, als könnt ich schwebend fliegen –
die Welt ist so unendlich weit.

Auf Schleierwolken will ich reisen
ins Leben – dieses schöne Land,
werd zwischen Sternsystemen kreisen,
die Last der Erde ist mir unbekannt.

Nur Lachen kann ich dort erkennen,
wo sonst die Müh' der Tage quält.
Ich könnte alle Freunde nennen
und weiß nicht, was zum Glück noch fehlt?

Warum, frag ich mit leisem Bangen,
greift Schmerz in meinem Innern raum?
Die Liebe hat erst angefangen!
Doch ahnend fürcht' ich –
es ist nur ein Traum!

Helmut Voß * 1932

Nature Morte

Schimmernde Glasperlenketten erstarrte
Uhren
Zerschlagene Krüge ausgelaufene Kerzen
Zitronen, verschimmelt, Tischtücher,
zerknüllt
Ein Foto, aus dem goldenen Rahmen
geschlagen.

Fische im gläsernen Bottich verfault in der
Brühe
In der sie verhungerten; eine gekrümmte
Klaue
Wie des Fasanen auf diesen alten Bildern
Wo sie hängt über der Rand der irdenen
Schüssel.

In verdorrte fleckige Haut eingeschlagen.
So
Einsichtig, daß einer kein Entfliehen gelang
Auf diesen alten Füßen wie, wie sich
wehren
Mit dieser morschen von Rheuma
verkrüppelten Hand.

Sabine Vossen * 1967

Das Nicht-Gedicht

Ihr wollt von mir nur ein Gedicht? Ach tut
mir leid, das kann ich nicht!
So sprech' ich ständig nur in Reimen, und
schreibe auch noch im Geheimen,
der leeren Worte tiefer Sinn, weil ich doch
so gesprächig bin!

Nun sitz' ich hier fast jede Stund' und
klopfe mir die Finger wund.
Am liebsten schreib ich in der Bahn, weil
ich dort besser denken kann.
Die Menschen plappern immerfort, und ich
such ständig nach dem Wort.

Das Schreiben hätt's mir angetan, doch ist
das wohl ein leerer Wahn,

denn all die Worte, die ich finde, die ich im
Reim zusammenbinde,
kann der Verleger nicht verstehen, somit
wird sie wohl keiner sehen.

Doch Hinz und Kunz und auch der Hahn,
sie nehmen meine Worte an,
so schenk ich sie dem kleinen Mann, weil er
sie gut verstehen kann.
Ich bring' die Leute oft zum Lachen, was
diese ja sehr gerne machen!

Was könnt ich Großes euch hier sagen, soll
ich vielleicht den Durchbruch wagen?
„Ein Lied vom Hälmchen auf der Heide"
und „Elegien der Eingeweide"?
Doch seh' ich da mit großem Schreck, die
zwanzig Zeilen sind bald weg!

So denk ich mir, ich lass es bleiben, und
werde Kochrezepte schreiben!

Beatrix Vötter * 1962

Der Patchwork-Mann

Ich wünsch mir einen Mann,
„Der weder bellt noch beißt".
Nun, jeder Mann hat einen Vorzug,
Allerdings nur einen.
Um also ein Ideal zu bekommen,
Müssen wir mehrere Männer ihrer Vorzüge
berauben
Und diese zu einem neuen Mann
zusammenfügen.
Der Patchworkmann wird also
zusammengestrickt
Aus verschiedenen Vorzügen –
Dem Intellekt des einen,
Dem Wesen des anderen,
Dem Genie des Dritten ...
So sitzt nun also die Männerstrickerin vor
dem Kamin
Und strickt Vorzüge zusammen.
Sie kann sich vor Aufträgen nicht
erwehren.

Ernestine Vukovits

Mann und Frau

du bist der Mann
ich bin die Frau
du bist der Morgen
ich bin der Tau
du bist der Himmel
ich bin der Stern
du bist die Frucht
und ich bin der Kern
du bist das Land
ich bin die See
du bist die Wiese
ich bin der Klee
du bist das Feuer
ich bin die Glut
du bist die Ebbe
und ich bin die Flut
du bist der Garten
ich bin das Haus
wer ist die Katze
und wer ist die Maus?

Claudia Wachner

Lebenswandel

Im Sternenlicht der dunklen Nacht
Des Glückes Tränen berühren die Wangen.
In bewegter Stille ein neues Leben erwacht,
ein erfülltes Ende hat das eiserne Bangen.

Des Kindes Gewissen noch unbefleckt und
rein,
den Blick nicht getrübt durch Pein und
Schmerzen.
Zu zart, zu klein, um eines Menschen Feind
zu sein.
Trägt Güte, Wärme, Liebe im Herzen.

Doch es kommt die Zeit, da wird das Leben
sich drehen.
All das Gute wird dann zum Bösen.
Es wird sich wünschen, es könnte dies alles
verstehen
Und sich von der Angst, die so mächtig,
erlösen.

Jeder von uns erlebt Schatten und Licht.
Von der Liebe getragen, vom Hass
geblendet.
Die Absicht des Lebens erkennen wir nicht
und hoffen vergebens, dass das Schicksal
sich wendet.

Janina Wackenhut * 1985

Deine Tränen

Ich erinnere mich – an Deine Tränen.
Der letzte Streit, Samstagabend.
Erst kaum sichtbar umhüllten sie Deine
geöffneten Augen.
Füllten sich, rollten heran
Wie die Wellen einer nahenden Flut.

Ich erinnere mich
Dein Blick, leer und unendlich traurig.

Doch dann, kühl und abweisend schautest
Du mich an.
Kraftvoll, wie ein tosender Wasserfall
stürzten die Tränen herab.
Nicht zu halten die rollende Flut.

Geh!
Und ich.
Ich erinnere mich.

Angelika Wagner * 1962

Genesis in vitro.

Ihr werdet sein wie Gott...
Auf diese Art ein Menschenleben starten
ist endlich möglich, und wir sehen
und nutzen dies in Ehrfurcht als Geschenk.

Der Anfang ist ein ausgewähltes Ei
in das nur eine Samenzelle dringt,
vorherbestimmt von vielen Millionen.
Das Wunder hat begonnen.
Der unbegreiflich grosse Plan der
Schöpfung,
Entstehen und Verwandlung ohne Irrtum.
Wird alles gut gehen?

Am Ende wird das Wunder in das Licht
gehoben.
Es schreit, es atmet und es ist gesund.
Nun halten es die Eltern in den Händen.
Bald staunt es uns mit großen Augen an.
Die Grosseltern, die lange heimlich hofften,
sind dankbar und vertrauen auf
die Fortsetzung des Lebens.

Ilse Wagner * 1933

Julia

Aufwachen.
Die Augen
Haare den Ästen gleich
Und Schweigen
Schweigen, Schweigen und nie
Etwas sagen.

Die Lippen bewegen sich.
Lass es Juli werden.

Peter Wagner * 1988

Menschen wollen Frieden, Frieden und keinen Krieg

Krieg ist schlecht,
Kriege sind nicht gerecht,
sind immer voll Mord,
sind ein Bad von Blut,
sie schänden und verblenden.
Krieg ist Zerstören,
Verderben und Sterben.
Krieg ist Not und man hat kein Bett.
Krieg bedeutet für immer stumm,
und wer Krieg liebt,
kommt darin um.
Krieg bedeutet Feuer und Rauch
und Brand im ganzen Land.
Krieg bedeutet, Erde brennt überall
und sehr viel Hunger im Bauch.
Deshalb Frieden, Frieden nicht für dich.
Frieden, schenk ihn weiter an alle
Menschen auf dieser Welt.

Anita Wahl * 1953

Die kranke Katze

Stellt euch vor, unsere Katze ist krank,
braucht unbedingt einen Gemüsetrank,
braucht ein Schälchen Milch dabei,
und dazu noch Himbeerbrei,
dann ist die Krankheit bei unserer Katze
schnell vorbei,
und sie schleicht ganz schnell herbei,
wie um den heißen Brei.
Denn die Krankheit ist vorbei.
O wei!

Simon Wahl * 1995

Der Tag davor

Neblig, trüb, schemenhaft alles, verworren,
verschwommen.
Mein Ziel, ich möcht' es so gerne erreichen.
Vom Wege bin ich abgekommen.
Nebel umhüllen grau in grau, man sieht
nichts und kennt doch ganz genau,
was es ist, wie es heißt, wo es steht ...
Und der Zeiger der Uhr immer weiter
geht.

Ahnungsvoll rückt die Stunde, mir ist so
bang, so wehe,
auch wenn ich gar nichts sehe.
Ich fühl' es, und weiß es genau: Oh lasset
ab!

Nebel umwabert grau zerrissene Konturen,
mein Herz, es möchte fröhlich sein, doch es
weiß genau,
es ticken boshaft die Uhren. Schau!

Mein Schutzengel, hat er heute frei?
Mich fröstelt, ich bebe, bin nicht mehr ich,
zerbrochen, zerstückelt, zerrissen ...
und, ich will es gar nicht wissen,
weiß es leider zu genau.

Da steht die weiße Nebelfrau mit hoch
erhobenen Armen.
Will sie mich warnen? Ach, habt doch
Erbarmen!
Haltet die Zeiger der Uhren an!

Edda Waimann

Die heile Welt

Unsere Umwelt, ungeschädigt wie sie ist,
nicht verschmutzt und nicht zerstört.
Jeder Mensch ein Kapitalist,
keiner denkt daran, dass die Welt nicht uns
gehört.

Doch das Martyrium ist noch nicht vorbei.
Wir verschließen unsere Ohren
und hören nicht der Natur Hilfeschrei,
während wir weiterhin nach schwarzem
Gold bohren.

Die Welt geht mehr und mehr vor die
Hunde.

Doch keiner tut etwas dagegen,
denn Geiz ist in aller Munde.
Wird sich jemals jemand regen?

Kann die Welt das für immer und ewig
aushalten?
Anpacken müssen wir, um eine Lösung zu
finden.
Jeder einzelne soll ändern sein Verhalten,
dann wird das Augenlicht von Mutter Erde
nicht erblinden.

Kerstin Waldenmaier * 1987

Augenblicke

Wenn ich in deine Augen blicke, spüre ich
das starke Gefühl, das mich bewegt.
Was fühlst du, wenn du in meine Augen
blickst?

Wenn ich in deine Augen blicke, gehen mir
tausend Worte durch den Kopf.
Willst du mir was sagen, wenn du in meine
Augen blickst?

Wenn ich in deine Augen blicke, vergesse
ich die Welt um mich.
Willst du mir nah sein, wenn du in meine
Augen blickst?

Wenn ich in deine Augen blicke, werde ich
traurig.
Wie wird es sein, wenn du nie wieder in
meine Augen blickst?

Karin Waldstein * 1969

Abschied der Liebe

Pardon, denn ich habe es wirklich gedacht,
Einen ganzen Stern berührt zu haben.
Doch was hat der Stern aus mir gemacht?
Trauriger Romeo verlor den Faden.

Aber danke, denn du hast es mir
wenigstens erlaubt,
Kurz und auch nur träumerisch im Ganges
zu baden,
Und wenn du den schönen Traum zu Ende
gebracht,
So ist das Leben, mal helfen die Götter und
mal sie schaden.

Dein Herz hat für einen anderen gelacht,
Ich weiß ... das Herz hat seine eigene
Macht.
Niemand kann es kontrollierend beladen,
Seine Geheimnisse, seine Tücken
vorhersagen.

Ich wünsche dir viel Glück und
Liebesfracht,
Eine Liebesgeschichte wie Tausend und
eine Nacht.
Und wenn du lieber von einem anderen
Kavalier getragen,
Hebe ich für ihn den Hut und gebe mich
ehrenhaft geschlagen.

Ilyass Wallmann * 1975

Gott Vaters Sorge

Wer schreitet so spät durch Abende und
Wind?
es ist die Windsbraut mit ihrem Kind.
Ich stehe da und schau in die Wipfel
auch Gott Vater schreitet über die Gipfel.
Er schaut gar traurig, er klagt und fragt:
was habt ihr aus meiner Erde gemacht,
die ich geschaffen bei Tag und Nacht?
Ich gab Euch die Sterne, den Mond und die
Sonne
und dachte nun sei alles Freude und
Wonne,
war alles vergebens was ich mir gedacht?
Ich höre weiter was er spricht:
die Erde sie gehört Euch nicht.
Ich gab Euch die Erde zum friedlichen
Leben,

von Krieg und Kanonen habe ich nichts
gesagt,
gab Pfeil und Bogen nur für die Jagd.
Erhaltet die Erde wie ich sie geschaffen,
dann kann auch ich wieder ruhig schlafen.
Über den Regenbogen ging er dahin,
mir blieben seine Worte in meinem Sinn.
Er ging von dannen, doch seinen Segen ließ
er mir hier.

Friedesine Walter * 1924

Wenn ...

Wenn ich ein Maler wär',
dann malte ich Gottes schöne Welt.
Ich malte die Berge und das Meer,
Wiesen und Wälder, alles was mir gefällt.
Felder, Blumen und auch das Getier,
alles malte ich zu Gottes Zier.

Wenn ich ein Dichter wär',
machte ich Verse über Gottes schöne Welt.
Ich beschrieb die Berge und das Meer,
Wiesen und Wälder, alles was mir gefällt.
Auch die Tiere würde ich nicht vergessen,
all dies zu tun, bin ich ganz drauf versessen.

Wenn ich ein Sänger wär',
würde ich singen von Gottes schöner Welt.
Ich würde singen über die Berge und das
Meer,
über Dörfer und Städte, alles was mir
gefällt.
Auch würde ich singen von Gottes Sohn,
der mit dem Vater sitzt auf dem Thron.

Doch leider besitze ich nicht diese Gaben,
bin aber dankbar,
einen so gütigen Gott zu haben!

Helga Walter

sie lässt sich nicht verbergen,
sie lässt sich nicht ersetzen,
sie lässt sich nicht unterdrücken,
sie lässt sich nicht verleugnen,
sie lässt sich nicht erschüttern,
sie lässt sich nicht manipulieren,
sie lässt sich nicht vernichten,
sie erfordert Opfer,
aber sie lässt sich nicht opfern,
sie ist bedingungslos,
sie ist instinktiv,
sie ist einfach da,
sie ist unendlich....

.......die wahre Mutterliebe

Renate Walter

Die Nornen

Die Nornen spinnen die Fäden
Der ewigen Welt
Das Geheimnis des Lebens
Spüren sie auf

Finden in den Strahlen der Tiefe
Das endlose Wasser
Dessen Weite sich öffnet
Sich widerspiegelt in den Strahlen des
Himmels

Alexander Walther

Aufschrei

Oh, wie erbarmungslos umschlingt diese
hässliche Schlange,
meinen Lebensdocht, oh wie ich dieses
drängende Feuer verdamme!

Steht denn kein erlösendes Wasser bereit?
Wer hilft mir, ich bin noch nicht soweit!

Du gierige Schlange, frisst genüsslich an
meiner Substanz,

vergisst Anstand und Würde, übst keine
Toleranz.

Machst mich zum stinkenden Ungeheuer,
was hab' ich getan, warum zahl' ich so
teuer?

Wer bestraft mich in meiner allerletzten
Stunde,
und hetzt mörderisch auf mich die
bissigsten Hunde?

Sie fressen ausgehungert an meinen
Eingeweiden,
ich krümm' mich vor Schmerz, was muss
ich erleiden?

Ich flehe, mach dieser Pein ein Ende
und übergib' mich der allmächtigen
Hände.

Inge Wang * 1951

drang nach mir

nie an etwas geglaubt. nie etwas in frage
gestellt,
nie zweifel erhoben und doch zum wahren
gedrängt.
jeder schritt war, ist und wird wohl gesetzt
sein.
über das ziel bin ich mir im klaren,
doch läßt mich der weg so manches mal im
dunkeln.
die erde entzaubert, erwacht aus ewigem
schlaf,
noch trunken vom quell, der mir busen
war,
den ich trank und der mir wahrheit lehrte.
zerbrochen ließ die maske ich fallen,
schwebte im taumel,
verlor realität, tanzte mit sternen und
planeten
den alles befreienden und ältesten aller
tänze,
fiel und fand mich in bekannter
gefangenschaft am selben Ort wieder.
schein ist nur das bild einer zufälligkeit,
trug dem wir erliegen,
der uns blendet und knechtet.
suchend floß ich durch die zeit ...

René Wappler * 1977

Labyrinth

Das Leben.
Ein Traum.
Nichts als ein Traum.
Vergänglich in der Unvergänglichkeit.
Nichts als sich ständig bewegend,
sich ändernd.
Marionetten an unsichtbaren Fäden.
Nichts als Spielfiguren.
Veränderung im Stillstand.
Nichts als den Kreislauf schließend.

Warum sich also erheben?

In einem Traum, der das Leben ist.
Wie ein Baum,
der ständig sein Kleid wechselt.
Genügsam.
Mit sich selbst zufrieden.
Sich nicht in Frage stellend.
Einfach nur Sein.
Nichts als alles gebend im Nehmenden.

Warum sich also erheben?

Diana Warnat * 1972

Stimme

An manchen Tagen ist sie eine Maus
Zitternd streckt sie ihren Kopf aus meinem
    Mund
Piep, sagt sie schwach
Ich höre es und blase sie auf
Aber sie bleibt eine Maus
An manchen Tagen

Ina Warnatzsch * 1959

Ebbe

In ihren Augen flackert noch
das Bewusstsein eines Anderen.
Ihre Lippen formen sich zu stummem Ruf
hinaus zu dem Schiff,
welches gerade von Anker ging.

Ihre Gedanken sind zu klar,
als dass sie die Schatten sieht.
Doch innerlich wird ihr gewahr,
dass da mehr als ein Fremder
mit den Wellen zieht.

Jedoch in ihren jungen Händen
hat noch keine Träne Flucht gesucht
Und der, der da von ihr zieht,
kann ihr nicht mehr als ein Trugbild sein.

Ihre Füße wenden sich
und so wie schon etliche diesen Strand
    verließen, werden ihre Gedanken
    schwer.
So bemerkt sie nicht das kleine Sandkorn
    zu ihren Füßen,
das so gern in ihren Händen wär.

Larry Ronald Stanfiel Warner * 1988

Wüste

Sandmeer, aus Unendlichkeit geboren,
das doch klein dem Himmel sich
    vergleicht;
Roter Sand, an Windeshauch verloren,
den des Vogels Flug erreicht.

Eb'ner Berg, aus Tiefen aufgefaltet,
sanftes Wehen höhlte seine Wand,
hat Granit zu hehrer Form gestaltet,
daß sie zeuge von des Schöpfers Hand.

Wolll'ne Zelte, eng ins Tal gekauert,
dunkler Tiere weitverstreute Schar,
bunte Mädchen, schon vom Schleier
    überschauert:
Leben, wie es ist und war.

Brunnen, die des Lebens Wasser bringen,
dorn'ge Sträucher, die doch Weide sind;
Menschen, deren Augen strahlend singen,
weil sie ganz dem Herrn anheimgegeben
    sind.

Land des Himmels, fern den Zeiten,
das des Menschen Wandlung sich entzieht,
weil die Stille seiner Weiten
ewig singt des Herren Lied!

I. Susanna von der Warth

Die Umarmung

In einer Umarmung zusammengewachsen,
standen wir da, du und ich.
Endlose Wärme und Geborgenheit
    durchfluteten uns,
die Zeit blieb stehn.

Als wir uns lösten, war ein Beben in mir,
das ich vorher noch nicht kannte.
Ist das Wirklichkeit oder ein Traum,
was war plötzlich los, wir konnten es nicht
    verstehn.

Der Regen ergoss sich aus dem Dunkel der
Nacht,
mischte sich zu meiner Traurigkeit,
die ich auf dem Bahnhof beim Abschied
empfand,
beim Blick in deine Augen, die mich Liebe
sehen lernten.

Heute liege ich nachts wach, kann dich
nicht vergessen,
ein flüchtiger Moment, der unser Leben
veränderte,
ist schuld an den Schmetterlingen im
Bauch,
die ich empfinde, wenn ich an dich denke.

Andrea Weber

Gedicht

Träne Träne
falle nicht
sonst folgen viele
und erlischt
sie nun
vom Schmerze da
So bitter ist das Leben
vergänglich unbedeutend
gestriger Momente
Träne Träne
denen wider
In Einsamkeit und Zuversicht

Benjamin Weber * 1984

Claudia

(Claudia Hannsmann gewidmet)

Am Klippenhaus zerbricht der Stein
Fenster schlagen mit dem Wind
die Jahre schneiden Zeichen ein
und Blätter – die gefallen sind
verwehen auf den Dielen

An dunkler Wand verharrt ein Kreuz
Verse stürzen aus den Rahmen
ein Singen ist in jedem Raum
und Namen – die geflüstert sind
verhallen wie ein Amen

Im Spiegelglas zerfällt die Zeit
ein Schatten färbt sich rot
ihr Lachen nähert sich von weit
und Hände – sie ergreifen mich
sie halten längst gefangen

Was leis' schien schlägt noch immer laut
verstreut mich in ihr Haar
die Nacht wirft alte Splitter aus
und Claudia – sie tanzt und weint
so – wie es einmal war

Helmut Weber

Im Garten sitzend bei Sonne und
streichelnden Briesen
bei betörenden Farben und duftenden
Rosen
erfreut dich das schimmernde Grün
samtener Wiesen
und liebliche Augenblicke dich umkosen.

Farben und Düfte bringen dir Freude und
Schwung,
wenn du in kurzen Augenblicken vergisst,
daß du nicht wie einstmals noch ganz jung
sondern bereits gesetzten Alters bist.

Rosen in gold, weiß und rosa köstlich dir
jetzt den Tisch gestalten,
Frisch seien die Brötchen und heiß der
Kaffee.
Das sind die Wünsche der werdenden
Alten,
wenn die Stunde herankommt gemütlich
Kaffee oder Tee

Wie's immer auch sei, die Natur es liebt
Gärten und Blumen, Farben duftend und
rein
Sie allmählich auf's Neue uns Menschen
gibt

die Kostbarkeiten des Sommers, die Alter
und Jugend gleichermaßen erfreun.

Ilse Weber

Schau nach vorn

Schau nach vorn und nicht zurück.
Wo ist dein Lebensmut geblieben?
Wer hat ihn in dir vertrieben?
Wo sind deine strahlenden Augen?
Wo dein glückliches Lachen,
dein Schmunzeln geblieben?
Wo ist deine Freunde am Leben geblieben?
Was ist bei dir als Mensch,
als Mann übrig geblieben?

Schau nach vorn und nicht zurück.
Schau und folge deinem Lebensglück,
damit deine Augen wieder strahlen.
Dein Lebensmut wieder einkehrt
in dein Leben.
Dein Leben wieder glücklicher wird und du
ein glücklicher Mann.

Karin W. Weber * 1950

Schuldhaft Schuld
die sich in engen Menschengassen verirrt
teilnahmslose Teilnahme
an der die Furcht die Erde berührt
so ist kein wandelnder Wandel möglich
wenn das klare Bild verzerrt
an Abgründen der Wahrheit
steht doch der verkümmerte Sinn
der leibhaftig in uns wirkt
als Ganzes strebt
und in Muße das Gelehrte lehrt
so schauen wir das Spiegelbild
das im Auge sich verkehrt
und doch gewandelt in eine richtige Form
so abseits genormter Norm
ist es zu erfassen
wenn es heißt dass das Gelassene gelassen
zum großen Strome wird

in aller unser Vernunft
bekehrt und unbeschwert!

Michael Weber

Symphonie

geboren
im ersten Ton
getauft
in den Takten
aufgewachsen
in der Melodie

geschaffen
von einem
gehalten
von vielen

sterbe ich
im letzten Ton
und werd begraben

im Applaus

Sabine Weber

Oh, du grüner Rasen, du!

Oh, du grüner Rasen, du! Ich lieb's auf dir
zu liegen,
und hör den flüsternd Gräsern zu, die
weich im Wind sich wiegen.

Mein Auge schweift langsam umher,
verharrt am rechten Beine,
dessen Form, noch kurz vorher, irgendwie
anders war, ich meine!

Und im Borussia-Dortmund-Stollen klafft
ein gezackter Riss,
daraus kommt dunkel Blut gequollen, das
sanft zu Boden fließt.

Schwarz-gelb, rot-grün auf engstem Raum,
so eng vereint zu sehn,

erscheint mir wie ein böser Traum – nun
wird es Zeit zu gehn!

Doch was ist das? Mir wird ganz flau,
verdutzt halte ich inne,
meine Gesichtsfarbe wird grau, dann
schwinden mir die Sinne.

Ich träum von Nationalmannschaft, zehn
Tor'n in einem Spiel,
von filigranen Hackentricks und Fans, die
vor mir knien,

von Jubel und vor Torgeschrei,
Weltmeisterschaft, juchhe!!
und in der ew'gen Bestenliste: ich,
Maradonna und Pele!

Ich lächle, schlag die Augen auf, der Sani
grinst zurück,
oh, grüner, grüner Rasen, du!, du warst
mein ganzes Glück!

Thomas Weber

Kennst du das Land? oder: Goethe aktuell

Kennst du das Land, in dem die Job-
Vernichtung blüht;
Der braune Mob schon wieder durch die
Straßen zieht?
Ein kalter Wind vom dunklen Himmel
weht,
Der Demokrat so still – und hoch die
Rüstungsaktie steht.
Kennst du es wohl?
Von hier, von hier
Möchte' ich mit dir, oh mein Geliebter,
fliehn.

Kennst du das Haus? Auf Lügen ruht sein
Dach;
Der Demagoge hetzt, das Volk wird schwer
nur wach.
Pogrome ziehen durch das Land;
Wann je, wann je wird die Gefahr
gebannt?
Von hier, von hier
Möcht' ich mit dir, oh mein Beschützer,
fliehn.

Kennst du die Not, die hier bizarre Blüten
treibt?
Jugend hoffnungslos und fetten
Schlächtern einverleibt.
In Höhlen zückt der Dealer Heroin;
Der Eltern Leid ist sein Gewinn.
Kennst du sie wohl?
Weit weg von hier führt unser Weg;
Oh Vater, lass uns ziehn.

Wolfgang Weber

Aurora blickt im kalten Licht: die Klinge

Des Aurorastrahls wirres Gefild'
ist, wo Kälte sich mit Trauer sperrt.
Der Taumel seiner Bahne Bild
zerstört, was sich selbst verwehrt!

Im Blick zentrierter Tropfstein
liegt gefroren tief im Tagesbruch.
Ein Wintertag im stärksten Sein
schreibt die letzte Seite in das Buch ...

Versiegelt es mit spröden Lippen,
deren Kuss nur eisig' Atem spuckt.
Der spröden Nägel nervös' Tippen
kratzt das letzte Wort: hineingedruckt!

Die Träne friert noch auf den Wangen
zu eiskristall'nem glitzernd' Glas,
das von zartem Wimperschlag behangen,
eben noch im Fluss des Sinnes saß!

Doch jeder Sinn im Eis verblasst
an zerfror'ner Traumesglut,
die zögernd, zitternd fasst,
was da stählern für die Tate ruht ...

Timo Wedemeyer * 1983

Stille der Nacht

In der Stille der Nacht
Hab ich daran gedacht
Was mir bringt der morgige Tag
Und er zu mir doch gut oder böse sein mag
So weis ich doch Eins ziemlich genau
Ob ich nun dumm seih oder schlau
Das schon der geringste Tag schon hart
doch zu mir war
So das ich Ihn hinnahm und durchlebte
Und nur das Beste in Ihm sah
Dann wird ich auch den Morgigen erleben
wie er ist
Und manchen Moment lang das Leben
vermisst
So wird ich dann denken bei mir bedacht
Das er doch gar nicht so bös war zu mir der
gestrige Tag
Und mich zur Ruh legen werd
In der Stille der Nacht

... und so seih zum Abschluß noch darüber
nachgedacht,
ob nicht doch vielleicht Jemand über uns
wacht...

Matthias Wegener

Stromabwärts

An den Flüssen gelegen
Alle paar Meilen ein Meiler
Kathedrale der Großen Kraft

Ex cathedra verlangt priesterlich
Die Lobby des Atoms
Eine gläubige Gemeinde

Stromanbeter

Wilhelm Wegner * 1948

"OHO, AHA Hessen
benötigt neue Au. GenDa
in seiner blue Orangerie,
die das Leitmotiv spontaner
Kunst für Kommunikation
wie Hilmar Hoffmann als
beste Bildungsreform neu
beleben können!"

Joachim R. Wehnge

Blicke

„Wenn Große dich behutsam wiegen,
dir zärtlich in die Augen schau'n,
an Wunder glauben und an Frieden
und stille werden wie sonst kaum.
Dann zeigt ein Kind mit seinen Augen,
die voll Vertrauen auf uns ruh'n,
dass wir als Menschen viel mehr taugen,
sofern wir es aus Liebe tun".

Peter Weidlich * 1946

Hoffnung

Die Sterblichkeit ist überwunden,
der Schritt ins Jenseits ist vollbracht;
irdisches Sein ist sanft entschwunden,
ein helles Licht verdrängt die Nacht.

Des Daseins Last, hoch in den Sternen
überstrahlt von Ewigkeit;
in unbekannten, lichten Fernen
wartet die Vollkommenheit.

Trauer, Trost, irdisches Mühen
Erdgebunden, abgezählt;
den Blick hinauf, wo Sterne glühen:
Selig, wer die Hoffnung wählt!

Rudolf Weidmann * 1930

Schizophrenie?

Ich stehe vor einer Wand
oder
steht die Wand vor mir?
Ich sitze im Dunkeln
oder
ist Dunkelheit in mir?
Ich träume in Träumen
kann die Gedanken nicht fassen
beginne, die Intelligenz zu hassen
Ist dies das Ende
der Anfang vom Ganzen
werde ich künftig mit Glühwürmchen
tanzen?

Harry Weigand * 1947

Venedig

Allmählich rollt der alte Zug vom Festland
fort.
In seinem Innern ruhen verträumt die
Passagiere.
Von den Dächern tauen glitzernd Eis und
Schnee
Gereift in stillend klarer Winternacht.

Der blasse Mond versinkt in satter
Morgenröte,
Über nahen Kuppeln erhebt sich glänzend
leicht die Sonne.
Draußen wirft ein Fischer schläfrig seine
Netze aus,
Und wartet säumig auf die ersten gelben
Strahlen.

Ich löse mich aus eines Schlafes Starre,
Öffne neugierig, fernab noch benommen
Das Fenster erst, hernach die Augen.

Im Bahnhof rauschen junge Palmen, davor
elysisch ein Kanal.
Über hundert Brücken weist ein Weg nach
Irgendwo,
Durch gedrängte Flure, karge Gassen,
In das Herz allzeit belebter Nachbarschaft.

Wo durstig graue Tauben tändeln und
Oliven linde baumeln,
Trinkt man Kaffee ohne Eile, nah am
Wasser.
Liest Zeitung müßig, um des Lesens Willen
Auf einer roten, abgenutzten Bank.

Sven Weigand * 1985

Die Puppe

Ich blättere ab.
Ich blättere ab und zu
meine äußere Hülle von mir.
In was mich die Menschen
noch im letzten Herbst hüllten,
ist aus der Mode gekommen.

Ich lasse meine Hüllen fallen,
aber ziehe mich nicht aus.
So vieles wirkt auch anziehend
auf mich.

Das im Winter getragene
verkommt im Sommer.
Die Saison ist immer wieder aufs Neue zu
Ende.
Nur die Puppe,
der man im Wechsel die Kleider entreißt
und neue überstülpt,
steht starr wie ein Kunstwerk,
das geschaffen wurde,
damit andere es ändern können.

Susanne Weigel * 1980

Du

Ich spüre dich um mich herum,
bist mir so nah wie nie zuvor.
Dein Atem streichelt mein Gesicht.
Ich sehe in deine Augen, sie lächeln mich
an.
Du bist da, so pur, so intensiv.

Ich fühle deine nasse Wärme.
Zwei Körper, die eins sind.
Sanfte Bewegungen von dir,
zarte, weiche Haut.
Du bist es, die mich führt und verführt.
Deine Arme umschlingen mich,
halten gefangen.
Ich trenne mich fast von dir.
Dann spüre ich dich erneut,
so tief, so warm.
Immer und immer wieder wiederholt sich
das Spiel.
Unsere Körper treiben sich gegenseitig an.
Wir glauben zu ertrinken,
in den Wellen der Lust,
die gnadenlos über uns zusammenschlagen.
Du bist Verlangen, Leidenschaft und
Begierde.
Du bist Wärme, Nähe und Zärtlichkeit.
Was ist Liebe?
Nur ein Wort...du

Wolfgang Weikert

Mensch sein

Einsam ist ein jeder Mensch,
ganz allein auf weiter Flur,
wohin auch sein Auge blickt:
immer nur die eigne Spur.

Einsam bleibt ein jeder Mensch,
hingeworfen in die Leere,
ziellos wandert er umher,
schultert kaum die eigne Schwere.

Einsam muss der Mensch verharren,
standhalten dem leeren Blick,
Hilfe nicht bei andern suchen:
er allein prägt sein Geschick.

Einsam wird er in sich fühlen
fremdbestimmt seltsames Walten,
ohne es je zu verstehen:
Mensch sein heißt, das auszuhalten!

Gabriela Weil * 1958

Das erste Blümlein

Ein Blümlein ist erwacht
in lauer Frühlingsnacht.
Am raschen Bache drunten
hab frühe ich's gefunden.

Es stand so ganz alleine
auf seinem grünen Beine.
Doch schien es mir, die Weiden,
die mögen's Blümlein leiden.

Sie neigen ihre Köpfe
und ihrer Zweige Zöpfe
berühren's sacht und lind,
als wäre es ihr Kind.

Die Lerche, glaub ich gar,
bringt ihm ein Ständchen dar.
So fröhlich wie heut früh
hört' ich ihr Liedchen nie.

Rudolf Weiland

In der Natur werdet ihr mich erkenne

Es gibt Wunder, auf die der Mensch keine
Antwort weiß,
Wer? Wie? Warum? Er sucht nach
Antworten.
Unzählige Diskussionen verlaufen heiß
über Theorien an den unterschiedlichsten
Orten.

Wie sind entstanden die Welt und unser
Leben?
Ich öffne fragend die Augen und sehe all
das Wunderschöne.

Was kann mir die Natur nicht alles geben!

Bunte Farben, Düfte aller Art und
wohlklingende Töne.

Ganz leise fällt der weiße Schnee auf mein
Gesicht.

Jede einzelne Flocke wurde speziell und
individuell erdacht.
Wenn sie dann das helle Licht in viele
Farben bricht,
bestätigt sich mein anfänglicher Verdacht.

Wie kann man dies alles erleben und doch
nicht glauben?
Nicht glauben an einen Schöpfer, an den
Schöpfer
und ihn damit seiner Rolle berauben
als Erfinder und der Welten Töpfer?

Verena Weiland * 1987

Öffne die Augen

Die Augen sind geöffnet. Gerne würde ich
sie verschließen
vor der bitteren Realität, in der ich lebe
ohne Halt;
der Boden entzieht sich meinen Füßen.
Ich meine die schmerzende Wirklichkeit,
vor der ich stehe ohne
Zärtlichkeit und ohne auch nur eines
Wortes der aufrichtigen Zuneigung
– regungslos gleite ich von einen Tag in
den nächsten.
Die Augen werden geschlossen und ich
träume mir eine Welt
in der sich starke Hände mir tröstend
entgegenstrecken,
mich schützend halten und meine Seele
berühren.
Eine Welt tut sich auf, in der tiefe Gefühle
meinen Durst
nach unermesslich großer Sehnsucht stillen
– und ich möchte meine Augen nie mehr
öffnen!
Dann jedoch kommt der Moment, in dem
ich mit wachen Augen
das „Hier und Jetzt“ wahrnehme.
Großer Mut, entsprungen aus blankem
Überlebenstrieb,
lässt mich einen Blick auf meine Zukunft
erhaschen ...
ein fernes Dasein, in dem ich die Wärme
und die Erfüllung
finde, nach der ich mich unendlich weit
sehne.

Marion Wein * 1974

Eine Stunde im Leben

Es vergehen die Stunden im flüchtigen
Reigen;
Eine jede naht sich jedem zugleich.
Eine jede macht sich jedem zu Eigen,
den einen zum Bettler, den anderen reich.
Dem schenkt sie ein Glück, macht es jenem
zunichte.
Der flucht ihr, der segnet die Stunde, die
wich,
denn jegliche Stunde hat tausend Gesichte,
doch immer zeiget sie nur eines für dich.
Drum sollst du nicht jubeln und sollst dich
nicht sorgen,
wenn lächelnd die Stunde, wenn drohend
sie schreckt.
Denn – hinter dem Lächeln ist Drohung
verborgen,
und – hinter dem Drohen ein Lächeln
versteckt!

Horst Weinbach * 1934

Herbst

Die Tage werden kürzer
Lange Abende der Einsamkeit
Der Nordwind bläst Kälte über mich
Ich steh am Fenster
Und fühle wie die Wärme weicht
Wie ich den Sommer nicht aufhalten kann
Kann ich auch deine Gefühle nicht halten
Die mit dem Sommer zu schwinden drohen
Habe mein Herz für dich geöffnet
Mein Leben war bunter durch dich
Erblühte wie eine Blume im Sommer
Doch plötzlich fühle ich deine Kälte
Fühle wie ich langsam verwelke

Du lässt mich allein
In der Kälte des Herbstes

Petra Weindl * 1959

Oh ein Gedicht
das wollt ich nicht

Stefan Weinert

Wenn ich wüsste,
dass die Sterne blühen,
die Freiheit man nur dort
bekommt,

die Probleme klein
und nichtig wären,
würde man im Himmel wohnen,

würde ich dann das Paradies
auf Erden verschmähn?

Simone Weinfurtner * 1992

Engel

So oft hab ich an ihn gedacht
Engel in der dunklen Nacht
Er kam zu mir und flog vorbei
Konnt' ihn nicht spür'n
Brach fast entzwei.

Es brauchte Zeit und etwas Mut
Heut' tut mir mein Engel gut
Wenn auch so viele Engel kamen
Jetzt hat er endlich einen Namen.

Dagmar Weinhold * 1965

Lebenserfahrung

Wer lange lebt,
kann viel erfahren,
das Auf und Ab
des Lebens sehn,
und lernt als Weisheit
mit den Jahren
auch Nichtvollkommnes
zu verstehn.

Wenn auch nicht alle Dinge
uns erfreu'n:
Es ist der Mühe wert,
ein Mensch zu sein.

Hans-Armin Weirich

Mein billig versprochenes Leben

Ich spare, spare, denn Geiz ist geil!
Und ich liebe es!

Lieber den billigen Computer für
kometengeile 100 € statt einen der
teuren
aus der Geschenkewelt, denn ich bin doch
nicht blöd!

Und den neuen PC nicht etwa in eine
Plastiktüte, nein, sondern in eine
Schachtel
gut verpackt! Quadratisch. Praktisch. Gut.

Ich kauf mir gleich noch eine Zeitung,
denn ich bild mir meine Meinung
aus Deutschlands schnellsten Magazin!

Geschwind noch zum Adler, eine rosa Hose
für 10 € ergattert.
Es lebe billig! Das gefällt mir!

Bei Aral vorbei, frische Brötchen geholt –
alles super!
Die Brötchen aber bitte mit Rama!

Für meine neuen vier Wände bei IKEA
einen Inka-Tisch gekauft!
Wohnst du noch oder lebst du schon? Egal,
auf diese Steine können Sie bauen!

Mein billig versprochenes Leben,
weil ich es mir wert bin!

Janine Weis * 1990

dein tod ist mein tod

wenn du nicht mehr an meiner seite bist,
will ich die harfe zerschlagen,
meine stimme mit gift verätzen
und einzug halten in das totenhaus,
vorher aber schlürfe ich deinen tod
in mein leben ein,
damit es zerstört wird
und in die namenlose dunkelheit
zu dir versinken kann.

die hoffnung
ist die musik meines lebens,
oft gespielt,
nicht immer gehört,
weil die zarte, leise musik,
die musik der guten menschen,
nur dann und wann zu hören ist,
wenn man sich verdient gemacht hat.
ich habe von der quelle getrunken,
weil der modrige geschmack von heute
mein süßes ziel von morgen bei dir ist.

Harald T. Weise

Dreischiffige Basilika

Kein Zierrat wagt,
das himmelhoch hinauf Gereckte
abzubringen von dem Gesetz,
senkrecht zu sein und Abstand zu halten
von den anderen. Jedes
wahrt seinen eigenen Platz.

Doch oben vollzieht sich Begegnung,
gekrönt vom behauenen Schlussstein,
der scheinbar leicht in der Mitte fast
schwebt,
wodurch er die Nachbarn am Abstürzen
hindert
und zwingt, ihn oben zu halten, die Last
verdrängend nach dort, wo die Neigung
begann.

Das, was verbinden soll, würde
zersprengen,
stemmten sich ihm nicht Kräfte entgegen,
die listig verbergen, notwendig zu sein,
indem sie den erhabnen Raum
in vorgetäuschtem Überfluss
ergänzen zur Dreifaltigkeit.

Gerhard Weisgerber

Gib mir Kraft, ich frier … damit ich mich nicht ganz verlier'

Trauer regnet in mein Herz.
Gedanken nässen meine Seele.
Vom Feuer Leidenschaft entfachter
Schmerz.
Und Tränen verschnür'n mir die Kehle.

Wie ein Mückenschwarm immer wieder,
in tausend Bildern sehe ich uns beide.
Erinnerungen regnen auf mich nieder.
Verlangen, unter dem ich leide.

Geborgenheit genommen von der Nacht.
Vom Mantel Sehnsucht eingehüllt.
Wünsche die, die Einsamkeit gemacht,
die mich mit Träumen von dir erfüllt.

Susanne Weisheit * 1981

Es kam nie dazu

Tot gezogen haben sich die Pferde noch vor
der Hochzeit.
Wo das Messer blutrot war, gruben
Männer die Erde auf.
Eingemauerte dort, wo Kälte an den
Wänden klebt.
Und alles bleibt wichtig und bewegt sich
dorthin, wo das Dunkle den
Prunksaal betrat.

Wie erschlagen erwachen Menschen in der
mächtigen Stadt
und taumeln unwahr durch zerborstene
Gegenden, bis die Krankheit einige
dahinrafft.

Die hatten bald das Warten satt.

Ein Festsaal ohne Fest.
Ein Gräbermeer ohne Blumen.
Ein zügelloses Pferd zermalmt eine
Menschenhorde im November.
Ein Gespenst zerrt an einer Hand,
und mehr und mehr Geschichten eines
Kindes.

Wo der Mensch am glücklichsten war;
Auf den Feldern ihrer Väter.

Daniel Weissenbach * 1980

Zeit

Du sagst, Du hast keine Zeit

keine Zeit für ein nettes Wort

keine Zeit für eine kleine Berührung

keine Zeit für ein gemeinsames
Stehenbleiben

und keine Zeit zum Beobachten.

In Wahrheit hast Du keine Zeit für Dich.

Ing. Helmut Weißengruber * 1967

Stiller Zuhörer

Ein stiller Zuhörer
steht in der Tür,
barfuß auf dem Holzboden.

Sonnenlicht
reflektiert vom kristallenen Schnee,
der Tags zuvor gefallen war.

Es ist früh am Morgen,
Duft von Schokoladenkeksen,
gemacht im Weihnachtstrubel.

Ein einsamer Klavierspieler
spielt für sich eine Phantasie,
früh an diesem Dezembertag.

Nora Weitz * 1985

Sommeridyll mit Geiern

vier geschiedene lagen am see

ich war einer von ihnen,
und die sonne brannte
auf unsere
köpfe,
als wollte
sie uns für unsere
entscheidung bestrafen, und hoch über
uns kreisten
die geier.

einer sagte zu mir:
„willst du mit schwimmen gehen?"

„nee", antwortete ich,
„lass gut sein…"

und ich drehte mich
auf den bauch, um
meinen rücken auf jenen
universalen grill zu legen…

Wolfgang Weitzdörfer

Der 23. Psalm

Ein Psalm Davids
1. Meiner Seele Hirte ist der HERR;
Mangel hab ich nimmermehr.

2. Auf grüner Aue weidet er mich
fürsorglich
und zu stillen Wassern führt er mich.

3. Meiner Seele schenkt er Lebenskraft,
Sein Name bürgt für rechte Pilgerschaft.

4. Kein Grauen fühl ich selbst im Todestal,
bei Unheil, Unglück oder Qual:
Du tröstest mich, bist stets bei mir,
dein Stock und Stab sind mein Panier.

5. Du bereitest mir den Tisch zuvor,
auch wenn der Feind steht vor dem Tor.
mit Öl salbest du mein Haupt,
den vollen Becher mir keiner raubt.

6. Mit Gottes Güte und Huld in der
Lebenszeit,
kehr' ich heim zum HERRN in Ewigkeit.

Gottlieb Wekesser * 1932

Die Zeit

Sterbende Blütenpracht
auf welkenden Auen
Träume der Sommernacht
in schwermüt' gem Schauen
sagen dem Herzen:
Die Zeit geht dahin

Die Ernte geborgen
füllt Scheuern zum Rand
die Früchte für morgen
keimen grünend im Land
erwarten in Demut:
Die Zeit der Erfüllung

Mensch – der Natur eigen Kind –
dem Gesetze verdungen
hat niemals Sturm oder Wind
durch seine Kraft bezwungen.
Alles bestimmt:
Die Zeit im Strom der Ewigkeit

Ruth Welsch * 1928

Nacht

Mystisch, geheimnisvoll, sagenumwoben
und blau die Nacht.
Heiß ist manch klirrend kalte Winter-
nacht, voller Erwartung und Verluste.
Wach liege ich in den Winternächten, die
Erinnerungen an Vergangenes
durch ihre Stille hervorrufen.

Bedrohlich, geheimnisvoll, wolkenver-
hangen und schwarz die Nacht.
Nicht immer Erwachen in launischen
Frühjahrsnächten.
Doch wach liegst Du und fragst Dich,
warum Dich die Fragen quälen,
die Du Dir am Tage stellen musstest.

Schwül, geheimnisvoll, sinnentleert und
laut die Nacht.
In Sommernächten wird die Nacht zum
Tag verwandelt.
So viele liegen wach, nicht weil sie dem Tag
hinterher eilen,
sondern weil sie sich fragen, warum auch
sie nicht hasten.

Rau, geheimnisvoll, sachte und sanft die
Nacht.
Sternenfetzen erhaschen sich einen Blick
durch die Herbstnacht.
Wach liege ich und lausche der Nacht,
ihren Stürmen, ihren Lichtern,
und frage mich, warum die Nacht nicht
endet.

Patrick Wende

Die Schattenseite des Lebens

Schnell und leise vergeht uns die Zeit,
schwer streifen die Erinnerungen vorbei,
zurückbleiben die leeren Gedanken,
betäubt ist die ganze Seele.

Welche Worte sind die richtigen Meinen,
gefüllt mit Zorn und Leid.
Bei wem sollten sie verweilen,
Schmerzen und Trauer so allein.

Immer noch in unserer Zeit,
vermag das Geld die Liebe teilen,
gepaart mit fremder Macht,
ist die eigene Kraft wie entzwei.

Mut und Einsicht sind unsere Stärke,
Schatten durchqueren unsere Wege.
Möge Gott mir doch die Zuversicht
schenken,
denn ich muss mich bald in der Welt
wieder aufrichten.

Le Phuong Weng * 1968

Allerlei

Es gibt du weißt
das Labyrinth
Es gibt den Sinn
die Zeit verrinnt

Dein Weg ist da
Du siehst ihn klar
doch weißt du auch
Du wirst verbraucht

Und schaust du auf
und machst dich frei
Ob Schmerz ob Leid
es geht vorbei

Trotz Überfluß
spürst du Verdruß
und leidest deine eine Zeit
mal kurz vorm Ziel mal schon bereit

Es gibt den Weg
er macht dich frei
ob Glück ob Unglück
Allerlei

Manuel Wenzel * 1977

Sehnsucht

Ich suche meinen Liebsten im herbstlichen
Wald,
buntes Laub fällt von den Bäumen,
es raschelt unter meinen Füßen.
Doch meinen Geliebten finde ich nicht.

Ich suche meinen Liebsten auf den Höhen
der Berge,
wohl hundert Berge sehe ich, einer hinter
dem andern,
so weit geht mein Blick.
Doch meinen Geliebten sehe ich nicht.

Ich suche meinen Liebsten am unendlichen
Meer.
Welle um Welle rauscht zum Strand,
in weißen Flocken umspülen sie meine
Füße.
Doch mein Geliebter ist nicht hier.

Ich suche meinen Liebsten im Dschungel
der Stadt,
Straße um Straße wandere ich,
Autos brausen an mir vorüber.
Doch mein Geliebter ist nicht dabei.

Ich suche meinen Liebsten in der steinigen
Wüste.
Meine Augen sind voll Tränen. Sie sehen
den Reiter
auf stolzem Kamel. Doch die Wüste ist leer
eine Fata Morgana. Mein Geliebter lässt
mich allein.

Ingeborg Werneken * 1921

Am Morgen

Wenn das Licht
in den Tag wächst
und die Träume
sich verabschieden,
wissen wir nicht
was draußen
auf uns wartet,
wo das Wahre
längst verblasste
und das Schöne
weithin nur noch
vom Scheine lebt.
Durch ihre Tage
gehen viele Menschen
mit erloschenen Gesichtern
in den Irrgärten
ihrer Zeit umher,
ohne eine Ausgang
zu finden,
jenseits der Zweifel.

Konrad Werner

Lyrik

Es gebe sagt er
aber kein Dichten mehr.

Alles was je
zu dichten gewesen
sei längst gedichtet
zerredet
zerronnen
vorbei.

Sagt er.
Und ich
der ich ihn höre
doch unbelehrbar
gehe hin
und schreib ein Gedicht.

Johannes Wetzel * 1926

Herbststimmung

Goldenes Licht –
Herbstsonne
tauchst alles ein in deine Macht
erfreust die sterbende Natur,
du vergoldest die Fenster
gibst jedem Schicksal deinen Glanz.

Gold – kurze Spanne Glücksgefühl,
Herbstfreuden – Blätter rascheln unter
dem flüchtenden Schuh. –

Dein Goldhauch vergeht im Sein,
schwingt nach in der Seele und wird zur
Hoffnung.

Käthe Wetzel

Engel

Sie bleiben nie
lange genug
bei uns
die Engel
in unserem Leben.
Wenn ihr Schritt schwer
und ihr Lächeln müde wird
merken wir es kaum.
Doch sind sie gegangen
fehlt uns unendlich
die leise Berührung
ihrer weichen Flügel.
Die Welt wird dunkler
mit jedem Engel
der geht.

Margrith Wey-Hegetschweiler * 1957

Vor Grab

Ruhe ... du schläfst.
Und ich? ... Ich kann nicht schlafen.
Ich denke an dich, ich will dich umarmen.
Geht aber nicht ... du bist nicht hier,
Du bist gegangen für immer, von mir.
Traurig ...
Ich weiß, dass Menschen nicht wissen,
Wie sehr werde ich dich vermissen.
Aber kann man nichts ändern und das ist
    gemein;
Ich bleibe mit „Trauer", ich bleibe allein.
Träne ... du siehst nicht ...,
Ich kann aber sehen, ich kann aber nicht
    Zeit umdrehen,
Tag wiederholen, anhalten Nacht,
Wenn ich das nur könnte; hätt' ich gerne
    gemacht ...
Nichts ... einfach Ruhe ...
Ich denke an dich,
Es tut mir so weh für dich und für mich ...
Ich komme nie wieder, Du bleibst allein,
    hier ...
Du kriegst, heute Nacht, letzte Rose von
    mir.
Ruhe ...

Vera Widmer

Die Rückseite des Spiegels

Als ich die Hand
auf meiner Schulter fühlte, wusste ich, nun
    stand
er neben mir zu sagen: Es ist Zeit.
Und ich empfand
nicht Angst, nur grenzenlose Traurigkeit.
Und zitternd vor Erwartung habe ich mich
    umgewandt,
endlich des Todes wahres Antlitz, Gottes
    Antlitz der Vergänglichkeit,
zu schauen.
Doch ich erblickte wie in einem ungenauen
und rätselhaften Spiegel nur mein eigenes
    Gesicht,
des Spiegels Hinterseite sah ich wieder
    nicht.

Wolfgang Wiemer * 1933

Ein Weilchen länger

Schier endlos schien die Zeit in jenen
    Tagen.
Die Sonne ließ sich träge durch die Stunden
    treiben,
die Luft war satt von Wärme.
Der Himmel, aufgespannt bis über fernste
    Horizonte,
gab grenzenlos sein Blau,
der Wind ein Hauch nur auf der Haut.
Die Wellen glitzerten und gleißten,
und flirrend im Lichtschattenspiel
    die Boote,
träge,
auf und ab, auf und ab.

Und sacht,
ganz leise,
nahm die Stille Platz.
Und hieß der Zeit,
noch langsamer zu eilen.
Ein Weilchen länger doch im Hier
    und Jetzt
mit Muße zu verweilen.

Manfred Wien

Wo die Gedanken freundlich ziehen

Wo die Gedanken freundlich ziehen,
da ist das Glück oft nicht mehr weit,
und Schwäne weiß wie Schnee berühren
ein Land voll Licht und Zärtlichkeit.

Wo Tau auf weiten grünen Auen,
den Grund mit sanften Naß berührt,

dort werden Engel nach Dir schauen,
wirst in die Freude Du entführt.

Wo Wolken zieh'n auf weitem Feld,
berühr'n das zarte Himmelskleid,
dort singen Vögel Dir ein Lied,
voll Lebenslust und Seligkeit.

Nadja Wienck * 1937

Die elf Angebote des Satans!

Ich bin das Böse in Person, die ganze Welt
kennt mich schon!
Du mußt in deinem inneren Dreckshund
und in allen Belangen hörig sein!
Er genieße die Sünde jeden Tag, am Ende
hast du alles satt!
Sie sollen jeden Tag von dir ausgepeitscht
werden, ohne Mitleid!
Es wird wenigstens einmal am Tag
gemordet, egal wo auf der Welt!
Wir sollen das Laster und der Wollust
untertänig sein!
Ihr sollt rauben und plündern, was euch
gefällt, ohne Geld!
Sie müssen mit allen Schikanen und
Intrigen die Gläubigen mißhandeln,
wohlwollend!
Haben Sie Raffgier, Falschheit in ihrem
Sinn, bald ist alles hin!
Alle sollen jagen und hetzen, ohne Pause,
bis zu nächsten Sause!
Angst haben sie alle, weil ihnen das Inferno
sicher ist! – Der Sinn heißt!!!
Ich – du – er – sie – es – wir – ihr – sie
haben alle Angst!

Hans Wieners

Was ist die Zeit?

Sekunden verfliegen
Minuten vergehen
Stunden verrinnen
Wochen, schier endlos
Monate, unbegreiflich
Jahre, unfassbar
Jahrzehnte, plötzlich gezählt
Jahrhunderte, nicht lebbar
Zeitalter, auf Stein und Papier
Der Mensch, scheinbar in Zeit und Raum
gefangen,
gemessen, eingeteilt, zerstückelt, begrenzt,
zeitgebunden.
Das Rad der Zeit,
endlos unendlich?
Eine Erfindung des Menschen?
Eine Kreation der Natur?
Wer würde sie vermissen?
Zeitvergessen, zeitlos,
endlich unendlich frei!

Alice Wierick * 1966

Kinder

(Für meine Freundin Anette, Sommer 2003)

Was siehst Du, wenn Du in die Augen
Deiner Kinder schaust?

Fragen?
Ängste?
Wut?
Vertrauen?
Ein Strahlen?
Liebe?

Laß' uns nicht versuchen, alle Fragen zu
beantworten.
Laß' uns versuchen, ihnen zu zeigen, wie
man Antworten finden kann und:
wie man auch ohne leben kann, bevor man
sich beim Suchen verläuft.

Laß' uns nicht versuchen, ihnen die Ängste
zu nehmen,
sondern ihnen zu zeigen, daß sie dazu
gehören und daß man damit leben
kann.

Laß' uns nicht versuchen, ihre Wut
einzudämmen,

sondern laß' uns ihnen vorleben, wie man
mit ihr lebt, denn auch sie gehört
dazu.

Laß' uns versuchen, ihr Vertrauen in uns
und die Welt zu bewahren.

Laß' uns versuchen, ihr Strahlen in ihren
Augen zu bewahren.
Es tut ihnen und uns gleichermaßen gut,
wenn es von Herzen kommt.

Laß' uns ihrer Liebe würdig sein.
Wenn sie groß sind, wird daraus
hoffentlich eine tiefe und ehrliche
Freundschaft.

Das wünsche ich Dir und mir!

Nicole Wieschhörster

kehraus

der wind fegt,
fragt nicht lange.
windfeger überall.
da werden selbst plätze kahl,
auf denen der übermut schäumte.
nach tagen wie diesen nur noch
gebrochene äste.
aschfahl und grau.
die schalen geknackter nüsse
verraten den sommer:
heiß und so voll.
noch streckst du die hand aus,
willst fest halten,
was denn?
die früchte sind längst geerntet.
und du leckst ihre süße
im nachhinein
schon wieder bitter.

Edeltraud Wiesmayr

Zeitanteil

Ein bunter Flickenteppich scheint die Zeit,
in der so viel geschieht – und doch auch
nichts,
was es nicht früher schon gegeben hätte.

In diesem Muster sind verwoben dicht
Geschicke, Menschen, Taten ohne Zahl,
so fern, so fremd, so unvertraut uns allen.

Doch öffnest du die Augen weit und
schaust,
statt nur zu sehen ohne wachen Sinn,
erkennst du plötzlich unverstellt dein
Bildnis.

Dann musst du nicht erschrecken, weil
gering
dein Anteil scheint an jenem Riesenwerk,
der Faden deines Lebens kurz begrenzt ist.

Denn fehlte der, es wäre lückenhaft,
der bunte Flickenteppich auch der Zeit.
In Gottes großem Schöpfungsplane fehltest
du ...

Riette Wiesner

Ein Sommertag am Fuschlsee

„Kastanien-Linden-Halb-Schatten"
streck aus ich, die Glieder, die matten.

Erfrischend vom See der kühlende Wind
vorüberzugehn wär'ne Sünd.

Spiegelnd im See das blaue Zelt
kräuselnd „Sonnen-Licht-Blitze",
ungezählt.

Jedes einzelne Glitzern ein göttlicher Gruß
sich d'rin zu verliern – ein freiwill'ges Muss.

Glück, kaum zu fassen im Augenblick
nur hier sein und schaun, nicht vor, nicht
zurück.

„Kastanien-Baum-Blätter" im Wind spiel'n
ihr Spiel
s'ist alles so einfach, oh Gott ist das viel.

Martin Wilbs

Gedanken
wandeln durch die Zeit,
zu viele,
ständiges Geleit.

Drehen sich im Kreis,
schneller, immer schneller,
miteinander verwoben
und doch ganz allein
hat sich einer erhoben
um zu fragen: Wer darf ich sein?

Selbstbewusstsein,
sich seiner selbst bewusst sein!
Ohne Lüge, ohne Schein

Wer ich bin,
das weiß ich nicht,
wie soll ich mich finden,
in der Dunkelheit,
ganz ohne Licht?

Jessica Wildner * 1980

Und wenn ich denn einmal vermöchte
mich so – dir entgegen zu weiten
dass ein kleiner
und sei es der winzigste Strahl
deines Feuerlichtschwerts
an mein Herz rührt
dann keimt –
dessen bin ich gewiss
Zuversichtskraft
dass auch ich mich
zum Werkzeug schmiede
am Kampfplatz
um Erde und Mensch
Wo nicht diese Kraft
um gegen die Stürme
die unsere Kinder vernichten
mein Schwert zu erheben
so doch jene –
inmitten derselben
segnend zu stehn

Signe-Brigitt Wilfan

Flüchtig-bleibende Begegnung

Der alte gelbe Bagger reißt
auf der Erde graue Schiefermasse,
Baugrund für Spekulanten hier zumeist.
Vor mir notdürftig gesetzte Zaunes Trasse.
Zögerlich bleibt sie stehen, verfänglich,
fragend-blickend, fragend auf Englisch.
Mein Shakespeare-Englisch packe ich aus.
New Zealand sei ihre Heimat, ihr Zuhaus'.
Assoziationen an dieses Land in der Ferne?
Viele sind es nicht,obwohl ich gerne ...
Und näher rücken wir – gewollt –
zusammen
an diesem Bauzaun. Keimend-zartes
Glück?
Ein Wort das Wort des anderen facht zu
Flammen,
im Grenzsaum der Verfänglichkeit.
Die Maschen sind nicht eng genug. Wer
wüsste,
wie sich verfangen Raum und Zeit
im Maschendraht des Gartens unserer
Lüste?
Mit innig-zartem Blick fährt sie alsbald
zurück
nach Neu-Seeland.
Doch ich? Sehe ich Neu-Land?

F. Peter Wilhelm

Du bringst mich zum Lachen
Und mein Herz zum Weinen.
Du befreist mich von meinen Ängsten
Und entfachst Verzweifelung in mir.
Du bringst mich zum Ausbrechen
Und sperrst mich ein.
Du bringst mich dazu dir zu vertrauen
Und enttäuschst mich.
Du zeigst mir,
jede Sekunde mit dir zu genießen
und lässt mich eine Ewigkeit auf dich
warten.

Kathrin Wilkens

Einsamkeit

Einsamkeit zwingt zum Denken

öffnet Türen des Geistes und der Seele

zeigt den Weg zum ICH

bringt uns UNS und GOTT näher

führt uns auf nie gegangene Wege

Wege nahe am Abgrund

Egon Will * 1949

Lebensbogen

Von Pfeiler zu Pfeiler
spannt sich der Tage Geflecht
gehalten vom Seil der Treue Gottes.
Glaube –
bezeugt über rauen Einsamkeitsschluchten
Hoffnung –
bewährt an steilen Verzweiflungshängen
Liebe –
aufschmelzend die ächzenden
Anklagespalten –
mit Lichtzeichen
der Freude gekennzeichnet
mit Frostschäden
der Trauer behaftet
ausgerichtet auf
das verheißene
Soli Deo Gloria.

Käthe Wille * 1922

Falls dich die Weisheit
hinauf hob
du aber leidest
unter der Dummheit
der Unteren
lass einfach die Demut an dich
dann wirst du begreifen
dass die Dummheit
gleich der Weisheit
als ein Geschenk des Herrn
zu sehen ist

Also freue dich
über die Weichnacht der Besinnung
freue dich über das kommende Jahr!

Mein herzliches Glück auf 2006!

Sepp Wille

Jedem das Seine

Er will reich sein
Sie will Erfolg haben
Der will berühmt werden und
Die will ein Star sein.

Er will Karriere machen
Sie will auf Luxus nicht verzichten
Der will mit seinem Sportwagen protzen
und
Die will ein Model sein.

Er will ein erfolgreicher Manager werden
Sie will nur die nobelsten Kleider tragen
Der will eine Yacht besitzen und
Die will einen Schauspieler heiraten.

Und ich?

Ich will abends nach Hause kommen und
die Füße hochlegen, mir von den Kindern
erzählen lassen,
wie ihr Tag gewesen ist, mich an meine
Frau kuscheln und
alles andere vergessen.

Axel Willers * 1957

Unser aller Los

Egal wie wir uns verändern
mit Falten im alten G-esicht:
Die Seele bleibt unangetastet
und sie verändert sich nicht.

Sie wird nur tiefer und reifer
und sieht, was sie früher nicht sah.
Und mancher Mensch – wie ein Wunder! –
kommt ihr so unendlich nah.

Wie schön, gingen Jugend und Weisheit
von Anfang an Hand in Hand!
Doch nein, die Jugend verschwindet
und weicht dem Herrscher Verstand.

Was soll's? Dieses Los trifft uns alle,
auch wenn es ein Junger nicht glaubt.
Und nach und nach wird ein jeder
von dem, was so schön war, beraubt.

Doch sollen wir deshalb verzagen,
was das Leben so mit uns treibt?
Genießen wir lieber dankbar
das Wenige, das uns noch bleibt.

Martha Willinger * 1928

In der Zeit der dunklen Tage

In der Zeit der dunklen Tage, wenn
Nebelschleier zieh'n durchs Land,
Engel sacht hernieder schweben und geh'n
leise durch das Land.

Schauen still in jedes Fenster, sehen Leid
und sehr viel Weh,
sehen Schmerz-Angst-Wut und Trauer,
doch auch Christus sehen sie.

Er erscheint in jedem Lachen jeden Kindes
irgendwo,
was wir Menschen kaum bemerken, Engel
seh'n es und sind froh.

Denn in jedem Kinderlachen, jedem
kleinen Freudenschrei,
liegt das Herz der Welt verborgen und nur
Christus macht es frei.

Und wenn führ'n die dunklen Tage hin
zum hellen Lichterbaum,
der erstrahlt in unsern Herzen, dann wird
wahr der Weihnachtstraum.

Beate Wilms-Tiller

Süße Sinne

(Circus Barum 2002)

Zarte Zebras,
naseweises Nashorn,
knieende Kamele.
Süße Sinne.

Magier in der Manege
managt majestätische
weiße Tiger. Wunderbar.
Bye, bye Mister Simoneit.

Tapfere Trapez-Vögel
flattern feierlich
durch die Luft.

Sehnsucht, Stück für Stück.
Beifall und Bravo-Rufe.
Brot und Spiele.
Elementarer Existenzkampf.
Süße Sinne.

Wolfgang A. Windecker * 1949

Kampf der Gefühle

Die Freiheit im Nacken,
der Wind im Gesicht,
fliegende Büsche,
rasender Herzschlag.

Hänge hinunter,
Hügel hinauf,
durch dunkle Wälder
und freie Natur.

Dämmerungsschatten,
die Nacht bricht an,
die Angst wird größer,
die Einsamkeit siegt.

Jessica Wingartz * 1991

Selbstbestimmt

Folgen wir dem Lauf der Sonne oder folgen
wir den Sternen
Suchen wir was naheliegend oder nur nach
Fernem

Treiben wir bequem im Strom oder
kämpfen ihm entgegen
Schreiten wir verzagt voran oder mutig und
verwegen

Streben wir direkt zum Ziel oder wandeln
wir umher
Sehen wir mit klarem Blick oder sehen wir
nicht mehr

Denken wir stets eigenständig oder wird
für uns gedacht
Schaffen wir mit eigenen Händen oder wird
für uns gemacht

Wissen wir was wahrlich ist oder glauben
wir zu wissen
Erbitten wir was wirklich fehlt oder
glauben zu vermissen

Leben wir in vollen Zügen oder tun wir nur
als ob
Gehören wir zum Lebensadel oder zum
gemeinen Mob

Lauschen wir der Symphonie oder nur dem
schrägen Ton
Fragen, Fragen über Fragen oder ist's die
Antwort schon

Wer soll für mich entscheiden, als außer ich
allein
Was ich nicht will, das für mich ist, das soll
für mich nicht sein

Klaus P. Wingarz * 1966

Lösung

Ein Mensch stirbt,
plötzlich, ohne Vorwarnung.

Dinge, die geplant,
vorbei.

Fragen bleiben offen,
Wünsche verhallen.

Unwiderruflich vorbei.

Er ist nicht tot,
was nun?

Kurz war die Zeit,
tief die Innigkeit,
zu tief,
um leichten Herzens zu gehen!

Dorisa Winkenbach

Glück

Wer dem Glück nachjagt,
wird es nicht fangen,
er wird immer um sein Glück bangen,
wird es niemals erlangen:
Nur der kleine glückliche Moment zählt,
kannst du loslassen,
hast du bereits das Glück gewählt.

Elfriede Winkler * 1956

Lebenslüge oder Ironie?
Des Pudels Kern verrät sich nie!
Des Menschen Dasein eine Sünde,
Im Kampf um Leben sich begründet -
Zeigt sich im Sein der pure Hohn,
Des Menschen Tod, der einz'ge Lohn!

Helmut Winkler * 1981

hinter der Fensterscheibe

hinter der Fensterscheibe
spür ich den Sturm
Laubwerk zausend
Blätter von Ästen reißend
warte bitte noch Wind
bis sie ihr
Farbenspiel
voll entfaltet haben

hinter der Fensterscheibe
zieh'n die Wolken
eilig hastend
dunkel und schwer
voller Regen, Graupel, Schnee
Vögel fliehen der Kälte
in südliche Gefilde

hinter der Fensterscheibe
sehe ich mein Gesicht

Peter Winkler * 1946

Ruhe und Leid

Durch das Lager gehe ich –
der Sturm der Zeit bläst mir ins Gesicht.
Längst vergangene Befehle
wirbeln im Wind.

Den breiten Weg gehe ich entlang –
vorbei an der Qualen Brutstätten.
Das nur von Gott gehörte Hilfegeschrei
verstummt in der Vergangenheit.

Nun komme ich auf der anderen Seite an –
wie schnell verging die Zeit!
Ruhig berge ich mich in Gottes Hand–
der Sturm nimmt mit sich das Leid.

Anna-Magdalena Winter

Liebeskreislauf

Aus Liebe wurdest einst du mal geboren,
umsorgt, gefüttert, groß gezogen.
Du wuchst heran, gedeiest wundervoll,
kamst in die Schule – fandest alles toll.
Hattest viele Freunde die ganze Zeit,
und träumtest von Zielen die waren so
weit.

Die Welt aus den Angeln heben war euer
Ziel,
habt schnell gemerkt: das ist alles viel zu
viel.
Dann kam zu dir die erste große Liebe mit
Annabell,
alsbald war's wieder vorüber – viel zu
schnell.

Du warst auf der Suche nach neuen
Zielen –
hast oft dich verliebt mit Herz und tollen
Gefühlen;
und immer wieder neu entdeckt:
zu Zweit ist Einer erst richtig perfekt.

Du fandest nach einigen Wirren Deine
Braut
vor Kirche und Staat wurdet ihr dann
getraut;
und bereits schon nach einem Jahr,
war Euer gesunder Stammhalter da.

In wenigen Jahren schon klingt's dann
wieder in allen Ohren:
„Aus Liebe wurdest einst du mal geboren."

Karl-Ludwig Winter * 1946

Worte

Worte, von Menschen oft schnell
gesprochen.
Worte, die oft nicht gewählt.
Machen Menschen so betroffen.
so dass sie's in der Seele quält,
betroffen hört man jedes Wort,
weiß nicht, wie soll man reagieren,
da jedes Wort in einem bohrt,
die Ruhe droht sich zu verlieren,
man sprach selbst nicht mal einen Satz,
noch denkt man sich, es darf nicht sein,
es macht die Wut sich ihren Platz,
doch wollt man eigentlich nicht schrei'n,
nun obendrein noch angeklagt,
noch tiefer als vorher getroffen,
so wird durch Worte man geplagt,
von Worten oft zu schnell gesprochen,
von Worten, die auch Wort gebrochen,
verloren ist so jedes Hoffen.

Lothar K. Winter

Genuss

Augen, klein, das Grau durchdringend.
Haselnussschokoladenbraun, lebendig,
zartbitter glänzt die Welt.

Ohrmuscheln, elefantengleich, ruhig.
In Gehörgänge kriechen, rutschen,
kratzen von seiner Zeit.

Nasenspitze, zu lange Nasenflügel.
Das Vibrieren einfangen,
mitnehmen bis zum Mund.

Lippen, heimlich pflücken.
Beißende Gedanken an Nougattrüffel
auf der Zunge zergehend.

Sein Geruch, meine Seele kitzelt.
Verlangen, versucht, Erinnerung haftet
klebrig süß wie Karamell an den
Zähnen.

Bettina Winz * 1968

Nichts anzuziehn

So mancher Ehemann fühlt sich krank,
steht die Frau vor vollem Kleiderschrank
und die Worte ihrem Mund entfliehn,
sie habe gar nichts anzuziehn.
Der so geplagte Ehemann
weiß nicht, was er da machen kann.
Es ist für ihn zum Haareraufen,
schon wieder ein neues Kleid zu kaufen.
Das sei ein Jahr her, weiß ganz genau,
die modebewusste Ehefrau.
Erneut flammt die Debatte auf,
die Frau drängt nach wie vor zum Kauf.
Sie weist energisch darauf hin,
ihre Kleider seien nicht mehr „in".
Es dauert nicht mehr allzu lang,
da hängt ein neues Kleid im Schrank.
Der Ehemann kapitulierte,
weil seine Frau ihn drangsalierte.
Die Kleidersammlung hat sich vermehrt,
doch Ruhe ist wieder eingekehrt.

Heinz Wirries * 1922

Hundeleben heute

Sie geht mit ihrem Hündchen
durch Wald und Flur,
ein Stündchen
nur.

Dann
kommt sie zurück
zu ihrem braven Mann.
Der Hund hat wirklich Glück.

Hermann Wischnat

Erfahrung

Wer kennt nicht die Verzweiflung,
wenn eine Liebe zu Ende geht?
Wer hat nicht schon die Trauer gefühlt,
wenn man Abschied nehmen muss?
Unsere wahre Stärke liegt dann darin,
an diesem Verlust nicht zu zerbrechen.

Schade, deine Versprechen waren
nur Lippenbekenntnisse.
Deine Gefühle für mich
sind verloren gegangen.

In deinen Augen regloses Erkennen
und gleichgültige Betrachtung.
Eine große Leere erfasst mich.
Meine Erinnerung zerbricht
an deiner Gegenwart.

Ich wäre dir besser nie wieder begegnet.

Gudrun Wisniewski * 1947

Frühling

Im Rauschen der Blätter spür ich mein
Leben,
erlebe die Zeit, bin ihr ganz ergeben.

Geistig so frei, umschmeichelt vom Wind,
fühl ich mich wohl, so rein wie ein Kind.

Bewußtheit des Lebens ist tief in mir
verbreitet sich rasch, kommt auch zu dir.

Ich genieß meine Freiheit, ich lebe sie aus,
Zufriedenheit und Freude füllen mich
vollends aus.

Ferel Witt * 1964

Zeitsturz

Tagnachtflimmern
klappernden Absätzen gleich –
über den Himmel sausende Sonne
reißt Zeit mit sich –
hastiger Kleiderwechsel der Bäume
unter der Zugvögel Zickzackflug –
Jahre rinnen durch Hände
wie klimpernde Münzen.
Unter jäh erblassendem Haar:
Schwindelgedröhn.

Annegret Wittenberger

So wird der Mensch niemals Mensch…

Den Menschen genügen, das Geforderte
nur tun,
immer ein Vorwärtsstreben, niemals ein
Ruhn,
diese Welt so begrenzt, so dunkel und
klein,
was fehlt ist das Licht, der wärmende
Sonnenschein.

Die Suche nach Liebe, ein nie endendes
Tun,
ein Wollen, ein Erflehen, doch die Türen
bleiben zu,
die Blumen verwelken, der Tod macht sich
breit,
vergessen das eigene Annehmen, in Liebe,
ohne Vorurteil.

Das Gefühl nicht zu sein, was tief im
Herzen ist,
erzeugt nur Verwirrung, Kummer und
Zwist,
keinen Frieden, keinen Glauben, kein
Vertrauen, nur Leid,
so wird der Mensch niemals Mensch, er
bleibt zweigeteilt.

Gertrud Wlaschek * 1960

Die taube Qual

Im Einzelnen treiben die Gedanken
Ohne Segel, nur von Blicken behütet.
Einsame Regungen ergreifen das Wort
Ein unverständliches Pärchen ist auch
zugegen

Der Zwang zu sprechen ist nicht der eigene
Wenn in Wogen sich die Lippen wiegen
Immer benässt von Sonne, Haltenden und
so etwas wie Leben
Bedrängt mich nun die Angst, nimmer sie
zu verschenken
Im Wider ist der Sache Ringparabel
Alles Nachzuholende ist mir Vergessen;
Sorglos verbleibend

Mit Tag und Stunde auf dem Meer
Begebe ich mich in den Sand
Beide Welten zu spüren

Auch hier bleibt ein Verlangen,
befederten Einzelgängern vorbehalten

Dirk Wohllebe * 1984

Exit (us)

Ich gehe nicht. Ich bleibe.
Ich habe jedes Recht. Gelitten.
Das Jahr, die Tage, die Minuten. Gelitten.
Aus mir. Die Zeit... Das Bett...
Das Hirn im Feuer. Der Schmerz!
Pupillen weit und offen. Die Augenöde!
Die Lähmung jenes Körpers,
erstarrt und eingemauert in die Pose,
Die Haut in Seine ewige Berührung.
Das Herz verschluckt. Des Schmerzens
Rhythmus.
Die Hände greifen. Nach der Leere.
Geduld. Unrast. Für sich. Die Sterne...
Exit (us)? Ich lebe!

Irina Wolf * 1969

Die Mitte

Erstrebenswert
als Ort und Zeit
bist du für mich
Balancengeber

Ein fester Stand
ermöglicht Sprünge
erfahrene Meinung
fürchtet Neues nicht

Das Suchen geht noch weiter
doch ist's nicht mehr atemlos
bin immer noch in Rohbauphase
beruhigend trägt das Fundament

Der Weg, er stimmt jetzt
und was mich bis zum Schluss
bewegt
ist sein Geheimnis
mit dem Namen Ziel

Andrea Wolf-Burger * 1964

Nie geahnte Verwundbarkeit

Unvorstellbares Grauen,
Dauerhaft eingebrannt
In das Weltgedächtnis,
selbst in der Schnelllebigkeit
der medialen Bilderfluten
eindrücklich mahnend:
Die hässliche Seite

Des Januskopfes
In entsetzlich zeitloser Aktualität.

Angelika Wolff * 1956

Die Sintflut verliert nicht den Mut
Aber Hoffnung keimt
Die Knospen stehen im Frühjahr gut
Der Wind treibt Stimmen übers
Getreidefeld
Ich liege im Gras
Und versteh die Welt
Mit Hingabe und euphorischem Gesang
Bewegen wir uns am Rande des
Untergangs
Die Zeit liegt zwischen Augenblicken
Eine Ameise kann ganz schön zwicken
Der Kosmos ist winzig und riesig zugleich
Im Alltag findet sich das
Himmelreich

Klaus Wolfframm * 1954

Die Wahrheit wartet nicht in eurer
vorgestellten Welt
Die Wahrheit liegt in euch allen! Ihr seid
eure Welt
Von unten bis oben plus 3 Mächte
Unendlich schön, dürfte die Harmonie, Sie
brächte
Das Licht in aller Dreifaltigkeits- Nächte
Schafft man Es so schreit man Es so laut
und los
Wie der König vom Dach der Welt
Schaut man immer auf, unendlich leise und
doch so groß
Ein König macht sich auf, wie der König
weise, der die Frage stellt!

Doch zurück zum Ausgang der Frage und
Geschichte
Jedes Element schreit aus dir, mit voller
Energie
mit Körper, Geist und Seele richte
Einklang bringt Es wie eine Sie
Eine Melodie ohne Anfang und Ende
Zu hören durch alle Stände
Kein Beginn, kein Schluss zu denken
Ich meine Es ernst!
Nur noch Finales denken
Bringt im Leben den Ernst
Es wird auch an dich denken

Tim Wösten * 1985

Von der Deichkrone abwärts
schäle ich mich aus dem Wind.
Stapfe durch sattes Marschengras,
hinterlasse feuchten Atem
auf unbeweglichen Schafen.

Breche den Nebel durch meine Kontur
lehne die Ohren an das Tosen des Meeres.
Schmecke salzig die Gedanken der Ferne
und überhole den Schatten der Zeit.

Möwen schaukeln in luftiger Höhe
krächzen zuweilen ihr Gefieder grau.
Vom Haubarg herüber bellt
der Hofhund zur vollen Stunde.

Felder und Äcker halten ihre Böden fest
verwitterte Pfähle erlauben
den Blick in das Wohnzimmer der Kühe.
Frösche in den Gräben proben aufgeblasen
für das allabendliche Konzert im Schilf.

Weit ist die Ebene
schief wachsen die Bäume.

Raphael A. Woyna * 1956

Trauma

Spiegel-Kabinett
vollzieht den Traum
- Stimmen fluten meinen Geist
..Gegenwart..Vergangenheit..Zukunft
- Tod
prophezeien das Ende!
- das Ende ist in mir
- ich bin das Ende!
Spiegelleichen - drehen und winden sich

kann sie spüren;
streifen meinen Geist..mich selbst..meinen
Körper;
Halten mich fest- lassen mich los
- Falle- falle unaufhörlich,
holen mich zurück.
Mit ihnen windet sich mein Geist,
dreht sich unaufhörlich in mir selbst
-Schwindelgefühl-
will Stillstand nur Stillstand

Julika Wulf * 1985

Stimmen im Wald

Leicht schlängelt der Weg, begleitet von
einem Blätterdach,
zum hohen weiten Steg über den wilden
Bach.

An des Flusses Mauer lehnt eine junge
Frau,
die Augen voller Trauer. Leise senkt sich
der Tau.

Sie schaut in den tiefen Grund. Zu schwer
ist die Lebenslast.
Ihre Seele bedrückt, ist wund, Schmerz ein
ständiger Gast.

Da hört sie des Baches Stimmen. „Tu es
nicht mein schwaches Kind.
Warum willst du den Tod gewinnen,
fliehen vor dem kalten Lebenswind?

Stell dich Tartaros entgegen mit Kraft,
Zuversicht und Mut.
Nur das bringt Glück und Segen und tut
deiner wunden Seele gut.

Auch du hast eine Pflicht wie alle in der
Lebensmühle.
Erhelle deine dunkle Sicht, schau in die
tiefe Kühle."

Da, im dunklen Bachesgrund gewahrt sie
ein helles Licht,
bunte Farben tun ihr kund wie wunderbar
das Leben ist.

Und wieder flüstert eine Stimme: „Schau
auf des Waldes Grün,
nimm es auf in deine Sinne, und dein
Kummer wird verglühen."

Der Schleier vor ihren Augen fällt, die
Sorgen immer kleiner werden,
hier, jenseits von Hektik und Geld ist das
wahre Paradies auf Erden.

Weit offen ist sein großes Tor. Verdamme
alle unnützen Dinge,
und auch du hörst in deinem Ohr des
wundersamen Waldes Stimmen.

Wilhelm Wulf

Abendstimmung

Die Sonne fern am Horizont sich neigt,
ganz gemach, sie strahlet nur noch lau,
gar abenddammerlich sich alles zeigt,
selbst die Farben werden zwielichtgrau.

Der Gevatter Mond in seiner Blässe,
er leuchtet fahl, steht matt im Raum,
es setzt sich schwere kalte Nässe
auf Gräser, Büsche, Haus und Baum.

Menschen, Tiere, am Tag voll Leben,
kommen langsam stetig bald zur Ruh,
zufrieden,wissend mehr zu geben,
morgen dann die Augen fallen zu.

Sterne funkeln hoch am Himmelszelt,
greifbar nah,jedoch unendlich weit,
versunken nun die bunte helle Welt,
es säuselt die Nacht, Gespensterzeit.

Peter Wünsche * 1943

blutwinter

bizarre muster zerstechen die seele
schneekristalle
messerscharf

das letzte zucken der skelette
das rufen der ermordeten
blutleer

sie schreien ohne unterlass und
finden ihren weg
in mir

sie vergessen nicht
sie vergeben nicht
sie rechnen ab

mit meiner gleichgültigkeit

Ute Würflinger

Ausschuss

Bei Schuss denkt man zunächst an
Kanonen,
die ballern in kriegerischen Zonen.
Einschuss und Ausschuss ist dabei zu
unterscheiden,
besser ist's, beides zu vermeiden.

Doch Ausschuss kann sonst noch vieles
bedeuten
und hat nicht den besten Ruf bei den
Leuten!

Gemunkelt wird bei Sommer- und Winter-
Schlussverkauf,
der gewiefte Händler kauft Ausschuss-
Ware auf.
Wenn in Dateien und Karteien etwas
aussortiert,
wird das Überflüssige als Ausschuss
deklariert.

Auf Ausschuss könnten wir gern
verzichten...
Wir ja, doch die Regierung mitnichten!
Kaum fällt einmal eine Entscheidung
schwer,
muss dafür dringend ein Ausschuss her.
Der schießt dann aus und wuchert ins
Zeitlose,
und das Resultat geht meist in die Hose.
Ein außerparlamentarischer Ausschuss soll's
richten,
der aber kann auf Extra-Honorar nicht
verzichten.
Über die Höhe soll ein Ausschuss
entscheiden.
Der Steuerzahler muss alles erleiden!

Else Wussow * 1921

Der Wunsch

Ich wünschte dir Flügel aus Seide,
Nicht länger begehn den Asphalt,
Du flögest hoch über der Weide,
Der Straße, den Häusern, dem Wald.

Wo Kälte uns bindet an Kufen,
Wärst frei du der Lüfte Gesell,
Ein Schweres wär's gar dich zu rufen,
Dich höben die Flügel sehr schnell.

Kein Vogel könnt dich überbieten
An dem eines Flugs werten Schein,
Du bräuchtest kein Tragewerk mieten,
Das abfällt mitunter wie Stein.

Natürlich müßt ich dir vertrauen,
Nicht fortwärts dich fliegen zu sehn,
Solch Denken beschleicht mich mit
Grauen,
Ich würde in Sehnsucht vergehn.

Ich wünschte dir bei all den Dingen,
Die ich um dein Glück bestens weiß,

Wohl lieber ein Paar güldner Schwingen,
Das dich mir bewahrt sanft und leis.

Thomas Wüst * 1960

Das Grab

In meine Lungen
dringt der Geruch,
ich bin versunken
in der Erde,
doch zugleich throne ich über ihr
wie auch über einem Menschen.

Schwarz bin ich,
kalt, doch niemals leer,
undurchdringlich
beschütze ich, was mir anvertraut;
niemand kann mir nehmen,
was mir gegeben ward,
denn sehen kann man nur
eine leblose Hülle –
doch das Eigentliche,
die unerreichbare Seele,
bleibt für immer bei mir.

Denn was im Stein eingeschlossen,
das wird für immer bei mir weilen;
bei mir, nichts kann mir entkommen…
denn ich bin das Ziel aller Lebewesen.

Satsuki Yatoji * 1990

Am Himmel die Sonne hängt, eine Frau die mir ganz lieb ein Lächeln schenkt.
Ich träume vor mich hin, so verliebt wie ich bin.
Sie lächelt und spricht mich an, ein Zauber fängt zu wirken an.
So küsse ich sie auf ihre Lippen und fühle die Liebe in unseren Mitten.
In meinen Armen lieb und klar, so liegt sie da, schaut mich an so wunderbar.
Verliebt zu sein so schön mit ihr, doch wo geht sie hin, so bleib doch hier.
Abrupt und schnell wie vom Winde verweht, mein Traum zu Ende er geht.
Am Himmel die Sonne hängt, keine Frau die mir noch ein Lächeln schenkt.
Ich Träumer bin wieder allein, zerronnen der Traum, wie gemein.
Ich dreh mich um und will grad gehen, da sehe ich sie wieder vor mir stehen.
Die Zeit des Träumens ist nun vorbei, das Herz es pocht und bricht schier entzwei.
Liebevoll sie lächelt mich an, ihr leidenschaftlicher Blick fängt zu wirken an.
Zu flüchten wie sinnlos, die Liebe winkt, ich habe gefunden was sonst nur Träume sind.
Unsere Blicke treffen sich und machen uns klar, wir gehören zusammen, unsagbar.
Im Namen der Liebe zwei Menschen sich fanden,
verträumt und verliebt sie niemals mehr stranden.

Yhiluna * 1962

Heilige Mütter

Ach Brüder! Arme Brüder!
Lasst uns ausreißen!
Möge die Nacht unser Bett,
Der Sternenhimmel unsere warme Decke,
Die ferne Zukunft unsere Träume sein!
Sonst kommt so eine große Familie
Unter die Räder!

Ach Mütter, verantwortungslose Mütter!
Auf euren Schultern lastet
Die Schuld der dreizehn verwahrlosten Kinder!

Viele Jahre später…

Heilige Mütter sind schon tot!
Einige warten noch auf den Erlöser!

Die Götter schlafen noch!
Auch die Stadtväter!
Das älteste Kind ist jetzt Vater seiner
dreizehn Geschwister!
Zwei davon Säufer, eine Kiffer, drei
Sozialhilfeempfänger,
Der eine gelegentlich Verbrecher!
Vielleicht die Jüngste
Wird große Hoffnung der Politiker
Nämlich „Sozialversicherungsträger!"

Jasmin Yildiz

Baum Sein

Stehe alleine im Wind
möchte Baum sein
für eine Nacht
zeitlos unter den Sternen verharren

Stehe alleine im Wind
sein Ton mein Herz
findet mich überall
Beschwichtigt die Fragen, die an mir reißen
Streicht sanft, wo die Schmerzen sind
Kennt mich so genau
Uralter Freund

Stehe alleine im Wind
werde nicht fallen
Gehalten von Armen aus Luft
Geborgen im flüsternden Lachen

Lasse mich tragen vom Wind
für eine Nacht
Am Morgen tanzen bunte Blätter um mein
ewiges Sein
Um nichts beraubt ist noch so viel zu geben

Ynda * 1967

Tanz

Sieh, ein Körper erst nur steht
und alsdann er sich bewegt,

hat Musik er wahrgenommen
oder etwas selbst ersonnen,

plötzlich ist er nicht mehr Ding
sondern steht in Kampfes Ring,

und die Größe seiner Bühne
ist die Grenze die ihn füge,

wird unendliche Bewegungsvielfalt möglich
ist nur ein Tun zum Nächsten noch
erwöglich,

so könnt er dann zum Irrsinn gleiten
werden andere Kräfte ihn nicht leiten,

in anderer Tänze sich lösend und gebend
und die Harmonien der Musik in
Körpersprache hebend,

wird ein volles Tun erzeugt
das aus vielen Quellen säugt.

Sieh, dann steht er wieder still
je nachdem wie er es will.

Harald Zahn * 1961

Das Vertrauen

Das Vertrauen in meine Umgebung ist
warmherzig und mit meiner Güte.
Nie wird mein aufstreben müde.
Bei Tag und bei Nacht habe ich vertrauen,
Aus der Tiefe und in die Höhe zu bauen,
Alles von oben zu sehen,
freundlich auf und in alles zu schauen.
Als Mensch verzagt, der doch etwas wagt.
Meine Mitmenschen sprechen von sich,
ich höre es mit meinem ich.

Manchmal gibt es wenig Trost für meine
Mitmenschen.
Kann ich das denn, einen Trost spenden?
Meine Freude wird nie enden,
Bei der Vielfalt der Menschen.

Barbara Zaiser * 1946

Good bless america

Welterschütternd, weltbewegend,
Schreie, Blut und Hysterie,
in einer weit entfernten Gegend,
Mitleid zeigen, aber wie?

Bombenbauer, Völkerschlächter,
unverwundbar, Stars & Stripes,
selbsternannte Weltenwächter,
all the nation for oil and pipes.

All die Eltern, Freunde die dort brannten,
Bush Du lies Dein Bilderbuch,
all die Menschen die verzweifelt rannten,
Krieg ist Dein gewünschter Fluch.

Kampf dem Terror, Kampf der Welt,
Kränze am ground zero,
Tränen wenn die erste Bombe fällt,
ja Bush ist Euer hero.

Jihad hat längst begonnen,
Völker werden leiden,
die Zukunft blutig verronnen,
niemand wird's Euch neiden.

Good bless america -

Doris Zanotti * 1979

Unerfülltes Verlangen

Meine Gedanken - grobes Dickicht,
Für dich - ferne Abstraktionen,
Metaphern, Illusionen,
Unverständliche Diktion
Auf dem doch klaren Horizont.

Zwei gleiche Welten -
Du und ich,
Doch du verstehst mich nicht!

Emotionales Gleichgewicht verfehlt
Verständnislosigkeit gebärt
Gefühlsbetonter Ausdruckweise
Kommst du entgegen als Banause
Verloren bist in meiner Welt
Die ich dir liebend entgegenhalt
Einladend, erklärend, versuchend
Dich auf meine Wellenlänge zu rufen
Jedoch die Versuche
Schlagen fehl, ich fluche!
Warum? – weißt du nicht,
Denn du verstehst mich nicht!

Marta Anna Zawila * 1975

Sehnsucht

Hinter all dem Lärm des Lebens
Such ich dich mein Seelengrund
Du atmest mich
Ich atme dich

Tastend geh ich durch das Dunkel
Allein so meint ich
Doch geführt
Als ich den tiefsten Punkt berührt

Dich habe ich gesucht
Und mich gefunden
In dir
Uns

Andreas Zbinden * 1961

Winternacht

Du zauberhafte Winternacht,
erhaben schaut der Mond dir drein,
der Wald in stiller Winterpracht
fängt und birgt den blassen Schein.

Die ganze Stadt liegt schon im Traume,
an's Fenster aber klopft der Wind.
Doch am Kamin im warmen Raume
ein Jeder schon nach Ruhe sinnt.

Dran wärmt ein schlafend Kindlein sich,
ein guter Geist darüber wacht.
Es träumt an ferne Orte sich,
träumt von Magie und Zaubermacht.

Glocken läuten in der Ferne,
hallen durch die dunkle Nacht.
Wolken ziehn vor Mond und Sterne,
das Kind ist nicht mehr aufgewacht.

Maximilian Zech * 1988

Atmosphärisches

Blauer Himmel, grüne Ränge,
Blumen blühen gelb am Hang.
Laut hört man vom Fluss Gesänge,
Tönend wie ein grosser Dank
Für das herrliche Geschehen,
Das der Sommer uns bereitet.

Glücklich kann man das nur sehen.
Unser Herz wird hochgeleitet
In des Himmels hehre Höhen.
Das Gemüt wird aufbereitet,
Lobliedwege mitzugehen.

Herr des Himmels, Dir sei Ehre
Für die Glanzlichtatmosphäre!
Es ist schön, ein Mensch zu sein!
mir fällt nur noch „danke" ein.

Roland Zedler * 1931

zwei dosen gulaschsuppe
ein kilo äpfel
ein bund suppengrün
ich liebe dich
überfüllte straßenbahnen
regen, regen, regen
zerissene strümpfe
ich liebe dich
telefonklingeln
kopfschmerzen
dauerserien im fernsehen
ich liebe dich
und es regnet
sterne in meinem herz

Karin Zehetleitner * 1964

Wegkreuz

Die Spuren der Zeit
– unübersehbar.
Holz, grau von Alter.
Gezeichnet von Regen
und Wind.
Schützend, Wald und Flur.
Halt und Einkehr
– dem müden Wanderer.
Trost dem Einsamen,
der den Schritt verhält.
Augen, die zu ihm aufsehen,
– dem Gekreuzigten.
Lippen, die ein Gebet murmeln
– Hände, die sich falten.
Sich beugende Knie
– Herr, erbarme dich meiner.

Erika Zehrlaut-Lauf * 1940

Reisen

Allein reis' ich um die Welt,
muss sparsam sein mit meinem Geld.
Ging auf Kreuzfahrt nach England,
war in Frankreich, Irland, Schottland im
Land.
Das Reisen, es bildet, so heißt es doch,
man muss auch mal raus, aus seinem Loch!
Gelüfteter Geist denkt wieder klar,
lacht über andere und sich sogar.
Man wird flexibler und tolerant
Was gibt's doch für Typen in unserem
Land.

Der Arzt in uns selber, weiß was uns fehlt,
Lachen und Freude ist mehr wert als Geld.
Positiv denken, optimistisch sein,
so kommt's von ganz allein.
Gute Gedanken ziehen das Gute an,
so was treibt uns voran und hält auch an.
Doch eines weiß ich auch gewiss,
dass mein Herrgott mich nicht vergisst!
Hab das Gefühl, wo ich auch bin,
sein Schutz ist um mich gibt Halt und
Gewinn.

Helene Zeisberger

Streichquartett

Vier leere Stühle
Junge Leute – beflissen
Instrumente wie Schilde
vor sich hertragend

Herren in Schwarz
Die Lady rot
wie ein Fanal
„Hallo wir leben noch"

Der erste Akkord ein Tuch
sich über der Menge ausbreitend
Darunter Alleinsein
Das erste Thema ein Freund

Jetzt aber stürzt alles vorwärts
Ein wildes Reiterheer
Zäune fallen
Grenzen zerfließen

Stillstand
Angekommen im Hafen der Ruhe
Der Raum ausgelöscht
Die Zeit ein Nichts

Erika Zeiß

An eine Wolke

Ziehe weiter, dunkle Wolke,
über mir hoch aufgebaut.
Ziehe weiter, und es folge
dir mein Lied, ein weher Laut.

Alle meine stillen Träume
trage hin in fernes Land.
Kleide sie in hoher Räume
mild umhüllendes Gewand.

Laß der Sonne warmem Strahle
eine Bahn ins arme Herz,
daß er heile alle Male,
die geschlagen mir der Schmerz.

1945 Isjum

Armin Zeißler * 1922

Hollywoodstreifen

Ich wohne in der Milchstraße.
Tür an Tür mit Mary Poppins.
Um mich zu finden musst du
dem Seifenblasenkönig folgen.

David Zelfel * 1981

Für Samir und alle anderen irakischen Waisenkinder

Die Träume der Kinder,
zerstört durch Bomben.
Die Verzweiflung,
ernährt durch Elend.
Unendliche Wut,
durch den Verlust
der Eltern.
Das Ende der Unbeschwertheit.
Tränen.
Das Ende der Kindheit.

Jan Zenker * 1976

Die Amsel

Und der Kirschbaum blüht weiß,
wie die Schlehen am Zaun;
und um Häuschen weit leuchtend
Forthüyen gelb schaun.

Dort oben im hohen Baume
der Buchfink jubiliert,
ohne Ende immer wieder,
auch der Star nun probiert.

Selbst die Amsel, die schwarze
hüpft ganz nah zu mir heran,
holt die Krümchen, die ich werfe,
und die Katze wie ein Tiger springt auf
    und greift an.

Doch die Amsel singt weiter
ihr Liedchen am Zaun.
Sie ist viel zu klug und schnell,
einer Katze zu traun.

Herta Zetzsche * 1924

Beängstigende Liebe

Wenn ich dich sehe, zerreißt es mir schier
    mein Herz,
ich liebe dich, doch nichts kann dieses
    einzigartige Gefühl beschreiben
so gern würd' ich dir alles sagen,
könnt ich nur, doch ich kann nicht
warum bloß versagt meine Stimme,
keinen klaren Gedanken kann ich fassen
kein sinnvoller Satz verlässt meinen Mund
du bist Schuld, zu gern möchte ich dich als
    Schuldigen entlarven und gleichzeitig
    dein Verteidiger sein
ich möchte dich in den Abgrund stürzen,
    nur um dich retten zu können
Liebe und Angst prallen aufeinander, habe
    ich Angst dich zu verlieren,
wo ich dich noch nicht einmal gewonnen
    habe oder
Angst dich zu bekommen, um dich nicht
    verlieren zu können
ich weiß nicht
eine beängstigende Vorstellung

Amelie Zeuner

Loslassen

Ein weißer Falter
schwebt vorbei

Ein Blick zurück:
da war Jerusalem
mit seinen Mauern
aus denen Blumen wachsen
mit seinen Bergen
vor der Stadt;
da war das Wadi
mit dem klaren See

Blüten fielen
als wir das Brot aßen

Dann kam die Lüge.

Aber Jerusalem
Ist

Magali Zibaso

Ohne Titel

Gesungene Träume
in sanften Balladen.
Erdachte Welt
im Fernseher in mir.
Verloren die Zeit,
vergessen die Angst.
Durch den Schleier aus Tüll
die verschwommen irreal
erscheinende Realität.

Oh, bitte, zerreiß' den Schleier nicht,
lass' mich noch etwas weiterträumen.

Aber musst du mich doch wecken,
hebe ihn ganz sanft nur hoch,
denn ich weiß nicht,
ob der Schleier
nicht auch meine Seele ist.

Angela Zichner * 1968

Vier Jahreszeiten

Für Marion ein klein' Gedicht, wer's nicht versteht, der ist ein Wicht.

Die Hausfrau sonst ohne Allüren nie richtig öffnet Tor und Türen.

Ein Problem, das sind die Fenster, wahrscheinlich fürchtet sie Gespenster.

Doch Sauerstoff, er will herein, den Hausherrn plagt sonst große Pein.

Im Frühjahr gibt's in Hüll' und Fülle einen Odeur von frischer Gülle.

Im Sommer duftet frisches Gras, früher da war verboten das.

Im Herbst jedoch, Natur ist treu, die Luft erfüllt mit frischem Heu.

Nur im Winter rieselt Schnee, und wenn er fällt wie ist das scheee.

Weil die Natur es gut gemeint, die Fenster auf, die Sonne scheint !

Macht auf die Türen, Tore weit, wenn Petrus macht die Beine breit.

Für Land und Tiere schon ein Segen, wenn er dann fällt, ländlicher Regen.

Und die Moral von der Geschicht', die frische Luft schützt auch vor Gicht !

Tom Ziegler * 1958

An meine Mutter

Deine Liebe
Deine Nähe
Gibt mir Kraft
Sie hält mich warm

Und wenn immer
Ich Dich sehe
Bin ich reich
Bin ich nicht arm

Bin voll Liebe
Bin voll Freude
Bin ein Leben
Das Du schufst

Und wenn einst
Wir beid' uns trennen
Werd' ich kommen
Wenn Du rufst!

Viktor W. Ziegler * 1948

Wer Wind sät

Weit ist dein Weg über das Meer,
bringst uns den Fön, die Brise daher.
Streichelst den Menschen und die Natur,
bestäubst unser Pflanzen in Feld und Flur.

Kommst du aber einmal böse daher,
treibst Wolken und Wogen vor dir her,
dann droht uns ein Unheil, unbändige Kraft,
die alles vernichtet, was Menschen erschafft.
Du steigerst dich auf zum Sturm, zum Orkan,
wirst ein wilder Tornado oder böser Hurrikan.

Dein Zorn ist groß, der keine Grenzen hat,
rast über Wälder und Felder und durch die
Stadt.

Masten knicken, Dächer und Häuser
stürzen ein,
tosende Wassermassen strömen reißend
herein.
Bäume splittern, Autos stürzen, Schiffe in
Not,
machtlos wir Menschen, auch uns droht der
Tod.

Aber du Mensch hast den Wind so böse
gemacht,
hast die Natur brutal aus dem Gleichschritt
gebracht,
hast lange, viel zu lange immer wieder
Wind gesät,
die Ernte ist da – nun ist es zu spät.

Reinhold Ziemmeck

Manchmal

Manchmal ist das Ziel im Blick nur ein
düster Wesen,
und manchmal scheint die graue Zeit auch
keine Wunden zu genesen.

Manchmal sind es nur die Wolken, die
Gesichter haben,
und die Menschen haben ihre, in der Seele
tief vergraben.

Manchmal fehlt der Augenblick, der die
Antworten dir gibt,
und der Pfahl des Wegweisers, scheint
schon lange umgeknickt.

Manchmal braucht es eine Weile, bis die
Welt sich weiterdreht,
doch das Herz wird nicht vergessen, wer
noch gute Saaten sät.

Manchmal ist es nur ein Schritt, der den
nächsten dann bewirkt,
und es ist das Schicksal, welches dich des
Weges schließlich führt.

Christine Zienc * 1979

Der Tag und die Nacht

Dieser Tag mit seinen Lauten ist vorbei,

viele Autos, zu viel Krach, und der
Lärm!...

Aber jetzt durch die Nacht ist alles weg.

Die Nachtruhe ist endlich da!

Viele Schatten, viele Lichter alles glänzt!

Die Dunkelheit ist wunderschön,

fast so schön wie das blaue Firmament.

Diese Ruhe, diese Stille, nur die Laute

einer Grille sind zu hören und die leise

Melodie des Wasserfalls von nebenan.

Jenny Zierold

An die Nordsee

Ach, wie groß ist das Verlangen
Sich bei dir mal auszuruh'n.
Selbstvergessen Krebse fangen.
Einfach einmal nichts zu tun.

Am Strand zu sitzen und zu lauschen
Dem nie endenden Meeresrauschen.
In die Wellen werfen und zu fühlen
Wie sie tosend mich umspülen.

Barfuß gehen durch den Sand.
Burgen bauen am hellen Strand.
Den Blick gerichtet in die Ferne.
Abends nichts sehen, als nur Sterne.

Vergessen könnte ich bei dir unsere Zeit.
Die Jagd nach dem Geld und den ewigen Streit.
Die Illusion der Freiheit nimmt mich ein.
Ach, könnte es doch immer so sein.

Katharina Zilles * 1932

Hoffnung

Wo ist der Silberstreif, der einem zeigt
den ungewunden, graden Lauf
der klar, wie eisig frische Winterluft,
das Chaos, welches schwelt
in unsrem Kopf zu Hauff,
zu Ruhe führt und zur Raison es ruft?

Ein Labyrinth gilt es mit festem Schritt zu zwingen,
zu offenbaren seine große Einfachheit,
zu bändigen die Vollumfänglichkeit.
Da muss man ringen!
Begehbar wird es jetzt und langsam auch zur Herrlichkeit.

Es kommt für jeden einmal diese Stund zum Kampf,
es fordert jeden seinen Träger.
Der Silberstreif - ein jeder soll ihn haben, diesen Fund
mit allem was er braucht, der irdische Gedankenjäger.

Es kehrt der Friede ein,
Der zaubert Glück in das Gesicht.
Der Strudel der Gedanken fließt jetzt rein.
Behalt im Auge ihn, für immer
diesen Silberstreif in Sicht.

Bernd Zillich

Weihnacht

Eisige Nacht auf einsamen Wegen
Nebelschwaden - weiße Landschaft
und das Du steigt aus den Tiefen empor.
Aus Tiefen der Einsamkeit,
aus Tiefen des Glaubens.
Lichter flackern - Kerzendurft,
verlöschen und wieder entzünden,
Übergang vom Heute zum Morgen
zum wahren Du
und zum Glauben an die Menschheit,
zum Glauben an das Leben,
Bewußtsein an den Nächsten,
all das ist eine Nacht im Jahr, die Weihnacht.

Andreas Zimanzl-Ziska * 1960

Das Lachen

Es leuchtet, dein Auge, so helle.
Wie Lächelt, so hold der grosse Mond.
Als ob sich eines ganzen Lichtes Quelle.
Leuchtet über das ganze Erdenrund.
Welch ein glückliches Gesicht.
Umschimmert wie mit einem Zauberlicht.

Brigitte Zimmeck * 1963

Die Seele

Seele, was hast du zu träumen
in der Stille ganz für dich?
Gerne würde ich es wissen,
sag' s mir und ich träume mit.

Träumst du nur von schönen Stunden,
die wir hatten voller Glück?
Oder träumst du auch von Qualen?
Sag' s mir und ich träume mit.

Träumst du von der Vergangenheit?
Denkst du an vieles gern zurück?
Oder träumst du von der Zukunft?
Sag' s mir und ich träume mit.

Sag mir liebe Seele,
was dich bewegt und dich bedrückt.

Vielleicht kann ich dir helfen,
sag' s mir und ich träume mit.

Brigitte Zimmerlin * 1935

Mein Leben

Mein Leben ist schön.
Mein Leben ist vielseitig – das ganze Jahr.
Mein Leben ist lebhaft – jeden Tag.
Mein Leben ist ruhig – manchmal.
Mein Leben ist ernst – dann und wann.
Mein Leben ist heiter – immer wieder.
Mein Leben ist von Liebe umgeben – von
morgens bis abends.
Mein Leben besteht aus vielen Ritualen –
das tut gut.
Mein Leben ist eine Herausforderung –
häufig.
Was ist mein Leben?
Mein Leben ist schön.

Manuela Zips * 1972

Schönheit und Weisheit der Schöpfung

Göttlicher Allmacht entsprungen,
wunderbar ist sie gelungen,
unsere Mutter Natur!

Sei es im glitzernden Taue
oder im rauschenden Meere,
überall spiegelt sich hehre
Größe der Schöpfund darin.

Felder und Wälder, sie atmen
Lebenskraft aus in der Stille,
als wär's ein einziger Wille,
der ihren Rhythmus bestimmt.

Unter den goldenen Strahlen
Knospen und Blüten gewinnen,
aus ihrem zarten Beginnen,
mählich der Reife Gesicht.

Tiere und Menschen beleben
friedlich den blühenden Garten.
Wenn sie ihn schonungsvoll warten,
kann es noch lange so sein.

Stephanie Zobernig * 1917

Kinder und Tiere

Kinder und Tiere sind uns gegeben,
Geschenk des Himmels für unser Leben.
Kinder und Tiere – Sterne im Leben.
Arme Welt – würde sie es nicht geben.

Wie oft werden sie geschunden, gequält,
weil es den Menschen zu gut wieder geht.
Oft weggeworfen wie Ware, wie Müll;
sie klagen nicht an, sie dulden ganz still.

Die Welt wäre erfüllt von ihren Klagen
könnten sie reden und Nöte uns sagen.
Kinder und Tiere – Blumen und Blüten
sollten wir sie nicht mehr schützen,
behüten?

Uns geschenkt von einem liebenden Gott
kennen sie wie wir Schmerz, Hunger und
Not.
Ans Herz uns gelegt, in Obhut gegeben,
bereichern, verschönern sie unser Leben,

tragen durch die Leere einsamer Stunden,
heilen und helfen manches Leid gesunden.
Kinder – oft schutzlose Wesen und du –
Mitgeschöpf Tier – wie danken wir?

Elfriede Zohner

Pferde

Am Morgen stehen sie im Nebeldunst
von der noch tiefen Sonne sanft gestreift.

Behutsam nun beginnen sie zu weiden
und wandern in Gelassenheit
grad wie die frühen Stunden.
Sie zeigen stolz sich auf dem Kamm des
Hügels,
halb erdgeboren und halb Märchenwesen.

Ein Fohlen frohgemut auf hohen Beinen.
Welch Glück, an Mutters Seite
so dahinzugaloppieren!
Da fliegt der Schweif, ein froh
geschwenkter Wimpel,
der von der Unschuld reiner Lebensfreude
kündet.

Die Sonne wandert, sinkt.
In warmen Bronzefarben wie verzaubert
ruht die schöne Schar
und ihre Silhouette zaubert Träume
auf den abendlichen Himmel.

Margarethe Zoppi * 1937

Abendmahl

die Uhr schlägt zehn, ich sitze leise
allein in meinem Kämmerlein
im Kerzenschein, auf sachte Weise
seh' ich die Schatten um mich reih'n

ein Becher Wein ist mir geblieben
ein Stückchen Brot vom Abendtisch
Gesellschaft ist schon lang geschieden
ich nehm' mein Buch und denk'an Dich

und wie ich wandre durch die Seiten
versink' in fremden Welten, ach
vergeß' den Becher und die Zeiten
vergeß' auch Dich, so nach und nach

Klaudia Zotzmann * 1978

Für Ramona

Mein Vater ist tot.
Für immer hat er mich hier zurück
gelassen.
Die kalte Erde bedeckt, was mir so nah, so
vertraut
Und Heimat war.
Wir sind Atheisten, wir wissen, wir
glauben nicht!

Nie werden wir uns wiedersehen.
Hier hat alles ein Ende, was uns im
Leben verbunden hat.
Wir sind Atheisten, wir wissen, wir
glauben nicht!

Du glaubst, alle Toten sind bei Gott, sie
begleiten die
Lebenden und beschützen sie.
Wir sind Atheisten, wir wissen, wir
glauben nicht!

Ach könnt' ich doch wie du an ein
Wiedersehen
Glauben. Und das es ihm jetzt besser geht
als hier auf Erden.
Wir sind Atheisten, wir wissen, wir
glauben nicht!

Keiner hat mir je gesagt, wie schwer es
Sein wird zu wissen,
Wenn ich doch lieber glauben möchte!

Cordula Zschocke

ich wünsch dir alles gute

die vergangenheit begraben
der gegenwart trotzen
erwartungen zurücksetzen
und die hoffnung
an die zukunft
nicht sterben lassen

dass der winter von heute
den frühling von morgen
nicht überdauern kann
kein eis keine kette
ewig blüte und leben
gefangen hält

keine nacht
den tag überlebt
nur die dunkelheit stirbt
nicht das licht

Andreas Züll * 1984

Dure

(Nidwaldner Mundart)

Wort frend
Psuäch Tisch
glizrig Flechi
holzig schpiägled

offnig Weermi
zringetumme
Aige Blikh
wiäschd Gränze
ppreichd

z vill alti
triäbi Schpuire
chräsmid Schatte
Gschprääch
vertrieben
is verloore
ggangnig Dure

Rolf Zumbühl * 1933

der schmerzen abschied

im fenster der seelen
nichts, was fesselt, immerhin
der wonnen lange nicht mehr gesehen
wurden
wenn sinkende sonnen
glühen, ist es aus; aber
häufig kommt das herz voll
von rändern und blessuren
so richtig erst zur geltung
wenn es abend ist und wird.
wir hoffen, denken
nicht an rettung, an alles
am tisch sitzt er, den kopf in den händen,
sie
sitzt am tisch, ein bein unter dem anderen,
das brot
neben dem messer
der schmerzen abschied hat begonnen

Albert Zwahlen

Kriege – anderswo in der Welt

Es ist Gewalt und Krieg und Hass
Die Männerstiefel treten
Und Leiber schänden andre Leiber
Ein Wurm die Menschenwürde

Wir wissen
schauen zu
schaun weg
und ducken uns

Geht die Gewalt an uns vorbei

Ute Zydek

FRANKFURTER BIBLIOTHEK

Jahrbuch für das neue Gedicht

11. September

BRENTANO-GESELLSCHAFT
FRANKFURT/M. MBH

11. SEPTEMBER

BRENTANO-GESELLSCHAFT
FRANKFURT/M. MBH

FRANKFURTER BIBLIOTHEK

Gründungsherausgeberin Giordana Brentano

Erste Abteilung

Jahrbuch für das neue Gedicht

10.

11. September

Herausgegeben von

Klaus F. Schmidt-Mâcon†

und Julius Graf von Hirschsprung

Mit einem Vorwort von

Marion Capell

Bearbeitet von

Yvonne Pioch und Veronika Striegel

BRENTANO-GESELLSCHAFT FRANKFURT/M. MBH

2006

11. September

Jahrbuch für das neue Gedicht

Herausgegeben von

Klaus F. Schmidt-Mâcon†
und Julius Graf von Hirschsprung

Mit einem Vorwort von
Marion Capell

Bearbeitet von
Yvonne Pioch und Veronika Striegel

BRENTANO-GESELLSCHAFT FRANKFURT/M. MBH
2006

Die Deutsche Bibliothek – CIP-Einheitsaufnahme
Ein Titeldatensatz für diese Publikation
ist bei Der Deutschen Bibliothek erhältlich.

Hinweise zur alphabetischen Ordnung

*Die Gedichte sind nach Autorennamen geordnet.
Umlaute gelten dabei als nicht geschrieben.
Sie sind in der alphabetischen Folge
nicht berücksichtigt.*

*Wegen der strengen alphabetischen Abfolge der Gedichte
mußten Spalten und Seiten auch im Vers umbrochen werden.
Die Redaktion bittet um Verständnis.*

Empfehlung im Internet:
www.haus-der-literatur.de

Großer Hirschgraben 15, D-60311 Frankfurt a.M.
Tel. 069-13377-177, Fax 069-13377-175
ISBN 3-933800-19-6
ISSN 1613-8368

Vorwort

Dichtung als Möglichkeit

Gedichte wurden früher zur Leier vorgetragen. Mit ihnen wurden persönliche Erlebnisse in Reimen und Versen zum Besten gegeben. Alltägliches wurde lyrisch verpackt und musikalisch dargeboten. Die Welt, die die Menschen umgab, war noch überschaubar, begrenzt.

Heute, im Zeitalter des WorldWideWebs sind wir weltweit miteinander vernetzt und verbunden, überschreiten tagtäglich Grenzen, leben grenzenlos. Unser Alltag besteht aus Hektik, Streß und Lärm. Die „große" Welt hat durch die Medien und moderne Kommunikationsvielfalt Einzug in unsere kleine Welt genommen. Wir haben an allem, was auf der Welt geschieht, unmittelbar teil, sind „live dabei". Die globale Unruhe kehrt jeden Tag in unser Wohnzimmer ein, ob wir wollen oder nicht.

Wie werden wir damit fertig? Auch wenn jeder zweite Deutsche, wie eine Studie zum Welttag der Poesie in diesem Jahr ergab, nichts mit Lyrik am Hut hat, lesen scheinbar „unmodern" geworden ist, kann mit Gedichten heute wie damals alltägliches Erleben aufgezeigt und verarbeitet werden. Der Hast und Schnelllebigkeit unserer Zeit entsprechend liegt der Reiz bei der Wahl der Ausdrucksform Gedicht in seiner Kürze: minimaler Wortaufwand führt zu maximaler Aussagekraft. Immer häufiger haben moderne Gedichte Tagebuchcharakter, es geht um einen elementaren Erlebnisgehalt entweder des Autors selbst oder eines die Allgemeinheit betreffenden Ereignisses.

Eine Anthologie wie die vorliegende mit neuen Gedichten bekannter und noch unbekannter Autorinnen und Autoren dokumentiert die Bandbreite unterschiedlich empfundener poetischer Gefühle zu ein und demselben Geschehen, von traditionell bis experimentell. Menschen verbinden Schicksale, Gedichte verbinden Menschen – auf der ganzen Welt.

Marion Capell

Der 11. September

Klar ist der Himmel über New York
World Trade Center ragt ins unendliche
Blau
ein Symbol der Macht
gebaut für die Ewigkeit
Schaltzentrale für das Geld der Welt,
unantastbar wie der Turm von Babylon

Wie ein Donnerschlag
von dem Schwert des Bösen getroffen
geschmiedet aus dem Wahnsinn des
Terrors und Hass,
wankt das Symbol der Macht,
sinkt hin in Schutt und Asche

Der traumatisierte Blick des Unfassbaren
hindurchstarrend durch die Wolken des
Staubes,
nur Tod und Verwüstung.

World Trade Center ist nicht mehr.

Reinhold Abramzik * 1947

11.09.

Zeitbild: Seit dem September 2001 geht es
grundlegend ums Überleben,
denn der vergangene Schatten reicht weit
in die nächste Zukunft.

11.09.2001 – soeben habe ich diesen Tag
überstanden,
jedoch muss ich hilflos ansehen, wie
Flugzeuge mit zerstörerischer Gewalt
Menschenhäuser durchbohren und
hasserfüllt Unschuldige bekriegen,
Menschen an Körper und Seele verwundet
und ganze Familien verletzt ...
weiter hinfort zerstört der Mensch sich
selbst.
„Der 11. September" heute: weitere Jahre
danach – noch immer schmerzt mich
...
Sinnbild erinnernd schaue ich hin und
erblicke, die Geschichte wiederholt
sich,
der Mensch ist nicht klüger – missachtet
weiter den Menschen.

11.09. = ein Datum = soll ein Denkbild
sein, da wo Menschenhass
überschattet.
Bild der Gewalten flimmert immer
wiederkehrend vor aller Welt Augen,
Tod und Trauer – Menschendasein verliert
Werte – unendlich ...
unaufhaltsam verdunkeln vorübergehende
Schatten das kommende Lebensbild.

morgen = am 11.09. XXXX: jetzt endlich
– der letzte Mensch ist tot!

Verbleibt ein einziges Lichtbild? Der
Mensch hat ja doch noch eine Chance!

Mit mir selbst fange ich an – glaube weiter,
Gutes im Menschen zu finden,
kraft beherzten Mutes schaffe ich daran,
dem Inbild voller Liebe, und
halte Respekt vor dem Leben, um samt
anhaltender Hoffnung zuletzt
als Mensch in einer menschlichen Zukunft
in Würde weiterzubestehen.

Ingrid Alt

unsere welt ...

dreh dich weit in deinem lichte
fürchte nicht den augenblick
dass finstere und böse mächte
verdunkeln wollen dein gesicht

gebe licht und schatten weiter
lass uns leben wie bisher
möchten sein stets dein begleiter
auf dieser welt ziehn wir umher

lass am himmel hoch die wolken wandern
den wind auf allen meeren wehn

die sonne uns am tag erwärmen
den mond bei nacht am himmel stehn

lass blumen wachsen und erblühn
die uns erfreun auf wald und flur
die tage wie im traum uns fliehn
sag ... wer gibt uns diese welt so wieder ...

Ina Alter * 1942

Der 11. September

Was reimt sich wohl auf diesen Tag,
den ich gereimt beschreiben mag?

Viel Ungereimtes sahen wir,
wo jed' Verständnis fehlt dafür,
dass Menschen die sich selbst verwerfen,
noch Tausende ziehn ins Verderben,
die böse Saat von blindem Hass,
macht offen der Pandora Fass.
Es ist der Weg zum Welten-Henker,
der ausgelöste elft' September.

Doch gleicher Tag und gleiche Zeit,
ist mir persönlich Grund zur Freud,
denn grad in jener bösen Stund,
liegt für mich doch ein glücklich Grund.
Ein Enkelsohn trat in die Welt,
mit ihm sich unser Blick erhellt.
Der elft' September Zweitausendeins,
ein Datum wie sonst selten eins.

Erich Ambiel

11. September

Das Datum der Dunkelsnacht

Täter – Opfer
Der Hass konnte – die Liebe nicht
ertragen.
Das Dunkel – das Licht der Liebe nicht
akzeptieren.
Der Neid – den Stolz nicht besiegen.
Das Schwere – die Leichtigkeit der
Unschuld nichts anhaben.

So ...

Sie sind, die Unschuldigen, im „ewigen
Licht" auch, wenn es der Schwere, der
Täter, Tränen ins Gesicht,
Verbleibender hinterließ.

Helle Sterne in der Dunkelnacht, wir
denken an euch!

Alles Liebe und grub auf ihren aller
Wegen.
So möge es in Gottes Hand liegen, ob es
richtig
Verstanden wird! (Im Geiste gehen, die
verstehen.)

Patricia Anne Ameta

11.09.01

Der Millionenbazar hat sich Häuser gebaut
zwei goldene Dome zum Himmel hinauf
Goliath in goldenen Stiefeln
hält Netze gespannt
weltumspannt
zum reichen Fang für reichere Dome

Keiner hat die Trommeln gehört
keiner die Schritte nach tödlicher Order
Unter tarnenden Kappen sind sie
gekommen
Atavistisch haben sie Messer
an unschuldige Kehlen gelegt
mit Geschossen aus Leibern und Stahl
die goldenen Dome zu Staub gestürzt
die Bewohner verbrannt und begraben

Goliath verstummte
Goliath schreit

Wen wird zermalmen
sein rauchschwarzer Stiefel?
Wen wird fangen
sein tödliches Netz?

Sigrid R. Ammer

Schattenhände

Sie greifen nach dir
lassen den Atem stillstehen
belagern das Herz
Der Schmerz wohnt in jeder Etage

Schatten lauern jetzt überall
nachts klettern sie Fassaden empor
tagsüber schlummern sie im kleinsten
Atom
Wer die Augen nicht öffnet, erblindet
zuvor

Am Himmel ein Flugzeug
In den Körper gesunkene Bilder erwachen
blitzschnell
Gefühle kleben hartnäckig und zäh im
Kellergewölbe
Die Angst vor dem Unbegreiflichen erstarrt

Die Vorstellungskraft unter Quarantäne
Panikattacken besetzen Herz und Verstand
Die Zeit reist in paranoiden Schüben
Ein vernichtendes Protokoll zeichnet jene
Schattenhand.

Lea Andersson * 1961

elfterseptember

da ist nichts weiter

es ist nur der wind
der in den blättern der espe spielt
um gemeinsam ihr ureigenstes lied zu
singen

da ist nichts
da ist nur das lied
die blätter
der wind

und der schatten einer einzigen wolke
über dem schatten der fichte

da ist nur der schatten
und der vogel der durch den schatten zieht

da ist nichts weiter

die hütte steht
wo sie schon immer stand
die blumen blühn
wie sie es im sommer immer tun

um licht zu trinken
aus dem gefäß der stille

die stille am morgen:
der mann vor der hütte

der seine tasse hebt

Knut Andresen * 1938

11. September (New York 2001)

Eine Zahl, ein Wort – ein Datum ...
brandneu im Geschichtsbuch ... Datum
unter Daten ... unübersehbar ...
ohn' Verfalldatum ... berührbar;

Datum – vollgesaugt mit Grauen ...
offenbart die Tat zum Glauben ..,
der beschwört zu Ehren Gottes,
Auftragsmord im Namen Gottes:

Unheilvoll zwei Todesgleiter
ziehn als apokalyptischer Reiter
durch die Wall Street in Manhattan ...
Hassbrand spottet freiem Lächeln;

Aus dem Schutt hallt Grabgesang
um den Erdkreis ... als Choral

leidbeschwerter Menschenreste,
Heldenasche, Wehren-Helme;

Datum – nährt sich an der Summe
unzählbar geschlag'ner Wunden ...
am „Warum" mit Blut und Seele
sinnlos gegen Blut und Seele!?

Helga Antrag * 1940

Und plötzlich…

Plötzlich scheint alles anders,
es liegt in Trümmern, das große Reich,
einst so unbesiegbar, nun so voller Angst,
besessen von dem Wunsch, das alles ungeschehen zu machen.

Und plötzlich dieses Gefühl der Unsicherheit und immer wieder die gleiche Frage:
Wie wird es weitergehen? Nie wieder sicher, egal wo, egal wann, nie wieder sicher.

Und plötzlich verloren,
die Menschen, die man liebte,
die gar nichts dafür konnten.
Für immer verloren seinen Glauben an die Welt, für immer verloren.

Und plötzlich wieder die Frage:
Wie wird es weitergehen?
Werden wir an uns selbst scheitern?

Und plötzlich all diese Fragen...

Anna Anzengruber * 1991

Der elfte September

Tief unten die Erde im herrlichen Morgen,
doch jubelnde, dankbare Wonne ist Trug,
das Unglück steigt heimlich und tückisch verborgen
aus finsterem Orkus, zu lenken den Flug.

Ich bebe in Schrecken, in Panik die Leute,
uns nähert sich grausam die tödliche Wand,
sie nahte sich gestern und naht sich auch heute,
und furchtbare Irrung liegt über dem Land.

Geopferte Massen und Not ohne Wende,
vergebens mein Rufen aus wirbelnder Nacht,
es scheint, dieser Irrflug nimmt niemals ein Ende,
entschlafen der Glaube, ein Golem nur wacht.

Im Tode erfahre ich höheres Wesen,
des Weisheit kein Mensch zu ergründen vermag,
wie krank uns're Erde, einst wird sie genesen:

Je schwärzer die Nacht, desto heller der Tag!

Henning Arends * 1929

Der 11. September

Ich habe Angst
vor der Lücke,
in der jetzt der Himmel steht.
Es ist ALLES möglich.

Plötzlich eine Klammer ums Herz.
Dritte-Weltkriegsangst.
Tränen, die nicht weiterhelfen.
Oder doch?

Nachts lieg ich wach.
Die Sicherheit fehlt.
Die Türme fehlen.
Und die Menschen in der Lücke.

11. September.
Bedeutung wird klar.
17. Juni, der 9. November –
Hiroschima.

Ute Arjasbi * 1945

Terrorwahn –

gewidmet den Opfern des Terroranschlags auf New York

Sprachlos ist die Menschheit heut –
Der TERROR triumphiert:
Es brechen Türme, sterben Leut',
Ins Chaos ward die Stadt geführt.

Feuerstürme, Rauch und Trümmer –
Der SATAN triumphiert:
Die Todesschreie enden nimmer,
Als das Inferno er gebiert.

Stunden später schweigt die Stadt –
Der TOD jetzt triumphiert:
Im Staub nur blinken Lichter matt,
Von Trauer ist die Stadt berührt.

Appell:
Sorgt, ihr Völker dieser Welt,
Dass solcher Terrorwahn zerschellt!
Nicht ist mehr, wie's früher war,
Weil tausendfach er Mord gebar!

Dietrich Arndt * 1935

Überleben – ohne Leben!

Klagelied wieder erklungen
Schluchzender Atem in Not
Heißer Rauch in den Lungen
Der Alptraum will den Tod

Flugzeuge als Terrorwaffen
Unfaßbarkeit wird wahr
Schrecken, Ohnmacht, verblüfftes Gaffen
Fanatisches, nie Ausgesprochenes geschah

Druckwalzen rasen durch Straßen
Menschen verglühen und verschwinden
Inferno – Entsetzen ohne Maßen
Rauch, Staub und Feuer sich finden

Geistesgegenwärtigkeit lost Überlebende
aus
Manch Körper kommt mit dem Leben
davon
Und schreit die Todesangst heraus
Entkommen – aus Stahlklumpen und
Beton

Aufgerissene Augen verbannen den Traum
Die wache Furcht ist bar jeder Scheu
Das Nichtvergessen erfüllt den Raum
Die Seele stirbt bei jedem Aufwachen neu

Gabriele Arnicke * 1959

Die Angst des großen Bruders

Seit seinem Fall im September
lebt der große Bruder
hinter den Wassern der Angst.
Sicherheiten stapelt er
gegen den Himmel
und grausige Masken
schnitzt er in die Palisaden.
Er legt sein Ohr auf alle Schienen
der Welt.
Jede Vibration erschreckt ihn
und jedes Raunen lässt ihn aufhorchen.
Seine Späher durchdringen
die Dschungel
und seine Wächter rufen die Freiheit aus
mit krächzenden Stimmen
in die Wüste der Dickfleischigen hinein.
Spräche er doch ein Gebet
mit den Armen,
sänge er doch ein Lied
mit den Leidenden,
tanzte er doch mit den Fliehenden;
er könnte gerettet werden.

Otto K.-H. Aurin

Amerika

Wir haben Angst, sind starr vor Entsetzen,
nicht entfernt, nein tief in uns drin ist das
Grauen,
auch wenn wir die schrecklich
erschütternden Bilder,
gesendet von Satelliten nur schauen.

Wer verachtet derart die Menschen, wer ist
so voller Hass,
wer trägt diesen alles vernichtenden Zorn?
Wer braucht diese Tragödie, wer zerstört
so brutal,
wer ist nur zu solchen Taten gebor'n.

Unfassbar für Menschen, die das Leben
lieben,
die Frieden brauchen wie das tägliche Brot,
die die Opfer betrauern und von Herzen
verabscheu'n,
den mit Terror erzeugten gewaltsamen
Tod.

Wir senken im stillen Gedanken die
Häupter,
sind entsetzt und wissen, das darf nie mehr
gescheh'n.
Die Menschen müssen gegen diese Gewalt,
gegen diese Verachtung zusammensteh'n.

Margitta Ay * 1950

Elfter September zweitausendeins

Die Welt weint
Und die Totenklage
Dringt über den Ozean
Bis an unsere Haustür
Kains Blutspur
Ist lang
Nun erreicht sie
Das World Trade Center
Selig sind die Friedfertigen
Dieses Wort
Gesprochen von dem
Der selber
Das Wort ist
Und das Licht
Und das Brot
Und der Weg
Die Wahrheit
Und das Leben
Es möge Eingang finden
In unsere Herzen und Hirne

Michael Baade

Der 11. September

Ein einziger Tag nur
und diese Welt
ist nicht mehr dieselbe, die sie vorher war

Ein einziger Tag nur
doch tausende Menschen
stehen ganz plötzlich alleine da

Ein einziger Tag nur
an dem das Grauen
Gestalt annimmt für lange Zeit

Ein einziger Tag nur
Der Friede auf Erden
scheint entfernt so furchtbar weit

Ein einziger Tag nur
doch dieser ließ
die gesamte Menschheit dasselbe spüren

Ein einziger Tag nur
an dem wir erfahren
wir brauchen keine Bomben um Krieg zu
führen

Claudia Bachmann * 1968

Der 11. September

Wort für Wort,
Immerfort
Spitze sich im Nu
Die Debatte zu

Keinerlei Fehler blieb versteckt
Makel für Makel wurden aufgedeckt

Stetig die Dramatik stieg,
Wuchs gar heran zum Eklat.
Ob dies nun leider doch ein Sieg
Für jene Radikalen war?

Resigniert schaute der Minister drein;
Sein Rücktritt schien schon angesagt.
Doch plötzlich blendete Phönix ein,
Wie ein Jumbo ins World-Trade-Center
jagt.

Vor Schreck und Grauen erstarrt,
Hatte ich davor gesessen
Und all Jenes, das bis dato ward,
Wie kleinste Banalitäten vergessen.

Thomas Backes * 1961

Der 11. September

Soll Er der Gott der Liebe sein,
der Menschen irreleitet
und deren Herzen aus Stein
Hass und Feuer ausgebreitet?

Fünfmal am Tag war es geplant,
Tag und Nacht dafür gebraucht,
Um Schmerz und Leid ohne Verstand,
Nicht Gott, vom Teufel angehaucht!

Es hängt doch am falschen Faden,
selbst und Mord in dessen Namen?
Die Hölle und für Bin Laden
Ständ'ger Grund für solchen Qualen.

Waren Christen, Jud' und Heiden,
begraben unter Feuer-Ruß,
weil sie nicht aus ihren Reihen,
dies war der erste Judaskuss.

Jorge Eduardo Ballesteros

Am 11. September

geht heiß der Sommer zu Ende,
Hab geschafft, was ich wollte, mehr als ich
sollte,
Ein guter Tag, war das ...
Die Nachricht reißt den Fuß vom Gas –
WAS!!!
Meine Hände krallen ins Steuer
fassen nach dem Knall ...
Feuer stößt den Turm ins Grab der
hilflosen Macht.
Zu spät. ... hab nichts gehört, was die Ruhe
stört.
Grad hab ich gedacht: Mach Pause jetzt.
Da zerfetzt der zweite Turm ...
Der Sender brüllt: „Halt an! Tu WAS!??
Der gelbe Weizen grient mich an,
sagt, dass ich nichts machen kann
Das Flugzeug segelt still,
unter seinem Gebrüll, glotzt friedlich der
Mohn.
Der Tag tut schon, was er immer tut.
Meine Wut versteht er nicht ...
Wenn die Erde bricht, sind Menschen
schuld.
Ein Mensch bin ich ...

Ute Ballwanz

Der 11. September

Eine Wolke aus schwarzem Dunst
über dem Gebäude, über der Stadt
über den Herzen der Menschen

Das Geschrei der Menschen
fast so laut, wie der Knall, fast so laut, wie
Sirenen
fast so laut, wie die Angst

Das Bild der Zerstörung
in den Trümmern, in den Straßen
in den Gesichtern der Angehörigen

Eine verzweifelte Suche
nach den Schuldigen, nach einer Antwort
nach Hoffnung.

A. Barbina

11. September 2001

Über die Wurzel ans Licht
strömt ein Wesen in das
unbekannte Randverstehen:
Denken, um zu sehen!
Tag des Terrors, Abend
der Menschlichkeit.
Ich gehe in das Nichts

das an jenem Tage
die Därme verwünschte
immer noch ein Mensch zu sein ...
Osterblumen schenkte ich
meiner Mutter. Anemonen.
Wenn Töne, abgegeben, nicht
mehr zu hören sind, dann

muss man sehen lernen:
über die Wurzel an das Licht.

Marcus Barrell

11. September

Ich lebe
und weiß
dass andere nicht mehr leben
und also tot sind
unwiderruflich tot sind
und also gestorben
eines unnatürlichen Todes

oder ist er doch natürlich
entspricht der Natur
entspringt der Natur
die da großzügigerweise
das aufrechtgehende Tier
mit dem Denken ausstattete
Aus-Denken, Über-Denken, Bis-Ins-
Letzte-Detail-Denken

Das ist die Frage
die ich mir stelle
nicht nur zum elften September.

Christiane De Bash * 1969

Der 11. September

Eindrucksvoll gespenstisch zeichnet
das einstürzende Twin-Tower-Flugzeug-
Szenarium
schreckensweit wellende Angstdimensionen
auf.

Realität inszeniert Gänsehaut erzeugende
visionäre
Actionfilmpassagen in unser
Menschenleben.

Grauenhafte Bilder des Geschehens
offenbaren
hilflose Sprachlosigkeit. Dauerhafte Mieter
unserer Gedächtniszellen.
„Unterlegt" mit der abwechslungsreichen
Fahrt
der Gefühlsweltachterbahn.
Viele intelligent-weise Gedanken verbinden
weltweit den Weg des spürbar-langsamen
Erkennens.

Heilung wünsche ich für die überlebenden
Opfer,
traumatisierten zurückgebliebenen
Familienangehörigen

und unermüdlich rettenden Helfern vor
Ort!
Lebendigen Hände reichenden Frieden,
der all das Trennende mit
zwischenmenschlichen Brücken
von Liebe grenzenlos vereinigt.

Beate Loraine Bauer

S(ch)ein allein

Geld regiert die Welt.
Was hat das mit dem 11. September zu
tun?
Ich sag' es Ihnen nun:
Immer, wenn eine Bombe fällt,

Ist's ein paar Wenigen willkommen;
machtgeile Berechnung
hat noch mehr Geld an sich genommen.
welches die Angst
in der Hoffnung auf Schutz
bereitwillig gibt

Ein hinterhältig geschundener Bär,
getrieben in dem Schmutz –
Wer irre handelt, ist verzweifelt,
wird verteufelt.
Keiner fragt, wer den Explosionen Stoff
zuschiebt!

Die nächste Bombe geht entzwei,
vielleicht ein Hilfeschrei?
Doch hören ihn nicht die Lenker,
arme Schweine geh'n zum Henker!
Die „Unbesiegbaren" wurden geschwächt
am Falschen wird sich fleißig gerächt.
Was das nicht ist, das wissen wir, echt!

Doch nicht Recht, sondern Geld
regiert diese Welt.

Carina Bauer

Hautnah

Er wartet nicht
auf das Ende des Telefonats
bis der Brief fertig geschrieben ist,
die Kollegen sich verabschiedet haben

Er beendet
den Traum vom Urlaub
die Sonnenstrahlen am Fenster
das Pulsieren des Herzens

Er duldet kein Adieu für die Liebsten
Er nimmt sie nicht in den Arm
Er tröstet die weinenden Kinder nicht

Trotzdem
gibt es ohne ihn kein Leben
sind seine Schatten überall
ist er in uns

Georg Baum * 1952

Als ich am Nachmittag des elften
September mein Büro abschloß,
da dachte ich,
alles sei noch so,
wie es am Morgen war.

Als ich am Abend meinen Fernseher
einschaltete,
wußte ich,
daß diese Welt nie wieder so sein würde,
wie sie einmal war.

Als ich mich dem Schweigemarsch
anschloß,
war ich nur eine von vielen.

Als sich der Marsch über die
Hohenzollernbrücke und die Deutzer
Brücke gleichzeitig zog,
war ich der Teil eines großen Ganzen.

Vielleicht ist es naiv zu glauben,
daß viele Menschen schweigend mehr
erreichen können als eine bewaffnete
Armee,
aber heute bin ich kurz davor,
daran zu glauben.

Swantje Baumgart * 1968

Der 11. September

Ein Donnern ein Krachen
ein Blitz erhellt den Raum, Tränen
alles erlischt ...
wie ein Blatt im Wind
so fühle ich mich
vom Licht getragen
in weiter Ferne und doch so nah
bin mit Tautropfen bespickt
bis ein neues Menschenkind mich pflückt
kann das Glück noch erahnen was mir
widerfahren
in der Geborgenheit des Lichtes,
in der Stille des Nichts
zwischen Sein und Neubeginn
Ein Tag erwacht aus der Dunkelheit der
Nacht
Anfang und Ende, ist es Eines?
Neues Leben?
Ja! es ist meines - es ist meines!

Romaine Isabelle Bayerl * 1962

Fundamentalismus

Ausgeliefert den Gläubigen der wahren
Lehre
und den Befreiern der Welt vom Bösen.
Gewalt, beantwortet mit Gewalt.
Sie sind der Überzeugung,
sie hätten nichts gemeinsam
und doch –
das Absolute eint sie.

Annegret Behncke-Flegler * 1953

Hass, wohin führst Du?

Hass, wohin führst Du?
Er wird missbraucht als Befehlshaberstab.
Er wird benutzt um zu blenden, zu lenken,
ohne dass sie denken.
Doch einer sieht es!
Der Befehl wird ausgeführt,
mit Hass im Kopf, mit Hass im Herzen,
blind, ohne zu denken.
Das Ziel, unschuldige Menschen soll es
treffen, viel Blut und Entsetzen,
Geschrei, Trauer und Angst.
Doch einer sieht es!
Dann, zu seiner Zeit, wird er lenken mit
Liebe und die Menschen werden
erkennen,
Hass hat ein Ende.
Freudentränen und endlich Frieden.
Hass hat ein Ende.

Gabriele Behrens

Indian Summer steht vor der Tür
Nebel steigt auf
Weißer Rauch vermischt sich mit Blut
Schwarz wird dominant

Die Unvollkommenheit des Menschen ist
sichtbar
Der Natur ist das Chaos vertraut
Ordnung wird zu Lasten von Freiheit
erkauft
Der Staat als naturgemäßes Gebilde, ein
Fehler?!

Dagmar Bennewitz * 1970

2001-2003

Frieden ist gegangen
seit Terror angefangen
Weisheit ist zerronnen
seit Manöver begonnen
Hoffnung ist verschwunden
seit Soldaten erkunden

Welt ist gespalten,
durch Krieg und Gewalten.
Gewissen lebt besser,
– in Europa, dem „alten“!

Andreas Berg * 1964

Trauer um dich

Ein langes Stück am Lebensweg
gemeinsam wir geschritten
und alle Freuden, alle Klagen
gemeinsam wurden sie getragen
mit Dank und auch mit Bitten

Vorherbestimmt ist Raum und Maß
es läuft die Zeit im Stundenglas
und rundet sich zu Jahren
Ist auch der Jugend Glanz dahin
die Liebe als Begleiterin
wird Harmonie bewahren

Doch was der Mensch auch plant und
denkt
das Schicksal unerbittlich lenkt
den Weg durch dunkle Straßen
Ich bin allein. Dein Platz ist leer.
das Glück kennt keine Wiederkehr
hat es dich erst verlassen

Das harte Los der Einsamkeit
ist nun Begleiter meiner Zeit
wird nimmermehr sich wenden

Könnt ich noch einmal bei dir sein
nur einmal noch behütet sein
von deinen warmen Händen

Franziska Berger

Herr,
wo bist Du?

Sie haben
Gott umgebracht,
in Golgatha und Auschwitz,
in Lidice, Dresden und Nagasaki,
in New York in den Türmen,
an Tausend Stätten,
zu tausend Zeiten.

Sie haben
Gott umgebracht,
in Kalkutta und Brooklyn,
im Märkischen Viertel, der Villa im Park,
in deinem Haus und zwei Straßen weiter,
bei Tag und bei Nacht.

Sie haben
Gott umgebracht,
im Ich und im Du,
mit Lüge und Gier und Hinterlist,
im Schrei der Kinder, den du nicht hörst,
tagaus und tagein.

Georg Berger

11. September

Datum
ohne Jahreszahl
Terror
ohne Gesicht
Opfer
ohne Sinn
Präsident
ohne Verstand
Krieg
ohne Wahrheit
Irak
ohne Frieden
Menschen
ohne Hoffnung
Soldaten
ohne Skrupel
Macht
ohne Menschlichkeit
Öl
um jeden Preis

Petra Bernhard * 1962

Ein schwarzer Septembertag

Hier ist keine Theateraufführung
keine Filmszene über Terror
zur Unter-haltung

An diesem 11. Septembertag
ist die Kulisse echt:
Die Rauchfratzen die Flammenzungen
Die Zerstörung der Tod
New York ist in ihrem Herzen getroffen
Wie zwei papierene Riesen
stürzen die Doppeltürme des World Trade
Center
in sich zusammen
Fassungslose Wut und Trauer
Es quälen unbeantwortete Fragen

Friedfertigkeit bleibt ein unbekanntes
Wort
Es brennt der Gedanke an Rache:
Auge um Auge Zahn um Zahn

Und es dreht sich wie ein unheimlicher nie
endender Bolero
die Vergeltung
das Morden das Grauen
weiter und weiter

Liliana Berov

gewaltige veränderung

sogar garantiemacht
globaler ordnung kämpft
garantiert gewaltfrei.
beschlüsse oder nicht-beschlüsse
des mächtigen weltorgans
rechtfertigen keinerlei
verheerung ganzer Völker.
willkür nie mehr
einer handvoll
regenten überlassen.
risikovorsorgung
mit kriegerischen mitteln
liegt außerhalb
rechtlicher reichweite.
kein rechtsbewusstsein
wird mit gewalt erzwungen
um nicht ausgelöscht zu werden.
geburt und quelle
allen rechts:
gewaltverbot

Beate Bezler * 1951

nach dem anschlag

w ütende hilflosigkeit
o hnmächtige angst
r atloses entsetzen
l assen in
d en

t rauernden
r achegefühle
a usbrechen.

d er fanatismus
e inzelner, die von religiösen

c himären verwirrt
e iskalt morden und freiheit
n iederbrennen wollen, darf nicht
t riumphieren, in dem
e ntsprechende gewalt zum
r echt erhoben wird.

Christine Bienert

Blick auf Manhattan

Gedanken zum 11. September

Zwei Birken auf meiner Terrasse mit Blick
auf Manhattan
wie in jenem September noch grün belaubt,
doch ihrer grandiosen Kulisse beraubt.
Zwei Türme haben sie flankiert,
träumend war mein Blick oft auf sie
fokussiert.

Dunstgraue Skyline, nun wie beschnitten,
Symbiose zerstört, ein Nichts in der Mitten.

Gedanken an Momente voll dunkler
Magie,
hier führte der Hass vernichtend Regie.
Die Welt schaute zu wie paralysiert,
Symbole der Macht waren ausradiert.

Bizarre Trümmer ragten gespenstisch
empor,
wie aus Trauerschleiern tauchte Ground
Zero hervor.

Ich träume nicht mehr, schaue täglich noch
hin,
und suche wie andere nach Wahrheit und
Sinn.
Gefühle verblassen von Jahr zu Jahr,
was auch immer damals wirklich geschah,
die Welt ist verändert,
denn nichts ist mehr so wie es mal war.

Nur meine zwei Birken stehen immer noch
da.

Gisela Bierbach-Enderle

11. September

Ein Tag geht vorüber,
wird ändern die Welt

Wir sind heute klüger,
was nützt uns das Geld

Wahnsinn und Trauer,
sie kamen Hand in Hand

Es gab keine Mauer,
die beide verbannt

Die Menschen, die Sorgen,
der Kummer, ein Morgen?

Wir sind vollen Mutes,
es gibt auch viel Gutes

Drum lasst uns jetzt schaun,
worauf können wir baun?

Ich will es euch sagen,
ihr dürft nicht verzagen

Der Tag ist vorüber,
schaut raus in die Welt

Klaus Bierschenk * 1965

11. September

Ich kann's nicht fassen
dass sich die Menschen so hassen

sich ausradieren
ihre Gefühle reduzieren

über Leichen geh'n
den andern nicht versteh'n

alles was übrig bleibt:
dass der Haß sie treibt

Ground Zero
spricht der amerikanische Hero

im Kampf sollt ihr's spür'n
so laß ma uns nicht vorführ'n

uns zu verletzen!
Hunde werden wir auf euch hetzen!

zu guter letzt
ham's die Messer g'wetzt

doch Krieg mit Krieg zu vergelten
hilft der Menschheit nur selten!

Roswitha Binderer

Zurückbleiben

Ich sehe klar: zurück bleibe ich.
Aufgefangen von nichts, konfrontiert mit
Nichts.
Alleinsein ist: reinen Schmerz spüren;
sie alle haben ihre zweite Hälfte.
Ziehen sich im Falle der Niederlage – in
eine Sicherheit.
Dieses Glück habe ich nicht. Wollte ich
nie.
Wollte ich nie?
Abgelehnt habe ich Kompromisse. Doch
ich verlor mehr.
Mit sich allein zurückbleiben heißt:
sterben.
Dies sehe ich jetzt – wieder einmal – allzu
schmerzhaft. Die Wand vor mir wächst,
umgreift
mich. Ich lasse es geschehen – spüre kalte
Hände
nach mir greifen, an meinem Körper
heruntergleiten. Es
sind die eigenen. Entfremdet.
Ich spüre mein Weinen. Sinnloses
Aufbäumen
absterbender Sinne. Verlieren werde ich
alles.
Und keiner, der mich auf diesem Pfade
begleiten
wird. Mir beisteht. Ich – allein.

Uta Bittner * 1976

Flug

Nach dem Knall und dem Beben,
Nach dem Bersten und dem Schrei'n,
Lodern Flammen vor dem Leben,
Durch den Rauch hört man die Pein.

Durch geborstenes Glas gesehen
In der Tiefe, Menschen klein.
Rettung scheint doch zu bestehen
Nur ein Weg wird es dann sein.

Heiße Glut versperrt Gedanken.
Panik regiert die Not.
Sprung heißt schwanken.
Steh'n heißt Tod.

Zweites Fenster, hoffnungsvoll
Stockwerk acht, Zweifel klar,
Weiter fallen, Todesangst
Kurz vor'm Boden, offenbar:

Fehler
Fragen!
Warum?
Schwarz.

Frank Bitzer * 1966

Inneneinsichten
(Twin-Towers)

Es röhrt uns im Hause
Die Leitungen tot
Es lecken die Rohre
Mit Zungen so rot
Flackern Feuer im Dachstuhl
Das Stübchen dort brennt
Der Fuß sucht die Treppe
Die niemand mehr kennt.

Die Fenster beschlagen
Zerklüftet das Loch
Wo die Türe verrammelt
Da zittert es noch
Und bebt unter Schritten
Und öffnet den Tritten
Den Eingang
Um sich rasch wieder zu schließen

Komm nur!
Keine Angst –
Du wirst es genießen!
Wir wollen noch Öl in das Feuer hier
gießen.

Ulrike Blatter * 1962

Offen zu Hoffen

der Mensch
ist ein
einziger
Abgrund

erst
im Schlund
der Hölle
erkennt er
die Fülle
seines
Lebens

noch
offen zu hoffen

Klemens Bleier * 1960

Ground Zero

New York, New York.
Die Stadt, die niemals schläft …
World Trade Center –
Architektonisches, modernes Wunder …

Und dann –
Apokalypse ...
Nacheinander rasen,
zwei Flugzeuge in die Zwillingstürme.

Wer zählt die Schreie –
Wer die Opfer?
Der Gott, für den sie sterben mussten?
Wer weiß das schon?
Die Attentäter bestimmt nicht! ...

Und im Radio laufen die Charts ...

Belli Blue * 1982

Private Schlachtbank

New York, 9/11, 8:30
raus aus der u-bahn, rein ins büro
dieser tägliche stress. ich habe mein
sandwich vergessen
sehen wir uns heute abend?
mein sohn arbeitet auch hier
ich habe ein date morgen abend, was soll
ich anziehen?
ich weiß nicht, mir ist heute gar nicht gut,
kann das bis nächste woche warten?
ich liebe dich mehr als die ganze welt,
willst du mich heiraten?
wann ist das meeting?
was ist denn heute los? ein ganz normaler
tag, oder was?
wir können mit der geschäftslage zufrieden
sein
ich bin befördert worden und freue mich
auf den neuen job
mistkerl, er hat mit mir schluss gemacht
die geschäftsreise muss auf dezember
verschoben werden
ich habe gerade erfahren, dass ich wieder
vater werde
ich schau sie gerne an
die bilder von meinen lieben
vor mir am Schreibtisch
New York, 9/11, 10:30 ...

Bina Blum * 1968

E igentlich erwarteten wir

L ebenslange

F urchtlose Freiheit

T atsächlich trauern wir in

E xstistenziellen Ängsten -

R atlos, ruhelos.

S icherheit starb am

E lften September

P anik und Polemik - panendemisch

T rafen diese Terroristen

E igentlich unser Erbe der Demokratie?

M enschen ohne Mitschuld

B ekommen die Bekenntnisse dieser

E rzfeindlichen Erbauer des Terrors,

R assistischer Radikaler zu spüren.

Sylvia Bodlée * 1967

Der Tag danach

Die Türme sind gefallen.
Der Mensch zeigt seine Krallen.
Zum Töten hat er nun ein Recht.
Die ganze Welt jetzt hält zusammen.
Des Armen Aug' hackt aus der Specht,
der Specht?
Vom Geier ab scheint er zu stammen.

Gottes Kinder Menschenschinder

Schöpfers Schöpfung – Ihm entgegen
wendet sich endgültig auf den schlechten
Weg,
in einst'gen Fluten fast verloren
und doch nicht vollständig zerstört.
So hat sie dann in neuen Zeiten
ihr Recht auf Existenz verwirkt.

Bert Böhme * 1967

11. September

Ich schlief und träumte,
Ich wäre im Paradies
und sah die vielen Völker,
die Menschen glaubten hoffnungsvoll
an dauerhaften Frieden.

Ich erwachte und alles war anders.
Sie erlebten religiösen Wahnsinn
mit Tod und Zerstörung.
Märtyrer wollten ins Paradies
und opferten ihr Leben.

Ich beschwerte mich bei Gott:
Du hast eine Welt geschaffen,
wundervoll und einzigartig,
den Menschen aber,
hast du nicht vollendet.

Da sprach Gott:
Ich gab dem Menschen ein Gewissen,
Gefühl und Intelligenz
wie keinem andern Lebewesen,
auf dass er sich selbst vollende.

Habe Geduld!
Die Menschen werden es vollbringen,
mühsam in vielen Schritten.
Aber bis dahin begleitet sie
neben der Liebe auch der Schrecken.

Erwin Bolzern

Einst, da plante, radikal, die al Kaida,
höchst fatal, ein Mordsdesaster in den USA:
Ein Brandinferno lichterloh,
eines wie noch nirgendwo,
in New York City wie in Washington,
D.C.,
Schock und Aufruhr herrschten dort vor
wie noch nie. –

Der Präsident der USA war nicht vor Ort –
grad nicht da – in Florida!,
was für ihn die Rettung war.
Denn: die Luftpiraten steuerbord, die als
Märtyrer für ausgesandt
von der al Kaida extra, wutentbrannt,
begruben zwar zuerst „nur“ das World
Trade Center,
in Schutt und Asch', oh Elender!;
doch danach auch das Pentagon;
das White House kam knapp so davon! –
Und doch: Welch' Wunder!;
trotz all dem Zunder, all dem Graus;
so sehen doch die Mainzer Bonifaziustürme
für meinen Freund in seiner
Wahnmanie
wie das einstig' Nord- und Süd- Getürme
New York Citys aus,
heil und unbeschadet wie noch nie,
geradezu begnadigt!

Fariba Bonrouhi * 1974

Sag' mir, wo die Türme sind.
Über Gräbern jemand klagend singt.
Die „Eine Welt“: ein Scherbenmeer.

Sag' mir, was ist passiert?
Plötzlich wird anders herum marschiert.
Der Blick: wüst und leer.

Sag' mir, was plötzlich anders ist,
Warum man Hass mit Löffeln frisst.
Mensch sein: fällt seltsam schwer.

Sag' mir, wo die Zukunft bleibt.
SHUT UP!
Just stand up and fight!

Sag', dass du an Frieden glaubst!

über der welt hängt schwarzer rauch.

Constanze Borchert * 1986

Der 11. September

Terrorattacke gegen die Vereinigten
Staaten.
Flugzeuge rasen in das Pentagon
und in die beiden Türme des World Trade
Centers.
Es läßt den Wolkenkratzer wie ein
Kartenhaus zusammenfallen
Und Tausend unter sich begraben.
Entsetzen – Schmerz – Tränen – Wut.
Wieviel Haß, Feindschaft und Mord.
Niemand hörte auf Signale.
Jetzt aber wird man sich bewußt,
es beginnen andere Zeiten.
Die stolzen Zeiten sind vorbei.
Werden wir je vergessen?
Nein!
Die Narbe bleibt, die Angst ist groß,
daß wir nur Frieden sagen.

Friede Born

Die letzten Minuten

Kurz vor dem Zielpunkt,
meine letzten Minuten.
Ich, ausersehen,
die Demütigungen zu vergelten.
Als Lohn, das Paradies.

Schwer der Abschied von Rajah.
Pure Verzweiflung ihr Aufschrei:
„Einen Baum des Waldes zu fällen
schafft nur Platz für neuen Aufwuchs.“
Aber unsere Ohnmacht ...

Das Ziel erreicht, doch wie zerrissen ...
Mutter, fassungslos.
Sie weinte um mich und die Toten!
Um die Toten???
Gedanken im Strudel –
richtig, falsch, sinnlos, berechtigt ...

Der Kreisel dreht sich, immer schneller,
rast ins Aus-
„um mich und die Toten!"

Peter Bostelmann

Niemandsland

Kumm nimm die namenlosen Krieger und
schreibs an die Wand

Kumm nimm die nie benützten Waffen
und halts in deiner Hand

Kumm gschpia die Würdenträger und
meisls in dein Verstand

Weu da Teufel is in euch und schlaft net
Weu des Böse macht euch reich und schafft
euch

Ma siecht des Feld voller Helden die
nimmer hamkumma san

Ma riacht des Fleisch von die Helden die
nichts mehr zählen

Ma hört die letzten schreien ohne was zu
tun

Weu da Teufel is in euch und schlaft net
Weu des Böse macht euch reich und schafft
euch

Drum hörts auf die Rösser die in eurem
Hirn marschieren

Drum duckst euch vor die Hetzer damits
euch net sekkieren

Nur wer a bissl glauben kann hat a leise
Chance

Und wanns a nur a Pause machts, dann
kummts sicher raus.

Weu da Teufel is in euch und schlaft net
Weu des Böse macht euch reich und schafft
euch

Bernhard Brandstätter * 1964

Nein! Eleven

Hochmut kommt oft vor dem Fall, so steht
es geschrieben.
Schon der Turm von Babylon ist nicht
stehn geblieben.

Auch der Tanz ums gold'ne Kalb wird stets
wiederholt.
Alles drängt, alles zwängt sich zum Geld –
zum schwarzen Gold.

Bruder mordet Bruder, Vater, Mutter,
Kind.
Es sind die Religionen, die machen
Menschen blind.

Hass erschlägt die Liebe, Gier das
Miteinand'.
Vernunft wird totgeprügelt, verbrannt wird
der Verstand.

Hinter eines Menschen Stirn denkt ein
eingeengtes Hirn.
Man sollte ihm den Schädel spalten, dass
sich sein Geist kann frei entfalten!

In Gottes oder Allahs Namen,
Amen!

Sascha Braunstein * 1940

11. September 2001

für einen augenschlag blieb
alles stehen
kein atmen erhitzte die zeit
die gesichter zogen vorüber
fröhliche und traurige
was mögen sie gedacht haben

welcher schmerz hat sie bedrückt
in ihren letzten sekunden
für einen augenschlag blieb
alles stehen
kein schrei löschte die stille,
wir kennen die bilder
aber kennen wir die farben
dieses augenblicks,
für einen augenschlag bleibt
alles stehen
halten wir inne
unsere zeit war an diesem tag zuende
jetzt kommt eine andere.

Klaus Brinkkoetterv-Moeller * 1955

Die Schatten

Es war ein sonniger Morgen bloß,
Da wurde der Friede der Welt gebannt,
Da wurde der Tod in die Erde gebrannt
Und ließ uns Furcht mit einem Stoß.

Ein unsichtbarer Feind tötete wortlos
Zwecklos sind wir vor ihm weggerannt
Und dennoch hat er unsre Ängste gespannt
Seit jenem Morgen ist der Hass riesengroß.

Eine Fratze im Rauch verkündete das Böse,
—
Entfachte Kriege mit gewaltigem Getöse,
Jetzt müssen weltweit Unschuldige bluten.

Doch die Urschuld haben nicht die
Kriegsherren
Die ihre nationalen Helden wie Götter
verehren,
Sondern die Teufel im selbst ernannten
Guten!

Christopher Broda * 1983

Freiheit

Teurer Freund, wo findest du den Frieden,
ist die Freiheit nicht der Zuflucht Ort,
die letzten Jahre sind im Glauben euch
geblieben,
die neue Zeit, beginnt auch sie mit Tod
und Mord.

Wann endlich lernest du nicht mehr zu
wanken,
der alte Staat, er stürzt nach Jahren Terrors
ein,
nur die Weltgemeinschaft setzt die
Schranken,
die neue Zeit ist edel und bleibt rein.

Doch die Glaubensfragen ringen,
des Landes und der Menschen alt Besitz,
euer Landesfürst, er ward den Tod euch
bringen,
mit Granaten, Gas, er ist des Teufels Blitz.

Weit, so weit liegt des Glaubens fragend
Blick,
und die Seeligkeit vermisst du kaum,
doch auf vieler Menschen krummer
Rücken,
bleibt dem Führer nur des Henkers kahler
Baum.

Frag dein Herz in der Moschee stillem
Raum,
frage dich, deine Freunde, auch die sind
bang,
deiner eignen Freiheit, es ist kein böser
Traum,
das Volk erliegt dem Wunsch der Freiheit
Drang.

Jürgen Brokmeier

Ohnmacht

o GOTT, warum hast DU uns verlassen

In den Herzen
voll der Trauer
abgrundtiefe Nacht –
Zerbrochen an des
Feindes Mauer
Eine Kerze
nur mehr wacht

Nach all dem Schrecken
dieser Zeit
in all der Not
in allem Leid
Wo bleibst DU der
Menschheit Trost?

Kein Hoffen ist
wo Angst regiert
wo Unrecht
neuer Hass gebiert

Wo bleibt DEIN Licht
in dunkler Welt
uns hingestellt – ?

Ursula Brunner-Blöchliger

Gedanken zum 11. September

Ungläubig, gelähmt starren wir auf die
Katastrophe,
doch das Entsetzliche erreicht uns nicht.

Die Septemberschatten sind schon sehr
lang.

Das Inferno ist so fern und doch so nah –
Wir brauchen nur den Kopf zur Seite
drehen,
um aus dem Fenster schauend
den friedlichen, sonnigen Frühherbst zu
erleben.
-Die Beständigkeit der Bescheidenheit-

Doch uns faszinieren diese grausamen
Bilder,
der aufflackernde Höllenspalt, das Jüngste
Gericht.

Widerspiegelnd unsere eigene Perversion,
pietätlos zuzusehen,
wie menschliche Fackeln ins Nichts
springen.

Helden weinen und schreien wie ihre
Kinder,
doch ihre Schreie verstummen in der
tosenden Stille
der Ohnmacht.

Macht ist relativ.

Dieser Horror ist unbegreifbar,
ohne Trost.
Der kommt später, wenn die Bilder
verblasst sind.

Sigrid Bruns

Krieg

Wie betäubt sitze ich hier,
versuche zu verstehen
wie geschehen ist was ich las –
ob und wie ich bin.

Wie Stein sinke ich hinab,
unfähig zu begreifen.
wie ihr verkraftet was geschah –
ob und was ihr sprecht.

Wie Holz treibe ich davon,
mit mir die bange Frage
was in künftiger Zeit sein wird –
ob und wie sie kommt.

Yvonne Buchholz * 1980

EinSchlag

Digitale Welten
Rücken zusammen
Expandieren globalisieren
Börsen boomen
Kameras zoomen
Bilder satt.

Babel-Towers gen Himmel
Trade Trust Gewimmel
Sodom
Diese Welt
Bilder satt
Dschihad!

Funkenblitze und Asche aufs Haupt
Schläfer wacht auf
Bushfeuer brennen.

News zoomen
Börsen boomen
Bildersatt die Welt.

Marianne Büchner

Rückkehr der Affen

Ohrenbetäubend
Flieger trifft Turm
menschliche Schreie
unhörbar verhallt

Sichtverschleiernd
zerbrechender Turm
menschliches Leben
staubwirbelnd verbrannt

Spracheverschlagend
gefallen der Turm
menschliche Trauer
wortsuchend verdrängt

Perfides Spiel
Angriff dem Turm
Schach der Menschlichkeit
matt durch Bauernopfer

Benedikta Buddeberg * 1955

fallen gelassen

sind nicht mehr
unbeschwert sind
beschwert

hast du
gesagt
getan

Jürgen Bühner * 1979

Der 11. September

Die Zeit verrinnt so schnell, wie Wind.
Sie lässt die Spuren ihres Dreckes.
So ist es auch diesmal passiert:
Die Spuren blutigen Septembers!
Woran erinnern sie uns,
Die Zeugen dieses elften Tages?
An viele Opfer, deren Puls
Wird nie aufs Neue wieder schlagen!

Bald zehn Jahre seit's geschah.
In uns wird das noch lange leben,
Denn das ist weltliches „Gehalt"
Für Sünden ohne das Vergeben.

Vergib uns, lieber Gott, all das,
Was selbst Anliegen unsres Flehens!
Vergib du ihnen, die aus Spaß,
Um reinen Hassens bösen Willens,
Die Ahnungslosen umgebracht
Auf Feldern ihres „heilgen" Krieges!

Werd, wahrer Gott, allen bekannt,
Als Gott der Liebe anerkannt!!!

Olli Burg * 1981

Gigantische Türme –
Vollendete Türme –
klar in der Funktion –
klar in der Konzeption –
klar im Denken –
klar in der Sprache –
eine klare Globalwelt.
Der Turm von Babel
ist Vergangenheit!
Wirklich?
Zwei Flugzeuge bringen Tod
und Verderben und zeigen
Verwirrung der Geister,
des Denkens, der Sprache,
Verwirrung der Menschheit.
Ground Zero!
Der Turm von Babel
hat ein Datum bekommen.
11. September 2001

Rosamunde Bushart

Am Morgen danach

12. September 2001

Behäbig strömen die Wasser dahin,
die Wasser des Hudson River.
Sie drängen hinaus in die Weiten des
Meeres,
die Fessel des Landes verlassend.

Noch scheint alles Leben vom Morgen
umfangen,
der ferne im Osten sich langsam erhebt.
Doch über Manhattan da lastet das
Grauen,
und Brandwolken türmen sich auf zum
Fanal.

Geborstener Stahl, Gebirge aus Trümmern,
Rausch zischelt und züngelt aus Tiefen
empor.
Vieltausendfach schlug der Tod seine
Wunden,
als Menschen vom Ungeist zynisch
mißbraucht.

Das Böse der Welt hat den Vorhang
gehoben,
die Hydra des Terrors zeigt nun ihr
Gesicht.
Verblendet von Lehren und falschen
Propheten,
so spielen vermessen sie Weltengericht.

Am Morgen danach als der Schrecken
regierte,
Verzweiflung und Haß die Menschen
umpfängt,
da formen Gedanken nur Worte der Rache,
weil ihre Verzweiflung alles andre
verdrängt.

Gerd Buskamp * 1935

Ein Tag im September

Ramstein. Air Base.
Ich verkaufe Büromöbel an die US-Air
Force.
Im Gespräch mit Frau Major, Alarm,
mitten im Satz lässt sie mich stehen,
rennt fort
Soldaten rennen mich fast um.
Während ich das Haus verlasse, sind schon
alle Flieger am Himmel,
Doch ich darf nicht gehen, die schweren
Tore sind geschlossen, ich gehe
zurück.
Im Großraumbüro Stille. Auf den großen
Flachbildschirmen an den Wänden
Bilder aus New York. Brennende
Hochhäuser.
Entsetzte Gesichter. Hände vor den Mund
gehalten. Einige Fluchen. Andere
schimpfen.
Viele mit Tränen in den Augen.
Die ganze Welt geschrumpft auf diesen
Raum, Menschen vereint in Schmerz
und Trauer.
Keine coolen Krieger. Bloß Menschen in
einem grünen Anzug, verletzlich wie
ich.

Machen doch bloß ihre Arbeit, wie ich.
Deutschland war immer der Angreifer. Ich
versuche nachzuempfinden, wie man
sich fühlen
Muss, wenn man das Opfer ist.
Schock, Wut über die Ungerechtigkeit
Man will schreien vor Wut, Frust und
Verzweiflung.
Man möchte gerne Teil sein dieser Gruppe,
das Leid teilen, Anteilnahme zeigen.
Aber es geht nicht
Das Opfer ist immer alleine in seinem
Leiden.

Lord Camster of Caithness

Gottespakt (am 11. Sept.)

Mit phallischem Blut
schreibt Gottes Griffelfinger
unerfüllbare Gebote, Verbote
ins schieferne Herz.

Wuchern Ablegergespinste,
feinsäuberlich gezählt vom alles-
durchdringenden Auge,
ein Auge des Zorns.

Ein Auge zu wenig vielleicht;
fehlt doch das Aug
der Milde und Güte,
der Einsicht und Feinsicht.

Des Lächelns und Gönnens,
des Mitgespürs,
der federschaumleicht
dahinschwebenden Weite.

D. Capaul

Der Stein

Sieh den Stein in dich hinein
wo selbst der Morgen Hoffnungsbote
im Neu nur Alt erkennen lässt

Schau den Stein zu dir herein
wo das füßehaschend Tote
dein Würgen an den Füßen fässt.

Starr den Stein fest in dich ein
den tiefen Strudel zu erlahmen
der schluckend so auf Narben weist

Denn er
auf den sie alle kamen
ist der die neue Welt verheißt.

citta * 1986

Der 11. September ...

Spätestens seit vor vier Jahren, am 11.
September
gehe ich auf der Welt hin und her
noch ein klein wenig bewusster.
Denn, das ist mir klar.
seit dem ist auf der Welt nichts mehr,
wie es einmal war.
Schaue ich auf meine Uhr,
begegnet er mir, der Kampf der Kultur.
So weiß ich.
es heißt für mich nicht.
mich nicht auszuruhen,
sondern was gibt es zu tun?
Dabei schaue ich nicht nach nebenan,
zu den Nachbarn,
weil ich fange bei mir selbst an!

Edith Cohrs

Absichtlich

Bei herbstfrischer Septemberluft und
blauem Himmel
Wer wird denn gleich in die Luft gehen?
Ein Feuerflug in abkratzende
Wolkenkratzer – all inclusive
Statt Blättern fallen Menschenkörper
Ein Brandopfer der Religionen und
Wirtschaftsbosse

Die Sargumsätze steigen, Trauerreden
verzeichnen Hochkonjunktur
Das Kartenhaus bricht zusammen, dem
Erdboden gleich gemacht
Asche zu Asche
Empor steigen Angst und Hass als
Kriegstreiberfutter
Der Tod scheidet großkotzig Ehen
Wer kann 7 mal 77 Mal vergeben?
Im Brandfalle die Fahrstühle nicht
benutzen!
Wo ist der Ausgang der Not?
Gott verlässt Amerika durch die Falltür
Ikarus erlebt seine Renaissance in Zeitlupe
Gesegnet sind die Zuspätkommer,
Blaumacher, Kranken und Urlauber:
dieser Arbeitsplatz bleibt von nun ab bis in
alle Ewigkeit leer
Alle Warnungen in den Septemberwind
geschlagen
Jeder Tote – ein Weltuntergang
Achtung – Menschenverachtung –
absichtlich

Maria Conlan

(K)ein denkwürdiger Tag

Oh, Menschheit wo bist du hingeraten
Dass du hervorbringst solche Fanaten,
denen Mensch, Tier und eigenes Leben ist
egal,
Hauptsache, radikal, radikal.

Sie nennen sich Helden, freuen sich
prächtig,
über das Leid der Menschen und fühlen
sich mächtig,
welch kranker Kopf finanziert
den Wahn, den Wahn, den Terrorwahn.

Rita Conradi

Ground Zero

Dort schlägt der Hass
dem Herzen die Wunde,
verdunkelt den Tag,
erstickt seine Stunde.

Dort schaut die Sehnsucht
nach friedvoller Zeit
mit lauter Stimme
'gen Himmel und schreit.

Dort heilen die Narben
von Asche bedeckt,
darunter die Hoffnung
das Leben erweckt.

Darunter die Hoffnung
zieht ihre Kreise,
schenkt neue Farben
kraftvoll und leise.

Barbara Corsten

Elfter September

Einst waren zwei Zwillingstürme mit ihrer
reinen makellosen Geometrie
Symbol und zugleich Wächter der
Metropole New York.
Eine Stadt, in der man noch an unfassbare
Wunder glaubt,
wo die unterschiedlichsten Sprachen und
Akzente gesprochen werden.
Stolz präsentieren die Einwohner ihre Liebe
und Verbundenheit.

Dunkle Wolken zogen sich über den Glanz
der Kristall- und Stahlkolosse
zusammen.
Das Unfassbare zeigte seine schlechte Seite.
Mächte der Finsternis mit moderner
Technik brachten die Zwillinge
zum Einstürzen.

Mit dem Qualm der Flammen verbreitete
sich ein Fluss voller Schmerz,
Trauer und Hass.
Die Herzen der Menschen wurden mit den
Flammenangriffen
niedergeschmettert.
Sie wurden zu wehrlosen Opfern,
in deren Augen sich nur noch Hilflosigkeit
spiegelt.

Andrea Cruse * 1980

Unverhofftes Leid

Niemand rechnet
mit der Ankunft des Leides –
ein ungebetener Gast, der eintritt
und die Tür zuschlägt.

Es gibt kein Mittel gegen
diese Art Verbluten
aus unsichtbaren Wunden.

Trost ist nur eine Droge
mit neuem Schmerz hinterher.

Was wir jetzt versuchen müssten:
Ans Leben zu glauben,
das aus Kreuzholz hervorbrechen soll,
im Zeichen der Hoffnung.

11.September

Romano Cuonz * 1945

Von klein auf,
ganz groß geträumt.
Das Leben sorglos zu bestehen,
gierig, alles auf der Welt zu inhalieren.
Verzicht auf Erfahrungen gibt es nicht!

Doch dieses eine Mal,
dieser eine Tag in diesem Leben,
dieser eine Tag,
der hat so viel zunichte gemacht...

Verrückt und auch noch schlau.
Das Genie zum Wahnsinn missbraucht!
Einst Verbündeter,
und nun Staatsfeind Nummer eins.
Ob dieser Welt noch zu helfen ist?

Die heile Welt,
mein Traum...
Verrückte haben geraubt!

Sven Damm

Elfter September 2001

In Worte zu kleiden – unmöglich.
Szenen wie aus Actionfilmen
in die Realität transponiert,
skelettierte Überbleibsel,
das Alltägliche jäh aus dem Rhythmus
katapultiert.

Die Uhren werden neu gestellt,
auch die unseren über dem Teich.
Leben neu definiert.
Blitzartige Erkenntnis:
Kollektive Bedrohung, Sicherheit ohne
Garantien.

Ursachenforschung – vielschichtig.
Traumatisierte Emotionen, bisher nur als
Fiktion erlebt.
Die Messer werden gewetzt und
ein Szenarium in Bewegung gesetzt
in dieser Alle-in-einem-Boot-Situation.

Aber bald stellen wir fest:
Alles bleibt doch, wie es immer war,
das Schreckliche und sein Verdrängen,
die Menschen und ihre Nöte,
die Wahrheit und ihr
Absolutheitsanspruch.

Walter Dangel

an der schwelle

zur herbstlichen nacht auf
halbem wege geschenk und
verlust einer zeit die es nie
gab und wieder hörst du
der stare flügel geräusch im
holzbirnenbaum suche nicht
die zerbrochenen reste des
glücks flieh doch fliehe
wohin wie überlebt man
wenn das ich verloren geht
im herzlosen grau der
moment wo der fuß den
abgrund berührt versprechen
oder irritation ach die schöne
gewohnheit zu leben

Beatrix Diener

Keine Antwort

Warum Streit, warum Hass, warum Krieg?
Warum wollen immer alle nur den Sieg?
Warum Zoff, warum Prügel, warum Mord?
Warum Ausländerhass an jedem Ort?
Warum Vergewaltigung?
Warum immer: "Ich bring dich um!"?
Warum Drogen - warum ist vieles immer
gelogen?
So viele Fragen,
doch wer gibt uns die Antworten???

Stefanie Diepold * 1984

der 11. September

Attacke auf Amerika und die westliche
Welt
Fortschritt & Hightech, Macht &
Menschheit
Wahrzeichen & Wohlstand, Zivilisation
genannt:
der Krieg hat einen neuen Namen. Er heißt
jetzt Aids & Hartz IV & Intrige
John F. Kennedy Komplott &
Milzbrandattacke,
Mobbing & Prinzessin Diana & Schläfer,
Uwe Barschel & Stromausfälle &
Verschwörung,
Virus & Terror & Anti-Terror-Krieg,
Unwort des Jahres: Und das ist (auch) gut
so! Rechtschreibreform &
Verabschiedung

Ulrike M. Dierkes * 1957

Zeitzeugen

11. September 2001
Explodierende Flammen – Wolkenkratzer
zerschellen –
Zweiter Jumbo im Anflug – Feuerinferno!
Sprung in die Tiefe mit wehendem Haar,
Aufprall im Chaos brechenden Betons –
Aufschrei der Bilder auf allen Kanälen ...
Gestern? War es wirklich erst gestern?
Wirklichkeit, Alptraum, Horrorvision ...

13. Februar 1945:
Fallendes Feuer aus Phosporbomben,
Rufe, Rennen, Schreie – Flammensturm!
Gebannte Bilder ohne Fernsehkameras,
Zeitzeugen eingebrannt in Herz und Hirn:
Wankende Statuen aus brennender Haut,
versengtem Haar, glutblinden Augen ...
Heute ist gestern und damals ist heute,
Erinnerung verdrängt in angepasstes
Vergessen?
„Mein ist die Rache", spricht der Herr.

Inge Dillenburger * 1925

Der 11. September

Im September Null Eins, dem Elften
genau,
versank Manhattan in Asche und Grau.
New York, was hat man dir nur angetan?
Was vollbrachten Fanatiker in irrem
Wahn?

Morgens die Twins noch stolz gen Himmel
ragen,
Zu Mittag Feuer, Inferno, Weinen und
Klagen.
Zwei silberne Vögel brachten das
Verderben.
Wieso, warum mussten Unschuldige
sterben?

Menschen fassungslos, stumm vor
Entsetzen,
panisch durch rauchende Trümmer hetzen.
Sirenen, Ambulanzen, Feuerwehr.
Für Tausende keine Rettung mehr.

Wo liegt der Sinn, wer kann es verstehn?
Warum bloß musste das geschehn?
Gestern, gestern ist längst vorbei.
Heute brach eine Welt entzwei.

Karoline Dinter

Hände

Große Hände, kleine Hände, manche sind
dick, manche sind dünn,
sie sind zierlich und jung, sie werden alt,
schwielig und verbraucht,
die Menschenhände.

Sie tragen mit Kraft des anderen Last,
sie tragen viel Lasten mit Kraft.
Hände arbeiten hart,
Hände spielen mit Kindern,
oder ihre Finger Klavier.

Hände schlagen brutal auf Wehrlose ein,
oder streicheln und schützen sie.
Hände schmerzen, klagen aber nicht.
Hände fühlen sich wohl, wenn sie ruhn.
Manchmal möchten Hände auch schreien
wegen dem, was sie tun,
oder sich freuen über das, was sie tun
dürfen.

Hände ballen sich zur Faust und drohen,
oder heben die Finger zum heiligen
Schwur.

Hände können beten, flehen und danken.
Die Hände sind Werkzeuge des Kopfes,
der denke nach, wozu er sie braucht.

Axel Döhler * 1928

Since nine/eleven

Since nine/eleven, wurde die Realität neu
geboren.
Since nine/eleven, und nicht nur Amerika
hat dabei verloren.

Since nine/eleven, Menschen sind tot.
Since nine/eleven, und die Menschheit
wurde vor Scham rot.

Since nine/eleven, nichts scheint jetzt mehr
rein zu sein.
Since nine/eleven, selbst die Bürgerrechte
sind jetzt klein.

Since nine/eleven, warum musste das
geschehen?
Since nine/eleven, warum hat das niemand
kommen sehen?

Since nine/eleven, mit „Sicherheit“ ist jetzt
Schluss!
Since nine/eleven, kommt's jetzt im Iran
zum nächsten Schuss?

Since nine/eleven, was wird jetzt aus dem
Frieden?
Since nine/eleven, vielleicht werden wir ihn
doch nie kriegen ...

Dantes Donn

Steht in unserer Mitte

Steht in unserer Mitte
solange der Tag unvergessen bleibt.
Bilder deren Lebensabschnitte,
Schnitte deren Gewesen
uns zum Ufer treibt.

Ein Ufer deren unser verlassen,
die Zeit
nicht mehr zulassen wird.
Die Zeit deren Gestern
unser Ufer von Morgen seien wird.

Steht immer in unserer Mitte,
die, die, die Opfer sind.
Bis steht der Tag,
die Stunde,
das Meer der Ewigkeit,
unser Ufer neu beginnt.

Carmen Donse * 1969

Wüstenkind

Das achtjährige Irakerkind wird uns einmal
fragen
Was hast du getan, um den Staub der
Wüste ruhen zu lassen?
Was hast du getan, dass mein Vater eine
US-Kugel berührte?

Seelenruhig rühre ich durch den
Morgenkaffee
im Frühstücksfernsehen verteilen sie
Furcht hinter Gasmasken
ein Wirbelsturm erheitert das Interview
mit dem US-General
der fragt nicht nach Kindern
der sieht nicht in die Augen seiner Gegner
am Computerbildschirm wird sein Krieg
gemacht

Ich schalte ab, schlürfend am handwarmen
Kaffee
frage ich mich, was werde ich meinen
Kindern einmal antworten?

Marcus Dörhöfer * 1963

Am Tag danach ...

... lag alles brach,
außer die Feuerwehrmänner
bedingungslos mutige Lämmer,
die zum Opfer fielen,
wie beim Kegelspielen.
Es herrschte Traurigkeit
und auch Ratlosigkeit.
Stimmen wurden laut.
Niemand hat es verdaut.
Es ist wahrscheinlich nicht vorbei.
Er steht noch aus: der letzte Schrei.
Glaubt aber fest an Liebe!
Auf das sie immer siege!

Vera Dosio * 1948

Der elfte September ...

Vom elften. September wollt ihr ein
Gedicht?
Vom elften September zweitausend und
eins?
Was soll man da dichten? Ich weiß es
nicht!
Ein Tag des Schreckens des irdischen Seins!

Es war nicht des brennenden Phosphors
Tag ...
über den ich auch nicht dichten mag.
Auch nicht des Wahnsinns Atomexplosion
...
Als jedermann fühlte die Schrecken davon!

Was wir uns antun auf dieser Welt,
davon so manch Schreckenstag erzählt,
doch alle sprechen von Frieden und Liebe,
und leben doch aus ihre grausamsten
Triebe!

Wir, Krone der Schöpfung? Zum Tränen
lachen.,
Wie wir uns selbst zu Göttern machen!
Was sind wir für Tiere, dass Gott erbarm!
Wann werden wir Monster zu Menschen,
wann?

Josy Doyon

Trauma

Ich traue nicht
den Bildern
den Stimmen
meinen Sinnen, meinem Verstand
Traue mich nicht vor noch zurück
Stehe still wie festgefroren
Traue mir selbst nicht über den Weg
Die Lähmung vor der Angst
Der Schock vor der Wut
Das Trauma vor der Trauer

Uwe Dreyer * 1957

Fundament

Und sprengt euch jemand
eure Häuser auseinander
dann sagt ihr
ihr baut sie größer
wieder auf.

Doch hey
frag' ich
ganz ernsthaft schaudernd
WORAUF frag' ich
WORAUF?

Marc Drobot * 1980

Adressat bekannt

Sie reden von Frieden
Und kennen keine Redlichkeit,
Sie zündeln in fremden Ländern
Die Flammen lodern himmelweit.

Der denkende Mensch vermerkt
Treffsicher, immer dort,
Wo wertvolle Bodenschätze
Und Erdölreserven vorort.

Sie sprechen von Terrorismus,
Fabrikation schändlicher Waffen –
Ich mag nicht mehr alles glauben
Und das macht mir zu schaffen.

Gisela Editha Dubberké * 1932

11. September

Fortan die Seele gewährt,
bis die Weisheit und Glut verjährt.
Der doch so edle Stand, eine Schattenwand,
all' doch so Missverstand,
welch's Trugschluss', Teufel's Tand.

Zeiten geben Formen vor,
doch wer hät' damit gerechnet,
dies schrecklich Vergehen berechnet.
Ohne Stimmigkeit im Herzen,
des Menschen'sleben scherzen.

Aufrechnung ist Menschenslohn,
doch wer weiß, ist dies Gerechtigkeit.
Gewichtigkeit von schwarzem Gold, wie
wiegt's?,
Gewichtigkeit von zerfallenem Stolz, wie
wiegt's?,
schwere Schlechtigkeit in Gewichtigkeit.

Den Todesblick allen gleich,
nicht unterschieden in Gerechtigkeit.
Menschen messen ewig geeicht,
geküsst von allen Engeln, obgleich,
Lob oder Neid.

Michael Dublasky

WTC – 11. September

Alles war wie immer. Der Alltag sang in
Dir das Trauer- oder Freudenlied.
Du hattest Spaß an der Arbeit
oder träumtest vom süßen Nichtstun.
Die Sonne schien, der Himmel war blau.
Plötzlich die Nachricht über das
Unfassbare.
Dir wurde bewusst, dass in diesem Moment
Tausende unschuldige Menschen
ihren letzten Atemzug hauchten.
Unfreiwillig.
Millionen Herzen weinten im Einklang.
Begleitet von Entsetzen, Trauer und
Angst.
Menschen wurden Feinde und Brüder.
Fassungslosigkeit und die Frage Warum -
Begleiter der kommenden
Herzschlagsperioden.
Lieber Gott hilf uns, wenn es Dich gibt.
Und ich weiß, dass es Dich gibt.

Eva Duwe * 1950

und sie kreischen immerdar
verglostes Tosen, kaum geronnen
krächzend lautlos lösen Schächte
was auf Zuversicht gemauert
reißen auf ein Leck für tausend Stimmen
ausgangslos
verdunkelt
krass
die Angst verschleicht sich
hackt mit wütend klarer Hysterie
auf Menschen

zerfetzte Hoffnung
Monde, Kreuze, Sterne – alles Tand
der Sturz ins Bodenlose schnarrt
es ist das Rülpsen blindvernarrter Krieger
tonlos hallt es: la ikrah
die Lettern stehen Kopf in Wirrnis
lösen auf, was würdig war
der Sand der Trauer bläst zu Stürmen
und sie kreischen immerdar

Klaus Ebner * 1964

Zücht(ig)er von Gottes Gnaden

Herr Bush ist Präsident von Gottes
Gnaden,
zum Rechts- und Ordnungshüter
auserseh'n
und „Guter"! Wußtest du das nicht, Bin
Laden?

Verfehlte Außenpolitik kann schaden –
doch wird das er sich niemals eingesteh'n,
der Ex-Rebellenfreund von Gottes Gnaden.

Für immer werden Staub- und
Ascheschwaden
der Türme uns die klare Sicht verweh'n,
wird nur ein Massenmörder sein Bin Laden.

Indes erklärt zu üblen Kameraden,
zu „Schurkenstaaten" rasch noch den und
den
der Bösen-Züchtiger von Gottes Gnaden.

Wer „Guter" bleiben will, ist eingeladen,
weltweit mit ihm auf Schurkenhatz zu
geh'n.
Schon lang gilt nicht die Jagd mehr nur
Bin Laden.

Die ganze Welt, sie hängt am seid'nen
Faden
und fragt sich bang: Wann reizt er
irgendwen
zu sehr, der Freiheitsfreund von Gottes
Gnaden? –
Er züchtet sie sich selber, die Bin Laden ...

Andreas Eglseder * 1963

Verschwendung

Von einer Minute zur nächsten,
warst du weg...
Dein Leben ausgelöscht.
Und warum?
Weil jemand sich das Recht genommen
hat,
Gott zu spielen!
Ist das gerecht?
Ist das fair?
Hatte es einen Sinn?
Nein!
Aber es ist geschehen.
Es war Verschwendung!

Verena Eichholz * 1984

Aus Feuer Tränen

Auf stählernen Schwingen,
getragen voll blindem Hass und
Zerstörung
nahet unausweichlich das Unheil heran
und schneidet wie eine silberne Sichel
der Menschheit eine blutige Bahn.
Zurück bleiben unsagbare Trauer und
Schmerz,
getroffen wurde eine große Nation
in ihr stolz pochendes Herz.
So griff das grausame Schicksal zu,
mit eiskalter Hand
und ein Schleier der Ohnmacht legte sich
über dieses verwundete Land.
Ein Teufel hat sich dies erdacht
und der Himmel weint aus Feuer Tränen
in die unendlich tiefe Nacht.

Peter Einbock * 1955

Im Schatten des 11. September

Es geht ein Schrecken durch die Welt.
Im Süden, Osten, Norden
und Westen geht die Angst umher:
Was ist aus uns geworden?

Aus uns'rer Mitte kommt der Tod;
er lebt an uns'rer Seite.
Er wetzt die Sense lautlos, still
geht anonym zum Streite.

Die ganze Menschheit harret bang:
Wie wird es weitergehen?
Im Wind selbst klingt ein Requiem:
„Wie konnte das geschehen?"

Es geht ein Weinen um die Welt.
Millionen Menschen beten
„Herr, lass nicht uns die Ernte sein,
die ein paar Sünder säten!"

Charlotte El Böhler-Mueller

Geschehen am 11. September

Es geschah am 11. September,
ratlos waren selbst die größten Denker,
doch was wirklich steckte dahinter,
dies wusste keiner,
da waren sie alle wie Blinde.

Der Terroristenchef Bin Laden,
als Staatsfeind Nr. 1 vor die Welt geladen,
doch keiner denkt daran,
dass dieser selbe Mann,
vor Jahren mit Familie Bush,
Aktiendeals machte und Geld wusch.

Komisch war auch anzusehen,
dass keiner hat etwas gesehen,
obwohl es vorher laute Stimmen gab,
haben sie dann alle versagt.

Auf jeden Fall sollte jeder wissen,
und man schaue ruhig hinter die Kulissen,
denn es gibt eine Lehre für alle Leute
dieser Welt,
die Mächtigen rüsten im Windschatten des
Terrorismus auf,
und wir erwarten bald alle den
3. Weltkrieg, oh Graus.

Marie Eleonore * 1960

Lexikon des Wahnwitzwütens

(2 Beispiele nach Ben Akiba)

356 v. Chr.:
Im Heiligtum der Artemis
erflehte man einst für sein Volk
die Ernte und den Jagderfolg.
Mit altem Lampenöl begoß
Herostratos das Dachgeschoß
des Weltwunders von Ephesos.
Dann legte er den Kien als Lunte.
Er tat die Tat aus Eitelkeit,
als Schritt in die Unsterblichkeit.

2001 n. Chr.:
Manhattan hatte weit und breit
das höchste Hochhaus-Paar der Zeit.
Man kniete dort vor dem Profit,
dem Welthandel, dem Weltmacht-Trieb ...
Auch Ata Muhameds Ruin
mit zwanzig Tonnen Kerosin
im Linien-Jet als Menschen-Lunte
war eine Tat der Eitelkeit,
ein Schritt in die Unsterblichkeit.
Für Ruhm und Eitelkeit sind Qual
und Menschentod: 'kollateral' ...

Ernst Eliasch-Deuker * 1934

Meer der Tränen

11. September
Wie viele Tränen wurden vergossen an
diesem Tag
So viel, dass kein Mensch es ermessen mag
Diese Tränen eilten um die Welt und dies
alles wegen Macht und Geld
So viele Tränen und Pein, ein Meer müsste
daraus geboren sein
Ein Meer, verdammt, doch nur aus Tränen
und Blut. Wann ist damit genug?
Und wohl zum ersten Mal reichten so viele
Menschen einander die Hand
Mit der Erkenntnis, wir sind doch verwandt
Verbunden durch Kummer und Leid,
geschunden von Hass und Neid
Viele mussten sinnlos dafür sterben, sollen
das unsere Kinder erben?
An diesem Morgen stand unsere Erde still
Aus Kummer und Gram, aus Schmerzen
und Scham
Die mit dem Hass im Gesicht bemerkten es
nicht
Die mit dem Hass im Herzen konnten es
verschmerzen
Warum können wir nicht einfach nur
Brüder und Schwestern sein?
Niemandem gehört die Welt allein
Lasst uns doch in Frieden leben
Es kann auf Erden keinen König geben.
Denn einen König haben wir schon
Er sandte uns doch seinen Sohn. Ist das
dafür sein Lohn?

Elke * 1961

11. September 2001

Die Schläfer

Sie lebten mitten unter uns,
gingen ihrer Arbeit nach,
waren immer freundlich hilfsbereit,
bis so dann kam ihr Tag.

Sie flogen in die Welt hinaus
und suchten ihre Ziele aus.
Sie töteten viele Menschen dann
auch selber waren sie so mit dran.

Die Trauer ging durch's ganze Land,
nun ruhen sie so alle sanft.
Gott hält darüber seine Hand.

Kommt nun so eine andere Zeit,
wir wissen's nicht –
die Schläfer vielleicht.

Günter Ellerbusch * 1933

Traum des Teufels

Schleichend um des Friedens Stille
ist es des Teufels eis'ner Wille,
zu zerstören und zu töten,
ohne Gnade, ohn' von Nöten.

Menschenleben zählen nicht,
Leid und Trauer ohn' Gewicht.
Nur aus purer Selbstverachtung
offenbart sich die Abschlachtung.

Infam und feige hetzt einher
Gevatters Schar mit wildem Heer,
auszuräumen des Menschen Glück,
das friedliche Leben Stück um Stück.

Steht endlich auf und sprengt die Ketten,
Zufriedenheit und Wohl zu retten.
Verdammt das üble Desaster,
des Teufels eignes schweres Laster.

Embe * 1945

Herbst

Des Nebels Vliese weben fahl
wie Wattebausche überm Tal –
von Baum und Sträuchern tropft das Naß
verschwindend unter Laub und Gras –
und in des dichten Nebels Stau
glänzt silbrig funkelnd Gras mit Tau
An Halmen, fast als ob es lebe,
schwebt filigranes Spinngewebe –
gedämpfte Stille überall
und Ruhe ohne Widerhall –
ein scheues Reh zieht seine Spur
im feuchten Hauche der Natur – –
nur drüber strahlt der Sonne Leben,
als könnt' es Düsternis nie geben

Edmund Endriß

11. September

Der 11 September, was war das für ein
Tag,
ein Tag voller Tränen,
voller Leid, viele Herzen wurden
vor Schmerz zerrissen.

Die Welt hielt den Atem an.
Was da geschah war furchtbar.

Es gibt Menschen, die wollen nur eines:
Viele Menschen töten, um zu
beweisen, dass sie stärker sind
als alle anderen.

Hast du gesehen am blauen Himmel,
zwei Flieger kommen, um zu zerstören
die Gebäude, um dann mitzureisen
viel tote auf die Erde.

Das Blut der Menschen schreit zum
Himmel, die Ohnmacht ist der Begleiter.
Alle Menschen hier auf Erden stehen
machtlos gegenüber dem, was da geschah.
Das konnte man nicht glauben.

Heilen diese Wunden???

Rosjanna Engel * 1949

Gedanken zum 11. September

Von Friedlichkeit umfangen,
mit klingelnden Telefonen,
mit klappernden Schreibmaschinen,
mit wichtigen Dokumenten,
begann der berühmte Tag.

Dröhnende Luftfahrzeuge,
von Marionetten gelenkt,
durchbrechend die zwei Türme,
Tod und Zerstörung bringend,
nahm das Unheil seinen Lauf.

Brechende Mauern stürzten,
von Staubwolken begleitet,
von lauten Stimmen erfüllt,
von Sirenen durchdrungen,
wurde das Chaos vollbracht.

Eiskalte Hintermänner,
ohne Moral und Gewissen,
die Amerikaner hassend,
hatten Marionetten,
den Todesauftrag erteilt.

Reiner Engelen * 1938

Menschenverachtende Gewaltattacke – Gräueltat – Terror pur

Angst – vor dem Morgen
Sorge – um unsere Kinder
Ruhelosigkeit – in Anbetracht dessen, was kommen mag
Ungewissheit – wie es weitergehen wird
Trauer – um jedes genommene, vergeudete Leben

Die Würde des Menschen ist wohl doch nicht so unantastbar, wenn einige wenige mühelos
der Mehrheit ihre Würde zu nehmen ermächtigt werden.

Hoffnung? – Nur dann, wenn Gewalt nicht mit Vergeltung um der Vergeltung willen
abzugelten versucht wird.

Hoffnung? – Nur dann, wenn wir unsere Türen und Herzen nicht vor denen verschließen,
die mit uns und bei uns leben, denn nicht jeder, der nach dem Koran lebt oder
gar einen Turban trägt, hat die Demokratie, den Liberalismus und die Freiheit attackiert!

Petra Engelien-Schuch * 1964

Tränenlos

Ein kleiner Tropfen, kaum zu beschreiben
stürzte nieder auf die Erde
versank im großen Meer der Tränen
vereint im endlichen Gewinn

Das Meer verebbte irgendwann
ein monströses Mahnmal blieb bestehn
teilte Sünder und die Guten
ließen Gründe eiligst mit den Winden wehn

Meine Träne galt dennoch allen
denn Tränen sind so reich
sind herzlich, kostbar und so weich
und vor allem bei allen gleich!

Doch mächtige Augen verlieren keine Tränen
sind zu mächtig um zu sehn
würden lieber Menschen töten
als aufeinander zuzugehn

Matthias Engelken * 1977

Friede statt Tod

Attentate und Tod
Der Terroristen täglich Brot

Zerstörung und Tod
Schrecklich, was sich uns bot

Martyrium und Tod
Er war zu devot, der Pilot

Feuer und Tod
Am 11. September – nur Trauer und Not

Heimtücke und Tod
Seither ist vieles nicht mehr im Lot

Schrecken und Tod
Börsencrash , Wirtschaftskrise, Einreiseverbot

Furcht und Tod
Und auch Mr. Bush sah rot

Fanatismus und Tod
Doch sitzen wir nicht alle im gleichen
Boot?

Verständigung statt Tod
So sollte es lauten, das höchste Gebot

Klaus Eppele * 1959

Hilflos

Ew'ger Kreislauf kalter Tränen
Sie ertränken nicht die Wut
Auch vergeblich ist mein Sehnen
Zum Vergessen fehlt der Mut

Julia Eppinger * 1984

Fahl

Stumpfe Trauer,
nicht mal Schmerz,
Tränen wurden schon vergossen,
Kälte nimmt die Seele ein,
Schweigen täuscht nur,
Stärke schwindet,
wenn man nichts verrichten kann,
lautlos treib ich trotzdem mit,
enttäuscht von dem, was folgen mag,
betäubt von dem, was schon geschah.

Kt. Ernst * 1984

Die Schöpfung

Manche sagen Gott ist tot
oder – Er sei nie gewesen
weil die Schöpfung leidet Not
ohne dass Er gibt Seinen Segen,
aber kann Er's überhaupt –
schuf Er überhaupt die Erde?
Doch wenn man auf's Weltall schaut,
sind wir Menschen doch nur Zwerge;
ich glaube, Gott greift nur nicht ein
und läßt uns Menschen so gewähren
und alle kommen in den Himmel rein
und keiner tut mehr was entbehren –
drum dank' ich Dir Herr im voraus
dass Du auch meiner nicht vergessen –
mich führest in Dein göttlich Haus –
nein, was ich denk' ist nicht vermessen!

Steinhart Reinhart Fabian * 1943

Septemberflieger

Niemand hat Euch gewarnt.
Über Jahre verbogen.
Wie muss das sein?
Finalen Einsatz geflogen
Und als Helden getarnt
Ins Herz der Stadt getroffen
Mit einem Doppelschlag.
Wie war dieses Gefühl,
Eurer Herbstvormittag
Als explodierendes Hoffen?

Helle Angst ist verbreitet,
Flammen und Rauch das Ziel.
Und dafür war Euch
Nicht ein Leben zu viel.
Was hat Euch geleitet?
Konntet Ihr ihn ermessen,
Den Moment der Vernichtung?
Fanatische Hirne,
Unbelehrbare Richtung,
Was habt Ihr vergessen?

Stefan Fabry * 1958

Der Atem stockt

Jener Tag damals im September hätte so
schön sein können.
Die Wetteraussichten versprachen gutes
Wetter.
Es schien optimal zu laufen.
Pläne sind immer nur so gut, wie ihre
Ausführung!

Big Apple pulsierte, Normalität der
niemals Schlafenden,
so sicher, wie im Schoss des Untiers mit der
täglichen Erfahrung
der menschlichen Grausamkeit.
Die mächtigen Schatten zweier Türme
überragte alles.
Die Macht des Goliaten, eine Heimstätte
des Geldes füllte sich langsam.
Es war das erste Mal, gut das Ziel war von
Weitem gut zu erkennen,
der Rest war Spekulation, der Sinn …
Brachiale Gewalt, Zeichen setzten gegen
die Normalität.
Blut, als Nahrung kranker Köpfe.
Und das Unfassbare geschah.
In den Straßenschluchten, Menschen,
aufgeschreckt, ungläubig,
angsterfüllt.
Lass es einen Traum sein, Hollywoods
unglaubwürdige Szenarien.
Doch die Wirklichkeit gibt uns einen
Schluck Zyankali.
Wunden heilen langsam, wenn Sand in sie
gestreut wird.
Rache, Blut kann uns keinen Trost
spenden.
Die Welt hat sich verändert!

Dieter Fechtel

Phönix aus der Asche

Tränen versiegten in mir zu Staub und
Feuerstürme zerschlugen uns kalt.
Es war ein Sterben, zerfetzt all überall das
bitt're Fleisch.
Ich, am Leben wohl, kaum noch im Takt
und starr.
In den Flimmerkisten mitleidig der Lärm.
Meine Liebe, ach ja die, in das Nichts
verdampfte sie.
This love, this love, dissolved to smoke.
Schlieren, schwarze Spuren blieben voller
Spott.
Der Teufel, breitbeinig, trat vor und
knochig
klapperte sein tristes Werk aus Schrott.

Da nahm ich trotzig mir den Frieden
Behende sprang ich durch den Raum
Gewaltig stiegen in mir Säfte, zart,
in all dem Nebel sah ich plötzlich Dich,
erlöste mich ein frei und wilder Kuß.
Es folgten Küsse, die uns lösten.
Die toten Türme zuckten welk dahin
und salzig schmeckte uns're Tränen Fluß.
Fortgeschwemmt all diese Bomben-Pein,
wir nahmen uns, voll Herz, die Wut zu
sein.

Fritz Feder * 1949

„Der 11. September"

Kaltes Feuer, heißes Feuer
heiße Erde, kalte Erde
Überall nur offene Flamme
auf des Grundes Erschütterung

Der Haß ist lang
und kurz die Liebe
ich verstehe des Menschen
Grundes nimmer wieder

Überall nur Hieb und Gezänk
auf daß es werd
die Schieberei
getragen in die Sänft(e)

Es ist gefragt Toleranz
und noch vieles mehr
die Farben sind nun mal
bunt und gemischt

Sie sollten fallen
nicht ins Gewicht
Denn Wind und Wetter in
Gezeiten drehen die Gefühle rum

Wolfgang Fels * 1955

Der 11. September

Es wird immer Schreckliches auf dieser
Welt geben
Doch verliere nicht deinen Glauben an das
Gute
und höre nie auf deine Träume zu leben

Du kannst einen Ort der ewigen Hoffung
schaffen
Wo Menschen innerlich heil werden
und die Liebe mächtiger ist als alle Waffen

Und wenn wieder fließen Tränen der
Traurigkeit,
auch ohne zu sprechen ein Wort,
so bete und glaube, denn Gott schickt dir
einen Engel,
der tröstet dich und küsst jede Träne
wieder fort

Claudia Feltkamp * 1975

Zerbrochen ist das Herz der Stadt

Zerbrochen ist das Herz der Stadt,
in Trümmern liegt die Einheit der
Zwillinge;
Zerbrochen ist der Weltruhm
und der Stolz des amerikanischen Volkes,
zurück bleibt ein Mahnmal:
11 das Heilige Datum
11 die Heilige Erinnerung
die Heilige Erinnerung an die Opfer;
Menschen, die unfreiwillig gegangen sind,
zurück bleibt die Sinnlosigkeit
und die bange Frage: Warum? Warum?
Und die Angst in den Herzen
derjenigen,die zurückblieben:
Nochmals? Nochmals?
Das, was wir nicht verstehen lässt uns
trauern und erstarren ...
Doch bringt eine Tragödie nicht oft das
Beste in uns hervor?
Mögen uns diese Menschen ewig im
Gedächtnis bleiben –
sie sind unsere wahren Helden.

Dagmar Fercher * 1969

Schon große Völker wollen sich nicht
vertragen, so geht es
allen an den Kragen. Trotz schimpfen und
klagen,
sollten sie sich doch lieben und vertragen.
Nach Schmach,
Erniedrigung und Gehabe kommt doch
keine gute Gabe. Kräfte
von Löwen sind in Worte verkleidet, sie
sind meist nur von
dunklen Mächten begleitet. Es kommt am
Ende nur Krieg und
Verlust hinzu, erst danach ist endlich
Frieden und Ruh. Die
Welt ist besser beraten alles in Geduld und
Vernunft zu
erwarten. Die Wolken ziehen auch immer
weiter und alles ist
dann wieder heiter. Es ist doch allen
bekannt, die große Pein
eines Krieges bringt niemals Gutes ein. Im
September bringt
der Bauer Ernte ein, da braucht das Volk
weder Verlust noch
Pein. Verschieden ist Religion und Kultur,
doch Frieden gibt es
auf langsamer Tour. Leid sollte nicht sein,
es bringt doch keine
Ernte ein. Elf ist die Zahl der Geduld, am
Krieg haben doch alle
Schuld. Frieden hält die Erde im Lauf so
halten wir das Rad
nicht auf.

Rosie Feuerstern * 1940

Vor dem Angesicht Gottes

Menschen stolz auf Haus und Hof,
lehren Leben lieben, Leben achten,
Frieden hüten.

Menschen voller Hass und Zorn,
zerstören Lieben, zerbrechen Leben,
beugen Frieden.

Menschen verzerrt in Macht und Wahn,
auf sich verzichten, Inferno anrichten,
andere vernichten.

Menschen mit Gottes Segen, ihre Lieben
in seine Hände geben, stumm weiter
gehen, Hoffnung sehen.

Menschen stark im Glauben, neue Häuser
bauen, lehren Leben lieben, Leben achten,
Frieden hüten.

Silvia Fiedler * 1954

12. September 2002

Ein Tag und ein Jahr
sind vergangen.
In unseren Herzen verankert
ist das Bangen.
Die Angst
vor Terroranschlägen wächst.
Die Weltmacht
nach Vergeltung lechzt.
Ein Anschlag
im Irak ist geplant.

Doch Europa warnt!

Angst vor Terror
steckt auch in Europäischen Gliedern,
doch, es will nicht
mit Krieg erwidern.

Zu demonstrieren
die eigene Macht,
ist das nicht
zu oberflächlich gedacht?

Ulrike Findling-Gründel * 1954

Ein Augenblick völliger Stille
an einem Tag im September
Die Welt sich kaum zu atmen traut
lähmende Angst die Seele einsperrt
und Trümmer hinterlässt, auch hier
Tag des Terrors alles verwandelt
zerbrochen die Träume des Lebens
gefroren die Wärme der Sonne Licht
Tag der Zerstörung so vieler Leben
derer, die gehen, derer, die bleiben
unbegreiflich – scheinbar ohne Sinn
Und doch – keine Zufälle des Lebens
geschehen
und doch – ist ein Ende auch neuer Beginn
Chance jeden Lebens in anderer Form
Im Wunsch zu erfassen, was nicht greifbar
öffnet sich das Herz der Hoffnung
trotzdem zu leben in Liebe
trotzdem zu sein im Frieden
trotzdem weiter zu gehen
den Weg ins nie verlöschende Licht

Karin Findorf

Verständnis?

Was hat er wohl gedacht?
Woher kommt diese Wut?
Oder hielt er sie für Mut?
Er hat so vielen Menschen den Tod
gebracht.

Wann hat er sich dafür entschieden?
Wie hat er sich wohl gefühlt?
Niemandens Herz ist so unterkühlt.
Es wäre leicht gewesen, in die andere
Richtung zu fliegen.

Was ging in ihm vor?
Warum brachte er uns so viel Leid?

Wieso war er dazu bereit?
Sah er denn kein anderes Tor?

Wie können wir ihn denn verstehen?
Können wir Menschen uns gegenseitig
nicht mehr sehen?
Was wollte er uns sagen?
Warum konnten wir nicht einfach fragen?

Hannah Fire * 1983

Die Schatten des 11. September liegen auch über uns

du Schikki-Mikki-Pornoland
mit bunten Krakeln an der Wand,
den Spaß in Mode – dumme Witze,
mit Kunsteis in der Sommerhitze,
wo Medien geilen auf den Mob,
mit toller Schreibreform non Stopp,
du Volk der Rasenmäher
einst Land der Frühaufsteher,
merkt auf, ihr Christen und Genossen:
In der Welt wird scharf geschossen!

Hannelore Fischer

11. September

Tag des Grauens,
der das Unfassbare hat werden lassen.
Moment des Unwirklichen in der Welt,
Utopie in den Köpfen,
Entsetzen, Angst, Ohnmacht.

Zerstört, die Hoffnung von Freiheit,
Ziel allen Seins.
Amerika, Symbol der Stärke,
des Schutzes, der Macht,
zersprungen, verletzt deine Würde,
du Zuflucht in der Welt.

Erschüttert im Glauben, die Menschheit,
wo der Mensch als Waffe benutzt,
fanatischem Glauben geopfert,
als höchstes Gut, das Leben verachtend.

Tag der Erkenntnis, der bitteren Wahrheit,
Offenbarer des Hasses, des Todes, der
Furcht,
der dunklen Menschennatur.
Zerstörer der letzten Bastion.

Rosemarie Flick * 1957

Ohnmacht der Macht!

Der 11. September bleibt in unseren
Herzen eingegraben.
Tausende von Menschen lagen unter
Hochhaustrümmern begraben.
Die Welt ist gespalten. Werden wir sie in
Liebe noch halten?
Unsere Träume waren wie die
Wolkenkratzer, die in den Himmel
ragten,
Und sind wie sie am Boden zerstört,
Wir, die wir in Hoffnung, so viel wagten,
Sind gebrochen und unsere Seelen sind
verstört.
Fanatischer Hass glühte feuerrot
Und brachte so vielen Unschuldingen
Tränen und Tod.
Die uns fehlen, die lieben Menschen, sind
niemals mehr zu ersetzen.
Überall gibt es noch Angst und Entsetzen.
Wir stehen wieder auf, bauen wieder auf,
Sehen zum Himmel hinauf und sehen das
neue Morgenrot.
Einmal wird es endlich gut sein.
Unsere Liebe hat dies alles zu vergeben und
zu verzeih'n.
Und wenn wir es nicht wollen und selber
nach Rache schrei'n,
Werden wir mitschuldig sein
Am 11. September, dem Leid unserer
modernen Zeit.

Renate Fournier * 1953

Elfter September

Verkohlte Gerippe blieben zurück
Vom Stolz einer Nation –
Die Welt sah zu, wie dies Symbol
In sich zusammensank.

Tausendfach wogte der Aufschrei
Von Menschen in Angst und Entsetzen.
Sie wurden zermalmt und zerrieben
Unter die Trümmer gesät.

Kein Baum wächst in den Himmel –
Er wird vorher gefällt.
Ach, dass sein verwandeltes Wesen
Doch Kraft sei für die Welt!

Ingeburg Freisinger

Der 11. September!

Stille Trauer, tiefer Schmerz, legt sich übers Land.
Muß der Haß den Menschen leiten, anstatt liebevoll verstehn.
Wird die Angst unser Begleiter sein oder wird es Frieden geben.
Warum müssen Menschen immer streiten und können nicht verzeih'n.
Mensch, sei Mensch laß es nicht zu, daß der Haß unser Begleiter wird,
Dann sind die Menschen, die wir verloren, nicht umsonst gestorben.
All diese schauen von dem Himmelszelt und wünschen sich
Frieden für diese Welt.

Hiltrud Frigger

Terroristen

Es gibt Menschen, die wirken, als wären sie keine;
organisch besitzen sie sogar Herz;
sie haben einen Kopf, Rumpf, Arme und Beine
und bringen den Menschen nur größten Schmerz.

Sie haben studiert, auf Universitäten,
verfügen über ein denkbares Hirn;
doch statt es zu nutzen für Aktivitäten
zum Guten, bedrohen sie unser Gestirn.

Sie nehmen sich lebende Menschen als Waffen
und töten so viele, unschuldig, dazu.
Was hat die Menschheit mit solchen zu schaffen?
Kämpft gegen sie, für die Erdenruh'!

Man kann aber leider die Mörder nicht erkennen,
denn diese sind nirgends und überall;
und noch kann sie keiner beim Namen nennen,
und die Angst geht um, auf dem Erdenball.

„Fangt diese paranoiden Psychopathen,
Fanatiker übelster Sorte dazu!"
Das ist es, worum letzte Opfer uns baten:
Bevor wir dies erfüllen, haben wir keine Ruh'.

Gerdi Fritzsche * 1944

Bilder

Die Bilder holen mich ein,
Bilder des Schreckens,
Bilder des Grauens,
Bilder des Todes.

Wehre mich gegen die Bilder
mit Händen und Füßen.
Manchmal schaffe ich's.
Manchmal hol'n sie mich ein.

Uta Froehlich * 1963

morgen ist anders

grausamkeit
verwüstung
schrecken

vorgestern –
morgen ist anders

aufrüstung
befremdung
ab schreckung

gestern –
morgen ist anders

gift
terror
anti-terror

heute –
morgen ist anders

morgen ist tot –
ein mehrheitsbeschluss

Gerhard Füchsl

Die Kinder der Welt in den Kriegen und dem Terror der Welt

Kinderaugen schaun mich an,
die strahlend-staunend, fragend-frechen!
Da schaudert's mich,ich denk daran,
daß solche Augen täglich brechen!

Kinderhändchen winken mir,
die zarten – kleinen, rosig-weißen!
Vergiß es nicht, das sagt es dir,
daß solche Händchen dort zerreißen!

Kinderärmchen schlingen fest,
sie wollen Schutz und Trost sich holen.
Seid gemahnt und nie vergeßt,
daß solche Ärmchen dort verkohlen!

Helft, gute Menschen, löscht den Brand,
den legte eines Räubers Hand!
Daß Kinderaugen glücklich strahlen!
Daß Kinderhändchen lustig malen!
Daß Kinder nicht mehr sterben müssen!
Daß Kinder sich geborgen wissen!

Alfred H. Gaidies * 1935

Zwei Türme

Zwei Türme standen prächtig in der
stolzen Stadt
zentral positioniert im alten Spiel der
Spiele,
in dem ein Spieler will den anderen setzen
matt.
Gewinn, Prestige und Vormachtstellung
sind die Ziele.

Sie war'n des Königs Recken, Faktor seiner
Macht,
wie Zwillinge im engen Schulterschluss
verbunden.
Die riesenhaften Monolithe hielten Wacht
über sein Reich bei Tag und Nacht zu allen
Stunden.

Sie gleißten fürnehm golden in der Sonne
Strahlen.
Hinter den tausend Fenstern tausend
Spieler saßen,
die Köpfe vollgestopft mit Plankalkül und
Zahlen,
den Reichtum bald zu mehren über alle
Maßen.

Das Spiel war hart, die Regeln aber klar
und fair.
Doch Neider fanden sich mit
fremdländischem Pass.
Sie scherten sich um Anstand und Fair Play
nicht mehr.
Die Türme wurden so das Ziel von
blindwütigem Hass.

Vom heimtückischen Gegner wurden sie
geschlagen.
Jedoch der König lebt, und er wird weiter
leben.
Zwei neue Türme lässt er in den Himmel
ragen,
um den Nationen Zeugnis seiner Kraft zu
geben.

Hans-Jürgen Gaiser * 1952

Am 11. September und an jedem anderen Tag ...

Wer Konflikte nicht mit Worten
auszutragen vermag, der wird ernten
die Trümmer, die ihm gebühren,

verheißungsvoll die Türme sich erheben –
ein letztes Mal im Angesicht des
Todes.
Nicht die Asche ihrer selbst sind sie,
sondern verkünden das Elend der
Menschheit, die da schreit die Not in die
Welt.

Schert ein jeder nicht die Toten, ohne sich
selbst dabei zu vergessen
Hat nicht der bereits zuvor genommen, der
sich um sein Genommenes beklagt.

Betrauert nicht die Toten – bedauert euch
selbst,
Dass so mancher sich überhaupt noch
erträgt.

Die Tragödie nahm die vielen Opfer mit
sich.
Seht ihr denn nicht, sie ruhen an einem
nicht so fernen Ort.
Es ist die Brücke zwischen Krieg und
Frieden, sie gehen dort nicht fort.
Ist Vergeltung nicht mehr Schein als Sein.
Nun, was nicht ist, das darf wohl nicht
sein.
Baut eure Türme nicht zu hoch, bescheiden
wie ihr seid ... am 11. September und
an jedem anderen Tag!

Anita Garcia * 1977

Turmbau zu Babel

Der böse Bube bangt
im Netz der Macht
um seine Lüge.

Feuerspeiender Drache
verglüht im Wahnsinn
löst Paradiese ein.

Gier predigt Feuer.
Gebetstürme brennen aus.
Aller Frevel fällt.

Die Verdammten sprengen
weißlodernde Seelen
in die liebenden Arme der Engel.

Andreas Gärtner * 1967

Ein neuer Tag beginnt, aber die Welt steht
still.
Qualm und Staub erzählen von Angst und
Terror,
die dunklen Wolken ziehen nicht vorüber.
Eine junge Frau sucht in Trümmern
verzweifelt nach ihren Liebsten.
Ein Vater tröstet seine Kinder, doch die
Mutter kehrt niemals heim.
Mütter weinen um ihre Kinder, empfinden
Wut und Schmerz zugleich.
Das Unfassbare bleibt eine Antwort
schuldig: WARUM?

Katja Gehrt * 1969

ich habe

alle fragen und antworten in mir

ich habe das wissen der welt in mir

aber ich weiß nichts von der welt
weil die welt nichts weiß von der liebe
nur von der sehnsucht
immer nur die sehnsucht
nach dem besseren

in mir tanzt ein irrlichterndes blau
ein ratloser schmerz
auf der suche nach frieden und
zufriedenheit

die stille des abends trügt
wo bin ich geborgen
zu nahe bei den dingen
zu fern von deiner hand

ich werde mich nie verstehen
und nie die welt
die nur träumt
und sich sehnt
und nichts weiß.

Beate Geist

Terror an Unschuldigen

Plötzlich, aus dem Nichts
kam erst eins,
dann noch eins,
Flugzeuge mit reisenden Menschen
durchschlugen die Türme
der Macht - des Geldes,
die symbolische Stärke
eines großen Landes.

Plötzlich, alles vorbei,
das Leben und Treiben
an diesem Ort
des 11. Septembers 2001.

Plötzlich ist alles anders,
die ganze Welt erstarrt
in Angst und Schrecken,
unvorstellbares Grauen
umkreist den Erdball,
unfaßbar das Leid
der Unschuldigen.

Heidrun Gemähling * 1943

Terror ohne Error?

11.09.2001 – für die Welt ein Tag des
Grauens!
Entsetzen ob des schrecklichen Schauens
des Terrorismus in blinder, unmensch-
licher Wut
als Ausdruck des Hasses, des Fanatismus
Glut!

Amerika wird Schauplatz sinnloser Gewalt,
verloren scheint der letzte Halt.
Menschen werden plötzlich in den Tod
gerissen,
die unschuldig, hilflos wir nun trauernd
vermissen.

Besetzte Flugzeuge, gekapert, werden auf
lebenswichtige Gebäude gelenkt.
So grausam ist kein Tier, aber der Mensch,
der denkt!
World Trade Center, ein Teil des Pen-
tagons wurden plötzlich zerstört.
Die Welt zittert, hält den Atem an, bangt,
bebt, ist empört.
Haben zu verantworten diesen Schaden die
Todesgehilfen,
Anhänger von Osama Bin Laden?

Bekämpft den Terrorismus, ihr Völker der
Welt,
sonst ist es um euch gar schlecht bestellt!

Denn wenn eine Mehrheit die Minderheit
nicht daran hindert,
wird künftiges Leid nicht vermieden,
vermindert.

Alfons Genzler * 1942

Gedanken zum 11. September

Wenn die Steine des World Trade Centers
sprechen könnten
so würden sie zum Himmel schreien
ob der menschlichen Grausamkeit
die ihnen widerfahren ist

Aber Steine können nicht reden
und so bleibt ihr Schrei ungehört
und die schreckliche Tat ungesühnt

Menschen können reden
Aber Schmerz macht stumm
Er versteinert den Menschen
So werden Mensch und Stein eins
- ein Mahnmal für allezeit

Menschen und Steine können nicht reden
und so bleibt ihr Schrei ungehört
und die schreckliche Tat ungesühnt

Jutta Gerhard

11. September

September, gar der 11. noch, ein Datum
ohne Namen.
Vor ein paar Jahren war es das, es kam
dann das Erlahmen.
Erlahmen auf der ganzen Welt.
Ein Stop - Ein großer grauer Graus.
Es war das große ganze Aus –
die wirklich große Stille.

Da siehst du das und glaubst es nicht,
es kann nicht sein – wie Filmansicht –.
Wen, denkst du, will man hier bekriegen,
mit Menschen, die aus Fenstern fliegen?
Bauten, die dann stürzen schnell.
Reporter, die jetzt sprechen grell!
Augen wollen es nicht glauben,
klar, Verstand will es dir rauben.

Ach ja, die Angst – der alte Krieger.
Wer ist hier Sieger, wer Verlierer?

Sonja Gieseke * 1969

Wie...so?!

Wie du mir, so ich dir
Das uralt-ew'ge Spiel
September, 11, 2001
Ein weiteres Etappenziel

September, 11, am Tag davor
Und auch am Tag danach
Irgendwo anders ein Haus, ein Leben
Ein Traum zusammenbrach

Vielleicht ist dieser Traum vom Frieden
Wie ein zu hoch gebautes Haus
Vielleicht sollt nur nach oben streben
Wer in der Tiefe kennt sich aus

Frieden auf Erden
Der uralt ew'ge Traum
So oft den Abel man beklagt
Die Kaine kümmert's kaum

September, 11. – oder wann auch immer
Ein uralt-ew'ges Spiel
Abel ist wieder einmal tot
Doch auch Kain kam nicht ans Ziel

Rolf Gildenast

Wenn laute Uhren

verfasst am 11. September 1990

Wenn laute Uhren uns
mit ihren blanken Zeigern
leis erschlagen
so hören wir sie nicht

denn dieser Klang aus Silberblech
zertrümmert unsre Klagen

Wenn Kupferschwerter
aus dem Blau des Himmels
rot sich senken
dann sehen wir sie nicht
weil uns beschäftigt
was wir gegenseitig schenken

Und wenn die Wärme uns verlässt
und nur noch

Tolya Glaukos * 1971

stabat mater

sie stehen immer noch
die mütter
verhüllen die gesichter

dolorosa

schmerzgebeugt
unter der Last
verlorener Kinder

juxta filius

nicht immer nur
söhne
auch töchter
sterben für nichts

lacrimosa

statt aufzuschreien
statt nein zu rufen
weinen sie und
verhüllen die gesichter

Thomas Glaw

Für immer Frieden

Wann gibt es Frieden
Auf dieser Erde
Das haben wir so oft schon gefragt
Wann gibt es Frieden
Für alle Menschen
Ist denn das Hoffen zu viel gewagt
Eine Antwort
Würd' es sie geben
Ach das wäre schön
Denn uns're Sehnsucht
Nach diesem Frieden
Bleibt unser Leben lang besteh'n.
Für immer Frieden
Auf der Welt
Das darf doch nicht nur Illusion sein
Für immer Frieden
Auf der Welt
Darf keine Phrase – kein blanker Hohn
sein

Thessy Glonner

Der 11. September

Ob September, März oder Juli, sogar im
Dezember und jeden Tag
Erschüttert's mich immer so, dass ich nicht
weiter mag.
Es erschüttert mich das, was die Menschen
den Menschen tun,
es nimmt mir die Freude, lässt mich nicht
ruhn.
Der Tod ist es nicht; der gehört zum
Leben.
Das Töten, das ist es; wo gehört das hin?
Für mich war's zuerst '36 im Juli
In Spanien: Ein Bürgerkrieg-Beginn.
Kaum war er zu Ende – ein Segen? ...,
als im September (39), am ersten, ein neuer
Krieg begann.

Man tötete allerseits, auf allen Wegen,
bis der Krieg im Mai fünfundvierzig ein
Ende nahm.
In der Ferne focht man ihn weiter
Bis zum sechsten August, da sich die Welt
besann:
Nie wieder! So geht es nicht weiter ...
Doch, wie kommen wir – ICH – an
Wohlstand und Geld?
Gegen die Natur, gegen „die Achse des
Bösen"!
Bis zum Untergang unserer schönen Welt.

Marie Luise Goiri Stein * 1933

Die Wahl der Qual

Nun ist es endlich doch passiert
Die Sicherheit ruht friedlich
Ihr Dasein hat meine Gedanken massiert

Ein treuer Freund ist sie gewesen
Aus der Mode kam sie
Würde nicht mehr genesen

Ihr Ende war ein Gnadenschuss
Nur noch der Zufall
Ließ sie leiden bis zum Schluss

Nicht die einzige Möglichkeit
Eine von vielen
Wurde sie durch die Zeit

Immer war sie für die Mehrheit
Hat oft gewonnen
Im Kampf gegen die Freiheit

Ihre Pfeile hat sie abgewehrt
Oder war es immer umgekehrt?

Mirco Gökeler * 1980

Feuer Rauch
Trümmern Staub,
Türme die Erbarmungslos
Von Bösen selbst getroffen sind,
Bilder die unter die Haut gehen
Abgrunde des Terrors,
Verwaiste Kinder
Allein gelassene Eltern
Trauer Schmerz
Betroffenheit und Wut,
Amerika trägt Schwarz.
Verletzt und zerstörbar
Begräbt sie ihren Toten
Bekämpft unsichtbaren Feinde
Und erhält sich die Vision
Von einer Welt,
Ohne Terror und Entsetzen
Ohne Krieg und Hunger
Ohne weinende Kinder
Und unterdrückte Frauen,
Das ist Amerika

C. González Varas

Was ein Gedicht ausmacht

Die Klarheit im Aufbau,
die Wahrheit im Sinn,
die Rarheit der Sprache,
der Zwang der Form,
der Klang der Vokale,
der Rang des Poeten;

die Kürze der Sätze,
die Würze des Geistes,
der Blick auf den Leser,
das Glück beim Verleger,
der Platz im Gedächtnis,
der Schatz im Vermächtnis.

Josef Grafeneder * 1934

11. September

Blau der Horizont strahlt
die Gassen erfüllt mit Stimmungen
der Straßenbewegung rhythmischer Lauf
der Vogel nicht natürlich
in das Gebilde sich drängt
Qualen, Leid erzeugend

den Himmel trüben und Herzen quälen
Kein Zurück für den Schmerz
aus ewigem Unverständnis gezeugt
Anteil global empfunden
den Schmerz soll teilen.

Edith Gratz

Angst

Klangloser Laut
aus Grabestiefe. Ein Pfahl
in der Kehle.

Rasiermesserscharf
jeder Blick. Die Augen
der andern.

Kein Meer.
Keine Muschel.
Jedes Versteck
schon besetzt.

Ein weinender Wicht
allein
mit dem Gelächter
der Welt.
Das dröhnt und rückt
näher ...

Harald Grieb

Im Angesicht des Terrors

Feind: nicht greifbar, nicht fassbar – und
doch zu definieren.
Forschen: Ursachen, Wirkung, Ergebnisse.
Letztgültige Gewissheit.
Und doch: keine Macht.
Hilflosigkeit. Richtungslosigkeit.
Vordergründig: Stärke, Bestimmtheit.
Hinter der Fassade: ohne Maß und Ziel.
Blinder Aktionismus.
Vorgebliche Sicherheit.
Angeblicher Königsweg.
Entschlossenheit – oder Ende der Illusion?

Bettina Gröber * 1981

11. September 2001

Fünf Wolken hängen über Manhattan,
die erste glänzt in Stahl, Glas und Beton.
Vier Wolken hängen über Manhattan,
die zweite bringt Tod und Entsetzen ...
Drei Wolken hängen über Manhattan,
die dritte tropft blutigen Regen.
Zwei Wolken hängen über Manhattan,
die vierte ist schwer von Asche und Rauch.
Die letzte Wolke hängt über Manhattan,
und steigt und steigt, schneerein und groß
Sie trägt die abertausend Seelen
hinauf – hinauf in Gottes Schoß.

Brigitta Groh-Nagl * 1925

Elfter September

Elf. Nur ein Vokal mit Konsonantgestolper
Wie aus unschlüssigem Kindermund, so
dachtet ihr.
Nie zuvor ahnten wir dein Ansinnen. Du
wartetest geduldig, immergleichen
Muts,
Bis der Erbfeind in deiner Verstümmlung
Namen nahm und Zorn.
Nie gab es eine Unschuld zwischen Zehn
und Zwölf.

September. Du vergingst dich an uns,
Schmeichelnder,
Hieltest dich schadlos für Drachen im
lichterlohen Himmel.
Ließest uns lachen ohne Arg, Früchte uns
vom Baume streifen,
Der in deinen Diensten stand. Du bist auch
unser längst schon Herr gewesen
Längst schon. Wir waren wohl, so wohl!
Und gleichermaßen blind.

Ihr vereintet euch vor unsern
Fernsehsesseln (Bluthochzeit, uns anerstorben!)
Zerwirktet unsre lang gehegten Bilder wie weidwundes Wild,
Ruckzuck. Habt euch, eins, zwei, in unserm Augenpaar zurechtgenistet, verpuppt
Zu knöchelweißen Fäusten. An unsre gute Stube klopftet ihr, wir litten nicht
Solch welsche Rede hier im Hofe, jagten lauthals euch davon: Rache schwort ihr leis'.

Heute habe ich die Schlüssel übergeben. Sie hielten Einzug,
Still und still. Und ging und ging fast alles, was wir hatten
Einst. Mein ist nun Dein und Allerunser. Bitte für uns jetzt und in der Stunde
Auf septemberklatschnassem Kissen. Hocken zu Haupte auf der Bettkante dir, schmallippig:
Dream on, dream on. Drunt' in der Küche schäl' ich elf Kartoffeln.

Nicole Grom * 1975

So steh ich hier, längst vergessen und gestorben,
Vom Glück betrogen und von der Hoffnung verdorben.
Hier also steh ich nun, gestorben und vergessen,
Von der Liebe genarrt und von Zuneigung zerfressen.
Auf jene Menschen deute ich, die mir niemals glaubten,
Deren Verstand sich verschloß, deren Hirne verstaubten.
Nichts also gibt es mehr was Euch berührt?
Zuviel Haß wurde gestreut, zuviel Mißtrauen geschürt?
Ich sah Euer Bemühen in Eurem selbst kreierten Labyrinth,
Verzweifelt nach Ausgängen suchend, obwohl dort keine sind.
Dabei seid ihr noch in Eden, wurdet nie verbannt,
Nur daß die Liebe und jegliche Wärme von dort verschwand.
Also Menschheit warum dieses Zögern? Warum so befangen?
Sonst wurde doch auch keine Schlacht gemieden, kein Krieg umgangen.
Dieses Mal bräuchtet Ihr Euch nur zu vertrauen und die Hände zu reichen,
Dann gäbe es wieder Hoffnung und jene Kälte würde weichen!

Reinhard Gronewold * 1973

Der 11. September

Jenny verließ morgens das Haus – unbeschwert und stolz –
So. wie sie immer war.

„Das sind meine Türme, Mama, und ich liebe sie."
Stolz war sie über das Büro,
und sie sah unser Haus von dort oben.

Sie liebte die Türme – schon immer.

„Da, oben, Mama, da oben – da ist man frei!
Da oben ist es, wie wenn man ganz nah bei Gott ist."

Stolz war sie, jeden Morgen dort oben zu sein;
Stolz, über den Schulabschluss, der sie dort hingebracht hatte;
Stolz, wenn sie hinunter blicken konnte
Von ihren Türmen auf ihre Stadt – auf ihr Leben,
Stolz, wenn sie abends zurückblickte,
einen kleinen Teil der Freiheit mit nach Hause nehmend.
Stolz an jenem Morgen und auf ihr neues Kleid.

„Für Jason, Mama, ich weiß, er liebt mich.
Er liebt es, wenn ich Rot trage. Er wird
mich heute Abend abholen:
Es wird spät werden.“

Stolz wäre sie gewesen,
seinen Ring zu tragen, den er behutsam in
die Trümmer gelegt hatte.

Jutta Großer * 1970

Die Kinder Allahs

Ganz tief im ärmsten Afghanistan
lernen Fünfjährige lesen: im Koran.
Das Schießen wird ihnen gelehrt am
offenen Feld,
der Christ ist ihr Feind, Allah ist ihr Held.

In New York stehen wie Soldaten zwei
Türme da,
stolz, reglos, scheinbar unschlagbar.
Und doch nur errichtet von Menschenhand,
um zu zeigen den Reichtum im westlichen
Land.

Die Kinder, sie glauben, was sie hören:
„Die Ehre Allahs darf man nicht stören!
Kämpf für den Glauben, dann bist du ein
Held,
im Himmel und auch hier auf dieser Welt!“

Immer mehr wird von Westen nach Osten
gebracht.
Die Kinder erkennen die zerstörende
Macht.
Ihre Kultur darf keinesfalls verwestlicht
werden.
Lieber würden sie für den Allmächtigen
sterben.

Eines der Kinder lenkt entschlossen den
Flieger
genau in die reglosen, westlichen Krieger.
Das Kind, es stirbt, doch so soll es sein.
Denn mit ihm stürzt auch die Macht des
Westens ein.

Katrin Gruber * 1982

Nach dem 11. September

Aus dem Paradies vertrieben,
Friedenszeit, die war einmal,
nichts davon ist uns geblieben,
Terror agitiert global.

Netze werden fein gesponnen,
Gotteskrieger schlagen zu,
nicht nur Leben wird genommen,
Hybris auch und satte Ruh.

In die Zukunft kein Vertrauen,
überall siehst du den Feind,
auf wen können wir noch bauen?
Rache in den Herzen keimt.

Angst herrscht fast in jedem Land,
drückt es schwer wie böser Bann,
Schrecken, ins Gehirn gebrannt,
und die Frage:
Sind wir dran?

Edith Grünauer * 1944

Wieder Krieg

In scheinbar friedvoller
Spätsommerstimmung
fuhr ich ahnungslos über Land.
Von unvorstellbarem Schrecken
war der Natur hier nichts bekannt.

Zu Kurznachrichten, wie immer,
schaltete ich das Radio an.
Trauermusik war statt dessen zu hören -
schlimme Ahnung kroch langsam heran.

„Zwei Flieger ins World Trade Center",
kam ein Bericht vom Terroranschlag.
Tränen sickerten in meine Augen:
Das war vom Krieg der erste Tag!

Rudolf Grund * 1954

Die Power mit dem Tower

Da steht er, so hoch und gibt damit an
weil kaum jemand von unten
hinaufschauen kann.
Stolz reckend taucht er ein ins Sonnenlicht
zu jeder Jahreszeit er mit Größe besticht.
Die Wolken küsst er, ganz ungeniert
Miss Liberty schaut weg, ob sie sich ziert?
Eifersüchtig ist sie, denn er flirtet mit
Power
mit den Sternen und dem Zwillings-Tower.
Von oben herab schaut er auf sie runter
sie zu ihm hoch, denn er treibt es noch
bunter
zieht mit Magie alle Blicke auf sich
während sie da steht und man nur von ihm
spricht.
Er ist ein Prahler und wird es auch bleiben
glaubt sie und weiß nicht, dass hinter den
Scheiben
vom Tower aus tausende Fotos man schießt
von ihr, weil sie schön ist, was ein jeder
genießt.

Hildegard Grygierek

11. September 2001

Die Fakten – bekannt. Die Folgen – auch.
Danach ortete der Präsident das Böse
entlang einer imaginären Achse. Und ging
nicht als Ahnung einer kommenden
Blutspur ein Frösteln über die Welt?

Oh nein, Achmatowa, das Böse zieht nicht,
zieht heute nicht mehr
mit dem Bettelsack durch die Welt. Das
Böse, gezeugt über Gräbern,
Gezeugt in Träumen aus Schlamm und
geronnenem Blut. Gezeugt mit einem
Versprechen aufs Paradies. Preisgabe,
knallhart, von Körpern,
im vergewaltigten Morgen.

Aber es schwebt auch die Treppen der
Weltbank hinauf und legt sich, kalt
lächelnd auf die Schreibtische der
Chefetagen, lächelnd Gewinne
versprechend.
Es zieht, korrekt gekleidet, durch die
Korridore der Macht und legt,
kultiviert
sprechend, die Fingerspitzen zusammen.

Alle
Gierig nach Götzen und nach
Schuldlosigkeit.

Welche Meldungen gab es sonst noch an
diesem 11. September?

Die FAO ließ verlauten,
es seien an diesem Tag
mehr als 35 000 Kinder
verhungert. Weltweit, versteht sich.

Barbara Gudelius

Der 11. September

Unfaßbar
Erschrecken
Erstarren
Fragen über Fragen
Terror.

Terror-Mißbrauch
Kriege fließen
wie das Öl.
Der dreißigjährige Krieg - verkürzt durch
das Atomzeitalter.

Achse des Bösen durch die Ölfelder
spaltet die Menschheit.

Die Guten ins Töpfchen
die Bösen ins Kröpfchen.

Aschenputtel wacht auf
erschrocken
erstarrt.
Sie hätte es nicht einmal im Märchen
geträumt.

Mahnaz Gürtler

In vollen Zügen

In vollen Zügen will ich leben
Und jede Chance will ich nutzen.
Von nichts und niemandem lass ich
Mir meine Freiheitsflügel stutzen.

Schenkt mir das Leben Glück und Freude,
Will ich mein Haupt in Demut neigen.
Ich möchte reden, singen, tanzen,
Meine Gefühle will ich zeigen.

Ich weiß, es gibt auch schwere Zeiten,
Und auch das Leid nehme ich in Kauf,
Und lasse meiner Wut und Trauer
Und meinen Tränen freien Lauf.

Ich will nicht cool und lässig scheinen,
Ich scheue die Gleichgültigkeit,
Vielmehr will lachen ich und weinen,
Mein Schlagwort heißt Empfindsamkeit.

Ich hab mich niemals selbst verleugnet,
Will ich am Lebensende sagen.
Ich hab geliebt, ich hab gehasst,
Ich hab gelebt – an allen Tagen.

Helene Gutfreund * 1968

Nach deiner Stimme

Nach deiner Stimme leuchtet das Zimmer,
die Zeit ist mit dir, bis ich ohne Schlaf
aufstehe.
An einem Tag wirst du sehen, wie ich dich
echt geliebt habe.
Es soll nicht zu spät sein, dass du meinen
Geruch
nicht mehr erkennst.

Nach deiner Stimme überall hell wie ein
Tag,
aber in mir immer noch Nacht, wie ein
Grab.
Trotzdem werde ich erzählen, an die Käfer
deine Schönheit.

Nach deiner Stimme blüht die Feige,
ich will sie noch mal kosten vor meinem
letzten Atem.
Ich bin nicht traurig, sei ruhig und keine
Sorge ...
Und vergiss nicht, irgendwann später
werde ich keine Sehnsucht mehr haben.

Nach deiner Stimme ...
Ich werde immer bei dir bleiben.

Ali Can Güzel

Fragen

Du fragst nach dem Warum
Ich gebe dir keine Antwort
auf Fragen die keine Antwort kennen,
oder deren Antwort die Zeit ist.

Du fragst nach dem Wann
Ich gebe Dir keine Antwort
auf Fragen die keine Antwort kennen,
oder deren Antwort die Zeit ist.

Du fragst nach dem Wieso
Ich gebe dir keine Antwort
auf Fragen die keine Antwort kennen,
oder deren Antwort die Zeit ist.

K. H. * 1957

das blut

das blut schreit.
Abels blut schreit,
das blut des gesegneten
versickert im acker
seines bruders Kain.

das blut schreit.
das blut der schwarzen.
das blut der roten.
das blut der gelben.
das blut schreit.

das blut schreit
unter schutt und asche
unter stahl und steinen
unter scherben und staub,
das blut schreit.

das blut schreit,
es schreit im westen.
es schreit im osten.
es schreit und schreit.

schreit es nach blut?

Klaus Haacker * 1942

Der 11. September

An diesem Morgen begann der Tag zu
verblassen.
Das Treiben der Stadt, durch plötzliches
Krachen, Bersten, Klirren und Blut
zu verlassen,
Sirenen der Feuerwehren schwirrten in
großer Not.
Menschen irrten im Staub und hatten kein
Brot.
Ohne zu wissen, wer hat das getan?
Bahnte sich die Flut der Helfer heran.
Kein Leid, keine Trauer lässt sich ertragen.
Als Menschen, die geben sich niemals
geschlagen.
Vor Ohnmacht war mancher ganz still im
Gebet.
Habe ich das heute wirklich erlebt?
Wusste ich, ob Gott das so wollte?
Ich dachte nicht, dass ich hier sein sollte.
Nein, das konnte unmöglich sein Wille
sein.
Er lässt die Menschen in der Not nicht
allein.
Hilfe kam aus der ganzen Welt, weil die
Welt in der Not zusammenhält.
Aus allen Völkern waren Opfer zu
beklagen.
Die Menschen wollten am Leid nicht für
immer verzagen.
Die Zukunft lasst uns gemeinsam
gestalten,
damit die bösen Mächte uns mögen niemals
verwalten.

Ilona Haar * 1956

Warum

Fremde Menschen liegen sich in den Armen
und weinen,
die Großen sind ratlos, völlig verwirrt sind
die Kleinen.
Die Wucht der Gewalt hat uns alle
getroffen,
wann dürfen wir wieder auf Menschlichkeit
hoffen?
Gesichter verzerrt und leichenblaß,
spiegeln Entsetzen über so viel grausamen
Haß.
Terror du zeigtest deine teuflische Fratze,
rafftest hinweg so viele, mit deiner
Höllentatze.
Warum? Diese Frage wird ohne Antwort
bleiben.
Keine Worte, diese Tragödie zu
beschreiben.
Wem nützen jetzt drohende Reden mit
scharfem Biß?
Weder Eltern noch Kindern, die man
auseinander riß.

Im Gebet vereinen sich die Völker aller
Rassen,
wollen Frieden, nicht mehr ihren Nachbarn
hassen.
Begegnen wir uns deshalb mit liebender
Gebärde,
denn für uns alle gibt es nur diese eine
Erde!

Alfred Haase * 1953

Alles fällt

Es fallen die Blätter der Rose
Sie sinken langsam herab
Es fallen die Blätter der Rose
Auf ihr eigenes Grab

Der Himmel brennt
Die Sterne fallen
Das Sterben beginnt
Bei uns allen

Es fallen die Tränen der Trauer
Sie Tropfen ständig mit Macht
Es fallen die Tränen der Trauer
Seit Tagen in jeder Nacht

Der Himmel brennt
Die Sterne fallen
Das Sterben beginnt
Bei uns allen

Es fallen die Stunden der Einsamkeit
Wann fallen sie nur für mich
Es fallen die Stunden der Einsamkeit
Dann seh ich endlich dich

Stefan Haberland

Der 11. September

Der 11. September
zeigt die öffentliche Rebellion
einer stolzen Diktatur
von irregeführten Selbstmördern
(Idealisten)
des Gottesstaates „Islam";

die gegen eine ebenso
irregeführte, eigennützige
Wohlstandsgesellschaft
auftritt,
deren Hochmut
sich als unbezwingbare
Weltherrschaft präsentiert
und beachtet sein will.

Und jetzt:

Ein Loch im Kopf –
viele Tote und nie endendes Elend.

Wilhelmine Habicher * 1927

11. September

Die Mutter fühlte sich schlecht nach ihrer
Krebsoperation.
Rosen und Garten waren zum
Herbstanfang versorgt.
Das Haus hatten wir gegen allen
möglichen Unbill versichert.
Da sagten die Sprecher es in den
Nachrichten –
Flugzeuge waren in das World Trade
Center gerast.
Ich sah die schrecklichen Bilder im
Fernseher.
Hunderte Menschen verletzt, sterbend,
nach ihren Müttern schreiend.
Kinder ,Erwachsene,Greise –unschuldige,
schuldige, irrende Menschen.
Solche Bilder sah ich im Krieg!
Leben wir im Krieg mit den Piloten dieser
Flugzeuge, ihren Auftraggebern?
Ich, die gutgläubige Christin begegne jetzt
jedem Ausländer mit Mißtrauen.
Kann man sich gegen Terror versichern,
frage ich mich töricht und
schluchzend?

Die kranke Mutter ruft mich; ich kann
jetzt nicht nachdenken.
Später will ich mit anderen Menschen
darüber sprechen –
auch mit den Schwarzhaarigen,
Schmalköpfigen von mir
Gefürchteten.
Kann man mit Reden so scheußliche
Menschenopfer verhindern –
immer die Angst im Nacken,wann bomben
sie hier bei uns?
Doch so muß man wohl anfangen, etwas zu
verändern, etwas zu verbessen.
Vielleicht können wir dann wieder
Sonnentage im Garten genießen.

Renate Hahnfeld

Trauer

Es schmerzt die Seele
Es brennt so sehr
Da ist nur Leere
Man kann nicht mehr

Viele Tränen vergossen
Viel Leid ertragen
Viel Liebe erloschen
Warum? – möchte man fragen

Durch so viel Leid geschritten
War es der Beginn?
So viel Schmerz erlitten
Was entschwindet ist der Sinn

Alles ist verdorben
Was bleibt ist der Schmerz
Vieles ist gestorben
Es weint das Herz

Es tritt die Dunkelheit
Es umgibt das Land
Es brauchte ne Ewigkeit
Bis es verschwand

Euarda Hajdaraj * 1987

Menorca, der 11. September 2001

Das tiefblaue Meer war jetzt noch
Voll der silbrigblitzende Fische,
Der Klänge der spanischen Gitarre,
Dem filigranen Weiß der Bräute,
Der menorquinischen Lieder.
Um 14.30! WTC! Pentagon!
Ein wilder Tanz der dunklen Mächte?
Wo ist das Türkis-Blau?
Beim zurückgezogenem Gott?
Ein blinder Schleier umhüllt den blauen
Planeten!
Mein türkisblaues Meer!
In tiefer Trauer!
In schmerzerfüllenden Tränen?
In der blutige Tinte?
Welche heilige infernalische Inquisition?
Mein Türkis-Blau?
Und Zarathustra? In Blau? In Schwarz? In
Rot?
Wann wacht ihr auf?
Und wo?
Im Reich des Hades?
Alle?
Alle?
Alle

Markéta Halaburt

Es ist Krieg

Schwarze Schwingen schweifen
durch dunkle Dörfer.
Ein Haupt erhebet sich
über alles andere hinweg.

Ein Schatten zieht über das Land,
verdränget Licht und Freud.
Lässt Sonnenschein verblassen
und Wasser vergehen.

Nebel zieht auf,
bedeckt die Felder,
erhellt die Nacht,
lässt Menschen ruhen.

Überall ein Feld der Trauer...
Überall ein Wald voller Leid...
Eine Blume blüht einsam und verlassen.
Ihr Name - Frieden!

Ann Haller * 1989

Der 11. September

Es heulen Sirenen mit schrillen Tönen
durch Straßenschluchten.
Den Brandgeruch spüren, die Rauchwolken sehen,
die am Himmel stehen:
Fassungslos sind die Menschen.

Ambulanzen, rasen herbei.
Gemeinsam mit Feuerwehr und Polizei,
gilt es, zu helfen, Menschen zu retten.
In Rauch und Flammen gehüllt,
zwei Türme der New Yorker Skyline.
Schreiende Menschen, Staub und Flammen,
Viele springen in ihrer Not,
aus den Fenstern in den Tod.

Blindwütigen Mordbefehlen gehorchend,
haben einige Mörder, sich „Freiheitskämpfer" nennend,
aus niedrigen Motiven, wie Hass und Neid,
Tausende gemordet, und viel Leid
über unzählige andere gebracht.
Es ist Nacht
geworden in vielen amerikanischen Herzen.

Walter Hallmann * 1934

Brief an einen Verlorenen

Erinnerungen an vergangene
Jahre, Monate, Tage, Stunden, Minuten und Sekunden:
Jede habe ich einzeln gezählt
6 Jahre, 5 Monate, 4 Tage, 3 Stunden 2 Minuten und 1 Sekunde.
Innerhalb von nichts wurde alles zerstört,
alle Jahre, Monate, Tage, alle Stunden, Minuten und Sekunden.
Nun gehst du hin
von Jahr zu Jahr, Monat zu Monat, Tag zu Tag, von Stunde zu Stunde, Minute zu Minute und
Sekunde zu Sekunde.
und lässt mich allein in meinem Schmerz
in den Jahren, Monaten, Tagen, Stunden, Minuten und Sekunden,
wenn ich
jedes Jahr, jeden Monat, jeden Tag, jede Stunde, jede Minute
und jede Sekunde an dich denke
und kein Jahr, kein Monat, kein Tag, keine Stunde, keine Minute und keine Sekunde
vergehen wird, an dem ich nicht den Schuldigen verfluche.
Niemals werde ich die
Jahre, Monate, Tage, Stunden, Minuten und Sekunden vergessen,
denn meine Liebe weilt ewig, trotz Schmerz und Leid in Ewigkeit.

Maria Hanisch * 1983

Den 11. September vergesse ich nie,
da braucht der Bin Laden gar keine Soldaten.
Ein Flugzeug, das nahm er zu diesem Zweck her.
Er dachte ganz teuflisch: „Da treffe ich mehr."

Hat die Türme getroffen,
die Welt war entsetzt,
hat viele vernichtet und viele verletzt.

Man hat ihn gefangen und sperrte ihn ein,
den hässlichen Teufel, er war gar nicht klein.

Du hässlicher Teufel, wir zahlen dir's heim.

Frieda Hansen * 1913

Hoffnung stirbt nie

Nur ein kurzer Moment,
nicht mehr,
nicht weniger,
aber ein langes Leid
entstand
in Sekunden.

Ein langes Leben,
viele Jahre,
wenige Gelegenheiten,
ein kurzer Schmerz,
vorbei
die glücklichen Jahre.

Lang oder kurz
das Leben,
Leid oder Glück,
vorbei in Sekunden,
zerstört mit Gewalt;
doch Hoffnung
stirbt nie!

Werner Happe * 1965

11. September 2001

Gesichter
von Tätern
verbreiten Angst

Gesichter
von Opfern
voll Schmerz verzerrt
blutverschmiert
mit weinenden Augen
Hilfe suchend
verbreiten Mitleid

Gesichter
von Toten
Frauen, Kindern, Männern
begraben unter Trümmern
verbreiten Trauer

Gesichter
von allen Unschuldigen
klagen fragend

WARUM

Nadja Harrach * 1944

Der unfassbare Elfte

Mein Gott
Gott hilf
Gott hilf
Gott hilf
Gott hilf
Gott hilf
Gott hilf
Gott hilf
Gott hilf
Gott hilf
Gott hilf
Gott hilf
Gott hilf
Gott hilf
Gott hilf
Gott hilf
Gott hilf
Gott hilf
Gott hilf
Gott h...

Günter Harras * 1944

Ein anderer Maßstab

Erst wenn du Bruder sprichst
und nicht mehr Bourgeois und Kommunist
und nicht mehr Moslem oder Christ –

erst wenn du einen Maßstab findest,
um zu messen – erst wenn du fragst:
Wer von euch wird nicht Waffen mehr
gebrauchen,
sie nicht mehr produzieren und verhökern,

wer von euch wird nicht mehr
auf Männer, Frauen und vor allem Kinder
schießen?

Erst wenn du fragst: Wer von euch wird
die Wunden kühlen der Geplagten,
wer von euch Wasser reichen dem, der
dürstet,
und Speise geben von seiner Speise dem,
der hungert?

Erst wenn wir wieder Menschen sind,
die menschlich fühlen und menschlich sich
verhalten,
die nicht mehr den Gedankenüberbau
zum Götzen machen
und nicht Gewinn und Macht,
erst dann wird diese Welt genesen
und wieder Freude uns und Hoffnung sein.

Elisabeth Hartmann

Wicht aus'm Raum

Lieblich anzuschauende kleine Kinder
waren Sie wie wir,
doch sonst ist nichts wie hier, ist nichts wie
bei Dir.
In die Welt geschissen ohne Wissen, ohne
Rechtssinn, Verstand,
geboren in einem fremden Land, erzogen
von der Umstandshand.
Keine Rettung, keine Hoffnung in Sicht,
niemand greift ein,
Sie sind noch so klein, umgeben von
falschen Leuten, allein!

Mit den Jahren, den Barthaaren, nimmt die
Verziehung ihren Lauf,
Sie haben schulisch nichts drauf, freuen sich
auf den Erstwaffenkauf.
Gestrandet in der falschen Bahn, ver-fallen
einem gefährlichen Wahn,
gesponsert von den Taliban, bekom-men
Sie ihren Auftragsplan.
Was müssen Menschen erleiden, um sich
für ihren Tod zu entscheiden,
viele mussten mit Ihnen scheiden, sagt, was
sind das nur für Zeiten?

Verwandte schreien, Bilder bewegen,
andere Betroffene sind stummer
dagegen.
Regen, Segen, Blumen auf zerstörten
Wegen, doch der Kummer vergeht
nicht deswegen.

Uns hier geht's eigentlich gut, trotzdem
verlieren wir zu oft unsern Mut,
auch ohne Terror, ohne Flut, beherrscht
uns nicht selten schlechte Laune und
Wut.
Wir kennen gar kein richtiges Leid,
dennoch durchfließt uns
Unzufriedenheit.
Denkt daran, wo, wann und wer ihr seid,
seid dankbar und genießt Eure Zeit.

Das Böse ist nicht zu erklären, es ist
überall, man kann sich nicht wehren,
tut euch hier nicht beschweren, überlegt
mal wenn wir dort geboren wären.

Timo Hartung * 1979

Der Wunsch nach Frieden

Wenn doch jemand käme, der Gewalt
und Terror ein Ende setzt.
Der die Gewalttätigen die Waffe
aus der Hand und den Hass aus
ihren Herzen nehme.
Gedanken von Rache und der
Vergeltung von der Erde vertilgen,
der Verständigung und Versöhnung
unter den Menschen herbeiführen
würde.
Wenn doch jemand käme, der uns aus
der Verstrickung in Gewalt und
Bösem retten würde!
Das sind die Wünsche vieler Menschen.

Josy Hartwig * 1939

Feind

Ihr wolltet uns vernichten,
doch ihr habt nur unser Bewusstsein
verändert.

Ihr wolltet uns schwächen,
doch ihr habt uns nur noch stärker
gemacht.

Ihr wolltet uns trennen,
doch ihr habt uns vereint.

Ihr wolltet uns klein machen,
doch ihr habt uns groß gemacht.

Ihr wolltet uns aufs Tiefste verletzen,
dabei habt ihr uns nur noch mutiger
gemacht.

Dafür danken wir dir, Feind.

Ulrich Häusler

Am 11. September
da war es geschehen
die Welt ist im Aufruhr
das hat jeder gesehen

die Zeit war zu kurz
zu erkennen was war
zwei Türme gefallen
so fern und doch nah

was kam danach
so brennend und heiß
zwei Kriege im Osten
wie jedermann weiß

was soll nun bloß werden
auf unser Geheiß
strebt weg von den Waffen
um Frieden zu schaffen

Rainer Hebel

New --- York!

Strangers on a happy day
tun den beiden Türmen weh!

Jedes Kaufhaus, das hat Schranken,
und kein Staubkorb kommt abhanden,
ohne daß Alarm ertönt!

Pentagon und World Trade Center
kann betreten manch ein Fremder,
ohne daß Alarm ertönt!

Hamburg war 'ne Sozistadt,
wo Verbrechen Heimstatt hat.
Viel zu lange wurd' gewartet,
Ursels Rat habt ihr missachtet:
Wohl umsorgt von den Behörden
konnte Atta Eide schwören…
Liebe Amis, nehmt's nicht krumm,
Sozis war'n in Hamburg dumm.

Schmusekurs ist nun zu Ende.
Kampf liegt jetzt der Welt im Trende,
daß nicht strangers in the night
Menschen bringen noch mehr Leid.

Lothar Hegend

11. September 2001 – III

Der Kopf

der den Kopf hatte

zwei Drachen

die Köpfe abzuschlagen

der Kopf kann

was auf die Beine stellen

was die Beine wegschlägt

der Welt

Bernd Heimberger

Blinde, lasst uns sehen

Wer muss den Schwachen morden,
um sich stark zu fühlen?
Was fürchtet er,
das ihm der Schwache tut?
Schwache – steht auf!

Nur der macht andere stumm,
der selbst nicht spricht –
hat Angst vor seiner
eigenen Angst.
Stumme – lasst uns sprechen!

Wo nur noch Bomben sprechen,
machen Tränen blind –
schnürt Angst die Kehle zu.
Ein Schrei nur –
Erde tu dich auf!

Blinde – lasst uns sehen.

Dagmar Hein

Der 11. September

soeben hatte ich vernommen:
du wirst zurück nach Hause kommen
aus Abidjan, dem Krisenherd
wo keine Taktik sich bewährt

um Frieden in dem Land zu schaffen
noch immer sprechen dort die Waffen

doch eh ich mich so richtig freute
da sah ich es – im Journal heute:
3000 Tote auf einmal
der Schock, die Panik, diese Qual

die Angst ging um, was denn nun werde
aus unserem Frieden auf der Erde

der Präsident, der sinnt auf Rache
sagt, dass er auf den Weg sich mache
den bösen Feind jetzt auszumerzen

nur so gäb's Frieden in den Herzen

bis heute hab ich nichts vernommen
die Nachricht ist noch nicht gekommen
dass klar die Ursachen er sieht
um dann zu lenken, was geschieht

Renate Heineck * 1956

Der Tag, an dem die Welt erbebte

Ein strahlender Septembermorgen war
angebrochen,
als viele Menschen aus ihren Betten auf die
Straßen krochen,
ein schöner Herbsttag sollte es werden,
keiner spürte das drohende Verderben.

Keiner konnte ahnen dieses Leid,
eine Pein, die kein Mensch der Welt je
verzeiht,
ein Unheil gewonnen aus Hass und
Missachtung,
Schmerzen als bestialisches Symbol der
Verachtung.

Fanatische Gruppen als Gipfel des Bösen,
„Schläfer", die vermeintliche Krisen
„lösen",
Angriffe geplant aus widerwärtigsten
Gründen,
Emotionen, die in Blutbäder münden.

Das WTC – ein Symbol des Lebens –,
zerstört, die Hoffnung auf Leben meist
vergebens;
viele geliebte Menschen mussten sterben,
sie waren Mittel zum Zweck in diesem
Verderben.

Doch in der schwärzesten Stunde entstand
auch Menschlichkeit,
Menschen, die sich nicht kannten, waren
zur Hilfe bereit,
im Leid verbunden, im Schmerz vereint,
Freunde gefunden, gebrochen der Feind.

Stefanie Heller * 1983

Ground Zero

Siebzehnhundertsechsundsiebzig Fuß tritt
der Turm hoch in den Himmel,
wenn die Zeit einmal erfüllt.
Wo der Schwarm der Arbeitsbienen mit
den Akten unterm Arm,
Lift hinauf und Lift hinunter schwebte, um
zu überleben,
wartet nun die Leere lang schon
auf ein neues Menschennest.
Und die Zeit schlingt Abschiedsranken um
die Trümmer aller Schmerzen,
bis die Kinder nicht mehr fragen: Wer ist
der auf diesem Bild?

Dreimaltausend und fünfhundert schlug
die Todesfaust zu Boden
als das Zwillingscenter barst.
Wo die stärkste der Nationen sich in
Sicherheit gewiegt,
allen andern Mores lehrte und das
Sternenbanner pflanzte,
trat sie in die eigne Falle,
singt sich Mut an in der Nacht.
Und die Fanatisten teilen sich in zwei
verschied'ne Ghettos,
sammeln Order und Parolen, bomben
Schuldgefühle weg.

Auf den kleinsten Millimeter läuft der
Weltenplan präzise –
wie entscheidet sich dein Herz?
Türme und Leben und Denkgebäude
werden stürzen und vergehen,
bis der König Tod gebunden. Wo werd ich
dich wiedersehn?

Ursula Hellmann

Zu spät!

Die Vögel verstummten am 11. September,
der Blick der Menschen war starr vor
Schreck.
Eben noch Leben im stolzen Gebäude,
durch Menschen zerstört – alles Leben dort
weg!

Eine Mahnung soll's sein, so ist es zu lesen.
Auf Erden gibt es viele „World Trade".
Warum ist es so schwer, „Menschen-
Frieden" zu finden?
Wenn ihr das Leben nicht achtet, ist alles
„too late"!

Annette Henke

man nennt sie terroristen (II)

sie wollten was gutes
befreiung der heimat
selbständiges leben
in ihrer religion

es wurde was böses
vergröß'rung des leides
mit tausenden toten
aus jeder religion

fanatisch zu kämpfen
verdunkelt den weitblick
bringt frieden nicht näher
verfälscht nur religion

Wiltrud Henningsen * 1935

Warum nur?

New York im September 2001 – das
Atmen fällt schwer
auch gegen den beißenden Geruch
der die Luft in der Metropole neuerdings
durchweht
Amerika atmet durch
Wahnsinn ist zur Realität geworden
unfassbar und doch das riesige Loch
und schwelende Trümmer inmitten einer
Stadt
stets voller Kraft und Energie
in Stolz errichtet und nun in tiefer Trauer
angesichts dieser zerstörerischen Tat
noch immer unvorstellbar
ein riesiges Trauma hat die Menschen
ergriffen
ein Grab ist gehoben ins Herz dieser
weltoffenen Stadt
gleichsam in die Herzen vieler Menschen
rund um den Globus
die Täter nun in ihrem Himmel
der zur Hölle geworden ist:
Warum nur?

Horst Henseleit * 1931

In Manhattan

Glas und Beton
reflektieren gefühllos
meine Gedanken

Die Fußsohlen brennen
auf dem harten Asphaltboden

Neonröhren gaukeln
bunte Illusionen

Alles ist in Gang
und kommt scheinbar
nie zum Stillstand

Unbegrenzt scheint
die Macht
der Wolkenkratzer

In Demut kauert sich
eine Kirche dazwischen

Sie versucht die Ängste vor dem Wahn
im Vertrauen zu nehmen

Wolfgang Herbolzheimer * 1943

Gedicht zum 11. September 2001

Als es am 11.09.01 krachte,
ich weiß noch, was ich damals dachte:
Das wird Kriege geben,
viele kostet dies das Leben!

Afghanistan, Irak, so geht es weiter,
warum nur, werden Menschen nicht
gescheiter?

Probleme gibt's, die sind zu lösen.
Denken gilt es einzuflößen.
Sie müssen mit sich reden lassen,
anstatt sich weiter nur zu hassen.

Hass ist Saat der Gewalt, das ist bekannt,
Liebe gepaart dagegen mit Verstand,
hilft, jeden Hass zu überwinden,
dies gilt es, zu verkünden!

Ulrich Heß

Krank

Im Namen Allahs
den Quotienten bilden:
Hiroshima plus
Nagasaki dividiert
durch den Elften September.

Rainer Hesse * 1938

Der 11. September

Immer wieder am September dem Elften,
denke ich an die Twin Tower Hälften,
die im WTC 2001 zu Asche wurden,
durch einen Anschlag, einem absurden.
Unbegreiflich, was am 11.9.2001 geschah,
ich weiß noch die Bilder, die ich sah!
Nichts ist mehr wie vor diesem Tag,
obwohl man sich dann in den Armen lag,
und Hilfe für die Betroffenen anbot,
schön, dass es sie gab in dieser Not.
Der 11.9. ist eine Mahnung an alle,
aufzupassen auf jede Terroristenfalle,
denn eines ist ganz klar bewiesen,
Terror hat uns in Schranken gewiesen.
Dieser Tag war so unendlich brutal,
an Verbesserung zu glauben wäre fatal.
Terror hat eine neue Dimension
bekommen,
Wach sein ist nötig und zwar vollkommen.
Aufpassen auf sich und die andern,
nur so kann man den Terror unterwandern.

Bernd A. Hettler

Hoffnung

Wenn die Welt voll Dunkelheit,
wenn die Seele in Dir schreit,
wenn das Grauen Blüten treibt,
dann doch ein Funken Hoffnung bleibt.

Wenn Du Angst hast um Dein Kind,
weil Kriege nie vernünftig sind,
wenn der Terror Macht gewonnen,
in der Hoffnung bleib' besonnen.

Wenn die „Gerechten" kommen,
schrein: „Wir sind die wahren Frommen!"
Wenn sie woll'n Dein Ich zerstör'n,
sollst Du der Hoffnung nicht abschwör'n.

Wenn sie Deine Welt vernichten,
sie über Deine Werte richten,
wenn voll Spott sie vor Dir tanzen:
„sollst Du ein Apfelbäumchen pflanzen!"

Marita Heusener * 1953

Wer?

Wer kennt schon das Leben
der verhüllten Gesichter,
die Qual ihrer Leiden,
im Gewitter der Lichter?

Wer spricht schon die Sprache
ihrer Mütter und Väter,
deren Leben so kurz,
im Tod nur Verräter?

Wer singt denn den Rhythmus,
den Klang ihrer Lieder,
für Töchter und Söhne,
im Kampfesmieder?

Wer fühlt denn die Angst
der Männer und Frauen,
nach zerstörten Nächten,
im Morgengrauen?

Wer glaubt denn an Wandel,
im November, Dezember,
wenn jeder Tag,
ein 11. September?

Kathrin Heydebreck * 1979

11. September

Ahnungslos erhobst du dich am Horizont,
wie jeden Tag.
Selbstverliebt strahlend zogst du deine
Bahn,
wie Kali tanzend auf Totenschädeln.

Wer sind wir im Angesicht der Ewigkeit,
dass unsere Schreckensherrschaft
die Welt in ihrem Lauf nicht rühren kann?

Warum, warum nur verbargst du es nicht,
dein Gesicht,
tränennass,
an jenem Tag,
der für immer seine Unschuld verlor?

Angelika Heynig

11. September

not
ruf
ein
hit
le(e/h)re
der Zivilisation
fund
a mental
reality
elf
the
re: member
zero
9nein

Mirjam Hirch

Mama, wo bist du?

Große Augen, tränenleer.
Sie Fragen, was ist geschehen?
Die Türme, sie stehen nicht mehr,
man kann nur Trümmer sehen.

Mama arbeitete dort,
bevor es geschah.
Jetzt ist sie fort,
nur Steine und Rauch sind noch da.

„Mama, wo bist du?
Ich brauche dich so sehr,
bitte, bitte komme wieder her,
oder sehe ich dich nimmermehr?"

Der Vater hebt das Kind zärtlich auf den
Arm.
„Mama lebt, in unseren Herzen."

So geschehen am 11. September
In New York im Jahre 2001.

Helga Hofmann * 1949

Wer gewinnt?

Am 11. September,
vom World Trade Center,
schreit arabischer Haß
aus Terror ohn' Maß.

Die Tat beschwört Rache
als heilige Sache,
ob gut oder schlecht,
der Toten gerecht.

Ein Volk steht zusammen
im Hoffen und Bangen,
in Treue zum Land,
das Banner zur Hand.

Die Welt sich besinnt.
Wer gewinnt
die Zukunft?
Haß oder Vernunft?

Die Trümmer mahnen
und bitten zu streuen den Samen
des Guten,
soll die Erde nicht bluten.

Karl Hofmann

Geboren aus Trümmern

Und die Hoffnung ist geboren
Aus den Trümmern...
Auf den Frieden.

Grauer Dunst
Erhebt sich aus dem Schutt...
Abgeebbt ist der Lärm.

Eine Ruine
Wie die Herzen...
Der Menschen, die in der Stadt leben.

Doch aus dem Nichts
Dem Tod...
Wächst eine Blume.

Und erneut...die Hoffnung ist geboren!

Eleni Hoh * 1988

11. September – Vergessen?! –

Morituri te salutant!

Frankreich – die Hugenotten – Vergessen?
Ja! Kein Wort der Erinnerung – kein
Pardon!
Deutschland – die Juden – Vergessen?
Nein! Nicht möglich! Stete aktive
Erinnerung – für Geld!
USA – 11. September – Vergessen?
Nein! Nicht möglich! Stete aktive
Erinnerung – zur Rechtfertigung
eines Krieges!

Wann? Wann endlich wird vergessen?
Wann wird vergessen erlaubt? Und: von
Wem?
Kann man vergessen?
Später! Im Focus der Zeit! In 50
Jahren...Vergessen möglich?

Wer herrscht – beherrscht in 100 Jahren?
Vielleicht die heute Besiegten?
Vernichteten? Vergessenen???
Wer denkt dann an Gestern? Sind wir dann
vergessen?
Wir tragen das Gedächtnis im Herzen –
Können also nicht aktiv vergessen!
Aber: Wir leben heute und sollten das
nicht vergessen!

Juliane Hohloch * 1967

Inferno

So viele Tränen, unendlich der Schmerz,
mein Herz zerreißt mir fasst vor Schmerz.
Verzweifelt muss ich das Chaos sehen,
gibt es noch Hoffnung, oder ist alles zu
spät?
Zu Staub und Asche, der Alptraum ist
wahr,
mitten im Inferno die Ohnmacht regiert,
doch die Hoffnung noch Leben zu finden
siegt.
Wie Phönix aus der Asche, wird das Leben
und die Stadt wieder Auferstehen,
die Seelen unserer Verstorbenen,
steigen empor zum Himmelzelt,
in Frieden und Herrlichkeit,
werden Sie Auferstehen,
als Trost leuchtet für jeden auf Erden ein
heller Stern,
Herrlich wird das Wiedersehen!

W. M. Holterhöfer * 1958

Gedanken zum 11. September

Hiroshima, Nagasaki!!!
– nun ja, jetzt haben wir Frieden –

Neutronenbombe, Nato-
Doppelbeschluss!!!
– damit wir Frieden haben –

Vietnam, Südamerika, Nahost, Irak!!!
– aber wir haben Frieden –

Flüchtlingslager, Massaker in Palästina!!!
– na und, wir haben Frieden –

Hungerkatastrophen, Gewalt, Kriege in
den künstlichen afrikanischen
Staaten!!!
– weit weg, wir haben Frieden –

Arbeitslosigkeit, no future, Unterdrückung
überall!!!
– nicht so wild, wir haben Frieden –

Hass, Resignation, Hilflose Wut in den
Slums!!!
– unwichtig, wir haben Frieden –
Kanalisation und Missbrauch von
Verzweiflung, Perspektivlosigkeit ...
und Glauben!!!
– schon traurig, aber wir haben Frieden –

Der 11. September, Apokalypse jetzt!!!
– aber das kann man doch nicht machen, in
unserem Frieden! –

WIR HABEN keinen Frieden. Solange
gewisse Leute nicht aufhören, diese
Welt zu „befreien“,
– müssen wir aktiv werden für Frieden –

Delia Honisch-Leister

troubletravels

und fliegen tode
in god's own country full
power und heavy metal
in gazetten und hirnen
allahberall ein star und ein stripe
der neid bleibt ein luder und
niemand soll glauben dass
irgendwer irgendwas lernte

C. H. Huber

Der 11. September

Wie sehr sich doch die Menschen plagen
sie dauern mich in ihren Jammertagen
hat dies nicht schon vor langer Zeit
Mephisto schon gezeigt

Was würde er wohl heute meinen?
zu all dem Grauen, all dem Greinen
zu all dem höllischen Gehaben
das sich auf Erden zugetragen

es irrt der Mensch so lang er strebt
ich glaube so was in der Art – und
ihr seht die Sachen wie man die Sachen
eben sieht
ja wenn ich's nicht ein bißchen tiefer wüßte

ihr seid dabei mit Leib und Seel euch zu
verlieren
Vernunft wird Unsinn – Wohltat Plage
es gibt so viel verborgenes Gift
hütet euch vor Lug und List

der Mensch ist irdisch doch noch sehr
befangen
er fürchtet weder Gott noch Teufel –
jedoch die schauer volle Nacht
er sehnt sich nach Paradieseshelle
wenn ich nicht selbst ein Teufel wär – so
führt ich euch hinein

Susanne Huber * 1958

Engelsgesang

Welch ein Klang vom Himmel hoch
droben
man hört sie singen und toben
die Engelein in ihren güldenen Kostümen
und ich höre sie nur einen rühmen,
denn nur er hat es wirklich verdient
man betet zu ihm - man kann ihm
vertrauen
und nur mit ihm hat man Glauben und
Hoffnung um wieder auf Neues zu
bauen
er hat nicht die Schuld am Desaster -
er kann sie nicht tragen - wenn wir – alle
Menschen versagen und große Fehler
beklagen –

sondern wir müssen so handeln
im Sinne Gottes und ohne die gesamte
Menschheit zu verschandeln - nur dann
können wir uns zu einer besseren
Gesellschaft verwandeln - bitte weise
handeln!

Liza Hudson * 1963

New York – September 2001

Feiert nicht
die toten Helden

Feiert nicht
den Tod

Feiert

die offnen Hände
den klugen Mut
die schönen Herzen

des Lebens

Katja Hummel * 1978

11. September

Ein Kind
Neun Jahre
Asche liegt in der Luft
Wartet geduldig
Auf der Straße
Am Zaun seiner Schule
Auf den Menschen
Auf seine Mutter
Verirrte Gespenster
Die es abholen will
Taumeln im Halbdunkel
Zum gemeinsamen Essen
Am Mittag

Vom Morgen getrieben
Den Abend nicht kennend
Es wartet vergeblich

Stefan Huppertz * 1960

wir stehen
auf
dem pulverfass
und geniessen die
aus
sicht

Max Huwyler

tod
du verharrst
in schweigen
ich
sehe
in augen
ohne trost

Gaby Iboyan * 1957

Apokalypse – 11. Sept. 2001 – New York Washington

Blitze mit brandigen Zungen,
Hölle aus menschlichem Schrei,
Auswurf den Feuern entsprungen,
flüchtendes, letztes Vorbei.

Splitternder Blick im Ergeben,
Auszeit aus Sterben und Zahl.

Flüche verbliebener Leben.
Stimme, Gebet und Choral.

Zuckende, gurgelnde Schauer,
letztes, verlorenes Nein,
Ohnmacht und Wut in der Trauer.

Apokalypse aus Stein!

Die aus den Reihen sich schälen,
drängen als Asche ans Licht
mit den verlorenen Seelen.

Hölle, verbirg dein Gesicht!

Die nach der Flut sich aufhalten,
stolpern wie über ein Feld,
weinen als stumme Gestalten
wie vor den Gräbern der Welt.

Georg Ihmann * 1927

Der Tag des Schreckens – der 11. September

Die Welt hielt den Atem an
Bewegte Bilder gingen um die Welt
Bilder des nackten Terrors spiegelten sich
in den
Gesichtern der Menschen

Panik und Entsetzen – wie soll man das
begreifen?
Das Resultat des sinnlosen Hasses,
der Terror zeigte sein wahres Gesicht

Wie Granaten schlugen die Fluggeschosse
ins Word Trade Center ein

Wie soll man dieses Ausmaß der Gewalt je
verstehen?
Wer klagt und weint um Tausende tote
Seelen?
Gibt es noch einen friedlichen Morgen
danach?
Gibt es noch ein friedliches miteinander?

Wann wird man je verstehen
Den Tag des Schreckens
Der 11. September

Jutta Inden * 1962

11. September – fassungsloses Entsetzen

Von tiefen Ängsten geplagt,
mancher keine Ruhe finden mag,
verfolgt von traumatischen Bildern,
die seine Seele nicht überwinden kann.

Wie schnell kommt das eigene Leben,
aus der Bahn, nicht nur am 11. September,
eben sich noch in Sicherheit wiegend,
sich selbst belügend – Totenstille,
kein Inferno der Phantasie,
realer Wahnsinn, den man nie begreift,
11. September – ein Schrei nach
Menschlichkeit.

Mit wieviel Gift falscher Ideale,
an falsche Machtpropheten glaubend,
soviel Elend und Entsetzen beschwört,
das ganze Blumenmeer auf der Welt,
hilflose Ohnmacht am 11. September,
an den Wahn der Zerstörung erinnert,
eine Geisel des bösen Menschenwahns,
laßt uns Hand in Hand dem Terror
entgegnen,
im Kampf für Frieden und Menschlichkeit!

Beatrix Jacob

Fleurs de la vie

Wovon berichten?
Blumen und
Blüten bewegt
Im Wind
Trunkenen Lebens.

Alles vergebens?
Fallen Früchte im Herbst
Fast noch Kind
Sie waren
Vom Lichten,
waren geboren.

Worte sterben
Kaum gesprochen
Innen waren sie
Ungebrochen.

Atem begleitet
Sie liebkosend
Entwurzelt werden sie
Atemlose.

Michael Jacobi * 1947

Der 11. September

An diesem Tag brach mein Herz entzwei,
so wie die beiden Türme in des Feuers
Brunst

Ich konnte nicht glauben was ich sah.

Als hätte die Hölle ihre Tore geöffnet
um ihr hässlichstes Antlitz zu enthüllen.

Majestätisch, schillernd und unvergänglich
sind nun Worte,
die einen anderen Sinn ergeben.

Blutrote Flammen und dunkler Rauch,
die das Unheil in ein schauriges Licht
hüllten.

Der Tod schlich siegessicher durch die
Gänge
und in den erstarrten und verzweifelten
Gesichtern der Menschen war zu
erkennen,
dass sie es wussten.

In dem Moment als die Herzen der Türme
zu schlagen aufhörten
und sie unter Bersten und Brechen ihren
letzten Lebensatem aushauchten,
verschwand die Welt in Dunkelheit.

Fast schien es als habe der Planet für einen
Augenblick vergessen,
sich weiter um die Sonne zu drehen.

Die Welt stand still. Nur einige Tränen
bahnten sich einen Weg über mein
trauriges Gesicht,
bevor sie leise im Nichts verschwanden.

Jadan * 1966

Krieg für den Frieden?

Gewalt ist böse, Gewalt ist schlecht!
Das sagen die meisten Menschen – zu
Recht.

Der 11. September – ein trauriger Tag
für den Frieden der Welt ein heftiger
Schlag.
Man fragt bei der Antwort nicht lang nach
dem „wie",
sondern startet sofort die
Kriegsmaschinerie.

Die Bomben, sie fallen und glühen so rot,
angeblich für Frieden, doch bringen den
Tod.

Menschen schreien, brennen, bluten,
kein Unterschied zwischen Bösen und
Guten.

Verbrannte Erde, vom Blut gerötet
Zivilisten werden einfach getötet.

Kinder werden Waisen, verlieren Arm oder
Bein,
kann das Ergebnis Gerechtigkeit sein? –
Nein!

Ein Krieg ist Mord,
und morden nie gut.
Dabei ist es egal,
wer es letztendlich tut!

Torsten Jäger

Der 11. September

Das Unheil naht heimlich, bald unerkannt,
- ein Narr, der Böses denkt -
der Anschlag geführt mit fanatischer Hand,
das Schicksal von Willkür gelenkt.

Wie Bomben schlagen die Flugzeuge ein,
die Zwillinge grausam verwundet,
längst erwählt zum gigantischen
Totenschrein;
zunächst noch wird Leben gestundet.

Doch die Türme zerfallen in Asche und
Schutt,
die Opfer vom Terror verschlungen,
was bleibt, sind Verzweiflung, Trauer und
Wut,
das Lied der Hoffnung verklungen.

Die Mörder an westlichem Busen genährt,
man hat ihnen Rechte und Freiheit
gewährt,
man ließ sie studieren und ungestört beten,
Demokratie ward von ihnen mit Füßen
getreten.

Seht nur, wie sie jubeln und feiern,
sie schießen Salut auf den tödlichen Stoß.
Indes, auf der großen Nation liegt bleiern
der Schock, er sitzt tief in Amerikas Schoß.

Lydia Jakobs-Weines

Berührst du den Stein

Berührst du den Stein: er wird belebt
erwärmt in der Handfläche
wenn im Herzen brennt
der Farbentanz in den Wolken
und die stumme Glut in der Sonne
die wie ein Wanderer auf dem Himmel
heute brennt statt wärmt
ihr gestriges Flimmern
hier heute fröstelt.
Der Tau kältet auf der Wiese
das namenlose Gras
nach dem Sommer bleibt.

D. Jančáryová * 1963

11. September

Strahlend wölbt sich der azurne Himmel
über der Millionenstadt
Sonnenschein leuchtet die Straße aus.
Menschen und Autos pulsieren von Haus
zu Haus.
Pläne und Geschäfte werden geschmiedet.

Keiner erahnt das zukommende Böse.
Gleich spielenden Adlern der Lüfte
Bohren sich Flugzeuge mit teuflischen
Gedanken in die Turmhäuser.
Glühende Feuerbälle lassen Schutt und
Asche regnen.

Gewaltsam werden telefonierende
Menschen unterbrochen.
Liebespaare verglühen zu Todespaaren.
Asche ist mit einmal alles geworden.
Schauende Menschen erstarren.

Sirenen ertönen. Menschen schreien.
Helfende Retter werden selbst begraben.
Frauen und Kinder weinen. Männer sind
machtlos.
Elektrowellen tragen die
Unglücksbotschaft in die Welt.

Der Anschlag verändert Menschen.
Von nun an herrscht Furcht.
Dennoch: Ja zum Leben, sagen die
Überlebenden.
Selbst die Toten mahnen zum
Wiederaufbau.

Horst Jesse

Der 11. September

wiederholung – lauert
die wut, sie tobt
weil
gerechtigkeit – nicht – lebt!
im hauch des nebels
unser weltenall, es schweigt.
seelen tanzen in tränen
vorahnung – realität

gewaltgier
in rache anzuzünden
atomsonnenstrahl
bis die blüte aller atemwesen
nicht niederlegt
mitmensch, aus verzweiflung – eben so
reagiert
kühler
erdenplatz noch, jahr 2005 es ist
all – nur – noch – von – zeit –
besinne sich politiker
im untergang wird nicht sortiert –

Karin Jessen

Manhattan – Monate danach

Da war das Unfaßbare in den Lüften.
Da war das Unfaßbare vor unseren Augen.
Da war das Unfaßbare in unserem Atem.
Da war das Unfaßbare in unserem Blut.

Wie damit umgehen? Wie Worte finden?
Wie damit die Welt verstehen?
Unfaßbar die Folgetaten!
Unfaßbar ein jeder Folgetag!
Unfaßbar die Fähigkeit zur Trauer…

Das Passah-Mahl ruft uns zur Flucht.
Der Würge-Engel geht von Land zu Land,
geht von Haus zu Haus.
Wohin auf den Wellen des Meeres?
Der Gottesmann hält schützend
seinen Stab. ---

Doch, wer rettet uns heute?
Die Flutwelle trifft uns alle!
Das Unfaßbare hat uns ereilt.

Gerhard Joedicke * 1917

Der Sturz der Giganten

Als Boten der Hölle fliegen sie,
Stahlvögel, den Tod im Gepäck.
Stürzen im Fluge Giganten,
Riesen, die den Himmel berühr'n.

Todesschreie! Feuer! Grauen!
Erd' und Firmament erbeben
und in Gottes Ohren Schreie,
ein Heulen, ungehört im All.

Gerippe aus Stahl beugen die Knie',
suchen im Staub die Vergangenheit;
finden Ruinen und Gräber nur
atmen Tod und Verderben aus.

Doch ihr, die ihr Tod und Tränen sät,
Verderben regnen lasst und Feuer
steht Rede und Antwort dem zürnenden
Gott;
Rechtfertigt euch vor Tausenden Toten!

Kim Johannsen

September Elf

Schlagwort
mit Macht
sich ins Hirn bohrt.
Andacht

Die folgt im Gedenken,
Religionen
für all die Gehenkten
und deren Mitgeborenen.

Was macht so ein Tag mit uns?
Himmel klar, nur Zigaretten gekauft,

Und dann mit schrecklichem Rumms
Im Neuen York der Teufel aufgetaucht.

Er frisst sich durch die Freiheit,
Durch Gedanken, Gesetze und Lieder,
Ist die größte Gemeinheit
Und hat Gewalt geboren, immer perfider.

September Elf, Mord um Mord.
Was ist bloß geschehen?
Hat der liebe Gott
Nur mal eben weggesehen?

Kay G. Kalff * 1969

Kreisch peitscht gellend
Fliehentliches Sturmgewitter

Fetzend, lechzend
Blitz fechtend fällen
Verfürchteter Menschenleiber

Rasend, nagend
In die Schwärze tragend
Schlächtern heulend tobend dunkle Massen
In den quetschend drängend engen
Leibergassen
Berstesreißen Häuserbrennen
Himmelsgleißen Fleischversengen

Lebzermalmend vorwärtsdrängend wütet
urgewältlicher Tatendrang

Erik Kämpgen * 1975

Vor einem Fernsehgerät in Arizona

ein lied ein tag und eine nacht
und weiße wolken pech wie schwarz
und überheblichkeit und samt und pracht
dies ist kein grund zu sterben

der tod kennt andre dinge
seiner phantasie sind grenzen nicht gesetzt
vielleicht nur die
daß man seinen stolz verletzt

ein tod ist leben
ein leben tod
Sonnenuntergänge
sind nicht immer rot

requiescat in pace

Ulrich Kaspar * 1959

Die Feier

Ist wegen der Anderen
Gehassten
Feinde

Ist nicht für ihn
Toter
Mörder

Wegen der Anderen nur
Schleudern Väter
Den Lorbeer auf ihn

Wegen ihm nur
Starren Mütter
Auf Rosmarin

Und wegen der Unschuldigen
Toten
Anderen

Josef al Katout * 1984

zentrum

ein tag
azurblauer himmel
flugzeuge sind waffen
eine minute sind 90 sekunden – im
täglichen alltag
blitze zucken
gleichsam dem schweigen
wenige minuten
der tod kommt mit flügeln
orangerot die detonation

grausam der tod: millionen sterben
weltweit
wie fliegen im netz
vergessen, selbstlos, unbedacht
terror – zerstörung pur
gewalt spricht viele sprachen
die angst bleibt stumm
jede sekunde ein toter – in dieser welt
ist töten nicht rechtens, und
im zentrum des vakuums
eskaliert ein krieg
ein tag – menschen sterben

Richard Keck * 1959

Anderswo am 11. September

In Zeiten ohne Ort
Eisen den Himmel durchtrennt
Hass die Hoffnung verbrennt
Versammelt die erstickten Kehlen
Stimmen die im Erdenkreis fehlen
Dort tausendfacher Seelen Schrei:
Warum, Gott, bist du fort
Und wir frei?

Otto Kelling * 1949

11. September

Im sonnigen Licht
des Tages Erwachen.
Nebenan glockenhelles Kinderlachen.
Donnerhall - hört es nicht.

Nordturm oder Südturm.
Bald wird nichts mehr sein,
bis auf ein Loch im tiefen Gestein.
Vernichtet im Flugzeugsturm.

Menschen, die es nicht mehr gibt.
Überlebende, die die Welt nicht verstehen.
So viel Leid ist geschehen.
Jahre sind schon vergangen.
Schreckensbilder im Schlaf gefangen,
immer noch – Trümmerhaufen.

Silvia Kempen * 1958

Babel brennt

Jahwe

bestrafe
uns nicht

vertreibe nicht
aus Manhattan

die schon ver-
streuten Herzen

verbrennst du
mit uns

bist du
schon tot

wenn du
noch kannst

bau uns
anders

Stefanie Kemper * 1944

Machtstürme
Schüren das Feuer der Wut
Durch Menschengeschosse liegen die
Türme
Am Septembermorgen in Asche und Glut.
Der Gestank des Grauens zieht um die
Erde
Ohnmacht und unendliches Leid
- Zerrissenheit -
Lähmend und zu allem bereit
Angst und Liebe im Wechselspiel
- Terror -
Schneidendes, nacktes Gefühl

Mensch, erkoren zur Freiheit werde
Wahrhaftig und weise
Entsage der angstgierigen, lüstern Macht
So wird am Ende der Tod
Durch die Liebe zu Tode gebracht.

Inge Keppler

Emotionen der Trauer

Dunkle Schatten stürzen in die Stille,
in die Seele schleicht sich die Dunkelheit.

Dichte Wolken der Emotionen
durchdringen die Schatten.
Entsetzen bricht entzwei die Zufriedenheit.

Heiße Flammen umschließen die
Verzweiflung,
erstickende Schreie beschreiben die
Aussichtslosigkeit.

Sterbende fliehen in die Tiefe,
zerbrechende Hoffnung, zerschmettert in
der Grausamkeit.

Glühender Hass treibt die Sprachlosen in
die Furcht,
Weinende, Erschrockene, verlieren sich in
der Hoffnungslosigkeit.

Die letzte Hoffnung, der Tod.
Zurück bleibt nur die Sprachlosigkeit.

Daniela Kessel * 1985

Der Drache

Der Drache ein mächtiges, erhabenes,
großes Geschöpf.
Er, Feuer speiend, wild, gefährlich, Angst
einflößend,
Das Feuer lichterloh brennend aus seinem
gewaltigen Maul,
Funken sprühen aus seinen Nüstern.
Alles verbrannt um ihn herum,
Alles Tod ...
Tief im Inneren derselbe Drache
Voller Trauer, Einsamkeit, Angst,
Angst davor, sein Feuer zu verlieren, wenn
er sein Innerstes preisgibt,
Angst wehrlos zu sein,
Angst seine Erhabenheit zu verlieren.
Diese Angst ist größer als alles andere.
Wild verbrennt er die Sträucher und Gräser
um ihn herum.
Einsam.
Alles Tod.

Kristin-Juliane Keup * 1987

Ufo gesichtet

Im mittleren Westen der USA wurden
wieder sonderbare Lichtphänomene
am Nachthimmel beobachtet.

Manche Menschen,
die den Lichtschauer wahrnahmen,
wollen nun endlich E.T. live begegnen.

In der Tat wäre es gut vorstellbar,
dass uns andere Zivilisationen
zur Zeit wieder öfters besuchen.

Zum Beispiel, um eigenem
missratenem Nachwuchs drastisch
vor Augen zu führen,

was passiert, wenn intelligente Wesen
der Entwicklung ihres Bewusstseins
zu wenig Aufmerksamkeit widmen.

Denn wenn wir im Ungeist
von nine eleven weitermachen,
bomben wir uns mit Sicherheit

zu einem Schandfleck
dieser Galaxis.

Walter Kiesenhofer * 1947

12. Oktober 1492 – 11. September 2001

Per Schiff, mit Ochs und Wagen;
so war es, als sie kamen.

Mit Menschen weiß, schwarz, gelb und rot
war Trost Hoffnung in der Not.

Der Kampf der Unabhängigkeit
hat sie vom Sklaventum befreit.

Es folgten Industrialisierung,
Kapitalismus und Liberalisierung.

Doch Menschenrecht und Menschenwürde
zu bewahren, ist auch Bürde.

Vorbild sein mit eigenen Schwächen
kann auf lange Sicht sich rächen.

Heben dann statt Faust den Finger,
lockt die Neider aus dem Zwinger.

Bombt der Feind in blinder List,
ist der Gegner Terrorist.

Tod gab es, Wut und Entsetzen,
als Hass zwei Türme riss in Fetzen.

Was steigt auf aus Tod und Asche?
Gott bewahre uns vor Rache! –

Wilfried A. Kihl

Heute erzähle ich ...

was Liebe ist ...
Liebe ist ... Liebe ist ... sich belügen zu
lassen,
sich betrügen zu lassen,
den anderen zu verzeihen, nicht
immer und immer wieder.
Bis der Himmel weint,
es donnert und blitzt,
das Herz stehn bleibt
und die Tränen laufen ...
warum ... weil es Liebe ist,
mit dem anderen nicht zu reden,
nicht zu schlafen, nicht zu respektieren.
Liebe ist ... sich nicht in die
Augen zu schaun und zu sagen ...
Ich liebe dich ... ich schreib das alles
nur für dich, weil Liebe ist ...
dem andern zuzuhör'n ...was Liebe ist ...

Brigitte Killing-Ludwig * 1961

11/09

Zerschlagen
aufgeklatscht
zerbrochen
Machtbewusstsein
bewusste Macht
ein Ende
kein neuer Anfang
statistische Zahlen
grenzenlose
Endlosigkeit
Machtinteressen
Interessensmacht
stiller Schrei
stumm verkannt
nicht erhört
die stillen Schritte
lautlose Zeichen
und keiner
der sich schuldig fand

Yasmin-Cécile Kindermann * 1979

Der 11. September

Was ist das für eine Macht,
die unwissende Seelen zu Mord verleitet?
Was ist das für eine Macht,
die Angst und Schrecken unter den
Menschen verbreitet?

Was ist das für eine Macht,
die Muslime, Christen und Juden spaltet?

Was ist das für eine Macht,
die Seelen wie Eigentum verwaltet?

Krieg im Namen der Religion,
als wäre die Zeit stehen geblieben.
Doch hätten die wahren Botschafter des
Göttlichen,
jemals ihre Anhänger so in den Tod
getrieben?

Warum? fragen wir uns, ist dies
geschehen?
Warum folgen Menschen einer fanatischen
Macht?
Wo kein Gefolge, so auch kein Führer,
was treibt sie also in die schreckliche
Schlacht?

Durch Zukunftsangst, Armut und
Unwissenheit,
werden Tag für Tag Hass-Päckchen
geschnürt,
Statt uns zu verschließen, sollten wir uns
nicht alle öffnen?
Und den Weg der Toleranz suchen, der uns
zum Frieden führt?

Isabelle Dominique Klarenaar * 1969

Warum?

Verbrannt und vom Staub erstickt.
Wer es wohl war?
Dieser plötzliche Schrei -
Wer hat all die Menschen in den Tod
geschickt?

Die Fragen, die Rufe, die Suche, kein Licht.
Was und warum?
Keine Antworten, nur Tränen -
Worte für all das finde ich nicht.

Gott, wieso sind Menschen so grausam und
kalt?
Aus Hass und Phanatismus
Ohne Liebe und Mitleid -
Getötet Kind oder Mann - jung oder alt.

Die verbrannten Steine sind bald wieder
weggeräumt.
Doch es bleiben Herzen mit Lücken.
Weinende Waisen und Witwen -
Einen grausameren Traum hätte kein
Mensch je geträumt.

DU wolltest, dass die Menschen sich lieben.
Keinen Mord, keinen Hass.
Bist selbst ein liebender Gott.
Was hat diese Menschen nur so sehr in den
Abgrund getrieben?

Gabriele Klaus * 1974

trauma 09/11

gewalt bricht ein
atem stockt schrei – zivile
erstickt augen – ikonen
reglos aufgerissen – stürzen
blut gefriert körper – zivile
starr denken sinnlos – strukturen
kurzgeschlossen – zerglühen
entsetzen im zentrum – in
eingebunkert – zeitlupe
mauern meterdick, – zivile
stündlich wachsend. – grundfesten
keine klopfzeichen mehr. – beben.

zeitrechnung nulllinie –

monate danach
müht sich der
erste grashalm
ans licht,
taumeln zwei
zitronenfalter über
ground zero ...

Eva Klaushofer

Live!

Action in New York – „Science-Fiction-
Film“ am Morgen?
Nicht der beste Anfang – ich habe andre
Sorgen!

Flugzeug als Rakete? Ein Zwillingsturm
fängt Feuer!
Muss ich mir das ansehen? Das ist mir
nicht geheuer!

Staunend stehen Menschen vor den
Türmen –
noch ein Flieger – viel zu tief! Explosionen!
Ein Unglück? – Das große Rennen
begann –
Panik – Chaos – und dann?

Trümmer sprengten in die Luft – beide
Türme brannten –
das „Worldradcenter“ stürzte ein!
Dort, wo eben die Flieger verschwanden,
die Hölle – oder was wird das sein?

Der Nachrichtensprecher unterbricht das
Geschehen –
die Realität holt uns ein – übertrifft jede
Action-Szene!
Live- der „11. September 2001“ – oh nein!

Die Hölle krachte aus dem Himmel –
„Science-Fiction“ wurde Wirklichkeit!
Durchgeknallte spielten Gott –
sind Menschen denn zu allem bereit?

Sigrid Klemm

A Streetcar Named Almighty

Durch Kriegsgeschrei, Amerika,
Verzehrst Du deine Ideale;
Du fühlst es nicht und schlummerst tief.
Träumst Du von Welt, weit Patria,
Zerstörst Du deine Potentiale :
„Der Freiheit Geister, die ich rief.“

Und fragst Du nach der Mutter Male:
„Warum ist das Verhältnis schief?“ –
Es liegt nicht an dem Wohlstandsmief
Verdauter Wirtschaftsareale.

Es sind der Rüstung „Marsch!“-Signale.
Remember all the lovely Times,
The Lessons full of Sex and Crime –
Der Fall der römischen Caesaren –

So sie Gott eins und Krieger waren.
- Endstation Allmacht -

Manfred Klenk * 1950

September-Wolken

Wolken verdunkeln die Sonne,
behindern die Atmung, bedrücken das
Herz.

Wolken als Folge des Anschlags.
Unzähligen Menschen ein grausamer Tod.

Wolken aus Rauch, Staub und Asche
verunsichern viele, verursachen Angst.

Wolken. Bedrohung der Freiheit.
Zum Schlag gegen Terror vereint sich die
Welt.

Wolken verbergen die Wurzeln,
die Terror erzeugen, vernebeln den Geist.

Wolken verfinstern die Seele.
Der Ruf nach Vergeltung wird zunehmend
laut.

Wolken. Wenn sie sich verziehen,
was bleibt von dem Willen, die Welt neu
zu seh'n?

Wolken sich lichten. Doch Achtung:
Symptome bekämpfen die Krankheit nicht
heilt!

Dorothea Klepp * 1945

Sarah's Mann

Dort stand Sie, dort weinte Sie
rote, glasige Augen... Bitte flieh!
Ein Herz schlägt in der Brust,
vielleicht einfach nur noch, weil es muß!

Schutt und Asche überzieht die Stadt,
wo war er eigentlich? Unser Gott?
So viele Menschenseelen... geraubt!
Fanatismus! Hat Allah das erlaubt?

Ein Tränenmeer macht sich breit,
Die schöne Sarah, eben noch zu zweit!
Hals über Kopf, von der Hoffnung in den
Tod gesprungen...
Juhuu! Osama, es ist Dir gelungen!

Sarahs Mann auf Engels Schwingen,
Jesus wird ihn nun zu Jehova bringen!
Manchmal kann sich Sarah für Ihn freuen,
Die Entscheidung zu leben, wird Sie nicht
bereuen!

Sie mußte Sie sehen... die vielen Bilder!
An einem "Alltag" ohne Warnschilder!
Später folgten Krieg und Tod, Elend und
Not...
Welches von vielen wurde befolgt?
Welches Gebot?

Benjamin Klingemann * 1983

Erstarrte Seelen

Erstarrte Seelen –
niemand weiss, was in den Herzen geschah,
im brennenden Hochhaus –
im berstenden Flugzeugleib –

Erstarrte Seelen –
eine Welt stürzt ein –
begraben liegen zerschundene Körper
unter Trümmern, unter Stahl, Beton und
Glas –

Erstarrte Seelen –
zerbrochene Flügel –
kein Halten mehr,
Sturz aus dem Morgen in endlose Tiefe –

Erstarrte Seelen –
riesige graue Wolke über verbrannten
Körpern –
weiße, blutige Blätter
treiben, wirbeln auf windgejagt –

Erstarrte Seelen –
aufgeschlagen liegt das Buch der Kriege.

Gepa Klingmüller * 1930

in memoriam

Silberrücken
hat zu mir gesprochen
Windstimme
in den Wipfeln der
Wolkenkratzer

Altersweisheiten
fallen wie Blätter
von Kalenderbäumen
in Zeitrafferleben

und Weltuhren
schlagen den Takt
zur Apokalypse

Elisabeth C. Klock * 1949

Embuscade

Embuscade heißt auf Französisch
Der Hinterhalt, das versteht sich.
Es heißt, dass hinterm Busch

ein Mensch geduldig wartet,
der bei Abruf plötzlich startet
und feindlich in den Rücken huscht.

Das mit der Embuscade von Bin Laden
ist schade, doch wem tat sie wirklich
schaden?
Denen hinterm Busch, die mit ihm regieren
und hinter ihm geduldig warten,
die bei dieser Gelegenheit plötzlich starten
und im Krieg ihre Verluste regenerieren?

Es kann der Beste nicht in Frieden leben,
wenn es dem bösen Nachbarn nicht
gelegen.
Doch wer ist der „Nachbar“, wer der
„Beste“?
Woher sollen wir's wissen? Wer sagt es
uns als erster?
Wer sagt es denen, die da zuschlagen im
Namen von Rechten,
die man mit Füßen getreten?

Sagt ihnen, sie sollen sich an die halten,
die hinterm Busch warten
und von Störenfrieden reden.
Sie sollen nicht die Unschuldigen
vernichten,
vielleicht könnten sie morgen, falls sie noch
lebten,
die Schuldigen richten.

Joël Klos

11. September 2001

Unter rauchenden Trümmern
schwelt
verratener Glaube.
Stumme Schreie aus
verkohlten Mündern.
Hinter Betonstaubschleiern
traurige Augen
voller Bitternis.
Abgrundtiefe Enttäuschung:
Kein Paradies.

Klaus-Peter Klotz

Der 11. September

hells angels am Himmel
im Namen Allahs
die Hölle kommt von oben

Intimkontrollen am Terminal
im Namen der Sicherheit
die Angst aber kommt über den Wolken

Bushkriege selbst in der Wüste
im Namen der Menschenrechte
die Demokratie kommt mit Feuer und
Schwert

Kreuzzüge den Pipelines entlang
im Namen der Befreiung
doch was kommt danach

Andreas Knapp * 1958

In Gottes Namen?

Woher nur nimmt der Mensch das Recht,
in Namen seiner Religion
zu sagen, was ist gut, was schlecht,
und das seit Ewigkeiten schon?

Was für das Christentum die Bibel,
ist für den Islam der Koran.
daran hält man sich ganz penibel,
und da beginnt auch schon der Wahn.

Ein jeder reklamiert für sich:
„Ich tu's in meinem Glauben“
und rechtfertigt dann sicherlich
sein Foltern, Morden, Rauben.

Waffen segnen für den Krieg,
ist doch der blanke Hohn,

es hilft der Mutter nicht ein Sieg,
wenn sie gab dafür ihren Sohn!

„Muss es auf Erden denn so sein,
dass Götter sich behindern?"
so frage ich mich insgeheim,
und – wie erklär' ich's Kindern?

Ludwig Koeve

Nach dem 11. September

Nix wie weg!

Nix wie weg
Der Nixenweg
Abtauchen und wegschwimmen
Stumm und leicht in dunkelgrünen
Gewässern
Sich nicht verfangen in Algenhaaren
Die fernen Ozeane suchen
Jede Pore tränken nach der langen
Landtrockenheit
Der kalten Betonwüste
Der lärmenden Leere
Entkommen
Abtauchen
Ins vergiftete Wasser
Auf Grund gehen
Minen suchen.

Lob der Mine

Gute Miene zum bösen Spiel
Wie lange das schon ging!
Endlich eine böse Mine passend zum Spiel
Was da so explodiert
Aus gefesselter Sprengkraft
Kratzt weg
Skyscraper Sicherheit
Spielerisch leicht
In tausend Filmen erprobte Wirklichkeit
Haut weg den Abwehr-Wahn
Den Wohlstandsbetonbunker
Das Security Shield
Das die Waffenhändler über die zivilisierte
Welt spannen wollten
Überflüssig, hinfällig geworden
Eingeritzt wie ein Luftballon
Von einem Teppichmesser
In tödlich entschlossener Hand
Sprengt weg ohne Ansehen der Person
Arm, Bein, Aktenkoffer mit Aktie
Aber auch
Die gute Miene zum bösen Spiel.

Margret Köhler

Terror

Es tut weh, was tut ihr nur
Terror verbreiten;
Man weint und fühlt den Schmerz,
das Leid der Betroffenen.

Warum,Warum!
Es gibt unter Arbeitern
und kleinen Angestellten
Keinen, der Schuld hat.
Ihr habt Unrecht getan!
Was wollt ihr!
Wir alle wollen doch nur Frieden.
Warum ihr nicht!
Mein Herz weint mit den Opfern.
Macht Schluss dem Terror.
Auf unserer Erde.

Toni Kölbl * 1955

Der 11. September

Datum fixiert Lebenslinien, Unendlichkeit
vergeht.
Punkt schreibt Geschichte, gerinnt, stockt
zerfallen, vertrocknet – Staub verweht.

Deine Träne außen,
heißer Schmerz schreit, brennt Wut, Glut
raucht.
Schuld sucht ein Ziel und findet wieder nur
Tränen.
Ozean sammelt Tropfen auf – Sinn, Frage,
sinnlos?

Deine Träne innen,
stille Qual nagt, frisst langsam, Geduld
verbraucht.
Vertrauen stirbt nur einmal – nein, stirb
nicht!
Punkt brennt Linien in dir Zeit, die
schwebt,
aber endliche Ewigkeit steht, wortlos
stumm in Liebe.
Glaube trägt Hoffnung und belebt
Vergangenheit.
Atem wird neu geboren, Auferstehung in
Vergebung.
Leben kindlich pulsierend pocht roten
Schein auf Wangen.
Salzspuren bleiben eingetrocknet,
unvergessen.

Deine Träne,
Juwel im Herzen geschliffen
spiegelt ein Datum wieder –
11. September

Karin E. J. Kolland

Der Mond dreht sich um die Erde ...
und es wurde Abend, bevor es dunkel
wurde.
Haupt und Schultern geneigt ...
Die Last ist schwer ...
Stumme schreie tragen Trauer ...
Leere Blicke ... tragend ... schweifen
umher ...
Was ist Krieg und was ist Frieden ...?
Und warum ist Schmerz des anderen
Freud ...?
Auf einmal war es Mitternacht – am
heimeilten Tag ...
Doch die Erde dreht sich um die
Sonne ...
Ein neuer Tag, im anderen Licht!

Sylvia Konrath

Aus neu wird alt wird null

Einst standen sie für Neuanfang, die beiden
Städte.
In der einen zerstörte eine Choreografie der
Gewalt
die Zwillingstürme: Symbole für die Macht
des Geldes,
das immer nur in eine Richtung fließt.
In der anderen barsten die Dämme,
Wasserfluten schwemmten fort
den alten Charme des Südens,
einst gediehen auf dem Boden von
Sklaverei.

Warum Zerstörung – jetzt?

Das einst Neue ist alt geworden
und im Punkt Null liegen Chancen
verborgen.
Die Null enthält alle Möglichkeiten:
Nicht das Alte wieder aufzubauen, sondern
Neues entstehen zu lassen, nie zuvor
Gewesenes:
Eine neue Balance zwischen
Macht und Ohnmacht, Reich und Arm,
Weiß und Schwarz.

Frida Kopp * 1955

11. September

11. September
2001
rotgelbe Flammen –
grell schmerzender Schein.

17. September
2001
schwarz-düst're Flammen –
vor'm Auge – kein Schein.

Die Twin-Towers stürzten –
mein Auge starb.
Ich kann's nicht vergessen –
im September es war.

Gabi Köpp * 1929

Das Spiel der Macht

Es war ein Septembermorgen in Amerika,
so wie man ihn nicht gerne sah.
Denn jemand hatte sich etwas ausgedacht:
Es war das grausame Spiel der Macht.

Ein Spiel, dem Menschen zum Opfer fielen,
und ohne auf etwas hinauszuzielen,
wurde der Kampf zwischen Ost und West
für viele zum Überlebenstest.

Denn eines, und das ist allen klar,
dieser Tag bestimmt nicht war:
Ein Tag zum Kampf um Gerechtigkeit
zum Schutz der eigenen Sicherheit.

Doch damit war es nicht genug,
zur Verteidigung man einen Kriegeszug
gegen den Angreifer richtete
und noch mehr Menschen vernichtete.

Denn Tote werden nicht gescheut,
im Kampfe jeder Eitelkeit.
Es ist das grausame Spiel der Macht,
bei dem am Ende niemand lacht.

Christiane Köppe * 1987

Von weit weg

Höre ich den Wind,
sehe Mond und Sterne.
Und auch die Erde wie sie sich
bewegt um ihrer unsichtbaren Achse.

Von weit weg,
höre ich die wütenden Ozeane,
wie sie weinen
mit traurigen Stimmen der Wale.
Und ihre Schmerzen
dringen tief in mich ein,
über den hohen Bergen,
über die ganze Erde, wie ein Erdbeben.

Nur die Steinernen Seelen
der Menschen, fühlen noch nichts,
bis sie nicht sehen,
wie es aus der Sonne scheint
mit gefrorenen Tränen der Götter.

Der blaue Himmel, bleibt nur ein Traum,
weil alles verloren geht
in einem grauen Rauch.

Carmen Köstner

Dunkler Einbruch

Der Terror fliegt mit schwarzen Flügeln
weit durch die Welt,
treffsicher, todesmutig, messerscharf
durchdacht.
Die Flammen sind nicht mehr zu zügeln.
Der Stolz der Türme fällt.
Dem Untergang gehört die Macht.
Das Dunkle reitet durch die Zeit,
geschickt maskiert in pervertierter
Heiligkeit.
Es ideologisiert Gewalt,
ernährt sich von Entwertung, Angst und
Leid.
Das Mitgefühl erfriert.
Der Terror macht es kalt.
Neid ist sein Messer, der das Hassen schürt
und alles trennt. – Niemand erkennt
sein liebenswertes Spiegelbild
im Auge seines Nächsten mehr,
der sich im Hass verrennt.
Sei davon leer. – Dein Streben
sei die Antwort auf das große, lichte Meer
von wundervollstem Leben.

Lotte Kottek

Wunde – Vier Jahre danach –

Wählte der Zufall oder ich diesen Ort?
New York, 11.09.01 – ich war dort –
nur eine Stunde vorher – 60 Minuten vor
Massenmord
War es Zufall oder Glück? Wer lenkte
mein Leben, mein Geschick?
Geschrei, Feuer, Gestank – ein Knall –
Menschenkörper in freiem Fall
Tiefschwarzer Rauch beißt überall –
seltsamer Traum – doch alles real
Warum ich? Was tun – neu geschenktes
Leben?
Warum ich und wie soll ich jemals
vergeben?
Wie je vergessen was geschah? Zu oft in
Träumen sehe ich klar
Gesichter von Menschen in die Seele
gebrannt, Erinnerung vor der ich
weggerannt

Letzte Gebete, Schreie, Brand, Hoffnung
auf Rettung die niemals kam
Menschen die der Tod uns nahm
Alles geht weiter im alten Geleis –
jeden Tag Tote – die Welt dreht sich im
Kreis
Manchmal spüre ich stechende Schmerzen
im Herz
Ich lebe mit vernarbter Seele – in mir
brennt eine graue Hölle
Bilder die ich in mir trage, Worte die ich
niemals sage
Ich versuchte zu vergessen als sei es nicht
geschehen
denn keiner wird jemals verstehen
Wer es nicht selber hat gesehen (...)

Hanna Kounev * 1981

Der 11. September

Die kleine Feder fällt hinab
und ist uns stets voraus.
Für dich gerecht
und für andere das Aus.

Der dir gegenüber hat Angst und weint
und denkt sicher nicht an dein Sein.

Irgendwann steigt vielleicht
dieselbe hinauf,
nur der Vater heißt anders
und sein Wille ist es auch.

Ist die Feder selber schuld,
der Wind der sie berührt,
oder ist es egal?

Denn der Gedanke der Mutter
ist dem eigenen Kinde so nah.

Mario Kraft * 1969

Wie ist es wohl arm zu sein
arm im Herzen
arm im Bauch
arm an Verstand
Wer sagt wann
Wer meint richtig
womit zu beweisen
wodurch zu rechtfertigen –
Was ist es was Kraft hat zu verführen
zu locken
Religion
Schrift, Bücher, Worte von Menschen
von reichen Menschen
von echten Wahrheiten
von tatsächlichem Sein
von der Nahrung des Geistes
im Wasser der Vernunft ertränkt
manipuliert von Säure der Sprache
Ausdruck, Ausführung
Grenzen der Freiheit gepfercht in Hörigkeit
der Mörder der Unschuld

Petra Krei * 1976

11. September

Jener Tag,
an dem Unfassliches fassbar wurde,
Unbegreifliches greifbar,
Undenkbares offenbar.

Die Totenstille sprachlosen Entsetzens wich
längst
wortgewaltigen Stürmen der Entrüstung.

Doch:
Danach ist auch davor -
Vor dem nächsten unfassbaren,
unbegreiflichen Beweis
der Entmenschlichung
oder...
vor dem Aufbruch
in die Einsicht
und die endgültige Menschwerdung.

Es liegt an uns!

Eva Kriechbaum * 1962

NY, 2001

Septemberwochen, Sommerwärme
in den Wiesen des Central Park las ich,
zeichnete, hörte Jazz.
Abends vom Union-Square mit der Met
nach Brooklyn
7the street unser Studio.
Wir gingen ins Galapajos, Kurzfilmtage,
tranken viel Margarita.
Bei PEARL kauften wir Farben und
handgeschöpftes Papier.
Abende in chelsea – Galerien, Galerien,
spazieren im Hudson, im Battary-Park.

Man darf das Geschehen nicht
ästhetisieren, sagst du.
Man kann es nicht nach den TV-Berichten
und den Fotos der an den Fenstern
wartenden, auf Rettung wartenden,
den Tod erwartenden und springenden
Menschen.
Zwei brennende Türme, Twin Towers, die
Twinnies –
Ich sah sie stürzen. Der Nordturm trug aus
Rauch + Schutt eine Perücke,
„artifiziell". Manche sahen im Rauchgebilde
eine Teufelsfratze.
Der 11. September hat die Welt verändert.
Im Park haben Menschen das Schild
Eichhörnchen überklebt: „Füttert
nicht den Hass!"
Tausende von Kerzen brannten am Ufer
des East River für die Opfer.

Eri Kripper

New York, 11.09.2001

Normaler Alltag in New York
Ein paar Teufel stürzen sich auf die
Menschheit
Zwei Flugzeuge
Zwei Türme
Höllischer Lärm
Der Himmel verdunkelt sich
Feuersbrunst steigt auf
Dichter Staub erstickt Schreie
Kerosingeruch erfüllt die Luft
Chaos - Panik - Tod
New York erlebt die Hölle
Lähmendes Entsetzen
Die ganze Welt hält den Atem an

Nichts, aber auch gar nichts mehr
ist so, wie es gestern war

Annegret Kronenberg * 1939

Wo liegt der Sinn?

Vergebliches Warten auf
erlösende Tränen –
da sind keine mehr.

Suchen nach
den alten Gefühlen –
sie zeigen sich nicht.

Was bleibt, ist nur
entsetzliche Leere und
unendliche Traurigkeit,
fassungsloses Fragen nach dem
Warum ...

Es gibt keine Antwort –
nur
grenzenlose Hilflosigkeit,
brennenden Schmerz
und den
verzweifelten Schrei
der Seele:

Wo liegt der Sinn?

Gabriele Kruse * 1955

Der 11. September

Ein Tag des Todes und der Verwüstung
Warum?

Bestürzung und Ohnmacht rund um den
Globus
Warum?

Ein Tag an dem viele das Liebste verloren
Was können die Kinder dafür deren
Familien so brutal
zerstört wurden?

Menschliche Schicksale, die untergehen in
einem Meer von
Tränen die niemals trocknen
Warum?

Trauer, Fassungslosigkeit, Hass und Elend
ohne Ende
Ohne Ende?

Gibt es wirklich keinen Ausweg

Claudia Kuhn * 1970

Mensch erwache!

Götterwelten – Menschenwelten,
Räume in der Zeit,
Trotzig stampfend sie sich schelten,
Wo Vernunft – Vernünftigkeit.

Reißen sich wie wütend Wunden,
Neiden sich ein Leben,
Statt gemeinsam zu erkunden,
Was es hieße sich zu geben.

Mensch gib Acht – verwahre dich,
In deiner Welt den Göttern.
Nur suche dich, dann findet sich,
Ein Ausweg fern den Spöttern.

Ja, oh Mensch, vernimm die Spötter,
Schallend in der Götterwelt,
Verlachen uns doch ferne Götter,
Die wir uns doch selbst bestellt.

André Kühn * 1977

Terror – Warum?

Gerade noch mitten im Leben
so viele Menschen
ahnungslos vertrauend
ein Knall – nein mehr
Schreie
Entsetzen
Leblosigkeit
Tod
Unfassbar

Warum die und nicht die Anderen?
Unsichtbare Mauer
die Welt bleibt draußen
Gott sei Dank
wir nicht – nicht wir
Doch - wer ist der, die, das Nächste?

Liane Kunte * 1969

Ohne letztes Ges(r)icht

Sie wachsen ihrem eigenen Zeugen
entgegen.
Haben durch herabfallendes Licht alle den
gleichen Brunnen.
Weil sein genaues Auge es eben
unermesslich umfasst.
Was sonderbar nahe ruft – atme mich,
ich lebe dich! Atme mich, ich liebe dich!

Mit beschaulich weißem Atem fliegt er
voraus.
Gänzlich klein, wie eine einzige Brücke ins
Jenseits.
Als käme erst später unterm letzten
Angesicht:
Tritt ein, diese Türe ist geöffnet! ...
Wer erhebt sich über zehn Gebote? ...

Und kühler Wind umweht gegebene Stille
...
Großer Gott, dürfte ich nur bald begreifen,
deine sündhaft schöne Welt!
Immerhin werden Worte zur meist
gehüteten Bombe.

Hilf mir, Abbitten zutiefst
hineinzuschütten.
Jeder Finger schöpft unsäglich andere.
Derart oft bricht mein Spiegelbild entzwei.
Dabei ruht Versöhnliches aufgefaltete
Hände.
Wofür du unermüdlich heilsam bleibst.
Bis ich bin, so voll von dir.

Wilma Kürschner * 1955

Revanche

Geflügelte Schatten verdunkelten das Land,
der Tod hatte sie tief in die Herzen
gesandt.
Flugzeuge, die sich in Seelen fraßen,
Menschen irrten durch zerstörte Straßen.

Namenlose Schreie, Geschöpfe die
versanken,
die eine Unendlichkeit später im Staub
ertranken.
Eben noch Türme, Symbole für Kraft,
jetzt nur noch Schutt, dahingerafft.

Krieg gegen Terror hat die Antwort
gegeben,
die Rechnung bezahlt, Leben für Leben.
Der grausame Hass wurde aufs Neue
geschürt,
was bleibt ist die Frage wohin uns das
führt.

Nikolai Kürtell * 1967

WTC. 11. September 2001

War das wahr, was hier und jetzt geschah?
Wehrlos – hilflos, nach oben gestreckt, die
Innenfläche offen wie ein Schrei,
die oberen Fenster sind noch frei.
Nahaufnahme einer Hand.
Weltweit – live im TV, in diesem, jenem
und fernen Land. Überall zu sehen
war diese Hand.

Es ist nicht nur Amerika! Es ist der
Mensch, seine pulsierende Welt, seine
Gärten, sein Heimatland.

Es ist die Zeit, die einem noch bleibt. Es ist
die Zeit der Angst und dessen Zorn.
Es ist die Gier nach Gold, und jene Macht.
Es ist das Öl, das Geld und dessen
Hohn.

Wer steuert hier falsch? Wer dreht am
Rad? Wer maßt sich's an? Wer ist
hier Gott?

Was ist des Glaubens Zweck, zweimal 410
Meter sind weg.
Was ist der Kirchen Sinn? Waren so viele
Menschen drin.

Zu viele Menschen – erschlagen, elendig
verschüttet, erstickt, chancenlos
verbrannt.
Amerika, armes reiches Land.

Amerikanische Demokratie, vorzeige
multikulti Gesellschaft im Krieg und
Chaos. Wo warst du, lieber Gott?

Amerikanische Ideale und Heros, wahre
Helden für welchen Gott!
Es sind nicht die vielen Wyatt Earp's, nicht
das Marine-Corps, nicht die
Wahlmänner.
Es sind die, vielen Helfer – Retter und die
braven Feuerwehrmänner.

Die Unglückseligen, die Verlorenen sind
längst noch nicht gezählt.
Der Fokus der Medien beharrlich auf das
Parkett der Börse zielt.

Zu viele Menschen – Schicksale.
-Fotos- an der Wand. Vermisst von
Freunden aus diesem, jenem und fernen
Land.

Manfred Küster

Nach dem 11. September

Nichts ist mehr so wie es noch war
Bevor die Türme brannten
Und Tausende im Flammenmeer
Um ihr Leben rannten.

Der Terror hatte zugeschlagen
Mit ungeahntem Grauen,
Die stürzenden Mauern begruben auch
Der Menschen Hoffnung und Vertrauen.

Man hatte sich fatal geirrt
Mit dem Appell an Vernunft und guten
Willen,
Die Gier nach Überlegenheit und Macht
Kann kein Pazifismus stillen.

Das Böse bleibt böse immerdar,
es läßt sich nicht befrieden,
Und nur wenn wir's total vernichten
wird das Gute endlich siegen.

Marie Kutta * 1986

11. September

Vergesst ihn nie.
Diesen furchtbaren Tag.
Wo Uhren stehen blieben,
mit einem Schlag.
Fanatischer Hass
und blinde Wut,
ließ Menschen sterben,
im Inferno der Glut.
Aus heiterem Himmel,
kam plötzlich der Tod.
Unvorstellbares Grauen,
das sich den Augen bot.
Unmenschlicher Terror.
Unsägliches Leid.
Hat die Menschheit
in Gut und Böse geteilt.
Im Namen des Lebens.
Das darf nicht sein!

Karl-Heinz Labetzsch * 1942

Ursachen

Da war doch der 6. August.
Erinnerst du dich noch?
Ach ja. Da war was. Da hinten in Japan.

Da war doch der 14. Februar.
Erinnerst du dich noch?
Ach ja. Da war was. Da drunten in
Dresden.

Da war doch der 11. September.
Erinnerst du dich noch?
Ach ja. Das war was. da drüben in
Amerika.

Und Klein-Angelika fragt:
Papa was ist das: Terrorismus?
Und Papa sagt:
Das ist was ganz Schlimmes, mein Kind.
Und Klein-Angelika fragt:
Warum verbietet man ihn denn nicht?

Und in Bagdad schauen Kinder
aus ausgebrannten Häusern.
Und im Heiligen Land wird geschossen.
Und in London hat man Angst.

Esther Lajta * 1973

Der 11. September

Mein Vater konnte es nicht begreifen, wie
kommt's dazu?
Fast 60 Jahre nach dem Krieg - fließt Blut
Von Tausenden Terrorismus-Opfern
durch Asphalt und Steine
Mein Vater hat vorm Fernseher geweint -
Selbst ein Kriegsopfer, hat er, wie
durch ein Wunder, Todeslager überlebt,
Im Herzen tief verwundet, wollte er nur
eines: dies vergessen, was Kriege
bringen: Trauer und Blut...
Er hat dies fast geschafft - fast, bis zu dem
Tag - September, elfter...
September, Elfter - Jahr danach – Gedenk-
Tag an Terrorismus- Opfer:
Er ist gestorben - an diesem Tag...
Ich konnte nicht begreifen:
Warum sein Herz zu schlagen aufhörte
an diesem Tag gerade...
Doch jetzt verstehe ich sein Testament:
wenn er das Böse nicht bekämpfen konnte,
Dann wollte er dabei mit und unter denen
sein,
Die Leid erfahren hatten, so wie er...
Sein Testament für mich, das soll ich
respektieren.
Das gibt mir Trost...

Marina Lambertz-Simonova

Der 11. September

Der Doppelschlag in das World Trade
Center
entlarvte jäh religiöse Blender;
denn beide Türme stürzten ein,
Toleranz und Friede war nur Schein.

Wie Diebe nützen finstre Nächte
verschworen sich die dunklen Mächte.
Schon jahrelang im Trüben üben
die Hintermänner hüben, drüben.

Das Ziel ist beiden wohl bekannt:
Die ganze Welt in EINER Hand.
Und ihre Götter auf der Lauer
erwarten ihr Reich von ew'ger Dauer.

Der Name des einen ist geifernder Hass,
der Name des andern ist Mammon ohn'
Maß.
Der Anschlag geduldet von langer Hand?
Als wiedervergeltendes Erstschlagspfand?

Der 11. September mit einem Male
weist uns den Weg zum letzten Finale.
Hydra kämpft gegen speienden Drachen.
Der Teufel windet sich in der Hölle vor
Lachen.

Friedrich Lampel * 1940

Der Atomphysiker

Zur Geburt bekam er Rosen, duftend
Er kam in die Schule mit Nelken, zart
Die Hochzeit schmückten Vergißmeinnicht
Zum Doktorat reichte man ihm grüne
Zweige
Der 60. ward mit bunten Blättern gefeiert
Heute stehen rote Papierblumen auf
seinem Sarg

Man nannte sie früher Rosen

Erika Lang * 1957

Krieg oder Frieden?

Kinder!
Geht hinaus, schaut hinauf in den Himmel.

Ist es nicht schön,
einen strahlenden Himmel zu sehen,
zu hoffen, die Sonne hört nie auf zu
scheinen?

Ist es nicht schön,
einen mit weißen Wolken
bedeckten Himmel zu sehen,
zu hoffen, dass es bald schneien wird?

Ihr seid unsere zukünftigen Krieger.

Wenn es so sein wird,
dann geht hinaus,
schaut hinauf in den Himmel,
dort werden sich eure Blicke treffen.

Ein warmes, strahlendes Licht
wird euch berühren.

In eurer Hand liegt es,
ob Mütter um ihre gefallenen Kinder
weinen müssen.

Ihr habt die Macht, dass es keine
Kriege mehr auf Erden gibt.

Marion Lange * 1964

Zerstört

Die Hölle ist nicht minder heiß, der
Schmerz, man kann ihn kaum
ertragen.
Geruch, geprägt von Blut und Schweiß,
und viele abertausend Fragen.

Warum nur läßt er dies geschehen, der
Mensch des Menschen größter
Feind??
Welch Kopf nur soll solch Leid verstehen,
welch Herz hat soviel Blut geweint?

Nie darf es einen Winde geben,
der über dies Vergessen weht.
denn es ist unser aller Leben,
das mit den Mördern untergeht.

Ich bin weit weg mit den Gedanken
und hab' das Grollen nicht gehört.
Das Raubtier mit den Riesen Pranken
hat einen Traum von mir zerstört!!

FRIEDEN!!

Thomas Lange * 1974

Jeden Tag ist irgendwo der 11. September

„11 September – wo ist Gott"?"
riefen die Menschen voll Angst und Not.
Die Welt hatte schon einen neuen Krieg
vor Augen,
lässt Gott das zu, kann man das glauben?

Gott war es nicht, der raste in den Tower,
Menschen zerstörten ihn mit aller Power.
Kaum dass die Feuerblüte aus dem World
Trade Center trat,

als auch schon der zweite Todes-Jet naht.
Wieder riefen Menschen in höchster Not
„Wo bist du denn, Gott?“

Schnell brach aus ein Konfettiregen,
wie in Manhattan noch nie da gewesen.
Die Menschen erstarrten in hilflosem
Staunen.
„Wiederholt sich der Turmbau zu Babel?“,
hörte man sie raunen.

Nein – ein Wolkenkratzer wurde zur
Todesfalle,
Menschen aus dem 80. Stockwerk
sprangen.
Der Tower brach ein um zehn Uhr zehn
und alle Welt hat live zugeseh'n.

Menschen zerstören – Traumhäuser stürzen
ein,
auch für uns kann täglich der 11.
September sein.

Ruth Langenbach * 1939

Der Monat September ist vorbei.
Inzwischen wird die volle Ernte
eingebracht,
die Frucht ist reif, der Acker frei
von Stoppeln, treu die Vogelscheuche
wacht.

Wie viele Male wird ein Jahrestag
sich wiederholen? Sonnenaufgangslang.
Ob eines Freud, ob eines andern Plag,
gefeiert wird das Motto: „Es wird keinem
bang.“

Nun rundet das Jahr sich und auch die Zeit
zu Neuem. Kleine Irrtümer und kleine
Tode,
sie fallen gnädig in Vergessenheit
und längst anderem nachjagt die
Tagesmode.

Was war am 11. noch, ich glaub,
September?
Fiel dort nicht irgendein Gebäude ein in
einer Stadt?

wie viele Bauten fielen ein seitdem, ob
Menschen,
- ob selbst Natur zuschlug, wir sehn uns
satt. -
Wer hörte auf mit Bombenwerfen,
schießen?
Wer schloß auch Frieden mit Natur und
Welt?
Wenn irgend Menschen dieses endlich
ließen
vergaß man sie beim zähl'n von Gul und
Geld.

Thomas Peter Lanzinger

Du demonstriertest die Schwäche bis zum
Exodus.
Hast du vergessen die kurze Zeit die uns
hier auf Erden bleibt.
Und du verbringst sie mit Kriege führen
und Stärke beweisen.
Mit Prachtbauten die zerfallen wie dein
Wahn vom „Ewigen Leben.“
Deine Zeit ist wie ein Hauch vergänglich.
Und du willst Mein sein?
Machtbesessen und versessen.
Du hast dein Menschensein verloren-
Du den ich, Dich, für alle Zeit auserkoren-
Hast mich verloren.

Barbara Laske * 1958

Goliath stand da, am Kopf die riesige
Wunde,
sein Blut erstreckte sich am Firmament.
Doch David war schon bereit zur zweiten
Runde,
und keiner der schon die Wahrheit
erkennt.

Es war wie ein Geist, das Todesgeschoss,
nur Minuten danach traf es hinein.
Und der Riese wieder sein rauchiges Blut
vergoss,
die ganze Welt sagte sich: "Das kann kein
Frieden sein!"

Eine Nation brach zusammen, wie die
Wände aus Stahl,
eine Wolke aus Staub legte sich auf die
Seelen nieder.
Man spürte die gigantische Qual,
doch ich hoffe die Menschen finden ihre
Hoffnung wieder.

Doch etwas anderes zersprengte mein
Herz,
ein Bild ließ es in tausend Stücke springen.
Es gibt Menschen die erfreuen sich an dem
Schmerz,
sie jubeln auf den Straßen, tanzen und
singen.

Wie kann ein Volk nur so vergiftet sein,
dass Schmerz und Tod sie so beglückt.
Ich starre nur in den Fernseher hinein
und frage mich ist die Welt wirklich so
verrückt.

Lars Lehmkuhl * 1979

Zeit des Terrors

Gestern war der Krieg noch im Fernsehen.
Heut steht er vor der eigenen Tür.

Heut treffen Bomben ganz genau
Und dennoch sterben Menschen.

Wann wird endlich Frieden sein?

Hans-Robert Leibnitz * 1979

Memento

Genug der Fragen schwerer Lasten!
Ein Träumer, wer auf Antwort wartet
Was helfen Trübsinn, Wut und Hass,
Wenn's gilt, die Wurzel zu ertasten
Weshalb die Menschheit so entartet.

Genug der fahlen Arroganz!
Schau hin, dort sind wir angelangt!
Das Aufgebot zum Scherbentanz
Doch Trümmer tragen keinen Glanz
Hat Barbarei nicht abgedankt?

Genug der Willkür böser Zungen!
Vergeltung lässt nichts auferstehen
Sie sind zum Herzen vorgedrungen
Und haben den Infarkt erzwungen
Doch Blut floss auch durch ihre Venen.

Genug der Worte fremder Taten!
Vereint den Pfad von Hirn und Hand
Die Zeit verrinnt solang wir atmen
Stellen wir uns dem oft Gesagtem
Ein Stillstand wird nicht anerkannt.

La Lène * 1982

Zwei Türme ragen hoch in den Himmel

ihre Zweisamkeit betont scheinbare
Unüberwindlichkeit.
Hochmütig schauen sie herab auf die
schöne, lebendige Stadt.
In den Türmen der Macht, in den Mauern
aus Beton und Stahl
leben und arbeiten Menschen ahnungslos,
jeden Tag
dem nahenden Unglück, dem
unbegreiflichen Leid entgegen.

Über den Ozean kommen die Täter,
freundlich, als Gäste getarnt,
mordbereit vor Gier und Neid auf den
Frieden in diesem Land.
Vom Hass ihrer Herrscher verführt, mit
unvermuteter Grausamkeit
Menschen benutzend, um Menschen einen
grausigen Tod
erleiden zu sehen, zerstören sie die Türme
der Macht.

Menschen bauen, Menschen zerstören. Die
Türme sind verschwunden.
Eine große Asphaltwunde schreit ihren
Schmerz in den Himmel.
Männer und Frauen stürzen in den Tod,
weil sie helfen wollen.
Kinder trauern um Vater und Mutter.
Eltern beweinen ihre Kinder.
Unfassbares Leid, so viele Tränen, und
niemand hat daraus gelernt.
Frieden ist nur ein Wort.

Ursula Lenkewitz

Ground Zero

Abwärts,

runter
von sauerstoffarmen Höhen

Tiefer
Fall,
Nichts
(als)
Leere
(Trümmer)

man wird sich dran gewöhnen,

Abstieg
in
die Zukunft.

Jens Leopold * 1972

Was bleibt

Getroffen die Türme
ins innerste Mark,
ertrugen schon Stürme,
man hielt sie für stark,

von Freiheit ein Zeichen,
der Stolz der Nation,
mit nichts zu vergleichen
und doch Illusion.

Zwei Flieger zerstörten
in kürzester Zeit
das Weltbild, empörten
durch Kaltblütigkeit.

Vernichtung und Schmerzen,
Inferno im Rauch,
verwundete Herzen,
es blieb nur ein Hauch

von Ohnmacht und Trauer,
der nie mehr verfliegt;
kein Unheil kennt Dauer,
wo Hoffnung gesiegt.

Christine Leue * 1965

Heute Morgen, war meine Welt noch
wunderbar,
Wie viele Pläne hatten wir noch, für dieses
Jahr.

Ich kann noch immer nicht verstehen, was
dann geschehen ist,
immer noch hoffe ich, das alles nur ein
böser Traum ist.

Immer wieder habe ich die Bilder im
Fernsehen gesehen,
warum, frage ich, konnte so etwas
geschehen?

Was sag ich unseren Kindern,
wenn Sie mich fragen, warum ist das
geschehen?

Warum haben Menschen einander
zerstört?
wer hat ihr Weinen und Flehen gehört?
Warum mussten Unschuldige leiden,
werden die Menschen sich immer streiten?

„Wir alle sind nicht ohne Fehler und
Schuld“,
versuche ich zu antworten, für die Kinder
als Grund,

als Grund zu Verstehen,
doch im Augenblick, kann ich selbst nicht
verstehen, was geschehen ist.

„Und einmal scheint die Sonne auch wieder
für Dich“,
hat mein Vater versucht zu trösten früher
mich,

Dein Weg geht immer weiter, nicht nur
geradeaus,
lass Dich nicht hängen, sondern sei stark
und steh auf!

Manuela Lewentz-Hering * 1969

Der
Wohlstand umkreist die
Mösen.
Der
Frieden bedeckt die
Penisse.
Die
lange Weile schläft in den
Kondomtüten.

Entstehen
so
Kriege!

Wolfram Liebing * 1955

Elfter September

Aber wer weiß schon
wo noch ein letzter lebendiger
Hauch wohnt
in diesem Inferno
aus Stahl und Stein?
Feuerstaub,
Geruch von verbrannter Haut.
Wer hört sie,
die Schmerzensschreie
im Laut der Detonationen?
Und in der Nacht
einer verdunkelten Sonne
geht aller Schein, aller Trug,
alles Sein, aller Wahn
der Mächtigen verloren.
Zurück blieb nur
das tiefste Leid.

Ruth Lietzenmayer * 1932

Der 11. September

Die Welt, die hält den Atem an,
banges Entsetzen, so weit man hören und
sehen kann.
Doch die Gewissheit holt uns ein,
Gewalt und Terror so kalt und gemein.

Entsetzen und Angst auf der ganzen Welt,
das höchste Bauwerk in Trümmer zerfällt,
Passagiermaschinen voll besetzt,
Selbstmordattentäter wurden auf uns
gehetzt.

Auch wir am Fernsehen glauben's kaum
es kommt uns vor, als wär's ein böser Film
oder Traum.
Die Bilder lassen uns nicht mehr los,
die Trauer und das Entsetzen der Welt sind
riesengroß.

Die Leben tausender Menschen im Nu
zerstört,
hunderte Helfer haben die Schreie gehört.
3 Passagierflugzeuge in Asch zerschellt,
Manche Menschen wären besser nicht auf
dieser Welt.

Ursula Limbach * 1959

11. September

Ich gehe aus dem Haus.
gedankenverloren
Ich sehe einen Baum.
selbstvergessen
Ich schreibe einen Brief.
ungeschoren
Ich atme klare Luft.
weltentronnen

Ich würge an dem Bissen
Ich drehe mein Gewissen
Ich hetze und ich hader
Verwirrung und Gemarder
Vergeben und Verzeih'n
Verdammen, wütend sein
der liebe Gott, ach nein?

Ich sammle mich.
Ich bin hier.
Ich bin mitten in der Zeit.

Maria Lincke * 1965

Krieg

Wenn der Streit auftaucht,
wird gern im Diskurs erklärt,
warum die Freiheit abtaucht;
dann ist der Experte bewährt.

Wenn der Sohn aufbricht,
wird das Mutterherz brechen.
Wenn Vater laut spricht,
will kein andrer sprechen.

Wenn der Krieg aufklimmt,
dann schwellen die Leiden.
Wenn der Soldat beginnt,
werden Frauen weinen.

Seht in Euerm eignen Haus:
Dem Kleingeist zwingt's zum Ansehen.
Er füttert gerne Angst und Graus,
ihm selber soll es aber besser gehen.

Vergesst die alte Weise nicht,
denn sie ist althergebracht;
wenn man auch nur leise spricht:
„Im Krieg, da wird Geschäft gemacht!"

Oliver Lind * 1973

Tränen der Stadt New York

Wir sind nunmehr ganz, ja mehr denn ganz verheeret.
Andreas Gryphius

Wir sind doch nunmehr ganz, ja mehr
denn ganz erschüttert,
Was gestern prachtvoll stand, stürzt heute
jammernd ein,
Zwei Säulen stiegen auf bis an den
Wolkenrain,
Nun sind sie Trümmerschutt, von
Trauerstaub umwittert.

Die Türme stehn in Glut, ein Flugzeugleib
zersplittert,
Im Einschlag birst entzwei der Glas- und
Eisenschrein,
Der stolze Silberbau zerfällt in Scherb' und
Stein,
Ein zweiter Flug vollstreckt den
Schreckensplan erbittert.

Hier durch die Schanz und Stadt quillt
blutig Schweiß und Dampf,
Im Aschequalm erstickt der
Rettungswehren Kampf,
Vor tausendfachem Tod geht Hoffnung
ganz zuschanden.

Doch schweig ich noch von dem, was
immer mich wird quälen,
Ein schwarzer Blätterfall von reinen
Menschenseelen,
Die, himmelnah behaust, doch keinen
Fluchtweg fanden.

Annette Linhardt * 1967

Am 11. September 2001

Geschäftig beginnt der Morgen in der
Stadt, die niemals schläft.

Mütter schicken ihre Söhne in den Tod,
sie leiden an Unterdrückung und Not.
Hass baut sich auf gegen die Freiheit...
die westliche Welt ist der Feind!
Fanatismus herrscht vor,
sie leben für Terror!

Zwei Türme, so hoch, als Zeichen der
Macht,
wer hätte jemals daran gedacht,
dass diese zerstört werden könnten?

Qualvoll fanden dort Menschen den Tod,
entsetzt sah die Welt ihre Angst, ihre Not.

Es war im September 2001!

Helmtraud Lissowski * 1949

Vergeßt es nie!

Den 11. September sollt ihr nie vergessen,
ein Schaden entstand, der fast unermessen!
Zwei Wolkenkratzer (mit fast 300
Menschen) wurden zerstört
die in New York zu den größten gehört!

Ein Aufschrei der Empörung ging durch
die Welt,
man sammelte überall massenhaft Geld
für die so geschädigte U.S.A.
und nur wenige Menschen dachten „Na
ja –
das reichste Land der Welt bleibt Amerika!

In Deutschland wurden ganze Städte
zerstört
mit Tausenden Menschen – doch nie hat
man gehört
so viel wie über 2 Häuser in den U.S.A.
Es ist wirklich erstaunlich! Ja – was sagt
man da?!" ---

Anneliese List

Zeitenwende

Colorado
Urlaubszeit, stille Prärie – endlos weit
Frühstücksfernsehen, Nachrichtenzeit, alles
wirklich – alles Echtzeit
CNN: Angst vor einem Krieg

Ground Zero
Menschen fallen, Türme sterben
Grab aus Stein, friedlicher Menschen
Verderben, grausame Bilder –
unbegreifliche Endzeit
CNN: Es ist wie im Krieg

Zeitenstarre
Städte schweigen, Züge stehen,
Zeit steht still, nur Fahnen wehen –
Sternenbannerzeit
CNN: Wir stehen vor einem Krieg

Menschen
verwirrt, zeitenlos – stumm gemacht
irrend, fort mit aller Macht – Fluchtzeit
CNN: Wir sind im Krieg

Zuhause
Viele Fragen, die Zeitung von drei Wochen
Amerika's Krieg in gedruckten Worten
angekommen – Bündniszeit
Zeitenwende

Margit Loch * 1954

Gerettet

Sie können den Himmel nicht erreichen,
meine Fingerspitzen,
die ich aus dem Meer der Gewalt
recke.
Dankbar streife ich
die Flügel der Krähe,
atme schamvoll auf dem Sandhügel,
will nicht versinken.

Ingrid Löhr

Der Stachel

Jedesmal wenn eine Bombe ihr Unwesen
treibt.
Klagt die Trauer der Menschen
über Grenzen hinaus, - entzweit.
Wut, Ohnmacht bilden eine Kette .
Der ängstliche Mensch hängt wie eine
Klette auf der Strasse blutigen
Asphalt.
Dornen entstehen gegen den Terror,
um ihn aufzuhalten.
Immer wieder versichern Politiker
gegen zu halten.
Wenn Menschen lieben, kann sich ein
Leben anders gestalten.
Doch Liebe benötigt auch das Vertrauen.
Längst können wir nur in Abgründe
schauen, wo die Toten versammelt
liegen
Als Mahnmale, sind sie übrig geblieben.
11. September Schreckender Überfall.

Raimund Löser * 1951

Elf Neun

Am elften September
sieht man im Freien
wo es noch angenehm warm ist
händchenhaltende Paare

die mühsam erworbene Bräune
wehrhaft zu Schau stellend
wie sie gierig den Sommer auslöffeln
und Flugzeuge
die den lauenblauen Himmel
mit friedlichen Flauschestreifen
garniert

In stillem Genuss
den stummen Applaus
der letzten Sonnenanbeter genießend
geben die wärmenden Strahlen
eine weitere Zugabe
und Hoffnung für alle
dass die lähmende Kälte
die jetzt gern im Dunkeln Netze auswirft
nicht von Dauer sein wird

Rainer Löser * 1970

Der 11. September

Falscher Himmel
wie hast du dich gezeigt
alles zerrissen
doch nicht aus eigener Kraft
bedienstet dich der Lüge Wort
hilflos Rasen und Rennen
gleich einem wilden Tier
sich selber fressend

bist herumgetrampelt
auf fruchtbarer Erde
wolltest unbrauchbar machen
sahst du denn nicht
das sprießende Grün
das tief drinnen geborgen
das du nicht vernichten kannst

Sylvia Lotfaliey

11. September

Stolzes Amerika, Schmelztiegel der Völker,
wie man dich nennt,
in dem die Ursuppe brodelt, Urmeer der
Menschheit!
Stolzes Amerika, in so vielem ein Vorbild,
für so viele der Freund!
Zuweilen aber schlägst du zurück, wie von
der Tarantel gestochen,
verständlich und unverständlich zugleich,
Hiroshima, Nagasaki, Dresden, die Cuba-
Krise, Irak, ach, Vietnam.
Man muss vielleicht wirklich Tyrannen das
Fürchten lehren,
aber als einige Menschheit, der
Erdenfamilie verpflichtet,
und schon auf dem Wege zu dieser
Einigkeit in möglichster
Einigkeit.
Dies auch ins Stammbuch der Spalter,
die sich Friedenskämpfer nennen,
doch nur den kleinen Vorteil suchen
und meine Sehnsucht missbrauchen,
nach meinem Kreuz fischen, aber
das Kreuz nicht tragen!
Stolzes Amerika, bleib wachsam, sagt dir
ein dankbarer Freund,
auch gegen dich selbst!
Und Ehre deinen gefallenen Helden

Wilhelm Ulrich Lüddecke * 1942

Betroffen

Weit um den Häusern
keine Vegetation
Brandschutz

Die Widerhaken
suchen den Weg hinein
Schlachten

Alle Venen schiffbare
Kanäle zu anderen
Herzkammern

Reihum springende Punkte
die nichtendenden Treffer
Feuerpranken

Hildegard Lüking

Dies ater

Elfter September Zweitausendeins!
Schon nach drei Generationen
werden die, die den Erdkreis bewohnen,
vom Geschehen wohl kaum mehr viel
wissen.
Doch steht dieser Tag wie ein Fels,
beflissen
zu warnen die Menschheit vorm
Brudermord Kains.
Geht diese Mahnung aber verloren,
dringt sie nicht mehr in aller Ohren
und hat sie nicht länger für Eintracht
geworben,
dann sind dreitausend Menschen umsonst
gestorben.

Gottfried Luttenberger

New York

Rauch, Tote, Verletzte, Menschen in Angst
und Panik,
Keiner wusste, was da geschehen war, was
er da auf dem Bildschirm sah,
Das war New York?
Ja, das war New York am 11. September
2001.
Oh geliebtes New York ...
Ich hörte zum ersten Mal als Kind von dir,
ich sah dich schon so oft im Fernsehen, im
Kino,
ich hörte Lieder, die von dir erzählten,
Denn du bist nun mal New York,
die Stadt, die immer schon Menschen
inspiriert hat,
selbst mich, der dich noch nie persönlich
gesehen hat,

doch geträumt habe ich schon sehr oft von
dir ...
so sehr hast du mich begeistert,
daß sogar Fadula, meine Romanfigur,
gelebt hat in dir.
Du, New York, bist nun mal ein Ort der
Bewunderung, indem viele Menschen,
egal auf
welcher Art und Weise, egal ob real oder
nicht real, leben, gelebt haben und
auch in Zukunft
leben werden.
Ich möchte dir, oh geliebtes New York,
von ganzem Herzen nun endlich auch
mal sagen
dürfen, nicht nur mit diesem Gedicht,
sondern daß ich auch an jenem Tage,
der für dich so
Schmerzhaft war, mitgefühlt, geweint und
getrauert habe.

Cevi Lynn * 1972

Verzage nicht

in Momenten
in denen
der Nebel
die Sicht
verdeckt

Harre aus
in Stunden
die schwanger
Deine
Zukunft tragen

Fange auf das Glück
spiele mit
in diesem
einmaligen
Theaterstück . . .

Gabriele Maaß * 1959

Das Herz einer Stadt ist zerrissen

So freundlich grüßt der neue Tag
die Stadt mit den endlosen Türmen.
Kein' Anlass gibt es zur Sorge und Klag',
kein Ahnen, dass irgendjemand vermag,
die friedvolle Welt zu bestürmen.

Jeder der Türme – ein stolzer Gigant,
bewohnt von geschäftigtem Leben.
Doch vom teuflischen Terror mit
Mörderhand
ist eine menschenvernichtende Tat gesandt,
Tausende müssen sich hilflos ergeben.

Entsetzte Passanten von Asche umringt,
taumeln verstört durch die Straßen.
Verzweifeltes Schreien zum Himmel dringt,
die Stille der Toten im Schutt versinkt,
Menschen, die in den Türmen saßen.

Gespenstisch gekrümmte Gerüste aus
Stahl,
als Relikt der zerstörten Kulissen,
sind Ausdruck von unermeßlicher Qual.
Die Retter – sie suchen verbissen,
und das Herz einer Stadt ist zerrissen.

Hedda Magold * 1939

Der Anschlag

Der Anschlag hat den Tag geprägt
Ein Massaker gegen Mythen
Den Frieden hat er weggefegt
Angst hilft Kriege zu hüten

Ani Malia

Unvergesslich

Ich schau auf den Kalender.
11. September, mich überfällt ein Schauer!
Im Herzen fühle ich Wut und tiefe Trauer.

Dieser Tag ging in die Geschichte ein,
niemals wird es wieder wie früher sein.
Ich sehe wieder vor Augen
das Flugzeug, Rauch und Flammen
das World Trade Center, es bricht
zusammen.

Ich sehe Menschen um ihr Leben rennen,
den Sturz in die Tiefe, um nicht zu
verbrennen.
Manche schicken eine letzte Nachricht im
ihrer Not.
Minuten später sind sie tot.

Ich sehe die Verzweiflung, wie man kämpft
ums Überleben!
Man hofft auf ein Wunder, es wird keines
geben.

Ich sehe Menschen, erstarrt wie zu Steinen,
wie sie hilflos zusehen müssen und
fassungslos weinen.

Der 11. September prägte sich im
Gedächtnis ein.
die Toten werden niemals vergessen sein.
Die Überlebenden haben nie wieder die alte
Freude im Herz,
tief sitzt das Erlebte, die Trauer, der
Schmerz!

Isolde Männecke * 1945

Das Menetekel

Kriegspläne mit Top-Secret-Stempel 2002.
Okkupations-Menetekel Zweistromland
irrlichtert im angeblichen Al Qaeda-
Anschlag
auf das Welthandelszentrum.
Ungereimtheiten erschüttern 11/9,
Abgrund der Instrumentalisierung. –
Versus Weltmeinung und jede Vernunft
zieht Nebukadnezar B. in den Krieg. –
Besatzung, Widerstand, Vergeltung
entwickeln tödliche Eigendynamik.
Washingtons Kriegslüge wird Wahrheit –
Al Qaeda-Kooperation mit Saddam-
Anhängern,
Extremisten benutzen Bevölkerung
als Bürgerkriegsfutter in ethnischer
Konfrontation.
Wahnsinn der Tibetanisierung,
zwölf Jahre Krieg prophezeit Minister.
Das Menetekel flammte es an den Himmel:
Von der Okkupation zur Apokalypse –
kurz ist der Weg, das Höllenfeuer schier
endlos.

Peter Mara

Es ragen zwei Türme

Es wird geplaudert und gelacht,
alles wird so wie immer gemacht.
Emsiges Treiben,
Telefonieren und Schreiben –
Normalität!
11. September 2001, schreibt man heut im
Büro,
die Zeit, die steht –
es wird nie wieder so!
Getöse, Gekrache, Brandgeruch,
es ging so schnell – alles zu Bruch!
Das Grauen kam zur Arbeitszeit
und war zu Äußersten bereit!
Die Flugzeuge hatten den Tod mit an
Bord,
und nahmen die Menschen einfach fort!
Asche, Schutt – kaputt sind die Mauern,
übrig die Menschen, die so sehr trauern!

Es regnet zwei Türme…

B. Maria

Mein 11. September

Erinnerung an Tausende Tote,
ein schlimmer Tag – vier Jahre her,
in New York begann das Aufräumen,
ein Neuaufbau – Stein für Stein.

2005 – der Tag bekommt neue Bedeutung
für drei Frauen, die sich nie geseh'n,
es ist der Kennenlerntag
von zwei jüngeren zur großen Schwester.

Fast 40 Jahre sind vergangen,
bis die Mutter ihr Schweigen bricht
ein Mädchen – vor der Ehe geboren,
zur Adoption gegeben einem Paar.

Familienzusammenführung,
die dritte Tochter ward gefunden,
Kontakte vorsichtig geknüpft,
Mutter und Tochter treffen sich das erste Mal.

Dann am 11.9. gehen drei Frauen essen.
Bedienung sieht die Ähnlichkeit sofort.
Gemeinsamkeiten stellen sie fest
das Schwesterngefühl – es wächst!

Sigrid Marienfeld * 1965

Die Klippe von Tangi

Über ein Jahr
vergeht der weiße Staub.
Die Feuersonne verlischt.
Nur die Minen dauern auf den Feldern.
God bless America

Die Wolkentürme
der Hure Babylon:
Wo blieben sie?
God's own country
trinkt den Zornwein.
Gekränkt schlüge es selbst die Sonne.

Die fünf leeren Tage
häufen Opfer auf Opfer.
Gott feiert
auf der Klippe von Tangi.
Wer löst die Dublone vom Mast?
Wer entrinnt,
daß er berichte?

Hans-Jochen Markmann * 1930

11. September

Der Gau von der Mattscheibe
In unsern Polsterkomfort
Perfekte Verdrängung der Bilder
Endlagerung im Seelenhaushalt.
Camus' „Le mot et l' action".
Das Entsetzen festhalten.
Suche nach Worten
Für täglichen Horror.

Aids in Afrika
Fernes Sterben millionenfach, leise.
Unterschriftenaktion nach Berlin
Geballte demokratische Ladung
Protest bei der WHO
Gegen den Stopp preiswerter Generika aus Indien
In Richtung Afrika.
Im Widerstand der Perversion entrinnen.

Und die Schönheit der weißen Winterlandschaft.

Mechthild Martin * 1941

Der beiden Türme Untergang

Der eisern' Vogel ausgeschlafen wacht,
fliegt unentwegt Nacht und Tag, Tag und Nacht,
Frisst sich voll und satt mit Leben,
besitzt ein Ziel, das er sucht anzustreben.

Zwei Riesen beieinander still und stark,
Venen und Haut aus Stahl und Stein gehauen,
drohen jeden zu zerschlagen der es wagt,
sie vernichten zu wollen, in ihrem Ewigsein.

Der eisern' Vogel stürzt dem Riesen in den Magen,
diese schwanken und müssen schnell nach Luft ragen -

gebären nebenbei den dunkelschwarz
qualmenden Rauch.

Schreie hallen aus dem tiefen, großen
Bauch,
kreischend, weinend, kriechen sie auf allen
Vieren
heraus, fielen tief, platzten, hörten zu
existieren auf.

Fabricio de Matos * 1985

Der 11. September

So viele Menschen die Erde trägt.
sind die einen besser als die andern?

Ist es notwendig, dass man solche
Gedanken erwägt?
„Was ich glaube, ist richtig."
Wie sollte es anders sein?
Schurkenstaaten, sagt Mister Bush,
sind die allein, die Terroristen dulden
und deren mörderisches Verschulden.

Sind Moslems nicht gefährlich,
wenn sie Christen „Ungläubige" nennen?
Ist das der Kern des Streits, zu dem sie sich
bekennen?

Das Morden des 11. September zeugt
davon,
dass der 11. September Wurzeln hat, die zu
bekämpfen
Politiker des Abendlandes und der neue
Welt seit geraumer Zeit in Atem hält

Es bedarf diplomatischer Kunst,
die Vertrauen schafft,
die Terroristen isoliert durch der Völker
Kraft.
So könnte werden: Friede auf Erden.

Karl Heinz Matthes * 1925

Hamartie

„Krieg ist die Fortsetzung der Diplomatie –
mit anderen Mitteln";
und der Sieg im Flug geholt,
niemandem Respekt gezollt.
Blut für Blut, gnadenlose Wut
kein Gut, kein Böse...jede Größe variabel,
jeder Tod praktikabel.
Verlorene, begrabene Liebe –
Diebe des Lebens und jegliches Bitten
vergeblich.
Explosionen, ein Feuerball, schwarzer
Rauch –
in der Erinnerung verweilt das Grauen
überall.
Schreie, berstende Scheiben,
und kein Vertrauen in des Stahles Statik,
der sich urplötzlich so verwackelt gibt wie
Batik.
Und der Mann der Stunde –
W. Bush – „el hakim", bekundet
die Vereinigten Staaten seien schwerst
verwundet.
Keine Zeit, kein stilles Gedenken,
sondern ein sich die Hälse verrenken gen
Osten –
die Kosten tragbar.

Ina May

Zuversicht

Der kleine Traum, den ich als Kind
träumte,
Hat noch nicht den Himmel erreicht.

Damals kam die Freude spät heim.
Der Krieg hatte ihr ein Bein abgeschossen.

Prinzessinnen trugen keine Handschuhe.
Mit blanken Händen klaubten sie
Trümmer.

Vor jeder Kirche hockte Maria,
Die ihren verschollenen Jesus suchte.

Damals träumte ich, es wäre schön,
Wenn es zur Weihnacht Maikäfer gäbe.

Tags daraufhat mich ein Hund gebissen,
Dem ich die Zähne sofort verzieh.

Doch einmal steht mein Traum vor dem
Himmel.
Dann schneit es Maikäfer auf mein graues
Haar.

Kurt May * 1940

Terrorismus

Sind Terroristen Verbrecher? Ja!
Ist Terrorismus entschuldbar? Nein!
Doch gilt auch für die USA:
Gewalt kann keine Lösung sein.

Man sieht am Beispiel Naher Osten:
Gewalt erneut Gewalt erzeugt.
Gewalt kann Würde und Leben kosten,
Gedanken die Gewalt nicht beugt.

Ganz gleich, ob zwischen Religionen,
Ganz gleich, ob unter Demokraten,
Gewalt darf nirgendwo sich lohnen.
Gewalt steht nicht für Gottestaten.

Gewalt heißt Unvernunft und Ohnmacht
Und Sieg des Dunkels und der Nacht.
Nur wer Gewalt ins Abseits stellt,
Besiegt die Leiden dieser Welt.

Albert Mayer * 1930

11. September 2001
Herzen in Flammen

Der Donner grollt,
Blitz zuckt
über grüne Urwaldmatten
und goldene Wüsten,
knickt Himmelssäulen
wie gläserne Blumen,
tanzt wild im Feuertempel ...
und ich hilflos mittendrin,
unterm Netz der schwarzen Witwe,
während der Drache Feuer spuckt
auf die Trauminseln der Welt –
bis die bunten Papageien
aufschwingen
zum Baum der Erkenntnis,
wo sich Fortuna und Justitia
die Dornenkrone teilen ...
11. September 2001 –
seit diesem Tag
raubt mir mein Stift den Schlaf.

Dagmar Mayer

Der Mann im Mond

Es ist dunkel, der Mond scheint,
ein kleiner Junge weint,
ein Bus fährt irgendwo in Richtung
Nirgendwo ab,
ein alter Mann schnitzt an einem Stab.

Doch interessiert sich der alte Mann in dem
Moment für den Bus,
der nach Nirgendwo fahren muss?
Kümmert die Leute im Bus des Jungens
Verdruss?
Und bemerkt der Junge, der weint,
überhaupt wie der Mond glänzend
scheint?

Was wohl der Mann im Mond denkt,
von so viel Desinteresse gegenüber anderen
in eine Stadt gezwängt?

Wie ist das, wenn man die ganze Welt
sieht?
„Halt! Stopp!", der Mann im Mond flieht!

Sandra Mayer * 1988

Entschwunden

Viele Arten gibt es bald nicht mehr,
die Erde ist so geschunden.
Rücksichtslosigkeit und Ungerechtigkeit,
Ausbeutung, Verschwendung und Lüge,
von denen „dort oben" unumwunden,
sind Taten dieser unserer Zeit.
Die Welt hat sich so sehr verändert -
liegt sie in den letzten Zügen?
Sind darum auch an einem 11. Tag im
September
so viele einfach plötzlich verschwunden?

mayrangul * 1967

11. Septembermorgen

Im Nebel ruht die Welt
schon lange nicht mehr.
Wald und Wiesen haben
ausgeträumt.
Und was, was denn?
Glaubst du zu sehen,
wenn der Schleier fällt.
Den blauen Himmel?
Die schwarze Hölle?
Endloser Herbst.
Zerstörerische Kräfte.
Erstickende Dämpfe.
O du schöne Welt!
Dein warmes Gold fließt
bleiern.

Armin Meisner-Then * 1952

Allein ...

Allein
am Ufer
noch steh' ich,
ein Nichtschwimmer
im Meer seiner Zeit,
in dem Katastrophen
und Fragen
sich spiegeln.

Manchmal blüht
zu Hause der Schnee.

Reinhard Meister * 1949

Der Sommer ging zu Ende
damals im September
Ein letztes großes Fest wollten wir feiern.
Da sah ich das Flugzeug ...
Tausendmal gesehen: Flugzeug und
Hochhaus.
Dieses flog hinein.

Der Sommer ging zu Ende.
Am Abend saßen wir in der Kirche.
Hörte noch einmal, wie und was und
weinten.
Steckten Kerzen an.
Gedachten der Menschen.
Noch tausendmal sahen wir das Flugzeug.
Dieses hat getroffen.

Der Sommer ging zu Ende.
Wir saßen draußen zusammen, nannten es
Fest.
Das Lachen blieb im Halse stecken
Die Bilder in der Seele.
Wie schon tausendmal vorher flogen
Flugzeuge über uns
Dieser Tag hat viel verändert –
damals im September.

Gabriele Melk

elfter september

supermacht gedemütigt,
der himmel brachte sturm,
funken flogen, schreie,
kein stummes entsetzen

supermacht gedemütigt,
es kamen männer mit bärten,
sie flogen einfach los,
der tod war ihr meister.

supermacht gedemütigt,
eine welt erstarrt,
schreie verhallen im nichts,
ungewissheit siegt

supermacht gedemütigt,
Terror triumphiert,
mensch, du geblendeter thor,
angst bleibt.

Sören Meng * 1974

Requiem 2001

Birg sie, Engel, unter deinen Flügeln.
Birg sie, Trauernder, an deiner Brust.
Birg sie, Tröstender, in deinen Armen.
Birg sie, Schützender, in deinem Schoß.

Lass sie ruhen, die ins Grauen stürzten;
sanft sie ruhen, die Gewalt erwürgt;
kühl sie ruhen, die die Flammen fraßen;
tief sie ruhen, die die Qual zerriss.

Lass die Erde leicht sein, die sie bettet.
Still der Tränen-Ozeane Flut.
Lichtgeist, leuchte unseren Schatten-
schweren
Augen – bis sie schauen des Ewigen Glanz!

Helga Meschede

Die Türme zu Babel

War der Angriff eine Antwort?
Schlagen die zu oder zurück,
Als krachend die Kathedrale des Kapitals
kollabiert?
Sind die verrückt?

Waren die Täter etwa Opfer?
Und gilt das umgekehrt?
Hat Zion die Zeremonien der Zahl
zelebriert
Und's anderen verwehrt?

Krieg! Schlagt sie tot!
Schreien Krieger und Pfaffen
Den elften September zeigt der Kalender
Greifen die Anglos
Mit Recht zu den Waffen
Oder war es nicht doch wie beim
Gleiwitzer Sender?

Rolf Messal * 1959

Haiku

Am Zeitungsstand tropft
Herbstregen vom Titelblatt.
Elfter September.

Mex * 1938

Gleich gleich schalten

Ziele gleich gleich aus
richten,
zeitgleich Zeit schalten
Körper Medien ab
Bild Ort.

Bilder gleich gleich nach
richten,
zeitlos daraufhalten
Opfer Macht ab
Bild Mensch.

Worte gleich gleich ab
richten,
zeitnah Tod schlagen
Sinne an Schauung
Welt.

Handeln zu gleich zu
richten,
ewig wahr geistern
Bilder vor Wort
Mensch.

Agnes Meyer-Wilmes * 1960

Der 11. September

Herbstgeruch –
die Ernte reift
Das Meer umarmt
den neuen Tag und
Menschen eilen
Menschen nach

Am blauen Himmel
spielt der Teufel
sein absurdes Spiel –

Die Zeit
hält über Stunden
ihren Atem an
In Strömen
fliessen Tränen
und schwarze Schatten
nehmen uns
das Licht

Was für eine
sonderbare Welt –

Ernst Meyner * 1937

Gedanken der Besonnenheit

wenn unsere Augen sehen, wie viel Leid
geschieht
und unsere Ohren auch die leisen Töne
hören,
unser Herz die Weite spürt und die Hände
wärmen und helfen können, aus den
Mündern Worte der Vertrautheit
fließen,
und ein Lächeln eine Verbindung schaffen
kann,
auf dass unsere Seelen Nahrung finden und
Gedanken uns Frieden schenken,
die Einzigkeit unseres Miteinanders
an Würde gewinnt,
dann sind wir auf dem Wege Gottes,
um eine Brücke für die Zukunft zu bauen!

Brigitte Mihai * 1953

Prototypen neuer Terrorsprache

Auf den Flügeln von bösem
Vorhabenaussatz
zündet ideologischer Vordenker –
Sprengstoff
Profilbildwachsen im „Schläferraum
Hamburg".
Im Ladezustand von Haßpredigten auf
westliches,
genährter Zündstoff für „Gotteskrieger-
Häutungen".

Nun kennen wir die Duftnote des
Märtyrer-Ichs,
die „schwarzen Rosen" im Steinbruch
eines dubios genährten Gottesbildes
mit schizophrenem Abseits im
Gläubigkeitswahn
an ein lustvolles Genuß –
Paradiesgeschenk.

Aus den Türmen unseres Denkens,
den Reisekoffern ihrer Werteauffassung,
reift ein Wachstum an Kälte –
Verwerfungen.
Ungleiches Potential isolierter
Gesinnungsnetzwerke
verhindert den globalen Flügelschlag des
Dialogs.

Terrorvasallen im Zeitzeichen ausgespülter
Menschlichkeit,
die dem Mosaik westlicher
Werteleidenschaften
Bildquellen kollektiver Terrorangst
einfügen wollen.
„Ihrem Gott" mit Kerosingetränkten
Feuervögeln
wohlgefällig ein Entsorgungsgeschenk mit
„Ungläubigen" machten!

Gerd Mittendorf

ungesichter

das sind die schlimmsten schurken nicht
die hände binden
leiber schinden

die sich um seelen mühn
in lüste locken
süchte ziehn
dogmen pflocken
denken binden
freiheit singen
fesseln bringen
sein selbst zu schinden
die sieht man nicht

ortwin mohnkern * 1938

11. September am Arbeitsplatz

leere gesichter
gespenstische
s t i l l e

das unfassbare ist
heute geschehen

niemand spricht
wir sehen die
b i l d e r

für einen augenblick
brüderlichkeit

unvorstellbar
berührt vom
s c h m e r z

gehen wir
wieder auseinander

dabei hätten
wir gerne
g e w e i n t

Karin Angela Moisel * 1960

in dieser zeit der siege

in dieser zeit der siege
will ich kein verteidiger sein
will nicht verteidigen
was ich nicht gepflanzt habe
will nicht verteidigen
was ich nicht gebaut habe
nicht einmal
was mir gehört
will ich verteidigen

ich will schutzlos bleiben
darum
bleibt meine türe unverschlossen
in dieser zeit
wo weder gnade noch recht ergeht
soll
was nirgends einen ort hat
eine heimat finden
bei mir

Manfred Moll

Atavismen

Der Mensch,
so lehrt die Biologie,
trägt in sich
Überreste
früherer Arten:

Kiemenansätze
von den Fischen,
Steißwirbel
von den Lurchen,
Blindarm
von den Wiederkäuern
und manchmal
eine Milchleiste
von den Säugern.

Unerforscht aber
sind die Rudimente
und Verformungen

in so manchem
Gehirn.

Ingrid Möller * 1934

endlosschleife

verwirrte gefühle
im rausch des chaos verhallend
immer wiederkehrend
und doch jedes mal neu
nehmen die letzte chance
den verstand sieger sein zu lassen
über ein leben
das keines mehr ist

Frank Domenico Montalbano * 1963

Des Terrors böser Gruß

Es war ein graus'ger Traum
Vollgefüllt mit Feuer und Rauch,
Wer wollte seinen Augen trau'n,
Überall des Todes gift'ger Hauch.

Der Maschinen waren's zwei,
Gelenkt von Menschen ungeniert,
Brachten Qual und Tod herbei,
War'n vom Wahnsinn wohl regiert.

Ein schweres Beben, lautes Klirren,
Gleich darauf ein zweites Mal,
Man wünschte, dass die Augen irren,
Morgens: Vieler Leben letztes Mahl.

Als die Türme riesig hoch
Fielen wie ein Kartenhaus,
Schwarzer Rauch gen Himmel schoss,
Viele kamen nicht heraus.

Ein Blick nach oben ließ erkennen
Schwarze Wolken voll von Ruß.
Nicht mehr zu verkennen:
Des Terrors böser Gruß.

Rhian L. M. Moritz * 1989

Neunelf

Alublitze, Stahlgewitter –
Feuer sackt das Patriotenherz,
Staub versiegt die Tränen,
Schreie starren ostwärts,
Enge Augen gähnen.

Schockbesoffen, Angstbewegt –
Wirrung furcht die heile Welt,
Hektik peitscht die Mächte,
Einheit webt sich von allein,
Panik engt die Rechte.

Ölbeweis, Turbinenjagd –
Granaten spüren Schuldige,
Bomben spielen Polizei,
Splitter sezieren sauber:
Einmaleins ist drei.

Heiko Moschner * 1968

Der elfte September

Wir wissen alle was war –
Als der Himmel ganz still
Urplötzlich sich in Feuer hüllte,
Ein Teil Skyline in sich zusammenfiel
Und Träume mit Tränen füllte.
Ach könnte man zaubern
Und die Welt verändern –
Oder sind wir einfach nur Roboter?
Wer sind wir eigentlich, wer?
Alles was wir tun auf dieser
Einzigartigen Erde –
Beginnen wir im Herzen
Und mit einem Lächeln.
Besiegen wir selbst steinerne Herzen,
Denn es ist ganz einfach, ihr werdet seh'n.
Versucht es gleich –
Denn in diesem Reich
Sind wir geboren, um zu dienen,
Zu helfen und zu lieben.

Kim Moses * 1948

Trümmer (2002) und ihr Gedenken

Im stillen Gedenken an Tom und alle unschuldigen Opfer in NY. Im stillen Dank an Katrin und „unseren" Schutzengel. In stiller Freude an Nicoles' unversehrte Rückkehr.

Trümmer häufen sich zu Bergen mit jedem neuen Tag.
Trümmer sind privat, persönlich oder unpersönlich.
Trümmer ob klein, groß oder weltbetreffend;
Trümmer haben eines gemeinsam:
Trümmer entziehen Menschen ihrem Umfeld.
Trümmer verursachen Schmerz, Trauer und Ungewissheit.
Trümmer (2002) erhalten für mich am elften September ihr Gedenken.

Gedenken finden jeden Tag aufs Neue Anlass.
Gedenken sind still, im persönlichen Kreis oder öffentlich.
Gedenken, ob kurz, lang oder nimmer endend;
Gedenken haben eines gemeinsam:
Gedenken schenken Zeit, Abschied zu nehmen.
Gedenken geben neue Hoffnung, Mut und Gewissheit.
Ein Gedenktag für Trümmer
liegt für mich symbolisch jedes Jahr im September.

Anja Möx

Der 11. September

Die Kameras war'n in Position,
Und pünktlich kam die Explosion.
Nach einem ersten Superknall
Entstand ein ries'ger Feuerball.
Turm Nummer Eins fällt schlicht zusammen,
Es regnet Trümmer, Staub und Flammen.
Das schreckte die US-Nation
Aus ihrem Traum von Sicherheit
Und ew'ger Unverletzbarkeit.
Nun Terroristenangst regiert,
Afghanistan wird bombardiert,
Die Freiheitsrechte glatt halbiert.
„Bin Laden war's", so schreit die Presse,
„Der Spezi der Familie Bush!
Haut diesem Mistkerl in die Fresse!"
Doch der sitzt längst im Hindukusch.
Zum Glück viertausend Angestellte
An jenem schicksalsschweren Tag
Zur Arbeit nicht erschienen waren.
Verstehe das, wer kann und mag!

Paul J. Muenzer

Apokalypse 6

Die Welt ist reif
O Herr die Engel
haben uns verlassen
der Sturm vom Paradiese
kommend läßt uns
dorthin nicht

Die Türme Babels barsten
und Gomorrha lag
in Asche einst.
Dein großer Zorn ist
große Liebe
auch

Christa Müller

König-Fahd-Schüler in Bad Godesberg

Aus der missbrauchten Fahd-Akademie
dröhnt bösen Sinns Kakophonie:
Wer hier erzieht, lehrt, predigt oder betet,
hat rechtens das in Deutschland kaum geregelt.
Die Saudi-Schule nervt schon lang den Bürger,

die Presse schreibt auch oft und bitter
drüber.
Doch für die Schließung dieser Fahd-
Akademie
bricht kein Amt in Bonn und Köln was
übers Knie,
und in Berlin scheut ängstlich die
Regierung
nach Schließung diplomatische
Verwicklung.
„Komplex" sei das, hört man sie
lamentieren,
derweil die Saudis hämisch triumphieren:
Der Islamisten Haß in ihren Schriften
kann allzulang schon Schüler hier vergiften.
Sie haben ihre eigenen Gesetze –
der radikalen Islamisten Hetze,
die unseren Staat verachtungsvoll
verhöhnen,
doch unsere Wohlfahrt gern in Anspruch
nehmen.
Zwar hat der Staatsschutz ihre Schule im
Visier
gleich einer Hochburg, wehrhaft wärs
jedoch, man schlösse sie.

Dietrich S. Müller * 1934

Irak – Flüstergebet

Ach Gott – warum hast du mich verlassen,
bist nicht mehr auf meinem Tritt.
Langsam beginn' ich dich zu hassen,
kannst' wohl nicht mit mir halten Schritt?

Wann kann ich mich wieder auf dich
verlassen?
Wann habe ich wieder deinen Schutz?
Ich will, ich kann dich nicht weiter hassen,
hab aber Angst vor meinem Judaskuss.

Wann ist wieder Achtung und Liebe unter
den Menschen?
Wann kann ich dir wieder meine ganze
Liebe schenken?

Erhard Müller * 1939

Macht und Neid

Zwei Türme, Felsen, Meer und Pracht
gib mir was ich brauche, ich hab' Macht.

Der Mensch, weit weg in purem Neid,
meint, jetzt ist es an der Zeit
den Leuten dort im „Paradies"
zu zeigen, uns geht's wirklich mies.

So sind auch in unserer Zeit,
das Protzen und die Eitelkeit,
genauso übel wie der Neid.

Ich kann hier mahnen oder strafen,
so tun, als gehör' ich zu den Braven.

Doch immer wieder kommt die Zeit,
in der ich selber leid',
unter eigner Macht und Neid.

Lothar Müller * 1958

Klage gegen Terroristen

Ich sehe das Flugzeug noch vor mir,
Die Bilder – Hundert Mal wiederholt.
So nah und doch weit weg von hier.
Habt ihr das wirklich gewollt?

Ich spüre noch das Entsetzen,
Der Schrecken mit dem ich gelähmt.
Zerstören – Töten – Verletzen
Ich hab mich für euch geschämt!

So viele Menschen in Angst und Not,
Und keiner konnte euch kriegen.
Zerstört – Verletzt – Tot
Seid ihr jetzt zufrieden?

Ich sehe das Flugzeug noch vor mir,
Die Bilder – Tausend Mal wiederholt.
Schrecken – Angst – auch hier
11. September – Terror – eure Schuld!

Andrea Münster * 1987

ash-bin laden

bin
bin entsetzt
bin
ganz außer mir
und dir
bin
verärgert
richtig
wütend
bin
entsetzlich entsetzt
über das entsetzliche
des entsetztseins
über jenen elften neunten
bin ganz entsetzt
kann nicht mehr
seit jenem elften neunten
ist kein gedicht mehr
des entsetztseins möglich
zum herunterladen

Horst Nägele * 1934

Am 11. September

Es war der 11. September im vergangenen
Jahr
Ich erinnere mich sehr deutlich, da drei
Jahre zuvor,
Zweitausendeins, mein Sittich fort geflogen
war

Im sonnigen Kuba lief ich über den heißen
Strand
Stundenlang in brütender Hitze, bis ich zu
dem
Jungen kam, der dort baute einen Turm
aus Sand

Ich setzte mich zu ihm und ruhte mich
kurz aus
er schien nichts zu merken, baute
ungerührt weiter
höher und höher, weit über seinen Kopf
hinaus

Er drehte sich um, etwas schien ihn zu
bewegen
Plötzlich stand er auf, holte einmal kurz
aus und
zerstörte sein Werk mit einigen harten
Schlägen

Ein Schock für die Welt, was hast du nur
getan?
Nichts von Bedeutung, es wird die
Menschen nicht
rühren, da im Turm keine Schlipsträger
war'n

Ein Haufen nackter Wilder juckt
niemanden mit Geld
Wahrgenommen mit bleibenden
Erinnerungen stirbt
es sich nur in der so genannten zivilisierten
Welt

Thomas Nave * 1968

11.9. – Was ist die Botschaft

Kaputte Türme. Kaputte Seelen.
Sinnentleertes Dahinsterben.
Was sagt dies alles uns?

Wir leben auf Kosten der armen Länder.
Wir beuten ihre kleine Wirtschaft
schamlos aus und machen sie
konkurrenzunfähig.
Das ist die Botschaft.

Geld und Kapital – ohne Sinn.
Macht und Habgier zerstören auch uns.
Wir leben oberflächlich und ohne
tieferen Sinn von einem Tag zum Anderen.

Wir vertrödeln unser kurzes Leben mit
Nichtigkeiten – wollen imponieren und
kennen keine Schamgrenzen mehr.
Traditionen und Bräuche verschwinden.

Die Zäsur – der Wachrüttler – der 11.9.
Eine Eruption der Gefühle brach aus.
Wir können also noch fühlen.
Aber reicht das?

Ralf Nebeling * 1957

Weltkrieg

Wie
Einmal
Liegen
Tote
Körper
Rechtlos
Im
Ewigen
Grab

Julia Neuendorf * 1983

Der 11. September

Wie scheinbar friedlich war doch unsere
Welt!
Verdeckten wir doch wissentlich unsere
Augen vor dem Frevel, der
Abartigkeit des täglichen Seins.
Hat doch niemand von uns je gewagt, an
so etwas Schändliches zu denken.
Traf es uns ungeschützt im Innersten,
fernab der Vorstellungskraft.
Es ist nicht allein Mord und Zerstörung,
die uns traf.
Nein, die ganze Welt, alle Nationen sind
ihrer Moral von Gut und Böse
beraubt.
Es gibt keine Schranken, keine Werte
mehr!
Eine Steigerung des Grauens ist
unvorstellbar.
Die Abartigkeit des Seins, des Wahns hat
seinen Weg im täglichen Alltag
gefunden.
Was können wir, die Hoffenden, die an das
Gute in jedem Denkenden
dagegensetzen?
Nun, laßt es uns angehen, ohne Hochmut,
ohne Vorherrschaft und Gewalt –
Einfach nur gemeinsam, einig und fest
kämpfen gegen einen
wiederkehrenden
11. September!

Christine Neumann * 1952

Fragen

Nacht – klare, kalte Nacht
Sterne – leuchtende Sterne
Milliardenfach – zum Greifen nah.

Sekunden des Unvorstellbaren
Augenblicke der Unerträglichkeit

Angst geboren
Angst übergestülpt

Hoffnung gestohlen
Hoffnung missbraucht

Fragen – viele Fragen
Angst vor Antworten

Karl-Heinz Neumann

Der 11. September
(Sokratische Form)

Was ist Freiheit?
Das kommunistische Ideal, oder?
Das kapitalistische Imperial?
Religiöser Fanatismus oder
wirtschaftlicher Liberalismus?

Das Leben ist ein Geschenk
Und der Tod ist ein Opfer!
In brüskierender Blindheit
Sowie in eifrigem Zorn.

Die Wagschalen der Gerechtigkeit
Werden mit dem Schwert zerschlagen.

So schlägt Hochmut an die Küste des
Lebens,
Wo Unversöhnlichkeit und Fanatismus
herrscht.

Drum reist die Schranken nieder
Und Toleriert die Fremden wieder,
Wie vor babylonischer Zeit!

Nathan Nexus * 1977

D-Day

King Kong, Warhol, Stuevesant,
Hier jeder seine Heimat fand.

Sinatra pries' in höchsten Tönen,
Und Schwuchteln hier den Gast
verwöhnen,
Und aus der Erde Leichen stöhnen,
Und weltweit Stimmen dies verhöhnen.

Denn es ist chick Anti zu sein,
Mit blauem Hemdchen, rotem Wein,
Mit Frankreich, China obendrein,
Mit Stasi und mit Putilein.

Solch Worte laß ich nur verlauten,
Weil Amis mal uns Deutsche trauten,
Weil Brücken in der Luft sie bauten,
Weil Fleisch von Care wir gerne kauten.

So George straf die Mörderhand,
Und hol mich raus aus diesem, Land

Hartmut Niemke * 1952

11.09.

Fassungslos stehen sie vor den Trümmern
Ein ganzes Volk, mit ihm die Welt
An jenem Tag, zu jener Stunde
Als 2 Türme wie Bäume einfach gefällt

Es dauerte nur wenige Minuten
Zwei Flugzeuge, sooo viele Tote
An jenem Tag, zu jener Stunde
Als der Terror die Welt einholte

Wir sollten uns stets vor Augen halten
Egal welche Farbe, egal welche Schicht
Für jene Tage, mit jenen Stunden
Worum es auch geht, wert ist es das
nicht!!!

Tanja Nierhaus

11. September

Meinen geburtstag vergisst keiner mehr –
Seitdem.
Krönte man mich zum jedes jahr
dauererneuernden mahner und
meinen geburtstag
zur kreuzigung der gerechtigkeit.
Gruß und danke an alle spieler im manne
apokalypseundgottesgleichlüstern
Oh du, der du plakatiertest meinen
bescheidenen ehrentag
Wie lange wird dieser eselsohrknick als
kick gereichen, der die
von schnelligkeit und digitalisierungen
abgestumpften Gehirnzellen meiner
Gemeinde
in Bewegung und Schauer einer leisen
leichten Ahnung versetzten mag?
Wer wird länger das Gedächtnis bewegen?

Anabel Niermann-Ternés

Beginnt.

Gedichte
Vertagt.

Meine Geschichte
In den Wind gesagt –
Verweht.

Lache
Weine
Wache.

Nächte meine Schächte.
Tag vergeht
Geschwind.

Schwache Hand
Hält
Gut und Geld
Tand und Land –
Alle Welt.

Maria Niesen * 1948

Gerechtigkeit?

September
Der elfte
Flugzeuge durchstoßen Türme
Mauern fallen und Menschen
Sterben!

Terror
Al Kaida
Krieg in Afghanistan
Die Weltmacht rächt sich
Blutvergiessen?

Irak
Golf Krieg
Bomben auf Menschen
Attentate Madrid und London
Gerechtigkeit?

Mahnmal
Ground Zero
Gegen den Terror
Kriegs Opfer werden nicht
Gezählt!

Elisabeth Niggemeyer

Omen

Ein Datum schreibt Geschichte.
Ein Tag verändert die Welt und global wird eine neue Ära
eingeläutet.
Der Idealismus einer Weltmacht schien unantastbar, doch
diese verheerende Katstrophe lässt erkennen, wie eng der
Grat doch ist, auf dem wir uns bewegen und den wir Frieden
nennen.
Unser zivilisiertes Leben, welches so volksverbunden, ist
bedroht – etablieren sich Kräfte der Zerstörung unseres
Blauen Planeten.
Und auf der Suche nach dem Sinn dieses Wahns stolpern wir
Stumm und blind – umgeben von den Schatten des Todes.
Es ist diese Leere und auch Interessenlosigkeit menschlichen
Lebens gegenüber, das mich so erschreckte!!
Ruinös war das Wirken, ohne Reue über das Ausmaß der Vernichtung, dessen Folgen heute noch nicht übersehbar sind.
Lässt Tränen fließen unserer Kinder, die nicht verstehn und hineingeboren werden in diese unsere einzigartige Welt.
Und dabei stehen die Zeiger der Uhr schon auf fünf Minuten vor
zwölf!

Petra Ninsa * 1965

Das Gesicht der Welt

Ein Schlag ins Gesicht der Welt,
die Mauern erzittern.
Mit gewaltigem Krach
fällt alles zusammen,

zurück bleibt nur Nebel, Qualm,
Schutt und Ruinen.
Erschüttert, von Traurigkeit übermannt
schaun wir ins Gesicht der Welt,
fassungslos der Grausamkeit
der Terroristen.

Wir erheben uns aus Schutt und Asche,
packen alle mit an, wo immer gebraucht.
Die Hilfe erfährt neue Ufer.
Wir stehen zusammen im Kampf
gegen die Terroristen,
und die Welt erhält ein neues Gesicht.

Sandra Nissen * 1972

New York – Manhattan

Gerasterte Häuserschluchten,
Durch- und Ausblick Fordernd,
Asphaltgeadert mit gelben
Taxiblutkörperchen.

Dein Körper, Manhattan, hat braune Haut,
glitzernde Haare und Schlitzaugen,
Waschen solltest du dich öfter.

Du. bist wie eine heruntergekommene
Lady,
trägst Brillanten, angelegt auf warm,
muffig riechendem Leib.

Deine Seele ist stumpf,
als Gott verehrst du Geld, Gold und
Gewinn,
dabei hast du Angst.

Ratten benagen deine zerlumpten Füße,
du bist Blendwerk ohne Herz, Liebe und
Güte,
einsam schlägt dein Atem in die Weite des
Himmels.

Auferstandener Auswuchs der Hölle.
Zähne des Teufels,
Dein Lachen spiegelt sich in den Palästen
des Mammons.

Was du sein solltest.
hast du auf eine einsame kleine Insel
verbannt:
leuchtende Fackel der Freiheit, Liebe,
Brüderlichkeit.

Doch dieses Licht kann nicht eindringen.
Du hast dir ein Schild doppelt davor
gestellt:
„World Trade Center“ nennst du es.

Erst in deiner späten Asche,
wenn die Liberty noch leuchtet,
musst du erkennen:

Hochmütig und stolz bin ich gewesen,
mein Sein war aus Glas, Marmor und Stahl,
kalt, zurückweisend, unnahbar.

Christian Nitsche

Der 11. September

Aus heiterem Himmel
überraschend, nicht vorbereitet
hat blanker Hass Flugzeuge geleitet
in hohe Türme, wo Tausende Menschen
lebten.
Verachten, auslöschen wie Gewimmel,
Feuer, erstickender Rauch, die Türme
bebten.
Menschen sprangen aus Fenstern,
wie verfolgt von Gespenstern
dunklen Hasses und Selbstgerechtigkeit.
Krachend brach alles zusammen – wie weit
sind Menschen entfernt von Gottes
Gerechtigkeit,
Das Unglück kam, jetzt helft, rettet,
räumt,
vieles wurde versäumt.
Es geht über menschliche Kraft
und doch wurde vieles geschafft.
Lähmung, Trauer, zaghaftes Hoffen.
Alle Fragen bleiben offen.
Trauer und Trost, Musik und Blumen.

Ilse Obenland

11. September

Macht-Skulpturen:
Sichtbar und groß
Handel und Welt
Fortschritt und Sieg

Terror-Macht:
Verborgen und klein
Vernichtung und Wut
Rache und Kampf

Am Tag davor:
Atem und Puls
Geschäft und Betrieb
Zukunft und Plan

Am Tag danach:
Blut und Rauch
Ohnmacht und Wut
Panik und Angst

Terror-Triumph?
Wetterleuchten?
Apokalypse?
Zeitenwende?

Horst Obereder

11. September

Ein Leben erloschen, eine Zukunft zerstört,
der Schrei war so leise, von keinem gehört,
das Klagen war lautlos, weil's noch nicht
versteht,
wohin es mit uns und der ganzen Welt
geht.

Eine Liebe vernichtet, bevor sie begann,
ich will nicht richten, ich klage nur an.
Wer hat das recht, so grausam zu sein,
über Leben bestimmen, der Richter zu sein?

Das Kind es spielt weiter, versteht die
Tränen nicht,
auch nicht die Worte, die die junge Witwe
zu ihm spricht.
Hat keine Erinnerung, wenn es an den
Vater denkt,
dessen Leben, wie so viele, grausam
verschenkt.

So sinnlos dieser Tag auch scheint,
ihn retten die Tränen, sind nicht umsonst
geweint.
Sie stehen als Warnung, damit auch in
dieser Zeit,
für ihn bleibt Hoffnung und
Menschlichkeit.

Niemals soll der Schrecken mehr Macht
erhalten,
niemals darf sich die Grausamkeit
entfalten.

Miriam Obermaier

Brüder – Zwillingsbrüder

In Einheit stehen sie da – fast –
als hielten sie sich gegenseitig an der Hand.
So, wie wir auch, - gehen geschäftig durch
die Straßen,

Ganz selbstverständlich, ohne Rast.
Doch auch hier im alten Kontinent, wir
brauchen uns,
sind verbunden, wie die Brüder durch ein
Band.

Plötzlich, so als wenn ein Blitz uns trifft,
da stürzt der eine Bruder ein,
und so, als könnte der zweite nicht mehr
sein,
sackt auch dieser zusammen.

Ein Zusammenzucken fuhr uns wie ein
Schauer durch Mark und Bein.

Wir sind doch alle Brüder, müssen die
Welt durch einen
gemeinsamen Gedanken vereinen.
Denn wir wollen bald wieder
nebeneinander sein,

Brauchen auch die, welche scheinbar der
Wahnsinn ereilt.
vielleicht, so die Hoffnung, nicht nur als
Zwilling,
vielleicht sogar als Drilling,

... wo sein sanfter Flügel weilt.

Peter Ochsenbauer

Mammon

Das Übel kommt vom Bibelwort, die Erde
„Untertan" zu machen
was allgemein dazu verführt, es mit
Menschen – ebenso zu machen.

Die Dritte Welt verhungert, die Weltbank
gibt nur Geld, kein Brot
sodass durch Zinseszinsrenditen, ihr
weiterhin – nur Armut droht.

Am Pentagon, Welthandelscenter, hat
Moslem-Terror eskaliert
an einem Tag zigtausend Tote, doch das
„Warum" – nie definiert.

Unschuldige wurden wieder Opfer,
niemand eine Antwort kennt
sodass im Grunde alle Opfer, solang man
nichts – beim Namen nennt.

Zinseszins heißt Geldes Macht, die
exponentiellen Reibach macht
die schnellst Art Vermehrung, die alleine
nur der Krebs (!) – noch schafft.

Die Zinsrendite ist der Satan, von Gott
Mammon eingerichtet
da vom Himmel nichts tut fallen, sind
Schuldner(Staaten) – ihr verpflichtet.

Drum killt der Hunger der noch wütet,
täglich auf der schönen Welt
fast soviel Kinder wie der Anschlag, der die
Zahl – dreitausend nennt.

Könnt man mit Bomben ihn besiegen,
hätte man ein leichtes Spiel
denn die Rendite wünscht stets „Neue" –
so fallen „Alte" auf ihr Ziel.

Trifft alle – die Gott Mammon nicht dazu
hat auserwählt
an den Renditen teilzunehmen und da
nichts vom Himmel fällt

braucht es viele von denjenigen, die keinen
Sou um anzulegen
die nie zu den Gewinnern, sondern – zu
den Verlierer zählen.

August Adolf Oder

Vielleicht zu früh

aufgerissene Adern.
Blut und Staub als Botschaft.

Die Welt reduziert auf wenige
Quadratkilometer,
die große Depression
reguliert unsere Gehirne.

Lässt uns vergessen,
dass auch wir schuld sind.
an der Tragödie des Menschseins.
Wen belangten wir nun?

Gott hatten wir ja schon getötet.
ER war fein raus.

Wer bleibt nun noch?
Verdammt, wer bleibt?

Wir wissen es nicht.

Also setzen wir die Flaggen auf Halbmast
und ziehen in den Krieg.

Andreas Oefner * 1982

Als die weißen Flügel am gläsernen Gerüst zerfielen,
Und die Brunst zum Himmel stieg,
Schien der Glauben mit dem Bösen zu spielen,
Und es begann ein innerer Krieg

Die Flügel schnitten das Leben ab,
Das Lachen entschwand der ganzen Welt,
Am Ende steht man an einem einzigen Grab,
Nur weil einer nichts vom anderen hält

Das Ende spiegelte sich in den Augen,
Der Tag erschien wie das Jüngste Gericht,
Fand seinen Grundstein in dem Glauben,
Die Schwaden verdunkelten das Licht

Auf den Schwingen des Todes saß das Leben,
Die meisten empfanden es als Qual,
Jeder würde all seines geben,
Hätte er des Ungeschehens die Wahl

Man mag nicht glauben, noch mag man fassen,
Was des wahren Grundes ist,
Durchfährt er einen, kann man nur hassen,
Wie sich das Elend durch die Einheit frisst

Swantje Oppermann

Gott rief und alle folgten

Sie zogen durch die dunklen Wolken
Sie standen da wie eine Heerschar
Und wussten Ihr Leben auf Erden war
Sie hielten sich an den Händen
Mussten den Kontakt mit der Erde beenden
Sie schauten zu ihren Lieben
Die dort allein verblieben
Es war die falsche Zeit
Sie waren alle dafür nicht bereit
Doch Gott rief, Sie mussten folgen
Sie flogen durch die dunklen Wolken
Bis Sie erreichten den hellen Stern
Sie empfanden viel Liebe
Wollten es weiter geben für ihre Lieben in der Fern
Sie waren sehr erpicht, doch Ihre Stimmen erreichten die Erde nicht
Jetzt senden Sie gute Gedanken
Und hoffen das die Menschen und Ihre Lieben sie empfangen
Es geht Ihnen gut auch wenn es auf der Erde nicht so scheint
Sie wissen irgendwann sind wir alle vereint

Gott rief und alle folgten

Gabriele Orth

Septembersaat

Und es geschah,
dass der Tod seine Ernte wollte,
mitten im Herbst,
mit der Sichel der Angst,
der Sense der Wut,
dem Mähdrescher des Hasses.
Und die Ernte wird Saatgut,
aus dem der Hass weiter spriesst
und die Wut
und die Rache
und weiterer Tod.
Bis sie stürzen,
hinein in den eigenen Abgrund,
und das Leben erstarrt
in eisigem Lavagestein.
Das ist der Tag,
an dem eine einsame Schwalbe
über der Sintflut kreist,
den Olivenzweig im Schnabel,
den keiner mehr sieht.

Josef Osterwalder * 1940

Schwarzes Loch in Manhattan

Einst schillernde Giganten, dem Himmel
so nah
Imposante Stahltürme, die Skyline
unverwechselbar
Das Symbol von Status und Macht
Wurde mit einem Schlag zu Fall gebracht
Ein furchtbares Bild des Grauens
Von Chaos und Verwüstung geprägt
Tränen, Kummer und Trauer hatten sich
nur langsam gelegt
Ein Verlust, der materielle Werte
übersteigt
Mit dem Ground Zero kam die Angst und
das Leid
Nichts würde mehr so sein, wie es einmal
war
Schwarzes Loch in Manhattan
Schrecklich sonderbar
Beängstigend, kalt und fremd die tote
Lücke
Hoffnungsschimmer und Kraft strotzen
brutaler Tücke
Terrorismus weiß zu zerstören, aber nicht
vollständig zu nehmen
Erinnerungen und Gefühle sind
unerschöpflich
Lassen sich nicht lähmen
Der Kreis schließt sich, dass Leben nimmt
seinen gewohnten Lauf
Und doch der leise, innerliche Schmerz
Er hört nie auf

Miriam Otto * 1985

Der 11. September

Ein Tag im September,
veränderte die Welt.
Ich bin doch nur ein Fremder,
der eigene Fragen stellt.

Welch ein Ereignis bloß?
Was war geschehen?
Das Entsetzen riesengroß.
Vom Fernseher aus, hab ich es gesehen.

Ein Terroristenanschlag, ausführend
von Fanatikern der Religion.
Nicht gerade sehr gebührend,
für eine große Welt-Nation.

Menschen verachtende Verbrechen
ungerührt,
ein Land missbraucht,
Flugzeuge von Menschenhand geführt,
Tausende von Menschen „ausgehaucht".

Diese Fanatiker planten Freitod,
das World Trade Center im Augenschein.
Akzeptieren sie beklemmende Not.
Kein Lebewesen sollte am „11. September"
übrig sein.

Anita Pacholke

Neuanfang

Wo ehemals Leben hat geblüht
In all seinen prächtigen Farben
Das Schicksal hat es dort verglüht
Hat's unter sich begraben

Tausende wurden mitgerissen
Ihre Asche weht hinfort
Doch werden sie die Flagge hissen
An diesem dunklen Ort

Der graue Platz wird wieder leben
Das neue steigt empor
Wird aus der Asche sich erheben
Noch stärker als zuvor

Noch tausend Jahre wird man sagen
Was hier am Ort geschah
Die Trauer wird hier ewig bleiben
Ein jeden Tag ein jedes Jahr

Doch auch die Trauer wird vergehen
So schwer es fallen mag
Ein neuer Anfang ist gemacht
Seit diesem schlimmen Tag

Matthias Paddeo

Zum 11. September

Noch ruht eine geschlossene Welt
machtvoll in ihrem Traum.
Doch in einem unerwarteten Augenblick
eines gedankenlosen Atemzugs
schlägt das Schicksal zur seiner Stunde und
spielt sein Spiel.
Schwarze Flügel breiten sich über den
wolkenlosen, hellen Tag,
segeln zu einem weiteren
Vergeltungsschlag.
Mit einem Donnerknall bricht Raum,
bricht Zeit eine Wirklichkeit.
Ein Feuerball explodiert in den Turm der
Illusion,
Voller Flamme steht der amerikanische
Traum und verglüht in einem
anderen.
In allen Winden hallt das Lied vom Tod.
Es schneit Asche, Haut wie Blütenstaub
von den Bäumen auf die verbrannte
Erde nieder.
Atemlos liegt die Lunge schwer im
blutenden Meer.
Noch lag der Himmel in einem warmen
Rot in einer geisterhaften Stille über
New York.
Auf der Welt erstarrt der Mensch in Angst
in Leid
und die Reflexion einer Politik macht sich
bei dem kleinen Bürger breit.
Die Glut der Wut lodert zu neuen
sinnlosen Kriegen, in der sie unsere
Kinder abschieben.
Legt die Waffen nieder, es gibt keine
Sieger.

Anabell Pagett

tausend kerzen

tausende kerzen brennen
für alle die weg gingen
für alle die suchten aber niemand fanden
für alle die warteten und keine antwort
bekamen

tausende blumen liegen
an den trümmern die mal so hoch standen
die macht zeigten
die für stärke da waren

tausende träume für die menschen
die gelernt haben
die augen zu öffnen
und den richtigen weg zu erkennen

tausende gebete für den frieden
dass er endlich gewinnt
tausende gebete für die welt
dass sie irgendwann mal besser wird

Despina Palaska * 1977

Von den großen Türmen

Aufgerichtet wurden Türme
schon in Gottes frühen Zeiten,
um mit stolzer Macht zu stoßen
in die unbegrenzten Himmel.

Auch zur späten Zeitenwende
tanzte man um gold'ne Kälber,
feierte man in Paraden:
„Gott ist tot – es lebe Mammon!"

Graue Kräfte wirken stetig
hinter grellen Lustfassaden,
treiben Blut und Blei zusammen,
graue Ädern durch Gemäuer.

Niederstürzen sollten Türme,
Geld und Gut versank in Trümmern,

Engelschwingen über Wolken,
Blut und Blei fährt in die Tiefe.

Margarethe Pape

Morgen – Grauen

Friedlich dieser neue Morgen,
frei, geprägt von wenig Sorgen,
bis das Damoklesschwert mit immenser
Kraft,
durch stählerne Vögel eine große Wunde
schafft.

Fast war es wie ein Gleiten, wie ein
Schweben
und doch beendet es unzählig Leben.
Berstend kracht der glühendheiße Stahl.
Die im Flugzeug saßen, hatten keine Wahl.
Menschen laufen, schreien, fliehen vor dem
Tod.
Nichts, rein gar nichts ist von da an mehr
im Lot.

Oh krankes Hirn, was hast du dir dabei
gedacht,
wie viel Hass, Wut und Rache hat dich in
diesen religiösen Wahn gebracht.
Deine Helfershelfer, Zombies waren sie in
deiner Hand.
Aufgewühlt, angstvoll und entsetzt jetzt
auch manches andere Land.

Ein Statussymbol ging in die Knie.
Vergessen wird man dies wohl nie.

Oh Mensch, du sollst deinen Nächsten
lieben!
Nur Tod und Schmerz, das ist geblieben,
Hass, Wut ewige Vergeltungsschläge
und für die Zukunft Särge, Särge, Särge.

Brigitte Parr * 1947

Ein elfter September ...

Machtmonumente
von Menschenhand errichtet –
mammongeleitet –
und so durch Menschenhand zerstört:
das gab es immer.

Wir Idol-Ergebene
negieren stumpf
den Reigen von Ursache und Wirkung,
begraben mit den Toten unsere Schuld
und bauen für beides
neue Monumente –
das wird immer so sein.

Camilla Paul-Stengel * 1936

Terroranschlag

Flugzeuge steigen in die Luft
gefüllt mit vielen Leuten,
die sich auf den Urlaub freuten.
Nach diesem Tag ist allen klar:
Nichts ist mehr so, wie es einst war.

Am Himmel dann begann das Grauen.
Für Reisende und auch die Crew
war es der reinste Horrorcoup.
Manch einer trotzte der Gefahr;
nichts ist mehr so, wie es einst war.

Zielgenau, perfekt getimed,
fanden die Boeings ihre Ziele,
die nach dem Crash zusammenfielen.
Danach war allen Menschen klar:
Nichts ist mehr so, wie es einst war.

Und die Bilanz des schwarzen Dienstags:
Tausende Menschen in den Trümmern,
um die man sich nicht mehr konnt'
kümmern.
Terroristen waren's nur ein paar;
nichts ist mehr so, wie es einst war.

Bernd Paulus * 1951

11. September

Sie
rotten Menschen
wie Ungeziefer aus
mit der Sorgfalt
die einem Menschen
niemals angeboren
aber
durch Hass
anerzogen wurde.

Ich bin Moslem,
du niemand.

Günther Peer * 1950

World Trade Center

Es ist etwas passiert mit dir
Und was es ist, das sag ich dir,
ganz plötzlich ohne Erbarmen,
mit viel, viel Trotz und böses Kamen,
eh du dich umschaust, war es schon
geschehen,
etwas Traurigeres kann's nicht geben.
Alle schauten ahnungslos zu, der einzige,
dem es was nahm, warst du.
11. September ist jetzt vergangen, World
Trade, du wirst nicht mehr bangen.
Jetzt sind die grauen Wolken weg und du
scheinst im klaren Blick.
Alles was war, will ich vergessen, dafür
sorgt die Zeit, die hat es geschaffen.
Jetzt scheint die Sonne ganz klar, wie man
sieht auch ganz, ganz nah.
Bürger von New York atmet auf, es ist ein
Strahler, der jetzt zu euch schaut.
Etwas füge ich aber noch hinzu, nichts wird
vergessen und das ist der Clou.

Nesrin Penek * 1976

Leichnam

In einem blassen Bild das Antlitz des
Todes:
schön, unnahbar, fern. Erstarrt, einige
Blutstropfen
rundlich - gefallen, Sonneneis der kalten,
stillen
Haut, sesamene Mohnglut.
Letzte fühlbare Schwingungen deines
erloschenen
Eierschalen-Herzens; wisperndes Sehnen
aufsteigender Materie:

Komm, komm, komm.

Kein Hauch, kein Pulsieren, kein
Käferkrabbeln.
Die Linie: im Gesicht, Landschaft aus
schlafender
Furcht; im Körper, gekrümmt der letzten
Erwartung;
im Leben, im Tod.

Marie Perlitz * 1983

Elfter Neunter

Elfter Neunter, eines Golems Terror spricht
Schock und Trauer schmerzvoll um sich
geht,
Ursachen des Terrors kaum ernstlich je
erwägt
hingegen sich die Rüstung sogleich bläht.

Elfter Neunter, London, Rom, Berlin und
Wien
uniformierte Medien gereiht im
Rüstungssinn?
Militärstrategen stündlich im TV und
Radio
Bomben treffen sicher selbst im
Irgendwo...
Verursacher vermutlich stets im
Nirgendwo?

Hingegen hört man eher zaghaft leise
die Stimme einer befriedenden Kultur,
es scheint als ob sie niemals je erkennen
dass ihre Bomben treffen Ärmste mit
Bravour!

Der Armut Elend trat diesen kaum je in
den Sinn,
die Einen beherrschen des Terrors
Wahnsinns Taten
die Anderen hingegen bomben die Armut
mit Gewinn...?

Sollten nicht einstmals stolze Völker
künftighin erstreben
eine friedvoll teilende und Kulturen
verbindende Evolution,
würden sie so verhindern des Terrors
vernichtende Koalition?

Anton Petschacher

In uns

Mächtig wogen in uns Meere
Stürme toben durch die Zeit
Weltschmerz liegt in aller Schwere
ungeahnt so groß so weit

In uns die wir ständig bangen
vor der Unzulänglichkeit
stets sind wir in Angst gefangen
ob das Schicksal uns befreit

Hoffnung hilft bei jedem Streben
was der Wille wohl erlaubt
Liebe aber erst lässt leben
uns im Ganzen überhaupt

Uwe Petschick

We love you America

Gedenken – Terroranschlag – 11. September 2001

Amerika weint,
mit ihm uns're Herzen,
voller Schmerzen –
Gedenken –
der Menschen – Opfer –
trauernden Hinterbliebenen!

Hoffend ...,
die Himmel schauend –
Tröstung – jener Leidenden –
Unsterbliche Hoffnung –
eines Weiterlebens –
in Welten – Sphären –
andersartigen Seins:
„Nicht – Sterbend –
Energie – Materie –
wandelnd – lebend ...?"

„Gestalt annehmend –
im Klang ertönender Posaune" –

Joffrey de Peyrac

Die WTC-Türme

Sie standen hoch,
sie standen fest:
Sie standen für den
freien wilden West.
Sie wurden schwach,
sie stürzten tief.
Jetzt hängt die Welt
in ihren Angeln schief.

Lislott Pfaff

Bevor der Staub seinen Schleier warf

Es war ein Vater, der zum allerletzten-mal
seine Kinder sah.
Es war eine Mutter, die zum allerletz-
tenmal
ihre Familie in die Arme nahm.
Es waren Großeltern, Geschwister,
Freunde,
die es plötzlich nicht mehr gab.
Es waren Worte, die Allerletzten, die von
Angst und Liebe sprachen.

Es waren Feuerwehrleute, die zum
allerletztenmal
in dieser Besatzung im Einsatz waren.
Es waren Menschen, die wir durch die
Scheiben des Hauses
zum allerletztenmal sahen.
Es war ein Blick, ein allerletzter, bevor der
Staub den Schleier warf.
Es war Gott, der uns Menschen, vielleicht
zum allerletztenmal
die Schöpfung in die Hände gab.

PG

Jede Stimme zählt

Jede Stimme zählt
damit ein großer Gesang
doch noch den Himmel erreicht
oder wenigstens den Freund
auf der anderen Seite der Erde
der auch noch glaubt
allein und machtlos zu sei
Die wenigen Stimmen der Macht
die „Krieg" dazwischen schreien
fürchten unsern machtlosen Chor
weil sie wissen
dass ihre Macht
nur geborgt ist
von uns

Alexander Piotrowski * 1932

Djihad mit Zunge und Schwert

„Ist nicht Allah der Gott von allen?"
hört man es aus Moscheen schallen.
„Er ruft euch auf zum Kampf, zum
Streiten!
gerufen seid ihr zu verbreiten
sein Wort, als Märtyrer zu fallen."

Das ließen sich nicht zweimal sagen
ein paar von denen, die nichts fragen,
sie schlossen ab mit ihrem Leben,
zum Paradies hin war ihr Streben,
sie gingen, Türme hochzujagen.

Der Kampf gilt Juden, gilt den Christen,
mal mit dem Schwert und mal mit Listen.
Gilt Israel vor allen Dingen,
da Juden mit dem Krieg anfingen,
indem den Davidstern sie hißten.

Manfred Pitterna

Ohnmacht

Das Damokles-Schwert schwebt über der
Welt,
treffen will es Macht und Geld.
Erschüttern will es die Festen unserer
Zivilisation.
Am 11. September 2001 geschah es schon:

Zwei Flugzeuge rasen in das World Trade
Center
und ein weiteres in einen Flügel des
Pentagons hinein.
Unfassbar, wie gelähmt die Menschheit den
TV-Berichten und
Horrorbildern des Todes und der
Zerstörung gegenüber steht.

Den Tod tausender friedfertiger Menschen
nehmen
fanatische Selbstmörder im Namen Bin
Laden in Kauf,
der über Fernsehen und Internet zum
„Heiligen Krieg" ruft auf.
Nimmt der Wahnsinn nun seinen Lauf?

Getroffen sind die Symbole der
amerikanischen Macht,
getroffen auch das Finanzimperium, wie
angedacht.
Die „New economy" wird schwer verletzt,
die Börse bricht ein.
Der 11. September läutet eine neue Art der
Kriegsführung ein.

Stellt euch vor, man sagt es ist Krieg und
keiner geht hin,
weil man den Feind nicht kann sehen und
kennt nicht den Ort.
Terroristen schlagen zu – irgendwie,
irgendwo und irgendwann.
Den 11. September vor Augen! Was wird
noch geschehen und dann?

Ingeborg Planert * 1948

Unersättlichkeit des Seins

Ich werde nie ein Buch sein, das die Welt
enthält.
Von Sehnsucht umnachtet lese ich Worte,
während ich Seiten zähle,
als wären sie Neuheiten, Wahrheiten.
Doch ich lese nicht wirklich im Buche,
an ihm zergeht mein Auge sich.
Eintrittlosigkeit, verschlüsselte Worte,
verschweißt in den Wahn des
Verschlingens.
Niemals eine Ruhe,
Unzählbarkeit des Nicht-Gekannten,
des Kernfernen auch,
das mich im Grunde gar nicht bewegen
müßte.

Sonja Pohl * 1977

Der 11. September

Unvergessen ist der Tag, als New York in
Trümmern lag.

Die Welt weinte mit Amerika, was hat
man dir nur angetan?

Niemand soll besitzen soviel Macht, dass er
richten kann wie er es mag.
Der Terror darf nicht siegen, wir werden
kämpfen für den Frieden!

All die Menschen die du hast verloren, sie
sind gestorben, für das, was ein
Mensch sein Glauben nennt,
wir werden den Terror besiegen, dann
herrscht endlich auf dieser Welt
wieder Frieden!

Amerika, Amerika, was hat man dir nur
angetan?

Wir werden denken stets an diesen Tag,
der sich nie wiederholen darf!

Monika Popp * 1967

Krieg!

Wer fängt sie auf die Wolken voll Tränen
und schmeckt ihre Bitterkeit?
Wer misst die Ströme des Blutes
versickernd im feinen Sand?
Wer hört die Schreie der Kinder übertönt
vom Pfeifen der Bomben?
Wer denkt an die Verzweiflung der Mütter
geprägt von Sorgen um ihre Lieben?
Wer lindert die Schmerzen der
Verwundeten liegend im eigenen
Blut?
Wer fragt nach der Ohnmacht der
Gefangenen verzweifelt an
Kampfunfähigkeit?
Wer löscht die grellroten Flammen lodernd
am Firmament endloser Wüste?
Wer erhört die flehenden Gebete an Allah
gesprochen in Zuversicht?
Wer wünscht schon wem so ein Leben von
Grausamkeit und Morden geprägt?
Wer baut wieder auf das Vertrauen
zerschossen in dunkler Nacht?
Wer hat dann danach noch Träume
geboren in friedlicher Zeit?
Wer tilgt all das Unrecht des Krieges aus
Anspruch und Besessenheit entfacht?

Wer bestraft wann Diktator und Präsident
von Machtgier und Waffen strotzend?
Ich frage euch! WER?

Roswitha Pötzscheck

11. September

Bunt und fröhlich das Treiben auf den
Straßen und Cafes.
Jedoch hoch oben am Himmel, das
Gewitter näher und näher kommend,
Von Sekunde zu Sekunde das Getöse laut
und lauter.
Starr vor Schreck tausende von Augen gen
Himmel gerichtet,
Starr, des Starrens willens.

Die Stunde null.
Die Reiter der Apokalypse präsent.
Hinwegelöscht das Bunte treiben.
Asche, wie feinster, dichter finsterer Nebel
Wie der Morgen eines vernebelten
schottischen Hochmoors

Stumm gen Himmel zeigend, die
geborstenen stahlträger,
wie kalte Finger, die Richtung weisend aus
der das Unheil kam.

Stumm, ob schwarz, ob weiß, aller Heeren
Länder Rassen und Religionen
Stumm die Flora und Fauna.
Stumm die Strassen
Stumm die Welt, betäubt von Staub,
Schutt und glühendem Stahl.

Heute, das Lachen zurückgekehrt,
der Mut und Optimismus entsteigt wie
einst empor der Phönix aus der Asche.
Neue Liebe entstanden und Nachwuchs
gezeugt.
In einem Land der unbegrenzten
Möglichkeiten.

Toni Pranjic

Ground Zero 11-9

Leerer Grund im Häusermeer,
Wolkennadeln um die Wüste,
wie ein Krater auf dem Mond
und das Elend in den Menschen.

Trauer, wo einst Freude war,
Gewalt, wo einst der Frieden herrschte.
wo das Leben Alttag war,
blühen nun Tod und Verderben.

Die Sicherheit verschwand
mit nur einem Wimperschlag.
Die Luft war voll von Qualm und Rauch.
Ein dumpfes Kribbeln tief im Bauch.

Ratlos, hilflos, wehrlos, leise
kam die Angst in uns're Welt.
Dort starb die letzte Sicherheit,
kommt nicht zurück, ob Blut, ob Geld.

Tränenflut auf kaltem Boden
füllt sich bis zum Meer der Stille.
Wo der Terror Einzug hielt,
begann die Neugeburt der Welt.

Björn T. Prehna * 1989

Heuchler

Wer meint, er kann als Weltgendarm
Über die Andersdenkenden richten,
Der spürt sehr bald, sie treten an,
Ihn selber zu vernichten.

Wer Freiheit sagt und Vormacht meint,
Nur die eigenen Ideale vermag zu
akzeptieren,
Wird in der multikulturellen Welt
Bald alle Sympathien verlieren.

Wer nur eine Meinung kennt,
Die eigene, und sie postuliert,
Verschließt den Weg zur Einigung
Und der Weltfrieden verliert.

Wer lügt und dann zum Schwerte greift,
Um die „Bösen“ zu bestrafen,
Muss leben mit der Konsequenz,
Im eigenem Heim nicht mehr ruhig zu
schlafen.

Wer Gewalt sät, erntet auch Gewalt,
Schon seit vieltausend Jahren,
Wer das vergaß oder nicht mehr sah,
Hat es am 11. September erfahren.

Otto Preller

Zum 11. September

1933, nach der Machtergreifung Hitlers,
brannte in Berlin der Reichstag.
Die Schuldigen standen für die Faschisten
sofort fest:
Es war eine kommunistische
Verschwörung.
Später brannten Bücher und Synagogen,
zuletzt Menschen.
Bilanz nach 12 Jahren: 50 Millionen Tote,
die Welt, ein Scherbenhaufen.
Auf Amerika fiel keine Bombe.

2001, nach der Machtergreifung Bushs,
sanken Zwillingstürme in Schutt und
Asche,
brannte das Pentagon, kamen 3 000 um.
Die Schuldigen standen für den US-
Präsidenten sofort fest:
Es waren Bin Laden und seine Gefolgsleute.
Die Gewalt eskalierte.
Afghanistan wurde zerbombt,
Irak brannte, brennt noch immer.
Terroranschläge weltweit.
Wird noch jemand im Jahre 2013 Bilanz
ziehen können?

Wolfgang Prinz * 1940

11. September

11. September – wieso muss es einen Tag
wie diesen geben?
Damit wir endlich bewusster erleben das
Leben!

An diesem Tag ist die Welt näher
zusammengerückt.
Braucht es so ein Ereignis? Ist das nicht
verrückt?!

Plötzlich war in vielen Teilen der Welt der
Gedanke:
Ich darf in Freiheit und Frieden leben!
Danke!

Wieso muss erst so etwas passieren, damit
wir ziehen an einem Strang?
Hoffentlich dauert die Einheit aller
Gedanken sehr lang.

Wieso muss erst so etwas geschehen,
damit wir alle zueinander stehen?

Wir leben nicht von den anderen getrennt,
wir alle sind verbunden in der Welt.

Wir alle haben die gleichen Wünsche im
Herzen,
wir wollen Liebe, Freude und keine
Schmerzen.

Ein Teil der westlichen, reichen Welt weint
und plötzlich sind wir alle vereint.

Wäre es nicht so viel besser, wir würden
uns vereinen in Liebe und Freiheit?
Und überall und immer, für jeden und
weltweit!

Wir müssen trotz allem lernen zu lieben
und zu verzeihen;
wir müssen den anderen sehen und den
Reichtum gerechter verteilen.

Gisela Prölß

Gebt dem Terror keine Chance.

Der elfte September, das war ein Tag,
an den man nicht mehr denken mag.
Damals war grausames geschehen.
Niemand konnte das verstehen.

Hochhäuser stürzen wie Pappkartons ein.
Sie wurden zerstört, bis zum letzen Stein.
Viele Menschen mussten ihr Leben lassen.
Bis heute können wir es noch nicht fassen.

Fanatische Menschen hatte man
ausgewählt.
Zerstörungsmaterial wurde ihnen gestellt.
Bei dem Attentat ließen sie ihr eigenes
Leben.
Sie waren bereit alles zu geben.

Von Hass zerfressen,
zerstörten sie wie besessen,
so manches unschuldige Menschenleben.
Sie zu vernichten wäre ein Segen.

Dem Terror keine Chance geben,
danach sollten wir alle streben.
Die ganze Welt muss zusammenstehen,
dann kann so etwas nicht mehr geschehen.

Hedwig Protzek * 1936

Herzschlag

Wir wahren ein Kreis gebunden mit
Magie,
zerrissene Lücken zurückgeblieben.
Dunkles Leid mir die Sicht versperrt,
blind vor Wut,
blind vom Unwissenden,
der Gedanke an dich mich beruhigt.
Trümmer sich in meinen Augen spiegeln,
in der Seele,Trauer herumläuft,
Bilder mich an dich erinnern.
Ich rufe deinen Namen und höre
nur ein stummes Schweigen.
Die Zuflucht in dein Herz
war Gottes Segen für mich.
Liebreiz mein Ruhm,
zierlich,herzensgern umarmte dich.
In alle Ewigkeit,bis zur Unendlichkeit
wird für mich nur noch eins gelten
„Liebe war da, als dein Herz schlug".

Anita Puric * 1984

Trümmer

Ein Turban
war heraus gerollt

aus den Trümmern

Erst wollte sich niemand
darum kümmern

Der Wind
trieb ihn weiter

ein Anblick
so leicht, so heiter

Rose Marie Raacke-Weiß

11. September

s
sch
scht
still
es ist still
plötzlich
tot sein tod
es schreit die welt
er ist nicht tot noch nicht
mehr wollen jetzt nicht mehr

blut vergießen
es ist genug
rotleuchtend die welt
ist
tot
alles
aus
au
s
.

Christa H. Raich * 1967

Alpha – Omega

Wer denkt, der sieht des Schöpfers Kraft
und Seine Werke.
Alles Erschaff'ne bleibt immer da.
Es wird nur verwandelt durch Stärke.

Wer fühlt, erkennt in der Natur die großen
Triebe.
Alles Lebend'ge ist immer da.
Es harrt der Verwandlung in Liebe.

Wer glaubt, der hofft auf Gottes Wort
durch die Propheten.
Das Paradies, es ist noch da!
Es wartet auf alle Erwählten!

Wer hofft, mit Blick für Ewigkeit, erkennt
das Leben!
Alle, die liebten, sie bleiben da.
Dort Drüben, im Jenseits, im Segen.

Wer liebt, der trägt die Ewigkeit in seinem
Herzen.
Alle Geliebten sind immer da.
Sie leuchten im Dunkel – wie Kerzen.

Maria Josepha Rasch * 1927

Der Traum vom Frieden

Sie durften, sie mussten nach der
Mächtigen Ruf
Land und Städte nieder pflügen,
zerstörten, was Gott, was der Mensch
erschuf,
um für die „Freiheit" zu siegen.

Sie kämpften, sie schossen, es war ihre
Pflicht,
bombardierten, legten Minen,
befolgten Befehle, ob sie wollten oder
nicht,
hinterließen Leichen, Ruinen.

Der Feind wurd' bezwungen. Nachdem
alles zerstört,
kam der Kampf zum Erliegen.
Die den Krieg überlebten, sie schworen:
Nie mehr! –
träumten den Traum vom Frieden.

Die zum Kampfe gerufen, „den Gott
gewollt",
bedauerten von ihren Thronen
jene, die mit ihrem Leben bezahlt,
verdammten Terror und Gewalt
und bauten neue Kanonen.

Gunda Rechter

Lautlose Schreie

Ein Beben erschüttert das Haus, Feuer!
Was ist passiert? Ein Gedanke, ich muss
hier raus.
Wohin bloß, wo ist der Weg? Hinunter,
schnell, dort ist das Licht.
Hilf mir, mein Gott, sonst schaffe ich es
nicht.

Feuer, Qualm, die Treppe, ich kann sie
nicht sehen,
Angst! Sie macht sich in meinem Herzen
breit,
meine Familie, ihr seid mein Leben, ich
liebe euch,
Gott, gib mir für diese Liebe noch Zeit.

Die Hölle, unvorstellbar, doch das muss sie
sein!
Meine Kinder, sie sind noch so klein,
ich denk an dich, meine Frau, will zu dir,
bin zu langsam, du musst weiterleben, bitte
verzeih mir!

Die Luft, sie schneidet mir die Kehle ab,
lauf weiter, immer weiter, lauf irgendeine
Treppe herab.
Hitze, Feuer, rotes Licht. Hilfe, ich weiß
jetzt,
ich schaffe es nicht!

Vernebelt der Blick, das Ende so nah,
das Herz zerreißt mir, Gedanken, Bilder.
Ich sehne mich nach euch.
Gott hilf ihnen, zu ertragen, was heute
geschah.
In einer anderen Welt bin ich immer für
euch da.

Bärbel Reeh * 1947

Der Hüter

Einzig und allein Schmerz bewacht die
Trauer.
Nur er hütet die Einsamkeit.
Allein zu sein als Schutz vor Leid.
Verbrannte Haut ist niemals blass.
Bleich ist der fahle Schein des Entsetzens.
Einzig und allein Schmerz bewacht die
Trauer.
Und er kennt kein Licht.
Einzig und allein Schmerz bewacht die
Trauer.
Ewigkeit – Dunkelheit.
Denn einzig und allein ich trauere.
Denn einzig und allein ich spüre den
Schmerz.
Empfindungslos und kalt.
Warmes Fleisch hat ausgelebt.

Miriam Stephanie Reese

Warum

Nicht zu begreifen was geschah…
Nicht zu erklären, macht keinen Sinn
Himmel und Erde, ein Meer aus Asche und
Staub
Die Welt steht still, hält den Atem an und
stirbt…

Gestürzt, ein Sog aus Schmerz und
Trauma,
dem Terror erlegen, ergeben…
Sich die Türme neigen, erst Nord dann Süd
Begraben im Schutt, eine Weltnation

Asche und Staub sind nun vermischt,
blutgetränkt von tausend Seelen,
die nie wiederkehren, am Ground Zero
Dein Name war Liebe, nicht Politik

Dein Herz war offen, für Dich und Mich
Dein Ziel war Frieden, Terror nicht
Kann Frieden entstehen, wo Terror regiert?
setze ein Zeichen, erhebe dich neu

Dein Grundstein ist Hoffnung…
Dein Fundament die Zuversicht…
Dein Name steht fest und ungebeugt
Freedom Tower steht bald auf(Recht)

Dorothée Reichling * 1963

Nation

Ihr sprecht vom Krieg und meint
frieden.
Ob ihr wollt oder nicht.
Ihr könnt vom frieden sprechen
und Krieg meinen.

Denkmale sind Zeugen der Kriege.
Für Opfer sprecht ihr Gebete im
Namen der Liebe.
Ich will es niemandem nehmen.
Sturm jedoch entwurzelt nur kranke
Bäume, despoten aber nicht.

Raimund Reisenberger * 1964

Der 11. September

Hasten und eilen, Menschen verweilen,
sehen an Türmen New Yorks empor.
Die Sonne spiegelt in gläsernen Scheiben
ein duftiges Wolkenband schiebt sich
davor.

Am zartblauen Himmel in weitem Bogen
schwebt silbern ein Flieger zum Tower
herbei.
Ein Krachen, ein Heulen, es spritzen die
Mauern,
Rauchschwaden hüllen den Turm nun ein.

Glasscherben prasseln und Mauerbrocken
erschlagen wer nahe am Tower stand.
Ein blutender Mensch, zerfetzt seine
Glieder
kommt, und greift wankend nach deiner
Hand.

Die Menschen rennen verstört aus den
Toren,
Herr hilf uns, da oben sind alle verloren.
Sie springen aus Fenstern, sie wollen nicht
sterben
zerschmettern ihr Leben in den Scherben.

In dein Bewusstsein sickert langsam herein,
das ist kein Zufall, das sollte so sein.
Die Seele erfriert und wir trauern,
schwarz quillt der Rauch aus zerborstenen
Mauern.

Anita Reiser * 1931

Memento

Kalte Stille, brennendes Licht
Immer tiefer und tiefer
Ins dunkle Nichts

Will dich noch ein letztes mal berühren
Ein letztes mal das Leben spüren
Sehe den Abgrund und alles erlischt

Kalte Stille, brennendes Licht

Alles endet in diesem Augenblick
Dein Lächeln vergeht
Dein Auge sich trübt

Fällst immer weiter
Kann dich nicht fangen
Blicke zum Himmel, versuche zu verstehen

Kalte Stille, brennendes Licht

Dass wir uns niemals wieder sehen

Nicolai Renker * 1985

Blutig ...

Menschenmetzeln blutgetränkt: gepries'nes
Gottes Wort?
Kamikaze, ferngelenkt, Leben lassend'
Völkermord!

Kanonenfutter! Junges Blut kämpft
religionsverblendet.
Naivgehalt'ner Übermut in Hörigkeit
verendet!

Abgeschirmtes glaubenstreues
Außenweltbekriegen!
Schlachthofzählen, ohne Reue:
Unbarmherzigkeit! Nur siegen!

Sekundenwerk, traumatisiert! Gevatter
Tod, Hyänenkreisen!
Grausamkeiten präzisiert.
Halbmastflaggen, Witwen, Waisen ...
Feiges Töten, Hinterhalt: Aller-Welt-
Aufruhr!
Schlächter, Brachialgewalt! Welch
Wahnsinnssignatur!

Trümmer staubend' Herzenswärme schafft
Freundesreihen, eng geschlossen.
Rauchschwadronen, matte Sterne: Schwerst
verwundet, nicht zerbrochen!

Pietät, bewusstes Trauern.
Abschiedsdenkmal setzen!
Aufrechtgehn beim Klagemauern-
Überlebensmut-Benetzen.

Hände haltend Kräfte schenken,
Nächstenliebe praktizieren!
Vorwärtsgehen, Zukunftsdenken,
Menschsein reparieren!

Wiederaufbau, Faust geballt, kontinental
zusammenrücken!
Mutter Erde? Schutzbewallt!
Humanität als Lebensbrücken ...

Astrid Reschke * 1951

Wollt Ihr denn nie begreifen?
Nie in Euren Sein hier reifen?
Die Symbiose mit dem Terror verspricht
Euch Gerechtigkeit,
seht nicht, dass er bringt nur Tod,
Zerstörung und Leid.
Das Paradies erwartet Ihr, nichts minder,
vergesst, nicht nur Ihr seid Allahs oder
Gottes Kinder!
Ihr erfahrt es ewig und allemal,
Ihr habt die Wahl, ob das Leben Euch wird
zur Qual!

Ihr redet vom Gesetz,
doch wie ist das Gesetz?
Einsicht kann Euch keiner schenken,
müsst schon selbst Eure Gedanken in die
richtigen Bahnen lenken!
Was muss denn noch geschehen auf dieser
Welt,
damit sich Euer Geist erhellt?
Wann also werdet Ihr endlich wach?
Wenn sich alles Licht wandelt zur Nacht?
Oh, Ihr armen Menschen, seht es endlich
ein.
die Wahrheit begreifen, kann doch so
schwer nicht sein!

Gabriele Reuter * 1950

nach dem 11. september

unter der zahl der jahre
sorgfältig versteckt
die schmerzende erinnerung
an kriegslodernde himmel

wiedergekehrt
läßt sie das herz
schneller schlagen
stolpernd stört es den tag

Evelyn Rheydt-Zillessen

Der Drachenwind

Es verbrannten die sterbenden Fische,
gefesselt in ihrem stählernen Schloss,
zerstört von einem entführten Geschoss
samt gläsernem Riesenopfertische.

Die – fremde Leben glaubend betrogen –
trugen Masken aus gelb rieselndem Sand
und spitze Messer versteckt im Gewand,
als sie die lauen Lüfte durchflogen:

Sie stürzten die geraubten Drachen
hinunter auf die pulsierende Stadt
und sprengten ihren mächtigen Turm.

Durch's Land ging ein jähes Erwachen,
weil der Tod die Hoffnung erschlagen
hat. –
Nun bläst ein Feuer speiender Sturm.

Rainer Richtenberg

im ganzen verstanden fiel die macht leise
macht es leicht an sich erinnert zu sein
die tücken verwischen leicht im nochsein
im sekundenpuls der berühmten zeit

im ganzen begriffen gab es kaum zu tun
waren mal so frei kaum an boden geduckt
waren mehr noch wiederum furchtsam
gelehrt
falsch sei falsch und recht entspreche

in diesem erzählen lag keine phantasie
wo die stimmen versagten geräusch blieb
einmalseher im morgenschwarz
tauch deine menschen in ersehntes leid

gute nacht tagalbtraum
geh vorbei
geh vorbei und zähl uns wieder ein

Felix Rieckmann

Elfnullneunzweitausendeins

Beispielloser Wahnsinn
entbehrt hier jeder Logik!
Wo steht denn im Koran,
Menschen sinnlos töten?

Die Arroganz im Westen
ist kein Beweis von Stärke.
Der Terror wird nicht enden,
„the way of life" verloren!

Christoph Riedl * 1968

Remember

(Allen Ginsberg gewidmet)

noch
täglich
stürzen
die türme
in mir zusammen

man muss das alles vergessen

schmecke
ich den süßgrauen
verlängerten
rauch der geschichte

man muss das alles vergessen

kommt
ein riss
in meine gedanken
und träume

man muss alles vergessen

uns geht es doch gut

Nicole Risse * 1977

11. September

Der schrecklichste Tag
für dich, Bürger der USA.
Trauer aller Menschen. –
Zu viele Tote. – Aber ...

Atombombenabwurf in Japan.
Wie viele Tote?
Vietnam- und andere Kriege.
Wie viele Tote?
Ausrottung der Urbevölkerung
Amerikas. – Wie viele Tote?

Zum zweiten Mal hast du
den Kriegspräsidenten gewählt,
der voll Intoleranz ist
gegenüber Andersdenkenden.
Das züchtet Terroristen.

Beginne zu denken,
Du – Bürger der USA.
Beginne zu denken –,
bevor es zu spät ist.

Paul Robert

Schöne Neue Welt, die da beginnt, fast wie
bestellt.
Schwarz die Zukunft prophezeit: Wendet
sie sich noch zum Guten,
bevor das Ende graut, der Morgen naht, die
Engel bluten?
Fragen, nichts als Fragen an das Schicksal
unbekannt.
Apokalyptisch ist der Menschen Geist,
doch Gottes Geist ist ewig.

Schleierhafter Rauch erhebt sich –
warme Asche übers Land, übers vergessene
Morgenland.
Blutrot Himmel, weine nicht
um Menschen wegen,
der Friedenskuss so selten.
Nach ihm sehnen sich die kaputte Welt,
die ganze Welt,
die Wangen der Kinder,
staubig, geschlagen.

Was ist das bloß für eine Welt?
Ich kann es dir nicht sagen.

Annemarie Lydia Röder * 1988

Auferstanden ...

Querverstrebte Traumgebilde,
buntverwobene Gedanken,
und der Puls jagt wie entfesselt
zwischen Hirn und Herz dahin.

Fantasievoll bilden Trümmer
längst zerstobner Herzenswünsche,
kaleidoskopisch bunte Scherben,
ein lichtdurchflutetes Gebäude.

Wie Phönix steigt aus grauer Asche,
im Feuer sich verjüngter Vogel,
lässt Du die Liebe auferstehen,
im festen Glauben an das Neue.

Liane Rohn

Herbstmigräne

Migräne am Mittag – ungewöhnlich
Die Meldung weckt mich – ein Flugzeug
im Tower
Kein Film, Wirklichkeit – unversöhnlich
Im Bauch ein Loch, im Nacken ein Schauer

Das zweite Flugzeug auf dem Bildschirm
schon life
Kann den Blick nicht wenden, nicht
aufstehn und gehen
Sitze da auf dem Sofa entsetzt und
stocksteif
Und begreife nicht, was meine Augen
sehen

Die Türme stürzen in sich zusammen
Wie Pompeji wallt Staub durch die Straßen
Wird diesmal aber Manhattan verdammen
Zum Schicksal, das Menschen nicht mehr
vergaßen

Die Welt eine andre, nie mehr wie zuvor
Die Folgen unabsehbar auch heute noch
Tausendfach jemand den Liebsten verlor
Die Freiheit krankt unterm Sicherheitsjoch

Können die Menschen Rache und Hass
Als Irrweg begreifen nach solchem Schlag
Gerechtigkeit und Ausgleich fördern, so
dass
Friede entsteht – dann nützt solch ein Tag

Wolfgang Rose-Heine * 1954

Für New York der elfte September

Der elfte September, was für ein Tag,
niemand wusste, was er verbarg.
Der Tag war normal, was sollte anders sein.
Doch was dann geschah, schien wie ein
Albtraum zu sein.

Flugzeuge, mit unschuldigen Menschen
besetzt,
wurden gekapert von einem Terrornetz.
Zum Wahnsinn Getriebene, mit Drogen
gefüllt,
flogen in das World Trade Center,
ein schreckliches Bild.

Brennende Menschen in Todesangst
schrei'n.
Eisen zerschmilzt, die Türme stürzen ein.
Feuer und Rauch verdunkeln den Tag,
Menschen
von Sinnen, eine brennende Stadt.

Ein Feld von Trümmern inmitten der
Stadt.
Warum, weshalb, keiner weiß Rat.
Angst und Panik setzen jetzt ein,
Menschen nach ihren Liebsten schrei'n.

Das Feuer besiegt, man sieht nur noch
Rauch.
Tausende Leben fraß der Terror auf.
Der elfte September wird nun ein
Trauertag sein, wir trauern mit, ihr seid
nicht allein.

Erhard Rosengarth

So kalt brennt ein Schrei mir in meiner
Kehle.
Die Welt lebt davor noch und nie mehr
danach.
Es liegen entsetzte Gefühle mir brach.
Und düstere Ahnung umfängt die Seele.

Laut kommt er, der Terror auf leisen
Sohlen.
Die Freiheit von gestern, sie ist nun vorbei.
Und die Spaßgesellschaft wird jetzt einerlei.
Der Tanz beginnt schnell auf glühenden
Kohlen.

Nun ragen so spitz in mein Herz die
Trümmer.
Die Toten, stumm klagen sie, in ihrem
Leid.
Ihr Blut reißt schmerzende Wunden für
immer.

Ich falle hinauf in die schwarzrote Zeit.
Nur Heilung für Unheil, die gibt es
nimmer.
Doch lebt Transzendenz bis in
Ewiglichkeit.

Tom Rossow

Weltzeit

Und wieder hat die Welt
Ein Stück Zeit hinter sich gelassen
Hat Gefühle verändert
Liebe in Hass verwandelt
Freundschaft in Gleichgültigkeit
Glück in Trauer
Doch hat sie auch neue Samen gesät
Zarte Knospen zum Blühen gebracht
Einen Funken zur Flamme gemacht
Dem Leben ein neues Gesicht gegeben

Nicola Roth * 1972

11. September

Nichts ist mehr so wie es mal war
seit diesem Tag in jenem Jahr.
Er zeigte die Verletzlichkeit
freier westlicher Sicherheit,

die sich hochmütig im Wohlstand wiegt,
zuweilen die Ärmsten der Armen bekriegt,

und die mit westlicher Macht und Gier,
nicht Halt macht vor Frieden, Mensch,
Natur und Tier.

War es der grausame Hilfeschrei
gegen Mord, Politik, Tyrannei
der Grund, der auch die Folgen zuließ,
dass sich Blut über Nahost ergießt.

Zum Wohl derer, deren Stern sich fortan
erhellt,
und neue Versklavung mit Befreiung
gleichstellt.
Globalisierung heißt Krieg um Weltmacht
und Geld
der Deckmantel Demokratie, der freien
Welt.

Elvira Rübeling

Windei Irak

Blut über Blut will warnen
Scherben in der Hand
Schaler Geschmack im Mund
Fruchtbarkeit verfehlt
Trauer ist angesagt
Trümmer und Sterben
als einziger Ausweg?

Was bleibt uns als Hoffnung
Wenn der Mensch versagt?
Gibt es denn Wunder
jenseitseits von Gut und Böse?
Nur der Auferstandene weiß es
Wir legten sein Kreuz
in ein Bad aus Tränen

Annelie Rüdiger

11. September 2001

Ihr Menschen, tut Buße und beugt euch
vor Ihm,
wacht auf, alle Menschen der Welt!
Wie Sodom, Gomorra, sind die Zeiten so
schlimm,
was nützt uns Lust, Reichtum und Geld?

Lang genug wurde Gott verachtet,
verlacht,
in Frage gestellt, dass Er lebt.
Was hat uns die Gottlosigkeit gebracht,
Gewalt, Terror erschüttern die Erde, sie
bebt.

Wacht doch auf, ihr Christen, der Tag, er
ist nah,
Gnade verändert sich dann in Gericht.
Was am 11. September in Amerika
geschah,
bleibt für uns ohne Folgen nicht.

Erhebt eure Stimme, es ist höchste Zeit,
der Welt Heiland kehrt bald zurück.
Von Herzen zu Ihm betet, fastet und
schreit,
dass Er uns bewahrt vor Krieg und
Unglück!

Brunhilde Rusch

Januar 2002

Eine Deutsche
Von der Geschichte
Mit Schande und Schuld
Geschlagen
Verehrt das Volk
Der Vereinigten Staaten
Schämt sich
Der Schmach
Die Menschen anderen
Menschen –
Wie sie Ebenbilder Gottes –
Antun
Auf Guantanamo

Die Würde
Einer Nation
Das Lebensrecht der
Menschheit

gar
Werden verwirkt
Wo Willkür und Gewalt
Wüten

Bitte:
KEIN GUANTANAMO

Anneliese Rutkies * 1932

Elfter September 2001

Sie vernichteten das Dorf Mi Lai
und die Welt sah zu.
Sie erschossen alte Frauen
und die Welt sah zu.
Sie verbrannten kleine Kinder
und die Welt sah zu.
Dann explodierten ihre Häuser
und die Welt schrie auf.
Dann erklärten sie den Krieg
und Europa machte mit.

P. Günter Rüwald * 1959

Nacht in der Seele!

Menschen die lieben, Menschen die leben.
Ein Tag wie jeder Andere, Arbeit, Familie
und Lachen.
Alles geht seinen Gang.
Dann wird es finster, Nacht in der Seele.

Menschen die rennen, Menschen die
schreien.
Ein Tag der sich verfinstert, das Lachen
erstirbt.
Nichts ist wie vorher.
Es ist dunkel, Nacht in der Seele.

Menschen die suchen, Menschen die
schweigen.
Ein Tag voll von Rauch, das Lachen
verbrennt.
Stumme Verzweiflung.
Unbegreifliche Nebelschleier, Nacht in der
Seele.

Menschen die resignieren, Menschen die
hassen.
Ein Tag der bestialisch gläsern die
Wirklichkeit zeigt.
Kapitulation vor der Gewalt.
Erbarmungslose Helligkeit, Nacht in der
Seele.

Menschen die hoffen, Menschen die
verlangen.
Ein Tag der Sehnsucht, Rückkehr zum
Leben.
Bitterer Beigeschmack des Alltags.
Hoffnungsvolle Morgenröte, Nacht in der
Seele.

Susanne Ruzicka * 1961

wieder ein unerfüllter Traum

Picasso ist lange tot
ich sehe durch ihn hindurch
zwischen den zwei Türmen
in die Zukunft
irgendwo
zwischen blau und -
der Erinnerung in Ewigkeit -
dort liegt meine Welt
mit Dir
die ich Dir zeigen,
erklären,
vorträumen möchte.

Picasso aber bleibt
unverändert
erfüllt
und meine Träume ...

rwbs * 1958

Selbstmord auf Raten

Gott sagte:
„An die Spitze der Schöpfung stelle ich den Mensch,
und er soll Sorge tragen für die Natur und alle seine Lebewesen."
Gott sah, dass es gut so war.
...Wurde hier etwa die Reihenfolge verwechselt?
Denn welches Tier lebt und arbeitet, um sich und andere zu zerstören?

Helena S. * 1980

zeitgleich

als
flugzeuge
in die türme
flogen

ging
über Kloster (Hiddensee)
ein Gewitter
nieder

u. s. * 1969

Innen

Ein Hauch von Glück
auf deinen Wangen:
Nun blüht es auf,
nun ist es vergangen.

Wo kam es her?
Wo ist es geblieben?
Schmetterling ist
vorübergetrieben.

Was ist der Sinn
von all dem Sinnen?
Wo gehen wir hin?
Immer nach innen.

Werner Dietrich Sand

Jener Schrecken

Nach Hause kommend, vom Besuch in Mainz,
Sagt mir der Zeiger meiner Armbanduhr:
Schalt ein die matte Scheibe, schau und lerne,
Was sich ergeben hat beim Schwung der Erde
Um die naturstabilisierte starre Achse.

Gedacht, getan, doch welcher grelle Schrecken:
Es brennt die Welt und viele Menschen sterben.
Noch stehen sie, die Türme blanker Macht und
Zeigen uns, was Geld und Kraft vermögen,
Doch jeder sieht: Die Wunden sind zu tief.

Man fasst sich an die Brust und spürt das Herz,
Es zittert und vermag kaum noch zu schlagen.
Im Kopf das Mühlrad grellen Denkens kreischt:
Du guter Gott, greif ein, dies darf nicht sein,
Doch nichts geschieht: Die Türme stürzen ein.

Was haben wir gesehn? Ein Bild des Grauens:
Des Grauens vor der liebearmen Welt.
Was dort geschehen, ist kein Werk des Teufels:
Die konsequente Folge unserer Macht:
Sie hat uns eingeholt als unser eigner Tod.

Rudi Sander * 1928

Der 11.September

Sie kennen mich nicht
und werden mich niemals kennenlernen,
Ich bin ein Opfer des 11. Septembers.

Ein gewöhnlicher Arbeitstag
schien er zu sein,
wir arbeiteten friedlich wie immer.

UND er brach herein
mit all seiner Kraft,
mit all seinem Entsetzen,
"Der 11. September".

Ich sah es klar vor Augen
mein kurzes, vergangenes DASEIN,
mein unvollkommendes Leben
war nun zu Ende.

In herzzerreißender,
grausam quälender Panik
sprang ich aus dem Fenster
und starb...
am 11. September...

Anja Sandner * 1970

Trauer den Tränen

unser eisiges Herz
- längst erfroren an der Kälte der Seelen
die faulen Gefühle
- längst überzogen vom Schimmel der Zeit
und
die glanzleeren Augen
- für immer erloschen am Blick in die
Zukunft
Trauer den Tränen
- was bleibt zu beweinen?

Christa Sather * 1947

Was bleibt?

Keiner beachtete die Vorboten,
wir verleugneten sie.
Aufkeimende Saat des Endes,
bedingungslos verschoben.
Herannahendes Unheil,
gleichgültig verworfen.
Schleichende Selbsttäuschung,
wir erlaubten sie.

Heranwachsende Trägheit,
erwünschte Agonie.
Schutzwall in uns,
nutzlos dahingerafft.
Vernichtendes Ende.
Wir?

Heidemarie Sattler

In Antrim stand die Luft Sekunden still

in Antrim stand die luft sekunden still
und ich – in Antrim, im regen,
ich glaubte, daß die kirche krank sei, weil
sie mit „k“ anfängt.

in Antrim, im regen, im september,
wog der himmel so grau und schwer,
daß ich glaubte, ihn trösten zu müssen,
in Antrim, im regen,
hinterm ladentisch und fernen ecken
kroch die Wahrheit zu nah an mich heran.

in Antrim stand die luft still
und ich zählte meine atemzüge, daß sie mir
nicht entgleisten
in Antrim, im September
fiel der regen gegen den himmel – so grau,
so ungetröstet
durch mich

in Antrim, im regen,
glaubte ich an Antrim sekundenlang
und was die welt nicht trösten würde
im regen
fiel

Guido Sauer * 1962

wer einsät
weltweit
nationalistische
arroganz

wird ernten
zu hause
elfte
septembertage

Peter Scanddart

11.9.2001

Aufblick!
Mega Screen
Information
I I two
I one
Ground Zero
Allmacht wie Ohmacht –
im bebenden Zorn!
Dem Weltschmerz wird
Terror
Tod

das Recht der Welt
hinzugefügt

Wolfgang Schaffer

Der 11. September

An jenem Tag
lag ich
im Koma
in einem Spital.
Als ich aufwachte,
stand die muslimische Pflegerin
an meinem Bett.
Heute ist der achtzehnte,
sagte sie leise
und
lächelte dazu.

Toni Schaller * 1935

Der 11. September

Es war sehr schlimm, was da geschah
und fast die ganze Menschheit sah,
wie Flugzeuge im Feuerschein,
das „World Trade Center" machten klein.

Was war geschehn in kurzer Zeit,
nur Schutt und Asche weit und breit,
Verletzte, Tote, Chaos groß,
was war denn in New York nur los?

Das zu begreifen, fiel sehr schwer,
wo kam das Unglück denn bloß her?
Es könnt doch nur ein Unfall sein,
denn Menschen fiel so was nicht ein!

Erst später stellte sich heraus,
der Terror geht jetzt ein und aus,
und trifft uns alle auf der Welt,
wer hat denn diesen nur bestellt?

Warum tun Männer Bomben legen,
um andern Glauben wegzufegen?
Das alles gilt es zu ergründen,
werden wir je die Lösung finden?

Toni Schattenfroh

Wo warst du?

„Wo warst du damals am Zehnten?
Ich lass dich überlegen, doch dir fällt's
nicht ein."

„Kann es sein, dass wir zusammenlehnten?
Nein! Ich glaub, ich blieb einfach daheim.
Im September damals, da wüsst' ich nur,
und die Erinnerung wird noch gemehrt,
hab ich mit einer anderen Figur
am Tag darauf den Weg gekehrt."

Denn an diesem ganz besonderen Tag
weiß noch ein jeder, wo er war.

Warum? Dass wieder jemand starb,
war denn das so sonderbar?
Oder liegt's am Monument vom Geld,
dass wir uns stets daran erinnern,
als der Teufel die westliche Welt
versucht hat, zu gewinnen?

Er schaffte dies mit äußerster Brillanz,
versteckte sich beim Opfer, nicht beim
Täter.
So zog eine unheilvolle Allianz
zur Rache aus, noch mehr zu töten unserer
Väter.

Heinz Schemmer * 1965

Einen elften September lang

Nebelschwaden, die wie Geistergewänder
vorüberziehen
Tragen Seelen mit sich fort,
Gefallen ins Leere, sicher aufgefangen
Im Untergang der Menschlichkeit.

Zerborsten die Illusion, - einen 11.
September lang
Nähren sie mit Ignoranz die Visionen
Jener, die mit dem Hinterhalt als
Glaubensschwert kämpfen -
Solcher, die Feigheit zu Verrätern macht.

Triviale Leben aufgelöst in einem
Monument
Erfüllen tote Seelen Ground Zero mit
Größe.

Wabern Liebe, Schmerz und Hass im
Ungleichgewicht,
Schmiegen sich ineinander. Und Liebe trägt
Schmerz.

Sylvia Schenke * 1972

Vom Traum zur Wirklichkeit

Drei Monate schon blieb ich nun im Haus,
doch dann war es so weit, ich ging mal
wieder raus.
Die Bilder, die ich sah, waren
unvorstellbar.
Ich sah die Flugzeuge, sie waren schnell.
Ich sah die Lichter, sie waren grell.
Ich hörte die Leute schreien und flehn,
doch von einem Wunder war nichts zu
sehn.
Ich stand nur da und blickte in die
Flammen.
Ich sah, wie einige aus dem 14. Stock
heraus sprangen.
Ich wusste nicht weiter, konnte nicht vor
noch zurück.
Ich rannte nicht weiter, doch hatte ich
Glück.
Ich war nicht betroffen von dieser Pein,
doch musste ich mitanhören dieses Schrein.
Ich machte mir Vorwürfe: „Warum half ich
nicht?"
Doch nun wurde mir klar, es war nicht
mein Gesicht.
Das, was ich sah, war nur ein Traum.
Doch drei Monate später war es
anzuschaun.
Was ich damals träumte, ist heut zu
betrachten. Zu viele Menschen
starben, andere lachten.
Ich habe Angst, dies immer zu sehen,
doch kann ich diesen Bildern nie wieder
entgehen.

Stefanie Schernau * 1987

Der 11. September – New York 2001 –

Darüber zu schreiben tut weh.
Es macht traurig,
& wütend,
& ratlos.

Denn es waren
Stiche ins Herz der Welt.

Robert M. Scheube * 1973

Der 11. September

Der 11. September – barbarische Tage – zweimal,
1944 in Darmstadt – gegenwärtig in Amerika.
Flugzeugführer planten ein katastrophales Spiel,
zwei mit Treibstoff, Bomber nahmen ein anderes Ziel.

In New York waren es ausgebildete Terrorpiloten,
in Darmstadt Kriegssoldaten, die sich eifrig überboten.
Alle Kapitäne – sie flogen nach Plan – wussten Bescheid,
leisteten vor ihrem Einsatz den totalen Vernichtungseid.

Zwei zerstörte Hochhäuser, in Asche eine Stadt,
Kampfflieger sind verantwortlich für diese Tat.
Sie zertrümmerten bewusst mit einer Grausamkeit –
ob damals im Krieg oder in der heutigen Friedenszeit.

Wer gab den Auftrag zum Vernichten?
Wo blieben Menschen zum friedlichen Schlichten?
Wer will überragende Großmacht und fremdes Land?
Warum reichen Krieg und Terror sich die Hand?

Bittere Tränen durch Weinen und Klagen
fließen noch unbegrenzt – nach all den Jahren.
Ob Darmstadt, andere Städte – oder New York,
Völker der Erde – setzt das brutale Vernichten nicht fort!

Grete Schicke * 1935

dunkle schreine

dunkle schreine der vergänglichkeit drohen
lichtlose tunnel öffnen sich lärmend
erbärmliches grauen die leere erfüllend
finsterkeit schwingt pulsierend im fühlen

um uns der heimliche untergang
öffnend sich der öffentlichkeit
kümmerliche seele allein im kosmos
nebelschleier wabern im nichts

menschensein verschwindet im möglichen
hoffnung türmt sich auf im himmlischen
ariadnefaden erhellt den alltagsbrauch

neu werden feuer niederbrennen
kühle zweifel im wilden keuchen
inneres erstrahlt durch das ich

Leonhard Schiffer

Guten Morgen, lieber Gott,
Du, ich muss Dich etwas fragen,
kannst die Wahrheit ruhig sagen,
ich bin stark.

Ich seh' die Bilder stets vor meinen Augen,
zwei Türme, Flugzeug, schwarzer Rauch.
Menschen springen schreiend in die Tiefe,
sahst Du das auch?

Wie viele Kinder warteten daheim?
- bangen und hoffen -,
und sahen so wie ich: Alles stürzt ein.

Mein Daddy sagte mal zu mir:
„Wenn ich von einem Einsatz nicht mehr heimkomm,
vertrau' auf Gott, er hilft auch Dir".

Und irgendwo, in diesem Trümmermeer,
aus Stahl, Beton und Scherben, da lag auch er.

Was bleibt zurück? Ein Meer aus Angst und Tränen,
und über den Ruinen weht der Wind.
Wie sollte ich das wohl begreifen?
Ich bin doch noch ein Kind.

Arnold Schifferstein * 1958

11. September

Wenn Unschuld unter Wahnsinn fällt...

Zwischen all den Trümmern
hört man Menschen wimmern
und in uns' ren Zimmern
steht die Zeit ein Weilchen still.

Auf dem Bildschirm flimmert,
was und tief bekümmert:
Bild, das keiner sehen will.

Traurigkeit liegt offen,
verdrängt all' unser Hoffen,
Angst hält uns betroffen:
vielleicht sind wir das nächste Ziel?

Unfaßbar scheint die Zahl
... der toten Menschen Qual.
Den Überlebenden bleibt Trauertal
in der vor Schreck erstarrten Welt.

Der Terror zeigt Gesicht,
doch mutig ist es nicht,
wenn Unschuld unter Wahnsinn fällt-

Sophie Schindler

Unwetter

Du packtest meine Hand,
unruhig,
zwischen deinen Lippen spitzelte zaghaft eine Zunge,
ich wollte sie küssen, wollte sie zwischen meine Lippen nehmen,
doch
du stießt mich weg,
Staub flirrte in der Luft,
das Licht stakte durch das trübe Geflatter der Rotorenblätter.
Wiederum griffst du nach meiner Hand,
unsere Finger spürten sich, sie tanzten, en staccato.

Ich hörte noch den Wind surren,
wie du mit deiner Zunge schnalztest und mich auf den Boden warfst,
wie sich ein graues Tuch über unsere Schultern legte...

Mit meinen Worten deinem Ohr so nah, flüsternd:
Über den Regen, der an die Fenster schlug,
über den satten Tango, den die Häuser zelebrierten,
über die Zunge zwischen deinen Lippen,
spitzelnd, liebkosend, an der Muschel deines Ohres.

Du packtest meine Hand,
zaghaft, unsicher. Ängstlich. Vom Schweiße nass.

Nico Schinkel * 1982

Des Wahnsinns nackter Kofferträger

der wahnsinn berührt behutsam meine
erkaltete Schulter
berechnend treiben meine Gedanken
durchs hirn
ein pathos für meinen egoismus
ich mache die augen zu
und nichts geschieht
die töne deines liedes
klammern sich an meinem ohr fest
meine sanfte seele ist zerschlagen
krampfhaft suche ich nach dir
doch nur deine küche geistert
durch den zigarettenqualm
ergriffen vom wahn
begeistert von der leere...

die banalität kehrt wieder
normal gehe ich aufs klo
doch auch hier werde ich müde
von dir in mir

H. B. Schippendale * 1966

11. September

Das Feuer kam wie ein Vogel
und zerstörte schneller als ein Fluchtweg
das Haus und die Bewohner

Das Abendland wusste nichts davon
als es beschlossen wurde im Osten:
Jedem sein privates Auschwitz

Das Leben bleibt
Der Tod ist Geschichte.

Ernst Rudolf Schlamp * 1952

Staub, Glas und Papier

Große Stadt, hohe Häuser, Glas und Stahl
Blauer Himmel, schneeweiße
Wattewolken,
warmer Sonnenschein, früher Morgen,
Menschen gehen zur Arbeit
Ruhe und Frieden wie immer, alles ok.

Große, weiße Flugzeuge tauchen auf,
zerfetzen die Handelszwillingstürme,
bisher unmöglich Geglaubtes wird wahr,
blankes Entsetzen, ungläubiges Staunen,
Angst gepaart mit Hilflosigkeit
Feuerball, Sirenen, Aufregung,
letzte Worte noch an die Lieben,
Menschen stürzen aus den Fenstern,
Lähmung, Herumirren, aber wohin?

Kriegserklärung an die westliche Welt,
ein großes Land wird angegriffen,
Terror ist jetzt hier,
fingerdicker Staub, Glas und Papier,
vollkommene Zerstörung,
Amerika ist tief getroffen bis ins Mark

Sonja Schlanow * 1971

Bruchstück

derer gedenken
die der getroffene Turm traf

derer die
seinesgleichen wiedererrichten

derer die
in seinem Schatten sterben werden

des alten Todes
im Schatten des neuen

Matthias Schleifer * 1955

9/11

Grüne Hügel seitens geschwungener
Serpentinen – bergauf –
Knorrige Weinstöcke biegen sich unter
blau-lila Trauben.
Jenseits des Abgrunds glitzert die Gischt:
Urlaubsidylle.

Berghöhen fangen die Wolken –
Im Tal leuchten orangerote Kürbisbälle.
Die Stille des Mittags, Ferienstimmung:
wir sind weit weg von der Welt.

Das Radio spielt, Staub wirbelt uns voraus
zur besten Aussicht.
Kurve um Kurve, steiler nach oben –
Wir: versonnen und sorglos.

Die Zeit gerinnt inmitten der Hänge –
Sommer in Italien, Träume von Neapel,
Byzanz.

Während der erste Turm einstürzt,
Stehen wir hier und blicken aufs Meer –
Genießen die Stille.

Die Wirklichkeit holt uns ein, unten im
Tal –
Splitterndes Glas und berstende Wände,
die Angst
In Zeitlupe – Endlosreproduktion auf
Bildschirmen.

Terror – ein Anschlag – Zeit/Geschichte:
das Ende der alten Welt
Im neuen Jahrtausend.
Hinter uns: die Hügel – vergessene
Lichtkreise im schattigen Grün.

Barbara Schlierf * 1981

Weihnachten

Auf Erden Frieden,
und wir sterben in Kriegen.
In Gottes Namen!
Fremde sprechen sein Amen.

Und ich schäume gegen den Höchsten:
"Du sollst hindern! Nicht vertrösten!
Bring Ruhe in die Weltpolitik!"
"Geh an die Krippe, wo mein Friede liegt.

Riechst du den Stall, den Mist?
Atem des Esels hat mein Kind geküsst
im Stall, fernab vom Geschehen.
Ein paar Hirten haben's gesehen.

Du zweifelst. Das scheint dir nichtig,
zu klein, zu schwach, zu wenig gewichtig.
Hat keine Weltharmonie gebracht.
Aber ich habe Frieden mit dir gemacht."

Johanne Schloen

Der 11. September

Kinder und Erwachsene tanzen auf den
Straßen,
brechen in Freudengesänge aus.
Sie wiegen sich in den Armen,
soeben sind die Türme gefallen.

Tausende liegen tot in den Trümmern,
jene, die überlebten,
stehen fassungslos vor Staub und Schutt.
Wo gerade noch die Welt in Ordnung
erschien,
bleiben nur Tränen und Wut.

Der Terror hat zugeschlagen,
hat seine hässliche Fratze gezeigt.
Provozierte erneut einen Krieg,
den keiner gewinnen kann.

Wenn die Köpfe voller Hass und Zorn
sind,
hat die Menschlichkeit keine Chance.
Wo Terroristen wirken,
hat die Vernunft ihren Kampf verloren.

Rainer Schlüter * 1957

eindringen
ins herz des schmerzes
und ihm aus
geballter faust
die lust entreißen
der befriedigung
des rechthabens
im wollen

in verletzbarkeit
die neue
befreite leere erfüllen
mit dem licht eines
gralshüters
der furchtlos
Strömungen und menschen
durchschwimmt
und mit einfachem strahlen
die erde teilt

Sabine Schmid * 1967

Manchmal denke ich – es wäre besser –
ich hätte DICH nie gesehen.
Wir verlebten wundervolle Zeiten –
Doch die Einsamkeit danach war umso
größer.
Nun gibt es DICH nicht mehr –
nur noch die Erinnerung ist wach –
und die Trauer!
Und in stillen Stunden wälzt man
Fotoalben
und denkt an gemeinsame Erlebnisse,
Oh Mensch – versuche den Abstand zu
erlernen,
damit Deine Seele keinen Schaden nimmt
auf Dauer.

Hanneliese Schmidt * 1934

Irrflug des Glaubens

Vernichtung der Zeichen,
unzählige Leichen,
wenige konnten dem Wahnsinn
entweichen.
Die Zeichen in Trümmer und Haufen.
Die Waffen neugewählt,
und damit die Menschheit gequält.
Das Leid, der Schmerz,
der Schock sitzt tief,
entstanden aus des Glaubens Mief.
Bewußtsein neu entstanden,
aus den kranken Gedanken.
Entstanden sind nun neue Zeichen,
vor denen soll das Böse weichen.
Der Opfer zum Gedenken,
werden wir uns gegen diesen Wahnsinn
wenden!

Thomas Schmitt * 1965

Der elfte September 01

Ein einziger Tag nur veränderte die Welt.
Islamisten – Terroristen, apokalyptische
Reiter
flogen mit entführten Passagierjets einen
Angriff auf die Zwillingstürme des
World Trade Center, New York,
goldenes Urbild von Handel und Wandel.

Nachtschwarze Wolken, unheilvoll. Feuer
barbarisch lodernd; Funken sprühend.
In den einstürzenden Türmen drängten
sich die Menschen gequält die unendlich
scheinenden Treppen herab, ausgeliefert.
Ungläubige sind wertlos.

Ein verstörender Handy-Hilferuf.
Islamisten – Terroristen vollendeten wohl
vorbereitet ihr Werk: Nahezu 3 000
Menschen starben, auch viele Helfer.
Der Friede getötet. Amerikanischer
Lebenswille wird überdauern.

Doch weitere schreckliche Bedrohungen
sind
manifest und so nah, die Schatten.

Marion Schmurr-Ergun * 1927

Der etwas andere 11. September

Der elfte September war ein wunderbarer
Tag,
so recht einer, der die Seele zu streicheln
vermag.
Viele Jahre haben wir ihn froh begangen,
als den Tag, da unsere Liebe angefangen.

11.9.66 was für eine schöne Zahl,
mit einem Schokoschaumkuss im Gesicht
fing alles an,
Mohrenkopf, so hieß er damals, das darf
man heute nicht mehr sagen.
Wir wollen uns immer gut vertragen das
kann ich euch allen sagen.
So kann auch ein elfter September sein,
doch dann flogen so ein paar Idioten
in Amerika in die Zwillingstürme hinein.
War das eigentlich ein Zentrum der
Macht?
War es etwa Gott, der dieser Götzenpracht
Im Tempel der Macht ein Ende
gemacht?
Das Nachdenken wird ja nicht bestraft.
Wir ehren noch heute unseren 11.9.66
Das es das auch noch gibt, und ein Mensch
den anderen liebt.
Das war eine ganz andere Geschichte
nämlich, „Unser Tag" der elfte
September.
Wir lassen uns unseren Tag nicht
verderben,
zugegeben, sehr bestürzt hat uns das schon,
aber was sollten wir tun?

Monika Schnabel

Elf

Sie alle atmeten in der Stille am Morgen,
die Nacht schien gegangen, in der Frühe
geborgen,
als der Schrecken kam und die Hoffnung
erfror,
wurde der Hoffnungsvolle ein verträumter
Tor.

Die Zahl elf blieb in vielen wie
eingebrannt,
Frieden unerreichbar aus dem Denken
verbannt,
im Frühling später wieder elf und die Not,
sich umarmende Menschen im Feuerrot.
Dort bauen sie Häuser entschlossen auf,
hier gedenken Bäume, ein Todeslauf,
doch ist das nicht alles, nicht alles, nein,
Auge um Auge und noch mehr Pein.

Achim Schneider

Gedanken zum 11. September

Macht wird zur gemeinen, niedrigen
Gewalt.
Die Hetze gegen Andere wird immer
härter.
Menschen werden missbraucht um zu
Töten!
Gefühlskälte sowie Besessenheit treiben zu
bestialischen Mitteln.
Recht oder Unrecht,
Sinn oder Unsinn,
Mitmensch oder Feind,
Leben oder Tod!?
Verzweiflung und Entsetzen in
Sekundenschnelle.
Opfer - zermalmte Menschen und
zertrümmerte Gebäude!
Wehrlose Betroffene, Verwandte, Freunde
und Mitmenschen.
Tote, die stumm nach Gerechtigkeit
schreien!
Sprachlose Welt,
hilflose Menschheit - angekettet und
erstarrt,
vor dieser gewalttätigen
Glaubensherrschaft.
Frieden zum Hohn und Fremdwort
werdend?
Terror - das neue Menschenrecht?
Hass - der treibende und bleibende
Zeitgeist?
Liebe –verspottetes Gefühl aus längst
verstaubter Zeit?
Hoffnung auf Änderung - begraben mit
den Gewaltopfern?

Ella Schneider * 1958

Amerikaner

Ihr habt uns einst von den Nazis befreit,
standet an Berlins Mauer gerüstet bereit.
Wir übernahmen eure freie Lebensweise,
Burger und hot dogs wurden zur
Lieblingsspeise,
Songs von Franky und Elvis auf
Schellackplatten
waren Favoriten beim Schwof und
Begatten,
Im Stoßen, Hüpfen und beim schnellen
Sprinten
blieben heimische Cracks meist vornehm
hinten.
Eure Astronauten biwakierten auf dem
Mond,
der Flug hat sich für die Menschheit
gelohnt:
Teflonpfanne und Handy sind daraus
entstanden,
die Mikroelektronik ist euch zu verdanken.
Und doch seid ihr allüberall nicht gut
gelitten,
habt manch böse Scharte in Nahost
erlitten.
Warum trachten euch Islamisten nach dem
Leben,
morden wahllos Menschen bei euch im
Land?
Ich weiß nicht, wer im Recht ist bei diesem
Töten,
wer gut ist, wer böse bei diesem Streit.
Ich hoffe nur, dass ich schon bald kann
lesen:
Die Gegner, sie sind zur Versöhnung
bereit.

Hanns Schneider

Gedicht für meinen geliebten Mann Deine braunen Augen

Deine braunen Augen
sind meine kleine Zuflucht

braun wie Schokolade
verläßlich wie die Erde
liebevoll
wärmend wie der Sand am Meer

Deine braunen Augen
sind meine kleine Zuflucht

ob Herzschmerz, Kopfschmerz
oder Weltuntergangsstimmung
schützend legst Du deinen Blick auf mich
gibst mir Kraft und Ruh'

Deine braunen Augen
sind meine kleine Zuflucht

kraftvoll wie Adlerschwingen
ruhevoll wie ein Berg
und doch so unendlich sanft
liebevoll und zärtlich

Deine braunen Augen
heute, gestern und immerzu
nur in Dir find' ich meine Ruh'

Nicole Thekla Schneider

Der 11. September

An diesem Datum, schreckensgleich,
mit einer Flut an Todesszenen,
stießen Terrors Pfeile in Friedensreich,
vorbei schien es mit dem, was wir ersehnen.
Religionen der Welt, in Toleranz vereint,
begraben unter Tonnen Sprengstücke,
es gibt kein Herz, das nicht um sie weint,
um die Opfer der terroristischen Tücke.

Doch Millionen Tränen waschen hinfort,
die Angst und die Wut der
Trauernationen,
dann fruchtet irgendwann an diesem
Schreckensort,
der Keim der Hoffnung, er wird uns
belohnen.

Alle die unseren Friedensweg zerstören
wollten,
sie hatten nur kurz unsere Seelen mit
Verzweiflung geschwängert,
denn der Weg des Friedens, den wir immer
schon gehen sollten,
wurde nur um ein paar Schritte verlängert!

Patrizia Schneider * 1971

11. September

Ach, hab' ich mich vor dem Fernseher
erschreckt,
Als plötzlich ein Flugzeug in einem der
Twin Tower steckt.
Der Schrecken hat sich noch nicht gelegt,
Als es dem anderen genauso ergeht.
An Einsturz noch immer keine Gedanken,
Nur an die Armen, die in den Flugzeugen
saßen.
Auf einmal brechen sie dann doch
zusammen
Und jeder versucht noch schnell zu
kommen von dannen.
Bei der Trauerfeier wurde aus der
Bergpredigt zitiert;
Wer ist sicher, mit wem Gott auf Erden
überhaupt noch ist liiert.
Wohl mit denen, die am ehesten seine
Gebote halten
Und ihn lassen ohne Vorbehalte walten.
Vergessen wir nicht, dass der Begründer
des Islams Ismael Abrahams Sohn
Auch von Gott begabt war schon,
Und dass wir mit aller kriegerischen
Technologie
Ein Drittel der Menschheit nicht können
zwingen in die Knie.
Und Gott will durch Naturkatastrophen
uns zeigen,
Dass wir nicht mehr als nur sein Eigen.
Daher sollten wir finden endlich zur
Vernunft,
Damit er nicht zu viele schickt in der Hölle
Dunst.
Und schließlich alle Waffen lässt zu
Bumerangs werden
Damit sie einschlagen, wo sie abgeschossen
werden hier auf Erden.

Horst Schneidereiter * 1935

Kurzer Gedanke zum 11. September

Ein Tag wie jeder andere,
Alltagstrott, wandere!
S'ist nicht mehr ganz Sommer
Und noch nicht ganz Herbst
Doch ab heut gibt's ein „Vorher"
Und ein „Nachher", das schmerzt.

Ein schrecklicher Schnitt in den Lauf der
Welt,
Die wahrhaft nicht immer zum Besten
bestellt.
Doch eine Wunde am eigenen Leib
Dem Betroffenen stark in Erinnerung
bleibt.

Monika Schohe * 1956

wachsam
mit tausend sprachen
unter den türmen von babel
wenn sie dir sagen was
ein reim ist
wenn ihre rechner die
lösung reimen
bliebe uns noch
das grummeln und blinzeln
vor der scheibe und
das vergessen von ungereimtem
bliebe uns noch
das kriegsspiel
heil web society www.suchanzeige.de
warum nicht leben mit ungereimtem
sich ausweinen irgendwo
wachsam
mit tausend sprachen
unter den türmen von babel

Christel Schöllhammer

11. September 2001

Auch an jenem Tage herrschte
Krieg, Hunger, Vertreibung.
Plünderungen, Folter und Mord
waren an der Tagesordnung,
fast schon makabre Routine.

Seit jeher schauen die Menschen weg,
ignorieren Schmerz und Leid und finden
tausend Antworten auf die Frage,
warum sie stets woanders hinschauen,
wenn das Leid hier wieder einmal
unerträglich wird.

Gründe hierfür benennen sie täglich,
und heute mögen es
die gigantischen Feuertürme sein,
die am Horizont, fernab von Darfur,
die Sonne verdunkeln.

Guido Schönfelder * 1966

Kartenhaus

Die Welt stürzte ein wie ein Kartenhaus,
als
das World Trade Center in New York
gerammt wurde.
Flugzeuge mit Menschen drin als Waffen?

Nichts ist mehr wie vorher!

Die Welt veränderte sich in diesem einen
Moment.

Schweigen überall auf der Welt auf jedem
Kontinent –
die Ruhe ist vorbei.

Ein neuer Krieg? Ein anderer Krieg?

So etwas hat die Welt noch nicht bewegt.

Die Türme stürzen ein in Minuten nur. –
Alles vorbei?

Die Welt hält den Atem an. Ground Zero!
– Überall?

Dagmar Schönstedt * 1953

Nachbar Tod

Der Tod hat
neue Kleider

Riecht wie
Nachbarn riechen
spricht höflich
kurz im Flur
Statur normal
im Lernen eifrig
fromm beim Beten
keinen Tick
fegt seine Böden
auch nur
mit dem Besen
und erst sein Blick
wie sanft er ist
wie unscheinbar
sein Wesen

So nette Kleider
hat der Tod
er kommt
und geht
und niemand
weiß wohin

Hans Schöpfer * 1940

Noch mehr 11. September

Die Meldung aus Amerika erschüttert mich
beim Hören,
was Menschen alles anrichten, immer nur
zerstören.

Das Leid, das Elend in den Medien
breitgetreten,
Spenden sammeln, Hoffnung schenken,
beten.

Doch schon bald ist die Schlagzeile
verbraucht,
vergessen ist New York, Menschen
begraben, die Luft kaum verraucht.

Sensationsgier, Blutlust, Schadenfreude
dürstet schnell nach neuer Not,
Immer mehr, immer schlimmer, Herr, gib
uns unser täglich Brot.
Doch kommt das Unheil über uns, betrifft
es dich und mich,
Hoffen, bangen, zittern, erlebt man nun an
sich.

Der Schrei nach Gerechtigkeit hallt lautlos
aus der Seele,
Trost kann nicht lindern, schluchzen in der
Kehle.
Überall gibt es Unrecht, doch wir stellen
uns blind,
jede Mutter, jeder Vater beschützt nur sein
eigen Kind.

Wenn wir fühlten wie eine Familie, Eltern,
Schwestern, Brüder,
die Welt gehört zusammen, wohl gesinnte
Gemüter,
das Glück der Menschheit grenzenlos, doch
wird es nie so kommen.
Der Großteil lebt für sich allein, von Neid
und Missgunst eingenommen.

Mario Schreck

Schmerz

Tönendes Glas, zerspringend Metall –
Scherben des Unglücks, qualvoller Schall.
Klingende Scheide im Festgewand –
scharfes Messer der Glut sich entwandt.
Reißendes Ruder, ziehend Gebälk –
Schauplatz des Kampfes, tiefes Gewölk.
Lichtender Nebel im Rosenkranz –
ehr'ne Ruhe eröffnet den Tanz.

Birgit Schröder * 1953

New York, 11. September 2001

Das Laub beginnt sich zu verfärben,
von zarten Silberfäden fein durchwoben,
noch einmal läßt die Sonne es vergolden
an diesem elften September
zweitausendundeins,
und niemand denkt an den Abschied,
auch Anne Miller nicht auf dem Weg zur
Arbeit.
Sie genießt diesen Morgen: „Wie schön,
dieses New York!"
Gegen keine andere Stadt möchte sie es
eintauschen.
Zur gleichen Zeit verläßt Kharem seine
Freunde:
„Es wird kein Wiedersehen geben."
„Wie hat er das gemeint?" Bestürzung auf
den Gesichtern.
Eine Stunde später. Atta klopft ihm auf die
Schulter:
„Bald werden wir Allah sehen!"
„Welch ein großer Augenblick!" Kharems
Hände werden feucht.
Sein Herz klopft wild. Atta steuert ruhig
und genau ins Ziel.
Flammen, Trümmer, Schreie. Die beiden
erleben nichts mehr davon
Und auch Anne Miller schließt die Augen
für immer.
Abschied vom Sonner, von Sonne und
Glück.
Die tränenden Herzen sind lange schon
verblüht.

Lieselotte Schroeder-Wehrstedt

Atta wollte sein die Geißel Gottes

Als Geißel Gottes wurde bekannt
Der Hunnenkönig Attila.
Auf flinken Pferden gut beritten
Hielt Europa er in Angst und Schrecken.

Schrecken verbreiteten zu allen Zeiten
Nachahmer in allen Breiten.

Fürs Sterben hier im irgendwo
Versprechen sie das Heil im Nirgendwo.

Die Geißel Gottes wollte Atta sein,
Und Krieg gegen die Christenheit führen.
Vor Mohammed sollen sie alle zittern,
Wenn des Propheten Schwert er wird
zücken.

Tödlich wollte Atta sie treffen,
Die Christen samt ihrer Kultur.
Er raubte die Flieger und ließ sie fliegen
In die Türme des Trade Centers hinein.

Den Terrorkrieg, den Atta ausgelöst,
Verloren in Afghanistan seine
Terrorbrüder.
Das Feuer, das Atta ließ niederfallen,
Verbrannte erst ihn
Und dann seine Terrorbrüder.

Wolfgang Schroedter

11/9/01 †

An diesem Septembertag ist
genau genommen
der Frieden erstmal weggeschwommen.
Mensch Brüder,
gebt euch doch alle die Hand,
zu einem gemeinsamen
Friedensband.

Rudolf Schrön * 1946

Wie viel Liebe braucht die Welt

So viel, um zu überleben?
So viel, um alles zu ertragen?
Oder so viel, um alles zu wagen?

So viel, Kontinente zusammenzuführen,
Meere zu teilen.
So viel, Rassen, Religionen zu vereinen
So viel, den Anderen zu akzeptieren, das
Andere zu tolerieren.
So viel, den Verzweifelten Mut
zuzusprechen, die Schwachen zu
stärken.
So viel, die Hungernden zu sättigen, die
Durstigen zu stillen.
So viel, die Kranken zu pflegen, die Kinder
behütet ins Leben zu führen.

So viel, gütig bleiben zu können,
verständnisvoll und mitfühlend.
So viel, die Fesseln von Hass, Habgier,
Neid, Egoismus zu sprengen.
So viel, Hilfe zu geben wo Hilfe erbeten.
So viel, lieben zu können.

Max J. Schubnell

Falscher Glaube

(zum Gedächtnis an Mahatma Gandhi)

Das war ein Tag wie keiner je zuvor.
Zerbrach die Hörner namens Stolz und
Macht;
und stürzte was auf ewig schien gemacht,
in einen Sog drin alles sich verlor.

Nun ist nichts mehr wie's vordem einmal
war.
Tod und Verwüstung fraßen jäh das Land;
und was entzweit eint nun des Hasses
Band.
das ist's, was jene feige Tat gebar.

Dies wüste Land wird wieder einst erstehn,
nur jenem Rächer schwand seitdem die
Kraft.
das dumpfe Morden hat sein Herz
erschlafft
und ließ vom rechten Weg ihn irregehn.

Ismael's Söhne schreckt nicht Tod noch
Mord,
und was sie eint ist ihres Glaubens Bund.
Auch jener tat vor aller Welt es kund,
dass Gott sei seines Lebens Schild und
Hort.

Welcher dient nun dem wahren Gott von
beiden?
Der Söhnen beut' durch ihren Tod zu
morden?
Oder der Ihn nur liebt mit eitlen Worten?
Es ist am End' der Menschheit altes Leiden.

Peter W. Schuhmann

die bombe

ganz klein war sie
ungefährlich
mit den jahren legte jeder der vorbeikam
ein körnchen explosion hinein
so wuchs die kleine bombe
wurde groß und größer
keiner erkannte die gefahr
jeder legte weiter sein körnchen dazu
Ein funken traf die bombe
sie explodierte
zerstörte
keiner verstand es
war entsetzt fragte warum nur
es gab doch keinen grund
keiner dachte an sein körnchen
das auch in der bombe gewesen war.

Hannelore Schuler * 1935

Frieden

Was ist das nur für eine Welt
in der nur Macht und Terror zählt?
Unsere Welt ist alles, was wir haben,
mit all' den wundervollen Gaben.

Hör mich Gott, mein Vater, dort oben
hilf mir diese Welt wieder zu loben!
Gib mir die Kraft uns alle zu sehen
und lass den Frieden auferstehen.

Wie wunderbar wäre unser Leben,
würden wir alle nach Frieden streben.
Ich will nur Eines noch erreichen,
möge der Krieg dem Frieden weichen!

Ich glaube an Dich, mein Gott!
ich vertraue auf Dich, schaue auf mich!
Ja, ich fühle deine Kraft in mir
und gebe sie gerne auch Anderen von Dir!

Nimm die Kraft aus den Menschen
die herrschen und vernichten
und lass sie Denen
die mit Liebe und Frieden richten.

Resi Schulz * 1960

Stillstand

Einen Moment
Eine Ewigkeit
Ohnmacht
Panik
Entlang der Straße ist jede Telefonzelle
benutzt
Handys funktionieren schon lange nicht
mehr

Heute weiß ich nicht, wo du bist
Heute hilft keine moderne Technik
Durchatmen
Weiterlaufen
Und hoffen, daß du am anderen Ende bist
Am Leben
Wie ich
Heute
Inmitten von Angst

Nancy Schumann

Der 11. September

Der Weltenlauf verharrte jäh,
Zenit des Daseins Frage stellt.
Todesblitze des Himmels entrückt,
Türme aus Bombast zu Staub verbannt,
Stumme Schreie – Phönix ruht im
Aschengrab.
biblische Zerstörung – tausendfaches
Mensche Leid.

Der Tag dem Lauf den Glanz geraubt,
die Wolke des Vergessens zieht.
Wiegen Taten mehr denn Worte,
verfallen stur in Lethargie.
Es wird scheinen – dem Jüngsten Tag
entgegen,
doch Unrechtsein wird kundgetan.
Gebrannt statt Liebe – Hass in Genen,
Ground Zero wird es nimmer geben.
Berge versetzen glaubensleicht,
Wunder sind gleich Träumen seicht.
Schau in des Lebens kurze Dauer,
es wird sein, als lachten alle Menschen.
Siehst du des Nachts den Sternenglanz,
wird es sein, als wäre der Tag vergessen.

Bernd Schütz * 1958

Der 11. September 2001

Der Morgen schön – die Stadt erwacht,
der Tag vertreibt die dunkle Nacht.
Man geht zur Arbeit – was soll schon
geschehn,
der Himmel so blau – kein Wölkchen zu
sehn.
Doch weit in der Fern – baut sich Unheil
auf,
das Schicksal der Stadt nimmt – seinen
Lauf.
Sie kommen wie Vögel – weit übers Land,
bis dahin hat sie niemand gekannt.
Verbohrt – von Wut und Hass zerfressen,
als wär'n sie vom Fürst der Finsternis
besessen.
In Staub gehüllt – die Sonn' will nicht
sehn,
was da mit dieser Stadt geschehn.
Sie fliegen in die Türme – dem Herzen der
Stadt,
wo mancher seine Arbeit hat.
Die Türme im Sterben – Verwundet im
Mark.
O Herr, behüt uns und mach uns stark.

Renate Schütz

Lockruf des Terrors

Totschlagen.
Zuerst die Zeit.
Dann nur eine Fliege.
Dort eine kleine Maus.
Tausende Spanferkel und Weihnachts-
gänse.
Millionen Menschen mit Sprengstoff und
Gift.
Die ganze Erde im 700fachen atomaren
Overkill.
Und im Himmel ein Wohlgefallen.

Rainer M. Schwabe * 1953

Plopp!

Tief Luft holen, pusten,
den Blasen nachblicken,
in jeden glänzenden Ball
einen Herzenswunsch stecken:

Frieden in der Welt,
Zusammenhalt, der zählt.
Vertrauen ohne Zwang,
Lachen im Menschenandrang.
Den Fremden freundlich ansehen,
Unbekanntem offen gegenüberstehen.
Helfende Hände an jedem Ort,
niemand läuft vor dem anderen fort.
Glück, Liebe, Kinderlachen,
Erlebnisse, die fröhlich machen.

Seifenblasen torkeln, straucheln,
stoßen gegen Trümmer und Rauch,
sind gefangen in Hass und Leid,
wollen steigen über Flammen und
Schmerz...Plopp!

Sylvia Schwarz * 1979

Erschütterte Nation

Bedeutungslos ist Freiheit, wenn Angst
nach der Seele greift,
und der Hauch des Todes das Leben streift!
Im Morgenland reifen Gedanken durch
tiefen Hass getrieben;
nicht einmal das eigene Leben lieben.
Eine Weltmacht soll ihre Grenzen bald
erkennen. Frieden gibt es nicht;
das muss ein Herrscher bald bekennen.
Plötzlich hat es die Nation unverhofft
bekommen.
Flugzeuge als Bomben haben das
Vertrauen auf Frieden der Nation
genommen.
Ihr Symbol für Macht stürzt in sich
zusammen.
Viel unschuldiges Leben wurde zerstört;
Trauer war das, was sie bekamen.
Mit Hass kann man nicht nach Frieden
streben.
Verständnis und Toleranz können das
religiöse Miteinander neu beleben.
Wenn Liebe die Herzen der Menschen
erfüllt, keiner mehr nach Mord, dann
brüllt.
Dann verlören die Opfer nicht umsonst ihr
Leben.
Ihr Mahnen ruft zur Bereitschaft, zu
vergeben.

Franz Schwarzer * 1952

Der Druck auf die Taste belichtet die
schwarze Scheibe.
Rauchige Schwaden und züngelnde
Flammen
trennen die heilen Geschoße des riesigen
Turmes entzwei.
Die Bilder tasten sich weiter, bringen einen
Flieger ins Visier,
der Kurs auf die Flanke des Zwillings-
giganten hält und in ihm stecken
bleibt.
Nur eine klare Linie von Feuer und Qualm
verrät den Todesflug.
Die Stimme des Sprechers von Staunen und
Entsetzen belegt
zerrt den Zusammenhang der Szenen ans
Licht, weitet das Grauen ins
Unermessliche
als sich Menschen in luftiger Höhe in den
Fenstern zeigen, zum Sprung bereit.
In mir macht sich die Gewißheit fest: dem
Angriff folgt Krieg.
Das Erkennen wirbelt panische Angst
vereint mit dem rutschigen Fall
in längst verweht geglaubte Erlebnisse des
großen Krieges auf,
mischt sich bedrohlich mit den Qualen von
Blut und Asche,
verwüsteten Fluren und giftigen Wassern.
In heimatloser Unbehaustheit fiebere ich
tränennaß nach Schutz.
Im Mund den herben Geschmack von
nackter Armut
starre ich im plüschigen Stuhl unab-läßig
auf die Szenen des Unheils,
die der Bildschirm mechanisch wiederholt.
Süchtig nehme ich sie auf, nagele sie im
Bewußtsein fest
als wollte ich ihr Gleiten in dunkle un-
bekannte Abgründe verhindern.

Dorothea Seemann

ich starb nur ein wenig

ein Tag des anderen gleich
kaum unterschiedlich reich
an gewohnheit und vollkommenheit
doch beängstigende gedanken machen sich
leblos breit

gefühle eines jeden schwanken zwischen
tiefster trauer und wut
Gedanken an die verschwommenen Bilder
und die massen an Blut

man versucht weiter zu leben
man will man muss, doch kann nicht alles
geben

und so mischen sich erneut tränen die in
Angst getränkt sind
gnadenlos mit verzweiflung,
entmutigt von den Bestien
der Realität

Doch ... es geht schon weiter.
Ich weiß halt nur noch nicht wie.

Jasmina-Sophie Seidemann * 1990

Der 11. September

Heute werden wir Träume zerstören,
ab heute wird man auf uns hören.
Wir nehmen ein Flugzeug und greifen an,
sie werden schon sehen, spätestens dann.
Monatelang haben wir geplant,
und keiner hat sie vorgewarnt.
Sie werden sterben und wissen es nicht,
jeder von ihnen ist ein nur ein Licht.
Doch gehen sie aus, die Lichter zuhauf,
dann wacht der Rest der Menschheit auf.
Wir fliegen an die Tower heran,
und töten dort wenigstens 5000Mann.
Die Zwillingstürme nähern sich,
erhaben stehn sie im Sonnenlicht.
Ein letzter Moment, ein Blick auf die Stadt,
ich bete zu Allah, dass Sinn das hat.

Regine Sellheim * 1963

Der 11. September

An diesem Tag lag Freud und Leid dicht
beieinander,
aber schnell fanden wir zueinander.
Ob Jude, Christ, Moslem oder so,
unsere Verwandten lebten – Mensch, was
waren wir froh!

Menschen stürzten sich aus den
brennenden Türmen zu Boden,
eine Frau beobachtete dies – mit langen
Loden.

Die Menschen schlugen auf, auf Beton und
Staub,
nichts mehr zu sehen, von des Herbstes
Laub.

Diese Bilder, der Knall, der letzte Schrei,
riefen bei uns hervor – pures
Entsetzen,
später fand man die Opfer in Fetzen.
Diese Bilder liefen ständig – die Worte
waren karg,
ob man sie alle barg???

Über Nacht stand fest, jeder Islamist ein
Terrorist?!?
Ich glaub das nicht!!!

Der Patriotismus, die Gier und der Neid
riefen hervor- –Kummer und Leid.

Ihr Amerikaner glaubt die Worte eines
solchen Narren –
und lasst euch spannen vor einen solchen
Karren!

Wenn wir alle einhalten Moses Gesetz –
sind wir von den Folgen auch nicht
entsetzt!!!

Sascha Semrau * 1975

11.09.

natürlich
ein Schock
entsetzlich
und der Beweis
dass Größe
nicht unbedingt
unverletzbar macht
sondern auch
mehr Angriffsfläche
produziert
provoziert

Martina Sens * 1964

Amerika

Unter den schmutzigen Händen des
Terrorismus
ersticken unschuldige Opfer eines Staates in
Tränen,
mit Ihnen vereint die Humanität der Welt,
um die schmerzhaften und schweren
Momente der
stillen Trauer zu bewahren.

Fanatische Monster, psychopathische
Terroristen,
aufgehetzte Idealisten,
blind und brutal zogen sie aus, ohne jeden
Respekt,
die Symbole, die bewunderten Türme und
Säulen mit
lebenden Feuergeschossen zu zerstören,
ohne menschliches Leben zu achten,
gewalttätig und sadistisch Menschen
benutzend.
Gewissenlos hinterlassen sie mitten im
Herzen der
großen Stadt zwischen Trümmer tausende
in Asche
verwandelte Leichen.

Unter dunklen Rauchwolken an einem
freien Himmel
wird für immer die Spur einer tiefen
Wunde bleiben,
die jener schwarze Tag im September
zeichnet.

Maria Antonia Sierra

Rammsteinsong

Mit zwei Todeskurven
Flugzeuge schlagen in Türme
Das ist kein Traum – die Türme sind völlig
zerstört
Das hab ich gesehen, Das hab ich gesehen,
Das hab ich gesehen.
Das hab ich gehört.

Die Türme stehen in Flamen,
Die Leute stehen vor Fenstern
Und springen nacheinander von
Himmelshöhe ... O mein Gott!
Das hab ich gesehen, Das hab ich gesehen,
Das hab ich gesehen
Das hab ich gehört.

Ein Monat vorher
Vor der Brücke auf Highway war
stoppender Verkehr,
Wegen eines zum Sprung Bereiten des
Lebens müde.
Manche schrien: „Spring doch – wir
müssen zur Arbeit in unsere Türme!"
Das hab ich gesehen,
Das hab ich auch gesehen,
Das hab ich leider auch gesehen,
Das hab ich gehört.

Mikhail Simkin * 1956

Wieso nennst du mich ...?

Ich fliege am Himmel über
New York und heiße Jörg.
Ich gehe durch die Strassen von
Madrid und heiße Pitt.
Ich fahre in London mit der
U-Bahn und heiße Urban.
Ich wohnte Früher auch in
Frankfurt und hieß damals Kurt.
Ich habe auch eine Familie,
In der heiße ich Ottilie.
Ich bin labil aber rigoros.
Ich bin mit oder Namenlos.
Ich wurde nicht erst am
11. September geboren,
Und ich ging auch am
7. Juli nicht verloren!
Ich brauche viel mehr
Liebe als Haß!
Sonst passiert was!

Siegfried G. Slodczyk

Und immer wieder
sind da
Lichtpunkte
leuchten
fraglos
im Leben
bis
Abgründe
in dunkelnder
Tiefe
stürzen
mit Spuren
der Tränen
die sich mischen
mit Blut

Susanne Slomka * 1961

altruismus

körper vom himmel stürzen
am planeten aufschlagend verdampfend
land- und flüssigkeitsflächen treffend
kontinente und meere entstehen
in ihrer vielgestaltigen vergänglichkeit

an spalten und schloten
in der ozeane tiefen
aus aufsprudelnden heißen lösungen
entwickeln sich skurrile formen
erfolgreiche versuche des lebens

zwischen des eises zeiten
auf der dämonen schultern
neben strömen glühender lava
auf der erde die bebt
leben der menschen herden

es schweift unser blick
über das kalte firmament
kein mitfühlen im universum
uns selbst kann entströmen
gnade im handelnden tun

Hans Sordian

Illusionen

sind es die Stränge der Liebe
die verschwinden
zerschnitten werden –
was ist dann das Ziel
wenn Illusionen getötet werden –
Ist alles Illusion?
Ist Freundschaft Illusion
Ist Feindschaft Illusion
Ist sich verletzen zu lassen
von größter Dummheit geprägt –
Ist Fordern Stärke –
es scheint im Grunde
doch so primitiv
das kann es nicht sein
Was schwindet das ist wohl die Kraft
das ist nicht zu ändern
Sind es Wind und Zeit die dann lenken?
Ist Zeit unendlich –
der Rest ein Zirkel ein Strudel? und dann
– ein Gleiten im Wind

Heidemarie Sousa

Es ist so still in dieser Nacht

Es ist so still in dieser Nacht
O Liebe, Du, zerbrich mir nicht,
ich habe träumend Dein gedacht.
Nun schreckt des Mondes fahles Licht.

Auf welcher Sichel treib ich hin?
Ins leere Nichts davon?
Ob ich denn je geborgen bin
Unter dem Sternendom?

Umarm ich Dich? Zerbricht die Zeit?
Streift mich das Glück? Bleib ich allein?
Erlöst uns einst die Ewigkeit?
Wer hört auf unser stummes Schrei'n?

Es ist so still in dieser Nacht –
Wie trunken doch die Tiefe zieht –

O wär's im Tode doch vollbracht,
das reine Lied

Joachim Sparre * 1927

Flugzeug – Turm

Zwei erhabene Türme,
starke Wirtschaftspotenz.
Zeichen einer Weltstadt,
Weltpolitik, Weltmacht.

Zwei rasende Flugzeuge,
zweckentfremdete Werkzeuge.
Hingeflogene Vernichtung von
modernem Geist und Materie.

Zwei turmhohe Rauchsäulen,
lokale Explosionen
mit globaler Resonanz.

Was nun? Was tun?
Nur Antithese auf These?
Nur Wirkung auf Ursache?
Oder umgekehrt?
Wer kann schon
die Reihenfolge zweifelsfrei
denken, erklären, bestimmen?

Viele Fragen, nur wenige Antworten.
Die Todeskarawanen ziehen weiter.

Anton Sperling * 1972

Ruhmloses Ende

Du Mutter verheerender Plagen,
ja glaubst du, dass die Völkerschaft
noch willens ist, dich zu ertragen?
Dein Weg führt in die Einzelhaft,
man wird dich erbarmungslos jage

Zum Einsatz gegen dich kommt Kraft,
die lässt den Boden Wellen schlagen
und macht aus deinen Schwertern Saft.
Soldaten rücken vor und wagen,
dein Reich zu stürmen heldenhaft.

Sie suchen überall und fragen
die Maus, die aus dem Erdloch gafft:
„Was weißt du? Was kannst du uns sagen?
Die Mitarbeit ist vorteilhaft,
wir geben dir Käse zum Nagen!"

Und Schweizer Emmentaler schafft,
dass der Maus, gesteuert vom Magen,
die Liebe zum Herrscher erschlafft:
„Kommt runter und packt ihn am
Kragen!"
Der Käse schmeckt ihr zauberhaft!

Wolf Spickmann * 1943

11. September 2001

Gib Acht oh' Mensch,
dein Handeln ist vermessen –
Und wie man sieht, hast du den Turm
zu Babel ganz vergessen –
Ein Synonym für diese beiden Türme,
die nun zu Staub geworden sind.

Gib Acht oh' Mensch,
Erkenne deine Grenzen,
steig nicht zu hoch und auch
nicht all zu tief.
Denke daran – dein Tun ist oft besessen
und die Gebote Gottes – hast du vergessen.

Gibt Acht oh' Mensch,
auf dieser unsrer Erde.
Zwei Türme stolz die man für
unverwundbar
hielt – sie sind zu Staub –
nur ein Skellet aus Stahl ragt in die Höhe,
das ist, was von den beiden übrig blieb.

Irmgard Spilka * 1942

Türme im Grau des Himmels

Türme im Grau des Himmels,
Feuer in einer explodierenden Brunst.
Schreie durch das Grau des Schreckens,
hallen durch die Stadt.

Kein Leben scheint mehr froh zu sein.
Verständnislos suchende Blicke irren durch
den Qualm.
Männer und Frauen hasten, um lebend zu
entrinnen, dieser Wahnsinnstat.
Wahnsinn ist das Wort des Ganzen, das
uns in Besorgnis bringt.

Wahnsinn unter allen Völkern lässt uns
frieren und zittern.
Völker dieser Erde Gebt diesem Wahnsinn
Einhalt.

Bärbel Spittka

Der 11. September

Ein Tag, geboren um zu siegen;
ein Tag, geschaffen um zu fliegen,
doch nicht über die Schatten und die
Leiden des Seins,
wir erlebten die Abgründe und die Tiefen
der Pein.

Niemand wusste dies als es geschah,
niemand sah des Geschöpfes Seelenqual,
als es mitriss die Brüder und Schwestern ins
Grab,
als es vergaß, dass dies ist eine grausame
Tat.

Nun sind wir wach und können doch nicht
sehen,
was es heißt, sich selbst einzugestehen,
dass man nichts getan hat um es zu
befreien, von den besessenen Lieben,
niemand es erlösen konnte von all seinen
Trieben.
Doch wenn Gott das Schicksal gibt in des
Menschens Hand,
und das Leben gehüllt wird in des Todes
Gewand,
wer wird die Rechenschaft ablegen für
unseres Bruders Tun?
wer wird die Leiden ertragen für unserer
Mütter Unruhn?

Tanja Stadick * 1982

New York im Dunkel –
Elfter September 2001

Fast wie ein Gebet

senkt sich die Nacht
auf mein verweintes Auge nieder –
Vielleicht zieht Gott sich jene Roten
Schuhe an?
Umtanzt
damit das dunkle Weh und tanzt es weg!
Behandschuht
hält er dann die Welt an sich gepresst –
Die Wundmale
der Neuen Stadt sind so verdeckt?
Franz von Assisis Lächeln
bietet sich als Hoffnung an,
die aber treibt seit jenem sonnigen
Septembertag
durch eine lange Eiswinternacht!
Mein Gott hat sich davongemacht.
Die Roten Schuhe – längst verloren.
Assisis Lächeln – weltweit erfroren.
Das dunkle Weh? Es bleibt ...
Erklärt sich uns als einen treuen Dauergast!

Hannelore Stadler

Verdrehung die mit Gott gepaart
Euer Denken eingespart
Heuchlerisch und voller List
Die Einbildung die Rettung ist

Versteht, verdreht, macht was ihr wollt
Zeigt wer herrscht, zeigt mir wer siegt
Gott ist der, der es nicht sieht

Verbeißt euch in den Glauben tief
Niemand hört dann wie er rief
Nach der Rettung vor dem Tod

Denn die Verblendung war zu stark
Mit allem was ihr macht und tut
Zimmert ihr der Erde Sarg

Bleibt weiter so in eurem Trott
Denn früher lief der gleiche Schrott
Warum verändern das Bewährte
Illusion, die euch umgibt
Verhalf schon immer bei dem Spiel
Mit dem Gelernten umzugehen
Hoffe nur ihr werdet sehen

Martin Stanjek * 1984

Koran 11. September

Was war da los an jenem Tag,
Als Feuer brannten himmelwärts?
Was war da los an jenem Tag,
Da Leichen flogen tiefgeschwärzt
Durch Mauern in das Nichts?

Was war da los an jenem Tag,
Wo Atem – Lungen heiß verbrannten,
Wo Gott und Götter sich abwandten
Und Satan seinen Todesspieß
Genüßlich tropfend bluten ließ?

Wenn „Heil'ge" Bücher Blut begehren
Und Jünger sich in deren Klauen
Nur ungenügend können wehren,
Packt uns, die Menschen, tiefes Grauen.
Sind sie auch dann noch zu verehren?

Ich sage Nein zu einem Buch,
Das tausendfache Qualen schuf!

Wo ist der Tag
An dem das Buch
Kein Blut mehr mag?

Doris Steenken

Visionism

Meinungen verlaufen im Sand
Götter geben ihre Standpunkte
Eisern und melancholisch
Für alle Zeiten verloren
Und zwischen kleinen Katzen
Die mit Ascheklumpen spielen
Auf siedendem Asphalt
Staunend und gebannt
Stehen Menschen einträchtig
In der Versammlung des Lichts
Auf der Spur aus dem Nichts
Da sie endlich gottfrei sind
Gefüllt bis zum Rand mit Leben
Schreit die Masse aus und
Lässt sich nicht weiter belügen

stéfanos * 1981

Hintergründe

Wenn Milliarden in die Rüstung zweigen,
geht's nicht um Schaffung neuer
Arbeitsplätze.

Wenn Flugzeuge von Flugzeugträgern
steigen,
geht's nicht um Studien- oder
Bildungsreisen.

Wenn CARE – Pakete auf die Erde gleiten,
geht's nicht um Völker- oder
Nächstenliebe.

Wenn Hoch- und Tiefbau Wiederaufbau
leisten,
geht's nicht um Wohnraum für Bedürftige.

Wenn Schnellgerichte kurzen Prozess
machen,
geht's nicht um Schonung irgendwes
Gesundheit.

Wenn Wärter bei Erniedrigungen lachen,
geht's nicht um Comedy und sexuelle
Praxis.

Wenn Heimische Fremddenker isolieren,
geht's nicht um Klausur für die
Meinungsbildung.

Wenn Kamikazes Türme anvisieren,
geht's nicht um Selbstverwirklichung.

Wilhelm Steinfeld

Zweifel, Türme

Risse in der Wirklichkeit
Flugasche im September,
Wie auf Knopfdruck
Türmen sich die Zweifel,

Bricht der Terror ins Land,
Der Sturm des Entsetzens ...

In den Gesichtern
Der Feuerwehrmänner

Stehen unsere Gesichter.
Im Aschenregen

Fliegt unsere Asche,
Verschüttet
Bleibt unser Grund Null
Im Schatten der Türme.

Norbert Sternmut * 1958

11.09.2001

Ich suche meine Tassen,
es ist halt kaum zu fassen;
ich singe schräge Lieder,
und lache hin und wieder,
über diese gar zu heile Welt.

Die Welt ist klein geworden,
und der Papst kriegt einen Orden,
der vom Frieden spricht,
doch was er halt vergißt,
ist diese eine Zahl: 11.

Europa ist geschwächt,
das ist den meisten recht;
Amerika ist angesagt,
bis auf den jüngsten Tag,
Asuras bleibt der Held.

Joachim Stiller * 1968

Apocalypse now

Stürme-Terror – Toben-Rasen
Peitschen um die Welt –
Mephistopheles hat den Globus
Einst wie jetzt umstellt –

Der Mensch – der Schöpfung Krone
Er steht verlassen-hilflos
Er kämpft und barmt und hofft
Und leidet Höllen-Qualen

Hoch und tief –
bis weit ins Land hinein –
Zerstoben alles Hab und Gut –
Die Früchte seines Fleißes –
Die Zukunft seiner Brut

Um Hilfe und Erbarmen
fleh'n wir Menschen –
Gnade-Gnade –
verlaß mich nicht, oh Allmacht
Die Einsamkeit auf Erden
ist so mächtig –
Hilfe schaffen einzig –
kannst nur du

Konrad Stork

Wortsuche

Nach jenem Tag noch Verse schmieden
ist das fast schon Blasphemie?
Wo solch ein Totentanz getanzt
Pandoras Büchse weit geöffnet?

„Amerika du hast es besser"
oh einst ein kluges Dichterwort
nunja, jetzt noch Verse schmieden
fragen, ja hast du es besser?

Illusionen die in uns zerbrochen
zerborsten, verglüht, verbrannt.
Ernüchtert wir nach Worten suchen
wer mag da noch Verse schmieden?

Michael Straetz * 1948

Kein Leben

Schau, wie es versinkt, das Licht unseres
Tages.
Geht einfach so, von uns.
Und der See, der vorher noch voller
Lebensglut war, wird leer und
ausdruckslos.
Die Schwäne und Möwen bleiben.
Doch wehe, wenn es Nacht wird um sie! Es
vereisen die Herzen.
Und da sind Schollen voller Furcht, Furcht
und Einsamkeit.
Und welch Grauen erwacht!
Das Böse der Nacht wütet und tötet.
Und Seelen erkalten in dieser Schwärze.
Voller Kälte sehen sie, kristallklar, das
Geschehen!
Und drehen sich um und schauen,
mit erstarrten Augen,
das Licht!

SyM * 1963

Wiedererwachen

Verschlossene Leben, Verdichtungen,
rufen nach schmelzender Liebe
in frostiger kristaller Nacht.
Funkend das wartende Reis.

Wellen, Terror, Vernichtungen,
schocken mit Eingriff, wie Diebe,
stoßen, bis alles erwacht,
Mahnmale in dickes Eis.

Achen und Wehen beschließen:
Kein Zurück! Für das Leben!
Schloss der Gefangenschaft bricht.
Erster Schrei kommt entgegen.

Brechende Schalen gebären, ergießen,
mit Stärken, die wirken und weben,
neues verletzliches menschliches Licht.
Herzen beginnen sich wieder zu regen.

Gruppen, Erwählte, Eliten,
leben fort in Geschichten aus Leid.
Richter verstummen. Die Male gebieten,
verstehend zu sehen in kommender Zeit.

Brigitte Szabo * 1952

Friseurtermin nine eleven

Im Geschnitt der Schere
fallen die Haare
schwarz-weiß.
Die Friseuse rät
zum Färben.

Mama, komm schnell!

Im Schnitt der Bilder
fallen die Menschen,
die Türme.

Mama, was ist das?

Ein Schnitt.
Einschnitt, mein Sohn.
Wer rät?

Monika Tempel * 1956

Ruhlos mordend füllt man
keine Seelenhülle
keine mit dem Feuerflammenmeer
der Sinne
es schwellt dahin
die Lebensstarre...
leblos hält die Zeit
in Gedanken inne.

Canan Tengilimoglu * 1982

Elfter September
Vor unfassbaren Schrecken
flieht der Schmetterling.

Nicola Terboven * 1967

Amerika, bedenke ...

Bevor der Feind lokalisiert,
Bevor sein Denken überhaupt verstanden,

Wurde weltweit zum Krieg mobilisiert;
Wo wird die Antiterrorallianz landen?

Amerika rief, um eine Schlacht zu schlagen
Gegen Feinde der Demokratie,
Die der Freiheit wollen an der Kragen;
Amerika übernahm Regie.

Doch nicht der Freiheitsstatue galt der
Anschlag,
Wirtschaft und Militärmacht ward visiert;
An jenem elften, schrecklichen
Septembertag
Wurden diese beiden Symbole demoliert ...

Siegtraut Tesdorff * 1926

heute

angst
vor dem begraben werden
und verbrennen
bei lebendigem leib

klag ich
und schrei
nach frieden

heute

fallen mir die kinder besonders auf
die liebevollen gesten
und blicke

können seelen fliegen
auch im fallen
aufgehoben...

thea (Dorothea Marien)

Nie wieder schon wieder

Die Stimmen rufen laut: „Nie wieder!"
Brav hört's sich an und bald fast bieder.
Dem Biedermann, dem dünkt's auch gut.
Doch kommt ein andrer, der es tut.

Was niemals selbst man miterlebt,
Davor kaum noch ein Herz erbebt.
Schon ist man da, wo Hinz, auch Kunz
war,
Und landet schnell bei „Atta unsar".

Friedrich Thiel * 1941

Terror

Wer hat das Recht die Welt zu bekriegen,
sinnlos zu nutzen die blanke Gewalt,
aber ist es nicht auch die Waffe der
Schwachen- denen weltpolitisch
entzogen der Halt?

Für die politischen Interessenssphären -
anzugehen den äußeren Feind -
aufzuzwingen Werte und Glauben schaffen
Potential der Böses vereint.

Wer bereitet den Weg Waffen zu
schmieden - hinterrücks ohne Sinn
und Verstand –
man sieht sie reihenweise daniederliegen
ohne zu versteh'n was sie verband.

Die Lösung doch ist Frieden zu schließen,
nicht zu bestehen auf sein
ausschließliches Recht -
wir werden Opfer bringen müssen, denn
erst diese Tat wäre ehrlich und echt.

Ronald Thimian * 1970

zugrunde

von grund auf erschütterlich
grund genug für manche
gründlich vorzugehen
grundsätzlich unmenschlich
ground zero – grundlos?

Christine Thirase-Nitzschke

11. September 2001

Es strahlte am Himmel blau und warm
Ein gewöhnlicher Spätsommertag
Die Sonne auf satte Gesichter
In deren Schatten sich lebenslustig
verliebte Träume mundig küssten

Als plötzlich die Erde bebte
Mitten im Satz verstummte
Sichtbare Bilder des Terrors
Hautnah aus der Ferne
Explosiv in unsere Seelen raste

In jedem Haus über Satellit
Stürzte die Welt zusammen
Starben verzweifelte Schreie
Tausender Menschen im Blut
Flimmernd vor unseren Augen

Endlos wie eine Ewigkeit
Trugen wir Trauer aus Mitgefühl
Unfassbar unter Schock
sprachen wir auch miteinander
Und nicht nur über Geld

Barbara Tietz

Aus heiterem Himmel
eine Provokation
geklaute Flugzeuge
geborsten – mißbraucht
Rechte des Fluggastes
mißachtet – viel erreicht
mit billigsten Mitteln
eingestürzt die Türme
politischer Massenmord
ein Wirtschaftskrieg
getarnt als Religionskrieg
oder umgekehrt
oder beides
Beweggründe unklar
Ziel – Opfer – Menschen
die zufällig dort sind
nichts damit zu tun haben
nichts davon wissen
Guerillakrieg in aller Welt
das Leben geht weiter

Lore Tomalla

USA – elf – null – neun – null – eins

messerscharf
lebensverachtend
im Todesflug
in die
Apokalypse
– 11.09.01 –
(Terroristenanschlag auf das WTC/New
York)

Irmtraud Trautmann

Amerika

Vier Jahre nach dem 11. September 2001
tritt die USA immer noch auf,
als ob sie in sämtlichen Bereichen
fraglos die Supernation sei.

Allenthalben manifestiert sie
Überlegenheit.
Militärisch und wirtschaftlich führt sie
uns fortwährend vor Augen, dass sie
weltweit den Lauf der Dinge bestimmt.

Stets von neuem sieht sich Amerika
erfolgreich,
präsentiert sein Vorgehen als beispielhaft,
nachahmenswert, propagiert es munter
seine Wertmaßstäbe und Sicht der Dinge.

Dann aber rast der Hurrikan „Katrina"
über Louisiana, Mississippi, Alabama
hinweg,
schafft Zerstörung, Verwüstung, hinterlässt
Tote. –
Auch Drittweltländer eilen Onkel Sam zu
Hilfe.

Rosmarie Tscheer

Mordzeit und Weltmord

Ein Tag wie jeder andere,
der Morgen grau und Krieg
in der Welt der Religionen.
Kapital, Vermögen, Gott
als Pestsäulen der neuen Menschheit.
Piloten, beraubt der Illusionen,
getötet, um zu töten
mit den Maschinen, die gedacht,
Verbindungen zu schaffen
zwischen den Völkern.
Machtgier hier und Geldgeilheit,
dort der Wahn im Glauben
an ein gegaukeltes Paradies,
das nicht behängt mit Trauben,
nicht beseelt von nackten Frauen,
jedoch so nah, wie das Gefühl
der Geldscheinidioten,
in ihrem Sinn nach Dollarnoten.
September war wohl keine Wende,
jede Gier ist eine Augenblende.

Werner Uhlig * 1957

Ohne Namen

Wenn ich aus dem Fenster starre
Und die Erde gleich dem Himmel scheint,
Sehe ich des Grau Gebilde so bizarre,
Das mir Gedanken so zu trüben meint.

Doch nicht länger kann es mich belasten;
Und der Sonne Kraft doch siegen mag.
Ich werde augenblicklich nicht mehr
rasten,
Mit allen Mitteln ändern diesen Tag.

Durch des Nebels Grau muss ich nun
waten,
Um in der Ferne meine Träume zu
erlangen.
Durch ein Labyrinth von Straßen muss ich
traben,
Um die Sehnsucht der fiktiven
Wirklichkeit zu fangen.

Auf diesen Wegen wird mich keine Hürde
sperren.
Kann ich die Richtung doch verfehlen,
Werden Willenskräfte sich auch nicht
entleeren?
Ein Gedanke, gestorben? – doch gelebt von
tausend Seelen.

Wolfgang Ullmann * 1976

Albtraum

Ein böser Traum in kalter Nacht
Ich sah New York in seiner Pracht
Doch über allem sah ich auch
zwei Türme ... brennend ... schwarzen
Rauch

Ein Flugzeug rast in einen Turm
Ein zweites auch ... ein drittes schon ...
Und Menschen springen in den Tod
Sah plötzlich Angst und Hass und Not

Längst stand der Schweiß auf meiner Stirn
längst kollabiert mein schlafend Hirn
Wo stolz zwei Türme ragten – ach,
da hielt der Tod die Stadt in Schach

Der Atem stockte lähmend mir
Wo nur kam dieser Albtraum her?
Ich wurde wach, so gegen drei
und zitterte ... Der Traum? Vorbei!

Im Radio am nächsten Tag
brach die Musik ganz plötzlich ab
'Ne Meldung aus New York ... welch
Schock!
Der 11.9. war's ... oh Gott...

H. P. Vogt

Auf Engelsflügeln

Komm' flieg mit mir
Unternimm was mit mir
Reiße ein was so ehern einst schien
mit mir
Und ebne den Grund für ein neues
Jerusalem mit mir

Alle sehen sich um nach dir
Sind erschüttert von dir
Du löst aus eine Welle von Mitgefühl - ja!
es geht aus von dir
Doch da ist auch die Angst - was wird
kommen nach dir?

Die Welt ist verändert durch dich - und da
ist eine Frage in mir
Was du angestoßen hast - säht es
Zwietracht in mir?
Oder fühl' ich mich nah' bei dir - spür' dein
Echo in mir
Was immer du wählst für dich - ist da
Frieden in mir?

Dort wo wir vormals zu zweit war'n führt
nun eine Spur
Hin zur Einigkeit
Und die Erde, der Stoff aus dem wir sind
Und auf dem wir geh'n wird uns lieben
dafür bis in Ewigkeit

Gudrun Voigt * 1966

Blick-Versuch über einen Teller-Rand...

Fassungs- und Sprachlosigkeit
bei persönlichen und weltbewegenden
Ereignissen,
die aus unserer Sicherheit reißen!

Ist unser Denk-Volumen
so eingeschränkt,
daß wir die „Warum?" – Frage
verkehrt herum stellen?

Suchen wir Schuldige
und nehmen nicht wahr,
daß jedwedes Schicksal
logische Folge ist?

Der 11. September 2001, dieser Tag:
- ein Warnruf
im Blick auf vorhergegangen Folgendes!

Was ist das für eine Zivilisation,
die wir verteidigen zu müssen glauben?
Der 11. September
- unübersehbarer Denk-Anstoß!

Rose-Marie Voigt

Kata – Strophe auf den 11.9.

2001: Tags: Lifebericht jagt Pressemeldung
überholt Sondersendung.
Abends Terror-Bestätigung im
Schlusswort.
Doch sind nicht nur der Welt höchste
Türme fort!

2002: Gedenken an „den 11. September"
zum ersten Mal!
Das Datum ist mediales Topthema also:
Sondersendungsritual!
Es wurde wieder stundenlang geredet und
gesendet,
Wahrhafte Erinnerung verdrängt und
ausgeblendet.
Und so vom traurig tragischen Ereignis
abgelenkt,
Das die Einschaltquote senkt!?
Könnte hier ein neuer Rekord
Verwischen die Spur von Tod und Mord?
Indem man einfach an Anderes denkt und
demonstriert:
Inzwischen wird schon in die Planung
neuer Türme investiert!?
2003: Das Fernsehpublikum im Zeitalter
der Mediokratie ist ermattet,
Vom immer gleichen Drama, dem „Kampf
um die Einschaltquoten".
Es reagiert auf Katastrophen nicht, wie
vom Publikum im Drama erwartet!
2004: Wir gedenken bedrückt der vielen
Chancen zum Wenden!
2005: Wir fragen: Wie viele Katastrophen
brauchen und vertragen
Mediokraten?

Susanne Volk * 1956

Der Sturm

Wolken hängen schicksalsschwanger,
böse zieht ein harter Wind,
Spatzen trauen sich nicht länger,
fliegen heim ins Nest geschwind,
vorbei die Zeit der frohen Sänger.

Zerstörerisch ist seine Kraft,
zwei große Bäume stürzen um,
der STURM hat sie dahingerafft,
standen grad' noch stark und stumm,
wo plötzlich eine Lücke klafft.

Viele Tiere sind jetzt tot,
sind Opfer dieser Teufelsmacht,
der Waldgrund färbt sich rot,
nur einer der hier hämisch lacht,
der STURM erquickt sich an der Not.

Auch Jahre später spürt man noch,
der Wald wird niemals mehr der alte,
zu groß gerissen ist das Loch,
zu laut der große Donner schallte,
und weiter geht das Leben doch.

Dieter Vollenbröker * 1973

Wer ist schuld?

Entführte Flugzeuge,
einstürzende Hochhäuser,
sterbende Menschen,
wer ist schuld?

Sengende Hitze,
sterbendes Kind,
unterernährte Menschen,
wer ist schuld?

Religiöse Heilsbringer,
missbrauchter Glaube,
fanatische Menschen,
wer ist schuld?

Arroganz der Macht,
Ignoranz der Armut,
unterdrückte Menschen,
WER IST SCHULD?

Lars Vörtmann

Turmgedicht

9 Wie
eine Heuschrecke vom Halm.

8 Hämische
Geduld der Luft.

7 Will – kom – men!
Kill – wom – men!

6 Niagarafälle. Chickamauga.
Technicolor.

5 Sprang
Ulysses Bird vom Turm ab.

4 Purpurgewölk.

3 Über der
tosendensiedendenspeienden.

2 Immoralität der Welt.

1 In die Revolte.

0 Against him.

Bärbel Wachtmeister * 1945

Pictures

Vater:
Hast du
die schrecklichen
Bilder
vom
Anschlag auf
das World Trade Center
gesehen?

Sohn:
Ja!
Steven Spielberg
ist
einfach
unschlagbar.

René Wachtmeister * 1978

Der 11. Tag im September

Ein Tag, ein Alltag, so bedeutend, so
unbedeutend, wie viele Menschen
wollen leben,schlafen, nicht klagen,
nicht verzagen.
Abschied: ein fröhlicher, normaler –
endgültiger.
Was bleibt, Erinnerung, letzte Worte,
letztes Lächeln?
Am Abend dann: Krachen, Erschütterung,
Feuer, Lärm, Staub, Asche.
Entsetzliches, unfaßbares Grauen, gehüllt
in dunklen Nebel.
Ist angesichts dieses Grauens der letzte
Handy-Ruf angekommen?
Was ist überhaupt angekommen, kommt
an?

Ein Inferno: Schutt, schreien,
Sirenengeheul, dann Stille.
Lähmende Stille, Verzweiflung und
Hoffnung wechseln einander ab.
Dann traurige Gewißheit: Nichts ist
geblieben vom geliebten Menschen.
Und die unbekannten Täter: fanatisch,
irregeleitete Menschen.
Haß, die Triebfeder des Bösen, der
Menschen einen Lebenssinn gibt.
Menschen, die sonst keinen Sinn im Leben
finden, innerlich verarmt sind.
Und nach dem 11. Tag im September?
Die Hoffnung ist auch diesmal nicht
gestorben.
Sie lehrt uns: Leben, positives weiterleben,
trotzdem oder gerade darum.

Marie-Luise Wacker

11. September 01

Wieso soll die Welt zerbrechen
fallen in grauen Staub
wolln uns an Verderbern rächen
waren wir denn alle taub?

Lebten in den Tag der Sonne
bis der Terror riss uns raus
tanzten bis der Morgen komme
mit dem Lächeln war es aus.

Türme sahn wir zusammenfallen
Menschen wie ein Regen fiel
die Faust vor Wut zusammen ballen
unfassbar ihr Zerstörungsziel.

Der Planet der wunderschöne
bekam einen großen Riss
unsere Herzen tragen Trauer
die Ungewissheit jetzt ist gewiss.

Soll die Welt etwa zerfallen
in tiefen grauen Staub
hören wir auf neue Lieder
wir sind doch nicht taub.

Rüdiger Wahl

Globales Elfmeter

September 11: vom Himmel gefällt,
die Symbolik klug gewählt,
die Bedrohung genau erzielt,
lang wurde gerüstet, nun wird gespielt!

Freunde der Machthaber: verdünnisiert,
die Familien der Terroristen: evakuiert,
und Bin Laden rechtfertigt zur rechten Zeit
den Fortschritt der EinSATZmittel
weltweit.

September 11: Empörung für die
Werk=Zeug=Welt,
Unschuldige ausgemerzt und wir beherzt,
die Fronten klar nach Freimaurerart:
unterstütze den Feind, von Dritten geeint.

Interaktive Berichterstatter, Journalisten
über Nacht,
schneiden die Wahrheit, zu hübschen
Bildern verpackt,
wir überspielen kleine Kinder im Staube
zersprengt,
wir sehen nie's Böse, wie brutal es lenkt.

Ausgelassen zum Börsenjubel
rollt als Polizeipanzer der geputzte Rubel,
und wir Behinderte? Europäisch geeinigt,
wirken gefesselt wie gesteinigt.

Johannes W. Waldeck * 1973

11. September 2001

Erst noch ein Herbsttag, wie die Welt ihn
liebt:
Die Luft voll sanfter, milder Freude auf den
Morgen.

Noch keine Ahnung, die die Stunde trübt –
Nur eben die gewohnten Alltagssorgen.

Die Menschen hasten ihrer Arbeit zu,
die Stadt, die niemals schläft, erwacht zum
Leben.
Wer geht an diesem Tag nicht mehr zur
Ruh?
Wem wird die Hand zum Gruß nie mehr
gegeben?

Die Schrecksekunde ist sehr schnell vorbei.
Was bleibt, ist Grauen, dem die Worte
fehlen...
Millionenfach hallt durch die Welt ein
Schrei
Aus unvorstellbar wund gerufenen Kehlen.

Der Tag wird nie mehr nur ein Herbsttag
sein,
die Scherben werden in den Herzen
bleiben.
An uns, die wir hier leben, liegt allein,
das Buch der Zukunft wieder hoffnungsvoll
zu schreiben.

Erika Walther * 1956

Selbstmord ohne Ende

Ein Mensch, der nicht nur seins
durchbohrt,
tausende Herzen bluten dort,
das Blut schwemmt Rettungsanker fort,
Millionen Menschen sind vor Ort,
man hört nur Schreie, doch kein Wort,
man schmeißt sich selber über Bord,
man rennt, doch hier geht's nicht um
Sport,
man rennt ums Leben, hier herrscht Mord.

Man hofft danach auf eine Wende,
man reicht sich friedlich alle Hände,
doch reichen die als Friedensspende?
Man trägt sein Kreuz von Hals bis Lende,
die Angst vor noch mehr Blut spricht
Bände,
die Angst durch noch mehr Flut und
Brände,
zig Köpfe gibt's, doch kaum „Verstände":
Bleibt dies ein Selbstmord ohne Ende?

Bläst Euch der Sturm die sturen Köpfe
leer?
Aus Eurer eig'nen Richtung kommt er her!
Ihr opfert Euer Land und legt Euch quer:
Selbstmörder sterben – aber aus nicht
mehr.

Arnulf Wawrzinek * 1965

Elfter September

Ungläubige, gebt Acht:
Allahs Diener sind erwacht!
Sie töten mit großen und kleinen Waffen,
kämpfen gegen alles, wie hirnlose Affen.

Mit guten Worten einst wanderten
Mohamed, Jesus und die anderen
und priesen mit lautem Schalle
Frieden und Liebe für uns alle.

Doch böse Prediger zu jeder Zeit
lehren die Jugend: „Macht euch bereit!
Ungläubige sind böse, dekadent und fahl;
die Welt braucht Menschen mit Glauben
aus Stahl!"

Drum töten die Narren bei Tag oder Nacht
Und geben den Mächtigen noch mehr
Macht.
Die erste Welt stellt sich dem Terror
entgegen
mit Panzern, Flugzeugen und Raketen.

Wieder sterben die Unschuldigen,
Schwachen und Armen,
scheinbar gibt es kein Erbarmen.
Dabei wünschen sich die Meisten in unserer
Welt:
Liebe und Frieden, der ewig hält.

Heike Weber

Die Werbung verspricht schon am Vormittag – Ein schöner Tag.

Flugzeuge überqueren den Atlantik und in
ihrem Innern trinkt gerade
ein Namenloser seinen zweiten Gin Tonic,
andere wippen mit dem Beinen
als gerade ein todgeweihter Sachbearbeiter
die Druckpatronen wechselt.
Im 23. Stock erklingt bei Sekt und
Sandwich Happy Birthday to you.

Ich denke.
Vielleicht regnet es heute Nachmittag?
Oder soll ich doch lieber Schokoladen-Eis
nehmen?
Eines ist sicher, unser Fußballclub steigt
nicht ab.

Der Käpitän spricht zu den Passagieren, es
könne zu Turbulenzen kommen.
Ein Hausmeister erzählt zum letzten mal
einen Witz.

Abdrehen! Abdrehen! Abdrehen!

Der Aufzug bleibt stehen. Mit ihm die
Welt.
Menschen können es nicht verstehen. Für
immer.

Wer hat die Werbung für diesen Tag
erfunden?

Es ist Dezember.
Die Werbung verspricht schon am
Vormittag – Ein schöner Tag(?)

Jack Weber * 1963

Elfter September

Der elfte September hat sich ewig in mein
Herz gegraben
kaum, hatte ich an diesem Tag, meine
Mutter zu Grabe getragen
erschütterten mich die Bilder aus den USA
ich konnte nicht fassen, was ich dort sah
riesige Staubwolken
zu Kameras blicken
ich hatte
das Gefühl, mit zu ersticken
warum musste meine Mutter mich
verlassen „ Frage „
tausende „ Warum „ werden auch diese
Menschen sich sagen
sie haben genauso ihr Leben geliebt
das ihnen keiner mehr zurück gibt
warum hassen diese Menschen das Leben
das ihnen der Herrgott oder Allah gegeben
mein Wunsch für alle Menschen der Welt
lebt doch jeder unter dem gleichen
Himmelszelt
der Herrgott möge seine Tränen über ihre
Köpfe rieseln lassen
vielleicht, mein innigster Wunsch,
verlernen sie, andere Menschen zu
hassen

Margaretha Weggenmann * 1942

Der 11. September

Der 11. September ...
Die Welt steht fast still –
nur weil ein Terrornetz es so will?

Das World Trade Center gibt es nicht
mehr,
ist versunken in einem Flammenmeer.
Schwarzer Aschenregen verfinstert die
Stadt,
die unzählige Opfer zu beklagen hat.

Unfassbare Bilder machen uns stumm,
wer ist dazu fähig, weshalb,warum?
An solchen Wahnsinn hat keiner gedacht –
und was wurde zur Sicherheit gemacht?

Alle Warnungen wurden
ignoriert,belächelt, verschwiegen,
hat man geglaubt, mit Arroganz zu siegen?

Diese Täter morden skrupellos, fanatisch,
brutal,
ergötzen sich an Schmerzen, Tod und Qual.

Nicht Menschenleben zählen,
nur Macht, Gier, Glauben und Geld ...
Es könnte so friedlich, so schön sein auf der
Welt!

Elfriede Wehrheim * 1940

11. September 2001

In den Vorhöfen des Leids
spielten wir nichtige Spiele
mit bunten Bällen und Seifenblasen
als uns der Sturm
durch die Tore warf,
die Spiele zerfetzte,
die Bälle vertrieb.

Wir fanden uns wieder
jenseits der Tore,
zurückgeworfen auf unsere Angst,
eingeengt in den Höfen,
zwischen Steinen und Mauern,
die Münder voll Staub
sprachlos, gesichtslos.

Nichts wird mehr sein
wie vorher -
in den Vorhöfen.

Renate Weidauer

Meisterstück

rubinrotes Öl erschüttert uns Tage
erschüttert uns Jahre

der Tod kommt vernichtend
mit stählerner Hand
ein Grab in den Wolken
die Seelen verbrannt
die Tränen sind blutig
zum Schmerz aufgetürmt
die Geigen sie weinen
wenn morgens es stürmt

wir trauern des abends und morgens

der Tod kommt vernichtend
sein Auge ist blind
mit eisernen Blitzen
trifft er dich geschwind
der Schatten des Mondes
verdeckt sein Gesicht
die Zwillinge sterben
in gleißendem Licht

wir trauern des mittags und morgens

Der Tanz hat begonnen
und am Firmament
auf loderndem Kreuze
der Schwefel verbrennt
die goldene Asche
im Regen danach
zerfließt auf dem Grunde
der Nullpunkt liegt brach

rubinrotes Öl wir trauern des nachts
wir trauern des mittags und morgens
wir trauern des abends
wir trauern und trauern

Friedrich Weidentrommler * 1980

Gottes Krieger, Gottes Sieger

Gottesopfer für den Glauben
an das Kreuz des Abgrund-Bösen;

selbst ernannte Bringer des Lichts,
könnt ihr dieses auch nicht hören,
Bomben können bloß zerstören;

euer Gott wird niemals sterben,
niemals kämpfen;
er wird mit euch sein
im Leben wie im Augenblick des Todes,
schweigend.

Euer Hass entzündet lodernd
eurer Herzen Höllenfeuer;
krampfgeschüttelt das Gedärm,
Todessehnsucht schwärt im Hirn.

Friede sei mit allen Verirrten,
nur wird's wenig wohl bewirken;
tobt das blutberauschte Schlachtlied,
bleibt uns nichts als stummer Abschied.

Reinhold Welter

Gefangene der Gewalttätigkeit

Menschen taumeln in zerschundenen
Körpern!
Todesgrauen lähmt die verhungernden
Seelen!
Ihre Anklagen stocken in den würgenden
Kehlen;
die Sprache ist verkrustet, vom geronnen
Blut –.
Wir ernten die Früchte der Drachenzahn-
Saaten,
die Gewalttätigkeiten, kriegerischer
Zwietracht.
Die Becher des Zorns sind voll bis zum
Rand.
Der Terror trägt höhnend die
Märtyrermaske –
Gewalt, Korruption und Gier
triumphieren.
Geschändet kauert frierend die
Nächstenliebe vor den Toren des
materiellen Wachstumswahnsinns!
Hasserfüllte Gedankengeschwader
nehmen den Auswegsuchenden die Sicht!
Aber es schwingt auch das Wort aus dem
Leben,
des Geistes Lichtschwert, das aufklärend
befreit!
Doch es bleiben gefangen, in den
Todesverließen,
die, welche sich nicht mühen den „Frieden"
zu leben –.

Paul Heinrich Wendland

11. September 2001

Es ist kein Tag wie jeder andere,
obwohl des Himmels Bläue tiefer noch
und doch – kein Tag wie der,
der gestern war.

Zwei babylonische Türme der Macht,
Entsetzensschreie, vertausendfacht,
Feuerbälle, ein infernalisches Rot
geboren aus dem Geist der Hölle.

Wie weit kann ein Verbrecher gehen?
sehr weit, setzt er das eigene Leben ein.
Doch Leben opfern, um Leben zu nehmen,
kann keines Gottes Wille sein!

Astrid Wieder

ein zeichen.

sie sagte sie mache in frieden.
das fand ich schön.
ich stellte eine frage.
was für ein parfum benutzt du dazu?

es hätte ein zeichen werden
können wenn wir hätten
lesen können. wenn wir hätten
lesen können könnten
wir nur nicht sehen.

ich sagte ich mache nichts.
das kam nicht gut.
es war mir leicht.
ihr zu verschweigen welches parfum in
frieden verpufft.

Zein Wigger * 1968

11. September (sein oder nicht...)

Lähmende trauer um den verlorenen
frieden/
getoppt vom entsetzen ob vergewaltigter
demokratie/

ein umdenken in probater arroganz eisern
vermieden/
erzwungen der schein von einigkeit in
panischer egomanie/

zivilisation nun endlich ermächtigt/
kriege als mittel zum zweck zu legitimier'n/
wer nicht einsichtig ist verdächtig/
dem terror des bösen zu sekundier'n//

korrumpiert von der eigenen
machtbessenheit/
steh'n ergebenheitsbekundungen gut zu
gesicht
geheuchelt werde – triefend vor
betroffenheit -/
freundschaftsdienste , die verweigert
man(n) nicht/

zivilisation nun endlich ermächtigt/
bombenhagel als humanitär zu deklarier'n/
wer widerwort hält ist verdächtig /
den sieg über das böse zu boykottier'n//

es bröckeln die fassaden, brüchig längst das
fundament/
mit blindheit ist geschlagen, wer den
ernstfall nicht erkennt/
keine zivilisation wart je ermächtigt,
ungesühnt kriege zu führ'n/
wer DAS missachtet ist verdächtig, die
apokalypse zu riskier'n//

Grit Wilhelm * 1962

Im Namen Gottes... (11. September)

Wer wagt es, wer maßt es sich an
Im Namen Eures Gottes, habt ihr es getan

Wer seid ihr, woher nehmt ihr euren Wahn
Im Namen Eures Gottes preist ihr Gutes
an

Warum glaubt ihr, ihr könntet verachten
und anderen Menschen nach dem Leben
trachten

Wer macht euch zu solch' respektlosen
Personen
Eure Angst, die ihr habt inne wohnen

Ihr wagt es und maßt es euch an
Zu wissen, was einzig und allein auf Erden
richtig sein kann

Ihr, die ihr Achtung und Respekt vor dem
Leben nicht kennt
Und blind gegen eure eigene Begrenztheit
rennt

Wie ein Wolf im Schafsfell kommt ihr
daher
Nur glauben wird euch keiner mehr

Ihr meint, man könne in Gut und Böse
teilen das Leben
Doch die Menschlichkeit habt ihr dabei
vergessen weiterzugeben

Wer wagt es, wer maßt es sich an
Im Namen der Liebe und des Lebens
werden wir ihn stoppen, euren Wahn
Auf das kein Samen Eurer Angst und
Besessenheit mehr gedeihen kann.

Birgit Wilms

Weihnachten 2001

Man glaubt es kaum und doch ist's wahr,
nun neigt sich auch schon dieses Jahr.
Es wird gebacken und dekoriert,
Geschenke verpackt und hübsch
verziert.
Tannenbäume und Lichterketten funkeln
mit Sternen um die Wette,
Als wollt der Mensch mit diesem Treiben
Angst und Dunkelheit vertreiben.

Shoppingtouren in Stress und Eile betäuben
nur für kurze Weile.
Das Gefühl der Ohnmacht in uns selbst:
Wie klein sind wir auf dieser Welt!

Kriege, Gewalt, brutaler Terror, ein beinah
unfassbarer Horror!
Oh Gott! Lass es auf dieser Erden doch
endlich einmal Frieden werden!

Der Mensch, er hofft, so lang er lebt,
darum hab ich mir überlegt:
Ich sende Dir ein kleines Licht, das immer
brennt und nie erlischt!
Ein kleines Licht in dunkler Nacht hat
schon manchem Hoffung gebracht!
Ein kleines Licht in dunkler Zeit: Frohe
und friedliche Weihnachtszeit!

Angela Winter * 1954

Hoffnung

Hoffnung gegen alle Hoffnungslosigkeit
erfahren,

Enttäuschung ohne jede Selbsttäuschung
ertragen,

Das „Nein" mit dem „Ja" ersticken

Jenny Witthus * 1985

Feuervogel's Schrei

Aufgeschreckt
Alle Welten empört
Botschaft nicht verstanden
Flehen ungehört

Norbert Wittke

Mensch

Der Mond scheint hell hernieder
auf eine goldne Stadt,
ihr Reichtum ist errungen,
durch eigne Übermacht.

Die Straßen wild verwachsen,
die Häuser lange tot,
die Menschen sind verlassen,
durch ihre eigne Not.

Der Wind weht durch die Schluchten,
gebaut aus festem Stein,
weht fort in alle Lüfte,
um einen blauen Hain.

Die Sterne funkeln milde,
und schweigen alle Zeit,
die Menschheit ist vergangen,
war nicht für Ewigkeit.

Felix Wolf * 1956

Rettung

Wie in einem Traum
scheint mir die Stille
unreal
Als könnte sie jeden Moment zerbrechen
Doch sie tut es nicht
Sie bleibt
wie die Dunkelheit.

In der Stille
höre ich eine Stimme mich rufen
fühle ich eine Hand mich berühren
sehe ich ein Licht
Ein Licht, das mir leuchtet
die Stille nimmt
mir neue Kraft schenkt
aus der Dunkelheit führt
Und ich beginne zu
leben.

Nina Wolf * 1987

Himmel und Hölle

Jederzeit läuft irgendwo jemand um sein
Leben
Aus tausend Rattenlöchern hörst du
Menschen schreien

Tauben brennen, Schlangen kriechen durch
den Garten Eden
Und jeden Tag stürzt irgendwo ein Stück
Himmel ein

So sieht manches Menschenkind den
Himmel schon auf Erden
Und richtet sich beizeiten auf die Hölle ein
Wie soll man in diesen Zeiten denn nicht
zynisch werden
Und sag mir: Darf ich lachen, wenn doch
andre schreien

Sag mir, soll mein Lachen mir im Halse
stecken bleiben
Bin ich kalt und stumpf und abgeklärt
Wenn ich meine dummen Verse in den
Himmel schreibe
Während anderswo ein Mensch zur Hölle
fährt

Bin ich ohne Skrupel, hab ich kein
Gewissen
Wenn ich mich in diesen Zeiten über
Blumen freu
Muss ich bitter werden angesichts der
Bitternisse
Und sag mir: Darf ich lachen, wenn doch
andre schreien

Stefan Wolters * 1956

11. September

Der eine schnüffelt Klebstoff
wie an jedem Tag
ein anderer sucht im Müll nach Brot
auch heute wieder
in Nairobi verhungert ein Baby
am 11. September

Menschen schlagen sich tot
wie an jedem Tag
Kinder verlieren ihre Eltern
auch heute wieder
in Kalkutta verhungert ein Baby
am 11. September

Du spürst Unrecht
wie an jedem Tag
Du riechst Krieg
auch heute wieder
2792 Menschen sterben in New York
es ist der 11. September 2001

und irgendwo dazwischen Gott?

Beate Zacher * 1961

Der Mensch, der sich die Erde untertan
gemacht,
sich mehrte, stets auf Fortschritt war
bedacht,
verlor fortan am Boden Lebensraum.
Drum baute aufwärts er bis an den
Wolkensaum.

Es wurde Macht und Reichtum stolz der
Welt gezeigt:
„Seht, wie durch Schaffen schnell der
Wohlstand steigt!"
Doch Neid und Hass kann Grosses nicht
ertragen,
lässt Türme stürzen, die sich in den
Himmel wagen.

Verführten Hirnen ist das eigne Leben
einerlei,
es rührt sie nicht der Opfer Todesschrei.
Gemeinsam müssen sie nun vor den
Schöpfer treten,
und Menschen werden um sie trauern, für
sie beten.

Weltweit wird Schmerz geteilt, der in die
Stuben flimmert,
hilflos wird mitgehofft und mitgewimmert,
um Wesen, die gefallen und verbrannt,
und die, die schreiend fortgerannt.

Bald wird Vergangenheit der schlimme
Alptraum sein.
Die Pflicht muss Leid verdrängen, Alltag
stellt sich ein.

Es regen sich bewährte Überlebenstriebe,
und diese heissen: Glaube, Hoffnung,
Liebe.

Ursula Zimmermann * 1929

Herbst - es geht zu Ende
Erntezeit, das Leben muß
feiern und schlachten
was nicht
durch die dunklen Tage
zu bringen ist
damals

Gott sei dank
gepriesen sei Allah
in einer Welt
die hoch hinaus
will
die viele
Sprachen
spricht
und nur versteht
zu mehren
die Zahl
die Opfer
immer

Frank Zobel * 1968

Wenn Du gesehen hast
wie die Sonne sich im Wasser spiegelt,
wie die Blätter mit dem Wind tanzen,
wie die Blumen aus vollem Herzen blühen,
wie die Vögel fliegen, frei und ausgelassen,
dann bist Du ein Mensch, der die Welt
nicht mit dem Auge, sondern mit
dem Herzen sieht.

Jessica Zumbach * 1989